Hobbit Presse
Klett-Cotta

BRIAN LEE DURFEE

DAS PECHSCHWARZE HERZ

DIE FÜNF KRIEGERENGEL 2

Aus dem Amerikanischen
von Olaf Schenk

KLETT-COTTA

KARTE DER FÜNF INSELN

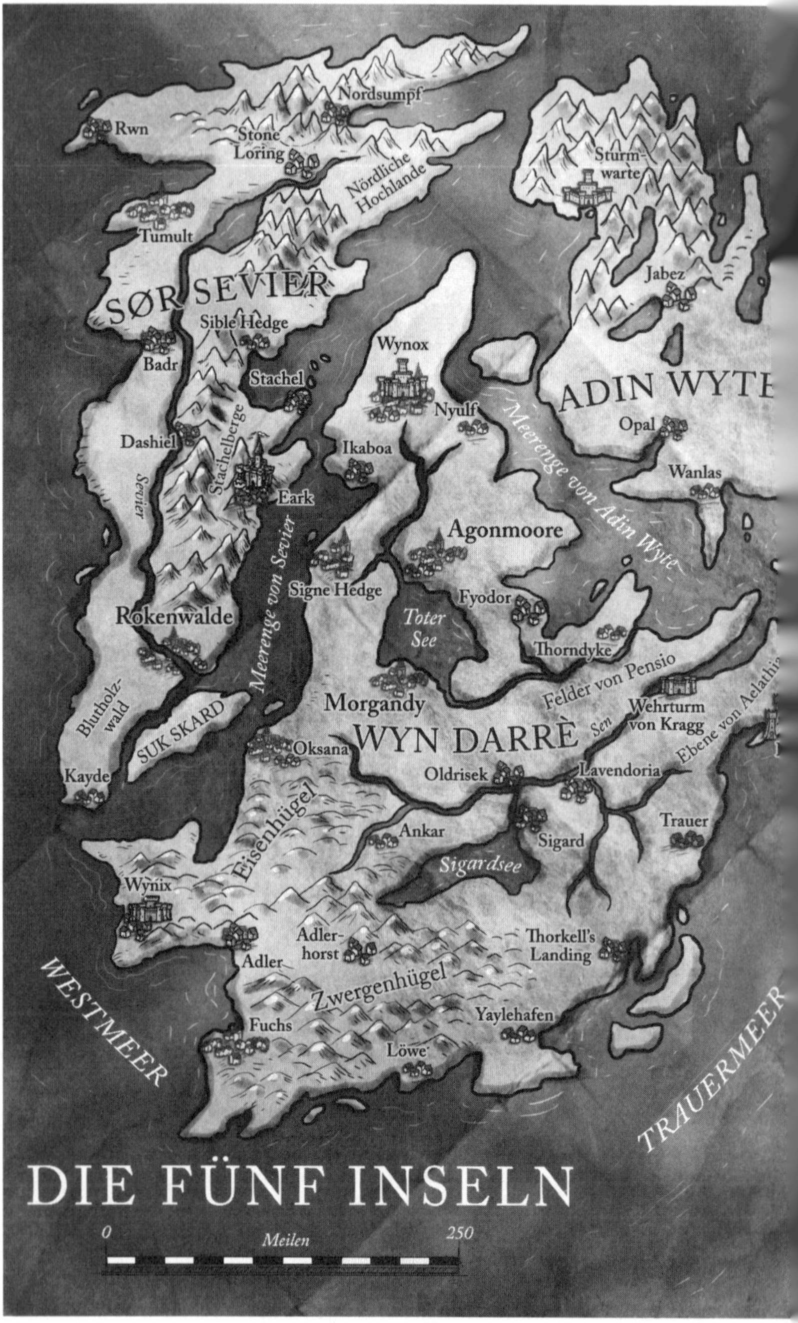

Nordsumpf
Rwn
Stone Loring
Nördliche Hochlande
Tumult
SØR SEVIER
Sible Hedge
Badr
Stachel
Dashiel
Stachelberge
Sevier
Eark
Wynox
Nyulf
Ikaboa
Sturmwarte
Jabez
ADIN WYTE
Opal
Wanlas
Meerenge von Adin Wyte
Agonmoore
Signe Hedge
Meerenge von Sevier
Rokenwalde
Fyodor
Toter See
Thorndyke
Felder von Pensio
Wehrturm von Kragg
Ebene von Aelathia
Bluthölzwald
SUK SKARD
Morgandy
WYN DARRÈ
Sen
Oksana
Kayde
Oldrisek
Lavendoria
Eisenhügel
Ankar
Sigard
Trauer
Sigardsee
Wynix
Adlerhorst
Thorkell's Landing
Adler
Zwergenhügel
Yaylehafen
Fuchs
Löwe
WESTMEER
TRAUERMEER
DIE FÜNF INSELN
0
Meilen
250

N
W
O
S
NEN-
EER
Gletscherkette
Himmelsseen
Bucht von Tok
Tok
JUTTE
Stanclyffe
Tevlydog
Totholz-
tor
Wroclaw
Gedächtnisbucht
Kanal von Sankt Einzig
Port Follett
Vandivar
VAL VALLÉ
Ekkehard
Kasmirsee
Färberwaid
Valle
Schmelztiegel
Rivermeade
Amadon
Bettles
Field
Savon
Devlin
Vitali
Königschaussee
Valea
Lokkenfell
Ridliegh
Eskander
Trauerbucht
GUL KANA
Nördliches
Herbstgebirge
Vandana
Knightliegh
Reinhold
Bedford
Großer Kupfersee
Lusk
Ravenker
Swithen
Wells
Kupferfluss
Tomkin
Sty
Kupfer
Gavryl
Dread Fort
Swollow
Keynes
Herbstbucht
Bucht von Avlonia
Hopewell
Galgen-
hafen
Avlonia
Südliches Herbstgebirge
Kreide
Peddlers Point
Arlish
OSTMEER
Kestral

Gewaltverbrechen an jedem Baum und blutgetränktes Gras.
Allein die Toten kennen diesen Blutholzwald.

DAS BUCH DES VERRÄTERS

1. KAPITEL

KRYSTALLHOLZ

AM ZWEIUNDZWANZIGSTEN TAG DES TRAUERMONDES
IM 999. JAHR LAIJON – BLUTHOLZWALD, SØR SEVIER

Der Schleier der Stille, der über den üppigen schwarzen Wäldern lag, wurde von Schreien durchbrochen. Wildes Kreischen, das Krista Aulbrek aufnahm und im bodenlosen Nirgends ihres Hirns unterbrachte, bevor es in ihre Gefühle vordringen konnte. Zum ersten Mal sah sie nun diesen einzigartig fremden Ort, diesen rätselhaften Irrgarten rauher Schönheit und endlos finsterer Pracht – diesen Blutholzwald.

Krista führte ihr Pferd am Zaumzeug. Es war eine stattliche schwarze Stute, sie hieß Schreckgestalt. Das Tier blähte die Nüstern und legte die Ohren an. In jedem seiner Schritte lag die Müdigkeit des tagelangen schnellen Ritts, während sie beide sich durch die samtgrüne Decke aus Düften und schwarzen Blüten tasteten. Die Augen der Stute waren rotverschleiert – ein Anzeichen für das Serum aus Rauthouin Bane, das Krista dem jungen

Tier gespritzt hatte. Binnen eines Jahres würden diese Augen wie funkelnde rote Diamanten aufflammen, und die Muskeln der Stute würden noch fester sein und von unnatürlicher Kraft. Dann wäre Schreckgestalt wahrlich das Ross eines Bluthölzlers.

Als sie einen leichten, mit Gras und dunklen Bäumen bewachsenen Hang hinabglitten, spürte Krista, wie geschärft ihre Sinne waren. Rote Schmetterlinge flatterten bei jedem Huftritt aus den wuchernden Moosfarnen auf. Hier gab es kein Totholz. Die Bäume wuchsen lang und schmal wie Lanzen in den messinggrauen Himmel. Darin ähnelten sie den weißen Birken aus den Nördlichen Hochlanden von Sør Sevier, nur dass hier die Rinde schwarz wie die mondlose Nacht und jeder sehnige Ast mit Stacheln und Dornen gespickt war. Von roten Adern durchzogenes, lebendig grünes Laub schien im Takt eines gigantischen Herzens zu pulsieren, das tief im lehmigen Boden begraben liegen musste.

Zwischen den Bäumen zog die dichte, feuchte Luft über die Blüten, als Krista und Schreckgestalt den Gipfel des Hügels erreichten und die erste Gefangene erblickten, eine Frau mittleren Alters. Sie war nur in einen groben Kittel gehüllt und stand Krista zugewandt, die Arme nach hinten um einen Blutholzbaumstamm verdreht und mit Handschellen gefesselt, beide Beine in Ketten. Als sie Krista und das große schwarze Pferd sah, weiteten sich ihre Augen. In Panik keuchte sie auf und hauchte tonlos: *Nein!*

Krista wusste, wie sie auf diese Gefangene wirken musste. Schwarze Lederrüstung, Dolche in schwarzen Futteralen an der Hüfte, ein schwarzer Umhang um die Schultern. Am Sattel ihres dämonenäugigen Pferdes hingen ein Schwert und ein Lederbeutel voller Gifte und Tenvamaru. Ja, Krista kannte den Eindruck, den Bluthölzler machten. Erst recht eine wie sie, mit blasser Haut, langen blonden Haaren, und grünen Augen, die unter dem gerade geschnittenen Pony hervorblitzten. Zusammen sahen sie und Schreckgestalt kalt, hart, tödlich und wunderschön aus.

Bald kamen hinter dieser ersten Frau weitere Gefangene ins Bild – gut einhundert von ihnen: Männer, Frauen, eine Handvoll Vallè, ein oder zwei räudige Oghule. Alle in Ketten gelegt und an Bäume gefesselt, an einem Stamm nach dem anderen, bis in die Tiefen des kohlschwarzen Waldes. Und alle waren sie aus den Kerkern von Rokenwalde geholt worden, um an diesem Sakrament der Seelen teilzuhaben.

Der Wind wurde schwächer, und links von Krista schimmerte der Wald düster. Etwas nahm in der trüben Tiefe zwischen den Blutholzbäumen Gestalt an, und die Gefangene kreischte auf.

Selbstsicher und hünenhaft, das Gesicht im Schatten einer Kapuze verborgen, glitt Black Dugal wie ein böser Nebel auf Krista zu. Mit festen Schritten und leise wie Schnee in der Nacht kam er zwischen den Bäumen heran. Der gewaltige Blutaugenhengst Ingrimm hob sich als finsterer Umriss vom Wald dahinter ab, und seine Augen glühten rot in steter Wachsamkeit.

Dugals rabenschwarzer Umhang schwang über das Gras und die spindeligen Hagebutten. Als er näher kam, erkannte sie die vertraute Form seines Gesichts. Die markante Nase, die festen Lippen, der graumelierte Bart und die von Äderchen durchzogenen roten Augen waren nun im Schatten seiner Kopfbedeckung zu sehen. Eine tiefe Narbe zeichnete wie ein Sichelmond seine linke Wange, zwei weitere verliefen vom rechten Auge quer über das Gesicht bis unter den Bart. Eine kaum sichtbare Spur durchschnitt die rechte Braue und die schwarzen Wimpern, lief die Stirn hinauf und verlor sich unter der Kapuze seines Mantels. Insgesamt sah Dugal finster, gequält und umwerfend *gut* aus.

Schönheit war für Blutholz-Attentäter unerlässlich.

»Hast du etwas zu deiner Verteidigung zu sagen?« Dugal trat auf sie zu.

Krista spürte stets eine gewisse Aufregung, wenn sie die Kälte in der Stimme ihres Meisters hörte. Sie hielt seinem strahlenden, durchdringenden Blick stand, jetzt, da sie sicher sein konnte, dass sie dieses Ziel vor Hans Rake erreicht hatte, denn Black Dugal wäre ihr nicht erschienen, wenn sie nicht als Erste hier gewesen wäre.

»Ich habe diesen Ort ganz leicht gefunden.« Sie versuchte nicht, seinem Blick auszuweichen. Ihre Finger schlossen sich jedoch etwas fester um den Zügel von Schreckgestalt. Vor Anspannung prickelte ihre Haut.

»Drei volle Tage hat es gedauert«, sagte er. Keiner seiner Muskeln regte sich. Er vermochte eine Anspannung in ihr hervorzurufen wie sonst niemand. »Ich habe mehr von dir erwartet.«

Trotz seiner Worte hielt sie das Haupt erhoben. »Ich kann Hans nirgendwo sehen.«

Dugal nahm ihre Antwort mit versteinertem Blick zur Kenntnis. Seine kalten Augen verströmten ein böses rotes Licht. Blut des Drachen! Das war Alchemie, die sie nicht begriff – Saft des Blutholzbaumes, vermischt mit einer zerstörerischen Arznei. Ihr hatte der Meister noch nie das Blut des Drachen angeboten, Hans Rake aber sehr wohl. Im ersten Jahr ihrer Ausbildung hatte Hans es auf mehr Morde gebracht als sie. Blut des Drachen war seine Belohnung. Und ein Meuchelmörder der Bluthölzler durfte in der Ausbildung dieses wertvolle und seltene Serum nur mit Black Dugals Erlaubnis genießen. Jedes Jahr erhielt der, der die meisten getötet hatte, eine Belohnung. Im letzten Jahr war Schreckgestalt die Gabe für Krista gewesen.

»Dein Name ist nun Krystallholz«, sagte Dugal mit einem Anflug von Wärme in der Stimme.

Krystallholz. Ihr gefiel, wie der Name ihm über die Lippen kam. *Aus Krista wird Krystallholz*. Fast war sie enttäuscht, dass sie es nicht geahnt hatte.

»Du bist also einverstanden.« Nur Dugal konnte so schnell diesen intimen Ton eines alten Freundes annehmen. »Ich hatte einen, der schlug zu wie eine Spinne. Ein anderer jagte wie ein Habicht. Eine bewegte sich wie Seide. Eine war bezaubernd wie eine Rose. Alle habe ich gemacht. Alle wunderschön. Und du bist vielleicht meine größte Schöpfung. Strahlender und wertvoller als ein Edelstein. Schärfer und schneidender als eine Kristallscherbe. Du bist meine tödlichste Waffe. Tödlicher noch als Seide und Rose zusammen.«

Krista erregten seine Worte. Sie malte sich Seidenholz und Rosenholz aus, die beiden einzigartigen Vallè-Frauen aus der Burg Black Dugals. Beide waren vor mehr als fünf Monden mit unterschiedlichen Missionen aufgebrochen. Die Vallè hatten Dugal geholfen, sie und Hans Rake die wunderbare Kunst des Meuchelmordens zu lehren. Gemeinsam hatten sie so viele getötet. Zu Beginn hatte es noch einen Lehrmeister gegeben – Spinnenholz – einen erfahrenen Bluthölzler mit grausamem Antlitz, der die Züge Dugals erschreckend gut nachahmen konnte. Sein Verhalten ähnelte ihm so sehr, dass Krista sich fragte, ob er mit ihrem Meister verwandt war.

»Krystallholz«, wiederholte sie und spürte, wie der Name wie Öl über ihre Lippen floss.

Dugal bedachte sie mit einem zufriedenen Nicken. Er sah sich im Wald hinter ihr um und hielt bei der an den Baum geketteten Frau inne. Eine Ahnung von Sonnenlicht brach durch die gewundenen Äste und Blätter, wie Flüstern durch ein Buntglasfenster, und es fiel glänzend golden auf das panische Gesicht der Frau.

»Komm«, forderte Dugal Krista auf.

Ihr Herzschlag setzte kurz aus. Sie legte den Kopf an den Hals ihrer Stute. Spürte Schreckgestalts Wärme. Diese kleine Geste beruhigte sie. Half ihr, tief zu atmen. Dann ließ sie das Zaumzeug los, bedeutete dem Tier, stehenzubleiben und folgte ihrem Meister. Die Frau am Baum versuchte, sich ganz klein zu machen, als Krista und Dugal näher kamen. Ihre Augen lagen tief in den Höhlen und ihr Gesicht war faltig und ausgemergelt. Die groben Lumpen rochen nach Urin und Schweiß. Tatsächlich lag über der ganzen Gegend ein schwerer pestilenzartiger Gestank. Die Schreie anderer Gefangener hallten durch den Wald.

Ungerührt griff Dugal mit einer Hand über den Kopf der Frau. Er riss einen dünnen Streifen kohlschwarzer Rinde vom Baum und ließ ihn achtlos fallen. Roter Saft quoll langsam aus der Wunde im Stamm und rann zischend und qualmend hinunter. Krista strich mit den Fingern über die Rinde. Sie war nicht spröde und faserig wie die einer Birke. Eher wie feuchtes Leder – oder wie warmes Menschenfleisch. Es fühlte sich beunruhigend an und ließ sie erschauern.

Dugal griff noch einmal über den Kopf der Gefangenen und tauchte zwei Finger in den Saft, dass sie ganz rot wurden und Rauch kräuselnd von ihnen emporstieg. Er ging zu Krista und strich ihr zwei zischende Linien unter das linke Auge. Ein *Stechen*. Krista widerstand dem aufkeimenden Impuls zurückzuzucken und konzentrierte sich auf die Verwirrung und die Panik im Gesicht der angeketteten Frau.

Dugal nahm noch mehr von dem rauchenden Saft vom Baum. »Zeig mir deine Zunge«, befahl er.

Krista gehorchte. Dugal strich ihr etwas von der zähen Flüssigkeit auf die Zunge. Zuerst brannte es regelrecht. Dann nahm sie den göttlichen Geschmack wahr und wollte augenblicklich mehr davon. Mit gierigem Blick fixierte sie die Wunde im Baum und den blutroten Saft, der zischend darin hing.

»Ein Teil deiner letzten Prüfung ist es, dass du nie wieder Blutholzsaft zu dir nehmen wirst.« Mit seinen rot durchzogenen, steinernen Augen blickte Dugal sie durchdringend an. »Selbst dann nicht, wenn ich ihn dir anbiete.« Krista spürte unendliche Enttäuschung und unbändiges Verlangen, noch ehe diese Worte gesprochen waren.

»Der Tod ist der Vater des Schreckens.« Nun sah Dugal die Gefangene an. »Davor fürchten die Menschen sich am meisten. Vor dem Tod. Und doch ist er so voller Schönheit.« Er strich der Frau mit dem Handrücken über die Wange. Sie versuchte zurückzuweichen. Er sprach weiter: »Niemand vergisst den Anblick seiner ersten Leiche. Wenn man den Tod zum ersten Mal gewahrt – nicht den Tod eines Rehs oder eines Hundes oder den einer weggeworfenen Katze in der Kloake – ist das ein mächtiger Augenblick. Nenn mir nur ein Bild mit dieser Kraft, das so sehr bannt und so voller *Schönheit* steckt.«

Dugal wandte sich zu Krista. »Und hier bist du nun. Krystallholz. Bereit und willens, an diesem wundervollen Tag noch mehr grausame Schönheit zu erschaffen.« Irgendwie schlug ihr Meister sie jedes Mal in den Bann, sogar hier, sogar, wenn er über Opfermorde in einem nachtschwarzen Wald voll wilder Schreie und göttlich brennenden Safts sprach. *Solch grausame Schönheit.*

Er hatte recht. Fünf Jahre des Tötens, der Ausbildung in Tanz, Akrobatik, Spielen, Rätseln, Tarnung, Schlossknacken, Schlüsselmachen, Diebstahl, Bogenschießen, Alchemie, Giftmischerei, im Umgang mit Messern und Schwertern, Speeren und Kettenknüppeln hatten sie hierhergeführt, zu diesem Zweck.

Zu ihrem Sakrament der Seelen.

Sie blickte den schwarzen, saftblutenden Baum hinauf. *Ich will das noch einmal schmecken.* Mit diesem Gedanken wandte sie sich ab. Sie schwitzte. Als Black Dugal ihr zum ersten Mal Bluthholzleder gezeigt hatte, war sie überzeugt gewesen, ein Kleidungsstück daraus müsse unbequem und heiß wie ein Bäckereiofen sein. Doch dem war nicht so. Tatsächlich war das Leder überraschend angenehm zu tragen. Nicht ein einziges Mal war ihr in den vergangenen fünf Jahren darin heiß geworden. Jetzt aber fühlte sie sich seltsam beengt, fast als würde die Rüstung sich von ihrem Fleisch ernähren wie ein sie umhüllender Parasit, der sie mit seiner bedrückenden, lähmenden Liebkosung infizierte.

Dugals Blick bohrte sich fest in ihren. »Du hast bereits viele in meinem Namen getötet. Du bist brutal, effizient und gefühllos bei deiner Arbeit. Das ist gut. Aber heute wird es anders. Eine Leiche kann, so beunruhigend ihr Anblick zunächst ist, Freude bringen wie ein Kunstwerk. Besonders, wenn man es eigenhändig erschafft. Und um das zu lernen, bist du heute hier. Das ganze Ausmaß der menschlichen Anatomie. Deine letzte Prüfung. Mord im Namen der Kunst. Die Mutter aller Schönheit.« Bei diesen Worten begann die an den Baum gekettete Frau ängstlich zu keuchen.

Den finsteren Blick auf Krista konzentriert, sprach Dugal weiter: »Bis jetzt warst du einfach eine Mörderin. Nach dem heutigen Tag aber wirst du eine wahre Blutholz-Attentäterin sein. Du wirst Krystallholz werden. Und mit deinem neuen Namen musst du deiner Vergangenheit entsagen. Mach dich frei von allem, dem du noch in Zuneigung verbunden bist. Es ist kein Platz mehr für Sanftmut. Kein Platz für die Sehnsüchte von einst. Kein Platz für Liebe. Heute wirst du die ganze *Kunst* dessen erlernen, was wir tun.«

Als ihr Meister weitersprach, hatte sie das Gefühl, ihre Eingeweide verdrehten sich. »Deine Mutter ist schon lange tot. Dein Vater hat dich großgezogen, Gault Aulbrek. Sein Name wird dir niemals wieder über die Lippen kommen. Du bist jetzt vaterlos.«

Tief in ihr wuchs die Einsamkeit. Und die Verbitterung. Nachdem ihr Vater vor zehn Jahren in den Krieg gezogen war, hatte sie sich an das elende, einsame Leben mit König Aevrett und seiner Königin, der schönen, eleganten und grausamen Natalia, gewöhnt. Fünf Jahre lang hatte diese Frau sie wie eine Sklavin behandelt und unter der Obhut von Aevretts eigenen Rittern in Jö Reviens, dem königlichen Palast, gehalten. In dieser Zeit war ihr Natalia zuwider geworden, aus Gründen, an die sie jetzt nicht denken wollte. Und verbittert war sie, weil ihr Vater in den Krieg gezogen und nicht zurückgekehrt war. Weil er sie bei einem bösen König und seiner noch böseren Königin zurückgelassen hatte.

Zwar fragte sie sich oft, weshalb Black Dugal sie eigentlich ausbildete, seit er sie vor fünf Jahren aus den Qualen von Jö Reviens gerettet hatte und ihr Vater ein zweites Mal in den Krieg gezogen war, doch ihre Welt war seitdem besser geworden. Allerdings auch weniger vorhersehbar. Und ihr Leben unsicherer, ja. Aber besser. Denn in der Macht zu töten lag Freiheit. Und kaltblütiger Mord heilte Verbitterung im Handumdrehen. Bald sollte das Leben also unendlich liebloser, brutaler und reicher werden. Genau das hatte sie gewollt. Dafür hatte sie in den letzten fünf Jahren so hart gearbeitet. Für diesen Augenblick. Dieses Sakrament der Seelen. Die Vollendung ihrer Ausbildung.

Weder Seita noch Breita waren nunmehr bei ihr, die in den ersten Jahren unter Dugal ihre anfängliche Beunruhigung gemildert hatten. Auch von den beiden Vallè Seidenholz und Rosenholz hatte sie viel gelernt. Doch die letzten Monde waren ihre Gefährten nur Black Dugal und Hans Rake gewesen, diese zwei und die wenigen schönen Erinnerungen an ihren Vater, die sie bewahrte, und das verblassende Gedenken an ihre Mutter. Dies wollte sie trotz ihrer Verbitterung erhalten. Doch das frühere Leben mit ihrem Vater schien sich in einem immer ferner liegenden Nebel zu verlieren, die Erinnerungen verklangen wie ein dumpfes Echo. Gault war der starke Fels, an den ihre Kindheit geschmiedet war. Deshalb hasste und liebte sie ihn jetzt. Und das war der Kern der Verwirrung, aus der Dugal sie von Anfang an befreien wollte. *Er hat den Konflikt in mir immer gespürt.*

Eine Szene hatte sich ihr eingeprägt, die Erinnerung, die ihr am kostbarsten war und von der sie wusste, dass Dugal sie ihr noch nicht entziehen konnte: wie sie ihrem Vater das letzte Mal hinterhergeblickt hatte, als er nach seinem Besuch bei ihr vor fünf Jahren mit Aeros Raijaels Armee wieder in den Krieg davonritt. Gault hatte in prachtvoll glänzender Rüstung mit funkelndem Schwert hoch und aufrecht auf dem Kriegsross gesessen, das ihn von ihr forttrug. Seine letzte Geste war eine tiefe, anmutige Verbeugung aus dem Sattel gewesen, als er ihr eine Girlande aus blauen Nordlandrosen überreichte, die mit einem dunkelblauen Band umwickelt war – ein Band, das sie bis heute um den Knöchel trug. Stets verborgen.

Sorge. Tod. Sehnsucht nach der Vergangenheit. Mord. Alles Ziele, die nicht zueinanderpassen. Und Dugal liest in mir wie in einem offenen Buch. Ein schleichendes Unwohlsein setzte sich am Boden ihrer wehmütigen Gedanken ab. Dugal hatte recht. Gefühle machten sie schwach. Deshalb begrub sie sie im hintersten Winkel ihres Gehirns. Sie wollte, dass der bösartige Teil, den Dugal in ihr genährt hatte, am Ende triumphierte. Sie *war* mutterlos. *Vaterlos.* Seit langer Zeit schon. Herumirrend und allein in einer Welt, die sich verlassener Kinder nicht mit Güte annahm. Gault hatte sich in allen Dingen wie ein mustergültiger Vater verhalten. Aber jetzt kämpfte er seit zehn Jahren im Krieg, fünf Jahre hatte sie ihn nicht gesehen. Wahrscheinlich war er längst tot. Ja, sie war vaterlos. Und es kümmerte sie nicht. *Wie köstlich hatte doch der Blutholzsaft geschmeckt …*

»Es ist, wie Ihr sagt.« Krista hielt Dugals Blick stand. »Ich bin nun vaterlos.« Ein kleiner silberner Dolch, die natürliche Verlängerung ihrer Hand, schoss blitzschnell aus den Falten ihres Ledergewands. Sie hielt ihn hoch. »Ich erwarte mein Sakrament der Seelen.«

Die gefesselte Frau am Baum kreischte vor Schreck. Ihr verzweifelter Schrei rief eine Kettenreaktion bei den anderen Gefangenen hervor, die bis in die Ferne hallte. Doch Krista blieb ruhig. Sie blickte Dugal in die Augen. Dann drehte sich ihr Meister um und verschwand in das Baumlabyrinth, aus dem er erschienen war. Sein rotäugiger Hengst, Ingrimm, wartete in der Düsternis.

Krista wandte sich der Frau zu, legte den Kopf schräg und nahm Maß. Die Gefangene schluchzte. Tränen züngelten ihr wie Flammen aus den Augen, als sie zu flehen begann: »Bitte, Mylady, lasst mich gehen. Ich weiß, ich h-habe dem Thron Raijaels Böses getan. Ich kenne meine Missetaten. Aber ich – ich gehöre hier nicht her. Ich bin nicht wie die anderen. Das schwöre ich. Ich war erst einen Tag in den Kerkern von Rokenwalde, als sie mich holten. Ihr müsst gnädig sein.«

»Ah«, erklang eine Stimme hinter Krista. »Ich komme wohl gerade rechtzeitig.«

Geschmeidig drehte sie sich um, den Silberdolch zum Angriff bereit. Es war Hans Rake. Majestätisch und hoch zu Ross auf seinem blutäugigen Hengst Tod. Krista verfluchte sich, weil sie die Umgebung nicht aufmerksamer beobachtet hatte, und sah ihn starr an. Den Dolch hielt sie fest in der Hand.

»Nun, Krista, hast du einen neuen Namen?« In seiner Stimme lag ein kehliger, ärgerlicher Ton. Wie sie trug er lederne Beinschienen und eine Lederrüstung, die ihn als einen aus Dugals Kaste auswiesen. Neben zwei Dolchen im Gürtel hatte er noch einen Bogen und einen Köcher mit Pfeilen ganz offen auf den Rücken geschnallt. Hans Rake hatte eine leichte Hakennase und ein kantiges Kinn, und auf seinem Gesicht lag unablässig ein verächtlicher, arroganter Ausdruck. Dabei war er mit ausgeprägten Wangenknochen und feurigen grünen Augen gesegnet. Verschlagenen, boshaften Augen voll Selbstbewusstsein. Wie bei Dugal waren sie durchzogen von dünnen, roten Adern. Er hatte sich die Haare an beiden Seiten hoch über den Ohren rasiert, und sein kahler Schädel war mit Clan-Tätowierungen der Suk Skard bedeckt. Dazwischen wuchs von der Stirn bis in den Nacken eine Reihe sorgfältig geformter blonder Stacheln von gut fünf Zentimetern Länge.

Krista und Hans waren siebzehn; beide hatten die letzten fünf Jahre unter der Vormundschaft Dugals verbracht und in seinem

Namen getötet. Vor drei Tagen jedoch wurden sie in das letzte Spiel geschickt, ihre allerletzte Prüfung, auf ihre abschließende Pilgerfahrt hierher, zu ihrem Sakrament der Seelen, um echte Bluthölzler zu werden. Begonnen hatte es in Rokenwalde mit ein paar Hinweisen und Rätseln, die sie an diesen Ort führten. Hans wusste jetzt sehr wohl, dass *sie* bei ihrem Meister endlich hoch im Kurs stand. Sie spürte, wie sehr es ihn ärgerte, dass sie zuerst hier angelangt war. Denn Hans Rake dürstete danach, dem Meister besser zu gefallen als sie.

»Und, hast du einen neuen Namen, meine Liebe?«, fragte er noch einmal.

Sie war die Erste gewesen, die zum Sakrament der Seelen eingetroffen war. Ihr Lohn war der neue Name. Krystallholz. Ein Name, den sie Hans gegenüber erst nennen durfte, wenn auch er einen neuen hatte. Aber wann würde Dugal ihm den geben?

»Ich bin nicht deine Liebe.« Krista sah ihn weiter ausdruckslos an.

»Du kannst deinen neuen Namen eh nicht lange vor mir verbergen.« Hans hielt den Kopf aufrecht und blickte auf sie herab. Alles an ihm strahlte Dominanz und Stärke aus. »Oder hat unser Meister dich endlich in seinen geheimen Rat aufgenommen?« Er lächelte boshaft. »Teilst du *Geheimnisse* mit ihm?«

Krista spürte, wie sie vollkommen verkrampfte. Sie wollte sich von seinen überheblichen Sticheleien nicht provozieren lassen. Stets umgab Hans ein Hauch von Hochmut, seine ständigen Anspielungen galten immer ihr und wurden immer mit grausamem, doch formvollendeten Charme vorgetragen. Das war seine Art. Sie schwieg unter seinem Blick, den sie so gut kannte.

Dann sah er sich die Frau am Baum an. »Vielleicht berät sich ja diese tote Kerkerschlampe hier mit unserem lieben Dugal. Oder vielleicht hat auch sie einen neuen Namen bekommen.« Er stieg von seinem Blutaugenhengst ab und bewegte sich auf die Gefangene zu. »Wie ist dein Name, Weib?«

Die Frau war vor Angst völlig erstarrt und sagte nichts.

»Ja, die gehört mir.« Hans fuhr ihr mit den Fingern durch die einst schönen Haare. »Nur ein Haufen bebendes, blubberndes Fleisch für meine Klingen.« Er blickte kurz zu Krista, die noch immer den Dolch in der Hand hielt. »Einen neuen Namen hast du vielleicht, aber dein Silber ist noch dasselbe wie meins.«

Krista blieb ganz ruhig. Hans wandte sich wieder an die Gefangene, sein Gesichtsausdruck war jetzt entspannt und voll Sehnsucht. »Sieh nur, du holde Gefangene, wir dürfen erst nach Abschluss unseres Sakraments der Seelen eigene Blutholzdolche schmieden. Wir müssen den roten Saft dieser Bäume sammeln – und dann auch dein Blut.« Er verstummte, fuhr der Frau mit den Fingern über den Hals und drückte ihr die Nägel hinein. Blut rann über die blasse Haut, und sie wimmerte vor Schmerzen. Hinter Krista wieherte Tod anerkennend.

»Eine silberne Klinge dürstet nie.« Hans behielt den scheinbar müßigen Blick. »Aber gebt mir eine schwarze, die *ich selbst* gefertigt habe …«

Die Gefangene schrie auf und richtete ihren Blick aufgeregt zwischen Krista und Hans in den großen, unheimlichen Wald, als suche sie nach einem Fluchtweg oder einem Retter. Hans runzelte die Stirn. »Alles Jammern und Protestieren der fünf Inseln wird dich nicht retten. Die Dorfleute kommen hier nicht her. Sie sagen, dieser Wald sei verflucht.« Gelangweilt betrachtete er die Bäume um sie herum. »Oh, ich behaupte sogar, er ist *äußerst* verflucht, und es wird sicher nicht besser. Diese Bäume trinken das Blut der Toten. Das Blut von Gefangenen wie dir nährt diesen Boden. Ich denke, unser Sakrament der Seelen hält diesen Wald am Leben. Drücke ich mich genau genug aus, mache ich mich verständlich?«

»Bitte, nein.« Ein letztes verzweifeltes Flehen entrang sich der Frau, die wieder unruhig von Krista zu Hans blickte. »Habt Gnade, Ihr beide, ich bitte Euch.«

Obgleich Hans Rake gern den brutalen Ganoven aus der Gosse von Rokenwalde gab, wusste Krista, dass er das nur spielte. Eigentlich war er aalglatt und geschmeidig, aufmerksam und wach, die ganze Zeit. In sich barg er aber auch ein monströses, barbarisches Bedürfnis nach Gemetzel und Gewalt, das sich in äußerster Gemeinheit manifestieren konnte. Sie selbst verspürte dieselben Sehnsüchte nach Chaos und Brutalität. In dieser Beziehung waren sie beide sich erschreckend ähnlich. Sie hatten bereits gemeinsam getötet. Dies war ihr Sakrament der Seelen. Und gemeinsam würden sie auch jeden einzelnen Menschen hier meucheln.

Hans begutachtete die Frau nüchtern, während er ihr Gesicht liebkoste und dabei mit den Daumen unter ihre Ohren fuhr. Dann packte er zu und renkte ihr ruckartig den Kiefer aus. Von Schreck und Schmerz überwältigt riss die Frau die Augen auf. Ihre Schreie wurden zu einem erstickten Gurgeln, als Hans ihr mit dem Dolch die Kehle durchschnitt.

Auf einmal musste Krista daran denken, was ihr Vater wohl von all dem hier hielte: von der Ausbildung zum Bluthölzler, von all den Morden, die sie im Namen von Black Dugal begangen hatte, von diesem Sakrament der Seelen. Was würde Gault Aulbrek von diesem Leben einer Meuchelmörderin halten, das sie in den letzten fünf Jahren geführt hatte? Er hatte seine eigene Schwertkampfkunst mit so viel Eifer perfektioniert, den Krieg so ernsthaft studiert und war seinem Lord Aeros so zugetan. Sie hatte seine Hingabe bewundert. Als sie Hans zusah, wie er die Frau zerteilte, fragte sie sich tatsächlich, was ihr Vater wohl jetzt zu ihr sagen würde.

Nach einer Weile wandte Krista sich von Hans und seiner blutigen Arbeit ab. Sollte er das erste Opfer haben. Was kümmerte es sie? Sie zog es ohnehin vor, allein zu arbeiten. Und da warteten noch hundert andere Gefangene. Sie steckte den Dolch weg, fasste Schreckgestalt wieder am Zaumzeug und schritt leichtfüßig über den Schwamm aus dichtem Gras und schwarzen Blüten. Sie ließ

Hans und sein Opfer zurück auf dem Weg in die üppigen Wälder, zu den übrigen Gefangenen – den Leinwänden für ihre Kunst, ihre letzte Prüfung als Bluthölzler.

Ehe sie in dem schwarzen Wald voller Gefangener verschwand, sah Krista, wie Hans von seinem Werk aufblickte und ihr gespielt scheu und verschmitzt zulächelte. Noch immer tanzten rote Schmetterlinge in der Luft, und irgendwo in der Ferne ertönte das Brüllen einer Kuh. Krista Aulbrek würde schon bald unter Toten wandeln – unter jenen, die sie selbst getötet hatte.

Und das mit einem neuen Namen: Krystallholz.

Verrat und Betrug überdauern. Wendet ein Krieger sich gegen Raijael, so ergreift ihn, tötet ihn mit dem Schwert und begrabt ihn, wo ihr ihn gefunden habt. Wird der Verrat von einer Frau begangen, so verbrennt sie langsam und begrabt sie nicht, denn Raijaels Gnade hat sich schon darin erschöpft, dass sie überhaupt eine Waffe bekam.

AUS DEN RITTERLICHEN ERLÄUTERUNGEN DES RAIJAEL

2. KAPITEL

GAULT AULBREK

AM SECHSTEN TAG DES MONDES DER TUGEND IM 999. JAHR LAIJON – VOR LOKKENFELL, GUL KANA

Tau bedeckte die nebelverhangene Morgenlandschaft. Der von zwei schlammverkrusteten Ochsen gezogene Karren holperte mit den drei Gefangenen einen ausgefahrenen Pfad entlang. Rechts und links wuchsen federgleiche Grasbüschel aus dem torfigen Boden. Eine Abordnung der Meeresgarde aus Lord's Point, beritten und in blauer Uniform, geleitete an allen vier Seiten den Karren, und die stahlbeschlagenen Hufe ihrer schweren Hengste trommelten hohl auf dem sumpfigen Untergrund. Der Tagritter Leif Chaparral führte sie an. Einige Dutzend Knappen folgten der Prozession.

Gault Aulbrek lehnte an einer Seitenwand im Karren, die Hände vor sich in Schellen, die Beine mit Ketten an den Bodenbrettern befestigt. Zwar war er ein hartgesottener Veteran, aber der Verrat, den sein Lord Aeros begangen hatte, schmerzte ihn. Gedanken und Gefühle, die er sich ehedem nie gestattet hätte, durchströmten ihn.

Vermutlich würde er Geist, sein geliebtes Ross, nie wiedersehen. Der prächtige Hengst würde dem nächsten Erzritter von Aeros vermacht werden. Ebenso sein Schwert.

Und was geschieht mit Ava Shay? Er dachte auch an seine Stieftochter Krista. Würde sie dem bösen Schicksal entgehen können, das der Engelsprinz für sie ausersehen hatte?

Was für ein wohldurchdachter Plan. Alles, was jetzt in Gaults Leben nicht mehr stimmte, begann und endete bei Aeros Raijael. Anfangs hatte ihn der Krieg an der Seite des Engelsprinzen begeistert. Hasserfüllt zogen sie gegen die Feinde ins Feld, um heldenhaft das Land zurückzuerobern, welches einst dem Reich gehörte, in dem er geboren war. Jedes Scharmützel barg neue Aufregung, eine neue Heldensage. Zehn Jahre dauerte der Kreuzzug. In dieser Zeit hatte Gault miterlebt, wie Männer mit Äxten und Schwertern aufeinander einschlugen, Hieb um Hieb in Staub und Schlamm, während sie mit Blutdurst in den Augen auf den eigenen Eingeweiden herumtrampelten und ihre Zähne ausspien. Ihre edlen Taten wurden in den *Ritterlichen Erläuterungen* festgehalten. Er selbst hatte so viele Feinde erschlagen, dass er sie schon nicht mehr zählen konnte. *Hunderte. Nein, Tausende!* Glorreich und ehrenvoll.

Aber jetzt wollte er nur noch, dass es aufhörte.

Eigentlich musste er sich eingestehen, dass er schon seit zwei Jahren Sorge und sogar Angst in der Nähe Aeros Raijaels empfunden hatte. Er hatte Wahnvorstellungen gehabt. Den Unterschied zwischen Tapferkeit, Wut und blanker Angst kannte er längst nicht mehr. Alles wegen Aeros.

Er erinnerte sich an den Augenblick mit Ava Shay, die Umarmung, den Kuss. Hatte Aeros sie gesehen? Wenn er auch hier ehrlich war: Sie hatten *gewollt*, dass man sie erwischte. Aus diesem Grund mahnten die *Erläuterungen* immer wieder, sich jeder Zärtlichkeit und aller Gefühle zu entledigen.

Jetzt sieh dir an, wohin dich ein Moment des Mitgefühls gebracht hat …

Müdigkeit steckte ihm tief in den Knochen. Das Schwanken und tagelange Schlingern des Karrens hatte dazu beigetragen. Seit Ravenker hatte es kaum noch Wasser oder Nahrung gegeben. Der Duft blühender Blaubeeren, die gelegentlich am Wegesrand wuchsen, machte Gault vor Hunger ganz irre. Den Großteil der Strecke hatte er schlafend zugebracht und Pferdeschweiß und feuchten Torf eingeatmet. Jetzt versuchte er angestrengt, wach zu bleiben.

Mit schweren Augenlidern betrachtete er seine beiden Mitgefangenen: den Verräter aus Sør Sevier, Habichtholz, und dic Prinzessin von Amadon, Jondralyn Bronachell. Wenn das keine verheißungsvolle Gesellschaft war. Die Prinzessin, immer noch in der vollen Rüstung der Silbergarde, lag in der Mitte des Karrens. Man hatte ihre Arme vor dem silbernen Brustpanzer verschränkt, in schwere Handschellen gelegt und die Beine fixiert. Dabei hätte sie sich in ihrem Zustand ohnehin nicht bewegen können. Dafür hatte Gault in Ravenker gesorgt. Das Duell, zu dem die Frau ihn törichterweise herausgefordert hatte, lag fünf Tage zurück. Sein erster Schlag hätte ihr das Rückgrat brechen können. Mit dem zweiten hätte er ihr den Schädel gespalten.

Sie lebte nur deshalb noch, weil er sich bewusst zurückgehalten hatte.

Er sah, wie ihr Brustkorb sich sachte hob. Sie atmete flach und oft schwer. Das tiefe Röcheln Jondralyns war lange Zeit auf der Fahrt ein beunruhigender Gegenpol zum Knarzen und Rattern des Karrens und dem Klappern der Ochsenhufe gewesen. In den wenigen wachen Momenten hatte sie vor Schmerzen gestöhnt und war immer wieder bewusstlos geworden. Dicke Klumpen geronnenen Blutes klebten ihr in den Haaren. Der scharlachrote Fleck unter ihrem Kopf war fast völlig in das Holz des Karrens gesickert. Der umherwabernde Nebel nahm ihrer Haut jegliche Farbe. Mattes Licht ergoss sich auf die schartigen Wunden in ihrem geschundenen, einst so wunderschönen Gesicht, in dem jetzt von der Stirn oberhalb des rechten Auges bis zur linken Seite am Kinn eine schreckliche Wunde klaffte, die entzündet war. Das rechte Auge würde sie wahrscheinlich verlieren. Wenn sie überhaupt überlebte.

Habichtholz hatte sein Möglichstes getan, um die Wunde zu nähen – mit einem Zwirn aus seinem Gewand und einem Holzsplitter aus dem Karrenboden als Nadel. Eine nahezu unmögliche Aufgabe, verschnürt und verletzt wie er selbst war. Die notdürftige Operation genügte kaum. Zwischen den grob vernähten Hautfetzen quollen Muskelgewebe und Adern hervor. Neben dem Auge schienen Knochen weiß und schartig durch.

Jene Jondralyn Bronachell da im Ochsenkarren hatte kaum Ähnlichkeit mit der umwerfenden Frau, deren Abbild Enna Spades auf der Münze aus Gul Kana bei sich trug.

Habichtholz sah so elend aus wie Gault sich fühlte. Der ehemalige Bluthölzler hing schlaff und lethargisch an der gegenüberliegenden Wand des Karrens. Auch er hatte den überwiegenden Teil des Weges nur mühsam atmen können. Wunden durchzogen kreuz und quer seine Unterarme und den Hals. Die Lederrüstung war zerfetzt. Gault wusste, dass die Klinge, die ihm die zahlreichen Schnittwunden zugefügt hatte, vermutlich vergiftet gewesen war. In Ravenker hatte er aus der Ferne beobachtet, wie Leif Chaparral und Culpa Barra auf Habichtholz und Aeros' Schwert Himmelsplünderer getroffen waren. Habichtholz musste also dort Spinnenholz begegnet sein. Die Verletzungen stammten wahrscheinlich von seinem Bruder.

Doch hatte Habicht Spinne getötet und das Schwert an sich genommen? Das war die Frage. Habichtholz hatte nichts preisgegeben. Und jetzt trug Leif Himmelsplünderer.

»Beide wach, wie ich sehe.« Leif zügelte sein Ross, einen leicht gerüsteten Rotschimmel. Er ritt neben dem Karren und starrte Habichtholz an. »Anscheinend fällt mir die Ehre zu, euch armseligen Gestalten mitteilen zu dürfen, dass wir beinahe an der Königschaussee angelangt sind. Dann geht es weiter nach Amadon, wo euch beide, so fürchte ich, ein schreckliches Schicksal erwartet.«

Gault kämpfte sich aus seiner mürrischen Benommenheit und suchte nach zusammenhängenden Gedanken. Er konzentrierte sich auf den Tagritter und versuchte, sich zusammenzureißen.

Die dunklen Haare reichten Leif bis zu den Schultern und umrahmten das kantige Kinn unter den ausgeprägten Wangenknochen. Die Lider der blauen Augen hatte er mit schwarzer Tinte nachgezogen. So hoch zu Pferde, in prachtvoller, schwarz glänzender Rüstung und mit dem gewaltigen schwarzen Schwert an der Seite konnte Leif ausgesprochen furchteinflößend wirken, zumindest wenn man nicht wusste, worauf man bei einem Kämpfer zu achten hatte. Abgesessen nämlich humpelte der Tagritter merklich. Und hinter jedem einzelnen Wort und jeder Geste machte sich Unsicherheit bemerkbar.

An Leifs Sattel war ein Lederbeutel geknotet. *Die Entlohnung in Gold für Spinnenholz?* Vier Schwerter waren hinter ihm am Sattel befestigt: zwei gebogene Klingen mit spitzen Schäften, die einst Habichtholz gehörten, das Schwert, welches Gault in Ravenker gegen Jondralyn erhoben hatte, und das Langschwert mit der eleganten weißen Scheide – die Klinge von Aeros Raijael.

»Will keiner sich dazu äußern?«, fragte Leif.

Die Stimme von Habichtholz klang krächzend und angespannt: »Ich habe diese Gefangenschaft allein auf mich genommen, um

Jondralyn sicher nach Amadon zu geleiten. Aber täuscht Euch nur nicht, Leif Chaparral, wenn ich mich erst einmal befreit habe, werdet Ihr sterben.«

»Ihr werdet nie wieder frei sein.« Belustigung strahlte aus den Augen des Tagritters. »Große Worte, obgleich ich glaube, dass sie Ser Gault gefallen haben, stoisch und grimmig wie er die ganze Zeit dasitzt. Ist bestimmt schwer für Gault, diese Fahrt: Da liegt die Schwester des Königs von Gul Kana hübsch aufgeschnitten zwischen euch, und er ist der Täter. Welch ein Missgeschick für die ganze Fuhre.«

Habichtholz sah zu Gault hinüber, kniff die Augen kurz zusammen und blickte dann auf Jondralyn hinab.

»Nichts für ungut«, sprach Leif weiter. »Aber Gault ist es gewesen, der ihr das Gesicht gespalten hat. Ich sage bloß die Wahrheit.«

»Die Wahrheit?«, murmelte Habichtholz. »Ich bezweifle, dass Ihr die Bedeutung des Wortes kennt.«

»Ich für meinen Teil«, fuhr Leif fort, »fände es höchst erfreulich, wenn Ihr und Gault es gleich hier auf dem Ochsenkarren auskämpfen würdet. Andererseits: Wenn Ihr ihn tötet, wäre Jovan und mir das Vergnügen genommen, Gault das anzutun, was er und seine Ritterkumpane Baron Jubal Bruk angetan haben.« Leifs Lachen war freudlos. »Ihr wisst doch, was Aeros Raijaels Armee mit dem armen Baron gemacht hat, oder? Alle Gliedmaßen haben sie ihm abgesägt. Was sagt Ihr dazu, Habichtholz?«

Trotz der Verletzungen, unter denen Habichtholz litt, trotz des Giftes, das an ihm fraß, musterte er Leif mit einem verächtlichen, gnadenlosen Blick, ohne ein Wort zu sagen.

Der plauderte weiter. »Ich nehme an, Ihr und Ser Gault habt jeder ein eigenes, armseliges Elend, über das ihr brüten könnt.«

»Ihr wart es, der Eure Prinzessin verraten habt«, keuchte Gault. »Ihr seid schuld an Jondralyns Verletzungen.«

»Und wie meint Ihr das, Ser Gault?«

»Aufgeblasener Schnösel«, knurrte Gault. »Wenn nicht Habichtholz oder ich Euch töten, könnt Ihr sicher sein, dass es am Ende dieser verkommene Bluthölzler tut, dem Ihr Eure Seele verhökert habt.«

»Gault hat recht«, sagte Habichtholz. »Das alles ist Euer Werk, Leif. So viel weiß ich.«

»Jondralyn hat sich das alles selbst zuzuschreiben«, sagte Leif und lachte wieder. »Und zwar mit Eurer Hilfe. Habt Ihr sie nicht im Schwertspiel unterrichtet, Habichtholz?«

Der ehemalige Bluthölzler schwieg.

»Ich will Euch eins sagen«, sprach Leif weiter. »Als Ritter war sie so viel wert wie ein Krümel trockener Oghul-Scheiße. Eine Schande. Ein Fehlgriff. Ich hätte nicht übel Lust, die nächste Frau aus Gul Kana aufzuknüpfen, die ein Schwert in die Hand nimmt. Und zu verbrennen. Einfach aus Prinzip. Ja, ich mache es mir sogar zur Lebensaufgabe, dafür zu sorgen, dass keine Frau mehr die Rüstung von Gul Kana anlegt.«

Habichtholz knurrte: »Ihr seid tot, bevor Ihr dazu kommt, irgendjemanden aufzuknüpfen.«

»Wir erreichen Amadon in sechs Tagen. Dann könnt Ihr Jovan erklären, wie Ihr seine Schwester zu versagen gelehrt und ihr Flausen in den Kopf gesetzt habt. Ich bin sicher, er wird vor Heiterkeit und Mitgefühl für Eure Geschichten geradezu überfließen.« Und damit gab Leif seinem Pferd die Sporen und galoppierte voran. Schnell waren Ross und schwarze Rüstung vom Nebel verschluckt.

Gault und Habichtholz saßen schweigend da, jeder in seine Gedanken zurückgezogen. Wenn irgendwer Gault an Aeros Raijael erinnerte, dann Leif Chaparral. Seit der in der Nähe war, musste Gault über sein wachsendes Unbehagen in der letzten Zeit mit dem Engelsprinzen nachdenken. Je näher Aeros' Armeen Gul Kana gekommen waren, desto unberechenbarer, so schien es, war der

Engelsprinz geworden, desto mehr hatte er seine Truppen an der Schwelle zur blanken Panik angeführt. *Oder vielleicht bin ich ihm halb in Panik gefolgt.*

Vor Jahren schon hatte Gault begriffen, wie die Männer in Aeros' Armee funktionierten. Die meisten waren ganz normale Menschen, einfache Schmiede, Walfänger, Bauern, Hirten und Pelzjäger, die in den Krieg gezogen waren. Aeros war allein durch sein Geburtsrecht ihr Anführer. Er war nicht durch die harte Schule gegangen wie sie, sondern vielmehr am Hofe Rokenwalde in geschmackvoller Umgebung und im Überfluss in dem großen Palast Jö Reviens aufgewachsen.

Doch in den ersten Schlachten auf den Ländereien von Adin Wyte vor zehn Jahren, in denen Aeros tapfer neben seinen Männern kämpfte, hatte der junge Prinz sich nach und nach als würdiger Befehlshaber erwiesen. Während dieser blutigen Zusammenstöße hatte der Engelsprinz das Geheimnis eines guten Anführers begriffen: Er musste bereit sein, eigenhändig zu töten. Keinesfalls durfte er sich zurückhalten und andere die Drecksarbeit machen lassen.

Im Verlauf von zehn Jahren Krieg hatte Aeros sich in dieser Hinsicht mit jedem Feldzug als seinem Vater unähnlicher erwiesen. König Aevrett verließ sich in solchen Dingen, so schien es, eher auf Bluthölzler wie Habicht und Spinne. Eins aber wusste Gault: Ein Soldat hatte seinen Anführer nicht nur zu fürchten, er musste ihn auch mehr respektieren als den Feind. Diesen Respekt hatte Aeros früh erworben und ihn sich erhalten, als er mit großer Brutalität und viel Geschick kämpfte, ohne auch nur einmal verletzt zu werden, was dem Mysterium, das ihn zunehmend umgab, zuträglich war. Mit der Zeit betrachtete ihn jeder Soldat mit Ehrerbietung und sogar Ehrfurcht. Als kämpften sie wahrhaftig neben dem Wiedergänger Laijons.

Doch Gault hatte grausam erfahren müssen, dass man einem

Mann gegenüber nie loyal genug sein konnte, den der Rest der Landsleute als Gott betrachtete.

Kampfgeist und Treue unter Aeros' Mannen befanden sich nach der Eroberung von Adin Wyte vor fünf Jahren auf einem Höhepunkt. Doch in der seither vergangenen Zeit auf den Kriegsschauplätzen in Wyn Darrè hatte sich etwas in Aeros verändert. Den meisten fiel die zunehmende Ungeduld des Engelsprinzen nicht auf. Gault aber schon. In Adin Wyte war Besonnenheit Aeros' Stärke gewesen. Sein größter Vorteil hatte darin gelegen, dass er nicht hitzig war. Seine Ruhe und Ausgeglichenheit hatte die Schlagkraft der gesamten Armee beeinflusst. In Wyn Darrè dagegen genügte allem Anschein nach die geringste Provokation, um einen Zornesausbruch hervorzurufen oder ihn dazu zu bringen, dass er sich in seinem Zelt absonderte, während Enna Spades und Hammerfiss die Zügel in die Hand nahmen – zum Beispiel im Umgang mit den Gefangenen.

Nun sah es aus, als dürfte Spades mit ungezügelter Grausamkeit über jeden Aspekt dieses Krieges hinwegtrampeln. Am seltsamsten war die Beförderung von Mancellor Allen zum Erzritter und Aeros' anschließende Besessenheit von dem Dorfjungen Jenko Bruk. Und Ava Shay. Aeros hatte sich oft mit Gefangenen aus Adin Wyte und Wyn Darrè ausgetobt. Aber nachdem seine Lust gestillt war, hatte er sie innerhalb weniger Tage getötet.

Was hat Ava Shay, das den Engelsprinzen so verändert hat? Was hat sie, das mich so verändert hat?

Gault wurde in seinen Gedanken unterbrochen, weil ein weiterer Tagritter in schwarz glänzender Rüstung, auch er mit einem schwarzen Helm, der das Gesicht verbarg, aus dem Nebel auftauchte. An der Art, wie er sich im Sattel hielt, erkannte Gault, dass es Ser Culpa Barra aus Port Follett war, der Fahnenträger Jondralyn Bronachells. Sein grauer Zelter näherte sich geschickt dem Karren und fiel auf der Höhe von Habichtholz ins Schritttempo. Mit dem Kampfhandschuh zog Culpa den Helm und zeigte sein kantiges Gesicht mit den dunkelblauen Augen. Verschwitzte blonden Locken klebten ihm auf der Stirn. Den Tagritter umgab eine Aura von kühler Teilnahmslosigkeit, und Gault schätzte ihn als fähigen Soldaten ein, als jemanden, mit dem zu rechnen war.

»Ser Culpa Barra«, sagte Habichtholz so leise, dass die berittene Meeresgarde in der Nähe ihn nicht hören konnte. »Schwer, heute in voller Rüstung zu reiten. Muss gewaltig unbequem sein.«

»Ja«, lautete die kurze Antwort des Ritters.

»Was hat Euch so lange davon abgehalten, zu mir zu kommen? Wir haben Ravenker schon vor Tagen verlassen.«

»Ich habe meine Gründe.« Auch Culpa sprach leise.

»Wie Ihr seht«, Habichtholz hielt Jondralyn beim Sprechen stets im Blick, »ist hier für uns alles schrecklich schiefgelaufen, Culpa. Schrecklich falsch. Warum war sie in Ravenker? Warum hat sie sich mit einem der Erzritter von Aeros duelliert?«

»Das spielt jetzt keine Rolle.« Culpa sprach in klarem Ton. »Es ist eine lange Geschichte, und wir haben keine Zeit. Wir nähern uns der Königschaussee, und ich muss Abschied nehmen. Shawcroft und der Zwerg sollten erfahren, was mit Jondralyn geschehen ist. Und auch von Eurem Schicksal und wohin Ihr fahrt – und mit wem.« Wachsam blickte er Gault an, dann die Prinzessin. »Ich vermute, Roguemoore und Shawcroft kommen zum Treffpunkt mit Ironcloud.«

»Shawcroft ist tot«, sagte Habichtholz.

»Ist das gewiss?« Echtes Entsetzen zeichnete sich auf Culpas Gesicht ab, doch er fasste sich schnell. »Der Junge, der in Ravenker bei Euch war, der mit dem Hund weggelaufen ist, als Leif und ich kamen: Den kenne ich. Er war Shawcrofts Mündel.«

»Ja, Nail.« Habichtholz sah Culpa jetzt eindringlich an. »Ihr müsst den Jungen finden. Auch wenn es bedeutet, dass Ihr das

Treffen mit Roguemoore und Ironcloud verpasst. Nail ist höchstwahrscheinlich noch immer mit dem Hund unterwegs und bestimmt auch mit meinem Pferd. Ich habe das Gefühl, dass er sich unserer Mission nicht mehr verpflichtet fühlt.«

Culpa blickte nach Westen in den Nebel, hin nach Lord's Point. »Ich tue, was ich kann, um ihn zu finden.« Er wandte sich wieder Habichtholz zu. »Bedenkt, dass Jovan Euch nicht wohlgesonnen ist. Seiner Schwester ebenso wenig. Ich glaube, dass er für Jondralyns Schicksal verantwortlich ist. Gebt acht, wenn Ihr Amadon erreicht. Dort werdet Ihr sicher gehängt oder geköpft oder Laijon weiß, was.«

»Macht Euch um mich keine Sorgen, Ser Culpa.« Habichtholz sah wieder zu Jondralyn hin. »Ich habe Vorkehrungen getroffen. Ich sorge dafür, dass sie am Leben bleibt.«

»Dann verlasse ich Euch hier.« Culpa griff mit den behandschuhten Händen nach dem Helm. »Leif wird mein Verschwinden bald bemerken. Er wird es als Verrat werten.«

»Leif wird bald tot sein«, sagte Habichtholz.

»Seht zu, dass er qualvoll stirbt.« Culpa nickte kurz. »Falls ich Nail tatsächlich finde und es zum Treffpunkt schaffe, soll ich dem Zwerg etwas Bestimmtes ausrichten?«

»Sagt Roguemoore, dass ich jetzt nutzlos bin. Mein Bruder Spinne hat mich aufgeschlitzt wie einen nassen Fisch. Vielleicht sterbe ich. Spinnenholz ist findig und grausam mit Giften. Aber ich sorge dafür, dass Jondralyn überlebt. Sagt dem Zwerg, dass sie nun über meine Geheimnisse Bescheid weiß. Sagt ihm, die *Prinzessin* kann den Schild finden, wenn ich sterbe. Sie kennt den Weg.«

Culpa nickte abermals und setzte dann in einer fließenden Bewegung den Helm auf. Er griff in seine Satteltasche und zog einen Kanten Brot heraus. »Teilt euch den.« Er warf ihn Gault vor die Füße. Dann zog er noch eine Spule mit schwarzem Zwirn heraus und ließ sie Habichtholz in den Schoß fallen. Und so stieß er seinem Pferd die Fersen in die Flanken und galoppierte an der blau bekleideten Meeresgarde vorbei in den grauen Nebel Richtung Westen.

»Kryptische Unterhaltung.« Gault griff nach dem Brot und biss hungrig hinein. Es war aus Sauerteig, alt und trocken, und doch hatte ihm noch nie etwas besser geschmeckt. Er brach ein Stück ab und warf es dem ehemaligen Bluthölzler hin.

Habichtholz blickte in die Nebelwolken, in denen erst Leif und dann Culpa verschwunden war. »Ich habe mein ganzes Leben lang Menschen getötet, so lange, bis ich Jondralyn Bronachell getroffen habe. Die Wahrheit ist, seit ich sie das erste Mal gesehen habe, habe ich keine Seele mehr umgebracht.« Er wandte den starren, winterkalten Blick wieder Gault zu. »Aber das könnte sich ändern, wenn ich in Amadon ankomme und Jovan Bronachell begegne.«

Der ehemalige Bluthölzler rollte sich im Karren neben Jondralyn. Auf beide Ellenbogen gestützt, wickelte er mit angeketteten Händen die Zwirnspule ab und löste den Holzsplitter, den er vor Tagen aus dem Karren gerissen und zum Nähen von Jondralyns Gesicht verwendet hatte.

Während das Gefährt weiterholperte, machte Habichtholz sich an die notdürftigen Nähte, die er vor Tagen ins geschwollene Gesicht der Prinzessin gesetzt hatte, und zog sie vorsichtig auf. Eiter quoll aus der entzündeten Wunde. Sorgsam nähte er den blutenden Schnitt wieder zu und achtete darauf, dass er möglichst sauber blieb.

Gault Aulbrek sah ungerührt zu und genoss den schalen Kanten Sauerteigbrot.

In den schwindenden Feuern unserer schmorenden Seelen bedient ein jeder von uns sich der Heimlichkeit und der Täuschung, um sich zu schützen, um unsere Sache zu schützen. Ein jeder von uns gibt nur einen Teil seiner selbst und dessen, was er glaubt, preis.

WEG UND WAHRHEIT LAIJONS

3. KAPITEL

TALA BRONACHELL

AM SECHSTEN TAG DES MONDES DER TUGEND
IM 999. JAHR LAIJON – AMADON, GUL KANA

Tala trug ein ärmelloses gelbbraunes Überkleid mit einer schwarzen Seidenbluse und braunen Wollbeinlingen. In ihrem Gürtel steckte ein juwelenbesetzter Dolch, den sie kürzlich aus der Sammlung funkelnder Geschmeide in Jovans Kammer entwendet hatte.

Die Holzleiter vor ihr war hier und da morsch, wirkte aber stabil genug, also stieg sie, vorsichtig jede verstaubte Sprosse prüfend, hinauf. Am Ende der Leiter erreichte sie einen stockfinsteren Raum. Eher einen Kriechgang. Auf Händen und Knien tastete sie sich voran und befürchtete ständig, dass sie jählings abstürzen könnte. Als sie sich unter Spinnenweben duckte, spürte sie die Hinterlassenschaften von Ratten unter ihren Händen und Knien zerbröseln. Der Gestank längst verdorbener Speisen und toter Nagetiere hing schwer in der Luft. Von all dem Unrat wurde ihr beinahe übel, aber die lauernden Gefahren der Geheimgänge befriedigten wieder einmal ihre Abenteuerlust.

Sie fand die im Boden verborgene Falltür mit den abgefeilten Bolzen, die der Bluthölzler in der Nachricht erwähnt hatte. Ächzend hob sie die schwere Eisenklappe an und sauste eine enge Wendeltreppe hinab. Dann durchlief sie eine Reihe spärlich erleuchteter Zimmer, in denen links und rechts Holzkisten und Haufen alter, mottenzerfressener Tücher, angestoßenes Geschirr und verschimmeltes, verrottetes Zeug herumlagen. Sie kam an eine weitere Eisenpforte. Auch hier war das Schloss geknackt. Auf der anderen Seite befand sich ein deutlich größeres Zimmer, in das aus zwei Fenstern weit oben dämmriges Licht schien. Verschlungene Schatten tanzten an den Wänden. Der Kopf eines Hochlandwapitis hing über der längst erkalteten Feuerstelle am anderen Ende, verstaubt und von Spinnweben bedeckt. Eine Harfe mit silbernen Saiten stand auf einem Podest neben einem Bett voll schwerer Decken, auch diese überzogen mit einer stumpfen, grauen Schicht aus Staub und Schmutz. Vier Sessel und ein Diwan standen, alle mit ehemals tiefroten Samtpolstern, sorgsam angeordnet neben einer großen Mahagonitruhe mit filigranen Bronzegriffen. Von jeder Wand hingen lange, gewirkte Teppiche. Im schwarzen Schatten umgaben dunkle Alkoven die freie Fläche in der Mitte und erhoben sich bis in ein verflochtenes Fachwerk krummer Holzbalken in der Decke.

Die Anweisungen des Bluthölzlers hatten sie zu einer längst verlassenen königlichen Kammer geführt. Tala ließ den Blick halb staunend, halb ängstlich schweifen. Wie in einem Palast sah es hier aus, aber grau und trist. Dass ein unbekannter Raum voll mit so viel Luxus unbenutzt im Innersten der Burg existierte, war ein Mysterium. *Ein Zimmer für eine Königin!*

»Da bist du ja.« Eine weiche Stimme ertönte von nirgendwo- und überallher. »Ich habe mir schon Sorgen gemacht, dass du meine Nachricht nicht erhalten hast.«

»Jetzt bin ich ja da.« Sie zog den verzierten Dolch aus dem Gürtel.

»Wo sind die beiden Jungen, die du herbringen solltest?«

»Ich habe genug von deinen Anordnungen«, sagte Tala trotzig. Sie hatte zuvor geprobt, wie sie vorgehen wollte. Sie war die geheimen Botschaften und albernen Bluthölzler-Spielchen leid. Heute würde sie sich ihrem Peiniger stellen. Fest ballte sie die Faust um den Dolch. »Zeig mir deine wahre Gestalt.«

»Zeigt jemand von uns je sein wahres Selbst?« Die Stimme durchschnitt die Luft. »Tust du das, Tala? Kennst *du* überhaupt dein *wahres Selbst?*«

»Wir reden hier aber nicht über mich.«

»Oh doch, das tun wir.« Die Stimme des Attentäters tönte überlegen. »Dir hat nicht gefallen, dass diese üppige Schankmaid sich an deine Schwester herangemacht hat, nicht wahr?«

»Hat sie meinen Bruder niedergestochen?«, platzte Tala heraus. »Oder warst du das?«

Gelächter. »Du bist ein verwöhntes, anmaßendes kleines Gör.«

»Ich bin nicht hergekommen, um mich beleidigen zu lassen.«

»Du magst die von niederem Rang nicht. Du verachtest sie. Du hieltest Delia für ungehobelt. Du bist eine neidische Person. Ich kann in deinen Gedanken lesen.«

Tatsächlich fühlte es sich an, als schlüge in ihrem Kopf alles durcheinander, dehnte sich aus, als zöge ihr jemand die Gedanken aus Ohren und Augen. *Wie könnte ich auf eine wie diese Schankmaid neidisch sein?* Tala kniff die Augen zu. *Denk an etwas anderes. Jemand anderen. Nur nicht an die Schankmaid.* Das Bild des nackten Körpers von Sterling Prentiss kam ihr in den Sinn, ausgebreitet auf dem kreuzförmigen Altar, Blut, das die Steine hinabtropfte. Er lag noch immer in diesem rotverschleierten Zimmer, kalt und verwesend. *Ein Mann ist tot, meinetwegen! Wegen all meiner Lügen!*

»Ach, was hast du dem Hauptmann der Tagritter nicht alles angetan.« Die sanfte Stimme des Bluthölzlers troff in Talas Gedanken und übernahm die Kontrolle. »Tiefgreifende, gerissene, blutige Dinge. Du kennst dein wahres Selbst nicht, und du hast keine Ahnung, was du zu tun vermagst. Nicht wahr, meine Kleine?«

Tala trat einen Schritt zurück, so sehr hatten die beiden letzten Wörter sie erschüttert. *Meine Kleine.* Diese Andeutung des Attentäters löste eine Lawine schrecklicher Bilder in ihr aus: Glade, wie er dem Hauptmann der Tagritter die Kehle durchschnitt, sie, die mit eigenen Händen in den Eingeweiden des Mannes wühlte. *Zeigt jemand von uns je sein wahres Selbst?*

Was der Bluthölzler vorhin gesagt hatte, war ein direktes Zitat aus seiner letzten Nachricht. Tala hatte sie auswendig gelernt.

Ich gratuliere! Du hast alle Aufgaben erfolgreich bewältigt.
Dank deiner Ergebenheit ist der Untergang von Gul Kana und den Fünf Inseln in die Wege geleitet. Nur noch ein paar Aufgaben mehr, und Lawris Wandel ist abgeschlossen. Nur dann ist auch deine Bestimmung gesichert.
Zeigt jemand von uns je sein wahres Selbst?
Folgendes musst du noch für mich tun …
Such die geheimen Pergamente, die Jondralyn in ihrer Kammer verborgen hat. Übergib mir, was du findest. Eine schreckliche Gefahr ist es, die sie versteckt hält, eine, die ins Fegefeuer führen kann und darüber hinaus.
Hast du das Pergament, musst du Glade Chaparral mitbringen. Auch dein Vetter Lindholf soll dabei sein. Trefft euch in fünf Tagen in der vergessenen Kammer der Königinnen mit mir. Den Weg dorthin findest du auf der anderen Seite dieser Nachricht.
Du weißt, wie du die Anweisungen entziffern kannst …

Und da stand sie nun, ohne die geheimen Pergamente und ohne die beiden Jungen. Sie hatte sich absichtlich *nicht* an den Brief gehalten, absichtlich nicht die Verstecke in Jondralyns Kammer durchsucht, Glade und Lindholf absichtlich nicht mitgebracht. Ehrlich gesagt wäre sie froh, wenn sie Glade Chaparral nie wiedersehen müsste. Sie wollte sich allen Spielchen verweigern, bis der Bluthölzler *ihr* Rede und Antwort stand. »Sag mir, was für ein Gift ich Lawri eingeflößt habe«, forderte sie schneidend. »Dieses grüne Zeug in dem Fläschchen, es hat sie irgendwie verändert.« *Und auch wieder ins Leben zurückgeholt.* Tala erschauerte bei dem Gedanken.

»Hast du das Pergament dabei, das ich verlangt habe?«

»Hol es dir doch selbst. Wahrscheinlich weißt du ohnehin, wo es ist …«

»Stelle niemals Forderungen an mich.« Eine dunkle Gestalt trat hinter einem dicken Wandteppich hervor ins Licht. Sie trug einen Umhang, das Gesicht lag im Schatten und war von einer dunklen Kapuze verdeckt, und sie machte keine Anstalten näher zu kommen, sondern stand einfach mit einem schmalen schwarzen Dolch in der Hand da.

Zwar war das Zimmer nicht besonders hell, doch so viel hatte Tala von ihrem stillen Peiniger noch nie gesehen. Ihr Herz hämmerte. »Ich habe keine Angst vor dir.«

»Meine Klinge dürstet. Und dein Tod wird lange dauern. Ich werde ihn schmerzhaft machen.«

Tala zögerte nicht. Sie lief geradewegs und zielstrebig auf den Attentäter zu, den eigenen Dolch fest in der Hand. Der Bluthölzler drehte sich um und verschwand in dem dunklen Winkel in der Wand hinter dem Teppich, aus dem er hervorgetreten war. Tala rannte zum Alkoven und blinzelte in die Finsternis. Da war nichts, nur drei Steinwände, die bis zur Decke ragten. Als sie den Kopf in den Nacken legte und nach oben blickte, rieselte ihr Staub in die

Augen. Sie wich zurück und fragte sich, welcher Irrsinn sie geritten hatte.

»Du bringst mir, wonach ich verlangt habe.« Der Attentäter hockte über ihr auf den Balken. »Für diesen Kinderkram haben wir keine Zeit.«

»Kinderkram«, wiederholte Tala, die immer noch nach oben blickte. »Und was ist mit deinen *alberner Spielchen?* Wer von uns ist denn derjenige, der voller alberner Kindereien steckt?«

»Du hältst dich selbst wohl für sehr schlau, Mädchen.«

»Zeigt jemand von uns je sein wahres Selbst?« Tala gab die Frage an den Bluthölzler zurück. »Tust du das? Das ständige Verstecken vor mir. Das Klettern auf Balken. Du bist es, der Angst vor *mir* hat.«

»Wir beide kennen dein Begehr.« Leise wie eine schwebende Gänsefeder sprang der Attentäter über die Holzbalken und verschwand weit oben im Schatten.

»Du willst ebenso dringend wie ich erfahren, welche Pergamente Jondralyn versteckt hat.« Die Stimme des Bluthölzlers wurde leiser. »Bei unserem nächsten Treffen – denk an dein wahres Selbst – du willst doch nicht, dass Lawris Träume wahr werden …«

Dann war er fort, und Tala starrte in die nasskalten Tiefen der krummen Balken voller Spinnennetze. Sie hatte allen Mut verloren. Sie dachte an den Traum, von dem ihre Cousine ihr erzählt hatte. *Ich wurde in die Ehe mit dem Großvikar übergeben!* Sie erinnerte sich daran, wie sehr ihre Mutter arrangierte Ehen gehasst hatte, wie Alana mit Borden gestritten hatte, als es darum ging, Jondralyn Squireck Van Hester zu versprechen, als Jon gerade sechzehn war. Wie ihre Mutter war auch Tala der Ansicht, eine Frau sollte das Recht haben, ihr Schicksal selbst zu bestimmen. *Ich weiß nur noch nicht recht, wie es aussehen soll.* Einst hatte die Vorstellung, mit Glade verlobt zu werden, sie geradezu entzückt. Ihr gingen die Abschiedsworte des Bluthölzlers nicht aus dem Kopf.

Bei unserem nächsten Treffen … denk an dein wahres Selbst … du willst doch nicht, dass Lawris Träume wahr werden …

Denarius! Die Hochzeit!

Dann sah Tala, dass etwas vor ihr lag. Ihr gefror das Blut. Ein hübsch gefertigter Beutel aus dunklem Leder mit Goldblatträndern und fein gearbeiteten Einlegeverzierungen, etwa so groß wie die Haube einer Dame. Oben war er mit einem Lederriemen zugeschnürt.

Tala schob den Juwelendolch wieder in den Gürtel, ging in die Knie und nahm den Beutel vorsichtig hoch. Er war schwerer, als sie gedacht hatte. Als sie ihn öffnete, sah sie darin etwas hell und grün schimmern. Sie weitete die Öffnung. Dann schlug sie die Lasche zurück und kippte verwirrt den Inhalt auf den Boden.

Ein Zettel fiel heraus, gefolgt von einer Reihe grüner, münzgroßer Murmeln. Ungefahr ein Dutzend. Strahlend und klein. Sie leuchteten. Mit einem Mal saß Tala inmitten von hellem Grün. Sie schnappte sich eine der glänzenden Kugeln. Seltsam, wie sie sich anfühlte. Nicht wie die Glasmurmeln, mit denen sie als Kind gespielt hatte, sondern weicher. Sie drückte mit dem Finger leicht dagegen. Eine grün glimmende Flüssigkeit in dünner, durchsichtiger Haut. Die Masse darin sah aus wie der Trank, den sie Lawri gegeben hatte.

Tala ließ die Murmel wieder in den Lederbeutel gleiten und griff nach dem Zettel. *Eine Nachricht!*

Beim Lesen durchfuhr sie ein Schauer wie von spitzen Eisnägeln, die ins Rückgrat getrieben wurden.

Deine süße Cousine ist nur zum Teil geheilt. Täusche dich nicht, sie wird in den Wahnsinn trudeln und sterben, wenn sie nicht mehr von dem Gegenmittel bekommt.
In diesem Beutel gebe ich dir zwanzig Portionen. Für jeden Tag eine. Bald erhältst du mehr davon … jedoch nur, wenn du mir

weiterhin gehorchst und mir bringst, wonach ich verlange. Erst dann ist Lawris Verwandlung vollendet. Erst dann wird deine Bestimmung dir eröffnet. Eines Tages, Tala, zur Zeit des Sündenerlasses, bist du vielleicht die Einzige verbliebene Erbin von Borden Bronachell, die Einzige, die den Schlüssel zu allen Mysterien hält. Diese Spielchen, die du so albern findest, sind eine Prüfung für dich, eine Vorbereitung auf deine Zukunft. Nimm sie ernst. Lawris Leben hängt davon ab. Auch dein Leben hängt jetzt davon ab.

Ein trister Wind pfiff über die Zinnen der Wehrtürme um den Rasenhof. Auf den hohen Mauern stand ein Dutzend Männer der Silbergarde und wachte über den Hof und die Sicherheit der Schwester, Cousine und Vettern des Königs, die mit Val-Draekin und Seita Schwertkampf trainierten.

»Mylady, Ihr seht heute betrübt aus«, sagte Seita mit reizendem Lächeln und verneigte sich vor Tala.

»Es ist nichts«, erwiderte Tala kühl.

Seita ließ sich von dem abweisenden Ton nicht beirren. »Als Mitglied der Königsfamilie hat man es schwer«, sagte die Vallè-Prinzessin. »Freundschaften ergeben sich selten und sie sind schwierig zu erhalten. Oft ist nicht zu erkennen, wer ein *wahrer* Freund ist. Schwer genug, auch nur sich selbst zu kennen.«

Sich selbst zu kennen? Tala runzelte die Stirn. *Bin ich denn ohne Freunde?* Sie sah zu Lindholf und Lawri Le Graven. Die Zwillinge kämpften mit Glade Chaparral und Val-Draekin mitten im Hof mit Holzschwertern gegeneinander. Dunkel erinnerte sie sich an die Freundschaften ihrer Jugend: Lindholf, Lawri, Glade. Aber Glade war ihr jetzt fremd – finster und böse. Ein Mörder. Und ihre Beziehung zu Lindholf war angespannt und schwierig geworden. Auch Lawri hatte sich verändert. *Habe ich mich verändert? Wie erkennt man sich denn selbst?* In jüngster Zeit hatte sie sich alle Mühe gegeben, in ihrem Herzen ein leidenschaftsloses, gefühlloses Nichts zu erschaffen.

Nichts mehr spüren. Leere war ihr Ziel. *Das Spiel ist noch nicht vorbei, und Lawri ist noch in Gefahr.*

»Neun von zehn Edelleuten am Hof des Königs haben nicht viel für mich übrig«, sprach Seita weiter. »Die Vallè bezeichnen nicht viele als Freunde. Mir misstraut man anscheinend auf Schritt und Tritt. Und die anderen Hofdamen verachten mich am meisten.«

Weil ihre Freunde und Ehegatten dir hinterhergaffen. Heute trug die Vallè-Prinzessin eine lederne Reithose, an den Seiten geschnürt, die wie angegossen saß. Passend dazu ein hellbraunes Überkleid und einen schwarzen Gürtel. Die Haare umflossen wie zufällig weißseiden und fein ihr betörendes schmales Gesicht, das mit seiner blassen und makellos klaren Schönheit Marmor aus Riven Rock ähnelte. *Ja, jeder Mann starrt dich an*, dachte Tala. *Sogar ich tue das.*

»Darf ich Euch etwas fragen? Natürlich nur, wenn es Mylady genehm ist.« Seita verneigte sich abermals mit grün blitzenden Augen. Tala nickte, und die Vallè-Prinzessin fuhr fort: »Glaubt Ihr, Euer Bruder hat viele Freunde? Echte Freunde, meine ich. Gewiss mangelt es Jovan nicht an höfischen Günstlingen, die sich beim Silberthron einschmeicheln möchten.«

Tala dachte an ihren älteren Bruder und seine Beziehung zu Leif – an den Kuss, den sie mitangesehen hatte. »Jovan braucht keine Freunde«, sagte sie etwas zu kurz angebunden.

»Ist er nicht mit Leif Chaparral zusammen aufgewachsen? Sie stehen sich doch noch nahe?«

Kann auch sie in mir lesen? Talas Mut sank.

»Ich mache mir diesbezüglich so meine Gedanken«, sagte Seita. »Andere von königlichem Blut, sind das die einzigen Freunde, die ein Prinz, eine Prinzessin oder auch ein König haben darf?«

Königliche Blutlinien ergeben nicht automatisch Gemeinsamkeit. Das hatte Tala im Lauf ihres Lebens lernen müssen. *Man kann zwei Personen nicht einfach in eine Freundschaft drängen, weil ihre Lebensumstände sich gleichen.*

»Vielleicht können wir einander dienlich sein.« Seita verneigte sich wieder. »Gern würde ich mit Euch, Tala, eine Allianz bilden. Es wäre mir eine große Ehre.«

Tala schluckte und spürte, dass sie die Vallè-Prinzessin fast wütend ansah.

»Verzeiht.« Seita wandte sich ab. »Allianz war das falsche Wort. Das klingt so kalt und methodisch. Das meinte ich überhaupt nicht so.«

»Worauf wollt Ihr hinaus?«, fragte Tala scharf.

»Ich habe mir immer eine Freundschaft wie die Eure zu Lawri gewünscht«, antwortete Seita. »Sogar Glade und Lindholf sind Eure Freunde. Das muss doch tröstlich sein.«

Tala hatte geglaubt, dass die Vallè-Prinzessin voll unerschütterlichem Selbstbewusstsein war. Jetzt aber zeigte sie eine verletzliche Seite. Das rührte Tala und besänftigte sie, als Seita sie verstohlen ansah.

»Aus mir spricht meine Eifersucht, nehme ich an«, sagte die Vallè-Prinzessin. »Ja, ich wünsche mir, Val-Draekin näherzustehen. Aber er hat nur Augen für Breita. Und sie könnte ich niemals betrügen.«

»Wo ist Eure Schwester?«

Seita blickte weiter mit wachen Augen in den Hof. »Ich muss gestehen, Tala, dass ich nicht weiß, wo Breita sich aufhält. Und das beunruhigt mich.«

Sie zog ihre schmalen Brauen zusammen. »Oft denke ich, ich weiß alles. Ich kann alles voraussehen. In Wahrheit aber kann man sich selbst so lange etwas vormachen, dass man nicht mehr erkennt, wann es aufhören muss. Oder wann es, ohne Schaden anzurichten, aufhören kann. Manchmal kann man sich nur eine Zeitlang im Inneren verbergen.«

Tala wusste nicht, wie sie diese Bemerkung der Vallè-Prinzessin deuten sollte. Auch sie sah in den Hof und beobachtete Val-Draekin und Glade bei einer Reihe schneller Übungen mit Schwert und Schild. Beide hieben aufeinander ein. Glades Rüstung funkelte bei jeder Bewegung in der Sonne. Mit einem Lachen drängte sich Lawri dazwischen und stach ihm spielerisch mit dem hölzernen Übungsschwert in den Bauch. Das brachte ihn aus dem Takt. Wütend fuhr er herum und holte mit dem Schild nach ihr aus.

»Achtet stets auf das Unerwartete, Glade.« Val-Draekin lachte. »Lawris Lektion ist sehr wichtig.« Er wandte sich an Lindholf. »Jetzt Ihr. Und bleibt konzentriert.« Lindholf trat mit erhobenem Schwert und Schild auf Val-Draekin zu. Als Glade sich von den beiden entfernte, machte Lawri einen schnellen Knicks, zeigte mit dem Holzschwert auf ihn und streckte ihm lachend die Zunge raus. Glade konnte ihr nicht böse sein und fing ebenfalls an zu lachen. Lawri führte einen kleinen Siegestanz auf, bei dem sie mit dem Schwert herumfuchtelte.

Wie können sie so viel Freude haben, und ich sitze hier herum und brüte?

»Seht Ihr, wie viel Spaß Freundschaft machen kann?«, fragte Seita.

Spaß? Talas Stimmung verschlechterte sich. Sie konnte nur mehr den blutrünstigen Glade vor sich sehen, der Sterling Prentiss die scharfe Klinge durch die Kehle zog. Und dann drohte, Lawri umzubringen. Jetzt schlugen diese beiden *aus Spaß* die Schwerter gegeneinander. In längst vergangenen Zeiten hatte sie eine mysteriöse Wolke aus schwelgerisch himmlischer Luft umhüllt, wenn sie Glade in die dunklen, kühnen Augen geblickt hatte. Jetzt wurde ihr übel davon, denn sie kannte sein wahres Wesen. *Fall nicht auf ihn herein, Lawri!*, schrie sie ihr im Geiste zu, als sie die beiden sah.

Vorhin, als sie hinter Lawri in den Hof hinablief, war Tala den Blicken von Glade und von mehr als einer Handvoll der Silbergardisten gefolgt. Alle hatten Lawri Le Graven angestarrt. *Wie jeder Mann jeder hübschen Frau hinterherglotzt.* Es stimmte, ja, Lawri sah umwerfend aus in ihrer hellbraunen Reithose und der blitzblauen Bluse mit den langen, weiten Ärmeln. Die Farbe ergänzte die blonden Haare um ihr Gesicht wunderbar. Rund und gesund sah sie aus, mit rosig blühenden Wangen, nicht mehr kränklich und bleich.

Tala selbst trug kein Rüschenkleid, keine Korsage. Ihr Aufzug passte besser in den Hof hier draußen. Sie hatte noch immer das an, was sie eben noch in den Geheimgängen getragen hatte: Beinlinge, Bluse, Überkleid und den Ledergürtel um die Hüfte mit ebenjenem juwelenbesetzten Dolch an der Seite. *Starren die Männer auch mich an, wenn ich nicht darauf achte?*

Sie merkte, dass Seita sie neugierig, beinahe traurig ansah. Dann wandte die Vallè-Prinzessin sich hastig ab.

»Ihr könnt mich als Eure Freundin betrachten«, sagte Tala und fasste Seita, ohne nachzudenken, sanft am Arm. »Schließlich weiß ich jetzt immer, wie ich einen Angreifer mit einem Messer entwaffne.«

»Es war mir eine Ehre.« Seita neigte zum Dank kurz den Kopf und berührte Tala dann innen am Handgelenk. »Wie ich gesagt habe: Schlagt einmal fest innen auf den Unterarm, hier, gleich unter der Handfläche, und dann auf den Handrücken.« Seita drückte auf beide Stellen an Talas Hand. Tala dachte daran, wie sie genau dieses Manöver ausgeführt hatte, um dem Bluthölzler seinen schwarzen Dolch in den Geheimgängen zu entwinden – jenen Dolch, den sie am kreuzförmigen Altar in dem rotverschleierten Zimmer tief im Inneren der Burg zurückgelassen hatte.

»Damit entwaffnet Ihr die stärksten Feinde.« Seita grinste ansteckend.

Tala merkte, dass sie zurücklächelte. Beide sahen sie Val-Draekin und Lindholf beim Übungskampf mit den Dolchen zu. Erst bemerkte Tala es gar nicht, aber dann spürte sie, dass die Vallè-Prinzessin noch immer sanft ihre Hand hielt, die Finger mit ihren verschlungen. Wärme durchströmte Tala, als ihr klar wurde, dass sie seit dem Tod ihrer Eltern kaum je einen Augenblick körperlichen Kontakt mehr gehabt hatte. Sie dachte daran, wie sie Seita und Val-Draekin gefunden hatte, als sie Lindholf im Swensong-Hof Taschendiebstähle lehrten – wie Val-Draekin sie damals nur leicht gestreift und ihr dabei den Beutel vom Gürtel gestohlen hatte. Beide Vallè hatten ihrem Vetter und ihrer Cousine in letzter Zeit viel Zuneigung entgegengebracht.

Auf dem Übungsplatz fiel Lindholf ständig eine Locke in die sommersprossige Stirn. Wie immer war sein maisgelber Schopf verschwitzt und zerzaust. Ein strohiger Bart wuchs ihm unter der Nase und am brandnarbigen Kinn. Er schwitzte und mühte sich, die Angriffe des Vallè abzuwehren.

Val-Draekin hielt sich bei den Übungskämpfen stets anmutig, bewegte sich leichtfüßig und glich dabei einem Mitglied der Akrobatentruppe Val-Auh'Sua aus Vallè. Die Ohren und feinen Züge verrieten seine Herkunft und ähnelten denen von Seita, waren aber kantiger. Tala erinnerte sich, dass er den Arm in einer Schlinge getragen hatte, als er auf der Suche nach Breita in Amadon angekommen war. Jetzt aber kämpfte er, als sei er nie verletzt gewesen. Wie bei allen Vallè waren seine Wunden schnell verheilt.

»Genug!« Ein Ruf schallte durch den Hof und riss Tala aus ihrer stillen Träumerei. Lindholf und Val-Draekin brachen die Übung ab.

König Jovan Bronachell lächelte kalt, als er sich durch den Bogengang des Hofes auf die Gruppe zubewegte. Seine schulterlangen braunen Haare wurden von einem glitzernden Silberreif um den Kopf gehalten – der Königskrone. Er trug den üblichen mit Wolfspelz gefütterten schwarzen Umhang und darunter eine schmückende Weste aus fein ziselierten Silberringen. Er hatte weder Schwert noch Dolch im Gürtel. Das gewohnte Gefolge von Tagritterwachen war nirgends zu sehen. Als er auftrat, nahm die Silbergarde auf den Zinnen Haltung an.

Jovan kam auf sie zu und durchbohrte Tala mit seinem Blick. Im Gesicht wirkte er noch matt und blass – das sichtbare Zeichen des Mordversuchs, den er vor Kurzem überlebt hatte. Doch trotz seines nachdenklichen Auftretens strahlte ihr Bruder Macht aus. Als er vor ihr stehenblieb, verneigten sich alle anderen vor ihm. Tala nicht.

Jovan warf ihr einen gerissenen Blick zu und ging dann weiter zu Lindholf und Val-Draekin. Sein Tonfall klang tief, befehlshaberisch. »Mit was für einer verknöcherten Vallè-Schwertfuchtelei verderbt Ihr diese jungen Männer hier?« Brüsk entriss er dem Vallè das Holzschwert. Damit fuhr er herum und sah Tala und Lawri kühl an. »Ihr *Kinder* habt meine Geduld ausgereizt.« Mit zornigem Blick wandte er sich Lindholf und Glade zu. »Verneigt euch nochmal und erweist eurem König die angemessene Ehre.«

Lindholf und Glade sanken auf die Knie und trauten sich nicht mehr aufzublicken.

»Ich sollte euch beide vom Hof verbannen«, sagte Jovan.

Glade blickte hoch, und sein zuvor ängstlicher Gesichtsausdruck zeigte zuerst Überraschung und dann Wut.

»Ach, reg dich nicht auf.« Jovan lachte freudlos. »Wir wissen doch, dass ich weder euch noch eure Familien verbannen kann. Ich brauche die Lehenstreue und die Armeen, die eure Väter aufbringen, damit der Weiße Prinz nicht noch mehr Raum auf meinen Ländereien gewinnt.« Dann verzerrte plötzlich kalter Zorn sein Gesicht. »Aber glaubt nicht, dass ich nicht jedem das Leben zur Hölle machen kann!«, bellte er.

Talas Herz raste jetzt. Ihr Bruder zog Val-Draekins hölzernes

Übungsschwert und schlug damit dreimal heftig vor ihrem Gesicht durch die Luft. Jedes Mal pfiff es durch den Hof, und jedes Mal verfehlte es ihre Nase nur um Haaresbreite. Sie zuckte nicht.

»Bitte, Euer Hoheit.« Lindholf trat neben Jovan. »Ihr könntet sie versehentlich treffen.«

Jovans Augen weiteten sich, als er das Schwert sinken ließ. »Du wagst es, ohne um Erlaubnis zu bitten, das Wort an deinen König zu richten?« Lindholf erblasste, als Jovan ihn anherrschte. »Ich zeige euch Narren, wie Männer kämpfen.« Der König warf seinen Pelzumhang zu Boden. »Ich lehre euch, zu kämpfen wie ein echter Mann. Wie ein echter Schwertkämpfer. Nicht wie ein alberner Balletttänzer wie dieser Vallè-Schönling hier.«

Er begab sich in die Mitte des Hofes und winkte die jungen Männer zu sich. Mit bleichen Gesichtern, Holzschwerter und Schilde in den Händen, gehorchten sie.

»Los!«, rief Jovan. »Greift mich an, ihr Rotznasen!«

Glade schlug zuerst zu. Jovan duckte sich einfach weg, und Glade stolperte, fiel über seinen Schild und taumelte ganz vom Kampfplatz. Jovan sprang nach vorn und schlug zweimal blitzschnell gegen Lindholfs erhobenen Schild. Heftige Schläge. Lindholf ging zu Boden und verlor den Schild. Glade war inzwischen wieder auf den Beinen und ging von hinten auf Jovan los, doch der König drehte sich rasch um und parierte. Erneut holte Glade weit aus. Talas Bruder tänzelte außer Reichweite, und Glade verlor durch die eigene Wucht das Gleichgewicht. Jovan griff mit wirbelnden Hieben an, und bald lagen Glades Schwert und Schild im Gras.

»Du bist raus!«, rief Jovan und wandte sich wieder dem völlig erstarrten Lindholf zu, der sich eben berappelte, die Waffe nutzlos an der Seite baumelnd. Der König schlug nur einmal zu, und Lindholfs Schwert flog davon. Er kauerte sich in Anerkennung der Niederlage auf den Boden. »Du bist auch raus!« Jovan warf das Übungsschwert hin.

Er wandte den Jungen den Rücken zu und schlenderte auf Tala zu. Geschwind fasste sie sich. Sie überlegte, dass er wohl den oben zusehenden Silbergardisten beweisen wollte, was in ihm steckte. Ihr Bruder wollte ganz Amadon zeigen, dass er noch mit Autorität und Kraft kämpfen und regieren konnte. Wollte den Nachweis erbringen, dass er vielleicht von den Wirkungen der Klinge des Attentäters beeinträchtigt war, aber offenbar auch ohne seine Tagritter auskam und sich niemandem beugen musste.

In Tala drehte sich alles, als Jovan ihr den Dolch aus dem Gürtel riss. »Der gehört *mir!*«, höhnte er und strich über die Waffe. »Ich habe schon vor Wochen von dir gefordert, dass du dich wie eine Dame kleidest. Dennoch gehorchst du nicht und ziehst dich an wie ein Mann! Es gehört sich nicht, dass eine meiner Schwestern in Hose und Überkleid durch meine Burg stolziert, mit Dolchen im Gürtel und dergleichen. Solange du in meiner Burg wohnst, benimmst du dich nicht wie Jondralyn. Du kleidest dich wie eine Dame, wie ich es dich geheißen habe!«

Er schnappte sich den pelzbesetzten Umhang vom Gras und warf ihn ihr zu. »Verhülle dich!« Der Umhang traf sie an der Brust und fiel wieder zu Boden.

»Ich finde, die Sachen stehen ihr sehr gut«, sagte Lawri in ihrer strahlend blauen Bluse, und ihr Gesicht wurde aschfahl, als sie merkte, wie der König sie finster musterte.

Jovan erhob den juwelenbesetzten Dolch. »Wer noch einmal ohne meine Erlaubnis spricht, den lasse ich entkleiden und gleich hier auspeitschen, bis das Blut spritzt.« In seiner Stimme lag eine gefährliche Schärfe, als er den Dolch in seinen Gürtel steckte und sich wieder Tala zuwandte. Mit angewiderter Miene zupfte er an den Ärmeln ihrer Bluse. Er griff nach dem Saum des Überkleids um ihre Schultern. »Ich bin geneigt, dir diese Lumpen runterzureißen.«

»Bitte, Euer Hoheit.« Seita trat vor und verneigte sich. »Wenn

Ihr erlaubt: Eure werte Schwester kleidet sich nur auf meine Bitte so. Ich fürchte, es waren Val-Draekin und ich, die den jungen Leuten hier im Hof Schwertkämpfen beibr …«

»Schweigt!«, brüllte der König. Seita wich zurück.

»Das geht nur mich und meine Schwester an.« Jovan packte Tala grob am Kinn und zwang sie, ihn direkt anzusehen. »Laijon sei mein Zeuge, du wirst dich meinem Willen beugen. Du bist eine Prinzessin von Amadon und Gul Kana. Dein Zukünftiger wird kaum wollen, dass du wie eine gewöhnliche Straßenhändlerin aussiehst.« Er ließ ihr Kinn los, und riss das Überkleid mit einem Ruck herunter.

Tala zuckte zusammen, der Hof schien unter ihren Füßen zu versinken, und die linke Hälfte des Kleids ging unter seinem Griff entzwei. »Halt!«, krächzte sie und versuchte, ihn abzuwehren. Aber seine Hände griffen wie Klauen nach ihr. Die Bluse wurde ganz von Schulter und Arm gerissen. Tala versuchte zusammenzuhalten, was von ihrer Kleidung übrig war, taumelte rückwärts und verhedderte sich dabei in dem weggeworfenen Umhang. Sie fiel heftig auf den Boden.

Jovan beugte sich zornig über sie. Sie wand sich, aber er war schneller, packte sie an den Haaren und zerrte sie über das Hofgras bis zum Bogentor, durch das er gekommen war. Panisch sah sich Tala nach Glade und Lindholf um. *Hilft denn hier niemand?* Verzweifelt versuchte sie, die Bluse zuzuhalten. Sie versuchte auf die Beine zu kommen und unterdrückte ein wütendes Kreischen, doch ihr Bruder schleifte sie weiter an den Haaren durch den Hof und polterte dabei: »Du wirst dich meinem Willen beugen!«

Die Schmerzen an der Kopfhaut wurden unerträglich. »Hilfe!«, rief sie. Doch niemand wagte, ihn aufzuhalten. Alle standen da und starrten bloß.

Tala gab es auf, sich mit den Überresten ihrer Bluse bedecken zu wollen und schlug verzweifelt nach den Händen, den Armen ihres Bruders, sie wollte, dass er sie losließ, damit der Schmerz aufhörte, sie wollte ihn davon abhalten, dass er ihr die Haare ausriss. »Lass mich los!«, kreischte sie. Aber Jovan zerrte sie aus dem Hof, durch den Bogengang, durch einen dunklen Korridor und in eine düstere Nische. »Lass mich los!«, rief sie noch einmal. »Du Mistkerl!«

Endlich ließ er ihre Haare los und riss sie auf die Füße. »Du wirst dich meinem Willen beugen!« Er stieß sie gegen die Steinwand. Dann kreischte er ihr direkt ins Gesicht: »Ich habe dir gesagt, dass du niemals …«

Plötzlich stand Lawri Le Graven da und schleuderte ihm wütend den Umhang entgegen. »Lasst sie in Ruhe!«, grollte sie. Der Umhang traf den König mit einem schweren Flattern am Kopf. Er schüttelte ihn ab.

Wut, tödlich und berechnend, verhärtete sein Gesicht. »Du wagst es, dich gegen deinen …«

Lawri ohrfeigte ihn mit scharfen Fingernägeln. Sie schlug ihn wieder und wieder.

»Allmächtiger Laijon!« Jovan wehrte sie ab. »Was ist denn in dich gefahren!« Er stieß sie von sich. »Verrückte Hexe!« Mit bebenden Fingern tupfte er sich das Blut aus dem Gesicht.

»Fasst Tala nicht an!« Lawris kehliger Schrei donnerte durch den Korridor.

Jovan machte einen wankenden Schritt nach hinten, als Lawri wieder auf ihn losging und mit beiden Händen an dem juwelenbesetzten Dolch in seinem Gürtel zerrte. Sie rangen einen Moment, dann hielt sie die gezogene Klinge mit der Rechten vor seinem Gesicht. In ihren Augen glühte ein wahnsinniges Feuer.

»Bei den fauligen Engeln!« Der König wich zurück. »Verfluchte Irre!«

Lawri verzog die Lippen zu einer wilden Grimasse. Und in der Düsternis der Nische glühten die Smaragdflecken in ihren Augen.

Jovan kam auf sie zu, schnappte sie am Handgelenk und drehte es heftig nach hinten, da gingen sie beide ringend zu Boden. Mit einem Schrei sprang Lawri wieder auf und hielt sich den linken Unterarm. Blut rann ihr zwischen den Fingern der rechten Hand hindurch und tränkte den weiten Ärmel ihrer blauen Bluse.

Weinend krempelte sie den Ärmel hoch und legte die Wunde frei. Der Dolch hatte einen glatten, tiefen Schnitt vom Handgelenk bis fast an den Ellenbogen hinterlassen, und in der klaffenden Wunde war das blutende Fleisch zu sehen. Die Waffe rutschte Jovan aus den Fingern und fiel klappernd zu Boden. Er schlug mit drei Fingern das Laijonskreuz über seinem Herzen und sah aufgeregt immer wieder von Lawri zu Tala. »Verfluchte Mutter Mia, du hast Schlimmeres verdient, du verrückte Hexe«, keuchte er. »Sei froh, wenn ich dich nicht bald aufknüpfen lasse!«

Lawri legte den Kopf schief, ihre Augen waren nicht mehr klar. Sie leckte an dem dunklen Blut, das aus der Wunde rann. Jovans Augen weiteten sich vor Schreck. »Die Schlampe ist verrückt geworden«, sagte er und drehte sich um, dann lief er durch den Korridor in die Dunkelheit.

Lawri stand halb im Alkoven, halb im Durchgang und starrte auf das Blut, das ihr aus dem Arm rann und das von dünnen, grünglühenden Streifen durchzogen war.

»Komm, wir müssen zum Krankenlager.« Talas Stimme bebte.

»Nein!«, kreischte Lawri. »Das soll keiner wissen!« Auch sie drehte sich um und rannte den kahlen Korridor entlang, aber in die andere Richtung als Jovan, und sie hinterließ eine Blutspur.

Wie betäubt sackte Tala am Boden zusammen und wickelte sich in den vergessenen Umhang ihres Bruders. Sie spürte keinen Zorn. Keine Verwirrung. Sie war nur bis auf die Knochen erschöpft und voller Schmerz.

Und mancher huldigte den Biestern der Unterwelt. Denn sie hatten jene mit Kraft und Autorität ausgestattet und verkündet: »Wer überkommt uns wie die Ungeheuer, und wer kann sie bekämpfen?«

WEG UND WAHRHEIT LAIJONS

4. KAPITEL

NAIL

AM SIEBTEN TAG DES MONDES DER TUGEND IM 999. JAHR LAIJON – SÜDLICH VON LOKKENFELL, GUL KANA

Was glaubst du, wo der herkommt, Llewellyn?«

»Verflixt, ich hab nicht die geringste Ahnung«, erwiderte der zerzauste Blonde mit dem Bogen, hob den blaugefiederten Pfeil ans Kinn, spannte und zielte mit der Stahlspitze auf Nail. *Dieser Bandit ist bloß ein Junge, kaum älter als ich.* Nail wischte sich ein Haar aus dem Auge, regte sich aber sonst nicht. Der Pfeil war auf sein Herz gerichtet. Seidel bellte.

Der zweite Bandit zielte auf den Hund und sagte: »Egal woher, sein Pferd und sein Pony find ich gut.«

»Oh ja, Clive. Da sagst du was.« Llewellyns Pfeil zeigte starr auf Nails Brust.

»Und jetzt gehören die wohl uns«, sagte der Schurke mit Namen Clive. Er war groß und bärtig und warf einen begehrlichen Blick auf Nails Pony Dusty und den stämmigen Schecken von Habichtholz. Nail fasste die Zügel beider Tiere. Er wollte sie nicht hergeben. Sie hatten ihn so weit getragen und waren, abgesehen von Seidel, seit Ravenker seine einzige Gesellschaft gewesen. Aber zur Verteidigung hatte er nur ein paar kleine Dolche aus der Satteltasche von Habichtholz und eine oder zwei Flaschen mit heilendem Brei, die er vielleicht noch werfen konnte.

Der Morgennebel oberhalb der Grasfelder hatte sich verzogen, und die Sonne wärmte hier ein bisschen mehr. Über die Ebene im Westen wehte ein leichter Wind den satten Geruch von Torf herüber. Auch Räucherholz schwang darin mit und Wohlgerüche von einer Kochstelle. Sie erinnerten Nail an den nagenden Hunger, der ihn schon vor Tagen befallen hatte. Während des Weges hatten die beiden Pferde und Seidel offenbar reichlich Essbares auf dem Boden gefunden. Der Hund fraß alles, was ihm vors Maul kam – da glich er ganz Liz Hen. Sie waren zumeist durch taubedeckte Felder voll frisch erblühter Frühlingsheide gelaufen und hatten aus den kühlen Bächen aus dem Herbstgebirge getrunken. Links und rechts wuchsen jede Menge wilder Blaubeeren, doch es war noch zu früh im Jahr, und sie schmeckten sauer.

Hohe Wolken zogen in Richtung Herbstgebirge, das sich schartig hinter ihm erhob wie bedrohliche, gnadenlose Klauen, deren spitze Schatten anklagend auf ihn zeigten. *Jeder in Galgenhafen tot, meinetwegen*. Nach zehn Tagen Weges nordwärts, fort von Ravenker, hungernd, verloren und allein, jetzt mit zwei gegen sich gerichteten Pfeilen, schmeckte Nail endgültig die Bitterkeit der Niederlage.

Zwei weitere Banditen kamen um die Hecke, ein Mann mit Umhang und Schwert und eine schmale, rothaarige Frau in grünem Überkleid und Beinlingen, die einen langen Bogen und einen Köcher mit weißen Pfeilen und blauen Federn auf den Rücken geschnallt hatte.

»Praed, sieh mal, was wir gefunden haben.« Llewellyn sprach den Mann im Umhang an. »Ein Deserteur, vermute ich.«

Clive setzte hinzu: »Ein nutzloser, blutsaugender Oghul mit zwei gestohlenen Pferden.«

»Die gehören mir.« Nail machte langsam einen Schritt rückwärts auf den Hügel zu. Dusty und das Pferd von Habichtholz wichen mit ihm zurück. Seidel bellte noch einmal.

»Die Töle soll die Schnauze halten«, befahl Praed. »Sonst kann Judi hier das Vieh mit Pfeilen spicken.« Die Frau trat mit gespanntem Bogen vor, zielte erst auf Nail und dann auf den Hund.

»Bitte, erschieß ihn nicht«, flehte Nail.

»Weißt du, wer wir sind?«, fragte Praed. Ein großer, schlaksiger Typ mit schmalem Gesicht, das ohne die schiefen Zähne und die Hakennase vielleicht ganz ansehnlich gewesen wäre. Alles an ihm wirkte bedrohlich. Die Augen saßen tief in den Höhlen. Strähnig hingen ihm schwarze Haare in die Stirn. Er sah aus wie eine der Vogelscheuchen, die Bauer Wetherby immer südlich von Galgenhafen in die Felder gestellt hatte. Außerdem schien er der Anführer der Truppe zu sein.

»Lasst einfach meinen Hund am Leben«, sagte Nail. Seidel zu verlieren, hätte er nicht ertragen. Zanes Schäferhund war den ganzen Weg von Ravenker still neben ihm hergetrottet, hatte sich des Nachts an ihn gedrückt, um sich warm zu halten, als beide in Heuhaufen und dergleichen schliefen. Auch das Pferd und das Pony waren zuverlässige, ruhige Gefährten gewesen. Nail hatte auf dem Weg nach Norden Habichtholz' Pferd geritten, in hohem Tempo, und kaum je eine Pause gemacht. Er hatte gehofft, auf Roguemoore, Godwyn und die anderen zu stoßen. An den Namen der Schenke in Lord's Point, ihren Treffpunkt, konnte er sich nicht erinnern.

Seidel bellte weiter. Die Frau spannte den Bogen. »Du brauchst bloß nicken, Praed, und das Vieh ist erledigt.«

»Lasst uns einfach vorbei.« Nail trat zwischen die Frau und den Hund. Seidel hörte auf zu bellen, blieb aber angriffslustig.

»Lass uns vorbei, sagt er«, griente Llewellyn. »Du kannst nicht einfach ohne Erlaubnis von Meister Praed durch unsere Felder laufen.«

»Ich will doch keinen Ärger.« Nail suchte den westlichen Horizont hinter den vier mürrischen Banditen ab. Sie standen am Fuß eines sanften Hügels, Nail ein Stück weiter oben. Ein geringer Vorteil im Falle eines Kampfes, aber ohne eigene Waffen nutzte er ihm kaum. Gleich nördlich verliefen eine Hecke und ein grauer Steinzaun voller Moos und Flechten geradewegs den Hügel aufwärts. Im Westen lagen viele Höfe. Dahinter befand sich dann wohl Lord's Point, eine weitläufige Ansammlung von Mauern und Gebäuden. Eine größere Stadt hatte Nail noch nicht gesehen. Nun würde er sie vermutlich nie erreichen.

»Was hast du denn da am Rücken, Junge?«, fragte Praed.

Nail fasste sich unwillkürlich an die immer noch schmerzende Schwellung am Hals, wo der Bluthölzler ihn gewürgt hatte.

»Bloß ein Deserteur«, knurrte Llewellyn. »Bestimmt Narben vom Henker, dem er entwischt ist.«

»Ja, ein Deserteur.« Der, der Clive hieß, nahm den Faden auf. »Aus einer von den Städten, die der Weiße Prinz bald niedermacht. Da ist er abgehauen. Wie ein Feigling.«

»Und, bist du das, Junge?«, fragte Praed. »Ein Deserteur?«

»Wäre für uns wertvoller, wenn wir ihn Lord Kronnin übergeben«, sagte Judi, die weiterhin auf Seidel zielte. »Soll Kronnin ihn aufknüpfen.«

Praed schob seine Kapuze zurück und zog ein Kurzschwert aus dem Gürtel. »Übergib uns Pferd und Pony, dann schleppen wir dich nicht zu Lord Kronnin, damit er dich hängt. Ganz einfache Sache.«

Zorn wallte in Nail auf. *Wenn ich doch nur die Streitaxt hätte!*

Wenn ich nur den Mond des Vergessens *hätte!* Er konnte die glänzende Waffe in seinen Händen sehen, sie spüren, dieses Wohlgefühl, als hätte sie zu allen Zeiten ihm gehört. Der Himmel verdunkelte sich. Wind frischte auf und wehte ihm ins Gesicht. Das erinnerte ihn daran, dass er noch am Leben war, kräftig, keiner, der einfach so aufgibt. Er dachte an die Dolche in der Satteltasche von Habichtholz und fragte sich, ob er wohl schnell genug an sie rankam.

»Lass es sein.« Der Anführer der Banditen kam mit gezogenem Schwert näher. »Egal, was du dir da gerade ausdenkst, lass es sein. Du kommst keine zwei Schritte weit, da hab ich dich schon erledigt. Und genauso bist du tot, wenn du hier mit dem Pferd und dem Pony verschwinden willst.«

Seidel bellte wieder. Dusty wieherte und stampfte rückwärts dem Hügel entgegen, sodass Nail, der die Zügel hielt, folgte. Habichtholz' Schecke schnaubte nervös.

Dann ließen alle die Bögen sinken und blickten an Nail vorbei. Als der sich umdrehte, wusste er nicht, ob er erleichtert oder noch verängstigter sein sollte. Oben stand ein großer grauer Schimmel mit leichtem Kampfgeschirr. Darauf saß ein prachtvoller Ritter in schwarz glänzender Rüstung, das Gesicht unter einem furchterregenden Helm verborgen.

»Ein Tagritter«, keuchte Judi.

Mit geschmeidigen, eleganten Bewegungen trabte das Tier den grünen Hügel hinunter auf sie zu, und als der herrliche Tagritter sein Pferd neben Nail zügelte, sah es aus, als würde er über dem Sattel stehen. Mit dem Reithandschuh nahm er den schwarzen Helm ab und ein markantes Gesicht mit dunkelblauen Augen kam zum Vorschein.

Culpa Barra! Nail erkannte den blonden Ritter auf der Stelle: Shawcrofts Freund aus Totholztor, den er zuletzt in Ravenker gesehen hatte.

»Nail.« Culpa nickte und legte den Helm auf dem Satteldorn ab. »Freut mich.« Dann wandte er sich den vier Dieben zu. »Belästigt ihr etwa meinen Knappen?« Er verzog die Mundwinkel zu einem arroganten Grinsen. Die Banditen schwiegen. Nur eine Handvoll Krähen bei der Hecke und ein paar blökende Ziegen in der Ferne waren zu hören. »Ich sagte: Belästigt ihr etwa meinen Knappen?«, wiederholte Culpa gereizt.

»Der Bubi soll dein Knappe sein?«, fragte Praed.

»Wer bist du, dass du einen Tagritter anzweifelst?« Culpa sah den Mann drohend an. »Und bevor du antwortest, Dieb, solltest du bedenken, dass da hinter dem Hügel noch mehr Tagritter wie ich kommen. Du willst doch hier nichts anzetteln, das dich am Ende ins Grab bringt.«

»Der lügt«, sagte Clive. »Der ist allein, Praed. Schnappen wir ihn uns.«

»Praed?« Culpa zog die linke Braue hoch. Er stieg ab, und echter Zorn zeigte sich nun auf seinem Gesicht. »Ich weiß, wer du bist. Und du kennst mich.« Ohne auf die inzwischen auf ihn gerichteten Pfeile zu achten, marschierte Culpa geradewegs zu Llewellyn und riss ihm Bogen und Pfeil aus den Händen. Auch Clive und Judi entwaffnete er so. Dann wandte er sich an den Anführer der Banditen. »Es war schlau von dir, Praed, dass du sie nicht auf mich hast schießen lassen. Ich hätte euch alle getötet.«

»Hauen wir ab«, befahl Praed den dreien. »Das ist Tatum Barras Sohn, und einen Kampf mit Tatums Sohn können die Ungezähmten nicht gebrauchen.«

Llewellyn, Clive und Judi hoben ihre Bögen auf. Auf ein Nicken von Praed hin verschwanden die vier Diebe hinter der Hecke.

Und so schnell war die Bedrohung wieder vorbei.

Nail sah Culpa in die Augen, die noch einmal zu erblicken er sich nicht hatte vorstellen können. Bevor Shawcroft mit Nail nach Galgenhafen gezogen war, hatte Culpa mit ihnen in den Minen nördlich von Totholztor gearbeitet. Nail erinnerte sich an das schmale Langschwert, das der wesentlich jüngere Culpa seinerzeit bei sich getragen und das sein Meister unablässig bewundert hatte. Jetzt war es ein Tagritterschwert wie das von Shawcroft. Und die schwarze Rüstung stand ihm prächtig. Shawcroft wäre ganz sicher stolz darauf, was aus Culpa geworden war. Nail hatte immer gemutmaßt, dass Culpa Shawcrofts Sohn war. Er hatte in Totholztor gehört, wie sie sich unterhalten und zusammen gelacht hatten. *Aber mit mir hat Shawcroft nie gelacht, und die Geschichten, die er mir erzählt hat, waren immer nur grausame Lektionen.*

»Du bist verletzt«, bemerkte Culpa. »Da am Hals. Haben diese Banditen dich geschlagen?«

Nail wandte sich ab, teils aus Trotz, teils aus Verlegenheit, und senkte den Kopf, um die Narbe am Hals zu verbergen, die das dünne Seil des Bluthölzlers hinterlassen hatte.

Culpa kam näher. »Ist vielleicht entzündet.«

Nail wich zurück. Er war erschöpft und hungrig. »Hast du irgendwas zu essen?«

»Du weißt, wer ich bin, oder?«, fragte Culpa. »Du erinnerst dich an mich?«

Nail nickte mit verschleierten Augen. Seine Sinne waren von der Konfrontation mit den vier Banditen getrübt. Die Benommenheit nahm zu, und er taumelte gegen Dusty, schnappte nach dem alten Sattel und fiel beinahe auf die Knie.

»Hoppla.« Culpa griff seinen Arm. »Langsam.«

Entschieden schüttelte Nail ihn ab. Stand auf. »Hast du etwas zu essen?«

Culpa ging zu seiner Satteltasche und kam mit einem Weinschlauch, einem Kanten Brot und etwas Dörrfleisch wieder, das er Nail überreichte. »Das ist Bauernland hier, aber die Leute sind in Aufruhr, weil Aeros' Armee näher rückt. Die Diebe werden frecher und stürzen sich auf alle, die nach Süden flüchten. Solche wie dich, denen man Ponys und Pferde abnehmen kann. Du bist gerade den Ungezähmten begegnet, vier der berüchtigtsten Banditen auf den Fünf Inseln. Ihr gleichgültiges Getue sollte dich nicht täuschen. Die Ungezähmten nennen ihren Namen so oft sie können. Sie wollen, dass jeder sie kennt und sich daran erinnert, wer ihn ausgeraubt hat. Praed hat mich nur aus Achtung meinem Vater gegenüber in Ruhe gelassen. Die kennen sich schon ewig. Wir hatten heute Glück.«

Nail aß gierig das Brot und trank aus dem Weinschlauch. Seidel schnupperte am Dörrfleisch in seiner Hand. Dusty wieherte hinter ihm. Culpa fuhr mit dem Kampfhandschuh am Hals des Pferdes von Habichtholz entlang, als wolle er es auf Verletzungen untersuchen. »Du kannst mir vertrauen, Nail. Wir beide sind Freunde. Die Schenke *Zum Schlüsselwärter* – da willst du hin, stimmt's?«

Nail kaute stumm auf dem Dörrfleisch herum, während Culpa ihn musterte. »Ein schönes Streitross hast du da«, sagte Culpa über Habichtholz' Hengst. Er saß auf sein Pferd auf. »Ich bin sicher, Roguemoore macht sich Sorgen um dich. Steig auf. Wir wollen zusammen nach Lord's Point.«

Jetzt, wo sich die Nahrung allmählich in seinem leeren Magen setzte, fühlte sich Nail besser. Die Worte des Ritters ließen ihn aufhorchen und er wurde misstrauisch. *Er kennt den Treffpunkt. Die Schenke* Zum Schlüsselwärter.

Culpa sagte: »Ich bin gerade mehrere Tage mit Habichtholz geritten, Nail. Er war übel verletzt, hat aber nicht verraten, warum. Er behauptet, Shawcroft sei tot. Ist das wahr?«

Nails Blick ruhte fest auf dem Ritter. »Shawcroft wurde während der Plünderung Galgenhafens getötet.« Er nahm noch einen langen Schluck aus dem Weinschlauch.

»Das sind schlimme Nachrichten.« Kurz war Culpas Gesicht voller Trauer, dann richtete er sich im Sattel auf. »Aber wie geht es dir, Nail?«

»Bist du mir gefolgt?«

»Habichtholz wollte, dass ich dich suche«, antwortete Culpa und blickte sich nervös um. »Am besten, wir sind vor Einbruch der Dunkelheit in Lord's Point.«

Und wieder wacht Habichtholz über mich. Er stand in seiner Schuld. Zwar hatten jüngst so viele Tage aus Einsamkeit, Härte und Hunger bestanden, doch *war* Nail frei gewesen. Er hatte sich frei und so schnell oder langsam er wollte überallhin bewegen können. Manchmal aber quälte ihn die Einsamkeit. Ihm fehlten seine Freunde Stefane und Dokie, die einzigen Bindeglieder zu seinem früheren Leben. Doch mit diesem Gedanken kam die niederschmetternde Erkenntnis, dass er schuld war an der Zerstörung von Galgenhafen und dem Tod von so vielen. *Ja. Jeder in Galgenhafen ausgelöscht, meinetwegen.* Nur wegen dem nichtsnutzigen Spross von Cassietta Raybourne und Aevrett Raijael.

Er war so verwirrt. »Ich schaffe es allein«, sagte er mit steinernem Blick auf den Ritter in seiner schwarz glänzenden Rüstung auf dem grauen Schimmel.

»Und wohin willst du?« Culpa ließ sein Pferd ein wenig laufen. »Wir haben Krieg. Irgendein Baron oder Lord hängt dich als Deserteur auf, wenn du nicht nachweisen kannst, wer du bist oder woher du kommst. Du wirst nichts weiter als ein Dieb oder Bettler oder ein Gesetzloser wie Praed. So läuft das. Du kannst von Glück reden, dass du es allein so weit geschafft hast. Mit mir hättest du zumindest einen Fürsprecher. Das Wort eines Tagritters ist in Gul Kana Gesetz. In manchen Titeln und Linien ruht Macht.«

Culpa hatte recht. Verdammt recht. In Titeln und Linien ruhte wirklich Macht, und zwar mehr, als er je besitzen würde. *Aber kann ich diesem Mann vertrauen?* Er dachte an damals in Totholztor, als Culpa ihm die Sterne erklärt hatte, ihn gelehrt hatte, dass die Kriegerengel mit Laijon in den Himmel aufgefahren waren. Davon hatte er Ava Shay erzählt, in jener Nacht des Trauermondfestes am Strand. Doch sie hatte angewidert reagiert. Später dann hatte sie Jenko Bruk ihre Liebe gestanden. Dieser Erinnerung folgte ein hohler Stich des Bedauerns. Ava hatte ihn verletzt. Sie zu verlassen, war seine einzige Möglichkeit, gegen diesen Schmerz anzukämpfen. Dennoch wusste er, dass diese eine schäbige Rache ihm den Rest seines Lebens auf der Seele lasten würde. *Und Jenko Bruk in der Feindesrüstung der Sør Sevier?* In Ravenker hatte Jenko ihn töten wollen. Wie alles andere erschien ihm das ganz unwirklich.

Ja, seine Gedanken quollen über von Widersprüchen. Verwirrung. Er nahm einen langen Schluck aus dem Weinschlauch und gab ihn dem Tagritter zurück. Mit dem groben Hemdsärmel wischte er sich den Mund ab, dann schwang er sich auf das Pferd von Habichtholz. Er trieb das Tier mit den Fersen Richtung Lord's Point und trabte gemächlich los, Seidel hinter ihm, und auch das gescheckte Pony, Dusty, trottete ihnen nach.

Culpa Barra galoppierte neben ihn. »Ich wollte dich nicht drängen, Nail. Aber du hast die richtige Entscheidung getroffen.«

Als der Nachmittag vergangen und es Abend geworden war, versank die Sonne rötlich und trüb über Lord's Point. Rauch von Holzfeuern stieg aus zahllosen krummen Kaminen himmelwärts. Nach Amadon war Lord's Point die zweitgrößte Stadt in Gul Kana und die größte, die Nail je gesehen hatte. Der Weg hierher war eine einzige Abfolge ländlicher Höfe und kleiner Weiler, die sich zwischen Devlin, Lokkenfell und dem Herbstgebirge erstreckten.

Sie betraten die Stadt durch die imposanten Tore des äußeren Rings. Nachdem sie den Wall hinter sich gelassen hatten, ritten sie über breite Straßen und durch Säulengänge, vorbei an einem verwirrenden Labyrinth aus verschlungenen Seitenwegen und Gassen. Zerlumpte Kinder rannten über die schmutzigen Pfade und Kopfsteinpflaster voller Bettler, Bauern und Händler. So viele Menschen waren da. Überall. In der Nähe des Stadtzentrums ragten die geschwungenen Stützpfeiler einer Kathedrale in den Himmel, die zehnmal so groß war wie die in Galgenhafen. Dahinter erhoben sich der mächtige Innenwall und die Burg von Lord's Point am Meer, und Türme, Zinnen und Spitzen drohten düster in der Dämmerung.

Nail fragte sich, wie Aeros Raijaels Armee einen Ort angreifen konnte, der so grandios und groß und voller Menschen war, doch er ahnte, dass der Weiße Prinz es tun würde. Und zwar mit unvorstellbarer Bestialität. Lord's Point würde zerstört werden. Aber die Bevölkerung zeigte keine Anzeichen der Panik, die alle auf der Flucht in die Südlande ergriffen hatte. Scheinbar waren diese Stadtbewohner arglos und unwissend. Sie hatten keine Vorstellung von der grauenvollen Gewalt und dem Gemetzel, das ihnen bevorstand.

Als Nail und Culpa sich in Richtung Hafenviertel bewegten, wurde es immer gedrängter und stickiger. Höhere Bauten säumten die Gassen, und immer wieder zeigte sich in den schattigen Straßen ein grüner Garten mit Efeu und Blumen. In der Nähe des Hafens öffnete sich ein kleiner Platz zwischen den Gebäuden, und Nail konnte den glatten, blauen Ozean dahinter sehen. Fern am Horizont erhob sich die Festung Sankt Einzig. Und durch die schwere Meeresluft machte Nail gerade noch die umwölkte Vision von Wyn Darrè und die dünn aufragenden Schneiden der fünf Laijontürme aus, die im Dunst kaum erkennbar waren. Es hieß, der Blick auf Adin Wyte und Wyn Darrè sei von Lord's Point aus so eindrucksvoll wie nirgends sonst auf den Fünf Inseln. Jetzt glaubte Nail es auch.

»Die Schenke *Zum Schlüsselwärter*«, sagte Culpa Barra und stieg vom Pferd, das er an einem Geländer festband.

Der Tagritter stand vor der abweisendsten Ladenfassade, die Nail je gesehen hatte. Die graue Tür aus morschem Holz war geschlossen, und wo eigentlich Fenster mit Läden an den Seiten sein sollten, sah es nur nach verrammelten Löchern aus. Ein verrostetes Blechschild klapperte oben in der Brise. Es hing schief an einer gefährlich über den Weg ragenden, ebenfalls rostigen Stange. Auf dem Schild stand ZUM SCHLÜSSELWÄRTER, GASTHAUS UND SCHENKE. In kleineren Buchstaben war darunter gestanzt: EIN SCHANKHAUS ZUR FÖRDERUNG RECHTSCHAFFENER UND GESETZESTREUER STADTBÜRGER.

»Bleib bei den Pferden«, sagte der Tagritter und betrat die lochzerfressene Veranda. Er stieß die morsche Tür auf und verschwand im düsteren Inneren.

Das Pferd von Habichtholz wieherte und schob sich zur Seite, als ein Mann mit einem wackligen Handkarren voller roter Krebse vorbeiratterte. Nail beruhigte das Pferd mit der Hand und dachte an die Tagesreise mit dem Ritter zurück. Ihre Unterhaltungen waren kurz gewesen; hauptsächlich hatte Culpa gefragt, wie Shawcroft gestorben war, und er hatte wissen wollen, was Nail und Habichtholz in Ravenker widerfahren war und was zur Gefangennahme von Habichtholz geführt hatte. Nail hatte ihm alles erzählt – alles, mit Ausnahme der Tatsache, dass er den *Mond des Vergessens* an Jenko Bruk verloren hatte. Er ließ Culpa in dem Glauben, Godwyn und Roguemoore besäßen die Streitaxt und den Engelsstein.

Als Culpa wieder auf die Veranda der Schenke trat, sah Nail zu seiner Überraschung Liz Hen Neville neben ihm. In ihrem schweren, grobgewebten Umhang wirkte sie wie immer dick und rund wie eine Kirchenglocke. Seidel bellte und sprang ihr praktisch geradewegs in die Arme. »Oh, da ist ja mein Süßer!« Sie küsste den Hund auf den Kopf und die Schnauze. Seidel wedelte mit dem Schwanz.

»Anscheinend sind sie vorhin, kurz vor uns angekommen.« Culpa machte sein Pferd los. »Godwyn hat das Mädchen gebeten, uns mit den Tieren zu helfen. Hinten ist ein Stall.«

»Wo ist Stefane?«, wollte Nail von Liz Hen wissen. »Wo ist Dokie?«

»Der Zwerg hat sie geschickt, mit Otto den Stall vorzubereiten.« Abschätzig musterte die Rothaarige Nail. Dann wanderte ihr Blick zu Dusty und Habichtholz' Pferd. Sie runzelte fragend die Stirn. »Wo ist die Axt?«

Müdigkeit legte sich wie eine Decke über Nails Körper und Geist. Er brachte nicht die Kraft auf, die Frage zu beantworten.

»Sag bloß nicht, du hast sie verloren«, sagte Liz Hen.

Sie wurde mir gestohlen! Nail konnte sein Scheitern nicht laut eingestehen. Culpa Barra blickte zu ihm herüber.

»Dieser nutzlose Bastard.« Liz Hen funkelte ihn selbstgefällig an. »Verliert genau die Streitaxt, die unseren Freunden so wichtig ist. Du und die Axt, über etwas anderes konnten der Bischof und der Zwerg gar nicht sprechen: Warten auf Nail, Sorgen um Nail, Hoffen auf Nail, dass er bald mit der Axt im Gepäck hier auftaucht. Und jetzt sieh dich an, Nail. Du hast sie doch wirklich verloren.«

»Und wieso kümmert dich das?«, bellte Nail zurück. »Du hast sie nie für echt gehalten, Liz Hen. Du hast doch eh nie daran geglaubt.«

Angeekelt schüttelte sie den Kopf. »Na, jedenfalls hätte ich das Ding nicht verloren.« Sie suchte die Straße ab. »Wo ist Habichtholz? Sag bloß nicht, den hast du auch verloren.« Sie boxte ihm heftig gegen die Schulter.

Hugh Godwyn und Roguemoore traten aus der Schenke. Der Bischof trug noch die kniehohen Stiefel, die dunkle Lederhose und das graue Wollhemd mit dem Wapitifell an den Ellenbogen. Der Wind zauste seine dünne graue Mähne. Der Zwerg sah wie immer grantig und ernst aus.

»Nail hat die Axt verloren«, verkündete Liz Hen. »Und Habichtholz auch. Und den blauen Stein, vermute ich.«

»Was ist mit dem Beutel?« Godwyn blickte zu den an Dusty gebundenen Satteltaschen. »Hast du auch Shawcrofts Beutel verloren?«

»Er ist mir gestohlen worden«, gab Nail zurück. »Von Jenko Bruk!«

»Jenko Bruk?« Liz Hen lachte spöttisch. »Jetzt redest du Unsinn.«

Roguemoores Mine verdüsterte sich. Godwyn packte Nail mit vor Entsetzen flackernden Augen an den Schultern. »In dem Beutel befand sich ein Pergament. Versteckt. Ist auch das verloren?«

»Ich glaube schon«, antwortete Nail brüsk. »Jenko hat den ganzen Beutel genommen.«

Der Bischof sackte in sich zusammen. Auch der Zwerg schien allen Mut zu verlieren. Verzweiflung und Einsamkeit befielen Nail wie schwere Tücher, die alles erstickten. *Die freuen sich nicht einmal, dass ich noch lebe. Machen sich bloß Gedanken um einen dämlichen Zettel, auf den Shawcroft irgendwelche blöden Wörter geschrieben hat.* Wörter, die in sein Gehirn gebrannt waren.

Der Junge trägt nun das Kreuzesmal, das Mal des Sklaven und das des Untiers. Er hat in Scharlach gebadet, hat gebadet in Blut.

Weg und Wahrheit Laijons umfasst elf Bücher, nämlich: die frühen Bücher der Vorsehung, das Buch der großen Jagden, das Buch des Sklaven, das Buch des Kreuzes, das Buch der Biester, das Buch des Versöhnungsbaumes, das Lied des Dritten Kriegerengels zum Entfachen der Aschenglut, die Taten des Zweiten Kriegerengels, die Offenbarungen des Vierten Kriegerengels, das Lied der Steine und die Seelenlose Klage. Es soll keine anderen kirchlichen Lehren geben außer diesen, jetzt und immerdar, Amen.

WEG UND WAHRHEIT LAIJONS

5. KAPITEL

AVA SHAY

AM SIEBTEN TAG DES MONDES DER TUGEND
IM 999. JAHR LAIJON – BEDFORD, GUL KANA

Eine sonnenwarme Brise flutete über das Lager der Sør Sevier im Norden der Bucht von Bedford und kräuselte spielerisch Ava Shays einfachen Wollunterrock. Benebelt blinzelte sie in die weichen, weißen Wolkenberge am blauen Horizont. Zuletzt war sie nur trunken durch die Tage gekommen, dank der starken Weine von Aeros, durch die sie immer wieder das Heulen der Leere in ihrer Seele übertönte.

Mit wackligen Knien stand sie im Schatten des hünenhaften Erzritters Hammerfiss aus Sør Sevier. Wie eine bärtige Eiche wuchs er vor ihr in die Höhe, kaute an einem Weidenstrohhalm und wirkte durch die schimmernde Kampfrüstung noch massiger. Unter den blauen Tätowierungen war sein Gesicht hart und blass. Die kleinen Knochen und Talismane, die er sich ins Haar und in den Bart geknotet hatte, glänzten in Sonne und Wind.

Mindestens einhundert Ritter aus Sør Sevier hatten sich hinter Ava und Hammerfiss versammelt. Vor ihnen zeichnete sich der Umriss von Enna Spades gegen den strahlenden Himmel auf dem Wiesenhügel oberhalb des Strandes ab. Die rothaarige Kriegerin trainierte mit Jenko Bruk und dem Wyn Darrè, Mancellor Allen. Mancellor und Jenko trugen keine Hemden, und ihre muskulösen Oberkörper glänzten vom Schweiß, während sie sich mühten, Enna Spades auf Abstand zu halten. Doch die Sør Sevier ließ die beiden jungen Männer mit wirbelndem Breitschwert und makelloser Beinarbeit wie Anfänger herumstolpern. Sie war in eine lederne Reithose und ein weißes Unterhemd gekleidet und schwitzte überhaupt nicht, obgleich sie mit ungezügeltem Zorn in die Übung ging. Für die Kämpfer waren hier und da hohe Holzpfähle als Hindernisse in den Schlamm getrieben worden. Die Pfosten kümmerten Spades nicht im Geringsten. Ava hätte nie gedacht, dass eine Frau so todbringend aussehen kann. Sie war ein Albtraum. *Das alles ist ein Albtraum! Könnten Jenko und ich doch nur zurück nach Galgenhafen und so tun, als wäre nichts von dem hier je passiert …*

Dabei wusste Ava, dass solche Träume schon vor vielen Tagen zu Asche verkohlt waren. Ohne die betäubenden Geister in ihren Adern würde der ewige Quell der Verbitterung, der in ihrem Herzen brodelte, sie am Ende ganz zerstören. So gern würde sie sich einfach wieder ihren Holzarbeiten widmen. Wie damals mit Nail, er mit Kohlestift und Pergament neben ihr, die Schildkröten und Fischchen schnitzte. Die einzigen echten und friedvollen Momente in ihrem Leben. Ava dachte an ihre erste Schnitzerei, ihren ganzen Stolz: ein kleiner Fisch mit winzigen Schuppen. Sie wusste noch, wie sie ihn ihrer kleinen Schwester Ashi, fünf Jahre war sie alt gewesen, gezeigt hatte. Wie Ashi den staunenden Blick gar nicht mehr abwenden konnte und sagte: »Oh, ist der schön, ich könnte ihn den ganzen Tag lang angucken.« Aber Ashi war längst tot, genau wie Agnes, Aja und der kleine Aikin. *Besser nicht an sie denken. Oder daran, wie sehr sie meine kleinen Kunstwerke erfreut haben.* Längst vergangene Augenblicke waren das, Erinnerungen, die weggeschlossen in einem Winkel ihrer Seele steckten, den sie kaum je aufsuchte. Das innen auf ihr Handgelenk gebrannte Sklavenmal war das finstere Zeugnis, dass es an diesem Ort hier keine Träume gab.

»Was sollen diese Übungskämpfe eigentlich?« Hammerfiss fragte niemanden direkt. Er zog sich den Halm aus dem Mund. »Ich glaube nicht, dass es überhaupt noch zu einer Schlacht kommt. Dieses verpisste Nest hier war schon leer, als wir eintrafen. Ravenker ebenso, und auch die anderen beschissenen Weiler und Höfe dazwischen. Kein Kampfeswille, nirgends.« Der stämmige Mann blickte auf Ava herab, als sei sie an allem schuld. »Gul Kana, ein schlechter Scherz.«

Doch Ava war in Gedanken versunken und reagierte gar nicht. Wäre da nicht der Wein, den sie trank, sie hätte nicht gewusst, wie sie die Seele gegen diese Totengeister wappnen und die brennenden Narben heilen sollte. *Könnte ich doch nur wieder nach Galgenhafen zurück …*

»Hast du mir nicht zugehört, Mädel?«, grollte Hammerfiss und ließ den Strohhalm fallen. »Die sind alle geflohen. Diese Angsthasen. Ich brauche eine echte Schlacht, damit mein Blut wieder in Wallung kommt. Eine große, blutige Schlacht.« Er nickte zu Spades, Jenko und Mancellor hinüber. »Nicht diese sinnlosen Spielereien.«

Er hatte recht, es hatte praktisch keine Kämpfe gegeben. Die Südküste von Gul Kana hatte sich angesichts der wachsenden Armeen des Weißen Prinzen entvölkert. Und es war schlau zu fliehen. Avas

Erinnerung an die wilde, grausame Zerstörung von Galgenhafen war unauslöschlich und so lebhaft, als wäre sie noch immer im Gange. Die Armee von Aeros kam rasch die Küste hinauf Richtung Lord's Point voran. Keiner hatte sie aufhalten können. Das Lager der Armee wuchs und war mittlerweile so groß wie zehn dicht aneinandergedrängte Dörfer. Abends errichteten diese brutalen Soldaten ihr Lager – einschließlich Aeros' Zelt und der zugehörigen Ausrüstung – mit einer wahrhaft beeindruckenden Effizienz, und morgens lösten sie es ebenso schnell wieder auf. Seit sie Ravenker in eine verkohlte Ruine verwandelt hatten, war Aeros' Wachsamkeit über Ava strenger geworden. Er hatte sie nur noch aus dem Zelt gelassen, wenn die Armee weiterzog, und dann musste sie in einem abgedeckten Wagen mit dem verwundeten Bluthölzler als Gefährten fahren. Das wiederum war auf eine ganz andere Weise eigenartig.

Spinnenholz lebte noch. Also, gewissermaßen.

In Ravenker hatten Mancellor und Jenko Aeros die Streitaxt und den blauen Engelsstein überreicht und dann darauf gewartet, dass Spinne mit Nail zu ihnen stieß. Doch Spinnenholz kam nicht zurück. Aeros schickte sie wieder los, um den Bluthölzler zu finden. Und sie hatten ihn dann auch gefunden, beinahe tot in einer Lache seines Blutes, genau dort, wo sie ihn zurückgelassen hatten. Das Blutaugenpferd stand wachend über ihm, Nail war längst verschwunden. Ava fragte sich, ob es der kahlköpfige Krieger, Gault, gewesen war, der gegen den Bluthölzler gekämpft und ihn liegen gelassen hatte, im Glauben, er sei tot. Sie hoffte es. Schließlich war sie es gewesen, die ihm vom Verrat durch Aeros und Spinne berichtet hatte. Der kahle Ritter hatte so einsam ausgesehen. Deshalb hatte sie sich mit ihm angefreundet. Sie wusste, wie Einsamkeit sich anfühlte. Sie hoffte, dass Gault entkommen war. *Und ich wünschte, ich hätte mit ihm gehen können …*

»Hammerfiss!«, rief Spades.

Ava wurde von knirschenden Schritten auf Stein und sonnenverbranntem Gras aus ihren Überlegungen gerissen, als die Kriegerin mit gezogenem Schwert näher kam. Rote Locken umrahmten ihr Gesicht bis auf die Schultern. Unter den großen grünen Augen und auf den hohen Wangenknochen hatte sie Sommersprossen. »Aeros braucht Hilfe mit dem nutzlosen Bluthölzler«, sagte sie zu Hammerfiss. »Er ist jetzt einigermaßen beisammen. Seine Zeit ist gekommen.«

»Ist mir eine Ehre.« Hammerfiss lächelte. Kein schönes Lächeln. Er hatte große gelbe Zähne und sah wie ein wahnsinniges Kind aus. Dann lachte er laut auf und sagte: »Es ist an der Zeit, dass Spinne die verdiente Bestrafung zuteilwird.«

»Wohl wahr.« Spades' Stimme war ohne Mitgefühl, als sie den Riesen zu Aeros' Zelt schlendern sah. Sie zog eine Münze hervor, warf sie in die Luft, fing sie geschickt wieder auf und warf sie mit einer fließenden Bewegung erneut, als sei genau das ihr Wesen, jetzt und für immer – eine Frau mit dem Schwert in der einen und einer Münze in der anderen Hand.

Ava bemühte sich, Spades zu ignorieren. Sie sah stattdessen Mancellor und Jenko zu, die immer noch die Schwerter gegeneinanderschlugen. Jenko Bruk war von beiden der etwas Stämmigere und Stärkere. Außerdem benahm er sich prahlerisch selbstsicher mit dem Schwert in der Hand. Er hatte hellbraune Augen und lockige Haare, die ihm in verschwitzten Wellen bis auf die Schultern reichten. Mancellor Allen war auch nicht unansehnlich, groß und schlank, mit geflochtenen, rostbraunen Zöpfen. Unter beiden Augen trug er Kampftätowierungen der Wyn Darrè. Alles in allem waren Jenko und Mancellor einander ebenbürtig.

»Wie ein Eisenkolben, dein Jenko«, sagte Spades. Sie legte den Kopf schräg und beäugte Ava Shay beiläufig und schelmisch. »Ich habe noch keinen Schwanz so schnell so hart werden sehen. Seine Begierde kennt keine Grenzen.«

Ava wollte die Frau keiner Antwort oder Reaktion würdigen, konnte aber nicht umhin, jede ihrer Bewegungen aus den Augenwinkeln zu verfolgen.

»Ich nehme an, du weißt schon, wovon ich spreche«, fuhr Spades fort und ließ die Münze jetzt zwischen den Fingern tanzen, die Spur eines Lächelns in den Mundwinkeln. »Sicher hattest du sein Rohr auch schon in deinem kleinen Schmollmund.«

Ava schwieg und ließ sich vom Wein des Weißen Prinzen die Sinne benebeln, froh über ihre Trunkenheit.

»Wie schlägt sich denn unser großer Aeros in der Beziehung?«

Blitzheiß fuhr Schmerz tief in Avas Seele. Sie verschloss sich noch stärker. *Lieber wäre ich tot als noch einen einzigen Augenblick mit diesen scheußlichen Gestalten zu verbringen.* Sie zwang sich, Spades' Blick auszuweichen, und versuchte, sich auf die trainierenden Jungen auf dem windigen Grashügel zu konzentrieren.

»Na«, in Spades' Stimme lag so etwas wie ein Lachen, »du nimmst diese Unterhaltung eindeutig ernster als ich. Aber ich möchte es zu gerne wissen: Was hältst du von den himmlischen Sitzungen mit unserem Lord Aeros?«

»Er vergewaltigt mich.« Sie sah Spades an, und die Worte sprudelten aus ihr heraus.

Ganz leicht, fast unmerklich schienen die Augen der Frau sich bei Avas heftiger, freimütiger Aussage zu weiten. Die Münze tanzte ihr nicht mehr über die Finger. Die andere Hand fasste das Schwert. »Du kannst dich geehrt fühlen, dass unser Lord Aeros dich gewählt hat.«

»Geehrt?« Sie stieß das Wort mit einem bitteren Unterton hervor. Ihr wurde plötzlich übel und der Wein tat ihr nun gar nicht mehr gut.

Spades hob das Schwert und zeigte mit der Spitze direkt auf Ava. »Das hebt uns von den Frauen in Gul Kana ab.« Ihre Stimme klang eisig, und in ihrem Blick flackerte so etwas wie Schmerz auf.

»Deshalb machen wir uns nicht so einen Kopf wegen unserem Mann und seinem Schwanz oder seinen sexuellen Gewohnheiten oder seiner Untreue. Wegen wilder Lust. Nichts ist so wertvoll, wenn du eine scharfe Klinge in der Hand hast und weißt, wie du sie führen musst. Wenn du so wirkungsvoll töten kannst wie ein Mann, ist das *Stärke*. Wenn dich niemand mit einer Klinge besiegen kann, ist das *Macht*. Auf den Fünf Inseln ist nichts gefährlicher als eine Frau mit einem Schwert. Oder eine Frau, die ihren eigenen Kopf hat. Oder eine, die einfach das tut, was sie verdammt nochmal will.«

Spades sah Ava geradewegs über die Klinge hinweg ins Gesicht und sprach weiter: »Was glaubst du, warum euer Quorum der Fünf und der Großvikar in Amadon Frauen nicht Priester werden lassen? Warum verbieten sie es den Frauen, über ihre Aschenglutsammlung zu sprechen? Warum haben es eure Könige in der gesamten Geschichte nicht gestattet, dass die Mädchen Schwerter tragen?« Sie ließ das ihre sinken.

Ava hatte ein beunruhigendes Gefühl, als würde sie verhört werden. *Glaubt sie denn, ich könnte das beantworten?* Spades' Blick ließ ihre Seele schon aus weiter Ferne gefrieren. Jeder wusste doch, dass die Aschenglutsammlung zu heilig war, als dass man darüber spräche. Nachdem sie ein paarmal tief durchgeatmet hatte, antwortete Ava: »Nur Männer sind stark und tapfer genug zu kämpfen.«

Spades bekam wieder große Augen, aber jetzt aus Spott. Dann zwinkerte sie. »Ich werde dich lehren, anders zu denken.« Sie hielt ihr das Schwert hin, den Griff voran, als erwarte sie, dass Ava es nähme.

Die trat einen Schritt zurück. Sorge durchbohrte ihr Herz. Spades rammte das Schwert mit kaltem Blick zwischen ihnen in den Boden. Sie drehte Ava den Rücken zu, steif, als würde sie die Arme verschränkt haben. Die lange Klinge schwankte zwischen ihnen im Schmutz.

»Vorwärts! Mit den Füßen vorwärts!«, schrie Spades Jenko an, der Mancellor mit seinem flinken Schwert in die Enge zu treiben schien, und der Kämpfer aus Wyn Darrè nutzte einen der Pfähle als Deckung.

Ava starrte Spades auf den ungeschützten Rücken, und ihre Augen wanderten langsam zu dem in die Erde gerammten Schwert, das sie so gern an sich nehmen wollte. *Aber mir fehlt sogar dafür die Kraft und die Tapferkeit …*

Aeros Raijael erschien, neben ihm Hammerfiss, in der Hand eine zusammengerollte Peitsche mit Stacheln in der Spitze. Gemeinsam zerrten sie den Bluthölzler über den Platz, der sich kaum auf den Beinen halten konnte und nur eine einfache, grob gegerbte Hose und ein weites, schwarzes Hemd trug. Den Verband um den kurzgeschorenen Kopf hatte man Spinne abgenommen. Auf einer Seite war sein Gesicht bis zum Kiefer blaurot und geschwollen.

Der Bluthölzler saß sonst mit Ava in dem verhängten Wagen, mit dem sie im Gefolge der Armeen des Weißen Prinzen nordwärts zogen. Meistens war er ohne Bewusstsein und erholte sich von der Kopfverletzung. Aeros hatte ihr die Aufgabe der »Heilerin« übertragen, und sie musste die Wunde täglich säubern. Es war ihr zuwider. Auch Spinnes blutäugiger Hengst, Grimasse, war bei ihnen, hinten an den Wagen gebunden, und jedes Mal, wenn Ava in seine Richtung sah, fixierte das Biest sie mit roten Augen, als wolle es sie verschlingen. Das dämonenhafte, schwarze Tier schien der Unterwelt entsprossen, geisterhafte Brut der Zauberei.

Aeros Raijael rief alle zu sich, als er neben Jenko und Mancellor zwischen den Pfählen ankam, und Hammerfiss und er ließen Spinne zu Boden gleiten. Die Haltung des Weißen Prinzen war stets schön wie die einer Marmorstatue, selbst als er den schlaffen Bluthölzler mit sich zerrte. Unter dem weißen Umhang trug er eine perlmuttfarbene Rüstung aus Gliederketten, glänzend und geschmeidig, schwarze Kniestiefel mit eisenbeschlagenen Zehen und maßgeschneiderte braune Lederbeinlinge. Sein leuchtend blondes Haar fiel ihm in lockeren Wellen bis auf die Schultern. Seine Haut war stets blass, blutlos und fast transparent. Und immer ergriffen Ava seine leeren Augen, zwei Kreise von abgründiger Schwärze.

»Erneut hat einer meiner Erzritter mich verlassen.« Aeros sprach so laut, dass die um ihn versammelte Hundertschaft ihn hören konnte. Hammerfiss fasste Spinne mit der freien Hand am Hemd und riss den Bluthölzler grob hoch, damit man ihn sehen konnte. Normalerweise waren seine Augen blutunterlaufen, doch jetzt wirkten sie benebelt, die schmalen Brauen nicht mehr so scharf wie einst, und ohne jenes eisig dampfende Selbstvertrauen.

»Wie vor ihm schon Stabler«, sprach Aeros weiter, »befand sich Spinnenholz unter meinem Befehl auf einer Mission, die abzuschließen er unfähig war. Er hatte den Jungen, Nail, in Reichweite und ließ ihn entkommen. Und er hat mein Schwert *Himmelsplünderer* verloren. Nun, da er seine Taten überdenken konnte, soll er die Gelegenheit erhalten, seine Fehler zu richten und für sie geradezustehen.«

»Was hast du vorzubringen, du Schlangendieb?«, knurrte Hammerfiss und schüttelte den Bluthölzler mit augenscheinlicher Freude an dessen Leiden.

Ohne auch nur einmal aufzublicken, antwortete Spinne: »Ich stieß rein zufällig auf Nail. Rein zufällig entkam er mir. Ich trage keine Schuld.«

»Das ist die lahme Ausrede eines Schwächlings.« Hammerfiss grinste.

»Soll ich dich gleich hier abstechen?« Aeros Stimme klang giftig. »Ich hätte mehr von dir erwartet. Von einem aus Black Dugals Kaste.«

»Ihr habt mich bereits schuldig gesprochen«, erwiderte Spinne, ohne den Weißen Prinzen anzusehen. »Ich unterwerfe mich ganz Euren Wünschen.«

»Ich möchte, dass du dich auf die Ritterregel von der Blutstrafe berufst«, befahl Aeros.

»Wie Ihr wünscht.«

Ava hatte oben am Strand von Tomkin Sty gestanden, als der Ritter Stabler zurückkehrte, dem es auch nicht gelungen war, Nail zu fangen. Stabler hatte sich auf die Regel von der Blutstrafe berufen. Er hatte ein Duell um Leben und Tod dem Auspeitschen als Sühne für sein Scheitern vorgezogen. Gault war von Aeros als Stablers Gegner ausgewählt worden und hatte ihn brutal hingemetzelt.

Aeros sprach noch lauter als vorher und begann seine vorbereitete Rede. »Der Bluthölzler mit Namen Spinnenholz, einer meiner ehrenwerten Erzritter, wünscht, sich auf die Ritterregel von der Blutstrafe zu berufen. Er wünscht, Buße zu tun. Denn er begehrt, im Himmel eines Platzes an meiner Seite würdig zu sein. Er darf also wählen: Er wird ausgepeitscht und tritt danach als Knappe in die Hundsgarde ein, oder er entscheidet sich für ein Duell auf Leben und Tod mit einem Krieger meiner Wahl!« Aeros starrte mit eiskalten, schwarzen Augen den Bluthölzler an, der in Hammerfiss' Griff schon wieder zusammensackte. »Solltest du in dem Duell triumphieren, so magst du deinen Rang unter meinen Erzrittern wieder einnehmen, und alles ist vergessen. Wenn du stirbst, sei dein Blutvergießen mir Buße genug für deine Fehler. Dein Leichnam wird alsdann auf dem Scheiterhaufen verbrannt, und deine Seele darf sich in den Himmel erheben.«

Der Bluthölzler hielt den Kopf aufrecht. Sein geschwollenes Gesicht war zu keiner Regung fähig, als er matt auf Aeros blickte.

»Ihr wisst ja, dass ein Bluthölzler kaum Verwendung für Laijon, Raijael, Euren Himmel oder auch Eure Blutstrafe hat.«

»Wie dem auch sei«, zischte Aeros. »Wählst du das Duell oder die Peitsche?«

Spinne schüttelte Hammerfiss ab und stand auf eigenen Beinen. Er zog sich geschmeidig das Hemd über den Kopf und ließ es zu Boden fallen. Er drehte sich einmal, damit alle ihn sehen konnten, mit ausgebreiteten Armen um sich selbst. Sein Oberkörper schien fahl im Sonnenlicht, und die Wirbelsäule zeichnete sich wie Haifischflossen auf seinem Rücken ab. Als er wieder anhielt, schoss sein Blick, obschon schmerzumwölkt, geradezu Richtung Aeros. »Ich wähle den Kampf!«

»Prächtig.« Aeros verneigte sich.

»Ich wähle den Kampf«, wiederholte Spinne. »Jedoch erst, wenn meine Wunden geheilt sind. Ich lasse mir keinen schmachvollen Tod aufzwingen wie Beau Stabler.«

»Pah!«, rief Hammerfiss. »Er war schon immer ein Feigling!«

Aeros' Gesicht war eine ungläubige Fratze. »Du kämpfst jetzt. Oder du wirst jetzt ausgepeitscht. Das sind deine Möglichkeiten, Bluthölzler.«

»Ich kämpfe heute nicht.« Spinne verneigte sich.

Aeros' Blick war stechend. »Dann weißt du, was nun folgt?«

Spinne verneigte sich diesmal noch tiefer. »Wählt sorgfältig aus, wen Ihr die Peitsche schwingen lasst, mein Lord. Denn wisset: Ich werde denjenigen töten. Nicht heute. Aber eines Tages.«

»Na dann.« Hammerfiss hielt die spitzenbewehrte Peitsche hoch. »Lasst mich die ehrenvolle Aufgabe übernehmen.«

Der Weiße Prinz nickte einmal. »Zwanzig Hiebe.«

Hammerfiss zwang den Bluthölzler zu einem der hohen Stümpfe, um die herum Jenko und Mancellor den Übungskampf hatten. »Heute wird dir eine Strafe zuteil, die eines kläffenden Straßenköters angemessen ist.« Hammerfiss' Augen strahlten wie zwei

Kerzen. »Und zwar aus meiner Hand.« Mit dem Gesicht voran stieß er den Bluthölzler gegen einen Holzpfahl. »Fesselt ihn!« Hammerfiss warf Mancellor einen Streifen Leder zu. Mit Jenkos Hilfe griff der Wyn Darrè Spinne bei den Händen und band ihn oben am Stumpf an.

Hammerfiss ließ die Peitsche knallen. »Der Lederstreifen reicht vielleicht nicht aus, ihn zwanzig Hiebe lang zu halten, Jungs. Falls er den Pfahl hinabrutscht, schiebt ihn wieder hoch. Zwanzig ist zweimal so viel wie die meisten Männer ertragen.«

Spinne stand mit der Brust am Pfahl, die Arme über dem Kopf gefesselt, den Oberkörper entblößt. Er wandte den Blick Ava und Spades zu, zwischen denen noch das Schwert aus dem Boden ragte. *Warum unterwirft er sich so einfach?* Dieses ganze Schauspiel machte Ava nur umso deutlicher, dass Aeros, wenn er einen kaltherzigen Dämon wie Spinne so ungerührt Schmerzen und Demütigung aussetzen konnte, die Macht und den Willen besaß, sie alle jederzeit mit Grausamkeit zu überziehen.

Die Peitsche war in Hammerfiss' Hand straff aufgewickelt, als er sich hinter dem Bluthölzler in Stellung brachte. »Dieser Mann hat gezeigt, dass er ohne Ehre ist!«, brüllte Hammerfiss. »Respekt verdient man sich mit hartem Stahl auf dem Schlachtfeld! Den erschleicht man sich nicht mit schwarzen Dolchen und den verschlagenen Marotten eines Meuchelmörders! Wenn der Metzger dann abrechnet, wählt nur ein Feigling die Peitsche! Und dieser Mann hat bewiesen, dass er nichts weiter ist als ein Feigling!«

Die blutunterlaufenen Augen von Spinne ruhten auf Ava. Ein Frösteln überfiel sie. Sie wollte das nicht mit ansehen, aber sie konnte den Blick nicht von ihm abwenden. Eines war jetzt gewiss. Um des Überlebens willen würde sie lernen müssen, wie Spades zu sein, eisenhart und hohl im Inneren, bar aller zarten Gefühle.

Hammerfiss' Gesicht war dunkelrot und er sprach immer inbrünstiger. »Jetzt können wir alle das wahre Herz von Spinne sehen! Voller Schwäche! Ohne Mut! Deshalb hat er sich sein Leben lang auf Verschlagenheit, auf Teufelei und kindisches Geturne verlassen! Er verhöhnt *Die Ritterlichen Erläuterungen* und diese Armee allein durch seine Anwesenheit! Was haben diese schwarzherzigen Bluthölzler denn überhaupt zu diesem Kriege beigetragen? Diese zwanzig Hiebe sind für Felisar Gannon, der in der Schlacht von Agonmoore starb! Für Wolfmere Lohr, der in der Schlacht von Oksana fiel! Diese Hiebe sind für all jene Männer, die eines glorreichen Todes starben! Die *Erläuterungen* künden von ihren Taten! Vor allem aber sind diese Hiebe für Gault Aulbrek, den wir in Ravenker verloren haben! Für meinen Kriegsbruder Gault, der zuletzt mit diesem *Verräter* gesehen wurde!«

»Genug geredet«, sagte Aeros leicht ungeduldig. »Nun mach voran.«

Hammerfiss verneigte sich tief vor dem Weißen Prinzen. »Ich zitiere aus der Ritterregel von der Blutstrafe: ›Mögen diese Peitschenhiebe unserem Lord Aeros ein Geschenk sein, der mit Laijon dem Vater und Raijael dem Sohn Rat hält.‹« Er ließ die scharfe Spitze der Peitsche einmal schnalzen und fuhr mit machtvoller Stimme fort: »Du, Ser Blutholz, widerst mich an. Eine Maus bist du, weiter nichts, die herumprahlt, dass ihr Raijael, Laijon und sogar Mutter Mia nichts bedeuten. Möge der Schmerz, den ich dir gleich zufüge, dich daran erinnern, wem du dienst. Und das ist mein geheiligter Lord Aeros Raijael!«

Hammerfiss holte mit seinem massigen Arm aus. Die Peitsche züngelte hoch in die Luft hinter ihm und explodierte dann mit zornigem Blitz nach vorne. Seine ganze urtümliche Kraft lag in dem Schlag. Spinnenholz spannte die Schultern an, um sich zu wappnen. Mit einem Krachen traf die scharf gespickte Spitze der Peitsche seinen Rücken und schlitzte eine rote Linie von der rechten Schulter bis links zu den Rippen. Er riss die Augen auf, und die Muskeln zuckten und krampften, doch er schrie nicht, sondern starrte nur in den Raum irgendwo über Ava Shays Kopf. Blut rann dünn und rot aus der Wunde quer über seinem elfenbeinfarbenen Rücken, sammelte sich am Gürtel und sickerte in die grobe Hose.

Hammerfiss holte zu einem weiteren Hieb aus und ließ die Peitsche nach hinten schnellen, dann schlug er mit aller Kraft ein zweites Mal zu. Wieder ein Blitzkrachen, und wieder klaffte eine grauenvolle Linie im zuckenden, bleichen Fleisch des Bluthölzlers. Dessen Finger zuckten heftig, als er an seinen Lederfesseln zog.

Beim dritten Hieb schloss Ava die Augen. Ihr Geist und ihre Seele hatten schon zu viel sinnlose Gewalt erlebt. Sie sah nicht mehr hin, als die nächsten zehn Hiebe folgten, und ihre Gedanken wanderten an Orte, die noch finsterer waren. Bei jedem stumpfen Krachen der Peitsche wimmelten ihre inneren Visionen vor Totengeistern. Sie verschloss alle Sinne und nahm nur noch Gehör und Geruch auf. *Diese Leute sind grausam. Böse um des Bösen willen. Skrupellos foltern sie die Ihren ebenso bereitwillig wie ihre Feinde, ohne jeden Grund.*

Fünfzehn Hiebe zählte sie, als sich eine leichte Brise erhob. Sie spürte, wie ihre Haare wehten, und sie gewahrte den beißenden Geschmack von Blut. Der sechzehnte Hieb krachte, ein nasses Klatschen, gnadenlos fraßen sich die Spitzen der Peitsche ins Fleisch. Das Geräusch trieb ihr die Galle hoch. Beim siebzehnten Klatschen der Peitsche wurde die Übelkeit beinahe unerträglich.

Sie wollte sich mit jeder Faser ihres Seins dazu zwingen, die Augen zu öffnen und hinzusehen. Hinzusehen, ohne sich zu übergeben. Sie musste Entschlossenheit in sich finden, eine Kraft aus sich heraus, und diese auch zeigen. Beim achtzehnten Hieb öffnete sie vorsichtig die Augen.

Das Schlimmste an dem Anblick war nicht das zerfetzte, aufgerissene Fleisch von Spinne oder das Weiß seiner freigelegten Rippen zwischen den blutigen Fetzen. Das Schlimmste waren seine dunklen Augen. Sie waren nicht mehr umwölkt oder voller Unsicherheit oder gar Schmerz. Sie waren scharf, eisig und klar.

Und als der neunzehnte und der zwanzigste Hieb auf ihn niedergingen, war dieser eindringliche Blick auf sie fixiert – diese Augen, die so rot zu glühen schienen wie das Blut zu seinen Füßen.

Also kommet meine größte Furcht, dass die Schriften der Letzten Kriegerengel die mündliche Überlieferung in den Schatten stellen. Wahrlich, dass sie die alten Symbole in den Schatten stellen, welche da einst in Stehende Steine, Totems, Altäre geritzt. Worte auf gerolltem Pergament tragen Bedeutung. Worte auf Seiten in einem gebundenen Buch tragen die Last einer Welt.

DER KODEX DER ENGELSSTEINE

6. KAPITEL

LINDHOLF LE GRAVEN

AM ACHTEN TAG DES MONDES DER TUGEND

IM 999. JAHR LAIJON – AMADON, GUL KANA

Der Mann mit der Schürze knallte Lindholf eine dampfende Suppenschüssel auf den Tisch. Erschrocken zuckte der auf seinem Stuhl zusammen, zog die tastende Hand zurück und atmete dann tief durch. Er saß in der Taverne *Der Sklaventreiber* und bemühte sich nach Kräften, ruhig zu bleiben. Hier sollte er seinen ersten Taschendiebstahl begehen.

Die Geschäftigkeit des Mannes am Tresen half nicht eben, aber als der Typ dann durch die beiden Doppeltüren in Richtung Küche abzog, schob Lindholf die Hand wieder hinter sich. Sachte. Ganz langsam. Mit schwitzenden Handflächen und klopfendem Herzen tastete er nach dem Beutel, der am Gürtel des Mannes in seinem Rücken hing, und strich mit angespannten Fingern sanft über den dicken Lederriemen. Seine Finger mussten geschmeidig bleiben. Aber er konnte nicht sehen, was er tat. Das ärgerte ihn. Egal, wie viel Val-Draekin ihn über Diebeskunst und flinke Finger gelehrt hatte, er kriegte es einfach nicht in den Kopf, dass diese Arbeit blind erfolgen musste, also eben genau so.

Lindholf hatte einen Tisch gleich hinter seinem bärtigen Opfer. Sie saßen Lehne an Lehne, die Stühle berührten sich fast. Lindholf hatte die Kapuze über den Kopf gezogen, sodass sein Gesicht verborgen war. Zum Schutz trug er einen Dolch – jenen schwarzen Dolch, den Tala in dem rotverschleierten Zimmer zurückgelassen hatte, wo Glade Chaparral Sterling Prentiss umgebracht hatte. Lindholf war den beiden in den Geheimgängen gefolgt und hatte den Mord mit angesehen, hatte mit angesehen, wie Tala ein Fläschchen mit grüner Medizin aus Sterlings Eingeweiden gezogen hatte, ihren Kampf hatte er gesehen und wie sie den Dolch verloren hatte. Jenen Dolch, den nun er besaß.

Val-Draekin, ebenfalls in Umhang und Kapuze, saß in einer schattigen Nische hinten in der gut besuchten Taverne und beobachtete ihn. Gelegentlich blinzelte er neugierig und scharf unter der dunklen Kappe hervor, die seine Vallè-Gesichtszüge verdeckte.

Der Plan war simpel. Lindholf sollte den *Sklaventreiber* betreten, sich ein geeignetes Opfer aussuchen und dann probieren, seinen ersten echten Diebstahl in der Alltagswelt erfolgreich durchzuziehen. Val-Draekin würde zusehen. Seita, auch sie in einem Umhang, sollte draußen im Verborgenen mit den drei Reitpferden warten, die sie vom Stallmeister Ser Wickham erbeten hatten, und sie für eine gegebenenfalls nötige schnelle Flucht bereithalten.

Die beiden Vallè hatten vor gut einem Mond begonnen, ihn die Diebeskunst zu lehren. Warum? Lindholf hatte keine Ahnung. Für ihn zählte vor allem, dass ihm jemand Beachtung schenkte. Zusätzlichen Antrieb gab ihm, dass Glade Chaparral nicht beteiligt war. In dessen Nähe bemerkte ihn kaum jemand. Alle flogen auf Glade. Alle achteten nur auf den hübschen und galanten jungen Chaparral. Der unförmige Lindholf Le Graven mit dem teigigen Gesicht war immer nur der Übrige, der Ignorierte. Wenn nun Val-Draekin und Seita sich mit ihm anfreunden, ihn unter ihre Fittiche nehmen und ihm Sachen beibringen wollten, *geheime Sachen*, dann wollte er sein Möglichstes tun, sie zu beeindrucken.

Also holte er dreimal tief Luft, wie Val-Draekin es ihn gelehrt hatte, und hielt die Hand bereit, knapp über dem Beutel. *Konzentration, Lindholf, Konzentration!* Um sich zu beruhigen, belauschte er die gedämpfte Unterhaltung des Mannes mit dessen Gegenüber. Beide waren erzürnt, weil es hieß, dass der Krieg des Weißen Prinzen in Wyn Darrè nun die Küste von Gul Kana erreicht habe. Außerdem waren sie wütend, weil im Norden Gul Kanas so viele Plünderungen der Oghule ungestraft blieben. Dieses Gespräch mitzuhören, trug nicht gerade zu seiner Beruhigung bei, besonders da der eine erwähnte, dass er sich bald der Söldnertruppe der Festungsstadt Schmelztiegel anschließen und diese im Kampf gegen jene Beutezüge der Oghule unterstützen wolle. *Söldner! Ich habe mir einen Söldner zum Bestehlen ausgesucht!*

Dann rutschte der Mann auf seinem Stuhl hin und her.

Lindholf zog seine Hand zurück und legte sie vor sich auf den Tisch. Er sah sich im *Sklaventreiber* um. Durch die flackernden Kerzen lag ein trister Nebel im Raum. Am Ende der Theke befand sich ein kerzenerleuchteter Gang. Dort schlurfte der Barmann gerade entlang. In der Nähe kauerten weitere müde Gestalten auf Hockern. Nervös blickte er auf die ausgetretenen, splittrigen Holzplanken auf dem Boden und dann vor sich auf den Tisch. Dort stand noch immer die Suppe. Er hob die warme Keramikschüssel mit beiden Händen an die Lippen und trank. Sofort verschluckte er sich, das war zu viel. Hustend spie er Teile der Suppe wieder aus. *Verfluchte Engel!*

Er stellte die Schüssel ab und blickte nervös zu Val-Draekin, doch dessen Augen waren jetzt völlig von der Kapuze verdeckt. Der Barmann kehrte aus dem Gang zurück und hastete wieder in die Küche.

Idiot! Lindholf wischte die Hände an den Hosenbeinen ab und versuchte, sich zu sammeln. Er dachte an die vielen Lektionen Val-Draekins. Er hatte unzählige verschiedene Beutel und Taschen studiert, hatte geübt, fast jede davon – ohne hinzusehen – lautlos, reibungslos und praktisch ohne das kleinste Rascheln aufzubinden, aufzuklappen, aufzuhaken, aufzuknöpfen. Der Söldner hinter ihm hatte einen einfachen Lederbeutel, der oben bloß mit einem schäbigen Band verschlossen war. *Leichter ging es gar nicht!* Jetzt saß er da und konnte sich nicht genug zusammenreißen, dass er den Beutel auch nur berühren, geschweige denn öffnen und etwas herausnehmen konnte.

Er riskierte einen Blick und wünschte sich augenblicklich, er hätte es nicht getan.

Als der Mann sich bewegt hatte, war sein schwerer Wollmantel an der Seite verrutscht und hatte ein Kurzschwert am Gürtel gleich hinter dem Beutel preisgegeben. Lindholf schlug hastig mit drei Fingern das Laijonskreuz über seinem Herzen. *Ich muss das zu Ende bringen.* Er murmelte ein schnelles Gebet und schüttelte sich, zum dritten Mal glitt seine Hand in Position, die Finger kamen dem Beutel näher und näher, zum ersten Mal spürte er die dünnen Lederschnüre oben.

Plötzlich ging ihm auf, wie närrisch das ganze Unterfangen war. *Ich bin der Sohn eines Edelmannes! Außerdem wird Laijon mir kaum dabei helfen, einen Fremden zu bestehlen, da kann ich noch so viele heilige Anrufungen vor mich hinmurmeln …*

Da schob sein Opfer mit einem gewaltigen Gähnen den Stuhl zurück. Schon verhedderte sich Lindholfs Hand im Leder. Der Mann drehte sich um, stand auf, erfasste die Situation sogleich, packte mit stählernem Griff Lindholfs Arm und zog ihn auf die Füße.

Lindholfs Kapuze rutschte weg und gab sein Gesicht frei.

»Was hast du denn für ein Problem, du Misthaufen?« Der Kerl hatte ein grimmiges, rundes Gesicht, schwarze Haare, einen buschigen Bart und sehr wütende Augen. Außerdem war er wesentlich größer und bestimmt siebzig Pfund schwerer als der Junge.

»Ich habe kein Problem«, krächzte Lindholf und versuchte, die Hand wegzuziehen. Mit der anderen griff er nach dem schwarzen Dolch in seinem Umhang.

»Ein Taschendieb«, sagte der zweite Mann, der auch aufgestanden war, ein Fettwanst.

Der erste Söldner drehte Lindholf schmerzhaft den Arm um. »Willst mich ausrauben, du käsige Oghul-Fresse?«

»Nein. Ich würde nie …«

Der Mann rammte Lindholf die Faust direkt gegen das Kinn. Der taumelte rückwärts und fiel heftig auf den Hintern. *Die werden mich umbringen!* Die Taverne war verstummt. Alle sahen ihn jetzt an.

»Ich bin kein Dieb.« Lindholf rappelte sich auf, noch benommen von dem Schlag. »Das habe ich gar nicht nötig …«

»Verlogener kleiner Schwanzlutscher.« Der Söldner zog rasch sein Kurzschwert. Die Gäste in der Nähe sprangen auf und wichen zurück, sodass sich eine freie Fläche zwischen den beiden ergab. Lindholf hatte das Gefühl, als drehte sich alles um ihn, und das schmerzende Kinn war ebenso schnell vergessen wie der Dolch in seinem Umhang.

»Der ist doch noch ein Kind.« Val-Draekin trat zwischen ihn und den Mann mit dem Schwert. »Um Laijons Willen, lasst ihn in Ruhe.« Das Gesicht hatte der Vallè noch unter der Kapuze verborgen.

»Und wer zum Henker bis du?«

»Ich bin niemand.«

»Na, dann verpiss dich und kümmere dich um deinen eigenen Scheiß.« Der Mann schob Val-Draekin zur Seite und richtete die Schwertspitze auf Lindholfs Brust. »Hier kriegt gleich einer die Rattenaugen ausgestochen, und dann schneide ich seine hässliche Visage in Scheiben.«

»Es tut mir leid.« Lindholfs Stimme bebte. Er senkte verschämt den Kopf.

»Ein elender kleiner Scheißer, das bist du.« Der Söldner blickte zornig zwischen ihm und dem verhüllten Vallè hin und her, das Schwert fest in der Hand.

»Seht mal«, sprach Val-Draekin weiter, »er sagt, er wollte Euch gar nicht bestehlen.«

»Gesegnete Mutter Mia, willst du auch eine Tracht Prügel, Fremder?«, polterte der Söldner. »Was mit dem Jungen passiert, ist meine Sache.«

Mit beiden Händen zog Val-Draekin die Kapuze zurück und zeigte allen die spitzen Ohren und sein feines und schlaues Gesicht. Seine Vallè-Augen drohten groß im flackernden Kerzenschein der Taverne.

Der zornige Blick des Mannes wurde nicht etwa milder, sondern verfinsterte sich deutlich. »Du wagst es, mir Ratschläge zu erteilen, Vallè?«

»Wir brauchen hier kein Blutvergießen.«

»Na dann.« Der Mann wurde rot vor Wut. »Warum hörst du nicht auf deine Vallè-Vorahnungen? Zisch ab, hier geht es gleich rund.«

»Lasst den Jungen.« Val-Draekins Stimme klang selbstsicher und bedrohlich zugleich. Der andere schmerbäuchige Söldner zog ebenfalls ein Schwert und gesellte sich dazu. Jetzt standen da zwei Männer mit gezogenen Waffen, bereit zum Kampf und offenbar auch streitlustig.

Lindholf erstarrte, als Val-Draekin die Hände ausstreckte, die mit weißem Pulver bedeckt waren.

Die Söldner sahen sich an. Dann stürzten sie sich wie ein Mann auf den Vallè.

Val-Draekin schnippte mit den Fingern, und in jeder Handfläche entstand ein Oval aus hellem Feuer. Kräftig blies er in die beiden Flammen, und zwei heiße orangefarbene Bälle umfingen augenblicklich seine Angreifer.

Ehe er es sich versah, wurde Lindholf am Kragen gepackt und zur Eingangstür und hinaus ins Tageslicht gezerrt. Val-Draekin scheuchte ihn die klapprige Holzveranda hinab aufs Pflaster und auf die andere Straßenseite zu Seita, die mit den drei Pferden dort wartete.

Sie begrüßte die Männer mit einem koketten Lächeln und verschwörerischem Blick. »Das hat ja gut geklappt, hm?«

»Sitzt auf.« Val-Draekin schob Lindholf in den Sattel des nächsten Pferdes. »Die Flamme war nur Ablenkung. Die kommen gleich hinter uns her.«

Zu dritt standen sie mitten im Heiligen Hain unter dem hochgewachsenen Versöhnungsbaum auf dem frischen Rasen. Seita hielt beide Arme vor dem Gesicht ausgestreckt, die Handflächen gegeneinandergepresst, dazwischen weißes Pulver. Sie schürzte die Lippen und blies es sachte in die Luft, dass es die bunten Schmetterlinge über ihr bedeckte. Die feine Wolke schien wie von selbst in zartgliedrigen Nebelbahnen durch die dicken, sich verzweigenden Äste höher und höher zu steigen. Dort, wo das Pulver die sattgrünen Blätter berührte, funkelte es hell.

Val-Draekin tat es Seita gleich. Auch aus seinen Händen erhob sich das Pulver und funkelte, wenn es sich auf die Blätter legte – Blätter, die der Sage nach so alt waren wie der Baum selbst, älter als tausend Jahre. Der Legende nach hatte nie auch nur ein Blatt des mächtigen Versöhnungsbaumes vertrocknet oder abgestorben unter der mächtigen Krone gelegen. Auch in den härtesten Wintern blieben sie lebendig und grün.

Lindholf, Val-Draekin und Seita standen allein unter dem Baum. Mehrere Hundertschaften der Silbergarde waren zu jeder Zeit als Wachen in einem großen Kreis um den Baum herum postiert, und sie ließen nur jene von königlichem Blut passieren. Pilger und gewöhnliches Volk aus den Weiten der Fünf Inseln durften den Heiligen Hain betreten, einen ausgedehnten öffentlichen Park westlich des Bergs Albion und der Burg von Amadon vor der Stadt, in der Nähe des Sklavensteinbruchs Riven Rock. Nur Blaublütige aber durften diesem geheiligten Monument so nahe kommen. Der Baum ragte mehr als zweihundert Meter hoch. Der Stamm, kaum sechs Schritte entfernt von Lindholf und den beiden Vallè, war gewaltig und umfasste die Ausmaße mehrerer ineinander verschachtelter königlicher Ochsenkarren. Den mit weißer Heide gesprenkelten Stamm hinauf rankte sich bis in die unsichtbaren Äste und smaragdgrünen Höhen ein Labyrinth aus grünem Efeu.

»Eine Tradition der Vallè«, sagte Seita voller Ehrfurcht. »Den Baum mit dem Schleier der Vallè zu segnen heißt, die Essenz der tiefen Dankbarkeit unseres Reichs für das große Opfer Laijons zu geben.«

Ein Rest Pulver lag noch in ihrer Hand. Sie probierte es mit der Zunge und sog sich dann den Rest mit geschlossenen Augen tief in die Nase, als würde sie heiligen Rauch der Aschenglut einatmen. Als sie die Augen wieder öffnete, sagte sie: »Über tausend Jahre lang haben die Vallè auf diese Weise Andacht gehalten, den Schleier mit dem Baum geteilt, an diesem Ort des größten Opfers unseres Herrn.«

Das weiße Pulver war Lindholf noch immer ein Rätsel. Er hatte

Seita und Val-Draekin damit schon ein paarmal vor der Burg kleine Flammen entfachen sehen. Heute hatte Val-Draekin es wieder benutzt, als sie aus dem *Sklaventreiber* entflohen waren.

»Möchtet Ihr dem Baum davon geben?«, fragte Seita.

Lindholf schüttelte den Kopf. »Es scheint mir eine heilige Handlung der Vallè zu sein. Die möchte ich nicht besudeln, Trottel, der ich bin.«

»Dann eine Prise für die Nase?«

Das wollte er auch nicht. »Was ist das eigentlich genau?«

»Schleier der Vallè.« Val-Draekin hatte noch Reste am Finger, die er sich gründlich ansah. »Pulver, das nördlich von Vandivar in der Erinnerungsbucht aus den weißen Kristallfelsen geschlagen wird, in einem abgelegenen Küstennest ganz im Westen von Val Vallè. Vermischt man es mit bestimmten Metallen und erwärmt es nur ein wenig, kann der Schleier eigenartige Nebel bunter Lichter erzeugen, und wenn man ein paar Tricks kennt, kann man sogar schnell eine Flamme lodern lassen.«

»Eigenartige Nebel bunter Lichter?«, fragte Lindholf.

»So ist es«, gab Val-Draekin zurück. »Vermischt man es während des Schmiedens mit bestimmten Metallen und flüssigem Silber, können höchst *eigenartige* und interessante Waffen gefertigt werden.«

»Ich habe schon viele Male gesehen, wie Ihr das Feuer entzündet habt. Jedes Mal erstaunt es mich.«

»Darum geht es beim Schleier der Vallè«, sagte Seita. »Eine Ablenkung. Alles, was wir Vallè tun, soll eine Ablenkung erschaffen. Die Flamme aus dem Pulver hält nie länger als eine oder zwei Sekunden. Sonst wäre es tatsächlich eine fantastische Waffe.« Lächelnd sah sie Val-Draekin an. »Was wir Vallè dann erreichen könnten.«

»Wenn ein Dieb schnell verduften muss, ist es jedenfalls ein praktischer Griff in die Trickkiste.« Val-Draekin schnippte mit den Fingern, und kurz flackerte eine kleine Flamme auf, die gleich wieder verging.

»Sie hat uns vor diesen üblen Kerlen gerettet, das steht mal fest«, sagte Lindholf und fühlte sich sofort schuldig. »Ich habe es vermasselt.« Seine Entschuldigung klang selbst für ihn wie dummes Gestammel. »Der blutsaugende Oghul hat mich beim Klauen erwischt, und ich habe es vermasselt. Entschuldigt. Verflucht sei Mutter Mia, ich bin wohl einfach nicht aus dem Holz geschnitzt, das man für einen Dieb braucht.«

»Gewiss seid Ihr nicht der Einzige, der den ersten Versuch in den Sand gesetzt hat«, sagte Seita. »Wenn Ihr ein Experte werden wollt, müsst Ihr üben, das ist überall so, auch beim Stehlen. Seid deswegen nicht betrübt.«

»Übung, Präzision, Wiederholung«, setzte Val-Draekin hinzu. »All das ist von wesentlicher Bedeutung für die Perfektion. Man sagt, die Meuchelmörder der Sør Sevier benutzen die lebenden Körper von Verurteilten, um an ihnen die Feinheiten der menschlichen Anatomie kennenzulernen. Hunderte Straftäter werden aus den Kerkern geholt und geopfert, allein für die herzlosen Übungen dieser Todesbringer. Präzision. Wiederholung. Übung. Denkt daran: Dreimal tief Luft holen und Geduld haben, dann wird alles gut.«

»Meuchelmörder der Sør Sevier?«, wiederholte Lindholf. »Also, ich übe Taschendiebstahl, das ist in Ordnung, aber erwartet nicht von mir, dass ich so das Töten übe, wie die da in Sør Sevier.«

»Das Sakrament der Seelen nennen es die Bluthölzler.« Seita sah den Baum hinauf, in dessen schwindelnden Höhen Schmetterlinge saßen. »Sør Sevier ist mannigfaltig angefüllt mit dem Bösen. Deshalb bereiten wir Euch auf das Überleben vor, junger Lindholf. Euch und Eure Freundin Tala. Auch Eure Schwester Lawri. Jeder muss bereit sein, gegen den Weißen Prinzen und seine Armeen zu kämpfen.« Sie sah ihn ernst und hart an. »Denn die Armeen Sør Seviers bringen das Böse mit sich, Böses, das sogar noch schlimmer ist als ein Sakrament der Seelen.«

Bei dem Gedanken fuhr ein Schauer durch Lindholf. Ihm wurde bewusst, dass alles, was die beiden Vallè erzählten, umhüllt schien von einer bedrohlichen Finsternis, einer Bedrohung im Namen der Invasoren aus Sør Sevier: die Brutalität des Weißen Prinzen und seiner Armeen, die Foltermethoden seiner Mörder, die Bedeutung des Wissens darum, wie man das Böse bekämpft. Jedoch mit eigenem Bösen bekämpft. Mit Tricks. Taschenspielereien. Mit Diebstahl und Schnüffelei. Er fragte sich wirklich, ob sie ihm nicht doch bald beibringen würden, wie ein Attentäter aus Sør Sevier zu töten. *Steckt das denn in mir? Mord? Nein. So etwas mache ich nicht.*

Tatsächlich genoss Lindholf die Zeit unter der Obhut von Seita und Val-Draekin, auch wenn er nur lernte, wie man ein Dieb wird. Diese Zeit war eine Ablenkung. Eine, die kaum passender hätte kommen können.

Nachdem er mit seiner Familie anlässlich seines Ritus des Entfachens der Aschenglut nach Amadon gekommen war, hatte er sich niedergeschlagen gefühlt. Lange hatte er nur so herumgehangen, hatte sein sorgloses Gemüt verloren und scheinbar in ständigem Unfrieden mit der Welt gestanden. Er war ein Müßiggänger geworden, besessen von seiner Cousine Tala. Hatte zahllose Bände mit Liebesgedichten an sie verfasst, die er nie jemandem zeigte, sondern lieber im verborgenen Reich hochtrabender Fantasien bewahrte. Für ihn war sie kein Familienmitglied. Er liebte sie. Liebte ihr wundervolles Haar, ihre Wangenknochen und die perfekten Augen, die ihn jedes Mal durcheinanderbrachten und bezauberten. Er liebte alles an ihr. Eine schlimme Besessenheit hatte ihn ergriffen. Er dachte daran zurück, wie sie ihn im Sonnenvogelsaal geküsst hatte. In jenem atemlosen Augenblick hatte er den Kuss erwidert, ehe er sich zügeln konnte. Und erschrocken hatte er gespürt, dass Talas Lippen sich ihm geöffnet hatten. Ihr warmer Körper hatte sich an seinen gedrückt. Ihr ungezähmtes Herz hatte wild geschlagen. Doch dann war sie zurückgewichen, und er hatte sich klein gefühlt wegen ihr. Alle Mädchen schafften das bei ihm. Dass er sich unwohl, eigenartig und unförmig vorkam.

Das war er ja auch. Es stimmte. Lindholf nahm an, dass er schon seit seiner Geburt eigentümlich gewesen war, und falls er doch einmal in einen Spiegel blickte, bestätigte es sich nur. Also mied er Spiegel. Und Teiche. Selbst glänzende Rüstungen warfen zu viel seiner Hässlichkeit auf ihn zurück. All das zusammen – sein Aussehen, die Reaktion der Mädchen, die Gipfel seiner eigenen Gelüste – sorgte dafür, dass er sich so triebhaft vorkam, so unwürdig. Besonders wenn Glade in der Nähe war. Glade und seine glorreiche Chaparral-Schönheit, seine falsche Kühnheit, sein spaltender Zauber. Glade war in Wahrheit der Unheimliche, aber das sah niemand. Seine Art wurde von den Hofmädchen stets für beiläufige Tändelei gehalten, und bei jedem unpassenden, ärgerlichen Wort von ihm sanken sie dahin. *Und meine schlaue und unaufdringliche Art finden sie ungehörig und unheimlich. Allein, weil wir so unterschiedlich aussehen. Er bildschön. Ich voller Makel.*

Ja, seine eigenen Gedanken marterten ihn in einem fort. Er fragte sich, ob er nicht durch die ständige Folge von Konflikten in seinem Kopf irrewerden musste. Ja, er liebte alles an Tala. Ja, er war völlig besessen. Und ja, er wusste, das war falsch und musste aufhören. *Aber kann ich das? Kann ich meine Hingabe an sie abschalten?*

Bis jetzt hatte er es für unmöglich gehalten. Doch seit Seita und Val-Draekin ihm beibrachten, wie man ein Taschendieb wird, hatte er ein neues Leben, neuen Sinn gefunden. Anders als Glade oder vielleicht auch Tala waren die beiden Vallè anscheinend wirklich seine Freunde.

In der Ferne lärmte und schepperte etwas und unterbrach seine Gedanken.

Val-Draekin deutete in Richtung Königschaussee am Rande des Parks. Eine Prozession Gefangener wurde zum Sklavensteinbruch Riven Rock geführt, einige Meilen westlich des Heiligen Hains und des Versöhnungsbaumes. »Aus den Kerkern des Fegefeuers in die Steinbrüche«, murmelte Val-Draekin. »Nur die Übelsten und Unbeliebtesten bei Hofe werden in die Gruben von Riven Rock verbannt.«

Hohe Federwolken zogen am Horizont vorüber. Silbergarden und Tagritter bildeten ein Spalier entlang der Königschaussee, über die ungefähr hundert Sklaven in Ketten gefesselt schlurften. Selbst aus der Ferne wirkten sie mitleiderregend. Lindholf hatte mehr als einmal gesehen, wie einem verdammten Gladiator das Sklavenmal der Grube in den Nacken gebrannt wurde. Zwei große rote *R*, für Riven Rock. Schon beim Gedanken an das glühende Stück Eisen, das ein solch grausames Mal hinterließ, griff Lindholf sich unwillkürlich mit der Hand an den Hals und die vernarbte Stelle dort, deren rauhe Wülste er mit den Fingern nachfuhr, die Narben, die ihm auch über die Wangenknochen und Ohren verliefen. Jede Verkrüppelung, Narbe, jedes Mal an einem anderen Mann erinnerte ihn schmerzlich an die eigenen.

Seita sah, wie er sich ins Gesicht fasste. »Der Tempel der Laijonsstatue«, sagte sie. »Ihr wart schon einmal dort, oder?«

Lindholf nahm die Hand vom Ohr und nickte überrascht und mit hämmerndem Herzen. *Es scheint, als stöberten sie unablässig in meinen Gedanken herum, diese zwei Vallè.* Er dachte an die gemeißelten Ohren der Statue. Den Makel in der Statue. »Ich war dort«, antwortete er.

»Das dachte ich mir.« Seita blickte ihn offen interessiert an. »Die meisten am Hofe waren dort.« Sie nickte in Richtung des Sklavenzugs. »Diese subtile Ähnlichkeit unseres großen Einen und Einzigen, geschlagen aus dem exquisiten Marmor, der dort in den Brüchen gewonnen wird, ist wahrhaftig ein prachtvoller Anblick.«

»Der Sklavenkönig, gehauen aus Steinen, die von Sklaven gebrochen werden«, stimmte Val-Draekin ein. »Eine Statue aus dem Marmor jener Gruben, in der der Sklavenkönig einst selbst schuftete.«

»Darin liegt wirklich eine Symmetrie, eine gewisse Schönheit«, sagte Seita. »Findet Ihr nicht?«

»Dem stimme ich zu.« Lindholf betrachtete Seitas zartes Gesicht, die sanften Linien ihrer porzellanenen Nase und Brauen.

»Perfektion liegt in Laijons Plan«, sagte Seita. Aus ihren Augen strömten Sanftmut, Sorge und tiefe Intelligenz, alles zugleich. Lindholf konnte nicht anders, er musste ihr prachtvolles Haar ansehen, das ihr in Locken um die Ohren fiel, um die schmalen, makellosen, spitzen Ohren.

Mit dem Gedanken an die Laijonsstatue zwang er seinen Blick wieder zur Reihe der Sklaven. Dass er um den Makel wusste und niemand sonst, erfüllte ihn noch immer mit stiller Panik. Dass er wusste, dass die glorreiche Statue des großen Einen und Einzigen ein Betrug war, dass es gar nicht die Statue eines Menschen war, erzeugte in ihm hohle Furcht. *Hegte der Bildhauer einen Groll gegen Laijon und seine Jünger und schuf die Ohren mit Absicht so? Warum waren sie nicht vollständig geglättet worden?* Er hatte Unmengen Fragen und Gedanken zu dem Thema. Er fragte sich, ob die zwei Vallè neben ihm das Geheimnis auch kannten.

»Auch in der Geschichte Amadons liegt Symmetrie und Schönheit«, sagte Val-Draekin. »Kennt Ihr die Bronachell-Drillinge? Die drei Königskinder, die zu Laijons Zeiten gelebt haben: Albion, Riven und Savon. Diese königlichen Drillinge sind es, auf denen Amadon und ein Großteil der Geschichte Gul Kanas und der ganzen Fünf Inseln sich gründet. Der königliche Berg, auf welchem die Burg Amadon steht, ist nach Albion benannt. Und Riven ist Namensgeber des Sklavensteinbruchs. Und Savon Bronachell ...« Der Vallè blickte wieder zur Prozession der Sklaven. »Nun, die Geschichte Savons ist lang. Vielleicht ein anderes Mal.«

Lindholf folgte seinem Blick.

»Zu diesem traurigen Haufen will man nicht gehören, Lindholf«, sagte Seita. »Manche sagen, die Gruben des Steinbruchs Riven Rock sind ein schlimmeres Schicksal als selbst das Sakrament der Seelen bei den Bluthölzlern. Beide enden in einem langsamen und schmerzvollen Tod.«

Lindholf musste seinen Ekel hinunterschlucken. Er kannte die Gerüchte über die rückgratzerbrechenden Schindereien und Peinigungen, die den Sklaven in den Tiefen von Riven Rock angetan wurden. Kaum jemand überlebte sie. Im Prinzip handelte es sich um ein Todesurteil. Und Lindholf verabscheute jegliche körperliche Arbeit. Nein. Damit wollte er ganz bestimmt nichts zu tun haben.

Seita schniefte noch etwas vom Schleier der Vallè und streckte dann die Hand aus. Eine Pulverlinie zog sich über ihre Handfläche. »Ihr wollt wirklich nicht mal probieren?«

»Ich glaube doch.« Lindholf beugte sich über die Handfläche und berührte leicht mit Nase und Wange ihre Fingerspitzen. Sofort spürte er ein schwaches, durchaus angenehmes Kribbeln in der Nase. Er atmete tief ein, und Feuer schoss ihm in den Augen. Er hustete heftig. Schnappte nach Luft.

Dann aber traf es ihn, ein überwältigendes Gefühl äußerster Euphorie. Und er wollte unbedingt mehr davon.

Ach, dies blut'ge Sakrament der Seelen, es diente unsren alten Vorfahren wohl, und so auch unser Mythos der Fünf Kriegerengel.

DAS BUCH DES VERRÄTERS

7. KAPITEL

KRYSTALLHOLZ

AM ACHTEN TAG DES MONDES DER TUGEND IM 999. JAHR LAIJON – ROKENWALDE, SØR SEVIER

Hans Rake nahm den schwarzen Dolch und strich sich mit der Klinge über die Lippen.

»Das darfst du nicht«, sagte Krista Aulbrek mit klopfendem Herzen. »Lavendel-Deje ist zu gefährlich.«

»Aber wunderbar, wenn man es richtig inhaliert.«

»Der Geschmack ist doch bestimmt eklig.«

»Und bestimmt schmeckst du einfach göttlich.« Sein Grinsen machte das schmale Gesicht nicht schöner, es verlieh ihm eher einen unangenehmen Zug. »Nicht vor dem Deje an meiner Klinge habe ich Angst, sondern vor deiner ständigen Verleugnung unserer Liebe.«

Sie achtete gar nicht auf seine Bemerkung, allmählich war ihre Geduld aufgebraucht. Für ihn war alles ein Spiel. Das Töten. Das Schäkern. Sie blickte an ihm vorbei auf die Bucht, in der das unregelmäßig durch die Wolken brechende Mondlicht die aufgewühlte See erhellte. Die Nacht hatte längst ihren Schatten über Rokenwalde gehängt. Weit draußen donnerten finstere Wolkenfelder, gelegentlich flammten Blitze auf. Es sah aus, als würde es jeden Moment zu regnen beginnen.

Krista ließ Hans stehen und ging am Rand des baufälligen Dachs auf dem Landhaus entlang. Sie achtete auf das Knarzen der Holzbalken und Fliesen zu ihren Füßen und das aschfahle Licht in der Gasse fünf Stockwerke weiter unten. Ihre Sinne nahmen jede Bewegung auf, egal aus welcher Richtung, genau wie Dugal es sie gelehrt hatte. Sie und Hans waren ungehindert auf das Dach gelangt, doch ihre Mission war noch längst nicht erfüllt, und die Zeit lief ihnen davon.

Obwohl sie ihn nicht hören konnte, wusste sie, dass Hans ihr folgte, keine zwei Schritte hinter ihr. Lautlos. Das konnte Hans Rake wesentlich besser als sie. So sehr sie sich auch bemühte, ihre Füße machten Geräusche. Seine nicht.

»Liebst du mich etwa nicht?«, fragte er. »Willst du mir deinen neuen Namen nicht sagen?«

Müdigkeit umschlang sie wie ein Gewand. »Ich bitte dich, lass es.« Sie wandte sich ihm wieder zu. Er hatte den Dolch noch in der Hand. »Falls du es vergessen hast: Wir haben noch eine Mission zu erledigen.«

»Die Nacht ist lang.« Er hob den Dolch und leckte schnell über die Klinge.

Seit dem Sakrament der Seelen war Hans Rake mehr denn je besessen davon, ihren Namen zu erraten. Doch erst wenn er sich einen eigenen verdient hatte, durfte er ihren erfahren. Das gehörte zu den Regeln ihrer Ausbildung. Er war neidisch geworden. Er nervte. In Dugals Augen hatte sie ihm den Rang abgelaufen, was ihn offensichtlich störte. *Jetzt provoziert er mich. Prüft mich.*

»Vielleicht willst du mal probieren.« Das hämische Grinsen,

das ihr so zuwider war, kroch ihm wieder ins Gesicht. »Ich habe in meiner Ledertasche noch ein Fläschchen nur für dich.«

»Lavendel-Deje?«

»Nein.« Mit sanfter Stimme. »Blut des Drachen.«

Ja, er provoziert mich. Sie drehte sich um und griff nach dem schwarzen Eisengeländer hinter ihr, griff mit zwei Handschuhen an das kalte Metall. *Er prüft mich mit dem Saft des Blutholzbaumes, dem Saft, den ich doch nie mehr schmecken darf.* Es verfolgte sie, dieses glorreiche Gefühl. Einmal probieren hatte Dugal erlaubt, mehr nicht, dann hatte er es ihr für immer verboten. *Ja, Hans führt mich aus reiner Bosheit in Versuchung!*

Regen setzte ein, im Abendwind fast waagerecht, und er roch nach dem Meer. Sie ließ ihn jede Versuchung, alle Gier fortwaschen. Der neue Blutholzdolch glitt ihr aus dem Ärmel in die Hand. Ein Dolch, den sie selbst geschmiedet hatte, aus jenem Saft der Blutholzbäume, nach dem sie sich so sehnte, vermischt mit dem Blut der Gesetzeslosen, an denen sie ihre Kunst erprobt hatte, die sie angestochen, aufgeschnitten und zerlegt hatte, jener Seelen, die sie in stillem Ritual genommen hatte.

Sie wusste, die grausame Kälte, die in den tiefsten Gedanken eines jeden lauerte, war in ihr vollständig erweckt worden. Sie genoss jeden finsteren Tod und schwelgte in jedem neuen Trick, den sie lernte. *Ist dies das Leben, das Avril Aulbrek ihrer Tochter zugedacht hatte? Wohl kaum. Aber auch mein Vater ist ein Mörder.* Nun kämpfte sie auf ihre Weise neben Gault, und beide brachten sie den Tod im Namen Aeros Raijaels.

Hans trat neben sie ans Geländer, den Dolch noch in der Hand. »Bereit, meine Liebe – meine *namenlose* Liebe?«

»Ich bin nicht deine Liebe.« Sie ließ sich von ihm nicht ablenken. Trotz der vielen Mühen des Tages wollte sie vorbereitet sein. Dugal hatte ihnen eine besondere Aufgabe für die Nacht mitgegeben.

Sie blickte auf die Stadt dort unten, auf Rokenwalde. Ein verwinkelter Irrgarten aus Straßen und Gassen. Steinerne Bauten erstreckten sich zu beiden Seiten des Hauses, so weit sie sehen konnte. Von Laternen, Fackeln und Fenstern schien mattgelbes Licht. Ziegel, Schindeln oder Stroh deckten die Häuser und Glockentürme um dieses Herrenhaus herum wie beinahe jedes Bauwerk in Rokenwalde. Die meisten Mauern bestanden aus dunkelgrauen Ziegeln, deren obere Aufbauten durch massive Balken gestützt wurden. Sie und Hans befanden sich in einer der vielen wohlhabenden Gegenden der Stadt, und das Herrenhaus, auf dessen Dach sie nun hockten, war eines der größten.

»Reg dich nicht auf.« Hans fasste sie an der Schulter und drehte sie sanft zu sich. »Das alles gehört zu Dugals Plan, sogar das, was ich hier zu dir sage.« Erwartungsvoll blickte er sie an.

»Guck nicht so.« Sie umklammerte den Dolch unter ihrem Gewand, ohne dass er es merkte.

Hans runzelte die Stirn, schwieg aber. Seine Haare waren schmutzigblond. Im fahlen Licht wirkten sie eisgrau, und der Regen drückte sie nieder. Die Clan-Tätowierungen der Suk Skard an den Seiten schimmerten bläulich. Wie Dugals Augen waren auch die seinen von feinen roten Linien durchzogen. Er war so schmal wie sie, hatte sich aber ein prahlerisches Gehabe angewöhnt.

Ein Schauer prasselte auf das Dach und sie nieder. Krista ahnte, wie das Wasser die Risse und Spalten zwischen den Fliesen hinabrann und sich zu ihren Füßen in einer kühlen Pfütze sammelte. Die kalte Luft sog auch an den Regentropfen auf ihrer Haut. Hans spielte beinahe zärtlich mit dem Dolch. Dann hielt er sich die Klinge wieder an die Lippen.

»Bitte, lass das.« Sie sah das schwarze Harz an der Klinge schimmern – der Regen hatte sie noch nicht saubergewaschen.

»Was kümmert es dich, ob ich das Deje nehme und sterbe?«, fragte er, und ein Donnern krachte durch die Luft. Dicke Tropfen regneten auf die Dächer und das Straßenpflaster. Er hielt ihrem Blick stand. »Und wen kümmert es, ob du stirbst?«

Und er stieß zu, trieb ihr den Dolch über dem Herzen in die Brust.

Krista blickte ihn durch das nasse Licht an und spürte nichts. Als er den Dolch herauszog, zischte der Regen auf der Klinge und nebelte auf, ein Überrest der Wärme in ihr. Donner ertönte rings um sie, und Blitzschläge erleuchteten die beiden auf dem Dach. Hans' Gesichtsausdruck war wie aus Eis, als sie ihm die Klinge ihres Dolchs in die Brust rammte und wieder herauszog. Der Stich brachte ihn nicht aus dem Gleichgewicht, er schwankte nicht einmal. Darauf war sie stolz. Der Stich war perfekt gewesen.

»Da haben wir es«, sagte Hans und steckte den Dolch ein. »Wir sind jetzt verbunden.«

»Nur gemäß Dugals Wunsch.«

»Wir zwei Bluthölzler arbeiten im Gleichtakt. Wie die legendären Habicht und Spinne. Wie Seide und Rose. Und nun wir: Hans und die *Namenlose*.« Er klang sarkastisch. »Dugals höchste Schöpfungen. Ein Duo. Unerreicht.«

Sie steckte ihren Dolch wieder in die Falten der Lederrüstung. Ob sie Hans Rake als Partner oder auch nur an ihrer Seite wollte, wusste sie nicht. Für ihn war scheinbar alles ein Scherz. Nur ein Spiel. Er erschöpfte sie manchmal.

»Dich zu lieben, ist wahrlich schmerzvoll.« Er grinste. »Aber Dugal hatte recht: Der Stich mit einer in Lavendel-Deje getauchten Klinge tut tatsächlich nicht weh. Mein Herz fühlt rein gar nichts.« Dann schlang Hans Rake aus dem Handgelenk ein dünnes Seil um das schwarze Eisengeländer und sprang voran. Zuerst schien er zu schweben, dann fiel er wie ein Stein nach unten.

Krista folgte ihm in der zunehmenden Düsternis des Sturms.

Lautlos stiegen sie ab. Beide griffen mit kaltblütiger Sicherheit nach jedem Halt in den verwitterten und gebrochenen Säulen, bis sie am Ziel angelangt waren – einem Fenster im dritten Stockwerk. Hans schob die Dolchspitze in die Fuge am Holzrahmen und löste die Verriegelung, dann stieß Krista Rahmen und Scheibe heftig nach innen. Wie flüssige Finsternis glitten sie hinein und traten beide geschwind aus dem Licht am Fenster. Aus ihrer schwarzen Lederkleidung troff Regen auf die dicken Teppiche. Durch das matte Licht einer Straßenlaterne in der Gasse unten tanzten gelbe Muster an der glatten Decke des geräumigen und reich dekorierten Zimmers. An der Wand links stand ein Bett mit vier üppigen Mahagonipfosten und weißen Seidentüchern. Auf der dicken Matratze, unter plüschigen Decken schlief eine schöne blonde Frau mit nacktem Oberkörper.

Sie hieß Solvia Klingande.

Krista schlich mit dem Dolch in der Hand auf das Bett zu – es war ein anderer als der, mit dem sie auf dem Dach auf Hans eingestochen hatte. Diese Waffe war nicht nur in Lavendel-Deje getaucht, sondern auch in einen Hauch Berlin, ein Tonikum, das die Blutgefäße sofort verstopfte und den Blutfluss erstickte.

Hans war nur einen Schritt hinter ihr, als sie sich an Solvias Bett hockte. Er beugte sich vor und sog den Anblick der üppigen nackten Schönheit der neunzehnjährigen Gattin von Ser Aulmut Klingande ein, eines korrupten und lüsternen sechzigjährigen Adligen aus Rokenwalde.

Krista stach Solvia knapp über dem Herzen in die Brust. Wie ein Blitz fuhr ihr schwarzer Dolch hinein und heraus und ebenso geschwind wieder zurück in die verborgene Tasche in der Lederrüstung. Aus der Wunde trat kein Blut. Krista hatte genau getroffen. Die Tinktur auf ihrer Klinge war perfekt gemischt.

Dennoch stöhnte Ser Aulmuts junge Frau im Bett und wälzte sich herum. Krista hielt den Atem an. Solvias Lider flatterten kurz und beruhigten sich dann – Anzeichen, dass die Flüssigkeiten auf der Klinge ihren Zauber wirkten. Solvia würde nun stundenlang nicht erwachen, egal, wie viel Lärm sie veranstalteten.

Hans erhob sich still und verschwand im dunklen Zimmer hinter ihr. Krista folgte ihrem Partner zur Rosenholzkommode neben dem Bett. Hans zog das dünne Pergament aus den Falten seines Umhangs und heftete es mit einem seiner Blutholzdolche an die Kommode. Vorhin hatte Krista mit ihm gemeinsam die Nachricht verfasst.

Sie lautete:

Das Loch über deinem Herzen kündet von der Gefahr, in der du nun schwebst. Gib alles Geld zurück, das dein Mann gestohlen hat. Alles. Jedem Unschuldigen, den er betrogen hat. Du hast drei Tage Zeit. Tust du es nicht, schneiden wir dir unter deinen wachen Augen das pochende Herz aus dem Leib. Du kannst dich nicht vor uns verstecken. Diese Klinge und unsere Nachricht zeigen dir, wer deine neuen Herren sind.
Mit deinem Ehemann verfahren wir, wie es uns beliebt.

Hans nickte Krista zu, und kurz darauf standen beide vor den Doppeltüren der Kammer. Die Flügel waren dick, schwer und verziert und in der Mitte durch einen simplen Verschluss von innen verhakt.

Hans drehte mit kühlem Blick langsam die Schlaufe und entriegelte so die Tür. Plötzlich hatte er in jeder Hand einen schwarzen Dolch. So wie sie. Hinter dieser Tür würde eine Wache stehen, vielleicht zwei. Krista war vorbereitet, ihr Herz schlug heftig vor Aufregung, und sie sah auch in Hans' Augen die Lust auf den Tod glimmen. Zusammen zogen sie die Türen nach innen auf und sprangen in den Kampf.

Die Wachen, auf jeder Türseite einer, konnten sich nicht einmal umdrehen, um zur Waffe zu greifen, da lagen sie schon tot zusammengesunken auf dem Boden. Der dicke Teppich dämpfte das Klappern ihrer Rüstungen. Zwei ältere Männer mit ergrauenden Bärten, mit Halsbergen aus Stahlringen, ledernen Beinschienen, Breitschwertern in Scheiden, Reitstiefeln und eisernen Halbhelmen, die ihnen vom Kopf gerutscht waren, als sie niedersanken. Beiden fehlte nun ein Auge, weil ihnen zwei schwarze Dolche durch die Höhlen bis ins Stammhirn getrieben worden waren.

Als Hans die Doppeltüren zu Solvias Schlafkammer hinter sich zuzog, sah Krista schnell in jede Richtung den Korridor entlang. Ihr fiel nichts weiter auf: bloß ein langer Korridor, in Düsternis gehüllt, alle zehn Schritte schwach erhellt von flimmernden Wandleuchten. Ihr und Hans genau gegenüber befand sich eine weitere hölzerne Tür, in die vielfarbige Juwelen und Edelsteine eingelassen waren.

Sie besah sich die Söldnerwache, die sie getötet hatte. Der Mann hatte ein langes und ruhiges Gesicht, sein Mund stand offen und die blaue Zunge hing zwischen schlaffen Lippen heraus. Vielleicht fünfzig, sechzig Jahre alt. Gewiss, sie hatte in Dugals Namen die Leben vieler beendet. Aber dabei hatte es sich stets um Betrüger wie Ser Aulmut oder auch Mörder gehandelt. Und sie hatte noch viel mehr Leben bei ihrem Sakrament der Seelen genommen. Aber das waren wertlose Gefangene gewesen, bloße Objekte in einem großen Kunstwerk. Nicht einmal richtige Menschen. Ohne Namen und böse. Diebe und Vergewaltiger. Abschaum, der verdient hatte, was sie ihm zuteilwerden ließ. Dieser Mann jedoch, dieser Söldnerkämpfer vor ihr. Wie, fragte sie sich, lautete wohl seine Geschichte? Hatte er Familie? Kinder? Enkel? Hatte er vielleicht dereinst neben Gault Aulbrek in Adin Wyte oder Wyn Darrè gekämpft? Sah er die Bewachung von Ser Aulmuts Frau in dessen Behausung nur als Auftrag, als Möglichkeit, seine Lieben zu unterstützen? Oder war er eingeweiht und

Teil der Verbrechen Ser Aulmuts? In dem Fall hatte er den Tod verdient.

Zumindest war er ohne Schmerzen und rasch gestorben. Durch die Hand von Krystallholz. Kaum einer konnte sich ein ruhigeres Ende wünschen. Black Dugal behauptete, Schnelligkeit sei entscheidend für Bluthölzler. Ein Kampf dürfe nie länger als ein paar Schwertstreiche dauern. Ein schwererer Mann dürfe einen nie irgendwo zu fassen bekommen. Schon zwanzig Pfund mehr bewirkten viel in einem Nahkampf. *Schnelligkeit und das Überraschungsmoment sind deine einzigen Vorteile gegen einen Mann, Krista Aulbrek*, hatte er einst zu ihr gesagt. *Lass die Schnelligkeit und deine Waffen für dich arbeiten*. Um wenig aufzufallen, hatte sie gelernt, immer zuerst ins Auge oder Herz zu stechen. Ein schneller Stoß mit dem Dolch durchs Auge ins Gehirn machte nicht viel Sauerei. Ein Stich direkt ins Herz ließ es sofort zu schlagen aufhören, und ein Herz, das nicht mehr schlug, konnte kaum noch Blut aus einer Wunde pumpen. Sie hatte sich die Zeit genommen, beide Formen des Tötens während ihres Sakraments der Seelen ausgiebig zu üben.

Gemeinsam durchquerten Hans und sie den Gang zur edelsteinbesetzten Holztür gegenüber von Solvias Kammer. Jetzt war es an Krista, das Schloss zu knacken. Als sie begann, merkte sie rasch, dass die Bärte und Scharniere hier gut geschmiert und lautlos waren.

Flink hatte sie das Schloss geöffnet, und sie betraten das Zimmer, ohne darin jemanden zu erwarten. Sie hatten den Plan des Gebäudes quadratmeterweise auswendig gelernt. Jede Etage, jede Kammer, jeder Flur und jede Treppe, sie kannten sie alle und wussten auch, wo normalerweise Wachen postiert waren. In diesem Zimmer, obgleich geräumig und dunkel, befand sich wie erwartet niemand, nur die fernen Fackeln im Flur warfen etwas Licht herein.

Sie ließen die Tür offen stehen und tasteten sich durch den Raum. Groß war er in jeder Hinsicht, schwer lag der Duft von Pinienweihrauch und Zauberhasel in der Luft, jene aromatische Mixtur, die bekanntermaßen viele Leiden linderte. Unzählige feine Skulpturen und mit Schnitzereien verzierte Möbel standen da. Spiegel hingen an den Wänden, daneben große gewobene Wandteppiche und dekorative Waffen. Den Boden schmückten dicke Pelzläufer, so rein und weiß wie frisch gefallener Schnee. Sie hatte von den großen Untieren der nördlichen Hochlande Sør Seviers gehört, den angriffslustigen und gewaltigen Blizzardbären. Vermutlich stammten die Läufer unter ihren Füßen von solchen Kreaturen. Dekorative Schwerter und Schilde hingen in Nischen und Alkoven, und überall standen bemalte Vasen auf Hockern. An den Wänden verliefen gepolsterte Bänke. Diverse eiserne Feuerkörbe und Thronsessel und Sofas standen in Gruppen zusammen. Alles war makellos sauber.

Nicht Königin Natalia Raijaels Schlafgemächer im Palast des Königs, Jö Reviens, nicht König Aevretts Thronsaal in Schloss Rokenwalde neben dem Palast, nein, diese Kammer hier war der opulenteste Raum, den Krista je gesehen hatte. So ungern sie es zugab, aber Feinheiten wie diese beeindruckten sie sehr. Luxus vereinnahmte sie. Ihre einzige Eitelkeit.

»Das war doch ein schönes Abenteuer, das wir bisher hatten, nicht wahr?«, flüsterte Hans anzüglich, als sie auf der anderen Seite eine weitere juwelenbesetzte Tür aus Holz erreichten. »Ich würde sagen, es hat uns einander deutlich nähergebracht, nicht?«

Krista legte einen behandschuhten Finger an die Lippen und kniff die Augen zusammen. Sie konzentrierte sich jetzt ganz auf ihren Auftrag und achtete kaum mehr auf seine Spielchen, sondern auf die Umgebung. Sie lauschte an der Tür auf Bewegungen auf der anderen Seite, blickte sich dann im Zimmer um, durch das sie gekommen waren, und forschte in den vielen Spiegeln nach

Flackern von Licht oder Schatten. Dann kontrollierte sie die edlen Möbel und dekorierten Wände auf dunkle Umrisse, die dort nicht hingehörten. Schließlich konnte jede Mission auch eine Prüfung sein, und wer wusste schon, was Dugal für sie geplant hatte. Er neigte zu Überraschungen der grotesken Art. Mit aller Willenskraft, die sie aufbringen konnte, versuchte sie, ihren Herzschlag zu verlangsamen, doch sie spürte ihre Befürchtungen nur umso stärker.

Irgendetwas stimmte hier nicht. Es war, als würde jemand ihre Bewegungen nachverfolgen.

Man hatte ihr und Hans erzählt, der Mann, den sie heute Nacht töten sollten, habe den Armen und Unschuldigen gewaltige Geldsummen gestohlen. Habe Geldgeber betrogen. Unrechtmäßige Gewinne erzielt, an denen er sich dann bereichert habe. Aber sie kannte Black Dugal gut genug. Bei ihrem Meister gab es immer mehrere Blickwinkel, viele Gründe, aus denen er Aufträge annahm. Seine Motive waren facettenreich. Die beiden Vallè, Seide und Rose, hatten sie gewarnt, bei Dugals grausamen Spielchen wachsam zu bleiben. Nicht alles war so, wie es schien, egal auf welcher Mission.

Auch Hans lauschte an der Tür. Dann schob er sachte den Riegel zurück, und beide traten in den nächsten Gang. Er war, wie vorgesehen, leer, mit Teppich ausgelegt und schwach erleuchtet. Sie wandten sich gleich nach links und schlichen leise weiter, bis sie die letzte Biegung im Korridor erreichten. Krista blinzelte zuerst um die Ecke. Wie erwartet standen zwei Söldnerwachen da, keine hundert Schritte entfernt, beide gekleidet wie die, die sie und Hans soeben erledigt hatten. Sie waren unmittelbar vor einer Holztür postiert. Krista drehte sich um und nickte ihrem Partner zu.

Vielleicht sahen die beiden Wachen die Bluthölzler den Korridor entlangkommen, entlanggleiten, bloße Schatten in der Dunkelheit. Vielleicht. Aber keiner von beiden würde je berichten können, was er gesehen hatte, denn mit fließenden Bewegungen waren diese Schatten da und stachen beiden in die Augen. Und ohne einen Laut sanken die Wachen mit unbenutzten Schwertern zu Boden. Dann traten die zwei BluthoIzmörder, ohne innezuhalten, die hölzerne Doppeltür auf, vor der die Wachen gestanden hatten, und flogen in den Raum.

An der Wand gegenüber brannte ein Feuer in einem steinernen Kamin, davor hielten sich acht Männer auf. Sechs weitere Söldnerwachen, alle mit solchen silbernen Halsbergen, Lederbeinschienen, Reitstiefeln und Harnischen, wie sie auch ihre inzwischen toten Kumpane getragen hatten, standen mit dem Rücken zu den Angreifern um einen runden Holztisch, der reich mit Käse, Fleisch und Brot gedeckt war. Gleich rechts neben dem Tisch hielt ein glatzköpfiger Diener ein Tablett mit Kupferbechern. Und hinter dem Tisch, vor dem lodernden Kaminfeuer, saß Ser Aulmut Klingande höchstpersönlich.

Die sechs Wachen fuhren wie ein Mann herum, und an den Hüften schepperten oft benutzte Breitschwerter in ihren Futteralen. Einer grunzte erschreckt auf, da traf ihn schon eine von Kristas schwarzen Klingen und schlitzte ihm die Kehle von einem Ohr zum anderen auf. Blut spritzte umher, als er gegen den Tisch taumelte und zu Boden sank.

Blitzschnell sorgte Hans dafür, dass zwei weitere Wachen, aus schrecklich tiefen Halswunden blutend, ausgeschaltet waren. Krista stieß der vierten Wache den nächsten Dolch von unten bis ans Heft ins Kinn und riss die Klinge ruckartig nach rechts, sodass Teile von Hals, Kiefer und Zähnen des Mannes zusammen mit einem guten Stück seines Hirns auf den gepolsterten Diwan neben dem glatzköpfigen Diener flogen. Der stieß einen höllischen Schrei aus und kroch unter den Tisch.

Die beiden übrigen Söldnerwachen hatten inzwischen die

Schwerter gezogen und standen schützend vor Ser Aulmut, der erschreckt mit großen Augen aufgesprungen war. Der Edelmann war vom Schock über das Blut und die Brutalität, mit der es vergossen worden war, völlig überwältigt. Der Auftrag lautete tatsächlich, die Morde, die Aulmut mit ansehen musste, besonders gewalttätig auszuführen. So war es geschehen.

Eine weiße Katze schoss unter dem Tisch hervor, wo sich der Diener versteckt hielt. Sie huschte zwischen Krista und Hans hindurch und verschwand irgendwo hinter ihnen.

Die Wache in Kristas Reichweite wich einen Schritt zurück. Ihr Dolch flog ihm geradewegs ins linke Auge. Zuckend kippte der Mann vornüber.

Die letzte Wache schwang mit wilden, unkoordinierten Hieben das Schwert gegen Hans. Der parierte mit dem Dolch, wodurch der schwerere Gegner in seine Reichweite taumelte. Sofort durchtrennte er das Rückgrat des Mannes mit der schwarzen Klinge. Die Wache fiel zu Boden, und der Helm kullerte davon. Hans war aber noch nicht fertig. Er packte den Mann bei den Haaren und zog den Kopf hoch. Dann schnitt er ihm mit einer knappen Bewegung den Hals durch und riss den Kopf vollständig ab. An den Haaren hielt er die blutige Trophäe in die Luft und schmetterte sie mit einem Schlag auf den runden Tisch vor Aulmut. Dicke rote Schlieren spritzten über Essen und Geschirr.

Krista war umgeben von Blut, das sie wie Rotwein berauschte.

Der Diener kam unter dem Tisch hervorgekrochen und wimmerte: »Bitte, ich flehe Euch an. Verschont mich.« Er streckte ergeben die Hände in Hans' Richtung aus und sah seinen Herrn an. »Ser Aulmut, ich bitte Euch, lasst sie mich nicht töten.«

Doch Ser Aulmut reagierte nicht, er hatte nur Augen für das grauenvolle Bild des abgeschlagenen Kopfes, der nun Mittelpunkt seiner Tafel war. Klingande war ein ausgesprochen fetter Mann, und er trug eine knöchellange schwarze Robe mit Goldfäden, graue

Beinlinge und ein lockeres Seidenhemd mit purpurroten Ziernähten. Sein grober, unförmiger Kopf erinnerte an einen orangefarbenen Kürbis. Er hatte sich einen schmalen Kinn- und Oberlippenbart wachsen lassen. Die dünnen weißen Haare hatte er mit Öl glatt nach hinten gekämmt. Im fleischigen, roten Gesicht steckten zwei Knopfaugen. »*Bluthölzler*«, schnaufte er und hielt mit zitternder Hand eines der Fleischmesser umklammert.

»Jetzt seht Euch nur die Unordnung an, die wir gemacht haben«, erwiderte Hans kopfschüttelnd und besah sich mit einer bösartigen, gespielten Besorgnis das Schlachtfeld. Die weiße Katze war nun bei seinen Füßen und schnupperte am kopflosen Hals der Wache dort. »Deine Katze?«, fragte er den Diener.

»Was?« Der Glatzkopf guckte mit großen, runden und völlig fassungslosen Augen hektisch von Hans zu Ser Aulmut.

Hans hielt den Dolch hoch und grinste gemein. »Hau jetzt besser ab, oder du stirbst.«

Der Diener schoss aus dem Zimmer, wobei er in den Blutlachen ausrutschte, die sich gebildet hatten.

Ser Aulmut kauerte hinter dem runden Tisch, das Fleischmesser noch in der Hand. »Für wen hält sich dieser Dugal, dass er *mir* das hier in *meinem* Haus antut?« Er konzentrierte sich jetzt auf Krista, starrte sie an, fast als würde sie ihn an jemanden erinnern. »König Aevrett wird davon erfahren, und es wird ihm gewaltig missfallen.« Verblüfft runzelte er die Stirn. »Kenne ich dich, Mädchen?«

Auch Hans blickte sie mit brennenden roten Augen an, die jetzt ein erstaunlich leidenschaftliches Feuer, ja beinahe sexuelle Energie verströmten. Krista spürte, dass ihr Partner nicht mehr der Vernunft gehorchte. Diese Morde hatten in ihm etwas entzündet, von dem sie hoffte, dass sie es niemals mit ansehen musste. Etwas, von dem sie wusste, dass es seit je in ihm gesteckt hatte, wie auch in ihr. *Sieht er dasselbe in meinen Augen?* Der Rausch des

Tötens. Zusammen hatten sie an diesem Abend Perfektion geschaffen.

»Kenne ich dich?«, fragte Ser Aulmut wieder.

Sie wandte sich von Hans ab und antwortete: »Ihr müsst nur eines wissen: Dies hier ist der Augenblick, da Euer Albtraum beginnt.«

»Ich für meinen Teil«, begann Hans und ging um den Tisch auf Aulmut zu, »finde, dass Dugal Euch zu leicht davonkommen lässt. Aber ich gehorche eben den Befehlen meines Meisters.« Aulmut wich zitternd zurück.

»Seht Ihr«, sprach Hans weiter, »ich habe größeren Respekt vor einem Dieb auf der Straße, der seinen Opfern beim Stehlen in die Augen blickt.« Er schlug Aulmut mit einer schnellen Handbewegung das Fleischmesser aus der Hand. Es flog auf den Teppich. Hans ging weiter. »Ihr dagegen – Ihr nehmt von den Unschuldigen mit gerissenen Kniffen und schäbigen Betrügereien und versprecht Rückzahlungen, die Ihr gar nicht zu leisten gedenkt.« Aulmut stolperte über einen Stuhl und landete krachend auf dem Hintern.

»Ihr seid der größte Feigling.« Hans kniete sich dem Mann auf die Brust. »Denn Ihr stehlt blind.« Zweimal stieß er zu, ganz präzise, in jede Pupille einmal.

Aulmut fasste sich mit beiden Händen ins blutige Gesicht und schrie vor Schmerz und Panik, sein Körper wand sich unter seinem Angreifer. Hans ließ sich nicht abschütteln und arbeitete weiter mit dem Dolch. Er schnitt die Robe seines Opfers auf und riss ihm das Seidenhemd vom Leib. Vom Brustbein abwärts führte Hans die Klinge die gewaltige Wölbung von Aulmuts Rippen entlang nach links und setzte um den Bauchnabel eine makellose Kurve. Der Schnitt war perfekt, exakt und so tief, dass die Haut und die enormen Fettmengen sowie die beutelartige Membran durchtrennt wurden, die um die Eingeweide liegt, jedoch ohne die inneren Organe zu berühren.

Oh ja, Hans hatte bei ihrem Sakrament der Seelen so einiges gelernt. Ganz von selbst brachen Aulmuts Innereien wie eine Welle aus der Bauchhöhle hervor und ergossen sich auf den Teppich neben ihm. Hans' Gesicht zeigte einen unverschämt selbstzufriedenen Ausdruck, als er seinen Dolch an Klingandes Gewand sauberwischte. Aulmuts zitternde, blutbefleckte Hand tastete sich von seinem Gesicht zur Wunde in seinem Bauch und zu dem dampfenden Haufen neben sich. »Was ist das?« Er wühlte mit der Hand und versuchte hektisch, herauszufinden, was er da berührte.

»Deine stinkenden Organe.« Hans stand auf. »In deiner stinkenden Hand. Versuch doch mal, ob du sie wieder reinstopfen kannst.« Er trat zurück. »Viel Spaß für den Rest deines Lebens.«

Doch Ser Aulmut hörte ihn nicht mehr, vor Schmerz und Schreck war er in Ohnmacht gefallen. Die weiße Katze pirschte sich heran und schnupperte neugierig an Klingandes lilafarbenen Innereien, dann leckte sie gierig daran. Hans lächelte trocken und blickte zu Krista. Gemeinsam verließen sie den Raum in bluttriefender Todesstille.

An einem abgelegenen Felsplateau, zehn Meilen nördlich von Rokenwalde, warteten die beiden Bluthölzler auf Black Dugal. Taufeucht und weich wuchs das Gras zu ihren Füßen, ein tiefes, gedämpftes Grün im morgendlichen Nebel. In allen Richtungen lagen mit weißen Flechten bewachsene Steinbrocken, manche dick und gedrungen wie Robben am Strand, andere schmal wie in den Himmel ragende Türme. Das eisige Wasser der Meerenge von Sevier klatschte weiter unten an die Klippen.

Hans führte eine schwarze Pfeife an die Lippen. Kurz darauf glitt ein Turmfalke aus dem Morgennebel herab und landete auf seinem ausgestreckten Arm. Er setzte ihn auf dem nächsten moosbewachsenen Stein ab, zog eine tote Maus am Schwanz aus seinem Beutel und ließ sie dem Tier vor dem Schnabel baumeln. Der Vogel schnappte zu und begann zu fressen.

Hans' Blutaugenpferd Tod stieß links neben Krista dicke Atemwolken in den Nebel. Rechts von ihr stand ganz ruhig ihr Blutauge Schreckgestalt. Sie hielt beide an den Zügeln und schmiegte sich an ihr Pferd, strich ihm mit der Wange am Hals entlang und spürte seine Wärme und Ruhe auf sie übergehen.

Gemeinsam waren sie und Hans schweigend hierher geritten. Beiden lastete die Bedeutung der Ereignisse des Abends auf den Gedanken. Dugal hatte sie angewiesen, niemals über ein durchgeführtes Attentat zu sprechen, auch nicht miteinander. In Sachen Mord war dies erfolgsentscheidend.

Schweigen war die zweite Regel der Bluthölzler, gleich nach der Schönheit.

Hans maß Krista mit scheinbar lässigem Blick. Aber sie erkannte wohl, dass er ebenso angespannt war wie sie. Nicht nervös oder beunruhigt. Sie hatte keine Hemmungen zu töten. Die Macht zu entscheiden, wer lebte und wer starb, wie er starb, wann er starb: Diese Macht war berauschend, jedes Mal wieder. Der Umgang mit dem Tod machte enorm wachsam. Keiner der beiden hatte in den letzten vierundzwanzig Stunden oder länger geschlafen. Gesteigerte Aufmerksamkeit ließ sich nicht so einfach abschütteln.

So nahm sie den nahenden Fremden wegen des schweren Atmens der beiden Blutaugenpferde wahr. Sie erwarteten Dugal, doch die Geräusche der näher kommenden Person passten nicht zu denen ihres Meisters. Sie ließ die Zügel los und griff nach einem Dolch aus der Rüstung. Dann nickte sie Hans zu, der ebenfalls einen Dolch zog und den Nebel absuchte. Krista spürte eine Unruhe im Innersten. Wer auch immer da draußen im Nebel war, schlich herum, und das bedeutete nichts Gutes. Der Turmfalke auf dem Stein hatte aufgehört zu fressen und legte den Kopf schief. Auch er hatte die Gefahr bemerkt. Aufmerksam schob Krista sich langsam zwischen den Pferden hervor.

Flatternd stieg der Turmfalke in die Luft.

Dann sah Krista links in Richtung Meer den Diener von Ser Aulmut Klingande hinter einem schrägen Felsen hervortreten. Der Glatzkopf im dunklen Umhang mit zurückgeworfener Kapuze tat keinen Schritt, da ließen Krista und Hans die Klingen fliegen.

Der Diener fing beide Dolche kurz vor seinem Gesicht an den Griffen aus der Luft und schleuderte sie direkt auf Hans und Krista zurück. Sie duckten sich vor ihren eigenen Waffen, die irgendwo im Nebel hinter ihnen verschwanden. Dann sprangen beide los in den Kampf.

»Halt!«, befahl die Stimme von Black Dugal.

Gewohnt, ihrem Meister zu gehorchen, blieb Krista stehen. Auch Hans hielt inne und suchte im Nebel nach Dugal.

»Ein böser Fehler, ihr zwei«, erklang Dugals Stimme. »Ihr zögert.«

Hans sprang auf den Glatzkopf zu und holte mit dem zweiten Dolch aus, eine schwarze Klinge sauste durch den Nebel. In einer fließenden Bewegung griff der Diener Hans am Handgelenk, warf den jungen Bluthölzler geschmeidig zu Boden, entwaffnete ihn und hielt ihm die Klinge an die Kehle. Ungerührt sah Krista zu. Hans lag am Boden und würde sterben. Der Mann, der über ihm stand, sah sie erwartungsvoll an.

»Meister Dugal.« Krista verneigte sich vor Ser Aulmut Klingandes Diener. »Wie Ihr seht, erwarten wir Euch am vereinbarten Ort.«

Überrascht sah Hans sich den Fremden über ihm genauer an. Der Diener lockerte den Griff um sein Handgelenk und half dem jungen Bluthölzler auf die Beine.

»Dugal?«, stammelte Hans und erhob sich, verärgert, dass er sich nicht nur hatte täuschen, sondern auch noch einfach zu Boden werfen lassen.

»So ist es.« Der Glatzkopf zog sich die Kapuze über den Kopf und wandte sich ab. Als er sich wieder umdrehte und die Kapuze langsam zurückschob, erblickten sie nicht mehr die Knopfaugen und das schmale Gesicht des kahlköpfigen Dieners von Ser Aulmut. Da stand Black Dugal mit seinem wohlbekannten graumelierten Bart und den kurzen schwarzen Haaren. Dünnlippig lächelte er ihnen zu. Aus seinen rot durchsetzten Augen strahlte kalte Belustigung. Die perfekten Linien von Nase und Wangenknochen ließen ihn im Zusammenspiel mit den vielen Narben jederzeit, selbst hier im fahlen Nebel, grausam, umwerfend und gepeinigt aussehen.

»So schnell vergesst ihr also eure Lektionen.« Dugals Stimme klang wie immer sanft und voll. »Am Tag verlieren Menschen ihre Wachsamkeit. Derlei ist stets auszunutzen. Ebenso Vorwände und Tarnung: Diese solltet ihr auch zu eurem Vorteil nutzen. Ich habe euch solche Tricks gelehrt, wie man als andere Person unterwegs ist, wie ihr die roten Augen eurer Rösser tarnt. Nach einem Mord in schwarzem Leder auf schwarzen Pferden mit glühenden Augen durch die Gegend zu reiten, hat etwas für sich. Aber es gibt auch Nachteile. Der beste Meuchelmörder ist jedermanns Freund und nicht der stumme Schatten, der im Dunkel lauert.«

Wenn Dugal in ihrer Nähe war, schien Kristas Herz immer einen Tick schneller zu schlagen. Kein anderer Mensch konnte solche Nervosität und Angst in ihr hervorrufen. Besonders, wenn er sprach. »Ihr werdet noch sehen, dass nicht jeder der ist, der er zu sein scheint. Die Leute bedienen sich vieler Verkleidungen, aus vielen Gründen. Besonders unser König, Aevrett Raijael, und seine fünf Ordensritter.« Mit kaltem Blick musterte er Krista. »Ihr werdet bald erfahren, dass alles, was unser König sagt, gelogen ist. Besonders, was seine Verwandtschaft betrifft.«

Krista kümmerte es nicht, dass ihr Meister sich über König Aevrett lustig machte. Gault hatte sie bei König und Königin zurückgelassen, als er zum ersten Mal in Adin Wyte in den Krieg gezogen war. Sie hatte viele Jahre mit König Aevrett und Königin Natalia zugebracht und wusste aus erster Hand, dass beide *keine* gütigen Menschen waren. Ob Aevrett außerdem in Bezug auf seine Sippe log, wog nicht schwer im Vergleich zu seinen diversen bösartigen Charakterzügen. Sie wünschte, ihr Vater wäre nie in den Krieg aufgebrochen und hätte sie nie bei Aevrett Raijael gelassen. Das hatte so viel in ihr zerstört.

Dugal winkte sie zu sich. Sie gehorchte zögernd.

»Bist du Krista Aulbrek?«, fragte er sie dann.

»Ich kenne diesen Namen nicht.«

Er verneigte sich anerkennend vor ihr. »Wenn du dich versteckst, verletzt du immer die, die du am meisten liebst. Vielleicht gehen sie sogar daran zugrunde. Aber du darfst kein Mitleid haben, Krystallholz. Empathie darf keine Rolle mehr spielen, nie wieder. Auch nicht das Gewissen. Oder Mitgefühl. Du darfst dich nicht im Geringsten sorgen.«

Beinahe schien es ihr, als wüsste er stets, was sie dachte. Sie musste jedem Gedanken an ihren Vater entsagen. »Die Sache der Bluthölzler ist jetzt meine einzige Sorge.«

Dugal nickte kurz und wandte sich dann an Hans. »Bist du Hans Rake?«

Hans verneigte sich. »Der bin ich, Meister.«

»Nicht mehr«, sagte Dugal. »Dein Name ist jetzt Schattenholz.«

Krista sah Hans' Augen freudig strahlen, als Dugal weitersprach. »Als mein Schatten wirst du loyal und noch verschlagener sein als Spinne. Ich habe es vorausgesehen.«

Hans ging vor seinem Meister auf die Knie. »Ich widme Euch meine Klingen.«

»Steh auf«, befahl Dugal. Hans gehorchte.

Dugal zog eine Glasphiole mit roter Flüssigkeit aus dem Umhang, zog den Korken ab und trank. *Blut des Drachen!* Neidisch sah Krista zu, wie ihr Meister Hans das Fläschchen anbot und der den Rest austrank. Sofort waren seine Augen rot umwölkt.

Dugal nahm das leere Fläschchen zurück. »Teil deiner Prüfung sei es, von nun an dem Blut zu entsagen, mein Schatten. Du darfst es nur genießen, wenn ich es anbiete.«

Krista erinnerte sich, dass sie den Saft des Blutholzbaumes probieren durfte und dann den Befehl erhielt, ihn nie wieder zu sich zu nehmen, nicht einmal, wenn er ihn ihr anbot. Krista wusste, dass mit diesen seltsamen Ungleichheiten ihre Wachsamkeit erhalten werden sollte.

»Mit dem neuen Namen, Schattenholz, musst du deine Vergangenheit fahren lassen«, sprach Dugal mit eisig finsterem Blick auf Hans weiter. »Mach dich frei von allem, dem du noch wohlwollend verbunden bist. Es ist kein Platz mehr für Sanftmut. Kein Platz für die Sehnsüchte von einst. Kein Platz für Liebe. Du stehst jetzt vaterlos und mutterlos vor mir.«

Frenetisch brannte es in Hans' roten Augen. »Mit Freuden pisse ich auf das Gedenken meiner Ahnen.«

»Nein«, sagte Dugal. »Denk einfach nie wieder an sie. Zorn gehört sich nicht. Denn du bist verschlagen und tödlich wie ein Schatten. Du musst nun auch so gefühllos werden.«

Hans verneigte sich.

Dugal wandte sich Krista zu. »Und du so schneidend und scharf wie ein Kristall, meine Krystallholz.« Hans hörte diesen Namen zum ersten Mal. Er ging auch vor ihr auf die Knie. Sie neigte den Kopf. Dugal schien diesen Austausch wohlwollend zu betrachten, und er sagte: »Gemeinsam seid ihr nun Krystall und der Schatten.«

Hans' Pferd, Tod, wieherte hinter ihnen im Nebel. Dugal ließ den Blick über die Steinbrocken und Felsen schweifen. »Dieser Ort eignet sich gut, Nägel mit Köpfen zu machen und euch an meine Kaste zu binden.« Er sah zuerst Hans an. »Bist du bereit?« Hans nickte.

»Und du?« Er wandte sich an Krista. Auch sie bestätigte. Mit rotgeäderten Augen sah er sie an. »Du hast den Blick einer Mörderin. Wie deine Mutter.«

»Ihr kanntet meine Mutter?« Ihre Reaktion überraschte sie selbst.

»Ich war da, als sie starb.« Ein kaum wahrnehmbarer Ausdruck kam über ihn, einer, den sie noch nie gesehen hatte. *Traurigkeit?* Sie konnte es nicht einordnen. *Enttäuschung?*

Dass er ihre Mutter kannte, hatte er noch nie erwähnt. Und plötzlich fühlte sie sich allein hier draußen zwischen den Felsen. Tiefe Trauer überkam sie beim Gedanken an eine Mutter, die sie nie kennengelernt hatte. Eine Mutter, von der Dugal behauptete, sie habe den Blick einer Mörderin wie sie selbst. *War sie eine Bluthölzlerin? Wünsche ich mir deshalb so, zu ihm zu gehören?* Seit ihr Vater im Krieg war, hatte sie immer *dazugehören* wollen. Einer Sache angehören. Als kleines Mädchen, noch bevor sie Dugal traf, hatte sie für ihr Land kämpfen wollen wie Gault Aulbrek, hatte ihren Lord Aeros auf eigene Weise ehren wollen, damit sie einst in den Himmel auffahren und inmitten der Sterne sein würde. Gault hatte ihr von ihnen erzählt und von Halbmonden, von Geheimnissen des Himmels und den kalten Lichtern der Borealis, von Ideen und Vorstellungen, an die sie sich nur vage erinnerte. Er hatte von Laijon gesprochen, von den anderen Kriegerengeln und von all den Kämpfern, die im Dienste Raijaels gestorben waren und nun in den Himmel erhoben wurden, in die Sterne. Sie wollte Bestandteil von etwas sein, das mehr war als sie, von etwas Großartigem. Aber König Aevrett Raijael hatte solche Träume zerschmettert, und die marternde Einsamkeit in Jö Reviens klang noch bis heute in ihr nach.

Aber nun stand sie hier. Teil einer Sache. Seide und Rose, jene beiden Vallè-Prinzessinnen, die sie und Hans ausgebildet hatten, gaben ihr das Gefühl, dazuzugehören. Da traf sie ein ernüchternder Gedanke. *Gerade eben habe ich gefehlt …*

Ihr kanntet meine Mutter?, hatte sie Dugal gefragt. Soeben war sie mit *Gefühlen* erwischt worden. Ihr rutschte das Herz bis in die Knie. *Kann er den Widerstreit in mir jetzt sehen?* So ruhig sie konnte, blickte sie Dugal an. *Weiß er von dem blauen Band, das ich noch um das Fußgelenk trage, das mein Vater mir schenkte, als er nach Wyn Darrè aufbrach? Kennt er alle meine Geheimnisse? Weiß er, dass ich nicht so ohne Gefühl bin, wie ich vorgebe?*

Weiß ich es?

Dugals winterkalter Blick wanderte zu Hans. »Du hast die Zeichnung mitgebracht, wie ich es angeordnet habe?« Hans nickte. »Und du?«, wollte er von ihr wissen. Krista nickte. Dugal ging in die Knie und sammelte kleine Zweige von der Erde auf. »Holt eure Zeichnungen«, befahl er.

Hans schlenderte zu seinem Blutaugenhengst. Krista blieb noch, sah ihren Meister an und versuchte, etwas an ihm zu erkennen. *Lässt er mich fallen, schickt er mich fort?* Er blickte von den Zweigen auf. In seinen Augen war nichts zu lesen. Da ging auch sie zu ihrem Pferd.

Nervös kramte sie in der Satteltasche von Schreckgestalt und zog das gesuchte Pergament hervor. Sie ging zu Dugal und übergab es ihm, Hans tat es ihr gleich. Ihr Meister begutachtete die Werke. Es waren Porträts, Kohlezeichnungen, die sie beide von einem der Fünf Kriegerengel aus der Sage angefertigt hatten: von Dashiell Dugal, dem Kriegerengel, den man als den Attentäter kannte, dem Schutzgott der Bluthölzler.

Im Rahmen der Ausbildung durch Dugal hatten sie und Hans *Das Buch des Verräters* gelesen, ja geradezu auswendig gelernt. Ein dunkles, unheiliges Werk, das alles, was sie über *Die Ritterlichen Erläuterungen des Raijael* und die Kirche in Amadons *Weg und*

Wahrheit Laijons gelesen hatte, in ihren Augen als Unfug entlarvte. Das war wohl auch der Zweck des Buches gewesen. Sie sollte erkennen, dass alles, was sie bislang über die Götter Laijon, Mia und Raijael gewusst hatte, völlig falsch war. Nachdem sie die Wahrheit im *Buch des Verräters* entdeckt hatte, kam ihr die überkommene Idee, einem Gott zu huldigen, dumm vor. Wenn man nach dem *Buch des Verräters* ging, standen die schlimmsten aller Falschheiten in etwas, das *Die Mondrollen von Mia* hieß. Dashiell Dugal, einer der Fünf Kriegerengel, der Attentäter, ist angeblich mit Laijon unter dem Versöhnungsbaum in Amadon gestorben, als man die Glühenden Dämonen in die Unterwelt verbannt hatte. Dabei wusste jeder Bluthölzler, dass das wahre Schicksal des Attentäters und das der alten Rasse der Dämonischen Herren im *Buch des Verräters* stand.

Krista hatte mondelang an der Zeichnung Dashiell Dugals gearbeitet, bis sie perfekt war, eine exakte Nachbildung der Vorlage, welche Dugal selbst für sie gemalt hatte. Krista wusste, dass ihr Porträt entschieden besser war als das von Hans. Ihr lag die Kunst, er dagegen hatte kein Talent. Doch davon sprach Dugal hier nicht, und er bewertete ihre Werke auch nicht. Er warf lediglich einen kurzen Blick auf jedes und gab sie wieder zurück.

Er holte ein weißes Pulver aus dem Umhang, warf es in die Luft und klatschte. An seinen Fingerspitzen entstanden Flammen. Krista hatte schon bei Seita und Breita gesehen, wie sie so aus Pulver Feuer machten. Ein Trick der Vallè, der ihr und Hans nie beigebracht worden war. Dugal kniete sich hin und übertrug die Flamme auf ein paar aufgeschichtete Zweige und etwas Reisig, die er gesammelt hatte. »Haltet eure Zeichnungen über das Feuer und entzündet sie«, wies er sie an und stand auf.

Hans ging in die Knie und hielt sein Pergament in die Flammen, bis es Feuer fing, dann ließ er es fallen. Krista machte es ebenso.

»Sprecht mir nach«, befahl Dugal. »Ich bin jetzt Teil des unzerstörbaren Bandes von Black Dugals Kaste. Falls ich meine Blutholzfamilie einmal verrate, soll mir das Herz aus dem Leib gerissen, meine Eingeweide zerfetzt und mein Blut im Schmutz vergossen werden. Von heute an lebe und sterbe ich durch das Messer, ich existiere allein für die Rückkehr der Schädel, und meine Klinge dürstet ewig.«

Krista wiederholte die Worte mit Hans und sah zu, wie die Flammen ihr Porträt von Dashiell Dugal fraßen, dem Schutzgott der Bluthölzler, dem Kriegerengel, den man auch als den Verräter kannte – bis das Pergament verkohlt war.

Um ihrer neuen Religion willen gestalteten die Letzten Kriegerengel Laijon so einfach sie konnten. Erstens: Laijon allein hatte die namenlosen Biester der Unterwelt in die Ewigkeit verbannt, weil er den Fünften Kriegerengel vernichtet hatte, den Attentäter, auch der Verräter oder der Letzte Dämonische Herr genannt. Zweitens: Laijon nutzte dazu fünf göttliche Waffen und die fünf Engelssteine, die alle nach seinem Tode in den Himmel übersetzten, denn die verbliebenen Kriegerengel wussten, die Taten Laijons würden mit der Zeit nur umso heller strahlen.

WEG UND WAHRHEIT LAIJONS

8. KAPITEL

TALA BRONACHELL

AM ELFTEN TAG DES MONDES DER TUGEND
IM 999. JAHR LAIJON – AMADON, GUL KANA

Mit einem lauten Aufprall und gewaltigem Scheppern begann der Streit.

»Du verlierst schon wieder!«, giftete Glade triumphierend.

Tala und Lawri wandten sich um, ihre sechs Eskorten von der Silbergarde ebenso. Lindholf lag rücklings und ohne Helm mitten in der Halle auf dem Boden aus Granitfliesen. Mit dem Handrücken wischte er sich etwas Blut von der Stirn. Lawri seufzte genervt. Sie hielt den linken Arm behutsam an den Körper gedrückt.

Talas Cousine hatte wieder ein langes Kleid an, dessen Ärmel den weißen Verband um den verletzten Arm verbargen. Wer den Verband angelegt hatte, wusste Tala nicht. Immer noch erschrak sie beim Gedanken daran, dass Jovan Lawri im Ringen um den Dolch so brutal verletzt hatte, wenn auch nicht absichtlich.

»Komm hoch!«, befahl Glade. »Steh auf und versuch nochmal, mir etwas zu stehlen.« Er deutete mit dem Schwert, das in Sackleinen gewickelt war, auf Lindholf.

»Lass mich in Ruhe«, grummelte der, rappelte sich auf und sammelte seine Sachen ein.

Glade nahm die Kampfhaltung ein und machte sich bereit. Beide trugen noch Übungskleidung: leichte Rüstung, Halbhelme und Schwerter der Silbergarden, mit Sackleinen geschützt. Vorhin hatten sie mit König Jovan im Rasenhof Schwertkampf geübt. Die Zeit unter der Obhut von Val-Draekin und Seita war nun zu Ende. Jeder gehorchte jetzt Jovan Bronachell. Tala und Lawri waren beide in Damenkleider gewandet, denn keine wollte den Zorn des Königs hervorrufen. Durch die langen Ärmel an Lawris rosarotem Umhang war die Wunde nicht zu sehen, die er ihr vor ein paar Tagen zugefügt hatte.

»Komm doch her!«, stichelte Glade und riss den groben Stoff vom Schwert. »Trau dich!«

Lindholf klopfte sich den Staub vom Leib und griff mit der knöchernen Hand hinter seinen Brustpanzer, um die Rüstung zu richten. Plötzlich zog er die Hand hervor und schnupperte hungrig daran.

»Du bist doch verrückt«, knurrte Glade. Lindholf riss das Leinen vom Schwert und zog es gegen Glade.

Einer der Silbergardisten lachte höhnisch. »Sieht so aus, als würden unsere beiden kleinen Lords jetzt Ernst machen. Lasst uns wetten: Ich sage, zwei Schläge, dann sitzen diese beiden Tölpel auf ihren Ärschen, und der Kampf ist vorbei.« Das Gelächter der fünf anderen war Tala zuwider. *Diese faulen Säcke!* Von denen würde keiner etwas unternehmen.

Lawri schob sich zwischen die beiden Streithähne. »Steckt die Schwerter weg und lasst den Blödsinn.«

»Aus dem Weg, du blöde Schlampe!« Mit der freien Hand stieß Glade Lawri zu Boden. Lindholf holte aus. Glade fuhr herum und parierte seinen Schlag. Das helle Klingen der blanken Schwerter hallte durch den Gang. Glade hielt seines mit beiden Händen fest. »Feigling«, grollte er und zielte auf Lindholfs Kopf.

Der wehrte ab. »Vor dir kusche ich nicht mehr«, sagte er. »Und du fasst meine Schwester nie wieder so an.«

Glade änderte gelassen die Position und bewegte sich mit erhobenem Schwert seitwärts. Sein Gegenüber folgte ihm mit der Schwertspitze. Sie begannen, einander zu umkreisen. Keiner von beiden zuckte auch nur. Plötzlich täuschte Lindholf eine Finte nach rechts an, doch Glade erkannte das Manöver und hielt ihn mit einem Ausfall auf Distanz. Dabei traf er das Handgelenk seines Gegners, und Blut floss. Lindholf taumelte rückwärts und fiel beinahe hin. Tala setzte kurz das Herz aus, doch er fing sich rasch wieder. Mit sauberem Schwung attackierte er und überwand die Verteidigung des anderen. Der Treffer ging gegen die Rüstung, aber Glade stürzte sich mit mordlüsternem Blick und sirrendem Schwert auf Lindholf.

Da erhob sich eine Wolke aus weißer Kreide zwischen den beiden. Ein Schnalzen ertönte, und vor Glades überraschtem Gesicht brachen Flammen aus. Er taumelte vor Schreck zurück. Der Feuerball verschwand.

Zauberei der Vallè! Tala zuckte entsetzt zusammen. Sie hatte schon gesehen, wie Val-Draekin mit dem weißen Pulver Flammen entstehen ließ. Aber hier draußen war gar kein Vallè.

Lindholf nutzte seinen Vorteil mit Elan. Glade wich wild um sich schlagend zurück, aber irgendwie konterte er jeden Schlag, trotz der wackligen Knie und seiner Verwirrung. Nach Lindholfs Parade rammte er ihm das Heft seines Schwerts unter das Kinn, und sein Gegner fiel auf die Knie.

Wieder schnalzte es. Wieder taumelte Glade vor den zuckenden Flammen zurück.

Blitzschnell war Lindholf auf den Beinen und holte aus. Die beiden tauschten abwechselnd Hiebe und wichen zurück, Glade keuchend, Lindholf mit einer steinernen Kälte, die Tala noch nie an ihrem Vetter beobachtet hatte.

»Du kämpfst mit Vallè-Tricks!« Glade spuckte aus.

Lindholf hielt ihm das Schwert an die Brust. Mit der freien Hand ließ er eine weitere weiße Pulverwolke seine Klinge hinabgleiten. Er pustete kurz, und die Klinge ging in Flammen auf, die rasch zur Spitze und auf den erschreckten Glade zurasten. Das Feuer sprang von der Schwertspitze auf seine Brust über.

»Verfluchte Engel!« Glade wich zurück und versuchte, die Flammen auf seinem Brustpanzer auszuschlagen. »Was zum Teufel ist das?!«

»Genug!«, brüllte Jovan Bronachell befehlend und mit tiefer Stimme, als er mit wehenden dunklen Haaren auf sie zustürmte. Der König und sein Gefolge schwarz gerüsteter Tagritter rauschten mit beschlagenen Stiefeln donnernd durch den Korridor.

Lindholf entfernte sich von Glade, und das Schwert stand nicht mehr in Flammen, doch noch leckte Rauch von der Spitze. Glade spuckte schwer atmend auf den Boden.

Talas älterer Bruder trat gebieterisch zwischen die beiden Jungen. Er trug einen pelzbesetzten Umhang, den eine Brosche aus von den Vallè bearbeitetem Silber über einem schmückenden Kettenhemd zusammenhielt. »Weg mit den Schwertern!«, befahl er.

Beide gehorchten, und Glade funkelte Lindholf dabei bitter an. »Er hat sich der Zauberei der Vallè bedient, Euer Hoheit. Er hat mich mit Vallè-Tricks überrumpelt.«

Lindholf hielt dem Blick unerschrocken und mit hartem, konzentriertem Gesichtsausdruck stand.

»Verwöhnte kleine Maden seid ihr, allesamt!« Jovan schäumte mit hochrotem Gesicht. »Ich bin geneigt, euch in die vier entgegengesetzten Winkel des Königreichs zu verbannen, ihr Störenfriede!« Sein feuriger Blick fiel auf Tala. »Dann könnt ihr da verrotten bis ans Ende eurer Tage, möglichst weit weg von mir!«

»Lindholf ist schuld«, zischte Glade. »Er hat angefangen. Dieser blutsaugende Oghul, ich schlag ihm …«

»Verrotten, bis Sterling Prentiss gefunden wurde!« Jovan fiel ihm erbost ins Wort. »Bildet euch bloß nicht ein, ich wüsste nicht, dass ihr Idioten etwas mit dem Verschwinden meines Hauptmanns der Tagritter zu tun habt!«

Aber auch Glade war noch nicht fertig. »Das ist Lindholf und diese verdammten Vallè, die ihm beibringen zu …«

»Schnauze!«, schrie Lawri und hielt Glade den Finger vor das Gesicht. »Halt deine beschissene Fresse!«

Jovan wich mit weit aufgerissenen Augen vor Lawri zurück und legte die Hand an das Heft des Dolchs in seinem Gürtel. Die letzte Begegnung mit seiner Cousine steckte ihm noch in den Knochen. »Bei der verfluchten Mutter«, stieß er zwischen den Zähnen hervor. »Ihr spinnt doch alle!«

Wut sprühte aus Glades Blick, der vom König zu Lawri und dann zu Lindholf wanderte. Sein Gesichtsausdruck war schon immer verstockt und überheblich gewesen, aber nun schienen sich Augen, Nase und Lippen in einer leeren Grimasse zu vereinen, als er auf Lindholf deutete und höhnisch sagte: »Das vergesse ich nicht.«

Drei Silbergardisten eilten mit roten Gesichtern sichtlich nervös auf König Jovan zu. »Verzeiht, mein Lord.« Der erste Gardist ging vor Jovan auf die Knie. »Ich bringe eilige Kunde von Ser Castlegrail, wenn Euer Hoheit gestatten.«

»Sprich«, sagte Jovan.

»Leif Chaparral ist aus Lord's Point zurückgekehrt. Bei sich hat er zwei Gefangene aus Sør Sevier und die Prinzessin Jondralyn.«

Jovan wirkte angespannt und holte tief Luft. Tala ebenso.

Hastig sprach der Silbergardist weiter: »Leif und die Gefangenen erwarten Euch im Sonnenvogelsaal, Euer Hoheit. Die Prinzessin ebenfalls.« Der Gardist schluckte und hatte Tränen in den Augen. »Es heißt, mein Lord … es heißt, Jondralyn sei schwer verletzt und ringe auf einer Bahre mit dem Tod.«

Talas Zofe Dame Mairgrid übertönte klagend den Tumult und Aufruhr, der sich am anderen Ende des Sonnenvogelsaals erhoben hatte. Auf den großen Treppen, die sich an beiden Seiten des gewaltigen Raums zu den Galerien emporschwangen, drängten sich die Zuschauer – Edelleute, Damen, Silbergardisten, Tagritter, Küchenhilfen – jedes Gesicht schreckerfüllt. Ser Tomas Vorkink, Vogt von Burg Amadon, und der Kammerherr des Königs, Ser Landon Galloway, standen direkt unterhalb der Galerie beieinander. Überall waren Ritter und Edelleute versammelt. Manche hockten auf den langen Tischen, um besser sehen zu können, andere standen auf den gepolsterten Bänken zwischen den schwarzen Säulen an den Wänden.

Große Kerzenleuchter überall im Sonnenvogelsaal tauchten den vollgestopften, ächzenden Raum in scharfes Licht. Zwar waren die Doppeltüren oberhalb der Galerie geöffnet, doch wurde es immer stickiger, und die verstörten Rufe wurden lauter. Die Menge teilte sich, als Jovan sich mit seiner Tagrittereskorte durch den Raum bewegte, Tala, Lawri, Lindholf und Glade im Schlepptau.

Mit ernstem Blick wartete Leif Chaparral in der Tagritterrüstung, die von der langen Reise ganz verstaubt war, direkt unter der

Galerie. In jeder Hand hielt er ein Seil, das ein Stück über den Boden schleifte und dann an den gefesselten Gelenken von Habichtholz und einem glatzköpfigen Ritter endete, der eine schmutzverkrustete Mischung aus Lederschilden und Brustpanzern trug. Habichtholz hatte eine dunkle lederne Reithose an, eine zerrissene Tunika und ein zerfetztes, blutiges Hemd.

Tala folgte seinem finsteren Blick zum Boden und sog scharf die Luft ein, als sie schließlich die Gestalt auf der notdürftigen Bahre vor Leif erkannte.

Da lag Jondralyn.

Tala taumelte zu ihr und achtete kaum auf das schmerzvolle Keuchen von Lindholf und Lawri. Vor Jondralyn sank sie auf die Knie. Ihre Schwester lag in voller Silbergardenrüstung da, und ein schartiger Riss zog sich von oberhalb des rechten Auges bis links ans Kinn quer über ihr Gesicht. Grober Zwirn verschloss die grausige Wunde. Die gesamte untere Hälfte von Jondralyns Gesicht war zerfleischt, violett und blau, entzündet und angeschwollen, verschorft mit getrocknetem Blut und fast doppelt so dick wie sonst. Das linke Auge war nur mehr eine glasige weiße Kugel, das rechte fehlte ganz. Über der klaffenden Höhle war die Haut zerfetzt, und zwischen den groben Stichen schien fahl ihr Schädel hindurch.

Plötzlich nahm Tala den Gestank aus Jondralyns Wunden wahr, und sie musste würgen. Sie hockte sich hin und bedeckte vor Entsetzen das Gesicht, wollte es mit beiden Händen verbergen. Lawri kam zu ihr und legte ihr tröstend die Arme um die Schultern.

»Welche Tragödie ist dies?«, murmelte Jovan. »Was ist meiner geliebten Schwester widerfahren?«

Durch ihre Tränen hindurch blickte Tala ihren Bruder an, ohne auch nur ein Wort seiner gespielten Sorge zu glauben. *Das ist deine Schuld!,* wollte sie schreien.

Leif Chaparral übergab die Seile, an die Habichtholz und der kahle Ritter gefesselt waren, einem der Wolfsgardisten und winkte zwei seiner Männer heran. Beide trugen je zwei Schwerter. Leif nahm die des ersten Mannes, geschwungene Klingen mit Spießen am Heft. Er warf sie vor Jovan auf den Steinboden. »Die zwei Klingen des Überläufers der Sør Sevier, Habichtholz. Die Kriegsbeute und, wenn es Euer Hoheit gefällt, Mitbringsel für meinen Bruder Glade.« Doch Jovan schien weder die Schwerter noch die Bitte Leifs wahrzunehmen. Er starrte auf Jondralyns grauenvolle Verletzungen.

Glade kam hinter Tala hervor, stieg über Jondralyn hinweg und schnappte sich gierig die beiden Klingen. »Prächtig. Vielen Dank.« Er verneigte sich vor seinem Bruder, bewunderte die Schwerter und blickte nervös auf Habichtholz.

Durch die schwarzen Haarsträhnen vor seinem Gesicht sah der Leif an. Diese dunklen, verschlingenden Augen wirkten gefährlich. Tala erschauerte, als sie den Schmerz und das Gift in seiner Stimme vernahm: »Habt Ihr keinen Arzt, der sich um sie kümmert?«

»Richtig. Ein Arzt?« Jovan sah sich um.

»Val-Korin ist Val-Gianni suchen gegangen«, antwortete der Burgvogt Ser Tomas Vorkink.

»Auch Denarius ist gerufen worden«, setzte Ser Landon Galloway hinzu. »Der Großvikar und das Quorum der Fünf werden gleich hier sein. Sie können sich bald um Eure arme unglückliche Prinzessin kümmern, wenn Euer Hoheit erlauben.«

»Gut.« Der König nickte. Ihm fehlten anscheinend die Worte. »Gut.«

Du warst es doch, der sie tot sehen wollte! Tala wünschte sich, ihr Bruder würde sich umdrehen, und sei es nur, damit er die Anklage in ihren Augen lesen konnte.

Leif griff sich eins der Schwerter des zweiten Wolfsgardisten – ein Langschwert in elegantem weißen Futteral. Er zog es heraus. Mit seinem blauen Funkeln im Licht des Sonnenvogelsaals zog es jeden in den Bann. »Ich überreiche Euch *Himmelsplünderer*, mein Lord.« Leif ging vor Jovan auf die Knie und hielt seinem König die Waffe entgegen. »Das Schwert Aeros Raijaels.«

Bei dieser Verkündung ging ein Raunen durch den vollgepackten Saal.

Jovan nahm sich das Schwert samt Futteral. »*Himmelsplünderer.*« Ehrfurcht und Bewunderung lagen gleichermaßen in seiner Stimme. Zweimal hieb er kurz mit der Waffe durch die Luft. Bei jeder Bewegung sang die Klinge. Dann rammte er sie entschlossen wieder ins Futteral und hielt es bewundernd in die Höhe.

»Ein letztes Geschenk.« Leif nahm dem Wolfsgardisten das vierte Schwert ab, eine einfache Klinge. Die warf er vor Jovan auf den Steinboden. »Die Waffe, die unsere wunderschöne Prinzessin Jondralyn im Gesicht verunstaltet hat. Ein verfluchtes Ding, das eingeschmolzen werden sollte, und das flüssige heiße Metall sollte man dem in den Anus gießen, der sie beinahe umgebracht hat.«

Leif blickte auf den kahlen Ritter neben Habichtholz. »Dies ist der Mann, der unsere geliebte Prinzessin niedergestreckt hat! Gault Aulbrek, Erzritter der Sør Sevier! Eine von Aeros Raijaels persönlichen Wachen!« Alle Augen im Sonnenvogelsaal richteten sich auf den Ritter aus Sør Sevier.

Gault Aulbrek war groß, kantig und geschmeidig. Obschon er in Tauen und Ketten vor ihnen stand, hatte seine Haltung etwas Stolzes, eine kühle Kühnheit, mit schmalen, wachen Augen, rauh und ungezähmt. So mancher im Saal schlug bei diesem Anblick mit drei Fingern das Laijonskreuz über seinem Herzen.

»Tötet ihn!«, riefen einige. »Tötet ihn gleich hier!«

Rasch wurde dies zu einem Mantra, das der ganze Saal intonierte. Auch Tala wünschte seinen sofortigen Tod. Sie hasste diesen Glatzkopf mit dem Kinnbart und der stillen Selbstsicherheit, hasste ihn mit unvermittelter, wilder Leidenschaft. Der stoische Blick, mit dem er die wogende Menge betrachtete, entflammte ihren Zorn.

Als es ruhiger wurde, sprach Jovan laut: »Ich möchte hören, wie diese beiden Männer gefasst wurden und wie unsere geliebte Jondralyn niedergeschlagen wurde.«

»Ihr gestattet.« Leif verneigte sich und richtete seine Rüstung. »Unsere wunderschöne Prinzessin wurde gemein und feige angegriff …«

»Das ist eine Lüge«, knurrte Gault zwischen den Zähnen. In seinen Augen stand plötzlich tiefste Wut. »Ich lasse nicht zu, dass Lügen über mich verbreitet werden, nicht von einem wie Euch, Leif Chaparral.« Gault blickte geradeaus und nahm jetzt Jovan ins Visier. »Es war ein gerechtes Duell. Das Jondralyn gefordert hat. Einige der Männer hier um Leif haben es gesehen. Ich habe meinen Hieb gebremst und ihr Leben verschont. Mir wurde die Freiheit versprochen.« Sein kalter, harter Blick hielt dem Jovans stand, als er die gefesselten Hände erhob. »Eure Schwester versprach, dass ich freigelassen werde. Ich erwarte, dass Ihr dieses Versprechen haltet.«

Ein dumpfes, besorgtes Murmeln ging durch den Saal.

»Was ist mit dem Weißen Prinzen?«, fragte Jovan Leif und ignorierte Gault, als hätte er nicht ein Wort gehört. »Du gibst mir Aeros' Schwert. Wurde er getötet? Was ist mit Ser Culpa Barra?«

»Habichtholz war es, der *Himmelsplünderer* getragen hat«, erwiderte Leif. »Ich weiß nicht, wie er in den Besitz von Aeros' Schwert gelangte. Er hat nicht viel preisgegeben. Culpa Barra erwies sich als Verräter und floh wie ein Dieb in der Nacht nahe Lokkenfell. Ihm ist nicht zu trauen. Mein Gefühl sagt mir, er hat von Anfang an mit Habichtholz und dem Zwerg gemeinsame Sache gemacht. Und mit Sterling Prentiss, den ich ebenfalls des Verrats verdächtige.« Er blickte suchend durch den Saal. »Ich hatte gehofft, Sterling in sein fettes Narbengesicht spucken zu können, wenn ich ihn das nächste Mal sehe.«

»Auch Sterling hat sich als Verräter erwiesen«, sagte Jovan mit durchdringendem Blick auf Tala. »Entweder ist er aus Amadon geflohen oder er wurde wegen der gegen ihn erhobenen Anschuldigungen getötet.«

Tala fühlte sich zutiefst machtlos hinsichtlich der Auswirkungen, die das Verschwinden Sterlings nun auf den Hof haben mochte. *Die Folgen der Lügen, die ich in die Welt gesetzt habe.* Sie spürte, wie die Gefühle in ihr überhandnahmen. Lawri stand noch neben ihr. Lindholf auch. Beide in Jovans Augen ebenso verdächtig wie sie. *All meine verfluchten Lügen!*

»Hat Jondralyn Aeros Raijael getroffen?«, fragte Jovan Leif. »Weiß der Weiße Prinz, dass Gul Kana sich seinen Drohungen nicht beugt?«

Leif zögerte einen Augenblick. »Um ehrlich zu sein, mein Lord: Eure Schwester hat sich nicht getraut, Aeros Raijael zu treffen.« Er räusperte sich und verneigte sich vor seinem König. »Ich allcin war derjenige, welcher sich ins Lager des Weißen Prinzen begeben und Aeros unsere Absichten übermittelt hat. Ich allein habe ihm mitgeteilt, dass Jovan Bronachell ihn standhaft bekämpfen wird.«

»Fantastisch.« Der König nickte Leif zu. »Ich brauche während der Abwesenheit von Sterling Prentiss einen Nachfolger. Euer Mut, Ser Leif Chaparral, erhebt Euch von nun an in den Rang des Hauptmanns der Tagritter. Bald erfolgt der offizielle Eid. Die Zeremonie zu Euren Ehren soll ein Fest sein!«

Leif blieb vor Jovan auf den Knien und verneigte sich tief, fast bis auf den Boden. »Ich fühle mich äußerst geehrt, Euer Hoheit.«

Als Leif sich erhob, erscholl Beifall aus der Menge, wenngleich auch gedämpft, da Jondralyn ja zwischen den beiden auf dem Boden lag.

Val-Korin, der Botschafter aus Val Vallè, betrat den Saal, im Gefolge seinen Mediziner Val-Gianni sowie Seita und auch Val-Draekin. Val-Korin trug eine lange, juwelenbesetzte Robe mit einem Gurt um die Hüfte.

Val-Gianni legte sein ganz ähnliches Gewand sogleich ab und übergab es Seita. Unter der Robe trug der Vallè eine graue Kniebundhose mit schwarzem Gürtel, Hemd und Tunika in etwas dunklerem Grau. Ein oft benutzter Lederbeutel hing ihm von der Schulter. »Man hätte ihr die Rüstung schon vor Tagen abnehmen sollen.« Er streifte die Ledertasche ab und beugte sich über Jondralyn. Dann öffnete er den Beutel und zog diverse medizinische Mittel heraus. »Sie fiebert, verglüht von innen, so wie sie in diesem Metall gefangen ist. Ich denke, sie kann kaum atmen.«

»Könnt Ihr sie retten?«, fragte Jovan.

»Ja, könnt Ihr das?« Leifs Worte klangen mehr nach einer höflichen Nachfrage.

»Holt mir eine Fackel«, sagte der Arzt der Vallè zu niemand besonderem und musterte Jondralyn.

»Holt ihm eine Fackel!« Leif bellte den Befehl. Glade trottete durch die Menge zum nächsten Wandhalter.

Val-Korin kniete sich hin, knöpfte die um Jondralyns Rumpf geschnürte Rüstung auf und nahm sie ab. Ihr Atem ging so schwach, dass sich die Brust unter dem blutigen Hemd kaum hob. Val-Gianni schob eine Hand unter ihren Nacken, hob den Kopf an und drehte ihn sachte zur Seite. »Sie hat auch eine Wunde hinten am Hals.« Der Vallè legte den Kopf wieder ab und untersuchte weiter ihr verwundetes Gesicht. »Wenn ich an einem Arm oder Bein solch schlimme Infektionen sehe, muss ich amputieren.« Tala wurde ganz schwach, als der Vallè sorgenvoll seine Medikamententasche durchwühlte und ein Glasröhrchen mit dunkelvioletter Flüssigkeit hervorzog. »Bei so massiven Verletzungen und einer unbehandelten Infektion so nah am Gehirn ist es ein Wunder, dass sie überhaupt noch atmet.« Val-Gianni entkorkte das Fläschchen. Abermals schob er die Hand unter Jondralyns Kopf, hob ihn sachte an und führte es ihr an die aufgequollenen Lippen. »Arzneilösung aus Aelbazis. Das dürfte ihre Schmerzen lindern.«

Bevor er sie trinken ließ, blickte er zu Jovan auf. »Ich müsste den Saal für die Operation, die ich vornehmen muss, vollkommen leeren lassen, aber ich fürchte, die Zeit haben wir nicht. Wir dürfen keinen Moment vergeuden, sonst hört ihr Herz für immer zu schlagen auf.« Er öffnete ihr die Lippen und flößte ihr die Flüssigkeit ein. Zuerst lief sie ihr die Wangen hinab, dann verschluckte sie sich und trank hustend etwas. Als das Fläschchen geleert war, sah Jondralyns linkes Auge nicht mehr ganz so milchig und vernebelt aus.

Val-Gianni wies Seita und Val-Draekin an, ihre Beine zu halten, Val-Korin sollte sie an den Schultern fassen. »Die Infektion muss abgelassen werden, und vermutlich wird sie um sich schlagen wollen.«

Tala spürte, wie in den kalten Tiefen ihres Seins flüsternd die Verbitterung zunahm, der Zorn, dass ihrer Schwester etwas so Grauenvolles und Ungerechtes angetan worden war, Wut auf ihren Bruder, auf Leif und den Ritter aus Sør Sevier, Gault Aulbrek, der das alles verursacht hatte.

Schließlich kam Glade mit einer Fackel. »Kniet Euch neben mich«, befahl Val-Gianni. »Die Flamme werde ich brauchen.« Er reichte Glade einen kleinen eisernen Haken von der Länge einer Schreibfeder, der vorne nadeldünn war. »Erhitzt die Spitze in der Fackel.«

Glade tat wie ihm geheißen, während Val-Gianni das zarte Fleisch in Jondralyns Gesicht mit zwei dünnen Fingern betastete. Tala verzog das Gesicht, als Blut und Eiter aus den Löchern der groben Naht über Jondralyns Auge quollen. Nach einigem Drücken teilte sich die Wunde. Ein Blutschwall brach graublau und scharlachrot hervor und rann seitlich an der Stirn hinab.

Val-Gianni nahm den erhitzten Haken von Glade und machte sich rasch ans Werk. Mit der glühend roten Spitze stach er in die grobe Naht und löste sie von Jondralyns festem, aufgeblähten

Fleisch. Blut lief jetzt ungehindert aus der gespannten Haut in ihrem Gesicht. Die meisten Hofdamen und Edelmänner wandten sich ab. Hinter Tala weinte Lawri.

Jondralyn atmete nun heftig und schnell. Seita und Val-Draekin umfassten ihre Beine fester. Als die Naht geöffnet war, legte der Arzt der Vallè alle fünf Finger jeder Hand vorsichtig auf beide Seiten der Wunde. Sachte tastete er den geschwollenen Rand ab und fand schließlich den Punkt. Er drückte zu. Eiter spritzte wie eine große, dickflüssige Fontäne aus der Wunde. Die gelblich-weiße Masse verteilte sich über Val-Giannis Hände. Jondralyn schrie plötzlich auf, und ihr Körper wehrte sich gegen die drei Vallè. Trotz des Kreischens und ihrer Gegenwehr drückte Val-Gianni weiter auf Jondralyns Gesicht und entleerte die Wunde. Ein Strom blasser Flüssigkeit lief ihr die Wange hinab und sammelte sich so dick wie Ziegensahne am Boden. Als er fertig war, zog der Knochensäger der Vallè eine Flasche starken Whiskeys aus dem Beutel und begann, die Wunde zu reinigen. Erneut erfüllten Jondralyns ungezügelte Schmerzensschreie den Saal. Die Wut in Talas Seele drohte sie an Orte hinabzuziehen, die ihr nicht geheuer waren.

Glade erhitzte den Haken wieder, und Val-Gianni kauterisierte damit die Wunde. Der faulige Geruch von verbranntem Fleisch kroch Tala in die Nase, als das rotglühende Eisen Jondralyn unter die Haut fuhr. Sie wusste nicht, ob sie das noch länger mit ansehen konnte. Hass und Zorn durchfluteten sie. Auch sie verspürte den Drang zu schreien. Sie atmete selbst mehrmals schmerzerfüllt tief ein und aus.

Das ist alles Jovans Schuld!

Durch Tränen der Wut, die sich in ihren Augen ansammelten, starrte sie ihren Bruder an. Der wirkte ebenso schockiert und verwirrt wie sie. Leifs Gesicht dagegen war eine versteinerte Maske, die jeden Gedanken verbarg, außer seiner Überheblichkeit.

Sechs Tagritter marschierten mit gezogenen Speeren als Eskorte von Großvikar Denarius und dem Quorum der Fünf Erzbischöfe in den Saal. Denarius' besorgter Blick lag auf Jondralyn. Er war in die übliche braun-orangefarbene Soutane seines Ranges gekleidet und schlug sofort mit drei Fingern das Laijonskreuz über den Silber- und Goldketten, die vor seinem Herzen hingen. Dann bedeckte er die Nase, als ihn der Gestank traf, und sein rundes Gesicht errötete. Denarius war fett, lüstern und hässlich, und Tala hätte am liebsten auch ihm einen Schlag versetzt.

Sie wusste, dass sie kurz davorstand, ihren Gefühlen freien Lauf zu lassen. Doch sie war entschlossen, sich zusammenzureißen: Geheule hatte noch nie jemandem etwas gebracht. Nur mit Kaltblütigkeit konnte man etwas erreichen. Sie ließ den Blick zu Gault Aulbrek wandern. Die gefühllosen Augen des glatzköpfigen Ritters schienen den gesamten Sonnenvogelsaal auf einmal zu erfassen.

Er sah Tala an, fast, als hätte er bemerkt, dass er beobachtet wurde.

Sie wollte sich seinem Blick entziehen, doch er hielt sie in seinem Bann, und sie konnte nicht recht bestimmen, womit: zum Teil Mitgefühl, aber auch teilnahmslose Neugierde. *Aber wer ist er denn, dass er mit mir fühlt?* Ihre überschäumende Wut wurde geradezu hysterisch intensiv, und sie fragte sich, ob sie den Verstand verlor. *Irgendwie gehört all das zu dem verdrehten Spielchen des Blutholzlers!*

»Ihr habt ihr das angetan!« Talas wilder Aufschrei hallte wie Peitschenknallen durch den Saal. Alle starrten sie an.

Sie sprang in einem wahnsinnigen Ausbruch von Zorn und Kraft auf Gault los, schlug ihn und zerkratzte sein Gesicht.

Seine Hände waren vor dem Körper gefesselt, so konnte er sich gegen die ersten Treffer abschirmen. Durch den wilden Nebel ihrer Raserei wirkte Tala kaum mehr wie ein Mensch – eher wie ein knurrendes, kreischendes, geiferndes Tier, das ihn mit den Fingernägeln gleich den Fängen einer Säbelzahnraubkatze zerreißen wollte.

Der Angriff dauerte nur einen Moment, dann zogen Leif und Jovan sie von dem Ritter aus Sør Sevier weg und stießen sie grob zu Boden. Sofort standen Lindholf und Lawri an ihrer Seite, und ihre Cousine flüsterte ihr tröstende Worte zu, die Tala nicht verstand. Sie fühlte sich so unfassbar leer.

Mit flammenden Blicken bedachte sie alle Anwesenden.

Dann raffte sie sich mühsam hoch und rannte so schnell ihre Beine sie trugen aus dem Sonnenvogelsaal.

Tala kam in Jondralyns Schlafgemach wieder zu sich, matt, entmutigt und allein. Sie brauchte Ruhe und sank im Polstersessel zusammen. Doch sie fand keine Ruhe in diesem Gemach mit den Pastelltönen an den Wänden, den Säulen und den hohen Bögen und dem nachgiebigen Plüschteppich unter ihren Füßen. Das Herz wollte nicht aufhören, ihren Zorn herauszuhämmern.

Die Wut ließ erst nach, als sie das große Mahagoni-Bücherregal an der anderen Wand bemerkte. Darin standen Hunderte von Büchern, die ihre Schwester im Laufe der Jahre angesammelt hatte. Ein paar hatte Tala gelesen: *Staub der Gefallenen*, *Der Suchende von Agonmoore*, *Fürchterliches Feuerfort*. Und dann gab es jene, die ihre Mutter Alana ihr vorgelesen hatte, als sie noch klein war. *Die Maus von Burg Avlonia*. Schmerz durchfuhr sie, als sie den Titel auf dem goldgeprägten Rücken des letzten Buchs las: *Das Märchen der Prinzessin Arianna von Val Vallè*. Man hatte das Abbild von Prinzessin Arianna auf den Kupfermünzen von Gul Kana durch das von Jondralyn ersetzt.

Daran mochte sie nicht denken. *Jondralyn war so schön*. Sie wollte den Anblick der grässlichen Verletzungen ihrer Schwester aus dem Gedächtnis verbannen. Tala spürte eine gähnende Leere, denn sie wusste, Jondralyn würde womöglich sterben.

Jovan hatte ihre Schwester mit einem Auftrag ausgesandt, weil er auf ihren Tod hoffte. *Muss ich mich als Nächste gegen Jovan wenden? Heckt er dann etwas aus, um mich zu töten? Oder ist er schon dabei?* Sie dachte an den Bluthölzler und an dessen Spielchen. *Der Bluthölzler! Wenigstens einer, der mich für wichtig hält!* Sie dachte an den Beutel mit den kleinen grünen Kügelchen, die sie Lawri unterschieben sollte, und daran, was der Meuchelmörder in seiner letzten Nachricht geschrieben hatte: *Deine süße Cousine ist nur zum Teil geheilt. Täusche dich nicht, sie wird in den Wahnsinn trudeln und sterben, wenn sie nicht mehr von dem Gegenmittel bekommt. In diesem Beutel gebe ich dir zwanzig Portionen. Für jeden Tag eine. Bald erhältst du mehr davon … jedoch nur, wenn du mir weiterhin gehorchst und mir bringst, was ich verlange. Erst dann ist Lawris Verwandlung vollendet. Erst dann wird deine Bestimmung dir eröffnet.*

Tala hatte noch etwas vor sich. Sie hatte Lawri noch keine der grünen Kügelchen verabreicht. Sie konnte ihrer Cousine nicht helfen, so wie sie auch Jondralyn nicht helfen konnte. Sie konnte nicht alle Wunden heilen, nicht alles Falsche richten. Sie konnte ja nicht einmal die bösen Dinge wieder geradebiegen, die sie selbst getan hatte, zum Beispiel die Lüge über Sterling Prentiss. *Wie viele meiner Lügen führen noch zum Tod anderer?* Beinahe konnte sie das Gelächter des Bluthölzlers durch Jondralyns Schlafgemach hallen hören. *Wer ist mein finsterer Peiniger?* Sie durchsuchte das Zimmer in dem Wissen, dass sie womöglich ausspioniert wurde. *Werde ich es je erfahren?* Sie fühlte sich so leer und nutzlos.

Sie konzentrierte sich auf den oberen Teil von Jondralyns Bücherregal, und ihre Gedanken wanderten zu der anderen Nachricht des Bluthölzlers. *Such die geheimen Pergamente, die Jondralyn in ihrer Kammer verborgen hat. Übergib mir, was du findest. Eine schreckliche Gefahr ist es, die sie versteckt hält, eine, die ins Fegefeuer führen kann und darüber hinaus.*

Eine Art endgültiger Ruhe überkam sie, und sie erhob sich und zog das Sitzmöbel zum Bücherregal. Als sie genau an der gewünschten Stelle war, stieg sie auf die Sitzfläche und richtete sich auf. Sie dachte an den Rest der letzten Nachricht. *Eines Tages, Tala, zur Zeit des Sündenerlasses, bist du vielleicht die einzige verbliebene Erbin von Borden Bronachell, die Einzige, die den Schlüssel zu allen Mysterien hält. Diese Spielchen, die du so albern findest, sind eine Prüfung für dich, eine Vorbereitung auf deine Zukunft. Nimm sie ernst. Lawris Leben hängt davon ab. Auch dein Leben hängt jetzt davon ab.*

Im Stehen auf dem Sessel erreichte sie ganz leicht das dritte Buch von links auf dem oberen Brett. Sie zog es hervor und suchte nach dem verborgenen Fach dahinter, das sie kannte. Dann holte sie das Pergament heraus, das Jondralyn dort versteckt hatte.

Es war leer, aber sie wusste genau, wie sie sichtbar machen konnte, was darauf geschrieben stand.

Verrat. Ein Wort, das wie die Schlinge eines Henkers über Tala hing.

Sie saß in ihrem eigenen Zimmer und fühlte sich schuldig, weil sie das Pergament aus Jondralyns Versteck gestohlen hatte. Doch all das gehörte zu dem Spielchen des Bluthölzlers. Einem Spiel, das sie nun selbst in die Hand nehmen wollte.

Sie hatte in weiser Voraussicht etwas von Roguemoores schwarzem Pulver aufbewahrt. Dieses Mal brachte es eine Karte zum Vorschein. Eine Karte der Kerker unter der Halle der Tagritter. Darauf verzeichnet waren die Höhlengänge, die zu tiefen und trügerischen Orten unter den Zellen des sogenannten Fegefeuers führten, ein gewundener Pfad durch Felsen und unter Wasser und darüber hinaus, hin zu einem bestimmten Ziel, zu etwas, das ihr beinahe auf der Zunge lag, das ihr vage bekannt vorkam.

Falls ich wirklich eine Bestimmung habe, dann ganz sicher nicht die, weiter als dümmlicher Lakai und Botenmagd für einen Meuchelmörder aus Sør Sevier zu dienen, der nicht einmal sein Gesicht zeigt. Sie war entschlossen, dem Bluthölzler die Karte um jeden Preis vorzuenthalten. *Aber ich selbst werde der Karte folgen und sehen, wohin sie mich führt.*

Dafür muss ich mich nur ins Fegefeuer werfen lassen.

Die größte Vorsicht lasst aber bei euren Freunden walten, denn wie leicht lassen sie sich durch Groll, Neid und Bosheit aufrühren. Aus Freunden werden schnell Verräter. Schenkt ihr jedoch einem Feind euer Vertrauen, wird er sich zutiefst loyal verhalten, um sich als Freund zu erweisen.

AUS DEN RITTERLICHEN ERLÄUTERUNGEN DES RAIJAEL

9. KAPITEL

GAULT AULBREK

AM ELFTEN TAG DES MONDES DER TUGEND
IM 999. JAHR LAIJON – AMADON, GUL KANA

Den Bluthölzler nach da drüben.« Leif Chaparrals Stimme schallte durch die Kerkerhöhlen. »Gault dort hinüber. Und dann die Hauben runter.«

Gault wurde nach vorn gestoßen, und man riss ihm die Kapuze vom Kopf. Die Kette an den Eisenschellen um seine Knöchel war so lang, dass er nur ganz kleine Schritte machen konnte. Auch die Handschellen aus dickem Eisen waren mit einer kurzen Kette verbunden. In Sør Sevier fesselte Bogg, der mürrische alte Kerkermeister von Rokenwalde, seinen Gefangenen immer beide Hände auf den Rücken. Diese Wärter hier, allesamt Tagritter, wirkten recht kompetent, aber dass sie ihm die Hände vor dem Körper gefesselt hatten, war ein Fehler, und zwar einer, den Gault zu nutzen gedachte.

Ohne die Kapuze blendeten ihn die grellen Fackeln. Er hatte gedacht, allein in eine stickige, kalte Steinkammer geworfen zu werden. Stattdessen saß er in einem Käfig mit Eisenstäben an allen vier Seiten. In den steinernen Boden war ein Loch gehauen worden, vermutlich für bestimmte Körperfunktionen.

Habichtholz befand sich, ebenfalls ohne Kapuze, in einem ähnlichen Käfig neben seinem, und beide standen inmitten einer gewölbten Steinkammer. Vor den Käfigen hielten vier Tagritter Wache. Einer führte einen großen Stahlschild, der vom Boden bis zur Helmspitze reichte, und beobachtete Habichtholz. Der ehemalige Bluthölzler war nicht nur wie Gault an Händen und Füßen gefesselt, sondern auch noch mit schweren Eisenketten um den Oberkörper.

In den Haaren klebten ihm Obst, Fäkalien und sonstiger verfaulter Mist, den man auf dem Weg durch die Straßen von Amadon nach ihm geworfen hatte. Er musste wieder an das junge Mädchen denken, das ihn in der Burg geschlagen und ihm die Nägel ins Gesicht gestoßen hatte. Tala Bronachell. Er spürte die offenen Kratzer im Fleisch, in die das auf den Straßen nach ihm geworfene faulige Gemüse und der übrige Abfall sich stechend und klebrig fraßen.

Gault und Habichtholz waren jeweils an Pfähle gekettet nebeneinander hinten auf einem Ochsenkarren ins Fegefeuer gebracht worden. In der Halle der Tagritter hatte man Gault die Rüstung abgenommen, ihm zerlumpte Gefangenenkleidung gegeben und ihm die Haube übergestülpt. Zusammen mit Habichtholz war er durch eine Abfolge riesiger leerer Säle geführt worden, abfallende Gänge entlang, Wendeltreppen hinab. Mancherorts war es kalt gewesen, dann wieder heiß, und die Tritte der Tagritter, die sie eskortierten, hallten auf dem Steinboden wider. In beinahe jedem Gang öffneten und schlossen sich schwere Eisentüren vor und hinter ihnen. Aus allen Richtungen waren Echos der Geräusche zu hören, die andere Gefangene verursachten, Schmerzensschreie und Beschimpfungen.

»Mach die Beinkette von Habichtholz am Boden fest«, befahl Leif einem der vier Ritter. »Und die Ketten um den Oberkörper bleiben dran. Solange er hier ist, werden auch die Arme und Beine gefesselt und angekettet. Der entkommt uns nicht noch einmal, nicht solange Leif Chaparral hier das Sagen hat.«

Der Tagritter gehorchte und zog die Beinkette durch einen Eisenring, der mitten im Käfig befestigt war, stets beobachtet von Habichtholz' vernichtendem Blick. »Glaubt Ihr wirklich, diese sinnlosen Vorkehrungen würden mich lange aufhalten?«

»Du bist an den Boden gekettet, du Trottel«, kicherte Leif. »Angekettet. Gefesselt. Krank. Kaum beieinander. Vergiftet. Hoffentlich bald tot. Ich glaube kaum, dass du irgendwohin gehst. Außerdem schieben zwei dieser Tagritter immerzu vor deinem Käfig Wache. Du stehst unter ihrer direkten Aufsicht.«

»Direkte Aufsicht«, spottete Habichtholz. »Hört sich nach Zeitverschwendung an.«

Der Tagritter verließ Habichtholz' Käfig und verriegelte die Tür. Dann gesellte er sich zu den drei anderen und stellte sich neben den mit dem gewaltigen Schild. Jeder der vier Tagritter machte einen grimmigen, entschlossenen und fähigen Eindruck, was in Kerkern eher selten ist. Die paar Gefängnisse, die Gault in Wyn Darrè und Adin Wyte überfallen hatte, waren allenfalls von Gaunern bewacht worden, von Unfähigen, dem Abschaum der Gesellschaft, Vollidioten, die selbst kaum über den Kriminellen standen.

Mit verzerrtem Gesicht sackte Habichtholz auf den Boden seines Käfigs. Stöhnend rollte er sich zusammen, seinen Rücken den Tagrittern zugewandt. Leif lachte. »Ja, das sieht mir ganz nach einer großen Flucht aus, Habichtholz.«

Gault beobachtete, wie schwer der ehemalige Bluthölzler atmete.

Seiner Einschätzung nach konnte es gut sein, dass Habichtholz starb. Der Mann hatte in Ravenker einige Verletzungen davongetragen, um die sich niemand gekümmert hatte.

Die Tür zu Gaults Käfig stand offen, und Leif kam zu ihm herein. Das Humpeln war kaum zu sehen.

Leif holte tief Luft und sagte mit fester und sanfter Stimme: »Willkommen im Fegefeuer, Ser Gault Aulbrek.« Dann grinste er boshaft und zeigte seine großen perfekten Zähne, die im drückenden Dunkel der Kammer erschreckend weiß wirkten. »Vermutlich seid Ihr stolz auf Eure Kerker in Rokenwalde und darauf, wie effizient die Folterknechte von König Aevrett Raijael sein können. Aber habt Ihr schon gehört, was wir Tagritter als ›Verschmoren‹ bezeichnen? Eine langsame Folter mit Fackel und Flamme, die für gewöhnlich am Gelenk oder an der Wade begonnen wird. Man schmort das Fleisch so lange weg, bis nur noch Knochen übrigbleiben. Äußerst wirkungsvoll, besonders bei solchen Gefangenen, die über Informationen verfügen, die der König erfahren will.«

Gault gab sich keinen Illusionen hin: Er wusste, dass ein Mensch einem anderen mit verblüffender Präzision und sogar mit Freude Schmerzen und Qualen zufügen konnte. Er kannte die Gerüchte, wie tief und undurchdringlich dieses Fegefeuer genannte Gefängnis war, und fragte sich, wie es wohl tatsächlich im Vergleich mit den Kerkern von Rokenwalde abschnitt. Er wusste, dass Kerkermeister Bogg die Kriminellen in Rokenwalde oftmals üblen Ritualen und Foltern unterzog. Auch von grausameren Dingen hatte er gehört, zum Beispiel vom Sakrament der Seelen bei den Bluthölzlern. Ein widerwärtiger Brauch.

»Aber leider lasse ich das Verschmoren fürs Erste wohl ausfallen«, fuhr Leif mit sanfter Stimme und dem bösen, überheblichen Grinsen im Gesicht fort. »Tot nützt Ihr uns nämlich nichts. Wenn Ihr also irgendeine alberne Idee habt, wenn Ihr Euch zum Beispiel zu Tode hungern wollt, dann wird es nur umso schlimmer für Euch. Man wird Euch zwangsernähren. Und bei solchen Sachen sind meine Tagritter nicht gerade zimperlich. Man kann Euch das Zeug in den Rachen stopfen und dann den Mund zuklammern, damit Ihr es nicht wieder ausspuckt.«

»Ich hungere jetzt gerade, und das nicht aus eigenem Willen«, sagte Gault. Seit Tagen schon rumorte sein Magen. »Wenn Ihr etwas zu essen habt, nehme ich es gern. Ihr habt mir und Habichtholz auf der Strecke aus Ravenker ja nicht eben viel gegeben. Hättet Ihr eine Scheibe Brot?«

Leif ignorierte ihn. »Meine Tagritter bringen auch wenig Geduld für Dummheiten unter den Insassen auf. Wenn Ihr Euch in irgendeiner Form verletzt oder versucht, Euch umzubringen, einen Aufruhr zu veranstalten, mit Fäkalien herumzuwerfen, herumzustänkern, zu viele Fragen zu stellen oder sonst etwas zu unternehmen, das ihnen auf die Nerven geht, werdet Ihr feststellen, dass sie diesen Ort noch wesentlich unangenehmer machen können.«

»Angenehm wirkt es hier jetzt schon nicht.«

»Oh, glaubt mir«, tadelte Leif mit dieser zarten, melodiösen Stimme, »schlimmer geht es immer. Probiert es nur, dann seht Ihr, was ich meine. Ihr könnt Eure Zeit hier auch flach auf dem Rücken an einen knorrigen Holzpfahl gefesselt verbringen.«

Gault blickte zu Habichtholz im Käfig nebenan. Der ehemalige Bluthölzler, immer ein Muster an Gelassenheit und Haltung, hatte sich jetzt hingesetzt und beobachtete die Unterhaltung zwischen Gault und Leif mit mäßigem Interesse.

Leif trat vor Gault und musterte ihn mit den dunkel nachgezogenen Augen von Kopf bis Fuß. »Ihr seid ungeschlacht und grob und überdies langweilig, Gault Aulbrek.«

Gault stand wie angewurzelt da und verspürte eine leise Ahnung. Leif verwendete eine Art Parfüm, einen fremdartigen Duft. Um den Gestank im Kerker zu übertünchen? Für gewöhnlich rochen Gefängnisse ganz eigen, nach einer Mischung aus Schweiß, Urin und Schimmel. Hier dagegen war es eher kalter Stein und das brennende Pech an den Fackeln.

»Ihr kennt nur Brutalität.« In Leifs Stimme lag ein kehliger Singsang. »Euer Dasein ist es, Aeros Raijael zu dienen und seinen Befehlen zu gehorchen, ohne Rücksicht auf irgendwas oder irgendwen. Was Ihr Baron Jubal Bruk angetan habt, ihm die Glieder abzuschneiden, das war abscheulich. Was Ihr Jondralyn angetan habt, ihrem Gesicht – ich verachte solche sinnlose Gewalt.«

Gault glaubte dem Mann keine Silbe. Gerade Leif Chaparral war – genau wie Enna Spades – voller willkürlicher Grausamkeit. Seine Augen verrieten es. Obendrein war Leif unehrlich. Bei Spades wusste man wenigstens, woran man war: Sie verachtete einfach jeden.

»Was geht Euch durch den Kopf, wenn ich mit Euch rede?« Leif kam näher und flüsterte. »Ich kann es sehen, wie Euer Kopf immerzu qualmt und denkt und sich *fürchtet*.« Gault schwieg, und Leif kam noch näher. Er spürte den Atem des Mannes an der Wange und roch ein Duftwasser. »Ich dachte, ich hätte Anzeichen gesehen, dass sich ein Mädchen in Aeros' Zelt befindet, ein Mädchen aus Gul Kana, blond und unglaublich schön. Ist sie eine Gefangene, ein Stück Kriegsbeute, ein Preis, den sich Aeros hält? Ein Preis, den Aeros schändet?« Er machte schmatzende Kussgeräusche, ganz dicht an Gaults Gesicht. »Was fürchtet ein Mann wie Ihr am meisten?«

Dass ich Ava Shay nie wiedersehe. Die Schnelligkeit, mit der ihm dieser Gedanke in den Kopf schoss, überraschte ihn. *Ava ist die Gefangene von Aeros, für mich war sie nie vorgesehen*. Diese Tatsache traf ihn wie ein Messer ins Herz. Noch mehr fürchtete er, seine Tochter Krista nie wiederzusehen. *Aber auch sie ist eigentlich nicht die Meine, bloß eine Stieftochter, und jetzt ist sie mir fremd, ein Mädchen, das ich seit fünf Jahren nicht gesehen habe*. Diese Gedanken, die jetzt in ihm herumirrten, machten ihn so hilflos und einsam wie nie zuvor. *Was fürchtet ein Mann wie ich?*

»Aeros hält sich das Mädchen so wie Jovan und ich Euch halten werden.« Leifs Stimme war jetzt kaum noch zu hören. »Und so werden wir Euch *schänden*.«

»Das ist genau die Verderbtheit, für die Tagritter in Sør Sevier bekannt sind«, erwiderte Gault laut. Eine schwache Reaktion, doch Leifs provozierende Beleidigungen hatten Erfolg gehabt. »Vielleicht solltet Ihr einfach …«

Leif legte ihm einen Finger auf die Lippen. Diese Geste verfehlte ihre Wirkung nicht. Gault zuckte vor der Berührung des Mannes zurück und behielt den Rest seiner Äußerung für sich. Er verspürte einen nie gekannten Schrecken.

Dann verfluchte er die eigene Schwäche. Vor einer Ewigkeit schon hatte er gelernt, dass nie etwas Gutes entsteht, wenn man Wut oder Furcht erkennen lässt. Er richtete sich auf und zwang dem Mann vor sich seinen kältesten und gleichgültigsten Blick auf. Kühnheit angesichts einer Gefahr wehrte die meisten Bedrohungen ab, egal wie sie aussahen. Die meisten Pöbler respektierten Mut und ließen dann ab. Doch beim Blick in Leifs dunkel umrandete Augen wurde ihm rasch bewusst, dass es einige wenige Skrupellose gab, nämlich solche wie Enna Spades und eben Leif Chaparral, denen es egal war, ob ihre Opfer sich vor Angst in die Hose machten oder sich todesmutig zeigten: Es änderte nichts an den Qualen, die ihnen blühten.

Leif neigte beiläufig den Kopf und flüsterte weiter. »Auf die Knie, Ser Gault.« Dann lagen seine Hände auf Gaults Schultern und zwangen ihn zu Boden. »Kniet nieder und zeigt mir, aus welchem Holz Ihr geschnitzt seid.«

»Nehmt Eure Hände weg«, knurrte Gault.

»Sonst?«, zischte Leif.

»Sonst töte ich Euch.«

»*Ihr* droht *mir?*«

»Oh, das ist mehr als eine Drohung.« Zorn durchfuhr Gault schnell und heiß. Er stieß sich mit voller Wucht geradewegs nach oben und rammte Leif mit einem hässlichen Krachen die Schädeldecke unter das Kinn.

Leif wurde in die Eisenstäbe des Käfigs zurückgeworfen und glitt benommen zu Boden. Sofort stürzte Gault sich auf ihn und hämmerte trotz der Handschellen mit geballten Fäusten auf ihn ein. Er wickelte die kurze Kette seiner Fesseln um Leifs Hals und zog mit ganzer Macht, dass das Eisen sich in den Hals des Mannes drückte.

Dann schlug ihn der erste Tagritter mit dem Schild nieder. Er knallte mit dem Kopf auf die unnachgiebigen Steine, und der Ritter hielt ihn mit seinem ganzen Gewicht unten. Die übrigen warfen sich auf ihn und griffen nach seinen Armen und Beinen. Gault war angeschlagen, aber er hörte Leif jaulen: »Bringt diesen Wilden in eure Gewalt!«

Gault ergab sich, denn er erkannte, dass er nicht gewinnen konnte. Die vier Ritter ließen nach und nach von ihm ab, blieben aber wachsam, und der mit dem Schild hielt sich bereit. Dumpf und erschöpft sank Gault an den Stäben seines Käfigs zusammen. Mit trüben Augen blickte er auf. Leif stand vor ihm und wischte sich das Blut aus dem Gesicht. »Ein Angriff auf den zukünftigen Hauptmann der Tagritter ist gleichbedeutend mit einem Angriff auf den König oder einem Angriff auf den Großvikar höchstselbst.« Leif nuschelte ein bisschen. Er hielt die gewölbte Hand unter das Kinn, und dicke rote Tropfen rannen ihm den Brustpanzer hinab. Gault lächelte zufrieden mit sich, denn er wusste, er hatte dem Mann Verletzungen zugefügt. *Wunden, die er nicht würde verheimlichen können.*

Einer der Tagritter schrie auf, beinahe hysterisch: »Er ist weg!« Er deutete auf den Käfig neben Gaults.

Leif fuhr herum. »Scheiße!« Seine Augen wurden groß wie Teller. »Verfluchte Scheiße!« Er verließ den Käfig, und die vier Tagritter folgten ihm. Gault streckte sich und sah in den Käfig neben seinem.

Habichtholz war verschwunden.

Nur zwei Handschellen, zwei Beineisen und ein Haufen Ketten lagen da.

»Scheiße, verflucht sei Mutter Mia«, schimpfte Leif blutspuckend. »Die verfluchten Engel mögen verrotten!«

Einer der Tagritter fragte: »Sollen wir nach ihm …«

»Natürlich sollt ihr nach ihm suchen, beim feurigen Drachen!«, unterbrach Leif, dann griff er sich an das blutende und schmerzende Kinn. »Scheiße, mein Mund!«

»Und wenn wir ihn nicht finden …«

»Und wenn wir ihn nicht finden!«, äffte Leif ihn außer sich nach. Dann runzelte er nachdenklich die Stirn. Er beugte sich vor und spuckte einen langen, dickflüssigen Strahl Blut aus.

Als er sich wieder aufrichtete, klang seine Stimme gefasst und verschwörerisch. »Wenn wir ihn nicht finden, dann erwähnt keiner von euch auch nur ein Wort hiervon.« Mit den dunkel umrandeten Augen nahm er die vier Tagritter einzeln ins Visier. »Ich kenne jeden von euch mit Namen. Außer uns wird niemand je erfahren, was hier heute vorgefallen ist. Keine einzige Person. Sonst schlachte ich euch alle ab.«

Der Kirche Laijons, ihren Bischöfen und Kathedralen und Statuen, ging es nie um Frieden, Liebe oder Sicherheit. Es ging ihr um Kontrolle und nie enden wollende Traurigkeit. Nach der Gründung der mörderischen Tagritter von Ser Avard Sansom Bronachell ließen die unschuldigen Gläubigen Mias jeden unabhängigen Gedanken geschwind und mit widerwärtiger Bereitwilligkeit fahren, und an deren Stelle trat der unumstößliche Entschluss, niemals mehr die Kirche Laijons oder ihren Heiligen Vikar oder das Quorum der Fünf Erzbischöfe in Amadon in Frage zu stellen.

DIE MONDROLLEN VON MIA

10. KAPITEL

JONDRALYN BRONACHELL

AM ZWÖLFTEN TAG DES MONDES DER TUGEND
IM 999. JAHR LAIJON – AMADON, GUL KANA

Vorsichtig schritt Habichtholz das Kliff hinauf, den Blick stets auf die massive Wand vor sich mit den hier und da ins Gestein gemeißelten Symbolen gerichtet. Stellenweise war der steile Abhang, den er querte, von Schieferscherben ganz rutschig, aber er hielt sich aufrecht und marschierte weiter. Eine Gruppe ungelenker Zeichnungen erregte seine Aufmerksamkeit, und er trat näher heran. Eigentlich handelte es sich um einfache Formen, die wie flammende Glitzerfelder auf die flache Steinwand des Kliffs gebracht worden waren: Vierecke, Kreise in Kreisen, Kreuze, Sichelmonde, Sternschnuppen, wie glänzend pulsierende Adern aus rot blühendem Feuer im Felsen.

»Was … soll das … bedeuten?« Seine Stimme klang undeutlich und verwaschen.

»Das sind Todessymbole«, antwortete Squireck Van Hester mit glasklarer Stimme von irgendwoher. »Sie bedeuten, dass jemand bald hier stirbt, genau hier.«

Zögerlich streckte Habichtholz die Hand aus. Er wollte wissen, wie sich die ihn verzehrenden rotglühenden Markierungen anfühlten. Ein heftiger Windstoß stieß ihn beinahe den Abhang hinunter. Er hielt sich am Kliff fest. Als er das Gestein berührte, war ihm, als fahre ein Blitz lanzengleich durch den Arm in seinen Körper. Verblüfft taumelte er zurück. Ein Gefühl langsamer Benommenheit umfing ihn wie eine Ohnmacht. Dann bemerkte er, dass die Zeichnungen vor ihm sich verändert hatten. Er sah die Abdrücke seiner eigenen Hände in strahlendem Rot auf den Symbolen. Sie blieben einen Augenblick lang sichtbar und verschwanden allmählich, als würden sie in die Tiefen des Kliffs gesogen.

Ein schrecklicher Schauer der Hoffnungslosigkeit durchfuhr Habichtholz. Etwas war gerade durch die Zeichnungen *in ihn* übergegangen …

… und er spürte es.

Etwas Wohlbekanntes …

… ja … etwas Wohlbekanntes, dachte Jondralyn.

Ist das wirklich da … die Lichter dort im Stein? Die Formen? Die Kreuze? Die Sterne?

Habichtholz?

Ich kann ihn spüren … seine Anwesenheit … seinen Geruch.

Er ist außerhalb des Steins … ich bin darin …

Sie legte die Wange an die Felswand und sog das Gefühl von Habichtholz ein, das der Stein verströmte. Seine bloße Anwesenheit war eine Linderung der flammenden Schmerzen, die ihr ganzes Gesicht befallen hatten.

Er hat mich endlich in der Höhle gefunden!

Habichtholz kommt …

Diese kleinen roten Symbole, die ihr Fleisch erwärmten, galten ihr. Sie spürte das Wesen von Habichtholz in ihnen. Aber dann setzte ihr Herzschlag aus, denn sie sah sie langsam verblassen und verschwinden. Sie wollte sie zurückhaben, unbedingt. Fast geriet sie in Panik.

Ihr Gesicht war mit einem Mal ein einziger pochender und steifer, verkrampfter Muskel. Heftige Schmerzen durchfuhren sie und verklangen wieder, in einem zufälligen Foltertanz ohne jeden Rhythmus. Die Stirn tat am schlimmsten weh, ein ständiges Stechen wie eine schwärende Entzündung. Und sie hörte nicht auf zu bluten. Ein steter, träger Strom sickerte langsam hervor, so lange schon, dass sie sich inzwischen fragte, ob sie verblutete.

Wobei der Tod eine Erlösung von diesen Schmerzen wäre.

Wenn ich nicht bereits tot bin …

Es war, als sei ihre Atemluft mit einem bösen Zauber versetzt worden, sodass die Wunden in ihrem Gesicht und auf der Stirn immer weiter pochten. Wenn sie die stechende Pein fortwischen wollte, waren ihre Hände blutverschmiert. Das Blut trocknete und verkrustete dann auf ihrer Haut, und sie konnte sich nicht waschen.

Aber Habichtholz wagt sich ins Gestein, um mich zu retten …

Sie spürte, wie sie erstickte. *Sind meine Augen offen oder geschlossen?* So oder so gewahrte sie da unten irgendwo in der Finsternis dieser dunklen, kalten Höhle eine nebelhafte, schwankende Gestalt.

Sie sah *sich selbst* – auf einem prächtigen weißen Hengst unter einem großen brennenden Baum reitend. Sie war ein glorreicher silberäugiger Ritter mit leuchtend weißem Schild, Harnisch und einem eigenartigen weißen Schwert mit knöchernem Heft und verschlungenen, anmutigen Querverzierungen in Form eines Sichelmondes. Vor ihr auf dem Sattel hockte ein blondes Mädchen, dessen Hand eine Metallklaue war … und durch die Venen der Metallschuppen pulsierte hellrotes Blut. Das Mädchen hatte *grün* glühende Augen! »Alle Waffen und Steine werden in Savon versammelt«, flüsterte es.

Jondralyns Hände krampften sich zitternd um die Zügel, ihr Gesicht war nur eine schmerzentflammte Maske, und sie konnte unter der Last des gehörnten Harnischs auf dem Kopf an nichts anderes denken.

Dann plötzlich lag sie wieder in einer Höhle. Sie blickte auf die Steinwand vor sich, und das Licht und die Formen kehrten zurück. Zuerst Kreise in Kreisen, wie mit einem roten Pinsel über den Felsen gezogen. Vierecke folgten, dann Kreuze, so viele Kreuze, Sichelmonde und so etwas wie Sternschnuppen, alle ganz schwach, kaum wahrnehmbar und mit sanften orangeroten Wirbeln, die flackernd tanzten, als sei die Felswand vor ihr hohl, und Flammen loderten in ihrem Inneren und wollten hervorbrechen.

Die Formen fühlten sich warm an, und sie nahm die Hitze auf und den Trost.

Habichtholz schickt die Sterne … die Kreuze … die Monde …

Dennoch schmerzte ihr Gesicht wie eine stetig größer werdende Kugel aus sengender, unsäglicher Pein – Pein und Qual, umgeben von stummer, erstickender Einsamkeit. In der Höhle war es heiß, schwül und erdrückend, und sie befand sich allein in einer derart schwarzen und undurchdringlichen Dunkelheit, dass sie sich fragte, ob sie blind war.

Nein, sie konnte sehen. Aber das weiße Schwert mit dem sichelmondförmigen Heft bewegte sich auf sie zu, um ihr die Augen einzeln auszustechen. Bei jedem silberweißen Blitz aus dem Schwert riss sie abwehrend die Hände hoch … tastete nach ihnen. Ganz sicher, da waren welche. *Oder wenigstens eins.* Aber wozu denn eigentlich? Sie machte sie zu, kniff die Lider zusammen und öffnete sie wieder. Die Finsternis und der Schmerz blieben. Wie schrecklich finster war diese Höhle. Womöglich ist kein Licht je in dieses dunkle, tiefe, peinigende Loch vorgedrungen. Sie konnte weder Wände noch eine Decke ausmachen, doch sie wusste, es gab sie, sie ahnte, dass sich zu jeder Seite etwas ausdehnte und wie ein zuckender Organismus wieder zusammenzog. Es war stickig. So sehr, dass sie kaum atmen konnte. Sie fühlte sich, als hätte sie mondelang nicht mehr tief durchgeatmet.

Nicht einmal Schatten gab es hier.

Sie wusste, dass Schatten nur dort lebten, wo Licht war.

Und hier gab es kein Licht. Nur blitzend weiße Schwerter und dann Schmerzen.

Ist dies die Unterwelt …?

Vor langer Zeit, erinnerte sie sich, hatte sie auf einer flauschigen Matratze voller Kissen und Decken geschlafen. Wenn sie Arme und Beine ausstreckte, hatte ihr der seidige Stoff über die Haut gestreichelt.

Das war einmal.

Sie schrie und schrie und schrie und hörte nicht zu schreien auf, bis ihr die Lunge brannte. *Kann ich diesen Schmerzen je entrinnen?* Sie zerrte an den Ketten. Riss daran. Nichts. Nie würde sie entkommen. Überall zogen sich erstickende Eisenketten zusammen …

Woher kamen diese Ketten …? Blut sickerte ihr von der Stirn ins Auge. *Ihr Auge …*

Sie wischte das Blut weg. Der stechende Schmerz blieb.

Ich bin tot … ich bin in der Unterwelt …

Einmal, als sie noch klein war, hatte sie die Idee, dass es keinen Laijon gab und gewiss keinen Himmel und keine Unterwelt. Sie hatte sich vorgestellt, wenn jemand starb, würde nur der Körper zur Ruhe gebettet, doch der Geist, das Bewusstsein, lebte in einem ewigen Traumzustand weiter, und dieser Zustand war entweder ein Frohlocken oder ein Albtraum, je nachdem, wie dieser Mensch gelebt hatte. Der Tod war nicht das Ende des Seins. Der Geist wurde eine praktisch machtlose Einheit, die in einer dimensionslosen Leere aus Pein oder Freude gefangen war.

Ich verfaule in einem steinernen Grab. Einem kreuzförmigen!

Ihr Gesicht bestand nur aus Schmerz. Irgendein Insekt krabbelte darauf herum. Sie wischte es fort. Ihre Hand traf auf nichts. Da war kein Insekt. *Aber ich kann sie doch hören. Ratten! Spinnen! Spinnen! Auf dem Boden überall, sie beäugen mich, wollen an meinem Gesicht nagen.*

Noch so ein Vieh. Ein Käfer. Sie spürte, wie er krabbelte und die kleinen Beinchen auf ihrem Gesicht tanzten. Sie schlug sich ins Gesicht.

Runter von mir, runter, ihr Mistkäfer! Ihr tut mir weh! Immer nur beißen und beißen und beißen und …

Dann kam ein bärtiger Mann, seine Hände waren Dolche und damit wischte er die Käfer fort. *Ja … der kümmert sich um mich …*

Der Bärtige, sie kannte ihn gut. Doch seine Arme waren oberhalb der Ellenbogen abgeschnitten, und schwarzes Pech bedeckte die Stümpfe. Aus ihnen ragten wie ein böser Traum zwei Silberdolche. Doch sie kannte ihn gut. Dichte Brauen und eine breite Stirn, dann ergrauende Haare und tiefliegende Augen. Irgendwie furchteinflößend …

»Ich weiß.« Seine Stimme klang rauh und kratzig. »Sie haben mich gefragt, ob sie die Dolche wegnehmen sollen, aber ich möchte sie lieber behalten.« In seinem Blick lag ein tiefer Schmerz. »Auf dass ich die grässliche Frau damit töten kann, die sie mir eingepflanzt hat.«

Wen?, wollte Jondralyn fragen und verzog das Gesicht, weil ihre Kehle so trocken war. Ihr Mund schien kaum zu funktionieren, als würde etwas jeden Ton dämpfen, als würde er überhaupt nur halb gehorchen. Tatsächlich verstopfte ihr irgendwas die Nase, sodass sie gezwungen war, durch den Mund zu atmen – zumindest durch den kleinen Spalt, den sie öffnen konnte.

Sie versuchte es noch einmal: »Wen?«

»Enna Spades. Sie hat mir das angetan.«

Sie blickte sich um. Sie war gar nicht in einer Höhle. *Fast erkannte sie es …*

Sie lag in einem warmen Zimmer auf dem Rücken, über ihr die lehmverputzte Decke mit quer verlaufenden dunklen Balken. Sie wollte sich aufsetzen. »Nein, nein, nein«, tadelte der Bärtige. »Ihr wart die ganze Nacht mal bewusstlos und dann wieder wach. Der Knochensäger der Vallè hat bei Euch gewacht. Eure Wunden versorgt. Jedenfalls hat er Euch die ganzen Verbände im Gesicht angelegt. Aber jetzt ist er nicht hier. Nur Ihr und ich.«

Jondralyn betastete sich vorsichtig im Gesicht. Ihr halber Kopf und das eine Auge waren von Verbänden bedeckt, auch ihr Hals. *Ein Auge!* Deshalb sah alles so eigenartig und verzerrt aus. Es roch auch nach einer Art reinigender Salbe. »Der Großvikar war vorhin hier«, sagte der Bärtige. »Hat eine Art Segnung über Euch gesprochen. Sagte, er kommt bald wieder. Ihr bräuchtet Ruhe. Bestimmt holen sie mich bald hier weg. Ich bin ohnehin so gut wie geheilt.«

Sie konnte den Bärtigen nur vom Brustkorb aufwärts sehen. Mehr war über die vielen Decken, die um sie aufgehäuft waren, nicht zu erkennen. Immer noch schien alles schief, verzerrt und verschwommen.

Überall im Raum hingen Tücher, und am anderen Ende befand sich ein großes, in Sonnenlicht gebadetes Fenster. An einer Wand stand eine Reihe Betten und Krippen. Die andere war behängt mit diversen medizinischen Gerätschaften, Sägen und anderen schrecklich aussehenden Werkzeugen, mit denen man wohl in Wunden bohrte und stocherte. Mitten im Zimmer stand etwas, das wie ein alter Steinbackofen aussah. Auf den Regalen neben der

Tür waren Gläser mit Kräutern und Umschlägen und vielleicht Tierfett aufgereiht. Darunter Eimer und Töpfe. Sie wusste, sie befand sich im Krankenlager. Dennoch fragte sie nach: »Wo bin ich?« Aber wegen der Schmerzen und ihrem steifen Gesicht und Mund kam nur etwas Unverständliches heraus: »Ho hihi?« Sie versuchte es nochmal und sprach übertrieben langsam. »Wo. Bhinn. Hich.« Klang auch nicht ganz richtig.

Aber der Mann hatte sie wohl verstanden. »Krankenlager. Burg Amadon. Wisst Ihr überhaupt, was Euch zugestoßen ist, Jondralyn?«

Das silberne Aufblitzen eines Schwerts. Sie zuckte.

Eingebildete Hände reckten sich hoch, um den eingebildeten Schlag zu parieren. Ein Ochsenkarren.

Die beruhigende Berührung von Habichtholz. *Fantasiegebilde.* Leif Chaparral. Sie erinnerte sich, dass er dort gewesen war. Und Culpa Barra. Langsam klarten ihre Gedanken auf. *Gault Aulbrek!* »So dhumm«, nuschelte sie. Durst brannte ihr in der Kehle.

»Grämt Euch nicht«, sagte der Bärtige. »Das sind alles Wilde. Jeder in der Armee von Aeros Raijael ist das leibhaftige Böse.« Im Blick des Mannes lag noch immer etwas, als hätte er dasselbe Böse von Angesicht zu Angesicht gesehen. *Dolche als Arme!* Sie konzentrierte sich auf den Mann, der bei ihr war. *Baron Jubal Bruk! Das ist er!*

Sie erinnerte sich, dass Leif Chaparral den Baron in einer Holzkiste nach Amadon gebracht hatte, der Feind hatte ihm Arme und Beine abgehackt. *Er hat einen Sohn in Galgenhafen.* Trauer umfing sie, als ihr klar wurde, dass der Mann mehr verloren hatte als seine Gliedmaßen. *Er hatte einen Sohn …*

»Jhubahl Bhruhk?« Sie streckte die Hand aus und hielt sich oberhalb des Dolches an seinem Arm fest, verärgert, dass ihr Mund einfach nicht richtig wollte. »Bharohn Bruhk.«

»Na, das wird doch langsam. Ihr seid vor zwei Stunden aufgewacht und hattet keine Ahnung, wer ich bin. Die Arzneien von Val-Gianni scheinen zu wirken. Kein Wunder, dass die Vallè so schnell gesund werden. Diese Mittel sind ein Zauber. Aber Ihr werdet bestimmt noch eine Weile hier liegen.«

Allmählich klarten die Dinge sich auf. Sie erinnerte sich an manche Ereignisse. Vage ahnte sie, dass Val-Gianni ihr ein Gebräu aus Kräutern, dazu einen Spritzer Wein, eingeflößt hatte.

Sie sah die weißen Klumpen Löschkalk zur Desinfektion auf einem massiven Holztisch zwischen ihrem Bett und der Wand. Auch ein steinernes Becken war da, voll mit einer Art kaustischer Chemikalie. Die hatte sie als Kind schon einmal gerochen. Damit wurden die Gerüche von Blut und menschlichen Hinterlassenschaften aus dem Krankenlager vertrieben. Auch Kräuter und Gewürze lagen in Haufen und Bündeln auf dem Tisch: Pfeffer, Ingwer, Muskat, Nelken, Mohn und Heidekraut. Alle dufteten.

Damit es hier nicht so nach mir stinkt?

Ihr graute vor ihrem eigenen Anblick, nach den Verletzungen, die sie durch die Hände Gault Aulbreks erlitten hatte. Arme und Beine konnte sie gut spüren. Da schien alles noch ganz zu sein, auch wenn sie wehtaten. Entsetzt dachte sie daran, dass fast ihr ganzes Gesicht verbunden war. Sie wollte hier weg. Wollte in ihr Schlafgemach. Sicher waren Wachen vor der Tür postiert. *Denen kann ich befehlen, dass sie mich wegbringen sollen …*

Auf einem Tisch neben dem Bett standen zwei Kupfergefäße und ein Keramikkrug mit Wasser. Vorsichtig stützte sie sich auf einen Ellenbogen und goss sich langsam etwas zu trinken ein. Das Wasser kühlte ihre brennende Kehle.

»Habichtholz«, murmelte sie beim Absetzen des Gefäßes. Die Laute gingen ihr jetzt leichter über die Lippen, sie nuschelte nicht mehr so. »Der Swerg. Müssen wissen, dass es mir gut geht. Roguemoore muss erfahren, was passiert ist.«

»Habichtholz«, sagte Jubal Bruk. »Der steckt mit dem Ritter

aus Sør Sevier im Fegefeuer, der euer Gesicht aufgeschlitzt hat …« Er stockte, als sei es ihm peinlich, dass er das Wort »aufgeschlitzt« so unbedacht benutzt hatte, dann sprach er weiter. »Und es heißt, Roguemoore wurde seit Monden nicht mehr gesehen.«

Weiß Roguemoore, was mir zugestoßen ist? Weiß er, was Habichtholz passiert ist? Squireck Van Hester war nicht hier, und sie hatte keine Möglichkeit, ihn auf den Rockliegh-Inseln zu erreichen. Wem konnte sie trauen? Sie legte dem Baron die Hand auf den Arm oberhalb des Stumpfes. »Holt … Holt …« Sie verlor die Konzentration.

»Ich soll Euren Bruder holen?«

Sie schüttelte den Kopf. Schmerz durchflutete ihren Körper. »Varl-Draekin. Holt mir Varl-Draekin. Bringt ihn her.« Sie konnte einfach keine Namen mehr aussprechen.

»Den Vallè? Den Typen, der mit Val-Korins Tochter befreundet ist?«

Sie neigte den Kopf.

»Ich bin nicht in der Verfassung, in der Burg herumzulaufen.« Mit leerem Blick hielt er die im Pech steckenden Dolche in seinen Armstümpfen hoch. »Nutzloser noch als ein Zwerg.« Dann lächelte er. »Oh, ich denke, ich kann mich inzwischen ein bisschen bewegen, aber …«

Sie tätschelte ihm den Arm. Sprechen machte ihr Mühe, denn der Mund war trocken und die Kehle vom schweren Atmen rauh. »Bitte«, krächzte sie. »Bitte, mir zuliebe.«

»Ja, Euch zuliebe, Jondralyn.« Er lehnte sich zurück und blickte entschlossen drein. »Ich hole Val-Draekin her. Kann aber sein, dass es etwas dauert.«

Baron Bruks Suche nach Val-Draekin hatte beinahe den ganzen Tag in Anspruch genommen. In der Zwischenzeit hatte Val-

Gianni sie wieder versorgt. Sie hatte den Doktor gebeten, ihr die Verletzungen zu beschreiben, doch er mochte nicht recht mit der Sprache herausrücken und sagte nur, dass später der Großvikar käme und ihr alle Fragen beantworten könne.

Als Val-Draekin erschien, erklärte er alles und beschrieb ihr die Wunden anhand seines eigenen Gesichts, in das er mit dem Finger eine Linie von der Stirn über dem rechten Auge bis hinunter an die linke Seite am Kinn zog. »Die Wunde war grob vernäht worden. Ich vermute, Habichtholz hat getan, was er konnte, damit Ihr am Leben bleibt.«

Sie räusperte sich unbehaglich und atmete schwer. Sie hätte nie gedacht, dass einem das Atmen durch die Nase so fehlen konnte. Ihr Mund war knochentrocken. Die Beschreibung ihrer Verletzung entsetzte sie, und sie wollte das Bild wieder aus ihren Gedanken verbannen. »Baron Bruk erwähnte, Habichtholz sei im Fegefeuer?«

Besorgnis überschattete Val-Draekins Gesicht. »Man hat Habichtholz offen durch die zornigen Straßen Amadons geführt, geradewegs in die Halle der Tagritter, und ihn mit Gault Aulbrek in die Kerker geworfen. Ich fürchte, diesmal wird er nicht entkommen.«

»Das Fegefeuer kann Habichtholz nicht halten.«

»Leif hat zwei Tagritterwachen unmittelbar vor seinem Käfig postiert, bei Tag und bei Nacht.«

Ihr schmerzte das Herz beim Gedanken daran, dass ihr Geliebter sich im Fegefeuer befand. *Nur um meinetwillen war er im Ochsenkarren geblieben. Jetzt büßt er für meine Fehler.*

So viele Fehler. Wieder dachte sie an Val-Draekins Beschreibung ihres Gesichts. Die Vorstellung ließ sie nicht los. *Wie geht man mit solchen Entstellungen um?* Sie hatte Menschen altern sehen und wusste, wie schwer es einigen fiel, mit dem Altwerden, mit Krankheit, Verletzungen oder sonstigen Dingen umzugehen, die das Aussehen veränderten. Ihre Schönheit war immer ein wesentlicher Bestandteil ihres Lebens gewesen. *Was habe ich getan, dass der große Eine und Einzige mich so verflucht? Ist es mein Stolz, für den ich gestraft werde?* Gul Kana war ein aufstrebendes Reich, und sie hatte diesen Wohlstand und die Lebensweise dort schützen wollen. Sie war in der Arena nur angetreten, damit ihr Bruder das Königreich vor der Invasion beschützte, die Raubzüge der Oghule im Norden bekämpfte und die von Aeros im Westen. Sie war nur mit Leif nach Westen gereist, um den Weißen Prinzen herauszufordern, damit diese Ziele umso schneller erreicht würden.

Und auch um meinen Ruhm als Verkünderin des Sündenerlasses als einer der fünf wiedergekehrten Kriegerengel zu mehren.

Hat wirklich mein eigener Stolz dies verursacht?

Sie dachte an ihre Begegnung mit Val-Draekin – wie er ins *Dreckspferd* getreten war. Habichtholz hatte behauptet, der Vallè habe die Matrosen bestohlen. Sie hatte sein Anrecht verteidigt, sich in der Kneipe aufzuhalten, selbst als die Opfer seiner Taten darauf bestanden hatten, dass er ging. Doch sie hatten es wegen seiner Rasse gewollt, nicht wegen seines Verbrechens. Das war ihr ungerecht vorgekommen. Aber was war schon gerecht?

Sie versuchte, sich mit dem einen Auge möglichst auf Val-Draekin zu konzentrieren. »Ich muss Euch um einen großen G-Gefallen bitten.« Sie stotterte noch leicht. Aber sie hielt seinem Blick stand. »Ihr müsst für mich nach Lord's Point gehen. Ihr müsst Roguemoore finden. Den Zwerg. Der Schüssel- der *Schlüsselwärter* ist ihr Trepp … Treffpunkt.« Innerlich verfluchte sie ihr Gestammel. »Der Zwerg muss erfahren, was mit mir und Habichtholz geschehen ist. Dass wir beide noch am Leben sind.«

»Lord's Point«, wiederholte der Vallè. »Seid Ihr sicher, dass er dort sein wird?«

Sie nickte. »Ihr seid der Einzige, den ich zu wagen fr… zu fragen wage. Und Ihr müsst allein gehen. Niemand darf wissen, wohin Ihr unterwegs seid. Nehmt die Königschaussee. Vier Tage, länger dauert es nicht. Ich besorge Euch das nötige Geld.« Sie ergriff seinen Arm.

Er lehnte sich zurück und runzelte die Stirn. »Ihr müsst verstehen, dass ich Seita und ihren Vater nicht einfach ohne Erklärung verlassen kann.« Sie sah, wie er über ihren Auftrag nachdachte, darüber, was damit zusammenhing. Nach einer Weile erhob und verneigte er sich. »Ich werde es für Euch tun. Ich finde den Zwerg und berichte ihm von Eurem Schicksal.«

Kurz nachdem Val-Draekin sich verabschiedet hatte, trat plötzlich Tala mit gefasstem Gesicht ein. Sie trug ein umwerfend aussehendes, bodenlanges, dunkelbraunes Kleid. *Sie ist eine so schöne junge Frau geworden.* Jondralyn fühlte sich beinahe wie eine stolze Mutter, und ihr wurde warm ums Herz, als sie ihre Schwester sah.

»Sie sollten dich in deiner eigenen Kammer liegen lassen«, platzte es aus Tala heraus. »Ich habe Jovan angefleht. Aber er besteht darauf, dass du hierbleibst.«

Jondralyn lächelte schwach – mehr ging unter dem Verband nicht. Bei diesem Lächeln schien Talas kühle Haltung dahinzuschmelzen. Ein sanfter Blick lag in ihren Augen, als sie ans Bett trat. Dann wurde ihr junges Gesicht wieder hart und entschlossen. »Wie ist das passiert, Jon?« Es schien, als wollte sie noch mehr sagen, doch das tat sie nicht. Sie beäugte die Verbände.

»Ich wünschte auch, es müsste nicht so sein«, sagte Jondralyn.

»Es heißt, Denarius ist auf dem Weg hierher.« Tala biss die Zähne zusammen. »Aber ich lasse ihn nicht mit dir allein.«

»Was redest du da?« Jondralyn nahm die Hand ihrer Schwester und hielt sie sich an die Brust. *Sie kommt noch schlechter mit ihren Gefühlen zurecht als ich mit meinen.*

Schnell wurde aus der grimmigen Entschlossenheit in Talas Zügen bodenlose Furcht. »Ich lasse nicht zu, dass der Vikar dich salbt. Ich lasse dich nicht mit ihm allein.« Dann stieg Tala zu ihr ins Bett und legte sich neben sie. Jondralyn zögerte, dann holte sie tief Luft, legte den Arm um ihre kleine Schwester und zog sie zu sich heran.

Dabei schlug ihr wegen Talas Sorgen selbst panisch das Herz.

Aus Furcht, der Glaube sei verloren, begann des Menschen Suche nach Trost in der Welt um ihn herum von Neuem. Mancher glaubte, nur wer das Meer verehre, sei mit der Freiheit von den Totengeistern gesegnet.

WEG UND WAHRHEIT LAIJONS

11. KAPITEL

AVA SHAY

AM FÜNFZEHNTEN TAG DES MONDES DER TUGEND IM 999. JAHR LAIJON – ZWISCHEN BEDFORD UND BAINBRIDGE, GUL KANA

Riesenhaft stand Hammerfiss links neben Ava Shay, rechts von ihr Mancellor Allen. Jenko Bruk kniete in voller Rüstung der Sør Sevier bei Enna Spades. Zwar lächelte er zu Aeros Raijael hoch, doch lag keine Wärme in seinen bernsteingelben Augen. Aeros nickte, und Jenko und Spades erhoben sich und setzten die Helme auf, alles in einer fließenden Bewegung. Die drei bestiegen ihre Pferde und jagten mit gezogenen Schwertern den Hügel in Richtung des Kreises aus Leifid-Wagen hinunter. Torfklumpen wurden von den Hufen aufgewirbelt. Fünfzig Ritter vom Blauen Schwert folgten ebenfalls hoch zu Ross. Gut einhundert weitere machten hinter Ava auf dem grasbewachsenen Hügel ihre Bögen bereit.

Wieder einmal hat Aeros Raijael mich hier herausgeschleppt, damit ich das Grauen mit ansehe. Ava wünschte, sie wäre betrunken. Nur darin fand sie noch Trost. Still stand sie neben Hammerfiss und Mancellor. Wind bauschte ihren einfachen Wollrock, der an der Hüfte mit einem Stück Leder umgürtet war.

Die Flüchtenden aus Leifid hatten ihr Lager, einen schützenden Kreis aus Wagen, auf einer Wiese am Fuß des Herbstgebirges aufgeschlagen. Am gurgelnden Bach grasten ihre Ochsen. Von ihrem Aussichtspunkt auf dem Hügel konnte Ava mehr als sechzig verängstigte Frauen und Kinder zählen, die zusammengekauert in der Wagenburg hockten.

Ungefähr siebzig schlecht ausgerüstete Männer und Jungen brachen daraus hervor, um sich Aeros' Angriff entgegenzustellen. Manche trugen Schwerter, die meisten jedoch waren mit nichts als Rechen, Hacken und Harpunen bewaffnet. Keiner besaß so etwas wie eine Rüstung. Zum Schutz hatten einige schwere Umhänge und Jacken an. Sie schrien und fluchten, als sie tapfer losstürmten. Die Bogenschützen hinter Ava schossen, Pfeile durchschnitten die Luft. Einen Herzschlag später ging die erste Reihe Männer und Jungen, die auf Aeros zugestürzt war, zu Boden. Die zweite Pfeilsalve trieb die übrigen zurück in den Schutz der Wagenburg.

Das Angriffsgebrüll der Ritter von Aeros erfüllte die Luft, hohle, scheußliche, laute Schreie, die Furcht erwecken sollten. Das erschreckte Kreischen der flüchtenden Leifider tönte höher, und plötzlich brach innerhalb der Wagenburg die Hölle los. Die wenigen übrigen Männer stürzten sich unter die Wagen und versteckten sich hinter Fässern oder brüllenden Mauleseln.

Ein dritter Hagel ging auf sie nieder. Ein Pfeil riss einem kleinen Jungen, der sich stumm an den Schoß seines Vaters klammerte, das Ohr ab. Eine Frau in der Mitte der Wagenburg traf ein Pfeil ins Gesicht, und sie fiel in eines der Feuer, dass Funken stoben und eine Rauchwolke aufwirbelte. Blut trat aus dem Bauch eines braunhaarigen Mädchens, es taumelte gegen ein Wagenrad und schloss die Augen. Die Pfeilspitze ragte ihm aus dem Rücken. Eine weinende Frau eilte ihm zu Hilfe, doch bevor sie die Kleine erreichte, wallte der Staub und spritzte das Blut. Aeros' Ritter fielen in die Wagenburg ein. Das folgende Massaker war mehr als Ava ertragen konnte. Am liebsten wollte sie geradewegs ins Herbstgebirge rennen und sich dort verstecken.

Aeros erkannte sie an seiner schimmernden Rüstung, Spades an ihrem dunkelblauen Umhang und dem strahlend weißen Hengst Gemetzel. Die Kriegerin aus Sør Sevier kämpfte wie eine Besessene, ihr glitzerndes Schwert war ein blutiger Wirbel aus Blitzen und Zerstörung. Sie konnte nicht erkennen, wer in dem Tumult Jenko Bruk war, die Ritter vom Blauen Schwert sahen sich alle so ähnlich.

Wie gebannt konzentrierte sie sich auf einen der Leifid-Jungen, kaum älter als elf Jahre. Seine blonden Haare schienen im Mondlicht zu leuchten. Inmitten der Schreie und des Chaos konnte sie den Blick nicht von ihm abwenden. Die schwer bewehrten Hinterbeine eines Streitrosses der Sør Sevier trafen den Jungen von hinten und stießen ihn mit dem Gesicht voran in den Matsch. Eine Frau, deren Kopf nur noch eine Höhle aus Knochensplittern und Blut war, fiel tot auf den Jungen. Er wand sich unter der Leiche hervor und rannte zu einem kleinen Mädchen, das sich an das Bein seines Vaters klammerte. Der Vater flehte um Gnade und winkte mit einem weißen Tuch. Er wurde von einem Schwert aufgespießt, und auch die Tochter wurde hingeschlachtet. Der blonde Junge sah es mit an, fiel auf den Hintern und krabbelte in Panik davon. Völlig entsetzt versuchte er, wieder auf die Füße zu kommen, doch ehe er es schaffte, traf ihn das stumpfe Ende eines funkelnden Sør-Sevier-Schwerts. Er krabbelte zu einem der Wagen und versteckte sich darunter, während mehrere von Aeros' Rittern die Leinenabdeckung herunterrissen.

Oben auf dem Karren hielten Mütter ihre Babys fest und versuchten, die Hiebe von Äxten und Schwertern abzuwehren. Eine Frau wurde voll getroffen, der gnadenlose Speer durchbohrte sie mitsamt ihrem Kind. Bei dem Anblick drehte sich Ava Shay der Magen um.

Der blonde Junge kroch unter dem Wagen hervor und sah so erschüttert und schockiert aus, wie Ava sich fühlte. Überall um ihn herum erscholl das Getöse der Ritter in Rüstung. Ava betete, dass der Junge in Sicherheit käme, hoffte, Laijon würde dafür sorgen, dass diese eine unschuldige Seele die Nacht überlebte. Das dort unten tobende Gemetzel donnerte wie ein Gewittersturm. Schwere stampfende Hufe, das Gebrüll der Ritter, die Schreie, das Heulen der Verängstigten und das Stöhnen der Sterbenden – ein urtümlicher Tanz von Zorn und Tod.

Als es dann zu Ende ging und die meisten aus Leifid tot dalagen, war nur noch das Wimmern der Verletzten zu hören. Ava sah erleichtert, dass der blonde Junge noch lebte. Sie dankte Laijon dafür. Dann wurde sie wütend auf ihren Gott, weil er die anderen nicht auch verschont hatte. Ein Mädchen, das wohl nicht viel älter als Ava war, flehte auf Knien um Gnade. Ihr schwaches Bitten rührte Avas Herz. Über dem Mädchen stand ein blutbespritzter Ritter der Sør Sevier mit einem rot tropfenden Langschwert. Als er den Helm abnahm, erkannte Ava Jenko Bruk. Er hielt dem Mädchen die Hand hin und half ihm auf. Es stand mit einer Tapferkeit da, die Ava in den Bann schlug. Die zarte Haut und die Locken des Mädchens wirkten so weich und weiß wie frisch gefallener Schnee, und nicht die kleinste Falte des sonnenfarbenen Kleids war von Blut besudelt. Enna Spades spazierte mit dem Helm im Arm und dem Schwert in der Hand vorbei und stach dem Mädchen ins Herz. Es sank tot zu Jenkos Füßen nieder.

Spades steckte das blutige Schwert ein und ohrfeigte Jenko. Ihre tadelnde Stimme war bis oben auf dem Hügel zu vernehmen.

Nach dieser Standpauke drehte Jenko sich um und zertrat dem Mädchen den Kopf. Aus dem Schädel schäumte scharlachrot das Blut, spritzte in die Schneelocken und sickerte ins gelbe Kleid.

Und mit diesem letzten Akt der Grausamkeit war das Schlachten beendet.

Neben Ava schüttelte Hammerfiss sich vor Lachen. Er grinste sie boshaft an. »Ein verdammt schönes Gemetzel.«

Ava sah Mancellor Allen an, konnte aber weder in dessen regungslosem Gesicht noch in seiner dunklen, starren Haltung etwas lesen. Die schwarzen Tätowierungen unter den Augen machten ihn nur umso seltsamer und schattenhafter. Dann bemerkte er sie und bedachte sie mit einem traurigen Blick. Plötzlich spürte sie einen gewissen Trost aus seiner Anwesenheit. Seine stille Art und das standhafte Benehmen erinnerten sie an Gault.

Ava blickte noch einmal auf die Wagenburg. Gut zwanzig Überlebende, die meisten Kinder, waren übriggeblieben, alle schmutzig und verängstigt. Murmelnd, flehend und weinend standen sie vor den mörderischen Rittern aus Sør Sevier, die sie zusammengetrieben hatten. Spades und Jenko stellten die Gefangenen auf Aeros' Geheiß in einer Reihe auf.

Ein junges Mädchen löste sich, rannte zu einem der abgedeckten Karren und zog einer toten Frau ein weinendes Baby aus den Armen. Spades zog das Mädchen wieder vom Wagen weg, aber es behielt den Säugling im Arm, während es über den Boden geschleift wurde. Der Kleine schrie. Das Mädchen versuchte, ihn zu beruhigen.

Die Geiseln wurden, angeführt von Aeros, Spades und Jenko, den Hügel hinaufgebracht. Die anderen Ritter vom Blauen Schwert unten begannen, die Toten zum Verbrennen auf einen Haufen zu werfen, die überlebenden Maultiere und Pferde einzusammeln und die noch verwendbaren Wagen zu plündern.

Als die Gefangenen auf dem Grashügel angekommen waren,

mussten sie sich in einer Reihe direkt vor Ava, Hammerfiss und Mancellor aufstellen. Ava fand schnell den blonden Jungen. Ein Pfeil hatte eine blutige Spur auf seinem Kopf hinterlassen und ein Büschel Haare und etwas Haut abgerissen. Unter dem blonden Schopf lief ihm Blut in den Nacken. Mit schmutzigen, zitternden Fingern kratzte er an der Wunde herum.

»Alle sind tot«, jammerte eine der Gefangenen. »Wer soll uns jetzt retten?«

»In Gul Kana gibt es keine Retter!« Spades' Antwort folgte ohne Zögern. Sie marschierte vor den Gefangenen auf und ab. »So kriegslüsterne Schlachtgesellen wie uns habt ihr hier in Gul Kana noch nicht erlebt!«

Ava hatte das alles schon gesehen. Die ganz Gruppe Gefangener wich vor der Rothaarigen zurück, die die Reihe abschritt und dabei eine Kupfermünze durch die Finger laufen ließ. Die blutbefleckte Kampfrüstung schüchterte jeden ein. Das blutige Langschwert an der Hüfte und Pfeile und Bogen im ledernen Köcher über der Schulter verstärkten nur die gefährliche, bedrohliche Wirkung. Wie alle anderen in Gul Kana hatten auch diese Kinder noch nie eine Frau in Ritterrüstung gesehen, und schon gar keine so hemmungslose wie Enna Spades.

»Die Lage hier ist ziemlich erbärmlich.« Spades sprach so laut, dass jeder sie hören konnte. »Es scheint euch natürlich als ein furchtbares Verbrechen, dass ihr von so grausamen Gestalten wie uns bedroht seid. Ich bedaure, dass ihr die Härten des Krieges erfahren musstet, aber nun gilt es, die Sache ohne Groll zu beenden.« Sie machte eine Pause, wie sie es an dieser Stelle immer tat. »Wir können euch entweder töten oder …«

»… nicht«, beendete Hammerfiss ihren Satz. Die Augen aller Gefangenen richteten sich auf den gewaltigen Kerl, der jetzt ihre Aufmerksamkeit forderte. Wahrscheinlich war dies der größte und furchteinflößendste Mann, den sie alle je gesehen hatten. Der rothaarige Riese mit dem massiven Körper und den breiten Schultern hatte zwei fleischige Fäuste, die wie große, harte Felsblöcke aussahen. Die Knochen, Figürchen und Talismane, die in seine Haare und in den Bart geflochten waren, machten den Anblick zusammen mit den scharfen blauen Tätowierungen überall im Gesicht nur noch furchterregender. Über der silbernen Rüstung trug er einen ledernen Schultergurt und einen mit Nägeln gespickten Knüppel, der groß und rund wie der Kopf eines Ochsen war.

Spades zuckte die Schultern. »Meinst du, dieser Wahnsinn muss tatsächlich einen göttlichen Sinn haben, Hammerfiss?«

»Ich behaupte keinerlei göttlichen Sinn«, erwiderte er, »und halte ihre Lage auch nicht für ganz hoffnungslos, Spades.«

Genau diesen Dialog hielten die beiden vor jeder Gruppe von Überlebenden. Ava hatte ihn schon zu oft gehört.

»Ganz hoffnungslos ist nie etwas.« Spades ließ den Blick über die Gefangenen schweifen. »Da wir nun deutlich gemacht haben, dass wir das offene Wort schätzen: Welches Schicksal schwebt dir für sie vor?«

Hammerfiss setzte sein übliches wahnsinniges Grinsen auf. »Ich finde seit jeher, selbst wertloses Leben kann einem Zweck dienen. Also denke ich, dass alle Kinder unter zehn Jahren jetzt Eigentum von Sør Sevier sind. Sie sollten in den Bund Raijaels aufgenommen und im Geiste wahrer Rechtschaffenheit und wahren Glaubens erzogen werden, als Bürger von Sør Sevier, im Glauben an Aeros Raijael, euren wahren Einen und Einzigen.«

Wie immer blickten die Gefangenen erstaunt, erleichtert und verängstigt zugleich drein.

Spades winkte Mancellor Allen. Der ließ Ava stehen und ging auf die Kriegerin zu. Dann nickte sie Jenko zu. Der zog geschmeidig ein Messer aus dem Gürtel.

»Achte darauf, welches Alter sie nennen«, mahnte ihn Spades, dann steckte sie die Kupfermünze ein und begann ihre Befragung – eine Befragung, von der Ava wusste, dass sie für einige dieser Gefangenen kein gutes Ende nehmen würde. Jenko und Mancellor Allen folgten der Rothaarigen ans Ende der Reihe. *Sagt einfach, ihr seid jünger als das willkürliche Alter, das Spades sich dieses Mal als Grenze ausgedacht hat*, beschwor Ava im Stillen die Reihe der Geiseln.

Spades stellte sich vor das Mädchen, das das weinende Baby aus dem Wagen geholt hatte. Es wimmerte immer noch in seinen Armen. »Name und Alter!« befahl Spades.

Das Mädchen aus Leifid antwortete: »Shanin. Neunzehn.«

Jenko stach ihr ins Auge. Als die neunzehnjährige Shanin in den Schmutz sank, fiel ihr das Baby aus den Armen. Mancellor Allen nahm es hoch und wiegte es in den Armen. Es schrie und kreischte.

Aeros trat zu ihm und entriss ihm das Kind. Er ging den Hügel hinab zu der Wiese, wo die Ochsen noch grasten.

Die übrigen Kinder wurden nach Namen und Alter gefragt. Spades redete, und wenn jemand antwortete, er sei älter als zehn, schnitt Jenko ihm sogleich die Kehle durch. Es war die kalte und blutige Wiederholung der Ereignisse nach den Plünderungen von Galgenhafen, Ravenker und mehreren anderen Weilern dazwischen. Ava hatte seit je an Laijons Gnade geglaubt und auch daran, dass die Qualen der Unterwelt für solche wie Spades und Jenko Bruk vorgesehen waren. Und Hammerfiss. Auch Spinne. Aeros ganz besonders.

Am Ende der Reihe stand ein Mädchen mit seidigen Haaren wie Maisgras. Im Hals hatte die Kleine ein blutverkrustetes Loch, und der Arm war fast völlig abgetrennt. Er hing nur noch an einer Muskelfaser. Doch sie weinte nicht und schien die Verletzung gar nicht wahrzunehmen. Sie stand einfach in einer Pfütze aus ihrem eigenen Blut, die stetig größer wurde. Entweder war sie das mutigste Wesen, das Ava je gesehen hatte, oder völlig traumatisiert.

Auf die Frage nach Name und Alter antwortete das verletzte Mädchen: »Tomasina, ich bin sieben und drei Monde. Mit meinem Arm stimmt was nicht.«

»Das ist noch milde ausgedrückt, mein Schatz.« Spades nickte Jenko zu. Er schlitzte dem kleinen Ding die Kehle auf. Das Mädchen blieb einfach stehen, bis alles Blut aus ihm herausgelaufen war, die gefühllosen Augen, aus denen jedes Leben wich, direkt auf Jenko gerichtet. Dann kippte es tot um.

Spades wandte sich an den dunkelhaarigen Jungen neben ihr. »Name und Alter.«

»Ich bin Thaddäus Jonas, zehn Jahre alt, aber mein Papa nennt mich Taddi.«

Jenko hielt dem Jungen das blutige Messer an den Hals.

»Du siehst aber älter aus, Junge«, sagte Spades.

»Er *ist* aber zehn, du Sau«, platzte das große Mädchen neben ihm heraus. »Er ist mein Bruder. Lass ihn in Ruhe.«

Spades musterte sie. »Und wie alt bist du?« fragte sie.

»Ich heiße Sophia. Ich bin erst dreizehn, und ich bin trotzdem schlauer und besser als du – Und du kannst mir nichts tun, du Schweinehure …«

Jenko schlitzte ihr die Kehle auf. Ihr Blut spritzte auf ihren Bruder. Es war zu viel. Avas ganzer Körper wurde von Seelenqual durchgeschüttelt, jede Tat Jenkos stach auch ihr ins Herz. *Wie kann das alles immer noch passieren? Ist da oben kein Laijon, der das beendet?*

Spades wandte sich an Taddi. »Gehören deine Leute zu dieser Bande lästerlicher Laijonsanbeter?«

»Meine Mama und mein Papa sind getötet worden«, antwortete Taddi zitternd, und das Blut seiner Schwester lief ihm über das Gesicht. Er fing hemmungslos zu weinen an.

»Du gewöhnst dich schon an uns.« Spades tätschelte Taddi die Wange. Dann gelangten sie und Jenko zu dem blonden Jungen, den Ava während der Schlacht beobachtet hatte. Er war der Letzte in der Reihe und schien vor Furcht versteinert. Seine Haut sah beinahe so blass und durchsichtig aus wie die des Weißen Prinzen. Er hatte große, runde Augen und ein fast perfektes Gesicht. Ein anmutiges Kinn, edle Wangenknochen, eine feine Nase, scharf geschnittene Augen und Brauen unter dem schneeweißen Haar. Etwas an seinem Aussehen erinnerte Ava an die Vallè-Frau auf dem schwarzen Pferd, die sie auf dem Pfad oberhalb von Galgenhafen mit Nail und Stefane gesehen hatte.

»Name und Alter?«, wollte Spades wissen.

»Ich bin zehn«, erwiderte er. »Ich habe keinen Namen.«

»Du lügst.« Spades strich dem Jungen die Haare von den Ohren. »Und nicht nur diesbezüglich.« Der blonde Junge hatte die spitzen Ohren der Vallè. Avas Augen weiteten sich.

»Ein Vallè-Tölpel«, grunzte Hammerfiss belustigt.

Spades betrachtete den Jungen. »Dir ist klar, dass mein Lord Aeros einen wie dich ganz sicher *nicht* um sich haben möchte?«

Spades rief Ava Shay. »Komm.« Ava stand wie angewurzelt.

»Komm her«, befahl Spades abermals. »Wird Zeit, dass ich dir beibringe, wie das Töten sich anfühlt. Zeit, dass du die Macht einer Klinge in der Hand kennenlernst.«

Ava spürte, wie ihr der Mund aufklappte, und sie hoffte, dass Spades es nicht ernst meinte. Aber in den Augen der Frau lag kein Scherz. Nur kalte Entschlossenheit.

»Komm her«, wiederholte Spades mit bemühter Geduld.

Angewidert ging Ava zögerlich Schritt um Schritt zu ihr.

»Gib ihr das Messer«, befahl Spades Jenko.

Ihr Gesicht wurde starr, als er ihr die Klinge hinhielt.

Plötzlich waren Avas Gedanken umwölkt, weil sie nicht glauben konnte, was sie tun sollte. *Aber wenn ich das Messer nehme, kann ich doch auch …*

Sie sah in Jenkos bernsteinbraune Augen. In dem Moment

sprach aus ihnen so viel Zärtlichkeit, dass es ihr fast den schon ganz erschöpften Kopf sprengte. *Er weiß, was ich im Herzen trage! Er will dem hier nicht zusehen, ebenso wenig wie ich es tun will …*

Plötzlich begriff sie, was Jenko alles durchgemacht hatte, und wie ungerecht sie ihn beurteilt hatte. Jenko hatte getan, was er konnte, um am Leben zu bleiben.

Sie hatte es so satt, dass sie allen Entwicklungen zusehen musste, ohne sie beeinflussen zu können.

Als sie auf das angebotene Messer blickte, spürte sie das Bedürfnis, endlich etwas zu tun. *Mir die süße Erlösung schenken …* Und unter Jenkos zärtlichem Blick fühlte sie, wie die letzten Spuren der Erschöpfung sich schließlich auflösten. Hier und jetzt konnte sie ihr eigenes Leben endlich besser machen.

Ein wenig gefasster nahm sie das Messer von ihm an, dabei berührten sich ihre Finger. Das Brennen seiner Haut auf ihrer war wie ein reinigendes Feuer des Sündenerlasses.

Als Jenko das Messer losließ, wirkte er erst verstört, dann verwirrt und dann völlig verängstigt.

»Du weißt, was du zu tun hast«, sagte Spades und ließ den Blick langsam von Ava zum blonden Vallè-Jungen wandern. Ava griff das Messer fester. Das Blut anderer klebte schon daran, doch das kümmerte sie nicht. Ihr tödlicher Stoß sollte schnell und sicher erfolgen. Nur ein Stich, und dann wäre es vorbei – alles wäre endgültig vorbei.

Der Vallè-Junge stand still da und blickte sie mit leeren Augen an. Sie erhob die Klinge, die blutige Spitze schwebte zwischen ihr und dem Jungen, sie griff fest ans Heft, biss die Zähne zusammen. *Weiß er, dass ich ihn betend verfolgt habe, als er vor Aeros Raijaels gnadenloser Armee Reißaus nahm? Weiß er, dass ich Laijon angefleht habe, er möge ihn verschonen?*

Weiß er, dass ich ihm nicht wehtun werde?

Als sie das Messer unter seinem Kinn ansetzte, zuckte er nicht.

Nicht einmal die Augen weiteten sich. Sie zog die zitternde Hand leicht zurück, und Tränen, die sie nicht aufhalten konnte, verschleierten ihr den Blick. *Schnell! Und dann ist es vorbei …*

Plötzlich wurde ihr das Messer aus der Hand gerissen und die Kehle des Jungen war eine klaffende rote Wunde. Jenkos beiläufiger Schnitt hatte eine tiefe Furche hinterlassen. Blut spritzte Ava über die Brust und das Gesicht. Sie taumelte zurück, als der Junge tot vornüberkippte.

»Ha!«, lachte Hammerfiss. »Junge Liebe.«

Jenko stand jetzt vor Ava und tat so, als wischte er ihr das Blut aus dem Gesicht. Aber so wie er stand konnte niemand sehen, was wirklich geschah. Ein sauberes Messer, kleiner als das blutige, das sie eben in der Hand gehalten hatte, fiel ihr aus seiner Hand in den Ausschnitt. Sie spürte das kalte Metall zwischen ihren Brüsten hindurchgleiten, dann wurde es von dem Ledergurt um ihre Hüfte aufgehalten. »Nutze es mit Bedacht«, flüsterte er. »Benutze es an Aeros.«

Er ließ von ihr ab und blickte Spades an, dann schob er das blutige Messer, mit dem er eben den Jungen aufgeschlitzt hatte, mit großem Gehabe ins Futteral zurück.

Die verblüffte Ava verspürte den unbändigen Wunsch, sich das Blut des Jungen von der Stirn zu waschen. Doch alles, was sie tun konnte, war, Jenko erstaunt anzustarren.

Auch Spades sah ihn an, wütend, und sagte nüchtern: »Du hättest die junge Dame tun lassen sollen, was sie tun sollte.«

Erst als alle überlebenden Gefangenen davonmarschiert waren, kein Licht durch die Espenblätter blitzte und das Herbstgebirge in violettem Schatten versunken war, begannen weit oben die Silberwölfe zu heulen.

In der kühlen Dunkelheit folgte Ava Spades hinunter an den Bach bei der Wiese, wo die Ochsen der Leifid noch grasten. Sie tauchte die bebenden Hände ins klare Wasser und wusch sich das getrocknete Blut des Vallè-Jungen von der Stirn.

Aeros Raijael stand nicht weit entfernt am kühlen, grasbewachsenen Ufer.

Mit verweinten Augen näherte Ava sich ihm. Entsetzen zog sich wie eine Schlange um ihr Herz zusammen, als sie das Baby im Fluss vor ihm sah. Kalt und tot trieb es für einen Moment auf den Wellen und versank dann im kristallklaren Wasser. Als sie die eisigen schwarzen Augen des Weißen Prinzen sah, war sie froh, Jenko Bruks kleines Messer bei sich zu haben.

Erst da, bei diesem Gedanken, bemerkte Ava Shay, dass die Totengeister sie an jenem grauenhaften Tag nicht ein einziges Mal besucht hatten.

Ob Mann, Frau, Zwerg oder Vallè, wer euch etwas anderes predigt als wir, die Letzten Kriegerengel, euch gepredigt haben, sei verflucht. Denn dereinst kommt womöglich einer, der verdirbt die Lehren Laijons.

WEG UND WAHRHEIT LAIJONS

12. KAPITEL

NAIL

AM SECHZEHNTEN TAG DES MONDES DER TUGEND
IM 999. JAHR LAIJON – LORD'S POINT, GUL KANA

»Ich kann einfach nicht glauben, dass ich sie habe sterben lassen«, sagte Stefane, als er mit zerzausten Haaren auf das Pferd von Culpa Barra und Habichtholz' Rotschimmel zuging. Beide Tiere waren neben Dusty im Stall festgemacht. Zuerst strich er Culpas Streitross über den Hals.

»Giselles Tod ist nicht deine Schuld«, sagte Nail. »Du hast sie beschützt so gut du konntest. Ich habe doch gesehen, wie du sie über die Brücke in den Minen von Roahm getragen hast, ehe sie einstürzte. Das Mädchen hat dich geliebt.« Nie würde er seinem Freund verraten, dass der blaue Engelsstein Giselles Tod verursacht hatte, nicht die Giftpilze oder die eisige Kälte.

Die Wellen des Kanals von Sankt Einzig brachen sich hinter dem Stall an den Buhnen. Der Seewind blies Nail eine blonde

Locke ins Gesicht und wirbelte den Staub in den Stallungen am *Schlüsselwärter* auf. Er musste die Augen zukneifen.

Die Rückseite der Schenke lag zu den Anlegestellen an der Nordwestküste von Lord's Point hin. Neben den Stallungen befand sich ein geräumiger Hof. Der *Schlüsselwärter* war kein gewöhnlicher Ausschank. Er wurde von ehemaligen Gefängniswärtern betrieben, und der Besitzer war ein verdrießlicher Geselle namens Derry Richrath. In der Schenke trafen sich gewöhnlich die Wärter und anderen Gesetzeshüter aus Lord's Point. Derrys Servierknabe Otto hatte Nail erklärt, dass Orte, an denen man zum Trinken zusammenkommt, in Städten am Hafen Schenke hießen und Seeleuten und Piraten – oder im Fall des *Schlüsselwärters* eben Wärtern – vorbehalten waren. Tavernen dagegen gab es überall. Eine Stufe darunter waren schmutzige Kantinen, Orte für Diebe und Halsabschneider.

Am Morgen hatte Nail von den Stallungen aus beobachtet, wie die Wärter im Hof ihre diversen Techniken übten. Sie hatten sich gegenseitig in Ketten gelegt, waren mit Streitäxten aufeinander losgegangen und hatten sich mit schweren Schilden niedergeschlagen. Das alles wurde von derart unflätigem Gerede begleitet, dass Nail die Ohren brannten. Eines jedenfalls hatte er gelernt: Ein sensibler Mann ohne loses Mundwerk würde als Wärter nicht bestehen.

»Ich hätte sie in jener letzten Nacht einfach fester halten müssen«, sagte Stefane. Nails bester Freund hatte noch die gebräunte Haut und den scharfen Blick eines Krakenjägers, doch lag in seinen Augen nun eine immerwährende Trauer. »Sie war so krank damals. So fiebrig. So schrecklich kalt.«

»Du darfst dich nicht schuldig fühlen.« Nail wusste, dass Stefane sich noch nicht vom Tod Giselle Barnwells erholt hatte, des liebenswerten Mädchens, das einst Blaue Maid beim Trauermondfest gewesen war. Keiner von ihnen war seit jenem Fest wieder glücklich gewesen. In jener Nacht hatte Stefane bei dem Turnier von Baron Bruk den Bogen errungen, den er dann am nächsten Tag verlor, als die Armee des Weißen Prinzen Galgenhafen zerstörte. Nach dem Angriff der Sør Sevier hatte Shawcroft Stefane einen Tagritterbogen übergeben, den dieser seither überallhin mitnahm und in dessen Eschen- und Zauberhaselholz nun der Name GISELLE eingraviert stand. Nail besaß nichts dergleichen, an das er sich halten konnte, er trug nur eine geschnitzte Schildkröte um den Hals, von einem Mädchen, das ihn schroff zurückgewiesen hatte. Aus kalter Rache hatte er sie beim Feind zurückgelassen, was ihren sicheren Tod bedeutete.

Die späte Nachmittagssonne brannte ihm wie Fluch und Bestrafung zugleich auf den Rücken. Er fragte Stefane: »Weißt du noch, in Godwyns Abtei, als Liz Hen mir vorgeworfen hat, ich sei herzlos? Dass mich Shawcrofts Tod gar nicht kümmere? Und übrigens auch sonst nichts und niemand?«

»Ja«, erwiderte Stefane. »Aber ich würde auf nichts hören, das von Liz Hen kommt.«

»Ich frage mich trotzdem oft, ob sie recht gehabt hat.« Nail hob einen Bund Heu vom Stallboden. »Hat mich jemals irgendetwas gekümmert, und habe ich je irgendwem außer mir selbst geholfen?«

»Du hast uns sicher durch die Minen und die kalten Nächte in den Bergen geleitet, Nail. Du hast Zane vor den Haien gerettet, als er ins Meer gestürzt war. Du musst dich für gar nichts schämen.«

»Aber jetzt ist Zane tot.« Nail konnte den Ärger und den Schmerz in seiner Stimme nicht verbergen, und er zerpflückte den Heubund. Staub flog ihm ins Gesicht. »Ich habe Zane ein Messer ins Herz gestoßen. Was also hat es genützt, dass ich ihn vor den Haien gerettet habe?«

Er warf das Heu über den Zaun. Dort wartete schon Dusty. Das

Tier begann gierig zu fressen, und das Heu verteilte sich auf dem Boden.

»Du warst in beiden Fällen tapfer.« Stefan tätschelte Culpas Pferd. »Du hast etwas getan, was die anderen Krakenjäger nicht konnten: nämlich Zane gerettet. Und in den Bergen hast du getan, was weder Liz Hen noch ich geschafft haben: Du hast ihn von seinen Leiden erlöst.«

»Zane hat geglaubt, dass Laijon seine Seele erwartet.« Nail brach es das Herz. »Ich habe es in seinem Gesicht sehen können, Stef. Er hat geglaubt, Laijon will, dass er stirbt.«

So viele traumatische Ereignisse konnte er einfach nicht vergessen. In manchen Nächten ließ ihn die Last der Gedanken nicht schlafen.

Stefane streichelte weiter Culpas Ross. »Das Schicksal hat uns Zane genommen. Das war nicht Laijons Wille. Wenn es einen solchen Gott überhaupt je gegeben hat.«

Der Wind wurde stärker. Nail dachte über die Bemerkung seines Freundes nach. *Stefane war nie von der Wahrhaftigkeit von* Weg und Wahrheit Laijons *überzeugt gewesen, egal, wie viele Gebete zum Entzünden der Aschenglut wir auswendig lernten.*

Stefane ging leichtfüßig über einen Pfad aus zertrampeltem Heu zu Habichtholz' stattlichem Rotschimmel. »Wie lange sind wir jetzt in Lord's Point?«

»Neun Tage, glaube ich«, antwortete Nail. »Und immer noch warten wir, dass Roguemoores Bruder ankommt.«

Stefane fuhr sachte mit den Fingern durch die Mähne von Habichtholz' Pferd. »Der Zwerg wird immer unleidlicher, je länger wir hier festsitzen. Er drängt darauf, weiterzuziehen und die übrigen Waffen der Fünf Kriegerengel zu finden. Godwyn ebenso.«

Nail nickte. »Ich habe das Gefühl, sie warten nicht mehr lange auf Ironcloud.«

»Und ich habe das Gefühl, dass sie uns wieder um Hilfe bitten werden«, sagte Stefane. »Dass unser Anteil an all dem hier noch nicht zu Ende ist. Nicht annähernd. Und ich weiß nicht, ob ich diesen ganzen Schlamassel weiter ertragen kann.«

»In gewisser Weise sind wir an sie gebunden«, sagte Nail. »Jeder von uns. An den Zwerg und den Bischof gebunden. Auch an diese Waffen. Ich will die Hoffnung jetzt nicht fahren zu lassen.«

»Ich sehe das anders. Ich will zwar tapfer sein und unseren neuen Freunden helfen, aber ich glaube nicht mit vollem Herzen an ihre Sache. Was mache ich denn, wenn sie schließlich einmal zu viel von mir verlangen?«

»Wenn es für dich an der Zeit ist, deinen Weg zu wählen, unterstütze ich deine Entscheidung«, sagte Nail. »Ich ziehe dich nicht in Versprechen hinein, die ich der Bruderschaft von Mia gegeben habe.« Dabei hegte er selbst noch Zweifel an Roguemoore und Godwyn und auch an ihren Motiven. Er machte sich keine Illusionen darüber, dass sie ihn in gewisser Weise ausnutzten. Und obschon er dem Zwerg in der Abtei am Swithen-Wells-Pfad Lehnstreue geschworen hatte, würde er nicht zögern, sein Versprechen zu brechen, falls er gezwungen wäre, sich zwischen ihnen und seinem Freund Stefane zu entscheiden.

Seit sie Godwyns Abtei verlassen hatten, hatte der Zwerg geplant, seinen Bruder Ironcloud im *Schlüsselwärter* in Lord's Point zu treffen und dann weiter gen Norden zu ziehen, um die fehlenden Waffen der Fünf Kriegerengel zu finden. Doch dieser Plan war in Ravenker vereitelt worden, als Nail und Habichtholz vom Rest der Truppe getrennt wurden. Nail hatte es schließlich doch mit Culpa Barra nach Lord's Point geschafft, aber Habichtholz war nun Gefangener von Leif Chaparral und war auf einem Ochsenkarren, gemeinsam mit dem Ritter aus Sør Sevier, Gault Aulbrek, und Prinzessin Jondralyn Bronachell nach Amadon gebracht worden. Culpa Barras Bericht über Habichtholz und Jondralyn hatte Roguemoore mit schwerem Herzen angehört.

Nail sah zu, wie Stefane Habichtholz' Rotschimmel tätschelte. »Du weißt doch, dass ich Godwyn und dem Zwerg erzählt habe, Jenko Bruk habe die Axt, den Stein und Shawcrofts Beutel gestohlen?«

»Ja«, sagte Stefane. »Wie schrecklich, dass Jenko zum Feind übergelaufen ist.«

»Ich habe bei meiner Erzählung vieles weggelassen, Stefane«, sprach Nail weiter. »Bei Jenko war ein Meuchelmörder. Er hat mich beinahe getötet. Doch Habichtholz konnte mich retten. Ich schulde ihm meine Treue.«

»Warum hast du das nicht erzählt?«

»Ich weiß es nicht. Vielleicht weil Habichtholz mir Hoffnung geschenkt hat, die Hoffnung, dass nicht alle Männer nur auf sich selbst bedacht und an uralte Schriften und Prophezeiungen gebunden sind. Du musst wissen, ich habe einen gewissen Zauber in der Streitaxt verspürt, als ich in Ravenker gegen Jenko gekämpft habe. Ich muss zurückbekommen, was er mir gestohlen hat.«

»Dann glaubst du wirklich, wir haben den *Mond des Vergessens* gefunden? Du glaubst, die Waffen der Fünf Kriegerengel gibt es wirklich?«

»Das möchte ich gern.« Nails Blick wanderte vom Stall westwärts über die Bucht zur Festung von Sankt Einzig und zu den fünf kaum erkennbaren Laijontürmen, die die Klippen von Aelathia in Wyn Darrè, keine siebzig Meilen weiter, säumten. Wenig mehr als Nadeln am fernen, blauen Horizont. *Ich möchte an etwas glauben. Ich möchte hoffen.*

Die Festung von Sankt Einzig thronte gewaltig über dem Meer, keine zehn Meilen vor Lord's Point. Sie befand sich auf einem steilen Felsgipfel, in zweihundertfünfzig Metern Höhe, auf einer Bergspitze, die Godwyn als Mont bezeichnete. Der Bischof behauptete, die in Adin Wyte nannten die Festung von Sankt Einzig, anders als man es auf den übrigen Fünf Inseln tat, Mont Sankt

Einzig. Doch einerlei, welchen Namen man benutzte, Mont oder Festung ragten an der äußersten Südspitze Adin Wytes wie der Bug eines gewaltigen Schiffes hervor, das durch die Meere pflügte. Manch einer fand, der schroffe Mont mit der Festung könne es von den Ausmaßen her mit Burg Amadon auf dem Berg Albion aufnehmen.

An einem klaren Tag wie diesem war der Blick nach Sankt Einzig so majestätisch, dass es Nail den Atem verschlug. Jedes Mal, wenn er nach Westen sah, hielt er am Signalfeuer inne, das in der Spitze des höchsten Turms brannte. Die Meerenge zwischen Sankt Einzig und Lord's Point war zwar zehn Meilen breit, dafür aber durchweg flach, nur höchstens drei oder vier Meter tief. Bei Ebbe ging das Meer so weit zurück, dass man am Nachmittag während vier bis sechs Stunden sogar zu Fuß durch Schlick und Watt nach Sankt Einzig laufen konnte. An heißen Sonnentagen trocknete der Grund im Kanal so weit, dass man mit Pferdegespannen selbst schwere Karren darauf ziehen konnte. Am frühen Abend dann stieg das unberechenbare Wasser jedoch rasch. Niemand konnte es genau vorhersagen. Schon manch unglückseliger Wanderer war in diesem Niemandsland überrascht worden und in der Weite ertrunken. Dagegen konnten selbst bei höchster Flut keine großen Schiffe den Kanal queren. Nur kleine Boote wagten sich hinaus. Und nach Einbruch der Dunkelheit würde nur ein Narr noch auslaufen, denn die Tiefen wimmelten dann von Meeresvolk und Haien.

Seit Aeros Raijael Adin Wyte vor fünf Jahren eingenommen und Mont Sankt Einzig erobert hatte, ging kaum noch jemand bei Ebbe durch das Watt. Die meisten in Gul Kana mutmaßten, der Weiße Prinz würde seinen Angriff auf Gul Kana hier starten. Aber wie Nail nur zu gut wusste, war Aeros' Ziel von Anfang an Galgenhafen gewesen.

Sankt Einzig war inzwischen verlassen. Godwyn hatte geschildert, wie die Armeen von Sør Sevier dieses mächtige Bollwerk geplündert hatten. Wie Aeros Edmon Guy Van Hester, den König von Adin Wyte, gedemütigt und dazu verdammt hatte, in Einsamkeit und Schande über seine leere Festung zu herrschen. Noch schlimmer wurde das Ganze durch die Taten des Königssohns Squireck, der ein Mitglied des Quorums der Fünf Erzbischöfe in Amadon ermordet hatte. Dies galt als das ruchloseste Verbrechen der gesamten Fünf Inseln. Man erzählte sich, Ser Edmon sei von der Trauer über den Verlust seines Königreichs und die Verbrechen seines Sohnes überwältigt und durchstreife zerlumpt und mit zerbrochener Krone trübselig die Gemächer von Mont Sankt Einzig, sein Thron dem Verfall überlassen und seine Speergarde in alle Winde verstreut.

Tatsächlich hatte Godwyn die vier jungen Leute aus Galgenhafen in den letzten Tagen ausgiebig mit der Geschichte von Sankt Einzig und Lord's Point vertraut gemacht. An diesem Morgen hatte er Nail, Stefane, Dokie und Liz Hen mit zur Achttagsmesse in die Kathedrale von Lord's Point genommen. Doch die war ausgefallen, weil die Kathedrale bis auf den letzten Platz mit Geflüchteten aus Gul Kana gefüllt war. Die verängstigten und nun heimatlosen Menschen stammten überallher von der Südwestküste, und täglich strömten mehr auf der Flucht vor den Armeen des Weißen Prinzen und der Welle der Zerstörung, die sie mit sich brachten, nach Lord's Point.

Die Kathedrale war gewiss einer der prachtvollsten Bauten in ganz Gul Kana – ihr Grundriss war das typische Laijonskreuz. Godwyn hatte berichtet, die Alten aus der Gegend um Lord's Point hätten für den Bau mehr als fünfhundert Jahre gebraucht. Begonnen hatten sie wie die meisten, so Godwyn, kurz nach Laijons Tod vor nahezu tausend Jahren. Trotz ihres Alters zeigten die steinernen Gewölbe und soliden Mauern keinen Riss. Beim Eintritt in das gewaltige Bauwerk hatten Nail die beiden hochaufragenden, majestätischen Säulenreihen beeindruckt, die sich im Kirchenschiff erhoben. Zwölf Pfeiler waren es auf jeder Seite, mit Sockeln aus geädertem Marmorgestein aus Riven Rock und Kapitellen, in die Blätter gemeißelt waren. Die Säulen stützten mehrere Arkaden mit Rundbögen und dicken Holzbalken. Weit oben in den Wänden des Kirchenschiffs und der Querschiffe befanden sich schmale Fenster, die ein wenig Sonne einließen. Das meiste Licht jedoch kam aus dem hinteren Bereich der Kathedrale oberhalb der Eingangstüren.

Über dem behauenen Türbogenfeld befanden sich drei prächtige Fenster aus Buntglas. Sie waren so groß, dass Nail sich beim besten Willen nicht vorstellen konnte, wie sie gefertigt worden waren, und erst recht nicht, wie sie dort hielten. Die Motive dieser reich bebilderten Buntglasfenster jedoch kamen ihm aus Galgenhafen bekannt vor. In der Mitte war Laijon abgebildet, und über ihm schwebten die fünf Engelssteine in Weiß, Rot, Schwarz, Grün und Blau. Laijon trug eine glänzende Rüstung und hielt die Streitaxt, *Mond des Vergessens*, in der Hand. Das linke Fenster zeigte zwei Kriegerengel in weißen Roben, einer von ihnen trug das Schwert *Feuer der Sühne*, der andere eine Armbrust, das *Pechschwarze Herz*. Im Fenster rechts sah man die beiden anderen Kriegerengel, einer trug die *Einsame Krone*, der andere den Schild *Schleier der Tugend*. Nail hatte sich das mittlere Fenster am längsten angesehen, das Abbild von *Mond des Vergessens* angestarrt und dabei festgestellt, dass der Künstler in jeder Hinsicht daran gescheitert war, die Größe und Form der Streitaxt wiederzugeben. Unterhalb der Axt waren hier außerdem einige merkwürdige Zusätze am Bildrand dargestellt. So etwas hatte er noch nie gesehen: fünf winzige Ritter, in Umhänge gehüllt, mit Schädeln als Gesichter.

Das Licht, das durch all diese Fenster fiel, vereinte sich und schien auf die Reihen der Geflüchteten aus Gul Kana, die jeden Fußbreit des Bauwerks in Anspruch nahmen. Es übergoss das Kirchenschiff und die darin betenden Menschen mit wundersamer Farbenvielfalt.

Und die ganze Zeit in der Kathedrale hatte Nail sich gefragt: *Wacht denn Laijon eigentlich über auch nur einen dieser Betenden? Wird Laijon die Tausenden Gebete erhören und den Durchmarsch von Aeros Raijaels Armeen aufhalten?*

Nail brauchte ein bisschen, bis sich seine Augen an das verrauchte Dämmerlicht in der Schenke gewöhnt hatten. Die schmutzigen Luken auf beiden Seiten der Hintertür ließen ebenso wie das verrußte Fenster neben dem Vordereingang nur wenig Licht ein. Der Laden war praktisch leer. Tische, Stühle und Hocker standen in völliger Unordnung überall herum. In einigen Leuchtern hoch oben an den Wänden brannten Kerzen und schimmerten gelb wie Butter. Flammen knisterten in der offenen Feuerstelle an der rechten Wand, und der Geruch von verbrennendem Holz erfüllte den Raum. Nail traten von dem Qualm die Tränen in die Augen.

Der *Schlüsselwärter* war nicht so heimelig und einladend wie der *Krakenspeer* in Galgenhafen. Die Zimmer, in denen sie über der Schenke wohnten, waren schmuddelig, winzig und schlecht gelüftet. Nail teilte sich eine kleine Kammer mit Stefane, Dokie und Liz Hen. Das Mädchen schlief im Bett, die drei Jungen auf dem Boden.

Nail und Stefane schoben sich durch die dunkle Schenke zu einem runden Tisch links hinten, an dem die anderen sich versammelt hatten. Roguemoore hatte die Nase in ein Buch gesteckt. Godwyn und Culpa Barra unterhielten sich angeregt. Liz Hen saß neben dem Tagritter, Dokie Liddle neben ihr. Seidel blickte wachsam umher, und ab und an schlug sein Schwanz leicht auf die Holzplanken.

Roguemoore bemerkte Nail und Stefane und bot ihnen Plätze an. Dann widmete er sich wieder seinem Buch. Beim Hinsetzen bemerkte Nail den Widerschein des Kaminfeuers auf den runden Wangen und der breiten Stirn im rauhen Gesicht des Zwergs. Oft musste Nail bei seinem Anblick wegen des stachligen Barts und der stämmigen Statur an einen wütenden Schwarzbären denken, auf den er eines Sommers in den Bergkämmen oberhalb von Galgenhafen mit Shawcroft gestoßen war.

»Hallo Stefane«, platzte Liz heraus. »Ich weiß jetzt endlich, warum der Hai Dokie damals nicht einfach verschlungen hat.«

»Und warum nicht?«, fragte Stefane.

»Weil Dokie sich in die Hosen gekackt hatte«, tönte sie. »Er hat dem Hai nicht mehr geschmeckt!«

»Tja, das macht mir gar nichts«, fiel Dokie ein. »Das zeigt doch nur, dass ich nicht das einzige Lebewesen bin, dem an der Sauberkeit bestimmter Körperteile gelegen ist.«

»So sieht es aus!« Liz Hen lachte und blickte den Tagritter neben ihr heiter an. »Ich habe es schon immer gesagt, guter Ser: Haie haben wie die meisten Fleischfresser eine ordentliche Abneigung gegen Menschen, die mit Scheiße beschmiert sind.«

Culpa lächelte höflich und nahm die gedämpfte Unterhaltung mit Godwyn wieder auf. Nail erinnerte sich vage daran, dass einer von Aeros' Rittern Dokie nach der Plünderung von Galgenhafen gezwungen hatte, mit den Haien zu schwimmen. An dem Tag hatte er einen ordentlichen Schlag gegen den Kopf bekommen, und seine Erinnerungen an diese Ereignisse waren nicht mehr alle klar.

Die Schwingtür der Küche flog auf. Ein schmächtiges Kerlchen etwa in Nails Alter kam heraus. Es hatte eine Kochschürze um und trug ein flaches Metalltablett. Das war Otto, der Schankknabe. Ein Hänfling mit krummer Nase, dünnen Lippen und runden Augen im ansonsten ebenfalls schmalen Gesicht. Seine zotteligen Haare hatten einen schlammigen Farbton. Nails Meinung nach sah der Kleine Dokie verblüffend ähnlich.

»Wo wir gerade von verantwortungslosen Saubeuteleien sprechen«, murmelte Liz Hen, als der Junge näher kam. »Diese Schenke, *Der Schlüsselwärter*, ist eine Katastrophe. Hier ist es ja überhaupt nicht wie im *Krakenspeer* daheim.« Sie deutete auf Dokie. »Jungen sollten nicht in der Küche helfen. Jungen sollten auch nicht die Schankmaid spielen. Jungen sollten weder Essen kochen noch welches servieren. Ein Mann hat doch von Anfang an nicht die geringste Ahnung vom Haushalt, und da machen sie diesen Otto hier zum Koch *und* Servierer?« Angewidert winkte sie ab.

»Dir ist doch klar, dass ich jedes Wort hören kann?« Ottos Blick war vor Müdigkeit ganz trübe, als er Liz Hen das Metalltablett mit Dutzenden gerösteten Pinienzapfen darauf überreichte. »Falls es dich beruhigt: Richraths Wärterkomitee hat mich neulich weggeschickt, damit ich lerne, Eintopf zu kochen. Und ich bin Klassenbester geworden.«

»Richraths Wärterkomitee ist ein Haufen fetter, fauler Dummköpfe. Dass die überhaupt ein Gasthaus führen.« Liz Hen starrte das Tablett in ihren Händen an. »Sollen wir die etwa essen?« Sie setzte es scheppernd ab, bevor auch ihre Finger geröstet wurden. Die Nüsse sahen verkohlt aus und lagen in einer dicken fettglänzenden Masse, die wohl hauptsächlich aus Asche bestand.

»Na klar. Esst sie mit gebratenen Krabben in Butter. Dazu ein Kräutermet«, sagte Otto. »Was Besseres gibt es in ganz Gul Kana nicht. Habe ich selbst gekocht.«

»Ich glaube, da kaue ich lieber auf dem dreckigen Holzboden rum.«

»Ich dachte, dir schmeckt es hier, Liz Hen.« Dokie schnappte sich eine der schwarzen Nüsse und schob sie sich in den Mund. Er verzog das Gesicht, schluckte sie aber schließlich herunter.

»Das ist doch ein schlechter Witz.« Liz Hen bedachte Dokie

mit einem giftigen Blick. »Wenn da nur Wärter das Sagen haben, kommt der Laden nie über das Mittelmaß hinaus.«

Otto schienen ihre Beleidigungen nicht sonderlich zu stören, und er blickte auf den Tisch. »Was wollt ihr denn essen?«

»Irgendwas«, sagte Liz Hen. »Hauptsache, es ist nicht schon mal gegessen worden.«

»Ich empfehle den Eintopf«, sagte Otto trocken.

»Du meinst den, den du in irgendeiner Schule gelernt hast?« Liz Hen schnaufte. »Wohl eher nicht. Ich will Eier, Rühreier, dazu ein paar Hühnchenfilets.«

»Hühnchen im Ei?« Otto machte einen Schritt zurück.

»Ich musste den ganzen Tag schon an Hühnchen mit Ei denken.«

Otto wirkte verstört. »Ich glaube nicht, dass ich diese Zutaten mischen darf. Such dir anderes Fleisch zu den Eiern aus.«

»Was in Mutter Mias Namen meinst du damit?«

»Na, ein Hühnchen mit den eigenen Eiern zusammenwerfen«, erwiderte Otto. »Das ist gemein.«

»Dem Hühnchen gegenüber oder mir?« Liz Hens Blick wurde finster.

»Ich nehme dann den Eintopf«, ging Dokie dazwischen.

»Eintopf für alle.« Roguemoore blickte ein wenig verärgert von seinem Buch auf. Otto zuckte die Achseln und schlurfte davon.

»Na gut«, sagte Liz Hen. »Eintopf für alle. Und leg einen Zahn zu, Junge.«

Otto drehte sich wieder um. »Ich lasse mich nicht hetzen. Das ist mein einziger Fehler.«

»Du siehst mir eher wie jemand aus, dem es an einigen Stellen fehlt.«

Otto zog konsterniert die Brauen kraus, drehte sich dann um und verschwand in der Küche.

»Ich schwöre euch«, Liz Hen blickte Culpa Barra direkt ins Gesicht, »wenn einer das mit dem Essen versaut, dann der kleine Tollpatsch da.«

Zufrieden mit ihrem Urteil kraulte sie Seidel das Fell. Der Hund hechelte freudig.

»Mein Pa hat immer gesagt, man erfährt eine Menge über Leute aus der Art, wie sie mit Kellnern umgehen«, sagte Dokie.

»Was willst du damit sagen?«, fragte Liz Hen gereizt.

»Ich finde nur, du kannst den armen Otto jetzt auch mal in Ruhe lassen.«

Liz Hen verzog jetzt das Gesicht. »Kann sein.« Ihre Stimme klang etwas beleidigt. »Mit fehlt halt nur meine Arbeit im *Krakenspeer*.«

»Das verstehe ich ja.« Dokie nahm ihre Hand.

Roguemoore räusperte sich, klappte das Buch zu und schob es mit den vernarbten Händen vorne in die Tasche seiner Tunika. »Ich kann wohl davon ausgehen, dass mein Bruder doch nicht kommt. Inzwischen hätte Ironcloud hier sein müssen. Irgendetwas ist vorgefallen.«

»Sollen wir uns ohne ihn auf den Weg machen?«, fragte Culpa. »Ich würde ungern ohne Ironclouds oder Shawcrofts Anweisungen zu den Himmelsseen und nach Totholztor aufbrechen.«

»Ich glaube, uns bleibt keine andere Wahl«, sagte Roguemoore.

»Ich sage, wir warten noch etwas.« Godwyns Haut war gegerbt wie der Lederhandschuh eines Schmieds. Wenn er sprach, gruben sich tiefe Falten in seine Augenwinkel.

»Wir dürfen nicht länger als nötig verweilen«, sagte der Zwerg. »Je länger wir auf meinen Bruder warten, umso mehr Sorgen mache ich mir, denn der einzige Grund, warum Ironcloud nicht auftaucht, wäre, dass er schließlich das Schicksal Borden Bronachells aufgedeckt hat. Wir sollten uns jetzt eigenständig auf den Weg machen, selbst wenn wir Shawcrofts Beutel und die Karte oder seine Wegbeschreibungen nun nicht mehr besitzen.«

Jedes Mal, wenn es um Shawcrofts Beutel ging, fühlte Nail sich schuldig. Offenbar hatte sein Meister eine Art verschlüsselter Anleitung im Beutel aufbewahrt, die für die Bruderschaft von Mia bedeutsam war und von der Nail nichts gewusst hatte. Während die drei Männer weiter beratschlagten, hörte Nail nur mit halbem Ohr zu und schlief beinahe ein, so sehr hypnotisierte ihn das Knistern im Kamin.

Knarrend ging die Tür zur Schenke auf. Ein Lichtstrahl blendete Nail und kroch durch den Raum. Im Eingang waren die Umrisse zweier Gestalten in Umhängen zu erkennen. Die Tür fiel wieder zu, der Lichtstrahl verschwand, und die Silhouetten verschmolzen mit der Dunkelheit im Schankraum.

In ihre von Kopf bis Fuß schwarzen Umhänge gehüllt, die Gesichter unter Kapuzen verborgen, bewegten die Neuankömmlinge sich leicht und ungehindert auf Nails Tisch zu. Irgendetwas lag in der Luft, die sie mit hereingebracht hatten, eine Vorahnung, die Nail die Ankunft der beiden aufrecht und wachsam auf seinem Stuhl erwarten ließ. Culpa Barra erhob sich, Bischof Godwyn ebenfalls, und beide legten die Hände an ihre Schwerter.

Als sie am Tisch ankamen, verneigten sich die mysteriösen Gestalten. Dann schob einer die Kapuze in den Nacken. Runde, grüne Augen und die feinen Züge eines Vallè kamen zum Vorschein, und die spitzen Ohren waren so eben in den schwarzen Haaren zu erkennen. Er hatte ein glattes, makelloses und scharfes Gesicht.

»Val-Draekin«, rief Roguemoore überrascht aus. Er stand auf und lächelte nervös.

Der so angesprochene Vallè öffnete seinen Umhang und zeigte seine elegante schwarze Lederrüstung mit den glänzenden Kettengliedern am Hals. Nail fand, die Art, wie er das Schwert an der Hüfte trug, wirkte, als sei er damit geboren. Der Vallè blickte in die Runde, ohne einen von ihnen näher anzusehen. Lediglich

Culpa Barra nickte er kurz zu. »Ich komme im Auftrag Jondralyns.« Val-Draekin verneigte sich erneut vor dem Zwerg. Roguemoore erwiderte die Geste mit einem Nicken und richtete den starren Blick auf die zweite Gestalt im Umhang.

Als auch die ihre Kapuze abnahm, rutschte Nail unwillkürlich mit dem Stuhl nach hinten, und das Herz sprang ihm in der Brust. Es war eine Vallè-Frau. Sie hatte perfekte schmale Ohren, ihre Haare flossen in üppigen silbrigweißen Wellen über ihre Schultern, die Augenbrauen waren nadeldünn, die Wangenknochen hoch, die Lippen voll: Dieses Mädchen mit den besonderen Vallè-Zügen glich genau der Bluthölzler-Frau, die Shawcroft getötet hatte.

Ein fahles Licht schien unmittelbar unter ihrer Haut, und er konnte den Blick nicht abwenden. Ihm war, als würde das höchst ätherische Wesen dieser Fremden an ihm ziehen. Er sah ihr in die großen mandelförmigen Augen, deren erstaunlich grüne Farbe alles zu verschlingen schien, vor allem ihn, als er ihrem Blick begegnete. Es schien, als genügte ihr tatsächlich ein einziger Blick, um all seine Geheimnisse und Träume zu lesen. Er wandte sich ab.

»Seita.« Roguemoore verneigte sich. »Was führt Euch her?«

Ihre Mundwinkel umspielte ein anmutiges Lächeln. Doch als sie dem Zwerg antwortete, hielt sie den Blick auf Nail gerichtet. »Als Val-Draekin mir erzählte, wer hier bei Euch ist, Ser Roguemoore, wie hätte ich da nicht mitkommen können?«

Doch mehr als alle anderen Gaben waren es die Engelssteine, mit denen die Dämonen und ihre Herren in die Unterwelt verbannt wurden. Jeder Stein knüpfte sich an eine der Waffen der Fünf Kriegerengel.

WEG UND WAHRHEIT LAIJONS

13. KAPITEL

TALA BRONACHELL

AM SIEBZEHNTEN TAG DES MONDES DER TUGEND
IM 999. JAHR LAIJON – AMADON, GUL KANA

Tala saß auf einem gepolsterten Diwan in der Mitte ihres Schlafgemachs, und Lawri Le Graven frisierte ihr mit einer silbernen Handbürste aus Avlonia die Haare – ein Geschenk Lord Nolan Darklieghs an Alana Bronachell, das als Erbstück nach dem Tod ihrer Mutter an Tala übergegangen war. Schwer lag die morgendliche Kälte im Zimmer. Lawris Striche mit der Silberbürste fühlten sich grob und frostig an. Die starren Zinken kratzten Tala schmerzhaft über die Kopfhaut. Zu allem Überfluss waren die Haare noch nass vom Baden eben. Womöglich würden sie ihr noch auf dem Kopf festfrieren.

Lawris nicht mehr verbundener Arm geriet Tala immer wieder vor das Gesicht. Vom linken Handgelenk innen bis unter den Ellenbogen zog sich eine entzündete Narbe, ein hässlicher, vereiterter Wulst. Sie sah aus, als wäre sie nie genäht worden. »Bist du damit nicht ins Krankenlager gegangen?«, fragte sie.

Lawri bürstete ihr schweigend das Haar. Tala versuchte, die Schwere, die auf ihrer Frage lag, zu mildern. »Ich habe Jovan noch nie so ängstlich gesehen wie in dem Moment, als der Dolch dir in den Arm fuhr.« Ihre Stimme versagte. »Wahrscheinlich hatte ich selbst noch nie so viel Angst.«

»Ich bin froh, dass er mich geschnitten hat«, sagte Lawri hastig.

»Was?«, fragte Tala verwirrt. »Wieso?«

»Irgendetwas ist da in mir gewachsen.« Lawri fuhr ihr jetzt ein bisschen langsamer mit der Bürste durch die Haare. »Ich konnte es spüren. Ein *Ding* hat da in mir gesteckt. Und es hat Fieber gebracht, Schmerzen in allen Gelenken und sogar schlechte Träume. Durch Jovans Schnitt ist das alles freigesetzt worden.«

»Das ergibt für mich herzlich wenig Sinn.« Tala war noch verblüffter und inzwischen eher verstört. *Das Gift des Bluthölzlers hatte doch Lawris Fieber verursacht.*

»Am meisten hat es die Schmerzen in meinem Herzen gelindert«, sagte Lawri.

»Jovan hat dich ins Handgelenk geschnitten, und die Schmerzen in deinem Herzen wurden davon besser?«

»Eigentlich nicht in meinem Herzen«, sagte Lawri, »sondern eher die Schmerzen meiner …« Sie brach ab. »Das ist schwer zu erklären, Tala. Es war nicht so sehr ein Schmerz, den ich lindern wollte. Auch kein Fieber oder ein *Ding*. Eher – meine Sünde, wahrscheinlich.«

»Der Dolch hat deine Sünde von dir genommen?«

»So ähnlich.«

»Aber Laijon hat doch schon die Sünden von uns genommen. Hast du denn *Weg und Wahrheit Laijons* nicht gelesen? Bist du nie im Heiligen Hain gewesen und hast in den Versöhnungsbaum geblickt?«

»Doch«, erwiderte Lawri. »Aber die heilige Schrift hat mir noch nie geholfen. Ich habe mich davon immer bloß schlechter gefühlt. Und mit dem Baum ist es genauso.«

»Laijons Wege sind nicht unsere Wege«, konterte Tala. Die ganze Unterhaltung war eigenartig und schwer nachvollziehbar. »Oft müssen wir Arbeit in das heilige Buch investieren, um Worte des Trosts darin zu erkennen.«

»So etwas würde der Vikar auch sagen, und es hilft überhaupt nicht.« Jetzt glitt die Silberbürste schnell durch Talas Haare, grob sogar. Lawri redete weiter. »Ich habe vor ein paar Tagen eine durchsichtige Glasscherbe aufgehoben. Ich habe sie stundenlang angestarrt und untersucht, als sei sie *Weg und Wahrheit Laijons*, habe versucht, ihre unsichtbare Bedeutung zu entschlüsseln. Am Ende war es aber nur ein Stück Glas, nur ein Mysterium zum Hindurchgucken. Es hat überhaupt nicht geholfen, war vollkommen nutzlos. Bis auf eine Sache.«

»Und die wäre?«, fragte Tala.

»Ich habe damit meinen Arm noch einmal aufgeschnitten«, antwortete Lawri beiläufig. »Um die Entzündung abzulassen. Dadurch habe ich mich, na ja, irgendwie besser gefühlt.« Sie sagte das ganz sachlich. »Wieder war das Fieber weg. Keine Herzschmerzen mehr. Der Gedanke an Laijon oder den Versöhnungsbaum hat mir nie eine solche Erleichterung gebracht wie dieses Herausdrücken und -quetschen der Entzündung aus meinem Körper. Bei Laijon und dem heiligen Buch habe ich mich nur schuldiger gefühlt. Aber als ich mich selbst operiert habe, konnte ich mich auf einmal nur auf diese eine Sache konzentrieren: die Schmerzen der Wunde zu lindern. Anders als sonst, wenn meine Gedanken immerzu auf alles um mich herum verteilt waren, auf Dinge, die ich nicht steuern kann, hatte ich das hier im Griff.«

Tala hatte das eindringliche Gefühl, sich außerhalb all dessen zu befinden, was sie da hörte, als stünde sie auf einem Felsvorsprung in einer Welt, die sie nicht kannte. Das Ganze erschreckte sie und machte sie traurig. Ihr wurde klar, dass der Rückzug auf sich selbst, den sie sich auferlegt hatte, tiefe und schmerzhafte Wunden in ihrer Seele hinterlassen hatte, die geheilt werden mussten. *Und Lawri geht mit ihrem Schmerz eben auf ihre Weise um.* Aber an sich herumzudoktern, als sei man ein fachkundiger Vallè-Heiler, konnte nicht die Antwort sein. Sie fand einfach keinen Zugang zu dem, was ihre Cousine da erzählte.

»Wenn ich mich innerlich abgestorben fühle«, sprach Lawri weiter, »denke ich an diese durchsichtige Scherbe und die Erleichterung, die ich durch die Reinigung meiner Wunde erlebt habe. Weil Jovan mich geschnitten hat. Dadurch habe ich mich lebendig gefühlt, Tala. Und daran muss ich erinnert werden. Ich muss mich lebendig fühlen.«

»Dann bist du also nie zu Val-Gianni gegangen, damit er sich die Verletzung ansieht?«

»Ich habe dir gesagt, ich möchte nicht, dass irgendjemand je erfährt, dass Jovan mich geschnitten hat. Ich will nicht, dass der Großvikar jemals wieder denkt, er könnte mich mit seinen blödsinnigen Salbungen heilen.«

Plötzlich ergab alles für Tala einen Sinn. Das seltsame Verhalten und die Marter ihrer Cousine hingen mit Großvikar Denarius und den Segnungen zusammen, die er ihr verabreicht hatte. An einer Stelle in ihrem Herzen, in der der Geist Laijons ihr manchmal flüsternd zusprach, wusste Tala, dass Denarius womöglich wirklich den Dienst eines Priesters ausgeführt haben mochte. Was sie jedoch seinerzeit in den Geheimgängen erblickt hatte, deutete auf etwas Beunruhigendes und Verderbtes hin. Der Anblick der nackten Lawri mit dem Vikar war verstörend und nagte beständig an ihrer Seele.

Und wenn es mich schon so beschäftigt, wie kann Lawri da anders, als ständig darüber nachzugrübeln?

Dann kam ihr ein noch schrecklicherer Gedanke. »Du hast erzählt, dass du von mir und dem Vikar geträumt hast, weißt du noch?«

»Der Traum, in dem du Großvikar Denarius heiratest, verblasst von Tag zu Tag.« Lawri bürstete weiter Talas Haare. »Ich beschwöre dich, Tala, mach dir darüber keine Gedanken. Du darfst dir doch nicht den Kopf über die albernen Träume eines Hofmädchens wie mir zerbrechen. Ich habe so viele Träume, die alle verblassen. Jede Nacht träume ich, dass ich etwas in dem rotverschleierten Raum suche, in dem mit dem kreuzförmigen Altar. Dort, wo der Bluthölzler dich mit dem Dolch verletzt hat.«

Tala gefror das Blut. *Dort, wo Glade Prentiss ermordet hat!*

»Typische Albträume«, fuhr Lawri fort. »Gerade neulich habe ich geträumt, Lindholf würde den Rest seines Lebens in einem Kerkerkäfig verbringen. Aber weshalb sollte mein Bruder in ein Gefängnis geworfen werden? Das ist einfach albern. Träume werden ohnehin nie wahr.« In Lawris Stimme lag tiefe Trauer. »Wenigstens meine nicht.«

Träume! Der Bluthölzler hatte behauptet, Lawris Irrsinn sei noch nicht überstanden. *Deine süße Cousine ist nur zum Teil geheilt. Täusche dich nicht, sie wird in den Wahnsinn trudeln und sterben, wenn sie nicht mehr von dem Gegenmittel bekommt.* Aber schon seit mehr als zehn Tagen hatte sie nichts vom Bluthölzler gehört. Sie hatte Lawri bislang auch keine der grünen Kügelchen mit dem Gegenmittel verabreicht. Der Beutel des Meuchelmörders hing gleich unter dem Hocker neben der großen Feuerstelle, die ihr Zimmer einnahm. Sie musste jetzt handeln, sonst würde sie vollends die Nerven verlieren.

»Hol mir mal den Beutel unter dem Hocker da.« Sie deutete mit dem Kopf in Richtung der Feuerstelle. »Ich habe etwas, das dir vielleicht bei deinem Fieber und den Herzschmerzen hilft und womöglich sogar gegen die Entzündung an deinem Arm.«

Lawri hörte zu bürsten auf und sprang durch das Zimmer, um den Lederbeutel zu holen. »Der ist aber schwer.« Sie legte Tala den Beutel auf den Schoß. Tatsächlich wog er einiges. Tala löste das dünne Lederband, das ihn verschloss. Leuchtendes Grün glomm aus seinem Inneren, als sie langsam die Lasche öffnete.

Lawri betrachtete mit großen, dunklen Augen die kleinen transparenten und strahlenden Murmeln. »Was ist denn das?«

»Nimm eine.« Tala durchfuhr ein Schauer, denn sie wusste ja nicht einmal, ob das, was sie ihrer Cousine hier darbot, Medizin oder Gift war.

Lawri zog eine der durchsichtigen Kugeln aus dem Beutel. »Die kann man ja eindrücken«, sagte sie und kniff zwei Finger zusammen.

»Das ist Medizin«, sagte Tala und fasste sich ein wenig. »Für deinen entzündeten Arm. Dieses Zeug gibt der Knochensäger der Vallè Jondralyn, damit es ihr schnell besser geht. Es hilft auch bei Fieber und Herzschmerzen.« *Wie leicht mir doch die Lügen über die Lippen gehen!*

»Das ist Medizin?« Lawri zog skeptisch die Augenbrauen hoch. »Das da drinnen *leuchtet* ja richtig.«

»Medizin der Vallè«, ergänzte Tala. »Du musst täglich eine nehmen.«

Lawri begutachtete das grüne Kügelchen. »Das kann man zwar eindrücken, aber ich glaube kaum, dass ich mich da durchbeißen könnte.«

»Schluck sie einfach wie eine Tablette. Ich glaube, die lösen sich im Magen auf.«

»Na, wenn sie für Jondralyn gut sind«, Lawri warf sich die grüne Kugel in den Mund und schluckte sie, »dann sind sie auch gut für mich.«

Furcht erfüllte Talas Herz. *Es ist das Spielchen des Bluthölzlers. Es macht mich verschlagen und falsch. Selbst denen gegenüber, die ich am liebsten habe.*

Sie dachte an die Karte des Fegefeuers, die sie aus Jondralyns Kammer gestohlen hatte, und wusste, was sie als Nächstes zu tun hatte.

»Niemand darf Habichtholz besuchen«, sagte Leif Chaparral und humpelte die Steinstufen hinunter. Talas Mut schwand. Sie waren durch viele Bereiche der Kerker im Fegefeuer geführt worden und nun am Ende angelangt, und Habichtholz war nirgends zu sehen. Auch gab es keine Kammern und Gänge, die denen ähnelten, die sie sich von der Karte eingeprägt hatte.

»Aber du hattest eingewilligt, dass wir *beide* Verräter aus Sør Sevier sehen würden«, beschwerte sich Glade. Er trug die zwei von Habichtholz erbeuteten Schwerter über Kreuz in Futteralen auf dem Rücken. Die mit Stacheln versehenen Ringe am Heft ragten ihm wie ein Geweih über den Kopf. »Ich will Gault Aulbrek und Habichtholz sehen.«

»Ich habe eingewilligt, euch das Fegefeuer zu zeigen, mein Bruder.« Leif geleitete Glade, Tala und Lindholf die letzten Stufen hinab. »Mehr nicht. Habichtholz haben wir in einen anderen Bereich des Kerkers gesteckt. Dort haben Besucher keinen Zutritt. Nicht einmal den Blutsverwandten des zukünftigen Hauptmanns der Tagritter ist es gestattet, ihn zu sehen.«

Leif machte einen Schritt zur Seite und ließ seinen Bruder in die letzte Kammer vorgehen. »Doch sei nicht allzu enttäuscht. Du kannst dich nach Herzenslust mit Gault Aulbrek unterhalten.«

»Gault ist hier?« Glade schob sich an seinem Bruder vorbei in den höhlenartigen Raum.

Tala folgte ihm, überrascht von den Ausmaßen des kerzenerleuchteten Gewölbes.

Auf der Karte war dieser Raum präzise wiedergegeben. *Der Ausgangspunkt der Wegstrecke.* In der Mitte befanden sich zwei schwere Eisenkäfige, genau wie abgebildet.

Gault Aulbrek, der Ritter aus Sør Sevier, saß mitten im nächstliegenden Käfig, an Händen und Füßen gefesselt und an einen in den massiven Felsboden eingelassenen Eisenring gekettet. Beim Anblick der Besucher erhob er sich langsam. Die beiden Tagritter nahmen in voller Rüstung Haltung an und zielten mit den Speeren in seine Richtung. Tala bemerkte einen großen Metallschild, der direkt hinter den beiden Rittern an der Steinwand der Kammer lehnte.

Lindholf Le Graven schob sich ungelenk neben sie und suchte misstrauisch die Dunkelheit ab. »Hier drinnen stimmt etwas nicht«, murmelte er. Hinter ihm betraten Leif und zehn weitere Tagritter den Raum.

»Das ist ein Kerker, du Tölpel«, sagte Glade. »Hast du nicht aufgepasst? Hier unten ist alles irgendwie komisch.«

Tala merkte, dass Gault sie mit hartem, unnachgiebigem Blick ansah. Die Fackeln spiegelten sich auf seiner Glatze. Bange näherte sie sich ihm. Atemlose Gespanntheit lag in der Luft. »Was habt Ihr denn vor?« Leif stellte sich ihr in den Weg. »Wollt Ihr ihn wieder ohrfeigen?«

Gault keuchte unter seinen Fesseln und warf Leif einen feindseligen Blick zu. Tala konnte die Spuren ihrer Fingernägel in seinem Gesicht sehen. Das hier war ganz anders als der Ausflug, den sie mit Roguemoore und Jondralyn durch die Geheimgänge in die Zellen unter der Arena gemacht hatte, um Squireck Van Hester zu besuchen. Ähnlich war nur die bedrückende Schwere der steinernen Mauern und Decken. Und natürlich die Finsternis allenthalben.

»Ihr müsst mich mit diesem Mann allein lassen«, verkündete sie.

»Habt Ihr den Verstand verloren?«, fragte Leif mit verzerrtem Mund.

»Meine Fragen an ihn sind vertraulich.«

»Fragen?« Leif sah sie entgeistert an. »Was denn für Fragen? Was ist das für ein Unsinn?«

»Glade hat Euch um meinetwillen um diese Führung gebeten, Ser Leif.« Tala sah Glades älterem Bruder direkt ins Gesicht. »Meine Motive gehen aber darüber hinaus. Ich selbst bin auf Geheiß meiner Schwester hier. Und Jondralyn wünscht, dass niemand unsere Unterhaltung hört.«

Glade blickte mürrisch drein, ebenso sein Bruder. Leif sagte: »Und Ihr meint, Ihr könnt hier einfach so nach Eurem Gutdünken einen Gefangenen des Fegefeuers befragen?«

Sie antwortete so gebieterisch sie konnte: »Wir wissen alle, dass Ihr der nächste Hauptmann der Tagritter werdet, Ser Leif. Ihr habt uns bei jeder sich bietenden Gelegenheit eben daran erinnert. Tatsächlich habt Ihr während der gesamten Fahrt hierher im Ochsenkarren von nichts anderem gesprochen. Wie dem auch sei. Tut, wie ich es Euch geheißen, zieht Eure Wachen aus diesem Raum ab und lasst mich allein. Oder wollt Ihr Euch Jondralyn gegenüber rechtfertigen?« Tala wusste, dass Leif oft berechnend sein konnte, aber clever war er nicht. Stets musste Jovan ihm sagen, wo es langging. Er würde sich keiner Konfrontation mit Jondralyn stellen wollen. »Soll ich meinem Bruder erzählen, dass Ihr seine Befehle missachtet?«

Leif lachte. »Euer Bruder hält Euch für ein kleines Gör.«

»Es wird ihm nicht gefallen, dass Ihr meine Wünsche ignoriert. Diesen Tagrittern hier ebenso wenig, die gerade die Wünsche einer Prinzessin von Amadon vernommen haben. Denn sie sind beauftragt, auf meine Sicherheit zu achten und meine sowie Jondralyns Anweisungen noch vor den Euren zu befolgen. Noch seid Ihr nicht ihr Anführer, Ser Leif. Und bis es so weit ist, sind sie mir unterstellt, und Euer Wort hat in dieser Angelegenheit kein Gewicht.«

Sie sah, dass es in seinem Kopf arbeitete. Zwar wirkte er verärgert, aber im Grunde seines Wesens war er fest von sich überzeugt. Dennoch glaubte sie, Leif würde sich am Ende leichter beeinflussen und in die gewünschte Richtung bewegen lassen als Sterling Prentiss. Er blickte sie finster an, die dunkel nachgezogenen Augen nichts als hohle Untiefen in der Düsternis.

Sie ließ nicht von ihm ab. Ruhige Autorität ergriff sie. »Ihr müsst nun gehen, Ser Leif. Nehmt die Wachen mit. Glade und Lindholf können mich von der Tür zur Kammer im Auge behalten, wenn es Euch lieber ist. Doch ich tue hier nur, worum Jondralyn mich gebeten hat.«

Lindholf gaffte sie bloß an, Glade aber schien den Betrug allmählich zu erkennen. Er begriff, dass sie ihn wieder einmal überlistet hatte.

Anfänglich hatte sie ihren Stolz hinunterschlucken und Glade anlügen müssen, um ihn zu diesem Ausflug zu überreden. Sie hatte behauptet, auch sie fände es richtig, dass Sterling Prentiss tot war und dass sein Bruder Leif ein besserer Hauptmann der Tagritter sei. Dann hatten sie darüber gesprochen, dass sie Angst habe, man könne Sterling Prentiss' Leiche finden und die Todesursache zu ihnen zurückverfolgen. Es war ihr gelungen, Glade zu überzeugen, dass Sterlings Los da oben auf dem kreuzförmigen Altar aus Habichtholz' Machenschaften resultierte, dass er der Spion aus Sør Sevier sei, der Lawri vergiftet hatte. Dass Habichtholz sie in die Mordfalle gelockt hatte. Dass sie die Wahrheit herausfinden und Habichtholz mit der Anschuldigung konfrontieren mussten, solange er sicher in den Kerkern unter der Halle der Tagritter unter Verschluss saß. Und Glade hatte es ihr abgekauft. Er betrachtete ihren Plan als Gelegenheit, die Schuld an Sterlings Verschwinden jemand anderem anzuhängen. Überdies wollte er als

Held daraus hervorgehen, indem er zur Aufklärung des Verbrechens beitrug. Am meisten wollte er Habichtholz aber unter die Nase reiben, dass sein Bruder Leif ihm die Schwerter geschenkt hatte, die er nun über Kreuz auf dem Rücken trug.

Gault Aulbrek sah sie neugierig an. *Weiß denn nur er, was für eine Betrügerin ich bin?*

Sie spürte, wie ihr der Schweiß ausbrach. Zwar hatte sie sich den Anweisungen Jovans gemäß gekleidet, doch unter dem Kleid hatte sie eine lederne Hose und ein blaues Baumwollhemd an, in dessen Tasche die Karte aus Jondralyns Kammer steckte.

Sie richtete den Blick auf Leif und blieb standhaft. »Und wenn Ihr gegangen seid, will ich *nicht* mehr gestört werden.«

Leifs Verhalten verwandelte sich von Zorn über Verärgerung in Resignation. »Jovan irrt sich«, sagte er. »Ihr seid ganz genauso wie Jondralyn.«

Mit diesem unerwarteten Kommentar wusste Tala nichts anzufangen.

Leif nestelte nur an seinem Umhang und befestigte die schwere Brosche am Hals. »Glade und Lindholf bleiben also bei Euch?«

Tala nickte. »Sie werden sich in Sichtweite aufhalten.«

»Was kümmert es mich, wenn Ihr mit diesem affigen Sør Sevier sprechen wollt?«, sagte Leif schließlich. »Solange ich nichts mehr von Eurem Gequake hören muss. Wie lange braucht Ihr?«

»Zwei Stunden.«

»*Zwei Stunden?*« Ungläubig starrte er sie an.

»Ich habe viel zu besprechen.«

»Dann begebe ich mich zurück in die Burg«, sagte er schließlich. »Ihr führt hier etwas im Schilde, Tala, und ich will damit nichts zu tun haben. Bedenkt aber, dass ich mich nicht gerne herumkommandieren lasse, und ich werde das hier nicht so schnell vergessen.«

Dass Leif der neue Hauptmann der Tagritter werden sollte, war in der Tat eine glückliche Fügung. Sterling Prentiss nämlich hatte sich ganz strikt an die Regeln gehalten und hätte nie ihrem Wunsch entsprochen. Leif dagegen war einfach dumm und eitel genug, sie ins Fegefeuer mitzunehmen. So konnte er schließlich am besten seine Macht demonstrieren: indem er seinen Bruder durch das Fegefeuer führte und ihm eine Begegnung mit dem gefährlichsten Mann in Gul Kana versprach. Deshalb hatte sie Glade in ihren Plan einbezogen. Und der war arrogant genug, seinen Bruder um einen solchen Gefallen zu bitten. All das hatte sie geschickt arrangiert, mithilfe einer Kette aus Verrat und Lügen. Dieses Mal würde der Meuchelmörder nicht siegen! Tala kam nun ins Spiel. Sie wurde zuversichtlicher.

Sie forschte nach ihrer eigenen geistigen Stärke in diesem Wettbewerb mit dem Bluthölzler und lernte daraus. Dieses Spiel war *ihre* Art, eine Wunde zur Ader zu lassen – eine Ablenkung vom Schmerz, von der alltäglichen Langeweile des Daseins am Hof ihres Bruders, eine Ablenkung von der Liebe einer Familie, die ihr seit dem Tod ihrer Eltern fehlte, eine Ablenkung davon, dass sie nie die tröstende Berührung eines anderen Menschen spürte.

Das Spiel des Bluthölzlers war ihr Ausweg aus der Einsamkeit. Obschon sie anfangs überhaupt nicht gewollt hatte, dass Glade sie hierher begleitete, war sie doch froh darüber. Das galt auch für Lindholf. Sie hatte ihn gebeten mitzukommen, weil sie Glade nicht recht traute und nie wieder mit ihm allein sein wollte.

Doch keiner von beiden kannte den wahren Grund. Keiner wusste von der Karte, die sie in der Tasche ihres Hemdes versteckt hatte. Sie ahnten nicht, was sie unter dem Kleid trug.

Leif wandte sich an seinen jüngeren Bruder. »Ruf die Wachen, wenn es Ärger gibt. Vier sind gleich außer Sichtweite oben an der Treppe postiert, zwei von ihnen geleiten euch aus dem Kerker, wenn ihr fertig seid, und zwei kehren dann wieder auf ihre Posten vor Gaults Käfig zurück. Der Rest begleitet mich zur Burg. Jetzt trägst du die Verantwortung für das Gör, Glade.«

In einer Reihe marschierten die Wachen mit aufgerichteten Speeren hinter Leif aus dem Raum. Das schwere Trampeln wurde leiser, als sie die Treppe erklommen, und schließlich war die Kammer in bedrückende Stille getaucht.

In grenzenloser Selbstzufriedenheit sah Tala von Glade zu Lindholf. Sie bemerkte Glades verdrießlichen Blick.

»Du willst *dem da* wirklich Fragen stellen?«Lindholfs Stimme klang verzagt in der Stille. Er sah Glade an. Der Glatzkopf stand reglos in der Mitte seines Käfigs.

»Gehen wir einfach wieder«, sagte Lindholf. »Mir gefällt es hier nicht, Tala. Irgendetwas stimmt hier unten nicht. Ohne Leif oder die Wachen fühle ich mich hier nicht wohl.«

»Hast du etwa Angst vor dem Ritter im Käfig?«, höhnte Glade. »Wenn es dir hier nicht gefällt, dann los: Hau ab!«

Lindholfs Blick war auf den Mann aus Sør Sevier gerichtet. »Es kann nichts Gutes dabei herauskommen, wenn wir zwei Stunden hier unten sind, bei diesem, diesem … diesem *Mörder*.«

»Wir müssen bleiben.« Tala fasste ihn am Arm. »Wir alle. Vertrau mir.«

»Nein.« Lindholf zog seinen Arm weg.

»Lass ihn halt gehen«, sagte Glade. »Er hat die ganze Zeit schon genervt, der verwöhnte Bengel. Hat den Palast des Großvikars ein verblendetes Pissoir genannt.«

»Das ist er ja auch«, bekräftigte Lindholf.

Ja, er hatte eine üble Laune, und die wurde nicht besser. Er hatte diese Bemerkung gemacht, als sie am vierstöckigen Anwesen des Vikars vorbeigekommen waren. Der Palast aus strahlend weißem Marmor erhob sich wie eine grelle Himmelsscherbe in der Nachbarschaft grauziegeliger Bauten aus Lehm und Holz, ein Stück erhabener Eleganz im grellen Tumult der verdreckten Stadt.

»Der Großvikar hat es verdient, in aller Opulenz zu leben, die ihm beliebt«, murrte Glade. »Er ist schließlich der heilige Prophet unseres Herrn Laijon. Sein Wort ist Laijons Wort. Da macht man seinen Palast nicht einfach so runter. Das ist Gotteslästerung.«

»Ob Gotteslästerung oder nicht: Es ist trotzdem ein verblendetes Pissoir«, erwiderte Lindholf. »Val-Draekin und Seita haben mir erzählt, der Palast sei so viel Gold wert, dass man alle hungernden Kinder der Fünf Inseln …«

»Die Vallè haben dir das erzählt?«, schnaubte Glade. »Was wissen die denn von unserem Herrn Laijon, dem großen Einen und Einzigen?«

»Sie haben mir in letzter Zeit vieles beigebracht.«

»Du meinst, sie haben Mitleid mit dir.« Glade zog den Streitflegel, den Seita ihm geschenkt hatte, aus dem Umhang und wirbelte ihn herum, dass die Luft sang. »Du bist doch bloß wie ein Hündchen für die. Sie bringen dir bei, in der Gegend herumzuschleichen, wenn sie mit dem Finger schnippen.« Er wirbelte das Teil schneller herum. »Zeigen sie dir auch, wie man ›Sitz‹ macht und Stöckchen holt?«

Lindholf verstummte, und Ärger brannte in seinem Blick. In gewisser Weise wünschte Tala sich, sie hätte ihn nicht mitgenommen. Sie fühlte mit ihm. Aber sie war auch erschöpft, war es leid, ihn ständig gegen Glade zu verteidigen. Also sagte sie nichts.

Glade wirbelte den Streitflegel herum und warf ihn dann in die Dunkelheit der Kammer. »Los, hol das Stöckchen.«

»Ich hole gar nichts für dich«, sagte Lindholf.

»Ist auch egal.« Glade zuckte mit den Schultern. »War eh nur nutzloses Blendwerk der Vallè. Mehr nicht. In einem echten Kampf hätte es gar nichts gebracht. Ich bin froh, dass ich es los bin. Wie Jovan schon sagte: Wir brauchen diese verknöcherte Schwertfuchtelei und die Tricks der Vallè sowieso nicht. Und ich habe vor, meinem König zu gehorchen.«

Er zog eins der Schwerter von Habichtholz hinter dem Rücken hervor. »Die Tricks der Vallè sind für die Willensschwachen. Nichts geht über ein echtes Schwert in der Hand.« Er hielt es vor sich und betrachtete es bewundernd. »Erst recht nicht, wenn es die Waffe deines Feindes ist. Du hast ja nicht einmal eine Waffe mitgebracht, Lindholf. Du nützt uns hier unten gar nichts.«

»Glade hat recht.« Lindholf ließ den Kopf hängen. »Ich nütze euch hier unten nichts, Tala.« Aus ihm sprach jetzt eine Sanftheit, ein Zartgefühl, das sie rührte. Sie hasste es, wenn Glade ihn so anging. Es war schon schwer genug, mit einem vernarbten Gesicht und gequetschten Ohren durchs Leben zu gehen, da brauchte man nicht auch noch einen Freund, der einen deswegen gnadenlos niedermachte.

»Du bist nicht nutzlos«, widersprach sie. »Ich brauche dich.« Doch ihre Worte schienen das Gegenteil zu bewirken, denn er schlurfte zur Treppe. »Wo willst du hin?«, rief sie.

»Nach oben, wo die Wachen postiert sind. Dann gehe ich einfach mit Leif zurück zur Burg.«

»Bleib.« Sie machte Anstalten, ihm zu folgen, denn sie wollte sich nicht mit Glade allein auf den Weg machen.

»Lass ihn.« Glade hielt sie am Arm fest.

Tala sah ihren Vetter aus der Kammer zu den Treppen verschwinden. Als er außer Sichtweite war, riss sie sich von Glade los.

Wütend ging er auf den Käfig zu. »Also, welche Informationen sollen wir denn für Jondralyn aus diesem Kerl herausholen?« Der kahlköpfige Ritter begegnete seinem Blick mit kalter Gelassenheit, etwa so wie ein Mörder aussieht, bevor er jemandem die Kehle aufschlitzt. In Wahrheit versetzte der Mann aus Sør Sevier Tala in Angst wie noch niemand zuvor. Glade trat vom Käfig zurück. »Willst du ihn nun befragen, Tala, oder was?«

Einst hatte Tala sich gewünscht, Zuneigung oder sogar Respekt von Glade Chaparral zu erfahren, hatte sich danach gesehnt, dass er ihr Beschützer wäre. Jetzt verspürte sie in seiner Gegenwart für gewöhnlich nur Ekel. Doch da Lindholf gegangen war, brauchte sie ihn. Sie wandte sich um. »Hör zu, Glade, wir sind nicht wegen Gault Aulbrek hier unten.« Sie griff nach dem Saum ihres Kleids und zog es sich über den Kopf.

Glade bekam große Augen.

Der Schreck, dass sie sich auszog, währte nur kurz. »Hast du da einen Wasserschlauch am Gürtel?«, fragte Glade. »Und ist das ein Dolch?«

Sie zog die Karte aus der Hemdentasche. »Wir sind deswegen hier. Das ist eine geheime Karte, die einen Weg unter den Kerker zeigt – zu einem großen Schatz.«

Glade verschränkte die Arme und verzog das Gesicht. »Dieser Irrsinn muss ein Ende haben.«

»Wir müssen die Trauerräume erreichen.«

»Die Trauerräume.« Er entriss ihr das Pergament. »Diese ganze Scharade ins Fegefeuer wegen einer Karte?« Wütend sah er sich das Papier an. Dann fixierte er Tala mit seinem überheblichen Blick. »Da steht nichts auf diesem Pergament, du dumme Trine. Es ist leer.«

»Das weiß ich auch.« Sie zog das Döschen mit Roguemoores schwarzem Pulver aus der Tasche. »Gib mir die Karte.«

Er reichte sie ihr. Sie ging in die Knie und legte das Pergament auf den glattesten Stein, den sie finden konnte. Dann öffnete sie die Dose, rieb etwas Pulver auf das Blatt und erweckte die detailreiche Karte mit den Anweisungen zum Leben. Als alles erkennbar war, sah sie triumphierend zu Glade hoch.

»Was hast du da auf das Papier getan?« Glade wirkte einigermaßen neugierig. Auch Gault Aulbrek sah interessiert zu.

»Ein Pulver, eine Mischung von Roguemoore. Es hält nur ein paar Stunden vor, dann verblasst wieder alles. Deshalb müssen wir uns beeilen.«

Er kniete sich neben sie. »Das Pulver riecht wie Lavendel-Deje. Leif hat mal das Harz der Pflanze angezündet und mich den Rauch inhalieren lassen. Der ganze Körper wird taub davon und klingelt irgendwie. Das war lustig. Glaubst du, wir können das Pulver auch schnupfen?«

»Warum sollten wir?«

»Damit wir uns gut fühlen.«

»Wir haben wichtigere Dinge vor.«

»Aber wir dürfen es doch nicht einfach vergeuden. Die Deje-Pflanze ist so selten. Und teuer. Und unheimlich gefährlich. Nur Oghul-Piraten trauen sich, sie zu ernten. Lavendel-Deje wächst nur in Sør Sevier.« Dann flüsterte er: »Im Blutholzwald, sagt man.«

Der Name des Waldes ließ Tala zusammenzucken. »Sieh dir einfach die Karte an, ja?«

Er betrachtete aufmerksam die Zeichnung. »Wohin führt der Weg?«

»Zu den Trauerräumen. Dann weiter zur Gedächtnisbucht. Jondralyn sagt, was auch immer da unten ist, ist bedeutsam …«

»Jondralyn?« Abrupt stand er auf. »Ich mache bei deinen verrückten Abenteuern nicht mehr mit, Tala.«

»Na gut.« Auch sie erhob sich, faltete die Karte zusammen und steckte sie und auch das Pulverdöschen wieder in die Tasche. »Dann gehe ich allein.«

Glade war aufgebracht und wütend. »Du hast eine Dose mit seltenem Lavendel-Deje dabei. Du hast eine unsichtbare Karte, die in irgendeine mysteriöse Gruft führt. Du tanzt hier durchs Fegefeuer, als würde es dir gehören, und kommandierst meinen Bruder herum. Das ist doch alles absurd. Immer, wenn du etwas vorhast, gibt es Ärger. Und zwar solchen, für den Menschen hingerichtet werden. Erinnerst du dich, was mit Sterling Prentiss passiert ist, als wir das letzte Mal zusammen auf Abenteuersuche an geheimen Orten waren?«

Als Sterlings Name fiel, sah sie nervös zu Gault Aulbrek hinüber. Dann flüsterte sie: »Die Sache mit Sterling ist doch für deinen Bruder ganz gut gelaufen. Woher willst du also wissen, dass nicht etwas noch Größeres am Ende dieser Karte auf die Familie Chaparral wartet?«

»Ich habe deinen Unfug satt. Ich folge Lindholf zur Burg.«

»Dann kannst du ja Jovan erklären, dass du seine Schwester, die Prinzessin von Amadon, einfach so in den Kerkern des Fegefeuers hast verschwinden lassen.« Sie hob das Kleid vom Boden auf und hielt es ihm vor die Nase. »Verschwunden, Glade. Allein. Ihr zerfetztes Kleid lag noch neben dem Käfig von diesem Mörder aus Sør Sevier.« Sie riss es in der Mitte entzwei, warf es zu Boden und trampelte darauf herum. »Wer weiß, was da vorgefallen ist?«

Glade fletschte die Zähne und blickte auf das schmutzige Kleid. Er ballte die Fäuste. »Das hier ist ein *Kerker*. Ein gefährlicher Ort, über den wir gar nichts wissen. Das hier ist das *Fegefeuer*. Das kannst du nicht von mir verlangen, Tala.«

»Diese Karte zeigt den Weg, den Habichtholz genommen hat, als er nach dem Duell mit den Tagrittern von hier entkommen ist.« Sie sah ihn direkt an. »Wie hört sich denn das an, Glade: Du als Entdecker seines Fluchtwegs.«

Interesse blitzte in ihm auf. »Hast du nicht gesagt, die Karte führt zu einem Schatz?«

»Habichtholz' Fluchtweg *und* ein Schatz.«

»Bestimmt dauert es ziemlich lange, bis wir zu den Trauerräumen kommen, falls es die überhaupt gibt. Und was dann? Dann kommen die Wachen herunter und stellen fest, dass wir weg sind?«

»Das ist nicht wichtig. Wir nehmen den Weg unter Wasser in die Gedächtnisbucht, wie es auf der Karte steht, und gehen zur Burg zurück.«

Glade schüttelte den Kopf. »In zwei Stunden kommen die Wachen her. Die werden Leif melden, dass wir verschwunden sind, und man wird uns suchen. Selbst wenn die Karte stimmt und es diese ganzen verborgenen Tunnel wirklich gibt, und selbst wenn wir in die Gedächtnisbucht tauchen können, wie sollen wir denn irgendwas erkennen? Da drin ist es stockfinster.«

Tala sah sich in der Kammer um und musterte das Dutzend Fackeln in den rostigen Haltern an den Wänden. Sie ging und nahm eine heraus. »Sieht aus, als wären sie frisch angezündet. Die halten einen halben Tag, wenn nicht länger.« Dann zählte sie die Leuchter an der linken Wand vom Eingang ausgehend und lief zum sechsten. »Laut der Karte geht es hier los.« Sie zog auch hier die Fackel aus dem Halter, winkte Glade heran und übergab ihm beide.

Gault hatte ihre gesamte Unterhaltung angehört. Doch das konnte sie nicht ändern. Entweder erzählte der Mann Leif, was er gehört und gesehen hatte, oder eben nicht. Er wirkte nicht wie jemand, der irgendwem etwas einfach so geben würde. Mit diesem Gedanken wandte sich Tala zur Wand, griff nach oben und zog den leeren Leuchter nach unten. Sie musste sich mit dem ganzen Gewicht ihres Körpers dranhängen, aber dann kippte er wie ein riesiger Eisenhebel, und das Grollen aufeinanderreibender Steine ertönte. Der Raum war von einem eigentümlichen Klicken erfüllt.

Ohne nachzudenken, schnappte Tala sich eine der Fackeln von Glade und eilte auf das Geräusch zu. Er lief ihr nach. Als sie das andere Ende der Kammer erreicht hatten, konnten sie sehen, dass der untere Teil einer der gewölbten Säulen, die sich bis in die Höhen der Kammer erstreckten, nach oben geglitten war. Dadurch war eine Lücke von vielleicht einem halben Meter entstanden. Tala kniete sich hin und spähte in die Öffnung. Vor sich erkannte sie einen dunklen Gang.

Genau wie in den Geheimgängen …

Triumphierend sah sie Glade an. »Siehst du, die Karte stimmt.«

Die Karte enthielt keine Anleitung, wie der Zugang wieder zu schließen sei. Sie vergeudeten gute zehn Minuten damit, auf der anderen Seite nach einem ähnlichen Hebel zu suchen, und beschlossen dann, ihn einfach offen stehen zu lassen.

Tala hielt die Karte in der einen und eine Fackel in der anderen Hand. Glade trug die zweite und umklammerte eines von Habichtholz' Schwertern. Der Gang hatte ein Gefälle, es war kalt, muffig und roch beißend. Die Schwärze um sie herum schien das Licht der beiden Fackeln zu verschlingen. Überall auf dem Weg lagen ausgebrochene Felsstücke. Die Wände zu beiden Seiten waren von Äxten und Spitzhacken vernarbt. Das Keuchen und die Schritte der beiden hallten von den Wänden wider.

Sie folgten dem finsteren Gang mindestens eine Stunde lang, dann gelangten sie an eine Treppe, die in eine große Kammer hinabführte. Dreißig Stufen insgesamt, so sagte es die Karte. Von dieser Kammer aus zweigten in alle Richtungen Durchgänge ab, doch Tala beachtete sie nicht und folgte den Anweisungen. Sie querten die Kammer geradewegs bis an eine schwarze Steinmauer. Aus einem winzigen Riss über ihnen strömte unablässig Wasser. Es rann wie eine Glasur über den glatten Felsen.

Tala hörte selbst, wie hohl und spröde ihre Stimme klang, als sie sagte: »In Kniehöhe müsste sich hier ein weiterer Hebel befinden, ein loser Stein hinter dem Wasserfall.«

Glade deutete darauf. »Ich sehe ihn.«

Tala hielt sich die winzige Schrift der Karte vor das Gesicht. »Drück ihn ein kleines bisschen hinein, bis er einrastet. Wenn du zu weit drückst – also, da gibt es wohl eine Falle.« Sie sah sich nervös die Wand an. »Hier steht aber nicht, was für eine.«

Glade kniete sich hin und drückte behutsam gegen den losen Stein. Er gab ein wenig nach, dann klickte es. Der Wasserfluss von oben verebbte, und in der Wand war ein Riss zu sehen, eine schwarze Spalte.

»Stütz dich hier gegen die linke Seite.« Tala lehnte sich mit der Schulter an die Felswand und schob. Glade half ihr. Leise öffnete die Wand sich wie eine Tür an einem Scharnier nach innen. Sie stießen sie gerade so weit auf, dass sie hindurchpassten. »Die lassen wir am besten auch offen«, sagte sie. »Falls wir uns zurückziehen müssen.«

Sie folgten wieder der Wegbeschreibung, und es kam ihnen wie eine weitere Stunde vor. Mittlerweile mussten die Wachen in die Kammer zurückgekommen sein und festgestellt haben, dass sie und Glade fort waren. Ihr zerrissenes Kleid lag auf dem Boden vor Gaults Käfig, und unter einer der Säulen klaffte eine Lücke. Sie würden versuchen herauszufinden, was geschehen war und was zu tun sei. *Und sie würden sich fragen, ob sie zum Tod verurteilt würden, weil sie die Prinzessin verloren hatten!* Bei diesem Gedanken wurde Tala klar, dass sie nicht jede Einzelheit ihres ausgefeilten Plans bis ans Ende durchdacht hatte. *Wie viele Wachen kommen wohl wegen meines Verschwindens in Schwierigkeiten?*

Mit diesen schweren Gedanken ging sie weiter. Jetzt lief Glade voraus. Der Boden des Ganges hatte ein leichtes Gefälle, und zunächst begleitete ein kleines Rinnsal die beiden. Bald war es knöcheltief. Die Kälte auf der Haut erschreckte Tala, als sie hindurchwateten. Glades Umriss sah im Licht ihrer Fackeln aus wie ein Gespenst. Irrlichternde gelbe Strahlen flackerten Segeln gleich über den zerklüfteten Felsbaldachin, und überall funkelte es in Dutzenden Spielarten von Orange und Gold. Hier im vermaledeiten Gedärm Amadons wirkte die Dunkelheit auf Tala furchteinflößend und belebend zugleich. Außerhalb ihres Fackelscheins herrschte tiefste Finsternis. Mancherorts hing die Decke niedrig, und sie mussten sich ducken und kriechen, dann wieder schien der Gang kein Ende zu haben.

»Wann sind wir endlich aus diesem verfluchten Ort heraus?« Glades Stimme hallte von den Wänden ihres Weges wider. Tala hatte bei jedem Schritt dasselbe gedacht. Sie liefen jetzt schon so lange in diesen feuchten Tunneln, dass sie sich fragte, ob sie nicht irgendwann einfach wieder unter dem Berg Albion und in der Burg herauskommen würden, womöglich gleich in Jovans Gemächern. Ein ernüchternder Gedanke. Nach diesem Abenteuer würde sie vermutlich den Rest ihres Lebens eingesperrt in ihrer Kammer und mit einer Wache vor der Tür zubringen.

Sie hörte gackerndes Gelächter in der Ferne, ein Geräusch, das die Dunkelheit durchstach und ihr an den Nerven sägte. Vor ihr stelzte Glade durch das schwarze Wasser und kam an eine scharfe Biegung im Tunnel. Vorsichtig blinzelte er um die Ecke.

»Wer ist da?«, rief jemand heiser.

Glade zuckte zurück. In seinen erschreckten Augen spiegelte sich die Fackelflamme. »Da vorn hängt ein nackter alter Mann von der Decke«, sagte er.

Tala sah auf der Karte nach und deutete auf einen Hinweis. *Hängekäfig* stand da geschrieben. Ihr froren die Füße. Sie wollte weiter.

»Wie kann denn ein nackter alter Mann hierhergekommen sein?«, fragte Glade. »Wer hat ihn da hingehängt?«

»Gehen wir einfach. Er ist eingesperrt. Der kann uns nichts anhaben.«

Glade funkelte sie böse an. »Ich wette, jeder Tagritter in Amadon sucht inzwischen verzweifelt nach uns, schnüffelt hier in den Tunneln herum – meinen Bruder eingeschlossen. Deinen vermutlich auch.« Er packte sein Schwert, hielt die Fackel um die Ecke und stapfte los. »Hoffentlich lohnt sich das alles auch.«

Tala folgte ihm. Sie näherten sich dem alten Mann im Hängekäfig. Es stank nach Schweiß, Fäulnis und menschlichen Fäkalien. »Da sind sie ja!«, kreischte er. »Die Ratten! Die Ratten! Dreckige Burgratten! Da kommen sie also endlich angekrochen, angeschlichen, anspaziert im Wasser dort, sind endlich raus aus ihren Löchern und wollen den alten Maizy in Augenschein nehmen.«

Der Alte hockte auf dem verfaulten Käfigboden, einen guten Meter in der Luft, und ließ die Beine baumeln. Der rostige Käfig hing an einer massiven Eisenkette in der Mitte des Gangs. Er schaukelte und drehte sich leicht, als der Greis die spindeldürren, knochigen Arme durch die Stäbe streckte und mit klauenartigen, knotigen Händen nach Glade schnappte. »Komm zu mir, Junge. Komm zum alten Maizy.«

Glade drückte sich mit dem Rücken an die Wand, als er am Käfig vorbeiwatete. Die kotbeschmierten Finger des Alten waren dicht vor seinem Gesicht. Drohend hielt Glade das Schwert hoch. »Bleib zurück«, knurrte er. Mit zittrigen Fingern griff der Alte nach der Klinge. »Zurück!«, rief Glade, dann war er außer Reichweite.

Als Tala am Käfig vorbeiglitt, traf der üble Gestank sie wie ein Schlag ins Gesicht, und sie musste sich beinahe übergeben. Dann war auch sie an dem Greis vorbei und hastete spritzend weiter durch das Wasser.

»Ich hänge so dicht über dem Nass«, erklang die kratzige Stimme. »Gebt dem alten Maizy einen Schluck davon, ich bitte euch. So nah dran. Und doch kann ich es nicht erreichen …«

Glade lief weiter um die nächste Biegung, und Tala eilte ihm hinterher. Sie war erleichtert, dass der Alte und sein modriger Gestank hinter ihr lagen.

»Ihr faulen Ratten!«, schrie Maizy jetzt lauter. »Vielleicht kommen mir die Geister zu Hilfe, die euch verfolgen. Ich sehe eure wahren Herzen! Viele Wege führen hier herein und wieder hinaus! Ihr seid nicht allein!«

»Den haben die Totengeister befallen«, murmelte Glade. Tala konnte nicht schnell genug von dem irren Geschrei wegkommen. Sie eilte weiter.

»Ein böser Geist verfolgt euch!« Immer noch vernahm sie seine keckernde Stimme in der Tiefe. »Verfolgt euch! Verfolgt euch! Irgendjemand verfolgt immer die Ratten aus der Burg! Ein Schleicher, ein Lauernder … ein missgestalteter Dieb …«

Die wahnsinnige Stimme des Alten verhallte irgendwann in der Ferne. Tala und Glade verfielen wieder in Schweigen, und nur das Platschen ihrer Füße war zu hören.

Endlich erreichten sie einen trockenen Raum mit niedriger Decke, von der dicke Spinnweben sich in Talas Haaren verfingen. Sie lauschte auf Verfolger, doch da war nur ein tiefes Brummen zu hören, das unvermittelt um sie herum einsetzte, ein Trommeln wie auf kaltem Eisen, das bald den gesamten Raum erfüllte.

Glade ging weiter hinein. Die Fackel warf ihr Licht über einen gepflasterten Boden, der ganz glänzend aussah – er war von Tausenden nadelspitzen Silberpfeilen bedeckt. Derjenige, der vor ihnen durch dieses Zimmer geschritten war, hatte einen Pfad durch die Pfeile gebahnt. Tala sah auf der Karte nach und fand den Hinweis *Fallen entschärft, Pfeile nicht berühren*. Innerlich erschauerte sie, als sie mit Glade vorsichtig weiterging. In den Wänden donnerte es jetzt geradezu.

Bevor sie den nächsten Durchgang betraten, blieb sie stehen und band den Wasserschlauch vom Gürtel los. Sie trank einen großen Schluck und bot auch Glade etwas an. Die Fackeln hüllten sie beide in eine Traube aus Licht. Aus Glades Gesicht sprachen Zweifel und Müdigkeit. Ihr ging es ebenso. Dieser Weg dauerte wesentlich länger als erwartet.

Während Glade trank, war Tala fast versucht, sich an ihn zu schmiegen, so sehr sehnte sie sich nach einer Bestätigung, dass sie in dieser Dunkelheit nicht allein war. Sie dachte daran, wie es einmal mit ihm gewesen war, vor Jahren, ehe er sich in dieses Monster verwandelt hatte. Wie leicht war ihr sein Name über die Lippen gegangen, wie heftig hatte ihr Herz geklopft, wenn er nur in der Nähe war, wie hatte sie seine Berührung erschauern lassen. Jetzt widerte er sie nur an.

Er hat Sterling Prentiss getötet und dabei nicht einmal gezuckt.

Als er den Schlauch absetzte, wischte sich Glade mit dem Hemdsärmel das Wasser aus dem Gesicht. »Es war eine dumme Idee, dir zu folgen!« Er musste schreien, um sich gegen das lauter werdende Dröhnen von den Wänden Gehör zu verschaffen. »Wir haben uns verlaufen! Wir könnten hier unten draufgehen! Und was ist das für ein Scheißlärm?«

»Wir müssen weiter!« Sie riss ihm den Schlauch aus der Hand und befestigte ihn wieder am Gürtel. Es war so kalt, ihr Gesicht fühlte sich ganz starr und taub an. Das Rufen tat weh. »So ist Habichtholz entkommen! Wir sind beinahe am Ende angelangt!«

Ein plötzlicher Blitz zuckte weiß in der Ferne knapp über Glades Schulter. Ein Blitz nur, dann nichts mehr. »Hast du das gesehen?« Sie packte ihn am Hemd und drehte ihn um.

»Was gesehen?« Glade starrte ins langsame Flackern der gelben Fackel.

»Ich habe hinter dir ein Licht gesehen!«

»Du hast doch Wahnvorstellungen!«

Eine Brise streifte ihren Nacken, und sie erbebte, denn sie dachte, sie höre das metallene Scheppern einer Rüstung. *Da hinten ist etwas.* Sie erinnerte sich an die Warnung des Alten. *Ein böser Geist verfolgt euch.* Alles an diesem Ort, auch ihr Begleiter, ließen Tala frösteln und sich einsam fühlen. *Hat die Silbergarde uns schon gefunden?* Dort, wo die Fackel nicht mehr hinreichte, war alles in sumpfige Düsternis getaucht.

»Das ist verrückt!«, schrie Glade. »Lass uns umkehren!«

»Wir können nicht mehr umkehren!«, rief sie und stieß Glade weiter in den Tunnel. »Los jetzt!«

Wenige Schritte darauf stolperten sie über Steinhaufen. Dort waren große Teile der Decke des Durchgangs eingestürzt. Wasser tropfte hernieder. Ein Stück weiter wurde es schlimmer, und eine Flut brach über sie herein. Schnell waren sie völlig durchnässt, die Fackeln flackerten und drohten, in den Sturzbächen zu erlöschen. Und dann ging Glades aus. Sie beugten sich über sie und versuchten, sie wieder anzuzünden, mussten aber schließlich aufgeben. Glade schleuderte sie in die Dunkelheit.

Als sie weitertrotteten, versuchte Tala, ihre Fackel abzuschirmen. Das war wegen der Hitze des Feuers aber fast unmöglich. Bald strömte neben ihnen gurgelnd und spritzend ein tiefer Bach. Sie umgingen einen Wasserfall, der aus einem Riss hoch oben, einer tiefen Spalte in der unergründlichen Finsternis, herabstürzte. Ab und an trieb Holz und anderer Abfall der Stadt an ihnen vorbei.

Auf ihrer Fahrt im Ochsenkarren zum Fegefeuer hatte Leif ihnen erzählt, dass die Armen im Todesfall mit dem übrigen Müll in den Fluss Vallè geworfen wurden, auf dass ihre Knochen sich an den Ufern verteilten. Er hatte sie angewiesen, sich stets vom Fluss fernzuhalten, hatte sie vor Hexenbünden und anderen Kulten gewarnt, die ihn für ihre unheiligen Opferzeremonien verwendeten. Manche der zwielichtigen Kulte – insbesondere die Oghule – zogen den Leichen das Fleisch ab und führten Rituale mit dem Blut und den Knochen durch. Tala fragte sich jetzt, ob von jenen Überresten nicht etwas in diesen unterirdischen Gewässern trieb. Das Donnern klang gewaltig und überlagerte alles.

Sie gingen weiter, zu ihrer Linken den Bach. Bald entsprangen der Dunkelheit noch mehr Wasserläufe und erzeugten eine brodelnde Flut von über zehn Schritten Breite neben ihnen. Das war kein Bach mehr, inzwischen rauschte neben ihnen ein Fluss, schwarz, dunkel und so tief, dass Tala der Atem stockte. Das Treibgut, das gelegentlich in den Wirbeln an die Oberfläche kam, wirkte wie Blätter in einem Orkan.

Die Felskante, die ihr Pfad war, wurde so schnell schmaler wie das Wasser neben ihnen bedrohlicher wurde. Auf der Karte stand »Fluss« geschrieben, doch für Tala war das ein gefährlicher, aufgewühlter Malstrom, unheilbringend und grauenhaft. Sie war sich nicht mehr sicher, ob sie auch nur einen Schritt weitergehen konnte.

Dann kamen sie ans Ende ihres Pfads. Eine schwarze Felswand, unter der der ungezähmte Fluss mit mörderischem Getöse verschwand. Mit Schrecken beobachtete Tala einen Holzstamm so groß wie ihr Bein, der krachend gegen die Felsen geschleudert wurde, sich einmal, zweimal drehte und dann von der Tiefe verschluckt wurde.

Sie schloss die Augen und sprach ein stilles Gebet, dann schlug sie mit drei Fingern das Laijonskreuz über dem Herzen. Glades Stimme klang zornig und grob. »Da ist nichts!« Er kam auf sie zu, und sie erhob die Fackel. »Gar nichts! Du hast mich in eine Sackgasse geführt!«

»Sieh selbst!« Sie gab ihm die Fackel, zog die Karte hervor und entfaltete sie. Die Schrift war noch zu sehen, wenn auch schwach und stellenweise unleserlich. Sie zeigte es ihm. »Wir müssen ins Wasser! Unter den Felsen! In die Trauerräume!«

»Bist du bescheuert?«, brüllte er und sah sich die Karte an. »Verflucht und verdammt nochmal!«

»Da steht, es ist sicher!« Das Rauschen übertönte ihre Stimme beinahe. Sie zeigte auf die Schrift, die kaum noch erkennbar war. Da stand *sicher*.

»Ich kann überhaupt nichts sehen!« Glade rammte die Fackel in einen Spalt in der Wand, legte das Schwert auf dem Steinboden ab, nahm ihr die Karte aus der Hand und studierte sie. »Ich kann nichts davon lesen! Das ist alles verwischt! Und was auch immer da steht: Das ist Wahnsinn!«

»Wir folgen dem Wasser!« Zweifel legten sich so eng um Talas

Herz, dass sie fast nicht mehr atmen konnte. *Er hat recht! Es ist Wahnsinn!* Aber sie musste der Karte Glauben schenken. Sie waren schon so weit gekommen. »Der Fluss trägt uns in eine andere Kammer! In der Kammer befindet sich ein Altar mit einem großen Schatz! Die Trauerräume!«

Glade blickte geradewegs in den nassen Schlund des Grauens neben ihnen. Auch sie musste hinsehen. Sie konnte ja selbst nicht glauben, was sie da sagte. Das alles war ein Albtraum, der mit jedem panischen Herzschlag schlimmer und schlimmer wurde.

Ich kann da nicht rein! Ich kann nicht in das Wasser da springen und mich unter diese Felswand ziehen lassen! Aber genau das sollte sie laut der Karte tun. »Die Kammern auf der anderen Seite!« Ihre Stimme zitterte. »Auf der Karte steht, dort, auf der anderen Seite, sind Fackeln! Fackeln, die wir anzünden können! Ein Altarstein! Mit einem großen Schatz!«

»Ich dachte, du hättest gesagt, das ist der Weg, auf dem Habichtholz entkommen ist!«

»Ist er ja auch! Wenn wir den Schatz haben, müssen wir wieder in den Fluss! Laut der Karte treibt er uns in die Gedächtnisbucht! Sieben Meter unter dem Meer! Wir tauchen auf! Nahe am Ufer ist das! Ganz einfach!«

»Du hast den Verstand verloren!«

»Das ist der Weg, auf dem Habichtholz entkommen ist! Wir werden zu Helden!« Sie hatte keine Ahnung, was an all dem hier heroisch sein sollte.

Dann traf sie die Wirklichkeit ihrer Lage wie ein Schlag. *Die Karte ist nichts als ein Teil im Spielchen des Bluthölzlers. Ein Spielchen, das mich dummerweise hier unten in den Tod geführt hat. Ich kann nicht in das Wasser da.*

Glade konzentrierte sich mit zusammengekniffenen Augen wieder auf die Karte. »Ich kann kein Wort entziffern! Das ist alles verblasst und zerlaufen! Aber ich glaube ohnehin nichts davon!

Ich werde nicht da reingehen! Ich werde nicht hier unten sterben!« Er packte sie an den Schultern und zog sie zu sich. »Wenn der Fluss uns, wie du behauptest, sieben Meter unter der Meeresoberfläche ausspuckt, wäre diese Gruft geflutet! Wahrscheinlich würde auch hier alles unter Wasser stehen! Wenn da eine Kammer auf der anderen Seite der Mauer ist, ist die auch geflutet! Das ist doch ganz logisch! Diese Karte ist eine verdammte Lüge!«

Das hatte Tala nicht bedacht. Aber was er da sagte, ergab Sinn. Sie kannte sich mit Meeresspiegeln, Wasserdruck, unterirdischen Höhlen und dergleichen nicht aus, und sie wollte verzweifelt, dass ihr jemand diesen Wahnsinn ausredete. Sie bekam vor Schreck kaum mehr Luft, selbst das Ein- und Ausatmen erforderte eine erstaunliche Willenskraft. Sie vermochte die unbändige Wildheit des schwarzen, alles verschlingenden Flusses neben ihnen gar nicht anzusehen. Dort lag der Tod. Plötzlich überfiel sie ein Schuldgefühl. *Ich sollte doch bloß die Karte aus Jondralyns Kammer an den Bluthölzler übergeben und nicht selbst den Weg gehen. Ich habe meine eigene Schwester für nichts verraten.*

Etwas in Glades Augen veränderte sich und ihr Herz hämmerte wild. Er zerknüllte die Karte, warf sie ins unheilvoll donnernde Wasser neben sich und sah zu, wie sie unter die Felswand gesaugt wurde.

»Da, weg ist sie!«, schrie er. »Die Karte ist weg! Wir brauchen ihr nicht mehr zu folgen!«

Tala wich vorsichtig vor ihm zurück. Sie sah Lust in seine Augen treten. Glade griff plötzlich nach ihr und erwischte sie am Arm. Sie versuchte, ihm auszuweichen, doch er hielt ihre Schultern fest und drückte sie gegen die kalte, kantige Felswand unter der Fackel. Zorn durchströmte sie. »Nimm deine Hände von mir!«

Mit einer Hand presste er sie gegen die Steine, die andere steckte er in ihre Hosentasche und wühlte darin, bis er die Dose mit dem schwarzen Pulver hatte. »Nach der ganzen Scheiße hier ...« Er trat zurück und öffnete die Dose. »Nach dem ganzen Gerenne durch die Finsternis sollte wenigstens auch etwas für mich rausspringen. Eine Prise Lavendel-Deje, wenn es das denn wirklich ist.« Er steckte die Nase in die Dose und atmete tief ein, hustete, verschluckte sich.

Wütend warf er das Döschen auf den Boden. Mund und Nase waren jetzt ganz schwarz. Er versuchte, es abzuwischen, gab es auf und stieß sie wieder grob gegen die Felswand. »Dann mache ich einfach, wonach mir ist!«

Tala konnte ihn nur entsetzt anstarren, als sein verzerrtes Gesicht sich ihr näherte. Sie biss die Zähne aufeinander, schloss fest den Mund und versuchte, das Gesicht abzuwenden. Doch er packte sie grob am Kiefer und zwang sie, ihn anzusehen. Er presste seine schwarzen, trockenen Lippen auf ihren zugekniffenen Mund. Seine drängende Zunge war fest und trocken wie ein Stück Pferdeleder, und vom Geschmack des Lavendel-Deje wurde ihr übel. Dann fühlte sie seine Hände auf ihrem Körper.

Sie riss sich von ihm los, ergriff seine Hände und bog ihm die Finger nach hinten. »Wie kannst du es wagen, mich so anzufassen? Ich bin eine *Prinzessin* von Amadon!«

»Hier unten bist du gar nichts!« Seine Worte trafen sie wie ein Schlag ins Gesicht. Wie zum Beweis fuhr er fort, sie zu begrabschen. »Ich lasse unsere Zweisamkeit hier doch nicht ungenutzt verstreichen! Du hast das hier ausgeheckt! Du bist selbst schuld!« Er drückte sich wieder an sie, stieß ihr heftig die Zunge in den Mund und betatschte sie.

»Verschwinde!« Mit aller Kraft stieß sie ihn weg und erinnerte sich daran, wie sie seinen Umklammerungen entronnen war, nachdem er Sterling Prentiss ermordet hatte. »Glaub ja nicht, ich würde dir nicht noch einmal in die Eier treten!«

Jetzt lagen ein paar Schritte zwischen ihnen. Tala löste sich von der Wand. Glade schnappte sich das Schwert vom Boden und umkreiste sie, bis er direkt unterhalb der Fackel stand. Sein Gesicht lag im Schatten, und zwischen ihnen vibrierte jetzt die Spitze der bösartig aussehenden Klinge. »Mir in die Eier treten, hm? Du denkst, ich bin so blöd und falle nochmal auf den Trick herein? Ich werde dich übers Knie legen und …«

Sie schlug mit einer Hand das Schwert zur Seite und versetzte ihm mit der anderen einen Hieb ins Gesicht. Sein Kopf flog zurück und knallte gegen die Steinwand hinter ihm. Er verlor das Schwert, das auf den Boden schepperte. Von da prallte es geradewegs in den dunkel brodelnden Fluss, wurde fortgerissen und verschwand.

Glades Augen verdrehten sich, und er sackte gegen die rauhe Steinwand. Als er zu Boden rutschte, versuchte er noch, irgendwo Halt zu finden.

Er ist so ein Idiot. Es war fast zu einfach, ihn zu überraschen.

Immer noch an die Wand gestützt, fasste Glade sich mit zitternden Händen an den Hinterkopf. Da war Blut. »Ich glaube, dieses Mal hast du mich vielleicht wirklich verletzt, Tala.« Dann griff er nach Habichtholz' anderem Schwert, das er auf dem Rücken trug. Tala sprang vorwärts und griff als Erste nach dem Heft. Sie zog es heraus und warf es ebenfalls in den Fluss.

»Du blöde Kuh«, sagte er mit einer Grimasse. »Das waren meine Geschenke …« Er verstummte. »Ich kann nicht richtig gucken, Tala.« Alle Farbe wich ihm aus dem Gesicht, und er kippte zur Seite. »Mir geht es nicht gut.« Aus der Kopfwunde lief Blut.

Tala riss die Fackel von der Wand. Sie hatte jetzt keine Wahl mehr. Sie mussten zurück. Sie brachte es nicht über sich, ihn sterbend hier zurückzulassen. *Ich bin keine Mörderin, ich bin nicht wie er.*

Als sie Glade auf die Beine half, erfüllte Hass auf ihn ihr Herz. »Am liebsten würde ich dich allein den Weg hier heraus finden lassen«, murmelte sie und gab ihm die Fackel. Sein Griff war schwach, doch er hielt sie.

Als sie den Durchgang hinaufliefen, konnte Tala das zischende Gewässer unter sich nicht ansehen. Dieser schwarze Fluss war der Inbegriff ihres Scheiterns. Und wenn sie doch hinsah, warf sie sich womöglich einfach in den Malstrom. Die Gefühle, die das Fiasko dieses Tages in ihr auslöste, waren fast unerträglich.

Tatsächlich hatte sie sich in einen Schlamassel nie dagewesenen Ausmaßes manövriert. Und wenn sie wie durch ein Wunder den Marsch aus diesem Albtraum hinaus überleben sollten, wie konnte sie all das je ihrem Bruder erklären?

Stunden später fanden zwei Tagritter sie umherirrend und ratlos, Talas Fackel nur mehr eine Streichholzflamme. Die Ritter hatten sich auf der Suche nach ihnen selbst ein gutes Stück in die Geheimgänge vorgewagt, so weit, dass sie für den Rückweg noch gut eine Stunde brauchten. Obwohl sie eindeutig erleichtert waren, dass sie die Schwester des Königs gefunden hatten: Froh sah keiner der ernsten Männer aus. Erst recht nicht, als sie sie fragten, wo denn Lindholf Le Graven sei.

»Lindholf?«, wiederholte Tala. »Der ist doch mit Leif zurück zur Burg gegangen.«

Es gab eine Zeit, da der Mensch Gottes Werk selbst niedrigsten Formen der Natur andichtete, einem Sonnenuntergang, einem Regenschauer, einem Blitzschlag, einer Flutwelle, einer Lawine, glitzernden Juwelen und Edelsteinen, blutenden Bäumen, weißem Pulver, schwarzem Pulver und erhitzten Metallen, denen farbiger Rauch entstieg.

DER KODEX DER ENGELSSTEINE

14. KAPITEL

LINDHOLF LE GRAVEN

AM SIEBZEHNTEN TAG DES MONDES DER TUGEND
IM 999. JAHR LAIJON – AMADON, GUL KANA

Der Fackelschein war verschwunden und die Schritte von Glade und Tala waren längst im Tunnel verklungen. Dennoch zählte Lindholf bis tausend, ehe er sich aus seinem Versteck schälte und das weiße Pulver entzündete, sodass er für einen kurzen Moment die Umgebung in seinem Licht aufnehmen konnte. Der sintflutartige Strom erfüllte den gesamten Durchgang vor ihm. Er rauschte auf die schwarze Wand zu und verschwand keine zehn Schritte von ihm entfernt darunter. Da erlosch das weiße Licht in seiner Handfläche.

Er war Tala und Glade die ganze Strecke von Gault Aulbreks Kammer bis in diese Sackgasse nachgeschlichen. Dann hatte er sich wie ein Eichhörnchen in der dunklen Nische verborgen und die beiden darüber streiten gehört, ob sie in den Fluss steigen sollten. Er hatte ihren Kampf beobachtet. Hatte gesehen, dass Tala Glade aufstehen half, und sich tief in seine Nische gedrückt, als sie wieder in den Tunnel zurückgingen.

Zuvor an Gaults Käfig hatte er so getan, als sei er wütend auf Glade und wolle mit Leif zur Burg zurück. Tatsächlich aber hatte er sich nur außer Sichtweite um die Ecke versteckt und gelauscht. So wie Val-Draekin und Seita es ihn gelehrt hatten. Er hatte zugesehen, wie Tala das Kleid ausgezogen und eine Karte aus dem Hemd gezogen hatte, zugehört, wie sie Glade von den Trauerräumen und dem Schatz überzeugen wollte und davon, dass Habichtholz diesen Fluchtweg in die Gedächtnisbucht genutzt hatte, und beobachtet, wie Tala die geheime Pforte unter der Säule fand.

Tala und Glade waren einfach zu verfolgen – ihre brennenden Fackeln flackerten stets schimmernd vor ihm. Sie ließen jede Tür, durch die sie gegangen waren, offen stehen. Er hatte nur selten das Pulver gebraucht, um den Weg zu erleuchten. Tala und Glade haben es nie aufblitzen sehen. So vorsichtig war er vorgegangen. Die Vallè hatten ihn gut ausgebildet. Dabei war er beinahe zu Tode erschrocken, als der kotbeschmierte alte Mann in dem Hängekäfig kreischte: »Jemand verfolgt euch!«

Schließlich hatte er sie aber bis hierher verfolgt.

Nun drückte er sich an die Wand und tastete sich vorsichtig ans Ende des Tunnels. Dann stand er vor der steinernen Barriere und befühlte die glatte Oberfläche. Er wusste, gleich neben ihm rauschte der Fluss wild und dunkel donnernd unter das massive Gestein. Er zog den Wasserschlauch unter seiner Tunika hervor. Darin bewahrte er das weiße Pulver auf, den Schleier der Vallè. Er ließ sich ein wenig in die Handfläche rieseln und setzte es mit einem Schnippen in Brand. Weiß blitzte Licht auf, und er orientierte sich. Schon bald war wieder alles in Finsternis gehüllt. *Ich gehe, wohin sie sich nicht getraut haben …*

Tala hatte Glade gerettet, als sie ihn hätte töten können. Ihr Verhalten quälte Lindholf zutiefst – er fühlte sich betrogen und ein Schmerz wie von einer offenen Wunde brannte in seiner Seele. Er hatte gesehen, wie Tala sich in den Geheimgängen neben Sterlings Leiche gegen Glade verteidigt hatte. Dasselbe war auch hier geschehen. Dennoch hatte sie sich entschieden, Glade zu retten. Bei diesem Gedanken spürte Lindholf Zorn in sich aufkeimen. Er besaß noch Talas Dolch – den schwarzen, den sie in der Nähe des kreuzförmigen Altars verloren hatte. Er trug ihn in der Tasche. Als Tala und Glade vorhin gerungen hatten, war ihm der Gedanke gekommen, aus seinem Versteck zu springen und Glade die Klinge mitten in die Brust zu rammen. Vielleicht hätte er es sogar getan, wenn sie sich nicht so geschickt verteidigt hätte.

Er schüttete sich etwas vom Schleier der Vallè in die Hand, beugte sich darüber und sog es in die Nase. Sofort verblassten der Schmerz und die Gedanken an den Verrat. Mischte man das Pulver mit bestimmten Metallen, so hatte Val-Draekin erzählt, und erhitzte es dann leicht, konnte Schleier der Vallè eigentümliche Nebel aus Farbe und Rauch erzeugen, und kannte man ein paar einfache Tricks, konnte man es auch entzünden. Diese einfachen Vallè-Tricks kannte Lindholf nun. Ein bisschen Pulver in die Handfläche, eine Prise zwischen die Finger, dann schnippen. Durch die Reibung entflammte das Pulver. Wichtiger aber waren die anderen Dinge, die der Schleier der Vallè vermochte. Geschnupft konnte das Pulver Momente großer Euphorie und ungezügelten Selbstbewusstseins auslösen.

Ja, ich gehe, wohin sie sich nicht gewagt haben!

Er war besessen vom Schleier der Vallè, ergriffen von der dadurch hervorgerufenen Euphorie, und er hatte schon die Hälfte von dem weggeschnupft, was Seita ihm gegeben hatte. Sein Selbstwertgefühl wurde unvorstellbar aufgeblasen. Genau das brauchte er jetzt. Er würde Talas Karte bis ans Ende folgen. Die Trauerräume lagen nur Augenblicke entfernt, so hatte Tala es zumindest gesagt. Wer auch der Urheber der Karte sein mochte, er hatte dort auf der anderen Seite Fackeln hinterlegt. Lindholf brauchte nur noch zu tauchen und sich von der Strömung unter den Felsen ziehen zu lassen.

Aber wie lange bekomme ich dabei keine Luft?

Unwichtig. Tala, Glade und ihre Fackel waren längst fort. Er hatte nicht annähernd genug weißes Pulver, um den Weg zurück zu Gault Aulbreks Kammer zu erleuchten. Ihm blieb nur eine Möglichkeit. Er musste auf Talas Karte vertrauen, auch wenn sie selbst es nicht konnte.

Lindholf ließ sich auf Hände und Knie sinken, kroch vorwärts, tastete nach der Stelle, wo der Fluss begann, und erreichte die Steinkante. Flach auf dem Bauch liegend streckte er den Arm nach unten, die Fingerspitzen berührten den zischenden Strom, und er erzitterte von seiner Kälte und Kraft.

Als er sich langsam aufsetzte, raste sein Herz. Wie verrückt das alles war. Er ließ die Beine über die Kante baumeln. Das Wasser sah zwar brodelnd aus, doch es fühlte sich an seinen Füßen und Knöcheln wie Eisschollen an. Die kraftvolle Strömung zog ihm an den Beinen und drohte, ihn mitzureißen. *Gehen, wohin Tala sich nicht getraut hat? Wie ist mein Leben denn an diesen Punkt gekommen?*

Er strich über die Narben in seinem Gesicht, seine Ohren. Seinen Fluch.

Plötzlich merkte er, dass er weinte. Er weinte so lange, bis seine im Wasser hängenden Beine taub waren. Dann holte er dreimal tief Luft. *Hör auf, Lindholf! Hör einfach auf, dir selbst leidzutun und tu etwas!* Er nahm allen Mut zusammen, schüttelte die Leere in seinem Herzen ab, den Teil von ihm, der sich nur wünschte, dass dies sein Tod sei. *Oder bin ich bereits tot?*

Wie lange lebe ich jetzt schon wie ein toter Mensch? Mit diesem ständigen Selbstmitleid? Immer trübsinnig, jammernd und ängstlich? Seita hatte ihn gewarnt, das Leben in ewiger Furcht sei wie ein langsamer Tod. *Entweder ist dies mein Elend oder mein Ruhm!*

Du hast gelobt, dorthin zu gehen, wohin Tala sich nicht traute!

Er schlug mit drei Fingern das Laijonskreuz über seinem Herzen und wunderte sich über die fruchtlose Gewohnheit dieser Geste.

Mit vor Aufregung und Grauen rasendem Herzen glitt Lindholf in den tosenden Fluss und ließ sich in die kalte, verschlingende Tiefe saugen.

Sofort riss ihn das Wasser in die völlige Finsternis unter dem schweren Gestein. Mehrmals stieß er mit dem Kopf schmerzhaft an die Oberkante dieser natürlichen Röhre. Strudel und Strömungen warfen ihn hin und her. Der in den schmalen Schlund gepresste Strom saugte ihn in die Schwärze. Verzweifelt suchte er an der glitschigen Unterseite des Felsens nach Halt. Jeder Zentimeter Haut brannte vor eisiger Schärfe. Das letzte bisschen Luft fuhr ihm aus den Lungen. Sämtliche Sinne wurden im wirbelnden Wahnsinn fortgespült. Die Nerven in seinem Körper entflammten in kaltem Schmerz. Tiefe Dunkelheit drückte auf ihn nieder und schien jeden Muskel zu verkrampfen und zu lähmen. Er wurde herumgedreht, herumgeworfen. Mit steifen Armen und Fingern klaubte er in das turbulente Gesause der erstickenden Schwärze. Angst hämmerte ihm in der Brust. Seine Lungen brannten.

Und plötzlich war die Enge um ihn weg, sein Kopf durchbrach das schäumende Grauen, er konnte endlich Luft holen. Noch immer lag alles in Finsternis. Das Wasser toste um ihn. Mit dem Kopf stieß er an einen vorstehenden Felsen. Er paddelte unkontrolliert und spürte schmerzhaft, wie er an einer zerklüfteten Kante entlangstrich.

Instinktiv griff er zu, wollte die vor Schmerzen kalten und tauben Finger, die ihm kaum mehr gehorchten, verzweifelt um irgendetwas schließen. Dann bekam er etwas zu fassen, strampelte mit den Beinen, tauchte auf, hievte einen Ellenbogen über die Felskante, geriet ins Rutschen, drückte den Arm nach unten und versuchte, sich aus der Strömung zu stemmen.

Doch er wurde wieder mitgerissen wie ein Korken, und wieder griff er nach der vorbeiziehenden Felsbank. Sein Kopf geriet unter Wasser. Die Beine waren wie eine tote Last und zogen ihn in die Tiefe. Mit tauben Händen langte er nach der glitschigen Kante, rutschte ab …

… da fasste etwas Kaltes seinen Arm. Wie eisige Tentakeln krallten sich knochige Finger schmerzhaft in sein Fleisch und zerrten ihn an Land.

Alles war jetzt ruhig, nur hinter ihm raschelte noch der kalte Fluss. Lindholf spürte das Blut auf seiner Stirn. Er hatte sie sich am Gestein aufgeschlagen. Wenigstens war das Blut warm. Alles andere an ihm fror und war völlig durchnässt. Auf dem Steinboden neben ihm regte sich jemand. Er konnte ein Glitschen und Rutschen im Dunkeln hören. »Wer ist da?«, krächzte er.

Verwesungsgeruch hing schwer in der Luft. Diese Finsternis roch sauer, wie ein Fass frisch geangelter Fische und ein heißglühendes Schmiedeeisen in der Esse zugleich. Nichts hier fühlte sich so an, wie es sollte. Die Wirklichkeit hing für ihn noch an einem seidenen Faden. Er fragte sich, wie viel Anteil der turbulente Tauchgang an seiner Benommenheit hatte, und wie viel der Zeit ohne Atemluft zuzuschreiben war. Oder dem Schlag gegen den Kopf. Oder der Angst.

Nein. Angst würde er nicht mehr hinnehmen. *Denn trotz der Angst bin ich dorthin gegangen, wohin Tala und Glade sich nicht ge-*

traut haben! Die Angst sorgte für eine gewisse Klarheit im Kopf, die er nicht ignorieren konnte. Vor allem, als er erst ein Zischen und dann ein schrilles Gurgeln hörte.

»Wer ist da?«, rief er wieder. Die Antwort klang, als würde jemand in ein Stück blutiges, rohes Fleisch beißen.

Mit tauben Händen wühlte er hektisch in der Hosentasche nach dem Lederschlauch mit dem weißen Pulver. »Wer ist denn da?« Sein Herz hüpfte, als er den Wasserschlauch endlich hatte. Im Beutel war das Pulver trocken geblieben, und er ließ sich etwas in die Hand rieseln. Das Zischen wurde lauter und erfüllte die Dunkelheit um ihn. Er nahm eine Prise Pulver zwischen die Finger und schnippte. Eine weiße Flamme flackerte auf.

Vor ihm erschien für Sekunden das starre Gesicht einer blassen Frau.

Sie kreischte. Im blendenden Licht waren ihre großen, erschrockenen Augen deutlich zu erkennen. Ihr Mund offenbarte eine Reihe scharfer, weißer Zähne.

Dann legte sich völlige Dunkelheit wie ein dicker schwarzer Mantel über sie. *Bei den verfaulten Engeln der Unterwelt, was war denn das?*

Völlig verschreckt rutschte Lindholf von diesem Geist fort. Der kalte Steinboden riss ihm die nackten Ellenbogen und die frierenden, tauben Hände auf. Er stieß an etwas, das hinter ihm auf den Steinen lag. Instinktiv griff er dorthin, wollte es fortschieben. Es war ein Stück Holz. Eine Fackel. Er umschloss sie mit den Fingern und hob sie wie eine Keule hoch, um damit auf das *Ding* in der Finsternis einzuschlagen.

Er lauschte auf eine Regung. *Was im Namen der gesegneten Mutter Mia hatte er da gesehen?* Nichts war zu hören. Unkontrolliert zitternd hielt er inne, ehe er die Fackel in seinen Schoß sinken ließ. Er pustete sich auf die Hände, um sie zu wärmen. Als er die Finger wieder spürte, holte er den Wasserschlauch aus der Tasche, kippte sich noch einmal etwas Pulver in die Hand, zerrieb es über der Fackel und schnippte mit den Fingern. Sie entzündete sich und hüllte die Umgebung in weiches Orange.

Das Erste, was er sah, war die bleiche Frau, die vor dem Licht zurückschrak. Sie war nur ein paar Schritte von ihm entfernt, nackt, und rutschte auf dem Bauch und den Ellenbogen davon. Sie hatte eine lange, schuppige Schwanzflosse, die rhythmisch über den kalten, nassen Boden hinter ihr wischte. *Eine Meerjungfrau!* Sie hielt an der Steinkante inne, stützte sich auf die beiden menschenähnlichen Arme und starrte ihn unverwandt an. Auf ihrem Antlitz lag ein Ausdruck von Grausamkeit. Strahlend und silbrig wellten sich ihre langen Haare. Lindholf konnte den Blick nicht von dieser aschgrauen Schönheit abwenden.

Sie schlug mit der Flosse, und ein süßer Duft erfüllte den Raum. Ihr Blick wurde sanft. Mit geneigtem Kopf lockte sie ihn zu sich. Lindholf war von dem leicht modrigen Aroma und der betörenden Schlüpfrigkeit ihrer Bewegungen hypnotisiert. Im Bann der anflutenden Erregung versuchte er, sich ein wenig zu beruhigen. Er wagte kaum zu atmen, um diesen besonderen Augenblick nicht zu zerstören.

Vorsichtig stand er auf und näherte sich langsam mit erhobener Fackel der Meerjungfrau. Die Flammen glitzerten auf ihrer nassen Haut und zogen ihn zu ihr hin. Da wich sie auf einmal zurück, blickte ihn unsicher an, und tief aus ihrer Kehle ertönte ein Zischen. Sie hatte Schwimmhäute zwischen den Fingern und stützte sich mit beiden klauenartigen Händen angespannt auf den Boden. Dann atmete sie scharf ein und kroch mit ängstlichem Blick auf den rauschenden Fluss zu.

Da erst bemerkte Lindholf die beiden dunklen Schwerter, die direkt vor ihr auf den Steinen lagen. Es waren die Doppelschwerter von Habichtholz, die mit den Spitzen am Heft, Leifs Geschenke für Glade, die Tala in den Fluss geworfen hatte. *Die*

Meerjungfrau hat sie aus dem schwarzen Wasser gefischt. So wie mich!

Lindholf sah sich in der grob behauenen Kammer um und maß seine Umgebung mit Blicken: hinter ihm zwei Fackeln auf dem Boden, links der tosende Fluss, der wieder unter einer massiven Felswand verschwand, rechts mehrere Tunnel, die sich in die Dunkelheit verzweigten und direkt vor ihm die nackte Meerjungfrau.

Er begegnete ihrem Blick und umfasste den Griff des Dolchs in seinem Gürtel, eher zur Beruhigung als in dem Glauben, die kurze Klinge wäre hier von Nutzen. Doch die Geste genügte. Die Meerjungfrau verzog die dünnen, violetten Lippen und fauchte wieder. Dabei zeigte sie eine Reihe weißer Fangzähne im Unterkiefer und leckte mit einer gespaltenen Zunge, lang und grau, darüber. Dann glitt sie ins Wasser und verschwand endgültig unter der Felswand.

Lindholf atmete tief durch. Ohne es zu merken, hatte er die Luft angehalten. Einen Moment lang fasste er sich. Als er den Bann der Meerjungfrau abgeschüttelt hatte, hob er die Schwerter auf. Behutsam steckte er sie sich links und rechts in den Gürtel.

Mit der Fackel in der Hand ging er vorsichtig zum nächstliegenden Tunnel, weg von der kalten, feuchten Luft. Immer noch troff seine Kleidung. Der Korridor begann mit einer Biegung, wurde dann breiter und führte schließlich geradeaus und leicht aufwärts.

Der kurze Pfad entließ ihn in eine prachtvolle, runde Kammer, in deren Mittelpunkt ein kreuzförmiger Altar stand. Die Wände glitzerten von eingesetzten Juwelen, die wie Sterne am Nachthimmel aussahen. Gestützt wurden sie von behauenen, mit Spinnweben behängten Säulen. Aus Rissen darin schien flüssiges Silber zu laufen. Die Decke war weit über ihm, ein schwarzes Loch im verrauchten Nichts. Unten in der kreisrunden Kammer standen nebeneinander steinerne Sarkophage, von denen die meisten aufgebrochen waren. Sie gaben Skelette und Knochen preis, die in der dumpfen, feuchten Luft moderten. Ein unheimlicher Ort war das, angefüllt mit einer Trübsal, die die tropfende Fackel niederzudrücken schien.

Lindholf ging zögernd weiter in die starre Kälte des Gewölbes und behielt dabei den steinernen Altar im Blick. Er war etwa hüfthoch und schloss mit einem kreuzförmigen Altarstein ab, der dem ähnelte, an den Sterling Prentiss in den Geheimgängen gefesselt worden war.

Eine Kammer, in der sich ein Altar mit einem großen Schatz befindet, hatte Tala gesagt.

Lindholf zog die beiden Schwerter aus dem Gürtel und legte sie auf dem Boden vor dem Altar ab. Mit erhobener Fackel setzte er die Schulter an den Schlussstein und schob. Die Platte bewegte sich überraschend leicht und kippte vom Kreuz. Er hielt die Fackel über den Altar und sah hinein, ohne jede Ahnung, was er zu erwarten hatte.

An der glatten Innenwand lehnte ein großer, weißer Kampfschild.

Er legte die Fackel auf den Rand, griff mit der freien Hand hinein und hievte den Schild an seinem Ledergurt heraus. Er schien gar nichts zu wiegen. Gefertigt war er nicht aus Metall oder Holz, sondern wie aus dem erstaunlichsten, feinsten weißen Knochen, den er je erblickt hatte. Ein perlmuttfarbenes eingelegtes Kreuz schmückte die gesamte Fläche des Schildes. Dessen Weiß war noch strahlender und es schien aus schimmernden Wellen geformt. Der feinste Marmor aus Riven Rock sah so aus. Lindholf durchlief ein Schauer, als auf dem eigentümlichen Perlmuttkreuz des Schildes der Fackelschein in brillanten Farben tanzte. Der Widerschein der funkelnden Edelsteine und silbernen Rinnsale in den umgebenden Wänden blitzte wie unendlich viele Sterne.

Lindholf wusste plötzlich, was er in den Händen hielt. Das war der *Schleier der Tugend!* Er war so oft durch die Geheimgänge von

Burg Amadon gepirscht, dass er viel belauscht hatte, was nicht für seine Ohren bestimmt war. Seine eigenen Geheimnisse, Unterhaltungen, die niemand mit anhören sollte. Sowohl Habichtholz als auch Roguemoore hatten über die Schriftrollen gesprochen, die Squireck Van Hester aus den Archiven gestohlen hatte und die wohl von den großen Schätzen kündeten, die unter Amadon verborgen lagen. Er wusste von dem, den sie *Schleier der Tugend* nannten!

Lindholf bestaunte den Schild mit großen Augen. Er war das Großartigste, was er je gesehen hatte, und ihn überkam ein merkwürdiges Gefühl. Dieser herrliche Gegenstand kam ihm vertraut vor, als hätte er ihn schon einmal gefunden und als wäre dieser erneute Fund in gewisser Weise seine Bestimmung. Und seine Pflicht würde es sein, ihn zu halten. Tentakeln schienen aus silberweißem Rauch zwischen seinen Fingern aufzusteigen. Er trat einen Schritt zurück, doch die Vision war verschwunden. Dennoch spürte er eine tiefe Verbindung mit diesem Schild, eine Ahnung, dass es eine große Leistung gewesen war, ihn zu finden. Sein Entschluss wurde durch die Leichtigkeit des Schildes nur bestärkt. *Er gehört mir! Das hat er schon immer …*

Da wurde er auf etwas Blitzendes unten im Altar aufmerksam: Auf einem schwarzen Streifen Seide lag ein kristallartiger Stein.

Lindholf lehnte den Schild außen an den Altar und griff mit bebender Hand wieder hinein. Er hob die Seide hoch und achtete darauf, dass der Stein darin eingewickelt blieb. Ein Instinkt, tief in den Winkeln seines Gehirns, gab ihm ein, den Stein nicht zu berühren, sondern ihn in seiner Umhüllung zu belassen. Er passte genau in seine Hand und auch er war fast ohne Gewicht. Oval geformt und makellos, als hätte man ihn aus dem blankpolierten Elfenbein eines Walrosszahns gefertigt und dann mit schimmerndem Sternenlicht überzogen. Das lebendige Flackern im Schein der Fackel raubte Lindholf den Atem.

Ein Engelsstein! Er starrte ihn eine Zeitlang an, dann wickelte er ihn wieder in die Seide und verstaute ihn tief in der Innentasche seiner tropfnassen Tunika.

Er sah sich den Schild an. *Ist dies meine Bestimmung?* Diese Szene wirkte wie schon einmal durchlebt. Die bekannten Bilder verbargen sich an den Rändern seiner Träume.

Da ihm klar war, dass er nicht beide Schwerter von Habichtholz, die Fackel und den glorreichen weißen Schild mit in den Fluss nehmen konnte, musste er eine Entscheidung treffen. Er hob die Schwerter auf und legte sie vorsichtig in den Altarstein. Dann setzte er den Schlussstein wieder auf und begrub so die Klingen für alle Ewigkeit.

Als der Stein festsaß, schien der Boden unter seinen Füßen zu beben. Lindholf trat einen Schritt nach hinten und schnappte sich den Schild am Ledergurt. Er hielt die Fackel über den Altar. Der versank langsam und mit tiefem Grollen im Boden. *Vielleicht spielt mir meine Fantasie auch einen Streich!*

Lindholf rannte aus dem kreisförmigen Raum, durchquerte schnell den Tunnel und kam atemlos in der Kammer mit dem reißenden Fluss an. Erleichtert seufzte er, weil die Meerjungfrau nicht wiedergekommen war.

Er ließ die Fackel auf den nassen Boden fallen, wo sie zischend zu flackern begann. Bestärkt von seinem bisherigen Erfolg hatte er keine Bedenken mehr weiterzugehen. Er hatte gefunden, was er gesucht hatte, *den großen Schatz*, und vielleicht wurde ja, wenn Tala begriff, was er erreicht hatte, zwischen ihnen alles anders.

Plötzlich durchfuhr ihn jähe Furcht bei dem Gedanken, jemandem von dem Schild und dem Stein zu erzählen. *Warum sollte Tala je erfahren, was ich getan habe?*

Ich kann auch meine Geheimnisse haben.

Da atmete er lange und tief durch und ließ sich dann allmählich wieder in die Fluten sinken, den Gurt des Schildes fest in der

Hand. Die kräftige Strömung riss ihn rasch vom Felsvorsprung weg und saugte ihn unter die zweite Felswand. Der Schild zog ihn beinahe wie ein Segel mit sich.

Schon einen Augenblick darauf waren keine Felsen mehr da, und strahlendes Licht umgab ihn.

Er riss unter Wasser die Augen auf und sah die im Sonnenschein flackernde Gedächtnisbucht nur wenige Meter über ihm. Mit den Beinen stieß er sich ab und bewegte sich nach oben. Der Schild war so leicht, dass er fast von selbst aufzusteigen schien, wie eine Boje, die ihn mitzog.

Er trieb ans Licht, in die Freiheit.

Mit einem Mal wickelten sich sehnige Hände mit Schwimmhäuten um seine Beine und rissen ihn hinab in die Dunkelheit der See. *Die Meerjungfrau!* Um ein Haar hätte er im Taumel den Gurt des Schildes verloren, den er in wilder Abwehr gegen die Meerjungfrau schlug. Er durchpflügte das Wasser und verfehlte sie um einen halben Meter. Sie klammerte sich von unten an ihn, und die klauenartigen Hände zogen ihn immer tiefer.

Die Meerjungfrau griff nach dem Schild. Lindholf prügelte mit der freien Hand wild auf sie ein, als sie ihn fortzureißen versuchte. Er trat und boxte und entwand den Schild schließlich ihren spindeldürren Klauen, dann schwamm er mit kräftigen Beinstößen wieder nach oben. Schmerz stach ihm in die Lungen.

Unvermittelt sah er den geisterhaft bleichen Bauch der Meerjungfrau dicht vor sich, eine wellige Reihe von Kiemen, die sich an ihrem schlanken Hals öffneten und schlossen, zubeißende scharfe Sägezähne. Er warf den Kopf zur Seite, und ihr breiter Hals stieß ihm seitlich ins Gesicht, rauhe Kiemen schabten über seine Haut. Ihre schuppige Schwanzflosse schlang sich glitschig um sein linkes Bein.

Ungestüm trat er um sich. Dabei schossen ihm plötzlich Visionen durch den Kopf, wirbelnd und zusammenhangslos: feenartige

Wesen erhoben sich wie Engel aus dem Sklavensteinbruch in Riven Rock, ein Ritter mit dunklen Tätowierungen unter den Augen fiel vom Dach eines hohen Turms, Jondralyn Bronachell, zwei leere Augenhöhlen, eine wilde rothaarige Kriegerin in schwarzer Rüstung und ein langes, weißes Schwert, das Heft geformt wie ein Halbmond …

Dann wurde alles wieder klarer. Die Meerjungfrau hieb weiter mit langen Fängen nach ihm, die weiß und erschreckend scharf waren. Sie blitzten knapp vor seinem Gesicht auf. Lindholf nahm alle Kraft zusammen und stieß das Wesen von sich. Schwimmhauthände kratzten ihm über den rechten Unterarm, rissen ein Stück aus seinem Hemd und harkten ihm vier dünne Blutspuren in die Haut.

So heftig er konnte, rammte er den Schild nach vorne und traf sie im Gesicht. Dann war sie fort, trudelte in die finsteren Tiefen der Bucht.

Lindholf tauchte mit dem Schild sicher in der Hand und brennenden Lungen nach oben. Als er durch die Oberfläche brach, schnappte er gierig nach Luft. *Teure Luft!*

Das Tageslicht spiegelte sich fröhlich auf der Gedächtnisbucht, die Möwen schrien. Weit oben lag Burg Amadon. Die Wellen hoben ihn wie Treibgut an. Brecher donnerten in die zerklüfteten grauen Felsen hinter ihm.

Sich verschluckend und hustend gelang es ihm, sich zu drehen und mit den Beinen in Richtung des Felsenufers voranzustoßen. Bald schoben gewaltige Wellen ihn und den Schild gegen die rauhen Klippen. Er arbeitete sich um einen großen überhängenden Felsen herum und erreichte eine kleine Kiesbucht mit etwas Sand zwischen zwei gewaltigen, kantigen Felsklippen. Im Flachwasser lag ein kleines, mit einer Plane abgedecktes Boot, das an einem morschen alten Pfosten festgemacht war.

Erschöpft watete Lindholf ans Ufer, sackte auf dem weichen

Untergrund zusammen und lehnte sich an die Seite des Holzbootes. Er sah sich seinen verletzten Arm an. Vier lange Kratzer, nicht zu tief, jedenfalls musste nichts genäht werden. Aber weh taten sie. Er tastete nach dem Engelsstein in der Innentasche und umschloss die kleine, feste Form erleichtert mit den Fingern.

Nachdem er sich die Umgebung einen Moment lang angesehen hatte, erkannte er, wo er sich befand. Die schäbigen Außengebäude der Burg erhoben sich mit verrammelten Fenstern gegen die Hänge des Bergs Albion. Burg Amadon lag weiter oben über der Gischt. Lindholf war so oft durch die Geheimgänge gelaufen, dass er genau wusste, wie er von hier ohne große Mühe wieder in die Burg gelangte. Einer der erforschten Tunnel von einst hatte ihn hier ganz in der Nähe zu den Klippen geführt.

Soweit die anderen wussten, hatte er das Fegefeuer kurz nach Leif Chaparral verlassen. Falls irgendjemand ihn diesbezüglich befragen sollte, würde er einfach bei der Geschichte bleiben. Wenn der Sohn von Lord Lott Le Graven sagte, er sei nach Leif an den Wachen vorbeigegangen, wie sollten die ihm da widersprechen? Das war der eine Vorteil des Unbemerkten, des Unbeachteten: Niemand erinnerte sich an ihn. Er hatte es schon so oft ausgenutzt.

Und ich habe es gewagt, dorthin zu gehen, wohin Tala und Glade sich nicht trauten …

Diese Erkenntnis machte ihn stolz. Schließlich war er, abgesehen von Habichtholz, die einzige Seele, die jemals den Kerkern des Fegefeuers entkommen war.

Mit gestärktem Selbstbewusstsein stand Lindholf auf und riss die Plane vom Boot. Er wickelte den Schild darin ein und steckte ihn sich unter den blutenden Arm. Dann machte er sich an den steilen, felsigen Aufstieg und fand schließlich den Pfad, den er gesucht hatte. So würde er direkt an sein Ziel gelangen. Denn er wusste genau, wo er Schild und Stein verstecken wollte.

Er wusste auch genau, wie und wann er Tala beides zeigen würde.

Der Sklavenkönig wird vom Schlund gewaltiger Wassermassen verschluckt, doch ist sein Glaube stark genug zu wissen, dass er die andere Seite unbeschadet erreichen kann, und wird in Finsternis und Furcht getauft.

WEG UND WAHRHEIT LAIJONS

15. KAPITEL

STEFANE WAYLAND

AM SIEBZEHNTEN TAG DES MONDES DER TUGEND
IM 999. JAHR LAIJON – LORD'S POINT, GUL KANA

Auf dem Hof des *Schlüsselwärters* stand Stefane Wayland dicht hinter Seita und zeigte ihr, wie man einen Bogen spannt und schießt.

»Ihr braucht gar nicht so fest zuzudrücken.« Sanft schob er ihre dünnen Finger an die richtige Stelle. »Wenn Ihr die Sehne zurückzieht, nehmt die Hand an den Mundwinkel und visiert über den Pfeil. Dann lasst los. Aber ganz sachte, die Sehne soll einfach aus den Fingern rutschen, nicht zu abrupt.«

Seita stellte sich auf und lehnte sich dabei gegen ihn. Stefanes Herz raste. Er fragte sich, ob sie es spüren konnte. *Sie ist so zerbrechlich.* Ihre Schönheit und ihr Zauber schlugen ihn in ihren Bann. Auch die seltsamen Ohren erregten ihn, so anmutig spitz und wohlgeformt. Sie war hübsch anzusehen mit ihrer glatten

Haut, den grünen, sternenhellen Mandelaugen und den wallenden Haaren von derart leuchtendem Weiß, dass es ihn förmlich blendete. Gerade streiften sie seine Wange. Sie trug eine bronzefarbene Tunika nach Art der Vallè und darunter eine strahlend weiße Bluse mit zarter Spitze an den Ärmeln. Ihre schwarze Hose war aus feinem weichen Leder. Am Gürtel hingen ein Ledertäschchen und ein schmaler Dolch im Futteral.

Sie schoss den Pfeil ab. Er schlidderte durch das Gras und wirbelte einige Schritte vor dem Ziel – einer großen, an einen Heuballen geschnürten Holzplanke mit einem roten Kreis in der Mitte – eine Staubwolke auf.

Liz Hen Neville lachte laut auf. »Wusste ich doch: Das schafft sie nicht.«

Seita lächelte das rothaarige Mädchen scheu an.

»Das war ihr erster Versuch, lass sie in Ruhe, Liz Hen«, tadelte Dokie. »Du hast es auch nicht besser gekonnt.« Liz Hen zuckte die Achseln und kaute weiter auf ihrem Essen herum: Sauerteigbrot und einem fettigen Hühnerschenkel.

Seita sah Stefane über die Schulter hinweg mit blitzenden Augen unter den feinen Brauen an. »Es ist *wirklich* mein erstes Mal.«

»Das war sehr gut.« Stefane lächelte ihr freundlich zu. »Jetzt seht Euch an, wie ich es mache.« Er nahm ihr den Bogen aus der Hand, stellte sich an der Linie auf, griff ein paar Pfeile aus dem Köcher und nahm jeden unter die Lupe, bevor er sich für einen entschied. Ebenso ruhig zielte er, den Pfeil an die Wange gelegt. Einen Augenblick hielt er die Stellung, dann ließ er die Sehne behutsam aus den Fingern gleiten. Der Pfeil flog geradewegs mit der Metallspitze voran ins Ziel. Stefane nahm sich einen zweiten Pfeil, setzte ihn mit einer schnellen und sicheren Bewegung an die Sehne, zielte und schoss. Er traf knapp unterhalb des ersten.

»Stefane war schon immer der Beste«, sagte Nail. Der Wind

wehte ihm die blonden Haare in die Stirn. Er wischte sie sich aus den Augen, eine seiner typischen Gesten. Im weichen Licht des Hinterhofes sah er aus wie eine größere, muskulösere Ausgabe von Aeros Raijael. Das war Stefane das erste Mal am Strand von Galgenhafen aufgefallen, als der Weiße Prinz vor Ava Shay gestanden hatte. Diese Ähnlichkeit von Nail und Aeros war nur eine weitere Merkwürdigkeit auf ihrer ohnehin seltsamen Reise.

»Keiner schießt und trifft so gut wie Stefane«, bekräftigte Nail.

Seita lächelte Stefane zu. Er konnte nicht sagen, wie alt das Vallè-Mädchen war. In diesem Licht sah sie so jung, zierlich und blass wie Giselle aus. Stärke und Weisheit sprachen aus ihren großen Augen. Und eines wusste er mit Sicherheit: Wie sehr sie es auch verbergen mochte, er spürte, dass sie tiefe Trauer in sich trug.

Sie knickste und berührte dann mit Fingern, zart wie Blütenstängel, seinen Arm. »Ich fühle mich geehrt, vom Besten lernen zu dürfen.« Bei dieser Schmeichelei tat Stefanes Herz einen Sprung. Er gab den Bogen an Nail weiter und ging zur Zielscheibe, um die Pfeile zu bergen. Seita sah der Vallè ähnlich, die er und Nail oberhalb von Galgenhafen auf dem grauenhaften schwarzen Pferd gesehen hatten. Nails gehetzter Blick, als sie im *Schlüsselwärter* den Umhang zurückgeschlagen hatte, war Stefane nicht entgangen. Später, als er Nail darauf ansprach, murmelte der bloß so etwas wie: »Die sehen sowieso alle gleich aus«, und verfiel dann in Schweigen.

Seita und Val-Draekin wirkten nicht wie Mann und Frau und zeigten auch keine besondere Zuneigung. Zwischen den beiden schien eine rein geschäftliche Beziehung zu bestehen. Seit ihrer Ankunft fanden häufig geheime Unterhaltungen zwischen Val-Draekin, Seita, Roguemoore, Godwyn und Culpa Barra in den hinteren Winkeln der Schenke statt.

Seita hatte sich den Jüngeren angeschlossen. Sie hatte den in Stefanes Bogen geschnitzten Namen Giselles bemerkt. Zögernd hatte er ihr vom Angriff auf Galgenhafen berichtet, von Shawcrofts Geschenk und ihrem Weg in die Berge. Hatte erzählt, wie Giselle an der Kälte und Liz Hens Bruder Zane an seinen Verletzungen gestorben waren. Seita wollte, dass er beide ganz genau beschrieb. Sie wirkte erfreut, als sie von ihrer Güte und Tapferkeit erfuhr. Dann hatte sie gesagt, es wäre ihr eine Ehre, mit einem Bogen schießen zu lernen, der den Namen *Giselle* trug, aber nur, wenn Stefane es ihr zeigte.

Und so waren die fünf, als die Dämmerung über Lord's Point hereinbrach, in den Hof hinter dem *Schlüsselwärter* gegangen, damit Stefane es ihr beibringen konnte. Verzogene Holzgiebel umgaben graue Pflastersteine, die von Salz, Sonne und Regen verwittert und gesprungen waren. Der Pferdestall lag schon im Dunkeln. An der Außenmauer standen Holzregale mit diversen Schwertern und Knüppeln der Wärter und dazu einer Reihe von Armketten, Prügeln, Beineisen, Handschellen, Ketten und riesigen Schlüsseln.

Stefane kam zurück zu den anderen und steckte die Pfeile wieder in den Köcher.

»Ich habe noch keinen gesehen, der Stefane Wayland im Wettstreit geschlagen hätte.« Dokie schlug ihm auf die Schulter. »Aber ich wette, eines Tages seid Ihr so gut wie er, Seita.«

»Blödsinn.« Mit einem Kanten Brot und etwas Hühnchen in der einen Hand stand Liz Hen auf. Mit der anderen schnappte sie Nail den Bogen weg und machte sich zum Schuss bereit. Etwas ungelenk hantierte sie mit dem Essen und der Waffe. »Bogenschießen kann ja so schwer nicht sein. Schließlich habe ich einen Ritter aus Sør Sevier getötet. Ich habe sein Schwert, das ist der Beweis.«

»Dabei habe ich dir aber geholfen«, sagte Dokie.

Seidel bellte und strich Liz Hen um die Beine, dass sie fast hinfiel. »Sitz«, befahl sie und legte ihr Essen ab. Seidel gehorchte und beäugte den Hühnerschenkel am Boden, dann Liz Hen, dann wieder das Fleisch. Sie setzte einen Pfeil an und schoss gewissermaßen aus der Hüfte, ohne zu zielen. Der Pfeil flog durch den Hof und über das Dach des Gasthauses in die Dunkelheit.

»Was sollte das denn?«, grunzte Dokie missmutig. »Bei den verfaulten Engeln, wahrscheinlich hast du damit eben eine arme Seele vor der Schenke niedergemetzelt.« Er griff nach dem Bogen und wollte ihn ihr aus den Händen reißen. Beide rangelten einen Moment. »Gib schon her!«, schimpfte Dokie und zog heftig. Der Bogen glitt Liz Hen aus den fettigen Fingern, und beide fielen rückwärts um. Liz Hen rappelte sich auf und ging wieder in die Schenke. Seidel folgte ihrem ungeduldigen Fingerschnippen.

»Ich weiß wirklich nicht, was sie in letzter Zeit hat.« Dokie klopfte sich den Staub ab und gab Nail den Bogen. »Ich glaube, du bist jetzt dran.«

Nail zog einen Pfeil aus dem Köcher und stellte sich auf. Geschmeidig ließ er den Pfeil los, und er schlug einen Fingerbreit über der Mitte ein.

»Hervorragend«, sagte Stefane.

»Danke.« Lächelnd gab Nail den Bogen an Dokie zurück.

»Gibt es denn in Val Vallè kein Bogenschießen?«, fragte der Seita.

»Doch. Aber das gehört nicht zu den Dingen, die man uns Mädchen dort beibringt, wenn du weißt, was ich meine.« Sie zog einen eigenartigen Gegenstand aus ihrem Ledertäschchen. »Mein Vater hat mir allerdings gezeigt, wie man das hier benutzt.« Was sie in der Hand hielt, bestand aus zwei polierten und etwa faustgroßen Stahlkugeln, die eine dünne Stahlkette miteinander verband.

»Was ist das?« Neugier zeigte sich in Dokies Gesicht. »Eine von diesen komischen Elfenwaffen?«

»Wie hast du es gerade genannt?« Seitas Blick war plötzlich finster wie eine Gewitterwolke.

»Eine Elfenwaffe«, plapperte Dokie weiter. »Mein Papa wollte so ein Feendings schon immer mal aus der Nähe sehen.« Er grinste breit und unbedarft. »Der würde vielleicht Augen machen, wenn er jetzt hier wäre: ich neben einer Vallè mit so einem Teil in der Hand.«

Seita entspannte sich. »Du bist wahrhaftig ohne Falsch, nicht wahr, Dokie Liddle?« Dann lachte sie auf, mit einem hellen Ton, der den Hof erfüllte. »Bei uns Elfen heißt diese besondere Feenwaffe hier ›Streitflegel‹.« Geschickt versetzte sie das Ding in Bewegung, sodass ihr die Kugeln um die Arme schwirrten. Ein melodisches Schnurren ertönte, das rhythmisch von den Mauern zurückhallte. Es klang fast so fröhlich wie ihr Lachen. Dokie gefiel es ausgesprochen gut. Seita verlangsamte die Drehung des Flegels, bis er aufhörte, sich zu drehen, und überreichte ihm das seltsame Spielzeug. Dokies Versuche damit wirkten tölpelhaft und ungeschickt. Wieder lachte Seita auf. »Mein Lieber, du machst das falsch.« Sie legte ihre Porzellanhand auf seine grobe und half ihm, die Kette richtig zu halten. »Du musst die Handfläche so drehen.« Ihre Finger schoben sich zwischen seine. »Damit baust du Spannung im Unterarm auf, die Kugeln drehen sich dann ganz leicht.« Das Vallè-Mädchen lehnte sich an Dokies Schulter, und beide wirbelten die Kette herum.

Stefane spürte, wie sein ganzer Körper sich verkrampfte. Die plötzliche Eifersucht, als Seita sich an seinen Freund schmiegte und ihm mit der Kette half, überraschte ihn. Bald schaffte Dokie es allein, und Seita klatschte Beifall. Schließlich gab er ihr den Streitflegel mit breitem Grinsen zurück. Seita drehte das Teil so schnell, wie es noch keiner von ihnen gesehen hatte, und schritt dabei rhythmisch auf und ab. Wie ein Reh aus dem Herbstgebirge stolzierte sie durch den Hof, wirbelte den Streitflegel über und hinter dem Kopf, tanzte und hüpfte anmutig.

Plötzlich sprang sie vor, und mit einem Donnerkrachen schlug eine der Kugeln wirbelnd ein Loch in eins der schweren eisernen

Übungsschilde der Wärter. Kraftvoll riss sie die Kette zurück und ließ sie erneut auf den Schild schnellen. Dieses Mal zerschlug die Kugel ihn wie eine Glasscheibe.

In dem Moment begriff Stefane, dass die Vallè kein Spielzeug in der Hand führte.

Doch bevor ihm die gewaltige Wirkung ihrer Waffe so recht bewusst wurde, vernahm er ein heiseres Schimpfen von der Hintertür der Schenke her. »Was im Namen Mutter Mias geht da draußen verdammt nochmal vor?« Derry Richrath, der Wirt, stand auf der wackligen Holzveranda, die den Gastraum mit dem Hof verband. Sein Gesicht unter dem braunen Haarschopf war vor Zorn rot angelaufen.

Seita versteckte den Streitflegel hinter ihrem Rücken und schob unschuldig und mit harmlosem Blick das Kinn vor.

»Den Schild bezahlt Ihr mir!«, schrie Richrath. »Ich kann Vallè nicht leiden, erst recht nicht, wenn sie meine Sachen kaputtmachen.«

Seita verneigte sich. »Ich habe nur gespielt. Mir war nicht klar, wie viel Kraft ich habe. Es ist mit mir durchgegangen.« Sie hielt den Streitflegel hoch. »Seht Ihr. Das ist nur ein Kinderspielzeug. Ganz harmlos.«

»Erzählt mir keinen Scheiß. An euch Vallè ist gar nichts harmlos. Steckt das verdammte Ding weg, ehe ich Euch übers Knie lege und Euch damit den Hintern versohle. Den Schild könnt Ihr später bezahlen. Ich setze ihn auf die Rechnung.«

»Das ist nur angemessen.« Seita verneigte sich erneut.

Richrath spie auf den dreckigen Boden. »Ich soll euch zu dem Treffen holen, alle. Der Zwerg hat mich darum gebeten. Also, rein jetzt, los. Dieser kleine Stumpen ist nämlich keiner, der gerne wartet.« Er wandte sich um und stampfte wieder in die Schenke.

Roguemoore, Bischof Godwyn, Culpa Barra und Val-Draekin waren in eine Unterhaltung vertieft, als Stefane an den Tisch kam. Liz Hen, Dokie und Nail hatten sich bereits links vom Zwerg hingesetzt. Seita nahm neben Val-Draekin und dem Bischof auf der anderen Seite Platz. Culpa Barra saß in seiner schwarzen Tagritterrüstung am Kopfende der Tafel. Stefane ließ sich ihm gegenüber mit dem Rücken zum Raum nieder, und die Feuerstelle in der Mitte wärmte ihm Schulter und Nacken.

Ihm zur Seite saßen Nail und Seita. Vor Roguemoore und Culpa Barra standen Humpen mit dickflüssigem Birkenbier. Die beiden Vallè hatten dampfenden Tee vor sich, Liz Hen beugte sich neben dem Zwerg über den Tisch und goss sich aus einem Keramikkrug Apfelwein ein. Godwyn zog an einer langen krummen Pfeife, und der Rauch kräuselte sich über ihm. Stefane hatte ihn noch nie rauchen sehen, aber er mochte den Geruch. Außer ihnen befand sich niemand in der Schenke.

Culpa Barra beugte sich mit knarzender Rüstung vor und begann zu sprechen. »Jeder von uns spielt von nun an eine bedeutende Rolle.« Seit er vor zehn Tagen mit Nail eingetroffen war, hatte der blonde Ritter seine prächtige Rüstung kaum je abgelegt. Stets trug er den breiten Gürtel, den schweren Ledergurt über der Schulter und das große Tagritterschwert mit dem opalschwarzen Knauf an der Hüfte. »Im Morgengrauen stechen wir in See. Mit wenig Gepäck auf einem schnellen Schiff. Es geht nordwärts ins Dornenmeer nach Stanclyffe.«

Seita strahlte. »Ich wollte schon immer die Klippen von Stanclyffe sehen.« Sie nippte zufrieden an ihrem Tee.

Liz Hen trank einen Schluck Apfelwein und knallte dann den Krug auf den Tisch. »Da liegt wohl ein Irrtum vor. Ich glaube nicht, dass ich hier sein sollte.«

»Wir alle sollten hier sein.« Culpa blickte entschlossen drein. »Darauf haben wir uns nach vielen Diskussionen geeinigt. Denn wir, die wir in große und bedeutende Ereignisse verwickelt wurden, in die Kräfte unserer Zeit, müssen jetzt viele wichtige Entscheidungen treffen.«

»Ach, wie geheimnisvoll«, erwiderte Liz Hen. »Aber wer hat sich denn geeinigt? Ich jedenfalls nicht. Ich weiß überhaupt nichts von Stanclyffe.«

»Wir sind alle für die anstehende Reise von Bedeutung.« Culpa blickte aufmerksam in die Runde. »Jeder von uns neunen. Auch du, Liz Hen.«

»Also mir gefällt diese Zahl.« Seita trank noch einen Schluck Tee. »Genau richtig, wenn man sich gemeinsam auf den Weg macht. Ich finde sogar, wir sollten uns so nennen: die Gesellschaft der Neun. Die legendären Abenteuer aus den Geschichten der Vallè, die ich gelesen habe, begannen alle so: in einer Schenke wie dieser, in einer gemeinsamen Runde aus neun Personen.«

»Aber mit Seidel sind wir zu zehnt«, platzte Dokie heraus. Der Hund lag schwanzwedelnd zu Liz Hens Füßen.

Die sagte: »Da ich aber nirgendwohin gehe, kommt auch Seidel nicht mit und Dokie vermutlich auch nicht. Also habt ihr eher …«, sie zählte kurz an den Fingern ab, »… eher sieben Leute für euer Abenteuer.«

»Doch es wird eine große Fahrt«, lächelte Seita. »Wie in den alten Erzählungen.«

»Nur dass dies hier kein Märchenbuch der Vallè ist«, bemerkte Roguemoore mit kalter, angespannter Stimme. Wegen des dichten Bartes und der schrägen Brauen sah der Zwerg immer wie ein weiser Mystiker aus sagenhaften Zeiten aus.

»Ich komme jedenfalls nicht mit«, beharrte Liz Hen und sah Seita finster an. »Ich lasse mich nicht gerne in Sachen hineinziehen, schon gar nicht von Euch.« Wieder hielt sie die Hand hoch und sagte zu Seita gewandt, wobei sie jedes Wort an den Fingern abzählte: »Ich. Mag. Euch. Nicht. Basta!«

»Ich finde, wir sollten alle zusammenbleiben«, sagte Dokie. »Wir Überlebenden aus Galgenhafen. Ein schönes Abenteuer würde mir Spaß machen, dann hätten wir etwas zu tun.«

»Würde es nicht, du Dummbatz.« Liz Hen legte den Kopf schief. »Du schaffst doch keine zwei Schritte, ohne dich zu beklagen, dass dir der Hintern juckt.«

Dokie errötete und blickte peinlich berührt zu Seita.

»Dabei hat er aber in einer Sache recht.« Roguemoore hatte die rauhen Hände auf den Tisch gelegt und ballte sie zur Faust. Er streckte den Kopf vor und sah Liz Hen an. »Ihr vier, die ihr aus Galgenhafen entkommen seid, werdet alle bei uns bleiben.«

»Ich habe doch aber schon gesagt, dass ich nirgendwohin gehe«, sagte sie.

»Du hast den *Mond des Vergessens* gesehen, Liz Hen«, erwiderte der Zwerg ernst. »Du hast den blauen Engelsstein gesehen. Hattest ihn sogar in der Hand. Das ist keine Kleinigkeit. Ob es dir gefällt oder nicht: Du bist an den Engelsstein und seine Kräfte gebunden. Das seid ihr alle.«

Bischof Godwyn setzte hinzu: »Aeros Raijael ist im Besitz der Streitaxt und des blauen Steins, und wahrscheinlich hat er auch die *Einsame Krone*. Ihr habt gehört, dass wir über den *Schleier der Tugend* gesprochen haben, unter der Burg Amadon, wo Habichtholz ihn gelassen hat. Jetzt müssen wir das *Feuer der Sühne* und das *Pechschwarze Herz* von dort bergen, wo Shawcroft sie abgelegt hat, und zwar bald, wenn Gul Kana weiter hoffen soll, dass man Aeros Raijael abwehren kann. Diese Informationen machen euch zu Zielen für den Weißen Prinzen, so wie König Torrence Raybourne eines war.«

»Wir bedauern, dass Shawcroft seinem Bruder den grünen Engelsstein mit der *Einsamen Krone* übergeben hat«, sagte Roguemoore. »Ser Torrence hätte den Stein nicht berühren dürfen. Der Besitz solcher Dinge hat sich als gefährlich erwiesen. Schon das

Wissen darum ist es. Deshalb hat Shawcroft die anderen Steine und Waffen der Kriegerengel dort liegen lassen, wo er sie gefunden hat.« Er sah Liz Hen direkt an. »Versteh also unsere Absichten nicht falsch. Die dir und deinen Freunden mitgeteilten Informationen sind überaus gefährlich. In unserer Gesellschaft seid ihr sicherer.«

Stefanes Herz zog sich zusammen, so düster klang der Zwerg.

»Wir haben noch mehr zu besprechen.« Roguemoore blickte alle eindringlich an. »Val-Draekin und Seita sind auf Geheiß Prinzessin Jondralyn Bronachells zu uns gestoßen.« Der Zwerg wandte sich zu Nail. »So ungern du es hören wirst: Der verletzte Ritter, den du in Ravenker auf der Bahre gesehen hast, war tatsächlich unsere geliebte Prinzessin Jondralyn.«

Nails Gesicht blieb ausdruckslos. Stefane war sich ziemlich sicher, dass sein Freund Jondralyn Bronachell höchstens vom Hörensagen kannte. Natürlich hatte der Name Bronachell in Galgenhafen seine Bedeutung, doch Amadon und der Silberthron lagen fern. Kaum jemand im Ort konnte viel mit den Machenschaften der Königsfamilie anfangen.

Der Zwerg sprach weiter. »Wir wissen bereits, dass Habichtholz von Leif Chaparral gefangengenommen wurde. Und Culpa konnte bestätigen, dass er sich noch in Leifs Haft befand, als er sich von dessen Truppen entfernte.«

»In Amadon angekommen, steckte man Habichtholz in den übelsten aller Kerker, das Fegefeuer, zu Gault Aulbrek«, sagte Val-Draekin, dessen Gesicht – kantig, furchtlos, kühn – dem von Habichtholz ähnelte. »Ich fürchte, man wird ihn foltern, um Informationen aus ihm zu pressen, und dann wird er schnell hingerichtet.«

»Falls Habichtholz tatsächlich gefoltert wird«, begann der Zwerg, »ist er womöglich gezwungen, Dinge preiszugeben, die mit unserer Reise zu tun haben. Wir haben hier auf meinen Bruder gewartet. Ich glaube jetzt, dass wir vergebens ausgeharrt haben. Ironcloud hat sich immer seiner Verlässlichkeit gerühmt. Dass er weder hier ist noch uns etwas über seinen Aufenthaltsort mitgeteilt hat, kann nichts Gutes bedeuten. Oder er hat in der Zwischenzeit herausgefunden, was wirklich mit Borden Bronachell geschehen ist, und muss sich nun um andere Dinge kümmern. Im Lichte all dessen müssen wir eilen und ohne ihn aufbrechen, auch wenn sein Wissen uns von erheblichem Nutzen gewesen wäre, besonders, wenn wir den Verlust von Shawcrofts Beutel bedenken.«

Jedes Mal, wenn diese Tatsache oder die abhandengekommene Streitaxt und der Stein zur Sprache gebracht wurden, verschloss sich Nail. Stefane bemerkte, dass die blonden Locken, die Nail immer vor die Augen fielen, gewachsen waren. Jetzt konnte er sich praktisch dahinter verstecken. Stefane dachte an damals zurück, als Shawcroft Nail zur Achttagsmesse bei seiner Familie bleiben ließ. Das war das einzige Mal gewesen, dass Nail sich die Haare geschnitten hatte. Oft halfen sie sich gegenseitig beim Rasieren. Stefane nahm dann das Messer und zog es seinem Freund behutsam über die Haut und umgekehrt. Nail hatte einmal gesagt, es sei ihm lieber, ein Freund rasiere ihn als seine eigene zitternde Hand oder, noch schlimmer, die von Shawcroft. Mit den Jahren war das Ritual zu einem Band des Vertrauens zwischen ihnen geworden. *Wir sind in Freundschaft verbunden, Nail und ich.* Dennoch hatte Nail sich seit der Plünderung Galgenhafens von allen abgesondert, auch von Stefane, dem doch so viel daran lag, seinem Freund zu versichern, dass nicht alles seine Schuld war.

»Ich denke, ich sollte euch offen sagen, worum es mir geht.« Roguemoore sah jeden der vier Jugendlichen aus Galgenhafen am Tisch an. »Damit das klar ist: Ich habe die Absicht, euch enorm viel abzuverlangen. Ich werde euch alle in Gefahr bringen. Tatsächlich ist es schlimm, dass wir den *Mond des Vergessens* und den blauen Engelsstein verloren haben, doch noch schwerer wiegt wohl der Verlust von Shawcrofts Beutel und den darin verborgenen Geheimnissen. Der hat unsere Reise und alles, was damit zusammenhängt, ungleich gefährlicher gemacht.«

»Was war denn so bedeutend daran?«, fragte Nail den Zwerg vorsichtig. »Ihr wusstet doch alle, was Shawcroft auf dieses Pergament geschrieben hat. Ich bin mir sicher, dass ihr es alle gelesen habt, Ihr, Godwyn, selbst Habichtholz. Ich weiß, was darauf stand: ›Der Junge trägt nun das Kreuzesmal, das Mal des Sklaven und das des Untiers. Er hat in Scharlach gebadet, hat gebadet in Blut.‹«

»Gebadet in Blut?« Dokie sah Nail neugierig an.

»Ja, ich habe gelesen, was Shawcroft über dich geschrieben hat, Nail«, sagte Godwyn. »Ebenso der Zwerg und auch Habichtholz. Doch das ist es nicht, was an dem Pergament so wichtig war. Denn diese Schriftzüge waren bloß zur Ablenkung dort.«

»Wovon redet Ihr da?« In der Dunkelheit der Schenke sah Nail umso besorgter aus.

»Auf jenem Pergament waren mehrere Karten verzeichnet.« Godwyn begegnete Nails fragendem Blick. »Karten und genaue Anweisungen von Shawcroft, wie man die Fallen entschärft, die er um die Himmelsseen und Totholztor eingerichtet hat. Das Pergament aus dem Beutel ist unsere einzige Möglichkeit, jemals zu erfahren, wo Shawcroft das *Pechschwarze Herz* und das *Feuer der Sühne* versteckt hat.«

»Überdies ist es Shawcroft gelungen, die Grabstätte Laijons ausfindig zu machen«, setzte Roguemoore hinzu. »Mit diesem Pergament hätten wie sie finden können.«

Mit einiger Erleichterung schüttelte Nail den Kopf. »Solche Karten oder Anweisungen, die Ihr da beschreibt, gab es nicht. Abgesehen davon, was mein Meister über meine Narben und Tätowierungen aufgeschrieben hat, war das Pergament leer.«

»Auf den ersten Blick, ja«, erwiderte Roguemoore. »Oberflächlich betrachtet. Doch jeder in der Bruderschaft von Mia weiß, dass man leere Pergamente auf verschiedene Weise lesen kann. Wenn du ein wenig Lavendel-Deje darauf verreibst, sind seine Karten und Anweisungen deutlich erkennbar.«

»Was ist denn Lavendel-Deje?«, fragte Liz Hen.

Der Zwerg zog eine kleine, runde Dose aus einer Tasche unter seiner Tunika, öffnete sie, tauchte die Finger in das feine schwarze Pulver darin und schmierte damit zwei dunkle Striche auf die Tischplatte. »Shawcroft benutzte Tinte der Polypen aus der Meerenge von Sevier für seine Karten. Die ist selten und teuer. Sie verblasst rasch, doch bleiben Schriften und Zeichnungen unversehrt. Sie werden nur vor neugierigen Blicken verborgen.« Er deutete auf das Pulver. »Wenn man etwas von dem Lavendel-Deje-Pulver auf das Pergament streicht, kommt die Tinte zum Vorschein. Anfassen ist kein Problem. Wenn das Zeug jedoch mit Blut in Berührung kommt, verschluckt oder eingeatmet wird, wirkt es betäubend. Manche Adligen verbrennen das Harz und atmen den Rauch ein, um sich in Unempfindlichkeit zu verlieren. Die Bluthölzler, jene Meuchelmörder aus Sør Sevier, tauchen gern ihre Klingen in Lavendel-Deje, damit man den Stich nicht bemerkt.«

»Schwarze Magie ist das, sagen wir es doch, wie es ist«, zischte Liz Hen ganz aufgebracht. »Diese Unterhaltung ist völlig sinnlos. Die Waffen und Engelssteine sind mit Laijons Tod in den Himmel aufgefahren. Hat denn keiner von euch *Weg und Wahrheit Laijons* in der Hand gehabt, geschweige denn gelesen? Alles, was Shawcroft je unternommen hat, war wahrscheinlich sinnlos. Vermutlich ist deshalb auch alles, was Nail je gemacht hat, sinnlos.«

Roguemoore wischte das Lavendel-Deje mit der Handfläche vom Tisch. »Shawcroft hat sein Leben lang die Waffen der Fünf Kriegerengel gesucht. Er hat es ganz sicher nicht vertändelt, Liz Hen.«

»Was wollt Ihr denn nun von uns?« Das Mädchen sah den Zwerg herausfordernd an. »Was genau wollt Ihr von *mir?*«

»Wir werden uns gemeinsam auf den Weg begeben. In den Minen der Himmelsseen suchen wir das *Pechschwarze Herz* und in den Minen von Totholztor das *Feuer der Sühne*. Und ›wir‹ schließt alle hier am Tisch ein: mich, den Bischof, Culpa, Val-Draekin, Seita, Nail, Stefane, Dokie und eben auch dich, Liz Hen Neville.«

Die wehrte mit erhobenen Händen ab. »Aber Ihr habt doch eben gesagt, dass Ihr nicht einmal eine Karte besitzt. Dass Nail sie verloren hat. Wie sollen wir also diese Minen durchsuchen? Oder ist das alles nur bloßes Geschwätz? Das glaube ich nämlich langsam.«

»Nein«, erwiderte Roguemoore. »Unser Abenteuer wird ernst und auch gefährlich werden.«

»Der Zwerg hat recht«, warf Culpa Barra mit ernstem Gesicht ein. »Unser Weg wird anstrengend und mühselig. Die Gletscherkette ist tückisch, das Wetter in den Bergen und Wäldern um die Himmelsseen ist extrem, und überall lauern Oghule. Jene, die sich in Amadon und anderen Städten eingelebt haben, sind einigermaßen zivilisiert. Die aus dem Norden aber sind wahre Ungeheuer. Und die plündernden und mordenden Oghule im wahnwitzigen Eifer der Hragna'Ar sind noch schlimmer. Auf meinen früheren Reisen mit Shawcroft habe ich seltsame und düstere Dinge in Totholztor gesehen. Dinge, über die ich lieber nicht mehr sprechen möchte. Jene Minen sind ein lebendiger, atmender Organismus für sich, ein böser Ort, der dem Verstand Streiche spielt, wenn man nicht immerzu aufmerksam ist.«

»Na, das beruhigt mich ja nun gar nicht.« Liz Hen funkelte den Tagritter böse an. »Vielleicht solltet Ihr Jenko Bruk suchen, damit der Euch bei der Suche nach diesen Kriegerwaffen hilft. Schließlich hat er den magischen Beutel von Nail gestohlen. Soll er doch die Karten und Anweisungen mit Eurem teuflischen Druidenlavendel entziffern. Ich jedenfalls kann mir solche Abenteuer nicht mehr vorstellen.« Sie warf Nail einen Blick zu. »Und der da hat die unsichtbaren Wegbeschreibungen verloren. Wenn das kein Geschwätz ist …«

»Ich komme mit«, platzte Dokie heraus. Mit ungeduldigem Blick setzte er sich auf. »Ich kann ein neues Abenteuer gar nicht erwarten.«

Liz Hen starrte ihn an, als hätte er den größten vorstellbaren Verrat an ihr begangen. »Ich finde, du hast für heute genug geplappert, du Tölpel. Unsere Familien sind niedergemetzelt worden. Keiner von uns hatte auch nur eine Minute Zeit, um sie zu trauern. Und du erzählst hier was von einem neuen *Abenteuer?*«

»Ich habe es jetzt irgendwie im Blut, Liz Hen. Ich bin ein Abenteurer. Und ich plappere überhaupt nicht.«

»Tja, mir steht der Sinn von uns allen am wenigsten danach.« Sie wandte sich von Dokie ab und sah wieder den Zwerg an. »Ich möchte hierbleiben.«

Roguemoore sagte: »Du kennst noch nicht die Kraft, die du in dir trägst, Liz Hen. Du wirst dich großartig schlagen.«

»In den Bergen hat sie tapfer gekämpft«, sagte Dokie. »Wir haben es ja alle gesehen, nicht wahr, Stefane, Nail? Sie hat mir geholfen, den einen Ritter da zu töten. Hat Lilly von oben auf die anderen Ritter gestoßen. Wenn das keine Kraft war, weiß ich es nicht. Wir können alle für ihre Tapferkeit und ihr Durchhaltevermögen in der Schlacht bürgen.« Er sah sie mit einer gewissen Bewunderung an. »Selbst, wenn sie es nicht will.«

Liz Hen wurde etwas milder. »Ich will halt keine Angst mehr haben oder dass man mir wehtut. Und genau das ist doch ein Abenteuer eigentlich: Man trottet elend, verängstigt und geschlagen durch die Gegend.«

»Wenn du aber hierbleibst«, sagte Roguemoore, »wird es dir schlechter ergehen, Liz Hen. Du kennst die Brutalität Aeros Raijaels und seiner Armeen und weißt, welche Maßnahmen er und seine Folterknechte ergreifen, um etwas von dir zu erfahren.«

»Daran hatte ich nicht gedacht«, antwortete sie mürrisch.

»Ich habe gehört, wie du mit Dokie den Ritter ausgeschaltet hast, Liz Hen.« Val-Draekins Blick war fest auf das rothaarige Mädchen ihm gegenüber gerichtet. »Für mich hört es sich an, als wüsstest du sehr wohl, wie man mit einem Schwert umgeht. Bisher hast du dich tapfer geschlagen, und Dokie auch.«

Liz Hen starrte den Vallè an. »Ich glaube, ich weiß nicht, was Ihr meint.« Sie ließ den Kopf hängen. »Ich prahle zwar damit herum, diesen Mann getötet zu haben, aber in Wahrheit kann ich nachts wegen all der Dinge, die ich in den letzten Wochen gesehen und getan habe, kaum mehr schlafen. Was mich betrifft, hat das gar nichts mit ›tapfer geschlagen‹ zu tun, wenn man einen Mann tötet.«

Der dunkelhaarige Vallè nickte. »Niemand sollte in eine Lage gebracht werden, an deren Ende der Tod steht. Und ja, wir bitten dich in der Tat auf eine Reise, die schwierig wird. Aber ich erkenne große Stärke in dir, Liz Hen. Und mit dir an meiner Seite stelle ich mich aufrecht jeder Gefahr.« Obwohl sie anfänglich Zweifel hatte, schien Liz Hen nun schnell mit Val-Draekin warmzuwerden.

»Einen Mann zu töten, ist keine Kleinigkeit«, sagte der nun. »Auch nicht aus Selbstschutz. Das kann einen schwer belasten.« Und obwohl er Liz Hen ansprach, hatte Stefane das Gefühl, seine Worte galten ihm. Wie sie konnte auch er wegen der nagenden Albträume nicht mehr schlafen, der Gesichter der Toten, die er nicht ausblenden konnte. Selbst Meeresvolk, das er umgebracht hatte, glitschte gelegentlich in seine Traumwelt und zerrte an seinem Gewissen, besonders die Jungen, die er mit Pfeilen gespickt hatte. Die Babys. Unschuldige Kreaturen.

»Ich könnte gut mit einem Schwert umgehen«, sagte Liz Hen. »Glaube ich zumindest. Mit ein bisschen Übung jedenfalls. Aber niemand in Gul Kana hat je gestattet, dass ein Mädchen sich darin übt. Wenigstens nicht seit Habichtholz hier war.«

»Ich kann dich lehren, wie ein Vallè zu kämpfen«, sagte Val-Draekin. »Geschmeidig und schnell. Um deinen Feind zu entwaffnen, nicht um den Tod zu bringen, wenn du das so verabscheust.«

»Könntet Ihr das wirklich?« Liz Hen durchlief eine allmähliche Verwandlung, beinahe, als hätte Val-Draekin sie in einen Zustand ruhiger Zustimmung eingelullt, aus dem sie nicht entrinnen konnte. »Aber warum solltet Ihr mir helfen?«, fragte sie. »Ich bin doch die Geringste unter uns.«

»So solltest du niemals über dich denken.« Der Vallè stützte sich auf die Ellenbogen. »Niemand ist weniger wichtig als andere. Jedes Herz ist von Bedeutung. Jede Person.«

»Aber wir haben doch die unsichtbaren Tintenkarten nicht, wie sollen wir dann die Engelssteine und die Waffen finden?« Stefane hatte noch nie gesehen, dass Liz Hen so schnell so umgänglich wurde.

»Was das betrifft …« Der Vallè lehnte sich zurück und sah erst Culpa Barra am anderen Ende des Tisches und dann Bischof Godwyn an. »Selbst der kleinste Rest Erinnerung kann uns nun von Nutzen sein.«

»Ich habe Shawcroft an den Himmelsseen geholfen«, sagte Godwyn. »Ich bin mir sicher, dass ich den Weg von Stanclyffe zum Lager Arco an den Minen finde.«

Culpa setzte hinzu: »Und durch Totholztor schaffen wir es problemlos. Zwar ist es ein gefährlicher, finsterer Ort, aber ich kenne ihn gut. Ich war es, der Shawcroft half, das *Feuer der Sühne* und den roten Engelsstein in den Tiefen jener Berge zu finden. Gemeinsam haben wir beide wieder unter dem Altar versteckt und die Fallen in den Grotten eingerichtet, damit niemand an sie herankommt. Ich weiß genug.«

Die Erzählung des Tagritters vom Altar, den Fallen und den versteckten Engelssteinen versetzte Stefane zurück in die Minen von Roahm mit Giselle und Nail. Er hielt sich zwar für einen

Skeptiker, was *Weg und Wahrheit Laijons* betraf, doch aus irgendeinem Grund war er schon früh davon überzeugt gewesen, dass der kleine blaue Stein, den Giselle am Boden des kreuzförmigen Altars gefunden hatte, wirklich etwas Besonderes war. Wie hatte der Stein Giselle bezaubert. Aber sie war auch eine einfache Seele gewesen, leicht zu beeindrucken durch glitzernden Tand und hübsche Blümchen. Er sah ihr strahlendes Gesicht vor sich, als sie beim Trauermondfest zur Blauen Maid erkoren worden war und man ihr den blauen Heidekranz auf den Kopf setzte. Jetzt war sie tot, weil er sie nicht fest genug gehalten hatte. *So viel Verlust, so viel Tod.* Er trauerte um Giselle, und fast genauso sehr betrauerte er seine Familie. Oft musste er an sie denken. An seine Mutter Manda – daran, wie es zu Hause geduftet hatte, wie die Feuerstelle rauchte und wie es roch, wenn sie kochte. An seinen Vater Gideon – wie sein Bart kratzte, wie er nach Schweiß roch, wenn er von der harten Arbeit auf den Feldern nach Hause kam. Und an seine kleinen Schwestern Briana und Amber – das fröhliche Kichern und Lachen, das er nie wieder hören würde, ihre schüchternen Fragen, ob der große Bruder abends mit ihnen Fangen und »Wo ist das Pony?« spielen würde.

Als Aeros angriff, hatten sie sich in der Kathedrale verbarrikadiert, während er selbst mit den anderen Männern und Jungen mit Schilden ausgerüstet eine Verteidigungslinie gebildet hatte. Mit eigenen Augen hatte er die Verwüstung der Kathedrale gesehen. Diese Grausamkeit hätte keiner überleben können. Immer und immer wieder spielte sich in seinem gepeinigten Gehirn ihr Tod ab. Briana und Amber weinen vor Angst, Mutter und Vater versuchen, sie zu schützen, da brechen die Ritter aus Sør Sevier über sie herein. In seiner Vorstellung gab es unzählige Möglichkeiten, wie sie zu Tode gekommen sein konnten. Alle waren schrecklich.

Aber in den meisten Tagen und Nächten geht mir Giselle nicht aus dem Kopf …

Nach der Plünderung von Galgenhafen und ihrer anschließenden Flucht in die Berge hatte er in ihren Armen Zuflucht gesucht, in ihrer Liebe zu ihm, und beide hatten vergeblich versucht, die Sklavenmale innen an ihren Handgelenken wegzuwünschen. Sie waren ein Team, ein Paar. Giselle Barnwell stellte die zukünftige Familie dar, die er nun nie haben würde. In letzter Zeit fühlte er sich getrieben, diesen angenehmen Erinnerungen an Herd und Heim, an die Lieben zu entfliehen, sie hinter sich zu lassen, sie an den gebrochenen Überresten seines Herzens zu zerschmettern. Denn wenn er in den guten Zeiten schwelgen wollte, krochen sogleich die Bilder hervor, wie grauenhaft wohl ihr Tod ausgesehen haben musste. *Soll ich mich dem Elend überlassen? Oder soll ich irgendwie lernen, diese Gedanken in Ehren zu halten?*

So oder so war er entschlossen, seine Familie zu rächen, die vergangene und die zukünftige, die Aeros Raijael und seine brandschatzenden Armeen ihm so niederträchtig genommen hatten. Wenn ihn also das Auffinden der übrigen Waffen der Fünf Kriegerengel seinem Ziel näher brachte, dann war er dabei. Er mochte es nicht zu töten. Aber er würde jeden Kämpfer aus Sør Sevier umbringen, der ihm jemals wieder in die Quere kam.

»Stefane, ist alles in Ordnung?«

Obwohl sie direkt neben ihm saß, klang Seitas Stimme wie aus großer Ferne. Er schluckte seine bitteren Gedanken herunter und blickte auf. Besorgt und mit großen Augen sah sie ihn an. Alle am Tisch sahen ihn an. Hinter ihm erlosch das Feuer allmählich, und in der Schenke war es kalt geworden.

Er versuchte, das Trauergespinst aus seinen Gedanken zu schütteln. »Ich habe an zu Hause gedacht«, sagte er, und die Stimme versagte ihm. Es waren seine ersten Worte, seit er sich an den Tisch gesetzt hatte. Er sah nur noch verschwommen, blinzelte und wischte sich mit dem Handrücken eine Träne von der Wange.

Weg und Wahrheit Laijons *kommt mir äußerst gelegen, denn dadurch glauben die Einfältigen, die Engelssteine seien in den Himmel aufgefahren. Möge die Vorsehung gnädig sein, sodass die heiligen Altäre des Kreuzes allein von ihm entdeckt werden, der Kenntnis von den Fallen hat. Und möge das silberne Geheimnis der Schädel auf ewig verborgen bleiben.*

DIE MONDROLLEN VON MIA

16. KAPITEL

JONDRALYN BRONACHELL

AM ACHTZEHNTEN TAG DES MONDES DER TUGEND
IM 999. JAHR LAIJON – AMADON, GUL KANA

»Prinzessin Jondralyn Bronachell, im Auftrag der Heiligen Priesterschaft Laijons und im Namen des großen Einen und Einzigen lege ich, Großvikar Denarius, nun Hand an deinen Leib und salbe dich mit diesem Heilmittel für die Kranken und Siechen. Und so segne ich dich, dass du geschwind von diesen grausigen Wunden geheilt wirst, deren Anblick so betrüblich ist.
Gesalbt sein sollst du überdies mit diesem Segen: dass dich nach deiner Heilung, so Laijon will, der große Eine und Einzige leitet, auf den rechten Pfad führt und dich die Dinge mit Vorrang betrachten lässt, die in deinem Leben wichtig sind. Denn du gehörst zu den Auserwählten Laijons, und nur dank deines Glaubens an den

großen Einen und Einzigen sollst du, da du der Anleitung deines Bruders, des Königs, folgst, hienieden Bedeutsames vollbringen. Gesegnet seist du als Spross des Königshauses Bronachell und Nachkomme aus den Lenden der Könige und Königinnen Bronachell vor dir, und somit bist du wahrhaftig Erbin all ihrer Pracht.
Ich segne dich, dass du fortan allein mit solchen Gesellschaft pflegst, die Laijon lieben, dass du Weg und Wahrheit Laijons *studierst und damit deinen Geist erweiterst und begreifst, was das Königreich des großen Einen und Einzigen bedeutet und was er für dich vorgesehen hat. Mögest du Tag um Tag deutlicher erkennen, welchen Pfad durch das Leben unser großer Einer und Einziger für dich erkoren hat.*
Ich segne dich mit der Gabe des Glaubens. Möge dein Wissen um die Wahrhaftigkeit von Weg und Wahrheit Laijons *nie ins Wanken geraten. Dir ist die Gabe der Intelligenz, eines wachen Verstandes und des Talents gegeben, jenen um dich ein leuchtendes Beispiel an Ehrerbietung und Respekt zu sein. Überdies segne ich dich, dass du nicht müßiggehst und deine Pflichten Laijon, der Kirche, dem Rechtsspruch deines Bruders oder dem Königreich deines Vaters gegenüber niemals vernachlässigst. Mögest du als Prinzessin von Gul Kana, angeleitet im Geiste Laijons, in die Welt hinausschreiten. Mögen deine Worte dereinst, sofern du der Regentschaft deines Bruders, des Königs, folgst, für wahr genommen werden, möge der Geist des großen Einen und Einzigen dich schützen und dir die Schrift und das Wissen eingeben, das du brauchst, wenn du dich jenen entgegenstellst, die sich Ihm verweigern.*
Mit diesen Segnungen sei gesalbt, und im Auge der Wahrheit prophezeie ich, dass du zur Wiederkehr Laijons vortrittst, gekleidet in Ruhm, Unsterblichkeit und ewiges Leben, im Namen des großen Einen und Einzigen. Amen.«

Als Jondralyn erwachte, war ihr Fieber fort. Schweiß klebte ihr am ganzen Leib, und der Geruch nach heiligen Ölen lag schwer in der Luft. Die Laken lagen in einem Knäuel am Fußende des Bettes, die Decken ebenso. Mit kaltem Herzen erinnerte sie sich bruchstückhaft, als sie langsam wieder zu Bewusstsein kam. Zuerst waren die Bilder verschwommen …

Er war hier, in meiner Schlafkammer, der Großvikar. Er hat mich gesegnet. Mutter Mia, der Großvikar hat mich gesegnet! Sie zog die Laken schützend über ihren nackten Körper.

Während der Segnung ging eine seltsame, feuchte Hitze von seinen Händen aus, ein sengendes Feuer, wo keines brennen sollte. Und sie hatte es *gespürt*. Die Nachwirkungen seiner dicken, öligen Hände pulsierten sogar jetzt noch in ihr. *Gib mir Frieden, gesegnete Mutter Mia. Gib mir Frieden.*

Tala hatte recht, was Lawri betraf!

Aber waren meine Riten zur Aschenglutsammlung damals nicht fast genauso wie das hier gewesen? Diesen Teil ihrer Jugend hatte sie beinahe vollständig aus der Erinnerung verbannt. Sie durfte ohnehin nie darüber sprechen. *Welche Eide ich geschworen habe, dabei war ich noch so jung!*

Doch während ihre Gedanken nach und nach klarer wurden, erinnerte sie sich wieder an die Segnung, die sie gerade empfangen hatte. Großvikar Denarius hatte ein trichterförmiges Gefäß mit bernsteinfarbenem Öl hervorgeholt, sich die warme Flüssigkeit in die Hand gegossen und dann auf den nicht verbundenen Stellen ihrer Stirn verteilt. Danach hatte er ihr seine Hände auf das nackte Brustbein gelegt und seine Gebete begonnen. Sie konnte sich genau an die Segnung erinnern, konnte die Worte gewissermaßen einzeln aus dem Gedächtnis ziehen. Als sie sich all das, die Panik der Situation bewusst machte, begann sie unwillkürlich und unkontrolliert zu zittern. Die Segnung des Vikars hatte in vielerlei Hinsicht so wahr geklungen. *Ist denn* alles *wahr? Hat mich Laijon deshalb im Stich gelassen, weil ich den Glauben an seine Kirche und den heiligen Vikar verloren habe, weil ich das Böse im Göttlichen sehe?*

Seit Tagen hatte sie im Fieberwahn gelegen, war immer wieder bewusstlos gewesen, hatte nicht einmal gewusst, wie spät es war, geschweige denn welcher Mond …

Doch an das Gebet des Vikars über ihr konnte sie sich erinnern.

Jondralyn wusste, dass ihr Vater wie Roguemoore und die anderen aus der Bruderschaft von Mia glaubten, die Kirche Laijons werde von Männern angeführt, die fehlgingen, und dass alles Geheiligte nur mehr darauf ausgerichtet war, Geld und politischen Einfluss zu gewinnen, nicht dem Göttlichen zu dienen. Früher hatte sie die Lieder singen und gemeinsam mit den frömmsten Bürgern die Plattitüden sprechen können. Mit der Zeit jedoch wurde sie mehr wie ihr Vater, der in der Kirche nur wenig vom Wirken Laijons wiedererkannte. Oder im Großvikar.

Sie erinnerte sich an den Zwischenfall in Rivermeade mit dem wilden Eber, durch den Leif seither humpelte. Denarius hatte sich seinerzeit um die Verletzungen gekümmert. Auch um Jovans. Sie wusste, dass es jenes Ereignis damals war, das den Bund zwischen Jovan, Leif und dem Großvikar schmiedete, sie miteinander verband, und all das zu Lasten Gul Kanas.

Dann dachte sie an ihre Aschenglutsammlung mit siebzehn zurück und an die Segnung, die folgte. Für die aufwendige Zeremonie hatte sie sich mit Asche und heiligen Ölen bedecken müssen, dann wurde ihr Körper rituell gereinigt. Diesen Teil versuchte sie meist zu vergessen. Dennoch war es jene eigenartige Abfolge von Ereignissen und Ritualen, die zum ersten Mal zu Zweifeln an der Gültigkeit der Kirche Laijons und der Männer an ihrer Spitze geführt hatte. Als sie sich mit ihren Sorgen an ihre Mutter gewandt hatte, war Alana zwar der Ansicht gewesen, dass die Aschenglutsammlung tief in die Persönlichkeit eingriff, doch hatte sie auch gesagt, ihre Tochter solle sich darüber keine Gedanken machen und sie einfach als notwendiges Ritual betrachten, das jede Frau in der Kirche eben dieses eine Mal durchmachen musste. Alana hatte ihr außerdem versichert, dass sie sich deswegen niemals schuldig fühlen musste.

Wie lange habe ich hier gelegen? Nein. Sie würde sich nicht die Schuld geben. Sie konnte richtig von falsch unterscheiden. Sie hatte sich während der Aschenglutsammlung geschändet gefühlt, und jetzt genauso. Die Segnungen waren in jeder Hinsicht falsch, diese letzte ganz besonders. Nun kam alles deutlich wieder. Der Großvikar war nämlich mit dem Quorum der Fünf gekommen. Vandivor. Donalbain. Spencerville. Leaford. Rhys-Duncan. Fünf lüsterne Männer. *Und mein Bruder war dort! Und Leif Chaparral! Und Glade!* Sie sah jetzt all ihre Gesichter vor sich, besonders die gierige Visage von Leifs jüngerem Bruder Glade. Jovan und Leif hatten Denarius' Segnung als eine Art Sakrament betrachtet, ein geheiligtes Ritual wie das Entzünden der Aschenglut, und sich durchweg ernst und würdig verhalten. Glade dagegen hatte ihren nackten Körper und ihre Verletzlichkeit mit dem verzerrten Blick eines Vergewaltigers angestarrt. Wahrscheinlich würde Tala mit diesem grausamen Bock vermählt werden wie eine menschliche Trophäe …

Ich lasse sie nicht gewinnen! Ich lasse diese bösen Männer nicht gewinnen!

Eine Motte flatterte aus den Decken zu ihren Füßen auf und kreiste taumelnd um einen Kerzenleuchter an der Tür. Sie verfolgte den irrlichternden Flug und fragte sich wie im Delirium, ob es das Insekt da wirklich gab. Durch das eine Auge sah alles ein wenig schief aus. Und das Summen der Motte schwoll in ihren Ohren bald zu einem Brüllen an.

Sie sah sich in der Schlafkammer um. *Wenigstens haben sie mich aus dem stickigen Krankenlager geholt*. In ihrem Zimmer fühlte sie sich wohler. Um sie war ihr alles bekannt, die beruhigenden

Pastelltöne an den Wänden und Säulen, der kastanienbraune weiche Teppich und die Deckenbögen, an die sie viele lange und schlaflose Nächte gestarrt hatte. Dort stand ihr Regal mit allen Büchern an ihrem Platz. Sie fürchtete immer, dass jemand ihre Bücher durcheinanderbrachte, auslieh oder sie kaputtmachte. Nie gab sie eins weg. Sie gehörten ihr – zumindest war es der einzige Besitz, an dem ihr etwas lag. Jedes einzelne liebte sie wie einen Freund. Schließlich waren sie jahrelang ihre Freunde gewesen. Allein der Aufenthalt in ihrem Schlafgemach, ihrem eigenen Bereich, nahm etwas von ihrer Anspannung. *Obwohl die Motte so einen schrecklichen Lärm machte!*

Sie fasste sich, konzentrierte sich. *Ich werde gewinnen! Jovan hat mich noch nicht geschlagen. Solange ich noch atmen kann, kämpfe ich weiter*. Sie spürte den Verband im Gesicht, die Schmerzen im geschändeten Fleisch darunter. *Diese Verletzungen sind nicht das Ende Jondralyn Bronachells …*

Das Summen der Motte wurde zu einem tiefen Schleifgeräusch, das den gesamten Raum erfüllte. *Dieses blöde Insekt!* Jondralyn schrak aus ihrem Delirium, setzte sich im Bett auf und tastete nach einer Waffe, nach irgendetwas. Ihr Herz raste.

Auf der anderen Seite der Kammer glitt das Bücherregal zur Seite, und ein kalter, scharfer Wind aus dem Gang dahinter traf schneidend ihre Haut.

In den Raum trat Squireck Van Hester, gekleidet in einen schweren dunklen Umhang. Ihm folgte Habichtholz in ähnlicher Aufmachung. Als die beiden mitten in ihrem Schlafgemach standen, überlegte Jondralyn ernsthaft, ob sie wegen der Verletzungen und des Fiebers den Verstand verlor. *Träume ich das hier auch?* Unvermittelt griff sie sich an den Verband im Gesicht. Sie schämte sich vor Habichtholz ihrer Verletzungen. Ob eingebildet oder nicht, sie starrte ihn voll stummer, misstrauischer Verwunderung an.

»Wie geht es dir?« Squireck unterbrach die Stille. Mit zwei großen Schritten kam er an ihr Bett und kniete sich hin, fasste ihren Arm, wollte nach dem Verband greifen. Dann hielt er inne und zog die Hand mit einem Ruck wieder zurück. Er wirkte ratlos.

»Bist du das wirklich, Squireck?« Das Sprechen tat weh, aber wenigstens artikulierte sie deutlich. Es kümmerte sie nicht im Geringsten, dass er sie so verletzlich sah. Aus seinem Gesicht sprach nur Liebe und Sorge. Doch ihr funktionierendes Auge suchte Habichtholz. *Vielleicht hat er so etwas grotesk Deformiertes wie mich noch nie gesehen.* Erleichtert stieß sie den Atem aus, als sie ihn schließlich erblickte. »Man hat mir erzählt, du säßest im Fegefeuer.«

»Da war ich auch.« Etwas steif wischte Habichtholz sich die Haare aus dem Gesicht. »Für kurze Zeit jedenfalls.« Als sein durchdringender Blick auf ihr ruhte, sehnte sie sich wie wahnsinnig nach seiner Berührung. Sie wollte Squirecks Hand wegstoßen und nach Habichtholz fassen. Stattdessen saß sie da und begriff gar nicht recht, dass sie die beiden überhaupt wiedersah. Den Gladiator und den Attentäter. *Sie müssen wissen, dass ich als Prinzessin elend versagt habe!* Und da meldeten sich plötzlich Zweifel und wischten die Entschlusskraft von vorhin fort. *Bin ich wirklich ein Werkzeug des großen Einen und Einzigen, Teil einer geheimnisvollen Absicht aus der Schrift?*

Habichtholz kam um ihr Bett herum. Er hatte unter dem Umhang eine dunkle Lederreithose und ein weißes Hemd an. Im Gesicht war er blasser als sonst, und er bewegte sich nicht so geschmeidig und sicher. Im Krankenlager hatte Baron Jubal Bruk ihr berichtet, dass auch Habichtholz in Ravenker Verletzungen davongetragen hatte. Dennoch lächelte er sie zärtlich an, und dieser eine Blick ließ alle Vorbehalte verschwinden. *Wie könnte ich mich auch nicht sicher bei ihm fühlen, diesem einnehmenden, tapferen Mann, der auf der gesamten Strecke der Königschaussee über mich gewacht, der mich am Leben gehalten hat? Der meine Wunden genäht hat?*

»Wie kommt es, dass du hier bist?« Sie wollte ihn nur in den Arm nehmen. *Aber mein Gesicht!* Sie wollte sich auch verstecken. *Ist er wirklich hier und kein gemeiner Traum?* »Was ist passiert, dass du wieder in Amadon bist? Du bist doch mit dem Zwerg nach Westen gegangen.«

Habichtholz erzählte ihr von der Reise mit Roguemoore, der Begegnung mit Nail, dem Mündel Ser Roderic Raybournes, an der Abtei am Swithen-Wells-Pfad. Berichtete von Roderics Tod. Erzählte von der Reise nach Ravenker mit Roguemoore, Godwyn und einigen von Nails Freunden aus Galgenhafen. Wie sie den *Mond des Vergessens* an ebenjenem Tag nach Ravenker gebracht hatten, da sie sich mit Aeros Raijael treffen sollte, wie Nail die Streitaxt und den Engelsstein an zwei der Galgenstricke des Weißen Prinzen verlor. Erzählte, dass er gegen einen Meuchelmörder der Bluthölzler, Spinne, gekämpft und sich schlimme Verletzungen zugezogen hatte, vermutlich vergiftet worden war. Wie er Nail am Ende retten konnte und die Axt und den Stein dabei aus den Händen gab. »Und dann sah ich dich auf dieser Bahre in Ravenker«, sagte er zum Schluss.

Sie sah ihn an, und es brach ihr fast das Herz, dass er ihretwegen gefasst und ins Fegefeuer geworfen worden war. »Wie konntest du entkommen?«, fragte sie und verfluchte sich sogleich. *Er ist doch schon einmal entkommen. Er hat es einfach wieder geschafft.*

Ruhig antwortete er: »Ich habe mich schon, kurz nachdem sie mich in diesen Kerker geführt hatten, davongemacht. Gault hat eine gute Ablenkung geboten. Die Ketten ließen sich leicht abstreifen. Ich bin durch dieselben Tunnel wie damals entkommen. Bin wieder in der Gedächtnisbucht aufgetaucht. Habe mich auf die Insel Rockliegh durchgeschlagen und gedacht, sobald du von meiner Flucht erfährst, würdest du mich dort suchen. Ich war ebenso überrascht, Squireck dort vorzufinden, wie er es war, als ich ans Ufer watete. Wir haben uns viel unterhalten. Und deshalb sind wir jetzt hier.«

Während er seine Flucht beschrieb, konnte sie nur daran denken, was er nun von ihr hielt. *Wenn er mich abscheulich findet, verbirgt er seinen Ekel gut.* In ihren Gedanken ging es drunter und drüber, nichts ergab einen Sinn. »Sicher hätte Jovan mir mitgeteilt, dass du entkommen bist. Er hätte bestimmt meine Gemächer nach dir durchsucht.«

»Mein Verdacht ist, dass Jovan nichts von meiner Flucht weiß. Leif Chaparral hat ihm vermutlich noch nichts erzählt. Die beiden sind verschlagen und feige, selbst zueinander. Das Vorhaben deines Bruders, Leif zum Hauptmann der Tagritter zu ernennen, ist der Untergang Gul Kanas. Früher waren die Tagritter großartige Kämpfer, mit denen nicht zu spaßen war. Ser Roderic Raybourne, Borden Bronachell, das waren echte Tagritter, hart, unnachgiebig, wahrhaftig. Ich kenne nicht viele, die einen Bluthölzler umbringen können, doch Ser Roderic war so einer. Dein Vater ebenso. Leif und Jovan könnten zusammen nicht einmal eine Mücke erschlagen.« Er sah ehrlich angewidert aus.

Sie dachte über seine Worte nach. *Hart, unnachgiebig, wahrhaftig.* Augenblicke bevor Habichtholz und Squireck ihr Schlafgemach betraten, hatte auch sie diese Entschlossenheit in sich gespürt, als sie weiterkämpfen und ihren Bruder nicht gewinnen lassen wollte. Doch jetzt sah sie nur mehr, was ihr fehlte. »Ich habe mich als ebenso unnütz erwiesen wie Jovan«, murmelte sie.

»Der wahre Plan Jovans wurde vor dir verborgen«, sagte Habichtholz. »Er und Leif hatten die Absicht, dich zu verraten.«

»Nein«, erwiderte sie. »Tala hat mich gewarnt. Und ich habe nicht auf sie gehört.«

Squireck drückte ihren Arm. »Jovans Hof steckt voller Falschheit und Täuschung. Nichts davon ist deine Schuld.«

Aus irgendeinem Grund störten sie die Worte des Prinzen von

Sankt Einzig. Sie sagte: »Doch, ich trage einen Teil der Schuld. Jovan selbst wird von jenen im Unklaren gelassen, die ihm am nächsten stehen. Denarius, Val-Korin, sie alle täuschen ihn. Auch Leif Chaparral. Sie haben ihn überzeugt, dass ich hinter dem Attentat auf ihn stecke. Dass Habichtholz, Roguemoore und ich es geplant haben. Deshalb hat mein Bruder mich verraten: Er denkt, ich hätte ihn betrogen. Und wahrscheinlich habe ich das. Nur nicht so, wie er glaubt. Natürlich habe ich nie einen Meuchelmörder angeheuert.«

»Ich wusste nichts von einem Attentat, bis ich nach Amadon zurückkehrte und die Gerüchte vernahm«, sagte Habichtholz.

»Nach deinem und Roguemoores Aufbruch hat man versucht, meinen Bruder in seinen Gemächern zu erstechen. Val-Gianni sagte, es sei ein Glück, dass die Stichwunden lebenswichtige Organe verfehlt haben.«

»Klingt wie die präzise Arbeit eines Bluthölzlers.«

»Warum aber sollte man auf ihn einstechen und ihn am Leben lassen? Was hat das für einen Sinn?«

»Bei Black Dugal und seinen Bluthölzlern ist alles ein Spiel.« Habichtholz dachte nach. »Irgendein Plan steckt hinter diesem Angriff, ein abschließender Kniff, den wir erst dann begreifen, wenn es zu spät ist.«

»Aber was ist mit dir, Jon?« Squireck berührte sie wieder sanft am Arm. »Sag mir genau, wie das hier passieren konnte.« Mit einem gequälten Blick sah er auf ihre Verbände, dabei hielt er ihren Arm weiter zärtlich, aber nervös fest. »Wie kann ich dich rächen? Ich sorge dafür, dass dies nicht ungesühnt bleibt. Das verspreche ich.«

Während Habichtholz kühl und gefasst blieb, umgab Squireck wilde Verzweiflung. Sie dachte daran, wie sie ihn mit Roguemoore und Tala im Kerker unter der Arena besucht hatte. Hier und jetzt verhielt er sich genauso wie seinerzeit. Besorgt. Obwohl er nur aus

Muskeln und Kraft zu bestehen schien und körperlich über Habichtholz hinausragte, wirkte er tief verunsichert. Er hatte in der Arena Talas Kranz mit solcher Selbstsicherheit getragen, hatte sich Jovan im Sonnenvogelsaal so kraftvoll und majestätisch entgegengestellt, doch jetzt war Squireck ihr ein Rätsel.

Sie sah ihren ehemaligen Verlobten dankbar und besorgt an. »Warum bist du das Risiko eingegangen und hergekommen, Squireck?«

»Ich konnte nicht einen Tag länger auf diesem felsigen Eiland in der Bucht bleiben, Jon. Ich bin ein freier Mann. Nach dem Willen Laijons und der gesegneten Mutter Mia habe ich mir die Freiheit verdient. Mein Triumph stand in den Sternen geschrieben. Das Sternbild der Kranzkrone wird in den *Mondrollen* erwähnt.«

Sternbild der Kranzkrone? Glaubt er das wirklich? In *Weg und Wahrheit Laijons* wurde auch angedeutet, dass gewisse Prophezeiungen sich in der Lage der Sterne finden ließen. Sie fragte sich, warum Tala den roten Helm mit den Spitzen als Lohn für den geflochtenen Kranz angenommen hatte. *Was ist nur mit diesem grässlichen Ding passiert?* »Aber du hast so lange abgestritten, Lucas getötet zu haben«, sagte sie. »Und dann gibst du den Mord zu, als wäre es nichts. Das verstehe ich nicht.«

»Den Mord an Lucas habe ich nie abgestritten. Ich habe mich allerdings nie schuldig bekannt. Ich habe geschwiegen, denn selbst ich kann den Willen des großen Einen und Einzigen nicht aufhalten. Meine Freiheit selbst ist es, die von der Rechtmäßigkeit der Sache der Bruderschaft von Mia kündet und von der Güte, die uns Laijon zugedacht hat, immerdar. Der Tod Erzbischof Lucas' war Teil einer guten Sache, die größer ist.«

»Hast du ihn wirklich getötet? Warum?« *Will ich das wissen?*

»Ich habe es dir und Jovan und allen anderen im Sonnenvogelsaal schon gesagt: Als ich die Krypta mit den *Mondrollen* in der Hand verließ, entdeckte mich Lucas und versperrte mir den Weg.

Wir rangen miteinander, und er stürzte. Er fiel auf den Kopf und blieb bewusstlos liegen. Doch ich wusste, wenn er erwacht, würde er wegen meines Diebstahls Alarm schlagen. Ich habe ihn mit eigenen Händen erwürgt.«

»Aber es kam doch ohnehin heraus«, wandte sie ein. »Erzbischof Spencerville behauptet, er habe alles mitangesehen. Seine Aussagen stimmen fast genau mit deinem Bericht überein. Welchen Zweck hatte nun also Lucas' Tod?«

»Diese Frage habe ich mir in vielen langen, einsamen Nächten in meiner Zelle gestellt. Schließlich aber gehört alles zu Laijons Plan, denn Er ist weise und Seine Wege sind glorreich. Unsere dagegen sind nicht immer auch die Seinen. Der Diebstahl der Rollen war nur ein Teil Seines Plans. Meine Gefangenschaft und mein Triumph in der Arena waren ein anderer. Und Talas Kranz ein weiterer. Es stand in den Sternen. Selbst du bist Teil Seines Plans, Jon.«

Immer wenn Squireck von der Arena oder dem Mord an Lucas sprach, klang er unumstößlich selbstbewusst. »Du scheinst dir da sehr sicher zu sein«, sagte sie.

»Die Sicherheit spüre ich tief in meiner Brust. Jetzt, da Roguemoore sich auf die Suche nach dem *Pechschwarzen Herzen* und dem *Feuer der Sühne* begeben hat, spricht Laijons Geist wieder mit mir und befiehlt mir, was zu tun ist.«

»Und das wäre?« Sie fragte das, weil er jetzt nicht mehr so besorgt und nervös war, wie es vorhin den Anschein hatte.

»Ich soll als Botschafter von Adin Wyte an den Hof Jovans zurückkehren. Sobald ich mich wieder in die Gunst des Königs geschmeichelt habe, arbeite ich weiter hier in Amadon für die Bruderschaft von Mia, aber mit dem Wissen aus dem Innersten von Jovans Hof. Dann beanspruche ich meinen Platz als Ritter von Sankt Einzig und räche die Zerstörung des Königreichs meines Vaters.«

»Sobald du Jovans Hof betrittst, lässt er dich aufknüpfen«, sagte sie.

»Da irrst du dich, Jondralyn. Denarius hat mich eigenhändig gesegnet, hat vor allen Anwesenden im Sonnenvogelsaal im Namen Laijons verkündet, ich sei unschuldig, sei nun frei, ohne Makel vor unserem Herrn und allen Menschen zu wandeln. Wenn dein Bruder die Anrufungen des Großvikars in der Arena nicht achtet und meine Freiheit nicht anerkennt, werde ich ihn zum Duell um den Silberthron herausfordern.«

»Beim ersten Schritt in den Sonnenvogelsaal lässt Jovan dich gewiss augenblicklich hinrichten, oder er wirft dich ins Fegefeuer.«

»Das wird er nicht.« Er griff ihren Arm. »Er wird meine Sicht der Dinge annehmen.«

»Weißt du, wie man aus dem Fegefeuer entkommt, wie Habichtholz? Denn dorthin wird Jovan dich stecken.«

Verbitterung zog sich über Squirecks Gesicht. »Ich werde mich nie wieder gefangensetzen oder zum Tode verurteilen lassen. Entweder ich erlange meinen rechtmäßigen Platz am Hofe deines Bruders zurück oder ich werde ihn töten.«

»Du wirst nie wieder Zutritt zu seinem Hof erlangen.«

»Vielleicht doch.« Squireck blickte fest entschlossen drein. »Mit deiner Hilfe, Jondralyn.«

»Jovan hasst mich.«

»Wenn er erst die Weisheit in den Worten erkennt, die ich an ihn richte, wird er mich als Kampfgenossen in seine Armeen aufnehmen. Ich beanspruche mein Heimatland, und wir werden einander noch einmal versprochen, auf dass wir gemeinsam unsere Königreiche gegen den Weißen Prinzen sichern.«

Unwillkürlich sah sie Habichtholz an. Dessen Gesicht blieb ausdruckslos. »Was ist mit Laijons Waffen?«, fragte sie. »Was ist mit der Wiederkehr der Fünf Kriegerengel? Und falls du es vergessen hast: mit der Sache der Bruderschaft von Mia? Wir drei, du, ich, Habichtholz, sind Teil davon. Der Gladiator. Die Prinzessin. Der Attentäter. Was ist damit?«

»Mein Plan trägt dazu bei, die Sache der Bruderschaft zu stärken«, antwortete Squireck. »Trägt dazu bei, die übrigen Waffen der Fünf Kriegerengel zu finden.«

Sie schob sich auf dem Bett zurück und entwand ihren Arm seinem Griff. »Ich habe bereits Val-Draekin auf die Suche nach Roguemoore geschickt, damit er ihm von meinem Schicksal berichtet. Vor sieben Tagen ist er aufgebrochen, wenn ich mich recht entsinne. Der Vallè wird Habichtholz' Platz an der Seite des Zwergs einnehmen. Unter den Umständen habe ich diesbezüglich für uns getan, was ich konnte. Sie werden uns die Waffen wiederbringen.« Sie schien gerade keinen zusammenhängenden Gedanken fassen zu können. Ihr Gesicht schmerzte unter dem Verband. Sie wiederholte: »Ich habe diesbezüglich getan, was ich konnte. Für die Sache der Bruderschaft.«

»Dennoch muss ich mit Jovan sprechen.« Squireck erhob sich.

»Das ist dein Tod.«

»Ich stimme ihm zu, Jon«, warf Habichtholz ein. »Squireck kann nicht ewig auf dieser Insel herumsitzen. Auch ich suche mir ein neues Versteck. Squireck muss Anstrengungen unternehmen, seinen Platz am Hof deines Bruders zurückzugewinnen. Wäre ich an seiner Stelle, würde ich genau dasselbe tun.«

»Ich denke, ich erkenne nun, wie klug dieser Plan ist«, sagte Jondralyn und war überrascht, wie schnell sie Habichtholz beipflichtete, der doch nur dasselbe vorschlug wie Squireck.

Der Prinz von Sankt Einzig schien das auch bemerkt zu haben. Mit scharfer Stimme sagte er: »Habichtholz und ich haben auf der Insel Rockliegh vieles besprochen. Zuallererst habe ich verlangt, dass er mir den *Schleier der Tugend* und den Engelsstein zeigt.«

»Und ich bestand darauf, dass der *Schleier der Tugend* verbleibt, wo ich ihn gefunden habe«, sagte Habichtholz. »Verborgen. Sogar vor ihm.«

»Und ich werde nicht glauben, dass er gefunden wurde, bis ich ihn mit eigenen Augen gesehen habe.« Squireck wich Habichtholz' Blick aus.

Jondralyn blickte zum Bücherregal, zum dritten Buch von links auf dem obersten Brett. Dort hatte sie das Pergament, das Habichtholz ihr anvertraut hatte, sicher versteckt und seither nicht wieder hervorgeholt. »Ich habe den *Schleier der Tugend* gesehen, Squireck.« Sie wandte den Blick vom Regal ab. »Und den Engelsstein. Willst du mir nicht glauben?«

Der Prinz von Sankt Einzig kniete neben ihr nieder. »Ich habe mein ganzes Leben lang davon geträumt, die Schönheit der Waffen Laijons zu erblicken, Jon. Seit Tatum Barra Culpa und mir von der Bruderschaft von Mia erzählt hat, als wir noch klein waren. Seit meine Mutter mir als Kind Geschichten von den Engelssteinen erzählt hat. Mich verlangt danach, diese allerheiligsten Gegenstände zu sehen, die uns vor der Grausamkeit der Armee von Aeros Raijael schützen. Vergib meine Ungeduld, aber verstehst du denn nicht? Ich muss sie mit eigenen Augen sehen.«

»Doch, ich verstehe.« Die Leidenschaft in seiner Stimme ergriff sie. Sie sah Habichtholz an. »Vielleicht kannst du ihn in die Trauerräume führen, wenn es ihn ein wenig beruhigt.«

»Ich halte das nicht für klug«, sagte Habichtholz.

»Dennoch bestehe ich darauf«, sagte Squireck. »Ich werde den *Schleier der Tugend* mit eigenen Augen sehen. Und ich werde wieder an den Hof des Königs aufgenommen.«

Jondralyn sagte: »Ich fürchte, so einfach wirst du dich nicht wieder in Jovans Gunst setzen.«

»Er muss mich an seinen Hof aufnehmen. So will es das Gesetz der Arena. Ich habe die Absicht, aus diesem Zimmer direkt zu ihm zu gehen, sofort. Und ich gehe allein, wenn ich muss.«

»Du musst nicht allein gehen, Squireck.« Sie nahm seine Hand. »Ich stehe zu dir. Man kann Kompromisse finden. Jovan wird die Weisheit deines Plans erkennen, wie ich es getan habe. Und wenn ich wieder gesund bin, nimmt Habichtholz uns beide mit zum *Schleier der Tugend*.«

Ist der Edelmann wahrhaft tapfer? Die erste Regel des Soldatentums heißt Standhaftigkeit im Angesicht von Härte und Ermüdung. Die zweite, mit großem Abstand, heißt Mut. Armut und Mangel sind die beste Schule eines tapferen Soldaten.

AUS DEN RITTERLICHEN ERLÄUTERUNGEN DES RAIJAEL

17. KAPITEL

GAULT AULBREK

AM ACHTZEHNTEN TAG DES MONDES DER TUGEND
IM 999. JAHR LAIJON – AMADON, GUL KANA

Zwar lag er weiterhin in Ketten, doch nach sieben Tagen im Käfig freute Gault sich, dass man ihn erstmals aus dem Fegefeuer führte. Dann erblickte er am Ende des Sonnenvogelsaals die drei Folterinstrumente, und seine Stimmung verdüsterte sich. Hinter den bedrohlich wirkenden Vorrichtungen sah er einen hohen, massigen Gegenstand, der mit weißen Tüchern verhüllt war. Der Silberthron Amadons – selbst in Sør Sevier hatten sich Gerüchte verbreitet, dass der neue König sich weigerte, darauf zu sitzen.

Gault sah diesen königlichen Saal nun zum zweiten Mal. Leif Chaparral und zwei andere Tagritter schnallten ihm etwas unter dem Kinn fest, das der Großvikar »die Stimmgabel des Ketzers«

genannt hatte und das ihn zwang, nach oben an die gewölbte, dreißig Meter hohe Decke mit den gewaltigen Balken zu blicken.

Leif zog einen zwei Finger breiten und vielleicht halb so dicken Gurt um Gaults Hals. In dessen Mitte war eine Eisenstange von etwa dreizehn Zentimetern Länge befestigt. Jedes ihrer Enden bestand aus zweizinkingen Gabeln mit scharfen Spitzen. Leif setzte die untere Gabel an Gaults Brustbein an, die obere unter seinem Kinn. Dadurch musste er den Kopf nun weit nach hinten biegen.

Das war das Grausame an dieser Vorrichtung: Wie lange konnte ein Mann wohl den Hals so halten, bis die Nackenmuskulatur nachgab und er sich die geschärften Zinken selbst ins Kinn und in den Mund rammte. In Sør Sevier nannte man dieses Gerät »Zungenspieß«. Die Wärter in den Kerkern von Rokenwalde nutzten es für makabre Wetten – ob die Gabeln nur durch den Unterkiefer des Opfers gingen oder gleich die Mundhöhle bis oben durchstießen?

Gault hatte den Sonnenvogelsaal schweigend betreten. Nur der König und sein Gefolge von vielleicht zwanzig Rittern waren zugegen. Die Fünf Erzbischöfe von Amadon standen hinter einem würdevoll dreinblickenden Vallè in den prächtigen Roben seines Volkes. Ein bekanntes Gesicht sah er: Baron Jubal Bruk aus Galgenhafen. Er lag auf einem Sofa mit vielen Kissen und man sah die mit Pech bestrichenen Bein- und Armstümpfe. Zu Gaults Überraschung ragten noch die zwei Dolche aus den schwarzen Stellen unterhalb seiner Ellenbogen heraus.

Auch Großvikar Denarius war gekommen. Mit Verachtung hatte Gault ihn gemustert. Dieser kahle Fettwanst trug eine fäkalienbraune Soutane, aus der am Hals die Seidenroben seines Priestergewands hervorschienen. Vor seiner Brust hingen Goldketten, bunte Edelsteine und Tand. Dass ein angeblicher Mann Gottes derart offensichtlich Völlerei und Eitelkeit zur Schau stellte, ekelte Gault an.

Jetzt aber wurde sein Gesicht durch den Zungenspieß nach oben gezwungen, und er sah nur noch die Decke. Mit um die Füße rasselnden Ketten führte man ihn durch den Saal und ließ ihn in Handschellen vor den drei anderen Folterinstrumenten niederknien. Dabei wurde er so positioniert, dass er den gesamten Saal wieder im Blick hatte, auch die vor ihm aufgestellten Apparate. Daumenschrauben. In drei verschiedenen Größen. Ganz einfache Geräte eigentlich, Schraubstöcke, mit denen man langsam Daumen, Finger und andere kleine Gelenke zerquetschte. Mit den größeren behandelte man Knöchel und Knie, Ellenbogen oder den Kopf. Sie eigneten sich perfekt, um Geständnisse zu erpressen. Gault würde kein Wort sagen. Sicher wussten seine Gegner das. Trotzdem schienen sie entschlossen, ihn leiden zu lassen.

Leif Chaparral stand dicht vor ihm, die Hand auf dem mit schwarzen Opalen eingelegten Schwertgriff, und musterte zufrieden sein Werk mit der Stimmgabel. Im Gesicht sah man immer noch verräterische Spuren ihres letzten Zusammentreffens. Aber er durchbohrte Gault mit seinen Blicken, und er hielt sich aufrecht und stolz in der schwarz glänzenden Rüstung und dem silbernen Mantel der Tagritter. Das Wappen auf der Tunika, ein grauer Wolf auf kastanienbraunem Grund, gab ihn als Adligen aus Rivermeade zu erkennen. Gault hatte sich schon vor Jahren alle Wappen der Edlen von Gul Kana eingeprägt. Heraldik und Farben jedes Feindes von Sør Sevier waren in den *Ritterlichen Erläuterungen des Raijael* festgehalten. Allerdings nützten ihm diese Informationen hier gar nichts.

Jovan Bronachell schlenderte hinter Leif heran. Er trug einen dunkelgrauen Umhang mit Pelzbesatz, der durch eine Silberbrosche eigentümlicher Machart zusammengehalten wurde. Unter der schwarzen Tunika schimmerte ein kleidsames Kettenhemd. Die dunklen Haare reichten ihm in dichten Locken bis an die Schultern. Gekrönt wurde sein Haupt von einem einfachen silbernen Band. Er war unbestritten der größte Mann im Saal. »Weshalb kämpft Ihr für den Weißen Prinzen?« Er sprach mit tiefer Stimme.

Gault zögerte zu sprechen, nicht nur, weil er diesen Leuten nichts preisgeben wollte, sondern auch, weil der Zungenspieß an seiner Brust und an der Kehle ihm kaum Möglichkeiten ließ, einen Muskel zu bewegen.

»Es macht nichts, wenn Ihr undeutlich sprecht«, sagte Leif. »Wir fragen notfalls nach. Zeit ist hier wahrlich unsere geringste Sorge.«

Das galt allerdings nicht für Gault. Seine Nackenmuskulatur pochte und schmerzte jetzt schon. Dabei war es eine gute Frage. *Weshalb kämpfe ich für Aeros Raijael? Für die Ehre? Für den Ruhm? Aus Pflichtgefühl meiner Heimat gegenüber? Damit auf ewig in den* Ritterlichen Erläuterungen *von meinen Heldentaten in der Schlacht berichtet wird?* Tief im Innersten hatte er nie ganz an Aeros' Kreuzzug geglaubt, nicht nach all dem, was seine Mutter ihn über die Gesegnete Mutter Mia und die Engelssteine gelehrt hatte. *Gibt es Laijon überhaupt?*

Wenn ja, hat er mich jedenfalls wirklich verlassen …

Ja, Jovans Frage war tatsächlich eine sehr gute. In den letzten zehn Jahren hatte Gault nur den Krieg im Namen von Laijons Sohn Raijael gekannt. Ein ernüchternder Gedanke. Ein Leben als Krieger, der in Schlamm, Dreck und Sand marschiert und kämpft und in Regen, Sonne und Schnee schläft. *Und wozu?* Zwei Inseln hatten sie erobert und verwüstet, Hunderte Edelleute umgebracht, ihre Frauen und Kinder hingemetzelt, Höfe niedergebrannt, Dörfer geplündert, hatten vergewaltigt und Kathedralen und Kapellen geschändet. *Und zu welchem Zweck? Nur damit ich mich gefangen nehmen lasse und von Jovan Bronachell gefoltert werde, einem Mann, der vermutlich gar nicht mein Feind wäre, gäbe es nicht unsere Stammesdünkel und bestünde die Geschichte unserer Königreiche nicht aus*

Blutvergießen und unterschiedlichem Glauben. Nein, eigentlich müsste ich gar nicht hier sein.

Gault fragte sich, was aus dem Kreuzzug geworden war, an den er einst geglaubt hatte. Jenem ehrenwerten Krieg im Namen Raijaels, um das gestohlene Land zurückzuerlangen. Mit der Zeit waren Tapferkeit und Rechtmäßigkeit durch solche wie Enna Spades und Aeros selbst befleckt worden. Befleckt durch ihre wilde Grausamkeit. *Aber gehörte denn das nicht zum Krieg?* Solche Gedanken, das wusste er, waren nichts als jene »einfachen Grübeleien derer mit schwachem Willen«, vor denen die *Ritterlichen Erläuterungen* so eindringlich warnten.

Leif Chaparral nickte einem der Tagritter hinter ihm zu. Sofort wurden Gaults Hände nach vorn gerissen und die Daumen in die kalten Schraubzwingen gelegt. Er geriet nicht in Panik, denn er hatte gelernt, dem Schrecken nie einen Weg in seinen Kopf zu gewähren. Oh, natürlich war er sich seiner Ängste oft bewusst, so auch jetzt, doch er hatte sich angewöhnt, sie unter einigen Schichten Härte und Gleichgültigkeit zu verbergen. Egal, wie sehr es schmerzen mochte, er würde schweigen. Er würde ihnen nichts geben. Mit Schmerz kannte er sich aus. Der ging schließlich vorbei. Auch im Tod findet der Schmerz ein Ende. Und selbst Tage, Wochen oder Monde andauernder Schmerz war zu ertragen.

Jovan nickte, damit die Folter beginnen konnte.

Doch es kam kein Schmerz.

Jeder Tagritter im Saal nahm abrupt Haltung an, als zwei Gestalten hinten durch den Bogengang außerhalb von Gaults Sichtfeld hereinkamen. Speere wurden gesenkt und Ritter stellten sich mit singend aus den Scheiden gezogenen Schwertern zum Angriff auf. Jovan Bronachell erstarrte mit zornerfülltem Gesicht. Leif kniff die dunkel nachgezogenen Augen zusammen, der Großvikar erbleichte. Selbst Jubal Bruk rappelte sich auf dem Sofa hoch. Einige Tagritter traten vor und wollten die beiden Neuankömmlinge mit erhobenen Speeren aufhalten.

»Lasst ab!« Jovans Stimme durchschnitt die Stille. »Lasst sie eintreten!«

Er meinte Jondralyn Bronachell, die mit bandagiertem Gesicht und milchigem Auge hereinkam. Sie trug eine einfache Wollrobe, die um die Hüfte mit einer Schnur gehalten wurde, und ihre Schritte waren langsam und vorsichtig. Neben ihr ging ein langhaariger Kerl, dessen Haltung ihm bekannt vorkam. Der blonde Mann trug einen langen Umhang. Er warf die Kapuze zurück und enthüllte sein kantiges Gesicht. Jondralyn war groß, wie ihr Bruder, der König. Doch ihr verhüllter Begleiter ließ jeden anderen Mann im Sonnenvogelsaal wie einen Winzling erscheinen. Gault konnte die mächtigen Muskeln unter seiner Kleidung erahnen. Jondralyn sah ihn vor den Daumenschrauben knien, doch sie schritt weiter, denn es ging ihr augenscheinlich um den König.

Gault verspürte kaum Reue, dass er Jondralyn so zugerichtet hatte. Schließlich hatte sie dieses Duell gewollt, nur hatte Leif Chaparral die Vereinbarung dann gebrochen. Gaults abgeschwächte Hiebe in Ravenker hatten die Prinzessin mit dem Leben davonkommen lassen, buchstäblich in letzter Sekunde, und sie nur ein Auge und für immer ihre Schönheit gekostet. Doch er wunderte sich über ihre rasche Genesung. Er war Zeuge ihres Überlebenskampfes auf jenem Ochsenkarren gewesen. Hier aber trat sie trotz der Verbände, die ihr Gesicht fast völlig verhüllten, würdevoll auf.

Während die Prinzessin durch den Saal schritt, bemerkte Gault aus den Augenwinkeln vier junge Ritter ohne Helme im Hintergrund, die ihm zuvor nicht aufgefallen waren, alle vier mit lüsternen, geilen Blicken. Sie feixten wegen eines geflüsterten Witzes. Gault erkannte den wieder, der geflüstert hatte. Es war Leif Chaparrals jüngerer Bruder Glade, der Junge, der Tala Bronachell in die Tiefen des Fegefeuers gefolgt war. Der andere, der Tala in den Kerker nachgekrochen war, der Blonde mit dem verunstalteten Gesicht, war nicht aus diesen finsteren Tunneln zurückgekehrt. Jedenfalls hatte er ihn nicht gesehen.

Die Spannung im Saal stieg, als Jondralyn und ihr großer Begleiter sich vor den König stellten. Jeder Ritter im Sonnenvogelsaal achtete auf die Prinzessin, hielt die Speere bereit und ließ die Augen hinter den gewölbten Visieren der Helme nicht von ihr und dem Mann. Jovan fuhr sich ärgerlich mit den Fingern durch das Haar. Er musterte seine Schwester. »Ich muss zugeben, du hast eine gehörige Portion Mut, Jon, dass du den Prinzen von Sankt Einzig wieder hier in mein Schloss führst.«

Squireck Van Hester. Von meinem eigenen Fleisch und Blut! Mein Vetter! Gault schluckte und spürte, wie die Gabelzinken sich ihm in die Haut am Kinn bohrten. Warm tropfte das Blut. Aber anscheinend hatten jetzt alle vergessen, dass er vor den Daumenschrauben kniete und die Stimmgabel noch am Hals hatte.

»Mut habe ich aus vielerlei Gründen, Bruder«, sagte Jondralyn mit leicht gedämpfter Stimme durch den Verband, der die Hälfte ihres Mundes verdeckte. »Viel mehr, als du jemals aufbringen wirst.«

»Wir beide haben durch den Feind gelitten«, sagte Jovan. »Das Attentat auf mich. Die Verletzungen in deinem Gesicht. Unser Feind hat zwei Mal mitten ins Herz unseres Königreichs geschlagen. Obschon deine Wunden mich maßlos traurig machen, solltest du meine Geduld nicht auf die Probe stellen und mich beleidigen. Ich bin immer noch dein König, der dir die beste medizinische Versorgung angedeihen lässt, der darauf bestand, dass du in deiner eigenen Kammer genesen kannst, der gerade im Begriff ist, die Härte des Gesetzes über jenes *Monster* aus Sør Sevier walten zu lassen, das dein Gesicht so verwüstet hat.« Jovan blickte jetzt auf Gault.

Auch Squireck Van Hester sah ihn an. *Erkennt dieser Riese mich überhaupt wieder?* Sie waren sich nie begegnet, doch im kurzen Blick des Prinzen von Sankt Einzig sah Gault den seiner Mutter, Evalyn Aulbrek. Es lag an den Augen seines Vetters und der Art, wie er den Kopf schief legte. Gaults Mutter und Squirecks Vater, König Edmon Guy Van Hester, waren Geschwister gewesen. Evalyn Van Hester war als junges Mädchen mit Agus Aulbrek aus den Nördlichen Hochlanden von Sør Sevier vermählt worden. Sie hatte Gault und dessen jüngere Geschwister hoch oben im Norden Sør Seviers geboren und hatte weder ihre Heimat noch ihre Verwandten jemals wiedergesehen, als die Meuchelmörder ihr mit ihren Klingen das Leben nahmen.

Zwar hatte Gault immer von seinen Ahnen und der Verbindung zum Königreich von Adin Wyte und dem Speerthron Ser Edmon Guy Van Hesters gewusst, doch hatte er keine Hemmungen gezeigt, in Aeros' Armeen gegen seine Blutsverwandten zu kämpfen. Er hatte seinem Onkel gegenüber nie Lehnstreue geschworen, er war ihm niemals begegnet. Seine Heimat war Sør Sevier: Agus Aulbrek war sein Vater, Aevrett Raijael sein König und Aeros Raijael sein Lord. *Und wozu?* Lebenslange Treue zu Aeros hatte ihm bisher unter dem Strich nur Verrat eingebracht. Wegen seiner Verbindung mit Adin Wyte würde Aeros ihn verraten, das hatte Ava Shay behauptet. *Und wegen meines Vertrauens – verfolgt und betrogen durch den Kuss eines blonden Mädchens.* Die Zinken der Stimmgabel bohrten sich tiefer in sein Kinn. Inzwischen zitterte sein Nacken.

»Du bist hier das Monster, Bruder«, sagte Jondralyn. »Du trägst die Verantwortung für meine Verletzungen. Du hast mich absichtlich mit Leif Chaparral fortgesandt, einem Mann, der sich allein um sich selbst kümmert. Du bist hier das Monster.«

»Gault Aulbrek ist das Monster!«, schrie Baron Jubal Bruk, der Mann ohne Gliedmaßen, den man auf dem Sofa vergessen hatte.

»Gault war es und die anderen schleimigen Kreaturen, die wie Schlangen aus Sør Sevier hergekrochen kamen! Seht doch, was sie mit mir gemacht haben! Gault verdient das, was er mir angetan hat!«

Jubal irrte sich. Es war Enna Spades gewesen. Das heißt, sie hatte seinen eigenen Sohn gezwungen, ihm die Gliedmaßen abzuschneiden. Gault fragte sich, ob Jubal überhaupt wusste, dass Jenko noch am Leben war, an der Seite Aeros Raijaels in die Schlacht zog und mit der Frau ins Bett stieg, die Jubal diese Tortur auferlegt hat.

»Gault gebührt die Freiheit«, sagte Jondralyn. »Ich habe die Regeln unseres Kampfes festgelegt. Er hat fair gewonnen. Leif hat zugestimmt, ihn ziehen zu lassen. Es wäre ehrenhaft, ihn jetzt in Freiheit zu setzen.«

»Den Feind freilassen?« Leif grinste. »Das ist absurd.«

»Culpa Barra hat gehört, wie Ihr den Eid geschworen habt«, Jondralyn spuckte aus. »Gault sollte freigesetzt werden.«

»Culpa ist ebenso ein Verräter wie Squireck«, höhnte Leif. »Und Habichtholz auch!«

»Kein Ritter der Sør Sevier darf je wieder frei sein!«, brüllte Jubal Bruk. »Ich habe ihre Grausamkeit erlebt! Ich bin Zeuge ihrer Heimtücke vor Laijon!«

»Baron Bruk hat recht.« Jovan kniff die Augen zusammen und nahm Squireck ins Visier. »Ihr wagt es, Euer Antlitz noch einmal in meinem Saal zu zeigen, vor dem Silberthron, zusammengeduckt im Schutze meiner Schwester?«

»Ich ducke mich vor niemandem.« Squireck trat vor. Tagritter stellten sich zwischen ihn und den König und pflanzten ihre Speere vor ihm auf.

Squireck hielt inne und deutete auf den Thron hinter Jovan. »Der Silberthron ist mit weißen Laken abgedeckt, und Ihr seid es, der sich duckt: unter der Fuchtel des Großvikars und des Botschafters der Vallè.« Er warf sich in die Brust. »Oder behängt Ihr den Silberthron mit Tüchern, weil Ihr wisst, dass Ihr seiner nicht würdig seid?«

»Der Thron ist aus Respekt vor meinem Vater in Weiß gehüllt, der starb, als …«

»Ihr beschmutzt das Andenken an Euren Vater!« Squirecks Stimme donnerte durch den Saal.

Leif Chaparral zog sein Schwert. »Ich sollte Euch die Gurgel aufschlitzen, Squireck Van Hester.«

»Ich schlage das Schwert über Eurem Kopf entzwei!«, bellte der Prinz von Sankt Einzig.

»Ihr wagt es, mich herauszufordern?«

»Und es ist keine leere Drohung, Ser Leif.« Squireck blickte todernst drein.

»Das reicht!«, schrie Jovan. »Haltet den Mund, alle!«

»Ich lasse mir den Mund nicht verbieten.« Squireck wandte sich wieder an den König. »Ich bin gekommen, um meine Freiheit zu fordern. Ich bin gekommen, um mein Recht auf einen Platz an Eurem Hof einzufordern. Ein Recht, das ich nach den Gesetzen der Arena und den Anrufungen dort durch Euren eigenen Großvikar verdient habe, den Ihr so verehrt. Mehr verlange ich nicht. Nur, was mir zusteht. Dass ich siegreich aus der Arena hervorgegangen bin, trotz aller Widrigkeiten, kündet von meinem Wert in den Augen Laijons.«

Seine kurze, leidenschaftliche Ansprache hatte scheinbar alle Luft aus dem Saal gesogen.

»Hört nicht auf ihn, mein Lord.« Leif drehte sich zu Jovan um. »Man kann ihm nicht trauen. Er steckt voller Ränke und Geheimnisse.«

»Dann erzählt doch mal, Leif«, sagte Jondralyn, »welche Geheimnisse Ihr vor Eurem König habt. Welche Pflichtverletzungen in jüngster Zeit enthaltet Ihr meinem Bruder vor?«

Squireck griff ihren Arm und blickte sie besorgt an. Er wandte sich an ihren Bruder. »Was sagt Ihr zu den Forderungen des Meisters der Arena?«

»Wahrlich, diese Situation beunruhigt mich.« Jovan sah den Großvikar an. »Squireck Van Hester hat sich damit gebrüstet, er habe Erzbischof Lucas ermordet. Lügen gegenüber dem Silberthron sind nicht hinnehmbar. Derartiger Verrat darf nicht straflos bleiben.«

Der Großvikar verneigte sich vor Jovan. »Ich bin geneigt, Squireck zuzustimmen.« Bei diesen Worten ging ein Raunen durch die anwesenden Ritter. Jovan dagegen wirkte davon alles andere als überrascht. Der Vikar sprach weiter. »Bei allem Respekt, mein König: Unter den Euren ist die Unruhe darüber gewachsen, wie wir mit dem Meister der Arena umgehen. Trotz der nachträglichen Mordbeichte des Prinzen von Sankt Einzig sind die Gesetze der Arena eindeutig. Die Anrufungen dort, ausgesprochen durch die Macht des Großvikariats, dürfen nicht außer Kraft gesetzt werden. Die Wahrheit ist: Die Mehrheit möchte, dass Squireck Van Hester wieder an den Hof des Silberthrons aufgenommen wird.«

Jovan musterte den Großvikar kühl. »Sprecht weiter, Euer Gnaden.« Er nickte.

»Lasst nicht zu, dass Squireck ein Märtyrer für die Sache der Bruderschaft von Mia wird. Lasst ihn auch für Eure Ritter nicht zum Märtyrer werden, denen die Anrufungen der Arena heilig sind. Lasst nicht zu, dass sein Tod durch Eure Hand andere aufführt, die Sache in der Arena wieder aufzunehmen.« Der Vikar sah Jondralyn an.

»Ich erkenne die Weisheit Eurer Worte an, Euer Gnaden.« Jovan verneigte sich und erwies dem Vikar die Ehre. »Dennoch muss die Gerechtigkeit walten. Derartige Lügen, derartig mörderischer Verrat wie Squirecks dürfen nicht ungestraft bleiben.«

»Dann soll er noch ein letztes Mal kämpfen«, knurrte Leif. »Soll der Verräter sich noch einmal vor Laijon als würdig erweisen.« Er zog wieder sein schwarzes Langschwert, und ein Zischen erklang im Sonnenvogelsaal. »Ich bitte Euch, Jovan, lasst ihn sich gegen mich beweisen. Hier und jetzt. In einem Duell auf Leben und Tod.«

»Gern!«, bellte Squireck. »Werft mir ein Schwert zu, dann mache ich dem ein Ende!«

»Ruhe!«, schrie Jovan. »Steck dein Schwert weg, Leif!«

»Ich bitte Euch«, flehte der. »Lasst mich auf ihn los.«

»Nein.« Beruhigend legte der König Leif eine Hand auf die Schulter und sprach sanfter weiter. »Ich opfere meinen zukünftigen Hauptmann der Tagritter nicht einer Laune.«

Zorn zeigte sich in Leifs Gesicht. Er steckte das Schwert nicht weg und sah aus, als wolle er jeden Moment auf den Prinzen von Sankt Einzig losstürzen.

»Ich habe eine bessere Idee, Euer Hoheit.« Der stille, dunkelhaarige Vallè in den feinen Gewändern trat vor und ließ seine Raubvogelaugen auf Gault ruhen. »Um der Gesetze und der Unverletzlichkeit der Arena willen sowie im Licht der Beichte Squirecks: Leif Chaparral ist tatsächlich auf eine für alle befriedigende Lösung gestoßen.«

»Sprecht, Val-Korin.« Jovan nickte dem Vallè respektvoll zu.

»Ihr erlaubt.« Val-Korin verneigte sich seinerseits und ging zu Gault. »Nehmt ihm dieses grässliche Ding vom Hals«, befahl er den beiden Tagrittern an Gaults Seite. »Gault Aulbrek ist die Lösung unseres Problems, und er muss nicht gefoltert werden.«

Gault war sofort wachsam. Sein Nacken pochte vor Schmerzen und der Schweiß lief ihm über das Gesicht. Schon in Sør Sevier hatte er von Val-Korin, Jovans Botschafter der Vallè, gehört. Den Vallè durfte man niemals trauen. Die Ritter gehorchten und lösten den Gurt, der das Folterinstrument unter seinem Kinn befestigte. Langsam und unter Schmerzen ließ Gault den Kopf sinken. Dabei spürte er jeden einzelnen verkrampften und angespannten Muskel.

»Steht auf«, gebot ihm der Vallè. Mit steifen Knien erhob sich Gault und schüttelte die Hände der Ritter an seiner Seite ab. Er reckte den Hals und spürte, wie Blut aus den beiden Löchern am Kinn rann.

»Die Antwort ist ganz einfach.« Val-Korin verneigte sich vor dem König. »Lasst diesen Mann, Gault, gegen Squireck kämpfen.«

Jovan lächelte. »Hervorragende Idee! Und wir machen ein großes Spektakel daraus!«

»Das ist nicht recht«, sagte Jondralyn. »Squireck hat seine Freiheit bereits gewonnen.«

Der König ignorierte ihren Einspruch und wandte sich der Menge zu. Seine Stimme schallte durch den Sonnenvogelsaal. »Am ersten Tag des Feuermondes wird ein endgültiges Aufeinandertreffen in der Arena stattfinden. Eine große Schlacht, von der man lange sprechen wird! Der Held der Arena, der Prinz von Sankt Einzig, wird noch einmal kämpfen! In einer Auseinandersetzung um Leben und Tod gegen den Wilden, der beinahe meine schöne Schwester umgebracht hätte: Ser Gault Aulbrek, Erzritter aus Sør Sevier, persönliche Garde des Weißen Prinzen!«

Aufregung durchströmte nun den Saal, ein dumpfes Gemurmel und Kopfnicken. Jovans Stimme erhob sich darüber. »Squireck darf meine Schwester rächen! Und die Frevel gegen den Silberthron werden zweifach gesühnt!« Jubel brach im Saal los.

Ja! Lasst mich los, lasst mich kämpfen!, dachte Gault.

Denarius verneigte sich vor Jovan. »Ich bin niemand, der besonders morbide Neigungen verspürt, doch ich erkenne die Weisheit und die Wahrheit in Val-Korins Vorschlag. Wenn dies Euer Wille ist, Euer Hoheit, dann sei es so. Das Vikariat steht hinter dieser Entscheidung.«

»Dann ist es beschlossen!«, rief Jovan.

Abermals brachen die Ritter in Jubel aus. Mit Speerenden wurde auf den Steinboden gestampft. Val-Korin lächelte Gault zu. Ein durchtriebenes Lächeln.

»Das ist nicht recht.« Jondralyns Gesicht war unter dem Verband ganz heiß vor Zorn.

»Aber ich, dein König, habe es entschieden«, wiederholte Jovan. »Und Seine Gnaden der Großvikar hat es unterstützt. Du kannst nichts dagegen tun, Schwester.«

»Aber es ist ungerecht …«

»Ich tue es!« Squireck zog alle Aufmerksamkeit auf sich. »Ich werde noch einmal kämpfen!« Er sah Gault an. »Mit Vergnügen werde ich diese Ratte aus Sør Sevier abschlachten. Genau so soll es sein.« Er drehte sich um, ging vor Jondralyn auf die Knie und nahm ihre Hände. »Ich werde dieses Geschmeiß, das dir so viel Schmerz zugefügt hat, mit meinem Schwert vernichten.«

»Du musst meine Ehre nicht auf diese Weise verteidigen.« Jondralyn wand sich, als Squireck ihr die Hand küsste.

Und wenn ich gewinne, was ist dann meine Belohnung?, fragte Gault sich. *Freiheit? Ein Geleit zurück zu Aeros Raijaels Lager und zu Ava Shay?* Er ließ den Blick auf die Steinfliesen sinken und wusste, dass es für ihn keine Belohnung geben und er auch seine Tochter Krista wahrscheinlich nie wiedersehen würde.

Was sie gehört und gesehen, die Narben auf ihrem Fleisch,
die verunstalteten Gesichter, all dies sei Zeuge ihrer Taten,
ihrer Göttlichkeit, ihrer Bestimmung nach der Wiederkehr der
Fünf Kriegerengel. Oder es entlarvt falsche Prophezeiungen.

DAS BUCH DES VERRÄTERS

18. KAPITEL

KRYSTALLHOLZ

AM ACHTZEHNTEN TAG DES MONDES DER TUGEND
IM 999. JAHR LAIJON – ROKENWALDE, SØR SEVIER

»Was hat diese stinkende Dreckstöle denn jetzt wieder ausgegraben?« Bogg pfiff die Bulldogge heran. »Komm her, du verfilzter Müllschlucker!« Er nahm einen Stock vom Waldboden und warf ihn nach dem Hund. Krista und Hans Rake sahen sich an. Der Zwerg neben Hans verdrehte sein Auge. Café Colza Bouledogue ließ den Stock von seinem Rücken abprallen und fletschte sabbernd die Zähne. Dann schlug er knurrend die Kiefer über dem bleichen *Ding* zusammen, das wie ein Tau über einem Pinienast hing, und zerrte daran.

»Verflucht!« Bogg stampfte auf den Hund zu.

Black Dugal hatte Boggs Haushund angewidert. Immer schon. Ebenso widerte ihn aber auch Bogg selbst an. Jedenfalls sagte Dugal oft über Hund und Herrchen: *Die beiden sind vom selben Schlag, Bogg und Café Colza, bis ins Mark verdorben, und so riechen sie auch – zusammen jedoch haben sie ihren Nutzen*. Für Krista sahen Bogg und seine Bulldogge absolut gleich aus, groß, stämmig, mit unverhältnismäßig runden Schädeln und flachen Gesichtern, zwei der hässlichsten Vögel auf dieser Seite des Flusses Sevier. Beide verströmten Boggs Körpergeruch, pestilenzartige Ausdünstungen, die man noch eine Meile entfernt roch, einen Gestank, von dem der einäugige Zwerg Plattauge behauptete, er könne das Rohr des schärfsten Zuchtesels aus Adin Wyte in Nullkommanix zur gekochten Nudel erschlaffen lassen. Das Herrchen neigte wie sein Hund zur Griesgrämigkeit, und keiner von beiden verfügte über das geringste bisschen Logik oder Verstand. Genau dieser Mangel war der Grund dafür, dass die vier hier draußen mitten im Bergwald nördlich von Rokenwalde herumirrten. Die Bulldogge hatte sie hergeführt, einen meilenweiten Umweg, und Bogg hatte darauf bestanden, ihr zu folgen.

Die beiden Ponys von Bogg und Plattauge grasten neben Hans' Hengst Tod, und Kristas Blutaugenstute Schreckgestalt stand hinter ihnen. Tatsächlich hatte Café Colza Bouledogue den größten Teil der Strecke auf einem der Ponys zurückgelegt. Er hatte bei Bogg auf dem Schoß im Sattel gesessen, dann irgendetwas gewittert, war abgesprungen und in die Wälder gerannt.

Plattauge wiederum stellte eine ganz eigene verquere Ansammlung von Rätseln dar. Der Name war das Einzige, was zu diesem streitlustigen Kerl passte. Er war von gedrungener Statur und hatte nur ein Auge. Das andere wurde durch einen schmutzigen Lederlumpen verdeckt, von dem, wenn der Wind in bestimmter Weise darauf traf, oft ein faulig-kartoffeliger Geruch ausging.

Als Krista, Hans und Plattauge Bogg und Café Colza folgten, verdrehte der Zwerg ständig das Auge vor Hans und ihr, als wäre er über die Bulldogge und ihren Ausflug ins Nirgendwo ebenso verärgert wie sie. Doch Krista nahm ihm das alles nicht ab. Plattauge und Bogg waren dicke Kumpel. Tatsächlich erquickte der Zwerg sonst unablässig jeden, vor allem Krista und Hans, aber auch sonst alle Bluthölzler im Schloss Black Dugals, mit Erzählungen der Hundeabenteuer. Den beiden Vallè, Breita und Seita, hatten die Prahlereien besonders gefallen.

Es hieß, Bogg und Plattauge seien vor Jahren in Sible Hedge auf die Bulldogge gestoßen. Das Tier mochte damals kaum mehr als ein gerade ausgewachsener Welpe gewesen sein und war gerade im Begriff, die weiße Pudelhündin zu besteigen, die Lord Truklebanks Gattin Eunice gehörte. Zu Boggs maßloser Belustigung rammelten die beiden Tiere ungeniert direkt vor dem Ziegenfroschsaal. Gute zehn Minuten lang bearbeitete die Bulldogge hechelnd das flauschig-weiße Hinterteil von Lady Truklebanks zartem Schoßhündchen, und Bogg kriegte sich vor Lachen nicht mehr ein. Auch Plattauge sah sich das Schauspiel amüsiert an. Eunice Truklebank dagegen kreischte empört auf. Als der Hundeakt schließlich im Höhepunkt gipfelte, griff sie sich ihre Pudeldame am Genick und keifte: »Ekliges Vieh!« Bogg erhob augenblicklich Anspruch auf die liebestolle Bulldogge und nannte das Tier Café Colza Bouledogue. Gern wies Plattauge darauf hin, dass er keine Ahnung habe, was der Name bedeute, ihn das aber auch nicht die Bohne interessiere. Trotzdem brachte ihn und Bogg die Anekdote der Namensgebung unweigerlich zum Lachen.

In jedem Fall führte Café Colza nie Gutes im Schilde.

Heute hatte er also etwas in den Wäldern gewittert und zerrte nun knurrend daran. Sabber lief ihm aus dem Maul. Was auch immer er da in den Fängen hatte, riss er entzwei, sodass das längere Stück zurück zwischen die Bäume schnellte. Das kürzere schlang das Tier sofort hinunter. Krista wusste schon, dass der Hund ein schneller Fresser war. Hans Rake hatte das auf die harte Tour lernen müssen. Vor zwei Monden hatte Café Colza einen Streifen

Wapitidörrfleisch im Beutel um Hans' Hüfte erschnuppert und nach seinem Bein geschnappt. Dabei hatte er das Stück Fleisch ganz aus dem Beutel gezogen und ein gutes Stück von Hans' schwarzer Lederhose noch dazu. Beides hatte er im Nu verschluckt. Obendrein hatte er Hans angeknurrt, denn er hatte mehr gewollt.

Jetzt sahen Hans, Plattauge und Krista zu, wie das Tier sich die Lefzen leckte und nach den Überresten des sehnigen Gegenstands oben in den Wipfeln gierte. Der Baum wuchs vor einem Dickicht aus Zwergeichen und Espen. Das mysteriöse, lilagraue Ding baumelte an der Pinie und reichte bis in die Espen, wo es irgendwo im Geäst verschwand. Café Colza sprang hoch, um noch einen Bissen zu schnappen, aber mit seinen Stummelbeinen kam er nicht weit. Mit gefletschten Zähnen wandte die Bulldogge sich an Krista und Hans, als wären sie schuld an seiner mangelnden Sprungkraft.

»Bekloppte Töle.« Bogg beugte sich zu ihm und ließ den Hund sein Gesicht ablecken. Dann kabbelten die beiden unter der Pinie auf dem Waldboden, und Café Colza schnappte nach Boggs Stößen und Knüffen. Boggs Gelächter wurde immer lauter. Bald knurrte der Hund ihn direkt an. »Auf mich musst du nicht böse sein!« Bogg schlug dem Tier grob auf die Schnauze. »Verfluchtes Vieh!« Er schlug noch einmal heftig zu. Beim dritten Hieb sah es aus, als würde Café Colza die Misshandlung genießen, er sprang auf allen vieren hoch und wedelte mit dem Schwanz. Dann schnappte Bogg sich das Stachelhalsband und schob das kleine Biest in Richtung Wald.

Hans kniff ungeduldig die grünen Augen zusammen. Dämmerung senkte sich langsam über den Wald, und am wolkenlosen Himmel war nur noch ein schmaler Streifen Licht. »Wir haben für so etwas keine Zeit«, sagte er. »Dugal will, dass wir zur Nacht zurück in Rokenwalde sind.«

»Wer kann schon sicher sein, was Dugal wirklich will?«, entgegnete Plattauge trocken.

»Er hat gesagt: Seid bei Einbruch der Nacht am achtzehnten Tag zurück. Heute ist der achtzehnte Tag. Das war ziemlich eindeutig. Er wird äußerst enttäuscht sein, wenn ich ihm sage, dass wir in Eark *gar nichts* erreicht haben.«

»Ich behaupte mal, dass eure Verkleidung prächtig funktioniert hat.«

»Verkleidet in einer fremden Stadt unter Fremden herumzulaufen, ist nun wahrlich keine Leistung.«

Mit dem Anflug eines Lächelns zuckte der Zwerg die Schultern. »Egal, jetzt tragt ihr keine Verkleidung mehr und könnt beide wieder nach Herzenslust Bluthölzler spielen.«

Hans bedachte ihn mit einem eiskalten Blick. »Einer dummen Bulldogge in den Wald nachreiten hat mit *Bluthölzlern* nichts zu tun.«

Wieder zuckte der Zwerg mit den Schultern. Schreckgestalt trabte zu Krista. Sie lehnte den Kopf an den Hals der Stute und ließ sich von ihrer Wärme beruhigen. Auch sie wollte nur weg von hier. Willkürliche Ausflüge mit Bogg und Plattauge hatten von jeher zu ihrer Ausbildung gehört. Weder Krista noch Hans konnten bisher erkennen, was sie je aus den bizarren Abenteuern mit den beiden gewinnen sollten. *Vielleicht nur eine Geduldsprobe.* Plattauge hatte einmal fallenlassen, dass Bogg vor Urzeiten selbst ein Meuchelmörder der Bluthölzler gewesen sei. Da war er noch ein Kind und fett obendrein. Dugal hatte ihn Gallertholz genannt. Einmal hatte Hans Bogg gefragt, ob die Geschichte wahr sei, doch zur Antwort nur einen strengen Blick und eine Mahnung erhalten: »Schönheit ist, laut Dugal, die erste Regel der Bluthölzler. Es hat nie einen Gallertholz gegeben. Und du fängst nie wieder davon an, sonst reiße ich dir deine verschissenen Augen raus, du Arschgesicht.«

»Eine echte Geheimwaffe war Bogg«, sagte Plattauge oft, wenn der nicht in der Nähe war. »Vor einem Fettsack nimmt sich nie jemand in Acht, und zack, hat man ein Messer im Hals.« Dem einäugigen Zwerg zufolge war Bogg der einzige Bluthölzler, der sich je aus Dugals Kaste zurückgezogen und es überlebt hatte. »Normalerweise stirbt ein Bluthölzler bei der Arbeit oder durch die Hand Dugals.«

Als sie aus Eark fortgeritten waren, hatte der Zwerg mit seinem dicken Finger auf Krista gezeigt und gesagt: »Ein Bluthölzler wird normalerweise keine dreißig Jahre alt. Denk daran, Mädel, die Wahrheit ist flüchtig, Verrat aber ist zeitlos. Diese eine Lektion musst du begreifen, wenn du als Bluthölzler aussteigen möchtest. Lerne, wie du Wahrheit und Lüge unterscheidest, denn jeder von uns hat eine Bestimmung. Wer auszieht, um zu lügen und zu täuschen, der enthält denen ihr Schicksal vor, die für Höheres bestimmt sind. Denke daran, was Dugal dich gelehrt hat: Alles über unseren König Aevrett Raijael und seinen Sohn Aeros ist gelogen. Denke aber auch daran, dass alles über Black Dugal ebenfalls gelogen ist. Und die Wahrheit in den Lügen zu entziffern, ist Teil deiner Prüfung.«

Dann war Bogg herangetorkelt und hatte gesagt: »Du irrst dich, Zwerg. Dugal ist ein großer Mann. Und mich hat man nie Gallertholz genannt. Also hör auf, dem armen Mädchen Lügen zu erzählen.«

»Er *war* Gallertholz.« Der Zwerg hatte ihr zugeblinzelt, als Bogg außer Hörweite war. Krista konnte nie sagen, ob Bogg oder Plattauge oder sogar die Bulldogge sie verwirren wollten oder nicht. Für Bogg war fast alles ein Witz, außer wenn es um Black Dugal ging. Dann wurde er stets todernst.

Bogg war diensthabender Wärter und Plattauge der Hauptwächter der berühmten Kerker von Rokenwalde. Krista hatte die beiden auf so vielen Abenteuern begleitet, dass sie wusste: Die beiden stellten das gesetzloseste Duo in ganz Sør Sevier dar. Ihre Aufgabe bestand darin, jedem Bluthölzler in Ausbildung beizubringen, wie man aus einem Kerker oder Gefängnis entkam, sich einer Eisenkette oder einer Handschelle entledigte. Außerdem hatten sie Hans und Krista gelehrt, wie man für jedes Schloss ganz einfach aus einer Kleinigkeit wie einem Nagel, einem Stück Kette oder einer Silbermünze einen Schlüssel feilen konnte.

Als Krista das erste Mal gefesselt und allein in einen Kerker gesteckt wurde, aus dem sie entkommen sollte, war sie in Panik geraten und gescheitert, ihr erstes Scheitern unter den Fittichen Dugals. Es war so peinlich gewesen. Aber dieses Eingesperrtsein steckte ihr noch immer in den Knochen. Bis zum heutigen Tag hatte sie vor nichts so viel Angst wie vor einer Gefängniszelle. Wahrscheinlich hätte diese Furcht sie antreiben sollen, schneller zu lernen. Doch das hatte sie nicht. Wenn sie in einem Käfig eingesperrt war, lähmte ihre Furcht sie vollkommen.

Nach diesem Scheitern war Dugal streng zu ihr gewesen, und Hans hatte sie verspottet. Bogg und Plattauge aber hatten geduldig mit ihr gearbeitet, bis sie Fortschritte machte. Sie wollte ihnen Freude bereiten. Sie trugen wesentlich zu Dugals Sakrament der Seelen bei, denn sie schafften die Gefangenenopfer und das Gift für ihre Klingen heran. Bogg galt als meisterhafter Alchemist, der zahllose Rezepturen kannte: Gifte, die augenblicklich tödlich waren, Gifte, die langsam töteten, solche, die das Opfer erblinden ließen, es entstellten, ihm Beulen wachsen ließ, es irremachten, und sogar ein Gift, das den Herzschlag derart verlangsamte, dass das Opfer leicht für eine kalte Leiche in der Gosse durchging. »Und das ist ein wichtiges Gift«, sagte Bogg oft. »Ab und zu muss man nämlich bloß wie tot aussehen.«

Wegen ihrer massigen Statur und der ungelenken Art wurden Bogg und Plattauge oft unterschätzt: Sie waren listig und schlau. Ganz sicher ein seltsames Paar. Und ein böses, nicht zu vergessen. »Manchmal muss man eben mit den Wölfen heulen«, hatte Bogg mehr als einmal gesagt, für gewöhnlich, wenn Hans ihn nach Einzelheiten seiner Arbeit in den Kerkern ausgefragt hatte. »Vor allem bei Räubern, Schwertkämpfern, Spielern und Huren.«

»Scheiße, die Huren einzubuchten, hat keinen Sinn«, hatte Bogg eines Nachts gelacht, als sie mit zwei Dieben aus Gul Kana, Clive und Llewellyn, in der zwielichtigen Taverne *Zum Falschmünzer* im Hafenviertel gesessen hatten. »Am besten, man lässt die Hosen runter, besorgt es ihnen ordentlich, wenn ihr versteht, was ich meine, und dann kann der Hund den Rest haben.« Der, den sie Clive nannten, fand das gar nicht so lustig, aber Llewellyn hatte gelacht. Krista hielt ihn allerdings auch für einen schleimigen Arschkriecher. Er schuldete Bogg knapp fünfundvierzig Kupfermünzen. Clive dagegen war ein glatter, eiskalter Räuber. Beide gehörten zu Praeds berüchtigter Bande herumstreunender Diebe, den »Ungezähmten«. Das waren vier Gesetzlose, die alle Fünf Inseln terrorisierten. Oft verschlug es die Ungezähmten in den Blutholzwald, wo sie Blut des Drachen sammelten. Praed handelte mit dieser Droge und verhökerte sie gegen Dugals Willen an Oghul-Piraten.

Krista und Hans hatten an jenem Abend mit Breita und Seita und dem Wärter in der Taverne gesessen und bis in die Nacht mit den Gesetzlosen gespielt. Am Ende standen die beiden Vallè mit gut zweihundert Kupfermünzen bei Bogg in der Kreide. Bogg liebte Huren, Spielen liebte er noch mehr, und er konnte gar nicht genug davon bekommen, wenn andere dabei verloren, erst recht, wenn sie gegen ihn verloren. Plattauge beteiligte sich nicht, weder an den Huren noch am Spiel, aber er sah gerne zu, zumindest bei Letzterem, obwohl es gegen die Gesetze verstieß, die Aevrett Raijael erlassen hatte und die von seinen fünf Erzrittern aufrechterhalten wurden. Glücksspiel war in Sør Sevier verboten. Plattauge fand aber, wenn man anfinge, Leute zu verhaften, die sich in Rokenwalde oder Dashiell oder Städten mit Sägewerk und Minen wie Eark der Hurerei oder dem Spiel hingaben, würde man »ein

Blutbad und Unruhen heraufbeschwören, die nie wieder enden«. Deshalb sah er weg, wenn gespielt wurde. Er folgte selbst nicht jedem Buchstaben des Gesetzes und war der Ansicht, dass man manche Dinge am besten laufen ließ. Unter dem Strich waren Bogg und Plattauge eben ein seltsames Paar.

Und gerade hier draußen in den Wäldern kam es ihr ausnehmend seltsam vor. Café Colza und Bogg rangelten wieder im Dreck herum. Hans behielt die Umgebung im Blick.

Auch Kristas Sinne waren geschärft. Sie fühlte jeden ihrer dünnen Bluthholzdolche auf der Haut, verborgen an verschiedenen Stellen der Rüstung. Plattauge nahm das gräuliche, tauartige *Ding* unter die Lupe, das da in den Ästen baumelte. Krista kam es irgendwie organisch vor, als gehöre es in die Bäume wie das grüne Espenlaub und die braune Borke. Sie fasste es an. Es war leicht feucht und kalt, und sie ahnte, worum es sich handelte. Plattauge war wohl zu demselben Ergebnis gelangt. »Ich habe schon einiges an Hirschen und Wapitis aufgebrochen, und das hier sieht aus wie Wildinnereien.«

Der Zwerg folgte einem der grauen Taue bis an den Rand des Dickichts. Es hing von Ast zu Ast, stets auf Augenhöhe drapiert, bis es sich im dichten Laub verlor. Langsam und vorsichtig schob Plattauge sich weiter durch das Gebüsch und die Zwergeichen und duckte sich unter ein paar nadeligen Pinienzweigen auf seinem Weg. Krista und Hans folgten ihm und ließen die Blutaugenpferde bei Bogg, dem Hund und den Ponys zurück. Im Dickicht schnellten ihnen ständig Äste gegen die Lederbekleidung. Der Kampflärm von Bogg und Café Colza wurde leiser. Nach fünfzig Schritten durch dichtes Buschwerk betraten die drei eine kleine Lichtung, in der es heftig nach Verwesung roch. Des Rätsels Ursprung lag vor ihnen. Hans sah Krista an. Plattauge beobachtete sie.

Es waren keine Wildinnereien. Das waren die Innereien von Ser Aulmut Klingande.

Sie flossen wie blutige Ranken aus seinem aufgeschlitzten Rumpf. Klingande war nackt, sein rosafarbenes Fleisch ein heftiger Kontrast zum dichten Laub um sie herum. Er hing kopfüber an einem umgekehrten Kreuz. Die übereinandergeschlagenen Füße waren mit einem dicken Eisenstift an einen massiven Balken genagelt. So über Kopf hängend waren seine restlichen Organe, Herz, Lungen und der ganze Rest, aus ihm heraus auf den Boden gerutscht. Blut war ihm aus dem offenen Mund gelaufen und hatte sein Gesicht und die Stirn bedeckt. Dick und scharlachrot sammelte es sich auf dem Haufen aus Eingeweiden und dem Waldboden unter ihm.

Dies war jener Mann, den zu töten, Black Dugal Krista und Hans vor zehn Tagen ausgesandt hatte. Sie hatten ihn scheinbar tot mit ausgestochenen Augen in einem Berg seiner eigenen Innereien auf den Fliesen seiner guten Stube zurückgelassen. Hans hatte ihn aufgeschlitzt. Tatsächlich war Dugal selbst dabei gewesen, verkleidet als Klingandes Diener. Und jetzt hing Klingandes Leichnam mehr als eine Woche später hier in einem Bergwald nördlich von Rokenwalde. *Wie kommt das?*, fragte Krista sich. *Und warum?*

»Allmächtiger Laijon, Scheiße!«, fluchte Bogg und schob sich durch die Büsche, hinter ihm Café Colza Bouledogue. Der Hund ging sofort auf die Leiche los und schnappte nach dem Gesicht, das nur knapp über dem Boden hing. Niemand hielt ihn zurück.

»Ich sage doch, Vertrauen ist flüchtig«, seufzte Plattauge und sah Krista an. »Da versucht jemand, sich den Mord unter den Nagel zu reißen.«

Krista sah sich mit ausdruckslosem Gesicht noch einmal Klingande an.

»Und er will, dass wir es wissen.« Bogg ging zu dem Toten und legte den Kopf schief, um ihn sich näher anzusehen. »Da hat jemand sein eigenes Sakrament der Seelen gefeiert. Und zwar eins, das nicht mit Material aus meinem Kerker abgehalten wurde. Eins, das weder ich noch Dugal in irgendeiner Form gutgeheißen haben.«

Klingandes Schädel zerbrach zwischen Café Colzas kräftigen Kiefern.

»Ihr kommt spät«, sagte Black Dugal mit seiner typischen Mischung aus Grausamkeit und Charme. Ein leichter Umhang aus feinem schwarzem Leinen umwehte seine kniehohen Lederstiefel, als er Krista und Hans in seine Kammer führte.

»Das ist nicht unsere Schuld«, antwortete Hans frustriert.

»Es ist immer die Schuld desjenigen, der sich verspätet.« Selbst wenn er tadelte, klang Dugals Sprache immer gewählt. Hans sagte nichts.

Dugal bot ihnen Plätze auf seinem samtbezogenen Sofa an, und Krista und Hans setzten sich. Würziger Weihrauch hing in der Luft, ein paar fahle Kerzen schienen, und Boden und Wände waren mit Stoffen in dunklen Farben verkleidet. Jedes Möbelstück war aus feinstem polierten Mahagoni gefertigt. Dugals eleganter Rückzugsort prunkte seit je mit stillem Luxus und dichtgedrängtem Schatten, fast schon urtümlich in seiner Männlichkeit. Krista fühlte sich darin wohl.

Dabei wusste sie nicht recht, wo sie sich eigentlich befand. Der Weg zur verborgenen Heimstatt ihres Meisters führte durch einen Irrgarten enger unterirdischer Tunnel und eine verwinkelte Strecke durch einen längst aufgegebenen, steingepflasterten Abwasserkanal. Sie betraten diese Tunnel durch eine verstaubte, hinter Heu verborgene Ecke in einem verfallenen Stall, den Dugal in der Nähe der Hafenanlagen besaß. Dort stellten sie ihre Blutaugenpferde unter. Dugal hatte einen eigenen Geheimstall für Ingrimm, dessen Lage weder Krista noch Hans kannten.

Dugal nahm im weichen Sessel ihnen gegenüber Platz. Neben

ihm standen auf dem runden Holztisch ein Bronzepokal und eine flackernde Kerze. »Dann erzählt mal, welches seltsame Unheil Bogg heute aufgedeckt hat.«

»Die Leiche von Ser Aulmut Klingande«, antwortete Hans für Kristas Geschmack etwas zu eilig. Sie warf ihm einen kurzen warnenden Blick zu, doch er konzentrierte sich ganz auf Dugal. »In den Hügeln zwischen Eark und Rokenwalde. Kopfüber aufgehängt. Die verfaulten Gedärme hingen wie dekoriert überall im Wald herum.«

Dugals Blick verfinsterte sich. Krista spürte seine Anspannung nur an einer leichten Veränderung seiner Sitzhaltung. Tatsächlich hatte sie so etwas noch nie zuvor bei ihrem Meister gesehen. »In den Hügeln zwischen Eark und Rokenwalde?« Dugal fuhr beiläufig mit der Hand über die flackernde Kerze auf dem Tischchen neben sich.

»So ist es.« Hans beobachtete Dugals Hand und die tanzende Flamme darunter.

»Ihr seid vom Earkweg abgewichen?« Dugal lehnte sich leicht nach vorn, hielt die Hand aber über der Kerze. »Was hat euch in diese Hügel geführt, in die Wälder dort?«

»Die Nase von Boggs verfluchter Töle hat uns dorthin geführt.«

Dugals Ausdruck wurde gedankenvoll, als er den Bronzepokal vom Tisch nahm und mit großen Schlucken austrank. Dann legte er beide Hände in den Schoß und streckte die Finger kurz aus. »Und die Leiche hing also kopfüber?«

Krista spürte, dass Hans sie ansah, aber sie ignorierte ihn. Das war seine Geschichte. Seine Beichte. Sie würde erst sprechen, wenn sie direkt gefragt wurde. Hans hatte bereits Fehler begangen und musste jetzt damit leben, bis zum Ende.

»Wie ihr aus eurem Sakrament der Seelen wisst«, sprach Dugal weiter, »kann man vieles von den Toten lernen. Wie hat Boggs Bulldogge auf die Leiche reagiert?«

Hans antwortete: »Das Vieh hat Klingande die fette Visage direkt von seinem fetten Schädel abgefressen.«

»Nun, Hans Rake, und warum erzählst du mir das?«

Hans sank auf dem Sofa zurück und kniff die Augen zusammen. Wenn Black Dugal sie mit vollem Namen ansprach, bedeutete das nie etwas Gutes. Hans hieß Schattenholz. Krista war der Ansicht, dass er besser keine Fragen mehr beantworten sollte.

»Ich erzähle es Euch, weil Ihr mein Meister seid«, erwiderte Hans. »Weil Ihr gefragt habt.«

»Man muss nicht auf jede Frage antworten«, sagte Dugal mit einer Kühle, die Krista wie ein Eispickel durch das Rückgrat fuhr. »Man muss lernen, manches einfach für sich zu behalten, wenn man ein erfolgreicher Bluthölzler und Pelzhändler werden will.« Dugal ließ die letzten Worte so stehen, und in seinen Augen spiegelte sich schwach das Rot der Kerze. »Habe ich recht, Krystallholz?« Er sah sie an.

Kälte durchströmte Krista bis auf die Knochen, als sie nickte. Sie wagte nicht, Hans anzusehen, denn sie wusste, dass seine Blicke sie mit purer Eifersucht durchbohrten.

Pelzhändler?

In Gedanken war sie sofort wieder in Eark, wo sie sich als zahnlose Alte in Lumpen mit riesigen Krabbenkäfigen durch den Hafen der fremden Stadt geschoben hatte. Sie hatte sich Hurion-Tac-Paste auf die Wangen, die Nase und sogar die Augenlider geschmiert, damit ihr Gesicht richtig deformiert aussah. Dieselbe Paste, mit starkem Birkenwhiskey vermischt und auf die Haut gerieben, verursachte ganz schnell tiefe Falten, die einige Stunden vorhielten. Aber die Falten und die fehlenden Zähne waren nicht der Clou gewesen. Die Verkleidung hatte erst durch die Schwielen an den Händen gewirkt. Eine Krabbenverkäuferin musste auf jeden Fall schwielige Hände haben. Und Krista hatte viele Krabben verkauft.

Hans war ein attraktiver, erfolgreicher junger Pelzhändler aus Nordsumpf und hatte die Schankwirte und Huren von Eark mit seinen Reichtümern überschüttet und aus allem einen großen Auftritt gemacht. Von Anfang an hatte er den Ausflug jedoch für Zeitverschwendung gehalten. Er wollte Spaß und Unterhaltung. Krista wusste, wie wichtig es für die Ausbildung eines Bluthölzlers war, sich in aller Öffentlichkeit, aber ungesehen bewegen zu können. Deshalb hatte sie ihre Verkleidung sorgfältig gestaltet.

Sie warf Hans einen schnellen Blick zu. Er war nicht erfreut. Die Tätowierungen links und rechts am Kopf, am Hals und über den Ohren konnten das verschämte Erröten nicht verbergen. *Die Wahrheit in den Lügen zu entziffern, ist Teil deiner Prüfung*, hatte Plattauge gesagt. *Die Wahrheit ist flüchtig, Verrat aber ist zeitlos.* Um Krista drehte sich alles. *War Dugal in Eark gewesen? Galt der Ausflug als Test, ob wir ihn täuschen können? Oder vielleicht hat Bogg oder Plattauge ihm schon von unseren Verkleidungen erzählt. Oder ist Dugal einfach so schlau?* Sie erinnerte sich, wie überzeugend er die Rolle des Dieners von Aulmut Klingande gespielt hatte. *Alles über Black Dugal ist ebenfalls gelogen.*

»Ich hätte Aulmut Klingande schon längst erledigen sollen«, sagte Dugal sanft. »Aber, ach, ich habe ihn für euch aufbewahrt, meine Lieblinge, und nun muss ich befürchten, dass der Mann durch mein Zögern wiederkehrt, um mich zu beißen.« Er sah Krista an und fragte: »Wer bist du?«

»Krystallholz«, antwortete sie ohne zu zögern. Sogar sie war überrascht, dass der Name so rasch kam. *Habe ich mein früheres Leben wirklich so schnell fahren lassen?* Sie konnte sich ihren Vater kaum mehr vor Augen rufen. *Gault Aulbrek, wo bist du hin?* Er war gegangen, da war sie gerade sieben gewesen, und danach hatte er sie nur ab und an von den Schlachtfeldern von Adin Wyte aus besucht. Zuletzt hatte sie ihn mit zwölf Jahren gesehen. Er hatte ihr das schmale blaue Band geschenkt, das sie noch immer um das

Fußgelenk trug. *Aber ich habe ihn eigentlich nie gut gekannt.* Als Kind hatte sie ihren Vater vergöttert. Aber in den vergangenen zehn Jahren hatten zumeist zwei bösartige Fremde über sie gewacht, Aevrett Raijael und Black Dugal. Jedes Mal, wenn sie ihren neuen Namen, Krystallholz, hörte, dachte sie an ihr früheres Leben. Warum, wusste sie nicht, es war einfach so. All das schoss ihr durch den Kopf, während sie ihren Meister geradeaus und, ohne zu blinzeln, ansah.

Und Dugal sah sie an und sagte: »Du bist wie jene letzte Flocke, die ganz oben auf dem Gipfel eines schneebedeckten Bergs landet. Die kristallklare Flocke, die den gesamten eisigen Berg donnernd und alles niederwalzend den Hang hinunterrutschen lässt.« Er ließ wieder die Hand über der Kerze schweben. »Niemand kann voraussehen, was jeder Tag bringt.« Er hielt inne und sah sie jetzt mit seinen rotgeäderten Augen eindringlich an. Als er weitersprach, waren seine Worte sanft, aber gewählt. »Ich habe eine Aufgabe für dich, meine kristallene Schneeflocke. Nimmst du sie an?«

Ohne zu zögern nickte sie.

»Vielleicht denkt unser König, er könne mit mir tanzen«, sagte Dugal jetzt mit finsterem Blick auf seine Hand, die leicht über der Kerze schwebte. »Nun, ich werde Aevrett Raijael eines Besseren belehren.«

Hier drohte Gefahr. Dunkel und überwältigend. Krista spürte es. Fast versetzte es sie in Panik. Doch ein Rest von Vorsicht ließ sie vernünftig nachdenken. Sie sagte nichts. Ihr Herz aber hämmerte wie verrückt.

»Du musst unserem König einen Besuch in Jö Reviens abstatten«, fuhr Dugal fort. Dabei sah er ihr fest in die Augen. »Du wirst ihn im Geheimen aufsuchen. Er darf nie erfahren, dass du dort warst. Seine fünf Ordensritter dürfen es nie erfahren. Auf keinen Fall. Und sie sind, alle fünf, intelligent und von wachem Verstand, absolut tödlich. Diese meine Aufgabe für dich ist also nicht einfach.«

Er will, dass ich den König ausspioniere! Krista spürte, dass Hans' Blicke sich neiderfüllt auf sie richteten. Sie sah ihren Meister an und nickte. Als sie den Befehl annahm, wusste sie nicht, was sie von der Sache halten sollte. Sie hatte König Aevrett Raijael seit fünf Jahren nicht gesehen und in dieser Zeit auch keinen Fuß in den Palast von Jö Reviens gesetzt. *Und nun soll ich ihn als Mitglied der Bluthölzler-Meuchelmörder ausspionieren.* Es kam ihr wie ein riesiger Verrat vor. Aber sie hasste den König und würde es genießen.

Für ihn und seine Königin Natalia hatte sie nichts übrig. Deren Kopf hatten eindeutig die Totengeister zerfressen. Die Frau war verrückt. Krista dachte an die Zeit in Jö Reviens zurück. An Einsamkeit und Qual. An den meisten Tagen hatte sie sich gewünscht, einfach Teil des Hofes von Aevrett zu sein, barfuß und atemlos durch die Wiesen der Turnierhöfe im Palast zu laufen, mit den anderen adligen Kindern herumzutoben. Doch so war ihr Leben nicht gewesen. Aevretts fünf Ordensritter hatten ihren Alltag überwacht und sie meist in einer kleinen Kammer neben den Gemächern der Königin eingesperrt. Mit einem Schauer dachte sie an die Marter zurück, der sie wegen Natalias Schwachsinn ausgesetzt war. An Dinge, die sie aus dem Gedächtnis verbannt hatte. Qualen, an die sie sich nicht erinnern wollte.

Als Spinnenholz sie befreit und zu Black Dugal gebracht hatte, war es wie ein Schock gewesen. Spinne hatte sie auf Geheiß Dugals gerettet. Zuerst tat sie sich schwer unter dessen Obhut. Krista hatte es gehasst, hatte sich gefürchtet. Doch gesagt hatte sie das nie. Dann hatte sie erkannt, welche Freiheit darin lag, ein Bluthölzler zu werden. Sie hatte ihre Kameradinnen Seita und Breita bewundert. Die beiden waren ihr wie Schwestern geworden. Oft überlegte sie, wo sie wohl inzwischen waren. Auf welche Mission hatte man sie geschickt? *Und werde ich sie je wiedersehen?*

»Und mich schickt Ihr nicht nach Jö Reviens?«, fragte Hans schließlich mit bitter verzogenem Mund. »Aber *sie* schickt ihr?«

»Du hast deine Anweisungen, Krystallholz.« Black Dugal drückte die Flamme mit zwei Fingern aus, erhob sich und verließ schweigend den Raum, ohne Hans auch nur einmal anzusehen.

Eine entehrte Frau wird in den Augen Laijons wertlos. Selbst unter dem Joch der Schändung muss die Frau sich irgendwann der eigenen Mitschuld stellen und um Vergebung Laijons ersuchen.

WEG UND WAHRHEIT LAIJONS

19. KAPITEL

AVA SHAY

AM VIERUNDZWANZIGSTEN TAG DES MONDES DER TUGEND IM 999. JAHR LAIJON – BAINBRIDGE, GUL KANA

Am Morgen vor der Schlacht um Bainbridge saß Ava bei dem verletzten Bluthölzler im abgedeckten Wagen. Sie hatte mit dem Messer, das Jenko ihr gegeben hatte, gerade einen kleinen Käfer aus Birkenholz geschnitzt. Sie versteckte es in dem goldenen Weihrauchfässchen, das sie gerne bei sich trug. Der Bluthölzler hatte sich sehr an ihrer Schnitzerei erfreut.

»Kann ich das behalten, wenn du fertig bist?«, fragte er und legte das kleine schwarze Buch beiseite, in das er oft schrieb.

»Solange Ihr Aeros nichts von dem Messer verratet.«

»Diese Gabe für das Handwerk.« Der Bluthölzler nahm den Käfer. »Wie um alles in der Welt könnte ich so ein Mädchen verpetzen?« Seine Worte klangen unschuldig, seine Blicke waren es nicht. Dennoch bewunderte er ihre Schnitzarbeit eine Weile, bevor er sie in den Falten seiner polierten Ledertunika verschwinden ließ, die er seit Kurzem wieder über den Wundverbänden trug. Die Kleidung von Spinne roch immer nach Nelken. Sie hatte sich an den Duft gewöhnt, wie sie sich an ihn selbst gewöhnt hatte.

Ihr war aufgefallen, dass er gut aussah, allerdings hatte er einen grausamen Zug um seinen Mund. *Wie grausam jemand ist, sieht man immer am Mund*, hatte ihre Mutter einmal zu der kleinen Ava gesagt, nachdem ein Dieb, auf den genau das zutraf, mit einem ihrer Schweine erwischt worden war. Spinnes Mund war so, und das passte zu den rotgeäderten Augen. Dennoch behandelte er sie alles in allem ganz ordentlich. Er sprach respektvoll mit ihr, und die Zeit mit ihm war recht angenehm.

Als Aeros sie damals angewiesen hatte, sich um die Verletzungen des Bluthölzlers zu kümmern, war sie gekränkt gewesen. Aber sie hatte getan, was sie konnte. Der Schlag gegen den Kopf hatte zusammen mit den Peitschenhieben von Hammerfiss schreckliche Wunden hinterlassen. Kreuz und quer verliefen sie über Spinnes Rücken.

Anfangs war Spinnenholz ein schweigsamer Gefährte gewesen. In letzter Zeit jedoch hatte er sich geöffnet. Durch die Unterhaltungen mit ihm, so oberflächlich sie auch verliefen, verging die holprige Fahrt schneller.

Er zog ein Fläschchen mit Medizin aus der Tunika und trank. »Manche Mixturen wehren die Auswirkungen von Giften ab«, sagte er. »Manche beschleunigen die Heilung von Verletzungen, selbst von so schweren wie meinen. Ein Schädelbruch oder eine Hirnverletzung sind aber anders, die kann keine menschengemachte Mixtur kurieren. Ich habe in Ravenker einen harten Schlag einstecken müssen. Aber der Kopf ist wohl ganz geblieben. Am Ende werde ich wieder ganz der Alte sein.«

Sein Blick wurde finster. »Und dann werde ich Hammerfiss töten.« Er lächelte und zwinkerte ihr zu. »Du verpetzt mich deswegen aber auch nicht, oder?«

»Ihr solltet sie alle töten«, sagte sie. »Jeder in Aeros' Armee ist böse. Sie kennen keine Loyalität, auch Ihr nicht.«

»Mein Meister, ein Mann mit dem Namen Black Dugal, hat mich gelehrt, dass man jederzeit in der Lage sein muss, die Dinge zu seinem Vorteil zu nutzen. Selbst bei Aeros. Egal, wie der Engelsprinz dich schändet, nutze es zu deinem Vorteil, dann wird am Ende alles gut.«

»Erzählt mir bloß nicht, dass irgendetwas gut wird«, gab sie zurück. »Vergewaltigung wird niemals wieder gut.«

»Ich habe von meinen eigenen Problemen gesprochen«, sagte er. Im Sitzen deutete er eine Verbeugung an. Dann zog er eine Flasche Wein aus den Decken hervor. Er entkorkte sie und roch daran. Auch einen Kelch holte er aus den Laken. Dann machte er aus dem Einschenken eine solche Zeremonie, dass Ava fast geneigt war, eine Spur Gutmütigkeit in ihm zu erkennen. Aber sie mochte nicht aus dem Kelch trinken, den er ihr anbot.

»Ich muss dir doch irgendwie für deine heilenden, zarten Hände danken«, sagte er. »Trink.«

»Und wenn ich mich weigere?« Sie war nicht willens, ihm vollständig zu trauen.

»Ich bin größer als du.« Er lächelte, doch die Grausamkeit schwand nicht ganz aus seinem Gesicht. Da lauerte immer noch Gefahr. Er verneigte sich wieder. »Aber ich würde dich nie zu etwas zwingen, das du nicht tun willst. Es steht dir frei. Sieh es als meine Hilfe gegen die Schmerzen an, die dir noch bevorstehen mögen.«

Sie nahm den Kelch an und trank. Dabei wurde ihr klar, dass der geschnitzte Käfer das erste Geschenk war, das sie seit ihrer Gefangennahme jemandem gemacht hatte. Und der Wein war die erste Gabe, die sie freiwillig annahm. Oh, Aeros hatte ihr Geschenke gemacht, nutzlosen Tand und Edelsteine, und sie hatte ihm *etwas* geschenkt, ihren Körper nämlich, doch all dies hatte nur mit ihrer Gefangenschaft zu tun. Dieser Wein des Bluthölzlers schmeckte göttlich, und sie genoss ihn.

Sie trank mit ihm die ganze Flasche aus, und am Ende waren sie beide betrunken.

Bainbridge hätte an diesem vierundzwanzigsten Tag des Mondes der Tugend voller Anhänger der Kirche Laijons sein sollen, die zur Achttagsmesse kamen. Doch dem war nicht so.

Als Aeros Raijael und sein Gefolge von Rittern vom Blauen Schwert Ava Shay durch die verregnete Stadt scheuchten, sah sie die Überreste der Kathedralengewölbe aus dem Schutt ragen. Aus den zerschmetterten Fenstern und eingeschlagenen Türen quoll Rauch, und im Inneren leuchtete das orangefarbene Glühen des dort tobenden Infernos.

Vor dem Angriff war Bainbridge eine Stadt hoher Gebäude aus Holz und Stein mit strahlenden, bunten Bogengängen gewesen. Nun ging Ava durch verkohlte Überreste, an denen verwitterte Gespinste aus angesengtem Efeu und schwarzen Blüten hingen. Diese einst so stolze Siedlung war nun tot, die einst erhabenen Bauten lagen in Schutt und Asche. Wo lebhafte Straßen verlaufen waren, war jetzt alles verrußt und voller Blut der tausenden Kämpfer aus Bainbridge. Überall schwarzer Rauch. Ava, betrunken von Spinnes Wein, musste die übelriechende Luft einatmen, die ihr die Kehle zuschnürte. Sie fürchtete, sich übergeben zu müssen. Mit jedem benebelten Schritt durch die Stadt fühlte sie sich schwächer und dachte nur noch an eins. *Laijon hat ganz Gul Kana verlassen, so wie er mich verlassen hat!*

Der Regen wurde stärker und drückte den Rauch nieder, und je mehr die Luft aufklarte, desto mehr sah Ava mit verschwommenem Blick von dem Blutbad, das auf den Straßen stattgefunden hatte: polierte Helme, vergoldete Kettenhemden, Brustpanzer, Handschuhe, Schwerter, hier ein zerbrochener Spieß, dort eine abgeknickte Lanze, die königlichen Standarten der gefallenen Männer aus Bainbridge, die toten Schlachtrösser in geronnenem Scharlachrot. Leichen. Gemetzel. Fäkalien. Da ein abgetrennter Arm. Die verstreuten Überreste der Plünderung einer weiteren Stadt in Gul Kana. Kleine Rinnsale aus Regenwasser dazwischen erzeugten unzählige stumpfe Spiegelungen, die vor Avas Augen tanzten und ihren trunkenen Blick noch stärker trübten. Sie schloss die Augen und ließ sich von Aeros an der Hand führen.

Als sie im Süden der Stadt am Strand ankamen, schien die willkürliche Folterung der Überlebenden durch Hammerfiss und Enna Spades größtenteils vorüber zu sein. Wenigstens diese blieb Ava erspart. Das Grüppchen übriger Gefangener kauerte verängstigt bei den beiden Henkern von Aeros. Der leichenübersäte Strand roch nach Salzwasser und Blut. Der Regen ließ nach. Durch die Bucht von Bainbridge zogen sich rote Schlieren und kreuz und quer weiße Schaumkronen. Dort, wo die Wellen ans Ufer rollten, sah Ava tief kreisende Tauben, und Krebse krabbelten durch die Gischt. Ein paar räudige Hunde bellten und knurrten einander an, während sie ihr schauriges Mahl an den Resten der Schlacht hielten.

In der Ferne zerrten Mancellor Allen und Jenko Bruk einen Bainbridge-Ritter in schwerer Rüstung durch einen vor Eingeweiden fast schwarzen Streifen Sand nordwärts. Jeder von ihnen zog ihn an einem Bein durch den blutigen Strand zu Hammerfiss und Spades. Panisch versuchte der Ritter, am Boden Halt zu finden, und er hinterließ Furchen mit dem Gesicht und den Kampfhandschuhen.

Die Tätowierungen unter Mancellors Augen glänzten schwarz vom Regen, als er den Gefangenen vor Hammerfiss und Spades und den verbliebenen Geiseln aus Bainbridge – zumeist kleine Jungen und heranwachsende Kämpfer – auf die Füße riss. Alle Frauen und Kinder waren bereits in Richtung Norden aus der Stadt geflüchtet. Ava war froh darüber. Noch mehr Folterungen von Kleinkindern hätte sie nicht ertragen. Wegen ebendieser täglichen Dosis Gewalt und Grausamkeit, die sie mit anzusehen gezwungen wurde, trank sie so viel. Um den Schmerz zu überdecken. Die Schrecken zu verhüllen.

»Der wollte gerade im Hafen eine Schaluppe losmachen.« Mancellor verneigte sich vor Spades und Hammerfiss und deutete auf den Ritter zwischen sich und Jenko. Auch vor dem Weißen Prinzen verneigte er sich. »Es ist der Baron von Bainbridge, Ser Brender Wayland; das behauptet er jedenfalls.«

»Ein Baron, sagt Ihr?« In Hammerfiss' Gesicht breitete sich ein irres Grinsen aus. »Wollte sich bestimmt aus dem Staub machen.«

Ava wusste, dass es mit diesem Brender Wayland kein gutes Ende nehmen würde. Beim Anblick des Weißen Prinzen bekam er ganz große Augen. Mit seiner bleichen, harschen Eleganz hatte Aeros Raijael diese Wirkung auf viele.

Aeros ließ sie stehen und ging auf den Baron zu. »Habt Ihr gekämpft oder seid Ihr geflohen, Ser Wayland?«, fragte er. »Ich habe längst erfahren müssen, dass die Barone in diesem Königreich schwachen Mutes sind, wenn der Krieg kommt.«

Brender antwortete nicht.

»Wenn Ihr nicht antworten wollt«, fuhr Aeros fort, »lasse ich Spades freie Hand. Ihr solltet wissen, dass das nicht angenehm wird, Ser Wayland.« Regen setzte wieder ein.

Ava fragte sich, ob dieser dem Untergang geweihte Baron wohl mit Stefane verwandt war. Nach seinem Entkommen aus dem Gefangenenzelt in Galgenhafen mit Nail, Giselle und Liz Hen hatte sie oft überlegt, wo ihr Freund wohl sein mochte.

»Scheinbar hat Ser Wayland keine Zunge«, sagte Aeros. Der Regen wurde stärker und klimperte heftiger gegen die Rüstungen der hier versammelten Ritter aus Sør Sevier.

»Dann müssen wir ihm helfen, sie zu finden.« Hammerfiss grinste.

»Jenko, hol eins der Langschwerter, die da am Strand herumliegen, ein scharfes für die Zunge von Ser Wayland«, befahl Spades. Brender Wayland zitterte.

Jenko schritt über den verwüsteten Strand und zog dem ersten Ritter vom Blauen Schwert, den er sah, das Schwert aus der Hand.

Aeros' Armee hatte heute beinahe hundert Krieger in der Schlacht verloren. Der Weiße Prinz hatte es das erste echte blutige Aufeinandertreffen genannt, das ihnen in Gul Kana widerfahren war. Er wirkte davon ganz belebt. Tatsächlich hatte die gesamte Armee aus Sør Sevier begeistert gekämpft, als sie begriff, dass nicht wie sonst alle aus Bainbridge abgehauen waren. Sie hatten sich einer recht ordentlichen Armee von dreitausend Mann gegenübergesehen.

Bainbridge war zehnmal so groß wie Ravenker und Bedford, und diese beiden Orte waren jeweils doppelt so groß wie Galgenhafen. Aber die Armee des Weißen Prinzen war in den vergangenen Wochen auf mehr als dreißigtausend angewachsen. Schiff um Schiff stießen täglich noch mehr Soldaten aus Wyn Darrè zu Aeros' Truppe. Gemeinsam machten sie mit den dreitausend Bainbridgern kurzen Prozess. Aeros behauptete, wenn sie in Lord's Point einträfen, hätten sie eine Zahl von fünfzigtausend schlachterprobten Rittern auf dem Boden Gul Kanas, weitere zweihunderttausend stünden in Adin Wyte bereit, um über die schmale Meerenge östlich von Sankt Einzig aus dazuzustoßen und dann vielleicht doppelt so viele, wenn es weiter gen Amadon ging.

Als Jenko Bruk mit dem Schwert wiederkam, nahm Spades es ihm ab und hielt die Waffe mit ausgestreckten Armen Ser Brender

Wayland hin, Heft auf der einen, Klinge auf der anderen Handfläche, als biete sie eine wertvolle Gabe dar.

»Ich schlage Euch ein Geschäft vor, Ser Wayland«, sagte sie und deutete einen Knicks an. Brender sah sich das angebotene Schwert an, bewegte sich aber nicht.

»Hört her«, fuhr sie fort. »Schlagt einen Kämpfer meiner Wahl aus Sør Sevier im Kampf Mann gegen Mann, und die Armeen von Aeros Raijael werden einpacken, Segel in Richtung Heimat setzen und Gul Kana nie wieder behelligen.«

Brender sah sie an. »Und woher weiß ich, dass Ihr Euch an die Vereinbarung haltet?«

»Ein Kampf auf Leben und Tod, Ser. Stimmt Ihr zu?«

Brender Wayland nahm das Schwert, prüfte sein Gewicht. Es passte ihm gut. Er blickte zu der Reihe Gefangener aus Bainbridge, die hinter Spades stand. »Wenn ich siege, versprecht Ihr, dass Eure Armeen abziehen?«

»Das verspreche ich.«

Einige der Geiseln standen jetzt aufrechter. Doch Ava wusste, dass die Hoffnung in ihren Augen unbegründet war. Denn sie kannte die unbändige Gewalt, die in Spades brodelte, die unerreichte Rücksichtslosigkeit. Und die Neigung, nur Angebote zu machen, wenn sie wusste, dass sie gewinnen würde. Dennoch schien diese Hoffnung Brenders Selbstvertrauen zu stärken. »Dann nehme ich Euer Angebot an«, sagte er.

Spades drehte sich zu Jenko Bruk um. »Töte ihn, Jenko.«

Ava atmete tief ein. Jenko begegnete ihrem Blick, als er sein Schwert zog. Sie wollte ihm zurufen: *Lass dich von Brender töten! Ich will sehen, ob Spades' Versprechen gehalten wird und sie Gul Kana endlich in Frieden lassen!* Aber der Kopf voller Wein und ihre eigene Furcht machten es ihr unmöglich, etwas zu sagen, geschweige denn, etwas über den blutbesudelten Strand zu schreien.

Die beiden Männer nahmen ihre Positionen ein. Von den gezogenen silbernen Klingen perlten die Regentropfen. Brender hieb zuerst drauflos, ein schneller Stoß von links, den Jenko geschmeidig parierte. Er konterte mit einem Schlag gegen Brenders Beine. Der Baron wehrte ab. Jenkos zweiter Hieb zielte hoch, direkt auf den Kopf seines Gegners. Der Baron parierte wieder mit dem Schwert, verlor dabei aber ganz leicht das Gleichgewicht, als er den Arm heben musste. Und Jenko stieß seine Klinge mit beiden Händen kraftvoll direkt durch die Achsel des Mannes. Die Augen des Barons weiteten sich vor Schrecken und Schmerz.

»Ihr tötet mich?«, krächzte Brender schließlich mit vergehender Stimme. Selbst der Regen schien in diesem Augenblick aufgehört zu haben. »Warum tötet Ihr uns, Abschaum aus Sør Sevier?« In stummer Pein öffnete sich sein Mund weit, dann rutschte er von Jenkos Schwert und fiel in sich zusammen. Nur das Prasseln des Regens auf seiner Rüstung war noch zu hören.

Da begann einer der Gefangenen aus Bainbridge schwer zu schluchzen, ein Junge, den Trauer und Verzweiflung übermannten. Ava konnte nur daran denken, dass Brender Jenko mit seinen letzten Worten »Abschaum aus Sør Sevier« genannt hatte. Wahrscheinlich hatte Brender keine Ahnung, dass Jenko Stefane kannte. Dass Stefane an Bord des Krakenfängers von Baron Bruk gearbeitet hatte. Dass beide einst beste Freunde gewesen waren. Der Gedanke machte sie wieder nüchtern. Empfindet denn Jenko kein Mitleid in seiner Seele? Er hätte den Kampf verlieren, sich von Brender hinmetzeln lassen können, dann wäre all das Blutvergießen und die Folter vorbei gewesen. Doch dann erinnerte sie sich daran, was Jenko bald nach ihrer Gefangennahme durch Aeros gesagt hatte: *Wir alle tun, was wir können, um am Leben zu bleiben. Hätte ich mich opfern können?*, überlegte sie. *Kann ich mich selbst töten?* Ab und an merkte sie in der Finsternis der Nacht, dass sie genau diese Kraft in sich suchte, die Kraft, allem einfach ein Ende zu bereiten. Und dann trank sie einfach noch mehr von Aeros' Wein, bis es nicht mehr wichtig war. Jenko hatte ihr das Messer gegeben, ja, und er hatte sie angewiesen, es gegen Aeros zu nutzen. *Aber wie benutze ich es wirklich?*

Als sie so am Strand stand und die Geister und den Aufruhr in ihrem trunkenen Kopf im Zaum zu halten versuchte, gerieten die groben Umrisse der schmorenden Bauten von Bainbridge ihr ins Blickfeld. Sie wollte sich nicht länger bemitleiden. *Nur ich selbst kann meine Schmerzen heilen.* Sie konzentrierte sich auf das Messer, das Jenko ihr vor einer Woche in die Bluse geschoben hatte. Sie hatte es versteckt. Gut versteckt. Und sie würde es benutzen. Sie wollte kein Opfer mehr sein.

Abschaum aus Sør Sevier. Die letzten Worte von Baron Brender hatten sie überzeugt. Sie warf einen Blick auf den zusammengesunkenen Körper Waylands. Triumphierend stand Jenko Bruk über ihm und säuberte sein Schwert.

Und er begegnete ihrem Blick mit einem wilden Starren ohne Mitgefühl.

»Ich hasse feige Stiefellecker und schmeichelnde Schleimer.« Aeros' Kopf tauchte aus dem dampfenden Wasser auf, die weißen Haare klebten ihm am Schädel. Es hatte aufgehört zu regnen, und nun standen funkelnd die Sterne am Himmel. Durch die Öffnung im Zeltdach wehte eine leichte Brise herein. Ava war nicht mehr betrunken. Sie hatte die wenigen Schlucke Wein abgelehnt, die Aeros ihr angeboten hatte. Zum Glück hatte er sie nicht gezwungen.

Sie kniete in seinem perlmuttfarbenen Wams und nichts darunter neben der heißen Wanne des Weißen Prinzen. Es war vorn geöffnet und bedeckte nur ihre Schultern und den Rücken. Aeros bestand darauf, dass sie es nicht zuband. Er sah sie gern fast nackt, wenn sie ihn badete, so wie jetzt. »Das Problem ist«, er blinzelte etwas Wasser aus den Augen, »ein schmeichelnder Stiefellecker erkennt nie, dass er einer ist.«

»Bin ich ein schmeichelnder Stiefellecker?« Die Frage ging ihr wie von selbst über die Lippen, und sie verfluchte ihre Kühnheit.

Sein dunkler Blick ruhte auf ihren Brüsten. »Du? Ein Stiefellecker?« Er sah ihr in die Augen und war eindeutig verärgert. »Rede keinen Unsinn.«

»Ich will Euch nur necken.« Sie kniff ihn spielerisch in die Schulter. Ihn so zu massieren, ekelte sie ungemein. Seine Haut im Badewasser fühlte sich glatt an wie warmes Porzellan. Sie erinnerte sich, wie sie manchmal das weiße Geschirr abwaschen musste, das der alte Leddingham für wichtige Durchreisende aus dem Keller im *Krakenspeer* holte. Aeros Haut sah genauso aus wie die guten Teller in Leddinghams Abwasch. Sie sagte: »Ich dachte, es sei Euer Wunsch, dass ich etwas neckischer werde.«

»Sei einfach still und massiere mir den Nacken und den Rücken. Lass mich entspannen. Ich sage schon Bescheid, wenn es neckisch werden soll. Deine ungebetenen Versuche sind eher verletzend.«

Wenn er wüsste, wie sehr ich ihn verletzen möchte. Sie sah das ertränkte Baby vor sich, im kalten Fluss bei Leifid. Aeros' Haut zu streicheln widerte sie mit jeder Minute mehr an. Der weiße Bärenpelz unter ihren Knien, das opulente Zelt und die Möbel, die Kristallkrüge um die Wanne, die Kerzen, die geräumige Öffnung im Zeltdach, durch die Sterne hereinschienen, die Kräuter im parfümierten heißen Wasser, die ganze dampfende Szenerie: Jedes Mädchen, das von einer Romanze träumte, wäre begeistert von dem Luxus und der Pracht. *Aber wer gibt sich noch solchen Fantasien hin?*

Mit den Fingern fuhr sie langsam hoch bis an sein Kinn und wieder die Schultern hinab. Die blassvioletten Venen in seinem Hals sahen in der nassen, nebligen Luft so nah und verletzlich aus. *Und meine Fingernägel sind so lang.* Das Messer von Jenko lag im

Moment versteckt unter Asche und verbrannten Kräutern in ihrem goldenen Weihrauchfässchen auf einem Tischchen in dem verhängten Raum, der als ihr Badezimmer diente. Dieser wiederum befand sich direkt neben Aeros' Schlafgemach und Bad. *So nah!*

»Ich finde, in deinem Freund Jenko steckt zu viel Arschkriecherei«, sagte er. »Ich weiß, er wünscht sich, in meiner Armee aufzusteigen. Und ich bewundere seine Entschlossenheit und Hingabe. Tatsächlich wohnen Charakterzüge in ihm, die man …«

Er brach ab. »Hörst du mir eigentlich zu?« Verärgert blickte er zu ihr hoch. Sie drückte ihm die Finger noch kräftiger in die Muskeln.

Auf dem Messingtisch neben der Wanne lag ein weißes Handtuch. Er nahm den Arm aus dem Wasser und wischte sich daran die Handfläche trocken, dann auch den Handrücken. »Ich fürchte, du hörst mir nicht zu. Du erinnerst dich kaum je an etwas, das ich dir erzähle.«

»Verzeiht, mein Lord, ich will versuchen, zuzuhören.«

»Nein, das glaube ich nicht«, sagte er. »Ich kann dir etwas sehr Wichtiges erzählen, und wenn ich dich am nächsten Tag danach frage, tust du so, als hörst du das erste Mal davon. Das regt mich auf. Du regst mich auf. Und zwar dermaßen.«

Ava bearbeitete einfach weiter das Fleisch unter ihren Fingern. Schweigend.

»Weißt du noch, als wir uns begegnet sind?«, fragte er. »Wie ich gesagt habe, wir würden die besten Freunde? Dass du mich eines Tages verehren würdest?«

»Ich erinnere mich.«

Er setzte sich auf, verdrehte den Hals und sah sie an. »Ich verliere in deiner Nähe die Kontrolle, meine Liebe.« Sein Gesicht war von einem dünnen Schweißfilm überzogen, weil die Wanne so heiß war, und es glänzte im Kerzenschein. Er drehte sich zu ihr. Mit der trockenen Hand berührte er ihre Brust unter dem Wams und streichelte sie. Sie wollte zurückweichen, verharrte jedoch. Sie würde keinen Ekel zeigen. Seine Stimme klang kehlig und voll. »Als du das erste Mal zu mir kamst, warst du meine Gefangene, jetzt bin ich der deine.«

»Wenn Ihr es sagt.« Sie lächelte und legte den Kopf etwas schief.

»Mich plagen verschwommene Träume«, sprach er weiter. »Schwere Träume. Auch wenn ich wach bin. Visionen der Zukunft, wenn du so willst. Diese Träume … sie befallen mich und lassen mich denken, die Totengeister hielten mich in ihren schaurigen Krallen.« Bei der Erwähnung der Totengeister zuckte Ava zusammen.

»Manchmal können diese Träume angenehm sein«, sagte er. »Zum Beispiel habe ich von dir geträumt. Lange, bevor wir uns begegnet sind. Ich kannte dein Gesicht. Also hat es mich damals nicht überrascht, dich zu finden. Was sagst du denn zu so einer Prophezeiung?«

»Ich weiß nicht.«

»Manche Visionen lasten mir schwer auf den Gedanken.« Seine Hand glitt von ihrer Brust. »Oh, ich weiß, kaum jemand verspürt Mitgefühl für meine Lage, du am wenigsten, nehme ich an.«

»Ich fühle mit Euch.«

»So sieht es aber nicht aus.« Er ließ den Kopf sinken und sah sie nicht mehr an. »Ich werde von Tag zu Tag dem Bluthölzler ähnlicher. Ich glaube nur noch an das, was ich sehen und anfassen kann, sonst nichts. Ganz gewiss nicht an das, was mir irgendjemand erzählt.«

Sie dachte an Bainbridge, an Brender Wayland und seinen sinnlosen Tod durch Jenkos Hand. *Ihr tötet mich*, waren die letzten Worte des Barons. *Warum tötet ihr uns?*

»Warum kämpft Ihr?«, hörte sie sich fragen. »Warum die Eroberungen und die Folter?«

Aeros beugte sich in der Wanne nach vorn, die Hände unter

Wasser, damit sie ihm den Rücken streicheln konnte. »Selbst euer *Weg und Wahrheit Laijons* erzählt vom Feurigen Sündenerlass«, sagte er. »Jetzt ist die Zeit dafür. *Die Ritterlichen Erläuterungen* halten unsere Taten fest. Laijon weiß, wer seine wahren Jünger sind. Und seine wahren Jünger sind jene, die der Blutlinie Raijaels folgen, der von Laijons einzigem Erben. Ich entstamme dieser Blutlinie. Ich bin die Wiederkehr Laijons. Durch seinen Willen und seine Gnade beanspruche ich das Land zurück, das vor so langer Zeit gestohlen wurde.«

Dieses Monster dort vor ihr konnte unmöglich die Wiederkehr Laijons sein. Sie wusste vom Feurigen Sündenerlass. Bischof Tolbret hatte mehr als einmal in der Achttagsmesse aus den Prophezeiungen des Heiligen Buches gelesen. Die Wiederkehr Laijons wurde als prächtiges Ereignis beschrieben. Dass sie zu ihren Lebzeiten geschehen sollte, hätte Trost bringen und sie Laijon preisen lassen müssen. *Aber angesichts der brutalen Wirklichkeit des Krieges …*

»Glaubst du daran, dass die Vallè auch solche Träume haben wie ich?«, fragte er. »Glaubst du, dass auch sie Dinge aus der Vergangenheit, der Gegenwart und der Zukunft wissen?«

»Ich kenne keine Vallè.«

»Du verstehst dich gut mit Spinnenholz, nicht wahr?«

»Ich reinige täglich seine Wunden, wie Ihr es mir aufgetragen habt. Lege neue Verbände an. Er scheint dankbar zu sein. Ist er ein Vallè?«

»Nein. Er ist kein Vallè.« Kaum merklich lachte er. »Aber ich möchte gern, dass ihr euch näherkommt.«

»Wenn Ihr es wünscht.«

»Und doch, auch wenn du seine Freundin werden sollst: Spinne, egal wie charmant er sich gibt, ist nicht zu trauen.«

»Wenn Ihr es sagt.«

»Spinne wird eines Tages Hammerfiss töten. Er wird auch ein

Attentat auf mein Leben begehen. Man kann nicht wissen, welche Ränke Black Dugal für ihn eingefädelt hat. Aber es belustigt mich zu sehen, wie sich die Dinge ergeben.«

Aeros verstummte einen Moment. Dann sagte er: »Es gibt einen Mann, der heißt Habichtholz. Ein Bluthölzler. Ein Meuchelmörder wie Spinne. Habicht und Spinne nannte man sie einst. Verwoben in viele Intrigen mit Black Dugal. Sie nennen Dugal sogar Vater, dabei ist er niemandes Vater. Sie denken, ich hätte keine Ahnung von ihren Winkelzügen, Spinne und Habicht. Aber ich bin kein Narr. Auch ich habe meine Spione.«

Er verfiel wieder in Schweigen. Sie massierte ihm weiter den Rücken. »Ja«, sagte er schließlich sanft mit verschwörerischer Stimme. »Du wirst Spinne eine echte Freundin sein.«

»Wenn es Euch gefällt, mein Lord.«

»Auch Habichtholz treibt mich um. Spades behauptet manchmal, sie spüre seine Anwesenheit. Was hält man davon? Stecken auch in Spades Prophezeiungen?«

»Ich weiß nicht.«

»Spades sagte, Habichtholz sei in Ravenker gewesen. Dass sie ihn dort *erspürt* habe. Sie meint, wahrscheinlich sei er es gewesen, der Spinne den Schädel eingeschlagen hat. Natürlich will der nichts davon hören. Ich muss aber wissen, was vorgefallen ist. Der Junge, Nail, war dort. Aber hätte er den Bluthölzler so schwer verletzen können? Vielleicht kannst du ein paar Antworten darauf aus Spinne herausholen, Ava.«

»Wie Ihr wünscht.«

»Prächtig«, sagte er. »Du wirst eine großartige Spionin. Vielleicht nenne ich dich ab jetzt Fräulein Großartig. Oder Großartigholz. Oder vielleicht irgendwas anderes Albernes.«

»Wenn es Euch gefällt.«

»Ich habe dir erzählt, wie sehr mein Vater meine Mutter verehrt, oder nicht?«

»Das habt Ihr. Sie heißen Aevrett und Natalia.«

Er blickte merklich überrascht zu ihr auf. »Du hörst ja doch zu.«

»Und nie war eine Ehe gefestigter als die ihre«, setzte sie hinzu. »So sagtet Ihr doch.«

»Ach, leider reiche ich da nicht an sie heran. Ich bin nicht verheiratet, habe keine Kinder. Demnach wäre es praktisch unmöglich, dass ich in irgendeiner Form untreu bin. Doch eines Tages werde ich vermählt. Alle Edeldamen in Adin Wyte und Wyn Darrè sind tot. Dort lässt sich keine Allianz schmieden. Vielleicht nehme ich Jondralyn Bronachell zum Weib. Wie ich höre, ist sie unglaublich schön. Und Jovan hat eine jüngere Schwester, Tala. Mir gefällt der Name. Aeros und Tala. Das klingt doch gut, nicht wahr?«

»Tut es.«

Er schien ganz willkürlich die Themen zu wechseln. Das erfüllte sie mit Furcht. Sie hatte bereits gelernt, dass der Weiße Prinz in dieser zerstreuten, unvorhersehbaren Stimmung ganz schnell grob werden konnte. Welche Form seine Wut annahm, welche Erniedrigung er ihr antun würde, konnte sie nicht erahnen.

Doch sie würde nicht mehr zulassen, dass er sie vergewaltigte. Und wenn sie dabei sterben musste. *Ich habe das Messer!* Keine zwanzig Schritte entfernt in einem goldenen Fässchen auf dem Tisch in ihrem Bad.

»Wirst du eifersüchtig, wenn du an mich mit einer anderen denkst?«

Sie ließ die Frage offen und strich ihm langsamer, bedächtiger über den Rücken, rieb ihm das warme Wasser mit der Duftseife in die Haut. »Wenn … wenn Ihr wünscht, dass ich eifersüchtig sein soll, dann werde ich …«

»Ich will, dass du fühlst, was du fühlst«, zischte er. »Gut möglich, dass ich die kleine Tala Bronachell eines Tages heirate. Schmerzt dich das?« Er klang jetzt sehr zornig.

»Ein wenig«, antwortete sie schließlich und zuckte dabei angewidert zusammen.

»Bist du eifersüchtig auf Spades und Jenko?«

»Ich denke nicht an sie. Nie.«

»Ist wahrscheinlich besser. Wenn sie beieinanderliegen, sind es keine Himmelsfahrten wie bei uns. Ich stelle mir vor, sie besteigen sich wie läufige Köter. Wer möchte an so etwas denken?«

»Ich sagte doch, ich denke nicht daran«, murmelte sie. Doch das war gelogen. Wann immer die Sprache auf Jenko und Spades kam, sah Ava sie in Gedanken vor sich. Ihre Fantasie war wie ein rostiger Dolch in ihrem Herzen.

»Ich neige dazu, Bluthölzler und ehemalige Feinde wie Mancellor Allen als Leibgarde einzusetzen«, sagte er und wechselte erneut das Thema. »Getäuscht werden kann man nur von denen, die man liebt. Nie von denen, die man verachtet. Wenn man einen Feind in der Schlacht fasst, dann erwartet er nichts als Elend. Wenn du aber den Spieß umdrehst und ihm ein Leben voller Annehmlichkeiten und Macht gibst, dann *gehört* er dir noch mehr als ein Sklave. Und wenn so jemand in meiner Nähe ist, bleibe ich konzentriert und aufmerksam.« Er redete selbstgefällig vor sich hin, und Avas Herz bebte. »Ich tausche meine Erzritter gern aus, weil ich meinen eigenen Soldaten nicht völlig traue. Wenn meine Leibgarde unterschiedlicher Herkunft ist, misstraut stets einer dem anderen, und dadurch bleiben sie alle auf dem Sprung, wachsam – und mir gegenüber loyal. Denn ich bin die einzige Konstante in ihrem Dasein. Zumindest ist das mein Ziel. Dass sie wegen ihresgleichen paranoid werden, nicht meinetwegen. Wenn du verstehst, was ich meine. Zehn Jahre lang hat es jedenfalls funktioniert. Nur Gault war von Anfang an bei mir. Jetzt ist er verschwunden. Und so brauche ich mehr Erzritter. Ich habe nur noch Hammerfiss, Spades und Mancellor. Auf Spinne kann ich nicht länger zählen. Ich muss zwei neue finden …«

Der letzte Satz blieb unvollendet, und er verstummte. Dieser Gedankengang war lang und erratisch gewesen, und sie ahnte, dass es in ihm brodelte. Doch er hatte etwas gesagt, das eine Erinnerung in ihr wachrief. Sie hatte in Leifid ein gewisses Maß an Güte in Mancellor Allen erkannt. Ihm hatte etwas an dem Baby gelegen, das Aeros ertränkte. Ihrer Meinung nach war Mancellor kein böser Mensch. *Gibt es Hilfe für mich bei ihm?*

Aus irgendeinem Grund wollte sie sich den grünen Engelsstein noch einmal ansehen. Auch den blauen, den Jenko gefunden hatte. Dann dachte sie an den glatzköpfigen Ritter, Gault, den sie hatte überreden wollen, mit ihr zu fliehen. Den sie geküsst hatte. Sie konnte immer noch nicht glauben, dass sie es zugelassen, ja *gewollt* hatte. Hätten sie mit Axt und Stein fliehen können, wäre jetzt alles anders. Selbst wenn sie mit Nail geflohen wären. *So viel ›wenn‹.* Und aus nichts konnte sie einen Sinn zusammenfügen.

Nun saß sie hier und streichelte ihrem Feind über den Rücken.

»Ich würde Jenko Bruk zum Erzritter machen«, sagte Aeros, »wenn ich sicher wüsste, dass ich seine volle Loyalität habe. Er belagert mich andauernd wegen der Streitaxt, die er Nail abgenommen hat, fragt mich immerzu, ob er sie nicht noch einmal ansehen, noch einmal anfassen darf, noch einmal die magische Wärme in der Hand spüren. Fast möchte man denken, er spricht von dir, meine Liebe, so wie seine verschlagenen Augen vor Lust entflammen.« Er wischte sich die Hand wieder am weißen Handtuch trocken, drehte sich und legte sie ihr auf die Brust, knetete leicht und mit lüsternen, dunklen Augen. »Habe ich *deine* volle Loyalität?«

Ihr Blick schoss zu dem Durchgang, der in die nächste Kammer führte, wo ihr Messer lag. *Ich kann hinüberrennen und das Messer holen, ehe er auch nur aus der Wanne steigt!*

»Ein Sklave weidet sich mit der Zeit an den Erniedrigungen durch seinen Meister«, sagte Aeros. »Denkst du nicht auch, meine Prinzessin?«

Wahrscheinlich glaubt er das wirklich. Sie zog sich zurück, rutschte auf den Knien von ihm weg, und seine Hand löste sich von ihrer Brust. Ein grimmiger Ausdruck trat auf sein bleiches Gesicht. Er kniff die dunklen Augen zusammen, und die mäandernden Adern an den Schläfen pulsierten vor Zorn. »Ich habe dir nicht gestattet, dich zu bewegen.«

»Ich möchte nicht wieder bei Euch liegen.«

»Du *möchtest* nicht?« Das Wasser spritzte in der Wanne, als er darin herumfuhr und sie direkt anblickte. »Verstehst du denn nicht die Rechtmäßigkeit meines Anliegens? Die Rechtmäßigkeit unserer Verbindung? Warum widersetzt du dich mir?«

Zitternd und auf Knien wich sie weiter zurück. Sie blickte aufgeregt auf ihren Fluchtweg und stellte sich vor, welches Unheil ihr verborgenes Messer anrichten würde, verletzlich und nackt wie er war.

»Dass du bei dieser Torheit bleibst, ärgert mich«, sagte er.

»Es tut mir leid«, sagte sie. »Bitte verzeiht mir.«

Er entspannte sich. »Wer hat dir solche Narretei und Anmaßung eingeflüstert?«

Da rannte sie in den Nebenraum und griff nach dem Messer, das jetzt ihr ganzes Denken ausfüllte. Aeros sprang aus dem Wasser und war sofort bei ihr. Mit einer Hand packte er sie am Gelenk, mit der anderen am Hals. Er zog sie an seine Brust, warm und feucht. »Siehst du, genau für solche Momente lebe ich. Das liebe ich. Die Herausforderung. Wie unvorhersehbar alles ist. Das macht mich an. Regt mich auf. Spürst du es?« Seine Begeisterung drückte sich hart und fest gegen ihren Rücken.

»Bitte, nein«, flehte sie.

»Ich besitze dich, und ich mache dich rein«, flüsterte er ihr ins Ohr. »Alles, was ich tue, ist geheiligt. Alles, was ich tue, geschieht um deinetwillen. Siehst du das denn nicht? Wenn du bei mir liegst, hole ich dich in die heilenden Kräfte der Götter. Unsere himmlischen Sitzungen werden von Raijael und von Laijon gesegnet. Darin nehme ich deinen Schmerz, deine Sorgen und deine Sünden auf mich. Ich nehme selbst die Totengeister in dir auf mich. Ich trage deine Bürde.«

»*Totengeister*«, zischte sie.

»Ja, mit der Zeit wirst du sehen, wie jene Totengeister, die deine Gedanken plagen, schwinden und deine Heilkräfte gedeihen. Wenn du es nicht schon weißt.«

Ihr Herz hämmerte im Takt seiner Worte. *Verderbtheit und Hexerei!*

»Von allen Menschen muss ich dich, Ava Shay aus Galgenhafen, mir am nächsten halten.« Sein Brustkorb verschmolz beinahe mit ihrem Rücken, so fest presste er sie an sich. »In allen Schlachten, die ich gefochten habe, allen Kriegen, die ich erlebt habe, hat mich allein Ava Shay aus Galgenhafen je verletzt, nur durch dich habe ich je geblutet. Erinnerst du dich?« Und wie sie das tat: Sie hatte ihn in jener ersten Nacht geohrfeigt. Sie wusste noch, wie sehr der Anblick seines Blutes ihn schockiert hatte.

»Mit der Zeit kann solche Anmaßung wie die deine, wenn sie ungestraft durchgeht, nur Verrat gebären.« In sein Flüstern kroch eine unterschwellige Drohung. »Möchtest du mich jetzt verraten?«

»Es ist die Zeit des Mondes, da mein Blut fließt«, log sie, denn sie dachte noch an seine damalige Verletzung. »Ich möchte nur für Euch sauber sein. Es war mir unangenehm. Deshalb bin ich weggelaufen.«

Er lockerte seinen Griff und drehte sie zu sich um, eine Armlänge von sich weg. Bei ihrer täuschenden Ausrede leuchteten zugleich Erregung und Angst in seinen Augen. Und unbändige Lust. *Das alles macht ihm Spaß!*

»Nun ja.« Er drückte sich ihren Kopf in den Schoß. »Im Mund blutest du doch wohl nicht, oder?«

Egal wie oft sie beieinanderlagen: Seine Worte waren so unvorhersehbar, dass sie sie jedes Mal wie ein Boxhieb gegen die Brust trafen. Sein Gemächt stand nun direkt vor ihr. Wie alles an ihm war auch dies stets sauber und glatt, ohne jedes Haar. Er packte sie grob mit einer Hand und drückte ihr Gesicht gegen dieses pochende *Ding* zwischen seinen Beinen. Sie wehrte sich, doch sein Griff war fest, er hatte sie an den Haaren gepackt und hielt ihren Kopf.

Dann zog er ein Messer aus den Falten des weißen Handtuchs auf dem Messingtisch.

Es war *ihr* Messer. Ihr Holzschnitzmesser. Das Jenko ihr zugesteckt hatte. Von dem sie dachte, es läge verborgen in ihrem Goldfässchen. Sie spürte die feine Spitze im Nacken, als er sagte: »Mach irgendeine Dummheit, und ich schlitze dir den Hals auf.«

Ava holte langsam und tief Luft, versuchte, die Verzweiflung fortzuschieben, kniff die Lippen zusammen. Doch wie in jeder Nacht ihrer Gefangenschaft musste sie sich ihm auch jetzt wieder öffnen.

Kurz nach ihrer Paarung verließ Aeros das Zelt.

Mit Hammerfiss und einer großen Gruppe Ritter aus Sør Sevier, darunter auch Jenko, begab der Weiße Prinz sich auf eine Erkundung im Norden. Er sagte, er würde die ganze Nacht und den Großteil des nächsten Tages fort sein, sie solle keine weiteren illoyalen oder ungehörigen Gedanken hegen, denn sie werde aufmerksam bewacht. Alles, was Aeros tat, war irrational. *Und ich bin eine Närrin, weil ich dachte, ich könnte ihn überlisten.*

Sie brauchte frische Luft. Barfuß stahl sie sich leise durch das Zelt, vorbei an den vielen verhängten Kammern darin. Im dünnen Baumwollhemd begab sie sich zum Haupteingang. Als sie nach draußen trat, war dunkle Nacht. Das Lager schlief. Die Sterne funkelten hell. Im sanften Wind fühlte ihr Hemd sich leicht und luftig an.

Enna Spades bewachte diese Seite des Zelts. Ava hatte gewusst, dass mindestens ein Erzritter draußen postiert sein würde, entweder Mancellor oder die Rothaarige oder beide. Es war ihr egal. Sie brauchte frische Luft. Also ging sie auf die Frau zu.

Spades trug Lederhandschuhe und warf mit einer Hand eine Münze in die Luft. Sie blickte Ava kurz an, dann streckte sie den anderen Arm aus und hielt sie auf. »Du kannst hier draußen stehen, wenn du willst.« Spades' Stimme durchschnitt die Nacht. »Aber du darfst nicht von meiner Seite weichen.« Dann widmete sie sich wieder der Münze.

Spades war über alle Maßen groß und königlich, mit ihrer blassen Haut, den hohen Wangenknochen und den langen roten Haaren, die ihr bis an die Schultern reichten. Unter ihrem blauen Umhang strahlte hell die Erzritterrüstung hervor. Sie trug eine Armbrust und einen Pfeilköcher auf den Rücken geschnallt, und links und rechts an der Hüfte steckten Schwerter in Futteralen. Ava hatte noch nie eine Frau mit zwei Schwertern gesehen. Das auf ihrer Seite war so lang, dass die Spitze fast bis auf den Boden reichte. Das andere war schmal und leicht gebogen mit einem seltsamen roten Griff. Spades' Münze funkelte im fahlen Sternenlicht. »Ist es schon Morgen?«, fragte Ava.

Spades fing die Münze auf und blickte nach Osten in die schwarzen, schartigen Umrisse des Herbstgebirges, das die Sterne verdeckte. »Ein paar Stunden dauert es noch, dann guckt die Sonne über die Gipfel dort.«

Ava ließ den Blick über das weitläufige Lager der Sør Sevier schweifen, das bis in die Dunkelheit reichte. Dahinter glommen die Überreste des verwüsteten Bainbridge.

»Sieh dir nur die Berge von Gul Kana an«, sagte Spades. »Ganz oft kann ich den Blick nicht davon abwenden. Dreieinhalbtausend

Meter vom Strand bis zu den höchsten Spitzen, heißt es. Das raubt mir den Atem. Und man sagt, die Gletscherkette oberhalb der Himmelsseen erhebt sich bis zu siebentausend Metern, und ein paar der Klippen an der Küste ragen glatte dreieinhalbtausend Meter nach oben. Einer ist sogar mehr als achttausend Meter hoch. Solche Zahlen sind doch unfassbar. Hast du sie mal gesehen?«

»Die Gletscherkette?«

»Ja, und die Klippen von Stanclyffe?«

»Nein.«

»Die Nördlichen Hochlande von Sør Sevier sind auf eigene Art rauh und kantig und schön. Aber das Erhabene von Gul Kana ist wirklich umwerfend.«

Das klang seltsam von jemandem, der so darauf aus zu sein schien, das Land zu zerstören. Dennoch hatte Ava bisher nicht viel über die Großartigkeit des Herbstgebirges nachgedacht. Die hohen Gipfel vor Galgenhafen hatten eben einfach dazugehört.

Spades warf die Münze wieder in die Luft. Neugierig sah Ava zu. »Ihr habt die Münze immer bei Euch.«

Spades hielt sie ihr mit der behandschuhten Hand hin. »Erkennst du sie nicht?«

Doch. Das Bild der schönsten Frau, die sie je gesehen hatte. »Solche habe ich noch nicht oft gesehen«, sagte sie. »Das sind die neuen aus Avlonia. Sie ist so schön, Jondralyn Bronachell.«

»Du erkennst sie also.« Spades schnappte ihr die Münze wieder weg und steckte sie ein.

»Die meisten Münzen im *Krakenspeer* waren noch die alten mit Prinzessin Arianna von Val Vallè. Von den neuen Jondralyn-Münzen haben wir in Galgenhafen nur wenige zu Gesicht bekommen.«

»Tja, wir sind aber nicht mehr in Galgenhafen«, sagte Spades schnippisch.

Ava sah zum aufragenden Herbstgebirge hin. »Wohl nicht.«

Spades hakte das schmale Schwert mit dem roten Griff aus ihrem Gurt und hielt es Ava hin, als solle sie es nehmen. Das Futteral war aus lederbeschlagenem, rotem Samt gefertigt. Und der seltsam geformte Griff war in Wahrheit ein herzförmiger Rubin, der in das Heft eingelassen war. Selbst im Sternenlicht glitzerte er unfassbar schön.

Ava wusste nicht, was sie so daran anzog. Doch so war es. Und es fühlte sich toll an.

»Von den Vallè gefertigt, die Klinge«, sagte Spades. »Äußerst selten. Aus dem Schutt von Baron Brender Waylands Heimstatt geplündert. Anscheinend hatte er bei Schwertern einen guten Geschmack und wusste die Kunstfertigkeit der Vallè zu schätzen.« Sie hielt ihr das Schwert hin. »Gehört jetzt dir. Nimm es.«

Wachsam trat Ava einen Schritt zurück. Ihre Kehle zog sich plötzlich zusammen, als sie sich das Schwert mit dem rubinroten Heft ansah.

»Hat Aeros dir nicht erzählt, dass ich dir den Schwertkampf beibringen soll?«, fragte Spades. »Ich glaube, das muss am ersten Tag gewesen sein, als du mit ihm ins Bett gegangen bist.«

»Ich bin *nicht* mit ihm ins Bett gegangen.« Ava spürte Wut in sich aufwallen. »Eine Vergewaltigung ist etwas anderes, als mit jemandem ins Bett zu gehen.«

»Man nennt es doch *himmlische* Sitzungen.«

»Ich spucke auf Euren Himmel.«

»Wie dem auch sein.« Spades hielt ihr das Schwert samt Futteral hin. »Er hat dir erzählt, dass ich dir beibringe, wie eine Kriegerin kämpft.«

Ava wusste, dass es stimmte. »Das hat er gesagt.«

»Und was glaubst du, warum er so etwas anordnen sollte?«, fragte Spades. »Warum sollte er zulassen, dass du eine Klinge bekommst, und ich dir dann noch zeige, wie man sie benutzt?«

Es gefällt ihm, wenn ich versuche, ihn umzubringen. »Nichts, was Aeros tut, ergibt einen Sinn«, antwortete sie.

»Bei welchem Gott ging es denn je um einen Sinn?«, fragte Spades. »Welcher Gott war jemals beständig oder gerecht? Die Götter sind eine gestörte Bande. Laijon. Raijael. Diese Götter, die es davor gab. Und die, die danach kommen.« Während Spades redete, starrte Ava noch immer auf die Waffe. Sie wollte sie unbedingt berühren.

»Du willst wissen, wie es ist, wenn ein Gott nebenan lebt?«, fuhr Spades fort. »Dann sieh dir Aeros Raijael an, sieh dir das Leid an, das er hinterlässt. Die majestätische Einzigartigkeit. Qualen und Elend erstrecken sich von Adin Wyte und Wyn Darrè bis an die westlichen Gestade Gul Kanas.« Sie senkte die Stimme. »Und wozu?«

Für den Schmerz, den er bringen kann, dachte Ava, die immer noch von der Schönheit des Schwerts in Spades' Händen gefesselt war. *Er hinterlässt nichts als Folter und Leid.* Ava hatte Aeros genau diese Frage selbst gestellt. Zu Spades sagte sie: »Glaubt Ihr denn überhaupt an Euren Gott, an Aeros Raijael?«

»Von ganzem Herzen.« Spades bedachte sie mit einem schiefen Grinsen.

»Man könnte denken, dass dem vielleicht nicht so ist.«

»Entweder man glaubt und erhebt an seiner Seite das Schwert oder man glaubt nicht und vergeht.«

»Warum soll man solche Zerstörung verursachen und andere leiden lassen?« Sie verstand Spades' Logik einfach nicht. »Warum muss Aeros *mich* peinigen?«

»Aeros liebt den Krieg. Er kennt nichts anderes. Er ist seine Bestimmung. Dafür wurde er gemacht. Seine Beziehung zu dir ist wie ein Krieg. Deshalb hat er dich in seiner Nähe. Oder mich. Deshalb wählt er genau die Erzritter aus, die er jetzt hat. Aeros Raijael ist zum Teil eben deshalb der Engelsprinz, weil er sich wissentlich mit dir und mir und anderen in Gefahr begibt. Gefahr. Und Triumph. Das erhält ihn. Durch solche Dinge fühlt ein Gott sich unbesiegbar. Für ihn ist das alles ein Spiel.«

»Woher wisst Ihr das?«

»Wir ähneln uns, Aeros und ich.«

Jeder war schlimmer als der andere, es hing nur vom Tag ab, so jedenfalls sah Ava Spades und Aeros.

»Die Stärke des Feindes macht einen Krieg erst lohnenswert«, sagte Spades. »Und wenn dieser Krieg vorüber ist, wenn Aeros' Kreuzzug vollendet ist, wird er uns beiden fehlen, ihm und mir und jenen, die mit uns gekämpft haben. Gul Kana ist schwach. Wyn Darrè hat sich wenigstens gewehrt. Und so beschäftigt sich Aeros mehr und mehr damit, sich Unterhaltung zu verschaffen, indem er sich starke Feinde in seiner Nähe erschafft. Ihn gelüstet nach Herausforderungen. Wie ich schon sagte: Das gehört alles zum Spiel.«

»Es ist ein verdrehtes und grausames Spiel.«

»Gut, dass du es erkennen kannst.«

Nichts als ein Spiel für sie. Sie spielen mit mir und Jenko. Die Frage ist: Soll ich mitmachen? Kann ich das?

Spades' Stimme klang ein einziges Mal sanft. »Also, lässt du mich dich lehren?«

Ava nickte.

»Gut.« Die Augen der Kriegerin funkelten, als sie das Schwert leise zischend aus dem Futteral zog. »Ich wollte schon früher mit dir anfangen, aber ich musste erst auf das richtige Schwert warten. Dies ist eine feine, starke Klinge, perfekt ausgewogen für jemanden von deiner Statur und Kraft. Und hübsch ist es.« Die Klinge war lang und schmal, leicht gebogen, an einer Kante messerscharf geschliffen, an der anderen mit ineinander verschlungenen, eingeätzten Vallè-Schriftzeichen versehen.

Plötzlich klang Spades' Stimme wild, als sie die Klinge erhob. »Wie ich dir schon sagte: Ein Schwert unterscheidet mich von dir. Das ist alles. Mit einer feinen Klinge wie dieser und dem Wissen, wie du sie führst, besitzt du *Stärke*. Also *Macht*. Auf den Fünf Inseln gibt es keine stärkere Kraft als eine Frau, die willens ist, ihr eigenes Schwert gegen einen Mann zu erheben. Außer einer Frau, die mit Worten kämpft. Schwerter. Wörter. Kaum ein Unterschied.« Sie lächelte und hielt die Schneide hoch. »Aber ein Schwert schneidet einem Mann den Schwanz schneller ab als ein Wort.«

Avas Blick hing an der Klinge in der Hand der Kriegerin.

»Ich frage dich, Ava Shay, bist du bereit, wie Jenko Bruk zu sein? Bist du bereit zu tun, wonach dir verdammt nochmal ist?« Wieder hielt sie Ava das Schwert hin, und ihr intensiver, strenger Blick wanderte die scharfe Schneide entlang. In ihren Augen spiegelten sich sogar kleine rote Splitter von dem prachtvollen Rubin im Griff.

Die Kriegerin drehte sich geschwind auf einem Fuß und wirbelte das Schwert in der behandschuhten Hand herum, so schnell, dass Funken in den Sternenhimmel der Nacht stoben. Einmal, zweimal, dreimal stieß sie vor sich in die Luft, bog das Handgelenk und riss die Klinge so heftig wieder zurück, dass es sirrte.

Dann stand Spades wieder ganz ruhig vor Ava und hielt ihr das Schwert hin. »Wie ich schon sagte, wir sind hier nicht mehr in Galgenhafen.«

Ava nahm die Waffe. Hielt sie hoch. Ihr bewundernder Blick fiel auf das glänzende, herzförmige Juwel im Heft, dann sah sie sich die lange, gebogene Klinge an und war vom kalten Schein des Stahls wie gebannt. Ihr Herz schlug so heftig wie damals, als sie das erste Mal mit Jenko in Baron Bruks Heuschober gestiegen war. *Mein Herz fühlt sich lebendig an.*

Wenn man Schwertern Namen gab, wäre das hier ihrer. *Mein Herz.*

Nach einer Weile konnte sie sich losreißen und sah Spades an. »Wie soll ich es vor *ihm* verstecken? Vielleicht möchte Aeros, dass ich mit Euch übe. Aber er wird kaum wollen, dass ich in seiner

Nähe eine scharfe Waffe besitze. Er weiß, ich würde sie benutzen.«

»Ich bewahre das Schwert für dich auf. Du übst mit mir. Wann und wo immer es mir angemessen erscheint. Aeros hat aus seinen eigenen Gründen eingewilligt. Und du?«

Ava bejahte. Enna Spades deutete ein Nicken an. »Dann fangen wir jetzt an.«

Für ihren tapferen Beitrag bei der Unterwerfung der namenlosen Biester der Unterwelt sollen jene, die den Zwergen, den Vallè und den Oghulen angehören, als frei und würdig gelten, unter den Menschen zu wandeln, solange sie sich an die Gesetze und Dogmen Laijons halten.

WEG UND WAHRHEIT LAIJONS

20. KAPITEL

NAIL

AM ERSTEN TAG DES ENGELSMONDES
IM 999. JAHR LAIJON – STANCLYFFE, GUL KANA

Nail war Liz Hen, Dokie und Seidel in der Hoffnung über die Straße gefolgt, sie würden sich nicht zu weit entfernen. Sie standen vor dem wohl am wenigsten heruntergekommenen Etablissement in Stanclyffe: der Taverne *Zum Gespaltenen Huf*. Hier hing die Tür an Scharnieren, und in den Fenstern war echtes Glas. Alles andere in dieser Stadt wirkte vollkommen kaputt. Über der Tür hing ein Schild mit der Aufschrift BIRKENBIER UND DIVERSES.

»Wir sollten da nicht reingehen«, sagte Dokie, der sich die Kapuze seines grauen Umhangs über den Kopf gezogen hatte. Auch Liz Hen und Nail waren vermummt. »Roguemoore hat uns davor gewarnt, hier in irgendeinen Laden zu gehen«, sagte er. »Ihr wisst doch, er hat gesagt, das ist ein Sammelbecken für Halsabschneider und Piraten. Wir hätten einfach auf ihn hören und auf der Straße warten sollen, während sie die Taue, Pferde und das übrige Zeug besorgen. Schon hier auf die andere Straßenseite zu gehen, ohne dass sie es wissen, ist nicht gut.«

»Wir sind gerade einmal zwanzig Schritte vom Pferdehändler weg. Außerdem sterbe ich vor Hunger«, schnaufte Liz Hen und tätschelte Seidels Kopf. »Und ›Diverses‹ bedeutet, hier gibt es etwas zu essen.«

»Das glaube ich nicht.«

»Natürlich, du Dummkopf.« Sie sah Dokie missbilligend an. So guckte sie schon den ganzen Tag. »Du hast doch noch ein paar Münzen in der Tasche, oder?«

Dokie fasste in den kleinen Lederbeutel an seinem Gürtel. »Ja. Hier ist noch was.«

Nail sah die Straße auf und ab und hielt Ausschau nach Piraten. Dann musste er sich eingestehen, dass er nicht einmal einen erkennen würde, wenn er direkt vor ihm stünde. Stanclyffe war eine Hafenstadt von etwa der Größe Ravenkers, gelegen auf einem schmalen Küstenstreifen am Dornenmeer. Dahinter ragten die kolossalen schwarzgrauen Klippen der Gletscherkette kühn und steil dreieinhalbtausend Meter in die Höhe, als wollten sie über der Stadt zusammenschlagen und sie ganz verschlucken. Um die Klippen hingen Wolken. Es sah wieder nach Regen aus.

Die neun Gefährten an Bord der *Duchess of Devlin* hatten die graue Steinwand schon Tage vor der Ankunft in Stanclyffe aus dem Wasser wachsen sehen, so gewaltig waren die Klippen. Die gesamte Gletscherkette war ein monströses Wunderwerk. Bei der Anfahrt von Süden her hatte Nail die schneebedeckten Gipfel bewundert, die höchsten davon siebentausend Meter über dem Meeresspiegel. Doppelt so hoch wie die um Galgenhafen und auch zweimal so zerklüftet und steil. Roguemoore behauptete, dort würde ein ganz eigenes Wetter entstehen. Meist hingen dichte Wolken um sie. An den wenigen klaren Tagen vor ihrer Ankunft in Stanclyffe aber hatte die Bergkette in ihrer ganzen ehrfurchtgebietenden Pracht gestrahlt – silbern und perlmuttfarben schimmerten die Gipfel wie Inseln auf den weißen Wolken.

Roguemoore hatte die Überfahrt der Gesellschaft der Neun auf der *Duchess of Devlin* bezahlt, einem schnellen Segelschiff aus Lord's Point. Stürmische See und steife Brisen hatten sie an den ersten fünf Tagen ihrer Reise angetrieben. An den letzten dreien war es ruhiger. Man konnte Haie, Kraken und sogar eine Seeschlange sehen, die dick wie ein Gebirgswildschwein und lang wie die Kapelle von Galgenhafen war. Alle hatten sie gebannt auf das gewaltige, dahingleitende Tier gestarrt, weil selbst das Schiff daneben winzig wirkte. Godwyn zufolge würde so ein Monstrum nie ein Schiff angreifen, doch wenn ein Seemann über Bord ging, wäre es sofort da, würde sich um ihn schlingen, ihm die Knochen zerbrechen und ihn in einem Happen verschlingen. Einmal war Meeresvolk unter der *Duchess of Devlin* geschwommen. Die geisterhaften Umrisse der glitschigen Wesen in der Tiefe ließen einen rätselhaften Schmerz durch Nails Bizeps fahren, und die Narbe von den Meerjungfrauenklauen begann plötzlich zu brennen. Er konnte nicht anders und musste an den albtraumhaften Tauchgang während der Krakenjagd auf der *Lady Kindly* denken.

An beinahe jedem Tag an Bord der *Duchess of Devlin* übten Stefane und Seita auf dem Vorderdeck gleich unterhalb der Spitze mit dem Streitflegel der Vallè. Nail begnügte sich damit, wie Liz Hen und Dokie, mit Seidel zuzusehen.

Allerdings hatte Liz Hen auf dem Schiff die Fähigkeit entwickelt, ihnen in jedem Augenblick die Freude zu verderben. Bei jeder Gelegenheit hatte sie Stefane aufgezogen, weil er Seita mit Rehaugen anhimmelte, und behauptet, er würde den lieben langen Tag nur davon träumen, dass die Vallè an seiner Nudel lutschte.

Dann hatte sie sich Seita vorgenommen und ihr vorgehalten, sie sei bloß ein zartes Vallè-Blümchen oder ein teures Vallè-Blümchen und schließlich ein zierliches, zerbrechliches, schwaches, dünnes Vallè-Blümchen. Acht Tage auf See durch den Kanal von Sankt Einzig ins Dornenmeer mit Liz Hen Neville hatten die ganze Gruppe unter Spannung gesetzt. Und jetzt, da sie endlich in Stanclyffe angelegt hatten, schaffte sie es immer noch, den anderen auf die Nerven zu gehen.

Zum Beispiel, weil sie alle Mahnungen ignorierte und sich auf der Suche nach Verpflegung von der Gruppe entfernte. »Ich sage, lasst uns mal einen schnellen Blick in den *Gespaltenen Huf* werfen. Ich verhungere.«

»Da stehen Händler, die etwas zu essen verkaufen, in der Nähe von dem Laden an der Ecke dort drüben.« Dokie deutete in die Richtung. »Ich sehe doch, dass die in dem Steinofen an der Wand etwas backen. Unter der hellbraunen Markise hinter dem Tisch. Siehst du? Ich kann es sogar riechen. Lecker. Schweinebraten, würde ich sagen.«

Liz Hen lief das Wasser im Mund zusammen, als sie Dokies Blicken folgte. »Straßenhändler.« Sofort ging sie mit wallendem Umhang los, und Seidel folgte ihr auf dem Fuß. Dokie auch. Nail schimpfte im Stillen, marschierte ihnen aber nach. Zumindest wollte er nicht zulassen, dass sich seine Freunde zu weit vom Haus der Pferdehändler entfernten.

Einer der Händler war eine Frau mittleren Alters mit freundlichem Gesicht und einem leuchtend purpurroten Bluterguss links am Hals. Sie stellte sich als Mardgot vor. Ihr ungeschlachter Helfer beugte sich mit dem Rücken zu ihnen über den Ofen, in dem Holz brannte. Als Liz Hen fragte, was er da im Feuer hatte, richtete er sich auf, drehte sich um und sah sie direkt an.

Es war ein Oghul. Riesenhaft, mit grässlich entstellten und grotesken Zügen. Wulstige, rissige Lippen wölbten sich tiefrot um zwei gewaltige Zähne, die ihm aus dem Unterkiefer an der Nase vorbeiragten. Es sah aus, als stecke etwas Tabak hinter der Unterlippe. Die hervortretenden Zähne waren mit irgendetwas beschmiert – oder einfach verfault. Aus der vernarbten grauen Kopfhaut wuchs ein kümmerliches Haarbüschel, und zwei ähnliche sprossen in eigentümlichen Winkeln links und rechts aus dem unförmigen Kinn. Die Brauen dieser Kreatur standen so rund und purpurn hervor wie die Lippen.

Mit braunen Knopfaugen sah der Oghul Liz Hen an. Gleich unter dem linken, oberhalb des mächtigen Wangenknochens war ein roter Punkt tätowiert. Er sah aus wie eine blutige Träne.

»Isch bediene hier niemanden mit einer Kaputsche im Geschicht.« Die tiefe Stimme kollerte wie das Knurren einer Säbelzahnraubkatze. Er saugte am Tabak hinter der Lippe. Liz Hen wich einen Schritt zurück. Dokie klappte der Mund auf. Seidels Augen flackerten wachsam. Abgesehen von dem zerlumpten Pelzjäger auf dem Weg zu Godwyns Abtei hoch oben im Herbstgebirge hatte Nail noch nie einen Oghul aus der Nähe gesehen.

»Runter mit den Kaputschen«, befahl der Oghul, ohne dass etwas in den braunen Augen zu lesen war. »In letschter Tscheit hatten wir genug Leute mit vermummten Geschichtern hier. Vallè und Oghul-Piraten und dergleichen.«

»Aber du bist ein Oghul«, platzte Liz Hen heraus.

Der hässliche Geselle zog eine Augenbraue hoch. »Nehmt die Kaputschen runter!«, verlangte er, pulte sich mit einem Finger den Tabak aus dem Mund und schnippte ihn auf den Boden. Erst als er aufschlug, merkte Nail, dass es gar kein Tabak war, sondern ein grauer Stein von etwa der Größe eines Enteneis. Furcht verknotete ihm langsam die Eingeweide, und an der Ecke wurde es ganz still.

Dann spürte er plötzlich Seita hinter sich, sofort lag ihre Aura in der Luft. »Oghule saugen manchmal an Steinen, um den Durst nach Blut abzuwehren«, sagte sie. Nail zuckte zusammen, als sie ihm die Hände auf die Schultern legte, und er fühlte, wie er errötete. Ein Schauer durchlief ihn, aber er wurde durch die ruhige Art des Vallè-Mädchens abgelenkt, das ihn flüsternd fragte: »Was soll ich nun tun, Nail? Soll ich diesen Steinelutscher für dich erstechen?« Sie ließ seine Schulter los und ging um ihn herum zu dem bedrohlichen Untier. *Ihn erstechen?* Das Mädchen mochte gut mit dem Streitflegel umgehen können, aber glaubte Seita wirklich, sie könne mal eben so ein Biest wie diesen Oghul töten, der viermal so groß wie sie war?

Auch Seita trug einen schweren, grauen Umhang und eine Kapuze, unter der ihr blasses Gesicht kaum zu sehen war.

»Nehmt die Kapuze ab«, sagte Mardgot zu Seita. »S'ist Runk ist etwas schreckhaft, wenn Fremde in der Nähe sind. Aber er ist ganz harmlos. Wenn ihr die Kapuzen abnehmt, beruhigt er sich wieder.«

Dokie hatte seine schon heruntergerissen, als die Frau noch sprach. Er hatte ganz große Augen und war aschfahl im Gesicht. Auch Nail gehorchte, und Liz Hen ebenso.

»Hübsch.« Der Oghul beäugte Liz Hen mit hochgezogener Braue, und die kleine rote Tätowierung zog sich auf der grauen Haut in die Länge.

»Pass ein bisschen auf dich auf«, sagte Mardgot zu Liz Hen. »So ein Rotschopf mit ein bisschen was auf den Rippen wie du ist genau die Kragenweite von unserem S'ist Runk hier.«

Liz Hen sah Mardgot und den Oghul vollkommen schockiert an. »Ich bin eine Kämpferin«, stammelte sie, richtete sich auf und schlug den Umhang an der Hüfte zurück, damit man das Langschwert sehen konnte. »Ich habe gegen den Weißen Prinzen gekämpft. Habe einen Ritter aus Sør Sevier getötet. Dieses Schwert hier ist der Beweis.«

»Ich habe auch getötet«, fiel Dokie ein.

»Ach, Mädel.« Mardgot lächelte. »Jetzt machst du den alten

S'ist Runk erst richtig heiß. Er steht auf große Mädchen, die sich winden und wehren, erst recht, wenn sie ein Schwert haben.«

Der Oghul grinste auch, das heißt er zog bedächtig die dicken roten Lippen nach oben und zeigte damit eine noch grässlichere Reihe scharfer, gelber Zähne. »Dein Schwert gefällt mir.«

Seita kicherte, und ihre Augen sprühten vor Belustigung, als sie unter der Kapuze zu Nail blickte. Auch der Oghul lachte. Dann drehte er sich um, machte den Ofen auf und zog ein langes, flaches Tablett mit verbrannten Hühncheninnereien hervor, die stark nach Pinien rochen. Er stellte es vor Liz Hen und Dokie ab. Seidel wedelte mit dem Schwanz. Mardgot verkündete: »Geröstete Hühnchenteile. Haut rein.«

Dokie schnüffelte betrübt an dem Essen. Liz Hen langte zu und warf sich ein Stück Magen in den Mund. Sie kaute einmal, noch einmal, verzog das Gesicht und spie sich das zerkaute Stück Fleisch wieder in die Hand.

»Oh ja«, grummelte S'ist Runk. »Du bischt bestimmt bereit für viele Schlachten.«

Liz Hen warf sich den angekauten Bissen wieder in den Mund und würgte ihn herunter, dabei ließ sie den Oghul nicht aus den Augen. S'ist Runk sah zu und nickte anerkennend.

Dann drehte er sich zu Seita um. »Tscheige disch.« Er bedeutete ihr, die Kapuze abzunehmen. Seita gab langsam ihre porzellanenen Vallè-Gesichtszüge und die spitzen Ohren preis. Bei dem düsteren Wetter sahen ihre Haare wie Kreide aus.

»Die Oghul-Jäger oben auf den Bergpässen werden allmählich mehr.« Mardgot musterte die Vallè von oben herab. »Die meisten der Oghule haben hier im Norden Hragna'Ar ausgerufen. Die kommen hier runter und stehlen solche wie dich, kleines Vallè-Mädchen. Vögeln dich blutig. Die werden dir die Muschi zerfleddern mit ihren runzligen Knüppeln. Bis du ausgeblutet bist. Pass bloß gut auf dich auf.« Der Oghul neben Mardgot grinste nicht mehr. Seita auch nicht. Selbst Liz Hen wurde blass bei dieser Schilderung.

Seidel blickte die Straße entlang. Bischof Godwyn und Culpa Barra liefen eilig zu ihrem Stand. Culpa hatte die Kapuze abgeworfen, und unter seinem grauen Umhang blitzte die schwarze Tagritterrüstung hervor. S'ist Runk bemerkte sie. Er zeigte auf Culpa und grollte: »Du. Tagritter. Verschwinde.« In seiner Haltung lag eine wilde Entschlossenheit, die Nail nervös machte.

»Gehen wir«, sagte Culpa und griff Liz Hen an der Schulter. Er schob sie zu den Stallungen, von denen er gerade mit dem Bischof gekommen war.

»Ich hatte doch gesagt, ihr sollt nicht herumlaufen«, sagte Godwyn.

»Ich hatte Hunger«, sagte Liz Hen im Gehen. »Der Fraß auf dem blöden Schiff war doch grauenhaft. Das meiste davon habe ich wieder über die Reling gekotzt. Jetzt sind wir endlich an Land und ich kann auf eigenen Füßen stehen, da werde ich doch was essen dürfen.«

»Geh einfach weiter und dreh dich nicht um.« Culpas Gesichtsausdruck ließ keine Widerrede zu. Sie eilten. Jetzt kamen Stefane, Val-Draekin und Roguemoore aus den Stallungen. Sie führten zwei langbeinige mausgraue Maulesel, beide mit triefenden Augen und pechschwarzen Mähnen und Schweifen.

»Wenn Oghule eine rote Träne tätowiert haben, ist mit ihnen nicht zu spaßen«, sagte Culpa streng, als sie sich den anderen näherten. »Und in Stanclyffe können wir niemandem trauen. Erst, wenn wir genug Münzen haben, um ihr Schweigen zu erkaufen. Und wir haben gerade einiges für diese beiden Packesel ausgegeben.«

»Warum denn jetzt so übellaunig?«, fragte Liz Hen. »Es war doch nicht böse gemeint.«

»Hör mal zu.« Culpa blieb stehen, die anderen auch, und er

packte Liz Hen an den Schultern. »Diese scheinbar so nette Frau ist eine Aderlasserin. Dieser Oghul *ernährt* sich von ihr. Und wenn er dahinterkommt, dass ihr auf dem Weg in die Berge seid, und das seid ihr nun mal, Liz Hen, dann informiert er andere darüber – jene, die in den Wäldern dort im Hochgebirge jagen, Oghule, die dich aufspüren und in den Bäumen aufhängen und dir die Haut abziehen. Dann schlagen sie ihre verseuchten Hauer in deinen weichen Hals und lassen dich zur Ader, und zwar in dem langsamsten und schmerzhaftesten Hragna'Ar-Ritual, das du dir vorstellen kannst.«

Er ließ sie los. »Also: Wenn wir sagen, lauft nicht umher, dann meinen wir das so. Lauft nicht umher.«

»Hör jetzt auf, mich so anzutreiben«, jammerte Dokie. »Ich kann nicht gleichzeitig langsam machen und mich beeilen.«

»Du bist mir aber die ganze Zeit im Weg«, knurrte Liz Hen.

»Godwyn hat gesagt, wir sollen langsam machen, aus Sicherheitsgründen. Der Pfad ist tückisch. Und jetzt klebst du praktisch an mir und schubst mich immerzu.«

Gerade schob sie ihn wieder ein wenig. »Weil vielleicht blutsaugende Oghule hinter uns her sind.«

Dokie ging einen Schritt schneller.

Während die restliche Gesellschaft der Neun sich mit freundlichen Witzeleien auf die Wanderung durch die enge Schlucht vorbereitete, brütete Liz Hen finstere Visionen über plündernde Oghule aus. Auch der Weg in siebentausend Meter hohen zugeschneiten Bergen sagte ihr nicht sonderlich zu. Und das teilte sie allen mit.

Trotzdem war sie schnell unterwegs, denn der Gedanke, Oghule könnten sie verfolgen, hatte Liz Hen in den vergangenen Stunden ordentlich angetrieben. Nail wünschte sich, Culpa hätte dem Mädchen nie von den Oghulen oder davon erzählt, wie sie Menschen häuteten und ihnen das Blut aus dem Hals saugten. Jetzt redete Liz Hen unablässig über ihre Angst davor. »Wie kann man denn ein Aderlasser werden?«, fragte sie gerade. »Was hat ein Mensch davon? Wie überlebt man überhaupt, wenn einem ein Oghul in die Gurgel beißt? Blutet man dann nicht aus?«

»In jedem Saugzahn eines Oghuls steckt ein süchtig machendes Toxin«, antwortete Roguemoore, der vor ihr ging. »Ohne diese angenehme chemische Wirkung kann ein Aderlasser schon bald nicht mehr leben. Dasselbe Toxin versiegelt auch die Vene nach dem Aderlassen. Also blutet so jemand nicht aus. Aber einen üblen Erguss hinterlässt so ein Oghul-Biss.«

Liz Hen fasste sich erschauernd an den Hals. Das rothaarige Mädchen wanderte mit Dokie und Seidel direkt vor Nail den immer enger werdenden und schroffen Pfad entlang. Gleich hinter ihm gingen Stefane und dann Seita, Val-Draekin bildete die Nachhut. Bischof Godwyn ging voran, dahinter führten Culpa Barra und Roguemoore je einen der hellen Packesel. Die Tiere waren über und über mit Lebensmitteln und anderen Sachen beladen, die sie in den Stallungen besorgt hatten: Tau, Zaumzeug, vier schwere Leinenplanen, dicke Decken für alle, zwei Holzfälleräxte, neun Eispickel und viele kleine Eisensplinte, Säcke mit Mehl, Kartoffeln, getrockneter Lachs, Dörrfleisch vom Hirsch und vom Wapiti, Angelköder, einige Köcher mit Pfeilen, zwei lange Seile, neun Fackeln und ausreichend Pinienharzpech, dass man mondelang ein Lagerfeuer brennen lassen konnte.

Graue Wolken hingen wie Fetzen über ihren Köpfen. Als sie eine Meile südlich von Stanclyffe in die gähnende Schlucht aufgebrochen waren, hatten sie sich verzogen und den einschüchternden Blick auf die Klippen freigegeben, die sich düster und schattig über der Stadt erhoben. Nails Mut sank angesichts dieser dreieinhalbtausend Meter hohen, ehrfurchtgebietenden Felswand. Die Gesellschaft der Neun war rasch in der von einem Fluss gegrabenen Schlucht verschwunden. Die fadenscheinigen Annehmlichkeiten der Zivilisation lagen nun hinter ihnen, und es ging bergan.

Der wild schäumende Fluss zu ihrer Linken rauschte die ganze Zeit ohrenbetäubend. Donnernd gurgelte und spritzte er um moosbewachsene Felsen und über umgestürzte Bäume. Am anderen Ufer rollten Wasserfälle jeder Größe über eine Klippe. Wohin Nail auch sah, wucherte Farn und dichtes grünes Moos auf jedem Stein. Rechts von ihnen erhob sich steil und scharfkantig eine Felswand, an der sich mächtige Bäume an Steinplatten klammerten. Zumeist Eschen, Espen und Pinien, deren blassgrünes Laub in der schwachen, feuchtkalten Brise zitterte. Manche Steine waren wild von Ranken überwuchert, die fleischige Blätter und dunkelrote Blüten trugen. Der gefahrenreiche Pfad verdiente den Namen eigentlich nicht: Er bestand aus nichts weiter als ausgetretenen Stufen moosigen Gesteins, aus dessen vielen Rissen Grasbüschel und Unkraut wuchsen. Am Wegrand standen dichte Büsche, deren Wurzeln sich frei über riesige Felsen ausbreiteten und im Vorbeigehen aussahen, als würden sie zucken und sich winden wie Schlangen. Diese Schlucht war gespenstisch und tief.

Bischof Godwyn trug unter seinem grauen Umhang kniehohe Lederstiefel, eine lederne Reithose und ein grünes Wollhemd, das an den Ellenbogen mit Wapitifell besetzt war. Der Bogen über seiner Schulter ähnelte dem von Stefane, nach Tagritterart aus Zauberhasel und Eschenholz gefertigt. Der Bischof trug ein Tagritterschwert im Futteral an einem Gurt über der Schulter und einen Lederbeutel mit heilenden Umschlägen am Gürtel.

Culpa Barra, gleich hinter ihm, lief in voller Tagritterrüstung und Schwert unter dem Umhang. Den schwarzen Helm hatte er an seinen grauen Maulesel gebunden.

Roguemoore war auf der gesamten Reise wie ein Fels gewesen,

ernst und entschlossen. Er führte den zweiten Esel, auf dem der größte Teil ihrer Nahrungsmittel verschnürt war. Auf dem Rücken hatte der Zwerg einen bösartig aussehenden, stacheligen Knüppel mit einem Griff aus massivem Holz. Die Eisenkugel daran sah aus, als hätten zehn Männer schwer an ihr zu tragen, doch auf der *Duchess of Devlin* hatte Roguemoore sie mit einer Hand zur Übung ganz leicht herumgewirbelt. Unter dem kurzen grauen Umhang trug der Zwerg Schichten von Rüstungen, die ihm bis weit über die Knie hingen. Auf dem Kopf saß ein klobiger Helm, aus dem zwei Bullenhörner wuchsen. Rüstung und Helm hatte er in Lord's Point eigens für diese Wanderung gekauft. An den meisten Stellen war das Metall angerostet und stumpf, ohne Glanz. Der zerbeulte Brustpanzer zeugte lebhaft von Stammeskämpfen, die irgendein Zwergenkrieger vor vielen Jahren bestritten hatte. Als Roguemoore die Rüstung im *Schlüsselwärter* das erste Mal anprobiert hatte, war Liz Hen in Gelächter ausgebrochen und hatte gesagt, er sehe in dem Eisenzeug aus wie ein riesiger gefangener Käfer. Stefane fand, der Schmutz und die Dellen verliehen der Rüstung Charakter. Nail war der Gedanke an einen Kampf mit einem derart gerüsteten Zwerg vorgekommen, als wolle man einen Eber in einem schweren Eisenkessel durch den geschlossenen Deckel mit dem Speer erlegen.

Liz Hen war von allen am schlechtesten ausgerüstet. Sie hatte einige Schichten Wollbeinlinge an, dazu mehrere Wollmäntel und den grauen Umhang, und an der Hüfte baumelte das Schwert aus Sør Sevier, auf das sie so stolz war. Dokie, Stefane und Nail hatten sich für diesen Teil der Reise wieder in ihre Rüstungen aus Galgenhafen gekleidet. Nail war froh darüber. Diese alten Eisenpanzer gehörten praktisch zu ihm. Darunter trug jeder der Jungen Hemden und braune Wollbeinlinge, die der Bischof ihnen in der Abtei am Swithen-Wells-Pfad gegeben hatte. Wie die anderen waren auch sie in graue Umhänge gehüllt.

Stefane trug den Tagritterbogen, den Shawcroft ihm vermacht hatte, und einen Köcher mit Pfeilen auf den Rücken geschnallt. Dokie hatte sich links und rechts eine kleine Axt und einen Dolch an die Hüften gehängt.

Auch Nail besaß endlich ein ordentliches Schwert, ein langes, glänzendes Ding, das Roguemoore in einer Waffenschmiede in Lord's Point gekauft und ihm überreicht hatte. An Bord der *Duchess of Devlin* hatten Culpa Barra und Val-Draekin ihm und Liz Hen jeden Tag beigebracht, wie sie die Schwerter am besten führten. Nail begriff schnell. Vieles von dem, was Shawcroft ihm über den Schwung einer Axt erzählt hatte, hatte Habichtholz in der Abtei und Culpa hier erklärt. Auch Liz Hen ging überraschend gewandt mit der Klinge um. Sie war stämmig und kräftig und hatte sich mit Nail einige schöne Duelle geliefert. So nervig sie sich sonst auch benahm, damit erwarb sie sich Respekt.

Die beiden Vallè waren gleich gekleidet. Val-Draekins grauer Umhang bedeckte eine elastische schwarze Lederrüstung mit dünnen Kettenschichten um den Hals. Waffen trug er keine, zumindest keine sichtbaren. Aber Nail wusste von mindestens einem halben Dutzend kleinen Dolchen, die der dunkelhaarige Vallè in den Falten seiner Lederbekleidung versteckt hatte. Seita trug eine dunkle Lederhose mit einem schwarzen Ledergürtel und passendem Wams, dazu ein einfaches, pelzbesetztes Cape. Den grauen Umhang hatte sie sich gerade um die Schulter gewickelt. Auch sie trug keine sichtbaren Waffen. Aber Nail wusste von mindestens einem Dolch, den sie in der Hose versteckt hatte, und es gab noch den Streitflegel an ihrem Gürtel. Obwohl er gesehen hatte, welche Schäden das Ding an dem Schild im *Schlüsselwärter* angerichtet hatte, war Nail nicht überzeugt, dass es sich dabei um eine echte Waffe handelte. Aber diese Meinung behielt er für sich.

Godwyn führte die Gesellschaft eine abzweigende kleine Schlucht hinauf, die ein kleinerer Gebirgsbach geformt hatte. Unter ihnen gurgelte das Wasser, und der Pfad hielt direkt auf einen tosenden Wasserfall zu, von dem es angenehm frisch roch. Es ging dann noch höher hinauf, an der rechten Wand der Schlucht entlang. Zu beiden Seiten klammerten sich Pinien an starre Felssäulen. Auf schmalen Vorsprüngen und in Spalten kauerten weiße Böcke mit dunkelbraunen Hufen und gewundenen Hörnern. Godwyn hatte die flinken Tiere Dall-Schafe genannt. In weiter Ferne, aus den noch höher gelegenen Spalten tanzten und sprudelten Dutzende Ströme krachend in strahlenden Wasserfällen die Berge hinunter, und alle speisten sich aus den schneebedeckten Gipfeln der Gletscherkette. Ihr grollender Lärm klang ohrenbetäubend.

»Es ist Frühling!«, brüllte Roguemoore dagegen an. »Da fließt mehr Schmelzwasser als sonst!« Die Gischt nebelte so dicht, dass sie die meisten der Felsen und was so am Grund der Schlucht wuchs, verhüllte.

Ein Windstoß strich über den Weg, als sie am oberen Rand des Abgrunds angekommen waren, beinahe acht Stunden nach ihrem Aufbruch in Stanclyffe. Die Wolken hatten sich verzogen und den tiefblauen Himmel der Dämmerung freigegeben. Ein kleiner Bach mit einer Brücke aus Steinplatten floss in einer Art Weide hier im Hochgebirge. Gleich hinter der Lichtung erstreckte sich eine Wiese mit flechtenüberzogenen Felsblöcken verschiedener Größen. Die Frühlingswärme hatte den Schnee geschmolzen. Blühende Hochlandblumen machten aus dem Gras einen bunten Teppich. Nail erkannte hier und da mehrere Gruppen aufrecht stehender Steine.

Erleichtert keuchte Liz Hen auf, als Culpa Barra eine kurze Rast ausrief. »Das ist ja wie unsere Flucht aus Galgenhafen«, sagte sie zusammengesunken und schwer atmend. Sie rieb sich die Waden. »Hoffentlich war es das jetzt mit Klettern. Ich könnte gleich hier tot umfallen.«

»Wenn du zu lange irgendwo liegst, nehmen die Oghule deine Witterung auf«, sagte der an einen Felsen neben ihr gelehnte Dokie. Hektisch schickte er sorgenvolle Blicke über die grüne Lichtung.

»Du bist ausdauernd«, lobte Val-Draekin Liz Hen.

Sie lächelte über das Kompliment und richtet sich auf, dann tätschelte sie Seidel. »Ich bin wirklich ein schönes Stück gelaufen, oder?« Seidel leckte ihr die Hand.

»Ein bisschen Ausdauer zu entwickeln, tut uns allen gut«, sprach der Vallè weiter. »Dann könnt ihr das Schwert noch wilder schwingen, wenn es einmal so weit ist. Und du hast wirklich ein großes Schwert.«

»Ja, das stimmt allerdings.« Liz Hen rang weiter um Atem.

»Ich will dir eine Atemtechnik der Vallè zeigen«, sagte Val-Draekin. »Wenn du erschöpft bist, hol dreimal tief Luft, dann hältst du den letzten Atemzug kurz an und machst es nochmal. Das hilft in diesen Höhen.«

Liz Hen probierte es aus. »Das ist wirklich belebend.«

»Funktioniert jedes Mal.«

»Warum habt Ihr kein Schwert?«, fragte sie. »Ihr seid auf jeden Fall ein guter Lehrer im Schwertkampf.«

»Ich möchte behaupten, dass ich irgendwann schon in jeder vorstellbaren Waffentechnik unterrichtet worden bin«, gab Val-Draekin zurück. »Ich trage nur nie gern viel Gepäck. Die Messer sollten mir reichen, nehme ich an. Solange ich genug davon habe.«

»Und wie viele habt Ihr da wie ein Eichhörnchen in der Rüstung vergraben?«

»Genügend.« Er zwinkerte lächelnd.

»Guck dir die an.« Dokie schlug mit drei Fingern das Laijonskreuz über dem Herzen, stand auf und ging zu einem Kreis eckig behauener stehender Steine unten im Talkessel voller Hagebutten. Ein paar Schritte davor zog er einen Streifen Pergament und ein Stück Kohle hervor und begann zu zeichnen, was er auf den Felsen sah. Nail erinnerte sich, dass Dokie ähnliche Skizzen auf ihrer Reise von der Abtei am Swithen-Wells-Pfad nach Ravenker gemacht hatte.

»Was ist das?«, fragte Liz Hen.

»Bloß ein Schrein«, sagte Godwyn. »Ein Ort, an dem man innehalten und für eine sichere Reise beten kann.«

»Aber Dokie betet gar nicht«, sagte sie. »Er zeichnet.«

Nail wollte nichts mit den stehenden Steinen zu schaffen haben. Wer wusste schon, was für Symbole hineingeritzt waren. Vierecke? Kreise? Kreuze? Halbmonde? Sternschnuppen? Drachen? Dokie hatte mal gesagt, er habe solche Symbole im Traum gesehen, Symbole wie jene auf den stehenden Steinen oberhalb von Galgenhafen. Nail hatte aber genug Sorgen mit seinen eigenen Träumen und Visionen. *Wer war denn nun Cassietta Raybourne? Meine Mutter? Bin ich vielleicht mit dem brutalen Mörder Aeros verwandt, dem Sohn von Aevrett?* Zu viele Fragen. Und Roguemoore oder Godwyn gegenüber würde er das Thema gewiss nicht ansprechen. Wahrscheinlich würden sie ihm ohnehin nicht die Wahrheit sagen.

Er war zufrieden, wenn er einfach hier sitzen und Dokie beim Zeichnen zusehen konnte.

Bald darauf stiefelte die Gesellschaft der Neun abseits vom Hauptpfad weiter. Auf dem weicheren Gelände kamen sie schneller voran, zuerst durch grüne Wiesen mit Butterblumen. Sie umgingen eine Gruppe Espen, nahmen ein paar Hügel und Senken mit, vorbei an einer kleinen Wapitiherde, hielten kurz inne, um den majestätischen Wald zu bewundern und stiegen schließlich auf ihrem Pfad höher und höher.

Einmal überquerten sie eine Wiese, die so grün war, dass es Nail in den Augen schmerzte. Mitten auf der Wiese stand ein wolliges Tier, das sie erkannten: ein Moschusochse. Nur war dieser hier wesentlich größer als alle, die Nail bislang im Herbstgebirge gesehen hatte. Roguemoore erzählte, die meisten Oghule würden lieber auf einem Moschusochsen als auf einem Pferd reiten. Er maß fast dreieinhalb Meter bis zur Stirn, und das haarige braune Fell hing ihm in dicken Strähnen fast bis auf den Boden, sodass man die Form des massigen Körpers kaum sehen konnte. Zwei monströse Hörner wuchsen ihm aus dem Kopf und schwangen sich in großem Bogen abwärts bis fast auf den Boden und dann wieder hoch bis zu den Spitzen, die etwa auf Augenhöhe lagen. Falls das Ding irgendwo unter den verfilzten Zotteln Augen hatte. So gewaltig wie die Wollmammuts auf Adin Wyte war dieses Tier nicht, doch Stefane bewunderte dennoch lautstark die, wie er sagte, prachtvolle Gestalt dieses Exemplars. Liz Hen maulte: »Für mich sieht das Vieh aus wie ein großer schmutziger Wischmopp, und die Hörner sind verkehrt herum.«

Danach hörte Liz Hen nicht mehr auf zu plappern und sich über diverse Themen auszulassen, von Putzlappen bis zu der Art von Hüten, die einem ein heftiger Windstoß am leichtesten vom Kopf fegt. Dann war die Sonne auch schon untergegangen, es schien nur noch spärliches Licht durch die Bäume, und ein steifer Wind pfiff durch den Wald in Richtung der fernen, verschneiten Gipfel. Schließlich hielt Godwyn die Prozession an und führte sie zu einem kleinen Espendickicht auf einem sanft ansteigenden Hügel. Als sie sich unter dem Blätterdach ausreichend verborgen fühlten, schlugen sie ihr Lager auf. Liz Hen sagte weiter laut auf, was ihr gerade durch den Kopf ging, besonders, welche Unbilden sie bisher auf dieser Expedition zu erleiden hatte und welche wohl in den folgenden Tagen noch kommen würden.

Liz Hen plapperte immer noch, als sie ihr Mahl allmählich beendeten. »Wenigstens bekommen wir diesmal etwas zu essen«, sagte sie, und dann fast ohne Luft zu holen: »Kartoffeln und Fisch. Als Nail uns durch das Herbstgebirge geschleppt hat, war das anders. Ich bin da fast verhungert. Kein Essen gab es da. Keine frische Forelle. Dagegen ist es diesmal fast schon ein Vergnügen. Was für ein Albtraum, die Abtei am Swithen-Wells-Pfad zu finden. Übel. Und die Kälte. Bitterkalt war es. Eisig. Na, wenigstens habe ich nicht dieses Brandmal als Sklave von Sør Sevier am Arm wie Stefane und Nail. Diese Rothaarige, die das gemacht hat, war vielleicht eine ranzige Schlampe, meine Güte. Was sie Jenko seinem eigenen Vater hat antun lassen. Und dann sollte ich dem armen Baron diese Dolche in die Stümpfe stecken. So könnte ich mir das heiße Eisen ersparen, sagte sie.« Dokie verzog angeekelt das Gesicht, wie jedes Mal, wenn Liz Hen die Geschichte erzählte.

Die Gesellschaft der Neun saß inzwischen um die Feuerstelle zusammen, manche auf Steinen, andere auf der kalten Erde. Roguemoore hatte das knisternde Feuer entfacht. Culpa und Stefane war es gelungen, Forellen aus dem Bach in der Nähe zu angeln. Liz Hen war wegen des Feuers besorgt und dankbar zugleich gewesen. Sie machte sich Sorgen, es würde Oghule anlocken und die würden über sie herfallen, aber schön warm war es auch.

»Du hast also die Messer in Jubal Bruks Arme gesteckt?«, fragte Val-Draekin, der die Geschichte um den Baron noch nicht kannte. »In seine mit Pech versiegelten Stümpfe? Ich habe ihn gesehen, als Leif Chaparral ihn in die Burg holte. Die Messer steckten noch.«

»Dann ist er am Leben?«, fragte Liz Hen. »Jenkos Vater hat es also lebendig nach Amadon geschafft, wie diese Sør-Sevier-Schlampe es angekündigt hat?«

Val-Draekin nickte, und seine schwarzen Haare glitzerten im Feuerschein orangefarben. »Am Leben und mit der Botschaft des Weißen Prinzen, die er überbringen sollte.«

»Na, ich glaube, ich fress einen Besen. Ich habe den armen Jubal Bruk für einen toten Mann gehalten. So lange hat er durchgehalten?«

»Soweit ich weiß, lebt er auch jetzt noch.« Val-Draekin wärmte sich die Hände am Feuer.

Liz Hen struwwelte Seidel durch das Fell und sprach weiter von Jubal Bruk. »Der Mann in der schwarzen Lederrüstung hat dem Baron eine Art Serum eingeflößt und behauptet, damit würde er die Fahrt bis nach Amadon überleben. Ich hätte gedacht, das ist nichts als gemeines Gerede und Lügen, so zerhackt und zerstückelt wie Jubal war.«

»Der Mann in der schwarzen Lederrüstung?«, wiederholte Seita.

Zögernd antwortete Liz Hen der Vallè. »Sie nannten ihn Spinne. Jemanden, der so böse ist, habe ich noch nie gesehen, schon gar nicht, bevor dieser ganze Albtraum losgegangen ist. Schwarzes Leder hatte er an, so schwarz wie ein Hexenhintern.«

Dokie, der im Schneidersitz neben Liz Hen saß, sagte: »Das Schlimmste, was ich bisher gesehen habe, war dieses grässliche Pferd, das da in der Wapitifalle aufgespießt lag. Weißt du noch, Liz Hen, das schwarze mit den roten Augen wie verglühte Kohlenstücke? Wie ein Dämon aus der Unterwelt.«

Seita kniff die grünen Augen zusammen. Nail und Stefane blickten sich besorgt an. Sie beide hatten das Tier noch lebendig gesehen, eine glänzend schwarze Stute, geritten von einer Vallè, die Seita erschreckend ähnlich gesehen hatte. Stefane wusste nicht, dass sie dort oberhalb von Galgenhafen einer Meuchelmörderin der Bluthölzler begegnet waren, auch nicht, dass Shawcroft sie später getötet hatte. Nail wollte nicht mit ihm darüber sprechen, schon gar nicht jetzt.

»Wie hat denn dieses rotäugige Pferd genau ausgesehen, Dokie?«, fragte Roguemoore. Golden flackerte der Widerschein des Feuers auf seiner Rüstung.

»Zuerst einmal hat es eindeutig tot ausgesehen«, antwortete Dokie mit gequältem Gesichtsausdruck. »Ich habe noch nie etwas so Totes gesehen. Diese Augen, wie ausgebrannte Kohlenstücke. Auch das Fell sah so staubig und irgendwie verbraucht aus. Glanzlos und kalt.«

»Glanzlos?«, blaffte Liz Hen. »Seit wann bist du denn Experte für Pferde?«

Dokie starrte sie an, und sie verpasste ihm einen leichten Hieb mit dem Handrücken. »Du glanzloser Tollpatsch.«

»Nun«, mischte sich Culpa Barra ein, »wir sollten uns alle auf Dinge gefasst machen, die wesentlich schlimmer sind als ein totes Pferd in einer Wapitigrube.« Der Tagritter saß auf einem Felsen am Feuer und schärfte seine Klinge an einem handtellergroßen Wetzstein.

»Wie meint Ihr das?« Liz Hen war auf der Stelle in Sorge.

»Ich habe es schon im *Schlüsselwärter* gesagt: Shawcroft und ich haben gewisse Dinge gesehen, unten in den Minen in Totholztor.« Angst deutete sich in den Augen des Tagritters an. »Ich kann es nicht erklären. Diese Minen sind ein ganz eigener Albtraum, ein bösartiger Ort voller Gespenster und schwarzer Magie der Oghule. Wie ich bereits sagte, ein Ort, der einen um den Verstand bringen kann, wenn man nicht aufpasst.«

Das nächtliche Lagerfeuer warf lange Schatten in den Wald weißer Espen um ihr Lager. Nail war mit Shawcroft in vielen Minen gewesen. Er hatte selbst den *Mond des Vergessens* und den blauen Engelsstein aus dem Altar in den Minen von Roahm geholt. Für ihn schien Culpa Barra absichtlich ein wenig zu übertreiben.

»Ich habe keine Angst vor Minen«, sagte er und wünschte sich augenblicklich, er hätte geschwiegen, so streng blickte Roguemoore ihn an.

»Keine Angst?« Das Gesicht des Zwergs war finster wie eine

Gewitterwolke. »Dann erzähl doch mal, Nail, was du gesehen hast, als du die Axt und den Stein unter dem kreuzförmigen Altar in Roahm hervorgeholt hast. Was war denn da in den Altar geritzt?«

Nun fühlte sich Nail nicht mehr so selbstsicher. Er wusste genau, was der Zwerg meinte. *Woher weiß er, was ich gesehen habe? Woher kann er wissen, dass der Altar kreuzförmig war?*

»Ich war mit Nail zusammen in Roahm«, sagte Stefane. »Ich habe gar nichts gesehen.«

Roguemoores Blick ruhte immer noch fragend und kalt auf Nail.

»In das Fundament des Altars war etwas eingeritzt, Stef.« Nail sah seinen Freund an. »Ich habe es erst auch nicht gesehen. Du warst mit Giselle schon draußen, da habe ich etwas gehört, mich umgedreht und in die Gruft geguckt. Der Altar hat sich bewegt. Er ist langsam im Boden versunken. Und in das Fundament waren viele verderbte Dinge geritzt.«

»Verderbt?«, wiederholte Stefane. »Was meinst du damit?«

»Namenlose Biester der Unterwelt.« Darauf schwiegen alle betroffen.

»Jetzt ist alles verflucht«, murmelte Liz Hen.

Dokie schlug mit drei Fingern das Laijonskreuz über seinem Herzen.

»Das waren nur alte Zeichen«, sagte Nail. »Ich hatte keine Angst oder so.«

Roguemoore nahm ihn wieder fest ins Visier. »Hättest du aber haben sollen.«

Jetzt fürchtete er sich auch, und zwar vor dem Blick, mit dem der Zwerg ihn bedachte.

»Lasst mich etwas erklären«, sprach Roguemoore weiter. »Die Minen, in denen diese uralten Waffen verborgen liegen, sind mit der Geschichte der Fünf Inseln und den namenlosen Biestern der

Unterwelt vielfältiger verwoben, als wir alle uns vorstellen können. Das gilt besonders für Totholztor, wie Culpa schon sagte. Aber wie so vieles sind auch die meisten Sagen der vergangenen Zeitalter in Vergessenheit geraten. Täuscht euch nicht: Diese Minen sind verführerisch. Ihr werdet es spüren, wenn wir sie betreten.«

Das Feuer prasselte, und eine Oktave tiefer sprach der Zwerg weiter. »In der Gletscherkette hat es schon immer Gold gegeben. Auch im Herbstgebirge und in der Nähe von Totholztor. Silber und Eisenerz ebenso. Es kann gut sein, dass wir im Bauch jeder Mine in Gul Kana noch mehr verborgen finden als nur diese edlen Metalle. Vor langer Zeit war Gul Kana Schauplatz von düsteren Geschehnissen, da wurde nicht nur Gold geschürft. Die Oghule nutzten die Minen bald für ihre schwarze Magie. Neben Grotten für geheime Druidenkulte gab es Höhlen für Oghule und Vallè-Hexen und Schlimmeres. Alle diese Minen sind aus bestimmten Gründen aufgegeben worden. Das Böse wohnt in den Kerkern, die unser Ziel sind. Und damit meine ich etwas Böses, mit dem wir uns nicht abgeben wollen, denn es kann uns in vielerlei Hinsicht in Stücke reißen.«

»Ihr macht mir Angst«, sagte Liz Hen.

»Das habe ich auch vor«, gab der Zwerg zurück.

Dokie starrte bleich und mit dumpfem Blick in das Feuer. Liz Hen legte ihm einen Arm um die Schulter, sie wirkte sehr verängstigt. Selbst Seidel wedelte nicht mehr mit dem Schwanz.

Roguemoore trat einen Kiesel ins Feuer und blickte dann eindringlich in die Runde. »Es gibt eine alte Schrift, die sogar noch älter als *Die Mondrollen von Mia* oder *Weg und Wahrheit Laijons* ist. Verfasst wurde sie in einer alten, längst vergessenen Sprache, einer Sprache der Zwerge oder der Vallè, vielleicht auch einer Mischung aus beiden, ich weiß es nicht. Mein Bruder Ironcloud arbeitet aber mit einem Freund daran, die Geheimnisse dieser alten Worte zu entschlüsseln. Die Schrift heißt *Kodex der Engelssteine*. Ironcloud hätte eigentlich das, was sie bis dahin herausgefunden haben, mit zum Treffpunkt im *Schlüsselwärter* bringen sollen. Im Kodex ist die Rede von Zeiten, als die Menschen die Fünf Inseln noch nicht bevölkerten. Von jenen Dingen, die an den tieferen und dunkleren Orten der Welt verborgen sind.«

»Noch mehr Ketzerei.« Liz Hen schlug mit drei Fingern das Laijonskreuz über ihrem Herzen. »*Kodex der Engelssteine*. Nichts als Ketzerei. Nichts davon kann wahr sein.«

Roguemoore beachtete sie nicht und sprach weiter. »Die Zwerge waren einst hervorragende Bergleute. Solange, bis meine Vorfahren aus den Höhlen, die sie geschaffen hatten, vertrieben wurden. Seither leben wir Zwerge einfach als friedliche Bauern im Süden von Wyn Darrè. Bevor es einen Laijon oder Kriegerengel gab, entdeckten meine Ahnen, dass tief in den inneren Strukturen Gul Kanas und aller Fünf Inseln Geheimnisse begraben liegen, unterirdische Ströme des Bösen, die sich unter jedem Berg, unter jeder Stadt, jeder Burg, jeder Hütte und jedem fruchtbaren Tal in alle Richtungen bewegen. Verstörende Geheimnisse. Bewahrt von den Vallè. Geheim gehalten von der Kirche Laijons, sogar von der gesegneten Mutter Mia, und auch Geheimnisse, die von den alten Zwergen in den Gruben selbst bewahrt wurden. Und am schlimmsten: Geheimnisse, welche die Oghule, wie ich befürchte, nicht vergessen haben. Ihre Hragna'Ar-Prophezeiungen sind so alt, dass sie keinen bekannten Ursprung haben. Wenn man all diese Geheimnisse in einen Kessel wirft, ergibt das einen tödlichen Eintopf mit allen Geschmacksrichtungen feuriger Entsetzung. Glaubt man dem wenigen, das Ironcloud bisher aus den Seiten des *Kodex der Engelssteine* ermitteln konnte, fanden jene alten Zwerge den Untergang …«

Der Zwerg wurde unterbrochen, weil Dokie sich nach vorne beugte und einen großen Strahl direkt ins Feuer erbrach.

»Jetzt seht nur, was Ihr angerichtet habt.« Liz Hen sprang auf und klopfte Dokie sanft auf den Rücken. »Ihr habt den Jungen so verängstigt, dass ihm schlecht geworden ist.«

Nail hockte auf dem mit Flechten überwucherten Felsen und sah sich Avas geschnitzte Schildkröte an, dabei spürte er deutlich die Nachwirkungen von Seitas Berührung. Mit einer gewissen Eifersucht sah er zu, wie sich die Vallè vorbereitete, nun auch Stefane zu rasieren. Nails Freund saß auf einem dicken umgestürzten Fichtenstamm, Seita ihm gegenüber, in der einen Hand einen silbernen Dolch, mit der anderen feuchtete sie Stefanes Gesicht mit einem warmen Lappen an.

Nach dem Essen hatten Liz Hen und Dokie sich auf eine der Leinenplanen gelegt und sich mit den schweren Laken zugedeckt. Auch Godwyn und Roguemoore hatten sich zurückgezogen. Culpa und Val-Draekin saßen noch am Feuer. Stefane und Nail hatten ihre notdürftige Rüstung abgelegt und waren einige Schritte vom Lager entfernt in den Wald gegangen, wo das Feuer noch genug Licht gab, dass sie sich rasieren konnten. Seita war ihnen in die Dunkelheit gefolgt.

Anfangs, als Stefane ihn rasierte, hatte Nail gar keine Lust gehabt, dass Seita ihnen half. Stefane dagegen war bereitwillig zur Seite getreten und hatte sie mit ihrer kundigen, sanften Hand übernehmen lassen. Und als die Vallè ihn mit dem scharfen Silbermesser rasierte, konnte Nail nicht anders, als in ihrer Nähe zu schwelgen. Ihre Augen waren rein wie geschmolzene Edelsteine, wie der blaue Engelsstein, den Giselle im Altar gefunden hatte. Nur waren Seitas Juwelenaugen wild und grün, und in ihnen spiegelte sich ein perfektes Strahlen im Schein des Feuers. Sie kam ihm so nah, dass er ihre Wärme spürte und ihren süßen Atem roch.

Als Nail fertig rasiert war, setzte Stefane sich vor Seita. Als der sein Hemd auszog, damit sie ihn am Hals besser bearbeiten konnte, stach Nail unerwartet Eifersucht ins Herz. Man sah nun Stefanes Brustmuskeln, die sehnigen, strammen Oberarme wie kräftige Ranken im Garten. Nail wusste, dass er selbst von wesentlich muskulöserer Statur als sein Freund war. Nur saß eben nicht er gerade halbnackt vor dem Vallè-Mädchen. *Du bist ein verfluchter Narr, dass du so ein eifersüchtiges Zeug denkst, Nail.* Aber unterdrücken konnte er es nicht.

Mit Nail hatte Seita während der Rasur nicht viel gesprochen, aber bei Stefane war es anders. »Ich habe beobachtet, wie du Giselles Namen in die weiße Rinde einer Espe geschnitzt hast, als wir das Lager aufgeschlagen haben.« Sie nickte in Richtung des Baumes, gleich hinter Stefane. »In deinen Bogen ist er auch geschnitten. Und ich habe ihn auch an verschiedenen Stellen auf unserer Reise gesehen. In der frisch polierten Tischplatte im *Schlüsselwärter*, im Besanmast der *Duchess of Devlin*. Auch in der Schlucht hast du ihren Namen in mehrere Felsen gekratzt, wenn wir mal Pause gemacht und etwas getrunken haben. Und jetzt der Baum da hinten. Markierst du unseren Weg?«

Stefane schwieg, sein Adamsapfel hüpfte leicht.

»Glaubst du, ihr Geist folgt dir?«

»Ich mache das einfach«, murmelte Stefane und versuchte, den Kopf für die Rasur gerade zu halten. Selbst von da, wo er saß, konnte Nail sehen, wie seinem Freund Tränen in die Augen traten.

»Du musst sie wahrlich geliebt haben«, sagte Seita.

Stefane antwortete nicht.

»Wie war es in Galgenhafen so?«, fragte sie dann.

»Unvergleichlich«, antwortete Stefane leise und schwieg wieder.

»Erzählt uns doch, wie Val Vallè ist«, sagte Nail und hoffte für Stefane, das Mädchen würde nicht wieder von Giselle oder Stefanes Schnitzereien oder Galgenhafen anfangen. Dort wohnte nur Trauer.

»In Val Vallè bin ich nur geboren worden«, sagte Seita. »Ich habe dort nicht lange gelebt. Die meiste Zeit war ich am Hof des Königs in Amadon. Mit Borden Bronachell. Und dann mit seinem Sohn Jovan. Ich lebe da mit meinem Vater Val-Korin. Er ist dort Botschafter, das ist eine Erbstellung, die wahrscheinlich eines Tages auch die meine wird.«

Nail hatte sich keine weitere Frage überlegt und ärgerte sich über die erste. Seita hatte nichts Neues verraten oder etwas, das er nicht schon wusste, nichts, was sie nicht auf der Reise aus Lord's Point in den Norden allen erzählt hatte.

»Roguemoore und Godwyn haben Val-Draekin und mir berichtet, du seist neugierig, wer deine wirklichen Eltern sind«, sagte Seita zu ihm. »Stimmt es, dass du deine Herkunft nicht kennst?«

Diese Frage brachte Nail völlig aus der Fassung. Etwas wie Zorn keimte in ihm auf. Warum hatten der Zwerg und der Bischof den beiden Vallè denn erzählt, dass er ein Bastard war? Was erlaubten sie sich, ohne auch nur nachzufragen, über ihn zu sprechen?

»Das ist richtig.« Das klang etwas hochmütiger, als er wollte. »Ich habe manche Leute gefragt, was sie womöglich über meine Eltern wissen.« Er spürte den Widerwillen und die Unzufriedenheit in seinen Worten, die er so unwillkürlich äußerte. »Ich höre aber nichts als Lügen. Erst von meinem Meister. Dann von Roguemoore. Sie wissen mehr, als sie preisgeben.« *Habichtholz war wahrscheinlich auch voller Lügen gewesen.* Er wusste nicht, warum er ihr gerade so viel von seiner Verbitterung, aber auch so viel über sich selbst an den Kopf geworfen hatte.

»Warum fragst du dann den Zwerg nicht jetzt noch einmal nach deinen Eltern?«

»Wieso sollte ich? Ich wurde geboren, sie sind weg. Na und?«

Seita war mit der Rasur fertig und machte ihr Messer sauber. Sie ließ das Thema fallen, stellte aber eine Frage, die Nail wieder völlig unvorbereitet traf. »Du hast schon einmal eine Vallè wie mich gesehen, ein Mädchen mit blonden Haaren?«

Nail blickte nervös zu Stefane hinüber, und er hoffte, sein Freund würde den Mund halten.

Doch der tat ihm den Gefallen nicht. »Auf dem Pfad oberhalb von Galgenhafen. Da sind wir einer begegnet, die war Euch wie aus dem Gesicht geschnitten. Auf einer schwarzen Stute mit rotglühenden Augen. Und genau diese Stute haben wir eine Woche später in der Wapitifalle gefunden, von der Dokie erzählt hat.«

Seita sah Nail mit ihren strahlend grünen Augen an. »Und das Mädchen auf der schwarzen Stute hat etwas zu dir gesagt, Nail. Erinnerst du dich daran?«

Natürlich erinnerte er sich. *Wir sind nicht blutsverwandt*, hatte die Vallè gesagt. *Dennoch werden sie dich holen*. Sinnloses Geplapper. *Oder doch nicht?* Wie sollte er das wissen?

»Nun, erinnerst du dich?«, wiederholte Seita.

»Nein.« Nail stand auf und sah erst das Vallè-Mädchen und dann Stefane an. »Ich erinnere mich nicht.«

Dann ging er allein und leise zurück ans Feuer.

Raijaels Blut kann nicht von Menschenhand vergossen werden, andernfalls ist es nicht der Engelsprinz. Er bleibt ohne Makel und bis ans Ende unverletzt. Gepriesen sei Raijael, Herrscher am letzten Tag des Feurigen Sündenerlasses.

AUS DEN RITTERLICHEN ERLÄUTERUNGEN DES RAIJAEL

21. KAPITEL

GAULT AULBREK

AM ERSTEN TAG DES ENGELSMONDES
IM 999. JAHR LAIJON – AMADON, GUL KANA

Er fror. Er hatte Hunger. Gewaltigen Hunger. Das verschimmelte Essen und die anderen Dinge, die man nach ihm warf, sorgten aber dafür, dass ihm der Appetit verging. Sollte dies wirklich sein Ende sein, verspürte er allmählich erste Anzeichen von Niedergeschlagenheit und Bedauern, etwas, das ihm bisher gänzlich fremd gewesen war. Er musste immerzu daran denken, dass er den Glauben an Raijael und Laijon verloren hatte. Oder an seine Gefühle für Ava Shay. Oder daran, wie sehr er seine Stieftochter Krista vermisste. Oder an seine Frau Avril.

Zwei kurze Jahre vor so langer Zeit nur hatten sie gemeinsam gehabt, und doch sehnte er sich nach ihr. Ganz deutlich erinnerte er sich, wo und wann sie sich das erste Mal begegnet waren. Er als

Ritter von Sør Sevier mit der Aufsicht über die Nördlichen Hochlande, sie eine einsame Gestalt im Mantel gegen die Winde der Ebene geschützt, ein Baby in den Armen. Er wusste noch genau, wo er sie gefunden hatte: ein rauher, doch ausnehmend schöner Flecken auf einem dämmrigen Grat aus scharfen Felsen und trockenem Torf in einem langen, tiefen Tal gleich nördlich von Stone Loring. Dort sollte dereinst, wenn er tot war, seine Asche verstreut werden. An jenen Ort, den er handschriftlich in den *Ritterlichen Erläuterungen* verzeichnet hatte, sollten seine Waffenbrüder dann seine verbrannten Überreste bringen. Denn dies war der einzige Ort auf allen Fünf Inseln, an dem er Freude gefunden hatte, der einzige Ort, an den seine Gedanken auf der Suche nach Trost stets wanderten.

Er saß auf einem Ochsenkarren, mit dem Rücken an einen massiven, meterhohen, knotigen Eichenpfahl gefesselt, und blickte auf den wütenden Mob, der dem Karren folgte und ein Spalier für ihn bildete. Habichtholz war an der anderen Seite angekettet. Sie beide wurden auf dem Transport durch Amadon zur Halle der Tagritter und zum Fegefeuer zur Schau gestellt. Als sie gerade aus der Burg rumpelten, hatte Gault ein schwerer Kohlkopf an der Schläfe getroffen, und er hätte um ein Haar das Bewusstsein verloren. Er versuchte, durch das gesunde Auge zu sehen und einen klaren Kopf zu bewahren. Sein Gefährte Hammerfiss war aus der Masse hervorgetreten und hatte ihm zu seinem Ärger das geschwollene Lid am anderen Auge so vernäht, dass es offen blieb. Spades hatte unten auf dem Pflaster gestanden, mit einer Münze gespielt und seiner Demütigung amüsiert zugesehen.

Er war über und über mit Schleim und Fäkalien bedeckt. Um ihn herum erhoben sich prachtvoll die weißen Marmorbauten von Amadon: Tempel, Kathedralen, Paläste, Arenen für die Gladiatoren. Hunderte Gebäude, eins größer und pompöser als das andere. Alle mit Fassaden aus feinsten Marmorplatten von immensen

Ausmaßen. Die Straßen dieser majestätischen Stadt wimmelten von pöbelnden und grölenden Menschen. »Du bist kein Gladiator!«, sangen einige in der Menge. »Squireck haut dir den Kopf ab!« Sie lachten ihn aus. Lachten und lachten. Verspotteten sogar seine verstorbene Frau. Seine Stieftochter. Sie machten sich darüber lustig, dass er sie so liebte, dabei war sie gar nicht die Frucht seiner Lenden. Aber er wollte keine Schwäche zeigen und hielt ihnen ein breites Grinsen entgegen. Gleichwohl wusste er, dass man ihm die Verbitterung an den Mundwinkeln ansehen konnte.

Keinen Makel zeigen. Keine Verletzlichkeit, keine Schwäche zeigen.

Da schob sich Aeros Raijael aus der Menge. Der Engelsprinz trug einen funkelnd grünen Edelstein in der einen und einen Kampfhelm mit Ochsenhörnern in der anderen Hand. *Die Einsame Krone! Der Engelsstein!* Gault spürte Verlangen in seiner Seele aufbranden. Er wollte den Helm und den Stein besitzen, schon seit er gesehen hatte, wie Aeros sie auf der Ebene von Aelathia König Torrence entriss. »Die gehören Euch, Gault Aulbrek!« Aeros warf die *Einsame Krone* und den grünen Engelsstein zu ihm auf den Karren. »Bald steht Ihr in der Arena. Nutzt den Stein zu Eurem Vorteil! Nehmt niemals den Gladiatorenhelm ab …«

Das Geräusch der schweren Stiefel von Rittern riss Gault aus dem Tagtraum in einen Zustand tiefster Desorientierung und Furcht. Es war kalt. Und er hatte Hunger. Die Schritte wurden lauter, und plötzlich betraten mehrere dunkle Gestalten die Kammer.

Es waren Leif Chaparral und Jovan Bronachell und hinter ihnen um die zwanzig mit Speeren bewaffnete Tagritter, einige von ihnen trugen Fackeln.

»Wo ist Habichtholz?« Leifs Stimme donnerte durch das Gewölbe. »Wo ist er hin?«

»Aber Ser«, begann einer der beiden Tagritter auf der anderen Seite an der Wand, »Ihr wisst doch selbst, dass …« Mit zwei großen Schritten hatte Leif den Raum durchquert und dem Ritter mit dem Handschuh den Helm vom Kopf geschlagen. Er klapperte auf den Boden, und der Ritter blickte aschfahl und mit angstgeweiteten Augen von seinem Hauptmann zum König.

Gault setzte sich auf. Er war jetzt ganz wach.

Leif wütete: »Ich bringe unseren König hier ins Fegefeuer, damit er den Gefangenen befragen kann, und muss feststellen, dass der gar nicht in seiner Zelle ist! Wo ist Habichtholz?«

Der Tagritter verneigte sich benommen von dem Schlag ins Gesicht. »Verzeiht, Ser Leif, aber …« Wieder ohrfeigte Leif ihn mit dem Kampfhandschuh, und die Wache sank bewusstlos auf dem Steinboden zusammen.

Steif und schmerzverzerrt rappelte Gault sich hoch. Er ging zu den Stäben um seinen Käfig, presste das Gesicht gegen das kalte Metall und wärmte sich an den vielen Fackeln der Tagritter hinter Jovan. Jetzt wurde es interessant. Gault ließ sich alles gefallen, was die grauenhafte Langeweile im Fegefeuer unterbrach.

Die andere Wache machte Anstalten zu sprechen, überlegte es sich aber. Der Mann nahm starr Haltung an. Leif brüllte: »Mir ist egal, wer von euch sich mit Habichtholz eingelassen und ihm beim Entkommen aus der Zelle geholfen hat. Oder ob ihr es beide wart. So oder so werdet ihr dafür büßen!«

»Wie kann es sein, dass Habichtholz nicht hier ist?« Jovan riss Leif an der Schulter seines schweren Umhangs herum. »Wie hat er ein zweites Mal entkommen können? Ich habe dir persönlich die Verantwortung übertragen.«

»Habichtholz war hier, Euer Hoheit.« In Leifs Stimme klang eine Spur Angst mit. »Als ich ihn zuletzt gesehen habe, war er noch hier. Im Käfig neben dem von Gault.«

Natürlich wusste Gault ebenso wie Leif und die Wache nur zu gut, dass Habichtholz nur ein paar Minuten lang in dem Käfig ausgeharrt hatte, bevor er wie Rauch in der Dunkelheit verschwunden war. Lediglich Jovan und den zwanzig anderen Tagrittern hinter ihm war die Wahrheit unbekannt. Tatsächlich hatte man den meisten Tagrittern, die sich hier herunterbegeben hatten, erzählt, Habichtholz säße in einer Zelle in einem anderen Teil des Kerkers. Es schien, als sei Leifs Ausrede keinen Heller mehr wert.

»Bestimmt ist Habichtholz auf demselben Weg entschwunden wie Tala und Glade.« Leif deutete auf die dunkle Lücke unter der Säule auf der anderen Seite des Raumes. Ja, er hatte sich schnell wieder gefasst und erschien sogar recht selbstbewusst. Gault konnte keinen Funken Angst mehr in seiner Stimme hören. *Seine enorme Unfähigkeit hat von einem kolossalen Schlamassel zum nächsten geführt, und doch macht er unbeeindruckt weiter.*

Leif zeigte immer noch zum Eingang des Tunnels. »Diesen Weg haben Eure Schwester und mein Bruder genommen, als sie hier unten ihr kleines Abenteuer hatten. Wir haben noch nicht herausgefunden, wie man die Lücke verschließt. Glade sagte, es hinge irgendwie mit den Fackeln an der Mauer zusammen, aber egal wie sehr wir gezogen und gedrückt haben: Die Lücke bleibt. Ich könnte mir aber denken, dass dieser Mann hier und sein bewusstloser Komplize es wissen …« Er drehte sich ruckartig zu der immer noch in Habachtstellung stehenden Wache um. »Denn sie müssen hier gewesen sein, als Habichtholz entkam. Habichtholz war in diesem Käfig angekettet und hatte zwei Wachen davor. Sie haben uns im Stich gelassen. Dieser Mann und sein Kompagnon dort auf dem Boden haben versagt!« Leif sah Jovan an. »Was wünscht Ihr, dass ich nun tue, Euer Hoheit?«

Jovan zog die Brauen zusammen. »Für derartige Nachlässigkeit sind sie hinzurichten.«

Leif nickte. »Dieser Kerl wird schleunigst für seinen Verrat büßen, mein Lord.« Er ging vor Jovan auf die Knie und streckte die Hände aus. »Mit Eurem Schwert, wenn Ihr erlaubt?«

Der König schnallte seine Waffe, das blaue Schwert von Aeros

Raijael, *Himmelsplünderer*, ab und übergab sie Leif. Der zog die Klinge klirrend aus der Scheide und befahl dem Tagritter, den Helm abzusetzen und auf die Knie zu fallen. Mit vor Schreck verzerrtem Gesicht gehorchte der Mann. Er kniete nieder. Leif drückte ihm mit der Hand den Kopf so weit nach unten, dass der Nacken frei lag.

Der Tagritter schlug mit drei Fingern das Laijonskreuz über seinem Herzen und flehte: »Nein, Ser, ich bitte Euch. Ihr wisst, dass wir Habichtholz nicht entkommen ließen. Ihr wart doch hier …«

»Du bist nichts als ein Verräter.« Leif erhob Himmelsplünderer mit finsterem Blick. »Wer glaubt schon all die Lügen, die in dir stecken?«

Er ließ die Klinge nach unten schnellen, traf den Nacken des knieenden Tagritters und trennte ihm den Hals zur Hälfte auf. Mit abgeknicktem Kopf fiel der Mann vornüber. Blut sprudelte dunkel und dickflüssig aus dem zuckenden Körper zu Leifs Füßen.

Die Wache hatte an Laijon geglaubt, und Gaults Ansicht nach hatte der Gott des Mannes diesen heute böse im Stich gelassen. Gault hatte selbst bitter erfahren müssen, dass es keine Götter gab, die den Bedürftigen halfen, die den Seelen der Gepeinigten Linderung verschafften oder das Leben der Gläubigen verschonten; sie wurden geschändet oder niedergemetzelt, trotz ihres Glaubens. Es gab keinen Laijon. Keinen Raijael. Keine gesegnete Mutter Mia. Hatte es nie gegeben und würde es nie geben. Jedes unschuldige Kind, das je gebetet hat, es möge dem unerträglichen Grauen seines Peinigers oder der Klinge seines Mörders entkommen, hatte seinen Atem verschwendet, so wie dieser Tagritter hier auch. Die Macht lag nicht bei den Göttern. Macht hatten allzu oft ungeschickte Idioten wie Leif Chaparral, Lügner, Betrüger, Edelleute und manchmal jene, die genug Grips hatten, sich durchzuschlagen, und obendrein stets ein geschärftes Schwert bereithielten.

»Womöglich hätten wir nicht so übereilt handeln sollen«, sagte

Jovan bleich. Er blickte auf die zwölf weiteren Tagritter, die hinter ihm Haltung angenommen hatten. Sie standen wie schwarze Säulen da. Er wandte sich wieder an Leif. »Womöglich hätten wir ihn zuerst verhören sollen?«

»Wir hätten nur Lügen zu hören bekommen.« Leif widmete sich nun der Wache, die er niedergeschlagen hatte und die immer noch ohne Bewusstsein auf dem Boden der Kammer lag. Mit einer flinken Bewegung der Spitze von *Himmelsplünderer* schlitzte er dem Mann die Kehle auf. Eine Pfütze aus dickem rotem Blut sammelte sich um seinen Kopf.

Als Leif zufrieden seinen König ansah, erinnerte der Ausdruck krankhaften Wahns in seinem Blick Gault an Aeros Raijael in der Schlacht. Im Krieg wurde der Engelsprinz von einer göttlichen Böswilligkeit ergriffen, nicht von Irrsinn oder Zorn, sondern von wildem Eifer, einem Eifer, den auch Leif jetzt in seinen dunkel umrandeten Augen hatte.

»Besser ein rasches Urteil als ein sinnloses und ewig dauerndes Verhör, das zu nichts führt und mit Lügen endet«, bekräftigte Leif. »Zwei andere Wachen haben Gault und Habichtholz ins Fegefeuer eskortiert, sie gehörten zum Wachwechsel. Auch sie könnten mit Habichtholz im Bunde stecken. Sollen auch diese beiden Wachen festgesetzt und getötet werden?«

Jovan runzelte noch heftiger die Stirn. »Ja, vielleicht.«

»Wie Ihr wünscht.« Leif verneigte sich, die Augen im Siegesrausch ganz fiebrig. »Ich werde mich persönlich darum kümmern.« Er wischte *Himmelsplünderer* am dunklen Umhang des vor ihm liegenden Tagritters sauber. Dann überreichte er das Schwert wieder seinem König.

Jovan steckte die Waffe weg und wandte sich an die Tagritter hinter ihm. »Fortan wachen sechs von euch über Gault. Meine Schwester Tala und Leifs Bruder Glade haben sich vor Kurzem in diesen Kerkern verirrt. Bislang ist dieses Geheimnis im Kreise der

Tagritter gewahrt worden, und dafür ist euer König dankbar. Will irgendeiner von euch, dass ganz Amadon erfährt, dass Habichtholz ein zweites Mal aus dem Fegefeuer entwischt ist?«

Jovan hielt kurz inne und sah auf die beiden Toten am Boden herab. »Ihr kennt nun den Preis für Verrat. Keiner von euch spricht über das, was er hier heute gesehen oder gehört hat. Mögen die beiden Männer, die da zu euren Füßen in ihrem eigenen Blut liegen, euch stets daran erinnern, was euch blüht, solltet ihr meine Befehle missachten.«

Jeder Tagritter verneigte sich in Anerkennung seiner Worte. Jovan sprach weiter: »Jeder von euch wacht von nun an über den verbliebenen Gefangenen, Gault Aulbrek. Ihr arbeitet in Schichten: je sechs Mann, zwölf Stunden, danach wird gewechselt. Jeder von euch schläft hier unten in diesem Raum. Ihr esst auch hier drinnen. Euer Geschäft verrichtet ihr durch das Loch dort in Habichtholz' Käfig. Damit das klar ist: Keiner von euch verlässt vor dem ersten Tag des Feuermondes diesen Raum. Verstanden?« Wieder verneigten sich alle stumm.

Jovan fuhr fort: »Sobald ich fort bin, kümmern vier von euch sich um die Leichen eurer verräterischen Mitritter. Nehmt ihnen die Rüstungen ab, befördert sie aus dem Fegefeuer und werft sie in den Fluss Vallè, auf dass die Oghul-Hexer und Diebe sich mit ihnen vergnügen. Verstanden?« Sie verneigten sich.

Gault fragte sich, ob es das nun an Unterhaltung für den Tag gewesen sein sollte. Entweder war Jovan zu blöd, um die Ränke Leifs zu durchschauen, oder die Loyalität und ihre enge Freundschaft machten ihn blind. *Solche wie Leif Chaparral wird es da draußen immer geben, deren Grausamkeit und Verschlagenheit machtvoller ist als die Götter.*

Enna Spades war so ein gottgleiches Monster. Gault erinnerte sich an seinen Traum, die Fahrt auf dem Ochsenkarren durch Amadon und die unfassbar riesenhaften Tempel und Kathedralen an den Straßen. Spades redete oft davon, all die großen Bauten Amadons wie die Halle der Tagritter und die Burg zu entweihen, in jede davon einen großen Haufen zu setzen, den Tempel der Laijonsstatue und den Palast des Großvikars zu besudeln. Sie wollte immerzu alles in Stücke schlagen. Ja, Leif Chaparral und Spades ähnelten sich in vielem.

Doch Gault wusste, was ihren Zorn antrieb, was an ihrem Herzen nagte – oder an dem, was sie an der Stelle besaß. Es war Habichtholz, der Mann, der aus dem Käfig neben ihm entkommen war. Jedes andere hübsche Gesicht, das Spades' Weg kreuzte, war bloß Futter für ihre Gelüste. All ihre verschlungenen Komplexe stammten vom Verrat dieses einen Mannes. Ihre übertriebene Sexualität und ihre Brutalität in der Schlacht erwuchsen aus dem Verlangen, die Kontrolle zu gewinnen, Macht über andere zu haben, sei es im Bett oder wenn sie sich ihrer Überreste entledigte. *Und so wird sie über diese ganze Stadt mit ihrem Zorn hereinbrechen, wenn sie hier einfällt, ihr die Glieder abhacken und sie auf ihre ganz eigene Weise schikanieren.*

Was aber ist der Ursprung von Leifs Grausamkeit?

Jovan und Leif traten vor Gaults Käfig.

Mit hinter dem Rücken verschränkten Händen blickte der König Gault kühl an. »Habt Ihr gesehen, wohin Habichtholz verschwunden ist?«

Gault starrte ihn einen Moment lang ausdruckslos an und fragte dann: »Habt Ihr noch eine Portion zu essen?«

»Haltet Ihr das hier für einen Witz?«, knurrte Jovan. »Schon bald bettelt Ihr in der Arena um Euer Leben.«

Gut!, dachte Gault. *Setzt mir Squireck Van Hester vor, und ich schlage ihn für Euch tot!* Der Blutgeruch von den Wachen lag ihm in der Nase und erinnerte ihn an zehn Jahre Krieg. *Gebt mir ein Schwert und eine Arena, in der ich kämpfen kann!* Ja, Leifs Morde an den beiden Wachen waren unterhaltsam gewesen, zumindest einen Augenblick lang. So ließ sich auch die Zeit totschlagen. Und es war der Beweis, dass Narren die Welt bevölkerten und in seiner eigenen Seele kein Funken mehr von den rettenden Gnaden Laijons oder Raijaels steckte.

Ja, werft mich sofort in die Arena!

»Was habt Ihr gesehen?«, fragte Jovan erneut. »Wie ist Habichtholz entkommen?«

Würde er mir die Wahrheit glauben, dass Habichtholz durch Leifs Unfähigkeit entkommen konnte? Dass seine eigene Schwester sich dort unten verirrt hatte, weil Leif so dämlich war, sie allein zu lassen? Glaubt er mir, dass sein Freund ein Lügner ist, ein Mörder und vollkommen unfähig? Wohl kaum.

Dennoch hatten Leifs lächerliche Lügen und die Morde die eintönige Leere des Tages unterbrochen. Diesen Trost gab es wenigstens. Eintönigkeit. Das war das Schlimmste an der Gefangenschaft. Die Gedanken kreisten um allerlei eigenartiges Zeug und man wurde unruhig.

Gault erinnerte sich an eine Unterhaltung in einer Taverne eines Nachts bei ein paar Bier in Sør Sevier. Bogg, der Wärter der Kerker von Rokenwalde, hatte geschildert, dass Gefangene sich oft selbst Unterhaltung verschafften, indem sie die Wachen mit endlosen nervigen Forderungen und dummen Fragen quälten. Nachdem er so viele Tage eingesperrt war, verstand Gault den Reiz, den das barg.

»Antwortet!«, brüllte Jovan. »Was habt Ihr gesehen?«

Gault lächelte. »Schreibt Ihr für mich einen Brief an Aeros Raijael und stellt ihn …«

»Halt deine dämliche Fresse!« Der König war rot vor Zorn. »Was hast du gesehen?«

»Jetzt bin ich etwas verwirrt.« Gault sprach ganz langsam. »Soll ich nun meine dämliche Fresse halten oder Euch erzählen, was ich gesehen habe?«

Jovans Gesicht zuckte verärgert.

»Um ehrlich zu sein …« Gault hielt inne und blickte zu Leif hinüber. »Ich habe gar nichts gesehen. Erst war Habichtholz hier, und dann: *Puff!* Weg war er.«

Hüte dich vor dem Glauben, sei vorsichtig. Denn wer du bist, kann nur von innen vernichtet werden. Wir werden, was wir denken.

DER KODEX DER ENGELSSTEINE

22. KAPITEL

LINDHOLF LE GRAVEN

AM ZWEITEN TAG DES ENGELSMONDES
IM 999. JAHR LAIJON – AMADON, GUL KANA

Sieht eher aus wie ein Oghul als ein Mensch, zumindest auf den ersten Blick«, sagte Ser Tolz. Der Silbergardist saß vorn auf dem Ochsenkarren zwischen Glade Chaparral und Ser Alain. Glade sah sich grinsend das kleine Bild in Tolz' Hand an.

»Das ist wirklich eine Fratze des Grauens, damit kommt man bei keinem Mädchen an.« Ser Alain trieb den Ochsen über das Steinpflaster. Dabei warf er aus den Augenwinkeln einen Blick auf das Bildnis. »Ich möchte wetten, wenn eine mit so einem unförmigen Monster zusammengesteckt wird, schneidet sie sich eher die Pulsadern auf, als dass dieses *Ding* da auf ihr herumrutschen darf.«

»Nee«, sagte Ser Bonaparte. Er saß mit Lindholf hinten im Karren. »Für jeden Mutanten gibt es eine passende Frau. Wenn es ans Vögeln geht, ist nichts unmöglich. Da draußen wartet auf jeden fettleibigen Penner ohne Beine eine feuchte Möse.«

»Also, auf ins Freudenhaus!«, rief Alain.

In der Gasse hallten ihr Gelächter und das Hufgeklapper der Ochsen wider.

»Wir reden nicht über dich, klar?« Glade verdrehte den Hals und sah Lindholf lachend an.

»Hatte ich auch nicht gedacht«, antwortete der dümmlich. Ohne ein wenig Schleier der Vallè intus fühlte er sich einem Wortwechsel mit Glade nicht gewachsen. Er konnte nur daran denken, dass er noch mehr von dem weißen Pulver wollte. Aber er hatte Seita oder Val-Draekin seit einer Ewigkeit nicht gesehen. *Soll ich denn in den Heiligen Hain gehen und das Zeug direkt vom Versöhnungsbaum schnupfen?*

Glade war ganz in Silbergardenrüstung gekleidet, die drei anderen Ritter, seine neuen Lakaien, ebenso: Tolz Trento aus Avlonia, Alain Gratzer aus Knightliegh und Bonaparte Stockach aus Reinhold. Alles große Kerle. Alle drei schmissig und gutaussehend. Und alle drei offenbar unreifer als Talas kleiner Bruder Anselm. Sie waren schon ewig in der Silbergarde und fast zehn Jahre älter als Glade, aber sie hängten sich an ihn, weil er der jüngere Bruder von Leif Chaparral war, dem baldigen neuen Hauptmann der Tagritter.

Zwei Abende zuvor hatten Glade und seine drei Kumpel Lindholf unten im Hafenviertel in ein Bordell mitgeschleppt und ihn gezwungen, dabei zuzusehen, wie sie alle vier eine Reihe Huren mit schlechten Zähnen bestiegen, die älter waren als ihre eigenen Mütter. Die ganze widerwärtige Angelegenheit hatte Lindholf angeekelt und abgestoßen. Er hasste die Gesellschaft von Glade und seinen drei neuen Freunden.

Jetzt waren sie wieder auf dem Weg ins Hafenviertel und in die Hurenhäuser.

Anders als Glade vor zwei Wochen war Lindholf bisher nicht in die Reihen der Silbergarde aufgenommen worden. Er wollte aber dazugehören. Deshalb hatte er eingewilligt – wider besseres Wissen – und begleitete Glade und die drei. Er hasste Glade, hasste alles an ihm und seine angeberischen neuen Gefährten. *Aber wie sonst kann ein Mann aufsteigen?* Also hockte er hier in Hemd und hellbrauner Hose hinten auf einem Ochsenkarren, umklammerte das Heft eines kleinen schwarzen Dolches, den er in der Hosentasche versteckt hatte, und wünschte sich, auch ein Silbergardist zu werden.

Seine Eltern bereiteten die Familie auf die Rückkehr nach Eskander vor. Sein Ritus des Entzündens der Aschenglut, der eigentliche Grund für ihren Aufenthalt in Amadon, war vollendet. Lawri war nicht mehr krank. Außerdem mussten Lorhand und Lilith wieder zurück zu ihren Lehrern. Bald würde seine Familie Jovans Hof verlassen, und er würde Tala nicht mehr sehen. *Außer, ich komme in die Silbergarde wie Glade.* Dann würde er bleiben können.

»Komm mal rauf und guck dir das Bild hier an«, bat Glade ihn. »Das ist Ser Tolz' Neffe unten in Avlonia. Ein echter Prachtkerl.« Lindholf blieb sitzen und lehnte sich an die Seitenwand des Karrens. »Vettern und Cousinen dürfen ja nicht heiraten«, redete Glade weiter. »Vielleicht kann Jovan aber eine Hochzeit von Tala und dem Neffen von Ser Tolz einfädeln.« Die drei Ritter grienten.

Lindholf zitterte entnervt und achtete nicht auf die Bemerkungen. *Warum bin ich hier?*

Schleier der Vallè. Darum. Deswegen hatte er schon ein paar dumme Sachen gemacht, und es kamen noch mehr dazu.

Sein Vorrat war längst aufgebraucht, größtenteils hatte er das Pulver in den dunklen Gängen unter dem Fegefeuer verbrannt, damit er etwas sehen konnte. Lindholf wusste eins: Er brauchte mehr von dem weißen Pulver, das Seita ihm gegeben hatte. *Ich werde ohne das Zeug wahrscheinlich bald verrückt.* Nur durch das

Pulver hatte er bisher seine schmerzliche Einsamkeit vergessen, Freude empfinden und vor allem Selbstsicherheit entwickeln können. Ohne es konnte er sich Glade nicht entgegenstellen und auch nicht mit Tala sprechen. War ständig matt und schläfrig und konnte sich nicht wachhalten. Kurz: Der Schleier der Vallè hielt ihn aufrecht.

Die untergehende Sonne schien rosig vom wolkenlosen Himmel auf die Steinbauten Amadons. Der schwere Karren schaukelte über das Pflaster, und Lindholf wickelte sich in Verbitterung und Zorn wie in eine Rüstung. Eine andere würde er vermutlich nie tragen. Nervös zupfte er an seinem Hemdsaum herum. Er konnte sich einfach nicht beruhigen. Griff nach dem Dolch in der Tasche. Dann war der Saum wieder dran. Und so ging es weiter.

Irgendwie ergab nichts mehr einen Sinn. Er konnte sich auch nicht lange auf eine Sache konzentrieren. *Bin ich wirklich durch Unterwasserhöhlen aus dem Fegefeuer entkommen?* Allein der Gedanke schien irrsinnig, wie eine Wahnvorstellung. Tatsächlich aber hatte er den *Schleier der Tugend* und einen Engelsstein gefunden.

Schild und Stein lagen jetzt versteckt zwischen den Holzbalken und dem bröseligen Mörtel in der Wand der Kammer neben seiner – dort, wo Tala die kranke Lawri versteckt hatte.

Während der Karren durch das Straßengewirr mit den windschiefen Steinhäusern und die engen, verwinkelten Gassen holperte, betrachtete Lindholf die Stadt gleichermaßen angeekelt und aufgeregt. Gleich hinter der runden königlichen Kathedrale erhob sich der vergoldete, in weißen Marmor gehüllte Palast des Großvikars. Die wie eine Krone geformte Kathedrale, heilige Grabstätte der gesegneten Mutter Mia, überragte das Stadtbild in der Ferne. Daneben befand sich der Tempel der Laijonsstatue, ebenso groß und weithin sichtbar. Für ganz Gul Kana bildeten Kathedrale und Tempel die greifbaren Monumente der Größe Laijons und der gesegneten Mutter Mia. Pilger aus allen Teilen Gul Kanas strömten herbei, um in diesen gewaltigen Bauwerken Andacht zu halten und die Laijonsstatue zu bestaunen, von der allein er wusste, dass sie fehlerhaft war. Auch das gehörte zu den vielen verrückten Dingen, die ihm widerfahren waren. *Das Klettern auf die Laijonsstatue! Ihr Geheimnis zu entdecken. Die Flucht aus dem Fegefeuer! Den* Schleier der Tugend *zu finden!* Dieser ganze Irrsinn ging zurück auf Tala.

Er hatte keine Ahnung, wie oder wann sie und Glade es aus dem Fegefeuer geschafft hatten. *Tala glaubt immer noch, ich wäre einfach Leif in die Burg nachgelaufen, wie ich es gesagt habe.* Lindholf wusste nicht recht, ob er sich deswegen verletzt fühlen sollte. *Keinem würde je auffallen, ob ich da bin oder nicht.*

Seine Aufmerksamkeit wurde auf ein bekanntes Gesicht in der Straße hinter dem Ochsenkarren gelenkt, ein blasses Mädchen mit einer Krone aus weißen Heideblüten.

Doch sobald er es gesehen hatte, war es wieder fort, verschwunden im Menschengetümmel.

Jetzt habe ich schon Visionen!

Er dachte an die Gedächtnisbucht zurück, an den kalten glitschigen Griff der Meerjungfrau.

In der Ferne schallte Hundegebell durch die Straßen und holte ihn wieder ins Jetzt zurück. Der Karren rumpelte unter den mit Zinnen bestückten Bollwerken des inneren Walls um die Altstadt, vorbei an der säulenbestandenen Arena der Gladiatoren. Am frühen Abend hatte sich eine bunte Mischung an Einwohnern – Seeleute, Zwerge, Koboldwichte, Oghule und Diebe – aus ihren Löchern hervorgewagt, um auf den Gassen ihren Gewerben nachzugehen. Der Karren durchfuhr eines der Aquädukte Amadons, und der Gestank der Stadt traf Lindholf mit voller Wucht. Sie näherten sich dem Fluss Vallè. Die Aquädukte brachten kühles Bergwasser aus dem fernen Herbstgebirge und den Himmelsseen im Norden. Dem Geruch nach zu urteilen diente der Fluss dagegen hauptsächlich als Kloake für Müll und andere menschliche Überreste und, wie Leif erklärt hatte, auch Hexenkreisen und ähnlich grotesken Gruppierungen.

In der Dämmerung warf er einen letzten Blick auf die Burg. Egal, wo man sich in Amadon aufhielt, über allem sah man die Zinnen der schwarzen Festung auf dem Berg Albion thronen. Er wollte zurück dorthin. Nicht hier sein. Nicht zu diesem Bordell fahren, wo er Glade und den anderen wieder zusehen müsste, wie sie irgendwelche Huren bestiegen, und nie durfte er mitmachen.

Als würden sie dort nur vögeln, um mich zu verspotten …

Die Leute sprangen ihrem Karren aus dem Weg.

Da sah er es wieder – das Mädchen mit der Krone aus weißen Heideblüten.

Diesmal würde Lindholf es nicht aus den Augen lassen. Das Mädchen trug einen dunkelblauen Umhang, am Hals zusammengebunden, ohne Kapuze. Er sah ihm nach und versuchte, das Gesicht zuzuordnen. Dann merkte er, dass es dem Karren folgte. *Es war die Schankmaid mit dem großen Busen aus dem* Dreckspferd!

Diese Serviererin, die er während der Feierlichkeiten anlässlich des Trauermondes beim Verteilen von Kuchen im Sonnenvogelsaal gesehen hatte, die dann das Attentat auf Jovan begangen hatte. Da wurde ihm klar: Sie musste auch das Mädchen sein, das den Gerüchten zufolge kurz nach Habichtholz aus dem Fegefeuer entkommen war.

Mit hämmerndem Herzen und sprudelnden Gedanken griff Lindholf nach dem schwarzen Dolch in der Hosentasche. Er beobachtete, wie das Mädchen dem Karren mit einigem Abstand folgte. Trotz des Menschenandrangs in den Straßen bewegte es sich leicht wie eine Daunenfeder. Und er kam nicht umhin, seine Schönheit zu bemerken. *Aber weshalb sollte es diesem Karren hinterherlaufen?*

»Halt!«, schrie er. »Halt den Karren an, Glade!«

»Wozu?« Glade drehte sich um und sah ihn streng an. »Wir halten erst, wenn wir am Hurenhaus sind.«

»Du verstehst nicht.« Lindholf rappelte sich hoch und sprang über die Seite vom Karren auf die Straße. Ungelenk landete er im Staub. Aus irgendeinem Grund hielt er es für keine gute Idee, Glade von der Schankmaid zu erzählen.

»Verfluchte Mutter Mia!«, schrie Glade, und Alain bremste die Ochsen. »Scheiße, Mann, was machst du da, du Vollidiot?«, rief er. »Komm zurück auf den Karren!« Alle Silbergardisten sahen belustigt und mit gehässigen Mienen auf Lindholf herab.

»Ich komme nicht mit!« Lindholf stand auf und klopfte sich den Staub ab. Dabei blickte er hektisch von Glade in die Menge. Jetzt hatte er den blauen Umhang und die Heidekrone aus den Augen verloren. »Ich gehe auch nicht zurück zur Burg!« Er musste das Mädchen finden.

»Hast du den Verstand verloren, verdammt nochmal?«, schrie Glade. »Heute ist dein großer Tag! Ich wollte die fetteste Schnecke im Bordell bezahlen, dass sie deinen kleinen Pimmel zum Glühen bringt!«

»Ich will keine bezahlten Frauen! Lasst mich in Ruhe!«

»Idiot!« Glade drehte sich zu Alain. »Lassen wir ihn.«

Alain schnalzte mit den Zügeln, und der Ochsenkarren rumpelte ohne Lindholf weiter. Bald war er in der Menge verschwunden.

Lindholf spürte ein Ziehen an seinen Beinlingen und sah einen Koboldwicht mit verschmiertem Gesicht auf einem Brett mit vier Rollen vor sich. Das Kind hatte keine Beine. »Ein Kanten Brot für einen hungrigen Jungen?«, flehte es und streckte die dreckige Hand aus.

»Verfluchte Mutter Mia.« Lindholf stolperte rückwärts die Straße entlang und konnte den Blick nicht von dem verkrüppelten Kind abwenden. Mit den Händen schob es sich klatschend über das Straßenpflaster auf ihn zu. »Eine milde Gabe für einen Verhungernden?« Gewandt rollte es sein Brett über die Steine durch die Menge. Entsetzt wich Lindholf zurück.

Dann griff eine Hand nach ihm, Finger glitten zwischen seine und zogen ihn durch die Menschen. Es war die Schankmaid aus dem *Dreckspferd.* Eilig zerrte sie ihn in einen Gang zwischen einem kleinen Kräutergeschäft und einer dunklen Schmiede, die Rauch aus einem hohen Schornstein ausstieß. Als sie einige Stufen erklommen hatten, riss Lindholf sich los. »Was tust du da?« Seine Blicke wurden unweigerlich von ihren Brüsten angezogen – daran hatte er sie wiedererkannt.

Der geflochtene weiße Heidekranz saß ihr locker auf den honigfarbenen Haaren. Sie hatte Grübchen, sommersprossige, rosige Wangen und graublaue Augen. Gerade stand sie so dicht neben ihm, dass er ihr Parfüm und die Heide riechen konnte. Er fragte noch einmal: »Was tust du da?«

»Scht.« Sie legte einen Finger an seine Lippen und sah sich besorgt um. Dann schmiegte sie sich leicht an ihn. Er spürte den süßen Heideduft ihres Atems am Hals. »Hör mir zu«, sagte sie. »Ich weiß, dass du ihn hast.«

Mit geschärften Sinnen trat er zurück und sah den Durchgang auf und ab. Sie waren allein. *Könnte ich auf demselben Weg entkommen, den wir hergelaufen waren?* Er sah sie wieder an. »Was habe ich?«

»Den weißen Schild.«

Er wich noch weiter zurück, stolperte beinahe, und sein Magen war vor Schreck wie verknotet. Seine Hand wanderte zu dem Dolch in seiner Hosentasche. »Wer bist du?«

»Ich bin niemand.«

»Du warst die Schankmaid. Bei der Feier auf der Burg.«

»Ich heiße Delia.« Sie kam näher und tastete nach seinem Hemdkragen. Dann zog sie ihn ganz nah an ihr Gesicht. »Ich habe dich beobachtet«, flüsterte sie mit kehliger Stimme. »Seit du mit Tala Bronachell ins *Dreckspferd* gekommen bist, habe ich dich beobachtet.«

Er entzog sich ihr. »Hast du nicht den König niedergestochen?«

»Ich habe dich beim Bestehlen der Söldner in der Sklaventaverne beobachtet. Habe gesehen, wie du mit den beiden Vallè entwischt und zum Heiligen Hain geritten bist und dort das Pulver geschnupft hast.«

»Du bist mir gefolgt?«

Sie berührte ihn mit der Handfläche an der Brust. »Ich weiß, dass du den weißen Schild hast.«

»Den Schild?« Ihm drehte sich alles. *Sie ist mir gefolgt?* »Aber du kannst mir unmöglich ins Fegef…« Er unterbrach sich.

Delia kam näher. Er spürte ihren Atem jetzt heiß am Hals, ihre vollen, sinnlichen Lippen. »Mir wurde erzählt, dass du ein Dieb bist, dass du den weißen Schild tragen wirst, lange, bevor wir uns begegnet sind.« Sanft fasste sie ihn am Kinn und fuhr mit den Fingern die Brandnarben am Gesicht und am Hals entlang. »Und seitdem habe ich von dir geträumt.«

Ihre zarte, warme Hand löste sich von ihm. Sie griff sich in den Ausschnitt und zog einen daumengroßen roten Lederbeutel hervor. Er spürte noch die Berührung ihrer Finger im Gesicht, als sie den Beutel öffnete und ihm den Inhalt zeigte. »Und ich *weiß*, dass du das hier brauchst.«

Es war Schleier der Vallè. So betörend schön, weiß und rein auf dem grellroten Leder. Ihre vollen Lippen öffneten sich, und sie leckte sich über den Zeigefinger, dann tauchte sie ihn hinein. »Probier mal«, lockte sie.

Ihre feuchte Fingerspitze war von Pulver bedeckt. Sie schob ihm den weichen Finger in den Mund, und er probierte. Das Wohlgefühl setzte augenblicklich ein.

Das begeisternde Gefühl des weißen Pulvers auf seiner Zunge, in seinem Mund, wie es ihm die Kehle hinabglitt, glich nicht der unmittelbaren Ekstase, wenn man es schnupfte. Aber ihn überkam ein Gefühl der Heimkehr nach einer langen, entbehrungsreichen und einsamen Reise.

»Ich habe so viel Pulver, wie du willst.« Sie sprach ihn nicht nur an, ihre Worte stachen ihm zugleich gierig ins Herz. »Wenn du mehr willst«, sagte sie, »bring den Schild ins *Dreckspferd*, mein Lieber.«

»Aber ich habe …«

»Schhhh.« Delia legte ihm wieder den Finger an die Lippen. Ihre Augen waren sanft wie ein Abendwind. »Komm einfach in die Taverne. Bleib dort bei mir. Als mein *besonderer* Gast.«

Delia steckte sich das rote Beutelchen wieder zwischen die Brüste. Sie nahm den weißen Heidekranz vom Kopf und überreichte ihn ihm. »Hiermit gelangst du sicher in die Taverne und in meine Kammer.«

Als er den Kranz angenommen hatte, entfernte sie sich langsam von ihm und sagte: »Und vergiss den weißen Stein nicht.«

Dann wandte sie sich ab und eilte durch den Gang davon. Der Umhang wölbte sich hinter ihr wie eine große blaue Welle.

Mit dem Tode Laijons wurden die Letzten Kriegerengel ganz natürlich zu Kindern des Zorns, denn sie werden jene hinschlachten, die sie für böse halten.

WEG UND WAHRHEIT LAIJONS

23. KAPITEL

TALA BRONACHELL

AM DRITTEN TAG DES ENGELSMONDES
IM 999. JAHR LAIJON – AMADON, GUL KANA

Der Cember-Turm, die höchste Spitze von Burg Amadon, durchstach die über der Stadt hängenden Wolken. Ganz oben befand sich das Observatorium, das Talas Vater ganz für sich erkoren hatte. Allein der königlichen Familie wurde Zutritt gewährt. Borden Bronachell hatte seine drei ältesten Kinder dorthin gebracht, um mit ihnen zu reden und Zeit mit ihnen zu verbringen. Hier hatte er ihnen vorgelesen, sie gelehrt, mit ihnen über die Geschichte der Fünf Inseln gesprochen. Tala hatte es gemieden, seit ihr Vater in den Krieg gezogen und nicht mehr zurückgekehrt war. Ein unheimlicher Ort, auf dem seine Abwesenheit lastete.

An diesem bewölkten Abend hatte Jovan seine drei Geschwister hergebeten. Tagritter hatten Tala, Jondralyn und Anselm durch die labyrinthischen Gänge und Höfe der Burg an den höchsten

Punkt des Bergs Albion zum Fuß des Turms geleitet. Die fünfhundert Stufen bis zur Spitze waren sie dann allein aufgestiegen. Jovan erwartete sie oben.

Das kreisrunde Observatorium war gekrönt von schwarzen Felsplatten, die auf fünf Bögen und steinernen Säulen ruhten. Fünf Steinbänke standen an der brusthohen Balustrade davor. Der Boden bestand aus grob behauenem Gestein.

Der Turm schien im Wind zu schwanken, der durch die fünf klaffenden Öffnungen im Observatorium pfiff und Jovan Bronachell die dichten braunen Haare zerzauste. Der König lehnte im pelzbesetzten Umhang am steinernen Geländer und blickte über die Stadt. Er wandte sich um, als sie eintraten.

An Jondralyn gewandt erhob er die Stimme, um den Wind zu übertönen. »Wie ich sehe, ist der Prinz von Sankt Einzig kaum einmal nicht an deiner Seite, seit Denarius ihn offiziell zu einem freien Mann erklärt hat.«

»Darum geht es in der Arena: sich die Freiheit zu verdienen«, sagte Jondralyn, die vom Treppensteigen etwas außer Atem war. Sie trug einen einfachen schwarzen Hausmantel und darüber eine an der Hüfte zugebundene schwarze Robe. Weiße Verbände verhüllten die Verletzungen in ihrem Gesicht. Sie hielt Anselm an der Hand. Der jüngste Bronachell sah mit reiner, kindlicher Bewunderung zum König auf.

Tala ging zur nächsten Balustrade und blickte auf Amadon. Die Stadt lag unter einer bauschigen weißen Wolkendecke. Im Nordwesten stach die große, elegante Swensong-Spitze wie eine Nadel heraus. Auch andere Türme waren zu sehen: das Blaue Schwert, der Schwarze Speer und der Turm der Geständigen neben Martinsturm, Sansom-Turm und einem halben Dutzend weiterer, denen man die Namen verstorbener Großvikare gegeben hatte.

Jovan winkte Anselm. Der Junge fiel seinem großen Bruder in die Arme. Jovan zog ihn an sich, wirbelte ihn herum und setzte ihn dann wieder ab. Anselm klammerte sich an sein Bein. »Squirecks Weg durch die Arena ist noch nicht zu Ende. Gault Aulbrek ist ein gewaltiger Gegner, der imstande ist, andere schwer zu verletzen.« Er wuschelte Anselm durch die Haare. »Wie du zweifellos weißt.«

»Hast du mich deshalb hergebeten? Um mich zu verspotten?«, fragte Jondralyn. »Das hättest du auch im Sonnenvogelsaal tun können oder in deinen Gemächern. Oder du hättest Leif Chaparral schicken können, damit er es für dich übernimmt. Squireck wird nicht in der Arena sterben. Er wird Gault erledigen. Das verspreche ich dir.«

»Squireck wird sterben«, konterte Jovan. »Das ist ausgemacht.«

»Lässt du das Quorum der Fünf Gaults Klinge vergiften? Ihre Einmischung hat schon beim ersten Mal den Willen Laijons nicht verhindern können. So wird es auch dieses Mal sein. Squireck hat eine Bestimmung.«

»Du hast recht, Jondralyn«, gab Jovan zu. »Ich habe euch nicht gerufen, um dich zu verspotten. Ich will, dass es besser wird. Ich wünsche mir, dass unsere Familie in diesen finsteren Zeiten zueinanderfindet. Ich wünsche mir, dass wir zusammenarbeiten. Zu meinen liebsten Erinnerungen gehört, wie wir hier oben der Weisheit unseres Vaters lauschten. Mir hat dieser Ort gefehlt. Mit fehlt mein Vater.«

»Mir geht es genauso, und auch ich vermisse ihn. Und unsere Mutter«, sagte Jondralyn. »Borden hat es verstanden, uns alle zu Königen zu machen.«

Jovan erwiderte: »Ich möchte zukünftig dich und Tala an den Entscheidungen beteiligen. Ganz Gul Kana und eben auch Amadon stehen kurz vor den größten Tagen der gesamten Geschichte. Die Prophezeiungen aus *Weg und Wahrheit Laijons* treffen ein. Die Verhältnisse müssen geklärt werden, nicht nur in unserem Reich, sondern auch zwischen uns allen. Ich muss in diesen schweren

Zeiten den Rat meiner Schwestern suchen.« Er sah Jondralyn an und versuchte, ihre Meinung zu ergründen. Doch die Verbände verdeckten ihren Gesichtsausdruck. »Ich muss dich fragen, Jon: Wie geht es dir jetzt, da Habichtholz abermals im Fegefeuer in Haft sitzt?«

»Ich hoffe, es geht ihm gut«, antwortete Jondralyn, und eine Spur von Angst kroch ihr in den Blick. »Er ist kein Verräter. Er hat viel getan, um mir das Leben zu retten.«

»Denarius wünscht, dass Habichtholz in der Arena aufgeknüpft wird. Er möchte ihn nach dem Aufeinandertreffen Gault Aulbreks mit Squireck hängen.«

»Und du wirst auf den Großvikar und seine Wünsche hören, nehme ich an?«

»Er ist ein weiser Mann, wir müssen seinem Rat folgen.« Der König blickte von Jondralyn zu Tala. »Ihr beide müsst dies vor allem anderen lernen. Das ist auch ein Grund, weshalb ich euch hergerufen habe.«

»Um den Großvikar zu preisen«, sagte Jondralyn.

»Ich versuche lediglich, das Richtige zu tun.«

»Willst du wirklich meine Meinung hören?«, fragte Jondralyn. »Lehre jede Frau in Gul Kana zu kämpfen. Gib ihnen Schwerter und Rüstungen und verdopple die Größe unserer Armeen. Wir sind für den Kampf gegen Aeros Raijael schlecht ausgestattet.«

»Deine Verletzungen zeugen davon, wie nützlich Frauen in der Schlacht sind.«

»Du hast mich gefragt«, knurrte Jondralyn. »Ich sage dir meine Meinung, und nun werde ich verhöhnt.« Sie macht kehrt und lief auf die Treppe zu.

»Bleib!«, bat Jovan.

Doch Jondralyn war schon auf dem Weg die Stufen hinab.

Jovan löste die Silberbrosche an seiner Brust und öffnete den Umhang um seine Schultern. Das ornamentale Kettenhemd darunter sah in der nebligen Düsternis des Turms stumpf aus. Er begegnete Talas Blick. »Willst du auch weglaufen?«

»Ich möchte nicht hier sein«, erwiderte Tala, »wenn ich ehrlich sein soll. Ich werde hier nur traurig.«

»Ich liebe euch beide wirklich«, sagte Jovan. »Das musst du mir glauben. Ich liebe meine Schwestern. Meine Blutsverwandten.«

»Du sagst, du liebst uns«, entgegnete Tala, »dabei nimmst du nicht hin, wie wir sind. Wie kann das Liebe sein?«

»Ich habe euch immer so akzeptiert.«

Sie dachte an seine Affäre mit Leif. »Wie sieht Liebe denn überhaupt aus?«, fragte sie ihn. Dann antwortete sie rasch selbst: »Man akzeptiert, wer jemand ist. Uneingeschränkt. So sehr du auch behauptest, du liebtest uns: Es bedeutet gar nichts, wenn du uns nicht als Menschen akzeptierst.« Sie wandte sich zum Gehen.

»Willst du nicht bleiben und mit mir reden?« Sein Gesicht war ausdruckslos. »Unsere Unterhaltungen fand ich immer schön. Du nicht auch? Du hast mir nach dem Anschlag auf mich viel Trost gegeben. Anders als Jondralyn. Dennoch haben wir seit einer Woche nicht miteinander gesprochen. Du scheinst mir aus dem Weg zu gehen.«

Tala hörte selbst, wie Verbitterung ihre Stimme durchzog. »Als wir uns das letzte Mal unterhalten haben, bist du ausgerastet und hast mich niedergemacht, weil ich mich wie ein Mann anziehe. Du hast mir auf dem Hof praktisch die Kleider vom Leib gerissen. Oder weißt du das nicht mehr? Du hast mich vor Glade und Lindholf gedemütigt. Du hast Lawri mit dem Dolch verwundet.«

Sein Gesichtsausdruck wurde noch undurchdringlicher. »Die Totengeister sollen Lawri Le Graven holen. Wahrscheinlich haben sie das schon. Wie sie sich ihr eigenes Blut vom Arm abgeleckt hat, als wäre er ein Stück Fleisch. Das gehört sich nicht. Nein, die ist durchgedreht, daran gibt es keine Zweifel.«

»Wenn sie verrückt ist, dann wegen der Dinge, die der Vikar mit ihr macht.«

»Ich lasse nicht zu, dass du in meiner Anwesenheit schlecht über Denarius sprichst. Das hatten wir schon einmal.«

»Also lässt du meine Meinung nicht zu und Jondralyns auch nicht. Obwohl du uns angeblich deswegen hergebeten hast.« Sie blickte in den wabernden Nebel.

»Warum bist du so verbittert?«, fragte er.

»Verbittert?« Aufgebracht drehte sie sich um. »Denarius hat Lawri ausgenutzt!«

»Hör auf, das zu behaupten.«

»Du willst mir immer nur den Mund verbieten. Genau deshalb hat es keinen Sinn, dass ich mit dir rede. Meine Stimme wird nicht gehört.«

»Schön.« Seine Stimme wurde sanfter, wenngleich nur ein wenig. »Jetzt sind wir hier. Sag, was du willst, Schwester. Ich muss aber darauf bestehen, dass du den Vikar und die Kirche Laijons aus unseren Gesprächen heraushältst. Denn solch üble Nachrede, dieses ganze Negative, führt zu nichts.«

Sie sah ihm in die Augen und versuchte zu ergründen, wie ernst er es meinte: nicht allzu sehr. *Na, dann sag doch mal, Schwesterlein, was du denkst, solange du nicht über etwas sprichst, auf das ich empfindlich reagiere.* Tala wusste, dass sie mit Leichtigkeit eine ganze Wagenladung heikler Themen ansprechen könnte. Sie wollte wissen, wie tief seine Lügen reichten. »Hast du Jondralyn absichtlich in den Tod geschickt?«, fragte sie.

Er blickte auf Anselm, der ihm noch an den Beinen hing.

Tala setzte nach. »Hast du Leif Anweisungen gegeben, dafür zu sorgen, dass meine Schwester stirbt?«

Jovans Blick ruhte einen Moment lang auf seinem Bruder. Dann sah er sie an. »Ich möchte nicht, dass unser Anselm solche Unterhaltungen mithört.« Seine Stimme klang kalt und sachlich.

»Er ist zu klein, um uns zu verstehen«, sagte Tala. So leicht ließ sie sich nicht abschütteln. Sie wollte seine Lügen aus seinem Mund hören und ihn mit jeder Faser dafür hassen. Somit würde sie sich ein für alle Mal von ihm lösen können. Es kümmerte sie nicht mehr. Sie wollte hassen. Jemandem die Schuld geben. Nun war Jovan ihr Ziel. »Hast du Leif befohlen, dafür zu sorgen, dass Jondralyn stirbt?«

»Warum tust du mir jetzt mit solchen Anschuldigungen weh?«

»Hast du Jondralyn losgeschickt, weil du gehofft hast, dass sie dabei stirbt?«

»Das habe ich nicht.«

»Du lügst.«

»Du wagst es, mich zu beschuldigen?«

»Oh ja, ich wage es!«, schrie sie. Anselm bekam ganz große Augen. Vielleicht war er zu jung, um zu verstehen, worüber sie sprachen, doch er wusste, was Anschreien bedeutete.

Jovan hielt den Kleinen an den Schultern fest. »Erhebe nicht deine Stimme gegen den König.«

»Und wenn doch? Schickst du mich dann zu einem Duell in die Arena und bringst mich so zum Schweigen?«

Vor Zorn verzerrte er das Gesicht. »Du bist schlimmer als Jondralyn!« Er ließ Anselm los und griff nach ihr.

Sie wich schnell zurück. »Willst du mir wieder die Kleider zerreißen?« Sie hob provozierend den Saum und wedelte damit herum. »Weißt du denn nicht, dass ich diese albernen Röckchen nur trage, damit du die Finger von mir lässt?«

Er hielt inne und zog besorgt die Brauen zusammen. Sie hatte ihn tatsächlich gebremst. »Ich mag mir gar nicht vorstellen, welche Widerwärtigkeiten du mit mir machen würdest, wenn ich *wirklich* ein Junge wäre.«

Mit verletztem Gesichtsausdruck sank er in sich zusammen, doch diese Verletzlichkeit rührte sie nicht. Echt oder nicht, es war ihr egal. Endlich. »Ich erzähle allen von deinen Geheimnissen«, zischte sie.

Er blickte besorgt drein. »Wir haben es ganz falsch angefangen, Schwester. Bitte. Lass es uns noch einmal versuchen. Ohne Spielchen.«

Mit kühler Berechnung sah Tala ihn an. »Weißt du denn gar nicht, was dich so gefährlich macht, Jovan, weshalb deine Untergebenen dich so fürchten?«

»Oh, das wird interessant«, höhnte er, offensichtlich versucht, zumindest den Anschein von Haltung wiederzugewinnen. »Bitte, Schwesterherz, lass mich deine werte Meinung wissen.«

Er konnte nicht mal einen Augenblick lang nett sein.

»Du bist so gefährlich, weil du schwach und launisch bist«, sagte sie. »Du bist schwach, und das weißt du auch. Nichts als ein Feigling – und ein Tyrann, um deine Schwächen zu übertünchen.«

Einen Moment lang starrten sie einander an. Dann richtete er sich auf. »Du bist genau wie Mutter. Eigentlich bewundere ich den Wagemut in dir und Jondralyn.«

»Nein, tust du nicht«, setzte sie dagegen. »Du hasst uns dafür. Du unterdrückst unsere Meinungen. Du kontrollierst ja sogar, wie wir uns anziehen. Mich kannst du nicht anlügen. Du willst, dass Jondralyn stirbt.«

»Der Mann, dem du die Schuld an den Verletzungen deiner Schwester geben solltest, sitzt im Fegefeuer im Kerker: der Ritter aus Sør Sevier, Gault Aulbrek.« Er lächelte. »Natürlich hast du ihm im Zorn ja schon das Gesicht zerkratzt.«

Diesbezüglich war Tala zwiegespalten: Einerseits bedauerte sie es, andererseits war sie stolz darauf. Als sie auf Gault losgegangen war, hatte sie, von Gefühlen überwältigt, die Haltung verloren. So etwas würde sie nicht wieder geschehen lassen.

»Du brauchst dich nicht schuldig zu fühlen.« Jovan missdeutete ihren nachdenklichen Gesichtsausdruck. »Du hättest gar nicht anders handeln können.«

»Gault ist nur deshalb in Amadon, weil du nichts unternommen hast, um Aeros Raijaels Armee aufzuhalten«, sagte sie. »Warum hast du dich aus Wyn Darrè zurückgezogen, als Vater tot war?«

»Ach, du willst jetzt über Kriegsstrategien reden, oder wie?«

»Ich will nur wissen, warum du nicht wie Vater gekämpft hast. Dein Rückzug scheint mir der eine, feige Grund dafür zu sein, dass wir jetzt in dieser Situation stecken und der Weiße Prinz in Gul Kana einfällt.«

»Ich habe gesagt, dass wir über alles reden können«, sagte Jovan, »deshalb lasse ich dir diese Ungehörigkeit durchgehen.« Er zog Anselm wieder an den Schultern zu sich. »Ich habe nach Vaters Tod den Rückzug seiner Armeen aus Wyn Darrè befohlen, weil Großvikar Denarius mir zugesichert hat, dass alles gemäß Laijons Plan ausgehen wird. Und was ist Laijons Plan, fragst du vielleicht. Der Feurige Sündenerlass steht bevor, und ich musste mich zurückziehen und Aeros Raijael Wyn Darrè einnehmen lassen, damit die prophezeite endgültige Schlacht in Amadon ausgefochten wird, wie es in *Weg und Wahrheit Laijons* vorhergesagt ist.« Er kniete sich hin und umarmte Anselm, der die Aufmerksamkeit sichtlich genoss. »Denn siehst du, Tala: Dem Vikar und dem Quorum der Fünf zufolge, *Weg und Wahrheit Laijons* zufolge bin ich auserwählt, die Rückkehr Laijons herbeizuführen. Der Feurige Sündenerlass kommt über uns. Er steht bevor, und wir sind dabei. Ich tue das alles nur, um den großen Einen und Einzigen zu preisen.«

Die Offenheit ihres großen Bruders erschreckte Tala. Jetzt war sie die Unvorbereitete. In ihrem Kopf drehte sich alles. Ihr Bruder sprach vom Feurigen Sündenerlass, dem Ereignis aus der Vorsehung, das jeder in Gul Kana, der den Lehren der Kirche Laijons folgte, gleichzeitig fürchtete und herbeisehnte. Sie selbst hatte kaum je einen Gedanken an den Sündenerlass verschwendet. Jetzt aber, nach allem, was ihr Bruder gerade preisgegeben hatte, schien ihr das ganze Konzept völlig absurd. Ein Mann wie er konnte doch unmöglich Teil einer geheimen Vorsehung der heiligen Schrift sein. Das wusste sie instinktiv, ohne es erklären zu können. Also sagte sie, was ihr nun logisch schien: »Was, wenn Denarius sich irrt? Was, wenn all die Leben in Wyn Darrè für nichts geopfert wurden, nur wegen Geschreibsel in einem Buch? Du hättest im Kampf so viele Menschen retten können …«

»Du hörst dich genau wie Jondralyn an«, fuhr er dazwischen. »Hat sie dir diese Lästereien in den Kopf gesetzt?«

»Ich kann selbst Schlussfolgerungen ziehen.«

»Schlussfolgerungen sind für die geistig Schwachen. Du musst für dich allein lernen, den Geist und die Wahrheit der Worte des Vikars zu fühlen, Tala. Ich spüre die Wahrheiten in meinem Herzen, wenn Denarius spricht. Er ist die heilige Stimme Laijons, und er kann uns nicht fehlleiten.«

»Er ist ein abscheulicher Mann.«

»Ich dachte, wir sind uns einig, dass wir darüber nicht sprechen.«

»Du hast doch angefangen.« Sie sah, wie er immer ärgerlicher wurde.

»Du versuchst gar nicht, das Gute in Denarius zu sehen«, sagte Jovan. Er drückte Anselm heftig, dann erhob er sich wieder und legte dem Jungen die Hände auf die Schultern. »Du bist zu skeptisch, Tala, rebellisch, du machst Ärger. Diese Angelegenheit mit Sterling Prentiss, den du in aller Öffentlichkeit derselben Dinge beschuldigt hast wie den Vikar mir gegenüber. Was du diesem Königreich an Ärger bereitet hast – nein, an *Schaden* verursacht hast. Und es hört einfach nicht auf. Du überredest Glade und Lindholf, ins Fegefeuer zu gehen, und dann verschwinden Glade und du da unten. Du hast die Unverletzlichkeit des Fegefeuers beschmutzt. Warum?«

»Hat Habichtholz das nicht schon vor Monden getan?«

»Leif hat die Wachen hingerichtet, weil sie dich und Glade aus den Augen gelassen haben. Wir konnten nicht zulassen, dass man draußen erfährt, wie leicht man aus dem Kerker gelangt.«

»Leif hat sie getötet?« Der Schreck kroch ihr das Rückgrat hoch. Eine Welle aus Schuldgefühlen warf sie beinahe zu Boden. »Warum?«

»Derart grobe Nachlässigkeiten dürfen nicht ungestraft bleiben.« Jedes Wort von Jovan stach ihr ins Herz. »Und wenn Leif Hauptmann der Tagritter sein soll, muss er anderen gegenüber sein Pflichtgefühl und seine Autorität beweisen.«

»Aber Männer zu töten, die nichts mit Glade und mir zu tun hatten …«

»Vergiss Lindholf nicht.«

»Lindholf hatte nichts damit zu tun. Ihn kannst du da nicht mit hereinziehen …«

»So unschuldig ist Lindholf nicht.« Jovan brachte sie mit einer Handbewegung zum Schweigen. »Ihr drei steckt zusammen und seid ständig in irgendeinen Ärger verwickelt.«

»Es war Glade Chaparral.« Tala log absichtlich. »Nachdem wir mit Gault gesprochen hatten, wollte Glade sich Habichtholz' Zelle ansehen. Lindholf hatte nichts damit zu tun. Er ist kurz nach Leif gegangen.«

»Habichtholz' Zelle?« Jovan kniff die Augen zusammen. »Was soll das heißen? Er saß doch in dem Käfig neben Gault, oder nicht?«

»Leif hat uns erzählt, Habichtholz sitze in einem anderen Bereich des Kerkers ein. Als Leif und Lindholf weg waren, wollte Glade unbedingt nachsehen, wo das wohl ist.« Noch mehr Lügen. »Lindholf hatte damit nichts zu tun.«

Tala sah in den Augen ihres Bruders, dass er gekränkt war. Aber dahinter lauerte noch mehr, ein tiefer Verrat, von dem sie keine

Ahnung hatte. Er hob den Kopf und sagte: »Du, Lindholf und Glade, ihr macht zusammen nichts als Ärger. Was Glade angeht, so ziehe ich nicht mehr in Erwägung, dich mit ihm zu vermählen.« Das erleichterte sie sehr. »Mir schwebt ein anderer vor, der um dich wirbt«, sagte er. »Eine hochheilige Vereinigung, welche die Geschichte Gul Kanas verändern wird.«

Bei diesen Worten ergriff eine düstere Vorahnung Tala. Ihre panischen Gedanken beschworen sogleich jenen Moment herauf, als sie Lawri den grünen Trank einflößte, den sie aus dem Leib von Sterling Prentiss gezogen hatte.

Mit rasendem Herzen erinnerte sie sich an die Worte ihrer Cousine, als sie erwachte. *Ich habe von dir geträumt. Du warst mit Großvikar Denarius verheiratet … Und ich war auf deiner Hochzeit.*

So soll auch Gerechtigkeit walten, wenn ein von Laijon geweihter Bischof für den Verurteilten einsteht, falls er glaubt, dass die Person unschuldig ist. Dies tut dem Gesetz Genüge. Der Bischof soll anstelle des Beschuldigten sein Leben verwirken.

WEG UND WAHRHEIT LAIJONS

24. KAPITEL

STEFANE WAYLAND

AM VIERTEN TAG DES ENGELSMONDES
IM 999. JAHR LAIJON – GLETSCHERKETTE, GUL KANA

Seita nahm Stefane an der Hand und führte ihn über den mit Felsbrocken übersäten Hügel zum rauschenden Bach in der Schlucht. Liz Hen ging zwei Schritte hinter ihnen, und Seidel sprang um sie herum. Vorsichtig tasteten sie sich über den unsicheren Steinpfad, und Liz Hen maulte wegen der Aufgabe, die Roguemoore ihnen übertragen hatte: frisches Wasser zu holen. Alle drei trugen lederne Schläuche, die gefüllt werden sollten. Durch das Dickicht aus hohen Pinien und Birken hörten sie das Flüsschen gurgeln. Der Weg war holprig, aber es ging so lange ganz ordentlich, bis nasse Schneeflecken, Büschel mit stachligem Hochlandsalbei und Tundragestrüpp ihn verdeckten. Nun mussten sie besser aufpassen, und Liz Hen schimpfte entsprechend lauter.

Die übrigen Mitglieder der Gesellschaft der Neun waren in den Ruinen eines steinernen Forts oben in der felsigen Nische im Berghang geblieben und bereiteten sich auf die Nacht vor. Ranken überwucherten fast das gesamte verfallene Gebäude. Dicke, knotige Bergpinienstrünke drückten die Steine auseinander und vergrößerten die Risse und Löcher in den Mauern. Aber das Fort lag gut geschützt vor Blicken und eignete sich perfekt als Lager. Stefane freute sich schon auf die abendlichen Schwertkampfübungen mit Culpa Barra und Val-Draekin. Auch Nail, Dokie und Liz Hen machten sie augenscheinlich Spaß. Seita saß für gewöhnlich nur dabei und feuerte sie an.

Drei Tage war es nun her, dass sie Stanclyffe verlassen hatten. Sie hatten sich einen Pfad durch die Gletscherkette gebahnt und sich stetig den Himmelsseen angenähert. In ihre schweren, grauen Umhänge geschnürt, waren sie über kalte Pässe und durch schneeverwehte Täler gestapft und hatten felsige Flüsse und wilde Bergbäche durchquert, ohne Anzeichen von Oghulen im unberührten Gelände zu finden. Dennoch hielten sie unablässig Ausschau.

Stefanes Pfeilköcher schlug ihm gegen den Rücken, als er jetzt Hand in Hand mit Seita den Abhang zum baumbestandenen Fluss hinunterlief. Den Eschenholzbogen hatte er über die Schulter geschnallt. Kühl wehte die vom frischen Duft von Pinien, Espen und Moos gesättigte Luft durch das Geäst. Unter ihren Füßen knackten Zapfen und Zweige, über ihren Köpfen rauschten die Blätter. Dort, wo nicht alles schneeweiß war, knospten bunte Pflanzen, und die Sonne schien golden durch die Wipfel. Weiter oben im Gebirge blitzten baumbestandene Senken grün aus der dunkelgrauen Eintönigkeit der Felsen und Klippen. Stefane mochte die Berge am liebsten, wenn der Frühling alles zum Leben erweckte, die Luft nach feuchtem Mutterboden roch und junge Pflanzen am rauschenden Bach wuchsen.

Hier oben befanden sie sich annähernd auf dreieinhalbtausend

Metern Höhe, da war die Luft dünn. Wenn der Himmel einmal aufriss, sahen sie fern im Nordosten den mächtigen D'Nahk lè. Jener gewaltige Gipfel erhob sich auf über achttausend Meter und überragte die Bergkette um ihn herum deutlich. Wenn er bei freier Sicht vollständig zu sehen war, wurde Stefane von Ehrfurcht übermannt. Godwyn hatte erzählt, D'Nahk lè sei ein Wort der Oghul und bedeute »der große und einzige Eine«.

Stefane, Seita und Liz Hen erreichten den Grund der Schlucht und fanden einen Durchgang zwischen den Stämmen und Ästen. Über dem Flüsschen entstand eine Lücke wie eine Furche im Blätterdach. Der gurgelnde, klare Bach war ungefähr drei Meter breit und etwas mehr als einen halben Meter tief. Auf den durstigen Stefane wirkte er sehr verlockend.

Unter Seitas Stiefeln lösten sich Erdbrocken aus der Uferböschung und fielen platschend in den Bach, als sie ihre Wasserschläuche füllte. Sie hatte den grauen Umhang und das Fuchspelzcape im Lager gelassen und trug nur die schwarze Lederhose und das schwarze Wams, dazu am Gürtel den Streitflegel. Ihre seidenen Haare funkelten wie verzaubert in der Sonne. Stefane spürte es, wenn er sie nur ansah: Sie verheimlichte etwas. Eine tiefe Trauer. Oft unterhielten sie sich abends noch am Lagerfeuer, wenn die anderen schon schlafen gegangen waren. Da hatte er ihren Schmerz erlebt. Nicht, dass sie davon gesprochen hätte, vielmehr bargen ihre Augen in nachdenklichen Momenten einen zutiefst tragischen Ausdruck, so voller gebrochener Zärtlichkeit, dass er das Gefühl hatte, sein Herz würde nie aufhören, bei ihrem Anblick schneller zu schlagen.

Vielleicht übertrage ich aber auch nur meine eigenen Probleme auf sie.

Während er ihr zusah, verfiel er ein wenig in Schwermut, denn er stellte sich Giselles Gesicht vor und fragte sich, ob er das Gedenken an sie durch die neuentdeckten Gefühle für Seita verriet.

Tatsächlich wirkte alles um das Mädchen aus Vallè verzaubert: das spiegelglatte Wasser, die Espen und das goldene Sonnenlicht. Alles schien wie angerührt von ihr. So ein elegantes, unvergleichliches Wesen. Und als Erinnerung an Giselle hatte er nur ihren Namen, den er so unbeholfen in den Bogen geschnitzt hatte.

Liz Hen kam angelatscht und füllte ihre Wasserschläuche. Das Langschwert aus Sør Sevier hing in den Uferschlamm und die Zweige. Seidel trank neben ihr restlos zufrieden aus dem kühlen Bach.

Als Seitas Beutel gefüllt war, stand sie auf und zog ein seltsam geformtes Röhrchen aus einer Wamstasche, das aussah wie eine Scherbe aus vollkommen schwarzem Glas. Es war vielleicht so groß wie ihr kleiner Finger. Sie setzte es an die Lippen und blies wie in eine Pfeife. Nichts war zu hören.

Seidel hörte zu trinken auf und blickte die Vallè mit gespitzten Ohren an.

»Was ist das denn?«, fragte Liz Hen genervt.

»Eine Flöte«, gab Seita zurück. »Für das menschliche Ohr nicht vernehmbar, aber Musik für uns Vallè.«

»Ach«, grunzte Liz Hen. »Und ich dachte, du übst schon mal Blasen für Stefanes Nudel. Die richtige Größe hätte das Ding jedenfalls.«

Seita warf dem großen Mädchen einen finsteren Blick zu. Neben ihnen murmelte der Bach.

Liz Hen zuckte unbeeindruckt die Achseln. »Aber ich denke mir, so ein unschuldiges kleines Vallè-Blümchen wie Ihr hat keine Ahnung, wie so ein Ding aussieht.«

»Aber du weißt Bescheid?« Seita steckte das schwarze Glasröhrchen wieder ins Wams.

Seidel spürte die Spannung zwischen den beiden Mädchen und wurde aufmerksam. Dann bellte er mit aufgerichteten Ohren das Gebüsch gleich hinter Liz Hen an. Eine Krähe flatterte aus den

Bäumen auf, Zweige raschelten, Steinchen kullerten. Ein Dall-Schaf brach aus den Büschen und erklomm in großen Sprüngen die Wand der Schlucht. Der Widder mit den verdrehten Hörnern warf dabei Erde, kleine Steinchen und Schneematsch auf, die den Abhang hinunterrutschten. Doch weder Seita noch Liz Hen achteten auf Krähe oder Widder. Sie funkelten sich erbost an.

»Zartes Vallè-Blümchen.« Liz Hen zeigte mit dem Finger auf Seita. »Ich sollte Euch mit Eurem zarten Vallè-Gesicht gleich hier in den Dreck werfen.«

»Still«, zischte Seita und blickte aufmerksam an Liz Hen vorbei in die Büsche hinter ihr.

»Sonst was? Krieg ich sonst einen mit dem albernen kleinen Kettendings auf den Kopf, oder …«

»Halt den Mund!« Seita kniff die Augen zusammen. Sie griff in die Falten in ihrem schwarzen Wams. »Du kapierst es einfach nicht, oder? Seit wir in Lord's Point Segel gesetzt haben, kommt von dir nur Geplapper und Gejammer.«

»Na und?«

Seita zog einen Dolch und warf ihn in Liz Hens Richtung.

Die Klinge rasierte dem großen Mädchen eine rote Locke vom Kopf und zischte weiter in das Buschwerk und die Pinien. Liz Hen riss die Augen auf. »Du Flittchen, willst du mich umbringen?«

Kehlig grunzend und mit einem gewaltigen Schlachthammer in der fleischigen Hand stolperte in diesem Augenblick ein Oghul mit stumpfem Blick aus den Büschen am anderen Ufer hinter Liz Hen. Aus seinem Auge ragte noch das Heft von Scitas Dolch. Taumelnd klatschte das Biest mit dem Gesicht voran in den gurgelnden Bach, wo nun das Wasser ihm kristallklar über die Rüstung floss.

Seidel sprang ans andere Ufer, als sechs weitere Oghule mit aufgerissenen Mäulern geifernd und angriffslustig aus den Bäumen hervorbrachen. Ihre tiefen, grauen Augen sprühten vor Zorn, und in den Klauen hielten sie fürchterlich klobige Schwerter und Äxte. Ihr Gebrüll hallte donnernd von den Felswänden am Ufer wider.

Stefane wich zurück und griff nach dem Bogen und Pfeilen in seinem Köcher.

Seita sprang mit wirbelndem Streitflegel über den Bach auf den ersten Oghul zu. Die kreisende Metallkugel traf das Monster krachend ins breite Gesicht, und es ging zu Boden. Blut und Sabber liefen dem Untier aus dem zertrümmerten Kiefer. Seidel warf sich dem nächsten direkt ins Gesicht und schlug ihm die Zähne wie Dolche in den Hals. Beide fielen ins Wasser.

Stefane stellte sich auf, legte einen Pfeil an und zielte auf das dritte Untier, das geradewegs auf Liz Hen losstürzte, ein heulender Riese, der ihr mit seinem erhobenen Schmiedehammer den Schädel einschlagen wollte. Der Pfeil traf ihn direkt ins offene Maul. Der Oghul fiel tot um, und Liz Hen taumelte zur Seite. Verzweifelt versuchte sie, das Sør-Sevier-Schwert aus dem Gürtel zu ziehen.

Seita schleuderte dem vierten Oghul ihren Streitflegel entgegen. Das Monster drosch die Waffe mit einem Hieb seines gezahnten Langschwerts in die Bäume und stürzte heulend auf sie zu. Stefane legte den zweiten Pfeil an. Er schoss, und der Angreifer fiel auf die Knie. Stefanes Pfeil steckte ihm im rostigen Brustpanzer. Seita sprang über ihn auf den fünften Oghul zu, der einen eisernen Kochtopf als Helm trug und es auf Liz Hen abgesehen hatte. Die wehrte sich gegen das feiste Biest. Da erhob sich der letzte Oghul hinter den beiden und holte mit der Axt aus, um ihr den Schädel zu spalten.

Seita riss Liz Hen das Schwert vom Gürtel, rollte sich mit einem eleganten Schwung ab und parierte den Axthieb. Dann sprang sie auf die Beine. Der Oghul mit dem Kochtopfhelm hatte inzwischen die Oberhand gewonnen und würgte Liz Hen. Seita wirbelte herum und zog das Schwert nach unten, direkt durch seine

Handgelenke. Der Oghul rutschte mit dem Gesicht voran gegen seine Gegnerin, der Helm fiel ihm vom Kopf, und aus den Armstümpfen spritzte Blut.

Liz Hen, deren Gesicht blutig rot gesprenkelt war, versuchte unter dem zuckenden Leib hervorzukriechen.

Seita konzentrierte sich sofort auf den Oghul mit der Axt. Ihr Schwert blitzte in der Sonne auf und fuhr dann tief durch die Lederrüstung in seine Eingeweide. Wieder spritzte Blut, und Innereien quollen aus dem Bauch des Monsters. Der Oghul wankte zur Seite, stolperte über seine Gedärme und sackte zu Boden. Tot.

All das passierte so schnell, dass Stefane noch nicht einmal den dritten Pfeil abgeschossen hatte.

Sieben Oghule lagen nun wie grässliche Haufen da. Seidels Schnauze war ganz rot, weil er dem zuckenden Biest im Wasser Hals und Gesicht völlig zerfleischt hatte.

Auch von den umgebenden grauen Felsen tropfte Blut und sickerte in den lehmigen Boden. Stefane half Liz Hen unter dem Oghul hervor. Ganz verdattert rappelte sie sich auf. Halb rannte, halb stolperte sie von dem Untier und dem Schlachtfeld am Ufer weg. Der handlose Oghul lebte noch und heulte durchdringend. Seita brachte ihn mühelos zum Schweigen. Ein schneller Stoß mit Liz Hens Schwert durch das Rückgrat, dann war es vorbei.

Die Oghule lagen nun tot und still.

Das Vallè-Mädchen ging zu Liz Hen und gab ihr beiläufig das Schwert zurück.

Die starrte auf die blutige Waffe in ihrer Hand. »Ich glaub, mein Schwein pfeift.« Fassungslos schlug sie mit drei Fingern das Laijonskreuz über ihrem Herzen. Sie sah Seita an. »Du hast die alle erledigt.«

Mit gezogenem Tagritterschwert platzte Culpa Barra keuchend in die Szene am Ufer. Val-Draekin kam gleich hinter ihm, auch Nail, mit hochrotem Kopf und gezogenem Schwert. »Was ist passiert?« Hastig besah sich Culpa den Schauplatz. Sieben tote Oghule. Seita mit blutigem Gesicht und Haaren. Liz Hen, ebenfalls rot getränkt, hielt ein besudeltes Schwert in der Hand und guckte dümmlich aus der Wäsche. Seidels Schnauze triefend rot. Überall stank es nach Oghul-Blut und Eingeweiden.

Stefane war völlig mit den Nerven am Ende.

»Euer Kampf hallte wie eine Lawine durch die Schlucht«, sagte Culpa und steckte das Schwert weg. Nail schob seins wieder ins Futteral.

Val-Draekin eilte zu Seita. »Bist du verletzt?«

»Mit geht es gut«, sagte sie.

Stefane kam sich plötzlich albern vor, als ihm klar wurde, dass die Vallè die fähigste Kämpferin war, die er je gesehen hatte. Roguemoore, Godwyn und Dokie erreichten gleichzeitig, vom Laufen außer Atem, das Tal. Dokie starrte auf die blutigen Haufen am Waldboden und schlug mit drei Fingern das Laijonskreuz über seinem Herzen. »Heiliger«, murmelte er nur.

»Ich habe Verbandszeug, falls jemand verletzt wurde.« Godwyn kramte im Lederbeutel an seinem Gürtel.

»Ich glaube, wir sind alle in Ordnung«, sagte Seita. Aber da begann Liz Hen nach Luft zu schnappen und zu schwanken. Sie stützte sich auf das blutige Schwert, als sei es eine Krücke.

Val-Draekin war sofort bei ihr und legte ihr eine Hand in den Nacken. »Atme dreimal langsam ein, wie ich es dich gelehrt habe. Dann halt die Luft an und zähl bis fünf. Dann noch dreimal.«

»Ich krieg – n-nicht richtig Luft«, stammelte sie.

»Dreimal tief einatmen, dann die Luft anhalten«, wiederholte der Vallè eindringlich.

»Kein Wunder, dass das Mädchen außer Atem ist«, sagte Seita und fasste in das Blut in ihrem eigenen Gesicht. »Liz Hen hat mit dem Langschwert die meisten dieser Oghule hier erledigt. Sie ist eine echte Tötungsmaschine.«

Liz Hen rang nach Luft und blickte die Vallè ungläubig an.

»Es stimmt«, sprach die blutverschmierte Seita mit unbewegtem Gesicht weiter. »Der Schäferhund hat einem die Kehle rausgerissen. Ich habe einen mit dem Streitflegel zu Boden geschickt, aber meine Waffe ging schnell in den Bäumen verloren. Liz Hen hat die anderen mit dem blutigen Riesenschwert zerhackt, das sie in der Hand hält. Und zwei hat Stefane mit Pfeil und Bogen erwischt.«

Culpa schlug Stefane auf den Rücken. »Schöne Treffer, Stef.« Der jedoch fragte sich, warum Seita die Sache so falsch darstellte.

»Diese Oghule haben uns aufgelauert«, sagte Seita. »Still und heimlich in den Büschen, sonst hätte Seidel uns wahrscheinlich warnen können.«

Culpa Barra sah sich in der Schlucht um. »Ich wette, die haben uns beobachtet, als wir unser Lager aufgeschlagen haben, und sich dann hier versteckt, um uns nach Einbruch der Dunkelheit anzugreifen. Ihr seid direkt über sie gestolpert. Wir müssen hier weg. Ein anderes Lager finden. Wer weiß, wie viele uns noch gesehen haben. Wir müssen mindestens noch fünf Stunden weitergehen, bevor wir uns zur Nacht niederlassen können.«

»Fünf Stunden?«, stöhnte Dokie.

»Ja, Dokie, hier können wir nicht bleiben«, sagte Culpa.

»Auf nach oben, wir holen die Maulesel.« Roguemoore schlug Dokie auf die Schulter.

»Ich bleibe hier und helfe beim Aufräumen«, sagte Val-Draekin. »Sie sind alle blutbespritzt. Da im Bach können sie sich waschen.«

Der Zwerg nickte. »Beeilt euch. Und passt auf. Ich möchte nicht, dass wir länger als nötig getrennt sind.«

Roguemoore und Culpa machten sich auf den Weg, Nail und Godwyn folgten. Dokie warf einen besorgten Blick auf Liz Hen und lief dann hinter dem Bischof her.

Seita kniete sich am Bachufer neben den ersten Oghul, den sie erwischt hatte. Sie drehte seinen Kopf, zog ihm den schwarzen Dolch aus der Augenhöhle und wusch ihn ab. Dann steckte sie die Klinge weg und tauchte ihr Gesicht ins Wasser. Die Strömung trug das Blut davon. Sie wischte sich mit einem Taschentuch trocken.

Liz Hen ließ sich gleich hinter der Vallè am Ufer fallen. Sie bat um das Tuch, und Seita gab es ihr. Liz Hen wusch sich damit das Gesicht.

Stefane kam dazu und tauchte die Hände in den kalten Bach. Neben ihm trank Seidel.

Val-Draekin fand Seitas Streitflegel baumelnd in einem Busch in der Nähe und sah sich dann die toten Oghule näher an. Er zog Stefanes Pfeile aus den Leichen und wusch sie ab.

»Ihr habt mir das Leben gerettet.« Liz Hen brach das Schweigen, als sie Seita das Taschentuch zurückgab. »Warum?«

Das Vallè-Mädchen stand auf. »Bist du nicht der Grund, warum wir alle hier sind?«

»Nein, im Ernst.« Auch Liz Hen erhob sich. »Deshalb mag ich Euch nicht. Bei Euch ist immer alles ein Scherz. Allen zu erzählen, ich hätte die getötet, dabei habe ich doch bloß wie ein versteinerter Baumstamm dagestanden. Immer diese gemeinen Sticheleien bei Euch.«

»Ich? Und sticheln? Was ist denn mit *dir?*«

»Tut mir leid«, sagte Liz Hen mit gesenktem Blick. »Ich weiß, ich habe alle schlecht behandelt. Das hätte ich nicht tun sollen. Vor allem Euch und Nail.«

Seita kam zu ihr und nahm ihre Hand. »Du hast Angst, Liz Hen. Das haben wir alle.«

»Ich habe Angst, seit ich auf der Welt bin«, sagte Liz Hen. »An jedem einzelnen Tag.«

Fünf Stunden später wanderte die Gesellschaft der Neun müde einen verschneiten, mit gelbem Gras bewachsenen Hang zu einer Gruppe verwitterter Felsen hinauf, die inmitten einiger dunkler Pinien standen. Von dort oben hatten sie gute Sicht zu allen Seiten. Schwarz legte sich stiller Schatten über die Senken im Süden, durch die sie gegangen waren. Unterhalb, im Norden, blitzten schneebedeckte Rinnen und Täler im Licht der Sterne. Stefanes Ansicht nach hatten sie eine Spur hinterlassen, die kein halbwegs ordentlicher Oghul-Fährtenleser übersehen konnte, doch ihnen blieb keine Wahl.

Zwischen Sträuchern und heruntergefallenen Ästen schlugen sie das Lager auf. Culpa machte die Packesel an einem Baum fest, Roguemoore verteilte das Abendessen: kalter Lachs und Wapitidörrfleisch. Godwyn breitete derweil die vier Planen auf dem frostigen Untergrund aus. Nach dem Essen gingen Nail und Dokie sofort schlafen, und kurz nachdem sie sich unter die dicken Decken gelegt hatten, hörte man sie schon tief atmen. Seidel rollte sich neben Dokie zusammen.

Culpa, Godwyn, Val-Draekin und Roguemoore gingen einige Schritte den Hügel hinunter in die Dunkelheit und legten flüsternd fest, wer die erste Wache übernehmen sollte, so wie die vier es jeden Abend seit ihrem Aufbruch aus Lord's Point getan hatten.

Stefane fand sich allein mit Seita und Liz Hen auf einer der Planen wieder, jeder in eine eigene Decke gehüllt.

»Ich werde heute Nacht gewiss nicht schlafen können«, sagte Liz Hen.

»Wegen der Begegnung mit diesen Oghulen?«, fragte Seita.

»Absolut.« Liz Hen schien unter der Decke zu zittern.

»Ich habe meiner Schwester Breita immer Zöpfe gemacht, wenn sie sich nicht beruhigen konnte«, sagte Seita. »Das hat uns beiden geholfen. Hat man dir schon mal die Haare geflochten?«

»Nicht, dass ich wüsste«, erwiderte Liz Hen.

»Wenn ich darf«, Seita sprach mit sanfter Stimme, »könnte ich dir Zöpfe flechten, Liz Hen, wie ich es bei meiner Schwester getan habe.«

»Ja?« Liz Hen wirkte begeistert. »Das würdet Ihr tun?«

»Natürlich.« Seita setzte sich hinter sie und fing an, ihre Haare zu ordnen. Liz Hen entspannte sich sofort. Als er den beiden Mädchen zusah, kam es Stefane wirklich so vor, als würde ein bisschen von der Aufregung des Tages verfliegen. Er strich über seinen Eschenholzbogen und dachte an Giselle.

Diese Oghule hätten sie zu Tode erschreckt. Was für einer schrecklichen Schlacht waren sie da entronnen! Verwirrt dachte Stefane, dass Seita ihm gegenüber nicht ehrlich gewesen war. Das Vallè-Mädchen wusste eindeutig, wie man kämpft, gnadenlos und effizient.

Wahrscheinlich ist sie sogar mit dem Bogen besser als ich.

Ohne Seita wären er und Liz Hen sicher niedergemetzelt worden. Dann hatte die Vallè alles Liz Hen zugeschrieben. Nein. Nichts davon ergab einen Sinn. Mit den Fingern über den geschnitzten Namen im Bogen zu streichen war offenbar das Einzige, was ihn beruhigen konnte. *Was würde Giselle von alldem halten? Hätte sie diese Reise überstanden?*

»Sie war die Blaue Maid des Trauermondfests«, sagt Liz Hen, die Stefane den Bogen streicheln sah. »Das schönste Mädchen in Galgenhafen.«

Stefane spitzte die Ohren.

»Es tut mir leid, dass ich mich vorhin über dich lustig gemacht habe, Stef«, sagte Liz Hen. Mittlerweile waren ihre Haare zur Hälfte geflochten. »Das war nicht richtig. Ich habe mich schrecklich aufgeführt. Eifersüchtig. Es gibt keine Entschuldigung für mein Benehmen. Es bricht mir fast das Herz, Stef, wie du Tag für Tag über Giselles Namen in deinem Bogen streichst.«

Stefane sagte nichts. Der Angriff der Oghule schien bei Liz Hen eine völlige Verhaltensumkehr ausgelöst zu haben.

»Ich will mich entschuldigen. Bei dir und bei Seita.«

Das Vallè-Mädchen fuhr sanft mit den Fingern durch Liz Hens Haare und sagte: »Du hast ein gewaltiges Trauma erlebt, Liz Hen, als der Weiße Prinz euer Städtchen zerstört und deine Familie umgebracht hat. Bei mir musst du dich nicht entschuldigen. Wir gehen alle anders mit Trauer um. Deine hat sich in Wut verwandelt, und du hast um dich geschlagen. Das ist in Ordnung. Ich hätte dich nicht so provozieren dürfen. Ihr habt alle Verluste erlitten und seid so gut ihr konntet damit umgegangen. Dokie schluckt zwar oft die Tränen herunter, aber nachts höre ich ihn unter der Decke weinen, und ich sehe, wie du ihn dann tröstest, Liz Hen. Nail redet kaum noch mit jemandem. Er erduldet seinen Schmerz schweigend. Wie Stefane.«

Liz Hen sah ihn an. »Ja, Stefane hat seine Liebe verloren. Auch ich sehe, wie er mit sich ringt.«

Jetzt sahen ihn beide Mädchen an, als müsse er etwas sagen. Er konnte nicht aufhören, an diesen seinen größten Schmerz zu denken – den Tod Giselle Barnwells. Sie hatte recht. Er ertrug es schweigend. Irgendwie kannte diese mysteriöse Vallè seine tiefsten Gedanken. »Wollt Ihr wirklich wissen, warum ich Giselles Namen überall hineinschnitze?«

»Ja«, sagte Seita.

Tränen traten ihm in die Augen. »Ich fühle mich schuldig an ihrem Tod. Und ja, ich glaube wirklich, dass sie mir folgt. Ich glaube, sie beobachtet mich. Ich spüre sie immer bei mir. Das möchte ich nicht verlieren. Deshalb schnitze ich ihren Namen.« Ehrfürchtig strich er mit den Fingern darüber. »Ich weiß nicht, was ich sonst für sie tun kann.«

»Siehst du, du brichst mir das Herz, Stef.« Liz Hens Stimme bebte vor Gefühlen. »Jetzt wünschte ich, ich selbst hätte diese Giftpilze gegessen und nicht sie. Gib mir die Schuld, wenn du jemanden beschuldigen willst.«

»Gib dem Weißen Prinzen und seinem religiösen Kreuzzug die Schuld«, sagte Seita. »Ihr würdet alle in dieser Minute schön und sicher in Decken gekuschelt in euren warm beheizten Häusern sitzen, wenn nicht Aeros Raijael sich seine eigene Meinung zur Geschichte Laijons gebildet hätte. Wenn er nicht an andere Dinge glauben würde als ihr in Gul Kana. Seit Tausenden von Jahren bringen diese Schlachten und Kreuzzüge nichts als Elend.«

»Möge Laijon uns alle beschützen.« Liz Hen schlug mit drei Fingern das Kreuz über ihrem Herzen. »Aber seine Armeen waren wild, gemein und wahrlich nicht von Laijon. Daran glaube ich.«

»Ich weiß nicht, was ich glaube«, sagte Stefane leise, denn er wusste, dass Liz Hen in religiösen Fragen schnell aufbrausend wurde. Er blickte in die Nacht hinaus. Culpa, Godwyn, Val-Draekin und der Zwerg saßen noch da draußen, murmelnd in eine Unterhaltung vertieft.

»Deine Zöpfe sind fertig«, verkündete Seita.

Liz Hen fuhr sich mit den Fingern durchs Haar und schien mit dem Ergebnis zufrieden. Sie drehte sich um und umarmte die Vallè kurz, dann murmelte sie ein Dankeschön. »Ich leg mich jetzt hin.« Sie stand noch in die Decke gewickelt auf. Unbeholfen watschelte sie davon, dorthin, wo Nail und Dokie schliefen, und legte sich neben Dokie. Stefane und Seita blieben allein zurück.

Die Vallè rutschte neben ihn und legte ihm die Hand aufs Knie. Ihre Nähe verwirrte und beunruhigte ihn. Ihr warmer Körper so an seinen gekuschelt fühlte sich aber angenehm an. »Du hast dich so um sie gekümmert, oder?«, fragte sie. »Um diese Giselle?«

»Ich habe sie geliebt«, antwortete er und wünschte sich, er müsse nicht über sie sprechen.

»Und deshalb mag ich dich, Stefane. Du bist der Ehrlichste in unserer Gesellschaft. Deine beharrliche Zuneigung zu deiner verblichenen Liebe ergreift mein Herz. Ich wünsche mir nur umso mehr, bei dir zu sein. Deshalb habe ich zu Anfang so getan, als könnte ich nicht mit dem Bogen schießen. Weil ich dir nah sein wollte.«

Sie legte ihm den Kopf auf die Schulter. Es erinnerte ihn an Giselle. »Kannst du mir meine Lügen verzeihen?« Sanft drückte sie mit der Wange gegen seinen Arm.

»Ich – ich komme mir echt dumm vor«, stammelte er. »Wie Ihr diese Oghule niedergemacht habt. So brutal und scheinbar so mühelos.«

»In Wahrheit werden alle Vallè gelehrt, so zu kämpfen, und zwar mit vielen unterschiedlichen Waffen. Auch die Frauen. So sind wir Vallè einfach.«

Die Wärme ihres Gesichts an seiner Schulter fühlte sich wie eine brennende Feuerstelle an, wohlig und gefährlich zugleich. Er spürte ihr spitzes Ohr. Sie duftete nach etwas, ein erdiger, blumiger, reicher Duft, der ihm irgendwie bekannt vorkam, ohne dass er genau wusste, woher.

»Auch ich habe ein Geheimnis«, sprach sie weiter. »Eins, das ich nur meinem Vater und einer anderen Person verraten habe. Aber darf ich es jetzt auch dir anvertrauen, Stefane?«

»Na gut«, antwortete er. Er genoss die Wärme an seiner Schulter und wünschte sich unvermittelt, er könnte ewig so mit ihr zusammensitzen.

Sie wich gerade so weit zurück, dass sie ihn mit großen, runden Augen, die im Sternenschein grün leuchteten, ansehen konnte. »Ich kann in die Zukunft sehen.« Ein furchtsames Zittern lag in ihrer Stimme. »Ich habe Visionen von Menschen, bruchstückhaft, eigentlich nur verschwommene Bilder. Davon, was manch einer später am Tag oder im selben Jahr tun wird. Oder in zehn Jahren.« Sie wandte den Blick ab. »Das Schicksal von Personen zu kennen, lastet manchmal schwer auf mir.«

Bei ihrem leisen Geständnis schlug sein Herz schneller. Ihr Tonfall war es, der ihn beinahe überzeugte. So ehrlich und unverfälscht. Als sie ihn wieder mit diesen großen, verletzlichen Augen ansah, erkannte er, wie sehr sie wollte, dass er ihr glaubte. Dies schien das Wichtigste zu sein, das sie je einer lebenden Seele anvertraut hatte. »Meine Hellsichtigkeit ist meist ein Fluch und eine schwere Bürde«, sprach sie weiter. »Denn in den Visionen habe ich euch alle aus Galgenhafen gesehen: Nail, Dokie, Liz Hen, auch dich. Vor vielen Jahren habe ich dich in meinen Träumen gesehen.«

»Ihr habt uns gesehen, bevor wir uns begegnet sind?«, fragte Stefane. »Also unsere Gesichter und so?«

»Ich habe genau den Augenblick gesehen, als wir uns im *Schlüsselwärter* begegnet sind. Ich hatte Visionen von Dokie und Liz Hen, wie sie große, edle Dinge tun.«

»*Edle* Dinge? Liz Hen und Dokie?«

»Ja. Edle Dinge. Deshalb war Val-Draekin so erpicht darauf, dass Liz Hen uns begleitet. Er ist jener andere, mit dem ich außer meinem Vater oft die Visionen bespreche. Er weiß fast alles, was ich geträumt habe. Aber nur fast …« Sie verstummte, scheinbar für eine Ewigkeit.

Als sie weitersprach, quoll ihre Stimme über vor Gefühl. »Ich habe nicht nur unsere Begegnung gesehen, Stefane, sondern auch unseren Abschied. Ich habe die Gründung der Gesellschaft der Neun vorhergesehen, diese Reise und ich kenne auch unsere Schicksale …«

Sie holte tief Luft. »Die Schicksale von dreien der neun …«

Wieder verstummte sie, beinahe als bekäme sie keine Luft mehr. Sie zog die schmalen Brauen zusammen, als überlegte sie, ob sie weitersprechen sollte, als fechte sie einen großen Kampf mit sich aus. *Als wäre sie ehrlich bekümmert, was ich über diesen Irrsinn denke.*

Stefane suchte nach den richtigen Worten des Trosts für sie, solchen, die nicht preisgaben, wie skeptisch er in Wahrheit war. Er fand sie nicht.

»Meine Visionen verstören mich sehr«, begann sie wieder. »Wir werden das *Pechschwarze Herz* und das *Feuer der Sühne* finden. Aber nicht, ohne schwere Verluste zu erleiden. Drei aus der Gesellschaft der Neun schaffen es nicht bis ans Ende.«

»Du weißt, wie wir umkommen?«, hörte er sich fragen. »Also drei von uns?«

»Ich habe nicht gesagt, dass jemand von uns stirbt.«

»Aber bedeutet das, was du gesagt hast, denn nicht, dass drei sterben?«

»Es gibt schlimmere Schicksale als den Tod.« Seitas Gesicht schien fahl im seidigen Sternenlicht. Stefane wusste nicht recht, was er mit der Unterhaltung anfangen sollte, doch er konnte sich nicht von ihr abwenden. Jetzt sah er ihr direkt in die Augen, versank darin, gebannt vom sanften, beinahe hilflosen Blick. Wie schön rund sie waren. Selbst im Dunkeln strahlten sie funkelnder als buntes Glas in der Sommersonne.

Sie kuschelte sich enger an ihn, hakte sich bei ihm ein und zog ihn zu sich heran. »Ich wusste, es war vorherbestimmt, dass wir uns treffen, du und ich.« Sie drehte den Kopf und stupste ihn zart mit der Nase am Hals. Er spürte ihren Atem bebend auf seiner Haut, dazu den feinen Pinienduft. Sie flüsterte: »So wie Liz Hen und Dokie ist auch uns vorherbestimmt, zusammen große und edle Dinge zu tun, Stefane.« Dann lagen ihre Lippen auf seinen, verweilten einen Moment und lösten sich von ihm.

Ruckartig stand sie auf und wickelte sich die Decke um die Schultern. Ohne sich umzudrehen, ging sie zu Culpa, Godwyn, Roguemoore und Val-Draekin.

Stefanes Herz hämmerte, als er sie in die Finsternis schweben sah.

In jenen letzten Monden vor der Wiederkehr Laijons wird die Menschheit den Tod suchen, doch sie wird ihn nicht finden. Sie wird sich nach dem Feurigen Sündenerlass sehnen, doch er wird nicht kommen. Denn erst nach viel Gemetzel und Blutvergießen kehrt Laijon wieder.

WEG UND WAHRHEIT LAIJONS

25. KAPITEL

NAIL

AM ACHTEN TAG DES ENGELSMONDES
IM 999. JAHR LAIJON – HIMMELSSEEN, GUL KANA

Hoch am Morgenhimmel standen Wolkenberge, und ein scharfer Wind peitschte über ihren Pfad und rüttelte an den Bäumen am Wegesrand. Aus der grauen Düsternis spie ihnen fast waagerecht der Hagel entgegen und übersäte mit unnatürlich böser Zielsicherheit Nails Gesicht und Hände. Ein Ausweichen war unmöglich, also musste er das Stechen aushalten. Um sie herum konnte er nur mehr die groben Umrisse der riesenhaften Bäume im Unwetter ausmachen. Ganz vorn ging Bischof Godwyn kaum sichtbar an der Spitze der Gruppe. Es war ein Elend. Liz Hen flehte laut um Laijons Gnade. Selbst Seidel wirkte entmutigt.

Die neun hielten schließlich in der Nähe eines halb zugefrorenen Flusses an und kauerten sich um die Packesel zusammen. Falls das Wetter sich verschlechtern sollte, befürchtete der Bischof, sie könnten hoffnungslos zugeschneit werden. Dabei lag ihr Ziel gleich hinter dem nächsten Bergkamm: der östlichste See und sein gewaltiger Gletscher. Doch der Hagel ließ irgendwann nach und wurde zu kaltem, weichem Nieselregen, also marschierte die Gesellschaft bald weiter.

Binnen einer Stunde rissen auch die Wolken auf, und die Sonne strahlte so, dass die Landschaft wie glasiert aussah. Der Angriff der Oghule lag jetzt vier Tage zurück, und sieben Tage waren seit ihrem Aufbruch aus Stanclyffe vergangen. Inzwischen ahnte Nail, dass das Wetter der Gletscherkette um die drei Himmelsseen noch unbeständiger war als das im Herbstgebirge. Seit dem Angriff hatten sie keine Spuren von Oghulen mehr gesehen, aber so hoch in den Bergen waren die auch nicht das Einzige, um das sie sich sorgen mussten. Eis und Schnee konnten ebenso leicht den Tod bringen, und Nail wusste, dass sie trotzdem in diesem Klima verdursten konnten, wenn sie längere Zeit kein Frischwasser fanden. Sie mussten die Schläuche an jedem Bach, den sie querten, wieder auffüllen.

Gegen Mittag hatten die Wolken sich vollends gen Osten verzogen, und der Gletscher schien wie eine glattpolierte strahlende Platte durch die Bäume – einen Wald aus hageren Birken und durch die strengen Bedingungen in dieser Höhe niedergedrückten Pinien. Die Gesellschaft begab sich einen verschneiten Hang hinunter zum Rand eines bewaldeten Bergkamms, wo der Gletscher sich in voller Pracht präsentierte. Für Nail sah er wie eine leuchtend blauweiße Decke aus, die sich fünfundzwanzig Meilen lang und fünf Meilen breit durch das öde Tal bis hin zum tiefblauen Wasser der Himmelsseen schob. Im Osten des Gletschers waren hohe, schneebedeckte Berggipfel wie Perlen an einer Halskette aufgereiht. Im Norden erhob sich D'Nahk lè, der atemberaubende

Ursprung des Gletschereises. Der Grat im Westen, auf dem die Gesellschaft stand, lag in der grellen Nachmittagssonne. Zwar schien sie nicht so warm, dass Nail den schweren grauen Umhang ablegen konnte, aber eine angenehme Abwechslung war sie allemal.

Godwyn geleitete sie durch ein schmales Tal mit scharfen Klippen zu beiden Seiten, das steil zum Gletscher hinabführte. Sie kamen langsam voran, und doch schienen sie wie beflügelt, weil das Ziel ihrer Reise nun so dicht vor ihnen lag. Seit die Sonne hervorgekommen war, unterhielten sich Seita, Liz Hen und Dokie angeregt und vergnügt, und alle drei waren von Ehrfurcht angesichts des strahlenden Gletschers weiter unten und des massiven D'Nahk lè im Norden überwältigt. »Als würde man auf einen Traum zulaufen«, sagte Dokie. »Nichts auf der Welt scheint mir lebendiger zu atmen als dieser Ort.«

»Die Luft ist so klar und frisch«, setzte Seita hinzu. »Und wie die Sonne strahlt.«

Zwar bewunderte auch Nail die dramatische Schönheit des Gletschers und der sonnenbeschienenen Berge um sie herum, doch für ihn atmete hier gar nichts. Vielmehr wurde er von einer düsteren Vorahnung erfasst, als die Gesellschaft die breiter werdende Schlucht zum schimmernden Eis hinabstieg. Er war schon einmal hier gewesen. In einem kleinen Bergarbeiterlager namens Arco am Rand dieses Gletschers war er zur Welt gekommen. Jedenfalls hatte Shawcroft das behauptet. Nail konnte sich des Gefühls nicht erwehren, dass diesem Eis, den Bergen dort oben, den Seen fern im Süden eine düstere Geschichte innewohnte, ein vernebelter Traum am Rand seiner Erinnerung, unbekanntes Leid, das eng mit ihm verknüpft war. Und bei jedem Schritt, mit dem er sich dem Gletscher näherte, spürte er, wie etwas Ominöses in ihm Wurzeln schlug, wuchs und sich ausdehnte. Dabei drückte es die Zugänge zu versperrten Bereichen seiner Seele auf. Ja, es war, als spräche diese gewaltige, bezaubernde, rauhe Landschaft leise und traurig zu ihm. *Du bist schon einmal hier gewesen und hast einen großen Verlust erlitten.*

Abgesehen von Nails wachsender Unruhe wirkte die Stimmung der Gesellschaft so gelöst wie noch nie seit sie in Lord's Point aufgebrochen waren. Der Oghul-Angriff hatte sie auf eine besondere Weise zusammengeführt. Manchmal hatte Liz Hen sogar versucht, mit Nail herumzualbern. Eine Weile hatte er fast so etwas wie Gutmütigkeit in ihren Sticheleien erahnen können – wenn auch nur fast. In Wahrheit gab es unter den Mitgliedern der Gruppe immer mehr beiläufiges Geplänkel. Nail jedoch kam sich dabei stets wie der Außenseiter vor. Der Betrübte. Stefane, Seita, Liz Hen und Dokie hatten eine enge Kameradschaft entwickelt. Die vier hockten ständig zusammen und unterhielten sich leise und neckisch, bevor sie abends schlafen gingen. Seita und Liz Hen kamen wesentlich besser miteinander aus. Nail hätte nicht behauptet, die beiden seien gute Freundinnen, aber es gab keine Spannungen mehr zwischen ihnen.

Gerade jetzt auf dem Weg zum Gletscher hörte er, wie Dokie nach der neu gefundenen Freundschaft fragte. »Warum hast du Seita eigentlich am Anfang so gehasst?«, fragte er Liz Hen.

»Das ist die Schuld des alten Leddingham. Der hat mir dieses Gefühl den Vallè gegenüber eingeredet«, sagte Liz Hen. »Er hat uns Schankmaiden aus dem *Krakenspeer* immer um die Kochstelle versammelt, abends, und dann hat er alte Sagen von den Biestern der Unterwelt erzählt und von Geistern, Hexen und Druiden, die frei herumliefen und deren Wünsche erfüllten. Ein paar von uns haben sich vor Angst fast in die Stiefel gemacht. Am Ende seiner Gruselgeschichten kam er aber immer auf die Vallè-Frauen aus den Nordlanden von Val Vallè. Er hat gesagt, ein Vallè-Mädchen sei noch schlimmer als eine Hexe, sogar schlimmer als die Totengeister. Angeblich kann so eine dir die Gedanken geradewegs aus deinem Kopf stehlen. Und er meinte, sie hätten rostige Eisenklauen und ihre Schamhaare wären eigentlich Eiszapfen.«

Seitas Kichern hallte wie leichte Musik von den verschneiten Klippen ringsum wider. Auch Stefane, der neben ihr ging, lachte auf.

»So war es aber«, redete Liz Hen weiter. »Leddingham hat gesagt, Vallè-Mädchen lauern nur so zum Spaß unseren Jungs auf. Dann schnappt sich so eine einen Jungen im Wald und verführt ihn mit ihren spitzen Ohren und den verhexten Schmeicheleien. Und wenn er ihr dann verfallen ist und seine Nudel in ihrer eisigen Muschi steckt, rennt sie in den Wald davon und reißt ihm sein armes Ding an der Wurzel ab. Und das Letzte, was er sieht, ist ein Knäuel seiner Eingeweide, die in den Büschen verschwinden, und dann ist er tot.«

»Das klingt aber sehr grob«, lachte Seita.

»Ich glaube auch nicht, dass die inneren Organe eines Jungen an seinem Ding festhängen«, setzte Dokie hinzu.

»Ist aber so«, keifte Liz Hen. »Oder hast du noch nie gesehen, wie ein Schwein ausgenommen wird?«

»Einmal habe ich gesehen, wie mein Vater die Innereien von einem Hirsch ausgekratzt hat, den er geschossen hatte, oben im Wald«, sagte Dokie. »Aber da waren die Eingeweide nicht vorne an der Nudel, sondern eher mit dem Hintern verbunden.«

Liz Hen lachte laut auf. »Sagt der, der nicht mal weiß, wo sein Schlussmuskel ist.«

»Ich glaube, du meinst Schließmuskel«, konterte Dokie.

»Ich sage ja nur, dass der alte Leddingham uns das immer als Gutenachtgeschichte erzählt hat«, sagte Liz Hen. »Deshalb war Seita mir am Anfang piepegal. Ich dachte, sie wird Stefane und Nail auseinandernehmen, und wahrscheinlich auch dich, Dokie. Aber das war falsch. Ich mag sie, sie ist in Ordnung.«

»Danke«, sagte Seita und lachte noch einmal hell auf.

Nail wischte sich eine Locke aus dem Gesicht und warf einen Blick zurück über den Packesel hinter sich. Die Vallè strahlte reine Freude und Heiterkeit aus, während sie an der Seite von Liz Hen und Dokie den Hang hinunterstapfte. Seidel sprang ihnen um die Beine.

Für Nail war Seitas Gesicht mit ihrem eleganten Lächeln und den großen, strahlenden Augen unter der grauen Haube ebenso wunderschön wie die unberührte Landschaft um sie herum.

Eine Stunde später hatten sie die schmale Schlucht durchquert und traten ins Freie. Das felsige Tal mit den verkrüppelten Sträuchern fiel leicht ab, und zu beiden Seiten ragten bedrohlich graue Klippen in die Höhe. Am Ende des Hangs lag wie eine blendende Glasscheibe der große Gletscher.

Nail juckte die Haut unter seiner zusammengestückelten Rüstung. Er verfluchte das Provisorium und fragte sich, wie es Culpa Barra unter seinem schwarzen Tagrittermetall wohl ging. Immer noch brannte die Sonne gnadenlos, und der meiste Neuschnee war gleich wieder geschmolzen.

Der Weg zum Gletscher glich einem Spießrutenlauf durch Felsen und schräg stehende Steine, und Nail, dessen Vorahnungen heftiger wurden, schwitzte allmählich. Alles schien nun in einem vernebelten Mischmasch stattzufinden. Er fühlte sich benommen, unkonzentriert, war sprunghaft, manchmal wie verlangsamt. Er versuchte, sich längst verblichene Erinnerungen ins Gedächtnis zu rufen, dunstige Flecken aus Nichts. Es lag an dem Gletscher. Er versetzte ihn auf merkwürdige Weise in Angst. Bedrohlich erstreckten sich die Eismassen vor ihm scheinbar endlos in weißer Trostlosigkeit.

»Hier stand einst das Bergarbeiterlager Arco«, verkündete Godwyn, als sie über eine karge Gesteinsfläche mit verstreuten Resten verwitterter Holzpfähle und halb verbrannter Latten liefen. Hier und da im Tal sahen sie grobe Steinfundamente längst verlassener Bauten.

Roguemoore kratzte einen Kiesel unter einem wetterbeschlagenen Holzbalken hervor. »Ein Zeitstein vom D'Nahk lè.« Er hielt das Steinchen hoch. Es war etwa so groß wie sein Daumen und kreideweiß. »Ich hatte gehofft, wir würden in diesen Ruinen so einen finden. Gelegentlich gibt der Gletscher sie frei. Die Bergarbeiter von Arco haben sie in den finsteren Minen genutzt.« Stefane schien sich besonders für den Stein zu interessieren, als der Zwerg ihn herumreichte. Auch Seita beugte sich über seine Schulter und bestaunte ihn.

Nail hatte solche Steine schon früher gesehen. Shawcroft hatte eine kleine Sammlung sein Eigen genannt. Sie waren grau bis weiß, je nachdem, wie sehr sie der Sonne ausgesetzt wurden. Ab und an hatte sein alter Meister sie in den Minen von Roahm verwendet, um im Dunkeln die Zeit abzulesen. Setzte man einen grauen Zeitstein einen Augenblick der Sonne aus, wurde er mattweiß wie der, den der Zwerg jetzt in der Hand hielt. In der Dunkelheit einer Mine verging das Kreideweiß im Verlauf von zwei Tagen allmählich. Wenn man den Farbton der Steine einordnen konnte, wusste man schnell, wie lange man schon in einer Mine gearbeitet hatte. Außerdem boten sie dort unten ein wenig Licht.

»Sammelt solche Steine auf, wenn ihr welche findet«, sagte der Zwerg. »Das heißt, wenn die Oghule hier nicht schon alles abgegrast haben. Arco ist wie andere, ähnliche Arbeiterlager in diesen Bergen nach üblen Plünderungen durch die Oghule vor vierzehn, fünfzehn Jahren aufgegeben worden. In diese Höhengegend wagt sich kaum mehr ein Mensch.«

»Gibt es so hoch oben noch viele Oghule?«, fragte Dokie.

»Ja«, erwiderte der Zwerg. »In den letzten hundert Jahren haben sich die Oghule aus Jutte und Tok hier breitgemacht. Größtenteils haben sie die kargen Ausläufer des Gebirges ganz im Norden Gul Kanas übernommen. Sie fahren auch als Piraten an den nördlichen Ufern. Der Silberthron lässt sie im Prinzip gewähren. Hier oben gibt es ohnehin nicht viel für Menschen oder Vallè oder Zwerge. Seit Jahren heißt es nur: Oghul-Clan gegen Oghul-Clan. Sie kämpfen, streiten und vernichten sich gegenseitig. König Borden Bronachell hielt es für das Beste, sie machen zu lassen. Natürlich gab es unter den Adeligen im Norden auch welche, die sich wünschten, Borden würde die Tagritter aussenden und dem ein Ende bereiten, damit sie in diesen Bergen wieder Minen betreiben können, aber eigentlich wollte niemand Soldaten in einem offenen Krieg gegen die Oghule opfern. Eine Option ist es aber stets geblieben.«

»Iiih«, rief Liz Hen aus und blieb stehen. »Da sind Knochen.« Sie deutete auf eine Ansammlung ausgebleichter Gebeine auf den Steinen, die Seidel beschnüffelte. Menschenknochen. Das Mädchen wich zurück und schlug mit drei Fingern das Laijonskreuz über dem Herzen. Dann nahm sie Dokie bei der Hand und umging die Stelle weiträumig.

»Vermutlich ein Opfer der Oghul-Überfälle«, sagte Godwyn.

»Die ganze Welt ist bloß ein Knochenfeld«, sagte Roguemoore. »All die unzähligen Menschen und Kreaturen, die über die Jahrhunderte gestorben sind. Tot liegen sie da und sinken langsam in den Boden. Wahrscheinlich kann man nirgends auf den Fünf Inseln ein Loch graben, ohne auf irgendwelche Knochen zu stoßen.«

Val-Draekin beugte sich vor und schob einen flachen Stein beiseite. Er grub einen der Knochen aus der gefrorenen Erde, einen kleinen Schädel ohne Kiefer. »Bloß ein Kind«, sagte er und warf ihn wieder fort.

Ein Schauer durchlief Nail, als er den Schädel hohl gegen die Felsen schlagen hörte. Plötzlich überfielen ihn verschwommene, traumartige Bilder des Oghul-Angriffs, der dem Kind wohl das Leben gekostet hatte. In seinem Kopf kreisten neblige, düstere Vorahnungen. Als er wieder aufblickte, wirkte der Gletscher vor ihm wie ein gewaltiges, weißes Leichentuch über einem Friedhof, ein heller Schleier über Erinnerungen, die an den Rändern seiner Gedanken schwebten.

Hier war ich schon mal, genau hier bin ich entlanggelaufen.

Die Gesellschaft zog weiter. Je näher sie dem Gletscher kamen, umso mehr einzelne Knochen, zerschmetterte Schädel und halbe Skelette sahen sie. »Wie schrecklich das alles ist«, murmelte Liz Hen bei jedem Knochen vor ihren Füßen.

Bis sie den Gletscherrand erreichten, fand Roguemoore keinen weiteren Zeitstein vom D'Nahk lè. Arco lag nun hinter ihnen, und das Tal inmitten der Klippen endete abrupt. Nach Norden und Süden erstreckte sich eine Eiswand. An manchen Stellen war sie etwa sieben Meter hoch, an anderen vielleicht dreißig.

»Als ich das letzte Mal hier war«, sagte Godwyn, »allerdings, das müsst ihr bedenken, ist es vierzehn Jahre oder länger her, da hatten die Bergarbeiter viele Stufen in die Gletscherwand gehauen. Die Minen liegen ungefähr fünf Meilen gen Norden im Eis, der Fuß des D'Nahk lè ist übersät mit Eingangslöchern. Die Bergarbeiter sind oben auf dem Gletscher zu den Minen gewandert. Der Weg war gefährlich, aber wegen der Klippen« – er deutete auf die steilen Felsen um das Tal – »war der Pfad dort oben ihre einzige Möglichkeit. Und für uns gilt das ebenso.«

Liz Hen grummelte. »Wir sollen also eine Treppe in diese massive blaue Eiswand meißeln? Ich glaube kaum.«

»Wir werden hier unter der Gletscherkante ein Stück nach Norden Richtung Klippen wandern«, sagte Godwyn und schirmte mit der Hand die Augen gegen die Sonne ab, während er in die Richtung sah. »Vielleicht haben wir Glück, und das Eis neigt sich irgendwo weit genug, dass wir einfach aufsteigen können.« Er sah wieder Liz Hen an. »Ich will auch keine Stufen schneiden. Außerdem wäre es mir lieber, die Packesel könnten uns möglichst weit begleiten.«

Tatsächlich fanden sie ihren Zugang auf den Gletscher eine halbe Meile weiter nördlich im Schatten der Klippen. Der kantige Fels erhob sich mächtig und verdeckte die Sonne auf einer Mulde im Eis. An dieser Stelle reichte es gerade bis an die Hüfte. Trotzdem war es mühsam zu erklimmen. Die Esel mussten sie mit jedem Bein einzeln aufsetzen und von hinten anschieben.

Auf dem Eis war es dann für alle rutschig, und unter ihren Füßen strömte Schmelzwasser. Nail fiel zweimal auf die Knie. Auch die anderen stürzten. Trotzdem bewegte die Gesellschaft sich langsam nach Osten das Eisbecken hinauf. Sie wanderten vorsichtig einige hundert Schritte, und dann erreichten sie die Kante und sahen das Sonnenlicht wieder. Der Gletscher lag wieder mit überwältigendem Strahlen und in voller Bedrohlichkeit vor und unter ihnen. Scheinbar ohne Ende erstreckte er sich kahl und öde, voller scharfer Kanten und tiefer, leuchtend blauer Spalten. Weiße Eisberge stachen unvermittelt aus der labyrinthischen Landschaft und thronten wie gewaltige stehende Steine vereinzelt in der Ferne. Das blendende Weiß dieser Landschaft stach Nail in die Augen. Er blinzelte die Schmerzen weg und sah zum große D'Nahk lè hin, der fünf Meilen weiter nördlich den Anfang des Gletschers überragte. Er merkte, wie sein Herz angesichts der Ausmaße des Bergs und der ganzen Umgebung vor Angst raste.

»Ich glaube nicht, dass das der richtige Weg ist«, sagte Liz Hen.

»Ich auch nicht«, sagte Dokie. »Wie sollen wir denn hier rübergehen? Das ist viel zu steil und rutschig.«

»Wir müssen uns jetzt nach Norden wenden«, sagte Godwyn. »Die Minen befinden sich oben am Gletscher, zu Füßen des D'Nahk lè. Ein halber Tagesmarsch, wenn ich mich recht entsinne. Wir versuchen, die Klippen auf der linken Seite zu umgehen. Das ist sicherer. Wir müssen ja nicht riskieren, uns in diesem Irrgarten zu verlaufen.« Er nickte in Richtung der riesigen trügerischen Eisfläche im Osten.

Culpa Barra und Val-Draekin begannen, aus der Ausrüstung, die auf den Packeseln verschnürt war, zwei Taue abzuspulen.

»Einfach wird es nicht«, sprach Godwyn weiter. »Das Gletschereis ist tückisch, es gibt viele gefährliche Stellen. Ich zeige euch auf dem Weg einige der Warnzeichen, auf die wir achten müssen. Folgt meinen Spuren ganz genau. Achtet auf festen Tritt. Wagt euch nicht zu dicht an Risse oder Spalten, denn ihr könntet abstürzen. Wir bilden eine Seilschaft, wie es die alten Bergleute früher auch getan haben. Wenn einer von uns ausrutscht und abstürzt oder sich unter ihm eine Höhle auftut, geben wir ihm Halt.«

»Mein Vati hat mal erzählt, wie er einen von den Klippen oberhalb von Arlish hat abstürzen sehen«, krähte Dokie. »Der ist auf jeden einzelnen Felsen geknallt, hat sich den Schädel aufgeschlagen und ist auf dem Weg nach unten in fünf Stücke zerrissen, bevor er dann aufgeschlagen ist.«

»Du dämlicher Idiot.« Liz Hen knuffte Dokie heftig in die Schulter. »Wozu musstest du das denn jetzt erzählen?«

»Mein Vati hat aber gesagt, dass es so gewesen ist.« Er rieb sich die Schulter.

»Und wen interessiert der Mist?«

»Was ist mit den Eseln?«, fragte Dokie, als Culpa Barra sich ein Ende des Seils um die Hüfte knotete. »Binden wir die auch fest?«

»Nein«, antwortete Roguemoore. »Die Esel kommen so weit es geht mit uns. Dann machen wir sie an einem sicheren Ort auf dem Gletscher fest und ziehen weiter. Ich bezweifle, dass Oghule oder Raubtiere sich hier draußen für sie interessieren.«

»Aber die erfrieren doch, wenn wir sie ohne Feuer zurücklassen«, sagte Dokie. »Hier ist doch kein Holz zum Anzünden.«

Der Zwerg sagte: »Esel sind robuste Gesellen. Ich denke, die überstehen ein, zwei kalte Nächte unter freiem Himmel.«

»Wollt ihr Seidel auch im Eis festpflocken?«, fragte Liz Hen. »Den Gedanken, dass er in irgendeine Spalte abstürzt, ertrage ich nicht. Ich kenne ihn doch: Allein in so einer Höhle, das würde ihm nicht behagen.« Sie fuhr dem Hund durchs Fell.

»Keine Sorge«, sagte Val-Draekin, als er sie in die Seilschaft aufnahm. »Der Hund wird sich auf dem Gletscher gut machen, besser als wir alle zusammen, nehme ich an. Er kann mit uns kommen, solange er will.«

»Trotzdem«, wandte Liz Hen ein. »Alles in allem sieht dieser Gletscher nicht so aus, als dass ein Schäferhund oder ein paar Esel darauf spazieren gehen könnten.«

»Oder ein Zwerg«, sagte Roguemoore. In seiner massigen Rüstung wirkte er auf dem Gletscher völlig fehl am Platze. Wie sie alle. Die Einzigen, die zumindest halbwegs in die Gegend zu passen schienen, waren die beiden Vallè, die leichtfüßig über das Eis liefen, wo alle anderen rutschten und strauchelten.

Godwyn, Seita, Stefane, Dokie bildeten in der Reihenfolge die Führungsseilschaft, Culpa, Liz Hen und Roguemoore mit Nail zum Abschluss die zweite.

Auf der ersten Meile ging es verhältnismäßig gut voran. Niemand sprach, während sie die rutschige Fläche voller kristallklarer Pfützen und Schmelzwasserteiche querten. Auf den flacheren Strecken hielt der Bischof sein Versprechen und zeigte ihnen, wie man das Eis las und verborgene Gefahrenzeichen erkannte, welche Risse man besser umging und wie die schattigen Senken aussahen, die auf darunterliegende zugeschneite Spalten hindeuteten.

Sie liefen direkt auf die Sonne zu, die derart unbarmherzig auf den Gletscher strahlte, dass Nail nur dann etwas sehen konnte, wenn er sich Teile seines Umhangs über das Gesicht und vor die Augen wickelte. Offenbar hatten die anderen die gleichen Probleme, denn auch sie kamen auf verschiedene Ideen, die blendenden Strahlen abzuwehren. Nails Rüstung rieb ihm außerdem die Haut wund. Er fühlte sich wie eingesperrt. Die Sonne sengte so bedrohlich, dass er meistens mit fest geschlossenen Augen lief und blind dem Seil folgte. Wann immer er die Lider öffnete und sich umsah, strömte unbeschreiblich harsche Helligkeit auf ihn ein.

Bald spielten seine Gedanken ihm Streiche und beschworen Bilder schwarz gekleideter Bluthölzler herauf, die ihn auf mitternachtsfinsteren Hengsten mit roten Augen über den Gletscher jagten. In seinem schleierhaften Traum lief er jedoch nicht vor den Meuchelmördern davon, noch schien er verängstigt. Jemand trug ihn. Eine Frau, die ihm beinahe bekannt vorkam, und aus deren Rücken ein Ausbeinmesser ragte. Und gerade als Nail kurz davorstand, sie zu erkennen, war sie fort. Nur ein breiter blutiger Streifen blieb von ihr auf dem Eis. Dann stand er allein an der Kante, hinter der es steil bergab ging. Doch er fand Trost in der Schwärze der Hengste, die seinen Verfolgern, den Meuchelmördern gehörten. Also sah er sie näher kommen, ein beruhigender schwarzer Nebel, in dem seine brennenden Augen Rast fanden.

Er spürte, wie der Schatten ihn überholte, und natürlich hatten sich Hindernisse stillschweigend auf seinem Weg erhoben, riesige Eisblöcke, die die Sonne ausschlossen. *Bin ich jetzt wach?* Am Fuß dieser schwankenden Blöcke aus Blau und Weiß lagen klaffende Spalten. Ihm folgten keine schwarzen Pferde mehr, doch er hörte ein Rumpeln aus dem nächsten Spalt aufsteigen, ein tiefes, grollendes Donnern von weit unten. Er blieb stehen und horchte.

Sind die schwarzen Pferde da unten?

Er ging zwei Schritte auf den Spalt zu und beugte sich vor, um besser sehen zu können.

»Nail!«, schrie jemand. »Nicht!«

Er kam zu sich, als der Gletscher mit lautem Krachen unter seinem linken Fuß einbrach. Sofort fiel er, versuchte, mit beiden

Händen Halt zu finden, rutschte in die gähnende Öffnung, und als er fast in den Abgrund stürzte, bremste ihn das Seil um seine Hüfte. Mit dem rechten Fuß stemmte er sich in das Eis und griff mit beiden Händen verzweifelt nach dem Seil.

Dann wurde er langsam vom Abgrund weggezogen. Culpa, Liz Hen und Roguemoore zerrten alle am Seil, bis er ganz aus der Spalte gekommen war. Alle drei saßen auf dem Eis, wie Godwyn es ihnen vorhin erklärt hatte.

»Scheiße nochmal, Nail!«, schrie Liz Hen, als er über das Eis krabbelte. »Was in Laijons Namen hast du dir denn dabei gedacht?«

»Ich weiß nicht«, nuschelte Nail. »Ich habe nichts gesehen.«

»Tja, du hättest mich fast von den Beinen gerissen, du dämlicher Tollpatsch.«

Roguemoore stand direkt neben ihm und sah ihm interessiert in die Augen. »Er ist schneeblind«, verkündete der Zwerg.

»Wir sollten eine Pause einlegen.« Godwyn blieb stehen.

»Dort vor uns liegt eine noch größere Spalte auf unserem Weg«, sagte Val-Draekin und blickte Richtung Norden über das Eis. »Ich laufe sie ab und suche eine Stelle, an der wir hinüberkommen.«

Godwyn sagte: »Wenn wir keine Umgehung finden, müssen wir die Esel hier festmachen. Ich gehe mit dir.«

Der Bischof und der Vallè seilten sich an und marschierten gen Norden.

Roguemoore und Culpa durchsuchten ihre Taschen und verteilten etwas zu essen, kaltes Wapitidörrfleisch und getrocknete Kartoffeln. Beim Essen sah Nail zurück zu dem Loch, in das er gestürzt war, und blinzelte gegen die Schmerzen an, die ihm immer noch in den Augen stachen. Culpa und Roguemoore hatten ihn gerettet. Liz Hen auch. Das Ganze war peinlich gewesen. Er wünschte, er hätte den *Mond des Vergessens* noch. Als er das Schwert in Ravenker gegen Jenko Bruk erhoben hatte, war er sich ein einziges Mal seiner selbst ganz sicher und unbesiegbar vorgekommen. *Präzision in allen Dingen.* Er dachte daran, dass Shawcroft ihm in den Minen gezeigt hatte, wie man eine Spitzhacke schwingt.

Er sah sich seine Freunde an, wie sie vor der Kulisse des D'Nahk lè in ihren grauen Umhängen auf dem Eis kauerten. Stefane. Dokie. Liz Hen. *Wer hätte vor drei Monden gedacht, dass wir vier ausgerechnet hier landen würden?*

An diesem seltsam kargen Ort meiner Geburt.

Die dunkle Geschichte, die ihn mit diesem Ort verband, würde ihn nicht loslassen. Sie lauerte stets knapp außerhalb seiner Reichweite und verfolgte ihn.

Godwyn und Val-Draekin kehrten eine halbe Stunde später zurück. »Soweit wir es erkennen konnten«, berichtete der Vallè, »erstreckt sich die Spalte über den gesamten Gletscher, an den meisten Stellen etwa sieben bis zwanzig Meter breit und ziemlich tief. Man kann in der Dunkelheit den Grund nicht sehen, aber weit unten ist ein Gletscherfluss zu hören.«

»Wir werden die Schlucht überqueren müssen«, sagte Godwyn. »Zum Glück liegt die schmalste Stelle nicht weit entfernt. Unsere Seile sind recht lang. Die Packesel werden wir abladen. Wir müssen von jetzt an alle so viel wir können selbst tragen.«

Culpa zog einen Metallpickel aus einem der Bündel auf den Eseln. Mit der Rückseite einer Axt trieb er ihn tief ins Eis und knotete die Zügel der beiden Maulesel daran fest.

»Sie werden verhungern«, gab Liz Hen zu bedenken. »Hier gibt es keinen Salbei oder andere Büsche, an denen sie abends knabbern könnten. Keine Bäche.«

»Sie können vom Schmelzwasser trinken«, sagte Godwyn.

»Was ist, wenn die Oghule sie holen kommen?«

»Oghule können mit Pferden oder Mauleseln nichts anfangen.

Sie reiten nicht. Sie fressen sie nicht. Und als Packesel brauchen sie sie auch kaum.«

Für Nail klang das alles wie Ausreden, um das Mädchen zu beschwichtigen.

»Wir dürfen sie nicht hierlassen.« Liz Hen war den Tränen nahe.

»Wir müssen«, sagte Godwyn. »Und ich fürchte, auch Seidel wird es nicht über diese Spalte schaffen.«

Liz Hen riss vor Schreck die Augen auf. »Aber wenn ich ihn hierlasse, weiß ich genau, dass ich ihn nie wiedersehe.«

»Seidel ist ein harter Kerl«, versuchte Seita sie zu trösten. »Ihm wird nichts passieren, bis wir zurückkehren.«

Liz Hen kniete sich neben den Hund und fuhr ihm mit beiden Händen durchs Fell. »Hast du gehört, mein Junge? Du musst hier bei den Eseln bleiben. Musst sie vor den Silberwölfen und den Säbelzahnkatzen beschützen und vor den Oghulen und so. Dich an sie kuscheln, wenn ihnen kalt ist. Pass für mich auf sie auf.« Der Hund blickte sie an und winselte leise, denn er spürte, dass dies ein Abschied war. »Du bist ein braver Junge.« Liz Hen weinte jetzt. »Ich bringe dir was zu essen mit, wenn wir wiederkommen. Mach dir nur keine Sorgen, ja?« Schluchzend erhob sie sich.

Seita nahm Liz Hen bei der Hand und ließ die Finger zwischen ihre gleiten. Dem großen Mädchen liefen die Tränen über die Wangen.

Die Ausrüstung aufzuteilen dauerte nur ein paar Minuten. Jeder würde seine eigene Essensration und die eigene Decke tragen. Die beiden Holzfälleräxte bekamen Nail und Culpa Barra. Godwyn und Stefane trugen die zusätzlichen Pfeileköcher. Die neun Fackeln und Eispickel und die kleinen Eisensplinte wurden auf alle verteilt. Roguemoore warf sich ein aufgerolltes Seil über die Schulter, Liz Hen nahm das andere. Dokie, Seita und Val-Draekin kümmerten sich um die Wasserschläuche und die Ledersäcke mit Pinienharzpech für die Fackeln.

Als Seilschaften begab sich die Gesellschaft wieder auf das Eis und ließ die Tiere zurück. Bald erreichten sie die Spalte, eine klaffende blaue Narbe im Gletscher, ein bodenloses, purpurnes Nichts, das sich von Ost nach West erstreckte. Ein Nichts, dem man nicht entrinnen konnte, und das mit unnachgiebiger Macht an Nail sog. Er konnte den Blick nicht von der Schlucht abwenden, von der unmittelbaren Drohung des Todes, die so kraftvoll dort lauerte. Aus der Tiefe stieg ein dumpfes Rumpeln. Jener Gletscherstrom, den Godwyn vorhin erwähnt hatte, schäumte da unten.

Culpa trieb einen Eisensplint zwei Schritte vom Rand entfernt ins Eis, und Dokie entledigte sich seiner Rüstung, bis er nur noch in Reithose und grobem Hemd dastand. Roguemoore knotete das Seil zu einem provisorischen Geschirr, das dem Jungen über die Schultern, um die Hüfte und zwischen den Beinen anlag. Das andere Seilende knotete er ans Eisen. So zierlich Seita auch war, Dokie war der Kleinere von beiden, und er sollte das Seil als Erster überqueren. Stefane musste es mit dem Bogen über den Abgrund schießen. Die Entfernung betrug etwa sieben Meter. Sie befanden sich an der schmalsten Stelle.

Das Ende des zweiten Seils wurde fest an den dicksten Pfeil aus Stefanes Köcher geknotet. »Ich weiß nicht, wie sich der Pfeil verhält, wenn so etwas Schweres dranhängt«, sagte er. »Es fühlt sich merkwürdig an. Und ich habe auch noch nie einen Pfeil in Eis gejagt.«

»Du bist ein guter Schütze«, sagte Godwyn. »Ein besserer als ich in jedem Fall, und das will etwas heißen. Ziel auf einen dünnen Riss im Eis. Dann funktioniert es. Ich habe es schon gesehen.«

Stefane setzte den Pfeil an, von dem das Seil hing, das zusammengerollt am Abgrund lag. Godwyn hielt das Ende. Stefane zielte und schoss. Der Pfeil flog, doch die Last des Seils zog ihn nach unten, und er verschwand in der Tiefe. Langsam holte Godwyn Seil und Pfeil wieder ein.

»Ich habe nicht stark genug gezogen«, sagte Stefane und setzte den Pfeil aufs Neue an. Dann spannte er die Sehne so weit, wie Nail es noch nie an einem Bogen gesehen hatte. Stefane ließ los. Mit einem Zischen segelte der Pfeil über den Abgrund. Er grub sich knapp unter der Kante auf der anderen Seite tief ins Eis.

»Guter Schuss!« Seita klopfte Stefane auf den Rücken. Dann zog der Bischof fest am Seil. Der Pfeil saß fest verankert und hielt. Godwyn verschnürte das andere Ende an dem Stab, den Culpa ins Eis getrieben hatte.

Dokie kroch, sicher in Roguemoores Geschirr, an den Rand der Spalte. Er fasste Stefanes Seil mit einer Hand und zog ebenfalls daran, um die Festigkeit zu testen. Seine Aufgabe war die gefährlichste, doch er schien sich darauf zu freuen.

»Falls sich der Pfeil aus dem Eis löst«, sagte Godwyn, »wirst du nur hier gegen die Wand unter uns prallen, und wir ziehen dich wieder hoch. Wahrscheinlich ist der Aufprall ziemlich heftig. Aber wenn du dich darauf vorbereitest, wird schon nichts passieren.«

Dokie schlug mit drei Fingern das Laijonskreuz über seinem Herzen und kroch, mit beiden Händen Stefanes Seil umfassend, über den Rand. Er rutschte weiter über den Abgrund, hängte sich dann mit dem Körper daran und umschlang es an den Knien mit beiden Beinen. Nail schlug das Herz bis zum Hals, als Dokie sich so Stück für Stück baumelnd über die Spalte zog.

Wegen seines Gewichts hing das Seil immer mehr durch. Schließlich wurde Stefanes Pfeil aus der Eiswand gerissen. Der Junge stürzte nach unten und war nicht mehr zu sehen. Nails Herz tat einen Sprung. Liz Hen schrie auf. Mit einem heftigen Schlag traf Dokie unten auf die Wand. Gleich darauf hörten sie ihn rufen: »Alles in Ordnung bei mir!« Er baumelte am Seil.

Godwyn und Culpa griffen zu und zogen ihn wieder über den Rand der Spalte. Als Dokie in Sicherheit war, wischte Liz Hen ihm die Eiskristalle vom Hemd. »Ist schon gut«, sagte er immer wieder, während sie um ihn herumsprang. »Ich will es nochmal probieren. Das hat Spaß gemacht.«

»Spaß gemacht?«, rief Liz Hen. »Du bist doch verrückt geworden! Ich hätte fast einen Herzanfall gekriegt, Mann.«

Godwyn prüfte den Knoten am Pfeil. Stefane legte noch einmal an und schoss wieder über den Abgrund. Diesmal bohrte sich der Pfeil bis zu den Federn in einen Riss im Eis, keinen halben Meter unterhalb der gegenüberliegenden Kante.

Dokie kroch im Geschirr wieder an den Rand und zog sich wie zuvor langsam über die Spalte. Stefanes Pfeil hielt. Dokie zog sich drüben sicher über den Rand und stand mit triumphierendem Grinsen seinen Gefährten gegenüber.

Liz Hen stieß den angehaltenen Atem aus.

Culpa Barra warf einen Eisensplint und eine Holzfälleraxt auf die andere Seite. Dokie hämmerte den Splint zwei Schritte von der Kante entfernt ins Eis. Er robbte wieder an den Rand, langte nach unten, löste den Knoten und zog das Seil zu sich hoch. Dann band er es am Splint fest. Schließlich wand er sich aus Roguemoores Geschirr und schleuderte es zurück über den Abgrund, wo Godwyn es in Empfang nahm. Nun hatte die Gesellschaft eine sichere, wenn auch schwankende Brücke über die Spalte.

Culpa und Godwyn warfen alles schwere Gerät und ihre Rüstungen über den Schlund. Nail und Stefane entledigten sich ebenso ihrer Rüstungen und warfen die Waffen hinterher. Als Erster legte Bischof Godwyn sich nun das notdürftige Geschirr an und überquerte die Brücke. Danach kamen Culpa, Seita, Stefane und Roguemoore. Der Zwerg mühte sich in seiner klobigen, schweren Rüstung am meisten. Liz Hen brauchte ungefähr zehn Minuten, um das Geschirr anzulegen, dann saß sie nochmal so lange wie versteinert an der Kante. Schließlich redete sie sich gut zu und überquerte die Spalte langsam.

Als Letzte waren Nail und Val-Draekin dran. Der Vallè legte

Nail das Geschirr um Schultern und Beine. Nail trat an den Rand der tiefen Schlucht, biss die Zähne zusammen und tat es den anderen gleich. Am Seil hängend, Hand über Hand, querte er vorsichtig die Spalte. Die ganze Zeit über blickte er gerade nach oben. Nach unten zu sehen traute er sich nicht, nicht einmal, als er auf der anderen Seite ankam und Culpa und Godwyn ihn in Sicherheit zogen. Als er sich aus dem Geschirr befreit hatte, taumelte er mit hämmerndem Herzen von der Schlucht weg.

Auf der anderen Seite löste Val-Draekin beide Seile von dem Eisensplint. Der Plan war, die Splinte für den Rückweg im Eis stecken zu lassen. Godwyn zog eines der Seile ein. Val-Draekin schlang sich das Geschirr um den Körper und machte, ohne zu zögern, einen Schritt über den Rand. Sofort schwang er in die Grube und außer Sicht. Ohne ein Geräusch traf er unterhalb von Godwyn und Culpa Barra auf die Eiswand, und die beiden zogen ihn rasch aus der Spalte.

Es war geschafft. Jeder der Gesellschaft war sicher auf der anderen Seite angekommen.

Schnell sammelten sie ihr Gerät, die Rüstungen und Waffen zusammen, stellten die Seilschaften wieder her und machten sich auf den Weg durch das Eis hin zum großen D'Nahk lè.

Noch ehe sie weit gekommen waren, stieß Liz Hen einen grauenvollen Schreckensschrei aus.

Nail drehte sich um und sah Seidel auf sie zurennen, geradewegs auf den drohend blauen Abgrund zwischen ihnen.

»Neeeeeiiiiin!«, schrie Liz Hen wieder und lief ihrerseits auf die Schlucht zu. Dann spannte sich ihr Seil und sie wurde von den Beinen gerissen. Dabei warf sie Nail und Culpa Barra beinahe mit um.

Seidel nahm Tempo auf, sein Fell wehte im Wind, und mit angespannten Muskeln in Schultern und Hinterbeinen sprang er auf der anderen Seite los.

Liz Hen stieß auf Knien einen letzten gepeinigten Schrei aus.

Doch der Hund landete locker drei Schritte hinter der Kante auf ihrer Seite und hüpfte freudig über das Eis. Schwanzwedelnd rannte er Liz Hen direkt in die Arme und leckte ihr über das Gesicht. Als sie das Tier umarmte, konnte Liz Hen nur japsend atmen, und ihr Schluchzen hallte wie der Ruf einer Gans von den Eiswänden wider.

»Nun«, sagte Roguemoore, »wie es aussieht, ist der Hund keiner, der gern allein gelassen wird.«

Das Glück war auf ihrer Seite. Auf ihrem Weg gab es noch ein paar Risse im Eis, doch die ließen sich ohne große Mühe überspringen. Sie waren auf ein paar Eiswände gestoßen, doch keine war höher als vier oder fünf Meter gewesen. Sie konnten sie mit den Splinten und Seilen bezwingen. Auf die meisten davon konnte Seidel allein hochspringen. Bei den höheren nutzten sie Roguemoores Geschirr auch für den Hund. Und Godwyn hatte ihnen noch einmal gezeigt, worauf sie achten mussten, um die schattigen, eingefallenen Senken zu deuten, die für gewöhnlich eine schneeverhangene Schlucht kennzeichneten.

Nun stand die Gesellschaft mit vor Anstrengung eingefallenen Augen und von der bitteren Kälte ausgezehrt fast in Höhe der Baumgrenze am Fuße des großen D'Nahk lè. Nail bestaunte wieder die gewaltige Bergsilhouette in der tiefblauen Dämmerung. Der verschneite Gipfel lag in Wolkenschwaden. Rechts von ihm stürzte ein mächtig schäumender Bach aus einer tief eingeschnittenen Schlucht. Er wurde zischend und röhrend direkt von einer riesigen Eishöhle im Gletscher verschluckt. In der Ferne sahen sie einige weitere Wasserfälle, die auch alle irgendwo unter dem Eis verschwanden.

Außer diesen donnernden Gewässern gab es praktisch nichts am Anfang des Gletschers, keine Anzeichen von Siedlungen oder auch nur ein kümmerliches Bäumchen, lediglich Hochgebirgssalbei und die schwachen Fährten von Dall-Schafen im Schnee. Fest in seinen Umhang gewickelt wollte Nail unbedingt weiter und so schnell wie möglich zu den Minen, denn dort sollte das Lager für die Nacht aufgeschlagen werden.

Der Bischof führte sie in ein verschneites Hochtal zu ihrer Rechten. Als sie den Aufstieg begannen, erkannte Nail hier die Spuren der einst so allgegenwärtigen Minenarbeiten. Überall auf den schneeweißen Hügeln und den steilen, von Felsen übersäten Weiden sah er Schächte und deren Aushub. In die Flanken des D'Nahk lè waren hier am Fuß mehr als tausend offene Minentunnel getrieben worden.

Godwyn hatte gesagt, die Öffnung, die sie suchten, sei nicht von Menschen gemacht, sondern eine natürliche Höhle in der senkrechten Felswand einer schmalen Schlucht, ungefähr eine halbe Meile weiter oben in der Flanke des mächtigen Bergs.

Aus dem Hochtal wurde rasch ein ansteigender Hang aus Schiefer und vereisten Felsen. Sie kletterten auf Händen und Knien, bis sie einen steilen Grat mit hohen, spitzen Felsblöcken erreichten, die wie in den Himmel gerichtete Fangzähne aussahen. Es wurde schon dunkel, als sie den Grat betraten. Wie auf einem Gemälde flossen kräftige Purpur- und Blautöne den D'Nahk lè hinunter. Mit entzündeten Fackeln beleuchteten die neun den Weg, aber noch wichtiger war Nail die Wärme, die sie spendeten. Eine Stunde liefen sie weiter, dann deutete Godwyn auf die gesuchte Höhle. Sie hielten darauf zu. Der knirschende Schnee auf dem Weg unter ihren Füßen war stellenweise knietief. Jetzt umgab sie die Kälte, und der Wind heulte über ihnen und sog an den Fackelflammen.

Nach etwa dreißig Metern in die Schlucht hinein erreichten

sie die Felswand, die Godwyn beschrieben hatte. In der Klippe klaffte ein langer Riss, schwarz und unheimlich, der zackig wie ein Streifen Mitternacht das Gestein durchzog. Egal, was der Bischof behauptete: Nail fand nicht, dass der schartige, kalte Spalt in der Klippe auch nur im Geringsten natürlich aussah. Selbst Seidel schien bei dem Anblick zurückzuschrecken.

»Wir schlagen das Lager gleich am Eingang der Höhle auf«, sagte Roguemoore. »Bloß raus aus dem Wetter, das wird hier bald richtig schlimm.«

Die fast verlöschenden Fackeln hoch in die Luft gereckt näherte sich die Gesellschaft der Neun der Öffnung in der Wand.

Nail kam es vor, als ströme aus dem Mineneingang Gefahr wie giftiger Dampf.

Also nehmen wir, die drei übrigen Kriegerengel, dies auf uns: den Bericht vom Leben Laijons, welcher der Menschheit als Erinnerung an seine Führung diene. Und alles, was vom Letzten Dämonischen Herren bekannt war, verschwindet im Staub der Zeit, und jene Ungeheuer mögen ohne Namen bleiben.

WEG UND WAHRHEIT LAIJONS

26. KAPITEL

AVA SHAY

AM ACHTEN TAG DES ENGELSMONDES IM 999. JAHR LAIJON – SÜDLICH VON LOKKENFELL, GUL KANA

Ava Shay stand schwankend vor dem Blutbad auf dem Schlachtfeld. Sie streichelte dem rotäugigen Hengst Grimasse den Hals – was sie nüchtern niemals getan hätte. *Ein Blutaugenpferd, das mich einst so in Angst versetzte, ist jetzt wohl mein einziger Freund …*

»Manchmal, wenn das Licht so fällt«, sagte Spinnenholz, »erinnerst du mich an Gaults Tochter Krista. Bestimmt sieht auch Aeros sie in dir.«

Die Worte von Spinne erregten Avas Aufmerksamkeit und hielten sie wie angewurzelt fest. Sie konnte jede Einzelheit in den feurigen Augen des Bluthölzlers sehen, die dünnen roten Adern, schlangenhaft. Trotz Spinnes brutalem Aussehen und trotz seinem Blutaugenpferd hatte Ava sich in den vergangenen drei Wochen an seine Gesellschaft gewöhnt und freute sich beinahe schon auf ihre täglichen Unterhaltungen. Er machte ihr immer noch Komplimente wegen des kleinen geschnitzten Käfers, den sie ihm geschenkt hatte.

»Ich frage mich, ob Gault deswegen so schnell Zuneigung zu dir gefasst hat«, fuhr Spinne fort. »Er war eine einfache Seele. Ein Romantiker auf der Suche nach Liebe. Aber das alles ist eine Illusion. Du. Seine Tochter. Ihr beide zusammen wart dann sein Verderben. Fast tut es mir leid, was ich ihm in Ravenker angetan habe.«

Du hast Gault verraten, irgendwie, und jetzt ist er fort.

Ganz kurz fasste Spinne ihre Hand. Die Berührung war ohne Wärme, wie eine berechnende, absichtlich täuschende Geste. *Gefällt ihm der geschnitzte Käfer wirklich, oder ist das für ihn nur ein Spiel, eine Art Pfad zum Verrat?*

Sie hatte täglich die Peitschenwunden des Bluthölzlers versorgt und war selbst immer wieder aufs Neue erstaunt, wie gut sie mit Umschlägen und Verbänden umgehen konnte. Der Mann war schnell gesund geworden. So schnell sogar, dass er sich heute zum ersten Mal ganz in seine schwarze Lederrüstung gewandet hatte. Für das Gemetzel von Doolindal war er jedoch noch zu schwach gewesen.

Sie ließ den Blick über die Spuren des Blutbades schweifen. Über allem sammelten sich Schwärme von Fliegen auf der Suche nach dem kalten, klammen Fleisch der Gefallenen. Die Sonne war schon vor über einer Stunde untergegangen. Jetzt tauchten Fackeln und Lagerfeuer den blutigen Strand in ein orangefarbenes Schimmern und legten ein grelles Leichentuch über das Schlachtfeld. Tote Ritter in den Farben von Sør Sevier und Lord's Point wurden von der Brandung umhergerollt. Krähen jagten im flachen Wasser, und kleine Turmfalken durchkämmten es und schnappten sich Stücke von Menschenfleisch, die als blutige Überreste von Aeros' jüngstem Triumph aufs Meer getrieben wurden.

Tatsächlich hatten mehrere Hundertschaften der Meeresgarde Doolindal, diesen kleinen Weiler in dem schattigen Tal hinter Ava, zu schützen versucht. Doch gegen die inzwischen fünfunddreißigtausend Ritter aus Sør Sevier konnten sie kaum etwas ausrichten. Aber obwohl sie zahlenmäßig derart unterlegen waren, hatten die Meeresgardisten sich zur Verteidigung dieses Fleckens südlich von Lokkenfell dem Kampf gestellt. Der Weiße Prinz hatte im heutigen Aufeinandertreffen fast zweihundert Soldaten verloren, so viele wie noch nie bisher. Vor drei Wochen hätte Ava Shay sich an Aeros' Pech erfreut, doch im Augenblick war sie wie betäubt und auch ein wenig betrunken vom Wein aus seinem Vorrat. *Geht mir denn gar nichts mehr nahe?*

»Warum tut Aeros das, was er tut?«, fragte sie den Bluthölzler, und Zorn, aber auch Neugierde stiegen in ihr auf. Sie hatte Spades eine ganz ähnliche Frage gestellt. Sie wollte hören, ob die Antworten sich ähnelten. »Warum muss das so sein? Der Tod? Die Morde? Die Folter? Warum kann er Gul Kana nicht einfach in Ruhe lassen? Mich in Ruhe lassen? Wer bin ich für den Weißen Prinzen, dass er mich so quält? Warum tut er das, was er tut?«

»Was Aeros auch tut, es dient dem Ruhm der *Ritterlichen Erläuterungen des Raijael.* Und der Macht«, antwortete Spinnenholz. »Einer Macht, die ihm, wie er glaubt, zusteht. Einer göttlichen Berufung, die er für die seine hält. So wurde es ihm jedenfalls sein Leben lang beigebracht. Und wie Gault ist auch Aeros eine einfache Person, ein Romantiker, der nach der Bestimmung sucht, die ihm so lange versprochen wurde. Aber das alles ist eine Illusion, die Macht, die Romantik, die Bestimmung.«

»Er hat Macht über Euch«, sagte sie spitz. »Er hat Euch auspeitschen lassen.«

»Das ist wahr.« Mit seinen rot durchzogenen Augen sah er sie eindringlich an. »Ich habe Aeros' Schwert *Himmelsplünderer* verloren. Und ich habe Nail nicht nach Ravenker gebracht. Es stimmt, der Engelsprinz hat mich auspeitschen lassen. Aber ich habe es *zugelassen*. Deshalb musst du eins begreifen: Nicht Aeros' Reaktion auf mein Scheitern ist das Wichtigste.«

»Was denn sonst?«

»Deine Reaktion.«

»Das ist doch lächerlich«, sagte sie und machte einen Schritt zurück.

»Das Wichtigste ist«, sprach er weiter, »wie *du* die Dinge überwindest, die dich zurückhalten, wie du das erweckst, was wirklich in dir steckt. Du musst Aeros als Mittel zum Zweck benutzen. So wie die Bluthölzler es tun, wie Dugals Kaste es seit je mit den Erben Raijaels getan hat. Du *nimmst* dir die Macht. Auch wenn Aeros glaubt, er besitze sie, musst du sie ihm *entreißen*.«

Der Wein verdrehte ihr den Kopf, sie konnte ihm nicht folgen. »Wie kann ich das tun, was unmöglich ist?«

»Du weißt, welche Schätze er verbirgt.«

Sie holte tief Luft. Erinnerungen drängten sich in ihre Gedanken. Der eigenartige, salzige Geruch des Meeres und der brennenden Leichen stach ihr in die Augen und ließ sie an jenen Tag denken, als Jenko Bruk und Mancellor Allen dem Weißen Prinzen eine riesige, glänzende Axt und einen funkelnden blauen Edelstein brachten. Jenko hatte behauptet, er habe Nail beides in Ravenker abgenommen. Aeros hatte die Sachen in dieselbe Truhe gelegt, in der er auch den gehörnten Helm und den grünen Stein aufbewahrte. Sie wünschte, sie könnte diese lockend bunten Steine noch einmal betrachten.

Jedes Mal, wenn sie von Aeros' Wein trank, zogen diese funkelnden Steine sie in ihren Bann. Letzte Nacht, im Bett neben dem Weißen Prinzen, hatte sie ihn gefragt, ob sie die Steine noch einmal sehen dürfte. »*Die Steine sind verflucht, davon lässt du besser die Finger*«, hatte er gesagt. *Verflucht?* Sie dachte daran, wie sie Gault Aulbrek gebeten hatte, den Helm und den grünen Stein zu stehlen und mit ihr zu fliehen. *Wahrlich verflucht.* Jetzt war Gault fort. Voller Schuldgefühle wurde ihr klar, dass das wahrscheinlich der Grund für sein Verschwinden oder, schlimmer noch, für seinen Tod war.

Sie merkte, dass sie immer noch Grimasses Fell streichelte.

Die Augen des Bluthölzlers suchten die ihren. »Du musst erfahren, wer du bist, Ava Shay, und dann die Schätze, die ihm so am Herzen liegen, gegen ihn verwenden.«

Seine Worte verwoben sich mit dem Pochen ihres Herzens. Sie wusste, er wollte ihr etwas sagen, das er aber nicht aussprach. *Er will wissen, ob ich auch einfach bin wie Gault oder ob ich seine Andeutungen verstehe.* Ihr trunkener Geist ließ sie nicht klar denken. *Zumindest sind es nicht mehr die Totengeister, nur noch die Geister des Weins.* Die bittere Berührung der Totengeister hatte sie nun schon länger nicht gespürt. *Wenn du bei mir liegst, hole ich dich in die heilenden Kräfte der Götter*, hatte Aeros gesagt. Der Wein war ihr in den Kopf gestiegen, und sie musste bei dem Gedanken kichern. Die Heilung des Bluthölzlers schrieb sie zum größten Teil den unzähligen Mixturen zu, die er so oft trank. *Aber Aeros hatte doch auch behauptet, er hätte meine Sünden auf sich genommen. Hätte die Totengeister auf sich genommen, die mich plagten.*

»Weißt du, warum Aeros mich in Wahrheit hat auspeitschen lassen?«, fragte er. »Da ging es nicht um Genugtuung im Sinne der Ritterregel von der Blutstrafe, das versichere ich dir. Aeros hat mich von Hammerfiss auspeitschen lassen, um seine Erzritter zu verunsichern. Damit sie immer im Ungewissen sind. Weißt du, sie trauen mir nicht, die anderen. Sie finden, Aeros und ich stehen uns zu nahe. Denken, wir würden uns gegen sie verbünden. Würden ein Komplott gegen König Aevrett und sogar gegen Sør Sevier planen. Sie haben die Gerüchte gehört, denen zufolge Aeros selbst dereinst unter Black Dugal zum Bluthölzler ausgebildet wurde. Oft glauben sie, ihr Engelsprinz sei bloß eine Marionette Dugals. Und sie glauben, ich sei Dugals Spion.« Sein Blick wurde hart. »Nun, um ehrlich zu sein, damit haben sie recht.«

Warum erzählt er mir das? Warum erzählt mir überhaupt einer von denen etwas?

Im Dunkeln hinter ihr war das Wiehern mehrerer Pferde zu hören. Spinnes kalter Blick richtete sich nun über ihre Schulter auf die, die dort kamen. Er verneigte sich kurz. »Wir müssen diese Unterhaltung auf später vertagen, Mylady.«

Ava drehte sich um und sah Mancellor Allen, Jenko Bruk und Enna Spades näher kommen, alle in voller Rüstung. Mancellor führte zwei weiße Hengste am Zaumzeug: Spades' Pferd Gemetzel und sein eigenes, Lichtstrahl, das ihm nach Beau Stablers Tod vermacht worden war. Die Flanken beider Tiere waren mit Blut bespritzt. Jenko ging neben Mancellor. Spades trug ihren rechten Arm in einer Schlinge. Über die Schulter sah man die Spitze ihrer Armbrust und einen Köcher mit dicken Pfeilen, an der Hüfte links trug sie ein Langschwert.

»Schön, dass du endlich wieder auf den Beinen bist«, sagte die rothaarige Kriegerin sarkastisch, als sie auf den Bluthölzler zuging. »Wirklich ein Vergnügen, das sehen zu dürfen.«

Dann fiel ihr Blick auf Ava. »Du musst wahrhaftig heilende Hände haben. Hammerfiss hat ihn bis auf die Knochen durchgepflügt, und er steht hier, als sei nichts passiert. Du musst wissen, Aeros tut dem Bluthölzler nur aus Respekt gegenüber Black Dugal den Gefallen deiner Pflege, Ava Shay.«

»Bestimmt bist du vor Eifersucht nicht mehr du selbst wegen der Gefallen, die Aeros mir tut«, sagte Spinne.

»Ja, mag sein«, sagte Spades und deutete auf ihren Arm in der blutigen Schlinge. »Ich bin nicht ganz bei Kräften. Eine Axt hat mich am Arm erwischt, wie du siehst. Aber wenigstens haben diese Ritter aus Lord's Point uns schön Widerstand geleistet, wenn auch nur einen glorreichen Moment lang.« Sie wankte leicht. »Jetzt frage ich mich, ob der Blutverlust mich etwas benommen macht.«

Mancellor Allen ließ sofort das Zaumzeug los und half ihr, sich aufzurichten. Es wirkte wirklich galant, nicht wie Speichelleckerei. Trotzdem sah Jenko ihn böse an, und das stach Ava tief ins Herz.

Dumpfes Hufgetrappel erklang, Hammerfiss ritt in ihre Mitte und zügelte sein Pferd. Der rothaarige Hüne saß wie ein Berg auf seinem prächtigen weißen Hengst Kampfaxt. Er machte ordentlich Eindruck in voller Erzritterrüstung, den Helm auf dem Sattelknauf, den mit Stacheldraht umwickelten Knüppel an einem Gurt über der Schulter. Mit herzlichem Lachen musterte er Spades, und sein strahlender Blick verweilte auf ihrem Arm. »Ach, haben diese Nichtsnutze sich nicht herrlich gewehrt heute, Spades? Sieh dich nur an! Der Arm hängt praktisch nur noch an einem Faden.«

»Ist bloß ein Kratzer«, zwinkerte Spades und nestelte an der Schlinge.

»Na, so einen Kratzer habe ich an dir nicht mehr gesehen, seit Stabler dich in Agonmoore aus dem Schlamassel gezogen hat. Wo er sein Auge verlor.« Hammerfiss blickte auf Jenko und Mancellor. »Hat einer von euch madigen Säcken ein Auge gegeben, um ihr beizuspringen? Sieht nicht so aus. Natürlich reichen die Tätowierungen unter Mancellors Augen aus, um jeden Schwerthieb abzuwehren.« Er lachte dröhnend.

Die Tinte unter Allens Augen sah aus wie Schatten, die die Nacht durchschnitten. Man musste dem Mann aus Wyn Darrè hoch anrechnen, dass er nicht auf die Sticheleien des Riesen einstieg. Ava sah zu Mancellor hin. *Ist er mein Retter? Ist es Jenko? Gibt es überhaupt einen?* Ihr Herz schlug ruhiger, als er auch sie ansah.

Hammerfiss bemerkte diesen kurzen Austausch. Er zog eine Braue hoch. »Hach, was manche Leute sich doch für sinnlosen Ärger einhandeln.« Ein boshaftes Grinsen machte sich unter seinem zotteligen Bart breit.

Er hatte recht. *Wie kann ich wegen Jenko und Spades eifersüchtig sein und gleichzeitig ein Auge auf Mancellor Allen werfen?* Ava wusste, sie sollte ihn in Ruhe lassen. *Sonst erleidet er noch dasselbe Schicksal wie Gault Aulbrek …*

Ava stand allein in Aeros' Zelt. Der Weiße Prinz hatte Jenko und all seine Erzritter außer Spades wieder auf das Schlachtfeld geholt, damit sie jeden verwundeten Meeresgardisten hinschlachteten, der vielleicht noch fliehen oder sich ergeben wollte.

Enna Spades sollte vor dem Zelt wegen Ava Wache halten.

In nichts als einem leichten Seidenkleid schlich sie leichtfüßig über die dichten Teppiche und kniete sich vor die goldverzierte Truhe in der Ecke des abgeteilten Raumes. Normalerweise war sie verschlossen. Doch sie hatte den Weißen Prinzen beobachtet und sich, als er die Truhe das letzte Mal geöffnet hatte, gemerkt, wo die verborgene Verriegelung saß. Nun tastete sie sich an den kunstvollen Schnörkeln am Rand des Deckels entlang, bis sie ein Klicken vernahm, dann zog sie sachte. Geräuschlos schwang der Deckel vor ihr auf.

Äußerst vorsichtig griff sie in die Truhe und zog den hornbesetzten Helm heraus. Mit zitternden Händen hielt sie ihn im Kerzenlicht hoch. Gelb spiegelte die glänzende Fläche aus Silber und Gold die Flamme. Die beiden aus dem Helm ragenden Hörner fesselten wie immer ihre Aufmerksamkeit. Zuerst hatte sie sie für Ochsenhörner gehalten, doch dann erkannte sie, dass es etwas völlig anderes war. Jetzt sah sie sie zum ersten Mal aus der Nähe. Das waren überhaupt keine Hörner, auch keine Knochen, sondern etwas aus einer schimmernden elfenbeinartigen Substanz, die nicht von dieser Welt war.

Das Stück wog mehr als sie sich vorgestellt hatte, und ihre Arme wurden schwer. Sie legte den Helm auf den Teppich und sah sich die scharfe zweischneidige Axt in der Truhe an, deren Halbmonde im fahlen Licht glänzten. Der Griff der Waffe bestand aus lederumwickeltem Stahl mit Vallè-Runen. Sie hatte schon keine Kraft mehr in den Armen und wollte sie nicht hochheben. Also griff sie stattdessen nach dem Beutel, dem Ledersäckchen, das Jenko und Mancellor Nail in Ravenker abgenommen hatten, als sie die Axt an sich brachten. Der Beutel aus rauhem Leder hatte oben eine Lasche, die an der Seite in einem Verschluss steckte.

Ava öffnete sie und zog eine Handvoll zusammengebundener Schriftrollen heraus, die sie neben den Helm legte. Unten in dem Beutel lagen zwei schwarze Seidenbündel. Sie nahm sich eins und wickelte es auseinander. *Ein Engelsstein!*

Ihr Augen wurden groß, als strahlend blaues Licht in Wellen über die glänzende Oberfläche des Steins floss. Sie legte sich den Stein zwischen die Knie auf den Teppich und bewunderte seine Pracht. Dann holte sie das andere Bündel aus der Truhe und fand den glänzend grünen Stein darin. Auch der leuchtete und strahlte. Direkt unter der polierten Oberfläche wirbelten smaragden geisterhafte Tentakel. Die Engelssteine raubten ihr den Atem.

»Der Bluthölzler behauptet, du hättest dich sehr sorgfältig um seine Wunden gekümmert.« Spades' Stimme durchschnitt die Stille wie ein Messer. Erschreckt sprang Ava auf, fuhr herum und ließ dabei den grünen Stein auf den Teppich kullern. Enna Spades stand groß und aufrecht in ihrer Rüstung zwischen den beiden Leinentüchern, mit denen Aeros' Zimmer abgeteilt war. Ihr verletzter Arm steckte nicht in einer Schlinge, sondern in einem einfachen weißen Verband. Spades hielt in der gesunden Hand *Mein Herz*, das Schwert, das sie Ava geschenkt hatte. Sie ließ den Blick vom gehörnten Helm über Avas schuldbewusstes Gesicht und das Seidenkleidchen hinab zu den beiden funkelnden Steinen auf dem Teppich wandern.

»Was haben wir denn hier?« Spades zog die Augenbrauen in die Höhe und kam ganz herein. Ihre Lederstiefel knarzten bei jedem Schritt. Ihr eigenes Schwert schlug gegen die Schützer um ihre Beinlinge.

»Wer schnüffelt, der findet.« Spades kniete sich vor den gehörnten Helm neben Ava und legte das rubinbesetzte Schwert ab. Dann hob sie den Helm auf, betrachtete ihn von allen Seiten und legte ihn wieder auf den Teppich. Sie nahm den blauen Stein in die Hand und danach auch den grünen. Ava beobachtete, wie das Licht der Steine vibrierend auf dem Porzellangesicht der Frau aus Sør Sevier spielte, und sie bemerkte eine langsame Wandlung. Anfangs wirkte die rothaarige Kriegerin bloß neugierig und überrascht, doch jetzt bekamen ihre Augen einen scharfsinnigen Ausdruck. Unter der sommersprossigen blassen Haut wurde etwas lebendig, etwas wie bläulich gefärbte Gerissenheit und Lust.

»Die Jungs sind ja gerade draußen spielen.« Spades drehte sich zu Ava um. »Da wolltest du wohl auch ein bisschen Spaß haben, wie?«

Ava spürte, wie sie errötete. Furcht breitete sich in ihr aus.

»Ich bin hereingekommen, weil du dich um meine Verbände kümmern solltest. Vielleicht hätte ich dir ein paar Dinge mit dem Schwert beibringen können«, sagte Spades. »Aber ich sehe, dass du etwas ungleich Interessanteres für uns gefunden hast.«

Spades saß so nahe bei ihr und die Kerze schien so hell, dass Ava zum ersten Mal jedes Detail in den Augen der Kriegerin sehen konnte. Die tiefgrüne Iris war voller kräftig grauer Flecken. Diese zähflüssige graue Dunkelheit jagte Ava nur umso größere Angst ein. Denn sie erkannte wieder, was in Spades' festem Blick lag, und es erschreckte sie.

Müssen mich denn alle auf diese Weise ansehen?

Die rothaarige Frau setzte die Steine sanft wieder auf den Teppich und wickelte den Verband von ihrem blutigen Arm ab. Sie beugte sich zu Ava, ganz dicht. Ein kaum hörbares Flüstern drang ihr ans Ohr. »Heile mich, wie du Spinne geheilt hast.« Dann strichen ihr Spades' Lippen sanft und sinnlich über die Wange.

Ava wich zurück. Ihre Gedanken rasten, denn sie wusste, jedes Wort und jede Berührung dieser Monster aus Sør Sevier waren doppeldeutig. Sie erschauerte, als Spades ihr plötzlich eine Hand auf die nur vom dünnen Seidenkleid verhüllte Brust legte. Ihre Kehle zog sich zusammen. Sie stieß einen leisen Ton aus. Die Hand auf ihrem Körper war nur eine schwache Erinnerung an die Widerwärtigkeiten, die Aeros ihr angetan hatte. *Will mich denn hier jeder besudeln und zerstören?*

Sie kniff die Augen zu, als Spades mit den Fingern sanft ihren Nacken entlangstrich und mit dem Handrücken über ihre Lippen fuhr. *Denk an zu Hause. Denk an Liebe.* Doch das war vergebens. *An den Krakenspeer. Ihre erste Nacht mit Jenko. Irgendeinen Witz. Das alles ist ein Witz. Sinnlose Nostalgie. Eine empfindsame Reise, nicht wahr?* Als junges Mädchen hatte es das Leben gut mit Ava gemeint. Alles war voll Unschuld und Staunen und Normalität gewesen. Bis ihr Vater starb. Und dann ihre Mutter. Dann kam Aeros Raijael und nur mehr Schmerz.

Doch Spades' Berührung war sanft …

Wem wollte sie etwas vormachen? *Sie sind alle Monster!*

Die Wahrheit war: Die Welt, wie sie sie früher gekannt hatte, war alt und lachhaft, derart unbedeutend, dass man sie winzig klein aufrollen, anzünden und dann während der Feierlichkeiten zum Trauermond rauchen konnte.

Die Nacht jener Feierlichkeiten war die letzte fröhliche gewesen, die sie erlebt hatte.

Da steckst du ja in einer schönen Suppe, Ava Shay. Tag für Tag bist du in irgendein Zelt oder unter das Verdeck eines Karrens gesperrt und wartest nur auf die nächste rätselhafte Unterhaltung mit einem rotäugigen Bluthölzler, und zur Abwechslung wirst du dann mal von einem blonden Prinzen mit schwarzen Augen befummelt, begrabscht und vergewaltigt oder von einer Kriegerin, die dir ein rubinbesetztes Schwert geschenkt hat …

Avas Seele war ein Nichts, eine Leere, die nur Laijon füllen konnte. Sich windend. Gepeinigt. Ohne Hoffnung. *Du hast dich verloren, und jetzt musst du dich finden. Sieh es ein. Von Jenko Bruk kommt keine Hoffnung mehr. Gault kehrt nicht deinetwegen zurück. Mancellor Allen wird gar nichts unternehmen. Du schiebst bloß deine Wünsche auf ihn. Spinne ist ein Verräter, er tut nur so als ob. Wie sie alle. Selbst Enna Spades. In Wahrheit ist da niemand. Nichts.*

Spades' Stimme klang weich und kehlig. »Ich kann dir noch mehr beibringen als den Schwertkampf.«

Ava öffnete die Augen und sah den kühlen grünen Blick ihrer neuen Peinigerin. *Heul doch*, schien die Frau aus Sør Sevier ihr zu bedeuten. *Mir sind schlimmere Dinge angetan worden.* Außerdem wusste Ava, dass selbst ein Tränenmeer jetzt nichts ändern würde.

Und ehrlich gesagt spendete die Berührung dieser Frau ihr Trost …

»Bringt mir bei, was Ihr wollt«, flüsterte Ava, die noch immer in Spades' Augen starrte und nicht glauben konnte, was sie da sagte. »Doch seid Euch bewusst, dass Aeros Euch verraten wird, so wie er Gault Aulbrek verraten hat.«

»Wirklich?«

»Spinne und Aeros. Zusammen haben sie in Ravenker geplant, dass Gault getötet wird, und jetzt ist er fort. Wenn Ihr mir zu nahe kommt, wird Aeros auch Euch töten.«

Spades runzelte die Stirn. »Sie haben Gault verraten? Woher weißt du das?«

»Aeros und Spinnenholz sprechen frei vor mir. Sie hecken ihre

Pläne aus, und dann tun die Leute, was sie wollten, ohne dass sie etwas davon begreifen …«

Hinter ihnen erklang ein scharfes metallisches Geräusch.

Überrascht fuhr Ava herum. Aeros Raijael stand im Eingang, und das fein ziselierte Kettenhemd unter seiner Rüstung funkelte tausendfach im Kerzenschein. Blonde Locken klebten ihm verschwitzt auf der Stirn, den Kriegshelm trug er in der Armbeuge.

Er lächelte strahlend und voller Zuneigung beim Anblick von Spades und Ava, die nebeneinander auf dem Teppich knieten. Doch als er die geöffnete Truhe und dann den gehörnten Helm und die beiden Engelssteine gewahrte, verschwand das Lächeln augenblicklich.

»Sie sollte sich um meine Verletzung kümmern.« Spades stand auf und hielt sich vorsichtig den Arm. »Wie sie es bei Spinne getan hat.«

»Lass uns allein«, befahl der Weiße Prinz ihr. Sein Ton ließ keinen Widerspruch zu.

Spades nahm das rubinbesetzte Schwert vom Teppich und huschte an Aeros vorbei.

Am Zelteingang wandte sie sich zu Ava um. »Der Engelsprinz wird grüblerisch, wenn er eifersüchtig ist.« Dann verschwand sie durch die Stoffbahnen.

Aeros funkelte Ava mit sengendem Hass an. Die Kluft zwischen ihnen war geradezu greifbar. Jetzt schien alles, was er einst an Zuneigung für sie empfunden hatte, in die rußige Finsternis seiner Pupillen abgetaucht. In diesem kalten Blick erkannte Ava, dass ihr Leben bald zu Ende sein würde.

An jenem großen und letzten Tag werden sich die Feinde von Raijael unter jenem großen und letzten Feuer des Sündenerlasses versammeln und inmitten von Krähen, die an Knochen picken, vom Tode flüstern.

DAS BUCH DES VERRÄTERS

27. KAPITEL

KRYSTALLHOLZ

AM NEUNTEN TAG DES ENGELSMONDES IM
999. JAHR LAIJON – ROKENWALDE, SØR SEVIER

Stille umgab König Aevretts großen Palast Jö Reviens. Völlige Ruhe. In die unzähligen dunklen Flure strömte gerade das weiche Licht des anbrechenden Tages, und Krista erlebte endlich eine interessante Abwechslung. Ganz unerwartet geschah etwas vollkommen Ungewöhnliches.

Da lief eine Gestalt mit einem bekannten Gesicht, von dem sie nicht gedacht hätte, dass sie es je wieder erblicken würde: Solvia Klingande.

Selbst in der Opulenz von Jö Reviens ließ sich die Eleganz der üppigen jungen Gattin von Ser Aulmut Klingande kaum übersehen, die, vermeintlich unbeobachtet, die geschwungene Wendeltreppe in den Empfangssaal hinuntereilte, der in die Gärten hinter dem Palast führt. Solvia war in eine prächtige, weiße Brokatrobe gehüllt, die mit gelben Edelsteinen abgesetzt war, und hatte ein Netz aus Spitzenseide mit eingewobenen Saphiren in die feinen blonden Haare geflochten.

Krista trat lautlos aus dem Schrank, in dem sie Wäsche sortiert hatte. Sie nahm die Verfolgung auf und kümmerte sich nicht darum, dass sie ihre Aufgabe vernachlässigte. Seit einer Woche arbeitete sie jetzt in Jö Reviens und hatte in der Zeit nichts erfahren. Nichts gesehen. Mit jedem Tag war sie unruhiger geworden. Der Alltag im Trakt der Bediensteten war langweilig. Ihre Aufgaben als Hausmädchen ebenso. Besonders als Anfängerin unter der obersten Wäscherin Dame Portea, einer bleichgesichtigen Matrone mit dem Hang zu gemeiner Verdrießlichkeit, die Boggs Bulldogge Café Colza alle Ehre gemacht hätte.

Inzwischen befand Krista sich an einem Punkt, da sie ihre Aufgabe, nämlich König Aevrett auszuspionieren, mit einiger Gewissheit nur für eine weitere seltsame Prüfung hielt, die Black Dugal wie an einer Kette aufgereiht hatte, um ihre Geduld auf die Probe zu stellen. In dieser Woche in Jö Reviens hatte König Aevrett den lieben langen Tag nur im Palast herumgelungert. Nach dem Frühstück hatte er sich erhoben und allenfalls irgendetwas mit seinen Verwaltern besprochen oder seine Frau, Königin Natalia, angehimmelt, die er bis heute wie ein wertvolles Juwel behandelte. Und das war es gewesen. Jeden Tag. Die ganze Zeit.

Das einzig Gute hier im Königspalast war, dass sie es genoss, von Hans Rake weg zu sein. Sie freute sich, dass dies allein ihr Auftrag war, noch dazu an einem Ort, den sie kannte. Denn Jö Reviens und alles drum herum sahen genauso aus, wie sie es aus der Zeit vor ihrem Übertritt in Black Dugals Kaste in Erinnerung hatte. Die Kammerdiener waren noch dieselben, auch die Kämmerer, Pagen, Knappen, Hausmädchen, Hauptmänner der Wachen – größtenteils die alten Gesichter, die sie von früher kannte. Natürlich sah sie auch ein paar Neue, mit denen sie sich sogleich angefreundet hatte, denn sie durfte nicht riskieren, dass die anderen sie erkannten.

Dabei war Krista äußerst zufrieden mit ihrer Tarnung. Sie trug die einfache Uniform eines Hausmädchens: weißer Rock und weiße Bluse unter hellbraunem Leinenkittel mit ausreichend Raum in den gestärkten Falten, um sechs Blutholzdolche zu verbergen. Sie hatte sich Augenbrauen, Wimpern und Haare schwarz gefärbt, trug keinen Zopf und den Pony so lang, dass er die Augen verdeckte. Die Zähne hatte sie rostgelb gefärbt und sich Hurion-Tac-Paste in die Wangen und den Unterkiefer gestopft, um im Gesicht runder zu werden. Durch das Zeug nuschelte sie ein wenig. Aber das trug nur zur Tarnung bei, denn so wirkte sie etwas zurückgeblieben. Im Gespräch hatte sie Dame Portea jedenfalls leicht getäuscht. Ergeben hatte sich die Stelle, weil vor einem Mond praktischerweise einige Wäscherinnen verschwunden waren. Ein glücklicher Zufall. Dabei wusste Krista natürlich, dass es so etwas bei Dugal nicht gab. Nun war sie also hier. Sie sah nicht aus wie Krista Aulbrek. Aevrett und Natalia dürften die junge Krista wie der übrige Palast als dürre Bohnenstange mit langen, blonden Haaren und gewählter Ausdrucksweise in Erinnerung haben. Außerdem natürlich fünf Jahre jünger und einige Zentimeter kleiner.

Jedenfalls stellte die Verfolgung von Solvia Klingande eine willkommene Abwechslung dar. Die junge Frau, die ihren Schatten nicht bemerkte, erreichte das Ende der Treppe, durcheilte den dunklen Empfangssaal und schlüpfte durch eine große Holztür in die hinteren Gärten. Die Tür zog sie hinter sich zu.

Krista folgte ihr. Durch die Fenster im Empfangssaal konnte sie beobachten, dass Solvia leichtfüßig durchs Gras sprang und sich nach Osten in Richtung der hohen, eckigen Burg begab, die vom Morgennebel verhangen war. Sie rannte barfuß und hinterließ eine Spur im Tau. Krista verließ leise den Palast und folgte ihr. Am Boden war die Luft in dem ausladenden Garten noch frisch und leicht feucht. Mond und Sterne zerflossen im Licht des beginnenden Tages. Solvia verschwand durch eine der vielen Öffnungen in einer Hecke weiter ostwärts. Krista ließ den Blick über den Garten schweifen, bemerkte aber nichts Ungewöhnliches und sah niemanden. Beruhigt, dass weder sie noch Solvia aufgefallen waren, nahm sie die Verfolgung wieder auf.

Sie erinnerte sich an die letzte Begegnung mit der neunzehnjährigen Gattin des Adligen Ser Aulmut Klingande aus Rokenwalde mit Hans Rake in Aulmuts Herrenhaus. Daran, wie sie der jungen, schlafenden Frau eine Klinge knapp über dem Herzen in den Leib gestochen hatte und an die rätselhafte Nachricht auf der Kommode:

Das Loch über deinem Herzen kündet von der Gefahr, in der du nun schwebst. Gib alles Geld zurück, das dein Mann gestohlen hat. Alles. Jedem Unschuldigen, den er betrogen hat. Du hast drei Tage Zeit. Tust du es nicht, schneiden wir dir unter deinen wachen Augen das pochende Herz aus dem Leib. Du kannst dich nicht vor uns verstecken. Diese Klinge und unsere Nachricht zeigen dir, wer deine neuen Herren sind.
Mit deinem Ehemann verfahren wir, wie es uns beliebt.

Danach hatten Hans und sie sich planmäßig durch das dekadente Heim geschlichen, Ser Aulmuts Gemächer ausfindig gemacht und ihn sowie seine Wachen spektakulär ermordet. Weil sie aber mit Bogg und Plattauge Ser Aulmuts Leichnam mit verteilten Gedärmen in den Bäumen nördlich von Rokenwalde aufgeknüpft gefunden hatten, hatte Black Dugal sich wohl veranlasst gesehen, sie als Spionin zu König Aevrett zu schicken, wo sie jetzt als Verfolgerin durch die Palastländereien schlich.

Jö Reviens war ein gewaltiges Ensemble mitten in Rokenwalde, eingebettet in einen großen, üppig bewachsenen Hof und außen umzogen von einer mehr als fünf Meilen langen Mauer. Burg Rokenwalde stand ganz am östlichen Ende der Gartenanlagen. Eine eckige, grob aussehende Festung, umgeben von breiten Steinwänden und einem tiefen, dunklen Graben, auf dessen Wasseroberfläche hellgrüne Lilien wuchsen.

König Aevretts Thronsaal befand sich in jener Burg, wie auch die Bibliothek, in der *Die Ritterlichen Erläuterungen* standen. Niemand außer Aevrett oder seinen fünf Ordensrittern durfte sich das Urmanuskript der *Erläuterungen* ansehen oder etwas ergänzen. Allerdings zirkulierten Abschriften in den Reihen von Aeros' Armeen. Die Burg wurde allein für den Thronsaal und die Bibliothek genutzt. Und natürlich für die weitverzweigten Kerker von Rokenwalde, die tief darunter in den Höhlen vergraben lagen. Ein nicht enden wollendes, schwarzes Labyrinth aus Tod und Verzweiflung, das sich in scheinbar ewiger Düsternis erstreckte. Krista erschauerte, als sie durch die Hecke Solvias Weg folgte, allein weil sie wusste, dass irgendwo unter ihren Füßen diese Kerker lagen. Kerker, Eingesperrtsein: Sie verabscheute es.

Deshalb hatte sie auch Jö Reviens gehasst, denn in jener Phase ihres Lebens war sie eine Gefangene gewesen. Eingepfercht. Eine Sklavin. Unter beständiger Peinigung der Königin. Jö Reviens war der Ort, an dem Gault sie zurückgelassen hatte, der einsamste Ort auf allen Fünf Inseln.

Durch eine Lücke im Grün erspähte Krista die glänzende Rüstung und das weiße Cape eines von König Aevretts fünf Ordensrittern, und ihr Herz wurde langsam zu Eis. Der Ritter, voll bewaffnet und mit einem silbrigen, spitzen Helm auf dem Kopf, drehte ihr den Rücken zu. Mit rasendem Herzen duckte Krista sich hinter einen Strauch. Wenn ein Ordensritter sich in den Gärten aufhielt, konnte das nur eins bedeuten: König Aevrett machte seinen Morgenspaziergang. Wenn der König sich draußen aufhielt, waren auch seine fünf Leibwachen hier. Während ihrer fünf Jahre in Jö Reviens hatte sie die Namen und Gesichter aller Ordensritter Aevretts kennengelernt, denn sie hatten ständig über sie gewacht. Sie fragte sich, ob der vor ihr stehende wohl einer war, den sie erkennen würde. Vielleicht hatte der König in der Zwischenzeit auch andere ernannt. Die Ordensritter bewachten König Aevrett, die Erzritter den Engelsprinzen Aeros. Kristas Vater Gault war Erzritter, eine Stufe unter den Ordensrittern. Anders kannte sie ihn nicht.

Sie hörte in der Ferne gedämpfte Stimmen, doch der Mann hielt eisern seine Stellung. Krista kroch langsam durch die Büsche auf die Stimmen zu. Sie war sich jederzeit des Ordensritters hinter ihr bewusst. Als Kind hatte sie alle Ein- und Ausgänge von Jö Reviens und den Palasthöfen kennlernen wollen, alle Winkel, Ecken und Sträucher, in denen man sich verstecken und spielen konnte, alle Geheimgänge und Kurven, alle Bäume, die leicht zu erklettern waren, und auch ein paar gefährliche. Doch diese Freiheit war ihr nicht geschenkt worden. Jetzt wünschte sie, sie würde die Ländereien besser kennen.

Die Stimmen kamen aus der Nähe der Burg und des Grabens, also bewegte sie sich dorthin. Als sie durch die Hecken und Büsche kroch, wurden die Stimmen deutlicher. Eine gehörte König Aevrett, die andere einer Frau. Krista schob sich ein Stück weiter und blinzelte durch die letzten Blätter und Blüten, die sie verbargen. Keine zehn Meter entfernt standen König Aevrett Raijael und Solvia Klingande in enger Umarmung unter den Ästen einer großen Trauerweide und küssten sich mit einer Leidenschaft, die Krista noch nie bei zwei Menschen gesehen hatte. Sie standen in stummen, grauen Morgenschatten. Der Umhang war der Frau von der Schulter gerutscht. Der König knetete erregt ihren nackten Busen.

Krista spürte eine Hand auf ihrer Schulter, und ihr gefror das Herz. Sie wirbelte mit einem Dolch in der Hand herum. Dann bremste sie sich.

»Was für ein schlüpfriges Schauspiel du da entdeckt hast.« Hans Rakes Flüstern war so kalt wie seine von roten Äderchen durchzogenen Augen. Er hatte die schwarze Bluthölzler-Lederkluft an, und Blut tropfte von der Spitze des schwarzen Dolches in seiner Hand. An den Schläfen rann ihm der Schweiß über die Tätowierungen.

Sie funkelte ihn verblüfft an, ihre Gedanken rasten. »Was machst du hier?«

Er drückte ihr einen Finger im Lederhandschuh auf die Lippen. »Schhhht, wir haben zu tun, meine Liebe.« Dann packte er sie grob an ihrem hellbraunen Kittel und stieß sie ins Freie zu König Aevrett und Solvia. Die junge Frau schrie auf und zog sich das Kleid über die Brüste, als sie die beiden Eindringlinge sah. Verwirrung stand ihr ins Gesicht geschrieben. Krista entwand sich Hans' Griff, bereit, in die Büsche zu flüchten.

Doch der Tonfall in Aevretts Stimme erregte ihre Aufmerksamkeit.

»Was hat das zu bedeuten?«, fragte er. »Meine Wache ist bereits auf dem Weg hierher, um euch beide zu töten!«

»Oh, das glaube ich nicht«, sagte Hans kühl und hielt den blutigen schwarzen Dolch hoch. »Euer Ordensritter ist ganz still von uns gegangen.«

Aevretts schwarze Augen wurden größer. »Auch die anderen vier sind in der Nähe. Gleich hören sie mich nach ihnen rufen.«

»Mag sein«, summte Hans. »Doch sie sind nicht von Belang, bedenkt man, wie schnell der erste gestorben ist.«

»Dieses Mal geht Dugal zu weit«, knurrte Aevrett und sah Krista nun eindringlich an. Auf seinem bleichen Gesicht zeigte sich erst Verwirrung und dann das Erkennen. »Bist du das, Krista?«

»Ja, es handelt sich um unsere geliebte Krista Aulbrek«, verkündete Hans. »Sie ist hier, um ihren König zu ermorden.«

Krista warf Hans Rake einen Blick zu und richtete den schwarzen Dolch, den sie umklammerte, plötzlich auf ihn. Voller Zorn näherte sie sich ihm.

»Das würde ich nicht tun«, sagte Hans schneidend und zeigte mit dem Dolch auf sie.

»Bist du es wirklich, Krista?«, fragte Aevrett wieder.

Solvia machte den Mund auf. »Das ist Avrils Kind?«

Woher weiß sie den Namen meiner Mutter? Die Dinge gingen aus dem Leim. Kontrolle ging verloren. Sie musste sie wiedererlangen.

»*Die da* ist der Bastard meines Ehemannes?«, fuhr Solvia fort. »Diese hässliche Dienerin ist das kleine verschwundene Mädchen, um das mein Mann jeden Tag geweint hat? Dieses abscheuliche Balg ist der Bastard von Avril und Aulmut?«

»Natalia hat sie für mein Kind gehalten«, sagte Aevrett. »Deshalb hat die Königin sie so grausam behandelt.«

Solvia kniff wütend die Augen zusammen. »Dieses hässliche kleine Ding ist die faule Brut von Avril und Aulmut«, wiederholte sie zischend ihre Anschuldigung.

Verwirrung und Furcht verknoteten sich in Kristas Innerem. Sie spuckte die Hurion-Tac-Paste aus und ging auf Solvia zu. »Was meinst du mit ›faule Brut von Avril und Aulmut‹?« Die Spitze ihres Dolchs zielte jetzt mitten zwischen Solvias Augen. »Was ist das für ein Lügenmärchen? Sag die Wahrheit, oder ich schlitze dich gleich hier auf.«

»Fasse dich, Krista«, sagte Aevrett ruhig. Es sah aus, als wolle er die Hand ausstrecken und ihr den Dolch abnehmen, doch dann hielt er inne und begriff, was sie wirklich darstellte: eine Bluthölzlerin, die tödlichste Kreatur auf den Fünf Inseln. »Solvia ist unschuldig.«

»Unschuldig?« Krista zeigte mit dem Dolch auf ihn, und Angst stieg ihr ins Herz. »Sie hat Euch geküsst. Daran kann ich nichts Unschuldiges erkennen. Was ist mit Eurer Gattin, mein König? Was würde die schäumende Natalia wohl dazu sagen?«

»Das geht dich nichts an«, antwortete der König.

»Was ist mit der Lüge, die sie gerade über meine Mutter erzählt hat?«, fragte Krista weiter. Hans griente. Sie warf ihm einen Blick zu. Er sah aus, als hätte er jedes Wort dieser Unterhaltung mit größter Belustigung verschlungen. Tatsächlich war er es, den sie am liebsten aufschlitzen wollte.

»Steck das Messer weg«, drängte Aevrett und sah sich hektisch im Garten um. »Lass uns einen Moment in Ruhe darüber reden.« Er sah Hans an. »Sonst rufe ich meine Wachen, und ihr landet alle beide im Kerker.«

»Nur zu.« Hans lachte schallend und weithin hörbar. Mit kalter Freude sah er Krista an. »Dugal hat dir erzählt, ein Bluthölzler muss vaterlos sein, oder?«

»Hör auf, in Rätseln zu sprechen«, grollte sie.

»Kapierst du es denn noch nicht?«, fragte Hans. »Ich habe deinen Vater bereits getötet.«

»Mein Vater kämpft mit unserem Lord Aeros in Gul Kana.« Furcht und Unsicherheit packten sie. »Und du könntest Gault nicht mit einer Million Blutholzdolche umbringen.«

»Man hat dich getäuscht.« Hans zuckte die Schultern. »Ser Aulmut Klingande war dein Vater.«

»Du spinnst«, blaffte sie und sah Aevrett an. Doch was sie in den dunklen Augen des Königs las, bremste sie. Vor allem, als er den Blick abwendete. Es schien, als würde er durch sein Schweigen Hans' absurde Behauptung bestätigen.

Sie zweifelte einen Augenblick. Dann geschah es. Eine Reaktion, die sie nicht aufhalten konnte. Unmittelbar und rasch. Sie sprang auf den König zu, richtete den Dolch gegen sein Herz und versenkte ihn bis ans Heft. Als sie die Klinge herauszog, hielt der König den Blick ausdruckslos auf sie gerichtet. Zäh und warm floss das Blut aus seiner Wunde, und er fiel auf die Knie. Dann plumpste Aevrett Raijael mit dem Gesicht voran tot ins taubedeckte Gras. Krista starrte auf ihren blutverschmierten Dolch. *Was habe ich getan?*

Ärgerlich über die alberne Lüge, die Hans ihr angedreht hatte, wandte sie sich ihm zu. *So war es nicht vorgesehen!*

Solvia Klingande kreischte. Ihr Schrei war so schrill, hoch und laut, dass er sicher jeden Winkel des Palasthofs erreichte. Hans packte sie sofort von hinten im Schwitzkasten und hielt ihr den Dolch ans Herz. »Schnauze«, zischte er.

Krista hörte Männer rufen und in ihren Rüstungen näher kommen. Schnell warf sie ihren Kittel ab und hielt den blutigen Dolch bereit. Hans wich zurück und zerrte Solvia unter der Trauerweide zur Burg im Osten. »Lass mich los!«, keifte die Frau und zappelte in seinem Griff. »Dreckiger Abschaum!«

»Wehr dich nicht gegen ihn«, rief Krista und richtete ihren Dolch auf Hans.

»Ekliger Wicht!« Solvia gab keine Ruhe. »Nimm deine dreckigen Pfoten von mir!«

»Hör auf zu schreien«, sagte Krista eindringlich. Diese Dame begriff nicht, dass Hans kein grobschlächtiger, schlitzäugiger Gauner aus der Gosse von Rokenwalde war. Er war eiskalt und gewandt, stets wachsam und klar. In seinem Blut pulsierte die monströse, raubtierhafte Gier nach Gemetzel und Gewalt, die sich, das wusste Krista, in außerordentlich gemeiner Form äußern würde.

»Lass mich los!«, schrie Solvia wieder. »Du widerliche Pestbeule!«

Mit einer raschen Messerdrehung schnitt Hans ihr den Bauch so weit auf, dass ihr die Eingeweide durch das hübsche weiße Kleid auf den Rasen rutschten und sich vor ihren Füßen anhäuften. Magen, Lungen, Leber und alles andere rutschten ihre Beine hinab, und sie kippte mit offen stehendem Mund zur Seite.

Zwei Ordensritter stürzten rechts von Krista mit gezogenen Schwertern durch die Hecke, ein dritter brach links von ihr aus dem Gebüsch. Alle griffen sofort mit wehenden Capes an. Hans' blutiger Dolch zischte durch die Luft und traf den Ritter, der durch die Büsche gekommen war, in der Schulter. Tief drang er zwischen die Rüstungsplatten, doch den Mann bremste das nicht. Er holte in großem Bogen zu einem kräftigen Schlag gegen Hans aus. Kristas Bluthholzgefährte duckte sich und rollte sich außer Reichweite, dann rannte er unter der Trauerweide in Richtung Burg und Graben nach Osten.

Die beiden Ritter aus der Hecke liefen mit im Nebel matt schimmernden Schwertern direkt auf Krista zu. Sie warf den Dolch und traf den nächsten Ritter durch den dunklen Augenschlitz des gebogenen Helms. Er fiel in einem silbernen Haufen in sich zusammen und streckte das Schwert von sich, über das der andere stolperte. Krista fragte sich, ob sie gerade einen Bekannten getötet hatte, und wühlte in den Rockfalten nach dem nächsten Dolch. Sie verhedderte sich in der ungewohnten Hausmädchenuniform.

Der ins Stolpern geratene Ritter fing sich wieder, und auch der, der Hans angegriffen hatte, wirbelte herum und bewegte sich auf sie zu. Sie schnellte in die Höhe und griff nach den hängenden Ästen der Trauerweide. Gerade rechtzeitig zog sie die Beine an, da pfiff die Schwertklinge direkt unter ihr vorbei. Sie schwang sich um den Ast und trat dem Ritter ins Gesicht, dann ließ sie los und landete wieder auf dem Boden. Sofort griff der andere Ritter mit dem Kampfhandschuh nach ihrer Bluse. Mit geballter Faust schlug sie nach ihm und befreite sich.

Den Moment der Freiheit nutzte sie, um Hans hinterherzurennen. Er hatte gut hundert Schritte Vorsprung und hielt mit viel Tempo direkt auf die hohe Burg und den dunklen Graben zu.

Da tauchte der fünfte Ordensritter auf einem blendend weißen Hengst auf. Er trug keinen Helm, die blonden Haare wehten im Wind, in einer Hand hielt er einen schweren Eisenhammer, in der anderen die Zügel. Diesen neuen Ritter kannte Krista nicht. Mit donnernden Hufen galoppierte das Tier auf Hans zu, der immer noch in Richtung Burg rannte. Ohne langsamer zu werden, erreichte er den Burggraben und sprang mit dem Kopf voran hinein. Er verschwand unter den grünen Lilien und hinterließ nur ein paar Wellen.

Da Hans nun verschwunden war, zügelte der Ritter sein Pferd und lenkte es auf Krista zu. Die schweren Hufe des Tieres trommelten auf der taubenetzten Erde. Krista hörte die beiden Ritter hinter sich und hielt auf den zu Pferde sitzenden zu. Sie änderte ganz leicht die Richtung, griff hektisch in den Rockfalten nach den Dolchen und bekam zwei zu fassen. Der unbekannte blonde Ritter auf dem prächtigen weißen Hengst kam schnell näher. Jetzt erkannte Krista, dass es eine Frau war, die sich gegen sie stellte. Eine Kriegerin mit grimmig entschlossenem Gesicht und langen Armen, die kräftig genug waren, den schweren Eisenhammer mühelos mit einer Hand zu schwingen.

Sie waren auf Kollisionskurs, und Krista hatte keine Ahnung, wie man einen Ordensritter zu Pferde und in voller Rüstung zu Boden bringt. Sie hielt sich etwas mehr links und warf den ersten Dolch auf den Hals des Pferdes. Ohne überhaupt zu wissen, ob sie getroffen hatte, machte sie einen Sprung, wandte sich um und warf den zweiten Dolch auf die beiden Ritter, die ihr zu Fuß auf den Fersen waren. Wieder kümmerte sie sich nicht darum, wie gut sie getroffen hatte, und drehte sich weiter. Sie verlor im Gras das Gleichgewicht, fing sich aber und stand wieder sicher, da traf sie der schwere Eisenhammer der Ritterin direkt in den Magen. Schmerz durchfuhr ihren gesamten Körper, als die mächtige Waffe sie von den Beinen holte, und ihre Welt wurde augenblicklich zu einem großen, schwarzen Nichts.

Die Fünf Engelssteine gehören wie einer zusammen. Getrennt sind sie nichts. Seit je umgibt sie der Niedergang. Und wessen Fleisch als Erstes den Stein berührt, ist, so er nicht vom Blute eines der fünf Kriegerengel ist, dem Tod geweiht und wird zersprengt in Nichts.

DIE MONDROLLEN VON MIA

28. KAPITEL

JONDRALYN BRONACHELL

AM NEUNTEN TAG DES ENGELSMONDES
IM 999. JAHR LAIJON – AMADON, GUL KANA

Bei Tagesanbruch stand das Wasser stets am tiefsten. Squireck hatte sie zügig vom Hafen Amadons aus um den Berg Albion herum an diesen Ort, kaum sieben Meter vom schroffen Ufer entfernt, gerudert. Habichtholz warf den Anker. Sie waren alle in typische Fischermäntel gekleidet und hatten Kapuzen auf, um die Kälte, aber auch neugierige Blicke abzuwehren. Jetzt schaukelte ihre kleine weiße Schaluppe lebhaft auf den dunklen Wellen der Gedächtnisbucht vor der Felsküste des Albion. Von den ständigen Brechern wurde Jondralyn übel. Sie hielt sich für eine passable Schwimmerin, aber für Boote hatte sie nie viel übriggehabt.

Möwen schrien und schwebten wie weiße Federn vor der gewaltigen grauen Masse von Burg Amadon in den kühlen Lüften. Nord- und südwärts brachen die Wellen an den kantigen Klippen des Albion. An dessen Fuß, nicht weit von ihrem Ankerplatz entfernt, befand sich eine seichte Bucht. Dort war an einem alten Holzpier ein Beiboot vertäut, das jetzt auf den Felsen und Kieseln gestrandet lag. Zwischen den Steinen, dem Geröll und den Klippen konnten sie einen Pfad ausmachen, der sich die steile Bergflanke hinaufwand.

Habichtholz hatte vorgeschlagen, sich bei Ebbe zu den Trauerräumen zu begeben, denn anders als bei Hochwasser befand sich der Eingang zur Höhle dann nicht sieben, sondern nur drei oder vier Meter unter Wasser, also gewissermaßen nur eine kurze Tauchstrecke. Hatten sie den Tunnel erst erreicht, konnten sie die Handgriffe nutzen, die in die Wände eingelassen waren, und sich daran gegen die Strömung in die Trauerräume nach oben ziehen. Dort lag der *Schleier der Tugend* versteckt.

Seit der König Squireck vor fünfzehn Tagen die Freiheit gewährt hatte, verbrachte der Prinz von Sankt Einzig jeden Augenblick mit Jondralyn, und seine Anwesenheit ermüdete sie.

Squireck hatte darauf bestanden, den weißen Engelsstein und den *Schleier der Tugend* für sich selbst zu bergen. Er gab vor, es sei seine Berufung, den Schild in der Arena gegen Gault Aulbrek zu führen.

Habichtholz hatte heftig dagegengehalten, dass es nur Schwierigkeiten mache, wenn ein solch heiliges Relikt zu früh offenbart würde. Doch seine Argumente hatten Squireck Schild und Engelsstein nur umso heißer begehren lassen. Jondralyn hielt es nicht nur für anmaßend, mit dem Schild in den Kampf zu ziehen, sondern auch für gefährlich. *Aber es steht mir nicht zu, über die Wünsche und Begierden eines anderen zu urteilen.* Squireck hatte seine Bestimmung zu erfüllen, und sie war gewillt, ihn darin zu unterstützen. Auch sie verspürte weiterhin hartnäckige Entschlossenheit,

Jovan in irgendeiner Form zu entmachten und sich als würdig zu erweisen. Mehr versuchte Squireck auch nicht.

So dümpelten sie nun hier auf einem Boot in der Gedächtnisbucht und standen kurz davor, in die Trauerräume zu tauchen. Eine verrückte Idee.

Es könnte für uns alle den Tod bedeuten!

Habichtholz und Squireck hatten die Fischerkleidung abgelegt und in der Schaluppe verstaut. Beide trugen Lederhosen und einfache Baumwollhemden, ihre Langmesser hatten sie in die Gürtel gesteckt. In einem kleinen Beutel an der Hüfte hatte Habichtholz dazu einen Feuerstein und Stahl sowie ein kleines Fläschchen mit Pinienpech für die Fackeln, die er angeblich in den Höhlen zurückgelassen hatte.

Jondralyn bemühte sich, die leichte Übelkeit zu unterdrücken, und legte ebenfalls den Mantel ab, den Squireck zu den anderen stopfte. Sie zog ein wenig befangen an den Verbänden um Gesicht und Hals, damit sie fester saßen. Diese Gewohnheit konnte sie nicht ablegen, seit Val-Gianni ihre Wunden verarztet hatte. Die Verletzungen heilten nur langsam, und Nähte hielten ihr Gesicht zusammen. Sie hatte Angst davor, was diese verrückte Unterwassertour anrichten würde. Habichtholz und Squireck hatten versucht, sie davon abzubringen, doch sie ließ sich nicht beirren. Und beide kannten sie gut genug, um zu wissen, dass es keinen Sinn hatte, weiter mit ihr zu diskutieren. Sie kam mit.

Habichtholz knotete sich ein Seil um die Hüfte, dann half er Squireck und schließlich ihr. Als alle sicher vertäut waren, stellte er sich vor ihnen auf und ging den Plan noch einmal durch. »Zusammengenommen sind wir durch gut dreißig Meter Seil miteinander verbunden. Ich tauche zuerst. Wenn ich die Trauerräume erreicht habe, spanne ich das Seil zwischen mir und Squireck und ziehe dreimal. Das ist dann das Signal, dass ich es sicher in die unterirdischen Höhlen geschafft habe.« Er sah Squireck an. »Wenn Ihr ins Wasser springt, taucht senkrecht nach unten, höchstens drei oder vier Meter tief. Dort stoßt Ihr auf die Öffnung in der Felswand. Die Handgriffe sind in die Decke des Tunnels gehauen. Zieht Euch daran weiter. So habe ich es gemacht, als ich den *Schleier der Tugend* seinerzeit zurückgebracht habe. Die Strecke ist noch einmal knapp vier Meter lang, dann seid Ihr in der Kammer. Aus irgendeinem Grund ist die Strömung nur schwach. Doch es ist stockfinster. Ich ziehe Euch am Seil mit, sodass Ihr schnell vorankommt. Falls das Seil sich irgendwo verhakt oder verwickelt, nehmt das Messer und schneidet Euch los, dann könnt Ihr wieder in der Bucht auftauchen. Wir haben genug Tau dabei. Wenn ich merke, dass Ihr das Seil gekappt habt, schwimme ich wieder nach draußen. Wenn es sein muss, können wir es mehrmals versuchen.«

Dann wandte Habichtholz sich an sie. »Sobald Squireck es zu mir in die Trauerräume geschafft hat, wartest du auf die drei Züge am Seil. Dann gehst du genauso vor, wie ich es eben beschrieben habe. Wir ziehen dich am Seil zu uns, also wirst du nicht lange unterwegs sein.«

Er blickte Squireck an. »Sind wir so weit?«

Die Besorgnis in dessen Gesicht spiegelte ihre eigene wider.

Habichtholz balancierte vorsichtig an den Bootsrand und sprang kopfüber ins Wasser. Das Tau wickelte sich ab. Als sie ihn so in der kalten Tiefe verschwinden sah, schlug Jondralyn das Herz bis zum Hals. Jetzt erst begriff sie ganz, welche Tragweite das hatte, was sie hier taten.

»Ich hoffe, der Narr führt uns nicht in den Tod«, sagte Squireck. »Ich traue ihm nicht.«

»Er ist kein Narr, und er hat keinen Grund zu lügen«, erwiderte sie. »Ich habe den *Schleier der Tugend* selbst gesehen. Der Schild war echt. Ich habe ihn gesehen. Ich habe ihn *gehalten*, Squireck. Und das wirst auch du bald.«

»Es ist doch alles sehr verdächtig, Jon. Sieh dich um. Sieh doch, wo wir sind, um Laijons Willen.«

»Wir haben keinen Grund, ihm nicht zu trauen.«

Squireck starrte auf das Seil, das sich langsam ins dunkle Wasser abwickelte. »Ich habe allen Grund dazu.«

Das Warten dauerte scheinbar ewig. Schließlich aber spannte sich das Seil um Squirecks Rumpf, dann folgten rasch drei Züge. Squireck sah sie an. In diesem Blick erkannte Jondralyn sowohl Erstaunen und Angst, dass er Habichtholz nun in die Tiefen des Meeres folgen sollte. Er schluckte heftig. »Ich glaube, lieber stelle ich mich noch einmal Shkill Gha in der Arena, als hier ins Wasser zu springen, Jon.«

»Vertrau ihm, Squireck. Er hat dreimal am Seil gezogen, wie versprochen. Er ist da unten in den Trauerräumen, und er lebt.«

Der Prinz von Sankt Einzig schluckte abermals und starrte auf die aufgewühlte Gedächtnisbucht, als könnte er nicht glauben, was er nun tun würde. Jondralyn konnte es selbst kaum fassen.

Unvermittelt sprang Squireck kopfüber in die Bucht. Das Wasser schlug über ihm zusammen, und Jondralyn war allein. Verletzlich. Sie sah zu, wie das Seil sich abwickelte und wie eine Schlange ins Meer züngelte. Ihr Herz schlug wie rasend.

Sie beobachtete auf der schaukelnden Schaluppe, wie Squirecks Seil langsam über die Bootswand glitt und rang nach Luft. Panik wuchs in ihr, erstickende, alles verschlingende Panik. Wie damals, als sie noch klein war und ewig mit Jovans grausamen Quälereien wetteiferte. Er beherrschte sie heute noch. Durch den erzwungenen Kampf zwischen Squireck und Gault in der Arena konnte er wieder allen beweisen, dass seine Schwester unter seiner Macht stand, unter der Macht von Denarius und dem Quorum der Fünf, und sogar noch geringer war als Idioten wie Leif und Glade Chaparral. Der Magen drehte sich ihr so gewaltig um, dass sie glaubte, sie müsse sich übergeben.

Da zog sich plötzlich das Seil um ihre Hüfte zusammen und riss sie beinahe über die Bootswand. Sie erlangte das Gleichgewicht wieder und wartete auf die drei Züge. Dann wusste sie, dass sie nun springen musste, und ihr Herz gefror. *Ich darf mich nicht in die Angst hineinsteigern.* Sie trat an den Bootsrand, atmete zweimal tief durch und sprang mit den Füßen zuerst hinein. Dabei hielt sie die Hände schützend vor die Verbände um ihr Gesicht.

Das Wasser umschlang sie mit eisigem Griff. Sie tauchte auf und warf einen kurzen Blick auf den Berg Albion vor ihr. Dann tauchte sie wieder unter. Mit den Armen um sich schlagend versuchte sie, sich nach unten zu drehen. Hektisch strampelte sie mit den Beinen. Sie spürte, wie sich das Seil um ihre Hüfte zusammenzog. Habichtholz und Squireck zogen sie schneller vorwärts als sie selbst schwimmen konnte. Sie fasste das Seil mit beiden Händen. Ein dumpfer Schmerz breitete sich auf ihrem Gesicht aus, als sie rasch tiefer gezogen wurde. Sie öffnete das Auge. Nur starre, zunehmende Finsternis und schäumende Blasen waren zu sehen, dann wurde alles schwarz.

Sie stieß gegen Steine und schützte sich mit einer Hand, während sie nach der Tunnelöffnung tastete. Doch die beiden Männer am anderen Seilende zogen weiter, und sie geriet in den Durchgang und in die Strömung. Mit der linken Seite schrammte sie an der Tunnelwand entlang und suchte Halt. Vollkommen hilflos strampelte sie und versuchte, sich zu orientieren. Das Gesicht brannte ihr unter den Verbänden. Ihre Lungen gierten nach Atem. Sie spürte, wie einer der Handgriffe an ihr vorbeirauschte und ergab sich nun ganz der Strömung und dem Zug des gespannten Seils.

Dann war die Felsendecke plötzlich fort, und sie konnte wieder atmen. Sie riss das Auge auf, konnte aber nur in überwältigend schwarzes Nichts blicken. Hände packten sie an den Armen und zogen sie aus dem Wasser auf einen kalten, harten Steinboden. Keuchend blieb sie einen Moment lang in der Dunkelheit liegen.

Dann erhob sie sich zitternd. Sie konnte nur an den böse stechenden Schmerz im Gesicht und im Kopf denken. Die Verbände saßen noch, klebten ihr aber völlig durchnässt am Schädel.

»Du hast es geschafft.« Squireck nahm sie fest in die muskulösen Arme.

»Bewegt euch möglichst nicht«, sagte Habichtholz. »Ich will erst eine Fackel entzünden.«

Jondralyn war ohnehin in Squirecks fester Umarmung gefangen. Sie entwand sich seinem Griff. »Mir tut alles weh«, murmelte sie, kniete sich hin und versuchte, mit den Händen am bandagierten Kopf die Schmerzen zu bekämpfen. »Ich kann auch nichts sehen.«

»Keiner von uns kann etwas sehen.« Sie spürte Squirecks Hand auf ihrer Schulter. Er half ihr wieder auf. Unter ihren Füßen schien der Boden zu knirschen. Zitternd versuchte sie, Haltung zu gewinnen, dabei wollte sie aufschreien und gegen die pochenden Schmerzen im Gesicht ankämpfen.

Rechts von ihr flackerte etwas auf. Die erste Fackel brannte. Habichtholz reichte sie ihr. Die helle Flamme brachte etwas Wärme. Sie sah sich in der grob behauenen Kammer um. Auf dem Boden lagen Gräten verstreut, und nach rechts zweigten diverse schwarze Tunnel in die Finsternis ab. Links floss der Bach, den sie gerade entlanggetaucht war – oder vielmehr: durch den sie gezogen worden war. Das Wasser strömte so schnell, dass sie sich fragte, wie die Männer sich derart leicht an den Handgriffen in diese Kammern hatten ziehen können. Dann wunderte sie sich, dass diese Höhlen so tief unter dem Meeresspiegel nicht völlig überflutet waren. *Dieser Ort steckt voller schwarzer Magie!* Sie erschrak vor diesen Mysterien. *Warum sind wir nicht alle tot?*

Habichtholz hielt die zweite Fackel hoch und durchsuchte mit besorgtem Blick die Höhle. »Ich erkenne viele Anzeichen von Meeresvolk.« Er warf einen Blick auf die Gräten zu ihren Füßen.

Darin lag eine dritte schwarze Fackel. »Wahrscheinlich haben wir Glück, dass überhaupt noch Fackeln hier sind. Die vom Meeresvolk sind entsetzliche Schnüffler. Wenn die hierher schwimmen, schnappen sie sich alles.« Er musterte wieder die Gräten und die dunkle Fackel darin, und Sorge kroch über sein im Schatten liegendes Gesicht. Er sah sie an. »Folgt mir.« Rasch schritt er zum nächsten Tunnel. »Der Altar ist nicht weit.«

Jondralyn hielt die tropfende Fackel hoch und ging ihm nach. Squireck folgte. Habichtholz führte sie um eine lange Biegung. Der Gang wurde breiter und verlief geradeaus leicht aufwärts. Schließlich kamen sie in einen eigenartigen runden Raum, dessen Wände mit Edelsteinen und Kristallen besetzt waren, die im Feuerschein orangefarben und gelb funkelten. Zwischen spiralförmig in ein dunkles, schwarzes Nichts aufragenden Säulen wehten Spinnenweben. Auf dem Boden standen aneinandergereihte Steinsärge, meist zerfallen, und fahle Gebeine lagen in den Überresten. Jondralyn zitterte noch immer so stark, dass sie die Fackel kaum halten konnte.

Hier sah es genauso aus, wie Habichtholz es geschildert hatte.

Er ging in die Mitte der Kammer zu einem kreuzförmigen Altar, auf dem ein Abschlussstein lag, der viel zu schwer wirkte, als dass ein Mann ihn bewegen konnte. Ohne zu zögern, trat Squireck zu ihm, und beide legten die Hände an den Stein und schoben. Die Platte glitt beiseite und krachte auf den Boden. Squireck blickte ins Innere des Altars und sah dann Jondralyn und Habichtholz an. Sein Gesicht war eine Grimasse des Zorns.

Auch Habichtholz blickte in den Altar, und Schrecken und Verwirrung breiteten sich auf seinen Zügen aus. Vorsichtig kam Jondralyn näher und erhob die Fackel. Da drin lag kein Schild. Kein *Schleier der Tugend*.

Sie konnte nur zwei dunkle machetenartige Schwerter mit wohlbekannten spitzen und schwarzen Heften auf den Steinen erkennen. »Das sind deine Schwerter«, platzte sie heraus und sah Habichtholz verblüfft an.

»Wie?«, murmelte er. »Aber Leif hat die doch …«

»Was hat das zu bedeuten?«, fragte Squireck. »Die Schwerter?« Zornig starrte er Jondralyn und Habichtholz an. »Wem gehören sie denn nun?«

»Mir«, sagte Habichtholz. »Doch Leif Chaparral hat sie mir gestohlen und seinem kleinen Bruder geschenkt.«

»Wo ist der *Schleier der Tugend?*« Man hörte die Angst in Jondralyns Stimme. »Wo ist er, Habichtholz?«

»Weg«, murmelte der und starrte wieder in den Altar. Jondralyn hatte ihn noch nie so niedergeschlagen erlebt. So zutiefst beunruhigt, ja angstvoll. Schweigen erfüllte den Raum, der nun wahrhaftig ein Trauerraum geworden war.

Squireck kniff die Augen zusammen und fuhr Habichtholz an: »Habt Ihr nichts zu sagen?«

»Ich habe den Schild hiergelassen.« Habichtholz sah zuerst Jondralyn an. »Den Schild und den Engelsstein. Ich habe sie wieder hergebracht, so wie ich es versprochen hatte.«

»Ihr seid ein Verräter und ein Lügner!« Squirecks Stimme ließ die Luft erbeben. »Zu welchem Zweck habt Ihr uns hier in diese verfaulte Gruft geschleppt?«

Jondralyn fasste ihn am Arm. »Wenn er sagt, er hat sie hier zurückgelassen, dann ist es so«, bekräftigte sie.

»Nein!«, grollte Squireck. »Er hat etwas vor.«

»Hat er nicht, Squireck.«

»Die benutzte Fackel.« Habichtholz sah sie eindringlich an und schien sie mit den Augen überzeugen zu wollen. »Die Fackel war angebrannt. Jemand ist hier gewesen.«

»Wer denn?«, knurrte Squireck. »Glade Chaparral? Er war doch der Letzte, den man mit Euren Schwertern gesehen hat, richtig? Wollt Ihr etwa diesen Tölpel beschuldigen?«

»Wer auch immer die Fackel benutzt hat, hat auch den Schild«, sagte Habichtholz und leuchtete noch einmal mit seiner Fackel in den bis auf die beiden Schwerter leeren Altar.

»Der Schild ist niemals hier gewesen«, entgegnete Squireck. »Der *Schleier der Tugend*. Ihr habt ihn doch nicht einmal gesehen. Oder den Engelsstein. Wahrscheinlich habt Ihr auch den *Mond des Vergessens* nie zu Gesicht bekommen. Oder das Mündel Ser Roderics. Seid Ihr Nail wirklich begegnet? Oder habt Ihr sie alle umgebracht? Wo ist Roguemoore? Culpa Barra? Godwyn? Was für Ränke habt Ihr uns gebracht, mieser *Verräter?*« Das letzte Wort spuckte Squireck aus, als sei es Gift auf seiner Zunge.

»Er hat niemanden umgebracht«, sagte Jondralyn. »Sei vernünftig.«

»Er ist der Attentäter, Jon. Erkennst du denn seinen Verrat nicht? Macht deine Dummheit dich so blind?«

»Ich habe den *Mond des Vergessens* gesehen.« Habichtholz ignorierte ihren Wortwechsel und starrte weiter in den Altar. »Roguemoore auch. Ich habe den *Schleier der Tugend* genau hier versteckt.«

»Lügner!«, heulte Squireck und versetzte Habichtholz einen Schlag gegen den Hinterkopf. Der geriet ins Stolpern und verlor die Fackel, die funkensprühend auf den Boden fiel. Noch ehe Jondralyn ein Wort der Warnung rufen konnte oder der Funkenregen den Boden erreicht hatte, schlug Squireck wieder zu. Er drehte Habichtholz den Arm um, zog ihm die Beine weg und rammte sein Gesicht gegen den harten Steinboden der Höhle. Dann stemmte er ihm das Knie in den Rücken. In einer fließenden Bewegung zog Squireck das Langmesser aus dem Gürtel und hielt Habichtholz die scharfe Spitze vor das nach oben verdrehte Auge. »Ich sollte Euch gleich jetzt und hier töten!«

»Geh runter von ihm!«, schrie Jondralyn, warf ihre Fackel weg und zerrte an Squireck, doch er war zu schwer, zu muskulös, zu kräftig.

»Tut das lieber nicht, Squireck«, sagte Habichtholz ruhig. Der drehte ihm den Arm noch weiter auf den Rücken und stieß ihm das Knie fester ins Rückgrat. Habichtholz war anzusehen, dass er Schmerzen hatte. »Seid besser wachsam, wenn Ihr mich loslasst, Squireck«, sagte er mit Gift in der Stimme.

»Ihr befindet Euch nicht in der Lage, mir zu drohen«, erwiderte Squireck trocken.

»Lass ihn los, Squireck«, sagte Jondralyn jetzt ruhig. Ruhig, aber bestimmt. »Das führt uns zu nichts.«

»Hört mir zu, Verräter.« Squireck führte das Messer noch näher an Habichtholz' Auge. »Ihr werdet mir ein paar Dinge versprechen.« Seine Stimme klang überlegen. »Versteht Ihr mich?«

Habichtholz mühte sich, die Messerspitze von sich zu halten.

»Ob Ihr mich versteht?« Aus Squirecks Augen glomm eine innere Finsternis, als er mit der Klinge über Habichtholz' Wange strich. Ein Streifen Blut zeigte sich und vermischte sich mit dem Schmutz, der dem Mann aus Sør Sevier auf der Haut klebte. Squireck hielt die Dolchspitze wieder vor Habichtholz' Auge, starr und ungerührt. »Es reicht, wenn Ihr einmal nickt.«

»Hör auf.« Jondralyn wollte sich noch einmal auf Squireck stürzen. Sie konnte nicht glauben, dass es so weit gekommen war – dass Squirecks Eifersucht und Misstrauen sich derart hässlich gegen die Sache der Bruderschaft von Mia wenden konnten, eine Sache, für die er sein Leben lang gefochten hatte. »Lass ihn los!«, schrie sie und überlegte, ob sie es schaffte, eins von Habichtholz' alten Schwertern aus dem Altar zu schnappen. *Könnte ich ihn erstechen?* »Ich befehle dir: Lass ihn hoch, Squireck Van Hester! Die Prinzessin von Amadon befiehlt es dir!«

Squireck ignorierte sie. Es war, als wäre sie gar nicht da, als hätte sie nie existiert. Hier gab es nur ihn und seinen Rivalen. »Hast du mich gehört?« Squireck verlangte eine Antwort. Habichtholz sagte nichts. Squireck schnitt ihm noch eine dünne Wunde ins Gesicht.

Jondralyns Blick heftete sich an die Klinge in der Hand des Prinzen von Sankt Einzig. Sie wusste, dass er nicht vorhatte, Habichtholz am Leben zu lassen. Einer von beiden würde heute hier, in diesem dunklen, kalten Trauerraum sterben, und sie konnte es nicht verhindern. Habichtholz erholte sich langsam von dem ersten Schlag gegen den Kopf. Bald war er wieder klar, und wenn er zum Kampf bereit war, würde Squireck wahrscheinlich sterben.

»Hör auf, Squireck«, flehte Jondralyn. Sie griff wieder nach der Fackel. Sie wollte nicht, dass er zu Schaden kam, nicht durch ihre Hand, aber sie musste etwas tun. Sie wollte nur, dass er aufhörte.

»Genug!«, schrie sie und hielt die Fackel hoch. »Dein Benehmen ist eine Schande! Ich verbrenne dich mit der Fackel!«

Erstaunt und verletzt blickte Squireck zu ihr hoch. Der maßlose Schmerz in seinen Augen verblüffte sie zutiefst. Er sah aus, als treffe ihn der Verrat gerade jetzt am meisten.

»Ich werde es tun«, sagte sie und näherte sich ihm langsam mit ausgestreckter Fackel. Sie wollte nicht aufgeben. »Ich setze dich in Brand, Squireck.«

»Mach dir nicht die Hände schmutzig«, sagte Habichtholz kühl zu ihr. Sein Körper wirkte jetzt entspannt. »Ich töte ihn, bevor einer von euch sich auch nur bewegt.«

»Ihr habt meine Regeln vergessen, Narr.« Squireck zog jetzt die Klinge über Habichtholz' Nacken, nicht tief, aber trotzdem blutete er. Bei dieser Drohung tat Jondralyns Herz einen Sprung, und vor Angst zitterte ihr der Arm und die Fackel in der Hand. Blut rann aus Habichtholz' Wunden und tropfte auf den Boden.

»Ihr sterbt gleich, Squireck«, zischte Habichtholz.

»Schweigt jetzt, Verräter«, knurrte Squireck. »Ich will nicht, dass Ihr Euch Jondralyn nähert. Ich will nicht, dass Ihr mit ihr redet. Ich will nicht, dass Ihr ihre Kammer betretet. Ich will nicht, dass Ihr in den Geheimgängen der Burg um sie herumschleicht.

Und wenn ich je davon erfahren sollte, dass Ihr eine dieser Regeln missachtet, dann komme ich hinterrücks zu Euch, so wie heute, so wie gerade jetzt, wenn Ihr es am wenigsten erwartet. Ich werde Euch töten.«

Mit einer fließenden Bewegung drehte Squireck den Dolch und steckte ihn sich wieder in den Gürtel. »Ich lasse Euch nur um Jondralyns willen am Leben. Für die Bruderschaft von Mia.« Mit Nachdruck sagte er: »Denkt daran: Ich bin der Gladiator. Ich habe über bessere Männer, über größere *Ungeheuer* als Euch triumphiert. Um mich zu töten, braucht es mehr als Eure Blutholzdolche und die gespickten Schwerter. Viel. Viel. Mehr.« Damit nahm er das Knie aus Habichtholz' Rücken, stand auf und trat drei Schritte zurück. Die beiden Männer starrten einander an, Habichtholz lag bäuchlings auf dem Steinboden der Kammer, Squireck ragte groß, muskulös und bedrohlich über ihm auf.

Und blitzschnell schlug Habichtholz zu.

Er bewegte sich so schnell, dass Jondralyn nicht einmal mitbekam, wie er auf die Füße sprang, eins seiner Schwerter aus dem Altar schnappte und ausholte. Sein schneller Hieb sollte den Tod bringen, trieb aber nur eine schmale Furche in Squirecks Schulter. Der Prinz von Sankt Einzig schaffte es noch, ein Stück zurückzuweichen, um der vollen Kraft dieses Schlages auszuweichen. Habichtholz drehte sich und trat seinem Gegner direkt gegen die Brust, sodass dieser gegen den leeren Altar taumelte.

»Stopp!«, schrie Jondralyn und sprang mit der Fackel in der Hand zwischen die Kontrahenten, bevor Habichtholz' nächster Hieb traf. Er bremste ihn kurz vor ihrer verbundenen Stirn ab. Erstaunt und abgelenkt begegnete er ihrem Blick.

Squireck stieß sie zur Seite und schlug Habichtholz ins Gesicht. Der zog gerade noch den Arm nach oben und lenkte die große Faust ab, doch traf sie ihn dennoch an der Schläfe, und er wankte nach hinten. Das Schwert fiel ihm scheppernd aus der Hand in die

Dunkelheit der Kammer. Brüllend sprang der Prinz von Sankt Einzig auf den verblüfften Mann aus Sør Sevier los.

Wieder trat Jondralyn zwischen sie, doch Squirecks muskulöse Masse schlug ihr die Fackel aus der Hand, trieb ihr die Luft aus den Lungen und stieß sie seitlich in den Altar. Im Fallen schlug sie mit dem Kopf gegen den massiven Stein, und die Verbände lösten sich von ihrem Kopf. Marternde Schmerzen schossen ihr durch den Schädel. Sie sackte am Boden zusammen und bedeckte instinktiv mit den Händen die Wunde, deren Naht aufgeplatzt war, deren Fleisch wieder offen lag.

Jondralyn spürte, wie ihr gesamter Körper in Schockstarre verfiel. Mit zitternden Fingern befühlte sie die offene Wunde und die bloßen, feuchten Hautfetzen, die ihr im pochenden Gesicht hingen. »Nein!«, schrie sie auf. »Nein!« Millionen Nadeln schienen ihr Kopf, Schädel, Gesicht und Hirn zu durchstoßen und einzustechen. Wo einst ihr Auge saß, befand sich nur mehr eine stechend schmerzende Höhle.

Beide Männer starrten sie an.

Sorge und Angst standen Habichtholz ins Gesicht geschrieben.

Squirecks Ausdruck aber war der puren Ekels. Er taumelte von ihr fort und griff sich die Fackel, die sie fallen gelassen hatte. Einen letzten erschreckten Blick warf er ihr noch zu, dann stürmte er aus der Kammer in den dunklen Korridor.

Die Schaluppe schaukelte auf den Wellen, wo sie in der Gedächtnisbucht Anker geworfen hatten. Jondralyn und Habichtholz schwammen hinüber. Er hatte seine beiden Schwerter wieder an den Gürtel gebunden.

Habichtholz mühte sich bei dem Wellengang, an Bord zu klettern, dann half er ihr hinein. Als sie sicher saß, prüfte sie den Sitz ihrer Verbände. Habichtholz hatte sie ihr in den Trauerräumen wieder fest um den Kopf gewickelt. Sie hatten den Rückweg glücklicherweise gut überstanden. Keiner von beiden wusste, was er sagen sollte, als Habichtholz ihr den schweren Mantel um die Schultern legte.

Sie hatten die Wahrheit zu begreifen. Das Schlimmste war geschehen.

Sowohl der *Schleier der Tugend* als auch der weiße Engelsstein waren verschwunden. Unerreichbar. Gestohlen. Weg. Doch von wem? *Glade Chaparral?* Das schien kaum möglich.

Wir sind gescheitert. Ehe Jondralyn sich die Kapuze über den Kopf zog, ließ sie den Blick ein letztes Mal über den zerklüfteten Hang und die grauen Klippen von Berg Albion und Burg Amadon schweifen. *Dort oben liegen keine Antworten.*

Verzweiflung und Schmerz umfingen sie, während wütende Wellen schäumend und donnernd am nahen Felsen brachen. Die kleine Bucht in der Nähe war leer.

Squireck Van Hester war nirgends zu sehen.

Nehmt dem Gläubigsten seinen Glauben oder dem, der von Herzen gutgläubig ist, und was bleibt Euch? Der zornigste und gefährlichste Feind.

DER KODEX DER ENGELSSTEINE

29. KAPITEL

LINDHOLF LE GRAVEN

AM NEUNTEN TAG DES ENGELSMONDES
IM 999. JAHR LAIJON – AMADON, GUL KANA

Lindholf ließ die Tür hinter sich zufallen. Die Dunkelheit im *Dreckspferd* verschluckte das Nachmittagslicht, und der saure Geruch der schmutzigen Taverne schlug ihm wie eine Faust ins Gesicht. *Schweinefleisch, das schlecht geworden war? Eine offene Latrine?* Er zog sich die Kapuze des schweren Mantels tiefer in die Stirn und betrat vorsichtig den verrauchten Raum. Langsam gewöhnten sich die Augen an das Licht. Harpunen, Steuerräder, Anker, Netze und ähnliche Angelutensilien schmückten die rauhe Wand zu seiner Rechten; links standen Schnapsflaschen auf den Regalen hinter dem fleckigen Tresen aufgereiht. Der Boden war nicht gekehrt, Tische und Stühle standen unordentlich im Raum. In den düsteren Winkeln sah er steinerne Feuerstellen und Eisenkessel, und über allem spannten sich schwere, niedrige Dachbalken.

An diversen Tischen hockte ein halbes Dutzend Seeleute über ihren Getränken. Nur wenige der Gäste schienen sein Eintreten zur Kenntnis genommen zu haben. *Alle wie gemacht für einen Taschendiebstahl!* Doch Lindholf wusste, dass er für etwas derart Albernes hier nicht in Stimmung war, erst recht nicht, da Val-Draekin und Seita ihn nicht unterstützten und er auch keinen Schleier der Vallè als Mutmacher hatte.

Er kannte diese Kloake von damals mit Glade und Tala. Seither hatte sich kaum etwas verändert. Eine Serviermagd stand hinter der Bar, dünn wie ein Stock, teigiges Gesicht, rot geschminkte Wangen, schwarze Haare. Keine Delia zu sehen. Er überlegte, ob er einfach kehrtmachen und wieder gehen sollte. Doch es war jetzt sieben Tage her, seit er das Pulver genossen hatte, und mittlerweile war er seiner Gier nach Schleier der Vallè vollständig ausgeliefert. Sein Verlangen war so überwältigend, dass er fürchtete, sein Körper würde einfach den Dienst quittieren, wenn er nicht bald etwas davon bekäme.

Ob ich das Mädchen hinter dem Tresen ansprechen soll? Er verfluchte sein ständiges Zögern. *Reicht es wirklich aus, Delia zu holen, wenn ich nur den Kranz vorzeige?*

Er trug Delias Heidegeflecht unter dem Mantel. Der *Schleier der Tugend* steckte in dem groben Leinensack in seinen Händen. Den weißen Engelsstein bewahrte er in schwarze Seide eingewickelt in der Hosentasche auf. Er hatte ihn nicht angefasst. Seine tiefe Verehrung für diesen uralten Edelstein hatte es nicht zugelassen.

Der Weg von der Burg hierher war ereignislos verlaufen. Wie immer unbemerkt konnte er geradewegs mit dem klobigen Sack und dem schwarzen Dolch am Gürtel durch die Haupttore spazieren. Er hatte den Ochsenkarren eines bekannten Wollhändlers angehalten, der täglich in der Burg ein und aus ging. Ohne Fragen zu stellen, hatte der ihn gute zehn Straßen vom *Dreckspferd* entfernt abgesetzt. Von dort aus war er gelaufen. Auf dem Weg durch das heruntergekommene Hafenviertel war ihm eine Idee gekommen. *Wenn ich Delia wieder in die Burg Amadon schaffe, würde man mich als Helden verehren, weil ich die gefunden habe, die man des Attentats auf König Jovan bezichtigt.* Doch dieser Einfall schien sich mit jedem sehnsüchtigen Schub nach Schleier der Vallè zu verflüchtigen. Vielleicht brachte er nach einer Prise von dem Pulver den nötigen Mut auf.

Lindholf zog den Heidekranz aus dem Mantel und legte ihn vor der dürren, blassen Serviermagd auf den Tresen. »Delia«, sagte er bloß.

Ohne ihn eines Blickes zu würdigen, nahm das Mädchen den Kranz und verschwand durch zwei Schwingtüren hinter der Bar.

Lindholf wartete ungeduldig. Die Lust auf das Pulver trieb ihn fast in den Wahnsinn.

Es dauerte über eine Stunde, bis Delia schließlich aus der Tavernendunkelheit hinter ihm erschien. Sie trug feste Lederstiefel, eine lederne, braun gegerbte Männerhose und eine kurze schwarze Bluse, die ihr nicht ganz bis an den Bauchnabel reichte.

»Ich habe mich so nach dir gesehnt, mein Lieber.« Sie nahm ihn bei der Hand und führte ihn zwischen den Tischen und Stühlen ganz nach hinten in den schwach beleuchteten Saal. Er trug den Leinensack über der Schulter. Als sie in der Ecke angelangt waren, entriegelte Delia eine verborgene Tür und führte ihn schnell einen abgetrennten Gang entlang, in dem oben an den Wänden an rostigen Haken kleine Laternen hingen.

Nach etwa dreißig Schritten ging es nur nach links oder rechts weiter. Delia führte ihn nun an einer offenen Tür vorbei. In der Mitte des Zimmers lag ein bettlägeriger alter Mann unter verschmutzten Laken, blass, hager und beinahe tot. Sie lenkte Lindholf nach links durch eine Holztür in einen mit Sonnensegeln verhängten, spärlich beleuchteten Hof. In dessen grasbewachsener Mitte stand ein Steinbecken, etwa so groß wie ein breites Bett, um das hellviolette Tulpen blühten. Es war einen knappen Meter hoch, leer und von Ranken und Efeu überwuchert. An der hohen Steinmauer um den Hof sah Lindholf grobe Skulpturen nackter Frauen, die große Obstschalen über ihren Köpfen hielten. In jeder Ecke gurgelte klares Wasser aus messingnen Brunnen. Delia brachte ihn an das Steinbecken.

»Wie ich sehe, hast du mitgebracht, worum ich dich gebeten hatte.« Sie drehte sich zu ihm und schmiegte sich an ihn. Dann küsste sie ihn sanft auf die Wange und leckte ihm kurz und zart über die Brandnarben, bevor sie sich wieder zurückzog. »Wenigstens hoffe ich, dass da ein Schild in dem Sack über deiner Schulter steckt.«

Die Sommersprossen in ihrem Gesicht glühten buchstäblich im goldenen Licht des Hofes. *Und diese Grübchen, wenn sie lächelt!* Wie sehr ihn gerade nach Schleier der Vallè gelüstete. Mit hämmerndem Herzen ließ er den Sack von der Schulter rutschen und lehnte ihn gegen das efeubewachsene Becken. Er löste den Knoten, der den Sack verschloss, und ließ den Stoff zu Boden fallen. Der *Schleier der Tugend* offenbarte sich Delia in all seiner überwältigend weißen Pracht. Vom oberen Rand des Schildes spiegelte sich ein Sonnenstrahl und blendete ihn. Er schirmte sich mit der Hand ab.

»Und der Stein?«, fragte Delia. Lindholf zog die schwarze Seide aus der Hosentasche. Vorsichtig wickelte er sie auf und zeigte der Schankmaid den kleinen weißen Stein. Er glitzerte stärker als der *Schleier der Tugend* in der Sonne. Fast tanzte er vor innerem Licht.

»Er ist noch prächtiger, als sie ihn beschrieben hat«, murmelte Delia und wollte ihn berühren. Dann zögerte sie und hielt die Finger ganz dicht an die glänzende Oberfläche. Schließlich zog sie die Hand mit einem Ruck zurück. »Wickel ihn wieder ein«, befahl sie.

Er schlug den Stein wieder in die Seide und steckte ihn in die Tasche.

»Pack auch den Schild ein.« Lindholf zog den Leinensack wieder hoch und schnürte ihn zu. Jeder Nerv in ihm verlangte nach Schleier der Vallè.

Delia stieß kurz mit der Spitze ihres Lederstiefels an die Seite des Steinbeckens. Von unten ertönte ein mahlendes Geräusch. Lindholf trat zurück, den Sack fest in beiden Händen, als es sich samt Efeu langsam wie ein gewaltiger Topfdeckel hob und den Blick auf eine Treppe hinab in undurchdringliche Finsternis freigab.

»Folge mir.« Delia zog den Kopf ein und sauste in erstaunlicher Geschwindigkeit die Stufen hinunter. »Und nimm den Schild mit.«

Lindholf stieg ihr mitsamt dem Leinensack in die Schwärze hinterher. Delia entzündete eine Kerze und geleitete ihn an einigen Zahnrädern, Ketten und Flaschenzügen vorbei durch mehrere kahle Tunnel in einen feuchtkalten Raum. An der gegenüberliegenden Wand stand ein großer, einfacher Holzschrank mit zwei Türen.

»Bewahrst du hier Schleier der Vallè auf?«, fragte er mit erwartungsvoll bebendem Herzen.

Sie hakte die Türen auf und öffnete sie weit. »Natürlich nicht.«

Der Schrank war leer, aber so groß, dass mehrere erwachsene Männer sich darin verstecken konnten. Am Boden lag der stachlige rote Helm von Tala. Lindholf machte zögerlich einen Schritt zurück. *Verfluchte, verfaulte Engel! Sie könnte hier ein paar Henker haben, die nur auf dich warten, und kein Mensch kriegt je heraus, wohin du verschwunden bist.* Zwar trug er den schwarzen Dolch im Gürtel, doch der beruhigte ihn kaum.

Delia hielt die Schranktüren weit geöffnet. »Hier sind der Schild und der Stein am sichersten.«

»Ich soll sie hier unten lassen?«, fragte er vollkommen perplex. Er reckte den Hals und versuchte, wenigstens den Anschein von Haltung zu vermitteln. »Ich glaube, das ist keine gute Idee.«

»Du willst doch mehr von dem Pulver, oder?« Ihre großen Augen glommen im Kerzenschein, als sie auf den Leinensack in seinen Händen starrte. Lindholf runzelte die Stirn und stierte in den leeren Schrank. Gequält kreisten seine Gedanken. Wegen des weißen Pulvers war er hier. Vorsichtig machte er einen Schritt nach vorn und legte den Schild ebenso vorsichtig im Schrank ab. Er holte den Engelsstein aus der Tasche und legte ihn in seiner seidenen Hülle neben den Schild. Delia schloss die Schranktüren und verriegelte sie.

»War doch gar nicht so schwer.« Mit der Kerze in der einen Hand führte sie ihn an der anderen durch die klammen Tunnel die Treppe hinauf in den hellen Hof. Nach einem sachten Zehenstoß gegen den Sockel senkte sich das Steinbecken wieder und verschloss die Öffnung. So von Gras, Efeu und Blumen bedeckt konnte niemand erraten, welche Geheimnisse dort unten lagen.

Delia eskortierte Lindholf in den hinteren Gang der Taverne durch eine Tür in einen Raum, der wie ihr Schlafgemach aussah. Er war klein, düster und gerade groß genug für ein Bett und einen kleinen Schrank. Bald glomm gelbes Licht darin. Mit hungrigen Blicken suchte Lindholf nach Anzeichen für das weiße Pulver.

»Zieh den Mantel aus«, sagte sie mit seidiger Stimme. »Ganz locker, mein Lieber.«

Sofort war er wachsam. Sie hatte unvermittelt von geschäftsmäßig auf anzüglich umgeschaltet. Dennoch zog er den Mantel aus, legte ihn sorgsam zusammen und packte ihn auf einen Hocker neben dem Schrank. Sie bemerkte den schwarzen Dolch, der im

Gürtel steckte. »Den brauchst du doch nicht, mein Lieber. Leg ihn weg, da, auf den Hocker zu deinem Mantel.«

»Warum nennst du mich immerzu ›mein Lieber‹?« Er griff ans Heft der Waffe. »Du hast gesagt, du wärst mir gefolgt.«

»Darüber können wir gleich sprechen«, sagte sie, den Blick auf den Dolch gerichtet. »Das Messer macht mir Angst. Das brauchst du nicht.«

»Ich will nicht, dass es gestohlen wird. Ich lasse es lieber am Gürtel.«

»Gegen mich musst du dich nicht verteidigen. Leg den Dolch auf den Hocker zu deinem Mantel, mein Lieber.«

»Dann gibst du mir Schleier der Vallè?«

Sie nickte scheu.

Lindholf gehorchte ihr sofort und legte den Dolch vorsichtig auf seinen Mantel.

Sie nahm ihn bei der Hand, ließ sich auf das Bett fallen und zog ihn neben sich. Er fühlte sich unwohl, denn er hatte noch die Lederstiefel an. Die Bettdecke war flauschig, weich und dunkelblau. »Was weißt du über Vallè?«, fragte sie.

»Du meinst Schleier der Vallè?«

»Nein, Dummerchen«, kicherte sie. »Kannst du denn an nichts anderes denken? Ich meine, was denkst du über richtige Vallè? Besonders über den, der dir den Taschendiebstahl beigebracht hat. Dem würde ich nicht trauen, wenn ich du wäre. Er ist ein paar Tage vor dir, Prinzessin Tala und Glade hier in die Taverne gekommen. Prinzessin Jondralyn und ein Zwerg haben ihm das Leben gerettet. Da war noch ein anderer Mann dabei. Ich glaube, er hieß Habichtholz. Sag mir, was du über diesen Vallè weißt und über das Vallè-Mädchen, mit dem er immer zusammen ist.«

»Val-Draekin?«

»Ja, Val-Draekin.« Schnell packte sie ihn am Arm. »Ich habe ihm bei Trauermondfest Gebäck gebracht. Was weißt du über ihn und die blonde Vallè, mit der er immer zusammen ist? Auch sie scheint mir nicht vertrauenswürdig, mein Lieber.«

»Warum nennst du mich immer so?«, wiederholte er irritiert und überlegte, worauf sie hinauswollte. Was sollte die endlose Fragerei? Er wollte die Droge, deswegen war er hier.

»Warum bist du so schüchtern?«, flüsterte sie.

Er runzelte die Stirn. »Hast du wirklich versucht, Jovan zu töten?«

Sie rutschte neben ihm herum. Er konnte ihr ein wenig in den Ausschnitt gucken. Sie folgte seinem Blick und schmiegte sich an ihn, enthüllte noch mehr Haut und sah ihm tief in die Augen. Dann legte sie ihm die Hand auf die Brust. »Überlegst du, ob ich an dir interessiert bin?«

Plötzlich war sein Mund so trocken, als wäre er voller Baumwolle. »Neulich auf der Straße, da hast du gesagt, jemand habe dir erzählt, ich sei ›der Dieb‹. Dass ich der ›Träger des weißen Schildes‹ sei. Du hast gesagt, seitdem hättest du von mir geträumt. Was sollte das bedeuten?«

»Ich sollte das alles sagen, vor allem das mit dem Dieb«, antwortete sie und streichelte ihm mit zarten Fingern weiter die Brust. »Der Rest ist ein alter Hut: Erzähle einem Jungen, dass du von ihm träumst, dann verfällt er dir unweigerlich.« Sie zuckte neckisch die Schultern. »Außerdem weiß ich, wie ich kriege, was ich will.«

Ihr Fragen zu stellen, war eine blöde Idee. Frustriert sah er sich im Zimmer um. »Hast du Schleier der Vallè oder nicht?«

Ihre Hand wanderte von seiner Brust zu seinem Arm, und mit den Fingern krabbelte sie den Ärmel entlang. Sie zog die Brauen hoch. »Was ist denn das?« Sie krempelte den Ärmel ganz hoch und enthüllte die Narben darunter. Er wand sich, als sie die Spuren seiner Wunden streichelte, und erinnerte sich an das groteske Gesicht der Meerjungfrau, die seinen Arm zerkratzt und ihn beinahe in der Gedächtnisbucht ertränkt hatte.

»Bitte, nicht.« Er schob ihre Hand weg und dachte an die Visionen, die er unter Wasser gehabt hatte. Dann krempelte er den Ärmel wieder runter und grübelte, warum jemand so Reizendes wie Delia ausgerechnet bei ihm sein wollte. Er war sich seines Aussehens nur allzu bewusst. Daran würde sich nichts ändern. Er war für keine ›mein Lieber‹.

»Du hast keine meiner Fragen beantwortet«, sagte er entschlossen.

»Und du keine von meinen.« Traurigkeit lag jetzt in ihren Augen. Mit dem Handrücken streichelte sie sanft sein Gesicht. Er wich zurück. »Warum schreckst du vor mir zurück?« Sie wirkte verletzt. Wieder strich sie mit den Fingern federleicht über seine Narben. »Ich sehe dich wirklich in meinen Träumen, Lindholf Le Graven. Ich sehe dich jede Nacht. Ich kann dir nicht entkommen. Ich kannte dich schon, bevor wir uns begegnet sind.« Ihr Gesicht war seinem ganz nah. »Ich wusste, dass wir ein Liebespaar werden.«

»*Ein Liebespaar?*« Sein Gesicht brannte jetzt vor Verlegenheit, Scham, Lust – und noch mehr. Wie hübsch sie war. So große und wohlgeformte Brüste hatte sie, gleich hier, vor seiner Nase. Ihre vollen Lippen waren so sinnlich, ihre erröteten Wangen so anziehend. »Es schickt sich nicht, dass der Sohn eines Adligen mit einer Gewöhnlichen zusammen ist.« Er wollte aufstehen, doch sie hielt ihn am Hemd fest.

»Für deinen König war ich gut genug.« Sie kam ihm mit dem Gesicht noch näher.

»Aber du hast versucht, ihn umzubringen«, murmelte er und ertrank in ihren großen und vollkommenen Augen, die ihn verheißungsvoll leuchtend mit unverhohlenem Interesse ansahen. »Sie haben dich ins Fegefeuer geworfen.«

Leicht küsste sie ihn auf die Wange, den Hals, strich ihm mit der Zunge über das Ohr. Ein Schauer zuckte ihm durch alle Nervenenden und wand sich hinab, sein rasendes Herz zu überschwemmen.

»Möchtest du mich küssen?« Ihre Stimme war ein sanftes, heißes Flüstern. Dann waren ihre Lippen wieder ganz nahe, seidig und göttlich, fanden seinen Mund. Er erwiderte den Kuss, zog sie an sich. Sie verschmolz mit seiner Umarmung. Er spürte, wie sein ganzer Körper zu beben begann, und in seiner Hose regte sich etwas. Überrascht von den plötzlichen Empfindungen, die in ihm aufstiegen, löste er sich von ihr.

»Habe ich etwas falsch gemacht?«, fragte sie ehrlich besorgt.

»Nein … ich meine, vielleicht«, stammelte er. »Ich meine, es fühlt sich toll an und so. Ich … na ja … ich glaube, ich weiß nicht recht, was ich hier tue. Ich bin der Sohn eines Adligen. Und du …«

»Schhhh.« Sie legte ihm einen Finger an die Lippen. Dann stand sie auf, beugte sich über ihn und bedeckte ihn noch einmal kurz mit Küssen, ehe sie sich ganz erhob. Eine Seite ihres Gesichts war in das weiche Glühen der nahen Kerzen gebadet, die andere lag im kühlen Schatten. Das obere Band um ihre Wollhose hatte sich gelöst, und sie saß ihr nur knapp auf der Hüfte, die so betörend blasse Kurven zeigte. »Berühr mich«, sagte sie. Zögerlich strich er mit einer Hand über die Rundungen. Sie schloss die Augen und stöhnte tief. Er war inzwischen so erregt, dass es wehtat.

»Ich will dich so sehr, mein Lieber, mein Lindholf.« Sie zog sich die Bluse über den Kopf und entblößte ihre prachtvollen Brüste, die sich bei jedem Atemzug hoben. Im Kerzenschein sahen sie wie Porzellan aus, nicht wie die schlaffen ledrigen Beutel, die über den ausgeleierten Bäuchen der zahnlosen Huren baumelten, als er Glade, Tolz, Alain und Bonaparte bei ihrer Rammelei zusehen musste.

Sie zog das letzte Stück Band aus den Ösen an der Hose und ließ sie auf den Boden fallen. Bis auf die weiße Baumwollwäsche war sie nun völlig nackt.

»Was tust du da?« Schuldgefühle überfluteten ihn. Er war der Sohn eines Edlen. Ein Prinz. Er stand über solcher Verderbtheit. Er war nicht draufgängerisch, liebestoll und gefühllos wie Glade. Er stürzte sich nicht in sexuelle Abenteuer und benutzte Frauen wie Glade. »Ich glaube, das ist keine so gute Idee«, murmelte er. *Ich will nicht so sein wie Glade Chaparral!*

»Wenn du schlau bist«, sagte sie, »ziehst du jetzt die Schuhe aus und wirfst die Hose ab.« Sie schob ihn sachte nach hinten, bis er flach auf der flauschigen blauen Bettdecke lag. Dann griff sie nach seinem Gürtel, öffnete ihn und fing an, an den Hosenbeinen zu ziehen. Er fasste ihre Hand und hielt sie auf. »Nein.«

»*Bitte*«, flüsterte sie und zog ihm die Hose ganz über die Stiefel. Mit großen Augen bewunderte sie die Stelle, die bisher keine Frau gesehen hatte. »Du bist ja voll in Form«, sagte sie und setzte sich auf ihn. Durch die dünne, zarte Baumwollwäsche spürte er seidig und weich die Wärme zwischen ihren Beinen. Sie presste die Hüfte an ihn und bedeckte ihn mit Küssen. Er genoss, wie sie langsam und rhythmisch ihr Becken gegen seins drückte, ihre sanften Berührungen. Als er ihre Bewegungen aufnahm, stieß sie einen kehligen Laut aus. Dann entledigte sie sich gekonnt und ausgesprochen elegant ihrer Wäsche. Jetzt waren sie beide vollkommen nackt, und das Blut pulsierte durch seinen ganzen Körper. Er presste seine Erektion an ihren Busch, der sich ein wenig kratzig und rauh anfühlte, aber wunderschön.

Da flog krachend die Tür auf.

Kreischend sprang Delia vom Bett und taumelte rückwärts gegen den Schrank.

Lindholf war völlig erstarrt. Glade Chaparral platzte in das kleine Zimmer, gefolgt von Tolz, Alain und Bonaparte, alle vier ohne Helme, aber sonst in voller Silbergardenmontur, mit gezogenen Langschwertern und wie die Irren grinsend.

»Na, das ist doch mal ne Spitzenbraut, Männer.« Glade hielt der

Schankmaid die Klinge an die Kehle. Delia wich zurück, stolperte aufs Bett und fiel auf Lindholf.

»Oh ja«, sagte Tolz mit wahnsinnigem Grinsen. »Guckt euch die Titten an.«

Lindholf wand sich unter dem Mädchen und kam sich idiotisch vor. Mit einer Hand bedeckte er seinen Unterleib, an dem alles schnell wieder erschlafft war, und griff mit der anderen nach dem Mantel auf dem Hocker. Glade schlug ihm mit der flachen Schneide auf die Hand, kein harter Hieb, nur eine Mahnung. Lindholf aber riss vor Schmerzen die Hand weg, und sofort zeigte sich eine dünne, blutende Wunde vom Mittelfinger bis zum Handgelenk. Doch es war ihm peinlich, dass ihn die anderen so nackt und verletzlich sehen konnten, also griff er noch einmal nach dem Mantel. Wieder schlug Glade ihm auf die Finger, diesmal fester, und eine zweite Blutspur zeigte sich quer über der ersten.

Jetzt quoll ihm Blut dick und rot wie ein Kreuz aus der Hand.

»Ts-ts-ts.« Glade lächelte breit, selbstzufrieden und voller Bosheit. »Ihr bleibt beide genauso wie ihr seid. Nackt wie am Tag eurer Geburt.«

»Siehste, Tolz.« Bonaparte lehnte sich in die Tür. »Ich sage doch, er ist hier. Ich habe ihn nicht verloren. Bin ihm vom Burgtor bis hierher gefolgt. Und du meintest, ich schaffe das nicht. Von wegen, ich könnte nicht mal einer Blechdose hinterherlaufen. Sieht aus, als schuldest du mir sechs Silberlinge.«

»Und deine Mutter muss es ihm einmal mit der Hand besorgen«, lachte Alain.

»So ist es.« Glade steckte sein Schwert weg. »Gut gemacht, Bonaparte.« Er zog die Lederhandschuhe aus. »Wir vier werden alle als die Helden bekannt werden, die jene Verräter fassten, die sich gegen den König verschworen haben.« Dann sah er Lindholf direkt an. »Jene Verschwörer, die Ser Sterling Prentiss auf dem Gewissen haben.«

»Was?«, rief Lindholf aus und wischte seine blutende Hand an Delias Bettdecke ab. »Bist du wahnsinnig?«, krächzte er. Dann wurde er zornig. »Du bist es doch gewesen, der Sterling getötet …«

Glade schlug ihm heftig mit einem der Handschuhe ins Gesicht. »Halt deine verfluchte Lügenfresse! Die Totengeister sollen dich holen, dass du so eine dreckige Lüge erfindest. Begreifst du nicht, wer ich jetzt bin? Wer mein Bruder ist?«

»Ich weiß, dass du schuldig bist!«, wütete Lindholf. »Ich habe gesehen wie du …«

Wieder traf ihn der Handschuh im Gesicht. Glade knurrte: »Ich bin es, der hier schuldig spricht, und zwar dich, du jämmerlicher, verlogener Lappen!« Er griff nach dem Mantel auf dem Hocker und warf ihn Lindholf zu. »Na los, zieh an, was du willst, verhülle deinen erbärmlichen, teigigen Leib, sonst schleife ich dich nackt bis auf deine verfluchten Stiefel durch die Straßen ins Fegefeuer.«

Lindholf, der vor Zorn bebte, wickelte den Mantel um sich und Delia. Der schwarze Dolch fiel aus den Falten und landete zwischen ihm und Glade auf der blauen Decke. Delia blickte nervös auf die glänzend schwarze Klinge.

Auch Glade hatte sie bemerkt. »Das Messer kenne ich doch.« Seine Augen wurden zu schmalen Schlitzen. »Das gehört Tala.«

Lindholf schnappte danach, doch Glade hatte es vor ihm in der Hand. »Du und das Mädchen da, ihr habt damit Jovan niedergestochen.« Er sah Lindholf starr an und hielt ihm das Messer vor das Gesicht. »Und Prentiss damit getötet. Ich erkenne dein verschlagenes Herz.«

»Du bist verrückt«, entfuhr es Lindholf.

»Hör auf zu leugnen«, knurrte Glade. »Du weißt doch, das hat keinen Sinn.« Er nickte den beiden Wachen hinter ihm zu. Alain und Tolz traten ganz ein, kamen geradewegs auf ihn zu und schnappten je einen Arm. Dann rissen sie ihn aus dem Bett, und der Mantel sank herab.

Er war wieder nackt.

Trotzdem schoben die beiden ihn mit dem Gesicht voran gegen die Wand und hielten ihn dort fest, während Bonaparte ein Messer zog, es ihm an die Kehle setzte und sagte: »Ein Wort von dir, und ich schlitze dir den Hals auf.«

Lindholf überlegte, warum Glade noch nichts vom *Schleier der Tugend* oder dem weißen Engelsstein gesagt hatte. *Wenn Bonaparte mir wirklich hierher gefolgt ist, hat er auf jeden Fall den Leinensack gesehen. Ob er weiß, was darin ist? Ob das Mädchen es ihm verrät?*

Dann durchfuhr ihn ein noch böserer Gedanke. *Hat sie mich reingelegt?*

Delia stieß einen erschreckten Schrei aus.

Lindholf wandte den Kopf weg von Bonapartes kaltem Messer und verdrehte den Hals so weit am rauhen Holz der Wand, dass er aus den Augenwinkeln Glade und die nackte Schankmaid sehen konnte. Sie saß noch auf dem Bett, und Glade stand über ihr.

»Die Klinge von Prinzessin Tala Bronachell.« Glade beugte sich über das Mädchen und präsentierte den schwarzen Dolch. Delia saß zitternd mit Gänsehaut vor ihm. »Lindholf steht auf seine Cousine, weißt du?« Glade fuhr nun mit den nackten Fingern über die stahlbeschlagenen Lederriemen an seinen Armen. »Sie stehen in dunklen Ecken und tuscheln, Tala und Lindholf. Stecken ständig zusammen, die zwei, wie ein kleines Liebespaar es gerne tut.« Glade löste die Riemen und warf sie zur Seite. »Das hast du wohl nicht gewusst, dass dein armseliger Lindholf seine kleine Nudel gern in seine Cousine steckt. Traurig, aber du hast bestimmt nicht gedacht, dass du nicht seine Erste bist.« Glade stieß das Mädchen zurück aufs Bett. »Was für eine Vorstellung, dass so ein Käsegesicht bessere Muschis bekommt als ich.«

»Lass sie in Ruhe«, rief Lindholf. Bonaparte drückte ihm das Messer fester in den Nacken. Tolz und Alain verstärkten den Griff.

Glade grinste die drei Ritter an, die Lindholf so an die Wand drückten, und machte sich dann an seine Brustriemen. »Ich sage dir, Mädel, dein Gesicht und deine Titten und vielleicht sogar dein hübscher, runder Arsch kommen vielleicht ganz ordentlich aus dieser Sache raus, wenn du mitspielst.«

Glade hakte seinen Brustpanzer und die Schulterplatten auf und ließ sie scheppernd zu Boden fallen. »Wer weiß, wenn sich zwischen dir und mir und meinen Freunden alles ansprechend entwickelt und wir dann mit allem fertig sind, können wir vielleicht sogar sehr lange richtig gute Freunde bleiben.«

»Nein!« Zornestränen brannten sich in Lindholfs Wangen. »Bitte, lasst sie in Frieden!«

Glade zog sich schnell das Hemd aus. »Was meinst du, Mädel: Wenn du schön mitspielst, landest du womöglich nicht im Fegefeuer.« Dann öffnete Glade den Gürtel, und seine Hose fiel zu Boden.

Die meisten wissen, dass Laijon sich vor den magischen Eigenschaften von Felsen und Gestein und wertvollen Metallen verzehrte und strömende Silberflüsse für ihn große Macht bargen. Und in diesem Wissen mögen manche vor dem Feurigen Sündenerlass ausrufen: »Wo steht jener fünfbeinige Silberthron jetzt? Weshalb wurde er verhüllt und verborgen? Weshalb sitzt unser König nicht in Ehren und Triumph darauf?«

WEG UND WAHRHEIT LAIJONS

30. KAPITEL

NAIL

AM NEUNTEN TAG DES ENGELSMONDES
IM 999. JAHR LAIJON – HIMMELSSEEN, GUL KANA

Schweigend und im Mantel der Dunkelheit verborgen blickte die Gesellschaft der Neun von ihrem uneinsehbaren Vorsprung in die muffige unterirdische Kammer. Zu der Gruppe von zehn Oghulen dort unten stießen mehrere schwer bewaffnete Neuankömmlinge. Rasselnd schlurften sie in massiven Rüstungen durch den Hauptgang in die Höhle. Sie zerrten einen Gefangenen mit sich, einen glücklosen Pelzjäger, dessen Gesicht blutete und der mit Ketten gefesselt war, die matt im Feuer der Brandstelle glommen.

Der Mann hatte einen grauen Bart, trug eine Mütze aus Fuchspelz und einen schäbigen Bisammantel. Er schrie auf, als vier Oghule ihn auf den rechteckigen, kniehohen Steinaltar in der Mitte der wie eine Kapelle gewölbten Kammer legten und ihm die Ketten abnahmen. Die Ungeheuer zerrten an der Kleidung des Pelzjägers und stießen ein Geschrei übler Verwünschungen und rauhen Gebrülls aus, das weithin schallte. Direkt über dem Altar hing an drei Ketten ein Kupfergefäß, groß wie eine Milchkuh. Nail befürchtete, dass die dunkle Flüssigkeit darin Blut war.

Grimmig entschlossen schüttelte Bischof Godwyn den Kopf. »Wir dürfen nicht zulassen, dass sie diesen Mann in einem ihrer grauenhaften Hragna'Ar-Rituale opfern.« Seine gedämpfte Stimme war durch das Scheppern der Rüstungen und das böse Gekeife der Oghule kaum zu verstehen.

»Ich zähle vierzehn«, sagte Culpa Barra. »Der Weg ist versperrt, und es ist nur eine Frage der Zeit, bis unser Versteck hier oben entdeckt wird. Wir müssen zu diesem Altar. Unser Pfad liegt darunter. Aber was können wir tun?« Culpa starrte wieder in die finstere Kammer.

Nail spähte noch einmal durch die steinerne Umrandung ihres Balkons. Unter der Kupferzisterne voller Blut lag der Pelzjäger reglos auf dem Altar, und Oghule piekten und stachen mit knochigen, grauen Fingern in seinen Leib. In der unterirdischen Kapelle standen überall seltsames Mobiliar aus Holz und unförmige Sitzbänke herum, die wohl mit kastanienbraunem Samt bezogen waren. Gegenüber dem hohen Eingang in die Kammer befand sich an der Wand eine gewaltige, tiefe Feuerstelle, in der es knisterte und loderte. Abgesehen von ein paar Fackeln in den klobigen Fäusten einiger Oghule gab es kein Licht. An den Säulenwänden hinter der Feuerstelle hingen abgewetzte Teppiche in matten Farben. Der Boden bestand aus willkürlich zusammengefügten grauen und schwarzen Steinblöcken.

Die Gesellschaft der Neun kauerte hinter dem dicken Steingeländer eines Balkons, der zurückgesetzt in einer Art Schiff etwa zwei Stockwerke oberhalb dieser eigenartigen Kammer lag. Fünfzig Schritte zur Linken wand eine steinerne Treppe sich nach unten. Gegenüber reihten sich ein Dutzend weitere zurückgesetzte Austritte und düstere Alkoven wie der ihre aneinander. Tatsächlich lag der größte Teil der Säulenkammer in verrauchter Finsternis. Kaum erkennbar verlief weit oben die Gewölbedecke mit Stützen und Bögen auf mächtigen Steinstreben.

»Wir haben schon zu viel Zeit vergeudet«, sagte Godwyn ernst und frustriert. »Wir dürfen sie diesen Mann nicht einfach umbringen lassen.«

»Wir würden ein großes Risiko eingehen, um einen alten Pelzjäger zu retten, den wir nicht einmal kennen«, erwiderte Roguemoore. »Außerdem wissen wir nicht, wie viele Oghule noch aus diesem Eingang strömen werden, wenn wir die Treppe hier hinunterstürmen.«

»Wir müssen unter den Altar gelangen«, sagte Culpa leise. »Wir haben von Anfang an gewusst, dass die Gefahr besteht, Oghulen auf Hragna'Ar zu begegnen. Vielleicht bleibt uns nichts anderes übrig, als sie zu töten.«

Sie töten?, dachte Nail. *Leichter gesagt als getan!* Er wandte sich ab. Stefane sah ihm angsterfüllt über die Schulter. Liz Hen, Dokie und Seidel waren in der Dunkelheit keine zehn Schritte den Gang entlang kaum zu erkennen. Gleich hinter ihnen lagen Ausrüstung und Fackeln an der Mauer. Seidel spitzte die Ohren.

Culpa, Roguemoore, Seita und Val-Draekin knieten neben Nail. Die beiden Vallè spähten abwechselnd durch die Steinstreben. Der fahlgelbe Feuerschein von unten spiegelte sich auf ihrer blassen Haut und erleuchtete die spitzen Ohren, die ein wenig unter den Kapuzen hervorlugten.

»Gerade sind noch sechs Oghule dazugekommen«, sagte Val-Draekin leise und mit besorgter Stimme.

»Macht zwanzig«, grunzte Roguemoore.

Nail zählte selbst nach. Die sechs neuen Oghule, alle mit großen, sensenartigen Schwertern, marschierten zum Altar. Drei stellten sich links auf, drei rechts. Alle sechs legten dann die gebogenen Klingen auf der Brust des Pelzjägers ab und begannen zu singen: »*Rogk Na Ark! Rogk Na Ark! Rogk Na Ark!*« Tiefe, grollende Stimmen hallten laut von den Höhlenwänden wider.

»Sie werden ihn opfern.« Roguemoore rutschte dichter an Culpa heran. Die eckigen Schildplatten seiner groben Rüstung schabten über den Boden, doch das Geräusch wurde von den grölenden Oghulen übertönt. Der gespickte Schlagstock ragte dem Zwerg am Rücken bedrohlich über den Kopf. Mit besorgtem Blick zog er den Zeitstein vom D'Nahk lè hervor. »Wir warten hier jetzt schon fast einen halben Tag.«

Nail kam es vor, als sei die Gesellschaft bereits seit Wochen in den Minen der Himmelsseen. Es war ein gewaltiges Labyrinth aus zahllosen Tunneln, Grotten und Höhlen, wenigstens doppelt so groß wie die Minen von Roahm oberhalb von Galgenhafen. Sie waren auf dem Weg hierher in viele Sackgassen geraten und hatten oft umkehren müssen. Roguemoore hinterließ stets eine weiße Kreidemarkierung. Einmal hatte der Zwerg etwas von Shawcrofts Beutel gegrummelt und dass sie mit den darin verlorengegangenen Anweisungen so viel schneller gewesen wären. Nail verspürte Schmerz und Widerwillen zugleich, denn er wusste, dass der Zwerg wohl ihm die Schuld gab.

Auf der ganzen Strecke stießen sie auf Spuren von Oghulen, frische und uralte. Beinahe jeder Gang, jede düstere Höhle, jede schimmlige Grotte, die sie betraten, lag voller Oghul-Knochen oder ihrem verrotteten Abfall. In einer steckten alte Werkzeuge aus Knochen und ähnliche Grubengeräte in alten Wandnischen. In viele der Wände war überdies das Wort *Viper* geritzt. Die meisten Werkzeuge waren mit eigenartigen, uralten Zwergenrunen und Bildern oder den verschlungenen Schriftzeichen der Vallè verziert. Auf Culpas Rat hin hatte niemand aus der Gesellschaft die Objekte angefasst. Der Tagritter hatte behauptet, jeder Gegenstand könne so präpariert sein, dass Steine von der Decke stürzten oder Pfeile oder giftige Dämpfe aus den Mauern schossen, wenn man sie berührte oder bewegte.

Nun hockten sie hier. Und warteten.

Die Oghul-Gesänge von unten gingen allmählich in dumpfes, rhythmisches Summen über, dann verstummten sie. Außer dem prasselnden Feuer und einem gelegentlichen Wimmern des Pelzjägers auf dem Altar war es ruhig.

Dann herrschte völlige Stille.

Und Liz Hen musste niesen. Ihr Prusten hallte wie ein Donnerschlag durch die Kammer. Sie hielt sich beide Hände vor den Mund und riss die vor Angst weißen, runden Augen auf.

Fassungslose Lähmung befiel die Gesellschaft.

Aus der Höhle erklangen kehlige Laute der Überraschung, gefolgt vom unverkennbaren Schaben schwerer Waffen, die aus rostigen Scheiden gezogen werden.

»Sie wissen, dass wir hier oben sind.« Val-Draekin wandte sich von der Kammer ab und nickte Culpa mit aschfahlem Gesicht grimmig zu. »Jetzt bleibt uns nichts anderes übrig: Wir müssen kämpfen.«

Der Tagritter sprang auf und zog klirrend seine Waffe. Val-Draekin und Godwyn taten es ihm gleich. Roguemoore knurrte und nahm die Keule aus dem Futteral über der Schulter. Trotz der Kälte hier im Gang fühlte Nail beim Aufstehen, wie ihm der Schweiß unter der Kleidung und der Rüstung lief. Er zog sein Schwert und versuchte, alles an Tapferkeit aus sich herauszuholen. Das Herz hämmerte ihm im Brustkorb. Eine tiefe und fast überwältigende Angst erfüllte ihn.

»Bleib hier oben und spicke die Lumpen so gut es geht mit

Pfeilen«, wies Culpa Stefane an. »Schieß so schnell du kannst.« Dokie rief er zu: »Du bleibst bei Stefane und hilfst ihm!« Der Tagritter ließ den wilden Blick durch die Kammer schweifen, dann rannte er zur Treppe und den Oghulen entgegen. Roguemoore und Godwyn eilten ihm nach.

Val-Draekin schob Nail hinterher. Seita lief neben ihm, Seidel ebenfalls. Liz Hen zog fluchend das Schwert und setzte ihnen nach.

Noch ehe Culpa, Roguemoore und Godwyn am Fuß der Treppe ankamen, sorgten Stefanes Pfeile schon für Chaos. Die Oghule duckten sich brüllend und suchten Deckung.

Roguemoore stürzte sich direkt auf den Altar und den Pelzjäger. Culpa rannte zum Eingang nach links. Sein Langschwert blitzte im Feuer und streckte den ersten Oghul nieder, der durch den Bogengang flüchten wollte. Godwyn blieb dicht hinter Culpa. Sie wurden von vier Oghulen über den Haufen gerannt. Zweien steckten Stefanes Pfeile im Rücken. Der Bischof ging durch das Gewicht eines der Ungeheuer zu Boden. Culpas Schwert verspritzte Blut, als es den Angreifer im Gesicht traf.

Nail sprintete in den Raum und verlor Culpa und den Bischof aus den Augen. Instinktiv riss er das Schwert hoch und wehrte so den Hieb eines schweren Eisenhammers ab, der auf seinen Kopf zielte. Die Wucht des Aufpralls schleuderte ihn gegen Roguemoores Rücken. Die Arme schmerzten ihm von der Wucht des Oghul-Schlages. Der Zwerg ließ sich kaum ablenken und hielt geradewegs auf den Altar zu. Mit dem gespickten Knüppel zerschlug er einem der drei dort stehenden Oghule das kantige Gesicht. Einen anderen, der gerade mit einem rostigen Kurzschwert nach dem Zwerg ausholte, traf ein Pfeil von oben im Genick und brachte ihn aus dem Gleichgewicht. Getöse erfüllte jetzt den Raum, eine wilde

Symphonie aus Geschrei, Gebrüll und Metall auf Metall, als Kontrapunkt Seidel, der furchterregend über den ganzen Lärm hinwegbellte.

Seita sprang an Nail vorbei, ließ den Streitflegel aus der Hand in die Dunkelheit sausen und traf einen angreifenden Oghul direkt am Kopf. Sein Helm zerbrach, und er ging bewusstlos zu Boden. Plötzlich hatte die Vallè Dolche in beiden Händen, und ehe Nail es erfassen konnte, schlitzte sie dem Oghul mit dem schweren Hammer mühelos die Kehle auf, als er gerade wieder auf ihn losgehen wollte. Seita rannte leichtfüßig weiter auf ihr Ziel zu. Ihre Arme und die Dolche bildeten einen bösen Wirbel, der erst einem, dann noch einem Oghul die Kehle aufschlitzte. Dann setzte sie ins Dunkle, den anderen nach.

Schockiert wankte Nail voran, um Roguemoore zu helfen. Ein dünngesichtiger Oghul krabbelte auf den Altar und kratzte mit einem rostigen Dolch eine tiefe rote Furche in die nackte Brust des hilflosen Pelzjägers. Mit lautem Gebrüll schwang Roguemoore seinen Knüppel in weitem Bogen über dem Kopf gegen den mordlustigen Oghul. Der wich zur Seite aus, und der Knüppel schlug mit lautem Krachen in den Altar ein. Splitter und Steinbrocken flogen Nail ins Gesicht. Er wandte sich ruckartig um und fegte die Kiesel weg.

Der Oghul löste eine der drei Ketten, die die Zisterne hielten. Langsam neigte sich das gewaltige Kupferbehältnis, und der schaurige Inhalt ergoss sich über ihn, Roguemoore, den Altar und den verwundeten Pelzjäger. Zwerg und Oghul wurden von einem Schwall geronnenen, dunklen Blutes überschüttet.

Nail rutschte auf der schwärzlich roten Flüssigkeit aus und krachte direkt in die behandschuhte Faust eines Oghuls, der einen Brustkorb wie ein Fass hatte. Durch den Schlag taumelte er benommen nach hinten. Der Riese stürzte mit einem gezackten Breitschwert auf ihn los, dessen Griff aus Knochen beinahe so lang wie die Klinge war. Nail rappelte sich hoch und stellte sich instinktiv auf, wie Shawcroft es ihn in den Minen gelehrt hatte. *Du musst die Spitzhacke genau so schwingen*, hörte er die Stimme seines Meisters, während der grässliche Oghul mit dem Langschwert nach ihm ausholte. Er machte einen Ausfallschritt, parierte den Hieb der Kreatur und konterte mit einem eigenen Schwertstoß. Seine spitze Klinge traf den Oghul direkt zwischen die hässlichen, gelben Hauer. Dicke, rote Blutstropfen flossen ihm das knotige Kinn und den Nacken hinab. Der Oghul brüllte und holte in einem Rückhandbogen mit dem Schwert aus, das durch die Luft zischte. Nail parierte schnell und kraftvoll, aber die gezahnte Klinge seines Gegners verhakte sich in seiner Waffe. Der Oghul riss sie ihm aus den Händen und schleuderte sie klappernd über den Boden unter eine der Bänke. Wieder holte der Oghul aus. Nail tauchte weg und warf sich unter die Sitzbank, wo er mit ausgestreckten Armen nach der Klinge tastete.

Mit einem Riesenschritt stand sein Gegner neben ihm, doch ehe er Nail angreifen konnte, erstarrte er plötzlich, dann krachte er mit dem Gesicht voran wie ein gefällter Baum auf den Boden und war tot. Seita stand mit wirbelnden Dolchen in beiden Händen über dem Oghul, dessen Beine noch zuckten. Dann wandte sie sich Val-Draekin und Liz Hen zu, die an der Treppe mit zwei anderen zu tun hatten.

Nail bekam sein Schwert zu fassen und sprang wieder auf die Füße. Oben auf dem Balkon sah er schemenhaft Stefane und Dokie. Stefane stand gegen die Steinbalustrade gestützt und ließ in rascher Folge Pfeile von der Sehne schnellen. Der Oghul mit dem schmalen Gesicht wurde davon vom Altar gefegt. Roguemoore kauerte auf Händen und Knien neben dem Altarsockel und erbrach einen dicken Strahl. Sein ganzer Körper troff von dem dunklen Blut aus der gekippten Zisterne. Es waren keine Oghule in seiner Nähe.

Nail rannte Seita nach. Ein Oghul lag bereits tot zu Val-Draekins Füßen, dessen Dolche wie Blitzschläge durch die Luft fuhren und den anderen vor ihm zerschnitten. Liz Hen stach auf den von einer Rüstung geschützten Unterleib des anderen Oghuls ein, der wiederum mit seinem Langschwert nach ihr hieb. Seidel fasste mit gefährlich aufblitzenden Zähnen nach seinen Knöcheln und holte ihn von den Beinen. Ein Pfeil von oben prallte vom Helm und der Schulterplatte ab, als er rückwärts fiel. Seita warf sich gleich mit funkelnden Klingen einem dritten angreifenden Oghul entgegen und bereitete ihm ein schnelles und gnadenloses Ende. Die Kreatur brüllte, Blut spritzte aus mehreren Wunden, und mit um sich schlagenden Armen taumelte sie tot auf den Boden.

Culpa stieß unter dem Eingangsbogen einen Schrei aus, der das Blut gefrieren ließ. Nail dreht sich um und bekam gerade noch mit, wie der Tagritter zu Boden ging, da stolperte er selbst über drei tote Oghule. Mit panischem Blick sah er zu Godwyn hin. Das Gesicht des Bischofs war blutüberströmt, und mit dem Schwert in beiden Händen schlug er sich mit zwei axtschwingenden Ungeheuern herum, die immer näher rückten. Die massigen Monster hatten ihn an der Wand in die Enge getrieben.

Es krachte laut, als würde eine schwere Eisentür ins Schloss fallen.

Im Nu verschwand der Boden unter Godwyn und den beiden Oghulen. Alle drei stürzten in klaffendes, schwarzes Nichts. Der überraschte Laut des Bischofs und die rauhen Schreie der Oghule brachen ab, und der gesamte Raum war in plötzliche, tödliche Stille getaucht.

Nails Herz hämmerte. Alle standen wie eingefroren da und starrten auf die dunkle Leere im Boden, in der Godwyn soeben verschwunden war. Selbst der einzige noch auf den Beinen stehende Oghul gaffte in die Öffnung.

Seita kam heran und trieb ihm beiläufig einen ihrer Dolche ins aufgerissene Auge. Scheppernd kippte das Biest um.

Liz Hen fiel auf die Knie und rang nach Luft.

Val-Draekin kam zu ihr. »Dreimal tief einatmen, Luft anhalten, dann nochmal von vorn.« Liz Hen gehorchte, und außer ihrem Luftschnappen war nichts zu hören.

»Godwyn!« Culpa Barra griff sich eine der abgeworfenen Oghul-Fackeln vom Boden und eilte zu dem klaffenden Loch.

Nail versuchte auch, ruhiger zu atmen und kam dazu. Seine zitternden Beine trugen ihn kaum. Als er neben Culpa Barra stand, blickte er nervös nach unten. Im Licht der Fackel des Tagritters sah er, dass das Loch höchstens drei Meter tief war und dass aus dem Boden unterschiedlich lange Eisenspitzen ragten.

Die beiden Oghule waren aufgespießt. Tot.

Bischof Godwyn lag rücklings auf der Rüstung eines der toten Oghule. Einer seiner Arme war blutgetränkt. Er starrte zu Culpa und Nail nach oben.

»Alles in Ordnung«, keuchte er. »Ich glaube, ich bin in Ordnung.«

Als sie Godwyn aus der Grube gezogen hatten, untersuchten sich alle auf Verwundungen. Nur der Bischof war verletzt. Er hatte zwei tiefe Schnitte im linken Unterarm und eine Platzwunde an der Stirn. Val-Draekin und Seita legten ihm Verbände an.

Die Luft in der Höhle war schwer vom Geruch des vergossenen Blutes. Es war ein Schlachthaus. Die Zisterne baumelte schräg an der Decke. Der schaurige Inhalt war gänzlich ausgelaufen, und der bärtige Pelzjäger auf dem Altar war tot. Roguemoore kniete noch am Altarsockel. Er konnte nicht aufhören zu würgen. Culpa half ihm auf die Beine, und Arm in Arm gingen sie zu den anderen. Das Blut, das den Zwerg komplett bedeckte, stank ekelerregend süßlich. Inzwischen hatte er sich das meiste aus Gesicht und Bart wischen können, aber er sah immer noch schlimm aus. Er versuchte, sich mit Samtstreifen zu säubern, die Dokie von den Bänken in der Nähe gerissen hatte.

Culpa Barra ging durch die Kammer und rammte jedem einzelnen Oghul, den er sah, das Schwert in den Nacken. Dabei zählte er die Leichen. Stefane sah sich das Bild der Zerstörung mit großen Augen an. Resigniert seufzend schlang er sich den Bogen über die Schulter, folgte Culpa und sammelte alle Pfeile ein, die er finden konnte. Dokie und Liz Hen schnappten sich Fackeln und holten die Ausrüstung vom Balkon. Das große Mädchen hatte das Schwert wieder eingesteckt, ihre Schritte waren noch etwas unsicher. Dokie wirkte durch den Kampf erschöpft und belebt zugleich.

Als die gesamte Ausrüstung beisammen war, nahm Godwyn den ersten Schluck aus einem Wasserschlauch und reichte ihn dann weiter. Jeder, sogar Seidel, trank lange und ausgiebig.

»Ich zähle nur neunzehn Leichen«, sagte Culpa und rammte sein rot bespritztes Tagritterschwert ins Futteral. »Bei den verfluchten Engeln, es müssten zwanzig sein.« Er trank als Letzter. Drei Schlucke bekam er, dann war der Schlauch leer. »Ich glaubte, in dem Chaos hätte ich einen der Oghule unter den Bogen verschwinden sehen. Jetzt bin ich mir sicher.«

»Wer weiß, wohin der gelaufen ist«, seufzte Godwyn. Er reckte den verbundenen Arm hoch. »Wir dürfen uns von solchen Rückschlägen nicht beirren lassen. Mein Vater litt, bevor er starb, lange Jahre an chronischen Schmerzen. Er hat immer gesagt: ›Ich will kein Mitleid. Jeder Tag ist ein Geschenk. Und wir Godwyns müssen immer weitermachen. So wie jeder ehrenwerte Mann.‹ Auch wir müssen weitermachen. Jeder von uns. Wir haben bis hier überlebt.«

»Wir werden weitermachen, ja«, sagte Culpa, »aber ich fürchte, uns bleibt nicht viel Zeit. Zum Glück befinden wir uns in der richtigen Kammer. Wenn Shawcroft in einer Sache immer gleich vorgegangen ist, dann in der Art, wie er neue Fallen aufgestellt und jene entschärft hat, die die alten Anbeter von Mia eingerichtet hatten. Er hat mir einmal erzählt, dass er Totholztor so präpariert hat wie diesen Ort hier unter D'Nahk lè. Hoffentlich erinnere ich mich an genug aus Totholztor, um mich in dieser Kammer zurechtzufinden …« Er verstummte.

Roguemoore, der trotz seiner Reinigungsversuche immer noch ganz blutverschmiert war, sah Liz Hen an. »Du hast dich in der Schlacht wacker geschlagen.«

»Eins muss man ihr lassen«, sagte Val-Draekin. »Sie ist nicht sonderlich wendig oder schnell, aber dafür absolut entschlossen. Diese Oghule hat sie jedenfalls ordentlich in Bedrängnis gebracht.«

Liz Hen lächelte schwach nach diesem Lob und strich sich mit zitternder Hand einen Zopf glatt. »Ich fürchte aber, der Kampf hat zerstört, was Seita neulich so hingebungsvoll geflochten hat. Da ist alles verknotet. Ich habe bestimmt hübsch ausgesehen, als sie noch richtig saßen.« Sie sah jetzt die Vallè an, und etwas wie Heldenverehrung blitzte in ihren Augen auf. »In Wahrheit hat Seita uns alle gerettet. Der Oghul hätte mich ausgeknipst und Seidel auch, wenn sie ihm nicht in den Rücken gesprungen und mit dem Messer durch die Kehle gegangen wäre.«

»Allerdings, Ihr seid sehr gut mit diesen Dolchen.« Der Zwerg blickte Seita direkt an.

»Danke.« Sie verneigte sich, und ihre Fackel flackerte.

»Tatsächlich«, sprach der Zwerg mit lauter Stimme, in der eine Anschuldigung mitschwang, weiter, »habe ich niemanden mehr so kämpfen sehen, seit Habichtholz ein junger Mann war.«

»Das nehme ich als Kompliment«, sagte Seita und neigte kurz den Kopf. »Wie Ihr wisst, lehrt man die Vallè-Mädchen zu kämpfen.«

»Aber nicht so, wie Ihr es tut«, grunzte der Zwerg.

Seita zuckte die Achseln. »Ich freue mich, wenn Ihr meine Fähigkeiten schätzt. Schließlich haben wir alle tapfer gekämpft. Neunzehn tote Oghule, dabei hat kaum einer von uns einen Kratzer davongetragen. Ohne Stefanes Pfeile wären wir wahrscheinlich verloren gewesen. Diese ganze Schlacht ist ein Omen für das Gute, das uns bevorsteht. Nach allem, was ich gesehen habe, halte ich uns für beinahe unbesiegbar.« Sie drehte sich zu Liz Hen. »Und um deine Zöpfe kümmern wir uns, sobald wir aus diesem verfaulten Drecksloch raus sind.«

Liz Hen lächelte. »Das würde mich sehr freuen.«

Obwohl Nail über das Ende der Schlacht erleichtert war, schlich sich Enttäuschung in sein Innerstes. Der gesamte Kampf war so verwirrend und verschwommen gewesen. Er konnte immer noch nicht ganz erfassen, was geschehen war. Eins wusste er jedoch: Er selbst hatte keinen einzigen Oghul getötet.

»Wir haben diese Oghule in Angst versetzt, dass sie wie Küken vor einem Silberwolf weggerannt sind«, sagte Dokie. »Erst der Weg über den Gletscher, und jetzt das. Sind das nicht genau die großen Abenteuer, die der Zwerg uns im *Schlüsselwärter* versprochen hat, Liz Hen?«

»Große Abenteuer?« Liz Hen spie die Wörter förmlich aus. »Ich habe mir zweimal in die Hose gemacht, du Dummkopf. Dein großes Abenteuer kann sich von mir aus gern selbst in den Arsch treten. Kapierst du es nicht? Ich klappe jeden Moment zusammen. Mein Herz springt mir noch aus dem Brustkorb, so sehr hämmert es da drinnen.«

»Ich meine ja nur: Das ist besser, als im *Schlüsselwärter* zu warten und Ottos Gemüsepampe herunterzuwürgen.«

»So eine Schale Eintopf könnte ich jetzt aber gut vertragen«, sagte Liz Hen.

Beim Anblick der blutigen Verwüstung wusste Nail nicht, wann er je wieder Appetit verspüren würde.

»Ich erinnere mich an Shawcrofts Anweisungen.« Culpa ließ den Blick durch die düstere Kammer schweifen. Er schritt an den Altar. »Oghule so weit oben bei den nördlichen Himmelsseen sprechen die Menschensprache nicht so gut wie ihre Genossen im Süden oder in Amadon.« Der Tagritter begutachtete den blutbesudelten Altar und die schräg darüber baumelnde Zisterne. Er stieß einen der toten Oghule mit der Stiefelspitze an. »Ich denke, diese Untiere haben bis auf Grunzen, Handzeichen und dergleichen keine richtige Kommunikation. Keiner von denen ist schlau genug, die Kammer weiter als oberflächlich zu erkunden.« Wieder sah er sich in der kapellenartigen Höhle um. »In diesen Räumen liegen Geheimnisse verborgen. Jede noch so schwache Erinnerung kann uns nun helfen.«

Culpa zog den Dolch aus seinem Gürtel. Er winkte Dokie heran. »Ich brauche deine Hilfe. Hol mal eine Fackel. Ihr anderen bleibt bitte genau so stehen, bis ich euch rufe. Und falls ich es nicht schon gesagt habe: Fasst bloß nichts an. Wer weiß, welche Fallen noch im Boden oder in den Wänden lauern.« Dokie bewegte sich mit erhobener Fackel durch die Oghul-Leichen zu Culpa und zum Altar.

»Shawcroft ist allzeit gemessen vorgegangen«, sagte der Tagritter. »Er ist immer beständig geblieben. In seiner Art zu kämpfen. In der Art, wie er mich kämpfen gelehrt hat. In der Art, wie er Nail kämpfen gelehrt hat. Stets ging es ihm um Präzision. Und er ist in Totholztor ebenso vorgegangen wie hier. Die neuen Fallen, die er aufgestellt hat, die alten, die er entschärft hat, die Geheimnisse, die er in den Steinmauern verborgen hat: Alles ist in beiden Minen genau gleich.«

Culpa bewegte sich mit der Fackel in der Hand um den Altar und stellte sich vor die Wand gegenüber dem Bogengang – jene mit der brennenden Feuerstelle. Bedächtig machte er zwei Schritte zur Seite, dann drehte er sich leicht nach rechts. Jetzt lag die äußerste rechte Ecke der Kammer vor ihm. Er deutete mit dem Dolch dorthin. »Dokie, guck dir mal den Wandteppich an.« Er wuschelte ihm durch die schlammfarbenen Haare. »Komm, mir nach.«

Beide gingen geradewegs in den dunklen Winkel. Dort spähte Culpa in die Ecke. Dokie stand mit der Fackel in der unsicheren Hand hinter ihm. »Bleib da. Nicht bewegen«, befahl Culpa, dann drehte er sich zur Feuerstelle, maß fünf große Schritte ab und wandte sich wieder der Mauer zu. Der dunkle, verrußte Wandteppich vor ihm reichte vom Boden bis in die Finsternis oben. Er griff so hoch er konnte und trieb mit leichten Drehbewegungen die Spitze seines Dolches in das Gewebe. Als das Loch groß genug war, zog er die Klinge nach unten und schnitt einen langen Schlitz in den Teppich. Ruß und Staub rieselten auf ihn. Er steckte den Dolch ein, fasste mit beiden Händen in den Schlitz und riss ihn bis zum Boden auf. Dann zerrte und zog er so lange daran herum, bis die Öffnung ihm gute sieben Meter über den Kopf reichte.

»Da«, verkündete er und hielt eine Seite des zerfetzten Wandbehanges hoch. »Komm, guck mal, Dokie.«

Von seiner Warte aus konnte Nail nur eine glatte Steinwand sehen, die von Dokies Fackel und dem Feuer gelblich flackerte. Wohin der Rauch der Feuerstelle abzog, war ein Rätsel. Die ganze Mine war ein Rätsel.

»Leg die Fackel hin und klettere auf meine Schultern.« Dokie gehorchte. Wankend und unsicher stand der Junge auf den Schultern des Tagritters und stützte sich an der Wand ab, dann fasste Culpa mit kräftigen Armen seine Waden.

»Siehst du einen winzigen Riss im Gestein, ein Stück über dir?«, fragte er. »Wirklich ganz winzig, vielleicht höchstens ein paar Zentimeter.«

Dokie betastete vorsichtig die Wand. »Ich kann ihn fühlen.«

»Nimm die Klinge.« Culpa ließ eins von Dokies Beinen los, zog den Dolch und reichte ihn dem Jungen hoch. »Steck die Spitze der Klinge in den Riss.«

Dokie gehorchte wieder.

»Drück ordentlich zu«, sagte Culpa.

Es klickte laut. Nail spürte ein Rumpeln unter den Füßen. Dann schnappte etwas, und Metall schlug auf Metall.

Schließlich erhob sich der rechteckige Altar inmitten der Kammer langsam und mit dumpfen Mahlgeräuschen von Stein gegen Stein aus dem Boden. Von beiden Seiten troff noch immer dickes Blut. »Verflucht seien Mutter Mia und das kleine Raijaelkind.« Liz Hen schlug mit drei Fingern das Laijonskreuz über ihrem Herzen.

Der Altar erhob sich an vier Steinpfosten, die ihn an jeder Ecke stützten, aus dem Boden. Schließlich stieß er oben gegen die gekippte Zisterne. Als er zum Halten kam, befand sich der Altarstein zweieinhalb Meter hoch auf den steinernen Stützen, und über jede Kante regnete Blut in die entstandene eckige Öffnung.

»Genau wie in Totholztor.« Culpa half Dokie von seinen Schultern. »Die Treppe müsste zu den Zahnrädern und Hebeln unten führen. Wenn wir dort sind, können wir den Altar schließen, und kein Oghul begreift je, wohin wir verschwunden sind.«

Schnell rafften sie Leuchten, Bündel und Wasserschläuche zusammen. Culpa erleuchtete mit erhobener Fackel die steilen Stufen unter den Altar. Erst stieg Roguemoore hinab, dann Godwyn, der auch eine Fackel trug. Seidel trabte hinterdrein, gefolgt von Liz Hen, Dokie und Stefane. Val-Draekin und Seita gingen Nail voran, der, ebenfalls mit einer Fackel, die Nachhut bildete.

Die Treppe war von den Blutlachen rutschig, und an den Wänden liefen rote Rinnsale herab. Zwanzig Stufen zählte sie. Nail betrat als Letzter den Gang, einen schmalen Korridor, der zu einer kleinen Grotte führte.

Diese barg eine Ansammlung komplizierter Zahnräder, Seilzüge und Ketten. Culpa ignorierte sie. Er suchte stattdessen die Wand des Ganges gegenüber der Treppe ab und fand schließlich knapp über dem Boden, wonach er suchte: einen Stein, der eine Handbreit aus der Wand ragte. Er schob die Stiefelspitze darunter und drückte ihn leicht nach oben. Mit dumpfem Knirschen der Zahnräder, Kettengerassel und dem Rumpeln der Steine irgendwo hinter den Mauern sank der Altar über ihnen langsam wieder in seine ursprüngliche Position und schloss sie endlich mit einem abschließenden, blutigen Schmatzen unter der Erde ein. »Wir brauchen uns keine Sorgen zu machen«, sagte der Tagritter. »Wenn ich diesen Stein noch einmal bewege, öffnet der Altar sich wieder.«

Culpa geleitete sie einige Hundert Schritte den Korridor entlang, bis sie eine kleine eckige Kammer erreichten, allem Anschein nach das Ende einer Sackgasse.

»Kalt ist es hier drin«, sagte Liz Hen, als alle neun in dem Raum standen. Nail kam er schrecklich düster vor. Auf dem Boden verliefen schnurgerade graue Backsteinlinien, jeder Stein maß etwa dreißig mal dreißig Zentimeter. In jeder Ecke stand ein mit Pelz bezogener Hocker, der durch die kühle, klamme Luft angeschimmelt war. Längst erloschene Kohlen stapelten sich in einer Feuerstelle links in der Wand. Im Gesims sahen sie eine Rune, einen Sichelmond aus verrostetem Metall, der von zwei Eisensplinten direkt in der Mitte gehalten wurde.

»Ich bin kaputt.« Liz Hen ließ sich schwer auf einen der Hocker fallen, und das Schwert der Sør Sevier kratzte hinter ihr über die Mauer.

»Nicht!«, schrie Culpa. Es klickte laut, und Liz Hen sprang auf die Füße.

Niemand bewegte sich. Alle blickten sich nervös um. Jeder fürchtete, dass jetzt der Boden unter ihnen nachgab oder eine riesige Säge nach unten schwang und sie in zwei Hälften zerteilte. Abwartend starrten sie Wände, Hocker, einander an, und keiner wagte es, auch nur zu atmen. Alles war ganz still, nur das Knistern der drei Fackeln war zu hören.

Dann versank allmählich jede einzelne Ziegelreihe unter ihren Füßen im Boden. Nail, der direkt auf einer stand, sprang eilig mit der Fackel in der Faust auf festen Grund. Dokie tat es ihm gleich. Seidel schienen die Vorgänge besonders zu interessieren, er lief hierhin und dorthin, bellte und behielt die versinkenden Reihen genau im Auge. Der Hund sprang von Reihe zu Reihe, bis die Steine ihre langsame Abwärtsbewegung abgeschlossen hatten. Jetzt durchzogen Furchen den Boden, jede keinen halben Meter tief. Nail zählte insgesamt zwölf. Wenn das eine Falle war, ergab sie keinen Sinn.

»Bei den fauligen Biestern der Unterwelt!«, rief Liz Hen aus und blickte gehetzt von Culpa zu Seita zu Roguemoore zur Decke und auf den gefurchten Boden. »Da soll mir doch die gesegnete Mutter Mia das Wasser aus dem Leib nuckeln, wenn ich diesen Schlamassel hier lebendig überstehe!«

»Still.« Culpa bat mit erhobener Hand um Ruhe. »Und niemand fasst etwas ohne meine Erlaubnis an.«

Dann kippte einer der Pelzhocker um und fiel klappernd auf den Boden.

Unten aus der Wand gegenüber der Feuerstelle sickerte eine silberne Flüssigkeit wie Baumharz hervor. Nail sah schnell zu Stefane hinüber. Beide hatten solche silbernen Rinnsale aus den Mauern der Grabstätte in den Minen von Roahm tropfen sehen, wo sie den *Mond des Vergessens* gefunden hatten. Shawcroft hatte sie davor gewarnt, sie zu berühren. Nail bemerkte, dass Val-Draekin mit erschrecktem Blick Seitas Arm festhielt. Dem Vallè-Mädchen stand tiefe Befriedigung ins Gesicht geschrieben.

Die glänzende Suppe blutete aus den dünnen Spalten am Boden und floss langsam auf die versunkenen Steine zu. Ängstlich beobachtete Liz Hen, wie die sirupartige Flüssigkeit allmählich die Furchen zu füllen begann. Culpa Barra blickte verwirrt drein, ebenso Roguemoore.

»Seht nur!« Dokie zeigte auf etwas.

Der verschimmelte Pelz auf dem gerade umgekippten Holzhocker wurde von der Silberflüssigkeit verschlungen und verschwand in Rauch und Dampf. Bald wurde auch die Sitzfläche verzehrt und ging in Qualm auf. Roguemoore schnappte sich eins der Hockerbeine und hielt es hoch. Geschmolzenes Silber tropfte vom verkohlten Holz, und das schaurige, helle Verderben fraß weiter daran. Der Zwerg warf das Teil in die leere Feuerstelle.

Das Silber floss weiter in den Raum und lief durch die zwölf Gräben auf eben diese Feuerstelle zu. Val-Draekin kniete sich hin und tauchte eine Dolchspitze in den nächsten Silbertrog. Rauch stieg auf, und als er sie wieder herauszog, war der Stahl restlos weggefressen. Er ließ den beschädigten Dolch ganz in den trägen Silberfluss fallen, wo er mit einem Zischen versank. Ängstlich blickte er zu Seita. Unbeteiligt schüttelte sie den Kopf.

»Dolch und Hocker löst es auf, aber nicht den Steinboden.« Godwyn richtete den Verband um den Arm mit dem er die Fackel hielt.

»Auf den Felsen hat es keine Auswirkungen«, sagte Roguemoore. »Ein Steinbecken voll von diesem Zeug würde ich gerne mitnehmen. Aber wer hat schon ein Steinbecken bei sich.«

»Shawcroft kannte es.« Stefane blickte den Zwerg an. »Er hat uns gesagt, wenn wir in den Minen von Roahm sind, dürfen wir kein Silber berühren. Warum wollt Ihr davon etwas haben?«

»Ich untersuche Tinkturen und studiere Alchemie«, erwiderte der Zwerg. »So etwas habe ich noch nie gesehen.«

»Uralte Hexenkunst ist das«, sagte Culpa. Er wandte sich an den Zwerg. »In den *Mondrollen* ist kurz von den silbernen Geheimnissen der Schädel die Rede. Ist es vielleicht das?«

»Eher schwarze Vallè-Magie.« Mit kalten Augen sah der Zwerg

von Val-Draekin zu Seita. Wieder wechselten die Vallè besorgte Blicke.

Culpa hielt die Fackel in den Raum. »Einerlei, ob es von den Vallè kommt oder nicht, es sickert weiter aus der Wand. Wir dürfen es nicht berühren. Das wäre ganz sicher eine schreckliche Art zu sterben.«

»Da wäre ich nicht drauf gekommen.« Liz Hen schlug mit drei Fingern das Laijonskreuz über ihrem Herzen. »Lasst uns verdammt nochmal hier verschwinden.«

Nail pflichtete ihr bei. Diese Minen waren über alle Maßen schaurig und eigenartig. Er blickte zurück zum Eingang in die Kammer und in den Korridor dahinter. Im Fackelrauch wirkte er verlockend.

»Wir können jetzt noch nicht weg, Liz Hen.« Culpa untersuchte das Sims um die Feuerstelle und konzentrierte sich besonders auf die verrostete Sichelmondrune. »Genau hier müssen wir sein.« Er reichte Stefane seine Fackel. Vorsichtig die Furchen meidend, ging der Tagritter zum Kamin. Mit der Dolchspitze löste er vorsichtig den Mond, indem er die beiden Eisenstifte aus der Mauer zog. Schließlich fiel die Rune mitsamt den darin steckenden Splinten heraus. Spitz ragten sie hinten aus dem Mond. Einer war deutlich kürzer.

Culpa zog erst den längeren und dann den kürzeren Stift aus der Rune. Den Mond legte er auf das Sims. Dann hielt er beide Metallstifte hoch und untersuchte sie eingehend.

Nail bemerkte dort, wo der Mond gehangen hatte, drei Löcher. Culpa wandte sich um und setzte die Spitze des längeren Metallstifts in das mittlere. Dann nagelte er ihn mit dem Dolchgriff bis zum Anschlag ein.

Der Tagritter sah sich im Raum um, als erwarte er irgendetwas. Aus der Wand gegenüber blutete immer noch das Silber und lief in die zwölf Gräben. Jeder war inzwischen etwa zu einem Viertel gefüllt. Mit gerunzelter Stirn drehte Culpa sich um und versetzte dem Metallstift noch einen heftigen Schlag mit dem Dolch.

Da ertönte ein lautes Klicken.

Mit einem tiefen Grummeln von Zahnrädern und Gestein erhob sich allmählich die Wand gegenüber dem Eingang, als sauge die Decke die Steinmauer in eine geheime Dachkammer. Dahinter offenbarte sich eine breite Treppe. Stufe um Stufe führte sie in die Dunkelheit nach oben.

»Auf geht's«, verkündete Culpa.

»Wartet«, platzte Stefane heraus. »Ihr sagtet, jede kleinste Erinnerung kann jetzt von Nutzen sein. Ihr sagtet, Shawcroft sei in allem beständig gewesen, richtig?«

»Ja«, sagte Culpa. »So ähnlich.«

»Ich habe so eine Treppe schon einmal gesehen«, sagte Stefane. »Liz Hen, Dokie, Nail, wir alle haben sie gesehen. Nail und ich haben die Streitaxt am oberen Ende einer Treppe in den Minen von Roahm gefunden, die genauso aussah. Shawcroft hat zu Nail gesagt, er soll auf die dritte Stufe von unten und dort auf den ganz linken Stein achten. Nail sollte ihn nach innen drücken, gerade zwei Zentimeter weit, dann würden die restlichen Fallen auf der Treppe entschärft.« Er zeigte auf die dritte Stufe. Der Stein ganz links trat neben den anderen ein wenig hervor. Genau wie in Roahm. Nail war enttäuscht, dass er nicht zuerst darauf gekommen war. Er wusste, dass sein Freund recht hatte.

Stefane sagte: »Nail hat in den Minen von Roahm einen solchen Stein nach hinten gedrückt.«

»So hat Shawcroft es auch in Totholztor eingerichtet«, sagte Culpa eifrig und ging zu der Stufe. Dann stieß er sachte mit dem Fuß gegen den fraglichen Stein. Er schien von selbst in die Stufe zurückzuweichen. Von oben kam ein kurzer Windstoß und dann leises Klirren. Dann war Stille.

»Sehr aufmerksam.« Culpa wandte sich wieder zu Stefane. »Du

hast uns wahrscheinlich alle gerettet. Wer weiß, was für Fallen gerade entschärft wurden.«

Culpa führte die Gesellschaft die Stufen hinauf. Schnell erreichten sie einen kleinen Absatz, auf dem sich wieder ein Kanal von knapp einem halben Meter Breite befand, der bis zum Rand mit der silbernen Flüssigkeit gefüllt war. Dieser eine Graben reichte von Wand zu Wand. Dahinter lag ein düster aussehender, gut zwölf Meter langer Flur, an dessen ungleichmäßiger Steindecke dicke Spinngewebe hingen. Wände und Boden bestanden aus vollkommen glatten Steinen. Zu beiden Seiten sahen sie Hunderte Löcher in den Mauern.

Am Ende des Korridors stand ein kreuzförmiger Altar. Mitten in der Wand oberhalb befand sich eine quadratische Holztür. Der Altar selbst schien durch eine Steinplatte wie jener in den Minen von Roahm abgedeckt zu werden. Die verschlungenen Vallè-Schriftzeichen im Sockel lagen zu weit entfernt, als dass sie Details erkennen konnten, doch Nail ahnte, von welchen schaurigen, namenlosen Kreaturen sie kündeten: *Drachen*.

»Hier sind wir richtig«, sagte Roguemoore, der mit seinem blutverklebten Bart und dem besudelten Gesicht im Fackelschein ganz wild aussah.

»Wie der Altar in Roahm«, sagte Stefane und blickte Nail an. »Nur dass der in einer Gruft stand, mit Gebeinen und Skeletten rundherum.«

»Mir gefällt nicht, wie die Mauern aussehen«, sagte Culpa und schwenkte die Fackel in Richtung der Seiten des Korridors zwischen sich und dem Altar. »Noch mehr Fallen der altehrwürdigen Anbeter von Mia, nehme ich an. Wir dürfen uns nicht in diesen Flur wagen. Wer weiß, welche Schauerlichkeiten aus diesen Löchern da gekrochen kommen? Wer kann sagen, ob durch Stefanes Geistesblitz wirklich alles entschärft wurde? Wir dürfen auch diesen Silbertrog nicht berühren. Und dann die Holztür über dem

Altar: Wer weiß, was dahintersteckt?« Er sah den Zwerg an, dann Godwyn. »Je näher man dem Ziel kommt, desto kniffliger und tödlicher sind die Fallen, hat Shawcroft immer gesagt.«

»Und wenn wir einen Wasserschlauch auf den Boden werfen?«, schlug Dokie vor. »Dann warten wir ab, was passiert. Ob noch mehr ausgelöst werden.«

»Nein«, antwortete Culpa schnell und bestimmt. »Wir dürfen nicht mehr Unruhe verursachen als unbedingt nötig. Vielleicht strömt giftiges Gas aus diesen Löchern.«

Nail nahm die Wände in Augenschein. So eben, glatt und vollkommen, dass er fast den Verstand verlor. Mit Hunderten von Löchern. *Wahrlich: Welche Gemeinheiten mögen sich dahinter verbergen?* Dann erinnerte er sich an etwas: ein Geheimnis, das nur er in Roahm gesehen hatte, eins, das jenem ähnelte, das Stefane vorhin offenbart hatte.

»Ich habe eine Idee.« Er wandte sich um und lief, von allen beobachtet, mit vier großen Schritten die Treppe hinunter. Sogleich fand er im Schein seiner Fackel, wonach er gesucht hatte. Wie in den Minen oberhalb von Galgenhafen ragte auch hier der Stein an der linken Wand auf der obersten Stufe ein kleines bisschen weiter heraus als die anderen.

Er schob ihn mit der Stiefelspitze hinein.

Vom Altar her erklang ein tiefes Stöhnen, gefolgt vom Rumpeln aufeinandermahlender Felsen. Alle blickten wieder den Flur entlang. Der kreuzförmige Altar versank langsam im Boden, bis nur noch der Abdeckstein zu sehen war.

Eine Ewigkeit lang schien niemand mehr zu atmen, und Nail wurde bang ums Herz.

»Du hast ihn verschwinden lassen, du Dummkopf.« Liz Hens Schimpfen durchbrach die Stille. Sie tat zwei Schritte auf ihn zu und boxte ihn so fest sie konnte in die Schulter. »Verdammte Scheiße, was stimmt mit dir nicht? Hast du es denn nicht begriffen? Man läuft an solchen Orten nicht herum und fasst Sachen an. Blöder Vollidiot.«

»Mögen die Totengeister uns befallen«, seufzte Godwyn. »Lasst uns dankbar sein, dass er nicht schnurstracks in der Unterwelt versunken ist.«

»Bei den verfaulten Engeln, ich bin wirklich mit den Nerven am Ende.« Culpa klang erschöpft. »Was passiert ist, ist passiert, egal, ob gut oder schlecht.«

»Ab jetzt fasst keiner mehr etwas an«, knurrte Roguemoore.

»Wir müssen schnell handeln«, sagte Culpa. »Der Raum darunter wird vermutlich vom Silber überflutet, und wir haben keinen Ausweg mehr.« Er gab Liz Hen seine Fackel, zog das Seil aus seinem Gepäck und wandte sich an Stefane. »Bei den ganzen Löchern in den Wänden möchte ich nicht, dass einer von uns über diesen Flur geht.« Er zog einen Pfeil aus Stefanes Köcher. »Kannst du den Pfeil in der Holztür über dem Altar versenken?« Er knotete das Seil daran fest.

»Ist wie im Gletscher.« Stefane nickte. »Vielleicht noch einfacher.« Er setzte den Pfeil an die Sehne, zielte, atmete tief durch, hielt kurz inne und schoss. Der Pfeil flog zielgenau und landete tief in der Holztür.

Alle warteten stumm. Fast erwartete Nail, dass die Decke einbrach oder alles in Flammen aufging, doch nichts geschah.

Culpa zog, riss und zerrte so fest er konnte am Seil. Der Pfeil saß tief im Holz. Der Tagritter schnürte sich das andere Ende um die Hüfte und ließ sich auf eine Treppenstufe fallen, dass die schwarze Rüstung über die Steine kratzte. Jetzt spannte sich das Seil in etwa einem Meter Höhe über dem Boden. »Du bist von uns am leichtesten, Dokie«, sagte er. »Du musst dich am Seil nach drüben hangeln, den Altarstein zur Seite schieben und nachsehen, was sich darin befindet. Hoffentlich ist es das *Pechschwarze Herz*.«

Dokie packte das Seil. »Wie Stefane schon sagte: wie im Gletscher, vielleicht noch einfacher.« Er blickte in den schwach beleuchteten Korridor. »Und wenn ich abrutsche, falle ich nicht so tief.« Dann schlug er mit drei Fingern das Laijonskreuz über seinem Herzen, fasste mit beiden Händen zu und hängte sich ans gespannte Seil. Auch die Beine schlang er darum. Der Pfeil steckte weiter fest in der zwölf Meter entfernten Tür.

»Sei vorsichtig«, murmelte Liz Hen.

Unter dem Seil hängend zog Dokie sich sicher und schnell in Richtung des Altars. Culpa und der Zwerg mühten sich, es so straff wie möglich zu halten. Trotzdem hing es ein wenig durch, als Dokie die halbe Strecke hinter sich gebracht hatte. Der Tagritter stützte sich ab und lehnte sich zurück, sodass wieder mehr Spannung auf dem Tau war. Auch Seita half nun mit. Als Dokie den versunkenen Altar erreicht hatte, rief er: »Kann ich mich hier hinstellen?«

»Aber langsam«, wies ihn Culpa an. »Und achte auf Klicken oder andere ungewöhnliche Geräusche, wenn du die Füße aufsetzt! Bewege dich nicht mehr als nötig! Probiere, den Altarstein zur Seite wegzuschieben!«

Dokie nahm die Beine vom Seil und ließ die Füße auf den Boden gleiten. Noch hängend wartete er einen Moment, dann belastete er sie und stand frei da. Culpa und Roguemoore entspannten sich am anderen Ende des Seils.

»Oben auf dem Altarstein sind Sachen eingeritzt!«, rief Dokie mit zur Seite geneigtem Kopf. »Zeichen wie auf den Stehenden Steinen! Wie die Symbole in meinen Träumen, nachdem mich der Blitz getroffen hat! Wie auf meinen Skizzen!«

»Probier einfach, den Stein zur Seite zu schieben!«, rief Culpa.

Dokie kniete sich hin und schob angestrengt. »Ich kriege ihn nicht bewegt! Er ist zu schwer!«

»Versuch, den Winkel zu verändern!«, riet Culpa.

Dokie stellte sich anders auf und stieß jetzt mehrmals heftig dagegen. »Jetzt bewegt er sich zentimeterweise! Aber das wird ein Weilchen dauern!«

»Schieb einfach so weit, dass du den Arm hineinstecken kannst!«, rief der Tagritter.

Nach ein paar Stößen hatte Dokie den Stein ausreichend weit geschoben. Er legte sich auf den Bauch und blickte in die Öffnung. Dann rutschte er ein Stück und griff hinein. »Da unten ist was!« Er schob den Arm noch etwas tiefer in die Öffnung. »Ich glaube, ich komme ran! Ich kann es fühlen!« Kurz darauf zog er einen dunklen Gegenstand hervor.

Es war eine Armbrust. Groß, dunkel wie Ruß und mit einer schwarzen Sehne.

Augenblicklich durchdrang wachsende Ehrfurcht die Gesellschaft. Sie begriff schließlich, dass das antike Relikt wirklich hier lag und Dokie es nach all den Mühen und Ängsten wirklich aus dem Altar gezogen hatte.

»Liegt da auch ein schwarzer Stein?«, rief Culpa.

Dokie legte die alte Armbrust auf den Boden und spähte wieder in die Öffnung. »Ich kann nur etwas Dunkles erkennen, sieht aus wie ein Stück Stoff!«

»Ja! Das ist er!«, schrie Culpa. »Der Engelsstein ist in Stoff gewickelt. Hol ihn dir. Aber fass den Stein selbst nicht an. Lass ihn im Stoff.«

Dokie griff noch einmal nach unten, zog den seidenen Beutel heraus und öffnete ihn. »Ein Engelsstein!« Er stellte sich hin und zeigte allen seinen Fund. »Schwarz!«

Godwyn sagte: »Das haben wir Shawcroft und seiner jahrelangen Arbeit zu verdanken.«

Falls sich wirklich ein schwarzer Edelstein in dem schwarzen Tuch befand, konnte Nail ihn aus der Entfernung nicht erkennen. »Ich würde ihn euch ja rüberwerfen, aber so weit schaffe ich es nicht!«, rief Dokie.

»Mach die Armbrust einfach gut an deinem Gürtel fest und komm über das Seil zurück!«, wies Culpa ihn an. »Den Stein wickelst du ein und steckst ihn dir in die Tasche!«

Dokie tat, wie ihm geheißen. Den verhüllten Stein steckte er unter den Brustpanzer. Dann hielt er die Armbrust triumphierend über seinen Kopf. »Sieh nur, Liz Hen, ich habe sie beide! Das *Pechschwarze Herz* und den Engelsstein!«

Liz Hen applaudierte und jubelte ihm zu. »Er ist ein echter Einbrecher. Ein Kerkerdieb.«

Culpa stemmte sich gegen den Pfeil und zog Dokies Seil straff. Der hängte sich an und krabbelte Hand über Hand, die Armbrust am Gürtel verhakt, wie eine vierbeinige Spinne zurück. Auf halbem Weg hing das Seil wieder etwas durch. Culpa richtete sich auf, und auch Roguemoore und Seita packten beherzt zu, um es zu spannen.

Da riss Stefanes Pfeil aus der Tür.

Dokie fiel scheppernd auf halber Strecke vor ihnen auf den Boden, rappelte sich sofort auf die Knie, fasste die Armbrust und drehte sich zu ihnen. »Nichts passiert«, rief er.

Ein Zischen ertönte, und eintausend Staubwolken schossen aus den Löchern in beiden Wänden und rieselten still zu Boden.

Dokie, der noch immer im Korridor kniete, fiel seitwärts um. Kopf, Arme, Beine, Körper: Jeder Zentimeter war mit glänzenden, nadeldünnen Pfeilen übersät, die allesamt nicht länger als Kinderfinger waren. Tausende davon lagen auf dem Gang um ihn herum verstreut und glitzerten im Fackelschein wie winzige, gnadenlose und scharfe Sterne.

Die Gesellschaft verstummte entsetzt.

»Dokie!« Liz Hen wollte auf ihn losstürzen, doch Val-Draekin hielt sie fest, bevor sie zum Sprung über das silberne Bächlein ansetzen konnte. Seidel bellte und schlug wie wild mit den Pfoten auf den steinernen Vorsprung. Auch er wollte über den Silbergraben springen und dem zu Boden gegangenen Jungen helfen, doch er spürte die Gefahr. Als der Staub sich setzte, krümmte Dokie sich langsam um die Armbrust, die er vor der Brust hielt. Dann blieb er still liegen. Sein eingerollter Körper sah in der Dunkelheit aus wie ein über und über gespicktes Nadelkissen.

Von den Steinen um sie herum hallte donnerndes Rumpeln wider, so tief, dass es Nail den Atem raubte. Die Spinnweben über Dokie erzitterten. Wieder rieselte Staub auf den Jungen, und langsam begann sich die unebene Decke knirschend zu senken.

»Nein«, keuchte Culpa Barra. Das allmähliche Absenken ließ den Boden erbeben.

Der Tagritter sprang auf, nahm Anlauf und wollte Dokie zur Rettung springen. Da hielt ihn plötzlich die Hand des Zwergs am Brustpanzer auf. Culpa verlor seine sonst so stolze Haltung. Gepeinigt blickte er über die tausend mörderischen, dunklen Löcher in den Wänden des Korridors, die tausend Silberpfeile am Boden und Dokies leblose Gestalt. Er wusste, dass er nichts tun konnte.

Liz Hen wehrte sich gegen Val-Draekins starken Griff. Seita half, sie zu bändigen, Roguemoore ebenso. Das laute Weinen des verstörten Mädchens übertönte das Rumpeln und Schaben der sinkenden Steindecke.

Culpa packte das Seil und holte es hektisch ein. Der Pfeil, der noch angebunden war, rutschte hinter Dokie über den Boden. Er verfing sich in seiner Rüstung. Culpa zog daran und versuchte, nach Dokie zu angeln, um ihn in Sicherheit zu bringen. Doch der Pfeil brach ab, und das Seil war nutzlos. Der Tagritter ließ es fallen und schrie verärgert auf.

Nail sah, dass die Decke nun schon unter Augenhöhe abgesunken war. Er wusste, dass sein treuer Freund aus Galgenhafen einen besseren Tod verdiente, als hier in dieser elenden Mine zerquetscht zu werden. Es war wie an Bord der *Lady Kindly*. Niemand hatte etwas unternommen, um Zane vor den Haien zu retten. Und niemand unternahm etwas, um Dokie zu retten.

Bei diesem Gedanken warf er sich über den Silberfluss und bewegte sich geduckt unter der absinkenden Decke vorwärts, um seinem Freund zu helfen. Ein scharfes Zischen und tausend Windstöße schossen an ihm vorbei. Pfeile prasselten gegen seinen Brustpanzer und prallten in die Dunkelheit. Schmerz brannte ihm auf dem Gesicht. Er spürte Culpa Barras starke Hand am Gürtel, dann wurde er grob wieder über das flüssige Silber und aus der Gefahr des Korridors in Sicherheit gezogen.

Nail und der Tagritter fielen mit scheppernden Rüstungen auf den steinernen Vorsprung. Hektisch wischte sich Nail die Pfeile aus dem geschundenen Gesicht. Die Schmerzen waren fast unerträglich. Er biss die Zähne zusammen und sah mit wehem Herzen zu, wie sich die Decke langsam immer weiter auf seinen Freund zubewegte. Ein guter Meter trennte Dokie nun noch vom sicheren Tod. *Wenn er nicht bereits tot ist.* Die Pfeile waren extrem spitz, und Nail hatte nur wenige abbekommen.

Da sprang Seidel laut bellend über den Silberstrom und lief unter der sinkenden Felsplatte auf seinen Freund zu. Wieder zischten und rauschten die Pfeile. Sie trafen den Hund in beide Flanken, doch er wurde kaum langsamer. Die Spinnweben strichen ihm schon über das Fell am Rücken, als er den Jungen erreichte. Er fasste nach Dokies Fuß im Stiefel und begann, den Jungen fortzuzerren. Dabei kauerte er sich immer tiefer unter der nahen Decke. Abermals spien die Wände Pfeile aus, die Junge und Hund trafen.

»Rettet sie!«, heulte Liz Hen. »Rette sie doch jemand!«

Die gesamte Gesellschaft beobachtete schon auf allen vieren, wie Seidel sich unter der Platte zu ihnen mühte. Er tapste verzweifelt über den Boden und zog Dokie am Bein mit. Doch die Decke senkte sich unerbittlich, zwang den Hund zu kriechen und ließ ihn langsamer werden. Ein drittes Mal wurden Pfeile abgefeuert.

Dann ragte sein Schwanz aus dem Spalt. Culpa Barra stellte sich breitbeinig über den Silberstrom, packte das Tier an den Hinterläufen und zerrte es mit einem Ruck aus der Falle. Er warf den mächtigen Hund kühn auf den Vorsprung, direkt in Liz Hens Arme. Sie taumelte gegen die Seitenwand, hielt ihn fest und kreischte: »Er steckt voller Nadeln!«

Währenddessen stand der Tagritter schon wieder über dem Silberstrom, ging auf der anderen Seite in die Knie und streckte beide Arme zwischen die Steinplatten. Er bekam Dokie an den Knöcheln zu fassen und zerrte ihn mit letzter Kraft heraus. Die schwarze Armbrust in den Armen des Jungen wirbelte über den Boden und krachte neben Liz Hen und Seidel gegen die Wand. Der Seidenbeutel schoss aus dem Brustpanzer hervor. Das Tuch sank zu Boden, der schwarze Inhalt kullerte direkt auf den silbernen Strom zu …

… und Roguemoores schwielige Hand schnappte den Edelstein, kurz bevor er hineinfallen konnte.

Mit einem durchdringenden Knirschen vereinte sich die Decke hinter Culpa Barra mit dem Fußboden. Der Tagritter überstieg noch einmal den Silberstrom. Dokie hielt er an den Knöcheln. Der Körper des Jungen baumelte kopfüber schlaff herab, gespickt mit Hunderten winziger silberner Pfeile.

Oh, ihr Leute, betet euren großen Einen und Einzigen an, jetzt und immerdar. Gepeinigt zog Laijon das Feuer der Sühne *und stieß es dem Letzten Dämonischen Herren in den Leib. Oh, ihr Leute, wer unter euch betrauert nicht jenen tückischen Krieg der Dämonen, jene gefürchtete Schlacht, die in endlosem Elend tobte?*

WEG UND WAHRHEIT LAIJONS

31. KAPITEL

STEFANE WAYLAND

AM ZEHNTEN TAG DES ENGELSMONDES
IM 999. JAHR LAIJON – HIMMELSSEEN, GUL KANA

Endlich ließ die Gesellschaft der Neun die tiefe Felskluft und die Neuschneewirbel um den großen D'Nahk lè hinter sich und wankte erschöpft im prallen Sonnenschein, begleitet vom Gezwitscher ferner Vögel. Der mächtige Gletscher beherrschte mit seinem weißen Strahlen die Landschaft gen Süden, und dahinter erhoben sich hohe Gipfel. Der Anblick von so viel Raum und Licht schmerzte in den Augen, also steckten sie rasch die Fackeln in den Schnee und ließen sich kraftlos und müde daneben fallen. Roguemoores Kreidemarkierungen an den Mauern hatten ihnen einige Zeit und Kopfschmerzen erspart. Trotzdem war es ein langer Weg aus den schwarzen Tiefen der Minen gewesen. Zum Glück waren sie auf keine weiteren Oghule mehr gestoßen.

Stefane und Val-Draekin setzten Dokies Bahre auf den steinernen Boden. Stefane keuchte schwer. Sie hatten die Trage aus zwei Pfeilern und ein paar zerschlagenen Hockern in den Minen zurechtgezimmert. Zusammengehalten wurde sie von dem letzten Stück Seil, an dem Dokie sich durch den Korridor gehangelt hatte, und sie hatten ein Laken darauf gespannt. Mit einem weiteren hatten sie Dokie zugedeckt. Abgesehen von Godwyn, der den verletzten Arm immer noch bandagiert in einer Schlinge hielt, hatten sie sich alle beim Transport des Jungen durch die Minentunnel abgewechselt. Der Bischof zog den letzten Wasserschlauch aus dem Gepäck, und jeder trank einen Schluck. Außerdem flößte er Dokie ein heilsames Gebräu ein, eine braune Mixtur, die er aus dem Beutel mit den heilenden Umschlägen gezogen hatte. »Solange wir es schaffen, dass er weiteratmet, gibt es Hoffnung.«

»Hier draußen könnte er erfrieren.« Liz Hen blickte trüb drein. Seidel hatte sich an ihrem Bein zusammengerollt, und sie strich ihm nervös über das Fell. Seit er bei Dokies Rettung von Pfeilen gespickt worden war, hatte der Hund keinen Laut getan, nur mit weit heraushängender Zunge schwer gehechelt. Nicht einmal bei der sanften Berührung des Mädchens wedelte er mit dem Schwanz. »Sollen die Totengeister mich holen, weil ich das sage: Hier draußen ist es zwar hell und sonnig wie in der Wüste, aber in den Minen war mir viel wärmer.«

»Da dürfen wir aber nicht wieder rein, Liz Hen«, sagte Godwyn mit grimmigem Blick. »Egal, wie warm es dort ist. Ich kann nur wenig tun, um Dokie zu pflegen, bis wir ihm die Medizin besorgen, die er wirklich braucht. Wir müssen uns beeilen. Wir sollten hier nicht lange rasten.«

Bei der Flucht aus den Minen hatten sie immer wieder angehalten, damit der Bischof Pfeile aus dem bewusstlosen Jungen ziehen konnte. Zum Glück waren die meisten an Dokies Rüstung abgeprallt oder nur wenig in die Lederkleidung eingedrungen. Mindestens ein paar Dutzend hatten ihn aber im Gesicht, an den Armen und Beinen getroffen. Das Gift, mit dem sie getränkt waren, hatte ihn das Bewusstsein verlieren lassen und nun atmete er schwer. Sein Gesicht war rot und geschwollen.

Liz Hen hatte so viele Pfeile sie konnte aus Seidels Körper gezogen. Der Hund schien mit jeder Stunde lethargischer zu werden. Auch Nails Gesicht war an beiden Wangen picklig und geschwollen. Davon abgesehen schien das gute Dutzend kleiner Bienenstiche ihn aber nicht weiter zu beeinträchtigen.

»Dokie stirbt doch nicht, oder?«, fragte Liz Hen und streichelte Seidel.

»Ich weiß es nicht«, antwortete Godwyn. »Ich könnte mir aber vorstellen, dass die Gifte in den Pfeilen jahrhundertealt sind und die Wirkung größtenteils eingebüßt haben.«

»Der Oghul in Stanclyffe, habt Ihr die Tätowierung unter seinem Auge gesehen?«, fragte Culpa Godwyn. »Dieser Oghul ist vielleicht Dokies einzige Möglichkeit.«

»Stanclyffe ist weit entfernt«, sagte Godwyn ernst.

»Wir haben keine Wahl«, erwiderte Culpa. »Ihr müsst den Jungen zu diesem Oghul schaffen, wenn er noch eine Überlebenschance haben soll.«

»Stanclyffe liegt aber nicht auf unserem Weg.« Grimmig blickte Godwyn auf.

»Was ist denn so besonders an dem Oghul in Stanclyffe?«, fragte Liz Hen. »Was kann der denn für Dokie tun?«

Culpa sah sie an. »Die Tätowierung unter seinem Auge ist ein Zeichen, eins, das angibt, welche schauderhafte Alchemie er genau betreibt.«

»Schauderhafte Alchemie?« Liz Hen machte ein erschrecktes Gesicht.

»Auch Heiltränke«, sagte Culpa ein wenig beruhigend.

»Aber welchen Preis verlangt der Oghul?«, murmelte Godwyn.

»In der Tat«, erwiderte Roguemoore leise mit gehetztem Blick. Sein Bart und sein Gesicht sahen mittlerweile etwas sauberer aus. Das meiste Oghul-Blut hatte er abgeschrubbt, aber ein bisschen davon klebte noch in den Dellen und Beulen seiner Rüstungsplatten. »Welchen Preis zahlen wir alle wohl für das *Pechschwarze Herz?*«

»Wir haben viele schwere Entscheidungen zu treffen«, sagte Godwyn.

»Glaubt Ihr, diese Pfeile bestanden aus demselben tückischen Silber?«, fragte Culpa.

»Schwer zu sagen«, erwiderte Roguemoore und blickte starr auf die Armbrust auf Culpas Rücken. Stefane bewunderte ihre undurchdringlich schwarze Schönheit, die zarte, vollkommene Mechanik und die schwarze Sehne. Wie es aussah, passte nur ein besonders bemessener Pfeil hinein. Ein dickerer als üblich. Ganz sicher keine Größe, die Stefane schon einmal gesehen hätte. Dasselbe sagte Seita über das Holz, das gleichwohl unvergleichlich edel wirkte.

Culpa trug auch den schwarzen Engelsstein. Er steckte, in den Seidenkokon gewickelt, in einem kleinen Ledersäckchen an seinem Gürtel. Stefane hatte nur einen kurzen Blick darauf geworfen, als Roguemoore ihn kurz vor dem Absturz in den Silberfluss fing. Auf der dunklen, matten Oberfläche hatte sich kein einziger Funken des Fackelscheins gespiegelt. Anders als der blaue Engelsstein, den Giselle in den Minen oberhalb von Galgenhafen gefunden hatte, schien dieser hier ein düsteres, konturloses Ding zu sein, schwarz und hart.

»Er übergibt sich, doch es kommt nur Luft!«, rief Dokie und schlug die Lider auf. Der plötzliche Ausbruch des Jungen überraschte sie alle. Über seinen Pupillen lag ein milchiger Schleier. »Er sagt, seine Ohren sind voll Wasser. Und er spürt seine Füße nicht. Die Rüstung hat ihn schwer verbrannt. Hat Narben hinterlassen.«

»Was faselt er da?« Liz Hen eilte an die Bahre und nahm seine Hände. »Haben ihn die Totengeister in ihrer Gewalt?«

»Er fantasiert im Fieberwahn.« Godwyn tupfte dem Jungen mit einem Zipfel Decke die Stirn.

Dokies Brust hob und senkte sich schneller. »Der Blitz schlug ein! Er hat gespürt, wie sein Herz stehenbleibt!« Er setzte sich auf und ließ den vernebelten Blick durch die Gegend schweifen. »In dem Moment dort, sagt er, hat er erkannt, wie der Tod sich anfühlt. Sagt, er hat gespürt, wie sein Herz wieder losklopft, als er in den Matsch fiel, und dass er ohne diesen heftigen Aufprall nun tot wäre.« Dokies wilder Blick hielt bei Nail inne. »Er wollte wissen, ob auch du gespürt hast, wie dein Herz zu schlagen aufhört.«

»Guter Laijon, die Totengeister haben ihn.« Tränen liefen Liz Hen über die rosigen, kalten Wangen. »Was sollen wir tun?«

»Träume ich?« Dokies feuchter Blick ruhte noch auf Nail. »Komm her.«

Nail saß stocksteif und mit verbittertem Gesicht da.

»Das Kreuzesmal. Ich habe es geträumt.« Dokie zeigte auf das rote, kreuzförmige Zeichen auf Nails Handrücken. Stefane hatte die Brandnarbe als Erster an Nail bemerkt, kurz nachdem Dokie vor so langer Zeit auf dem Übungsplatz von Baron Bruk vom Blitz getroffen worden war.

»Kreuzesmal?« Liz Hen stand auf, nahm Nails Hand und sah nach. »Was glaubst du, dass es bedeutet?«

»Das bedeutet gar nichts.« Nail riss sich los. »Er hat den Verstand verloren, weiter nichts.«

Die Oberfläche des Gletschers war von der Sonne angeschmolzen, der Weg war gefährlich. Alle mussten helfen, Dokie über und um alle Hindernisse und Pfützen zu tragen. Dennoch kamen sie gut in Richtung der Spalte voran, die sie einige Tage zuvor überwunden hatten. In der Ferne warteten die knochigen braunen Maulesel an ihren Pflöcken im Eis.

Als sie die Kluft erreichten, stellten sie fest, dass sie sich um etwa anderthalb Meter vergrößert hatte. In der Tiefe rauschten noch immer unterirdische Gewässer, und der heisere Lärm klang deutlich lauter als zuvor. Da sie nur noch ein Seil hatten, würde die Überquerung kompliziert werden, wenn nicht gar unmöglich, mit Dokie auf der Bahre. Dieses Mal würde es keine Seilbrücke geben. Sie würden sich nacheinander auf die andere Seite schwingen, den Aufprall an der Eiswand abfangen und dann das Seil hochklettern müssen. Oder die, die bereits drüben waren, zogen ihn oder sie hinauf.

Val-Draekin durchsuchte das Gepäck und legte die zwei Spitzhacken zur Seite, dann warfen sie so viel sie konnten von der Ausrüstung auf die andere Seite. Culpa schnürte das übrige Seil um einen von Stefanes Pfeilen.

Stefane setzte den Pfeil an, zielte und ließ los. Der Schuss saß perfekt. Der Pfeil landete tief in einem Riss im Eis etwa dreißig Zentimeter unter der Kante. Seita knotete sich das andere Ende des Seils um die Hüfte, nahm die beiden Spitzhacken, trat an den rutschigen Rand und sprang. Anmutig schwang sie sich in den Abgrund und landete mit den Füßen voran etwa acht Meter unterhalb der Kante an der gegenüberliegenden Wand. Sofort schlug sie die beiden Spitzhacken ins Eis. Nur kurz tastete sie nach Halt, dann kletterte sie mithilfe der beiden Werkzeuge die Wand hoch. Oben wickelte sie das Seil um den Pflock, den sie zurückgelassen hatten. Dann ging sie zurück und riss Stefanes Pfeil aus dem Eis. Rasch entledigte sie sich des Seils und warf das lose Ende und dann die beiden Spitzhacken auf die andere Seite.

Roguemoore wickelte sich das Tau mehrmals um den Leib. Er nahm die Spitzhacken, machte einen Schritt nach vorn und ließ sich wenig graziös in den Abgrund fallen. Heftig scheppernd krachte er mit der Rüstung in die Eiswand. Dabei fiel ihm der gehörnte Helm vom Kopf in das Nichts unter ihm. Fluchend orientierte der Zwerg sich an der Wand und begann den langsamen Aufstieg. Seita zog von oben am Seil.

Stefane glaubte, in der Ferne Oghule heulen zu hören. Womöglich spielten seine Ohren ihm einen Streich, also drehte er sich um und blickte über die eisigen Weiten, die sie bis hier durchwandert hatten. Das Geheul wurde lauter und deutlicher. Auch Culpa hatte sich umgedreht. Da tauchten einige Dutzend der Kerle auf einer Anhöhe im Nordosten auf.

Die verlausten, graugesichtigen Untiere knurrten und stampften grölend über das Eis. Ihre verrosteten Rüstungen sahen grob aus und klapperten, und sie reckten grausam wirkende Waffen in die Höhe.

»Schnell!« Culpa drehte sich um und feuerte den Zwerg an. Als der auf der anderen Seite oben angelangt war, hatten die heranstürmenden Oghule sich um einige Hundert Schritte genähert. Seita warf Seil und Hacken für den Nächsten über den Schlund.

»Los, Stefane! Jetzt du!«, befahl Culpa. »Mach so schnell du kannst, und dann will ich, dass du die von drüben mit Pfeilen belegst.«

Mit rasendem Herzen schnürte Stefane sich das Seil um. Durch die jahrelange Arbeit an Bord der *Lady Kindly* hatte er die Knoten schnell gebunden. Dann nahm er die Spitzhacken, sprang von der Kante, schwang in den Abgrund, dieses tiefblaue Nichts, und prallte mit den Füßen so heftig gegen die andere Wand, dass es ihm die Luft aus den Lungen trieb. Eine Handvoll Pfeile fiel aus dem Köcher, den Bogen hatte er aber noch. Schnell erklomm er mit den Hacken die Wand. Seita und Roguemoore zogen von oben.

Als er wieder sicheren Boden unter den Füßen hatte, küsste Seita ihn auf die Stirn, dann nahm sie ihm das Seil ab und schickte es wieder auf die andere Seite. Stefane warf die beiden Spitzhacken hinterher. Inzwischen waren die Oghule nur noch etwa hundert Meter von der Kluft entfernt und rumpelten immer schneller heran.

Godwyn hatte sich schon das Seil umgeknotet. Mit zwei großen Schritten war er am Abgrund und sprang in das schwarze Loch. Stefane, Seita und Roguemoore holten ihn mit vereinten Kräften ein. Als Godwyn in Sicherheit und Seil und Hacken wieder drüben waren, machte Stefane den Bogen bereit. Rasch setzte er einen Pfeil an und feuerte auf die nahende Horde, die keine siebzig Meter mehr vom Rand des Abgrunds trennte. Der Pfeil landete irgendwo inmitten der Untiere, und Stefane glaubte, einen zu Boden gehen zu sehen. Er zielte erneut und schoss.

Liz Hen hatte sich das Seil gerade um die Hüfte gebunden, da rief Culpa Seita zu: »Nimm das *Pechschwarze Herz!*« Schon segelte die schwarze Armbrust durch den blauen Himmel über die Spalte. Geschickt fing Seita die Waffe auf und legte sie vorsichtig hinter sich auf dem Eis ab.

Culpa griff in den kleinen Lederbeutel am Gürtel, nahm den in schwarze Seide gehüllten Stein und steckte ihn Liz Hen in die Hand. »Hast du dafür eine sichere Tasche?«

»Habe ich.« Das Mädchen stopfte sich das Päckchen in den Ausschnitt und band sich das Korsett fest zu. »Da kommt er nicht so schnell weg.«

»Gut!« Culpa nahm Liz Hens Sør-Sevier-Schwert und warf es hinüber. Es landete ein paar Meter hinter Stefane.

»Was ist mit Dokie?«, fragte Liz Hen, da stieß Culpa sie über die Kante. Seidel jaulte auf und bellte, als er sie fallen sah. Das große Mädchen verschwand außer Sicht und knallte dann grunzend an die Wand. Seita, Godwyn und der Zwerg zogen sie nach oben.

Stefane schoss noch einen Pfeil ab. Ein Oghul ging in einer

Wolke aus Eis und Schnee mit dem Pfeil im Nacken zu Boden. Jetzt war die Horde kaum noch dreißig Meter entfernt. Stefane feuerte wieder.

Culpa Barra drehte sich mit gezogenem Schwert um und stellte sich dem drohenden Angriff. Auch Nail nahm, über Dokies Bahre stehend, sein Schwert. Val-Draekin zog mit beiden Händen Dolche aus seiner Lederrüstung.

Stefane schoss einen weiteren Oghul nieder. Gleichzeitig warf Val-Draekin seine Dolche und traf zwei Oghule im Hals, die sofort tot umfielen. Der Vallè zog wieder zwei Dolche. Stefane schoss so schnell er konnte.

Liz Hen kroch, unterstützt von Seita und Godwyn, vor ihm über die Kante. Seita sprang auf sie zu, nahm ihr das Seil ab und warf es wieder über den Abgrund. Val-Draekin fing es und wickelte es schnell einige Male um Dokies Bahre. Er zurrte es fest und verknotete es mehrfach. Dann schubste er die Bahre wie einen Schlitten in den eisigen Schlund.

Stefane hörte sie weiter unten ins Eis schlagen. Hinter ihm holten Liz Hen, Roguemoore und Godwyn das Seil ein und zogen Dokies Bahre die Wand hoch. Stefane feuerte einen Pfeil in das nur noch wenige Meter entfernte Oghul-Rudel, dann noch einen. Seita warf mit Dolchen. Mehrere Oghule fielen zu Boden, andere stolperten über die Toten, und durch das Durcheinander wurde die Horde langsamer, wenn auch nicht entscheidend. Dokies Bahre wurde in Sicherheit gezogen, das Seil abgewickelt und wieder über die Spalte geworfen.

Seidel warf sich mit gefletschten Zähnen und zornigen Augen dem Ansturm der Oghule entgegen. »Nein!«, schrie Liz Hen, als der Hund die Muskeln anspannte und dem Anführer an die Gurgel sprang. Beide gingen in einem Schneewirbel zu Boden.

Stefane feuerte mehrmals in die Mitte der Horde. Nail schlang sich gerade das Seil um, da erreichten die ersten Oghule Culpa

Barra und Val-Draekin. Nail ließ das Seil fallen, zog sein Schwert und wollte sich zum Kampf stellen.

»Bring dich in Sicherheit, Nail!«, schrie Culpa. »Los!« Mit dem schwarzen Schwert parierte der Tagritter den donnernden Hieb einer schweren Streitaxt.

Val-Draekin schnellte in die Luft und ging mit wirbelnden Dolchen auf die zwei nächsten Oghule los. Doch die Monster waren in der Überzahl und rissen den Vallè mit ihren dicken Armen, Fäusten und groben Beilen nach unten.

Mit widerstreitenden Gefühlen wandte Nail sich um und schleuderte sein Schwert nach drüben, da stürzte ein hammerschwingender Oghul auf ihn zu. Nail duckte sich weg und rutschte aus. Er warf sich zur Seite, schlitterte über den Schnee und schlang sich geistesgegenwärtig das Seil um beide Handgelenke, während er dem zweiten Schmetterschlag auswich. Der Hammer ließ das Eis bersten.

Nail rappelte sich auf und sprang, mit beiden Händen fest das Seil umklammernd, in die Tiefe. Der Oghul packte ihn noch mit einer Faust am Stiefel, doch Nail war mit so viel Schwung losgelaufen, dass er ihn über die Kante riss. Der Oghul konnte sich nicht halten, und mit einem gellenden Schrei stürzte er ins tiefblaue Nirgendwo. Nail hielt sich am Seil fest und krachte unterhalb von Stefane in die Wand. Seita warf ihre letzten Dolche und kam herbeigerannt, um den anderen zu helfen, Nail in Sicherheit zu hieven. Stefane feuerte wieder in das kämpfende Knäuel aus Körpern auf der anderen Seite, doch allmählich gingen ihm die Pfeile aus.

Culpa Barra und Seidel steckten in einem verzweifelten Kampf gegen mehr als ein Dutzend der schwerfälligen Ungeheuer. Das Schlachtfeld verschob sich auf die Kante zum Abgrund zu. Eine wirbelnde Masse aus Waffen und verrosteten Rüstungen. Culpa musste einiges einstecken. Unbeirrt focht er weiter und teilte tapfer mit dem schwarzen Schwert aus.

Seidel sprang knurrend und bellend zwischen den Kämpfenden

umher und fiel die Kreaturen mit gefletschten Zähnen an. Blut spritzte, und unzählige Oghule gingen mit zerbissenen Knöcheln und zerfleischten Achillessehnen hilflos zu Boden.

Val-Draekin war wieder auf den Beinen und wehrte sich, doch er war verletzt und blutete, sein grauer Mantel hing in Fetzen. Dennoch flogen blitzend tödliche Dolche in alle Richtungen. Um ihn lagen viele Oghul-Leichen, und ihre klaffenden Wunden hinterließen überall auf dem Eis scharlachrote Pfützen. In einer davon rutschte Val-Draekin aus, und die übrigen Ungeheuer umringten ihn.

Stefane feuerte einen Pfeil in die Gruppe, und ein Oghul fiel getroffen um. Der Pfeil ragte ihm aus der Stirn. Durch den Fall des Oghuls entstand eine Lücke im Kreis der Angreifer, durch die der Vallè entkommen konnte. Einige Oghule nahmen die Verfolgung auf. Stefane schoss seinen letzten Pfeil ab. Einer der Oghule fiel um, doch nun war der Köcher leer.

Nail stand inzwischen sicher bei den anderen. Das Seil flog zurück über den Abgrund zu Culpa. Der Tagritter kämpfte um sein Leben und sah, dass sein Band in die Sicherheit im blutigen Schneematsch zu seinen Füßen gelandet war. Schon rutschte es wieder auf den Abgrund zu. Ohne zu zögern, drehte Culpa sich um und warf sein Schwert in hohem Bogen über die Spalte. Mit der Schulter rammte er einen stämmigen Oghul zur Seite, dann hechtete er nach dem Seilende, glitt ein Stück bäuchlings durch Eis und Blut und bekam es zu fassen, als es gerade über den Rand fallen wollte. Zwei der Oghule kamen ihm hinterher. Sie verloren das Gleichgewicht und schlugen wild mit den Armen um sich. Der Tagritter wurde durch den Anlauf, den er genommen hatte, mit dem Gesicht voran über die Kante befördert und stürzte, das Seil in Händen, ab. Auch die beiden Oghule fielen kopfüber in die dunklen Tiefen. Culpa prallte unterhalb von Stefane gegen die Wand. Die anderen zogen ihn am Seil nach oben.

Seidel stand nun allein gut zehn Oghulen gegenüber, und alle schlugen mit ihren rostfleckigen Waffen nach ihm. Keiner ihre mächtigen Hiebe traf jedoch. Mit flinken Pfoten löste sich der Schäferhund von den Untieren und rannte zu Val-Draekin. Der Vallè war gut fünfzig Schritte von der Gletscherspalte entfernt und gezwungen, sich schwer verletzt den gewaltigen Untieren zu stellen, die ihn verfolgt hatten. Sie waren in der Überzahl und zwangen den tapferen, blutüberströmten Vallè in die Knie. Seidel warf sich mit ganzer Macht dem größten Oghul in Val-Draekins Nähe in den Rücken und drückte das Untier mit dem Gesicht ins Eis. Er schlug dem Biest die Hauer in den Nacken. Wieder genügte dem Vallè diese Ablenkung.

Während Culpa über den Rand in Sicherheit geholt wurde, löste Val-Draekin sich aus dem Kampf und rannte gerade auf die Schlucht zu. Drei Oghule galoppierten ihm nach. Er erreichte die Kante und sprang. Seita riss Culpa das Seil von der Hüfte und schleuderte es ihm mit aller Kraft entgegen.

Val-Draekin und das Seil segelten über der klaffend blauen Leere aufeinander zu.

Der Vallè fasste es so geschickt aus der Luft wie eine Katze nach einer flatternden Motte schlägt und hielt es fest. Er stürzte in den Abgrund und wickelte es sich dabei um die Handgelenke. Schon stieß er gegen die Eiswand. Hinter ihm konnten die Oghule nicht mehr rechtzeitig abbremsen und rutschten brüllend in die Tiefe.

Val-Draekin schlug unterhalb von Stefane ein. Alle außer Dokie fassten mit an, um ihn nach oben zu ziehen. Schnell kam der verletzte Vallè über den Rand und befand sich auf der sicheren Seite der tödlichen Schlucht. Blut tropfte aus vielen Wunden auf das Eis.

»Seidel!«, kreischte Liz Hen.

Drüben wich der Schäferhund immer noch den Schlägen der Oghul-Waffen aus, humpelte aber merklich. Wachsam blickte er auf den Rest der Gesellschaft, der sich nunmehr in Sicherheit befand. Seidels Fell war blutbespritzt, doch Stefane konnte nicht ausmachen, ob es sein eigenes oder das der Oghule war. Er hoffte von ganzem Herzen, dass der Hund nicht schwer verletzt war.

»Seidel!«, kreischte Liz Hen wieder. Tränen flossen ihr über die Wangen, als der Hund sich durch die Beine der Oghule wand, die weiter versuchten, ihn zu töten. Seine Bewegungen wurden kraftloser. »Wir müssen ihn retten!«, rief sie.

»Wir können nichts tun.« Roguemoore sprach mit rauher Stimme aus, was alle dachten. »Wir haben keine Pfeile mehr. Dolche auch nicht.«

Stefane hatte schon erlebt, wie der Hund den Abgrund übersprang. Aber das war zwei Tage her, und damals war die Kluft schmaler und das Tier gesund gewesen.

Durch einen Tränenschleier sah er, wie Seidel böse von einem Eisenknüppel am Rücken getroffen wurde. Der Hund jaulte auf. Mit seltsam zur Seite hängendem Kopf humpelte das Tier vom knüppelnden Oghul weg. Wie betrunken rutschte es mit den Pfoten auf dem Eis. Der Oghul mit dem Hammer war ihm direkt auf den Fersen, die anderen feuerten ihn an und reckten die groben Waffen in die Luft. Geschwächt, taumelnd und winselnd tapste der Hund durch die Überreste der Schlacht, Blut und tote Oghule, und blickte traurig auf die andere Seite der Schlucht, wo die Gesellschaft der Neun ihn beobachtete.

»Spring, Seidel!«, kreischte Liz Hen. »Du schaffst das!«

Der Hund stellte die Ohren auf. Halbherzig rannte er los, bremste aber ab und kam am Rand der Spalte zum Stehen. Mit leerem Blick setzte er sich hin, ließ den Kopf hängen und keuchte erschöpft.

Die Oghule kamen näher. Sie erhoben die groben Waffen zum tödlichen Schlag. Liz Hen schrie vor unermesslichem Schmerz gellend auf. Sie fiel auf die Knie und vergrub das Gesicht in den

Händen. Stefane blieb nichts übrig, als den jetzt völlig nutzlosen Bogen in den müden Armen zu halten und zuzusehen. Pfeile hatte er nicht mehr.

Doch als die Oghule zum Schlag ausholten, sprang Seidel mit letzter Kraft auf die Beine. Er duckte sich zwischen den Beinen der Horde und rannte so schnell sein angeschlagener Körper ihn trug Richtung Nordwesten davon. Eine Blutspur zog sich über das Eis. »Lauf, mein Junge, lauf!«, schrie Liz Hen. »Lauf weit weg und bleib nicht stehen!«

Einige Oghule schleuderten ihm rostige Waffen hinterher, doch keiner nahm die Verfolgung auf. Auch sie schienen erschöpft, ließen den Hund laufen und blickten wütend auf die Gesellschaft der Neun auf der anderen Seite der Kluft.

Seidel rannte weiter, blutend, verletzt, vergiftet. Er humpelte nordwestlich auf die schartigen, grauen Klippen zu, die sich in weiter Ferne hoch über den Gletscher erhoben. Liz Hens Schluchzen erfüllte die Stille.

Die Stimmung war auf einem Tiefpunkt, als sie die beiden hellen Maulesel auf dem Gletscher erreichten. Einer stand huftief in einer Pfütze aus Schmelzwasser, der andere noch auf festem Eis. Er trank aus der Pfütze.

»Wenigstens sind sie nicht verhungert oder erfroren«, sagte Roguemoore.

»Oder Opfer der Oghule geworden«, setzte Culpa hinzu und hängte das *Pechschwarze Herz* an die gekreuzten Ledergurte auf seinem Rücken. »Die verdammten Viecher sind hier oben feister, als ich dachte.« Godwyn machte sich daran, Val-Draekins Wunden mit Streifen zu verbinden, die er von einer Decke abriss. Der Vallè hatte vier tiefe Wunden im linken Arm und einen groben Schnitt in der rechten Schulter davongetragen. Seine Lederrüstung war hier und da zerfetzt, hatte aber ihren Zweck erfüllt. Seita wickelte einen langen Streifen Decke um Val-Draekins Nacken.

»So bald schaffen die Oghule es nicht über die Kluft«, sagte Culpa. »Dennoch müssen wir uns beeilen.«

Mit Nails Hilfe schnürte Roguemoore Dokies Bahre mit dem restlichen Seil an einem der Maulesel fest. Das angeschwollene Gesicht des Jungen guckte aus einem Berg Decken, und ein paar schmutzigblonde Haare wehten im Wind.

»Was soll ich denn jetzt tun?«, jammerte Liz Hen, als sie Nail und dem Zwerg dabei zusah. »Seidel ist weggelaufen. Dokie liegt im Sterben. Das ganze Abenteuer hat sich in einen großen Haufen Mist verwandelt. Ich will nichts mehr damit zu tun haben. Das *Pechschwarze Herz* ist verflucht, und dieser verdammte Stein ebenfalls.« Sie zog ihn aus dem Ausschnitt, wickelte die Seide ab und beäugte ihn böse. »Ich sollte ihn einfach wegwerfen.«

Culpa Barra nahm ihn ihr weg, bevor sie ihre Drohung wahr machen konnte. Rasch steckte der Tagritter den Stein samt der Seide in den kleinen Lederbeutel an seinem Gürtel.

»Die Suche war erfolgreich. Wir haben das *Pechschwarze Herz* gefunden.« Culpa fasste sie an den Schultern und sah ihr fest in die Augen. »Jetzt begeben sich einige von uns auf die Suche nach dem *Feuer der Sühne*. Es ist noch nicht vorbei.«

»Noch nicht vorbei?« Sie knurrte. »Seid Ihr denn völlig irre geworden?«

»Hör mir zu, Liz Hen.« Godwyn baute sich vor ihr auf, während Culpa Barra sich zurückzog. »Hier trennen wir uns von den anderen. Du und ich, wir müssen Dokie nach Stanclyffe schaffen, wenn er überleben soll. Dafür musst du stark sein. Für mich und für Dokie.«

»Aber … was?«, stotterte sie. »Aber … wie überleben wir denn ohne die anderen, ohne dass Seita oder Val-Draekin für uns kämpfen?«

»Wir werden es schaffen«, sagte der Bischof, obschon sein Tonfall und der finstere Gesichtsausdruck etwas anderes andeuteten. »Wir haben reichlich zu essen. Die Esel nehmen wir mit. Die ziehen Dokie sicher. Ich habe nur wenig Heiltrank übrig, und für Dokie ist es nicht der richtige. Wir müssen ihn nach Stanclyffe schaffen.«

»Kann nicht wenigstens Seita mitkommen?«, flehte Liz Hen.

»Wir brauchen Seitas Fähigkeiten in Totholztor«, sagte Roguemoore. »Wir können es uns nicht leisten, noch mehr der Gesellschaft für Dokie abzustellen.«

»Ihr habt ein kaltes Herz!« Liz Hen fuhr mit zornigen Augen den Zwerg an. »Dokie ist doch kein Ding, das man wegwirft, weil es kaputt ist.«

»Du weißt, dass Roguemoore es nicht so gemeint hat.« Godwyn trat zu dem Mädchen und sprach eindringlich mit ihr. »Dokies Leben liegt jetzt in unseren Händen. Wir müssen uns verabschieden.«

Da flossen nur noch mehr Tränen bei Liz Hen. »Aber sie alle sind meine Freunde, ich kann sie nicht gehen lassen.« Sie rang hilflos nach Worten, um ihn zu überzeugen. »Seita kann dann meine Haare nicht mehr so schön flechten.«

»Keine Sorge«, sagte die Vallè. »Wir sehen uns wieder, du und ich.«

Liz Hen richtete sich auf und wischte sich mit beiden Unterarmen die Tränen aus dem Gesicht. »Aber wie könnt Ihr da sicher sein?«

»Wenn es um Freundschaft geht, vertraue ich meiner Intuition.« Seita fasste ihren Arm. »Besonders bei Abschieden und noch mehr beim Wiedersehen. Und wir sehen uns wieder, Liz Hen, und dann flechte ich dir die Haare so, wie du es möchtest.«

Bei Seitas Worten hellte sich das Gesicht der Rothaarigen auf, als genügte der Gedanke an diese Freundschaft und an die geflochtenen Zöpfe der Zukunft, um sie alle Mühen ertragen zu lassen.

»Die Esel sind so weit«, sagte Culpa ungeduldig. »Dokie ist sicher. Wir dürfen nicht verweilen. Wir müssen den Abstand zwischen uns und den Oghulen so groß wie möglich machen.«

Die Gesellschaft der Neun stand bei den schroffen Worten des Tagritters still und ernst da. Ihr Schweigen zeigte zugleich den Abgrund zwischen ihnen und die Kameradschaft.

Bischof Godwyn trat vor und fasste Culpa und Roguemoore bei den Schultern. »Möge die gesegnete Mutter Mia mit uns sein.«

Dann verabschiedete sich die Gesellschaft traurig, aber herzlich von Godwyn und Liz Hen. Als alle auseinandergegangen waren, nahm der Bischof die Maulesel bei den Zügeln und führte sie in Richtung der Ruinen von Arco.

Stefanes Beine bewegten sich plötzlich wie von selbst. Er lief zu Dokies Bahre, strich dem Jungen ein paar Haarsträhnen aus dem geschwollenen Gesicht, beugte sich über ihn und küsste ihn sanft auf die Stirn.

Einen halben Tag später war der Rest der Gesellschaft weiter auf dem Weg nach Osten. Mühsam kamen sie durch das Labyrinth auf dem Gletscher voran, vorbei an Eisplatten von der Größe einer Burg und tiefschwarzen Spalten.

Der Gletscher bestand aus einer trostlosen Aneinanderreihung gefrorener Scherben und mörderischer Spitzen, und unter ihnen rasten donnernde Strudel, deren Getöse Stefane mit jedem Schritt lauter in den Ohren dröhnte. Sein Herz war wie leer. Ihm fehlten Liz Hen, Dokie und Seidel, aber auch der Bischof. Mit seinem einstigen Leben in Galgenhafen verband ihn nur mehr Nail.

Culpa Barra ging voran, dann folgten Seita und Stefane. Dahinter kam Nail, gefolgt von Val-Draekin. Am Ende schlich Roguemoore, dem die Last der schweren Rüstung nach den vielen anstrengenden Tagen anzumerken war. Der alte Zwerg keuchte so laut, dass Stefane ihn trotz der donnernden Gewässer hörte. Sie alle hatten sich wieder in ihre Mäntel gehüllt und die Kapuzen über die Köpfe gezogen. Zur Sicherheit trug jeder von ihnen eine Spitzhacke, die sie gelegentlich auch nutzten, um Eisblöcke auf ihrem Weg zu erklimmen und hinabzuklettern.

Sie bildeten keine Seilschaft mehr, doch daran ließ sich nichts ändern. Das Seil klemmte größtenteils unter der abgesunkenen Decke in den Minen. Mit dem Rest hatten sie Dokies Bahre an einem der Maulesel verschnürt. Culpa sagte, sie würden neue Lasttiere in einem der vielen kleinen Holzfällerweiler besorgen können, wenn sie das südöstliche Ende der Seen erreichten.

Nun wanderten sie über eine vergleichsweise flache Eisebene, in der überall Pfützen und kleine Seen aus Schmelzwasser standen. Stefane kam es vor, als würde sie sich frei und ohne Hindernis bis zur östlichen Gebirgskette erstrecken, doch hier draußen in diesem widrigen Gelände maßte er sich nicht an, Entfernungen richtig einzuschätzen. Die Sonne stand hoch und brannte auf das Eis nieder, sodass man leicht geblendet wurde und Schwierigkeiten hatte, etwas zu erkennen. Das Rauschen des Wassers wurde zu einem ohrenbetäubenden Donnern.

Stefane beobachtete, wie Seita ein Stück weiter wie immer leichtfüßig und mit sicheren Schritten über den Schneematsch lief. Culpa dagegen stampfte vor ihr herum, rutschte gelegentlich aus und fiel mitunter sogar hin. Stefane spürte etwas wie Schwindel, als die Gletscheroberfläche sich unter seinen Füßen zu bewegen schien. Verunsichert blieb er stehen und suchte sein Gleichgewicht.

Vor ihm hielten Culpa und Seita an und blickten sich zu ihm um. Das zornige Rauschen von unten klang überwältigend. Es krachte und donnerte, als würden Riesen sich tief unter ihnen mit großen Eisblöcken bewerfen.

Seita ging vorsichtig zu ihm zurück und nahm seine Hand. Stefane erschrak über ihr zutiefst besorgtes Gesicht. Sie sah an ihm vorbei zu Nail, Val-Draekin und dem Zwerg.

Stefane wandte sich um. Nail stand keine fünf Schritte hinter ihm wie angewurzelt da und blickte mit der Spitzhacke in der Hand furchtsam über den Gletscher. Val-Draekin, gleich hinter ihm, hielt ebenfalls die Spitzhacke parat. Roguemoore stand reglos etwa dreißig Schritte dahinter. Stefane spürte die beruhigende Spitzhacke in seiner eigenen Hand.

»Guck nach unten«, sagte Seita, und ihre Stimme wurde beinahe vom Donnern übertönt. Mit der Fußspitze schob sie den grauen Matsch zwischen ihnen beiseite und zeigte ihm das lebhaft schäumende Grauen.

Die durchsichtige Eisschicht war flüsterdünn. Unter ihnen zischten wilde Wellen. Mit pochendem Herzen begriff er, dass sie direkt über einem tosenden Gletscherfluss standen. Panik schnürte ihm die Eingeweide zu, und er atmete dreimal tief durch. Dadurch ließ sich der Schreck, der ihm in die Glieder fuhr, jedoch nicht bändigen.

Es knirschte und knackte laut. Stefane drehte sich und sah den Gletscher unter Nail und Val-Draekin langsam absacken.

Dann donnerte es unbändig, und die ganze Landschaft kippte. Das Eis brach unter Nail, Val-Draekin und dem Zwerg. Eine feldgroße Fläche platzte direkt vor Stefane wie eine Eierschale auf. Die Scherben stürzten geradewegs in den grauenvollsten Albtraum, den er je gesehen hatte, und riss seine drei Gefährten mit.

Roguemoore fiel etwa zehn Meter tief in die rasende Strömung und wurde sofort von den schäumenden Wellen über einen grollenden Wasserfall fortgetragen, der in einer Höhlung unter dem Gletscher verschwand.

Nail und Val-Draekin landeten auf einer schrägen Eisfläche knapp über dem tosenden Fluss und rammten geistesgegenwärtig ihre Spitzhacken hinein. Verzweifelt versuchten sie, ein Abrutschen in den gewaltsamen Tod im Wasser zu verhindern, das ihnen soeben Roguemoore genommen hatte.

Stefanes Herz hämmerte, als das Eis auch unter seinen Füßen knackte. Er und Seita warfen sich nach hinten und suchten verzweifelt Halt. Sie strampelten mit den Beinen. Die Vallè warf sich herum und schaffte es, sich mit der Spitzhacke von der sich neigenden Platte zu retten. Stefane rutschte weiter nach unten. Da schnappte Culpa ihn am Kragen und bewahrte ihn vor der sprudelnden Wasserhölle.

Stefane klebte förmlich an der festen Gletscheroberfläche. Sein Herz raste.

»Zieht die Mäntel aus!«, rief der Tagritter. »Knotet sie zusammen, damit wir so etwas wie ein Seil haben!« Stefane rappelte sich hoch, streifte schnell den Mantel ab und warf ihn Culpa zu. Immer noch erschreckt sah er sich das Grauen hinter der Eiskante gleich neben sich an. Ein paar Meter weiter unten auf einem versinkenden blauweißen Abhang versuchte Nail, Halt zu finden, indem er wieder und wieder die Hacke ins Eis hieb, das Gesicht vor Anstrengung verzerrt. Val-Draekin rutschte mehrere Meter tiefer auf den Strom zu. Seine Spitzhacke zog eine Furche in die Eisscheibe.

Unter dem Vallè lag der wilde, mit Eisschollen gespickte Horror des Flusses. Hundert Schritte breit strömte er aus einem gewaltigen Hohlraum im Norden. Immer wieder wurden gewaltige Eisschollen, Felsen, Baumteile aus den schäumenden Fluten an die Oberfläche getrieben und dann ebenso schnell wieder nach unten gesogen und verschluckt. Eis, Matsch und wütende weiße Wellen rasten einen steilen Abhang hinunter und stürzten über unterirdische Klippen donnernd in klaffend blaue Finsternis. *Und Roguemoore wurde dort hinabgezogen! Tot!*

In kurzer Zeit überspülte das Wasser auch die glatte schräge

Fläche, an die Val-Draekin und Nail sich klammerten. Die eiskalt schäumende Strömung leckte jetzt an den Füßen des Vallè. Culpa warf die notdürftige Kletterhilfe aus Mänteln zu Nail hinunter, der sie schnappte und festhielt.

»Helft mir, ihn hochzuziehen!«, brüllte der Tagritter. Stefane und Seita zogen mit aller Kraft, damit Nail gerettet würde.

Da schoss plötzlich eine dicke Eisscherbe aus dem schäumenden Fluss und riss Val-Draekin in den todbringenden Wasserfall.

»Zieht!«, brüllte Culpa Stefane und Seita zu. »Wir dürfen nicht auch noch Nail verlieren!«

Doch die Eisplatte, an die Nail sich klammerte, brach krachend ab und glitt in den Fluss. Nail konnte sich nicht mehr an dem Mantel festhalten, als die Scholle durch das anstürmende Wasser kippte. Sie begrub den Jungen aus Galgenhafen in grausamen, weißen Wellen und wischte ihn hinter Val-Draekin über die Klippe.

Stefane war wie erschlagen, sein Kopf ganz leer. *Drei schaffen es nicht*, hatte Seita vorhergesagt. Jetzt hatte ihre Vision sich erfüllt.

Roguemoore. Val-Draekin. Nail.

Alle tot.

Man erzählt sich, dass Kristalle der Vallè, vermischt man sie mit geschmiedetem Eisen und Silber, ein gewisses nebliges Licht ausstrahlen, wenn Sterbliche sie berühren. Doch darf man den schaurigen Werkzeugen und Waffen, die solche Feenalchemie hervorbringt, nicht trauen, noch sie je benutzen.

WEG UND WAHRHEIT LAIJONS

32. KAPITEL

NAIL

AM ZEHNTEN TAG DES ENGELSMONDES
IM 999. JAHR LAIJON – HIMMELSSEEN, GUL KANA

Heulend sog der Strom Nail ganz in den tosenden blauen Schlund. Grauen durchbohrte sein Herz, als er nach unten geschleudert wurde. Er konnte nur mehr einen Lichtpunkt sehen, der zwischen Blasen, Schaum und Eisplatten im stechend kalten Wasser immer kleiner wurde. *Jetzt bin ich tot!*

Der Aufprall auf blankes Eis presste ihm die letzte Luft aus den Lungen, sein Kopf wurde nach hinten gerissen, dann zog ihn der Strom unkontrolliert taumelnd und schlingernd in den nächsten finsteren Schacht. In völliger Dunkelheit verlor er jedes Gefühl für oben oder unten. Eisiges Wasser lähmte seinen Leib, das noch kälter war als seinerzeit nach dem Sprung von der *Lady Kindly*, als er Zane zu Hilfe kam.

Er kniff die Augen zum Schutz gegen die Splitter zusammen, die in der Strömung auf ihn einprasselten. Arme und Beine schlugen im Strudel nutzlos und unkontrolliert herum, die tauben Finger griffen immer nur in schäumend flüssiges Tosen. Seine Lungen gierten nach Atemluft und sogen doch nur Wasser ein. Durch Nase und Mund stachen eiskalte Schmerzen ihm ins Herz. Jeder Punkt in seinem Gesicht brannte vor Kälte.

Dann stieß er mit der Schulter gegen etwas Festes, ganz leicht nur, doch es reichte aus, ihn in die Luft zu wirbeln, als hätte er kein Gewicht, und er segelte durch schwarze Leere. Kopfüber stürzte er jetzt, schlug mit Armen und Beinen um sich und erbrach eisigen Schleim in die Luft. Ein tiefer Atemzug. Er öffnete die Augen, es blitzte blau auf, und er krachte mit dem Gesicht voran gegen einen Eisblock, der von irgendwo auf ihn zugerast kam. Als er von der Scholle rutschte, schlug das Wasser wieder donnernd über ihm zusammen und drückte ihn tiefer und tiefer, begrub ihn in einer schäumenden Brühe aus Blasen und Treibgut.

Zappelnd und taumelnd versuchte er, sich mit vor Schmerzen fast betäubten Beinen so gut es ging in eine Richtung zu stoßen. Von irgendwo ahnte er schwaches Licht. Seine Lungen schrien nach Luft. Er wollte schwimmen, doch auch die gemarterten Arme waren schwer. Oben hatte er Licht gesehen, ganz kurz. Er glaubte, die Richtung bestimmen zu können, weil Rüstung und Schwert an ihm zogen.

Er streifte Gürtel und Waffe ab und wollte auch die Lederschnallen seiner Rüstung öffnen, doch er war zu langsam, die Finger zu taub, nahezu unbeweglich. Trotzdem gelang es ihm, sich aus dem Brustpanzer zu schälen, die Schulterplatten abzuschütteln und die schweren Stiefel auszuziehen. Seine Gliedmaßen nützten ihm fast nichts mehr, sein Körper war praktisch leer, doch er glitt langsam ins Licht.

Überall donnerte und toste es. Kurz blitzte Silber in der blubbernden Finsternis auf, ein Funkeln. *Meerjungfrauen!* Dann war es weg, verschwunden unter bekannten Bildern und Visionen, die seine Gedanken umwölkten. *Ein brennender Baum – eine Feuersäule, die sich in den sternenhellen Himmel streckt. Unter dem Baum ein weißer Ritter mit eigenartig gehörntem Helm auf einem strahlend weißen Hengst. Ein schlankes, blondes Mädchen mit grünen Augen vor ihm auf dem Ross, die Hand eine Klaue aus Metall …*

Da brach sein Kopf an die Oberfläche.

Er keuchte. *Luft!* Sein Blick schoss herum. Erschreckt vom betäubenden Grollen des Wasserfalls, der links in eine Höhle stürzte, wollte er davon wegpaddeln, doch er gab schnell auf. Beine und Arme waren so taub, dass er sich kaum bewegen konnte. Schon den Kopf über Wasser zu halten, war ein Kampf. Hilflos dümpelte er herum. Von oben drang schwaches Licht zu ihm, das die Umgebung ein wenig erhellte. Er befand sich in einem dunklen Teich mit leichten Wellen, schwamm zwischen Eisblöcken und Treibholz, und über ihm bildete blaues Eis ein Dach.

Eine Hand packte ihn fest an der Schulter und zog ihn nach unten. Als er wieder auftauchte, erhob sich Val-Draekins kantiges Gesicht direkt vor ihm aus dem Eisstrom.

»Ich schaffe es nicht.« Die Stimme des Vallè war im Rauschen kaum vernehmbar. »Bein ist gebrochen. Brauche deine Hilfe.«

Nail zog Val-Draekin an sich, schob ihm die Arme unter die Achseln und hielt ihn. Hilflos zappelten sie miteinander, versanken im ungleichen Kampf gegen die Tiefe. Val-Draekin schob Nail von sich weg und packte ein Stück Eis, das so groß wie ein Pferd war. Auch Nail griff danach, doch als er daraufklettern wollte, kippte es, und er und Val-Draekin fielen wieder ins Wasser. Sie kamen an die Oberfläche und mussten hilflos zusehen, wie das Eis davontrieb.

»Da!« Val-Draekins Stimme war nur ein dumpfes Flüstern. »Die Wand! Hilf mir dorthin!«

Nail reckte den Hals. Gleich hinter ihm krümmte sich die Höhlenwand. Gewaltige Risse verliefen in wilden Zacken bis an die Decke, Spalten, in denen Eisblöcke und anderes Treibgut sich gesammelt hatte. In der nächstliegenden steckten zwei Eisklumpen, die so lagen, dass sie ein V bildeten. Dessen Spitze lag vielleicht einen Meter über der Wasseroberfläche, und wenn sie sie nur erreichten, war sie breit genug, dass zwei Männer darauf stehen konnten.

Da versank Val-Draekin wieder. Nail packte ihn vorn an der Tunika und zerrte ihn hoch. Mit müden Gliedern schwamm er rückwärts zur Wand und zog den keuchenden Vallè mit sich. Als sie das V der beiden Eisblöcke erreicht hatten, wand Val-Draekin sich aus dem Wasser und klemmte sich dazwischen. Nail schob ihn. Auch der Vallè war barfuß, er hatte irgendwo die Stiefel abgestreift. An der eigenartigen Stellung seiner Füße konnte Nail erkennen, dass er sich das Bein vermutlich knapp über dem Knöchel gebrochen hatte.

In der Spalte einen guten Meter hinter Val-Draekin lag ein Knäuel Treibholz festgefroren im Eis verkantet. Der Vallè löste einen Ast heraus und hielt ihn Nail hin, der sich mit all seiner Kraft daran festklammerte. Nachdem auch er sich in Sicherheit gebracht hatte, saßen beide frierend und schweigend da.

Ein Lichtstrahl schien aus einem Riss im Gletscher über hundert Meter weiter oben direkt auf ihren kargen Vorsprung, doch er wärmte nicht. Nail konnte die Finger kaum noch bewegen, so taub waren sie vor Kälte und Nässe. Tatsächlich waren sie von einer Eisschicht überzogen. Auch seine nackten Füße waren gefrorene, schmerzende Klumpen. Im Gesicht brannte jeder einzelne winzige Fleck, an dem die Silberpfeile ihn getroffen hatten, wie zorniges Feuer.

»Wo ist Roguemoore?«, rief er. Doch er wusste nicht, ob Val-Draekin ihn durch den Wasserfall hören konnte. Der dunkelhaarige Vallè starrte wortlos in das fahle Nichts der Höhle. Er zitterte heftig, und in seinem blassen Gesicht konnte Nail erkennen, wie schlimm seine Schmerzen waren. Nail zitterte auch. Jeder Muskel in seinem Körper pochte, und er biss die Zähne aufeinander. War er so verletzt wie sein Gefährte, so merkte er es nicht, weil die stechende, lähmende Kälte ihn vollends übermannt hatte. Blut sah er jedenfalls keins.

Val-Draekin fing an, etwas von dem neben ihm angefrorenen Holz zu lösen. Er drehte sich zu Nail und rief: »Wenn du an Treibholz kommst, schnapp es dir!«

Nail wusste nicht einmal, ob er sich noch bewegen konnte. Er rollte sich auf die Seite, und eine dünne Eishaut platzte von seinen Fingern und Handgelenken ab. Mit schmerzenden, müden Muskeln beugte er sich über den Teich und spähte nach Holz im Wasser. Vor Kälte konnte er kaum einen Gedanken fassen. *Wo ist Roguemoore?*

Er fischte einige kleine Stücke heraus und übergab sie dem Vallè, der sie mit dem aus der Wand gelösten Geäst aufschichtete. Nach einer Weile war ein ordentlicher Stoß nasses, vereistes Holz zwischen ihnen entstanden, und Nail setzte sich wieder auf. Der Vallè hielt die Handflächen vor den Mund und pustete darauf, um sie zu wärmen. Nach einer Weile griff er in seine durchnässte Lederrüstung und holte einen flachgedrückten Lederbeutel heraus, der oben zugeschnürt war. Er öffnete ihn und zog ein kleineres Säckchen aus grober Wolle hervor. Obwohl der Vallè und seine Kleidung völlig durchnässt waren, wirkte es im Licht von oben ganz trocken.

Val-Draekin tauchte die Hand hinein, danach waren seine Finger wie von weißer Kreide umhüllt. Er führte sie an die Lippen und blies etwas Pulver über das nasse Holz. Dann machte er eine Geste und schnippte mit den Fingern. Zu Nails Erstaunen erschien in der Handfläche des Vallè ein Feuerball. Val-Draekin hielt ihn einen Augenblick lang unten an den Holzstoß. Bald fingen einzelne Äste Feuer, und der Vallè schlug die Flammen in seiner Hand an der tropfenden Lederhose aus.

Nail dachte nicht darüber nach, wie Val-Draekin dieses Wunder gerade vollbracht hatte.

Er beugte sich über die Flammen, wärmte seine Hände und starrte seinen seltsamen Begleiter an. Das Gesicht des Vallè war noch aschfahler als üblich, selbst im gelben Feuerschein. Nail durchlief ein Schauer aus Kälte und Furcht. Er konnte sich der Erkenntnis nicht erwehren, dass Roguemoore von ihnen gegangen war und er und Val-Draekin ohne Hoffnung unter Tonnen von Gletschereis festsaßen.

O Kinder Amadons, gedenkt der gütigen Gabe,
die Laijon euch geschenkt, und hütet euch vor den Totengeistern.
Denn jene, die an Zauberei glauben, hat Laijon verflucht.

WEG UND WAHRHEIT LAIJONS

33. KAPITEL

AVA SHAY

AM ZEHNTEN TAG DES ENGELSMONDES IM
999. JAHR LAIJON – SÜDLICH VON LOKKENFELL, GUL KANA

Ava Shay ging in Stellung und hielt ihr Schwert vor sich, den herzförmigen Rubin innen ans Handgelenk gedrückt. *Mein Herz.* So hatte sie die Waffe getauft. Davon hatte sie Enna Spades jedoch nichts erzählt, und das würde sie auch nicht tun.

»Nach oben«, kommandierte die Kriegerin, ließ das blutbeschmierte Schwert sinken und trat vor. »Die Spitze muss nach oben zeigen.« Spades trug die volle Kampfausrüstung der Sør Sevier: silberner Brustschild, Kettentunika und silberbeschlagene Lederhose, blutbespritzt. Den blauen Mantel hatte sie sich über die Schulter geworfen. Eine hölzerne Armbrust und ein halbvoller Köcher waren mit Riemen an ihrem Rücken befestigt. Den Kampfhelm hatte sie auf den Sattelknauf ihres Pferdes gesetzt. Der Schimmel Gemetzel stand mit blutbesudelten Flanken neben ihnen.

Spades kam gerade aus einer Schlacht. Aeros Raijael ebenfalls. Er zog sich im Zelt keine fünfzig Schritte entfernt um. Die meisten Angehörigen der Armee des Weißen Prinzen durchkämmten noch die Gegend um Lokkenfell und töteten die gegnerischen Verwundeten, die sie fanden. Soeben hatten sie gegen etwa fünfhundert Ritter aus Lord's Point gefochten. Spades' Verletzung von vorgestern schien inzwischen verheilt. Zumindest brauchte sie keine Schlinge mehr und ihr Arm schien wieder ohne Beeinträchtigung einsetzbar zu sein. Vielleicht hatte sie die ganze Sache ohnehin nur vorgetäuscht. Unter den Erzrittern von Aeros schien alles nur der Täuschung zu dienen, selbst eine Verwundung.

Von ihrem Aussichtspunkt auf einem grasbewachsenen Hang mit Büschen und Hecken konnte Ava in der Ferne gerade eben die Bauten Lokkenfells erkennen. Einige Steinhäuser in den Außenbezirken standen nach dem Aufeinandertreffen der Armeen in Flammen, und schwarzer Rauch stieg auf. Spinnenholz hatte sie während der Kampfhandlungen beaufsichtigen sollen. Jetzt lief er unten durch Lokkenfell und jagte mit Hammerfiss, Mancellor und Jenko versprengte Flüchtende.

Während Aeros sich wusch und umzog, hatte Spades darauf bestanden, Ava eine kurze Lektion mit dem Schwert zu geben. Obwohl sie es kaum glauben mochte, hatte sie Spaß am Übungskampf und der Zeit, die sie mit der verhassten Frau zubrachte. Sie befand sich in einem Konflikt. Obschon es nach *Weg und Wahrheit Laijons* in den Augen Laijons falsch war, dass eine Frau eine Waffe führte, freute sie sich tatsächlich zu lernen, wie ein Mann mit dem Schwert umging. Am meisten bereitete ihr Schwierigkeiten, dass sie sich mit jedem neuen Tag fragte, wie viel Wahrheit wirklich in dem heiligen Buch lag, das sie ihr bisheriges Leben lang verehrt hatte. Je länger sie in Gefangenschaft war, desto weniger sprach sie mit Laijon. Und je weniger sie betete, desto häufiger blieben die Totengeister ihren Gedanken fern.

Spades schlug schräg mit ihrem Schwert zu, und Ava blockierte den Hieb. »Gut«, lobte ihre Lehrerin. »Doch nach der erfolgreichen Parade musst du sofort wieder bereit sein …«

Spades verstummte und beobachtete eine Gruppe Ritter vom Blauen Schwert. Sie trotteten zu Fuß von Lokkenfell her den Grashügel herauf. Ava zählte zehn, alle behelmt und nach dem langen Kampf mit Blutspritzern übersät. Jedem hing ein Schwert am Gürtel und ein Schild am Arm. Irgendetwas an ihnen sah eigenartig aus, aber Ava wusste nicht recht, was.

»Nanu?« Spades runzelte angespannt die Stirn. »Pass auf, Ava.«

Dann kam sie dahinter. Gewöhnlich hielten die Ritter vom Blauen Schwert zu jeder Zeit eine strenge Marschformation: Der ranghöchste lief voran, die anderen folgten in Zweierreihe. Diese zehn kampfesmüden Ritter aber gingen in einer Gruppe ohne Anführer den Hügel hinauf.

»Ich befehle euch: Bleibt zurück!« Spades stellte sich mit gezogenem Schwert zwischen Ava und den herannahenden Kriegern auf. Doch die verteilten sich nun und zogen ihrerseits die Waffen.

»Halt!«, schrie Spades.

Der nächststehende Ritter griff an, die anderen folgten. Einige versuchten, hinter Spades' Rücken zu gelangen, und sie riefen sich Befehle zu. Zuversicht keimte in Avas Herz. *Sind sie hier, um mich zu retten?* Verwirrt, ängstlich und zugleich hoffnungsvoll wich sie zurück. Sie ließ die Schwertspitze im Matsch hängen, denn sie wusste nicht, auf welcher Seite sie hier stand.

Spades verlor keine Zeit und ging sofort auf ihren nächsten Feind los. Mit dem Schwert schlug sie ihm den behelmten Kopf von den Schultern und duckte sich unter dem Hieb des zweiten Angreifers weg. Im Aufstehen trennte sie dem Ritter den Arm ab. Er landete gleichzeitig mit dem Kopf des ersten Ritters am Boden, Blut spritzte aus beiden Opfern, einer schrie. Mit der Schwertspitze brachte Spades ihn rasch zum Verstummen.

Die Kriegerin war so schnell, dass Ava nicht einmal mitbekam, wie sie die drei nächsten Angreifer erledigte. Sie lagen plötzlich einfach am Boden, Schwerter und Schilde überall verstreut, und bluteten aus klaffenden Wunden. In wenigen Sekunden waren fünf der Ritter tot, und die anderen fünf wichen wachsam mit erhobenen Schilden zurück.

»Wir sind nicht ihretwegen hier!«, brüllte einer von ihnen und deutete mit dem Schwert auf Aeros' Zelt. »Der Weiße Prinz ist da drinnen!«

Zwei der überlebenden Krieger gingen auf Spades los. Deren Schwertspitze traf den ersten direkt in den Augenschlitz seines Helms, und Blut sprudelte auf seinen Brustpanzer. Sie riss das Schwert wieder heraus, und er sank tot vor die Füße des anderen, der ins Stolpern geriet. Noch während er fiel, schlug Spades ihm den Kopf ab. So tränkten zwei weitere tote Feinde also einen Wimpernschlag später den Boden mit ihrem Blut.

Aeros Raijael kam mit erhobenem Schwert aus seinem Zelt. Er trug keine Rüstung, nur eine weiße Robe, die an der Hüfte zugebunden war. Die drei übrigen Ritter rannten auf ihn zu.

Ava stand ihnen im Weg. Sie erhob das Schwert.

In einer fließenden Bewegung nahm Spades sich die Armbrust vom Rücken, setzte einen Pfeil ein und schoss. Sie traf den mittleren Ritter in die Hüfte, und er fiel direkt vor Avas Füße. Dabei verlor er sein Schwert. Der Helm flog ihm vom Kopf und kullerte über den Boden.

Die beiden anderen rannten an Ava vorbei und griffen den Weißen Prinzen wütend an. Doch Aeros' funkelndes Schwert war so schnell wie das von Spades. Er köpfte beide mit einer Leichtigkeit und Anmut, die Ava fast übermenschlich vorkam.

Der Ritter zu ihren Füßen rappelte sich hoch. Er schaffte es auf ein Knie und nahm das Langschwert mit der hellen, scharfen Schneide in die Hand.

Unsicher hielt Ava ihm ihre Schwertspitze an die Kehle. Er blickte mit schmerzerfüllten Augen zu ihr auf. Zuerst hatte Ava gehofft, dass diese Männer zu ihrer Rettung gekommen waren. Dann hatte sie die Leichtigkeit genossen, mit der Spades und Aeros sie erledigt hatten. Sie war versucht, dem knieenden Mann die dünne Spitze ihres Schwerts in die Kehle zu stoßen. *Bin ich wie Jenko auf die dunkle Seite gewechselt, bin ich abgehärtet und grausam geworden? Habe ich Laijon so schnell verraten?*

Der Weiße Prinz blieb hinter ihr stehen. »Du bist keiner meiner Ritter«, sagte er an den Mann zu Avas Füßen gewandt. Der Ritter spie blutigen Schleim vor Aeros' nackte Füße und starrte den Weißen Prinzen voller Abscheu an.

»Wie ist dein Name?«, fragte Aeros. »Warum trägst du die Farben meiner Armee? Warum gibst du vor, ein Ritter vom Blauen Schwert zu sein?«

Der Mann schwieg.

»Antworte.« Spades kam neben Aeros stolziert. »Sonst sticht Ava hier dir mit ihrem spitzen kleinen Spieß in den Hals.«

Ava drückte dem Mann das Schwert gegen den Adamsapfel. *Wie es sich wohl anfühlt, ihm die Klinge ins Fleisch zu stoßen?* Sie fragte sich, ob es wirklich in ihr steckte, einen Menschen zu töten. Welche Bosheit hatte sie befallen?

»Antworte, Abschaum«, wiederholte Spades und schrie beinahe.

Ava drückte die Schneide ein bisschen in die Haut des Mannes, und er blutete. Sie spürte, dass er zitterte. »Ich bin Ser Revalard Avocet von Lord's Point. Hauptmann von Lord Kelvin Kronnins Meeresgarde.«

»Nun, Ser Revalard, du wirst für einiges Rechenschaft ablegen müssen«, sagte Aeros drohend. »Daran führt kein Weg vorbei. Und dann wirst du langsam sterben. Unter Schmerzen.«

Ser Revalard blickte Aeros in die Augen. »Ich habe nicht mehr zu sagen.«

»Nein, das glaube ich nicht.« Spades steckte ihr Schwert weg. »Du wirst reden. Tatsächlich wirst du alles verraten, was du weißt, wirst gackern wie ein Gockel aus Tomkin Sty, du ahnst es nur noch nicht.« Spades kniete sich vor ihn. »Du hast ja keine Ahnung, wie viel du erzählen wirst.«

Der Mann sah sie angewidert an.

Hammerfiss, Mancellor und Jenko kamen von Süden her geritten, blutbespritzt wie die anderen. Bei ihnen war Spinnenholz, dessen schwarze Rüstung ganz unbefleckt aussah. Sein Blutaugenhengst Grimasse schnaufte schwer. Aeros und Spades sahen ihnen zu.

»Ist eine Menge Blut geflossen.« Hammerfiss grinste breit und amüsiert, als die vier ihre Tiere zügelten. »Hat das kleine Mädchen hier die alle abgeschlachtet? Hat die kleine Ava das geschafft?«

Jenko kniff die Augen zusammen, als er das Schwert in ihren Händen bemerkte, dessen Spitze an Ser Revalards Kehle gedrückt war. Ava wich von dem knieenden Ritter zurück und steckte das Schwert in das Futteral an ihrem Gürtel.

»Den Mann kenne ich«, sagte Mancellor. »Er gehörte zu Jondralyns Kontingent, als Jenko, Spinne und ich uns in Ravenker mit ihr getroffen haben.« Jenko nickte.

»Dann ist Ser Revalard also ein bedeutender Mann.« Spades lächelte auf den Ritter herab. »Also, bedeutender Mann, wie wäre es mit einer Vereinbarung? Sagen wir, ich gebe dir dein Schwert und den Helm zurück. Lasse dich aufstehen. Und dann musst du nur diesen Mann auf dem rotäugigen Pferd angreifen.« Sie deutete mit dem Kopf auf Spinne. »Er ist ein Blutholzattentäter. Eine üble Kreatur. Wenn du nur einen Treffer landest, lassen wir dich unbehelligt gehen.«

»Lass mich aus deinen Spielchen heraus«, sagte Spinnenholz und blickte unbewegt über die verstreuten Leichen.

»Jetzt habe ich es schon versprochen.« Spades grinste. »Wenn ich ihm das Schwert zurückgebe, und er greift dich an – was tust du dann nur?«

»Ich töte euch beide.« Der Bluthölzler beugte sich im Sattel nach vorn, und die schwarze Lederrüstung knirschte leise, als er ans Horn griff.

»Einerlei«, keuchte Ser Revalard. »Ich scheiße auf Eure Vereinbarung. Ihr haltet sie ohnehin nicht ein.«

Spades wandte sich ihm wieder zu. »Oh, ich stehe zu meinem Wort.« Sie hob sein Schwert auf und hielt es ihm hin. »Nimm.«

»Ich sagte, ich scheiße auf Euch und Eure Vereinbarung, verfluchte Hure.«

Spades ließ Revalards Schwert wieder in den Matsch fallen. »Ich hasse es, wenn die Leute es nicht einmal versuchen wollen.« Sie packte den Mann an der rechten Hand, streifte den Handschuh ab und bog ihm den Mittelfinger nach hinten. Er brach mit einem lauten Knacken. Der Mann schrie auf. Spades bog weiter, bis ihm die Handfläche aufriss und Knochen und Sehnen grässlich weiß und blutig freilagen.

Spades hörte nicht auf zu zerren und löste Ser Revalards Finger so weit, dass er nur mehr von einem roten Fetzen Haut gehalten wurde. Dann riss sie ihn ganz ab und warf ihn in den Dreck.

Sie nahm sich den nächsten Finger und zog daran.

Ser Revalards Tod durch die mörderischen Hände von Hammerfiss und Spades war langsam und qualvoll. Jenko Bruk beteiligte sich an der Tortur.

Wieder einmal zwangen sie Ava, zuzusehen, die die scharfe Klinge von *Mein Herz* streichelte, während der Mann die letzten Schmerzensschreie ausstieß.

Bevor er starb, gestand Ser Revalard. Er und die anderen neun

Meeresgardisten handelten auf direkten Befehl Lord Kelvin Kronnins, die Armeen von Sør Sevier zu infiltrieren und ein Attentat auf den Weißen Prinzen durchzuführen. Stolz berichtete er, wie sie eine Gruppe von Rittern vom Blauen Schwert in eine Falle gelockt, getötet und ihnen dann die Rüstungen abgenommen hatten. Ser Revalard hatte die Sinnlosigkeit seines Auftrags nicht begriffen. Ava aber wusste, wie todbringend die Erzritter aus Sør Sevier waren, wusste, dass sie für den Krieg, die Jagd, für Ränke und Folter lebten. Hätte auch Ser Revalard das geahnt, wäre er nicht zu dieser närrischen Mission aufgebrochen.

Jetzt lag er ohne Finger, ohne Zehen, ohne Nase, ohne Schwanz und tot im Dreck.

Doch Ava musste zugeben, dass das Buffet, das Aeros nach der Folterung des Mannes auffahren ließ, göttlich schmeckte. Die Erzritter speisten nach einer Schlacht stets wie Könige, besonders, wenn der Feind sich gewehrt oder sich einer List bedient oder die Folter so aufrecht erlitten hatte wie Ser Revalard hier. Bei ihrer blutrünstigen Tat hatten Spades und Hammerfiss einen ordentlichen Appetit entwickelt, und sie schwelgten in der anschließenden Feier. Selbst Ava genoss Speisen und Wein. Es war, als habe sie jedes Gefühl verloren. Als lebe sie nur für den nächsten betäubenden Rausch.

Die Erzritter saßen gemeinsam um eine Feuergrube vor Aeros' Zelt. Alle hockten auf dicken Pinienstümpfen und plauderten mit Jenko und Ava, als seien sie alte Freunde. Aeros hatte sich bereits zurückgezogen, wie es seine Art war. Er beteiligte sich nicht gern am unflätigen Geprahle seiner Untergebenen. Keine zwanzig Schritte entfernt hielt der Bluthölzler Wache. Die rotgeäderten Augen glommen im Feuerschein, und er lauschte, seinen Hengst striegelnd, der trunkenen Unterhaltung der anderen am Feuer.

Ava strich über die scharfen Kanten der Klinge auf ihrem Schoß. *Mein Herz.* Als sie das rubinbesetzte Heft begutachtete, schienen der Rauch vom Feuer, die eigenartigen Gespräche, das reichhaltige Essen und der Wein ihr die Gedanken zu verwirren. Sie hatte dem, was am Feuer erzählt wurde, nur mit einem Ohr zugehört, doch die Erwähnung von Jenkos Vater Baron Bruk weckte ihr Interesse.

»Verstehst du, Mancellor«, hob Hammerfiss an. »Jenko glaubt, Spades habe ihn seinen Vater foltern lassen, weil sie Männer hasst. Weil sie Väter hasst.«

»Ist das wieder so eine von deinen Erkenntnissen über die Gedanken der Frauen?«, fragte Spades mit schwerer Zunge. Sie stocherte mit einem dünnen Pinienzweig in den Flammen. Spades saß links von Ava. Daneben Jenko Bruk. Mancellor hockte Hammerfiss gegenüber auf der anderen Seite des Feuers.

»Na, dann hilf uns gern auf die Sprünge«, neckte Hammerfiss.

»Ich habe keinen Vater«, sagte Spades. »Hatte ich nie.«

»Tatsächlich?«, fragte Hammerfiss. »Gault hat mir ein bisschen über deine Vergangenheit erzählt. Er meinte, deine unbarmherzige Gewalttätigkeit hätte in der Tat etwas mit deinem Vater zu tun, einem durch und durch lüsternen Perversling.«

»Gault Aulbrek hat dir gar nichts über meine Vergangenheit erzählt«, sagte Spades schneidend. »Gault war nämlich ein Mann, der seine Ansichten über andere für sich behielt.« Ihr betrunkener Blick traf Hammerfiss. »Warum lügst du vor anderen über unseren Freund?«

»Wenn du nicht über deinen Vater reden willst«, Hammerfiss hielt ihrem finsteren Blick stand, »unterhalte uns doch mit anderen unerquicklichen Erzählungen aus deiner Jugend. Lass uns aus diesen Berichten folgern, wie aus dem goldigen sommersprossigen Ding, das du einst warst, die herzlos-wilde Mörderin von heute werden konnte.«

»Na schön, wenn du willst, dass unsere Freunde solche Geschichten zu hören kriegen.« Spades' grüne Augen waren nun eindringlich auf Jenko gerichtet. »Als Kind habe ich mit meiner Mutter und meinem älteren Bruder Egan in Harlech gewohnt, einem kleinen Küstendorf nördlich von Badr. Ich war ungewöhnlich groß und schlank, und man hat mich deshalb und wegen der roten Haare viel gehänselt. Als ich sechs Jahre alt war, hat meine Mutter das bisschen Geld, das sie besaß, genommen und für ein paar Küchlein mit Zuckerguss ausgegeben. Ich hatte nämlich Geburtstag. Sie hatte viele lustige Kinderspiele geplant, die wir auf der Wiese hinter unserer Hütte spielen sollten, und die Dorfkinder zur Feier eingeladen. An jenem Tag warteten wir. Und warteten. Kein einziges Kind erschien, um mit mir zu feiern oder Kuchen zu essen. Egan freute sich an der Demütigung und meinen Tränen. Aber er war schon immer gemein und gefühllos gewesen. Ich habe an jenem Tag allen Glauben an Menschlichkeit verloren, wenn Ihr es wissen wollt.«

Jenko lehnte sich nach hinten. »Und deshalb macht dir das Töten so viel Spaß, wegen einer verpatzten Geburtstagsfeier?«

»Nein«, antwortete Spades trocken und grinste. »Die ganze Geschichte ist Quatsch. Ich habe sie mir gerade ausgedacht. Es gibt kein Harlech nördlich von Badr.«

Da lachte Hammerfiss tief und laut. Es schüttelte ihn richtiggehend, und die im Bart verknoteten Talismane hüpften auf und ab. »Du bist auf dem Holzweg, Junge. Hättest dich besser nicht eingemischt. Dann hätte sie nicht angefangen.«

Jenko sah Spades und Hammerfiss böse an und schüttelte angewidert den Kopf.

»Willst du es wirklich wissen?«, fragte Spades mit grimmigem Gesicht. »Ich hatte mal ein Kätzchen. Ein kleines schwarzes Fellknäuel, das ich Süße Mieze genannt habe. Eines Tages kam ich nach Hause, und mein Bruder Egan hielt mir Miezes zerschmetterten Leib entgegen. Er hat gesagt, ein Stapel Holz sei eingestürzt und hätte sie begraben. Später habe ich herausgefunden, dass er selbst es gewesen war. Er hat sie in ein leeres Weinfass geworfen und mit dem Hammer erschlagen.«

»Noch eine erfundene Geschichte«, sagte Jenko.

»Wirklich?« Spades funkelte ihn böse an.

»Hast du die Katze begraben?«, fragte Mancellor.

»Ich weiß nicht mehr, was ich mit ihr gemacht habe.« Spades sah weiter Jenko an, als sie Mancellor antwortete. »Aber ich bin in die Schmiede geschlichen, habe dem Meister nachts ein paar Eisenzangen geklaut, sie mit nach Hause genommen und Egan damit die Zunge an der Wurzel ausgerissen. Als er geschlafen hat. Eiskalt.«

Hammerfiss hörte zu lachen auf. »Du hast deinem eigenen Bruder die Zunge ausgerissen?«

»Habe ich.« In Spades' Augen glühte echte Leidenschaft. Sie stocherte wieder im Feuer. »Aber der Mistkerl ist davon nur ein noch dümmerer Fiesling geworden. Grob und trotzig und blöd. Ein paar Monde darauf habe ich ihm mit bloßen Händen die Augen ausgerissen und sie ihn fressen lassen. Habe ihn gezwungen, die eigenen nutzlosen Augäpfel zu verschlucken.«

Jenko sah aus, als wäre ihm übel. Ava fragte sich betrunken, ob diese Unterhaltung wirklich stattfand.

»Meinetwegen brauchst du nicht noch mehr zu erzählen«, sagte Mancellor. Spades nickte.

»Nett und mitfühlend, unser Ser Mancellor.« Hammerfiss lachte. »Aber vergiss nicht: Spades mag keine netten Männer.«

»Du irrst dich.« Sie blickte auf. »Zufällig gefallen mir nette Männer besonders gut.«

Hammerfiss lachte auf. »Natürlich.« Er schlug sich aufs Knie, schüttelte den Kopf und deutete auf Mancellor. »Guck mal, da sitzt einer. Aber du bist schon lange nicht mehr mit ihm ins Bett gestiegen.«

Mancellor blickte kurz nervös zu Ava und dann gleich wieder

ins Feuer. Ava sah zu Jenko hinüber, doch der wich ihrem Blick aus. Sie konnte nicht sagen, warum, doch wegen Hammerfiss' Bemerkung, dass Spades Mancellor nicht mehr ranließ, fühlte sie sich schuldig. Nail war ein netter Junge gewesen, natürlich mit eindeutigen Absichten. Sie hatte es gewusst und ihn trotzdem nur geneckt. Jenko dagegen war oft gemein, großspurig und unbedacht. *Ich habe keine Ahnung, was Jenko Bruk jetzt von mir hält.* Dieser Gedanke machte sie wahnsinnig. *Ob er glaubt, dass ich aus freien Stücken zu Aeros ins Bett steige, ohne mich zu wehren?* Der Wein trübte ihre Gedanken.

»Du weißt gar nichts über mich oder Spades.« Mancellor brach schließlich das Schweigen und verteidigte sich. »Wir haben unsere eigene Vereinbarung getroffen.«

»Erzähl mal«, sagte Hammerfiss. »Das ist bestimmt interessant.«

»Was wir besprochen haben, bleibt zwischen ihr und mir.«

»Wie ehrenwert.« Belustigt zog Hammerfiss eine Braue hoch.

»Ich respektiere Frauen«, schloss Mancellor. »Und damit sollte es genug sein.«

Hammerfiss lehnte sich zurück. »Jetzt willst du bloß Ava Shay mit deiner Ritterlichkeit beeindrucken, Mancellor. Doch vergiss nicht: Auch Ava mag keine netten Männer. Schließlich bleibt sie jede Nacht bei einem, der sie vergewaltigt.«

Seine Worte trafen Ava wie ein Schlag in den Magen. Die Schneide ihres rubinbesetzten Schwerts baumelte jetzt zwischen ihren Beinen, und sie hielt es locker am Griff. Sie wollte etwas zu ihrer Verteidigung hervorbringen, war aber zu verblüfft. Hammerfiss hatte bloß ausgesprochen, was sie gerade selbst gedacht hatte.

»Gib Ava nicht die Schuld für das, was Aeros tut.« Spades funkelte Hammerfiss an, und ihre Stimme klang kalt und hart.

Er blickte grollend drein. »Sagt nicht Avas *Weg und Wahrheit Laijons*, und ich zitiere: ›Eine Frau soll eher zum Tode verurteilt werden, als sich von einem anderen als ihrem Ehemann beschmutzen zu lassen. Eine so entehrte Frau ist in den Augen Laijons wertlos.‹ Solche schönen Sätze gibt es doch viele da, oder?«

»Zitier mir nicht aus diesem lästerlichen Machwerk«, sagte Spades.

Doch Ava ließ den Kopf hängen, denn sie wusste, der Mann hatte recht. Bischof Tolbret hatte seinen Jüngern ebenjene Zeilen viele Male in der Kapelle von Galgenhafen zu Gehör gebracht. Nach der Schrift war eine Frau verpflichtet, sich das Leben zu nehmen, ehe sie sich vergewaltigen ließe. Sie war verpflichtet, ihre Reinheit zu bewahren. *Und ich habe gefehlt …*

Als sie aufblickte, sah Hammerfiss sie starr und ohne Mitleid an. »Deshalb tut unser Lord Aeros den Mädchen, die er gefangennimmt, solche Verderbtheit an. Er will sehen, welche von ihnen wirklich gläubig sind. Denn eine Frau, die Laijon treu ist, bringt sich lieber um, als sich seinen Händen auszuliefern, als sich seinem heißen Schwanz hinzugeben …«

»Rede nicht so einen Mist vor ihr.« Spades stand auf. »Und verwende nicht diese abscheulichen Formulierungen aus *Weg und Wahrheit Laijons*, um jemanden zu erniedrigen, vor allem nicht Ava. Vor allem nicht in meiner Gegenwart.«

»Sonst?«

»Sonst reiße ich dir wie meinem Bruder die Augen aus.« Spades sah Hammerfiss eiskalt an. Dann fiel ihr Blick auf Jenko Bruk. »Du willst wissen, warum ich die Männer von Gul Kana absichtlich so freudig bekämpfe und foltere? Wegen der Aschensammlung und der geheimen Schwüre. Wegen diesem Buch. Wegen *Weg und Wahrheit Laijons*. Das Machwerk steckt voller giftiger, erniedrigender Lügen. Nichts als Frauenhass und gefährlicher Quatsch.«

»Was kümmert es dich, was in *Weg und Wahrheit Laijons* steht?«, fragte Jenko. »Du bist aus Sør Sevier.«

»Was weißt du schon, woher ich komme?«, gab Spades schnell

zurück. »Hat man dir vielleicht erzählt, was mir als Kind für religiöses Gift eingetrichtert wurde? Kennst du die Gespenster, die ich mein ganzes Leben zu bekämpfen gezwungen war?«

Spades blickte zu Spinne vor Aeros' Zelt. »Und den *Ritterlichen Erläuterungen* bin ich nicht tiefer verpflichtet als der Bluthölzler da.« Dann sah sie Ava direkt an. »Was Hammerfiss über *Weg und Wahrheit Laijons* und Aeros' Prüfungen gesagt hat, stimmt im Prinzip. Es gibt einen Grund dafür, dass Aeros dich schon so lange behalten hat. Dass er jede Nacht bei dir liegt. Er will dich als seine Königin.« Avas Herz tat einen Sprung, und ihr Körper wurde so taub, dass sie nicht einmal das Rubinschwert in ihrer Hand spürte.

»Ich weiß, du wünschst dir, es wäre nicht so«, fuhr Spades fort. »Der Grund, warum Aeros dich missbraucht, liegt in den *Ritterlichen Erläuterungen*. Deren Prophezeiungen leiten Aeros in allem an, was er tut. In Wahrheit, Ava, werden die Menschen durch diese widerstreitenden heiligen Bücher gemein und böse. *Weg und Wahrheit Laijons* und den *Ritterlichen Erläuterungen* solltest du die Schuld geben. Wegen diesen falschen Schriften und denjenigen, die ihnen anhängen, solltest du dir Sorgen machen, nicht wegen Kriegerinnen wie mir.«

Mit diesen letzten Worten warf Spades den Stock ins Feuer und schritt davon.

Schweigend sahen alle der rothaarigen Frau hinterher.

»Nun.« Hammerfiss erhob sich und klopfte den Staub von der Lederhose. »Meine Arbeit hier ist getan.« Er lachte. »Wie du siehst, bereitet es mir Freude, die Leute ein wenig anzuzünden, bis ihnen die Köpfe explodieren.«

Auch Hammerfiss ging zu seinem Zelt. Ava, Jenko und Mancellor blieben zurück. Jeder schmorte noch in der seltsamen Grausamkeit, die sie gerade umgeben hatte.

»Fall nicht auf deren Gezänk herein.« Spinnenholz trat zu ihnen. Seine schwarze Lederrüstung schluckte das Licht des Feuers. »Sie spielen mit dir, Ava. Mit dir und mit Jenko.«

»Glaubst du, ich erkenne das nicht?«, blaffte Jenko.

Der Bluthölzler stand am Rand des Feuerscheins. »Sie benutzen eine uralte Befragungstechnik der Bluthölzler: Hammerfiss gibt deinen Feind, Spades deine Freundin, deine Beschützerin. Die gesamte Unterhaltung war inszeniert, ein Schauspiel zu ihrer Belustigung. In der Hinsicht sind sie wie die Vallè. Für sie ist alles ein Spiel. Und ihre Bosheit wird nach einer Schlacht nur noch schlimmer. Vom Kampf sind sie übermütig. Erschöpft, aufgedreht und trunken. Deshalb lachen sie über die Zerstörung, die sie verursachen. Lachen über die Schmerzen anderer. Nach zehn Jahren im Krieg sehen sie alles, was sie haben, Tod, abgeschlagene Gliedmaßen, Blut, und so gehen sie damit um. Mit Wein, grausamen Scherzen und der körperlichen und geistigen Folter anderer. Ob du es glaubst oder nicht: In Wyn Darrè, wo sie wirklich lange gekämpft und Schlachten geschlagen haben, haben sie sich noch schlimmer benommen. Sie haben beide im wahrsten Sinne des Wortes den Verstand verloren.« Seine rot benebelten Augen sahen in Avas. »Das Vorgehen der Totengeister ist mysteriös.«

»Ja, die Totengeister haben sie«, sagte Mancellor. »Beide.«

»Und lass dich auch von Mancellor nicht täuschen«, fügte Spinne hinzu. »Er hat das alles schon gehört. Er spielt seine Rolle.«

»Der Bluthölzler steckt voller Scheiße.« Wütend erhob sich Mancellor.

Spinne fuhr fort, an Ava gewandt. »Sei wachsam. Denn Spades langweilt sich vielleicht eines Tages bei diesem Spiel, steht einfach auf und sticht dir und Jenko ins Herz. Ersticht euch und legt sich in ihrem Zelt schlafen, als sei nichts geschehen. Und Aeros lässt sie machen.«

»Hör nicht auf ihn.« Mancellor nickte Ava zu. »Diesem *Blut-*

hölzler solltest du am wenigsten vertrauen.« Mancellor verließ das Feuer und schritt in der Dunkelheit zu seinem Zelt.

»Behalt einfach einen klaren Kopf«, sagte Spinne. Dann ging er wieder auf seinen Posten.

»Das ist Wahnsinn«, murmelte Jenko und stand auf. »Wir sind davon umringt. Spinne ist nicht einmal mehr ein Erzritter, und trotzdem lässt Aeros ihn Wache stehen.«

Darüber macht er sich Gedanken? Sie wollte etwas zu ihm sagen, wusste aber nicht, was. Sie starrte ins Feuer. *Was hält Jenko von mir? Glaubt er, das alles liegt an mir?* Das nagende Schuldgefühl wuchs, je mehr sie über ihre Situation nachdachte. *Bin ich ein schlechter Mensch wie Spades? Straft Laijon mich deshalb so? Kann ich deshalb nicht mehr zu ihm beten? Liegt das alles wirklich in meiner Verantwortung? Aeros erwartet mich in diesem Zelt! Ja, es ist alles meine Schuld!*

Ihr wurde klar, dass sie damit auch ihre Vergewaltigung meinte.

Ava wusste, dass sie solche Gedanken vertreiben musste, sonst kehrten die Totengeister zurück und trieben sie in den Irrsinn. *Oder trägt Aeros wirklich ihre Bürde für mich? Füllt er mich wirklich mit heilenden Kräften an?* Sie sah vom Feuer hoch, als Jenko sie als Letzter verließ.

Dann blickte sie zu Aeros' Zelt. *Manchmal frage ich mich, wer ich eigentlich bin!*

Durch ihren Glauben an sich widersprechende Religionen beginnen die Menschen eines Tages die Jagd auf ihresgleichen. Dann verwüsten, zerreißen und fressen sie einander bei lebendigem Leib, wie die unkontrollierbaren Biester der Unterwelt.

DAS BUCH DES VERRÄTERS

34. KAPITEL

KRYSTALLHOLZ

AM ZEHNTEN TAG DES ENGELSMONDES IM 999. JAHR LAIJON – ROKENWALDE, SØR SEVIER

Bleischwer lag Krista die Luft des finsteren Kerkers in den Lungen. Erst vor wenigen Stunden war sie zu sich gekommen. Seitdem lag sie mal auf dem Rücken, dann zusammengerollt auf der Seite. Durch den pausenlos pochenden Schmerz in Brust und Unterleib bekam sie kaum Luft. Sie befürchtete, dass ihr der Eisenhammer des Ordensritters jede Rippe gebrochen, ihre Eingeweide zerquetscht hatte. Jeder Atemzug war eine Qual. Sie wollte einfach aufgeben. Nie hätte sie gedacht, dass sie einmal den Punkt erreichen würde, an dem sie sich nur noch zu sterben wünschte. *Aber wäre der Tod nicht eine süße Erlösung von diesem alles verzehrenden Elend?* Unter anderem dem Wissen, dass sie in eine Zelle gepfercht war – ihr schlimmster Albtraum.

Sie lag in den Kerkern von Rokenwalde, mit einer anderthalb Meter langen Kette an die Wand gefesselt, einen dicken Eisenkragen um den Hals, gekleidet nur in einen einteiligen Wams aus grobem, hellem Leinen, der ihr an den Seiten offen über die Schultern hing. Wie einer der Mäntel im Krankenlager in Aevretts Palast, nur steifer und unbequemer. Unerträglich unbequem. Und das Schlimmste: Das blaue Band, das ihr Vater ihr geschenkt hatte, fehlte an ihrem Knöchel. Wie lange hatte sie bewusstlos dagelegen? *Einen Tag? Eine Woche? Eine Stunde?*

War Aevrett Raijael wirklich tot?

Plötzlich schien Licht durch die dicken, vom Boden in die Decke reichenden Eisenstäbe einige Meter vor ihr in die Zelle. Der feuchte, schmutzige, mit Stroh bedeckte Boden, auf dem sie lag, stank nach Fäulnis und Fäkalien. Wahrscheinlich krabbelten überall Käfer, Mäuse, Ratten, Fledermäuse und wer weiß was noch herum. Ein verdreckter Wassertrog stand mitten in der Zelle vor ihrer Nase. Auch er stank.

Sie wollte nicht darauf achten, aber sie kannte sich zu gut. Luxus war ihre einzige Schwäche. Und dieser Ort zerrte an ihren Nerven. Übelriechendes Wasser tropfte von der Decke. *Tropf. Tropf. Tropf.* Als sie mehrere Meter nach oben an die grob behauenen Steine blickte, traf es ihr ins Gesicht. Die schwarze Farbe aus ihren Haaren rann ihr in die Augen und fügte den anderen Schmerzen ein Stechen hinzu. Egal.

Habe ich wirklich König Aevrett ins Herz gestochen? Ächzend rollte sie sich auf die Seite. Die Kette um ihren Hals rasselte. Sie dachte an die Lügen, die Solvia Klingande über Ser Aulmut und ihre Mutter Avril ausgespuckt hatte. Dreckige Lügen, wegen denen sie dem König ein Messer in die Brust gerammt hatte. *Ein Bluthölzler muss vaterlos werden!* Hans Rake hatte gesagt: *Kapierst du es denn noch nicht? Ich habe deinen Vater bereits getötet. Man hat dich getäuscht. Ser Aulmut Klingande war dein Vater.*

Die Schatten zweier Gefängniswärter mit Fackeln waberten hinter den Zellengittern den Gang entlang. Krista hob den Kopf, als sie vorbeimarschierten. Ihnen folgten Bogg und Café Colza Bouledogue. Der Hund blieb stehen und schnüffelte und sabberte grob in ihre Richtung. Sein verrostetes Stachelhalsband schimmerte matt. Zwei mürrische Gefängnisaufseher mit faulig riechenden Lappen und Wassereimern folgten Bogg. Sie wollte den Wärter rufen, tat es aber nicht, denn ihr wurde klar, dass Bogg vermutlich schon wusste, dass sie hier einsaß, nur interessierte es ihn nicht. Sie fragte sich, ob der einäugige Zwerg Plattauge wohl auch hier war. Bogg bellte einen Befehl, und seine beiden Aufseher begannen, den ganzen Korridor mit ihren schimmligen Feudeln zu wischen. Dann verschwand er mit seinem Hund in der Dunkelheit und mit ihnen einer der Wärter. Der andere blieb und leuchtete den Aufsehern mit der Fackel.

Im flackernd orangefarbenen Licht konnte Krista durch die Stäbe ihrer kleinen Kammer über den schmalen Flur in eine Einzelzelle sehen. Hinter den Gittern dort hockte ein bärtiger Mann, der auch Halseisen und Ketten trug. Er starrte sie an. »Man erzählt sich hier unten, du hast König Aevrett umgebracht.« Seine Stimme klang mild, beinahe tröstend.

Krista stützte sich auf einen Ellenbogen und zuckte vor Schmerzen zusammen. Der Mann hockte in zerrissener Hose und Hemd barfuß da. Arme und Beine waren so dünn wie bei einem Skelett. *Er ist schon eine Weile hier unten.* Sie schöpfte mit der Hand etwas Wasser aus dem Trog vor ihr und trank. Sofort spie sie es wieder aus und würgte.

»Das ist für die andere Seite, wenn du verstehst, was ich meine«, sagte der Bärtige. »Die Wärter und Aufseher bringen ab und zu Wasser. Zu essen gibt es Suppe, Haferschleim oder Brei. Grässliches Zeug. Manchmal kommen sie kurz nacheinander, dann wieder liegen Tage zwischen den Fütterungen. Hier unten gibt es keine festen Regeln. Nichts ergibt Sinn. Die Faulsten haben hier das Sagen. Wirst schon sehen.«

Krista wusste so dies und das über die Kerker von Rokenwalde. Nichts davon klang gut für die Insassen. Langsam setzte sie sich auf und drückte mit steifen Fingern gegen Brust und Magen. Jedes Mal durchfuhr sie ein stechender Schmerz.

Einer der Aufseher wischte jetzt direkt vor ihrer Zelle den Boden, und sie konnte den bärtigen Mann nicht mehr sehen. Als der Aufseher weiterzog, entdeckte sie einen kleinen Zettel am Boden zwischen dem Wassertrog und den Zellengittern. Sie beugte sich vor, unterdrückte dabei einen Aufschrei und nahm das Papier an sich, bevor der Wärter es bemerkte. Da stand etwas geschrieben. Doch sie hatte keine Zeit zu lesen, denn die Aufseher und der Wärter zogen weiter, und der Korridor war wieder in Schwärze getaucht.

»In dem Fackellicht hast du wie eine Frau ausgesehen, die ich einmal kannte«, sagte der Mann gegenüber.

Krista wollte sich nicht in solche Gespräche mit Fremden verwickeln lassen. Sie dachte an ihre Ausbildung bei Black Dugal. *Gehört das alles zur Prüfung?* Ihr Schwachpunkt war eindeutig, sich aus Knoten, Fesseln und Schellen zu befreien. Und ihr Meister wusste, wie entsetzlich unwohl sie sich in Kerkern fühlte. *Ist das alles eine Prüfung?*

»Vielleicht bilde ich es mir auch nur ein«, tönte die dunkle Stimme des Mannes aus dem Nichts. »Vieles aus meiner Vergangenheit sollte ich am besten vergessen.«

Das Licht der Fackeln strahlte in der Ferne, weil sich die Aufseher und Wärter wieder näherten. Als es in ihrer Zelle heller wurde, legte Krista sich den Zettel so in die Handfläche, dass der Mann auf der anderen Seite sie nicht lesen sah.

Sofort wusste sie, dass die Nachricht von Black Dugal kam.

Dort stand:

Der König ist tot. Nun kann unser Plan voranschreiten. Aevrett Raijael war nicht das Hauptziel. Er war lediglich Mittel zum Zweck. Du musst den Mann in der Zelle gegenüber töten. Denn er hätte schon vor Jahren sterben sollen. Er verfügt über verheerendes Wissen – Wissen, das nie weitergegeben werden darf.

Der Korridor wurde wieder dunkel, als die Gruppe weiterzog. Krista knüllte das Blatt zusammen und verschluckte es.

»Wie heißt du?«, fragte sie den Mann auf der anderen Seite.

»Wenn du es unbedingt wissen willst«, sanft und wohlklingend drang seine Stimme aus der Finsternis zu ihr, »ich heiße Borden Bronachell.«

Der strahlende Held einer Geschichte sollte weder gänzlich gut noch vollkommen unschuldig sein, sondern voller Stärken und Schwächen, Rechtschaffenheit und Laster, Wahrheit und Schuld, denn das Interessanteste an der Seele eines Menschen sind die Widersprüche.

AUS DEN RITTERLICHEN ERLÄUTERUNGEN DES RAIJAEL

35. KAPITEL

GAULT AULBREK

AM ZEHNTEN TAG DES ENGELSMONDES
IM 999. JAHR LAIJON – AMADON, GUL KANA

Die Frau im wasserblauen Brokatmantel und dem schwarzen Kapuzenumhang wurde von Leif Chaparral und vier Tagrittern in die düstere Kammer begleitet. Sie war hochwohlgeboren und auch in ihrem fortgeschrittenen Alter noch wunderschön. Funkelnde Silberreifen klimperten bei jedem Schritt hell an ihren Handgelenken. Die Ritter führten sie direkt an Gault vorbei zu dem blonden Jungen, der wie ein Fötus zusammengerollt im Käfig neben ihm kauerte.

Er lag in seinem eigenen Erbrochenen.

»Können wir ihn nicht wenigstens von diesem schrecklich stinkenden Ort wegbringen?«, flehte sie.

»Jovans Befehle waren eindeutig«, sagte Leif. »Ihr bekommt

auch nur ein paar Minuten mit Eurem Sohn, Lady Le Graven.« Er deutete eine Verneigung an und ging ein Stück zurück. »Nicht länger, Mylady. Wir bleiben hier, gleich hinter Euch.«

»Ihr dürft mich Mona nennen«, sagte die Frau.

»Wie Ihr wünscht, Mylady.«

Mona Le Graven sah sich die zehn Wachen an den schmierigen Mauern an und dann auch kurz Gault. Sie wirkte angespannt und nervös, und ihr kamen die Tränen. Dann sah sie zu dem blonden Jungen am Boden hin. »Lindholf«, rief sie.

Doch er regte sich nicht.

Am Vorabend war er ohne viel Aufhebens in den Käfig neben Gault geworfen worden. Er hat nur gestöhnt, gewimmert und geweint. Bevor er einschlief, hat er sich mehrmals übergeben. Gaults neuer Kerkergenosse war jener Jüngling mit dem deformierten Gesicht, der Tala Bronachell und Leifs jüngerem Bruder Glade einige Wochen zuvor in die Höhlen des Fegefeuers nachgestiegen war. Er erinnerte sich an die Suche, durch die Tala und Glade gefunden worden waren. Doch den schiefgesichtigen Jungen hatte Gault nicht mehr aus den klammen Tiefen zurückkommen sehen.

»Lindholf«, rief die Frau wieder.

Matt hob der Junge den Kopf. Das maisblonde Haar klebte ihm mit Schmutz und Kieseln vom Boden an den Wangen. Sein vom Nacken bis an die Stirn pocken- und schwielenübersätes Gesicht schimmerte im Fackelschein. Höchstwahrscheinlich Verbrennungen aus der Kindheit, dachte Gault. Auch die Ohren waren schrecklich vernarbt.

»Mutter.« Lindholf rappelte sich an den Gitterstäben des Käfigs hoch und sah sie mit hoffnungsvollen dunklen Augen an. Er hatte nur eine grobe, zerlumpte Gefängnishose und ein ausgeleiertes und vollgekotztes Hemd an. Die Frau nahm seine Hände und so blieben sie weinend eine Weile. Mona wandte sich von ihm ab. »Du riechst nach Erbrochenem.«

»Mir ist schlecht geworden, Mutter«, jammerte der Junge. »Ich habe solche Angst.«

Mona ließ seine Hände los und wich vom Käfig zurück. Ihr Blick wurde streng. »Was hast du da bloß getan?«, verlangte sie zu wissen. »Warum hast du uns das angetan?«

»Was denn?« In seiner Stimme lagen Angst und Schmerz.

»So viel Schande über deine Familie gebracht. Dein Vater ist außer sich vor Gram. Sie sagen, was du getan hast, sei schlimmer als das Verbrechen des Prinzen von Sankt Einzig.«

»Was, Mutter? Was sagen sie, dass ich getan habe?«

»Sie werfen dich in die Sklavengruben und lassen dich im Steinbruch Riven Rock Marmor hauen. Sie sagen, vielleicht hängen sie dich sogar auf.«

»Aber ich habe nichts getan.«

»Nichts getan?«, wiederholte Mona ungläubig.

»Ich verstehe das nicht«, stöhnte Lindholf.

»Die Schankmaid, mit der die Silbergarde dich in flagranti erwischt hat, hat gestanden, Sterling Prentiss *ermordet* zu haben.« Mona flüsterte den Namen zischend.

»Das kann nicht sein«, sagte Lindholf. »Sie hatte nichts mit dem Mord an Prentiss zu tun. Wo ist sie? Geht es ihr gut? Hat Glade ihr noch mehr wehgetan?«

»Du machst dir Sorgen um diese Dirne?«

»Mutter, bitte, sie ist unschuldig. Sie müssen sie freilassen.«

»Sie ist in einem noch dunkleren Teil dieses schaurigen Kerkers angekettet als du.« Mona kam in Fahrt. »Die Schankmaid behauptet, du hast ihr geholfen, Sterling zu töten. Sie hat Glade erzählt, wo man Sterlings Leiche findet. Und Glade, Tolz, Alain und Bonaparte haben ihn auch genau dort entdeckt, wo die Hure sie hingeschickt hat, in einem vergessenen Korridor in der Nähe des westlichen Krähenhorsts hinter einen Wandteppich gestopft. Man hat ihn *nackt* gefunden. Mit vielen grässlichen Wunden. Tot. *Ermordet.*«

»Nein«, schrie Lindholf und griff wieder nach ihren Händen. Sie wich zurück. »Das war Glade«, weinte der Junge. »Er hat Prentiss umgebracht. Er wusste, wo Sterlings Leiche ist. Nicht hinter einem Wandteppich. Verstehst du denn nicht?«

»Hör auf zu lügen.« Mona sah ihn mit Verachtung an.

»Frag doch Tala …«

»Still!« Mona hob die Hand und kniff die Augen zu. »Bitte. Nicht noch mehr Lügen.« Als sie die Augen wieder öffnete, konnte selbst Gault erkennen, dass keine Liebe in ihnen lag. Sie sagte: »Die Schankmaid hat außerdem zugegeben, dass du es warst, der ihr bei dem Attentat auf König Jovan geholfen hat. Dass du sie heimlich in die Burg gelassen hast.«

»Mutter, ich flehe dich an …«

»Nenn mich niemals wieder *Mutter*«, knurrte sie so angeekelt und heftig, dass die Tagritter und Leif Chaparral einen Schritt zurücktraten.

»Nein«, heulte der Junge. »Du musst ihnen sagen, dass ich es nicht war, Mutter.«

»Ich bin nicht deine *Mutter*«, grollte sie wieder. »Ich erkenne deine Lügen, Lindholf Le Graven! Du ekelst mich an. Sieh dich doch an. Dein widerliches Narbengesicht. Du warst nie mein Sohn.«

Mit diesen Worten drehte die Frau sich um und stolzierte aus dem Kerker.

Lindholfs Knie gaben nach, er rutschte mit dem Gesicht an den Gitterstäben zu Boden und umklammerte verzweifelt das kalte Eisen. »Nein«, keuchte er. »Bitte nicht.« Tränenüberströmt blickte er zu Leif. »Hol sie zurück, Leif, bitte.«

»Ich finde, sie hat sich klar ausgedrückt, *Verräter*«, sagte Leif kalt. »Sie möchte nie wieder mit ihrem mörderisch hässlichen Sohn sprechen.«

Lindholfs schmerzerfülltes Schluchzen erfüllte die Kammer.

Leif ignorierte den Jungen und wandte sich boshaft grinsend an Gault. »Euer Auftritt in der Arena gegen Squireck ist noch etwas hin. Vierzehn Tage, oder? Seid Ihr denn vorbereitet?«

Gault zuckte lakonisch die Achseln und sagte ausdruckslos: »Ich habe Schmerzen in der Schulter. Könnt Ihr mir einen Arzt verschaffen?«

Das verschlagene Grinsen verging Leif, und er funkelte Gault böse an. Der wusste, dass die Wachen es hassten, wenn Insassen sich beklagten, und Leif genauso.

»Und jemand müsste sich um meine Kopfschmerzen kümmern«, setzte er hinzu.

»Haltet Eure dumme Fresse«, knurrte Leif. »Wenn Jovan den Jungen in den Steinbruch Riven Rock verdammt, sorge ich dafür, dass Ihr, Gault Aulbrek, auch dort landet. Täuscht Euch nur nicht: Diese miese Marmorgrube ist noch wesentlich schlimmer als das hier. Die Plackerei in dem Loch wird Euch bis auf die Knochen zermürben. Dann seid Ihr nicht mehr so ein Klugscheißer.«

»Aber wenigstens stecke ich dann nicht mehr in diesem Käfig fest.« Gault lächelte.

Leif drehte sich um und humpelte mit den vier Tagrittern im Schlepptau davon.

Festungen, Schlösser und Burgen wurden erbaut und geschliffen. Allianzen geschmiedet und zerschlagen. Lobpreis gesprochen und widerrufen. Lehnstreue geschworen und aufgegeben. Wahrlich, kein Clan der Fünf Inseln hat je vergessen, welche Ungerechtigkeiten ihm angetan wurden.

WEG UND WAHRHEIT LAIJONS

36. KAPITEL

NAIL

AM ELFTEN TAG DES ENGELSMONDES
IM 999. JAHR LAIJON – HIMMELSSEEN, GUL KANA

Wortlos hingen sie unter dem bedrückenden Gletscher an einem Stück Treibholz, das wie ein großer Holzlöffel geformt war. Vermutlich hatte ihnen dieses morsche Boot das Leben gerettet, als es an ihrem eisigen Ausguck vorbeischaukelte. Beide waren aufgesprungen, und jetzt hingen Nails Beine von den Knien bis zu den nackten Füßen im Flusswasser. Er steuerte das Floß in der langsamen Strömung mit einem knorrigen Ast durch den Kanal.

Vorne hatte ihr Boot eine kleine Delle, trocken und gerade groß genug für Val-Draekin. Der Vallè saß mit dem Gesicht zu Nail und hatte das gebrochene Bein hochgelegt, das sie notdürftig mit Stöcken und Lederstreifen geschient hatten. Zwischen seinen Beinen lag ein kleiner Holzstapel. Wann immer etwas Holz vorübertrieb, schnappte Val-Draekin es sich und legte es dazu. Das war ihr Feuerholz.

Dunkelblaue Wände und eine dunkelblaue Decke hüllten sie in hohles Schweigen. Hier und da brach etwas Licht durch schmale Risse. Das Eis hängte sich wie ein alles erstickender Mantel an Nail und fraß sich tief in seine Seele. Die Luft selbst schien zu gefrieren. Die Kälte nagte so grausam und beständig an ihm, dass seine Nerven wie eine Bogensehne gespannt waren und sein Gesicht eine steife Maske war.

Nail schätzte die zurückgelegte Entfernung unter dem Gletscher auf vier bis fünf Meilen – viel weiter als er für möglich gehalten hätte. Val-Draekin vermutete, dass sie sich siebzig bis hundert Meter unter der Oberfläche befanden. Seiner Ansicht nach würde der Fluss in einen der Seen am Gletscherrand etwa zwanzig Meilen weiter münden. Ihre einzige Hoffnung lag darin, dem Tunnel blind zu folgen oder im Gletscher zu erfrieren.

Schnell hatten sie sich der brutalen Wahrheit gestellt, dass Roguemoore endgültig nicht mehr bei ihnen war. Als sie das große Stück Treibholz entdeckten, hatten sie das Beste gehofft und sich darauf gestürzt. Ihre Fahrt ging durch einen zumeist pechschwarzen, lichtlosen Tunnel. Nur Düsternis, Kälte und die ständige Strömung. Zum Glück gab es keine weiteren Wasserfälle.

Nail hätte nie gedacht, dass ihm seine Rüstung einmal fehlen würde, doch ohne sie fühlte er sich nackt. Bisher hatte sie ihn ein bisschen warmgehalten. Jetzt durchfuhr ihn bei jeder Berührung mit dem bitterkalten Wasser ein frostiger Schock bis ins Mark. Sein Schwert vermisste er auch. Er wusste, dass sie ohne Val-Draekins weißes Pulver schon vor Stunden erfroren wären. Gelegentlich zündete der Vallè etwas von dem Treibholz an, dann wärmten sie sich beide die Hände daran, bis es niedergebrannt war. Nail zog abwechselnd ein Bein aus dem Wasser und versuchte, es so gut es ging warm zu reiben. Dabei krängte aber ihr provisorisches Floß jedes Mal, also biss er meist die Zähne zusammen. Alle paar Minuten blies er sich in die Hände, damit wenigstens die warm wurden. Zu allem Überfluss hatte er Hunger.

»Ob Seita dort oben ist?« Val-Draekin blickte zur eisigen Tunneldecke. Er hatte noch die feine schwarze Lederrüstung an, und die Kettenhemdschichten um seinen Hals funkelten manchmal im Licht. Doch an den meisten Stellen hatte sie bei ihren Abenteuern schwer gelitten. »Ich frage mich, ob sie wohl noch leben, Seita, Stefane und Culpa, oder ob sie hinter uns in den Wasserfall gestürzt und wie Roguemoore für immer verschwunden sind.«

Nail wusste nicht, ob er dem Vallè überhaupt antworten konnte. Sein Gesicht schmerzte noch von den Pfeilen und war wie erfroren. Auch er blickte an die Decke, eine traumhafte Landschaft flüsternder, schattiger Adern in diversen Violett- und Blautönen. Durch Spalten und Risse fielen Lichtstrahlen. Es nieselte leicht. Er dachte an Roguemoore und wusste, dass er eigentlich trauern sollte, denn der Zwerg hatte ihn aufgenommen und zu einem der Bruderschaft von Mia gemacht. Aber da war keine Trauer. Bei der Kälte konnte er einfach nur ans eigene Überleben denken. Und er fühlte sich verraten. In Wahrheit hatte der grummelige alte Zwerg ihn über vieles belogen, und Nail hatte ihn nie damit konfrontiert. Nun war es dafür zu spät.

Er dachte an Stefane Wayland und hoffte, dass sein Freund noch am Leben und der Schock nicht zu groß war, nach allem, was geschehen war: Sicher glaubte Stefane, dass Roguemoore, Val-Draekin und er, Nail, tot waren. *Ist Culpa Barra noch am Leben? Und Seita?* Sie wirkte gewiss von allen am begabtesten mit ihren rätselhaften Fähigkeiten.

»Wer ist Seita?«, fragte er mit vor Kälte starrem Gesicht. Seine Lippen bewegten sich kaum, und er war nicht sicher, ob der Vallè ihn wohl hören konnte. »Habt Ihr gewusst, dass sie so eine gute

Kämpferin ist?« Bei jedem Wort kondensierte die Atemluft vor seinem Mund.

»Natürlich«, antwortete Val-Draekin. »Überrascht dich ihr Können?«

Vieles hatte ihn an seinen Gefährten aus Vallè überrascht, seit die Gesellschaft in Lord's Point aufgebrochen war. Wie Val-Draekin und Seita zueinander standen, war nie geklärt worden. Die beiden hatten kaum Anzeichen von Freundschaft gezeigt. Nail glaubte, sich an eine Bemerkung von Seita zu erinnern, dass ihre Schwester eine Beziehung zu Val-Draekin hatte. Aber darüber hinaus wurde nie viel gesagt, wenigstens nicht in seiner Gegenwart. Nach einer Weile sagte er: »Ich habe noch nie ein Mädchen so kämpfen sehen.«

»Und wie kommt das?«, fragte Val-Draekin.

Nail hatte keine so beiläufige und dennoch spitze Frage auf seine Bemerkung erwartet. »Keine Ahnung.« Er tauchte das knorrige Paddel in den gurgelnden Fluss und steuerte das Floß um einen spitzen Eisturm herum. »Die Mädchen in Galgenhafen kämpfen nicht so. Sonst übrigens auch nirgends.«

»Nur die jungen Männer werden in Galgenhafen zu Kämpfern ausgebildet.« Das war keine Frage, sondern eine Feststellung des Vallè.

»Nur die siebzehn- und achtzehnjährigen Jungen müssen üben«, sagte Nail. »Jeder Junge in Gul Kana muss seine zwei Jahre bei der Kirche und dem Silberthron dienen. So will es das Gesetz, und wer seinen Dienst nicht ableistet oder desertiert, wird mit dem Tod bestraft.«

»Jeder weiß, dass die Frauen in Gul Kana und Adin Wyte und Wyn Darrè nicht kämpfen«, sagte Val-Draekin. »Warum, glaubst du, ist das so?«

Darüber hatte Nail noch nie nachgedacht. Eine Frau zum Kampf auszubilden, gehörte einfach nicht in seine Welt. Noch nie.

Unter anderem deshalb war er ja auch so überrascht gewesen, als die Gestalt in Mantel und Umhang auf dem schwarzen Pferd oberhalb von Galgenhafen sich als Frau aus Vallè herausstellte – eine Vallè, die genauso aussah wie Seita. Deshalb verblüfften ihn auch Seitas Fähigkeiten so. »Sehen sich eigentlich alle Vallè-Frauen ähnlich?«, fragte er.

»Für mich nicht«, sagte Val-Draekin.

»Aber sind sie alle strahlend blond wie Seita?« Wieder dachte er an die Vallè, die Shawcroft umgebracht hatte. »Können sie alle kämpfen wie Seita?«

»Sie sind nicht alle so blond wie Seita. Und so wie sie können nicht viele kämpfen. Aber den meisten bringt man es schon früh bei, sei es mit dem Bogen, dem Dolch, dem Säbel, der Machete, dem Schwert oder dem Streitflegel. Sie suchen es sich selbst aus. Wenn sie gar keine Kampftechnik lernen wollen, ist es auch egal. Man zwingt sie zu nichts. Man hält sie auch von nichts ab. So sind wir Vallè.«

»Mir kommt es halt seltsam vor.«

»Natürlich«, sagte Val-Draekin. »Dir hat man dein ganzes Leben lang beigebracht, dass Frauen geringer als Männer seien.« Nail hatte das Gefühl, dass ihn die Worte des Vallè beleidigen sollten, doch er verteidigte sich nicht gegen die Anschuldigung. Val-Draekin sprach weiter: »Jedem in Gul Kana wurde diese irrige Lehre von den Kirchenmännern, Bischöfen und Lords beigebracht – von schwachen Männern, die ihre Meinungen aus *Weg und Wahrheit Laijons* ziehen. Und ihr nehmt alles hin. Am schlimmsten ist: Eure Frauen nehmen es hin.« Er schwieg einen Moment. »Und das, Nail, kommt *mir* seltsam vor.«

Tatsächlich hatte Nail bis jetzt noch nie weiter darüber nachgedacht. Aber er fand es doch eigenartig ungerecht, dass man Frauen nicht zuließ. Shawcroft war nie ein Fürsprecher der Kirche Laijons oder von *Weg und Wahrheit Laijons* gewesen. Er hatte sogar die meisten von Nails Versuchen, sich ihr anzuschließen, verspottet, besonders, als er das Gebet zur Aschenglutentzündung auswendig lernen wollte. Nail aber hatte eigene Probleme mit dem heiligen Buch. Er erinnerte sich an Bischof Tolbret, der ihm nicht erlaubt hatte, mit den anderen am Ritus der Aschenglutentzündung teilzuhaben. »*Für heute und alle Zeiten gilt: Ein Kind ungewisser Herkunft hat keinen Platz in der Kirche Laijons und wird ihn niemals haben.*« Das hatte ihm der Bischof ins Gesicht gesagt, wörtlich zitiert aus *Weg und Wahrheit Laijons.*

»Es ist wirklich schade, dass den Frauen von Galgenhafen nicht beigebracht wurde zu kämpfen«, sagte er. »Dann hätten sie sich besser gegen den Weißen Prinzen wehren können, als er in unser Dorf einfiel.«

»So ist es.« Der Vallè nickte. »Aeros Raijaels Armee besteht fast zur Hälfte aus Frauen. Was meinst du, wie er Adin Wyte und Wyn Darrè überrannt hat? Gul Kana sollte daraus rasch Lehren ziehen, sonst wird es ebenfalls überrannt.«

Val-Draekin hatte recht. Das machte Nail nur umso wütender auf die Kirche und ihr *Weg und Wahrheit Laijons.* Er war froh, dass er Bischof Tolbret am Abend des Trauermondfests das Buch aus der Hand geschlagen und darauf gepinkelt hatte – am Abend, bevor der Weiße Prinz Galgenhafen zerstört und alle seine Einwohner getötet hatte.

»Prinzessin Jondralyn Bronachell hatte die richtige Einstellung«, sprach Val-Draekin weiter. »Sie wollte für die Rechte der Frauen kämpfen. Sie wollte eine Kriegerin sein.«

»Aber die Prinzessin wurde doch beinahe von einem Ritter aus Sør Sevier erschlagen, oder?«, fragte Nail. »Culpa sagte, es sei Jondralyn gewesen, die ich in Ravenker so übel zugerichtet auf der Bahre gesehen habe.«

»Doch sie hat überlebt. Sie ist nach Amadon zurückgekehrt. Und ich habe so eine Ahnung, dass dieses Erlebnis sie nur stärker gemacht hat. Sie ist eine Frau aus Gul Kana, die man wirklich bewundern muss.«

»Es heißt, sie sei die schönste und anmutigste Frau von allen.«

»Ja, das war sie«, pflichtete Val-Draekin bei. »Ist sie noch. So wie ihre jüngere Schwester, Prinzessin Tala. Tala erkennt es zwar nicht, doch sie könnte eines Tages zu einer noch schöneren Frau heranwachsen als Jondralyn. Ich glaube, sie müsste etwa in deinem Alter sein. Ein bisschen erinnert Tala Bronachell mich an dich. Ihre unbeirrbare und störrische Entschlossenheit.«

Nail steuerte um das nächste Eishindernis. Der Tunnel wurde jetzt dunkler, düsterer. Immer mehr trübe Eisschollen ragten wie schattenhafte Türme auf. Schweigend navigierte er das Floß zwischen ihnen durch. Der Gletscherfluss hatte kaum noch Strömung. Nail paddelte abwechselnd auf einer und dann auf der anderen Seite ihrer Treibholzbarke und versuchte, etwas Fahrt aufzunehmen.

Langsam machte er sich um seine tauben Beine im Wasser Sorgen, und der Rest seines Körpers war von stechenden Schmerzen gepeinigt. Doch er würde es ertragen, solange er sich mit anderen Dingen beschäftigen konnte. Also dachte er an schöne Mädchen.

Er versuchte, sich Jondralyn und Tala Bronachell vorzustellen, vor allem Tala, denn sie war ja ungefähr so alt wie er. Doch er sah immer nur Ava Shays Gesicht. Und beim Gedanken an Ava fühlte er sich schuldig. Er spürte noch die geschnitzte Schildkröte um den Hals. Nach allem, was er erlebt hatte, hing sie noch immer dort.

Inzwischen fuhren sie durch völlige Finsternis, und ein Sturm raste hohl wie ein dissonanter Choral durch den Abgrund. Begleitet wurde sein majestätisches Hallen vom Krachen und Stampfen des Eises, das sich über ihnen gewaltig verschob. Nail hatte einmal eine Gruppe durchreisender Barden mit Flöten und Trommeln in der Kapelle von Galgenhafen spielen hören, und ihr göttliches Lied hatte beinahe so eindringlich geklungen wie die Gletschermelodie. Doch schließlich legte sich der Sturm.

Nail holte tief und schmerzhaft Atem. Er spürte die Last des Gletschers. Durch das mächtige Eis über ihm erschienen er und sein ganzes Leben winzig. *Ich werde hier unten sterben …*

Vor ihm strahlte ein blaues Licht aus der Schwärze, leuchtender und klarer, als er es je gesehen hatte. Doch der prächtige Anblick solch himmlischen Lichts gab ihm kaum Hoffnung. Val-Draekin reckte den Hals, um zu sehen, was Nails Blick festhielt.

Binnen weniger Minuten leuchtete der Tunnel, den sie durchfuhren, taghell. Ihr Floß trieb durch eine gewaltige, gewölbte Eishöhle von derart makelloser Pracht, dass Nail die Luft wegblieb. Der Anblick war spektakulär. Er konnte nur nach oben blicken und staunen, obwohl seine Augen in der frostigen Sonne schmerzten. Selbst Val-Draekin starrte ehrfürchtig.

Stille umgab das Floß auf seiner Fahrt über das Wasser in der riesigen Höhle. Sie war mindestens hundert Mal größer als das Innere der Kathedrale von Lord's Point, mit einer nicht enden wollenden Folge glatter Eissäulen, die hundert Meter und mehr in die Höhe wuchsen. Ganz oben schwebte ein dünnes Dach aus Eis. Wie buntes Glas spiegelte es eine schmelzende Kaskade in strahlendem Blau, Weiß und Gelb, brach das Sonnenlicht in unzählige Strahlen und Funken. Das Licht tanzte über scharfkantige Eisblöcke und badete Nails Gesicht in heller Wärme. Er konnte sich vorstellen, wie er oben über den Gletscher wanderte, dann durch jene dünne Eisschicht brach und hundert Meter senkrecht in das frostige Wasser stürzte. Er fragte sich, ob Stefane, Seita und Culpa Barra auf ihrem Weg wohl diesen Ort überquert hatten.

Der See lag klar und ruhig da. Ihr träges Floß erzeugte kaum eine Welle. Nail konnte bis auf den Grund sehen, vielleicht hundert Meter in der Tiefe. Die hausgroßen Eisberge und Felsblöcke wirkten dagegen wie Kinderspielzeug. Der ganze labyrinthische Seeboden lag so kristallklar vor Nail, als wäre er direkt vor seinem Gesicht. Überall waren Bäume, die vor langer Zeit vom wilden Gletscherwasser entwurzelt worden waren, wie Tausende Streichhölzer verstreut.

Er tauchte den Ast hinein und ließ die ganze Landschaft in Millionen von Wellen verschwimmen. Sie navigierten um einen Eisberg. Sein Treibholzpaddel plätscherte wie ein Glockenspiel. Ihre gemächliche Fahrt in dieser strahlend hellen Kammer mit den steilen Eissäulen und dem kristallblauen Wasser hatte etwas Heiliges und Ehrwürdiges.

»Dein Gesicht ist noch immer geschwollen.« Der Vallè unterbrach die majestätische Stille, als er Nail ansah. »Jetzt in diesem Licht kann ich es ganz deutlich erkennen.«

Seine Schmerzen hatten Nail so in ihren Fängen, dass er sein verletztes Gesicht gelegentlich ganz vergaß. Er erinnerte sich an den Wasserfall und daran, wie er sich den Kopf aufgeschlagen hatte. Die vergifteten Pfeile. *Ich muss zum Fürchten aussehen.*

»Besser als ein gebrochenes Bein, denke ich«, sagte Val-Draekin und zog die Lederriemen um seine provisorische Schiene nach. »Oder die Wunden, die ich von den Oghulen habe.« Die Verbände um seinen Arm und die Schulter waren zerrissen und lösten sich.

»Wenn wir wieder draußen sind, könnt Ihr dann laufen?«, fragte Nail und merkte im selben Moment, wie überaus dumm die Frage war.

»Machen wir uns erstmal Gedanken darüber, ob wir hier rauskommen.« Der Vallè blickte wieder in die Höhe. »Hier ist es wärmer, die Sonne kommt durch. Wahrscheinlich ist dieser mächtige See deshalb nicht zugefroren.«

Ein dunkles Holznest trieb vor ihnen. Nail sah es aufmerksam an, als sie sich ihm näherten.

»Breita würde für diesen Anblick hier wirklich sterben«, bemerkte Val-Draekin.

»Wahrlich ein schönes Bild«, war alles, was Nail einfiel, während er das dunkle Knäuel im Auge behielt.

»Seita und Breita waren als Schwestern unzertrennlich«, fuhr Val-Draekin fort und blickte durch die gewaltige Höhle. »Ich war neidisch auf ihre Nähe, auf das Band zwischen meiner Geliebten und ihrer Schwester Seita. Ich weiß nicht, warum ich das ausgerechnet jetzt und hier zugebe, auch noch vor dir. Aber ich glaube, ich muss das einfach mal laut aussprechen.«

Nail steuerte sie schweigend um das treibende, etwa wagenradgroße Geflecht aus Eis und Holz. Es war ganz unregelmäßig und sah irgendwie grotesk aus. Nail fühlte sich an die brutalen Visagen der Oghule erinnert. *Schaurige Kreaturen. Wild und scheußlich.*

»Hattest du je mit einer Person ein Band wie sie?«, fragte Val-Draekin und blickte selbst besorgt auf die kleine Insel. »Jemanden, der dir so nahestand, dass ihr nahezu unzertrennlich wart?«

Nail zögerte. »Ich wüsste nicht«, sagte er schließlich. »Das heißt, ich wüsste nicht einmal, wie so ein Band sich anfühlen soll. Ich hatte nie eine Familie.«

»Ich habe auch nicht gesagt, dass es ein Familienmitglied sein muss.«

Nail ließ sich von der Wirklichkeit seines Daseins überfluten. Sein Leben lang hatte er das Gefühl, dass niemand ihn liebte oder sich um ihn sorgte, als sei er bloß Shawcrofts lästiges Gepäck. »Mir ist nicht danach, über das Thema zu sprechen.«

»Nun, über irgendetwas sollten wir sprechen«, sagte Val-Draekin nüchtern. »Wir müssen uns wach halten.«

Nail fesselten Größe und Strahlkraft der Höhle, wohin er auch blickte. Doch zugleich war es ein tödlicher Ort. Er wusste nicht recht, ob eine Unterhaltung mit dem Vallè über das Los, das sie teilten, ihm guttun würde, besonders dann nicht, wenn sie sich um

Beziehungen und Familien drehte. Er fühlte sich bereits schuldig, weil er seine Freunde solchen Gefahren ausgesetzt hatte. Stefane. Dokie. Liz Hen. Selbst Seidel. *Ich hätte mich im Herbstgebirge von ihnen trennen sollen. Sie wären ohne mich besser dran.*

Dennoch hatte er ein Band zu den Mitgliedern der Gesellschaft gespürt. Waren die acht seine Familie? *Ist es das, was Val-Draekin meint?* Ansonsten war sein einziger Verwandter *allenfalls* sein ehemaliger Meister, Shawcroft, und da war er sich auch nicht sicher – ihm blieb als Beweis nur Habichtholz' Wort. *Cassietta Raybourne. Aevrett Raijael.* Konnten sie wirklich seine Eltern sein?

»Ich bin nichts als ein Sklave«, murmelte er schließlich. »Ich bin bloß da, um zu gehorchen.«

»Ich habe aber bisher keine Spuren von Unterwürfigkeit in deiner Redeweise oder deinem Verhalten erkennen können«, sagte Val-Draekin. »Seit wir uns kennen, hast du dich jedenfalls nie wie ein Sklave benommen. Mach dich nicht selbst klein. Du bist mehr wert.«

Nail zog das Ruder aus dem Wasser. Wenn er gar nichts tat, schien die Strömung sie langsam in eine Richtung zu treiben. Also sollte sie ihren Willen haben.

»Shawcroft muss diesen Gletscher gut gekannt haben«, sagte der Vallè. »Dein Meister hat so lange in diesen Minen geschuftet, da muss er das Eis viele Male überquert haben. Ich frage mich, ob es diese Höhle auch damals schon gegeben hat.«

Nail sah Val-Draekin neugierig an. Das dunkle Haar, die spitzen Ohren, die dunklen, runden Augen, das blasse Gesicht: all das so fremd und eigenartig wie die Eisgrotte, durch die sie glitten.

»Seit wir Lord's Point verlassen haben«, sagte Val-Draekin, »haben Roguemoore, Godwyn und Culpa Barra mit mir gesprochen. Über dich. Dass Shawcroft in Arco war, als deine Mutter starb.«

Nails Herzschlag setzte aus. Er kniff die Augen zusammen und hielt das Ruder bewegungslos über dem Wasser. »Ich würde Godwyn oder dem Zwerg nicht trauen«, murmelte er. »Die haben immer nur Geheimnisse. Culpa Barra auch, nehme ich an. Ich glaube nicht, dass sie irgendetwas über Shawcroft oder meine Mutter wissen.«

»Du hast recht, ihnen nicht zu trauen.« Die Offenheit des Vallè traf Nail wie ein Blitz.

»Woher wollt Ihr wissen, wem ich trauen soll und wem nicht?«, fragte er gereizt und merkte selbst, wie wankelmütig er erschien.

»Du hast viele Fragen, Nail, die einer Antwort bedürfen«, sagte Val-Draekin. »Und bis du die findest, wirst du dein Leben, fürchte ich, immer als unvollständig betrachten.«

Nail sagte nichts, und die Wahrheit der Worte des Vallè durchschnitt sein Herz. »Und Euch soll ich trauen?«

»Es gibt welche, denen du trauen *kannst*. Ich verspreche dir nicht, dass ich einer von ihnen bin. Das musst du selbst herausfinden, Nail.«

»Am einfachsten ist es, jeden als Lügner anzusehen. Da gibt es nichts herauszufinden.«

»Roguemoore hast du nicht unbedingt am Herzen gelegen. So viel weiß ich.«

Wieder überraschte Nail Val-Draekins grobe Direktheit.

»Na, das ist ja jetzt auch nicht mehr wichtig.« Er zuckte die Achseln. »Ich denke, der Zwerg ist inzwischen tot.« Er konnte dem Vallè nicht in die Augen sehen.

»Wohl wahr.« Val-Draekin nickte. »Der Zwerg trug mehrere Schichten Rüstung, die sich nicht so einfach wie deine abstreifen ließen. Vermutlich liegt er ertrunken irgendwo weit hinter uns am Grund dieses Gletschers, und wir erfahren nie, welche Geheimnisse er hatte. Ein schwerer Schlag für die Bruderschaft von Mia. Denn Roguemoore verfügte über Informationen, die kaum ein anderer kannte, nicht einmal Godwyn oder Culpa Barra.«

Das überraschte Nail nicht. *Wie kann es sein, dass niemand je ehr-*

lich ist, nicht einmal zur eigenen Bruderschaft? Shawcroft nicht. Roguemoore nicht. Er dachte an Habichtholz und daran, was der ihm in Ravenker über seine Herkunft offenbart hatte. *Steht denn niemand zu seinem Wort?* Er fürchtete, auch der Vallè steckte voller Lügen und betrachtete das alles nur als Spiel.

»Es gibt *einen* Mann, von dem du glaubst, dass er die Wahrheit gesagt hat«, sagte Val-Draekin. »Das sehe ich an deinen Augen.«

Nails Herz schlug wie eingezwängt. Er zitterte. Mehr als das Eiswasser des Gletscherflusses ließ ihn nur die unheimliche Hellsichtigkeit des Vallè frösteln. »Kanntet Ihr Habichtholz?«, fragte er.

Der Vallè nickte. »Ein bisschen.«

»Steckt Habichtholz wie Godwyn und der Zwerg voller Lügen?«

»Eins weiß ich sicher«, sagte Val-Draekin. »Auch Habichtholz war bei Shawcroft in Arco, als deine Mutter starb.«

Fast brach Nail das Herz entzwei. Er konnte kaum atmen.

Unwillkürlich platzte es aus seinen gefrorenen Lippen heraus. »Habichtholz hat gesagt, meine Mutter hieß Cassietta Raybourne.« Sein Herz raste, als er den Namen das erste Mal laut aussprach. »Sie war die jüngere Schwester von König Torrence Raybourne von Wyn Darrè. Habichtholz hat gesagt, Shawcroft war mein Blutsverwandter, mein Onkel. Dass sein richtiger Name Ser Roderic Raybourne war. Dass er von königlichem Blut war. Wyn Darrè vermischt mit …« Er verstummte, denn er kam sich wie ein ungeheurer Narr vor.

»Sprich weiter«, drängte Val-Draekin ihn mit forschendem Blick. »Das Blut von Wyn Darrè vermischt womit?«

»Habichtholz hat mir erzählt, mein Vater sei König Aevrett Raijael von Sør Sevier. Er sagte, nicht einmal Roguemoore hätte meine Bestimmung ganz erfassen können.« Er glaubte, der Vallè würde ihn auslachen, wie vielleicht Liz Hen es bei einer solchen Anmaßung täte.

»Der Engelsprinz.« Val-Draekin wich Nails Blick aus. »Das erklärt einiges.«

»Was denn?«

»Godwyn hat doch gesagt, dass Shawcroft dich immer wieder länger allein gelassen hat, um in den Minen nach Waffen und Steinen zu graben, richtig? Dass du bei Stefanes Familie geblieben bist, wenn Shawcroft in den Minen war.«

»Ja, das stimmt.«

»Klingt nicht nach jemandem, dem daran gelegen ist, dass du wohlbehalten und sicher bist. Oder?«

Die Schlussfolgerung des Vallè stieß ihn vor den Kopf. Alles, was der Vallè sagte, schien ihn aus der Bahn zu werfen. »Shawcroft war besorgt«, sagte Nail, seinen Meister beinahe in Schutz nehmend. »In Totholztor, da war ich noch klein, hat Shawcroft mich manchmal in die Minen mitgenommen, aber nie besonders tief hinein, oder wir haben in Bächen in der Nähe Gold gewaschen. Wenn er mich dann doch länger allein gelassen hat, war ich immer bei einer vertrauten Familie im Ort, die mich beschützt hat. Und Godwyn hat recht, in Galgenhafen blieb ich bei Stefanes Familie.«

»Eine vertraute Familie, sagst du?«, sann Val-Draekin, als stimme er mit Shawcrofts Urteil nicht ganz überein.

»Shawcroft tat, was er konnte.« Nail begriff nicht, warum er den Mann weiter in Schutz nahm. »Ich bin nie schlecht behandelt worden …« Er verstummte. Ließ den Blick durch die Höhle schweifen. Ein tiefes, wildes Donnergrollen schien aus dem Eis zu wachsen. *Ein Wasserfall!*

Die Luft um sie herum veränderte sich, dann ertönte hinter und links von ihnen ein ohrenbetäubendes Brausen. Nail drehte sich um. Fast senkrecht über ihnen brach eine Eissäule, die sich vom See bis an die Decke erstreckte, in sich zusammen. Sie zerfiel in unzählige Splitter, die wie eisige Speere die glatte Seeoberfläche durchstießen. Hohe, schäumende Wellen türmten sich auf. Die erste hob ihr kleines Floß an und rauschte weiter. Ein gefährlicher Eisblock rammte ihr Boot so heftig von unten, dass Nail und Val-Draekin in den kalten See geschleudert wurden.

Keuchend spürte Nail das eisige Wasser über sich zusammenschlagen. Jeder Muskel in seinem Körper verkrampfte sich. Als er prustend wieder an die Oberfläche kam, sah er den Vallè, der sich gleich neben ihm mühte, den Kopf oben zu halten. Mit letzter Kraft strampelte Nail zu ihm. Wieder kam eine Welle, und Val-Draekin ging unter.

Nail bekam den Metallkragen der Lederrüstung zu fassen und zog seinen Freund wieder aus dem Wasser. Er hielt ihn von hinten mit dem Arm um die Brust. Der Vallè schnappte nach Luft. Sie wurden nun schnell zu einer steil aufragenden Eiswand der Höhle gezogen, an deren Fuß ein finsterer Tunnel klaffte. Sie kamen nicht von dem vibrierenden Donnern fort, das immer lauter tönte. Als die Stromschnellen sie in den dunklen Tunnel rissen, waren sie den messerscharfen Eissplittern hilflos ausgeliefert.

Nail umklammerte Val-Draekin mit einem Arm und machte sich auf das Grauen gefasst, das er auf sie zurasen sah. Zusammen stürzten sie die donnernden Fälle in eine schäumende, gischtende Brühe hinab.

Irgendwie schaffte Nail es, Val-Draekin festzuhalten, selbst als der mörderische Malstrom aus Wasser und scharfkantigem Eis sie tief hinabzog. Wie Treibholz wurden sie nach unten gewirbelt und schließlich in einen breiten, reißenden Eisfluss von grausamer Schwärze gespien.

Sie wurden so schnell mitgerissen, dass nicht einmal das beste Rennpferd der Fünf Inseln sie eingeholt hätte. Endlos und chaotisch rasten sie durch die bitterkalte Finsternis. Sie kamen kaum zu Atem. Nail klammerte Val-Draekin fest an seine Brust, hauptsächlich, um sich selbst zu schützen. Val-Draekin fing die brachialen Stöße der Eisklumpen ab, die gegen sie geschleudert wurden.

Manchmal wurden sie ganz untergedrückt, und Nail musste fast bis zur Ohnmacht die Luft anhalten, während sie in dem quälenden Strom an den eisigen Tunnelwänden entlangschrammten. Nur sekundenlang wirbelten sie durch kleine Luftblasen, in denen sie schnell atmen mussten, bevor sie erneut von den wilden Wassern verschlungen wurden. Die stechende Kälte schien nicht enden zu wollen.

Als der enge Tunnel sie ausspuckte, ragte ein Fels von der Größe eines Hauses vor ihnen auf. Die schäumende Strömung riss sie an ihm vorbei, und sie rutschten über eine breite Eisscholle dahinter wieder in den Fluss. Jetzt trieben sie langsamer daher, und von oben sickerte wieder etwas Licht durch. Nail schaffte es nicht, sich zu orientieren, doch dann gelangten sie in die Nähe einer Eisplatte, vor der ein schäumender Strudel entstanden war.

Val-Draekin riss sich von Nail los. Beide tauchten im Strudel gefangen auf und ab und rauschten mal über, mal unter Wasser daran vorüber. Schließlich nutzte der Vallè eine Welle und hangelte sich auf die Sicherheit des Eises.

Nail mühte sich, wurde aber durch die Wellen nach unten gezogen. Als sie ihn wieder hochtrieben, packte ihn Val-Draekin und zog ihn mithilfe der Strömung auf einen Vorsprung. Keuchend und erschöpft lag Nail auf dem Eis.

Dann hob er den Kopf und sah sich um.

Der breite Strom rauschte um sie in einen weiteren bedrohlich finsteren Tunnel, in dem Wasser und Eis tosten. Dahinter öffnete sich eine schmale Schneise in der Eiswand, eine Spalte, die sich von dem Vorsprung in die Dunkelheit aufwärts erstreckte, und ein Streifen Licht strahlte hindurch.

»Da ist vielleicht ein Ausweg!«, rief Val-Draekin über das Donnern des Wassers. Er kroch von der Kante aus mühsam darauf zu. Seine Fußsohlen bluteten, und die provisorische Schiene an seinem Bein war fast völlig abgerissen.

Nail sah, dass auch seine Füße in Mitleidenschaft gezogen waren. Er versuchte aufzustehen, sich hinzuknien, vorwärts zu kriechen, doch seine müden Glieder waren ganz taub und ließen es nicht zu. Er konnte nur steif und zitternd daliegen und zusehen, wie der Vallè sich über das dünne Eisschelf zog. »Wir müssen es versuchen!«, rief Val-Draekin, den der Fluss beinahe übertönte.

Wer weiß, wo wir überhaupt sind, hier unter dem verdammten Eis? Selbst die Unterwelt konnte nicht schlimmer aussehen als die grausigen Tiefen dieses Gletschers und seiner marternden Wasserwege. »Wir müssen weiter!«, rief Val-Draekin ihm zu.

Mit äußerster Willenskraft gelang es Nail, sich zu bewegen. Langsam kroch er Val-Draekin in den schrägen, dünnen Schlitz nach. Die Kanten waren rauh, doch passten beide hintereinander gerade so durch, und das Licht in der Ferne spornte sie an. Nach einigen Minuten Kriechens weitete sich der schmale Schacht, und Tageslicht strömte auf sie nieder. Vor ihnen gabelte sich der Spalt. Nach links führte ein breiter Pfad, der mit Eisbrocken übersät war, voraus ging es in einen wesentlich engeren Durchgang. Etwa einhundertfünfzig Meter über ihnen öffnete sich die Decke und ließ einen dünnen Lichtstrahl ein.

Nail legte sich erschöpft in die Helligkeit, und eine lähmende Ruhe überkam ihn. Er wollte einfach gleich hier und jetzt einschlafen und sterben, das Donnern des Flusses vergessen.

Val-Draekin stützte sich auf die Seite und zog den Lederbeutel hervor. »Mein Pulver reicht nur für ein kleines Feuer. Aber ein bisschen Wärme dürfte es uns spenden.« Er riss sich einen Streifen vom Hemdsaum ab und streute etwas darauf, dann schnippte er mit den Fingern. Eine Flamme erschien.

Als der Stofffetzen brannte, hielten sie Hände und Füße an das Feuer, aber es erlosch nach kurzer Zeit, und Nail fragte sich, ob sie sich ausreichend hatten wärmen können. »Wir müssen weiter«, sagte der Vallè. Steif, schmerzgepeinigt und frierend konnten sie sich gerade so erheben. Val-Draekin, den seine Verletzung beeinträchtigte, stützte sich auf Nails Schulter ab.

Langsam setzten sie ihren Weg durch den vorausliegenden schmalen Spalt fort. Humpelnd patschten sie immer wieder durch Pfützen, die ihren schmerzenden, blutenden Füßen noch mehr zusetzten.

Mehrere Stunden schleppten sie sich durch den gewundenen Spalt, der mal breiter wurde und sich dann wieder bis auf einen Riss zusammenzog. Doch sie quetschten sich jedes Mal hindurch. Ab und an ließ Nail den müden Blick gen Himmel schweifen, wo zwischen den steilen Gletscherwänden ein Stück Blau zu erahnen war. Schmelzwasser nieselte immer wieder auf sie. Ständig bewegte sich in der Ferne knirschend und unvermittelt krachend das Eis. Nail hätte schwören können, dass die Wände sich manchmal eigentümlich nach innen verschoben und es dabei kälter wurde.

Dann begegneten sie etwas, das Nail das Blut gefrieren ließ. Auf Augenhöhe ragte der Überrest eines menschlichen Arms in ihren Weg, fünf schwarzgefaulte Skelettfinger; ausgestreckt in stummem Schmerz, der Körper war im Eis verborgen, nur als dunkler Umriss zu erkennen.

Val-Draekin humpelte zuerst darauf zu. Er duckte sich unter den Arm und besah sich die Form im Eis. Nail kam näher, und die geisterhafte Gestalt ängstigte ihn zutiefst. Der Vallè wischte eine Schicht Reif mit dem Ärmel weg.

Zwei Augen starrten ihm aus der Wand entgegen. Nail taumelte zurück. Es waren die eindringlich blauen Augen einer Frau.

»Vielleicht ist sie schon seit Hunderten von Jahren hier unten«, sagte der Vallè. »Im Eis eingeschlossen ist sie bestimmt gut erhalten.«

Nail wollte nicht stehenbleiben. Er lief unter dem ausgreifenden Arm an der Toten vorbei und zuckte zusammen, als die starren Knochenfinger ihm sachte über den Kopf strichen.

Sie ließen die Leiche hinter sich und gingen weiter in den nun breiter werdenden Tunnel in die Dunkelheit. Die Decke war eine höllische, auf dem Kopf stehende Landschaft aus Eis gewordenen Wellen mit eingefrorenen Felsen und Bäumen, deren Stümpfe und Äste wie das Trugbild eines Waldes nach unten ragten. Zerschellte Eisklumpen und Steine lagen überall auf dem Weg. Als das Licht hinter ihnen verging, kamen sie schwerer voran.

Bald hing die Tunneldecke so tief, dass sie auf allen vieren weitermussten. Das Licht war nun so schwach, dass sie sich schließlich fast blind vorantasteten. Schließlich wurde es stockfinster, und Nail überlegte, ob sie umkehren sollten. Doch wohin würden sie dann gehen? Also folgte er Val-Draekin.

Von unten kratzten ihn scharfes Gestein und spitze Zweige, von oben drückte ihn das Gletschereis nieder. Dann war er eingeklemmt zwischen Steinboden und gefrorener Decke, das Gesicht nach unten gedrückt, mühsam atmend und mit dem Rücken gegen das Eis gepresst.

Er steckte fest. Das, wusste er, war das Ende. Er hörte den schmaleren Vallè vor sich in der Finsternis vorankriechen. Doch Nail rief nicht um Hilfe. Er ließ ihn einfach weiterrutschen und wollte ihn nicht behindern.

Val-Draekin merkte zunächst nicht, dass Nail nicht mehr hinter ihm krabbelte. Langsam glitt er in die finstere Ferne, und Nail fragte sich, wie lange es wohl dauerte, bis er hier unten gestorben war, wo die Last aller Fünf Inseln ihn niederzudrücken schien. Würde er verhungern? Würde der Gletscher wandern und ihn zerquetschen? Würde die mickrige Kammer sich mit Wasser füllen? Oder würde er hier einfrieren wie die tote Frau, die sie gefunden hatten? Egal wie, er wollte nur, dass es vorbeiging.

»Da vorne ist Licht«, ertönte Val-Draekins Stimme aus der Dunkelheit.

Nail konnte ihn kaum verstehen. Er schwieg, denn er wusste, dass sein quälender Weg zu Ende war, egal, wie viel Licht von oben herabregnete.

»Nail!«, schrie der Vallè. »Bist du noch da? Nail!«

»Ich kann mich nicht bewegen«, krächzte Nail aus spröden, ausgetrockneten Lippen. »Ich sterbe.« Seine Stimme klang selbst für ihn nur noch wie ein tonloses Wispern.

»Nail!«, schrie Val-Draekin wieder. »Licht! Sonne! Ich sehe da Büsche und Bäume hinter dem Eis!«

Kann das wahr sein? Nails Herz raste. *Oder bin ich schon tot und träume nur?*

»Nail!«, schrie der Vallè. »Bist du noch da?«

Nail atmete tief ein und schob sich Zentimeter für Zentimeter vor, einen halben Meter vielleicht, dann gab er es wieder auf. Er hörte Val-Draekin wieder rufen. »Ich komme und hole dich!«

»Nein!«, wollte Nail zurückrufen, doch seine Brust klemmte zwischen Felsen und Eis. Der Vallè konnte ihn unmöglich hören.

»Ich komme zurück, Nail!«

Ich kann ihn nicht noch mehr Gefahren aussetzen. Nail atmete tief ein und schrie: »Ich schaffe es schon! Ich komme! Bleibt da! Kommt nicht zu mir zurück!«

Der Vallè rief: »Ich krieche weiter zum Licht. Du siehst es auch gleich, Nail! Ich verspreche es dir! Gib nicht auf! Ich warte draußen auf dich!«

Geduld, hatte ihn sein Meister gelehrt, *Geduld in allen Dingen.* Jetzt galt es. Shawcroft hatte einmal gesagt: *Harte Arbeit und Präzision in allen Dingen formt Stärke, den Charakter und Stolz. Diese drei sollte ich mehr als alles andere in dir ausbilden, das hat deine Mutter sich gewünscht. Für sie war harte Arbeit nie etwas Selbstverständliches, und so sollte es auch für dich sein.*

Harte Arbeit und Geduld. Daran hatte seine Mutter geglaubt.

Also entkomme ich ihretwegen aus diesem Gletscher.

Nail holte tief Luft und kroch einen Zentimeter weiter. Und noch einen. Und noch einen.

Zehn Minuten bewegte er sich so vorwärts, dann hatte er das Schlimmste hinter sich und kam leichter voran. Er sah das Licht, von dem Val-Draekin gesprochen hatte. Mit neuer Kraft kroch er darauf zu.

Um ihn wurde es heller. Er konnte jeden Kieselstein unter seinen Fingern erkennen, konnte sehen, wie das schmutzigblaue Eis über ihm geformt war.

Noch wichtiger war aber, dass er im Silberstrahl vor ihm Sonnenlicht auf Büschen und Espen sah. Er krabbelte mit wild zuckenden Beinen und Armen drauflos. Plötzlich zog ihn Val-Draekin aus dem hohen Eisblock an die frische Luft.

Nail rollte sich auf den Rücken und atmete durch. Vor ihm lag die unendliche hohe, blaue Klippe. Er wollte unbedingt von diesem Gletscher weg. Mehr als alles sonst in seinem Leben.

Er raffte sich auf und wankte trunken auf den nahen Espenhain zu. Seine Gedanken waren ganz verschwommen, seine blutigen Füße fast zu taub, um sich zu bewegen. Torkelnd stolperte er weiter, klammerte sich an einen Baum vor ihm und hörte Val-Draekin erleichtert auflachen. »Wir haben es geschafft, Nail! Wir haben es geschafft!«

Außer sich vor Schmerzen und Erleichterung umarmte Nail den Baum. Die dünnen Äste der Espe streckten sich vom Wind zerzaust in den tiefblauen Himmel. Die Sonne stand hinter den Bergen, und es wurde Abend.

Immer noch lauerte hinter ihm der verfluchte Gletscher, bedrohlicher und unheilvoller als die Klippen bei Stanclyffe, schrecklicher als ein Bluthölzler auf einem schwarzen Ross. Er wollte sich umdrehen und dem eisig-stickigen Kliff all die Frustration und den Zorn seines Lebens entgegenbrüllen.

Als er sich schließlich einigermaßen beruhigt hatte, reckte er, immer noch fest an den Baum geklammert, den Hals und ließ den Blick über die rauhe Umgebung schweifen. Sie waren an einem steinigen Abhang, der mit Gebüsch und Espen bewachsen war, aus dem Gletscher aufgetaucht, und gut fünfzehn Meter den Hügel hinab lag ein riesiger schwarzer See.

Val-Draekin kam zu ihm gehumpelt. »Das war vielleicht nicht der direkte Weg, aber zumindest sind wir am östlichen Ufer angekommen.« Auch er blickte in die Landschaft. »Keine Ahnung, ob die anderen noch leben.« Er ließ sich neben Nail auf den Boden fallen und stützte den Kopf in die Hände. »Ich wäre gestorben, wenn du mich nicht festgehalten hättest, Nail. Im Wasserfall und in diesem grausigen Fluss wäre ich gestorben. Du hast mich mehrmals gerettet. Ich stehe tief in deiner Schuld.«

Doch Nail hörte den Vallè kaum. Er konnte den Baum einfach nicht loslassen. Er war sein Rettungsanker, seine Nabelschnur zur wirklichen Welt, einer Welt, die nicht mehr unter Eis und wilden Wassern vergraben lag. *Roguemoore ist nicht mehr!* Und er hatte weder Rüstung noch Waffen. Nur ein dünnes, zerrissenes Hemd und eine Hose. Er hatte solchen Hunger, dass er fürchtete, er könnte umfallen, wenn sein Magen knurrte. *Was tun wir jetzt?* Wenigstens Val-Draekin war durch die leichte Lederrüstung einigermaßen geschützt. Nicht, dass es Nail etwas nützte.

Lautes Krachen erschütterte die Luft, gefolgt von tiefem Donnern, das die Espe erzittern ließ und dann durch seine eigenen Glieder in jeden Ast schwang. Ehrfürchtig beobachtete Nail, wie eine gewaltige Eissäule vom Gletscher abbrach und einige Meilen entfernt in den See stürzte. Der verschluckte den Berg im Ganzen und spie ihn dann in Brocken wieder aus, und gewaltige Wellen rollten über den See zum Ufer.

»Wir sind noch nicht in Sicherheit.« Val-Draekin sprang auf und humpelte den Hang hinauf vom See weg. Seine blutenden Füße hinterließen rote Schlieren.

Nail ließ den Baum los und rannte seinem Freund vorsichtig auf lädierten Füßen nach. Als er Val-Draekin erreicht hatte, nahm er ihn über die Schulter und trug ihn trotz der brüllenden Schmerzen bei jedem Schritt weiter den Hügel hinauf.

Es liegt in der Natur des Mannes, in jedem anderen Mann den Rivalen zu erkennen. Diese Feindseligkeit beschreibt, wie Krieg entfesselt und wie Liebe gewonnen wird und auch, was den Erfolg ausmacht.

WEG UND WAHRHEIT LAIJONS

37. KAPITEL

TALA BRONACHELL

AM ELFTEN TAG DES ENGELSMONDES
IM 999. JAHR LAIJON – AMADON, GUL KANA

Ist Squireck nicht einfach göttlich?« Lawri Le Graven seufzte. Sie hatte die Haare um den Zeigefinger gewickelt und spielte mit den langen blonden Strähnen, den linken Arm hielt sie im Schoß. Tala verstand, warum ihre Cousine sich so zum Prinzen von Sankt Einzig hingezogen fühlte. Nie zuvor hatte die Tagritterrüstung an einem Mann derart königlich ausgesehen. Die lackschwarzen Platten an Squireck Van Hesters massigem Körper nahmen im Schein der vielen Fackeln im Sonnenvogelsaal alle Farben der Nacht an. Er wirkte einschüchternd. Bei jeder kraftvollen Bewegung mit dem langen Schwert keuchte das Publikum.

So plötzlich ist er nun der Held der Massen. Die priesterliche Segnung des Großvikars hatte genügt, um den meistgehassten Mann Amadons in den am meisten verehrten zu verwandeln.

Squireck hielt sie alle in seinem Bann, als er das schwere Tagritterschwert mit einer Hand herumwirbelte. Drei Silbergardisten – Ser Tolz Trento, Ser Alain Gratzer und Ser Bonaparte Stockach – standen mit Schwertern und Schilden vor ihm und erwarteten gespannt das bevorstehende Duell mit dem berühmtesten Kämpfer Amadons. Tala erkannte, dass es Glades Lakaien waren, diejenigen, die ihm geholfen hatten, Lindholf den Mord an Sterling Prentiss anzuhängen und ihn mit dem Attentat auf Jovan in Verbindung zu bringen. Sie hoffte, Squireck würde alle drei in diesem Übungskampf zutiefst demütigen.

Tala konnte immer noch nicht fassen, dass Lindholf tatsächlich nackt mit der Schankmaid Delia im Hinterzimmer im *Dreckspferd* gefunden worden war. Beide saßen derzeit im Fegefeuer. Glade gab damit an, er habe den Wachen persönlich dabei geholfen, die Schankmaid mit der üppigen Oberweite dieses Mal an ein Gestell mit vier Spitzen zu ketten, an dem sie sich nicht bewegen konnte. Er prahlte, dass die Wachen dasselbe mit Lindholf getan hätten. Tala gab sich die Schuld daran. Das Spielchen des Bluthölzlers hat so viele Leben ruiniert! Doch seit der Begegnung in der vergessenen Kammer der Königinnen vor über einem Mond hatte sie rein gar nichts mehr von ihrem Blutholzpeiniger vernommen. Dennoch hatte sie Lawri Le Graven – unter dem Vorwand, es handele sich um Medizin – die kleinen grünen Kugeln untergeschoben. Aber wer konnte schon sagen, was sie wirklich waren. Lawri war nicht mehr krank. Doch sie achtete immer noch auf ihren verletzten Arm, der, wenn man bedachte, wie vorsichtig sie ihn hielt, wahrscheinlich stärker entzündet war. Sie saß Tala gegenüber am Tisch und trug ein langes gelbes Kleid mit safranfarbenen Ärmeln, die bis an ihre Handgelenke reichten. Tala wusste, dass ihre Cousine damit die Wunde verdecken wollte. An der Infektion änderten auch die grünen Kügelchen nichts.

Tala ließ den Blick durch den Sonnenvogelsaal schweifen. Dame

Nels Doughty, die neue Küchenobermagd nach dem Abschied von Dame Vilamina, hatte ihn vortrefflich hergerichtet. Auch daran war sie schuld. Vilamina war tot, weil sie zu Unrecht der Beteiligung am Attentat auf Jovan bezichtigt wurde, und alles nur, weil Tala sie gebeten hatte, für die Nacht des Trauermondfests die Schankmaid Delia aus dem *Dreckspferd* in das Küchenpersonal aufzunehmen. Es war ein so verworrenes Gespinst, und Tala würde sich das Unheil nie verzeihen können, das sie über so viele Leben gebracht hatte. *Alles nur wegen der Spielchen des Bluthölzlers* …

Sie blickte an die Decke und überlegte, ob er sie wohl von oben beobachtete. Der Rauch der Fackeln hing dicht und schwer zwischen den Balken. Ganz am östlichen Ende hatte man die beiden Balkontüren aufgerissen, um ein wenig frische Luft in den vollen Saal zu lassen. Er platzte aus allen Nähten. Heute Abend hatten sich alle herausgeputzt, Tala eingeschlossen. Sie trug ihr schwarzes Lieblingskleid und das juwelenbesetzte Lederwams. Obwohl sie offen gestanden lieber wie Jondralyn die Rüstung der Silbergarde getragen hätte. Ihre große Schwester saß zwei Tische weiter und ließ Anselm auf den Knien »Hoppe hoppe Reiter« spielen. Im Gefolge des Königs hatte sich Murren erhoben, als Jondralyn in voller Rüstung den Saal betreten hatte. Aber was wollten sie tun? Jovan hatte sie zum Ritter geschlagen. So ging es eben bei Hofe: Immer wurde hinter dem Rücken über andere geredet.

Die Menschenmenge war in den vergangenen Tagen gewachsen, denn aus ganz Gul Kana erhörten Lords und Barone den Ruf des Silberthrons zu den Waffen gegen die eindringenden Armeen des Weißen Prinzen, und Tausende und Abertausende von Rittern folgten ihnen in die Stadt. Ritter aus Savon, Schmelztiegel, Ridliegh, Ekkehard kamen neben Kämpfern aus anderen Städten und Dörfern, die noch weiter entfernt lagen, und täglich wurden es mehr. Die Straßen von Amadon schwirrten vor Wappenbannern und den bunten Decken der gerüsteten Pferde. Alle Edelleute, die der Krone wichtig waren, befanden sich heute Abend im Sonnenvogelsaal. Ser Tomas Vorkink, des Königs Vogt, hatte Dame Nels Doughty geholfen, eine umfassende und gewaltige Feier voller majestätischem Pomp auszurichten, deren Mittelpunkt im Zentrum des Saals der Schaukampf Squireck Van Hesters sein sollte.

Seit seiner Begnadigung war der Prinz von Sankt Einzig zum Liebling von Burg Amadon und zur gefragtesten Persönlichkeit bei Hofe geworden. Alle warteten ungeduldig auf den ersten Tag des Feuermondes und Squirecks Kampf gegen Gault Aulbrek in der Arena. Alle wollten unbedingt sehen, wie ihr neuer Held den Ritter aus Sør Sevier hinschlachtete. Jedes vorbereitende Gefecht wurde stets von viel Publikum begleitet. Der Hof liebte es, ihn kämpfen zu sehen. Selbst Jovan und Großvikar Denarius mit dem Quorum der Fünf waren ihm inzwischen gewogen. Vorhin erst hatte der Vikar auf Geheiß des Königs Squireck zum Ritter geschlagen, und dann hatte Jovan den Prinzen von Sankt Einzig in den Rang eines Tagritters erhoben und ihm die entsprechende schwarze Rüstung und das Schwert überreicht.

Gut, dass Squireck wieder ein freier Mann war. Tala freute sich für ihn, obwohl ihr die Lobhudelei unpassend vorkam. Erst recht von Lawri, die den Prinzen von Sankt Einzig von Zeit zu Zeit mit geradezu schamlosem Verlangen ansah. »Er ist so göttlich«, murmelte sie wieder.

Jubelrufe ertönten aus der Menge, als der Botschafter aus Val Vallè, Val-Korin, den Beginn des Übungskampfes signalisierte. Mit einem Warnruf trat er zur Seite: »Achtung! Der Kampf beginnt! Die Zuschauer mögen sich vorsehen!«

In der Saalmitte schwang Squireck gewandt das Schwert über dem Kopf. Tolz, Alain und Bonaparte setzten sich die konischen Schlachthelme auf. Langsam kreisten sie den Prinzen von Sankt Einzig ein, die Schwerter zum Angriff erhoben. Die Menge brummte geradezu vor Aufregung. Zuerst ging Bonaparte auf Squireck los, doch gegen die Kraft von dessen Gegenattacke half ihm sein schwerer Eisenschild nicht. Der flog scheppernd und mit einer Delle in der Mitte zu Boden. Dann wurde ihm das Schwert aus der Hand geschlagen. Mit viel Oh und Ah, Applaus und Anfeuerungsrufen sah man nun Alain und Tolz angreifen.

Tala wandte sich völlig desinteressiert ab und sah Lawri über den Tisch hinweg an. »Das ist alles so sinnlos. Diese Kämpfe und Duelle. Findest du nicht?«

Lawri spielte nicht mehr mit ihren Haaren, sondern steckte sich, gebannt dem Gefecht in der Mitte des Saals folgend, eine rote Traube nach der anderen in den Mund. »Ser Tolz und Ser Alain sehen aber auch umwerfend süß aus«, sagte sie. »Jedenfalls für Silbergardisten. Aber ich glaube Sharla und Jaclyn Chaparral haben schon ein Auge auf die beiden geworfen.« Glades Schwestern beobachteten das Duell am Rande der Menge. Die beiden großgewachsenen Chaparral-Mädchen gehörten seit Glades Aschenglutentzündung zu denen, die man regelmäßig bei Hofe antraf. Wie ihr Bruder Leif waren auch sie schlank und ausnehmend hübsch. Lord Claybor wollte sie schon bald verheiraten. Sharla hatte das Verlobungsalter längst hinter sich, und Jaclyn war nun so weit.

Lawri stopfte sich die Trauben achtlos in den Mund. »Silbergardisten sind ja gut und schön. Aber ich glaube, ich sollte einen Tagritter wie Squireck heiraten.« Dann verfinsterte sich ihr Gesicht. »Bloß sind meine Aussichten jetzt schlechter, wegen Lindholfs Verbrechen. Sagt zumindest Vater.«

»Das ist alles, worüber du dir Sorgen machst?«, fragte Tala ihre Cousine aufgebracht. »Du hast Angst, dass Lindholf den Namen Le Graven entehrt und womöglich deine Stellung am Hof verschlechtert hat?«

Lawri verschlang noch eine Traube. »Jeder von uns geht anders mit den Dingen um. Ich bin traurig wegen dem, was mein Bruder getan hat. Aber was kann ich dagegen tun?« Sie klopfte an den Rand der Schale. »Die Trauben sind alle.«

»Dir ist doch klar, dass dein Bruder im *Fegefeuer* sitzt?«

Lawri begegnete ihrem Blick. »Weißt du, Tala, ich kann nachts fast nie schlafen.«

In letzter Zeit musste sie bei einer Unterhaltung mit Lawri auf alle möglichen Gedankensprünge gefasst sein. »Kannst du wegen Lindholf nicht schlafen?«

»Natürlich, deswegen – na ja, auch wegen anderer Sachen. Wegen Träumen und so. Aber davon sollte ich wahrscheinlich nicht sprechen.« Lawri verfiel in unangenehmes Schweigen und rührte wieder mit ihren langen Fingern in der Obstschale herum.

Jetzt, wo Lindholf nicht da war, begriff Tala, wie sehr sie von ihm abhing, wie viel besser sie sich mit ihm in Lawris Gegenwart fühlte.

Sie ließ den Blick durch den Saal schweifen und hielt bei dem Podium an der Südwand inne, auf dem der Großvikar mit ihrem Bruder und Leif Chaparral saß. Gegenüber von Jovan hockte Jubal Bruk am Tisch. Der Baron mühte sich sichtlich mit dem Essen und nutzte die Spitzen der beiden Dolche in seinen Stümpfen als Besteck. Weder Jovan noch der Vikar boten ihm Hilfe an. Aus irgendeinem Grund störte Tala das.

In *Weg und Wahrheit Laijons* hieß es, der Großvikar sei ohne Sünde und halte im Tempel Zwiesprache mit Laijons Geist. Im heiligen Buch stand, der Großvikar würde nie jemanden aus der Kirche in Versuchung führen. Doch was Denarius mit Lawri gemacht hatte, war eine unerhörte Sünde. Es widerte sie an.

Diesem Gedanken folgte ein noch schrecklicherer: *Lawris Träume!* Sie blickte über den Tisch auf ihre Cousine. *Wovon träumte sie, dass sie darüber nicht zu sprechen wagte?* Tala sah sie wieder direkt an. »Du hast geträumt, ich würde den Großvikar heiraten, dann hast du gemeint, das sei alles nur Unsinn gewesen. Nur alberne Träume.«

»Vielleicht werden sie ja wahr«, sagte Lawri beiläufig.

»Was meinst du damit?« Die Bemerkungen ihrer Cousine ärgerten sie wirklich.

»Ich träume mittlerweile Sachen, die wahr werden«, sagte Lawri. »Zum Beispiel, als ich geträumt habe, dass Squireck in der Arena siegt. So ist es gekommen. Ich habe geträumt, dass Lindholf für den Rest seines Lebens in einen Kerkerkäfig geworfen wird. Jetzt sieh, was passiert ist. Und der Traum, in dem ich etwas in den Geheimgängen suche, irgendwas in diesem roten Raum mit dem kreuzförmigen Altar. Ich weiß, ich habe gesagt, es ist so verschwommen, doch das war gelogen. Es wird mit jeder Nacht schlimmer. Ich habe Angst, dass ich wieder dorthin gehe, in diesen rotverschleierten Raum. Ich. Allein.«

Ein Frösteln überfiel Tala. *Prentiss' Leiche wurde bereits geborgen. Ich brauche keine Angst zu haben, dass Lawri sie dort findet.*

Sie setzte sich aufrecht hin, da zog ihre Cousine sich den gelben Ärmel hoch. Tala konnte die Wunde an der Unterseite ihres Armes sehen. Die Entzündung hatte sich tatsächlich ausgebreitet, rotviolett angeschwollen und schrecklich wund.

»Ich träume immer wieder, dass ich einen Fechthandschuh anhabe«, sprach Lawri weiter. »Ein klobiges Stück Silberrüstung, das ich nicht loswerde. Aber zumindest ist es eine Art Hand.«

»Lässt du Val-Gianni deshalb nicht nach deinem Arm sehen?«, fragte Tala. »Weil du von einer Metallhand träumst?«

»Nein.« Lawri bedeckte ihren Arm und sah sich hektisch um, ob jemand ihre Verletzung bemerkt hatte. »Ich habe dir schon gesagt, weswegen. Hörst du mir denn nie zu?« Sie sah sich immer noch im Sonnenvogelsaal um. Einem unbehelmten Tagritter mit attraktiven Gesichtszügen, der neben Jovan und dem Vikar wachte, warf sie ein breites Lächeln zu. Dann wandte sie sich wieder an Tala. »Du solltest auf das achten, was ich dir erzähle, Tala. Ich möchte nur, dass meine Stimme gehört wird.«

»Ich höre ja zu«, verteidigte sich Tala.

»Nein, tust du nicht«, versetzte Lawri.

Glade Chaparral ließ sich zwischen sie auf die Bank fallen, warf eine Kupfermünze hoch, fing sie wieder auf und ließ sie zwischen den Fingern tanzen. »Anscheinend hat Squireck mit Tolz und Alain kurzen Prozess gemacht.«

Lawri schnaubte. »Ich will nicht, dass der neben mir sitzt, Tala.« Sie funkelte Glade böse an. »Nach dem, was er Lindholf angetan hat.« Ohne ein weiteres Wort stand sie auf und ging raschen Schrittes und mit wallend gelbem Kleid davon.

»Sie glaubt, ich bin schuld, dass ihr Bruder im Fegefeuer steckt«, höhnte Glade.

»Bist du doch.« Auch Tala ekelte seine bloße Gegenwart an.

»Lindholf steckt wegen seiner Machenschaften im Kerker.«

»*Seiner* Machenschaften?« Tala war empört. »Er ist wegen deiner Lügen dort.«

Glade zwinkerte ihr zu. »Du meinst wegen deiner Lügen.«

Das saß. Schuldgefühle überkamen sie. Und sie wollte aufstehen und ihm gleich hier vor allen Leuten ins Gesicht schlagen. *Weil er recht hatte.* »Ich hasse dich«, zischte sie.

»Fantastisch. Und ich hasse dich. Was du von mir denkst, ist mir völlig egal.«

»Bestimmt werden du und diese Stiefellecker, die du deine Freunde nennst, von der Lobhudelei geradezu überschwemmt, weil ihr Lindholf mit der Schankmaid erwischt habt. Wenn er überhaupt bei ihr war. An dir ist doch alles falsch, Glade. Auch deine Geschichte über meinen Vetter. Und eines Tages werde ich das alles richtigstellen.«

»Na sicher.« Die Münze zwischen seinen Fingern fiel klappernd auf den Tisch und drehte sich wie ein Kreisel weiter. »Du steckst tiefer in dieser ganzen Suppe mit Lindholf, als ich es je könnte.«

Tala beobachtete, wie die Münze langsamer wurde und umfiel.

Als sie das Geldstück sah, schoss ihr Blick nach oben. Er grinste, als er ihr triumphierend die Münze vor die Augen hielt. »Das ist nur, was das Volk von Amadon seit Kurzem tut. Da brauchst du mich gar nicht so anzugucken.« Es war eine der in Avlonia gefertigten Münzen mit dem Abbild Jondralyns. Jemand hatte ihr eine dünne Linie quer über das kupferne Gesicht gekratzt. »Alle in Amadon wissen, dass deine schöne Schwester verunstaltet ist.« Aus Glades schiefem Grinsen wurde Gelächter. »Ich wette, alle Münzen, die in der Stadt in Umlauf sind, wurden auf den neuesten Stand gebracht.« Sein dämliches Gackern zerrte ihr an den Nerven.

Wie habe ich ihn je mögen können? »Du bist böse und gemein«, knurrte sie. »Schlimmer als ein blutsaugender Oghul.«

»Ein blutsaugender Oghul?« Er lachte ungläubig auf. »Mehr hast du nicht drauf?«

»Wenn Borden Bronachell noch am Leben wäre, würde er dir den Kopf abschlagen, weil du diese Münze verunstaltet hast.«

»Nein, würde er nicht. Die habe ich außerdem so gefunden.«

»Ich kannte meinen Vater. Er hätte nicht zugelassen, dass eine seiner Lieben solche Beleidigungen erdulden muss.« Sie richtete sich auf. »Zuerst hätte er diese Stadt niedergebrannt. Narren konnte er nicht ertragen.«

»Dich hat er doch in den Adel erhoben.« Glade zuckte gelangweilt mit den Schultern.

Tala stand auf und ließ ihn sitzen. Sie wünschte, sie hätte den Namen ihres Vaters nicht erwähnt. Nur Schmerzen lagen in diesem Teil ihrer Erinnerungen. Sie träumte oft von ihm. Skizzenhafte, mysteriöse Träume. Immer, wenn sie ihn erblickte, erfasste sie eine beinahe verletzte Freude, weil sie wusste, dass sie in einem Traum steckten. Dennoch genoss sie diese Fantasien, denn selbst in ihren Träumen hielt sich Borden Bronachell kraftvoll und souverän, und sie fühlte sich sicher. Stets hatte er ein sanftes, tröstendes Lächeln für sie. Von niemandem hatte sie sich je so geliebt gefühlt. Sogar in ihren Träumen spürte sie die Liebe. Sie wusste ganz sicher, dass einfach alles in ihrem Leben anders gekommen wäre, würde er noch leben. Er konnte Narren nicht ertragen. Und er hätte ihre Vermählung mit dem widerlichen Glade Chaparral nicht zugelassen.

Mit Tränen in den Augen ließ sich Tala ziellos durch die Massen treiben. Sie war immer noch verbittert und zornig auf ihren Vater, weil er in den Krieg gezogen und nicht zurückgekehrt war.

»Ich hätte auf dich hören sollen, Tala«, sagte Jondralyn. Anselm wand sich mit roten, von Allergien zugeschwollenen Augen auf ihrem Schoß und nieste immer wieder. Wenn ihr kleiner Bruder nicht gerade an den Schnallen von Jondralyns silberner Rüstung spielte, zeigte er auf Jubal Bruk und wollte unbedingt zu ihm. Seit der arm- und beinlose Baron in einer Kiste aus Lord's Point gekommen war, hatte er den Kleinen fasziniert.

»Ich habe doch gesagt: Jovan und Leif wollten, dass du stirbst«, sagte Tala, die ihrer Schwester gegenübersaß.

»Bin ich aber nicht«, sagte Jondralyn.

In der Nähe ihrer Schwester konnte Tala nicht anders, als sich auf die Verbände zu konzentrieren und an die Wunden darunter zu denken. Die Leute kratzten Furchen in ihr Abbild auf den Münzen aus Avlonia.

»Dein Starren ist nicht zu übersehen.« Jondralyn kniff ihr blaues Auge unter der dunklen Braue zusammen. »Ich werde wieder gesund, Tala. Du brauchst dich um mich nicht zu sorgen.« Jondralyns Haare steckten, unter den Verbänden gerade sichtbar, unter einem dünnen Silberband. Über der Rüstung trug sie ein schwarzes Cape, das am Kinn von einer Silberbrosche zusammengehalten wurde. An ihrer Seite hing ein Silbergardenschwert. Den Helm hatte sie vor sich auf den Tisch gelegt. Nicht, dass sie ihn mit den Verbänden überhaupt hätte aufsetzen können.

»Jovan wird seine eigene Schwester nicht töten«, sagte Jondralyn. »Jetzt nicht. Er wird mich und meine Verletzungen benutzen, um Truppen aus ganz Gul Kana herbeizurufen.« Ihr frostiger Blick ging durch die Kammer und blieb auf Leif Chaparral ruhen. »Leif dagegen ist schon seit Langem ohne Güte. Der würde, ohne zu zögern, sogar *Verwandte* erschlagen. Jovan kennt die Düsternis, die in Leif wohnt. Denarius auch. Sie nehmen ihn für die Ränke, für die sie keinen Mumm haben. Wahrscheinlich werden sie sich auch Glades bedienen, fürchte ich. Wer weiß, an was für schaurigen Intrigen sie alle arbeiten?«

Mit ihrem einen Auge sah Jondralyn Tala fest und geradeaus an. »Leif hat Glade Habichtholz' Schwerter geschenkt. Aber ich habe ihn in letzter Zeit nicht damit gesehen. Dabei ist er doch so damit herumstolziert. Wie mit Trophäen. Hat er sie denn noch?« Jondralyn sah sie weiter an. »Falls ja: Sie gehören ihm nicht.«

Furcht packte Talas Seele mit einer Unerbittlichkeit, die sich nicht zerstreuen ließ. *Worauf spielt sie da an?* Ihre Gedanken schweiften in das Abenteuer im Fegefeuer mit Glade ab. Dorthin, wo sie Habichtholz' Schwerter in den unterirdischen Fluss gestoßen hatte. »Ich bin nicht in jede Einzelheit von Glades Leben eingeweiht«, sagte sie etwas zu widerspenstig und bereute es sofort.

»Ich meine ja nur.« Jondralyn streichelte Anselm über die Haare. »Kein Grund, gleich zickig zu werden. Ich weiß, dass du dich mit Glade ins Fegefeuer gewagt und dort verirrt hast. Jovan und Leif haben es mir erzählt. Hatte Glade die Schwerter dort bei sich?«

»Kann sein.« Tala zuckte die Achseln und versuchte, unbeteiligt zu wirken. »Ich weiß es nicht mehr.« *So viele Lügen. Und jede führt zur nächsten und so weiter und so weiter.* Dabei wollte sie Jondralyn von den Spielchen des Bluthölzlers erzählen. Sie wollte loswerden, warum Lawri so krank gewesen war. Wie Sterling Prentiss wirklich zu Tode kam. Sie wollte jede schändliche Kleinigkeit ihres Ausflugs ins Fegefeuer mit Glade preisgeben. Sie wollte ihrer Schwester erzählen, dass sie ihm die Schwerter abgenommen und sie dann in den unterirdischen Fluss geworfen hatte. Wollte ihr von der gestohlenen Karte erzählen. Angestrengt versuchte sie, die Wörter über die Lippen zu bringen, sie schob und drückte, doch sie kamen nicht heraus. Sie wollte, dass Jondralyn Lindholf aus dem Fegefeuer holte. Er war unschuldig. Doch es gab nichts, was ihre Schwester tun konnte.

»Du bist doch mit Glade im Fegefeuer gewesen?« forschte Jondralyn.

»Wir wollten mit Habichtholz sprechen.« Talas Gedanken rasten. »Das war Leifs Idee. Er wollte, dass Glade dabei ist. Und ich. Und Lindholf.« Sie plapperte und erfand noch mehr Lügen. »Leif und Lindholf sind dann gegangen, und dann haben Glade und ich uns verlaufen.« Ein nervöses Lachen entfuhr ihr. »Jovan hat versprochen, dass er unser Missgeschick geheim hält.«

Jondralyn küsste Anselm auf den Kopf. »Und hast du mit Habichtholz geredet?« Ihre Frage klang eindringlich, als wollte sie Neuigkeiten von ihrem Liebsten erfahren.

Tala zögerte. *Mache ich mit diesen Lügen weiter?*

»Leif hat uns nicht zu ihm gelassen«, sagte sie. »Er hat behauptet, Habichtholz säße in einem anderen Teil des Kerkers.« Die Worte hatten gerade ihre Lippen verlassen, da wusste sie, dass ihre Schwester ihre Unehrlichkeit bemerkt hatte.

»Wie ich schon sagte, du solltest Leif nicht vertrauen«, seufzte Jondralyn. »Er hat mir erzählt, du hättest ihn in meinem Namen aufgefordert, euch ins Fegefeuer zu bringen. Hättest ihn in meinem Namen zu Laijon weiß was gebracht.«

»Es tut mir leid«, murmelte Tala, an der die Schuld so vieler hinterlistiger Taten und Untaten und die vielen Lügen nagten. *Und das Schlimmste ist: Meine Schwester weiß, dass ich eine Lügnerin bin …*

Wie gereizt fuhr Jondralyn fort: »Dich umgibt eine gewisse Düsternis, seit du diese Anschuldigungen gegen Sterling Prentiss ausgesprochen hast, Tala. Irgendetwas verstört dich, und ich komme einfach nicht darauf, was es ist.«

Tala rutschte das Herz in die Hose. Sie dachte an Denarius und Lawri. An Jovans Ergebenheit dem Großvikar gegenüber. Und an Leifs. Sie erinnerte sich an den Kuss von Jovan und Leif, ihr geheimes Verhältnis. Das Spielchen des Bluthölzlers und grüne Kügelchen. Sie hatte so viele Geheimnisse. Doch das eine, das sie ihrer Schwester verraten hatte – Jovans und Leifs Plan gegen sie – hatte Jondralyn ignoriert. Warum also ehrlich sein? »Wenn du gestorben wärst, hätte ich mir das nie verziehen«, murmelte sie kaum hörbar.

»Du darfst dich niemals schuldig fühlen«, sagte Jondralyn, während sie Anselm das verschmierte Gesicht abwischte. »Diese Wunden habe ich, weil ich so ungestüm darauf bestand, mich zu beweisen. Und wegen der Sturheit unseres Bruders. Er wird immer empfindlicher, schon bei der kleinsten Beleidigung. Es hat nichts mit dir zu tun, Tala. Ich habe mich auf eine Konfrontation mit Jovan zubewegt, seit ich für die Arena trainiert habe.« Jetzt wandte sie sogar beschämt den Blick ab. »Nur die dummen Begierden eines dummen Mädchens. Gault Aulbrek hat mir gezeigt, was mir noch fehlt. Und zwar ganz schnell.« Sie deutete auf die Verbände um ihren Kopf und sah Tala wieder an. »Gib mir die Schuld, Tala, wenn es sein muss. Gib mir die Schuld an allem. Ich bin es, die die Familie im Stich gelassen hat.«

Etwas daran, wie ihre Schwester das Wort »Familie« aussprach, machte Tala wütend. »Unsere Familie im Stich gelassen?« Sie stand auf. »Welche Familie denn? Und Schuld brauchen weder du noch ich auf uns zu nehmen, Jondralyn. Wir können nicht einmal

Jovan beschuldigen. *Vater* ist derjenige, der Schuld hat. Borden Bronachell ist doch fortgegangen und nicht wiedergekommen.«

»Lindholf ist unschuldig.« Tala platzte damit heraus, kaum dass sie sich neben Jovan an den Tisch gesetzt hatte. Unter der königlichen Tafel lag ein weicher, weißer Teppich, und Tala spürte den dichten Flor unter ihren nervös zappelnden Füßen. Ihr Bruder starrte sie nur wild an, als sei sie ein ekliger Oghul, der ihm plötzlich in die Abendgesellschaft gestolpert war. Vor ihm lagen leere Weinkrüge, die meisten umgekippt.

»Glade hat Sterling Prentiss umgebracht.« Diesem Satz folgte Totenstille. Jovan wandte den Blick nach links zu Denarius. Der Großvikar wiederum sah hinüber zu Botschafter Val-Korin. Alle drei fixierten sie dann wortlos, und in das Schweigen hinein rief sie trotzig: »Ihr haltet den Falschen im Fegefeuer fest.«

»Das ist absurd«, sagte Jovan mit schwerer Zunge.

Sie würde etwas Zeit brauchen, um alles zu sagen, was sie vorzubringen hatte. Die Wahrheit. Sie blickte sich um, als suchte sie nach einem Halt. Sie sah zu der Reihe der fünf Tagritter hinter ihrem Bruder auf. Die standen in schwarzer Rüstung und silbernen Überröcken stoisch vor der mit Samt verhängten Wand Wache. Auch der Silberthron stand dort, fast in einen dunklen Winkel im Saal gedrängt, in weiße Laken gehüllt, ohne einen König auf dem silbernen Sitz mit den fünf stabilen Füßen. Seit ihres Vaters Tod war er so verhängt. *Ja, alles wäre ganz anders, wenn König Borden noch lebte. Nichts wäre verhüllt. Nichts geheim. Kein verhängter Thron. Nur Einfachheit und Frieden. Und ich müsste mir nicht alles selbst zusammenreimen. Ich müsste nicht so tapfer sein. Er wäre es für mich.* Sie richtete sich auf. Sie war gekommen, um etwas zu verkünden, und das wollte sie auch. Endlich würde sie die Wahrheit sagen.

»Ich war dabei, als Glade Prentiss getötet hat.« Sie sah Jovan unbeirrt an. »Ich kann den Mord bezeugen.«

Val-Korin griff ruhig nach seinem Weinkrug, ohne die Augen auch nur einmal von ihr zu lassen. Er nahm einen großen Schluck. Denarius wulstige Finger strichen über die Silberketten und Juwelen um seinen Hals. Er lehnte sich zurück, und der Stuhl knarrte unter der Last. Jovan beugte sich vor und funkelte sie aus benebelten und trunkenen Augen an. Er hatte die Stirn gerunzelt und sah aus, als versuchte er zu begreifen, was sie da sagte.

Dann erhob er sich, und das blinkende Schwert an seiner Hüfte klapperte gegen den Tisch. Tala kannte den Namen: *Himmelsplünderer*. Aeros Raijaels Schwert, von Leif erbeutet und Jovan überreicht. Lange blickte ihr Bruder so auf sie herab, als überlege er, was er erwidern wollte. »Findest du nicht, es reicht langsam, Tala?« Er richtete sich kerzengerade auf und bekam einen gebieterischen, aber auch leicht abwesenden Gesichtsausdruck. »Du hast einen Mord mit angesehen? Und Glade Chaparral hat ihn begangen?«

»Er *ist* ein Mörder«, sagte sie.

»Lindholf ist der Mörder«, erwiderte er unnötig laut. Eine Handvoll Edelleute in ihrer Nähe blickte zu ihnen herüber. Die fünf Tagritter hinter Jovan nahmen Haltung an. Jetzt herrschte eine nervöse Anspannung an der königlichen Tafel.

»Du musst mir glauben.« Tala wollte nicht aufgeben. Es ging schließlich um Lindholfs Leben. Sie hatte Gerüchte gehört, dass man ihn bald hängen würde. »Ich habe gesehen, wie Glade Sterling Prentiss getötet hat. Er hat ihm mit einem Messer die Kehle aufgeschlitzt. Prentiss lag rücklings auf einem Altar in einer geheimen Kammer tief in der Burg. Ich weiß es. Ich war dort. Ich selbst habe Glade dorthin geführt.«

»Es wäre verheerend, Glade Chaparral jetzt solcher Dinge zu bezichtigen.« Val-Korin sah Jovan fest an. Der erwiderte den Blick des Botschafters kalt. Dann sah er Denarius an und schürzte erwartungsvoll die Lippen.

»Ihr dürft Claybor Chaparral als Untertan nicht verlieren«, schloss der Vallè mit seinen halb belustigten, wachsamen Augen. Verschlagen. »Nicht jetzt, da wir den Krieg gegen den Weißen Prinzen vorbereiten. Seine Krieger brauchen wir am meisten. Ich sage: Das Thema sollte unter keinen Umständen angesprochen werden.«

»Val-Korin hat recht«, bekräftigte der Vikar.

Kälte kroch Tala über den Rücken, als ihr klar wurde, dass Jovan ihr nie zuhören würde, solange diese beiden Schlangen um ihn herumzüngelten.

»Ihr habt beide recht«, sagte Jovan gefasst und zustimmend, doch mit einem leicht hysterischen Unterton. »Lott Le Graven spricht bereits jetzt kaum mit mir. Er und Mona sind wütend auf mich, weil ich ihren Sohn ins Fegefeuer geworfen habe. Wegen der ganzen peinlichen Angelegenheit sind sie heute Abend nicht einmal am Hof. Dennoch ist Lott wundersamerweise immer noch willens, uns zu unterstützen und uns seine Soldaten zur Verfügung zu stellen. Claybor wäre da deutlich weniger verständnisvoll …«

Jovan verstummte und starrte Tala kalt an. »Nun denn«, sagte er schließlich, »die Beweise legen nahe, dass Lindholf unser wahrer Schuldiger ist. Nicht Glade.«

»Lindholf ist unschuldig«, beharrte Tala wütend und frustriert.

»Lindholf war Teil eines Komplotts, *mich* zu ermorden!«, herrschte ihr Bruder sie an.

Jetzt merkte Tala, dass noch mehr Edelleute sie beobachteten. Dennoch schrie sie zurück: »Du irrst dich!«

»Genug!« Ohne Vorwarnung schlug Jovan ihr ins Gesicht. Es geschah so schnell, dass Tala es fast gar nicht begriff. Dann ohrfeigte er sie wieder. Fester. Die Schmerzen dröhnten in ihrem

Kopf. Sie stand mit wackligen Beinen auf, ihr wurde weiß vor Augen und sie konnte nicht mehr sehen.

Jovan wollte sie ein drittes Mal schlagen, da donnerte eine tiefe Stimme durch den Sonnenvogelsaal. »Fasst sie nicht noch einmal an!«

Tala drehte sich um. Wie durch einen Nebel erkannte sie Squireck Van Hester in der Mitte des Saals, und sein langes Tagritterschwert war auf den König gerichtet. Alle blickten jetzt auf Jovan und Tala. Stille lag wie eine erstickende Decke auf dem Sonnenvogelsaal.

»Schlagt Tala noch einmal«, bellte der Prinz von Sankt Einzig, »dann haue ich jeden Ritter in diesem Raum in Stücke, bis ich bei Euch bin!« Kalt starrte er Jovan an.

Der König starrte ihn fassungslos an und atmete schwer.

Großvikar Denarius und der Botschafter aus Val Vallè erhoben sich.

Talas Knie gaben nach. Sie sank am Tisch zusammen, ihr Kopf tat so weh, dass sie nicht mehr denken konnte. Sofort war Val-Korin an ihrer Seite und stützte sie. Er duftete nach frischen Piniennadeln, und das belebte sie ein wenig.

Plötzlich überkam sie sogar eine seltsame Klarheit. Die Schmerzen von Jovans beiden Schlägen hatten sie aus der Pein in ihrer Seele erweckt. *Ich kann gegen ihn nicht gewinnen*, wurde ihr bewusst. Sie wollte dem Hof entgegenschreien, dass Jovan und Leif ein Liebespaar waren und sie sie bei einem Kuss erwischt hatte. *Doch damit würden meine Anschuldigungen nur um so absurder, und ich sehe noch mehr wie eine Närrin aus. Aber irgendetwas muss ich tun …*

Dann zog Jondralyn sie vom Botschafter weg. »Ich kümmere mich um sie.« Sie nahm Tala am Arm und zog sie an sich. Die Silbergardenrüstung fühlte sich kalt und hart an. »Du gemeiner Bastard«, knurrte Jondralyn Jovan an und umklammerte Tala. »Dein eigen Fleisch und Blut derart zu verprügeln. Tala kann kaum noch stehen, so sehr ist sie getroffen.«

»Wenn ich noch einmal einen Mann sehe, der eine Frau schlägt, dann bringe ich ihn um!«, brüllte Squireck. »Egal, ob er König oder Sklave ist: Ich töte ihn!«

Bei diesen Worten erhob sich Gemurmel in der Menge. Alle Blicke wandten sich Jovan zu.

Tala jedoch sah weiter den Prinzen von Sankt Einzig an, der aufrecht mitten im Sonnenvogelsaal stand. Nie hatte sie eine edlere Gestalt gesehen: lange, blonde Haare, die Tagritterrüstung im Feuerschein schimmernd, die Schwertspitze noch immer auf Jovan gerichtet.

Die Ritter, die zuvor mit Squireck geübt hatten, blickten müde und unsicher drein. Trotzdem hatten sie die Klingen gezogen und standen bereit.

Der Prinz achtete nicht auf sie. Mit ausgestrecktem Schwert fixierte er den König mit festem Blick.

»Ich bin betrunken.« Jovan ließ sich auf seinen Stuhl fallen. »Ich bin betrunken. Und ich benehme mich entsprechend. Ich bitte euch, seht es mir nach.« Er nahm einen Weinkrug, betrachtete ihn und schwenkte ihn sachte. Dann sah er den Prinzen von Sankt Einzig an. »Vergebt mir, Squireck. Ich wollte Euch nicht gegen mich aufbringen.«

»Hier geht es nicht um meine Vergebung.« Squireck ließ das Schwert sinken.

»Ich entschuldige mich, bei wem ich will.« Jovan nahm einen Schluck Wein und schürzte genießerisch die Lippen, ehe er weitersprach. »Maßt Euch nicht an, mir zu befehlen. Ihr steht schon bald gegen Gault Aulbrek in der Arena.« Sein Blick wurde hart. »Ich gebe hier die Befehle: Ihr sollt weiter trainieren, Ser Squireck.«

»Erst, wenn Ihr versprochen habt, nie wieder eine Frau zu schlagen!«, verlangte der.

Herablassend schüttelte Jovan langsam den Kopf. »Dergleichen werde ich nicht versprechen. Tala wird aus dem Sonnenvogelsaal geleitet. Und Ihr müsst Euch nicht um ihr Wohlergehen sorgen, Ser Squireck. Maßt Euch nicht an, mich weiter zu provozieren.«

Der Prinz von Sankt Einzig hob die Klinge. Er kniff die Augen zusammen. Tala kam es in ihrer Benommenheit vor, als sei er mehr als bereit, auf den König zuzustürzen und ihm das schwarze Schwert in den Leib zu rammen.

»Schafft mir meine Schwester Tala aus den Augen!«, schrie Jovan und machte eine Handbewegung zu seinen Tagrittern.

Jondralyn, die Tala noch im Arm hielt, legte eine Hand auf das Heft ihres Silbergardenschwerts. Mit lauter und klarer Stimme verkündete sie: »Ich allein geleite meine Schwester in ihre Kammer!« Dann führte sie Tala vorsichtig vom Podest.

Niemand stellte sich ihnen in den Weg, als sie den Sonnenvogelsaal verließen.

Täuscht euch nicht: Ob Freund, ob Feind, zu Zeiten des Feurigen Sündenerlasses kommt der Drache über meine Bruderschaft und trägt eine Goldmünze.

DIE MONDROLLEN VON MIA

38. KAPITEL

JONDRALYN BRONACHELL

AM ELFTEN TAG DES ENGELSMONDES
IM 999. JAHR LAIJON – AMADON, GUL KANA

Jondralyn ging zum Balkon am östlichen Ende des Sonnenvogelsaals. Sie brauchte frische Luft. Die Verbände schnürten sie ein. Bei jedem Schritt wurde sie ärgerlicher. Tala hatte sie angelogen, nicht nur über den Ausflug ins Fegefeuer mit Glade, sondern auch über ihren Streit mit Jovan. Als sie mehr darüber hatte wissen wollen, hatte Tala verschlossen reagiert. Ungemütliche Stille hatte sie auf ihrem Weg durch die Burg umgeben. Dennoch hatte sie ihre Pflicht erfüllt und Tala in ihr Schlafgemach gebracht, wo sie in Ruhe brüten konnte.

Jondralyn drängelte sich die Treppe nach oben und eilte, schwer atmend von der Last der Silbergardistenrüstung, auf den Balkon. Die Paneeltüren aus Elfenbein standen weit offen, und eine leichte Brise umwehte sie nun. Draußen konnte sie endlich durchatmen.

Es war dunkel, bald Mitternacht, vermutete sie. Doch die reine Luft beruhigte sie, und mit beiden Händen auf dem Steingeländer blickte sie in die Ferne zur Gedächtnisbucht.

Die von Sternenlicht beschienene Aussicht von so weit oben auf dem Berg Albion war herrlich. In der Bucht schaukelten Boote auf dem im Mondschein funkelnden Wasser. Unten am Fuß des Bergs kauerten steinerne Häuser zwischen den mächtigen Grundmauern der Burg und der Bucht. Sie versuchte, den Holzsteg am Berg auszumachen, bei dem sie mit Squireck und Habichtholz ins Wasser gesprungen war, um nach den Trauerräumen zu tauchen, doch da unten konnte sie nur vage Klumpen und Schatten erkennen.

Die Efeublätter und Karmesinblüten an der behauenen Steinbalustrade und den Burgwänden über dem Balkon dufteten himmlisch, im Gegensatz zu dem verqualmten Moschusgeruch des Saals hinter ihr. Blüten und Ranken hielten sich an den Türbögen. Da Squireck Van Hesters Übungskämpfe mit Tolz, Alain und Bonaparte beendet waren, hatte das Orchester zu spielen begonnen. Sein sanftes Lied klang leise bis nach draußen. Gebannt von den Wellen der Musik schloss sie das Auge und hörte zu, konzentrierte sich auf jede einzelne süße Note, damit ihr Kopf klar wurde. Sie entspannte sich und traute sich fast nicht zu atmen, um den erhabenen Augenblick nicht zu zerstören.

Links neben ihr regte sich etwas. Sie öffnete das Auge und sah ein Pärchen, das den Sonnenvogelsaal verlassen hatte und sich an der Balkoneinfassung keine zwanzig Schritte von ihr entfernt kichernd und scherzend umarmte und küsste. Das Liebespaar löste sich voneinander, als es sie erblickte. Beide knieten vor ihr nieder. Der junge Mann, der dunkelhaarige Sohn eines Edelmannes, bat untertänig um Vergebung, dass er sie nicht bemerkt hatte. Jondralyn hieß beide aufstehen und sie nicht weiter beachten. Sie sollten den Abend genießen und den Blick vom Balkon. Beide erhoben sich, verneigten sich noch einmal und fuhren nach kurzem Zögern mit ihrem schalkhaften Necken und Küssen fort. Das Mädchen war blond, zierlich und süß, sein Gesicht makellos, ebenso seine blasse, zarte Haut. Jondralyn senkte vor Scham den Kopf.

Squireck Van Hester trat hinter ihr ins Freie – ein prächtiger, fahler Schatten. Seine lackschwarze Rüstung schien jedes Mondlicht zu verschlucken. Der mit schwarzen Opalen eingelegte Schwertknauf seiner über dem Rücken im Futteral verstauten Tagritterwaffe ragte ihm gerade über die Schulter. Seit jenem Tag in den Trauerräumen, als sie gemeinsam mit Habichtholz die Suche nach dem *Schleier der Tugend* enttäuscht hatten abbrechen müssen, hatte sie nicht mehr mit ihrem ehemaligen Verlobten gesprochen. Sie war ihm sogar aus dem Weg gegangen.

Er jagte ihr Angst ein. Schließlich hatte er Habichtholz beinahe getötet.

Squireck, den schwarzen Helm in der Armbeuge, verneigte sich vor ihr. Dann erhob er sich und wollte etwas sagen, doch das küssende Paar, das ihn gerade erkannt hatte, hielt ihn davon ab. »Wir stehen bei Eurem Kampf gegen diesen schrecklichen Ritter aus Sør Sevier hinter Euch«, sagte der junge Mann und verbeugte sich vor Squireck.

»Wir werden beide am ersten Tag des Feuermondes in der Arena sitzen und Euch beim Kampf anfeuern«, setzte die Blonde hinzu und strahlte den Prinzen von Sankt Einzig mit ihren blauen Augen an.

Der verneigte sich würdevoll vor dem Pärchen. Alles, was er tat, wirkte großartig und vollkommen ausgewogen. Er überragte sogar die gewaltige Burg hinter ihm, als könnte der Berg Albion mitsamt den riesenhaften Steinbauten darauf ihn nicht fassen.

»Wir beten täglich zu Laijon für Euch«, sagte das Mädchen. »Täglich beten wir zu Laijon, dass Ihr gewinnt.«

»Und ich danke euch für eure Gebete.« Squireck nickte beiden zu. Er drehte sich um, pflückte eine Karmesinblüte aus den Ranken und steckte sie dem errötenden Mädchen sanft in die Haare über dem Ohr.

»Das wird eine ganz große Sache«, sprach der Jüngling weiter. »Ganz Amadon redet von nichts anderem. Ganz Amadon wünscht Euch den grandiosen Sieg.«

Squireck schüttelte ihm die Hand und fasste ihn dabei mit der anderen am Ellenbogen. »Ich danke euch für eure Unterstützung.« Er ließ los und deutete abermals eine Verbeugung an. »Würdet ihr mich nun kurz allein mit der Prinzessin sprechen lassen?«

»Selbstverständlich«, stammelte der junge Edelmann und verbeugte sich ein letztes Mal. Er geleitete seine Freundin vom Balkon in den dunkelgelben Sonnenvogelsaal.

Jondralyn und Squireck blieben zurück und sahen einander an. Aus seinem Blick sprachen Verwirrung, Schmerz, Zorn, Verrat und Liebe. »Wie geht es Tala?«, fragte er schließlich.

Meine Schwester ist eine Lügnerin, platzte sie um ein Haar heraus. Aber das konnte sie natürlich nicht laut sagen, ohne diverse weitere Nachfragen zu provozieren. Wie kompliziert alles geworden war. Sie wollte sich darüber nicht mit diesem Mann vor ihr, diesem einstmals Bekannten, der ihr plötzlich so fremd geworden war, unterhalten. *Er hätte Habichtholz beinahe getötet.* Als sie zu ihm aufblickte, in sein unsicheres Gesicht, konnte sie an nichts denken als den Kampf der beiden Männer in den Trauerräumen.

Ein kühler Wind wehte über die Bucht und heulte durch die Wehranlagen und Türme weiter oben. Sie atmete tief durch und erbebte. »Danke, dass du Tala vorhin beigesprungen bist. Du hättest dich Jovan nicht so entgegenstellen müssen. Ich weiß, wie hart du daran gearbeitet hast, wieder an den Hof aufgenommen zu werden …«

»Der Hof soll in die verfluchte Unterwelt fahren«, unterbrach er sie. »Ein gewaltiges Nest verschlagener Mistkerle ist das. Großvikar Denarius, Val-Korin: alle mit gewandter Zunge, und so schaffen sie es, dass Jovan alles tut, was sie wollen.« Er ließ den Blick über die Bucht hinter ihr schweifen. »Jetzt gerade hätten sie mich gern als Helden statt als Verurteilten. Jovan weiß, dass ich im Moment unantastbar für ihn bin. Der Vikar auch. Und Val-Korin. Sie brauchen mich mehr, als ich sie brauche.«

»Aber hast du überlegt, welches verräterische Wesen in Leif Chaparral steckt? Ihn sollten wir fürchten. Und bald ist er dein Hauptmann.«

»Auch er macht mir keine Sorgen. Leif ist keine Bedrohung. Du hast doch das Pärchen gerade hier oben gehört, wie sie mir geschmeichelt haben, weil sie ganz aufgeregt sind wegen meines Kampfes gegen Gault in der Arena. Wie sie gesagt haben: Ganz Amadon kann von nichts anderem sprechen. Jovan braucht mich als Helden.«

»Und dir ist es egal, dass du benutzt wirst«, konterte sie. »Denn das tun sie, sie benutzen dich. Mein Bruder hat dich gehasst, bis er begriffen hat, dass du ihm nützlich bist.« Sie deutete auf das goldene Licht unten im Sonnenvogelsaal. »Jetzt lässt er eine Feier steigen, nur um dich zum Ritter zu schlagen. Zum Tagritter. Und wenn du Gault in der Arena tötest, benutzt er deinen Sieg, um sich im Krieg gegen den Weißen Prinzen in Stellung zu bringen. Und wenn Gault dich erledigt, ist es für Jovan umso besser. Du wirst dann zum Märtyrer, der das Volk und alle Ritter zu den Waffen ruft. So wie ich. Wie mein geschändetes Gesicht. Wir beide sind für meinen Bruder und seinen verschlagenen Hof nur Mittel zum Zweck.«

»Denkst du, das weiß ich nicht?« In Squirecks Frage lagen Verbitterung und Zorn.

»Warum lässt du es dann zu?«

»Von ihnen benutzt zu werden ist besser, als von ihnen *gejagt* zu werden. Ich werde lieber benutzt und bin frei, als in der Kerkerzelle unter der Arena zu hocken. Besser so und frei, als tatenlos auf dieser Insel herumzusitzen, auf der ich mich *deinetwegen* verstecken sollte. Jetzt tue ich wenigstens etwas Nützliches. Jetzt kann ich wenigstens wirklich *kämpfen*. Und Gul Kana Hoffnung bringen.«

»Hoffnung? Jetzt? Weil du Gault Aulbrek in der Arena schlägst?«

»Ich *bin* der Gladiator.« Sendungsbewusstsein funkelte in seinem Blick. »Ich habe meine Bestimmung angenommen. Wir alle müssen das, Jon. Denn die Wiederkehr der Fünf Kriegerengel steht uns bald bevor.«

»Und ich bin die Prinzessin.« Jondralyn blickte vom Balkon über die Bucht. Die gesamte Stadt hatte Squirecks Verbrechen vergeben und ihn wieder in ihre Mitte aufgenommen. *Den Prinzen von Sankt Einzig, den Meister der Arena.* Den Gladiator. Den Helden. Genau das hatte sie für sich selbst gewollt. Den Sieg in der Arena, um ihren Bruder abzusetzen. Eiskalt durchfuhr sie ein Gedanke. *Ist das jetzt auch Squirecks Ziel? Meinen Bruder abzusetzen und selbst König zu werden?*

»Die Suche nach meiner Bestimmung hätte mich um ein Haar das Leben gekostet«, murmelte sie mit dem Blick auf die glitzernden Wellen. »Ohne Roguemoore oder Culpa Barra bin ich verloren. Ich habe niemanden mehr. Und jetzt, da Habichtholz sich verstecken muss …« Sie brach ab.

»Du kannst dich an mich halten, Jon«, sagte er sanft und legte ihr eine Hand auf die Schulter. »Auch ich gehöre zur Bruderschaft von Mia. Mir kannst du vertrauen.«

Sie entzog sich seiner Berührung. »Aber was du mit Habichtholz gemacht hast, als du ihn so angegriffen hast – ich weiß nicht, ob ich dir das verzeihen kann. Du hast ihn zu Boden gedrückt und ihm das Gesicht aufgeschnitten. Er hat uns bloß helfen wollen. Ein Mann, der der Bruderschaft von Mia schon so oft geholfen hat. Du hättest ihn beinahe getötet. Einen Mann, der *mir* so sehr geholfen hat.«

»Und den du liebst?«

Sie dreht sich um und sah zu ihm hoch. *Und wie erschreckt du warst, als sich damals die Verbände abgelöst hatten. Ich weiß auch nicht, ob ich dir das verzeihen kann. Oder es vergessen kann.* »Müssen wir wirklich von so etwas reden?«, fragte sie – es war beinahe ein Flehen.

»Du kannst ihm nicht trauen, Jon. Was in den Trauerräumen passiert ist, ist der Beweis. Der *Schleier der Tugend* und der Engelsstein waren nicht mehr da. Er versteckt sie vor uns. Wenn er sie überhaupt je gehabt hat.«

»Warum sollte er sie denn verstecken? Warum sollte Habichtholz einwilligen, uns dorthin mitzunehmen, wenn er gewusst hat, dass da nichts ist?«

»Weil er der Verräter ist.« Sein Gesichtsausdruck wurde hart und starr. »Er ist ein Sohn Black Dugals. Ein Bluthölzler. Bei denen gibt es nur Spielchen und Täuschungen. Er ist der Attentäter, der deine Mutter getötet hat.«

Sie zog sich bei seinen verächtlichen Worten zurück. »Alana ist bei der Geburt von Anselm gestorben.«

»Sei doch nicht so naiv, Jon. Selbst euer Vater hatte den Verdacht, dass sie ermordet wurde.«

Tatsächlich hatte man bei Hofe gemunkelt, Königin Alana sei keines natürlichen Todes gestorben. Selbst Roguemoore hatte sich dahin gehend geäußert, auch was Habichtholz betraf. Doch nichts war je bewiesen worden. Zorn wallte in ihr auf. »Nenn mich nicht naiv, Squireck Van Hester.«

Wenigstens beharrte er nicht auf dem Thema. Stattdessen wurde sein Blick wieder sanfter. »Ich bin nicht hier, um mit dir zu streiten. Ich will das kitten, was zwischen uns zerbrochen ist. Kannst du mir verzeihen? Wir sind von unserem Weg abgekommen.«

»Was willst du kitten?«, fragte sie.

»Bitte, lass mich nochmal von vorn anfangen, Jon.«

Sie drehte ihm den Rücken zu und blickte wieder über die Bucht. Im Moment wollte sie ihn überhaupt nicht in ihrem Leben haben.

»Jovan hat Leif Chaparral zurück nach Lord's Point beordert«, sagte Squireck. »Du hast recht: Bald wird er Hauptmann der Tagritter. Er soll in Rivermeade, Savon, Ridliegh, Eskander, Bettles Field, Lokkenfell und Devlin, an diesen Orten an der Königschaussee, so viele Kämpfer wie möglich rekrutieren. Auch Soldaten aus den ferneren Gebieten Gul Kanas sollen sich in Lord's Point einfinden. Doch ich fürchte, sie werden zu spät kommen. Man erzählt sich, dass die Truppen aus Sør Sevier sich in diesem Moment um Lord's Point zusammenziehen. Ich vermute, Aeros Raijael hat die Stadt eingenommen, ehe Leif dort genügend Einheiten versammeln kann.«

Jondralyn konnte nicht anders: Sie musste an ihr Scheitern beim Zusammentreffen mit Aeros und seiner Armee denken. Sie war zum Narren gehalten worden. *Naiv*. Mit diesem einen Wort konnte man sie wirklich treffen. Und Squireck hatte es ausgesprochen.

Sie spürte seine Hand auf dem Schulterpolster. Sachte drehte er sie zu sich und blickte ihr sorgenvoll in das verbundene Gesicht. »Es tut mir so leid«, sagte er und wollte zaghaft mit dem Handrücken über die Bandagen streicheln. Sie entzog sich ihm.

»Verzeih.« Er ließ die Hand sinken und fingerte unbeholfen am Helm in seiner Armbeuge herum. »Mir war nicht klar, wie schwer du verletzt wurdest, bis …« Er brach ab und versuchte vergeblich, seinen Widerwillen zu verbergen.

»… bis du mir in den Trauerräumen den Verband abgerissen hast«, beendete sie den Satz für ihn.

Er blinzelte und schluckte schwer. »Du warst früher so wunderschön anzusehen«, sagte er mit sanfter Stimme. Dann zuckte er zusammen, denn er erkannte, dass das genau die falschen Worte gewesen waren. »Wird es … wird es denn verheilen?«, stammelte er.

Sie schwieg und versuchte, seine Absichten zu ergründen. Diese ganze Unterhaltung war aus so vielen Gründen unangenehm und peinlich, und genau deshalb war sie Squireck zuletzt aus dem Weg gegangen.

In Wahrheit hatte sie einfach keine Geduld mehr mit ihm.

Sie ließ ihn stehen und schritt ohne ein weiteres Wort an ihm vorbei die Treppe in den Sonnenvogelsaal hinunter.

Zurückgezogen in ihrer Schlafkammer legte Jondralyn die Rüstung der Silbergarde ab und ließ sie achtlos in einem Haufen am Boden liegen. Auch ihr Schwert warf sie samt Gürtel dazu. Was Squireck gesagt hatte, ging ihr nicht aus dem Sinn. *Du warst früher so wunderschön anzusehen.*

Sie setzt sich auf das Sofa, stützte den Kopf in die Hände, blickte in den kastanienbraunen Teppich und krallte sich mit den Fingern in ihre Verbände. *Früher so wunderschön anzusehen und doch noch nie mit einem Mann zusammen.*

Sie dachte an Habichtholz. Weg und Wahrheit Laijons *verlangt, dass eine Prinzessin unberührt in die erste Nacht ihrer Ehe geht.* Niemand verstand, wer sie war. Sonst würden sie nicht alle nur fragen, ob ihre Wunden wieder verheilen würden und sie wieder so schön sein werde wie einst. *Würde mich überhaupt ein Mann nehmen wollen, so wie ich jetzt aussehe?*

Weiß denn keiner, wie ich im Inneren bin? Welche Kraft und Entschlossenheit in mir stecken? Welchen Geist ich kultiviert habe? Sie fragte sich, ob überhaupt jemals einer auf mehr als ihr Gesicht geachtet hatte. Auf mehr als ihren Körper. So sehr sie sich auch angestrengt hatte: Man erinnerte sich nur an ihre Schönheit. *Als wenn nur das je mein Wert für dieses Reich gewesen ist. Das Abbild auf einer Münze.* Selbst dieses Abbild verspottete man jetzt. Sie hatte heute Abend den Kratzer über ihrem Gesicht auf den Münzen einiger Gäste im Sonnenvogelsaal bemerkt. Und nicht zum ersten Mal. Die Last ihrer Schönheit wog so schwer wie nie zuvor, nun, da sie nicht mehr da war.

Ihre Kammer bot ihr kaum noch Trost. Die vertrauten Wände, Säulen und Bögen wirkten eher wie ein einsames Gefängnis. Sie blickte sich um und verfluchte ihre Schwäche. Am Ende hatte sie sich doch den Zweifeln hingegeben. Hilfe kam von niemandem mehr. Roguemoore war fort. Culpa Barra ebenso. Habichtholz irgendwo versteckt. Sie fragte sich, wo Val-Draekin sich aufhielt. Hatte er den Zwerg gefunden und ihre Botschaft überbracht? Suchte man das *Pechschwarze Herz* und das *Feuer der Sühne*? Sie dachte an das, was Habichtholz ihr über den *Mond des Vergessens* erzählt hatte: dass der Junge aus Galgenhafen, Nail, ihn an Aeros Raijael verloren hatte.

Da spürte sie plötzlich: *Hier stimmte etwas nicht!*

Eiskalt wie eine Messerspitze traf sie die Erkenntnis, dass da noch jemand in ihrem Schlafgemach war.

Jemand stand direkt hinter ihr. Sie konnte es *fühlen*.

Ausgerechnet jetzt musste sie so schutzlos in der verschwitzten Lederhose und dem dünnen Unterhemd hier sitzen. Rüstung und Schwert lagen ja auf dem Haufen dort.

Sie sprang vom Sofa und wirbelte herum, um dem Eindringling zu begegnen.

Zu ihrer Erleichterung war es Habichtholz. Er stand in einem schwarzen Mantel mit zurückgeworfener Kapuze mitten in der Kammer, dunkle Locken um die Schultern, und verschlang sie geradezu mit seinem festen Blick. Schwache rote Narben zogen sich über sein Gesicht, wo ihn Squireck in den Trauerräumen mit dem

Dolch verletzt hatte. Er trug wieder die beiden machetenähnlichen Schwerter auf dem Rücken.

Sie lief auf ihn zu, und er nahm sie in seine Arme. Eine süße Ewigkeit lang hielten sie einander. »Wie bist du hier hereingekommen?«, fragte sie ihn, als sie sich schließlich aus der Umarmung lösten.

»Das Regal, wie neulich«, sagte er und grinste schelmisch. »Ich habe eine ganze Weile gewartet.«

»Eine der Silbergarden hätte dich entdecken können. Wer weiß schon, wie oft die hier drinnen herumschnüffeln? Wer weiß, wie sie für Jovan spionieren?«

Er zog eine Augenbraue hoch. »Du gehörst doch zur Silbergarde.«

Nervös lachte sie auf. »Was hast du dir dabei gedacht, herzukommen? Das war schon gefährlich, als du es neulich mit Squireck gemacht hast.«

»Ich denke überhaupt nicht.«

Dieses Geständnis kam unerwartet. »Das ist alles nur meine Schuld«, sagte sie.

»Was denn?«

»Der *Schleier der Tugend.*« Sie sah das Mahagoniregal hinauf. »Auf dem obersten Bord hinter dem dritten Buch von links ist eine kleine Platte. Dahinter habe ich deine Karte versteckt. Was, wenn sie entdeckt wurde? Was, wenn ich schuld bin, dass der Altar leer war?« Sie lief zum Regal.

»Vergiss es.« Er hielt sie am Arm zurück. »Es ist nicht deine Schuld, Jondralyn.«

»So einfach ist es nicht.« Sie konnte seinem Blick nicht begegnen. »Ich habe in so vielem versagt.«

Habichtholz nahm seine Schwerter und legte sie auf das Sofa. Dann deckte er den Mantel darüber. »Gräme dich nicht.« Er trug nur noch eine einfache schwarze Lederhose und ein weiches schwarzes Seidenhemd. Sachte nahm er ihr Kinn zwischen die Finger und suchte ihren Blick. »Keiner von uns hat Schuld. Ich bin ein Risiko eingegangen, als ich die Karte gezeichnet habe, und du, als du sie hier versteckt hast. So ist es eben.«

Doch ihr kam es wie ein gewaltiger Fehler vor. Panik und Verzweiflung überfielen sie. »Wer auch immer die Karte gefunden hat, besitzt jetzt den Engelsstein und den *Schleier der Tugend.*«

»Wir finden sie wieder. Ganz einfach. Schild und Stein.«

Doch seine Zuversicht tröstete sie nicht. Sie betonte nur ihre Unsicherheit, ihr fehlendes Selbstvertrauen.

»Kämpfe weiter für das, woran du glaubst, Jondralyn«, sagte er nun. »Deinen Kampfeswillen für das, was richtig ist, den bewundere ich so an dir. Diese deine ehrenhaften Charakterzüge haben mich verändert und zu einem besseren Menschen gemacht.«

»Aber unter diesen Umständen ist es so schwer.«

»Dann bestärken wir dich darin, wie du kämpfst.« Er sah sie voller Mitgefühl, aber auch mit Entschlossenheit an. »Ich habe kein Sakrament der Seelen, um unsere Kunst zu verfeinern, aber ich kann dich auf meine Weise lehren.«

»Was meinst du?«

»Es ist Zeit, dass ich in meinen Beruf zurückkehre. Das ist es, was ich tun soll. Schließlich bin ich der Attentäter. Ich mache dich zu meinem Lehrling, Jon. Du kannst verborgen im Schatten viel mehr bewirken als mitten in der Arena der Gladiatoren.«

Er hatte ihr schon den Schwertkampf beigebracht. Jetzt aber sprach er von Meuchelmorden und davon, sie zu seiner Partnerin zu machen. Er stand so dicht neben ihr, dass sie seinen Duft nach Nelke, Weihrauch und Leder wahrnahm, die glühende Hitze seines Blickes fühlte. *Was denkst du, Habichtholz?*

Er fasste sie mit beiden Händen an den Schultern. »Ich habe mich heute nicht hergeschlichen, um über verlorene Karten und Engelssteine zu sprechen. Auch nicht über deine Ausbildung.«

Sie spürte, wie dünn ihr verschwitztes Hemd unter seinen Fingern war. Er zog sie an sich, und ihr wurde heiß. Er drückte seinen Körper an ihren, und zwischen ihnen waren nur sehr dünne Schichten Stoff.

»Ich sehe schrecklich aus«, hauchte sie. Er hatte sie so schnell entwaffnet. Alles an ihr erbebte. »Ich hatte die Rüstung an, ich sollte mich waschen – das ist mir unangenehm.«

»Lass nur«, sagte er leise. Er hatte eine Hand behutsam auf ihren Rücken gelegt und streichelte ihr mit der anderen über die Wange. Mit dem Finger wischte er ihr die Zweifel von den Lippen. Sie schmolz unter seiner Berührung dahin, und die wenigen Vorbehalte, die sie im Stillen hatte, starben einer nach dem anderen einen zarten kleinen Tod.

Er nahm ihre Hand und führte sie an sein Gesicht. »Squireck hat nicht zu tief geschnitten.« Er legte ihre Finger auf seine Wunden. »Jetzt haben wir beide unsere Verletzungen.«

Mit zitternden Fingern fuhr sie die frischen Narben entlang und verstand, dass sie nicht ohne Spuren verheilen würden. Sie sah ihm in die Augen. Trotz ihrer Unsicherheit erkannte sie da Trost, als hätten sie beide sich schon immer gekannt und stünden nun vor dem Rest ihres Lebens.

Habichtholz schmiegte sich an sie. »Engelssteine, magische Talismane, das alles bedeutet mir nichts, Jon. An dich zu denken füllt mich aus. Du bist es, die ich mein Leben lang gesucht habe. Ich lasse dich nicht los.«

»Aber mein Gesicht.« Sie wollte ihm unbedingt glauben. »Meine Verbände. Ich schäme mich so.«

»Ich sehne mich nach deiner Berührung«, flüsterte er. »Deiner Stimme. Den Worten, die du sagst. Das bist du.«

Ihr Auge sah nur noch verschwommen, und sie schwankte, denn alle Hemmungen waren nun fort.

Ihre Lippen fanden sich, leicht wie eine warme Brise. Er streichelte ihre Haare, ihren Hals, ihre Brust. »Ich möchte jeden Zentimeter an dir küssen«, sagte er, und sie sanken gemeinsam zu Boden.

Auf dem kastanienbraunen Teppich ineinander verschlungen gab sie sich ihm ganz hin.

Mit Drachenkrallen kann man kratzen. Mit Flüssen aus sengendem Silber vernichten. Doch nur mit dem Blut des Drachen kann man den Biestern der Unterwelt befehlen. Denn das letzte jener feurigen Untiere ward in jenem Wald aus schwarzen Blutholzbäumen hingeschlachtet.

DER KODEX DER ENGELSSTEINE

39. KAPITEL

BISCHOF HUGH GODWYN

AM ELFTEN TAG DES ENGELSMONDES

IM 999. JAHR LAIJON – HIMMELSSEEN, GUL KANA

Ein beißender Wind schüttelte die Bäume um die einsame Hütte, in der sie Zuflucht gefunden hatten. Draußen peitschten Äste gegen die Steinwände und verwitterten Pinienholzschindeln des wackligen Baus. Sie waren in pechschwarzer Nacht darauf gestoßen, als der aufziehende Sturm schon an der klapprigen Holztür rüttelte.

Vor anderthalb Tagen hatten sie den Rest der Gesellschaft auf dem Gletscher verlassen. Sie waren gut durch die Berge gen Westen nach Stanclyffe vorangekommen. Godwyn führte einen der hellen Maulesel, auf dessen Rücken Dokie festgeschnallt war, am Zügel. Liz Hen ritt, das Schwert aus Sør Sevier an der Hüfte, auf dem anderen. Die erste Nacht hatten sie im frischen Wind unter dem Sternenhimmel geschlafen. Doch jetzt war es bitterkalt, und Godwyn schätzte sich glücklich, dass sie diese schäbige Unterkunft aufgetan hatten.

Reif bedeckte den abgenutzten Steinboden. Es gelang Liz Hen jedoch, schnell ein kleines Feuer im Kamin an der hinteren Wand zu entfachen, sodass es bald nach Fichtenholz roch.

Vorher hatte Godwyn noch beide Maulesel nach drinnen geholt und die Tür festgebunden. Nun war es recht voll hier. Aber auch die Esel brauchten ein Obdach. Gemeinsam hatten er und Liz Hen Dokies Bahre abgeschnallt und den bewusstlosen Jungen am Feuer abgelegt. Godwyn flößte ihm ein bisschen von dem Heiltrunk ein.

Liz Hen zog ihren Mantel aus und lehnte das Schwert gegen die Feuerstelle. Godwyn legte seine Tagritterwaffe an der grob mit Lehm verfugten Steinwand am alten Holztisch ab. Dann setzten sie sich im fahlen Licht des Feuers auf die beiden alten Hocker am Tisch und aßen etwas von dem trockenen Dörrfleisch und dem Lachs. In einer Ecke der Hütte standen noch zwei modrige Bettstätten, und über dem Kamin war ein leeres Regalbrett befestigt.

Liz Hen öffnete zum Zeitvertreib Dokies Beutel und sah sich die Skizzen an, die er von den vielen Stehenden Steinen gemacht hatte, an denen die Gesellschaft anfangs vorbeigekommen war. »Immer nur Symbole und Steine«, murmelte sie. »Quadrate. Kreuze. Sichelmonde. Sternschnuppen.«

»Die haben es ihm wahrlich angetan.« Godwyn nickte und nahm ihr eins der Pergamente aus der Hand. Traurigkeit überkam ihn, als er es sich ansah. Der Junge wehrte sich so gut er konnte gegen das Gift, aber Godwyn hatte nicht viel Hoffnung.

»Meint Ihr, Seidel ist tot?«, fragte Liz Hen und blinzelte in die Dunkelheit. »Meint Ihr, er war noch kränker als Dokie, wo ihn doch so viele Pfeile getroffen haben?« Dieselben Fragen hatte sie schon den ganzen Tag gestellt. »Er ist über das Eis davongelaufen.

Aber ich glaube, ich habe gesehen, wie er dann langsamer wurde, als ob er nicht mehr konnte.« Sie verzog das Gesicht vor Schmerz. »Meint Ihr, diese Oghule haben Seidel gefunden und ihn getötet?«

»Ich weiß es nicht«, gestand Godwyn. »Ich habe diesen Hund aber als guten, tapferen Kerl erlebt, so wie er sich unter diese herabstürzende Decke geworfen und Dokie gerettet hat. Ich wäre nicht überrascht, wenn er irgendwo da draußen herumliefe und uns suchte.« Er lehnte sich auf dem Hocker nach hinten und streckte sich, dabei zuckte er vor Schmerzen wegen seiner Verletzungen zusammen. Dass er den Sturz in die stachelige Grube überlebt hatte, war pures Glück gewesen. *Ausgerechnet auf einem Oghul zu landen!* Sie alle konnten von Glück reden, dass sie lebend aus den Minen gekommen waren.

»Meint Ihr, Dokie kommt durch?« Liz Hen blickte wieder auf den Jungen auf der Bahre zu ihren Füßen und griff nach einer seiner Skizzen. »Wenn die Nadeln giftig waren, warum haben sie ihn dann nicht gleich getötet?«

»Gifte gibt es viele«, antwortete er. »Gifte der Oghule. Gifte der Vallè. Die Meuchelmörder der Bluthölzler bedienen sich diverser Sorten, von denen die meisten ihre Feinde lähmen sollen, damit sie sie später lange foltern können. Wer weiß schon, welches uralte Gift an jenen Pfeilen klebte, die Dokie und Seidel trafen? Nail hat sich anscheinend von denen, die er ins Gesicht bekommen hat, ganz gut erholt. Es besteht also Hoffnung für Dokie. Aber wer weiß, weshalb böse Menschen böse Dinge erschaffen?«

»Die Welt ist böse.« Das Mädchen starrte Dokie zärtlich an. »Er ist so krank und angeschwollen. Wie weit ist es noch bis Stanclyffe?«

»Drei Tage noch, vielleicht vier«, gab er wie immer geduldig zurück, denn er wusste ja, dass sie sich nur Sorgen um ihren kleinen Freund machte. »Das heißt, falls der Sturm rasch weiterzieht und unser Weg ohne Hindernisse bleibt.«

»Haben sie die Medizin, die er braucht, in Stanclyffe?«

Wenn wir ihn rechtzeitig dorthin schaffen, ja! Er dachte an den Oghul am Stand auf der Straße in Stanclyffe, das grantige Untier mit der tätowierten roten Träne im Augenwinkel, das Biest, das sich die Aderlasserin hielt. Er hatte Angst vor den grausigen Arzneien, die Dokie wohl brauchen würde, und er hasste es, dass der Junge dann von den Tränken abhängig würde, die ihn heilten. *Aber sie hatten keine Wahl.* Es stand außer Frage, dass der Oghul solche Medizin besaß. *Und welchen Preis verlangt er dafür?* Die Tätowierung unter seinem Auge verkündete jedem, der darum wusste, welche schaurige Alchemie sein Handwerk war. »Ja.« Beruhigend sah er Liz Hen in die Augen und nickte. »Ich glaube, sie haben in Stanclyffe sicher die Medizin, die wir brauchen. Zumindest ein wenig.«

Sie freute sich. »Dann würde ich sagen, wir sollten Tag und Nacht laufen, damit Dokie sicher dort ankommt.«

»Dem würde ich zustimmen, wenn der Sturm nicht wäre. Den halten wir draußen nicht aus. Sobald das Wetter sich bessert, beeilen wir uns.«

»Mir machen Stürme nichts aus. Ich bin schon oft durch Stürme gelaufen.«

»Das weiß ich«, sagte er.

Liz Hen war mutig und ganz gewiss Dokie, Stefane und Seidel gegenüber loyal. Er wusste auch, dass sie stur und oft gemein und unvernünftig sein konnte, besonders zu Nail. Gleichwohl war sie, sobald ihr jemand mit Güte begegnete, dieser Person bedingungslos ergeben. Als Seita ihr an dem Bach gegen die Oghule beigesprungen war, hatte Liz Hens Verhalten sich vollständig umgekehrt. Und nachdem sie ihr die Haare geflochten hatte, verehrte Liz Hen das Vallè-Mädchen geradezu.

»Was haltet Ihr von dieser Zeichnung?«, fragte sie und schob ihm ein Pergament über den Tisch. »Meist hat Dokie nur die Symbole von den Stehenden Steinen gezeichnet. Aber seht mal. Er hat fünf Gestalten gemalt. Und jede trägt eine Waffe wie die fünf Kriegerengel.«

Da lag eine einfache Skizze mit fünf Figuren, wie sie gesagt hatte, Strichmännchen eigentlich, und jede trug eine Waffe: Axt, Schwert, Kriegshelm, Armbrust und Schild. Das Bild erinnerte ihn an etwas, das irgendwo am Rande seines Bewusstseins lag, fast verloren im Gedächtnis. Er kam nicht darauf und schob ihr das Pergament wieder hinüber. »Er hat wohl beim Zeichnen an die Fünf Kriegerengel gedacht, weiter nichts.«

»Aber seht doch.« Das Mädchen deutete auf die Zeichnung. »Diese Gestalt da mit der Armbrust, das bin eindeutig ich. Und der da mit dem Schild ist ganz klar Dokie. Aber wer sind die drei anderen?«

»Woran erkennst du das?« Er beugte sich über den Tisch und sah genauer hin.

»Hier.« Sie tippte auf eine Stelle. »Diese Figur, die zweite von rechts mit der Armbrust. Die ist dick und groß wie ich und hat so Mädchenhaare. Und der da ganz rechts ist winzig wie Dokie. Ist das nicht offensichtlich?«

»Mag sein.« Er sah ihr in die Augen. »Oft malen die Menschen sich und ihre Freunde.«

»Komisch ist das.« Sie hielt das Blatt mehr ins Licht. »Sieht aus, als hätte er einen riesigen Handschuh an die Hand gemalt, mit der ich die Armbrust halte.« Sie kniff die Augen zusammen. »Oder so etwas Ähnliches. Vielleicht kann er Hände auch einfach nicht so gut zeichnen. Die hier mit dem Schwert hat auch eine Mädchenfrisur. Das mit der Axt könnte Nail sein. Jedenfalls hat Dokie Nail mit der Axt gesehen. Ich frage mich aber doch, wer die anderen beiden sind.« Sie blickte zu Godwyn auf. »Diese Zeichnung sieht wie ein böses Omen aus, findet Ihr nicht?«

Godwyn blickte auf den verletzten Jungen dort am Boden. *Gift-*

pfeile. Er spürte noch die Wunden am eigenen Arm. Zwar hätte er sich gern der Schmerzen entledigt, doch verzichtete er auf die heilende Medizin in seinem Beutel. Viel war nicht mehr übrig, und Dokie brauchte jeden Tropfen davon.

»Ja, der da mit der Axt könnte auf jeden Fall Nail sein, würde ich sagen.« Liz Hen legte die Zeichnung mitten auf den Tisch, und echte Besorgnis klang in ihren Worten mit. »Glaubt Ihr wirklich, der Weiße Prinz hat Galgenhafen zerstört und meine ganze Familie umgebracht, weil er Nail gesucht hat?«

Godwyn dachte darüber nach und überlegte, wie er antworten sollte, denn ihre Frage kratzte an der Wahrheit. »Nail ist nicht schuld an der Zerstörung von Galgenhafen.«

»Aber ich habe gehört, wie Ihr und der Zwerg in unserem Lager bei Ravenker einmal über Nail gesprochen habt. Ihr dachtet, wir schlafen alle. Aber ich habe Euch und auch Habichtholz reden hören …« Sie brach ab und sah ihm direkt ins Gesicht. »Und ich bin mir ziemlich sicher, dass Nail Euch auch gehört hat.«

»Was hast du gehört?«

»Sachen.« Sie zuckte beiläufig die Achseln. »Ihr habt ein bisschen über Nails Herkunft gesprochen. Dass Ihr ihn für irgendeine Sache *braucht*. Dass man ihm wohl ein Leben lang erzählt hat, er sei ein Bastard, dabei ist er eigentlich jemand besonders Wichtiges. Dass Shawcroft ein trauriges Leben hatte, weil er sich um Nail kümmern musste. Dass er streng mit ihm sein musste, weil er so besonders *wichtig* war.«

Godwyn sank zusammen. *Falls Nail dieses Gespräch wirklich belauscht hatte, was musste er dann denken?* Dichter Qualm sammelte sich in der Hütte. Ihm wurde klar, dass sie bald entweder die Tür zum Lüften öffnen oder das Feuer ersticken mussten.

Liz Hen ließ ihn nicht aus den Augen. »Ihr habt gesagt, Nail sei eine Gefahr für mich, Dokie und Stefane. Wir alle würden seinetwegen sterben.«

»Und doch lebt ihr alle noch, oder?«

Sie blickte auf den schlafenden Dokie und sagte nichts mehr. Das brauchte sie auch nicht.

Er beobachtete sie einen Augenblick. »Ich weiß, dass du eine Abneigung gegen Nail hegst, seit Galgenhafen vernichtet wurde«, sagte er. »Aber ich wiederhole: Nichts davon war Nails Schuld. Vielmehr hat er getan, was er konnte, um euch bei der Flucht zu helfen. Er ist ehrenhaft und tapfer. So wie du, Liz Hen. Wie Stefane. Und wie Dokie.«

»Aber hat Aeros meine Heimat wegen Nail angegriffen? Ist er jemand Besonderes, wie Ihr sagt?«

»Nail ist wichtig für die Bruderschaft von Mia«, sagte Godwyn offen. »Und ja, Aeros ging in Galgenhafen an Land, weil er hoffte, Nail zu finden. Aber nochmal: Es ist *nicht* Nails Schuld.«

Liz Hen verzog wütend das Gesicht. »Warum habt Ihr Euch dann hinter seinem Rücken unterhalten? Nichts auf dieser Welt ist schlimmer und schädlicher als Lügen. Anscheinend geht es bei Euch Brüdern von Mia immer nur um Täuschung und Halbwahrheiten. Warum habt nicht Ihr oder Roguemoore oder Culpa oder Habichtholz Nail einmal die Wahrheit über alles gesagt?«

Diese mehrfache Anschuldigung überraschte Godwyn. Auch, dass sie Nail so leidenschaftlich verteidigte. In Wahrheit wusste er selbst gar nicht so viel über Nails Eltern. Nur das, was Shawcroft ihm erzählt hatte: dass der Junge und seine Zwillingsschwester möglicherweise mit Aevrett Raijael verwandt waren. Dass die Geburt und das anschließende Schicksal der Zwillinge für viele zu einem ethischen Dilemma geworden waren. Alles blieb höchst mysteriös. Letztlich hatte Shawcroft – oder vielmehr Ser Roderic Raybourne – Nail im Auftrag zweier Männer in seine Obhut genommen: seines Bruders, König Torrence Raybourne, und des Königs, Borden Bronachell. Soweit Godwyn wusste, kannten nur diese drei Männer Nails Herkunft ganz genau. Er vermutete, dass auch Roguemoore und sein Bruder Ironcloud Bescheid wussten, denn beide Zwerge gehörten den inneren Kreisen der Bruderschaft von Mia an. Godwyn hatte nie nachgehakt und sich gedacht, Nails Vorfahren hätten wohl etwas mit der Wiederkehr der Fünf Kriegerengel und der Bergung der Waffen und Engelssteine zu tun. Das genügte ihm. Auch er hatte die Gerüchte gehört, Habichtholz habe sich in Arco aufgehalten, als Nails Mutter starb. Und die, dass der ehemalige Bluthölzler Alana Bronachell ermordet habe – etwas, das Godwyn ihm nie verzeihen konnte. In gewisser Weise verstand er also Liz Hens Misstrauen der Bruderschaft gegenüber.

»Und«, schnaufte Liz Hen. »Beantwortet Ihr nun meine Frage?«

»Wir haben Nail nicht die Wahrheit gesagt.« Godwyn hielt ihrem Blick stand. »Wahrscheinlich, weil niemand von uns je die ganze Wahrheit kannte.«

Sie ließ den Kopf hängen und blickte wieder auf Dokie. »Wollt Ihr mit mir beten, Godwyn?« Sie streckte die offenen Hände über den Tisch. »Ich habe keine Ahnung, ob meine Gebete überhaupt je erhört werden. Aber wir müssen es versuchen. Für Dokie.«

Er nickte und legte seine Hände in die ihren.

Sie hielt sie fest und schloss zum Gebet die Augen. »Wir bitten Dich in Deiner glorreichen Güte: Erlöse Dokie von den Schmerzen und dem Elend der grauenhaften Gifte, die an seinem Fleisch und seinem Geist nagen, o Laijon. Lass die Mächte Deines Reichs dort oben eilen, dass diese Krankheit, die ihn befallen hat, seinen Körper verlässt. Wir bitten Dich in wahrem Glauben und in Deinem heiligen Namen. Dokie ist unser bester Freund. Er ist gütig und unschuldig. Wir möchten Dich bitten: Verschone ihn und nimm uns stattdessen, nimm Godwyn oder mich oder ein anderes Leben, wenn Du es so willst. Nimm mich, o Laijon, wenn es sein muss. Lass den armen Dokie in Ruhe.« Sie schluckte und sprach dann mühsam weiter. »Wir danken Dir außerdem dafür, dass Du uns in Deiner Gnade bisher von unseren Feinden erlöst hast, o Laijon, vor diesen grässlichen, schaurigen Oghulen. Befreie uns mit Deinen göttlichen Kräften auch weiter von diesen Oghulen und dem Elend dieser sündigen, grausamen Welt. Und möge unser Gebet mit Deinem Segen beschlossen werden für Körper und Seele in ewiger Pracht durch Dich, Laijon, immerdar, Amen.«

»Amen«, murmelte Godwyn und ließ ihre Hände los. Auch in seine Augen waren bei Liz Hens eindringlichen Worten Tränen getreten.

Ein kehliger Schrei und ein lauter Knall jagten ihn aus seinem Sitz. Die beiden Esel schreckten hoch und brüllten, als eine riesige Axt die Holztür der Hütte fast entzweihieb. Splitter flogen durch den Raum und prasselten auf den Tisch. Liz Hen griff keuchend nach ihrem Schwert neben der Feuerstelle. Auch Godwyn nahm seine Waffe.

Mit einem weiteren Schrei, der das Blut gefrieren ließ, wurde die Axt fast mitsamt der Tür aus dem Rahmen gerissen. Draußen waren die Umrisse dreier klobiger Oghule zu sehen. Sie platzten mit ihren verrosteten Rüstungen und groben Waffen in die Hütte.

Einer der verängstigten Esel keilte aus und trat den ersten Oghul direkt in die scharfe Klinge von Godwyns erhobenem Schwert. Das Biest fuhr aus dem Bauch blutend zurück, und Godwyn rammte ihm die Waffe in die verzerrte Visage. Krachend fiel es auf den schlafenden Dokie. Der zweite Oghul rempelte an Godwyn vorbei und stieß ihn auf den ersten. Dann bewegte er sich weiter auf Liz Hen zu und zielte mit seiner gebogenen Waffe auf ihren Kopf. Liz Hen parierte den Schlag mit ihrem Schwert und flog dabei über den Tisch und fast ins Feuer. Der dritte Oghul schlug mit der Axt von oben auf Godwyn. Doch der rollte sich ab, und die Schneide fuhr in den auf Dokie liegenden Oghul.

Godwyn kam auf die Füße und holte mit seinem Schwert nach dem Oghul mit der Axt aus, doch die Klinge prallte ohne größere

Wirkung von der Rüstung ab. Der aufgebrachte Esel trat immer noch brüllend um sich. Seine Hufe trafen den axtschwingenden Oghul am Brustkorb und stießen ihn beinahe durch die Tür. Godwyn nutzte den Vorteil und rammte seine Waffe wieder gegen die feste Rüstung. Als er das dritte Mal zuschlagen wollte, wurde sie ihm mit der schweren Axt aus der Hand gedroschen. Der Oghul hatte sich schneller als gedacht erholt. Das Schwert flog durch den Raum, Godwyn taumelte zur Seite gegen die Wand und versuchte, das Gleichgewicht zu halten.

Der zweite Oghul hatte Liz Hen mit seinem gebogenen Schwert in die Ecke gedrängt und hieb damit immer wieder auf die abwehrende Klinge des Mädchens ein.

Beim Griff nach seinem Schwert stolperte Godwyn und fiel zu Boden. Siegessicher baute der Oghul sich mit der Axt über ihm auf. Mit einer kräftigen Hand packte er den Bischof und riss ihn am Kragen hoch. Er öffnete sein stinkendes Maul, brüllte auf und ließ zwei scharfe, spitze Fangzähne unter den geschwollenen schwarzen Lippen sehen.

Und dann biss dieses Vieh einfach zu, versenkte die Zähne tief in Godwyns Hals und saugte kehlig und gurgelnd. Im ersten Moment krampfte sich Godwyns ganzer Körper in unerträglichen Schmerzen steif zusammen. Der Schock lähmte ihn völlig. Er konnte weder schlucken noch durch die Nase oder den Mund Luft holen. Ein fauliger, eitriger Gestank umwehte ihn, und er hing matt in der Umklammerung des blutsaugenden Oghuls. Er wusste nicht, ob es plötzlich so übel roch, weil er seinen Schließmuskel nicht mehr kontrollieren konnte, oder ob das der Atem des Untiers war.

Dann durchströmte ihn eine plötzliche Süße …

… und die erschreckte ihn noch mehr.

Kraftlos in den Armen des Monsters sah Godwyn Liz Hen. Das Mädchen stand mit dem Rücken in der Ecke, das Schwert mit beiden Händen gepackt, und kämpfte mit jeder Parade und jedem Konter, den man ihr je gezeigt hatte, verzweifelt ums Überleben. Dann schlug ihr der Oghul die Waffe aus den Händen. Sie schepperte neben der Feuerstelle zu Boden. Gleichzeitig packte das Biest sie an den Haaren und zog ihren Hals vor sein geifernd aufgerissenes Maul.

Ein grauer Blitz. Etwas verbiss sich fletschend und knurrend im Rücken des Oghuls, kurz bevor der seine fauligen Hauer in Liz Hens Nacken versenken konnte.

Seidel! Der Schäferhund verbiss sich hinten am Schädel des Oghuls, schlug seinen machtvollen Kiefer durch den rostigen Helm und die Knochen und zerrte mit aller Gewalt daran herum. Das Ungeheuer fiel wie ein Stein um, Blut spritzte, und es lag tot und mit zuckenden Gliedmaßen in einer Pfütze aus seinem eigenen Hirn.

Godwyn konnte nichts mehr erkennen, als alle Kraft seinen Körper verließ und der Oghul ihm das Blut aussaugte. Ein nie gekanntes Hochgefühl erfüllte ihn. *In jedem Saugzahn eines Oghuls steckt ein süchtig machendes Toxin*, hatte Roguemoore Liz Hen oberhalb von Stanclyffe erklärt. *Ohne diese angenehme chemische Wirkung kann ein Aderlasser schon bald nicht mehr leben.* Der Gedanke erschreckte Godwyn. Dann spürte er, wie er fiel, und der Oghul an seinem Hals fiel mit ihm, die fauligen Hauer glitten aus seinem Fleisch, und beide krachten sie nebeneinander auf den Boden.

Liz Hen stand über ihnen, zog dem Blutsauger ihr Schwert aus dem Rücken und kreischte: »Fluch über dich und die haarige Oghul-Möse der Hurenmutter, aus der du gekrochen bist!«

Godwyn schnappte heftig nach Luft. Die toten Augen des Angreifers neben ihm auf dem Holzboden starrten ihn an.

Und das süße Hochgefühl ist fort …

Vergeblich versuchte er, sich auf die Ellenbogen zu stützen, dann rollte er sich auf den Rücken. *Dasselbe Toxin versiegelt auch die Vene nach dem Aderlassen*, hatte der Zwerg gesagt. *Also blutet so jemand nicht aus*. Dennoch merkte Godwyn, dass er recht heftig blutete, und er hatte keine Vorstellung, wann diese Toxine wohl endlich wirkten. Jeder Teil seines Körpers war taub. Mit einer kraftlosen, fahrigen Hand versuchte er, den roten Strom aus seinem Hals zu stoppen.

Die scharfen Hauer in meinem Hals ... das schlimmste und zugleich das großartigste Gefühl, das ich je erlebt habe ...

Der erste Oghul, der auf Dokie lag, stöhnte. Er lebte noch. Langsam rutschte das übelriechende Untier von dem Jungen und kroch auf Händen und Knien heftig aus vielen Wunden blutend zur Tür.

Seidel antwortete mit einem giftigen Knurren. Dem folgte rasch das heisere Geschrei des Oghuls, als der Hund brutal zubiss.

»So ist es richtig, Seidel!«, rief Liz Hen in wildem Triumph. »Du hast bestimmt ordentlich Hunger, mein Junge! Du bist ein Guter, und Hunger hast du! Na los, reiß ihm seine blöde hässliche Fresse vom Kopf!«

Dass Mensch und Vallè sich miteinander paaren ist unmöglich, und so soll es auch sein. Doch bis der große Tag des Sündenerlasses anbricht, hüte dich vor der Alchemie und dem höchst verschlagenen Wesen der Fee.

WEG UND WAHRHEIT LAIJONS

40. KAPITEL

STEFANE WAYLAND

AM ZWÖLFTEN TAG DES ENGELSMONDES
IM 999. JAHR LAIJON – HIMMELSSEEN, GUL KANA

Von ihrem Lager oben auf einem üppig bewaldeten Hügel blickten sie auf ein Tal mit umgestürzten Bäumen und einem Dickicht aus dürren Hagebutten. Der Hagelschauer hatte nachgelassen, doch ein steter Nieselregen prasselte nun unangenehm von der Seite gegen die Rüstung unter Stefanes Mantel. Obwohl vor ihm ein Feuer brannte und die beiden stämmigen Mähren hinter ihm den Wind abhielten, wurde ihm einfach nicht warm. Selbst das Schwanken der Bäume im heftigen Wind ließ ihn erzittern. Er zog sich den Mantel am Hals enger. *Überall sonst auf den Fünf Inseln ist bestimmt gerade Sommer.*

Seita saß auf dem Birkenstamm neben ihm. Culpa Barra hockte gegenüber, das große schwarze Schwert auf dem Schoß. Die Armbrust, das *Pechschwarze Herz*, hatte der Tagritter sich auf den Rücken geschnallt, und der schwarze Engelsstein ruhte sicher im Lederbeutel an seinem Gürtel.

»Warum hat Laijon uns verflucht?« Culpa blickte in den sternenlosen Himmel. »All unsere Mühen und Opfer für nichts. Gerade, als alle Prophezeiungen der *Mondrollen* ineinandergreifen, müssen wir so vollkommen scheitern.« Er wandte sich wieder zum flackernden Feuer. »Welche Prüfung Gottes ist dies?«

Seita und Stefane kauerten in der Kälte und antworteten nicht.

»Bestimmt steckt eine Lehre darin«, murmelte der Tagritter. »Aber welche es sein soll, will mir nicht aufgehen.« Sein Gesichtsausdruck wandelte sich unvermittelt von Niedergeschlagenheit zu Entschlossenheit. »Aber ich lasse nicht zu, dass es vorbei ist. Was uns auch geschieht, wir machen weiter.« Culpa rang heftig mit der Ausweglosigkeit ihrer Lage und versuchte, sich einen Funken Hoffnung einzureden. Und seine Reisegefährten zu überzeugen. Doch das miserable Wetter hatte Stefane den Eifer gründlich verhagelt.

»Zum Glück haben wir wenigstens Pferde gefunden«, sagte Culpa, als machte die Anwesenheit der Tiere einen entscheidenden Unterschied. »Da hatten wir einmal Glück. Mit diesen Pferden.«

Seit der Überquerung des Gletschers hatte der Tagritter die Führung übernommen und die Gruppe immer angetrieben. Vor zwei Tagen hatten sie Godwyn, Liz Hen und Dokie westwärts über das Eis davonziehen sehen, und zwei Tage war es auch her, dass sie Nail, Roguemoore und Val-Draekin in dem zermalmenden Abgrund verloren hatten.

Stefane konnte noch nicht glauben, dass sein Freund wirklich nicht mehr da war. Nails Tod zerriss ihm das Herz. Dann dachte er an Zane und Giselle, an seine Familie, an alle, die in Galgenhafen gestorben waren. *Und welcher Willkür verdanke ich, dass ich noch lebe?*

Seita hat behauptet, sie kenne unser Schicksal. Das Schicksal der drei …

Nail. Val-Draekin. Roguemoore.

Nachdem er mitansehen musste, wie der Malstrom aus Eis und Wasser seine drei Gefährten verschluckt hatte, war Stefane wie betäubt über den Gletscher gelaufen, immer weiter einen müden Fuß vor den anderen, schweigend, mit unterdrückten Gefühlen. Culpa hatte sie rasch aus der Eiswüste geführt und fast an den Rand ihrer Kräfte getrieben, bis sie endlich an den Himmelsseen festen Boden unter den Füßen spürten.

Gestern Abend waren sie kurz vor Einbruch der Dämmerung am südlichen Ende des Sees auf ein Holzfällerlager gestoßen, das verlassen in einer Senke mit Bäumen und grünen Wiesen lag. Es sah aus, als sei es kürzlich noch bewohnt gewesen, doch befand sich niemand in der Nähe. Das Lager bestand aus zwei Hütten und einem Stapel langer Pinienstämme am Seeufer in der Nähe der Flussmündung. Als sie zu den Hütten geschlurft waren, hatte Stefane einen räudigen Hund unter einer wurmstichigen Veranda entdeckt. Das Tier hatte die Nase gehoben und war mit wedelndem Schwanz in der Hoffnung auf einen freundlichen Klaps aus seinem Versteck gekommen. Culpa und Seita hatten den Hund ignoriert. Stefane war stehengeblieben und hatte sich die Hand lecken lassen. Dann hatten alle drei die Hütten vergebens nach Nahrungsmitteln durchsucht.

Anschließend hatte Culpa Stefane und Seita nach Osten den Hang hinter dem Lager hinauf durch ein Feld grasender Ziegen und scharrender Hühner hin zur Bergkette geführt. Die Ziegen waren mit klingenden Glocken um den Hals auseinandergestoben und die Hühner hatten aufgeregt gegackert. Der einsame Hund folgte ihnen. Culpa hatte versucht, ein Huhn zu erwischen, doch die in seiner Nähe schossen alle blitzschnell davon, und so gab er es bald auf. Sie stießen auf eine Steinscheune, die in einen flachen

Hügel nicht weit von den Hütten entfernt eingelassen war. Und dort standen zwei gesunde Mähren. Neben ihnen befanden sich zwei leere Boxen, die benutzt aussahen, als stünden dort normalerweise noch zwei Tiere, die jetzt gerade auf dem Feld arbeiteten. Sie stahlen die Mähren aus dem Schuppen und noch dazu ein paar Seile, drei Fackeln, eine Leinenplane und zehn Pfeile für Stefanes Köcher.

Mit einem davon hatte Stefane ein Huhn geschossen, doch er fühlte sich deswegen schuldig. Die arbeitsamen Pferde, die sie gestohlen hatten, schafften bestimmt viel auf dem Feld, und die Holzfäller waren auf sie angewiesen. Die zehn Pfeile waren womöglich ihre einzige Verteidigung und die Hühner das, was sie zu essen hatten. »Wahrscheinlich eh bloß dreckige Oghule«, sagte Culpa, als sie ein paar Meilen vom Lager entfernt saßen und das Huhn über dem Feuer grillten. »Diese fiesen Ungeheuer reißen sich den Norden so ziemlich unter den Nagel.«

In jener ersten Nacht hatte Culpa erklärt, wie dramatisch ihre Lage aussah. Die Himmelsseen bestanden aus drei großen Seen. Der östliche wurde vom Gletscher unterhalb des D'Nahk lè bedeckt. Dort befanden sie sich, am unteren Ende dieses Sees. Entweder folgten sie dem Fluss Vallè nach Süden bis Port Follett oder sie gingen nach Südosten Richtung Totholztor und schlossen ihre Suche nach dem *Feuer der Sühne* erfolgreich ab. Für beide Strecken würden sie mit den Pferden je nach Wetter etwa vier Tage benötigen. Falls sie nicht auf herumstreunende Oghule trafen. Culpa überzeugte sie, nach Totholztor zu gehen, auch wenn Stefane das ganze Unternehmen für sinnlos hielt.

Hier saßen sie nun gegen die Kälte zusammengekauert.

»Darf ich die Armbrust nochmal sehen?«, fragte Seita.

»Am besten, sie bleibt bei mir.« Culpa begegnete dem Blick der Vallè gelassen über das Feuer hinweg und fuhr mit der Hand an den Lederbeutel an seiner Hüfte.

»Ich habe meinen Teil beigetragen, sie zu finden.« Seita funkelte ihn an. »Da sollte mir doch die Ehre zuteilwerden, die Armbrust wenigstens anzusehen. Vielleicht auch mal zu halten. Vielleicht herauszufinden, welche Art Bolzen oder Pfeil in diesen seltsamen Mechanismus passt. Denn ich weiß, Ihr habt keine Ahnung, wie sie funktioniert oder wie sie richtig bestückt wird. Dennoch wacht Ihr über diese Relikte, als erwartet Ihr, dass ich oder Stefane sie jeden Moment schnappen und damit das Weite suchen könnten.« Seita zog die Kapuze ihres grauen Mantels zurück. »Warum?«

»Zu Eurer eigenen Sicherheit«, erwiderte Culpa. *»Die Mondrollen von Mia* erwähnen einen Fluch. Die erste Person, die einen Engelsstein mit bloßer Hand berührt, ist zum Tode verdammt. Der Zwerg wusste von diesem Fluch. Alle aus der Bruderschaft von Mia kennen ihn. Deshalb sollte keiner von uns die Armbrust häufiger als unbedingt nötig anfassen. Und deshalb lasse ich den Stein in die Seide eingewickelt.«

»Und weder Ihr noch der Zwerg habt Euch bislang herabgelassen, uns anderen von dem Fluch zu erzählen?«, fragte Seita giftig.

Stefane hatte beobachtet, dass das Misstrauen zwischen seinen beiden Reisegefährten seit dem Verlassen des Gletschers gewachsen war. Die Spannung zwischen Seita und Culpa war ihm sogar bereits in Lord's Point aufgefallen. Doch die Vallè hatte recht. Sie hätten von dem Fluch erfahren sollen. Giselle hatte den Stein in den Minen von Roahm aus dem Altar geholt. Sie hatte ihn berührt. Jetzt war sie tot. Und er hatte gesehen, wie der Tagritter und der Zwerg sich angesehen hatten, als Roguemoore in den Minen an den Himmelsseen den schwarzen Stein mit der bloßen Hand anfasste. Der Zwerg war jetzt ebenfalls tot. *Zufall?*

Giselle hatte den blauen Stein als Erste berührt, als Nail die Streitaxt aus dem Altar in den Minen von Roahm zog.

Zornig erhob er in der Kälte leicht krächzend die Stimme. »Engelssteine. Zauberwaffen. Mondrollen. *Weg und Wahrheit Lai-*

jons. Das ist doch alles Unsinn. Selbst der Fluch, den Ihr erwähnt habt. Nichts als alberner Aberglauben. Alles.«

Culpa blickte ihn überrascht an. »Wie kommst du auf so etwas, nach allem, was du gesehen hast?«

»Was habe ich denn gesehen? Nur die grauenvolle Ermordung meiner Familie und Freunde.«

»Du hast das *Pechschwarze Herz* und den *Mond des Vergessens* mit eigenen Augen gesehen. Das kann kaum jemand in der Geschichte dieser Inseln von sich behaupten.«

»Na und?«, schimpfte er. »Die Streitaxt hat Nail verloren. Die Armbrust auf Eurem Rücken hat noch nichts Besonderes vollbracht, oder?«

»Jetzt wirst du zynisch«, grunzte der Tagritter. »Damit befasse ich mich nicht. Glaube ist eine Tugend. Zweifel nicht. Eins ist Stärke. Eins ist Schwäche. Du suchst dir die Seite aus.«

»Ich suche sie mir aus?« Stefane spürte den Zorn erneut in sich aufwallen. »Ich sollte eigentlich nicht mal hier sein, Culpa. Und wenn Ihr mich fragt, hat der Glaube an heilige Bücher und Mondrollen nur dazu geführt, dass Kriege geführt werden und die Leute ins Gras beißen. Der Glaube an Zauberwaffen und Engelssteine hat dazu geführt, dass wir sinnlose Abenteuer begonnen haben, bei denen all die gestorben sind, die mir am liebsten waren. Im Moment ist der Glaube für mich nichts als eine feige Lüge. Und nichts ist gefährlicher als Lügen.« Er ließ den Kopf hängen. »Das ist jedenfalls meine Meinung.«

»Ich verstehe ja, dass du allmählich den Mut verlierst«, erwiderte Culpa. »Auch ich möchte manchmal am liebsten alles hinwerfen. Aber ich weiß, dass wir das nicht dürfen. Also tun wir es auch nicht. Ich werde es nicht tun.« Er wandte sich einen Moment ab. Dann sagte er: »Mein junger Vetter Tyus lehrte mich, welche Kraft im Glauben steckt und darin, niemals aufzugeben. Obwohl er aus Gul Kana stammt, hat er sich aus freien Stücken, weil er helfen wollte, vor zwei Jahren mit achtzehn nach Wyn Darrè aufgemacht und gegen Aeros Raijael gekämpft. Er hat viel Schreckliches ertragen und wurde schließlich in einem Dorf namens Lavendoria von einem der Erzritter des Weißen Prinzen gefangengenommen. Enna Spades bot Tyus einen Handel an, der ihn die Zunge kostete. Doch sie hielt ihren Teil der Vereinbarung ein, und mein Vetter durfte nach Gul Kana zurückkehren. Dort blieb er auch eine Zeitlang. Dann ging er trotz allem, was er gesehen und erlitten hatte, wieder nach Wyn Darrè und schloss sich Ironcloud und Seabass und anderen aus der Bruderschaft von Mia an. Er ging, um alte Schriften zu studieren und für unsere Sache zu kämpfen. Tyus Barras Glaube war so stark. Denn Glaube erzeugt Zuversicht. Zweifel nicht. Zweifel bedeutet Selbstverleugnung und Scheitern.«

Stefane mochte Culpas Ansichten nicht teilen. Culpas Frustration war nicht die seine. Er hielt die Waffen Laijons und die Engelssteine tatsächlich für einen Fluch, aber nicht aus den Gründen, die der Tagritter hatte. »Ich will mich nicht zur Tapferkeit Eures Vetters äußern, denn ich kenne ihn nicht. Warum aber sollte Shawcroft sein Leben lang nach diesen Relikten suchen und sie dann, nachdem er sie gefunden hat, einfach zurücklassen und rundherum Todesfallen einrichten? Damit Dokie von Pfeilen gespickt werden kann? Damit Nail in einen Gletscher stürzt?« Diese Fragen waren ganz schnell gekommen. Er blickte zu Seita. »Und Val-Draekin ist auch tot. Wozu?«

Culpa antwortete nicht, sondern starrte nur ins Feuer.

»Das alles hat keinen Sinn«, fuhr Stefane fort. »Nichts davon wäre passiert, wenn Shawcroft Waffen und Steine irgendwo anders sicher versteckt hätte. Schließlich hat er ja auch sein Tagritterschwert jahrelang in der Traufe seiner Hütte versteckt, ohne dass es jemand gewusst hat.«

»Vielleicht hast du recht«, erwiderte Culpa. »Aber ich würde Shawcroft niemals kritisieren. Als er seinerzeit die *Einsame Krone* fand, hat er genau das getan, was du gerade sagtest: Er gab den Helm und den Engelsstein seinem Bruder Torrence, damit der darauf aufpasste. Das hat nicht funktioniert. Torrence fing an, mit seinen Schätzen zu prahlen. Aeros begann seinen Kreuzzug. Danach hat Shawcroft alles darangesetzt, die Waffen zu finden – und sie dann einfach an ihren Plätzen zu belassen. In Sicherheit, wo die Gesegnete Mutter Mia sie ursprünglich versteckt hat.«

»Ich finde halt, es ergibt keinen Sinn«, sagte Stefane.

»Ich sehe es so wie Stefane.« Seita legte ihm die Hand aufs Knie. »Ich hielt diese ganze Suche von Anfang an für dumm. Komplette Zeitverschwendung. Und sie hat die Leben unserer Freunde gefordert.«

Culpa sagte: »Ihr Opfer wird in die Geschichte eing…«

»Was denn für eine Geschichte?«, blaffte sie. »Einen religiösen Text, der wahrscheinlich in tausend Jahren falsch interpretiert wird, ein paar vage Andeutungen, die dann noch mehr Leben kosten, weil in Zukunft unschuldige Tölpel nach Nails und Val-Draekins eingefrorenen Leichen suchen, weil sie glauben, sie hätten magische Knochen oder so etwas?«

Niemand sagte etwas. Seita stand auf und wedelte den weißen Qualm vor ihrem Gesicht weg. »Ich kriege in diesem verdammten Rauch keine Luft mehr.« Sie blickte von Stefane zu Culpa. »Macht diesen Unsinn unter euch aus.« Allein schritt sie in die Dunkelheit.

Stefane wollte ihr nachlaufen, doch Culpa bremste ihn mit strenger Stimme. »Lass sie gehen«, befahl er. »Sie sollte ohnehin nicht hören, was ich dir jetzt sage.«

Stefane ließ sich müde fallen. Jeder andere Ort auf den Fünf Inseln wäre ihm gerade lieber gewesen. Das ganze Abenteuer hatte sich zu einem Desaster entwickelt. *Nur noch drei sind übrig. Und zwei davon glauben nicht einmal mehr an die Mission. Falls wir das je getan haben …*

»Ich nehme diese Suche ernst.« Eine Spur Ärger lag in Culpas

Stimme. »Aber wenn du nicht mehr willst, Stefane, steht es dir frei zu gehen. Denn der nächste Ort, Totholztor, ist kein Zuckerschlecken. Ich habe gesehen, was in den Tiefen jener Minen wohnt.«

»Was habt Ihr gesehen?«, fragte Stefane.

»Totholztor wurde von Oghulen geschmiedet«, antwortete Culpa düster. »Zehntausend Jahre haben die Oghule gegraben. Wonach? Gold? Nach etwas anderem? Sie haben gegraben und gegraben. Tausende Tunnel. Vielleicht Millionen. Ein gewaltiges unterirdisches Labyrinth, das sich vom Kasmirsee ostwärts bis ganz nach Wroclaw und nach Norden bis an die Oghul-Stadt Tok erstreckt. An Hunderten von Orten dazwischen liegen verlassene Festungen, Kapellen und Scheunen mit Gewölben, Kerkern und Kellern mit verborgenen Eingängen, die alle mit diesen Höhlen verbunden sind. Alle führen tief ins Herz der Fünf Inseln, zu jenem grässlichen Ort, den wir zutiefst fürchten, zu jenen feurigen Biestern, von denen wir nicht zu sprechen wagen. Feurige Biester der Unterwelt und ihre grausigen Druidenmeister …«

Der Tagritter verstummte und schluckte schwer. Mit geplagtem Blick zog er sich die graue Kapuze über den Kopf. »Ich sollte nicht mehr davon erzählen, damit ich nicht noch weitere Flüche über uns bringe. Ich habe es schon ein paarmal gesagt: Die Minen von Totholztor packen sich deinen Geist und verdrehen ihn, wenn du nicht immer wachsam bist. Wenn du erst in diesen Kerkern steckst, ist die Atemluft geschwängert mit finsteren Zaubern, Illusionen und schwarzer Magie voller Hass. Böse Beschwörungen weilen dort, urzeitliche Dämonen aus totgeschwiegenen Legenden, alte Gespenster, die die *Mondrollen von Mia* nur einmal erwähnen, eine Rasse monströser Teufel, die schlimmer als jeder Oghul sind, schlimmer als jedes Biest der Unterwelt.«

»Was?«

»Druiden einer uralten Rasse. Womöglich nicht einmal von dieser Welt. Man nannte sie einfach die Schädel.«

»Das Silbergeheimnis der Schädel?«, fragte Stefane. »Davon habt Ihr in den Minen an den Himmelsseen gesprochen. Roguemoore schien davon nichts wissen zu wollen. Ich habe noch nie von derlei gehört.«

»Kaum jemand hat das. Allein die *Mondrollen von Mia* erwähnen die Schädel, und auch das nicht oft. Als man sie während des Krieges der Reinigung auf den Fünf Inseln ausgelöscht hatte, wurde jede Erinnerung an ihre Existenz aus jedem Geschichtsbuch beseitigt, und jedes Anzeichen dafür, dass es sie wirklich gegeben hat, wurde in den tiefsten, dunkelsten Winkeln vergraben. Bestimmt habt ihr die Überreste ihrer endgültigen Vernichtung und ihren Ruheplatz in den Minen von Roahm oberhalb von Galgenhafen gesehen.«

»Der Teich, den Shawcroft die Schädelstätte genannt hat?« Stefane spürte alles in sich verkrampfen, als er an die geisterhaften Antlitze von tausend fahlen Schädeln dachte, die in diesem stillen, dunklen Teich ruhten. Anscheinend war die Welt der Vorzeit eine Ansammlung von Gefahren und Mysterien, die er sich nicht einmal vorstellen konnte.

»Du bist bisher ein tapferer Gefährte gewesen, Stefane«, sagte Culpa, als er seinen Schrecken erkannte. »Aber ab hier nehme ich entweder wahre Gefährten mit oder ich gehe allein. Ich mache nur mit denjenigen weiter, die Glauben und Stärke zeigen wie mein Vetter Tyus. Denn für Tyus Barra und solche wie ihn kämpfe ich.« Culpa schwieg ganz kurz. »Ich gebe dir Zeit bis zum Anbruch des Tages, um dich zu entscheiden: Kommst du mit mir oder gehst du mit Seita?«

Stefane fand das Vallè-Mädchen im mondbeschienenen Tal. Seita stand mitten im Hagelschauer, die blonden Haare peitschten ihr ins Gesicht, und auf ihrer Handfläche hockte ein kleiner schwarzer Turmfalke. Der Vogel erhob sich anmutig in die Luft und verschwand, scheinbar ohne den Hagel zu beachten, im brausenden Nachthimmel.

»Wie habt Ihr nur so einen Vogel fangen können?«, fragte Stefane, als er sich langsam näherte. »Wie kann der denn bei solchem Wetter fliegen?« Dabei stapfte er in eine schlammige Pfütze, und sein Stiefel lief mit kaltem Wasser voll. Er fluchte leise.

»Vorsicht.« Seita kam angerannt und half ihm aus dem Matsch. Verlegen ließ er sich auf einen umgestürzten Stamm fallen und zog den Stiefel aus.

»Die Nacht wird kalt und stürmisch«, sagte die Vallè, und tatsächlich war sie im Wind kaum zu verstehen. Sie zog sich die Kapuze über den Kopf.

Stefane tat es ihr gleich, dann wrang er den Strumpf aus. »Ich glaube, ich friere, seit ich aus Galgenhafen weg bin. Wie habt Ihr nur diesen Vogel gefangen?«

»Fehlt dir dein Zuhause?«, fragte sie.

»Mit fehlt meine Familie«, gab er zurück. »Mir fehlt – ach, es – ist egal.«

»Dir fehlt Giselle?« Sie sah ihn mit großen Augen an. »Du darfst ihren Namen vor mir ruhig aussprechen. Er steht auf deinem Bogen. Du schnitzt ihn in alles. Du hältst ihr Andenken in Ehren.«

Jetzt spürte er den Bogen auf seinem Rücken. Den Köcher. Seine klobige Rüstung. *Wann werde ich dieses scheppernde Eisen je wieder los?* Das war sein einziger Schutz, seine einzige Wärme – die Rüstung und der Bogen.

»Wir haben alle jemanden verloren«, sagte Seita. »Ich konnte es kaum aushalten, mitanzusehen, wie Val-Draekin in diesen Gletscher gerissen wurde. Sein Tod ließ mich jeden Traum hinterfragen, den ich je hatte. Denn seinen Tod«, sie wandte den Blick ab, »den habe ich nicht vorhergesehen.«

Das verwirrte ihn. *Sie hat doch gesagt, sie hätte drei von uns sterben sehen. Und drei sind nun tot.* Er wusste nicht einmal, ob er das Thema überhaupt ertrug. Schweigend zog er sich Strumpf und Stiefel wieder an. Die Nacht würde elend kalt werden. »Ich möchte nicht mehr hier sein, Seita«, gestand er. »Culpa hat mir eben ein Ultimatum gesetzt und gesagt, wenn mir *seine* Suche nicht wichtig wäre, sollte ich am Morgen einfach gehen.«

Seita blickte in die Nacht, als dächte sie über seine Worte nach oder darüber, selbst auch zu gehen. Der wilde Hagel schien so schnell nachzulassen, wie er begonnen hatte. Er fragte sie: »Wenn ich gehe, kommt Ihr mit mir?«

»Das würde ich tun, wenn meine Träume nicht wären.« Sie blickte ihn an und legte ihm die Hand aufs Knie. »Vor Jahren habe ich meiner Schwester Breita erzählt, dass ich geträumt habe, wir alle würden eines Tages nach den verlorenen Engelssteinen und Waffen Laijons suchen. Auch Val-Draekin habe ich von diesen Träumen erzählt. Deshalb hat er sich auf all das hier eingelassen. Er hat an meine Träume geglaubt. Jetzt lastet sein Tod schwer auf mir. Deshalb bin ich Culpa vorhin so angegangen. In Wahrheit halte ich diese Suche nicht für Unsinn. Denn ich habe sie in meinen Träumen gesehen. Ich glaube daran, so wie der Tagritter es tut oder sonst jemand aus der Bruderschaft von Mia. Vielleicht noch mehr.«

»Und Eure Schwester? Warum ist sie Euch nicht gefolgt?«

»Breita folgt ihren eigenen Träumen. Und ich mache mir Sorgen um sie. Ich habe schon eine Weile nichts mehr von ihr gehört. Auch das lastet auf mir.«

»War Breita jene Vallè-Reiterin, die Nail und ich bei Galgenhafen auf dem Pferd gesehen haben? Sie sah genauso aus wie Ihr.«

Seita drückte seinen Oberschenkel und blickte in die Nacht. »Ich nehme es an.«

»Als Nail und wir anderen aus Galgenhafen flohen, sind wir an einem toten, rotäugigen Pferd in einer Wapitifalle vorbeigelaufen, erinnert Ihr Euch?«, fragte Stefane. »Das muss Breitas gewesen sein.«

Sie drückte sein Bein noch fester und sah ihn wieder an. »Ich muss diese Suche zu Ende bringen, Stefane. Culpa weiß, dass ich ihn nicht verlasse. Er weiß, ich muss weitermachen.«

»Aber warum denn?«

»Wovor hast du Angst, Stefane? Du bist eine der tapfersten Seelen, der ich je begegnet bin. Ich weiß, dass der Tod dich nicht schreckt. Was also ist es?«

Er spürte, wie die Gefühle in ihm aufwallten, denn er wusste nicht, ob er die Wahrheit in Worte fassen konnte. Er hatte Seita beobachtet und ihr aufmerksam zugehört, seit sie sich kennengelernt hatten. Hatte tief in die runden, hellgrünen Augen unter den blonden Haaren geblickt, die ihn so durchdrangen. Sie schien in ihn hinein und weiter sehen zu können, als könnte sie Dinge an ihm wahrnehmen, die ihm selbst entgingen.

Tränen traten ihm in die Augen. »Ich habe so viele getötet«, stammelte er. »Auf Jubal Bruks Krakenjäger habe ich Meeresvolk im Dutzend erschlagen und nicht einmal darüber nachgedacht. Aber seit ich die Pfeile auf jene Ritter geschossen habe, die Shawcroft angriffen, hat sich in mir etwas geändert. Ich stelle mir vor, dass die Männer wohl Familien hatten. Söhne wie mich, wahrscheinlich. Jungs, die nur für ihr Land kämpfen. Ich möchte nie wieder einen Pfeil auf etwas schießen, das lebt. Nicht einmal einen Oghul.«

»Du hast ein zartes Herz.« Sie streckte den Arm und löste Bogen und Köcher von seinem Rücken. »In Wahrheit aber verdienen die meisten Oghule den Tod, vor allem die hier im Norden, denen wir begegnet sind. Das sind bloß grunzende, brutale Wilde.«

»Was tut Ihr da?«, fragte er, als er merkte, dass sie ihm den Köcher abnahm.

»Entspannen wir uns einfach ein Weilchen.« Sie hatte jetzt Bogen und Pfeile in der Hand. »Legen wir das fürs Erste beiseite.« Sie lehnte sie an den Stamm neben sich. Dann schlang sie ihm den Arm um die Hüfte, zog ihn an sich und legte ihm den Kopf auf die Schulter. Die Wärme ihres Körpers erreichte ihn. Der eiskalte Wind schien sich plötzlich gelegt zu haben.

»Hätte ich nur nie gelernt, so gut zu schießen«, sagte er.

»Aber das hast du.« Sie kuschelte sich an ihn. »Denk bei jedem Leben, das du genommen hast, an die, die du gerettet hast.«

»Lohnt es sich denn?«

»Ja«, antwortete sie. »Töten, um die eigene Haut zu retten, lohnt sich immer.«

»Und morgen? Was ist mit Culpa? Was soll ich tun?«

Sie drückte sich an ihn. »Weißt du, Stefane, ich traue dem Tagritter nicht. Und Culpa traut mir nicht. Deshalb musst du mit uns kommen. Weil ich dich brauche.«

Er spürte einen Krampf in der Wade und streckte das Bein. Dabei rollte der Birkenstamm, auf dem sie hockten, ein Stück vor, und sie fielen rücklings ins feuchte Laub und die eisigen Hagelkörner.

»Entschuldigung«, murmelte er verlegen und versuchte vergebens, sich aufzusetzen.

Seita kicherte auf dem Rücken liegend. Stefane hatte sich in seinem Mantel verheddert und stützte sich auf den Ellenbogen. Er lächelte sie an. Die Vallè warf ihren Mantel über sie beide und schmiegte sich unter der gemeinsamen Decke an ihn. Sie fasste ihn im Nacken, zog sein Gesicht zu sich heran und drückte ihre Lippen auf die seinen.

Das war kein kurzer, scheuer Kuss. Ihre Zunge fuhr zwischen seine Lippen. Wieder schmeckte ihr Atem wie süße Piniennadeln. Er umfasste ihre Hüfte und sie gab sich bereitwillig hin. Stefane spürte ihre Wärme. »Lass mich dir helfen, die Wunde in deinem

Herzen zu schließen«, flüsterte sie. »Ich weiß, dass Giselle dir fehlt.«

Als sie den Namen sagte, kam ihm das Bild der toten, auf dem Pfad erfrorenen Giselle in den Sinn. »Ich darf das nicht.« Er entzog sich ihr. »Wir sollten das nicht tun.«

Seitas Finger fuhren ihm durch die Haare. »Hab keine Angst. Das ändert nichts daran, wie du ihr Andenken bewahrst.« Die Wärme zwischen ihnen breitete sich aus seiner Brust bis in die Arme aus und erweckte seine Fingerspitzen. Und zum ersten Mal seit Wochen ließ Stefane die reine Wonne wie eine leise Melodie über sich strömen.

»Ich brauche jemanden, der mich einfach festhält«, stöhnte sie atemlos und bedeckte seine Lippen wieder mit ihren.

Und bei diesem Kuss konnte Stefane wieder nur Giselles totes, erfrorenes Gesicht vor sich sehen. »Wir sollten das nicht tun.« Erneut entzog er sich ihr. »Nicht jetzt. Nicht an diesem Ort.«

Seita erhob sich mit einem Ruck und zog sich die Ledertunika zurecht. Dann schnürte sie den Mantel zu und bedeckte den Kopf mit der grauen Kapuze. »Verzeih mir, Stefane, du hast recht. Wir sollten einfach Freunde sein, du und ich.«

Das verwirrte ihn.

Die Vallè wanderte zurück zum Lager, und Stefane blieb allein auf dem kalten Laub liegen, das Herz voll rätselhafter Freude und Trauer.

Es ist jener hartnäckige Traum von einer ewigen Seele, der den Geist auslaugt, den Leib altern lässt und auf grausamste Weise jeden vernünftigen Gedanken zerschmettert. Und was geschieht, wenn jener ewige Traum stirbt? Man findet endlich Frieden im Nichts, das niemals endet.

DAS BUCH DES VERRÄTERS

41. KAPITEL

KRYSTALLHOLZ

AM ZWÖLFTEN TAG DES ENGELSMONDES IM 999. JAHR LAIJON – ROKENWALDE, SØR SEVIER

Seit zwei, vielleicht auch drei Tagen lag Krista nun in der Zelle und litt an ihren Wunden. An diesem finsteren Ort maß sie keine Zeit. Boggs Wärter tauchten so willkürlich und unregelmäßig mit Essen auf, dass sie keinen Rhythmus in ihrem Kommen und Gehen erkennen konnte. Ihre Fackeln brachten das einzige Licht, und das schien so grell, dass sie geblendet die Augen schloss.

Nie hätte sie gedacht, dass es solche Dunkelheit geben könnte. Um sie war es schwärzer als die Borke eines Blutholzbaumes, vollkommen und allumfassend. Sie konnte nichts sehen, nicht einmal die Hand vor dem Gesicht, nicht einmal unterschiedliche Schattierungen von Schwarz. »Ebenso gut könnte man blind sein«, hatte der Bärtige in der Zelle gegenüber am ersten Tag gesagt. *Borden*

Bronachell. Sie kannte den Namen. Der König von Gul Kana. Ein Mann, der seit Langem als tot galt. *Und ich soll ihn nun töten.*

»Ich kann dich denken hören«, sagte der angebliche Borden Bronachell, und seine volle Stimme durchschnitt die lastende Stille in der Dunkelheit. Seit jenem ersten Tag hatte er kaum gesprochen. Seinen ersten Versuchen war sie mit Schweigen begegnet. Obwohl sie auch jetzt nichts sagte, sprach er sie an. »Es steht schlimm um mich, wenn ich den herannahenden Wärter schon am Klang seiner Schritte, seinem Geschlurfe auf den Steinen und dem Winkel und dem wackligen Schimmern des Lichts erkenne, wenn er eine Laterne oder Fackel trägt. Noch trauriger ist es, wenn ich weiß, dass meine Kerkergenossen einfach … grübeln.«

Er verstummte. Vielleicht erwartete er eine Antwort von ihr. Sie sagte aber nichts. Sie setzte sich hin, und bei der Bewegung wallte Schmerz durch ihren Körper. Der Hammer des Ordensritters hatte wirklich ganze Arbeit geleistet.

Sie dachte an Schreckgestalt und hoffte, dass Dugal oder Hans sich um ihr Blutaugenross kümmerten. Wie gerne würde sie sich jetzt an den warmen Hals des Tieres schmiegen. Es streicheln. Nur das schien sie je beruhigen zu können. Außerdem betrauerte sie den Verlust des blauen Bandes um ihren Knöchel. Es hatte sie fünf Jahre lang begleitet. *Wer trägt es jetzt? Wer hat es genommen?*

Bordens tiefe Stimme ertönte wieder aus der Finsternis. »Ich weiß, wann du in der Zelle herumwühlst, wann du dich mit dem Schloss am Gitter abmühst, wann du auf der Seite liegst oder auf dem Rücken und wann du sitzt, nämlich jetzt. Und eben auch, wann du grübelst – sogar, worüber du grübelst.«

»Ihr wisst, *was* ich denke?«, fragte Krista mit brüchiger, trockener Stimme.

»Da spricht sie endlich«, sagte er ehrlich erfreut. »Vielleicht werden wir ja jetzt beste Freunde.«

Eher nicht. Sie wünschte, sie hätte weiter geschwiegen.

»Ich weiß, dass du hier bist, um mich umzubringen«, sagte er nun. »Ich kenne Aeros Raijael und Black Dugal nur zu gut.«

Er muss gesehen haben, wie ich den Zettel verschluckt habe. Dass er so aufmerksam war, machte seine Behauptung, der König zu sein, nur umso glaubwürdiger. Er hatte bereits gesagt, dass sie ihn an jemanden erinnerte, den er kannte. *Traue niemandem.* Gerade hier. Dugals Spielchen sollten ihre Entschlusskraft und ihre Intelligenz auf die Probe stellen. Gut möglich, dass Dugal selbst verkleidet da drüben hockte.

»Soweit ich weiß, ist Aeros Raijael gerade weit weg in Gul Kana mit Kriegführen beschäftigt«, sagte sie. »Den anderen – Dugal meintet Ihr, ja? – den kenne ich nicht. Und ich möchte Euch nicht umbringen. Ich sollte überhaupt nicht hier sein.«

»Ach, tatsächlich«, sagte er leutselig. »Ja, wir beide sind bloß Häftlinge, natürlich unschuldig. Jeder im Gefängnis ist unschuldig. Man muss uns nur fragen. Dennoch werden wir eines Tages vielleicht hier herausgezerrt, und man setzt unserem Leben in einem grotesken Sakrament der Seelen ein Ende.«

Ein Schauer durchfuhr sie. *Wer ist dieser Mann wirklich?* »Manch einer verdient den Tod«, sagte sie.

»Was denn, weil er Gefangener ist? Dann verdiene ich, in einem Sakrament der Seelen zu sterben? Oder du? Macht einen denn das bloße Einsitzen in den Kerkern von Rokenwalde so schrecklich entbehrlich, so wertlos?«

Sie schwieg. Mehr würde sie ihm nicht zugestehen.

»Sie sagen, du hättest Aevrett Raijael getötet.« Seine Worte trafen sie wie ein Schlag genau in den ohnehin schmerzenden Magen.

»Das habt Ihr mir schon einmal unterstellt.« Sie spürte, wie es sich in ihr drehte. »Und jetzt?« Sachte streichelte sie sich über ihre geprellte Brust und den Bauch und fragte sich, wie verletzt und kaputt ihr Körper wohl aussah. Wenn es hier bloß Licht gäbe.

»Black Dugal lässt Freund und Feind zu jeder Zeit im Ungewissen«, sprach der Mann weiter. »Er führt sie auf finstere Pfade und offenbart nie seine Absichten, bis zum Ende nicht. Du musst deine Verteidigung gegen das Unbekannte vorbereiten, Mädchen.«

Dieser Mann, der sich Borden Bronachell nannte, war, wie Black Dugal, jemand, der gern in Rätseln sprach. Doch sie würde seine Köder nicht fressen. Sie würde weiter schweigen.

»Vielleicht erfahren wir nie, warum Aeros Raijael dich seinen Vater umbringen ließ«, sagte er. »Oder warum Dugal dem zugestimmt hat. Oder warum sie Aevretts Tod wollten. Oder warum Dugal dich geschickt hat, um mich zu töten, ein Mädchen, das genauso aussieht wie eine, die ich einmal kannte.«

Sie wollte nichts mit ihm zu tun haben. Sie wollte keine Anspielungen mehr auf die Mutter, dic sie nie gekannt hatte. Denn darauf zielte er eindeutig ab. Im Moment wollte sie nur, dass die unerträglichen Schmerzen in ihren Eingeweiden aufhörten. Sie wollte ihre Waffen, ihre Blutholzdolche. Wenn sie nur einen davon hätte, wäre sie längst aus dieser Zelle entkommen, oder auch nur mit einem winzigen Stück Metall. *Teil der Prüfung für dich ist, dass du lernst, ohne Waffen auszukommen, genauso effektiv ohne sie zu töten*, hatte Dugal einmal gesagt. Er war ein schlauer Meister, und dies war eine schlaue Aufgabe für sie.

»Bist du denn jetzt vaterlos?«, fragte der, der sich Borden nannte und sie so beharrlich löcherte.

Ich hätte nicht in die Unterhaltung einsteigen dürfen. Sie wollte sich wieder hinlegen. *Wie kann er überhaupt vom Sakrament der Seelen wissen?*

Sie dachte zurück an die verschiedenen Methoden, jemanden zu töten, die sie gelernt hatte. Jemandem, ohne ihn zu töten, *Schmerzen* zuzufügen. All die Geheimnisse des menschlichen Körpers. Auch, wie man jemanden zum Schweigen zwingt. *Wenn ich nur zu ihm könnte, damit er den Mund hält …*

»Kanntest du deine Mutter denn?«, fragte er.

Sie starrte in die Finsternis.

Unbeeindruckt von ihrem Schweigen fuhr er fort. »Ich erzähle dir von meiner Familie, wenn ich darf. Ich habe vier Kinder. Jovan ist der Älteste, er hat an meiner Seite in Adin Wyte gekämpft. Er ist mir in den Krieg gefolgt, da war er kaum achtzehn geworden. Es hat ihn schwer traumatisiert. Er hatte weder den Mumm noch den Willen zu kämpfen. Ich fürchte, das Gemetzel und die Brutalität, die er mitansehen musste, haben ihn verändert. Und nicht zum Besseren. Die Gerüchte erreichen mich selbst hier in den Kerkern von Rokenwalde. Als ich gefangen wurde, zog mein Sohn die Armeen Gul Kanas aus Wyn Darrè ab. Ich denke mir, der Großvikar hat ihm den Rückzug in den Kopf gesetzt, und Jovan hat es mit Freuden angenommen. Der Vikar und das Quorum der Fünf Erzbischöfe haben sich immer gewünscht, dass es zum Tag des Sündenerlasses unter dem Versöhnungsbaum kommt. Die haben sich immer die Wiederkehr der Fünf Kriegerengel gewünscht und dass die Straßen Amadons rot vom Blut sind, wie es in *Weg und Wahrheit Laijons* heißt. Diese Schlangen haben tatsächlich alles getan, damit die Prophezeiungen eintreffen.«

Jetzt hörte Krista unverhohlenen Widerwillen in seiner Stimme. Doch der Tonfall war ihr egal, sie wünschte sich, sie könnte diese Stimme einfach ausblenden.

Doch er redete weiter, munterer jetzt. »Meine älteste Tochter Jondralyn ist immer die Tapfere gewesen, ritterlich bis ins Letzte. Ganz die Mutter. Wollte immer Gerechtigkeit und Gleichheit für alle, und hätte auch dafür gekämpft. Und Tala, die müsste etwa in deinem Alter sein. Das heißt, sie ist fast auf den Tag genau ein Jahr jünger als du, wenn ich richtig rechne. Sechzehn ist sie jetzt. Eine einfache Seele, meine süße Tala. Eine Träumerin. Nur Gutes im Herzen. Und vielleicht ein kleines bisschen Unfug und Abenteuerlust.«

Als er Talas Alter erwähnte, wurde Krista langsam noch etwas vorsichtiger. *Genau ein Jahr jünger als ich?* Dieser Mann, der sich Borden Bronachell nannte, war so rätselhaft und kryptisch wie Black Dugal. *Woher konnte er wissen, dass ich siebzehn bin?*

»Meinen Jüngsten, Anselm, kenne ich kaum«, redete er weiter. »Als ich ihn zuletzt gesehen habe, war er noch ein Baby. Alana starb, als sie ihn zur Welt brachte. Starb durch die Hand eines Bluthölzlers, wie du eine bist. Ein grausamer Betrüger namens Habichtholz. Ein böser Meuchelmörder, der, so fürchte ich, sich an den Hof meines Sohnes geschlichen hat. Aber du weißt ja selbst: Alles, was die Bluthölzler tun, ist ein Spiel, stimmt's?«

Der Mann spielte vielmehr ihr etwas vor. Er hatte zugegeben, dass er hier unten Gerüchte hörte. Also hätte er ganz leicht vom Angriff auf Aevrett Raijael erfahren können. Dann konnte er schlussfolgern, dass sie angeklagt war. Und ebenso naheliegend war, dass ein Bluthölzler angeschuldigt war. Was seine Familiengeschichte anging und wer wer war: Das konnte sie nicht weniger interessieren.

»Zwei andere Kinder sind mir noch wichtig«, sagte Borden nun. »Zwillinge. Nicht von meinem Blut. Ein Junge und ein Mädchen. Ich habe sie das erste Mal gesehen, als sie gerade geboren waren, siebzehn Jahre ist das her. Ich traf sie an der windgepeitschten Küste am Toten See östlich von Agonmoore in Begleitung eines Mannes, den ich sehr bewundert habe: Ser Torrence Raybourne, König von Wyn Darrè. Wir ritten aus, um seinen Bruder zu treffen, einen rätselhaften Kerl namens Ser Roderic. Bei Roderic war eine Frau. Diese Frau hat mir die beiden Babys gezeigt. Zwei winzige Säuglinge in Windeln, zwei Früchtchen aus Sør Sevier.«

Eine Weile verstummte er. Dann: »Und ebendiese Frau sah dir so ähnlich.«

Avril? Ihre Mutter? Wenn ja, war sie ein Zwilling. Dann hatte sie einen Bruder. Aber Gault hatte nie erzählt, dass er Zwillinge hatte oder dass jemand sie weggenommen hätte. Egal. Lügen würde sie sich nicht anhören. Die Geschichten dieses Mannes hatten nichts mit ihr zu tun. *Alles Teil von Dugals Prüfung*. Borden hatte es selbst gesagt: *Alles, was die Bluthölzler tun, ist ein Spiel.* Sie wusste um die Wahrheit dieser Aussage.

»Ich muss dir sagen«, redete er weiter, »den Weg dieser Frau zu kreuzen, hat mich all die Jahre schwer belastet. Ich habe zwar geholfen, die Schicksale der beiden Babys zu leiten, die sie trug, aber ich habe mich oft gefragt, was aus ihr geworden ist. Das belastet mich auch jetzt. Besonders, da ich dich gesehen habe, die du ihr so ähnlich siehst.«

Geschwätz, weiter nichts. Dennoch wuchs der Zorn in Krista, und sie wusste nicht, warum. Der Letzte, der so seltsam bereitwillig über ihre Herkunft gesprochen hatte, war durch eine Blutholzklinge gestorben. Auch der war ein König gewesen. Anscheinend bettelte jeder König, den Dugal ihr in den Weg stellte, um den Tod. Wenn es ihre Aufgabe war, diesen Mann zu ermorden, würde sie es genießen. Eine Königsmörderin zu werden, daran könnte sie sich gewöhnen.

»Ich habe einen Zwerg als Freund, Ironcloud heißt er.« Borden wollte einfach nicht still sein. »Ein wahrer Freund. Eines Tages, denke ich, wirst du ihn treffen, wenn es nicht schon passiert ist. Jedenfalls hat er mich eingeweiht, dass es ein Buch mit Schriftrollen gibt. Ein höchst geheimes Buch. Alte Schriftrollen, einst verfasst in der verlorenen Sprache der Vallè, von unserer Gesegneten Mutter Mia. *Die Mondrollen von Mia*. Ich selbst habe nur einige wenige Seiten gesehen. Doch darin stand eine Prophezeiung der Vallè zu lesen. Möchtest du sie gern hören?«

Sie sagte nichts. Er würde ohnehin weiterreden.

»Du weißt, dass es im Wesen der Vallè-Mädchen liegt, in die Zukunft zu sehen?«, fragte er.

Sie kannte nur Seita und Breita, und keine von ihnen hatte ihr je etwas prophezeit.

»Die Vorahnungen einer Vallè können überraschend genau sein«, sagte Borden. »Die Prophezeiung, die ich in den *Mondrollen* las, handelte von einem vaterlosen Mädchen, einem Menschenmädchen, das eine Königsmörderin wird, die todbringendste Meuchelmörderin der Fünf Inseln, ein Mädchen, das die Wiederkehr der Fünf Kriegerengel bewirkt.«

Jetzt wusste Krista endlich über den Mann gegenüber Bescheid: Er war einfach vollkommen irre, und sie wünschte, er würde den Mund halten.

»Sie kommen«, sagte Borden bedeutungsvoll, aber gedämpft. »Die Wärter. Bogg und Plattauge auch. Und es liegt etwas Grauenvolles in der Art, wie sie näher kommen. Ich erkenne es an ihrem Gang, sie bringen etwas Schauriges mit sich. Schlimmer als ihren grässlichen Haferbrei. Etwas Schauriges nur für dich.«

Krista hörte nichts. Doch dann schimmerte schwach gelbes Licht und kam näher, begleitet vom Klappern und Schlurfen der Wärter. Sie hörte auch das Bellen und Knurren eines bösen Hundes. *Café Colza Bouledogue.*

Sie kniff die Augen zusammen und blinzelte in die schmerzhafte Helligkeit der herannahenden Fackeln. Durch den Nebel sah sie das bekannte Gesicht des einäugigen Zwergs Plattauge neben den Wächtern. Bogg führte seine widerliche Bulldogge an einer Kette am Eisenhalsband. Sie blieben vor Bordens Zelle stehen und glotzten alle drei hinein. Bogg schob ihm ein Tablett mit Essen hin.

»Das zweite Mal schon, dass Bogg und sein Hund hier unten sind, seit das unbedeutende Mädchen hier ist«, sagte Borden beiläufig und nahm das Essen an sich. »Jahrelang kommt keiner von euch vorbei, und jetzt plötzlich fast jeden Tag.«

Café Colza sprang gegen die Zellengitter und bellte und knurrte.

»Aus, Mistvieh!« Bogg riss kräftig an der Leine und zog den Hund zu sich. »Der ist doch deinen Geifer nicht wert, du blöde Töle.«

Plattauge kniete sich vor die Stäbe von Kristas Zelle und schob ihr ein flaches Steintablett mit grauem Brei durch. Weder Bogg noch Plattauge sprachen ein Wort, als sie durch den Gang davonliefen und das stechende Glühen der Fackeln mitnahmen.

Als Krista das Tablett anhob, bemerkte sie das blaue Band, das Gault ihr geschenkt hatte. Es lag um eine kleine Goldmünze gebunden am Boden. *Das Band meines Vaters!* Sie hob beides auf und schloss die Finger darum.

Sanft tönte Bordens Stimme aus der Ferne. »Ich sagte doch, der mürrische alte Zwerg lässt euch mehr da als ein bisschen Haferbrei, oder?« Dann war der Fackelschein fort und alles schwarz.

Was aber tut Laijon, außer dass er das Quorum der Fünf, demütige Diener, versammelt und ihnen die Geheimnisse offenbart? Nichts.

WEG UND WAHRHEIT LAIJONS

42. KAPITEL

TALA BRONACHELL

AM DREIZEHNTEN TAG DES ENGELSMONDES
IM 999. JAHR LAIJON – AMADON, GUL KANA

Früher am Abend war Leif Chaparral offiziell zum Hauptmann der Tagritter ernannt worden. Tala hatte sich die Zeremonie erspart. Auch Jondralyn und Lawri Le Graven waren nicht hingegangen. Jetzt standen sie zu dritt auf der Brustwehr oberhalb des Blechschmiedplatzes von Amadon und sahen zu, wie der Großteil der Armeen Gul Kanas mit Leif an der Spitze in Richtung Lord's Point aus der Stadt marschierte.

»Das kann für uns alle nur in einer Katastrophe enden.« Jondralyn, gekleidet in die Silbergardenrüstung, das Schwert an der Hüfte, verstörte die Angelegenheit sichtlich. Ob es daran lag, dass sie nicht an der Planung der Schlacht beteiligt wurde und nicht mitmarschieren durfte oder daran, dass Leif die Armee anführte, konnte Tala nicht erkennen.

Jedenfalls trat ihre ältere Schwester verärgert von der Balustrade zurück und ließ sich schwer auf die Steinbank neben Lawri fallen.

Tala wandte sich wieder den Massen zu, die in Reih und Glied die Stadt verließen. Leifs Vater, Lord Claybor Chaparral, ritt neben seinem Sohn. Er führte einige Tausend in Grau und Kastanienbraun gekleidete Wolfsgarden aus Rivermeade an. Lawris Vater, Lord Lott Le Graven, ritt an der Spitze seiner schwarzgelben Raubkatzengarde. Lott und Claybor folgten die rotweißen Ritter von Savon mit fliegenden Fahnen. Danach die waldgrünen und weißen Farben aus Schmelztiegel, die schwarzen und weißen aus Ridliegh und die violettblauen aus Ekkehard. Eine bunte Prozession. Knapp fünfzigtausend Ritter strömten auf Rössern, die mit den Wappen ihrer Lords und Ländereien geschmückt waren, aus der Stadt.

Ritter aus den größeren Städten wie Färberwaid, Wroclaw, Port Follett, Kupfer, Hopewell, Lusk, Gavryl, Arlish und Hunderten kleineren Dörfern befanden sich noch auf dem Weg nach Amadon. Man munkelte, dass Lord Nolan Darkliegh mehr als zwanzigtausend Marmorgarden aus Avlonia anführte und dabei Söldner und Kleinstadtgarnisonen aufnahm. Alle würden schließlich in Amadon eintreffen und in Leifs Gefolge nach Lord's Point weiterziehen.

Burg Amadon blieb gut gesichert, zumindest hatte Jovan es versprochen. Mindestens fünftausend Silbergarden und an die neunhundert Tagritter sollten dort ihre Pflichten für die Sicherheit von Burg und Stadt erfüllen, ganz zu schweigen von den Aufgaben im Tempel der Laijonsstatue, im Heiligen Hain, am Sklavensteinbruch Riven Rock und etlichen anderen.

Der Abzug von Leifs Armeen, die sich mit bunten Farben, Fahnen und glitzernden Rüstungen westwärts durch die Hauptstraßen Amadons wanden, raubte Tala aus vielerlei Gründen den Atem. Zum ersten Mal war ihr jetzt bewusst: Das Königreich ihres Vaters war wahrhaftig angegriffen worden und befand sich in einem echten Krieg. Und wenn Leif Chaparral den Weißen Prinzen nicht aufhielt, würde bald die prächtige Stadt Amadon belagert werden.

»Ich muss gestehen, ich träume jede Nacht von Squireck.« Lawri Le Graven brach das Schweigen. »Ich schlafe besser ein, wenn ich an ihn denke.«

Tala seufzte gereizt. *Sie redet nur noch von Edelmännern und Rittern am Hof und davon, wen sie vielleicht heiratet.* Lawri trug ein Kleid mit langen Ärmeln und Spitze am Hals, dazu pinkfarbene Spitzenhandschuhe. Den linken Arm hielt sie vorsichtig im Schoß.

Lawri kicherte. »Zuerst habe ich ihn nicht leiden können, weil er den Erzbischof umgebracht hat, aber in der Arena hat er sich so galant benommen, und dann hat man ihn von seinen Verbrechen freigesprochen und alles.« Verträumt drehte sie sich zu Jondralyn. »Er ist auf die Knie gefallen und hat meine Hand geküsst, als ich sie ihm hingehalten habe. Hast du das gesehen, Jon, dass er mich geküsst hat? Ich kann seine Lippen noch da auf den Spitzenhandschuhen spüren.«

»Ich war dabei.« In Jondralyns Stimme schwang leichte Verärgerung mit. »Ich habe direkt neben dir gestanden. Und in den fünf Minuten, die seitdem vergangen sind, hast du von nichts anderem gesprochen, nur von ihm und dem Kuss.«

»Ich weiß.« Lawri kicherte wieder. »Manchmal plappere ich wie ein liebestolles Mädchen, aber …«

»Du bist ein liebestolles Mädchen«, unterbrach Jondralyn.

»Ich weiß! Ist das nicht unheimlich albern?«

Tala seufzte wieder. Lawri war in der Nähe junger Edelmänner und Ritter bei Hofe schon immer ein wenig übermütig gewesen, aber in letzter Zeit hatte es lächerliche Ausmaße angenommen. Heute redete ihre Cousine so schnell über Squireck, dass sie kaum Luft bekam.

Das sind nur die Blutholzgifte in ihr. Hellgrüne Flecken funkelten in Lawris dunklen Pupillen. *Nur Blutholzgifte und grüne Arzneikugeln und wer weiß, was noch …*

… kein Grund zur Sorge …

»Tala kennt meine Träume«, sagte Lawri. »Die meisten sind eigenartig. Also, jedenfalls die anderen, in denen Squireck nicht vorkommt. Die sind nämlich richtig gut.« Sie kicherte wieder. »Aber die eigenartigen Träume handeln von eigenartigen Dingen, die in kreuzförmigen Altären vergraben sind, und Männern mit Schädelgesichtern und dem Silberthron …« Lawri brach ab und schmiegte sich verschwörerisch an Jondralyn. »Wusstest du, dass ich mal geträumt habe, Tala würde den Großvikar heiraten? Kannst du dir das vorstellen, Jon? Die beiden verheiratet.« Ihr Blick verfinsterte sich kurz, dann strahlte sie wieder. »Aber es wird ja alles gut. Squireck wird ein großer Held. Also, eigentlich ist er ja schon ein Held, wenn du weißt, was ich meine. Er wird Gault Aulbrek töten. Dann wird er Leifs Armee nach Lord's Point folgen und Aeros Raijael töten. Und dann heiratet er mich. Oder vielleicht sind wir schon verheiratet, wenn er den Weißen Prinzen tötet. So oder so, in meinen Träumen wird immer alles gut. Sogar Lindholfs Unschuld wird erwiesen.«

Tala und Jondralyn sahen sich besorgt an. Lawri redete immer zusammenhangloser.

»Lindholfs Unschuld wird erwiesen«, wiederholte sie. »So wie bei Squireck, als er des Mordes bezichtigt und freigesprochen wurde. Also, eigentlich hat er seine Unschuld ja erkämpft. Aber ich sehe auch Lindholf eines Tages in der Arena. Groß wird er in ihrer Mitte stehen, und zwei andere sind bei ihm. Auch mitten in der Arena, und alle jubeln. Und dann verschwindet er einfach. *Puff!* Weg ist er.«

Lawri streckte den linken Arm hoch und zog den Ärmel herunter. »Und ich trage einen Kampfhandschuh aus funkelndem Silber.« Schnell ließ sie den Arm sinken und zuckte zusammen, als ihr klar wurde, dass sie ihre entzündete Wunde gezeigt hatte.

»Was im Namen der Heiligen Mutter ist denn mit deinem Arm geschehen?«, fragte Jondralyn, die bei dem Anblick regelrecht erschrocken war.

»Ach, nichts.« Lawri drückte sich den Arm in den Schoß. Jondralyn packte sie und schob den Ärmel hoch. Lawri schrie auf.

»Was hast du denn da gemacht?« Jondralyn zog ihr den Spitzenhandschuh aus. Tala atmete hörbar ein. Die Innenseite von Lawris Handgelenk war geschwollen und vereitert. Dicke und entzündete Adern zogen sich rot und violett den Arm hinauf bis fast zur Achsel.

»Wie hältst du denn diese Schmerzen aus?« Jondralyn sah Lawri ernst an. »Das muss Val-Gianni sich ansehen.«

»Ach, das ist doch nichts.« Lawri standen aber Tränen in den Augen.

Jondralyn wandte sich zu Tala. »Los, hol Tante Mona, wir treffen uns im Krankenlager. Ich bringe Lawri sofort dorthin.«

Val-Korin und sein Leibwächter Val-So-Vreign waren bei Val-Gianni, Jondralyn und Lawri, als Tala mit Mona Le Graven im Krankenlager ankam. Der Knochensäger der Vallè presste ein Handtuch auf Lawris Arm und fing Unmengen ausgedrückten Eiter auf. Das ganze Zimmer roch nach totem Fleisch und Fäulnis. Mona schlug mit drei Fingern das Laijonskreuz über ihrem Herzen.

»Das fühlt sich schon viel besser an«, sagte Lawri und blickte tränenüberströmt zu Val-Gianni auf. Sie saß auf einem Krankenbett voller weißer Kissen. »Es hat zu weh getan, wenn ich es selbst versucht habe, deshalb habe ich einfach nichts mehr unternommen.«

»Hat sie Anzeichen von Delirium gezeigt?«, fragte Val-Gianni in den Raum. »Ohne Punkt und Komma geredet, Unsinn erzählt, nicht geschlafen, von eigenartigen Träumen berichtet?« Jondralyn nickte. Tala auch.

Lawri sah Tala direkt an. »Es geht mir wirklich besser.«

»Warum hat man mir das nicht längst erzählt?« Mona Le Graven sah sich um und suchte nach einer Antwort. Dann fiel ihr Blick auf Lawri, und ihr Gesicht wurde rot vor Zorn. »Als hätte unsere Familie nicht schon genug am Hals.«

»Es tut mir leid, Mutter«, sagte Lawri.

»Die Frage ist: Warum wurde Val-Gianni nicht schon früher hinzugezogen?«, sagte Val-Korin.

Val-Gianni nickte und drückte mit dem Handtuch weiter auf Lawris blutenden Arm. »Das ist mehr als nur ein harmloses Wehwehchen. Tatsächlich hat die Entzündung ihrem Arm sehr geschadet. Ich werde ihr die richtigen Arzneien verabreichen, aber wenn der Arm nicht bald verheilt, wenn also ihr Zustand sich verschlechtert und die Entzündung sich nicht völlig auflöst, müssen wir womöglich amputieren.«

»Amputieren«, keuchte Mona und starrte ihre Tochter an. »Gesegnete Mutter Mia, Mädchen, welche Totengeister haben denn dich und Lindholf hier befallen? Wer hat dir das angetan? Wie konntest du eine solche Verletzung nicht bemerken? Ich schwöre, von euch beiden kann keiner mein Kind sein. Welch eine himmelschreiende Dummheit.«

Lawri schien die Schimpftirade ihrer Mutter gar nicht zu bemerken. Scheinbar unbeeindruckt sah sie zu Tala hoch. »Wie es aussieht, haben diese grünen Arzneikugeln, die du mir gegeben hast, gar nicht geholfen.«

»Grüne Arzneikugeln?« Val-Gianni kniff die Augen zusammen. Er sah böse zu Val-Korin hinüber. Tala bemühte sich um ein neutrales Gesicht, doch kroch ihr ein Schauer über den Rücken. *Ob er weiß, was die grünen Kugeln sind?*

»Ach, egal«, sagte Lawri. »Wahrscheinlich habe ich die Dinger ohnehin nur geträumt.«

»Was soll dieser Unsinn?«, fragte Mona immer wütender. »Welche grünen Kugeln meinst du? Wer hat deinen Arm verletzt, Lawri? Wie ist das passiert?«

»Bei einer Rauferei«, antwortete Lawri.

»Eine Rauferei?«, keuchte Mona. »Ich werde dem, der dir das angetan hat, persönlich bei lebendigem Leibe die Haut abziehen. Mit wem hast du denn gerauft?«

»Mit König Jovan.«

»König Jovan?!«

»Aber es stimmt, Mutter«, sagte Lawri und blickte auf den Eiter, der aus ihrer Wunde lief. »Er hat mir den Schnitt verpasst. Der König hat mich geschnitten.«

»König Jovan soll dich geschnitten haben?«, rief Mona aus. »Sei doch nicht albern, Lawri Le Graven. Lüg mich nicht an.«

Lawri sah ihre Mutter jetzt zum ersten Mal an, ihre Augen waren verschleiert. »Bitte – sei nicht so streng zu Lindholf – oder zu mir …«

Dann kippte sie ohnmächtig auf die Kissen.

Feiglinge werden alle sterben. Manche Krieger fühlen sich sicherer, wenn sie nur überleben und nicht die Gewalt suchen. Doch blutige Gewalt ist die Rettung, nicht das Warten auf das Überleben. Und weder Raijael noch Laijon leiten einen ungerechten Ritter an. Feiglinge werden am Ende immer totgeschlagen.

AUS DEN RITTERLICHEN ERLÄUTERUNGEN DES RAIJAEL

43. KAPITEL

GAULT AULBREK

AM VIERZEHNTEN TAG DES ENGELSMONDES
IM 999. JAHR LAIJON – AMADON GUL KANA

Mit lautem Summen schwirrten Schmeißfliegen um den schweren Ochsenkarren. Als das Gefährt mit den drei Gefangenen polternd zum Stehen kam, erschollen Fanfaren, und die Menge hinter den Ochsen blieb zurück. Sofort umstellte eine Abordnung wartender Tagritter den Holzkarren.

Gault hatte man links an einen breiten, drei Meter hohen Eichenstumpf gekettet, rechts Lindholf Le Graven. Mit dem Rücken gegen die knotige, rauhe Borke gedrückt konnte er den wütenden Mob überblicken, der dem Karren durch Amadon zum Sklavensteinbruch folgte. Weiter vorne saß tränenüberströmt ein kaum zwanzig Jahre altes Mädchen an einen ähnlichen Pfahl gefesselt. Lindholf hatte »Delia« gerufen, als die Ritter es auf den Karren gehoben und festgemacht hatten. Es hatte nicht reagiert. Gault schlussfolgerte, dass es die Schankmaid war, von der Mona Le Graven im Kerker gesprochen hatte.

Der Mob zu beiden Seiten in den Straßen Amadons hatte die drei mit Abfall beworfen. Am Anfang der Strecke erwischte Gault ein Kohlkopf an der Schläfe, und er hätte beinahe das Bewusstsein verloren. Seitdem hatte er versucht, einen klaren Kopf zu behalten. Die brüllende Menge hatte immer weiter gehöhnt, geflucht und Dinge geworfen. Schleim bedeckte ihn, tropfte ihm vorne ins Hemd und hing zum Teil in den Stoppeln auf seinem Kopf. Seit seiner Gefangennahme hatte er sich die Haare nicht mehr rasiert.

Und nun waren sie am Sklavensteinbruch angekommen.

Leif Chaparrals jüngerer Bruder Glade befahl den Silbergardisten, die drei Gefangenen loszumachen. Eine Handvoll Ritter kletterte auf den Karren, schloss die Ketten von Gault, Lindholf und Delia auf und fesselte sie dann mit Eisenbändern an den Handgelenken, die mit Ketten verbunden waren. Ähnliche Schellen legten sie ihnen auch um die Knöchel.

Gault wurde über den schmierigen Karren gezerrt und hart auf den Marmorboden gestoßen. Lindholf und Delia landeten links und rechts von ihm. Man goss eimerweise Wasser über sie und wusch damit den Unrat weg.

Ein großer Tagritter zog Gault mit seinen Kampfhandschuhen auf die Füße und stieß ihn grob vorwärts. Lindholf und Delia stolperten neben ihm her. Gleich hinter den drei triefenden Gefangenen kam Glade Chaparral. Schwarz gekleidete Tagritter bildeten mit Spießen ein Spalier an dem Pfad, der zur gähnenden Grube führte: Gul Kanas berüchtigtem Sklavensteinbruch von Riven Rock.

»Du kannst mich nicht da runterschicken«, heulte Lindholf. »Du weißt doch, dass ich nichts gemacht habe, Glade. Du kannst mir das nicht antun.«

Glade trat ihm von hinten in die Wade, sodass er auf den kalten Marmorboden stürzte.

»Bitte.« Lindholf keuchte vor Schmerzen, rollte sich herum und weinte laut. Aus seinen nassen Kleidern tropfte es, sodass sich auf dem Boden um ihn bereits eine Pfütze bildete. »Ich dachte, wir wären Freunde.«

»Steh auf!«, herrschte Glade ihn an. »Steh auf und halt deine Sklavenschnauze!« Er boxte ihn in den Unterleib. Lindholf riss noch die gefesselten Arme hoch, konnte den Schlag aber nicht ganz abwehren. Er kippte vornüber und erbrach sich auf die glatte Marmorstraße.

»Packt seinen erbärmlichen Kadaver!«, befahl Glade dem Ritter neben Lindholf. »Notfalls tragt Ihr ihn!« Der Junge wurde gewaltsam hochgerissen.

»Bitte«, flehte Lindholf und schüttelte die Hände des Ritters ab. Er lief allein weiter.

»Kein Wort mehr!«, schrie ihm Glade ins Gesicht. »Und wenn du auch nur einmal aufmuckst, wenn ich dir das Brandeisen in den Nacken drücke, dann lasse ich es dreimal länger auf deiner Haut.«

Die drei Gefangenen wurden weiter über die Marmorstraße gestoßen. Es ging an den Rand des Steinbruchs und zu einem Eisenkäfig, mit dem sie in die Grube hinabgelassen werden sollten. Davor stand ein schwarzer, dampfender Kessel. Oberhalb des Käfigs ragte ein massives, mit Zahnrädern und Flaschenzügen bestücktes Holzgerüst über den Abgrund. Schwere Taue und Ketten führten zu einem riesigen Holzrad, etwa fünfzehn Meter abseits vom Rand der Grube, an dem ein Gespann aus zwölf Pferden stand.

Gault sah in beiden Richtungen am Grubenrand mindestens zwei Dutzend weitere solcher Holzvorrichtungen mit Flaschenzügen, Tauen, Ketten, Rädern, Pferden und Eisenkäfigen. Auf der anderen Seite des Steinbruchs, vielleicht eine Meile entfernt, stand nochmal eine Handvoll davon, allerdings viel größer und mit Gespannen von hundert Pferden. Vermutlich zum Bergen größerer Marmorblöcke aus der Grube. Hausgroße Exemplare waren dort zu bewundern. Die Männer, die auf diesen Pyramiden schufteten, waren von hier kaum größer als Eintagsfliegen.

Die drei Gefangenen wurden geradewegs zum dampfenden Kessel vor dem Käfig geführt. Glade zog eine Eisenzange mit rotglühenden Spitzen aus den Kohlen darunter. Ein Silbergardist zwang Delia vor ihm auf die Knie. Mit zwei behandschuhten Händen drückte er ihr den Kopf zur Seite, sodass der Hals frei lag, und hielt sie fest. Geradezu lüstern grinsend drückte Leifs kleiner Bruder dem Mädchen das Sklavenbrandzeichen unter dem linken Ohr in den Hals. Delia schrie schrill auf. Glade nahm das Eisen weg, und die Buchstaben RR standen in roten Lettern in ihre Haut gebrannt. Man zog sie auf die Füße, und Glade stieß das Eisen wieder in die Kohlen. Es roch nach versengter Haut.

Jetzt wurde Gault vor dem Kessel auf die Knie gezwungen. Auch ihm wurde der Kopf zur Seite gedrückt. Glade fuhr mit dem Stab in den Kohlen herum. Dann zog er ihn heraus und presste ihn Gault ohne Umschweife auf die Haut. Gault biss die Zähne zusammen. Er hatte schon mitangesehen, wie Gefangene gebrandmarkt wurden, hatte sogar Soldaten im Krieg verbrennen sehen. Doch nie zuvor hatte er den feurigen Schmerz auf der eigenen Haut spüren müssen. Es schien, als würde er bis auf die Knochen versengt. Als Glade das dampfende Eisen wegnahm, erfüllte Gault ein ganz neuer Respekt für alle jene, die ähnliche Rituale unter Enna Spades in grimmigem Schweigen durchgestanden hatten.

Lindholf wurde auf die Knie geworfen, das Eisen abermals erhitzt. »Bitte nicht«, flehte er, als Glade in den Kohlen stocherte. Mit sadistischem Vergnügen nahm der das glühende Eisen und versenkte es in Lindholfs Haut. Der Junge schrie gellend.

Glade drückte fest und lange. Wie er es angekündigt hatte, ließ er das Eisen dreimal länger als nötig in Lindholfs zartem Fleisch schmoren. Als er endlich zufrieden war, liefen Blut und Ruß Lindholf am Hals hinunter über die Gefangenenkluft. Vor Schmerzen wimmernd wurde der Junge hochgezerrt und zum offenen Käfig am Grubenrand geschleift. Gault und Delia nahmen denselben Weg.

Meilenweit zu beiden Seiten klaffte die ehrfurchtgebietende und gewaltige Grube. Gault schätzte, dass es überall bestimmt hundert Meter senkrecht nach unten ging. Weiter hinten sah es eher nach hundertfünfzig Metern aus, und Wasser glitzerte in jenen tiefen Senken.

Gault wurde nach Lindholf und Delia in den Käfig gestoßen, dann kamen sechs Silbergarden dazu. Die Eisentür flog ins Schloss. Die Abstände zwischen den Gittern im eisernen Käfigboden reichten nicht, um hindurchzufallen. Ohnehin schienen die Tiefen der Grube endlos zu sein.

Gebannt und in faszinierter Furcht starrte er hinunter. Durch die Sonne blendete die weiße Grube. Hunderte von Sklaven, die unten im prachtvollen Marmor schufteten, sahen aus wie Ameisen. An manchen Stellen waren die Wände wie perforiert, und Wachen mit glänzenden Rüstungen und Armbrüsten standen in diesen unzähligen Alkoven und dunklen Höhlen.

Irgendwo hinter ihm brüllte jemand, dann schnalzte eine Peitsche. Die Pferde trabten an, das große Rad setzte sich allmählich in Bewegung, und im schrillen, schneidenden Mahlen von Metall auf Marmor senkte sich der Käfig mit rasselnden Ketten in die Tiefe. Gault hatte ein Gefühl im Magen, als würde er langsam fallen.

»Eine Sklavin«, sagte eine rauhe Stimme, als ihr Eisenkäfig am Boden ankam. »Frauen habe ich hier unten noch nie gesehen«, sagte eine andere.

Delia wurde augenblicklich von den schwer bewaffneten Grubenwachen und den vielen Sklaven, die sich um sie versammelten, angegafft.

»Guckt euch mal die Titten an«, rief einer aufgeregt.

»Maul halten!«, bellte eine schlaksige Grubenwache und hielt gegen den aufgewirbelten Staub anblinzelnd den Käfig auf. Er legte eine Hand an das schmutzige Langschwert an seiner Hüfte. Gault verließ den Käfig als Erster, Delia und Lindholf folgten. Alles und jeder hier unten war mit einer feinen Schicht aus feinem Marmorpulver überzuckert, das überall in der Luft hing.

Die sechs Eskorten der Silbergarde führten die drei neuen Sklaven in diesen Staub. Sie mussten ein paar schiefe Stufen zu einem Steg hinaufsteigen, der auf Holzstelzen fünf Meter über dem Grubenboden gebaut war. Auf dem wackligen Steg wurden sie von anderen Wachen übernommen, denen ein stämmiger Kerl mit einem runden, verbeulten Helm vorstand. Lüstern musterte er Delia von Kopf bis Fuß. Die Gefangenenkleidung verhüllte das Mädchen ziemlich gut, aber der sabbernde Idiot zog sie dennoch mit seinen kleinen Knopfaugen aus. Vor Entsetzen liefen ihr Tränen durch den Staub auf den Wangen.

Schließlich löste der feiste Anführer den Blick von Delia und wandte sich mit ein paar abgehackten Sätzen an die Gefangenen. »Folgt mir. Es geht nach drüben, andere Seite der Grube. Auf den Stegen. Paar Meilen. Eine Stunde wohl. Fesseln und Schellen bleiben dran. Also, aufpassen!« Er machte kehrt und marschierte auf dem hohen Holzgrat los. Gault, Delia und Lindholf folgten, hinter ihnen eine Handvoll mit Speeren bewaffneter Wachleute.

Der wacklige Fußweg erstreckte sich südwärts und gehörte zu einem umfassenden Geflecht von Stegen, Rampen, Leitern und Seilbrücken. Verbunden wurde das komplizierte Labyrinth aus Holzwegen über unzählige Treppen, die den unebenen Boden ausglichen. Mal tauchten massive Marmorquadrate vor ihnen auf, mal ging es links wie rechts senkrecht in schwindelerregend tiefe Marmorschluchten nach unten. Auf den Holzstegen umgingen sie alle Hindernisse.

Der Staub und der Geruch der unten arbeitenden Sklaven waren überwältigend. Gault nahm das alles mit Sorge zur Kenntnis: Ketten, Taue, Zugvorrichtungen, Holzfässer, Tröge voller milchigem Wasser, Hunderte von Zelten und unbeholfene Anbauten und im Abstand von fünf Metern stationierte Grubenwachen mit Speeren und Armbrüsten auf jedem einzelnen Steg.

Es machte ihn nervös. Er wünschte sich zurück in seinen geräumigen Käfig im Fegefeuer. Das hier war das pure Elend, wie es im Buche stand.

Sie malochten im tiefsten Abschnitt der Grube, und doch setzte die Hitze der Sonne Gault schon zu. Er hatte das Gefühl, bereits sein ganzes Leben in dieser grauenvollen Grube zu stecken, dabei war er erst einen halben Tag hier. Jeder Muskel in seinem Körper schmerzte. Durst quälte ihn, die Lippen waren ausgetrocknet, und er hatte Staub im Mund. Beinahe wollte er aus dem Zehn-Gallonen-Fass Fäkalien trinken, das er tragen musste.

Die siebzehn anderen Sklaven in seinem Trupp aus Meißelwerkern, Hammerschlägern und Sägenziehern hatten ein paar Minuten Pause bekommen. Gault nicht. Ihm hatte Higgen, der Obersklave, ein großer, muskulöser Kerl, befohlen, den Scheißeeimer die dreißig Meter lange Marmorrampe hinaufzutragen, die man nur die Rutsche nannte. Oben an der Rutsche lag eine gerade Fläche mit fünf im Abstand von exakt einem Meter gebohrten Löchern, ein perfektes Pentagramm. Higgen behauptete, der Marmor um diese fünf Löcher könne weder geschnitten noch gesägt noch auch nur angekratzt werden. Seit Jahrhunderten probierten es Sklaven immer wieder, doch der Stein war zu hart, also ließ man den Bereich um die Löcher meist links liegen. In der Grube galten diese fünf Bohrungen als Mysterium. Fast waren sie ein Heiligtum. Gault durfte den Eimer mit Scheiße keinesfalls in ihrer Nähe auskippen.

Oben an der Rutsche gab es nämlich zwanzig Meter weiter nördlich außerdem ein Spinnennetz aus Seilen und Hubanlagen. Gault sollte den Eimer an eines der Seile knoten und dreimal heftig ziehen. Dann würde jemand gut hundertfünfzig Meter weiter oben den Eimer an der Grubenwand hochziehen. Die Steigung der Rutsche hatte einen Grad, der es quasi unmöglich machte, hinaufzulaufen, erst recht mit einem Eimer Abfall. Dennoch schaffte Gault es, umging vorsichtig die fünf Löcher, verknotete den Eimer und zerrte dreimal am Seil.

Auf dem Weg die Rutsche nach unten sah er sich die Wachen auf den Stegen an. Sie trugen eigens gefertigte Armbrüste, die einem schlampigen Arbeiter Hunderte winziger Marmorsplitter in den Leib feuern konnten. Sowohl Gault als auch Lindholf waren bereits einmal so gespickt worden. Sie hatten den Fehler begangen, ohne Higgens Erlaubnis nach Wasser zu fragen.

Gault fand immer noch nadeldünne Marmorstücke in seiner Haut. Weitere Wachen mit Armbrüsten kauerten unerreichbar für die Sklaven in den vielen verstreuten Höhlenöffnungen viele Meter hoch in den Wänden.

Die meisten der siebzehn Sklaven in Higgens Trupp waren Sägenzieher. In den Marmoreingeweiden sägten sie die Blöcke entweder von oben nach unten, seitwärts oder von unten nach oben. Sie meißelten den Marmor auf, schwangen Vorschlaghämmer oder brachen ihn mit dicken Eisenstangen aus den Wänden. Sie trieben Kerben hinein, um Taue hindurchzuziehen, gruben Wassergräben oder schleppten Eimer voller Scheiße die Rutsche hinauf.

Jeder gehorchte den Wachen, sonst regnete spitzer Marmor wie ein Blitzgewitter auf sie nieder. Essen und Wasser gab es kaum, schon gar nicht für Gault Aulbrek, Erzritter aus Sør Sevier.

Nach ihrer Ankunft hatte man Gault, Lindholf und Delia die Hand- und Fußfesseln abgenommen und ihnen einen sieben mal vierzehn Meter großen Block Marmor zugewiesen, den sie in der Mitte teilen sollten. Er war bereits vom Boden der Grube gelöst und an allen Seiten glattgeschmirgelt worden. Die Arbeiter vor ihnen hatten ihn fast schon durchgesägt. Higgen hatte Gault und Lindholf befohlen, die Arbeit mit Delias Hilfe zu beenden.

Ein dünner Schnitt durchzog den Marmor mittig von oben bis fast ganz nach unten. Eine gute Handbreit blieb noch zu schneiden, dann wäre der Block entzwei. Unter jeder der beiden Hälften war bereits je ein Kanal gegraben worden. Gault hatte gelernt, dass durch sie später mächtige Taue von der Dicke eines Oberschenkels gezogen wurden, an denen die halben Blöcke dann nach oben aus der Grube gehievt wurden.

Gault und Lindholf hatten einen Stahldraht bekommen und fast einen halben Tag für die restlichen Zentimeter gebraucht. Gault auf der einen, Lindholf auf der anderen Seite, beide mit dicken Lederhandschuhen zum Schutz, hatten den Draht unablässig hin und her gezogen. Higgen hatte ihnen erklärt, dass der Draht mit Diamanten besetzt war, die, unterstützt durch von oben eingegossenes Schmiermittel, diese Säge geschärft und am Laufen hielten. Dazu hatte man Delia mit einem Dutzend Eimern voll Sand und Wasser nach oben gehoben. Sie hockte über dem dünnen Schnitt und musste immer wieder nachkippen, damit die Säge feucht blieb.

Etwas Anstrengenderes, als diese paar Zentimeter Marmor durchzusägen, hatte Gault noch nie getan. Lindholf hatte die ganze Zeit geheult. Als sie endlich fertig waren, gönnte man ihnen die kurze Pause. Außer Gault, der Eimerdienst verrichten musste.

Als er die Rutsche hinter sich hatte, war die Pause vorbei. Lindholfs Augen waren tränenverschmiert. Mutlos stand er bei den Sklavenzelten, aß den Brotkanten auf, den er bekommen hatte, und trank einen Becher Wasser aus. Gault hätte so gern welches gehabt, aber Higgen bot ihm keins an, und ohne ihn ging hier unten gar nichts.

Gault überlegte kurz, ob es eine Marmorsalve wert sei, sich einen Tropfen zu stehlen, ob er es überhaupt wagen würde, aus dem schlammigen Graben unter dem Marmorblock zu trinken. Es schien verlockend. Doch er wartete nur auf die nächsten Anweisungen.

»Sie lassen jetzt bald das Tau runter, Glatzkopf«, sagte Higgen zu ihm. Higgens Spitzname für ihn war *Glatzkopf*, Delia nannte er *Schnecke* und Lindholf *hässlicher Scheißhaufen*. Er spuckte, Delia begaffend, auf den Boden. Sie stand so nah bei Lindholf, dass sie fast an ihm klebte. Irgendwie schien seine Nähe ihr Trost und ein Gefühl von Sicherheit zu spenden. Sie kannte ja nur ihn. Aber es war offensichtlich, dass Lindholf im Fall eines Falles kaum zur Verteidigung ausgestattet war. Jeder Sklave hier unten hatte schon einen schiefen Blick auf das Mädchen geworfen, zumindest einmal. Manche glotzten ohne Unterlass.

Ein verstaubter Sklave mit braunen Zotteln schlenderte zu Gault. »Wir führen Taue um die beiden Blöcke«, sagte er. »Die Pferde oben hieven die dann hier heraus. Einzeln natürlich. Für so einen Block braucht es knapp zweihundert der stämmigsten Zugpferde.«

Der knopfäugige Sklave hielt Gault die Hand hin. »Ich bin übrigens Woetensen. Aber die meisten hier unten nennen mich Krötensohn.« Gault schüttelte ihm die Hand und bemerkte dabei einen kleinen Ring aus verbogenem Draht um den Zeigefinger des Mannes. Er fragte sich, ob das hieß, dass Krötensohn verheiratet war. Der grinste ihn zahnlos an. Unter dem ganzen Dreck im Gesicht wirkte er beinahe kindlich.

»Guck.« Woetensen stieß Gault an. »Da kommen sie, die Taue, wie ich gesagt habe.« Gault blickte auf und sah zwei Seile, lang, rund und dick wie sein Bein, langsam von oben heruntersinken. Beide hingen an einem größeren Tau, das fast so dick wie ein Mensch war.

»Haltet euch ran!«, brüllte Higgen, als die Taue den Grubenboden erreicht hatten. Die Männer rannten zu den Marmorblöcken, und die gewaltigen Taue türmten sich in immer höheren Knäueln.

»He, hässlicher Scheißhaufen!« Higgen deutete auf Lindholf. »Du bist der Kleinste! Schnapp dir das Seil da!« Er zeigte auf das Tau in der Nähe. »Kriech damit unter dem Stein durch!« Nun deutete er auf den Kanal unter dem Marmorblock. Der Anblick schien Lindholf zu versteinern. »Na los!«, brüllte Higgen.

»Das Tau ist aber riesig«, sagte Lindholf. »Und der Kanal ist voll mit dreckigem Wasser.«

»Und wenn er voller Oghul-Kotze wäre, du Wiesel!«, schrie Higgen. »Tu, was ich gesagt habe, sonst geb ich den Wachen da ein Zeichen, so wahr mir Laijon helfe, die verpassen dir eine Ladung Marmor. Dann zieh ich dir die Hosen runter und geb es dir mit der Peitsche.«

Delia fasste seinen Arm. »Tu es einfach, Lindholf«, sagte sie leise.

»Du hast recht.« Lindholf sah ihr ins Gesicht und klang ein bisschen mutiger. »Ich bin wohl schon durch gefährlichere Gewässer als das hier geschwommen.« Er ging zum Tau.

»Du auch, Schnecke!« Higgen zeigte auf Delia und begann zu grinsen. »Du ziehst das andere Tau durch den anderen Kanal. Ich will zu gerne sehen, wie du auf allen vieren kriechst, noch dazu ganz nass.« Die anderen Sklaven lachten und grölten zustimmend.

Delia blickte Gault flehend an.

»Du hast es selbst gesagt: Tu es am besten einfach.« Gault nickte ihr zu. »Ich warte auf der anderen Seite auf dich. Es sind bloß einige Meter. Kriech schnell. Du kannst so lange die Luft anhalten, das schaffst du.«

»Aber das Tau sieht so schwer aus«, sagte Delia.

»Higgen glotzt immer noch her. Beeile dich besser. Keiner weiß, wie er dich bestrafen würde.«

Verzweifelt folgte Delia Lindholf zu den Tauen. Gault ging auf die andere Seite der Marmorblöcke. Die Kanäle unter ihnen waren einen Meter tief. Man hatte sie vor dem Sägen in den Marmor gehauen, damit sie Wasser, Schlamm und Sand ableiten konnten. Jetzt mussten eben die Taue da durch.

Lindholf und Delia zögerten nicht. Er konnte hören, wie sie durch die Kanäle platschten. Lindholf tauchte zuerst unter dem linken auf, spuckte schlammiges Wasser aus und hielt das schwere Tau über der Schulter. Kurz darauf kam auch Delia ans Licht, schlammig und nass. Das Tau hielt sie zwischen den Armen an der Brust, und ihre triefende Gefangenentracht klebte ihr überall am Leib. Die Sklaven johlten und jubelten vor Vergnügen. Higgen brüllte: »Zurück an die Arbeit! Jetzt habt ihr gesehen, was ihr wolltet, weiter geht's!«

Die Sklaven eilten davon, und Delia blieb keuchend auf dem Bauch liegen. Lindholf kroch zu ihr.

»Zurück an die Arbeit, hässlicher Scheißhaufen!« Higgen packte ihn am Kragen und schleuderte ihn zurück. Lindholf knallte heftig auf den Marmor. Higgen selbst half dem Mädchen auf die Beine und legte ihm den Arm um die Schultern. »Komm, wir wollen dich erstmal saubermachen.« Er führte Delia zu einem Wassereimer und einem Stapel Lumpen bei den Zelten.

Mit verletztem und wütendem Blick rappelte Lindholf sich hoch und sah zu, wie Higgen Delias schmutzige Kleidung mit einem der Lumpen abrieb und das Mädchen dabei ausgiebig befummelte. »Verfluchte Mutter Mia«, murmelte er. »Das ist alles so ungerecht.«

Gault und der Junge beobachteten, wie die Taue mehrmals um jeden Block gezogen und denn fest an das schwerere Tau geknotet wurden, das, wie Gault jetzt feststellte, eher doppelt so dick wie ein Mann war. Schnell war alles gesichert und bereit.

Nach ein paar Handzeichen der Wachen an jemanden ganz oben löste sich der erste Marmorblock ächzend vom Boden. Dick lag der weiße Staub in der Luft, als er sich Zentimeter für Zentimeter hob. Bei knapp zwei Metern rannten Woetensen und fünf andere mit Eisenstangen unter den Block und stützten ihn seitlich. Gault hielt den Marmor für so schwer, dass die sechs Sklaven und ihre Stäbchen nicht viel ausrichten konnten.

Lindholf kniete sich neben einen der milchigen Kanäle und wusch sich die Hände darin. Gault schob sich in seine Nähe. Sein Mund war so papiern und trocken. *Nur schnell hinknien und den Kopf nach unten, dann kann ich endlich einen Schluck nehmen*. Er fragte sich, ob Lindholf wohl etwas trank. Aber die Wachen oben wirkten aufmerksam wie immer, und er wusste, Lindholf traute sich nicht.

Der Marmorstein hing nun gut vier Meter in der Luft und wurde allmählich weiter hochgezogen. Auch jetzt noch mühten sich die sechs Sklaven darunter mit ihren Stangen.

Lindholf fuhr kniend mit der Hand durch einen Staubberg, der sich unter einem Block gebildet hatte. Er stand auf und begutachtete das Häufchen in seiner Handfläche. Dann hob er es sich an die Nase und sog es einfach ein. Er musste niesen.

Verdammt, er hat den Verstand verloren, dachte Gault.

Da hörte er das Schnappen des Taus oben …

… sah das erschreckte Gesicht von Woetensen direkt hinter Lindholf.

Instinktiv schnappte Gault sich den Jungen beim Hemd und zog ihn zu sich. Der massive Marmorblock krachte nach unten, und die Luft wirbelte Lindholfs dreckiges Hemd auf.

Donnernd schlug der Block in der Grube auf und zermalmte Woetensen und die fünf anderen. Die beiden Taue fielen genau in die nassen Kanäle.

Eine weiße Staubwolke erhob sich um Gault und Lindholf, und das schwere Tau fiel um sie herum. Die milchige Flüssigkeit in den Kanälen färbte sich blutrot.

Lindholf riss sich mit panischem Blick von Gault los.

Ein Stück des dicken Taus traf ihn an der Schulter und warf ihn rücklings in den blutigen Graben, in dem er ganz versank. Gault fasste hinein und zog den Jungen wieder hoch.

»Trottel, ist voll in das Blut reingefallen«, bemerkte einer der Sklaven neben Gault. Lindholf würgte und hustete.

»Verfluchte Mutter Mia!« Higgen kam angerannt und sah sich das Chaos an. »Die Engel sollen mich holen, aber dass ein Tau so zerreißt, hab ich seit fünf Jahren nicht erlebt. Und dass einer zerquetscht wird, seit zehn nicht.« Er sah sich Gault und dann Lindholf an. »Ein Pechvogel bist du, hässlicher Scheißhaufen, so voller Blut und Marmorschlamm.«

Aber Lindholf schien ihn gar nicht zu hören. Er blickte auf etwas, das unter dem abgestürzten Marmorblock herausragte.

Ein Arm.

Von den Ellenbogen bis zu den Fingerspitzen sah er makellos aus, die Handfläche zeigte locker nach oben, und um einen Finger war als Ring etwas Draht gewickelt. Das war Woetensen, oder was von ihm übrig war. Der zottelige Kerl lag plattgedrückt zwischen Marmorblock und Boden. Da passte wohl nicht einmal ein Stück Papier dazwischen.

Lindholf starrte den Arm an, schlug mit drei Fingern das Laijonskreuz über seinem Herzen und fiel in Ohnmacht.

Gault rollte neben Lindholf auf der schrägen Fläche unter den Marmorklippen sein Bettzeug aus. Er lehnte sich an die Wand und blickte zu Woetensens Arm, der keine zehn Meter vor ihm unter dem Marmorblock herauslugte. Delia rollte ihre Decke neben ihm aus. Sie legte sich auf den Rücken und ertrug die Martern des Tages schweigend und erschöpft. Lindholf hatte sich unter seinem dünnen Laken auf den Ellenbogen gestützt und glotzte gehetzt und leer in die Gegend.

Higgen und die acht übrigen Sklaven hockten im Kreis neben einer provisorischen Hütte um eine Art in den Marmorboden gekratztes Spielfeld. Es ging um die Rollbetten der sechs Toten. Oben neben dem einsamen Wachposten auf dem Steg flackerten als einzige Lichtquelle ein paar Fackeln.

Nach Einbruch der Dunkelheit endete die Arbeit im Steinbruch, alle Metallwerkzeuge, Drähte und Taue wurden zusammengebunden und auf die Stege gehievt, wo ein Aufseher über sie wachte. Dann wurde das Seilzugsystem stillgelegt.

»Die werden mich morgen früh umbringen«, sagte Lindholf. »Diese Wachen werden mich töten, wenn ich mich weigere zu helfen. Und ich helfe denen nicht. Ich arbeite nicht mehr. Higgen hat gesagt, ich soll die zerquetschten Männer vom Boden kratzen, wenn die den Block morgen wieder anheben. Und das kann ich einfach nicht, Gault.«

»Du hast doch sicher Männer grausam in der Arena sterben sehen«, sagte Gault. »Das ist auch nicht anders. Es sind bloß Tote. Weiter nichts.«

»Nein«, erwiderte der Junge leise. »Das ist etwas anderes.«

»Ich wünschte, sie würden mich jetzt einfach töten«, flüsterte Delia kaum hörbar verzweifelt in die Dunkelheit.

Aus der Runde der Sklaven unten brach plötzlich Gelächter. Dann standen Higgen und zwei andere auf und schlenderten zu Gault hinauf. Higgen ging mit schiefem Grinsen voran. Gault richtete sich auf. Delia setzte sich ebenfalls hin und blickte besorgt drein.

»Wie wäre es, wenn das Mädchen heute Nacht unten bei uns schläft?« Higgen beäugte Delia gierig.

»Sie bleibt bei mir.« Lindholf warf die Decke zurück. »Ihr fasst sie nicht an.« Er stand auf und stellte sich tapfer vor Higgen.

»Schwirr ab, hässlicher Scheißhaufen.« Higgen machte zwei schnelle Schritte und stieß Lindholf zu Boden. Er griff Delia am Bein und zog das Mädchen von der Wand weg. »Du hast dich noch gar nicht bedankt, dass ich dir vorhin den Schlamm abgewaschen habe«, lachte er und zog sie an den Haaren die Schräge hinunter.

Delia wehrte sich schreiend und tretend.

»Lass sie in Ruhe!« Lindholf sprang wieder auf. Einer der beiden anderen Sklaven packte ihn, hob ihn hoch und warf ihn heftig auf den Marmorboden. Lindholf krachte hart mit dem Körper auf den Stein. Er blieb stöhnend liegen.

Gault sah zu, wie Higgen Delia davonzerrte.

Ihm war klar, dass jeder der neun Sklaven dort unten das Mädchen vergewaltigen würde, das war nicht zu ändern. Im Krieg hatte er Schlimmeres gesehen, es war ganz einfach egal. Der massenhafte Missbrauch eines Sklavenmädchens kümmerte kaum jemanden, Laijon nicht, Raijael nicht und auch sonst keinen Gott davor oder in Zukunft. Und Gault auch nicht.

Was geht es mich an? Ich bin kein Gott. Ich bin niemandes Retter.

Selbst der einsame Wachposten dort oben im fahlen Fackelschein sah recht teilnahmslos mit der Armbrust auf dem Rücken auf die Angelegenheit hinab. Er wirkte eher, als wäre auch er am liebsten da unten in der Reihe, die bald die weichen Formen einer Frau spüren durfte.

Neben der Hütte hatten die neun Sklaven sich um das Mädchen aufgestellt. Higgen riss ihr grob die Gefängniskleidung herunter.

Ihr Leib schien marmorblass. Sie zitterte im Licht der Fackel. Dreckiges Lachen hallte durch die Nacht, als das Mädchen zu Boden gestoßen wurde und Higgen sich seiner eigenen Kleidung entledigte.

Lindholf weinte hoffnungslos. Sein Gesicht verkündete pure Hilflosigkeit.

Er hat es wenigstens versucht. Dass er ordentlich verprügelt wurde, war nicht seine Schuld. Die größten, stärksten, selbstbewusstesten Männer sind immer die Sieger. Die Schwachen weichen zurück. So ist eben der Lauf der Dinge.

Mit diesem Gedanken erhob sich Gault.

Er ging zu dem Marmorblock, der heute sechs Männer zermalmt hatte. Er packte Woetensens Arm und zog kurz daran, bis der Knochen mit einem lauten Krachen brach. Er hielt den abgerissenen Arm am Handgelenk und ging auf die neun Sklaven zu, die um das nackte Mädchen herumstanden. Mit der anderen Hand schob er das Fleisch an Woetensens Arm zurück und legte den spitzen Knochen frei.

Gault trat in den Sklavenkreis. »Geht von dem Mädchen weg«, sagte er.

Higgen, der mit geschwollenem Schwanz zwischen den Beinen des Mädchens kniete, sah überrascht hoch. Auch die anderen acht Sklaven starrten Gault an, alle blickten ihm gebannt in die dunklen, kalten Augen, und nur ein paar bemerkten besorgt den abgetrennten Arm in seiner Faust. »Steh auf«, befahl er Higgen.

Der feiste Sklave erhob sich, zog dabei die Hose hoch und trat wütend auf Gault zu. »Hör mal, Glatzkopf«, sagte er grimmig und mit geballten Fäusten. »An besten ist, du verpisst dich wieder auf deine Seite …«

Gault rammte ihm Woetensens abgetrennten Arm von unten gegen das Kinn. Der dünne, spitze Knochen schoss dem Mann durch den Mund in die Nasenhöhle und kam im linken Auge wieder heraus, das wie ein rohes Ei auslief. Das Fleisch des toten Arms schob sich unter Higgens Kinn zusammen, während Gault ihn weiter nach oben stieß. Inzwischen hob er den Sklaven an dem Arm praktisch in die Luft, Higgens Zehen kratzten nur noch über den Boden. Blut spritzte rot und heftig aus dem Loch in seinem Hals, bedeckte Gaults Faust und lief ihm den Arm hinunter.

»Steh auf«, sagte er zu Delia. »Geh zu Lindholf. Sofort.« Das Mädchen schnappte sich ihre Kleidung und rannte davon.

Gault riss den Knochen mit einem Ruck nach unten aus Higgens aufgespießtem Gesicht. Der Mann sackte am Boden zusammen, und die gespaltene Zunge hing ihm aus dem offenen Mund, als er mit dem Kopf auf den Marmor krachte. Er schnappte blutend und mit Schaum an den Lippen nach Luft.

Gault maß die übrigen acht. Ruhig begegnete er ihren zornigen Blicken. Ihre Haltung ließ erkennen, dass der Kampf noch nicht vorüber war. Viele waren schon auf dem Sprung, ihn anzugreifen. »Du hast Higgen abgemurkst«, knurrte einer.

»Und dich töte ich auch«, sagte Gault. »Wenn du nicht weggehst.«

»Ich will die Kleine immer noch ficken«, murrte ein anderer.

»Genau!«, schrie ein dritter. »Wir sind mehr als du.« Mit Zahnlückengrinsen stürzten sich einige der übrigen Sklaven auf Gault.

Ehe der den abgetrennten Arm zur Verteidigung erheben konnte, knallte und zischte es in der Luft. Die zwei Angreifer, die ihm am nächsten gekommen waren, wurden gebremst und schrien auf. Sie hielten sich Brust und Gesicht. Die anderen blieben stehen.

»Niemand vergreift sich an dem Kerl aus Sør Sevier«, donnerte eine Stimme von oben. »Der soll in die Arena! Befehl von König Jovan!«

Gault erkannte den einsamen Wachposten oben auf dem Holzgerüst. Er zielte mit der geladenen Armbrust auf die Sklaven. »Wenn einer von euch den Glatzkopf anfasst, könnt ihr was erleben! Mit der Pfeife hier sorge ich dafür, dass jede Wache in der Grube euch die Eingeweide mit den Speeren umrührt!«

Gault sah die Sklaven böse an. Zwei von ihnen versuchten, die Marmorschrotsplitter aus dem Gesicht zu wischen.

Er sprach deutlich und klar, damit jeder ihn verstand. »Wenn einer von euch je wieder Hand an das Mädchen legt, reiße ich euch mit den Zähnen die Hälse auf.« Er warf ihnen den abgetrennten Arm vor die Füße. »Und den Jungen lasst ihr auch in Ruhe.«

»Was geschieht jetzt mit uns?«, fragte Delia. Sie und Gault beobachteten mit dem Rücken an die Steilwand gelehnt, wie die Sklaven versuchten, Higgen Kinn und Auge zu verbinden.

»Fürs Erste lassen sie uns in Ruhe«, antwortete Gault.

»Ich habe Angst«, sagte sie. »Über kurz oder lang wird es auch eine der Wachen oben versuchen. Wenn nicht sogar mehrere.«

Gault sah dem Mädchen in die erschreckten Augen. Sie saß jetzt näher bei ihm als bei Lindholf. Der Junge hatte diese Veränderung bemerkt, und auf seinem vernarbten Gesicht spiegelte sich die Unzufriedenheit. Offensichtlich gab es eine Vorgeschichte von Delia und Lindholf, und durch sein Eingreifen hatte Gault einen Keil zwischen sie getrieben.

»Was geschieht jetzt mit uns?«, wiederholte das Mädchen.

Gaults Antwort war nüchtern: »Sie werden dich und Lindholf in der Arena aufknüpfen. Ich werde gegen den Prinzen von Sankt Einzig antreten. Bis dahin findet unser Leben in diesem Steinbruch statt.«

»Gibt es denn keine Fluchtmöglichkeit?«, fragte sie.

Gault ließ den Blick über die Grube schweifen. In jeder Richtung wuchs der Marmor senkrecht gut hundertfünfzig Meter in die Höhe. Das blanke Weiß der unüberwindbaren Wände reflektierte das Leuchten von Fackeln, Mond und Sternen. Ja. Er würde hier in Gul Kana sterben. Niemals würde er es an den Ort seiner Träume schaffen, jene perfekte Stelle, den Ort, an dem er einmal wirklich glücklich gewesen war: die windgepeitschte Ebene in den Nördlichen Hochlanden bei Stone Loring, Stätte seiner ersten Begegnung mit Avril.

»Es tut immer noch weh.« Delia strich sich über das frische Sklavenmal im Nacken. Sie wandte sich an Lindholf. »Bei dir auch?«

Der Junge nickte halbherzig. »Das Schwimmen durch den Schlamm hat es nur noch schlimmer gemacht.«

Gault wünschte sich, das Mädchen hätte nicht von dem Brandzeichen angefangen, denn nun spürte er, wie das seine pochte.

»Und die?« Delia zeigte auf die anderen Narben auf Lindholfs Handrücken. Dünne rote Linien, geformt wie ein Kreuz. »Sind die von neulich, als Glade mich im *Dreckspferd* vergewaltigt hat?«

»Ja.« Der Junge blickte betrübt drein und versuchte, den Ärmel über die Wunden zu ziehen.

Delia aber beugte sich zu ihm und krempelte den Ärmel ganz nach oben. Mehrere ungleichmäßige Narben zogen sich über den ganzen Arm. »Du hast mir nie erzählt, woher die hier kommen.«

»Die Narben habe ich mir geholt, als ich den Schild und den Stein gefunden habe«, antwortete Lindholf mit gehetztem Blick.

Gault merkte auf. *Dieser teigige Knabe hat mehr Geheimnisse, als auf den ersten Blick zu vermuten sind!* Er beugte sich zu ihm, um sich die Narben genauer anzusehen.

»In der Gedächtnisbucht hat mich eine Meerjungfrau gekratzt.« Lindholf ließ Delia mit den Fingern über die Male streichen. »Zweimal hat die Wilde mich angegriffen. Einmal in der Höhle, wo ich Schild und Stein gefunden habe, dann nochmal, als ich in die Bucht hinausgeschwommen bin.«

»Eine Meerjungfrau.« Delia verzog angewidert das Gesicht. »Wie schrecklich.«

»Die hätte mich fast ertränkt.«

»Welche Höhle war das?«, fragte Gault. »Was für ein Schild und welcher Stein? Geht es um etwas, das du gefunden hast, als du Tala und Glade an meinem Käfig vorbei in die Tiefen des Fegefeuers gefolgt bist?«

»Ja.« Lindholf sah ihn ängstlich an. »Tala hatte eine Karte, auf der etwas von einem Schatz stand. Aber sie hatten zu viel Angst und sind umgekehrt. Ich habe ihn jedoch gefunden. Ich habe Schild und Stein gefunden. Ich glaube, der Schild heißt *Schleier der Tugend*, und der weiße Edelstein dazu ist einer der Engelssteine.«

»Du meinst den *Schleier der Tugend* aus *Weg und Wahrheit Laijons?*«, fragte Delia.

»Ich dachte, das wüsstest du schon.« Lindholf sah sie misstrauisch an. »Ich dachte, deshalb bist du mir gefolgt, und ich sollte deshalb Schild und Stein hinter der Schenke verstecken. Willst du etwa sagen, du hattest keine Ahnung, dass ich den *Schleier der Tugend* brachte?«

Delia wandte sich von dem Jungen ab und starrte zu den Sklaven, die unten immer noch Higgen versorgten. Sie hatten ihn in eine Decke gewickelt und ihn ein Stück aus dem Lager gezogen. Gault fragte sich, ob er inzwischen tot war.

»Du wusstest, dass ich einen Schild hatte«, sagte Lindholf mit eisigem Blick. »Das hast du in der Gasse in Amadon gesagt. Du hast extra danach gefragt.« Jetzt sah er sie offen feindselig an. »Woher wusstest du das?«

»Ich …«, begann sie und brach dann verunsichert ab. »Ich nehme an, etwas Schlimmeres als dieser verdammte Sklavensteinbruch kann mir ohnehin nicht mehr blühen.« Sie ließ den Blick durch die Dunkelheit schweifen. »Und ich nehme an, *sie* kann mich jetzt unmöglich beobachten. Nicht hier.« Erleichtert wiederholte sie: »Nein, sie kann mich jetzt unmöglich beobachten.«

»Wer?«, fragte Lindholf.

»Die Vallè, die mich zu allem angestiftet hat«, antwortete sie. »Seita.«

»Seita?« Verwirrt verzog Lindholf das verunstaltete Gesicht. »Wozu soll Seita dich angestiftet haben? Was hat denn die Vallè-Prinzessin mit all dem zu tun?«

»Alles«, sagte Delia. »Sie hat uns alle reingelegt. Erkennst du es denn nicht?«

»Val-Korins Tochter hat uns reingelegt?«, fragte Lindholf.

»Sie hat Jovan niedergestochen«, sagte Delia. »So war es.«

»Wie kannst du da so sicher sein?«

»Ich habe es gesehen.«

»Du hast Seita gesehen?«

»Mein Vater war schon lange krank«, sagte Delia mit einer Dringlichkeit in der Stimme, als müsse sie ihr Geständnis, ohne Luft zu holen, ablegen. »Beinahe tot. Eine äußerst schmerzhafte Krankheit. Seita kam ins *Dreckspferd*, warf einen Blick auf ihn und sagte, dass er vergiftet wurde. Dann hat sie mir so grüne Vallè-Medizin dagelassen. Die hat ihn geheilt. Er hatte keine Schmerzen mehr. Aber nur eine Zeitlang. Dann wurde es wieder schlimmer. Doch sie ist wiedergekommen und hat ihn sich angesehen. Immer mit einem Mantel verhüllt. Immer in derselben schwarzen Lederrüstung. Sie hatte noch mehr von der Medizin, und sie wollte kein Geld. Ich sollte nur hin und wieder Aufträge für sie erledigen. Ganz einfache Dinge zuerst. Bring dies hierhin. Trag das dorthin. Die Medizin, die ich dafür von ihr bekam, linderte die Schmerzen meines Vaters. Ich dachte, es lohnt sich. Aber er liegt immer noch krank in der Schenke.«

Etwas an der Erzählung des Mädchens behagte Gault nicht. »Du sagst, Seita hätte sich in einen Mantel gehüllt«, sagte er. »Und schwarze Lederrüstung getragen?«

»Ja«, antwortete Delia. »Sie hat mich mit so kleinen schwarzen Dolchen bedroht.«

Gaults Herz gefror. *Eine Bluthölzler-Frau!*

»Kleine schwarze Dolche.« Delia sah Lindholf an. »Wie der, den Glade dir abgenommen hat, als wir in meiner Kammer verhaftet wurden.«

»Der gehörte Tala.« Lindholf sah immer verwirrter aus.

»Tala ist ein Teil davon.« Delia nickte.

»Tala war dabei, als Glade Sterling Prentiss die Kehle durchgeschnitten hat.« Lindholf blickte in die Finsternis. »Da hatte sie den schwarzen Dolch bei sich.«

»Das ist die Waffe der Bluthölzler«, sagte Gault. »Du sprichst von der Klinge eines Meuchelmörders. Von der übelsten Sorte. Und der schlimmsten Waffe.« Delia und Lindholf sahen ihn an. »Ich kenne diese Vallè, diese Seita, nicht«, sagte er. »Aber man kann ihr nicht trauen. Vallè *und* Bluthölzler, eine Kombination der verschlagensten und doppelbödigsten Wesen, die es gibt.«

»Alles, was Seita mir erzählt hat, war gelogen.« Delia beobachtete ihn aufmerksam. »Und zugleich die Wahrheit.«

Gault erwiderte ihren Blick. »Nicht gelogen. Und nicht die Wahrheit. Spielchen. Bei den Vallè ist alles ein Spiel. Genauso ist es mit den Bluthölzlern. Dass du auf so ein Wesen gestoßen bist, ist äußerst unglücklich.«

»Es war, als könne Seita in die Zukunft sehen«, sagte Delia. »Als könne sie alles vorhersagen, was bei jeder Aufgabe passiert, die sie mir gegeben hat. Sie hat gesagt, Prinzessin Jondralyn würde mit einem attraktiven Mann und einem Zwerg in die Schenke kommen. Dass ein Vallè-Dieb zur selben Zeit dort einen Streit beginnen würde. Sie hat mir auch aufgetragen, mich an Jondralyn heranzumachen. Hat mir den genauen Text gegeben. Blumige Wörter wie *bezaubernd*.«

»Und du hast ihr immer gehorcht?«, fragte Gault. »Wegen der Vallè-Medizin?«

»Sonst hat meinem Vater nichts geholfen.«

»Ich nehme an, dass Seitas Gift seine Schmerzen überhaupt erst verursacht hat.«

»Das habe ich zu spät begriffen.« Delia drehte sich zu Lindholf. »Seita hat vorhergesagt, dass Tala ein paar Tage später mit einem roten Gladiatorenhelm in die Schenke käme. Dass du und ein anderer Junge aus der Burg sie an jenem Tag begleiten würdet. Seita hat mir aufgetragen, Tala zu überzeugen, mir Arbeit beim Trauermondfest in der Burg zu beschaffen. Ich sollte euch allen Gebäck darreichen. Und ich sollte versuchen, Jovan zu verführen.«

»Aber warum?«, fragte Lindholf.

»Das weiß ich nicht«, erwiderte sie. »Aber Seita war es, die Jovan niedergestochen hat. Sie hat mich verraten und mich dann aus der Zelle im Fegefeuer befreit. Hat mir sogar bei der Flucht aus dem Kerker geholfen. Und ich weiß nicht, warum.«

»Bist du in die Gedächtnisbucht geschwommen, so wie ich?«, fragte Lindholf sarkastisch, als würde er ihr kein Wort glauben. »Hat dich etwa auch eine Meerjungfrau angegriffen? Hattest du auch Visionen im Wasser?«

»Nein«, erwiderte sie heftig. Sein Spott ärgerte sie. »Meerjungfrauen und Visionen gab es nicht. Wir … wir sind nur einen kurzen Weg gegangen und haben dann einen alten Mann getroffen, der sich Maizy nannte. Seita schien ihn zu kennen. Als seien sie alte Freunde. Er hat uns aus den Kerkern geleitet. Aber die Tunnel haben uns tatsächlich zur Gedächtnisbucht geführt. In die Katakomben eines halb gesunkenen Schiffs, das ein paar Hundert Meter vom Ufer festgemacht lag, sogar beim Hafenviertel, nicht weit vom *Dreckspferd*.«

Lindholf zog konzentriert die Stirn in Falten. »Hing Maizy in einem Käfig?«

»Von einem Käfig weiß ich nichts«, antwortete sie. »Doch Maizy behauptete, wenn man weise genug sei, gäbe es Hunderte Wege aus dem Fegefeuer. Er meinte, er kenne jedes Geheimnis

Amadons, bis auf eines. Eines Tages wollte er mich im *Dreckspferd* besuchen kommen. Aber ich habe ihn nie wiedergesehen.«

»Woher wusstest du von dem Schild und dem Stein?«, fragte Lindholf. »Woher wusstest du, dass ich sie habe?«

»Seita hat mir von dir erzählt, Lindholf. Sie sagte, auch du durchwanderst das Fegefeuer und findest einen großen Schatz. Einen weißen Schild und einen weißen Stein. Sie trug mir auf, dich zu finden und dazu zu bringen, dass du mir Schild und Stein bringst. Seita bat mich, dich zu …« Sie verstummte.

»Mich zu verführen?«, beendete Lindholf den Satz.

Delia ließ den Kopf hängen und wich seinem Blick aus. »Ich habe Seita seit einem Mond oder länger nicht gesehen. Seitdem habe ich auch keine neue Medizin bekommen. Ich vermute, mein Vater ist tot. Wahrscheinlich haben die Leute seine Leiche schon aus der Schenke geschafft. Was hat all das also genutzt? Diese ganzen unsinnigen Ränke und die Rennerei?«

»Vermutlich wirst du es nie erfahren«, sagte Gault. Er wusste, wie Dugals Bluthölzler-Kaste vorging. Diese scheinbar weit hergeholte Geschichte des Mädchens klang genau nach der Art von Schabernack, in dessen Mittelpunkt sie für gewöhnlich standen. Besonders dann, wenn die Listen einer Vallè dazugehörten.

Gault sah Lindholf in die Augen. Der Junge wirkte so elend wie nie zuvor.

Und also haben wir große Skulpturen unseres großen Einen und Einzigen aufgestellt. Wir haben euch große Kunstwerke und Skulpturen verschafft, die ihr verehren und denen ihr als Abbilder Laijons huldigen könnt, solange ihr den Tag seiner Wiederkehr erwartet.

WEG UND WAHRHEIT LAIJONS

44. KAPITEL

AVA SHAY

AM VIERZEHNTEN TAG DES ENGELSMONDES IM 999. JAHR LAIJON – AUF DEM TRAUERMEER, SÜDWESTLICH VON ADIN WYTE

Sanft und leise glitt die *Eagle Rose* durch das Meer auf den mächtigen Mont Sankt Einzig zu. Ihr Kurs führte sie gen Norden, dichter an Wyn Darrè als an Gul Kana entlang, damit sie die Untiefen zwischen Lord's Point und Adin Wyte umschiffte. Die Festung oben auf dem Berg wirkte unter dem Feuerstrahl der Leuchtbake, die sie durch die Nacht geleitete, schwarz und unheildrohend.

Im Samtlicht des Mondes stand Aeros Raijael am Steuerrad und blies in eine dünne, schwarze Pfeife, aus der kein Ton kam. Ava hatte bereits erlebt, wie er mit diesem winzigen Instrument Vögel aus der Luft herbeirief. Er steckte die Pfeife in das Innenfutter seiner Weste und sah sie teilnahmslos an. Sein Gesicht war blass, seine Kleidung weiß. Lederhose, Hemd, Weste, Gürtel, selbst die Stiefel mit den Stahlkappen waren weiß.

Der Bluthölzler, der hinter ihm stand, trug dagegen schwarze Lederrüstung und darüber einen langen, schwarzen Mantel. Ava fragte sich, ob Spinne noch ihren geschnitzten Käfer besaß. Er hielt eine kleine Laterne, die den Steuerstand in karges, gelbes Licht tränkte. Der Meuchelmörder roch nach poliertem Leder und Weihrauch, ein Duft, an den Ava sich über die vielen Tage gemeinsamer Reisen gewöhnt hatte, der im Moment aber eher ihre Übelkeit verstärkte.

Sie fuhr zum ersten Mal auf einem Schiff dieser Größe. Es gehörte Aeros Raijael persönlich, ein gewaltiges, kühnes, schnelles Gefährt. Zwar lag das Meer wie schwarzes Glas unter dem Boot, und es schwankte, krängte oder neigte sich nicht, aber Ava war dennoch schlecht. Sie wollte sich über Bord werfen und diese schreckliche Übelkeit in ihren Eingeweiden beenden.

So schlecht wie heute Nacht hatte sie sich seit ihrer Gefangennahme nicht gefühlt, denn heute Nacht verließ sie die Gestade ihrer Heimat Gul Kana.

Die Insel Adin Wyte wirkte wie eine andere Welt. Doch dort hatten sich die meisten von Aeros' Armeen versammelt. Zweihunderttausend schlachterprobte Soldaten lagerten nördlich von Sankt Einzig. Der Weiße Prinz fuhr dorthin, um sie höchstselbst über den Kanal nach Lord's Point zu führen. Dann wären seine Armeen endlich in voller Stärke in Gul Kana.

Ein schwarzer Turmfalke flatterte von Westen heran und landete auf Aeros' ausgestrecktem Unterarm. »Nachtauge, mein flinker Flieger«, sagte der Weiße Prinz. An der Brust des Tieres war mit einem Lederband ein schmales Silberröhrchen angebunden. Aeros nahm es vorsichtig ab und zog ein Pergament heraus. »Hoffen wir, dass es von Dugal kommt.«

Spinne hielt seine Laterne über das Blatt, damit der Prinz besser lesen konnte. »Es ist von Dugal.« Aeros' Haut wirkte im Laternenschein aschfahl. Mit dunklen Pupillen sah er den Bluthölzler an. »Das Mädchen hat seine Aufgabe ausgeführt.«

»So ist es also vollbracht«, verkündete Spinne sachlich. »Euer Plan für Gaults Tochter verlief erfolgreich?«

»Black Dugal hatte recht.« Aeros blickte wieder auf das in seiner Hand zerknüllte Pergament. »Selbst ich muss vaterlos werden.«

»So wie wir alle.«

Aeros ballte die Faust um den Zettel. »Alle, die die Wahrheit über Krista Aulbrek kannten, mussten sterben. Ser Aulmut Klingande. Mein Vater. Alle.« Er sah den Bluthölzler eiskalt an. »Ich gehe davon aus, dass Seidenholz und Rosenholz ihren Teil übernehmen und die Übrigen eliminieren?«

»Wenn es so weit ist.« Spinne begegnete seinem kalten Blick. »Dass Ihr Krista bestimmt habt, um Aulmut und Aevrett zu töten«, ein höhnisches Lächeln umspielte seine Mundwinkel, »hat Black Dugal bestimmt über alle Maßen erfreut.«

»Vatermord gefällt einem Bluthölzler eben besonders gut«, erwiderte Aeros seinerseits boshaft grinsend. »Doch vergiss nicht, dass noch immer einer in Rokenwalde einsitzt, der sterben muss.«

»Ich denke, mein Meister hat dafür gesorgt, dass Krista inzwischen vor Ort ist«, sagte Spinne. »Mein Vater hätte diesen Mann nie am Leben lassen dürfen. Doch bald ist Borden Bronachell tot, und mit ihm stirbt alles, was er weiß.«

»Und dann wird Nail wieder zu einem *Niemand*.« Aeros warf das Pergament ins Meer.

»Vaterlos«, sagte der Bluthölzler. »Genau wie seine Schwester.«

Aeros blickte auf Nachtauge, der noch auf dem Steuerrad des Schiffes kauerte, und strich ihm über die Federn am Kopf. Dann sah er den Bluthölzler durchdringend an. »Eins vergisst du, Attentäter. Borden Bronachell ist nicht der Letzte, der die Wahrheit kennt. Ich kenne die Wahrheit auch. Du kennst sie. Dein Bruder weiß Bescheid. Und wer weiß, wie vielen aus der Bruderschaft von Mia es Habichtholz erzählt hat?«

»Auch in Habichtholz steckt noch ein Rest von Dugals Blut«, sagte Spinne. »Er gibt seine Geheimnisse nicht leichtfertig preis.«

»Jeder aus der Bruderschaft von Mia muss sterben. Auch der Verräter. Warum haben weder Rosenholz noch Seidenholz ihn bisher umgebracht?«

»Ich habe länger nichts von Rosenholz gehört«, sagte Spinne. »Seidenholz hat jedoch in ihrer letzten Nachricht behauptet, der *Schleier der Tugend* sei in Amadon gefunden worden. Sie ist jetzt selbst bei Nail, Teil einer Gesellschaft der Neun, die auf dem Weg zu den Minen oberhalb von Arco bei den Himmelsseen ist. Seidenholz beschafft das *Pechschwarze Herz* und das *Feuer der Sühne*. Sie sagt, alle Waffen der Fünf Kriegerengel werden bald Euch gehören, und die, die mit ihr reisen, werden es nicht überleben.«

»Hoffen wir, dass sie ihre Versprechen hält«, murmelte der Weiße Prinz. »Eines Tages, und zwar schon bald, werde ich die *Einsame Krone* in die Schlacht führen und *Mond des Vergessens* im Kampf einsetzen. Vielleicht schon, wenn wir Lord's Point angreifen. Ser Ivor Jace dürfte meine Armeen in Adin Wyte vorbereitet haben.«

Aeros streckte den Arm nach dem Turmfalken aus und sah Ava tief in die Augen. »Du bleibst auch wegen deines Schweigens am Leben. Wenn du auch nur ein Wort von dem verrätst, was du heute gehört hast, blüht dir ein langes, schmerzhaftes Ende. Verstanden?«

Sie schluckte, nickte, und ihr Magen drehte sich, als sie zusah, wie der Vogel auf Aeros' ausgestreckten Arm hüpfte. Um sich zu beruhigen, streichelte sie dem Turmfalken selbst sachte über den Kopf. Das Tier starrte sie mit den kühnen Augen eines kaltblütigen Jägers an. Ava wurde noch unruhiger.

»Nachtauge mag dich nicht.« Aeros nahm ein weißes Taschentuch aus der Westentasche und legte es dem Vogel über den Kopf. »Wir machen in ein paar Stunden unterhalb der Festung von Sankt Einzig fest. Wenn du willst, bleib an Bord. Ich lasse Mancellor kommen, damit er auf dich achtgibt.« Aeros dreht sich um und stampfte mit dem Vogel in der Hand über die Planken davon. Als er unter Deck verschwand, gewann Avas Übelkeit schließlich die Oberhand.

Sie erbrach einen Strahl halb verdauter Suppe, die wie Blutspritzer außen am Bug des Schiffes kleben blieb.

»Von den Wellen hier auf dem Kanal wird kein Mädchen seekrank.« Spinne starrte sie mit gnadenlos wissendem Blick an. »Am besten sorgst du also dafür, dass Aeros dich nie wieder kotzen sieht. Ansonsten fürchte ich, dass er dich eigenhändig über Bord wirft.« Er zog einen Wasserschlauch aus glattem Leder aus den Falten seines Mantels. »Trink.« Er neigte den Kopf und hielt ihr den Schlauch beinahe ehrfürchtig hin. »Das wäscht die Bitterkeit deiner Sünden fort.«

Ava griff zu, zog mit zitternden Fingern den Stopfen ab und löschte mit dem kühlen, klaren Wasser ihren Durst.

Mancellor Allen kam in voller Tracht der Ritter vom Blauen Schwert, den Helm in der Armbeuge, vom Unterdeck heranmarschiert und stellte sich neben Ava und Spinne ans Steuer. Alle drei starrten auf die gewaltigen Umrisse des Mont Sankt Einzig.

»Wir sind bald da«, murmelte der Bluthölzler. »Du bist dran, das Mädchen zu bewachen, also verabschiede ich mich«, sagte er zu Mancellor. Dann nahm er Ava den Wasserschlauch ab und verschwand durch dieselbe Luke wie Aeros zuvor.

»Ich habe immer davon geträumt, einmal die Festung auf dem Gipfel des Mont Sankt Einzig zu sehen«, sagte Mancellor, als Spinne fort war. »Und jetzt stehe ich hier und gehe bald in Adin Wyte an Land.« Dann schlug er mit drei Fingern das Laijonskreuz über seinem Herzen. Das rituelle Zeichen erschreckte Ava, denn sie hatte noch nie erlebt, dass einer aus der Armee des Weißen Prinzen es verwendete. Das Ritual aus *Weg und Wahrheit Laijons* war geheiligt und persönlich, und es sollte Totengeister und andere Dämonen abwehren. Plötzlich betrachtete sie den Kerl neben sich in ganz neuem Licht. Die auf seine Schultern fallenden Locken und die dunkelblauen Tätowierungen unter seinen Augen ließen ihn im Mondlicht wild erscheinen. Im richtigen Licht hätte Ava den Mann aus Wyn Darrè für attraktiv halten können. Aber als einer der Männer, die sie geraubt hatten, war er in ihren Augen so gemein wie die anderen.

Sie bemerkte, dass dasselbe Sklavenmal der Sør Sevier, das auch sie trug, auf seinem Handgelenk eingebrannt war. Auch er war also einst ein Gefangener Aeros Raijaels gewesen, so wie sie, so wie Jenko. *Vielleicht tut auch er nur alles, um zu überleben.*

»Meine Schwester muss mich längst für tot halten.« Mancellor blickte sie an. »Hattest du Geschwister in Galgenhafen?«

Ava hatte keine Lust auf eine Unterhaltung mit ihm, schon gar nicht über Galgenhafen oder ihre Familie. Sie schwieg.

»Meine Schwester Bronwyn müsste jetzt etwa in deinem Alter sein«, sagte er. »Wenn sie noch am Leben ist. Siebzehn, denke ich.« Trauer lag in seiner Stimme. »Allerdings habe ich sie seit fünf Jahren nicht gesehen. Nicht, seit ich Aeros Raijaels Armee beigetreten bin.«

»Ihr meint: nicht, seit Aeros Euch gefangennehmen ließ?« Jetzt wandte der Mann aus Wyn Darrè sich ab.

»Du solltest wissen, dass Jenko und ich in Ravenker einen Schatz gefunden haben«, sagte er und blickte zum Berg hoch. »Eine Axt und einen blauen Stein. Wir haben sie dem Jungen, Nail, abgenommen. Dem Jungen, den ihr beide aus Galgenhafen kennt.«

Natürlich wusste sie, wovon er sprach. Sie hatte Mancellor und

Jenko heimlich beobachtet, als diese Aeros die Schätze überreicht hatten. Sie hatte sie Enna Spades gezeigt. *Versucht er, nach Informationen zu angeln? Will er herausfinden, was ich über Nail weiß?* Avas Herz hämmerte. *Stellt Aeros mich so schnell auf die Probe?* Wieder reagierte sie nicht. In ihr rumorte es, und ihr war noch übler als vorhin.

»Ich fürchte, Jenko Bruk ist von der Streitaxt besessen«, sagte Mancellor. »Ich fürchte, er wird versuchen, sie zu stehlen. Das wäre sein Ende. Aeros wird nicht zulassen, dass er die wenigen Schätze, an denen ihm etwas liegt, anfasst.« Der Wyn Darrè sprach nüchtern und fixierte Ava wieder. *Als wäre ich einer der unberührbaren Schätze von Aeros …*

Sie sagte: »Der Weiße Prinz hat mehr Geheimnisse als nur die Streitaxt.« Dabei raste ihr Herz, denn sie würde jetzt genau das ausplaudern, was Aeros ihr so drastisch verboten hatte. Doch es kümmerte sie nicht. Falls Mancellor spionierte, so hoffte sie plötzlich, er würde dem Weißen Prinzen alles erzählen. Sie wollte, dass Aeros von ihrem Verrat und ihrem Mangel an Loyalität erfuhr. Dann könnte er sie deswegen töten. Allem ein Ende bereiten. »In seiner Schatztruhe liegt auch ein seltsamer Helm. Und ein grüner Stein. Neben der Axt und dem blauen Stein. Er hat sie hier auf dem Schiff bei sich. Unter Deck. Es sind zwei wichtige und uralte Relikte. Um sie geht es eigentlich bei diesen Kriegen. Ihretwegen hat er so viele Menschen getötet. Wegen der Streitaxt und dem Helm hat er Galgenhafen zerstört, ihretwegen hat er Nail gejagt. So viel habe ich selbst herausgefunden.«

»Ein Helm?«, fragte Mancellor und kniff die Augen zusammen.

»Ja, ein Helm.« Sie blickte mit hoffnungsvollen, großen Augen zu ihm auf, einer vorgetäuschten Hoffnung, die er bemerken sollte. Sie legte ihm eine Hand auf die gerüstete Schulter. »Er hält sie für die *Einsame Krone* und den *Mond des Vergessens*, die Waffen der Fünf Kriegerengel.«

»Der Fünf Kriegerengel?«

»Wenn wir in Sankt Einzig ankommen, sollten wir die Axt und den Helm stehlen«, sagte sie hastig. »Wir sollten sie stehlen und davonlaufen, Mancellor. Wir beide. Zusammen. Weit weglaufen. Wir sollten Axt und Helm nach Amadon bringen. Das hat Gault Aulbrek tun wollen.« Sie hielt den Kopf erhoben und blickte dem Mann aus Wyn Darrè durchdringend in die Augen. »Und er wollte mich mitnehmen.«

»Das hätte Gault Aulbrek nie getan«, schnaubte Mancellor. »Er hätte seinen Lord nicht bestohlen, und er hätte dich ihm nicht weggenommen.«

»Doch, ich schwöre es.« Sie begegnete seinem finsteren Blick fest und beschwörend. »Aeros wurde Gault gegenüber misstrauisch und hat sich mit dem Bluthölzler eine Intrige ausgedacht, um ihn zu verraten. Und das taten sie Ravenker.«

»Wie dem auch sei …«

»Ihr seid wie Gault«, unterbrach sie ihn. Ihre Hand lag noch auf seiner Schulter. »Ich weiß, Ihr wollt nicht Teil von Aeros' Armee sein, Mancellor. Zusammen können wir …«

»Hör auf damit«, knurrte er und packte sie nun an den Schultern. »So darfst du nicht reden, Ava.« Flehend sah er ihr in die Augen. Doch er war auch verwirrt und verletzt. *Wenn er spioniert, dann macht er es schlecht … Er überlegt tatsächlich, ob er mit mir davonläuft …*

»Worüber redet ihr?« Aus der Dunkelheit ertönte Jenko Bruks Stimme. Er näherte sich von hinten mit klappernden Stiefeln auf dem Deck. Auch er trug die Rüstung der Ritter vom Blauen Schwert, hielt den Helm in einer Hand und hatte das Schwert an der Hüfte hängen.

»Aeros möchte nicht, dass du mit dem Mädchen hier oben bist.« Mancellor ließ Avas Schultern los und trat zwischen sie und Jenko.

»Und doch bin ich hier«, erwiderte Jenko und ließ den Blick über den Schatten von Mont Sankt Einzig wandern, ehe er sich wieder seinem Mitritter zuwandte.

»Es geht um deinen Hals«, sagte Mancellor. »Aber sag nicht, ich hätte dich nicht gewarnt.«

Jenko sah Ava direkt an. »Also, was besprecht ihr hier?«

Ava zögerte. Wenn sie es verriet, konnte das ihr Ende bedeuten. »Ich habe Mancellor von einem Helm und einem grünen Engelsstein erzählt, die Aeros in seiner Truhe aufbewahrt. Der Weiße Prinz hat sie zu der Axt und dem blauen Stein gelegt, die ihr Nail in Ravenker abgenommen habt. Vielleicht sind es die verlorenen Waffen der Fünf Kriegerengel. Ich habe Mancellor gebeten, mir zu helfen, sie Aeros wegzunehmen und mit mir davonzulaufen.«

»Mit dir davonlaufen?« Jenko sah erstaunt aus. Oder verletzt? Verwirrt? Sie war sich nicht sicher. Mit finsterem Blick sah er den Wyn Darrè an.

Mancellor schluckte schwer. »Wenn sie so redet, bringt sie uns noch beide um.«

Eine Art Hoffnung lauerte in Jenkos Augen, als er sich ihr wieder zuwandte. »Erzähl mir von diesem Helm.«

Sie zögerte nicht. »Aeros hält den Helm für die *Einsame Krone* aus *Weg und Wahrheit Laijons*. Er glaubt, der grüne Stein ist einer der sagenhaften Engelssteine. Die Streitaxt, die ihr Nail abgenommen habt, ist der *Mond des Vergessens*.«

»Das kann nicht sein«, sagte Jenko, dessen Hoffnung schwand. »Ich habe *Weg und Wahrheit Laijons* gelesen. Mein Vater besaß ein Exemplar. Die Waffen der Fünf Kriegerengel und die Steine sind mit Laijon bei seinem Tod mit in den Himmel aufgefahren.« Sein Blick verlor sich. »Der *Mond des Vergessens* ist nichts, was ein Bastard wie Nail auf dem Rücken eines Maulesels herumschleppt.«

»Denk doch mal nach.« Avas Verzweiflung wuchs und sie versuchte, ihrer Geschichte mehr Glaubwürdigkeit zu verschaffen.

»Du hast doch selbst gesagt, dass du einen Zauber gespürt hast. Ich habe es gehört, als du Aeros die Axt überreicht hast. So wie Aeros die Axt und den Helm behandelt, glaubt er, dass ihnen ein echter Zauber innewohnt.«

»Ja, ich habe etwas gespürt, als Nail mich in Ravenker mit der Axt getroffen hat.« Jenko trat einen Schritt zurück. Sein Blick ging immer noch in die Ferne. Er richtete sich auf. »Der Bastard hätte mich ohne göttliche Hilfe auch nicht schlagen können.«

»Und das ist noch nicht alles«, sagte sie verschwörerisch. »Aeros und Spinne unterhalten sich über vieles. Sie sagten, dass auch der *Schleier der Tugend* in Amadon gefunden wurde. Angeblich haben Nail und ein Bluthölzler mit Namen Seidenholz sich zusammengetan, um das *Pechschwarze Herz* und das *Feuer der Sühne* zu suchen.«

»Nail?«, fragte Jenko spöttisch. »Und ein Bluthölzler auch noch?«

»Das haben sie gesagt. Es ist keine Stunde her. Genau hier, wo du stehst. Der Weiße Prinz erhält Nachrichten von einem schwarzen Vogel.«

»Verflucht«, sagte Jenko. »Haben dir die Totengeister denn wirklich Löcher ins Gehirn gefressen? Beinahe hätte ich dir geglaubt.«

Ava machte einen Schritt zurück, und die Übelkeit wütete wie ein Orkan in ihrem Magen. »Ich bin nicht von Totengeistern besessen.«

»Ich weiß ja«, murmelte er. »Tut mir leid.«

Seine Gefühlsschwankungen waren so erstaunlich wie ihre. »Ich sage immer nur die Wahrheit«, flüsterte sie beinahe, »und dann hält man mich für verrückt.« Sie zuckte zusammen. Dann beugte sie sich über die Reling und erbrach sich. Es tat so weh. Es war ihr peinlich.

Als sie fertig war, hielt Jenko ihr ein weißes Tuch hin. Sie griff danach. Doch statt loszulassen, zog er sie daran zu sich heran und wischte ihr die Lippen ab. Diese Geste kam so unerwartet, die Berührung war so zart, dass ihr fast Tränen in die Augen traten. *Von grausam zu zärtlich in einem Herzschlag. Ach, was haben sie dir angetan, Jenko?*

»Darf ich es behalten?«, bat sie.

Als er ihr das Tuch übergab, sah sie auch auf seinem Handgelenk das eingebrannte Sklavenmal. *Jenko. Ich. Mancellor. Wir sind einander so ähnlich.* Sie nahm das Tuch und steckte es in den Gürtel. Dabei hatte sie ganz feuchte Augen. Die Gefühlsschwankungen, die er in ihr auslösen konnte, erzürnten und beruhigten sie zugleich. »Ich weiß nicht, was die Zukunft für uns bereithält, Jenko. Aber eins musst du wissen: Ich verstehe, dass du nur getan hast, was jeder Mann getan hätte, um am Leben zu bleiben.« Sie schluckte schwer. Sie hatte einen Kloß im Hals. *Vergebt allen, so lehrte* Weg und Wahrheit Laijons, *denn die Totengeister gedeihen in hasserfüllten Seelen.* »Du musst wissen, dass ich dir vergebe«, schloss sie.

»Und ich vergebe dir«, sagte er.

Beide standen sie still, wie gefesselt von jenen Banden, die es auch jetzt noch zwischen ihnen gab. Dann umarmte er sie. Trotz der kalten und harten Sør-Sevier-Rüstung fühlte er sich so stark und tröstend an wie immer. Sie spürte, wie sie mit ihm verschmolz.

Als er sich schließlich von ihr löste, blickte er mit Tränen in den Augen über den Ozean hin auf den gewaltigen Mont Sankt Einzig. »Ich weiß nicht weiter. In Galgenhafen, als Spades dich am Strand töten wollte …« Er brach ab, rang nach Worten. »Ich … ich habe meinen Vater für dich verraten, Ava. Ich hätte ihn fast getötet, vielleicht ist er jetzt tot. Und Aeros: Manchmal behandelt er mich wie seinesgleichen, mehr als mein Vater es je getan hat. Und was Spades betrifft …« Wieder brach er ab. Seine Stimme klang schmerzerfüllt. »Du musst auch wissen, dass ich nur tue, was ich kann, um am Leben zu bleiben. Bitte hab Verständnis. Ich habe dich nicht vergessen.«

»Ich dich auch nicht«, sagte sie, weil ihr bei seinen Worten nichts anderes einfiel. »Eigentlich sollten wir gar nicht hier sein. Keiner von uns.«

»Nail ist schuld, dass wir hier sind.« Jenkos Augen waren glühende Kohlen. Er sah sie geradeheraus an. »Eines Tages werde ich Nail jagen und ihn für dich töten. Das schwöre ich, Ava. Und wenn es das Letzte ist, was ich tue. Wegen diesem Bastard stehen wir hier draußen auf dem Schiff des Feindes, des Weißen Prinzen. Sie sind alle irre: Aeros, Spades, Hammerfiss, der Bluthölzler. Nail ist es gewesen, der uns zurückgelassen hat, damit wir diese Qualen durchleiden.«

Ein schmerzhafter Stich der Hoffnung fuhr bei Jenkos Worten durch Ava. *Hasst er sie wirklich? Hat er sich nur aus reiner Selbsterhaltung wie ihr Freund aufgeführt? Hat er Aeros nur Treue geschworen, um sein Leben zu retten? Spielt er mit ihnen, wie sie mit uns spielen?*

»Ich weiß nicht, ob ich ein guter oder ein schlechter Mensch bin«, sprach Jenko weiter. »Aber ich werde dich rächen, Ava. Eines Tages halte ich diese Streitaxt, die Aeros in seiner ach so wertvollen Schatztruhe versteckt, in meinen Händen, und ich werde Nail damit töten, und danach bringe ich jeden um, der dir wehgetan hat.«

»Besser, Aeros oder die anderen hören dich nicht so sprechen«, murmelte Mancellor.

»Mir ist inzwischen egal, wer was hört«, zischte Jenko.

»Ich verstehe deinen Schmerz«, sagte Mancellor. »Und um deiner selbst willen sorge ich dafür, dass diese Unterhaltung unter uns dreien bleibt. Aber eines Tages wird dir aufgehen, dass diese Person, die du so hasst, Nail, nun ja, dass er dir einen großen Gefallen getan hat, als er dich bei Aeros ließ. Ich glaube, dass Laijon für uns alle einen Plan hat, und deshalb leben wir noch. Denn jetzt überleben wir auf der Gewinnerseite, während dieser Nail und jene, die bei ihm sind, auf ewig gejagt werden.«

»Aber Nail ist frei und ich nicht«, sagte Jenko. »Ich habe wegen Nails Verrat so viel von meinem Leben und mir selbst aufgeben müssen.« Er umfasste die Reling und sah Mancellor direkt an. Giftig sagte er: »Und ich verpflichte Euch Eurem Versprechen, dass dies unter uns bleibt.« Dann nickte er dem Mann aus Wyn Darrè zu und wandte sich zum Gehen.

Ava hielt ihn am Arm. »Danke, dass du es riskiert hast, hier hochzukommen, Jenko.« Sie wünschte, er würde bleiben. Sein ehrliches Geständnis wirbelte durch ihre Gedanken. »Danke, dass du mit mir gesprochen hast.«

»War mir eine Ehre.« Er verneigte sich vor ihr. »Ich hoffe, deine Übelkeit ist nur vorübergehend.« Aufrecht und stolz ging er davon.

Als sie ihn unter Deck verschwinden sah, drehte sich Avas Magen fast um, als wäre das Wort *Übelkeit* genug, sie noch kränker zu machen. Wieder beugte sie sich über die Reling und übergab sich. Während sie das Letzte in die Nacht spie, kam ihr ein verstörender Gedanke. Sie hatte früher schon Mädchen gesehen, die solche Übelkeit hatten. *Schwangere Dorfmädchen …*

Wann hatte sie in diesem Mond zuletzt ihre Blutung gehabt? Sie umklammerte keuchend die Reling. Eine kalte Hand fasste ihren Arm und stützte sie. Es war Mancellor Allen, der verhinderte, dass sie umkippte. Als sie zu ihm aufsah, zeigte sein Gesicht Mitleid und Sorge.

Während sie sich mit Jenkos Tuch das Gesicht abwischte, wurde sie ein Bild nicht los: Aeros Raijael, der ein winziges Baby in einem kühlen, klaren Bach nahe dem Weiler Leifid ertränkte.

Alles, was an die namenlosen Biester der Unterwelt erinnerte, wurde aufgespürt und zerstört, jeder Überrest, jeder Knochen, jede Schuppe, jeder Zahn, alle Höhlen und Kerker, in denen sie gehaust hatten, wurden verwüstet und in Brand gesetzt. All dies geschah, um den pestilenzartigen Gestank ihrer schaurigen Existenz zu bereinigen.

WEG UND WAHRHEIT LAIJONS

45. KAPITEL

STEFANE WAYLAND

AM SECHZEHNTEN TAG DES ENGELSMONDES
IM 999. JAHR LAIJON – TOTHOLZTOR, GUL KANA

Stefane Wayland und Seita ritten gemeinsam auf einem der gestohlenen Zugpferde, Culpa Barra auf dem anderen. Nach vier Tagen brachen die drei nordwestlich von Totholztor aus den bewaldeten Hügeln. Zwischen großen Felsbrocken erklommen sie eine buschbewachsene Steigung und erreichten eine weite Brachfläche.

Hier erblickte Stefane endlich den Eingang zu den Minen, von denen Culpa gesprochen hatte. Angeblich war es nur einer von vielen, und er sah wahrhaftig grausig aus: ein finsteres Loch im Boden, von einem eigenartigen Zaun umgeben. Stefane zügelte das Pferd und erkannte, dass er aus Knochen bestand. Menschenknochen? Vielleicht auch Oghul-Knochen. Jedenfalls waren sie aneinandergenagelt und in den Boden gerammt. Fahl und weiß hoben sie sich vom dunkelgrünen Laub und den grauen Felsen auf dem windgepeitschten Hügel ab. Culpa sprang vom Pferd und stieg vorsichtig mit einem langen Seil in der Hand über den Zaun. Seine schwarz glänzende Rüstung knirschte bei jeder Bewegung. Die Armbrust, das *Pechschwarze Herz*, hatte er über dem schweren, grauen Mantel auf den Rücken geschnallt.

Stefane und Seita saßen ebenfalls ab und beobachteten, wie der Tagritter ein Seilende in das Loch gleiten ließ. Kurz darauf flog kreischend ein Schwarm schwarzer Fledermäuse ans Tageslicht. Überrascht machte Culpa einen Schritt nach hinten, und die Nachttiere verschwanden im Nordhimmel.

Culpa sagte: »Seit Shawcroft und ich diesen Ort vor fünf Jahren verlassen haben, wurden die Wälder im Norden von Totholztor von bösartigen Kreaturen geradezu überrannt.« Er band das andere Seilende seinem Zugpferd um den stämmigen Hals. »Wir können von Glück reden, dass uns keine Oghule entdeckt haben, wenn man bedenkt, wie weit wir in ihr Gebiet vorgedrungen sind.« Der Tagritter klopfte dem Tier auf die Hinterbacken. »Deine Reise ist hier zu Ende, mein Mädchen.« Er drehte sich zu Stefane und Seita. »Sie ist schwer genug, uns als Gegengewicht zu dienen, wenn wir uns in die Minen abseilen.«

»So ganz ohne eine Mittagspause oder ein paar nette Worte?« Seita zog die Kapuze ab. Im scharfen Wind wehten die Haare der Vallè wie Fäden aus fein gesponnenem Sonnenlicht. »Wir traben einfach in ein Knochenfeld und werfen uns direkt in ein Loch im Boden?«

»Genau«, sagte Culpa und prüfte das Seil. »Ohne nette Worte.«

Nach den vier Tagen zu Pferde wirkte jede Unterhaltung zwischen Seita und Culpa nicht nur angestrengt, sondern geradezu feindselig. In den wenigen Weilern, die sie durchritten hatten, wollte

Seita immer gerne in einem Gasthof eine bequeme Nacht zubringen, vielleicht etwas Warmes essen. Culpa aber hatte stets darauf bestanden, die wenigen kalten Rationen, die sie noch hatten, zu verzehren und unter den Sternen zu schlafen.

Auch für Stefane waren es vier unangenehme Tage gewesen. Seita hatte ihren Kuss als Fehler bezeichnet. Trotzdem saßen sie Tag für Tag gemeinsam auf einem Pferd und sie hielt sich an seinem Rücken fest. Er genoss das Gefühl, wie sie sich an ihn presste, und er lebte für die gelegentliche Berührung ihrer Hand auf seiner Brust, wenn sie nachts nebeneinanderlagen. Es war eine Qual, doch mehr als Freundschaft wollte sie ihm nicht mehr geben. Er wusste, dass sie seinen Schmerz spürte. Er stand ihm jeden Augenblick ins Gesicht geschrieben.

»Wenn ich mich recht entsinne, ist das Loch nur gut fünfzehn Meter tief.« Culpa zog wieder am Seil und prüfte, ob sein Plan mit dem Pferd aufging. »Unterirdisch steht uns aber ein langer Weg bevor, bis wir auf das *Feuer der Sühne* stoßen.« Er hielt Stefane das Seil hin. »Du zuerst. Dann Seita. Ich komme als Letzter.«

Das Seil lief vom Hals des Pferdes durch die schwieligen Hände des Ritters in das schwarze Loch im Boden. Stefane war so oft die Takelage der *Lady Kindly* hochgeklettert, dass ihm das Abseilen in das Loch keine Sorgen bereitete. Er konnte das. Er wusste bloß nicht, was ihn unten erwartete. Beim Gedanken, wieder unter der Erde zu verschwinden, setzte sein Herzschlag aus. *Oghule leben in den finsteren Tiefen im Norden!* Die Anspannung der Wanderung durch die Minen von Roahm bei Galgenhafen und das anschließende Trauma aus den Tunneln oberhalb der Himmelsseen legte sich wie dichter Nebel auf ihn.

»Ich bin gleich hinter dir.« Seita legte ihre Hand auf seine, als ahnte sie, was er dachte. »Culpa hat recht. Wir sollten hier nicht verweilen. Am besten bringen wir es hinter uns.«

Stefane zog sich den Mantel und die Rüstung zurecht und

prüfte die Sicherung seines Bogens. Seita half ihm, den Köcher und eine der Fackeln auf seinem Rücken festzuzurren. Die Pfeile hatte er vorhin gezählt. Zehn Stück waren es nur.

»Was wird mit den Pferden?«, fragte er.

»Die bleiben hier, bis wir wiederkommen, würde ich sagen«, antwortete Culpa.

Stefane stieg über den Knochenzaun und fasste das Seil. Er prüfte, wie das Pferd sich hielt, wenn er daran zog. Langsam näherte er sich rückwärts dem Loch und ließ sich vorsichtig hinab. Seita führte das Tau. Ihre Haare wehten im Wind.

Es war kalt, muffig und düster. Stefane stand in einer kleinen, grobkantigen Höhle von etwa zehn mal dreißig Metern, an deren Ende ein dunkler Tunnel zu erkennen war. Seita und Culpa waren bei ihm, und neben ihnen baumelte das am Zugpferd festgebundene Seil, eine dünne Linie, die in den kleinen Lichtpunkt oben führte.

Culpa tauschte die Fackel auf Stefanes Rücken gegen ein aufgewickeltes Seil aus. »Nimm du das Seil, ich trage die Fackel.« Er entzündete sie mit Feuersteinen. »Wappne deine Sinne gegen die Totengeister. Ich kann dich nicht genug warnen: Diese Minen leben und atmen. Sie sind ein böswilliger Kerker, der deinen Gedanken die seltsamsten Dinge vorgaukelt, wenn du nicht aufpasst.«

Culpa nahm einen Schluck aus einem der Wasserschläuche und reichte ihn an Stefane weiter. Als er trank, dachte er, der Boden bewegte sich unter seinen Füßen. Und als er nach oben sah, glaubte er, da würde etwas ganz kurz das Loch verdecken. Er blinzelte. Der Sonnenlichtpunkt war wieder da. *Bloß eins der Pferde …*

»Uns steht ein langer Weg bevor.« Culpa nahm den Wasserschlauch entgegen und ging zu dem Tunnel. Die Fackel erhellte die groben, rissigen Wände vor ihnen. Seita folgte dem Tagritter. Stefane bildete die Nachhut. Als sie den Tunnel erreichten, fiel der Durchgang leicht nach links ab. Überall lagen abgebrochene Steine und Holzbalken.

Stefane konnte immer nur an Oghule, Giftpfeile und Silberströme denken. Der schmale Minenschacht verwandelte sich alsbald in ein verwinkeltes Labyrinth. Mancherorts war die Decke so niedrig und der Gang so eng, dass sie sich geduckt hindurchzwängen mussten. Anderswo verschwanden Schatten in schwarzen Gruben im Boden oder erstreckten sich aufwärts in Löcher und Risse in der Decke. Alles ähnelte ganz erschreckend den Minen bei Galgenhafen und den Himmelsseen. Immer wieder flackerte der Fackelschein rötlich im Quarz der Wände, pulsierte, wie Stefane aus den Augenwinkeln sah, wie kleine Blutströme, und mit jedem Schritt schien sich der Boden zu einem tiefen Rumpeln von irgendetwas weit, weit unter seinen Füßen zu bewegen.

Stefanes Panik und die paranoiden Gedanken erzeugten Übelkeit und marternde Kopfschmerzen. Ein eiserner Amboss schien ihm von innen gegen die Eingeweide zu drücken. Die Kopfschmerzen flüsterten ihm Böses ein, nicht recht fassbare Dinge, die verstörend klangen, gemein schwingende Stimmen und ein stetiges Trommeln, das seinen Schädel umgab.

Er dachte an die Totengeister in *Weg und Wahrheit Laijons* und überlegte, ob er sich nun endgültig ihrem gefürchteten Ruf ergeben hatte.

Um den Kopf klar zu bekommen, konzentrierte er sich auf Seitas dunkle Silhouette vor sich und tippte ihr auf die Schulter. »Was?« Sie drehte sich um.

»Ist bei dir alles in Ordnung?«

»Ich bin ein bisschen nervös.«

»Ich auch.«

Sie blieben im Korridor stehen, der sich in beide Richtungen erstreckte. Culpa lief voraus. Stefane traute sich und nahm Seita in die Arme, und sei es nur zur eigenen Beruhigung. Sie zog ihn an sich, wärmte ihn durch den Brustpanzer seiner Rüstung, hielt sich an ihm fest, als brauchte auch sie eine Bestätigung, dass sie hier im Dunkeln nicht allein war. Ganz ähnlich hatte er Giselle in den Minen oberhalb von Galgenhafen getröstet, und jetzt erinnerte ihn die Umarmung mit der Vallè an all die verlorenen Lieben.

»Bleibt nicht so weit zurück!«, hörten sie Culpa rufen, dessen Fackel nur noch matt in der Ferne schien. Sie lösten sich voneinander und eilten durch den Tunnel.

Culpa stand an einer Kreuzung, von der aus nachtschwarze Gänge nach links, rechts, vorne und hinten abzweigten.

»Ich weiß nicht genau, wo es langgeht«, sagte Culpa und machte langsam ein paar Schritte nach rechts. Er hielt die Fackel hoch.

»In den letzten Tagen lasten viele Dinge auf meinen Gedanken«, flüsterte Seita Stefane zu und schmiegte sich wieder an ihn. Die Anspannung in ihrer sonst so sicheren Stimme war greifbar. »Meine Visionen. Wir müssen bald in Amadon sein, Stefane. Spürst du es nicht auch? Wir müssen aus diesen Minen raus. Hier unten haust etwas Gefährliches. Nicht nur Oghule, sondern etwas Böses. So böse, dass keiner von uns es sich vorstellen kann. Ich spüre es in den Wänden und im Boden unter meinen Füßen.«

»Ich fühle es auch.« Ein murmelnder Atem wehte ihm in den Nacken. Er erschauerte.

»Worüber redet ihr da?« Culpa sah sie tadelnd an. »Eure Unterhaltung hallt hier überall wider. Ich habe euch doch gesagt, dass dieser Ort euch zum Narren hält. Das sind hier nicht die Minen an den Himmelsseen. Wappnet euch. Steigert euch nicht gegenseitig in eure Paranoia hinein. Mit solchem Gerede macht ihr euch bloß verrückt.«

Stefanes Haut prickelte, als würde etwas näher kommen, ein Albtraum. Seita schien es auch zu merken. Gefahr vergiftete heimtückisch jede Faser seiner Nerven. Er fühlte, wie sich etwas von hinten anschlich, ein *Ding* oder *Dinge*. Wieder spürte er, wie der Boden sich bewegte. Spannungen und Beben in der Luft, als flögen Pfeile rasend schnell mit mörderischen Spitzen auf sein Herz zu.

Er packte Seita am Arm und sah sich nervös um. Da kam wirklich etwas atmend durch den ganzen Flur auf *ihn* zu, saugte wertvolle Luft in großen Schlucken auf, zielte auf *ihn*, wollte *ihn* verschlingen. Nein, hier war es gar nicht wie bei den Himmelsseen. Hier war Krankheit. Schaurige, nasskalte Finsternis. Giftige Dämpfe. Die Luft schimmerte. Culpas Fackel flackerte. Stefane spürte Schweißperlen auf der Stirn.

Seita war nur mehr ein dunkler Schatten im fahler werdenden Licht. »Was geschieht hier?«, hauchte sie.

Der Tunnel rumpelte und vibrierte. Heiße Luft rauschte an ihnen vorbei. Von der Decke regnete es Felskeile und Staub. Die Wände knarzten und ächzten, die ganze Grotte schaukelte. Tief unter ihnen donnerte und donnerte es, als rieben massive Felsplatten aneinander. Culpa Barra versuchte nun, zu ihnen zurückzukommen. Er brüllte etwas in das Getöse hinein. Seine Fackel war ein wackliges, verschleiertes Licht in der Ferne.

Stefane gefror das Herz beim Anblick roter Lichtrinnsale, die aus den Wänden troffen und im Rhythmus der dumpfer werdenden Töne glommen und pulsierten wie Adern in einem monströsen, schuppigen Arm. An und aus ging die Farbe, an und aus. Das Gefühl, dass der Tunnel sich in sich selbst verdrehte, ließ ihn das Gleichgewicht verlieren. Auch Seita wankte und taumelte den Gang entlang auf Culpa zu. Dann fiel sie hin. »Das ist heiß!«, schrie sie und stemmte sich wieder hoch.

Symbole standen wie in Flammenschrift an den Wänden: Quadrate, Kreise in Kreisen, Kreuze, Sichelmonde, allesamt wie Sternschnuppen glitzernd. Der Tunnel drehte sich in spiralförmigen

Feuerflüssen und glühenden Zeichen. Die schillernden Venen wurden intensiver, das feurige Rot erglühte wie Ströme geschmolzenen Eisens.

Dann vibrierte die Mine heftig. Staubwolken stoben in Schüben von der Decke, als die leuchtenden Flammenbänder um die Wände verblassten, verglühten und schließlich in Nichts verblichen.

»Wir müssen alle Ruhe bewahren!« Culpas Stimme hallte aus der Dunkelheit zu ihnen. Die flackernde Fackel erleuchtete sein angespanntes Gesicht. »Dieser Ort erschafft Trugbilder in euren Köpfen. Nichts davon passiert wirklich.«

Seita blickte mit schreckgeweiteten Augen in den Korridor. Solche Furcht hatte Stefane bei der Vallè noch nie gesehen. Er selbst keuchte laut vor Angst. Culpa trat näher, mit widerhallenden Schritten.

Wieder rumpelten die Wände und ließen den Tagritter innehalten.

»Was ist das?«, zischte Seita. »Was passiert jetzt?«

»Pssst!«, machte Culpa.

Eine Wolke heißer Luft sauste vorbei. Stefane spürte wieder, wie der Tunnel sich unter seinen Füßen wand. Ein neues Krachen ertönte pulsierend in unendlichen Tiefen. Rote Blitze liefen durch die Wände, grellrot und im Takt der lauter donnernden Trommeln schimmernd. *Bumm! Bumm! Bumm!* Das konnte keine Illusion sein. Stefane war sich sicher. Kein Trick der Minen, kein Trick der Totengeister.

Die dünnen Quarzadern im Felsen platzten wie gelbe Flammen hervor und trafen sie stechend. Seita klammerte sich an Stefane, als ein weiterer Hitzestoß durch den Gang schoss. Der Tunnel wurde ein sich windender, drehender Tumult aus Windstößen, Farben und blinkenden Symbolen in den Wänden, rot, gelb, orange, gelb, orange, rot, dann tiefblau … purpurn …

Da kippte der Boden und sank unter ihm weg. Seita taumelte gegen Culpa Barra, und Stefane stolperte unkontrolliert in die andere Richtung …

… und die Decke stürzte auf ihn nieder.

Einen Augenblick lag Stefane zusammengerollt im Chaos. Dann hustete er vom Schmutz in seinen Lungen. Etwas Heißes zog an seinem linken Knöchel. Er trat danach, konnte aber die Beine kaum bewegen. Sein Körper lag gelähmt in der Dunkelheit, die Arme waren ihm an die Seiten gepresst, der Kopf wie in Lehm fixiert.

Der Boden bebte, und unter ihm verschob sich etwas. Er rutschte und rutschte abwärts, spitze Felsen kratzten in die Platten seiner Rüstung, der schwere graue Mantel schob sich bis an den Hals hoch und strangulierte ihn fast. Er spie Dreckklumpen aus und wischte sich hastig über das Gesicht. Die Dunkelheit machte ihn blind. Obwohl er die Augen offen hatte, sah er nur undurchdringliche Mitternachtsschwärze.

»Seita!«, kreischte er. »Culpa!« Keine Antwort.

Der Boden bewegte sich wieder. Rumpelnd legte sich ein Schleier aus Gestein und Dreck auf seine Beine. Er kroch darunter weg und rappelte sich hoch. Sein Knöchel tat weh.

Er humpelte zwei Schritte und setzte sich hin. »Seita!«, brüllte er noch einmal. »Culpa!« Nichts.

Wurden sie von all dem Schutt zerquetscht? Sind sie tot?

»Seita!«, rief er in Panik. »Seita!«

Sie war verloren. Wie Giselle. Tot. Culpa ebenso. Das *Pechschwarze Herz* und der Engelsstein, den er trug: fort! Alles im Geröll hinter Stefane verschüttet. In die taube Leere seiner Gedanken nistete sich die Erkenntnis ein, dass er der einzige Überlebende der Gesellschaft der Neun war, die sich in Lord's Point auf den Weg gemacht hatte. All ihre Wanderungen und Abenteuer hatten nichts bewirkt. Alle waren hinüber. Nail, Roguemoore und Val-Draekin im Gletscher verschollen. Godwyn, Liz Hen und Dokie vermutlich auch tot. Und nun Culpa und Seita.

Stefane saß in Stille und Dunkelheit allein da, nichts als Schwärze um sich. Er wusste, dass er weitermusste. *Aber wo soll ich hin?* Er überlegte kurz, was er alles bei sich trug. Den Bogen hatte er auf dem Rücken. Den Köcher ebenfalls, nur dass der voller Dreck war. Zwei Pfeile steckten noch darin. *Acht Pfeile im Geröll verschüttet. Läuft denn alles schief?* Das Seil hing über seiner Schulter. Er klopfte es ab. Eine Fackel hatte er nicht, und das war ein Problem. Außerdem pochte ein scharfer Schmerz in seinem Knöchel. Er tastete seinen Fuß ab, konnte aber keinen Bruch und keine Blutspuren finden.

Die stickige Schwärze verdichtete sich um ihn, nahm ihm den Atem und ließ sein Herz schneller schlagen. *Ich werde hier sterben.* Um nicht vollkommen zu verzweifeln, begann er, mit beiden Händen den Boden nach Pfeilen abzusuchen. Ohne Erfolg. *Was würde ich jetzt für einen von Roguemoores Zeitsteinen vom D'Nahk lè geben.*

Er sicherte seine Ausrüstung und schob sich langsam auf dem Bauch vorwärts. Vor dem Aufstehen hatte er zu große Angst. »Seita!«, rief er wieder. Nichts. Ihm kamen die Tränen. Tränen, die niemand je sehen würde. Tränen, die einsam in der Dunkelheit flossen. Verzweifelt kroch er weiter, um den Schmerzen und der mahlenden Einsamkeit hier zu entkommen. Um Licht zu finden.

Weit war er nicht gekommen, da glitt seine linke Hand über eine Kante, und er krachte mit dem Kinn auf den Steinboden. Wütend. Ängstlich. Er schob sich von der Stelle weg und sammelte sich. *Eine Treppe nach unten? Ein bodenloser Schacht?* Alles war möglich. Oder nichts. Den Rückweg jedenfalls versperrte Geröll.

Er stieß einen Stein über den Rand und hörte ihn weiter unten auf Steinboden klappern. Er warf noch einen und versuchte, den Aufprall zu hören und daran die Entfernung einzuschätzen. *Fünf Meter? Zehn? Fünfzig?* Woher sollte er das nur wissen?

Er spürte das Seil beruhigend über der Schulter. Rückwärts kroch er zu der Schutthalde, ertastete einen Felsbrocken, der sein Gewicht halten würde, band das Tau darum und zurrte es fest. Dann schob er sich wieder an den Rand und ließ das restliche Seil fallen. Einmal noch prüfte er Bogen und Köcher. Dann zog er am Seil und ließ sich langsam über die Kante in den Abgrund hinab. Hand über Hand, mit sicherem Griff, die Füße immer gegen die Wand vor ihm gedrückt. Der verletzte Knöchel erschwerte den Abstieg, und er atmete viel modrige Luft ein, die ihm die Kehle austrocknete. Plötzlich war da keine Wand mehr, die seine Füße stützte, und er baumelte im finsteren Nichts.

Also schlang er die Beine um das Tau und ließ sich weiter Hand über Hand nach unten. Schließlich hing er nur noch mit einer Hand am letzten Stück Seil und streckte sich in der Hoffnung, mit den Füßen unter sich festen Boden zu spüren. Doch so sehr er sich reckte, seine Zehen spürten nichts. Keinen Boden. Keine Sicherheit. Er zog sich ein Stück hoch und umfasste mit beiden Händen das Seil. Er schlang es sich zweimal um die rechte Hand.

So baumelte er in der Finsternis. Das Tau schnitt sich immer tiefer in sein Fleisch und stoppte den Blutfluss in seinen Fingern. *Wie weit ist der Boden noch weg? Zieh doch den Stiefel aus, du Idiot. Lass ihn fallen und sperr die Ohren auf …*

Mit dem linken Fuß schob und drückte er, um den rechten von der Ferse zu streifen. Sein Knöchel tat nahezu unerträglich weh, und auch seine Finger wurden allmählich taub und verloren den Halt. Er kam am Seil ins Schaukeln, gleich würde der Stiefel fallen …

… da sah er das Licht.

Seita! Culpa!

Von links unter ihm näherte sich ein schwachgelbes Flackern, ein Punkt nur in der schwarzen Ferne. Als es heller wurde, stach es ihm in den Augen. Metall klapperte auf Stein, und die kehligen Laute machten unmissverständlich deutlich: Das waren Oghule. Gelbe Fackeln glühten unter ihm auf und erhellten eine Höhle voller spitzer Schatten.

Hunderte von Stalaktiten in alle Größen hingen mehr oder weniger weit auf den Boden. Von unten ragten ihnen Stalagmiten entgegen. Durch die zerklüftete Landschaft verlief ein ausgetretener Pfad. Stefane baumelte mitten darüber, gut sieben Meter, zwischen zwei schmalen Stalaktiten, genau über dem Weg der nahenden Oghule, und gleich würde ihm der Stiefel vom Fuß rutschen.

Fünf feiste Untiere mit Fackeln, die irgendwelchen Oghul-Unsinn plapperten, umrundeten einen Stalagmiten und marschierten direkt unter ihm entlang. Alle trugen angerostete Rüstungen, spitze Helme und auf dem Rücken gefährlich aussehende Äxte. Genau unter Stefanes herabhängenden Füßen stampften sie vorüber und vorbei. Keiner blickte auf, und bald verschwand ihr Fackelschein in der fernen Dunkelheit.

Stefane hatte keine Wahl: Er musste ihrem Licht folgen. Er ließ sich die paar Meter fallen, schlug heftig auf dem harten Grund auf und kippte auf den Hintern. Schmerzen schossen ihm durch den verletzten Knöchel. Die beiden Pfeile wurden aus dem Köcher geschleudert und rutschten über den Boden. Stefane erhob sich vorsichtig und tastete nach seinem Bogen. Unbeschädigt. Er sammelte die Pfeile ein. Das Seil ließ er nur ungern hängen, aber er musste sich wirklich beeilen, um dem Licht der Fackeln zu folgen. Er zog sich die Kapuze über und humpelte so schnell sein Fuß es zuließ dem schwächer werdenden Glimmen hinterher. Die Schmerzen waren fast nicht auszuhalten.

Verzweifelt wankte er weiter. Sein Magen knurrte, seine trockene Zunge gierte nach Wasser, und er musste dem Fackelschein dieser Monster hinterherjagen. Mit jeder Abzweigung stiegen die Oghule weiter hinab, und jeder Tunnel wirkte verwinkelter. Je tiefer die Untiere gingen, desto schwerer wurde die Luft. In jedem Gang durchzogen Adern die Wände wie kleine Blitzstreifen mit einer funkelnden Flüssigkeit. Ab und an erkannte Stefane aus den Augenwinkeln, dass die Rinnsale rot aufflackerten und wie Blut pulsierten. Immer häufiger traten Risse und Spalten in den Wänden und dem Boden auf, aus denen abgestandene, eklig stinkende Luft wehte. Er achtete so gut er konnte auf den Boden vor sich. Je nach Länge des Tunnels und Position der fünf Oghule und je nachdem, wie dicht er sich an sie herantraute, schienen die Fackeln mal heller, mal dunkler zurück. Er versuchte, sich leise zu bewegen. Sein einziger Trost war das beständige gelbe Leuchten an den schmalen Wänden.

Im Moment wurde der Gang sogar etwas breiter. In der Ferne drang ein orangefarbenes Glühen aus dem Tunnel. *Sonnenlicht!*

Die Oghule drängten mit tanzenden Silhouetten ihrer stachligen Rüstungen weiter. Stefane weinte Freudentränen, und sein Herz raste. Vorn ging es ans Tageslicht. Die fünf Oghule verschwanden soeben im orangefarbenen Glühen, und Stefane hinkte mit neuem Mut in den breiter werdenden Tunnel, dessen Wände sich immer weiter zurückzogen.

Da wurde das Licht vor ihm eigenartig feurig, ganz unnatürlich. Wachsam verlangsamte er seinen Schritt. Inzwischen konnte er kaum noch in das grelle Strahlen sehen. Dann blieb er abrupt stehen: Es gab plötzlich vor ihm keinen Boden mehr.

Wände, Decke, Boden – alles, was bis eben noch um ihn gewesen war, hatte zu existieren aufgehört.

Er stand am Rand eines feuerroten Infernos.

Er brauchte einen Moment, um zu erfassen, was er da sah. Die Ausmaße der glühenden Höhle, die sich vor ihm auftat, ließen ihn fast den Verstand verlieren. Alles war in Karmesinrot getaucht.

Ein albtraumhaftes Gemälde dessen, was er sich immer als Unterwelt vorgestellt hatte.

Die unterirdische Grotte vor ihm war vollkommen rund und gewaltig. Größer noch als ganz Galgenhafen. Von einem Gewirr aus rotweinfarbenen, massiven Stalaktiten tropfte es auf ihn herab, und darunter lag ein wirbelnder Nebel aus brodelnd rotgoldenem Nichts, ein bodenloses, feuriges Nichts.

Die Wände der Höhle waren wabenartig mit Tausenden von Einstiegen übersät. Stefane nahm an, dass sie wohl alle wie dieser hier aussehen mussten. Er hatte keine Ahnung, wohin all diese Tunneln wohl führen mochten.

Ober- und unterhalb jeder Tunnelmündung tanzten orange und gelb flammende Kapillare. Die kolossale Höhle pulsierte scharlachrot zum Donnern einer tiefen Trommel, die wie ein riesenhaftes Herz klang. *Genau so beschrieb* Weg und Wahrheit Laijons *die Unterwelt!* Gleich vor ihm war eine Treppe in die glatte Wand gehauen, und die stiegen die fünf Oghule vorsichtig in den fiebrig glühenden Nebel hinunter.

Dann wurde alles finster. Verschlingende Schwärze und betäubende Stille. Ein fürchterliches Schaben wie Peitschenknallen schnalzte durch die Grotte. Ein heißer Windstoß trieb Stefane von der Kante weg. Schmerzen fuhren ihm durch den verletzten Knöchel. Die Grotte donnerte und bebte heftig. Er wurde zu Boden geworfen. Als er sich abstützen wollte, war ihm das nicht möglich. Das Donnern und Rumpeln fuhr ihm durch alle Muskeln und Knochen und drehte ihm die Eingeweide um. Er versuchte sich so gut es ging zu schützen, damit er nicht über die Kante in die Schwärze geworfen wurde. Das Erdbeben ging mit rasender Geschwindigkeit weiter, dazu erklang ein langes Grollen aus der Grube.

Plötzlich erfüllte rotes Glühen die Luft. Eine feurige Nebelschwade wölbte sich wie geschmolzenes Eisen aus der blubbernden Schmiede und erleuchtete die Staubflocken, die mit ihr aufstiegen. Wie Blitzschläge pulsierten hinter ihm Adern aus Kristall und Quarz im Tunnel. Alles schien sich wie wild in sich selbst zu winden und zu verdrehen. Die bösartige Kakofonie vibrierte und donnerte um ihn.

Es ist nur in meinem Kopf! Nur in meinem Kopf! Wie Culpa gesagt hat!

Sofort verstummte der unheimliche Lärm. Das rote Licht verschwand. Beißende Dunkelheit umfing ihn, doch in seinem Kopf schwirrten noch die Bilder flackernder Funken und glitzernder Lichter, die allmählich um ihn wie leise rieselnder Schnee verblassten.

Dann röhrte wieder etwas aus der Schwärze da unten, ein Brüllen wie von tausend Säbelzahnraubkatzen. Der gewaltige Klang ließ die Luft erzittern.

Stefanes Ohren schmerzten.

Er legte sich auf den Boden und biss die Zähne aufeinander. Mit steifen Fingern fuhr er sich durch die Haare, die sich so wirr anfühlten wie seine Gedanken, und hielt sich die Ohren zu.

Er bemerkte, dass er sich am Rand des Vorsprungs befand und in einen Albtraum hinabblickte.

Etwa dreißig Meter unter ihm befand sich der Boden der Grube. Die fünf Oghule waren nicht mehr da, doch im Fundament steckte ein Ring aus brennenden Fackeln. Ein einsamer Ritter mit schwarzem Umhang und Helm stand in dessen Mitte. Unter dem Helm trug er eine silberne Maske in Form eines menschlichen Schädels. Durch den Umhang sah man einen prachtvollen Anzug aus glänzend roten Rüstungsplatten. Der Ritter mit dem Schädelgesicht hielt im roten Kampfhandschuh eine silberne Peitsche mit funkelnden Silberstacheln. Und er stand vor der fürchterlichsten Kreatur, die man sich vorstellen konnte.

Das namenlose Biest der Unterwelt!

Ein Drache!

Stefane konnte den erschreckten Blick nicht abwenden. Der Drache war riesig und rot, Stefane kam er so groß vor wie ein Haus. Sein sehniger Leib war jedoch lang und schlank, und seine Bewegungen hatten die Anmut einer Raubkatze. Gewaltige, mit Schuppen bedeckte Muskeln dehnten und spannten sich bei jeder kleinsten Bewegung. Auf allen vieren kauernd scharrte er mit messerscharfen Klauen über den Boden. Ein unwirkliches, feuriggelbes Licht schien unter seinen groben roten Schuppen hervor, die wie übereinanderliegende Messerklingen seinen gesamten Körper ringförmig bedeckten.

Sein Schwanz ringelte sich und fegte über den Boden. Die rotsamtenen, gegabelten Schwingen mit Krallen an den Gelenken entfalteten sich wie bei einer riesenhaften Fledermaus. Ihre Spannweite übertraf die Länge der *Lady Kindly*. Die kantig scharfen Hörner, die ihm dick wie Männerarme in einer Reihe vom Kopf bis zum Schwanzende über das Rückgrat verliefen, schimmerten weiß wie die Elfenbeinstoßzähne eines Moschusochsen der Gletscherkette. Aus den Seiten seines Schlangenkopfes wuchsen zwei, die doppelt so dick und lang wie die auf dem Rücken waren. Die langen und geschlitzten Pupillen brannten wie zwei Flammenschwerter in den starren Augen.

Der Drache fixierte den Ritter mit der Peitsche, über dem ein schwarzer Kessel mit flüssigem Silber hing. Daneben befand sich ein zweiter Kessel mit rubinrotem Blut. Aber unter keinem von beiden stand ein Altar und kein Mensch, der geopfert werden sollte. *Außer, ich bin das Opfer!* Stefane wollte aufstehen und von dieser grauenhaften Szenerie weglaufen. Doch er konnte nicht. Sein Körper blieb im Tunnel wie angewurzelt.

Von den Dornen der Peitsche des Schädelritters tropfte Silber auf den Steinboden. Der Drache verfolgte mit stechend rotem Blick jede Bewegung ihrer Spitzen, und plötzlich flatterten die kleeblattförmigen Schuppen um seinen Hals und plusterten sich auf wie Tausende Habichtfedern.

Er hob den Kopf, ließ Reihen mit Dolchzähnen aufblitzen und brüllte. Das Geräusch war beinahe unerträglich. Stefane zuckte vor Schmerzen zusammen.

Der Ritter ließ mit dem rot schimmernden Handschuh die Peitsche knallen, und silberne Tröpfchen flogen durch die Luft. Der Drache verstummte und wich zurück. Einmal noch rann der Geifer aus seinem aufgerissenen Maul, dann gehorchte er seinem Meister. Der Mann in der roten Rüstung trat vor und ließ die Peitsche wieder auf den Steinboden krachen, sodass ein silberner Streifen im Fackelschein strahlte.

Das Monster stellte bebend die Schuppen auf, wich zurück und stieß mit hochgerecktem Kopf ein donnerndes Gebrüll aus. Ein Flammenstrahl, der die riesige Grotte blendend erhellte, schoss ihm aus dem mächtigen Maul. Stefane bedeckte das Gesicht mit den Armen und blinzelte überwältigt gegen die Schmerzen und die Hitze an.

Als er wieder etwas erkennen konnte, starrte der Drache ihn aus seinen geschmolzenen Augen durchdringend an. Wie feurige Kristalle stach ihm dieser Blick mitten in die Seele.

Er wollte fliehen. Sich umdrehen und so schnell er konnte weit weglaufen.

Da hob auch der Ritter mit der Peitsche das silbern verhüllte Antlitz in seine Richtung und schob seine Kapuze zurück. Langsam zog er sich die schädelförmige Maske vom Kopf. Das fahle Gesicht darunter erschreckte und beeindruckte gleichermaßen. Es wirkte beinahe feenhaft. Spitze Ohren unter silbrigen Haarlocken. *Ein Vallè!* Eine solch reine, weiße Haut aber hatte Stefane noch nie gesehen. Der Ritter blickte ihm mit flammender Bosheit aus silbernen Augen fest entgegen.

Dadurch zersplitterten Stefanes Gedanken in tausend Bruchstücke. Als er sich aufrappelte und von der grotesken Szenerie fortkroch, hatte er das Gefühl, jeder einzelne Knochen in seinem Körper wollte ihm durch die Haut nach außen dringen. Selbst das Sklavenbrandzeichen der Sør Sevier an seinem Handgelenk brannte. *Ein Schädel! Ein Schädelmann! Wie Culpa gesagt hat!* Ohne nachzudenken, floh er in den dunklen Tunnel.

Schon nach zwei Schritten traf er auf einen fleckig grauen Oghul mit rostigem Stachelhelm, der ihn aus dicken Purpurlippen anknurrte.

Ein schwerer Kampfhandschuh krachte ihm in den Kiefer.

Durch den Schlag wurde Stefane wieder an die Kante zur Drachengrube geschleudert. Benommen klammerte er sich an die Tunnelwand, um nicht hinabzufallen, und ein stechender Schmerz durchfuhr ihn aus seinem Knöchel.

Rasch fand er das Gleichgewicht wieder und griff instinktiv nach dem Bogen auf seinem Rücken. Hektisch suchte er nach einem Pfeil. Doch der Oghul war schnell bei ihm. Er schlug ihm den Bogen aus der Hand, der bis an die Kante zum Abgrund rutschte und dort liegenblieb.

Stefane sprang hinterher, um seine Waffe festzuhalten, doch der Oghul packte ihn hinten am Mantel, riss ihn mit einem Ruck von den Beinen und warf ihn zu Boden. Dann trat er mit seinen stahlbewehrten Stiefeln nach ihm, und Stefane rollte sich zur Seite. Er schützte sich mit dem Arm, packte gleichzeitig ein Bein des Oghuls und riss so fest er konnte daran. Die Kreatur verlor den Halt und wankte schwer gegen die Tunnelwand, dabei verlor sie den Halbhelm. Stefane fing ihn mit beiden Händen und schlug ihn sofort gegen den Schädel seines Gegners. Ein Krachen, und das Biest knallte mit dem Gesicht voran auf den Boden und fiel dann zur Seite.

Stefane ging auf die Knie und schlug noch einmal mit voller Kraft auf das Gesicht des Oghuls. Er konnte Knochen splittern hören. Stefane wurde von Wut übermannt. So einen Nahkampf hatte er noch nie geführt, und der hinterhältige Angriff des Oghuls ließ ihn gnadenlos zornig werden. Wieder erhob er den Helm und schlug zu. Dicke Schlieren heißen und klebrigen Oghul-Blutes spritzten gegen die Wand und in Stefanes Gesicht. Der Oghul unter ihm zuckte. Doch im Blutrausch steigerte sich Stefanes Ärger, angestachelt durch den pochenden Schmerz im Fußgelenk, zu gnadenloser Wut. Mit einem gellenden Schrei ließ er den Helm wieder und wieder auf das Gesicht des toten Oghuls krachen, und er heulte und brüllte sein kehliges, urwüchsiges Lied und schlug und schlug und schlug.

Als er aufhörte, zu schreien und zu prügeln, begriff er endlich, was er getan hatte. Schockiert und gleichzeitig fasziniert besah er sich das Blutbad. Das einst graue Gesicht des Oghuls unter ihm war nur noch blutiger Matsch, aus dem im orangefarbenen Dunst Knochensplitter hervorstachen. Das Biest war eindeutig tot.

Noch auf den Knien ließ Stefane den verschmierten Helm aus der Hand gleiten. Er unterdrückte Zornestränen. Hastig warf er seinen blutgetränkten Mantel ab, als sei er mit einer schaurigen Krankheit befleckt, die er nicht schnell genug loswerden konnte. Er hockte sich hin und kniff die Augen vor dem Elend und der Verzweiflung zusammen, die seine Gedanken und seinen Körper überfielen.

Als er sie wieder öffnete, war der Korridor vollkommen schwarz.

Ungläubig schüttelte er den Kopf und rieb sich heftig die Augen, um Licht heraufzubeschwören. Doch er verrieb nur das Oghul-Blut in seinem Gesicht. Alles blieb dunkel.

Selbst das orangefarbene Glühen des Drachen dort unten wäre nun eine Erleichterung gewesen.

Doch alles war so … *ruhig* …

Er kroch von dem toten Oghul weg, hin zur Kante an die Grube, tastete nach seinem Bogen und hoffte, dass er ihn nicht aus Versehen in den Abgrund stieß. Als er die Waffe spürte, riss er sie hastig an sich und presste sie an seine Brust. Erleichterung durchflutete ihn, als er über Giselles Namen strich, der in das Holz geschnitzt war.

Mittlerweile verhüllte tiefes Schweigen die Dunkelheit um ihn. Es zermürbte ihn. Er konnte von unten nichts mehr hören, weder Drachengebrüll noch Zischen, keine Oghul-Flüche oder Schuppen, die über Steine schabten, nicht den Ritter mit dem Silberschädel. Es war, als hätte das namenlose Biest in den Tiefen jener Grotte nie existiert.

Ich muss von diesem grauenhaften Ort weg! Sofort!

Er schnallte sich den Bogen auf den Rücken und suchte den Köcher. Es steckten keine Pfeile mehr darin. *Wo sind sie? Da waren zwei! Zwei Pfeile!* Er schob sich vorwärts, tastete den Boden nach ihnen ab und hoffte, dass sie nicht in den Abgrund gefallen waren.

Irgendwo hier musste die Kante zur Grube sein, doch er fühlte nichts als festen Boden. Vorsichtig streckte er den Arm aus und versuchte den Rand zu ertasten. Da war nichts, nichts als grober Steinboden, kein Abgrund, kein Abhang oder dergleichen.

Aber der Bogen ist genau auf dem Rand zum Abgrund gelandet!, kreischte es in seinem Kopf. *Ich habe mich doch nicht bewegt!* Die Kante *musste* hier sein, und er suchte sie aufgeregt. Mit klopfendem Herzen kroch er in die Richtung. Zu seiner Rechten fand er die massive Wand des Korridors, und auch auf der linken Seite erhob sich eine Wand. Aber nirgendwo fand er den Vorsprung, von dem aus es in die Unterwelt ging. Da unten gab es keinen Drachen. Nur Finsternis.

Und Hunger. Hunger und Durst trafen ihn jetzt wie der Boxhieb des Oghuls. Er geriet in Panik. *Achte auf einen wohlgenährten Körper, denn die Totengeister nagen an einem hungernden Geist*, warnte *Weg und Wahrheit Laijons*. Oft hatte er Bischof Tolbret diesen Abschnitt der Schrift von der Kanzel predigen hören. *Die Totengeister!* Auch Culpa hatte davor gewarnt. *Und Schädel!*

Er wirbelte herum und stolperte auf den toten Oghul zu, den er im Korridor hatte liegen lassen. Vielleicht fand er etwas zu essen, und sei es auch nur Haferschleim der Oghule oder Rattenfleisch in den Taschen des Toten. Er kroch über den Steinboden und tastete nach der Leiche, kroch langsam voran, ein wenig nach links, ein wenig nach rechts, suchte und fühlte nach den Wänden auf beiden Seiten. Zehn Schritte, zwanzig, dann dreißig. Dann waren es hundert …

… und er fand den Oghul nicht mehr, auch den Helm nicht, mit dem er ihm die Visage eingeschlagen hatte. Als hätte die Kreatur sich einfach erhoben und wäre davonspaziert …

… oder das tote Biest hat niemals existiert!

Stefane rappelte sich hoch. Bei jeder Belastung zuckte ein brutaler Schmerz durch seinen Knöchel. Dennoch humpelte er in die Schwärze. Er wusste nicht, wo er sich befand, aber er wusste, dass er diesem wahnsinnigen, verzweifelten Ort entkommen musste. Culpa Barras Worte klangen ihm in den Ohren. *Wappne deinen Sinn gegen die Totengeister. Diese Minen leben und atmen. Sie sind ein böswilliger Kerker, der deinen Gedanken Dinge vorgaukelt, wenn du nicht aufpasst.*

Laijon ist der Verteidiger all derer, die glauben, und er wird sie ins Licht führen, denn jene, die dem Glauben abschwören, sind die Hüter der Unterwelt. Schlachtet die Ungläubigen, wo immer ihr ihrer habhaft werdet, denn Unglaube ist schlimmer als Töten. Das sei der Lohn jener, die den Glauben verspotten.

WEG UND WAHRHEIT LAIJONS

46. KAPITEL

NAIL

AM SECHZEHNTEN TAG DES ENGELSMONDES IM 999. JAHR LAIJON – SÜDÖSTLICH DER HIMMELSSEEN, GUL KANA

Obwohl die Spätfrühlingssonne hoch am Himmel stand, lag Winter in der Bergluft hier im Norden. Kalt fuhr der Wind Nail ins Gesicht, während er Val-Draekin den grasbewachsenen Hang hinuntertrug. Viele Meilen und Tage lag ihm der verletzte Vallè nun auf dem Rücken, die Arme vor seiner Brust festgebunden, das gebrochene Bein baumelnd an der Seite.

Nail achtete nicht auf seine eigenen geschundenen und vernarbten Füße. Im braunen Gras, auf dem er barfuß lief, wuchs hier und da Löwenzahn. Unten am Hügel befand sich eine Senke mit hohen Pinien und Espen und einem gurgelnden Bach in der Mitte. Dort wollten sie für die Nacht lagern und ihre Wunden pflegen.

Zwar freute sich Nail, dem Gletscher entronnen zu sein, doch waren die fünf Tage seitdem elend gewesen. Sie hatten keine warme Kleidung. Kein Essen, keine Vorräte, nicht einmal Waffen und schon gar keine Decken, unter denen sie schlafen konnten. Mehr oder weniger ziellos wanderten sie zwischen steilen Hängen und tiefen Tälern unterhalb der Seen herum. Gestern früh hatten sie sich vor ein paar Oghulen, die auf der Suche nach Wild waren, in einem Dickicht verstecken müssen.

Nail glaubte nicht, dass sie weit gekommen waren. Hinter ihnen im Norden und Westen konnte er immer noch den glitzernden D'Nahk lè aufragen sehen. Manchmal wollte der Vallè unbedingt selbst gehen, dabei musste Nail ihn aber stützen. Am Ende war es einfacher, ihn zu tragen. Er wog vielleicht halb so viel wie Zane. So ging es schneller.

Sie hatten sich früh entschieden, sich auf den Weg nach Amadon zu machen, denn sie glaubten kaum, dass sie Seita, Stefane und Culpa Barra in Totholztor helfen konnten. Falls die drei überhaupt noch am Leben waren. Es war ja gar nicht sicher, dass sie sie finden konnten. Aus Nails Sicht schien alles verloren und die ganze Suche gescheitert. Am ersten Tag nach dem Gletscher hatte Val-Draekin ein paar Pferde stehlen wollen. Doch in den wenigen einsamen Hütten und verlassenen Lagern, auf die sie gestoßen waren, hatte es weder Ponys noch Pferde, weder Essen noch sonstige Ausrüstung gegeben. Am zweiten Tag hatte Val-Draekin vor einem Flüsschen gehockt und einen kleinen Berghecht herausgefischt. Da der Schleier der Vallè, mit dem sie sonst Feuer gemacht hatten, längst alle war, hatte Val-Draekin auf altertümliche Weise Steine zusammengeschlagen und mit den Funken etwas Reisig angefacht. Die verkohlten Hölzer hatten sie mit einer dünnen Schicht Erde bedeckt und darauf geschlafen. Ein alter Überlebenstrick der Vallè.

Meistens unterhielten sie sich über ihre Lebensgeschichten.

Über Nails Kindheit, das Aufwachsen bei Shawcroft und die Plackerei in den Minen. Nail hatte seine Erlebnisse auf dem Krakenfänger und die Geschichten seiner Freundschaft zu Stefane, Dokie und Liz Hen geschildert. Der Vallè hatte seinerseits von Val Vallè erzählt und davon, wie er sich in Seitas Schwester Breita verliebt hatte und wie sehr er sie vermisste.

Nail verschwieg die Vallè-Attentäterin, jenes Ebenbild Seitas, die Shawcroft umgebracht hatte. Er hatte sich oft gefragt, ob jene Bluthölzler-Frau wohl Breita gewesen war. Er hatte Val-Draekin nach den Blutholzattentätern befragt. »Schmutzige Mörder, denen man nicht trauen kann«, hatte der nur erwidert.

Trotz der Widrigkeiten erfreute Nail sich an der Gesellschaft Val-Draekins. Ein festes Band hatte sich zwischen ihnen entwickelt. In der Eishölle des Gletschers hatte jeder dem anderen mehrmals das Leben gerettet, und das würde Nail nicht so schnell vergessen. Deshalb trug er Val-Draekin klaglos durch das unebene Gelände. Er weigerte sich, seinen Gefährten alleinzulassen. Immer noch fühlte er sich schuldig an Zanes Tod. Auch wegen Roguemoore und Shawcroft. Seinetwegen waren schon zu viele gestorben, weil er war, der er war, und tat, was er tat.

Noch einen Freund würde er nicht im Stich lassen.

Als sie unter den Bäumen in der Senke standen, glitt Val-Draekin vorsichtig von Nails Rücken und lehnte sich gegen eine hohe Espe. Nail lief zum kristallklaren Bach und trank. Dann rieb er sich das angetrocknete Blut von den Füßen und reinigte die Wunden an den Fußsohlen. Noch nie hatte er sich derart nach Schuhen und Stiefeln gesehnt wie in den letzten fünf Tagen. Zweige, Kiesel und Felssplitter steckten ihm tief im rohen Fleisch. Als er die unzähligen Wunden versorgte, schossen ihm Tränen in die Augen.

Val-Draekin hockte in seiner zerfetzten Lederrüstung an der Espe und schnürte die notdürftige Schiene ab. Das Bein war angeschwollen. Nail hatte gelernt, dass die Wunden der Vallè dreimal so schnell heilten wie die der Menschen. So konnte es bei einem Menschen sechs Wochen bis sechs Monde dauern, bis ein Knochen wieder zusammengewachsen war, bei Vallè dagegen nur ein paar Wochen bis zwei Monde.

Nail hatte Val-Draekin und Seita von Beginn an als mysteriöse Gestalten kennengelernt, und so überraschte ihn nichts mehr, was er über sie erfuhr. Sie schienen alles besser zu können als die Menschen. Besonders kämpfen.

»In Seitas Nähe komme ich mir so unzureichend vor.« Nail setzte sich mit diesen Worten Val-Draekin gegenüber und lehnte sich seinerseits gegen eine umgestürzte Espe. Er streckte die müden Beine und massierte sich die Gelenke. Überall hier unten wuchsen Dornenbüsche und struppige Eichen. Eine gute Tarnung. »Wie sie in den Minen gekämpft hat. Ich war regelrecht ehrfürchtig.«

»Ja, sie ist schon wild«, stimmte Val-Draekin zu. »Ich kenne niemanden, der so gut kämpft wie Seita.«

»Wie hat sie das geschafft?«, murmelte Nail. »Wie könnte *ich* das schaffen?«

»Du neigst im Kampf dazu zu erstarren«, sagte Val-Draekin. »Und du lässt schnell nach. Das sind deine Schwächen. Bei deiner Größe kommt es auf Konzentration und Durchhaltevermögen an.«

»Aber gegen Jenko Bruk habe ich mich mit der Axt gut gehalten«, konterte Nail, den diese harte Kritik an seiner Kampfkunst verletzte. »Ich habe ihn geschlagen.«

Val-Draekin sagte: »Trotzdem ist dir die Axt abgenommen worden.«

Nail runzelte wütend die Stirn.

»Im Kampf mit Schwertern«, sagte Val-Draekin, »kann ich dir beibringen, wie du dich auf die Aufgabe konzentrierst und dich nicht von deinen Gedanken und Sorgen ablenken lässt.«

Nail wusste, dass der Vallè recht hatte. Bei der Schlacht gegen die Oghule in den Minen war er so abgelenkt gewesen. Er fand, alle außer ihm hätten ihren Beitrag zum Sieg geleistet. *Shawcroft hat in allem Geduld und Präzision gepredigt. Habichtholz auch.*

»Habichtholz hat mal gesagt, ich soll meine Sorgen am Rand des Schlachtfeldes ablegen.«

»Ein guter Rat«, sagte Val-Draekin.

»Aber …« Nail fragte sich, wie viel er preisgeben sollte. »Als ich den *Mond des Vergessens* hielt, gegen Jenko damit kämpfte, da hat es sich angefühlt, als würde die Axt zu mir gehören. Als hätte das Schicksal sie mir zugedacht.« Er begegnete dem neugierigen Blick des dunkelhaarigen Vallè. »Ich habe *Magie* darin gespürt.«

»Magie, sagst du?« Val-Draekin rieb Gras und Erde über die Wunden an seinen Füßen. Dieses Ritual vollführte er jeden Abend. »Die Kraft der Einbildung kann dazu führen, dass man Dinge sieht, wo vielleicht gar nichts zu sehen ist.«

»Was meint Ihr damit?«

»Was hat Shawcroft dir über die Axt erzählt, bevor ihr sie in den Minen gefunden habt?«

»Gar nichts. Er hat mir nicht verraten, was ich dort überhaupt finde, und eine Axt hat er ganz sicher nie erwähnt.« Nail versuchte, sich die letzten Worte seines Meisters ins Gedächtnis zu rufen. »Er sagte irgendwas von wertvollen Dingen, die unter der Erde verborgen liegen, vergrabenen Waffen, die Könige der Vorzeiten geschmiedet hätten, und dass die, die in der Tiefe suchen, Erlösung finden.«

»Ganz genau.« Der Vallè nickte. »Und schon das hat, zusammen mit dem, was Roguemoore und Godwyn dir über deine Herkunft in den Kopf gesetzt haben, unterschwellig bewirkt, dass du etwas Besonderes mit der Axt und ihrer Verbindung zu dir gesehen hast.«

»Und das gibt es gar nicht?«

»Nur die Kraft der Andeutung hat dich denken lassen, die Axt sei magisch. Ich bezweifle, dass du wirklich etwas gespürt oder gesehen hast. Falls doch, ließe es sich leicht anders erklären.«

»Wie denn?«

»Als purer Zufall.«

Nail mochte nicht, dass der Vallè in Frage stellte, was er mit eigenen Augen gesehen, im eigenen Herzen gefühlt hatte. Er *wusste*, dass es wahr war. »Aber ich habe sie gesehen, die Magie. Blaues Licht ist wie Tentakeln aus dem Griff der Axt gezüngelt, als ich sie geschwungen habe. Kurz bevor ich Jenko traf. *Er* hat es auch gesehen.«

»Weißt du denn überhaupt, was ihr beide gesehen habt?«

»Ich weiß, was ich gesehen habe«, gab er vorsichtig zurück. »Das lässt sich nicht abstreiten.«

»Ich will doch nur sagen, dass es für diese Tentakeln aus neblig blauem Licht womöglich noch eine andere Erklärung gibt. Eine wissenschaftliche, die hinter das Mysterium blickt.«

»Was heißt *wissenschaftlich*, ist das ein Vallè-Wort?«

»Die Wissenschaft.« Val-Draekin sang das Wort beinahe. »Sie ist ein Geschenk des Himmels, durch das sich eines Tages jedes Mysterium erklären lässt.«

Das ergab keinen Sinn. So oder so wollte Nail weder seine Erinnerungen und schon gar nicht seine Überzeugungen in Frage stellen lassen. Mit dieser Axt hatte er sich so besonders gefühlt wie niemals zuvor, wichtig und verbunden mit etwas Größerem, mit göttlichen Dingen. Er verabscheute es, dass jemand, der nicht einmal dabei gewesen war, dieses Gedenken mit seinem Zynismus und seiner Skepsis besudelte.

Val-Draekin sagte: »Wir haben bereits im Gletscher darüber gesprochen, Nail: Dir wurden viele Geheimnisse vorenthalten. Roguemoore hielt dich für eine wesentliche Figur. Darauf hat er oft verwiesen. Aber er hat eben nie die ganze Wahrheit gesagt. Findest du das nicht seltsam?«

»Natürlich.« Nail spürte die Frustration wieder in sich aufwallen. »Ich weiß, dass er etwas zurückgehalten hat. Dass er mehr wusste, als er preisgegeben hat.«

»Er hat dir mit Absicht Dinge in den Kopf gesetzt und Hinweise vor die Nase gehalten, Nail.«

»Und warum?«

»Weil die Verschlagenen wissen, dass die Kraft der Andeutung mächtiger ist als die Wirklichkeit. Die kann nämlich entsetzlich enttäuschen. In der bloßen Andeutung dagegen liegen unendliche Möglichkeiten. Sie ist die treibende Kraft hinter dem Glauben.«

»Wollt Ihr damit sagen, Roguemoore, Godwyn, Culpa und Habichtholz liegen allesamt falsch? Wollt Ihr sagen, ich sei bloß ein Niemand?«

»Was uns ausmacht ist das, was wir aus uns selbst schaffen. Nicht, woher wir stammen. Oder wer uns geboren hat.«

»Die heilige Schrift sagt, ein Bastard ist nichts in den Augen Laijons.«

»Das sind bloß Wörter, die vermutlich ein paar verschrobene alte Männer niedergeschrieben haben. Achte nicht auf *Weg und Wahrheit Laijons*.«

»Wie könnte ich nicht?« Er spürte Ava Shays geschnitzte Schildkröte am Hals und dachte an sie. Er erinnerte sich sogar an Dinge, die sie zu ihm gesagt hatte. *Es muss traurig sein, sein Leben lang jemandem zu gehören.*

Er begegnete Val-Draekins starrem Blick. »Mag sein, dass es nur Wörter von verschrobenen alten Männern sind, wie Ihr sagt, aber trotzdem sind es welche, die jedem Kind in Gul Kana vorgelesen werden. Und jedes Kind wächst zu einem Mann oder einer Frau heran, die den zugrunde liegenden Regeln nur allzu bereitwillig Geltung verschaffen. Da bleibt nicht mehr viel Platz für einen Bastard. Also: Selbst wenn ich diesen Worten nicht glaube, wie kann ich als vaterloser Junge sie denn einfach ignorieren? Ich bin jeden Tag davon betroffen. In den Augen Laijons bin ich unbedeutend. Sklaven sind unbedeutend. Glaubt mir, ich habe es erlebt: Wegen dem, was in *Weg und Wahrheit Laijons* steht, fühlen sich die ohne Vater, als würden sie gar nicht existieren.« Er blickte in die Bäume. »Ja, es *ist* traurig, sein Leben lang jemandem zu gehören.«

Val-Draekin änderte seine Haltung ein wenig und legte die Schiene wieder an. »Nur damit du nicht denkst, dass du damit allein bist: Roguemoore hat auch mich für eine bedeutsame Person gehalten und gemeint, wir beide wären gemeinsam an eine Sache gebunden. Jedenfalls hat er dergleichen geschickt angedeutet.«

Nail war so müde, jeder Muskel und jeder Knochen in seinem Körper so ausgelaugt, erschöpft und matt. Er erinnerte sich daran, was Habichtholz ihm in Ravenker über seine Eltern erzählt hatte, und fragte sich, ob überhaupt etwas davon stimmte. *Nur der jüngste Raijael kann der Engelsprinz sein.* Unter dem Gletscher hatte er Val-Draekin bereits berichtet, was Habichtholz erzählt hatte.

»Warum sollte der Weiße Prinz mich jagen?« Er fragte das laut. »Wenn ich so gering bin, wie Ihr sagt, warum hat Aeros Raijael dann Galgenhafen angegriffen? Liz Hen hat gesagt, Aeros habe nach Shawcroft gefragt und nach mir. Ich habe selbst gehört, was Baron Bruk gesagt hat. Angeblich sehe ich einer wichtigen Person sehr ähnlich. Ich habe sogar die Nachricht von Shawcroft gefunden, in der von meinen Narben und Tätowierungen die Rede ist.« Er blickte den dunkeläugigen Vallè vor sich fest an, als wolle er ihn damit zu einer wahrheitsgemäßen Antwort zwingen. »Was wisst Ihr über all das?«

»Wie ist es denn zu den Narben und Tätowierungen gekommen?«

Nail erzählte, wie er, als Dokie vom Blitz getroffen wurde, das Kreuzesmal auf dem Handrücken bekommen, wie die Meerjungfrau ihm unter Wasser den Arm zerkratzt hatte, wie Stefane ihn tätowiert und die rothaarige Kriegerin aus Sør Sevier ihn als Sklaven gebrandmarkt hatte. Er berichtete, dass Shawcroft die Zeichen für höchst bedeutsam hielt.

Schon das Gespräch über die Male ließ sie eigenartig heiß werden, sodass es trotz der Kälte hier unangenehm wurde.

»Und was denkst du selbst über die Narben und die Tätowierungen?«, fragte Val-Draekin.

Darüber hatte er noch nie nachgedacht. »Sie sind einzigartig an mir, diese Narben und Male. Ich denke, ich trage sie mit Stolz. Sie sind mir wichtig, wenn Ihr es unbedingt wissen wollt. Ich glaube, sie sind auch meine Bestimmung. Eine Art Omen, ob gut oder böse, weiß ich nicht.«

»Und ich sage, sie sind reiner Zufall«, erwiderte der Vallè mit grausamer Gleichgültigkeit. »Du dichtest den Malen, Narben und Tätowierungen nur wegen der Kraft der Andeutung etwas an.«

»Anscheinend macht Ihr gern alles klein, was mit mir zu tun hat.« Nail ließ den Kopf hängen.

»Ich möchte nur, dass du die *Wahrheit* annimmst«, sagte Val-Draekin. »In Wirklichkeit könnte es sein, dass gerade viele mit einem Sklavenbrandzeichen, einer kreuzförmigen Narbe und Verletzungen einer Meerjungfrau herumlaufen oder auch mit einer Kombination aus zweien oder dreien der Merkmale.«

»Wie könnt Ihr da so sicher sein?«

»Bin ich nicht. Aber du hast gefragt, was ich von deinen Narben und Tätowierungen halte. Ich sage, sie sind bedeutungslos. Nur nebliges blaues Licht auf einer Streitaxt.«

»Ach ja? Ich weiß nicht, was das heißen soll.«

»Die Kraft der Andeutung ist ein Trick, einer, der so simpel ist, wie durch Fingerschnippen mit einer Prise weißem Pulver Feuer zu entfachen.«

Die schonungslose Offenheit, mit der der Vallè seine Meinung kundtat, traf Nail. *Vielleicht ist es besser, wenn die Leute einen anlügen und nicht so verletzen.*

Er konnte den dunkelhaarigen Kerl vor sich nur verzagt anstarren und sich fragen, wer sein Reisegefährte eigentlich war, welche Geheimnisse er hatte. Trotz seiner Ehrlichkeit schien Val-Draekin das mysteriöseste Wesen zu sein, dem er bisher begegnet war.

»Die Kraft der Andeutung.« Val-Draekin sah ihn kühl an. »Wenn Habichtholz' Andeutungen stimmen und wir außerdem annehmen, dass manch einer wirklich glaubt, du seist der jüngste Sohn Aevrett Raijaels, besonders, wenn Aeros es glaubt, dann würde der Weiße Prinz natürlich deinen Tod wollen. Du bist dann die größte Bedrohung für Aeros. Du, Nail, bist vermutlich der Grund dafür, dass er durch ganz Adin Wyte und Wyn Darrè marschiert ist und alles und jeden in seinem Weg zerstört und getötet hat. Aeros hat zwei Königreiche vielleicht allein aufgrund der bloßen Andeutung angegriffen und vernichtet, dass in Wirklichkeit du der Engelsprinz bist und nicht er.«

Jedes Wort des Vallè quälte Nail.

Entschlossen begegnete Val-Draekin seinem Blick und sagte: »Also folgt daraus, dass du wirklich bedeutsam bist – allerdings nur durch die Kraft der Andeutung. Die Frage lautet nun: Wer hat Aeros gegenüber diese Andeutung gemacht und warum?«

Die Folgerungen des Vallè hatten Nails Müdigkeit vertrieben und Zorn und ein tiefes Gefühl der Schuld an ihre Stelle gesetzt. *So viele Leben wegen mir verloren. Hunderttausende. Vielleicht Millionen.*

Mit geschärften Sinnen sah er sich in dem kleinen Espenhain um. Der Wind hatte nachgelassen, und eine helle Staubwolke hing eine Weile in der ruhigen Luft der Senke. »Aber ist es denn wahr?«, murmelte er fast unhörbar in sich hinein.

Val-Draekin hörte ihn dennoch. »Aeros glaubt, er ist die Reinkarnation des Raijael, die leibhaftige Wiederkehr von Laijons Sohn. Und wenn du bist, was die Leute *andeuten*, will er deinen Tod. Nach den Prophezeiungen der *Ritterlichen Erläuterungen des*

Raijael kommen der Engelsprinz und seine Armeen in den letzten Tagen vor dem Feurigen Sündenerlass in Amadon zusammen und veranstalten ein gewaltiges Gemetzel. In den *Mondrollen von Mia* heißt es, die Fünf Kriegerengel kehren zurück auf die Fünf Inseln und wehren den Kreuzzug des Engelsprinzen ab. Aeros Raijael will die Wiederkehr der Fünf Kriegerengel nicht erleben. Du aber stellst diese Wiederkehr dar und mit ihr die Zerstörung all seiner Pläne.«

»Und darum geht es bei allem, bei unserer Suche?« Er dachte an den Zwerg, der im Gletscher von ihnen gegangen war. »Roguemoores Suche hatte die Waffen der Fünf Kriegerengel zum Ziel, um damit Aeros' Angriff abzuwehren?«

»Das glaubten zumindest Roguemoore und die Bruderschaft von Mia«, gab Val-Draekin zurück.

»Was für ein Durcheinander«, sagte Nail. »Der reine Wahnsinn. *Weg und Wahrheit Laijons*. Die Bruderschaft von Mia. *Die Ritterlichen Erläuterungen des Raijael*. Das passt doch alles nicht zusammen. Ihr habt es ja gesagt: vermutlich nichts als das wirre Geschwafel und Gekritzel alter Männer.«

»Ja, und wie du vorhin so schön gezeigt hast, Nail, glauben die Leute dieses wirre Geschwafel. Leute wie Roguemoore und Godwyn, aber auch deine Freunde Liz Hen und Dokie. Jeder von ihnen glaubt an eine Version dieses Irrsinns. Sogar du, bis zu einem gewissen Grad, besonders, was die Dinge angeht, die dir durch Andeutungen in den Kopf gesetzt wurden. Die dort im Laufe der Zeit geschickt gesät wurden.« Val-Draekin schwieg einen Moment und sagte dann: »Roguemoore und Godwyn hielten dich für einen der wiedergekehrten Fünf Kriegerengel, Nail.«

Ein Schauer kroch Nail über den Rücken. *Einer der wiedergekehrten Fünf Kriegerengel?*

Spielte der Vallè jetzt einfach mit ihm?

Die Kraft der Andeutung …

Unbeirrt fuhr Val-Draekin fort. »Sie glaubten auch, dass ich einer der wiedergekehrten Fünf Kriegerengel bin. Außerdem Habichtholz und Jondralyn Bronachell und ein Kerl namens Squireck Van Hester. Zusammen wären wir fünf dann Sklave, Dieb, Attentäter, Prinzessin und Gladiator. Der Plan der Bruderschaft von Mia war, uns vor dem Feurigen Sündenerlass mit den Waffen der Fünf Kriegerengel zu vereinen.« Kalt blickte der Vallè in die Nacht. »Aber das alles ist reiner Wahnsinn.«

»Warum denkt Ihr, dass es Wahnsinn ist?«, bohrte Nail nach. »Hat Habichtholz auch an die Versammlung der Fünf Kriegerengel geglaubt?«

Val-Draekin richtete seinen Blick wieder auf Nail. »Du hast Habichtholz nahegestanden, oder?«

Habichtholz hat mir das Leben gerettet, dachte Nail. *Er hat mir wenigstens ein bisschen über meine Eltern erzählt. Ob es nun stimmte oder nicht, wenigstens war es etwas.* Aber das sprach er nicht aus.

Das brauchte er wohl auch nicht, denn der Vallè schien seine Gedanken lesen zu können. »Du meinst, Habichtholz wäre dir als Erster ehrlich gegenübergetreten, hätte dir ehrlich von deiner Bestimmung erzählt. Einer Bestimmung, die du dein Leben lang gesucht hast. Eine, deren Ausmaß weder du noch Roguemoore noch sonst einer von ihnen ganz erfassen kann.«

Wie kann er wissen, was Habichtholz damals in Ravenker gesagt hat? Anscheinend bestanden alle darauf, in Rätseln mit ihm zu sprechen. Nail war es leid. Gespräche mit Val-Draekin waren in vielerlei Hinsicht am ärgerlichsten.

»Was ist eine Prophezeiung?«, fragte der Vallè. »Dein *Weg und Wahrheit Laijons* quillt davon über. Auch die *Ritterlichen Erläuterungen* der Sør Sevier und die *Mondrollen von Mia* jener Bruderschaft. Sogar die Oghule haben ihre Hragna'Ar-Prophezeiungen von Vergewaltigungen und Plünderungen, vom Erwecken der namenlosen Biester der Unterwelt und von schädelgesichtigen

Monstern. All diese vielfältigen Prophezeiungen ähneln einander. Gleichzeitig widersprechen sie sich. Alles ziemlich verworren. Legenden und Prophezeiungen sind so allgegenwärtig, dass sie geradezu billig zu haben sind. Alle verursachen Spaltung, Verwirrung und Hass. Alle künden von Krieg und Ruhm, von Eroberungen und Rache im Namen Laijons, im Namen der Fünf Kriegerengel. ›Krieger‹ steckt ja schon in ihrem gerühmten Namen. Du hast recht, Nail, es ist ein Durcheinander. Es ist Wahnsinn. *Weg und Wahrheit Laijons* steckt voller Widersprüche. Wenn der Feurige Sündenerlass eintritt, heißt es dort ganz eindeutig, muss die Kirche Laijons kämpfen, um eine Invasion abzuwehren, aber gleichzeitig muss der Weiße Prinz laut demselben Buch Amadon erreichen, um diesen Feurigen Sündenerlass überhaupt erst zu verwirklichen. Zwei gegensätzliche Gebote. Am Ende werden viele sterben, damit der Feurige Sündenerlass zum angegebenen Zeitpunkt am angegebenen Ort stattfinden kann, und die Ländereien Gul Kanas werden in einem Ausmaß zerstört, dass es ebenso wenig Rettung braucht wie Wyn Darrè und Adin Wyte. Das eigentlich Verzwickte daran ist: Wenn du *nicht* glaubst, dass es einen Feurigen Sündenerlass gibt, dass die Fünf Kriegerengel wiederkehren, dann bist du kein wahrer Gläubiger und somit in den Augen der Deinen verdammt. *Weg und Wahrheit Laijons* will mit seinen zahllosen Prophezeiungen von Untergang, Krieg und dem Sündenerlass ganz eindeutig, dass wir alle zugrunde gehen. Das Buch selbst ist Ausdruck einer tiefen Sehnsucht nach dem Ende der Fünf Inseln. König Jovan und der Großvikar, die Fünf Erzbischöfe und alle Männer dieser Prägung können das Ende gar nicht erwarten. Sie können es nicht erwarten, dass alles vorbei ist und ihre Prophezeiungen sich erfüllt haben. Der Gedanke an einen Feurigen Sündenerlass ist abscheulich und hassenswert. Selbst Aeros Raijael kämpft und tötet für seine eigene nur unwesentlich abweichende Version derselben ekelhaften Gedanken und führt seinen Kreuzzug dafür.«

Rechtschaffener Zorn trat dem Vallè in die Augen. »Für die meisten Menschen scheint es einfacher zu sein, für religiöse Ideologien zu kämpfen und zu sterben als für Freunde und Familie …«

Nun starrte er Nail hart und ohne Gnade an, als sei das ganze Durcheinander tatsächlich dessen Schuld. »Wir haben nur dieses eine Leben, Nail. Es ist zu kurz und zu wertvoll, um auf eine Wiederkehr von Kriegerengeln zu warten, die vielleicht existieren oder nicht, oder schlimmer noch: um absichtlich Gewalt und Krieg herbeizuführen. In Wahrheit wird es am Ende nämlich wohl keine Wunder oder Retter geben …«

Er verstummte, und sein Gesicht wurde ein wenig sanfter. Dann fuhr er fort: »Wenigstens haben die Vallè sich über alle Glaubensformen gebildet und informiert, statt einem bestimmten Satz blind zu folgen. Wenigstens können die Vallè erkennen, wie absurd sie alle sind. Wir kennen dieses Geheimnis seit Jahrhunderten. Der Glaube und die Legenden und Prophezeiungen von gestern sollten weder verehrt noch gesucht werden. Die Kriege von gestern sollten heute keine Bedeutung mehr haben. Die Helden von gestern sollte man vergessen, nicht verehren. Was nützt es, dem Glauben unserer Großväter zu folgen? Weil sie dem Glauben der ihren folgten? Wer sagt denn, dass die je recht hatten?«

Nail sagte: »Aber Roguemoore glaubte, Ihr selbst wärt einer der wiedergekehrten Fünf Kriegerengel. Bedeutet das denn gar nichts?«

»Bedeutet es denn etwas, dass der Zwerg dasselbe auch von dir dachte?«

Nail hatte immer glauben wollen, dass etwas Außergewöhnliches an ihm war. So dachten Waisen und Bastarde eben – dass sie irgendwo ein großes Schicksal erwartete. Deshalb fiel es ihm so leicht zu denken, er könnte sehr wohl einer der wiedergekehrten Fünf Kriegerengel sein. Abgehobene, unrealistische Gedanken.

Dabei wusste er auch, dass das Leben eines Bastards in Wirklichkeit alles andere als fantastisch war.

»Nicht der selbstherrliche blinde Glaube an Kriegerengel wird die Fünf Inseln retten«, sagte Val-Draekin, »sondern vielmehr diejenigen, die demütig zweifeln, die es auf sich nehmen, die Kraft ihres eigenen Willens und ihres Geistes fein auszubilden, und die gegen die Macht der Andeutung ankämpfen, gegen blinden Glauben ankämpfen …«

Wieder hielt er nachdenklich inne und sprach dann weiter. »Aber das ist unwahrscheinlich. Ich kenne das Wesen der Menschheit.«

»Und was ist unser Wesen?«

»Wenn es um den Glauben geht, fürchten Menschen sich am meisten vor jener Wahrheit, die sie im Herzen längst kennen, aber verleugnen.«

»Was meint Ihr?«

»Sie wissen, dass alles falsch ist. Ihr Glaube. Die unrealistischen Erzählungen, Fabeln und Wunder der Vergangenheit, die in den uralten Texten stehen. In ihrem tiefsten Inneren wissen sie, dass das alles Unsinn ist. Dennoch *glauben* sie. Der Kreislauf aus Wahnsinn und Verblendung wird nie unterbrochen. Es ist einfach egal. Soll man die Schriften zerstören? Ich glaube kaum. Alles kann wiederhergestellt werden. Alles ist endlos. Das Auf und Ab und die Eitelkeiten werden sich fortsetzen, bis die Menschheit … bis die Menschheit nicht mehr ist.«

Nail dachte über die Worte des Vallè nach. »Aber wenn Ihr das wirklich glaubt, warum seid Ihr und Seita dann mit Roguemoore auf die Suche nach diesen uralten und bedeutungslosen Waffen und Engelssteinen gekommen? Warum riskiert Ihr Euer Leben für solch sinnloses Zeug?«

»Es ist aufregend.« Val-Draekins Antwort kam schnell und beiläufig. »Ein Abenteuer. So etwas machen wir Vallè eben.« Ein schiefes, schalkhaftes Grinsen breitete sich auf seinem Gesicht aus. »Dieses Abenteuer hier ist nur Teil des jahrhundertealten Spiels, das wir Vallè seit Generationen und noch heute spielen. Es ist ein Spiel gegen die menschliche Natur, eins, mit dem die Kraft der Andeutung gemeistert werden soll.«

»Aber Ihr seid während dieses Abenteuers mehrmals fast gestorben, für dieses *Spiel*. Das ist doch ein Risiko für nichts. Ihr könnt doch nie wissen, was passieren wird.«

»Ganz genau.« Diesmal antwortete Val-Draekin etwas überlegter. »Siehst du, Nail, uns umgibt die Illusion. Das ist Teil des Spiels. Niemand von uns kann wissen, was passieren wird, auch nicht bis zum letzten Augenblick unseres Lebens. Und genau dann, am Ende, ist das, was du gesehen hast, vielleicht gar nicht das, was du zu sehen geglaubt hast.«

Sei wachsam: die Vallè verehren keinen Menschen; sie verehren allein die Macht der Hexe. Sie verehren ihr Spiel. Sie halten Andacht am Altar einer Menschenfrau, die sich – so behaupten sie – in eine Vallè verwandelt hat. Ein Wunder war das. Eine biologische Unmöglichkeit, von der die Vallè aber sagen, dass sie sich wiederholen wird …

DAS BUCH DES VERRÄTERS

47. KAPITEL

KRYSTALLHOLZ

AM SECHZEHNTEN TAG DES ENGELSMONDES IM 999. JAHR LAIJON – ROKENWALDE, SØR SEVIER

Sie hatte das Band zurückbekommen! Krista Aulbrek schlich barfuß und lautlos durch die Stille, die den Kerker von Rokenwalde umhüllte. Endlich trug sie Gaults blaues Band wieder um den Knöchel. Damit fühlte sie sich sicherer.

Zwischen ihrer und Borden Bronachells Zelle hing völlige Finsternis, eine stickige Schwärze, an die sie sich in der letzten Zeit gewöhnt hatte. Wie lange genau sie schon hier unten saß, wusste sie nicht. Mit gemessenen Schritten bewegte sie sich sicher durch die Dunkelheit. Zuletzt war die geringste Regung, Geste oder auch nur ein Atemhauch des Bärtigen in der Zelle gegenüber irgendwie für sie wahrnehmbar geworden. Inzwischen nahm sie jedes Knacken, jedes kleinste Geräusch im Kerker so scharf wahr, dass sie Boggs Wärter am Klappern und Schlurfen ihrer Schritte erkannte. Bestimmt hatte Borden sich in fünf Jahren noch stärker auf die Stille eingestimmt.

Geduldig hatte sie die Goldmünze bearbeitet, die Plattauge ihr zugesteckt hatte. Peinlich genau hatte sie das Geldstück wieder und wieder an den groben Kanten in ihrer Zelle abgefeilt und es heimlich in die gewünschte Form für ihre beiden Hauptaufgaben gebracht: die Flucht aus der Zelle und den Mord an Borden Bronachell. Es würde ausreichen, ihm mit ihrer neuen nadelspitzen Waffe tief ins Auge zu stechen.

Das verdankte sie Plattauge. Der Zwerg konnte die Münze unauffälliger schmuggeln als einen echten Dietrich oder ein Messer. Als sie mit der Münze fertig war, hatte Krista sich sozusagen im Handumdrehen ihrer Fesseln entledigt und das Schloss der Zelle geöffnet. Mit äußerster Vorsicht hatte sie die Metalltür an den rostigen Scharnieren bewegt. Sich aus Fesseln und Ketten zu befreien, aus Käfigen und Zellen auszubrechen, Schlösser zu knacken und dergleichen hatte nie zu ihren Stärken gezählt, aber jetzt ging sie mit Zuversicht zu Werke.

Ihre muffige, stickige Zelle lag schon ein paar Schritte hinter ihr, und sie schob sich, in der Faust das dünne, tödliche Instrument, das sie mühevoll hergestellt hatte, langsam und hochkonzentriert näher an die Zelle des Mannes, den sie ermorden sollte. Vollkommene Stille. Die Verletzung durch den schweren Eisenhammer des Ordensritters war noch nicht völlig verheilt, Krista fühlte noch ein dumpfes Pochen in ihrer Brust und ihrem Magen. Es ging ihr bereits wesentlich besser, aber ihr ganzer Rumpf war extrem empfindlich, und das Atmen war noch immer schmerzhaft.

Sie stand vor Bordens Zelle. Mit der rechten Schulter lehnte sie sich an zwei der senkrechten Stäbe und schob sich in die richtige

Position. So hatte sie eine gute Hebelwirkung. Alles verlief geräuschlos, nur aus dem hinteren Teil der Zelle ertönte ein Schnarchen. Ihre zarten Finger erinnerten sich an die langen Stunden des Übens, und so ließ sie den Dietrich vorsichtig in den Schließmechanismus gleiten. *Ein ähnliches Schloss … dürfte ebenso schnell gehen …*

Bei jedem kehligen Schnarchen von Borden drückte sie das Werkzeug ein Stück weiter ins Schloss. Als es am ersten schmalen Metallzinken vorüberglitt, hielt sie inne, wartete auf den nächsten Schnarcher und schob weiter. Das war das erste Klicken von vielen.

Bordens rhythmisches Schnarchen hallte durch seine Zelle. Jede Nacht schlief er an der hinteren Wand. Die wenigen Male, als Wärter mit Fackeln durch den Korridor gelaufen waren, hatte Krista sich ihre eigene Zelle eingeprägt und auch die gegenüber. Beide waren gleich groß. Sie wusste, wie viele Schritte es bis zu ihrem Opfer waren, wenn sie die Tür erst geöffnet hatte. Er schnarchte. Sie bearbeitete das Schloss, beruhigt vom Takt seines Atems. Sie legte den Kopf an die beiden senkrechten Stäbe über ihrer Schulter und schob den Dietrich weiter. Langsam und gleichmäßig. Das Schnarchen wurde lauter.

Ein Geräusch …

Das Schloss klickte …

Sie hatte die Bewegung fast gar nicht bemerkt. Plötzlich aber spürte sie Bordens kalte Skelettfinger um ihren Hals, riss den Dietrich aus dem Mechanismus und stach ihn ihm in den Handrücken. Er packte fester zu.

Krista wusste, dass sie in Schwierigkeiten steckte.

Borden Bronachell hielt ihren Kopf gegen die Stäbe und bohrte seine Fingern in ihren Hals, etwas unterhalb ihrer Ohren. In ihrem Sakrament der Seelen hatte sie gelernt, dass der Druck auf diese Punkte die Halsschlagader abschnitt und einen Menschen praktisch sofort bewusstlos werden ließ. Wenn man stark genug presste, konnte man damit töten.

Der Gedanke flackerte eben in ihr auf, da spürte sie, wie Schwärze sie umfing, und war erstaunt, wie rasch sie das Bewusstsein verlor.

Der faulige Gestank, der Krista wieder halb zu Bewusstsein kommen ließ, war unaussprechlich. Sie hatte schon mehrmals eine Nase von Dugals Riechsalz nehmen müssen, einer Mischung, mit der man leicht herausfinden konnte, ob sich jemand ohnmächtig oder tot stellte. Übles Zeug. Aber das hier war zehn Mal schlimmer.

Sie hörte schmatzende, grunzende Laute. Fackelschein spiegelte sich von einer fleckigen Steindecke, die ruckartig über ihr entlangzog. Wasser und brauner Schlamm tropften herab. *Vielleicht bilde ich es mir auch nur ein, weil es so zu dem Gestank passt.* Die Galle kam ihr hoch, und sie musste sich übergeben. Da merkte sie, dass sie geknebelt war. Erbrochenes schoss ihr aus der Nase und schien sogar aus den Augenwinkeln zu rinnen. In Panik würgte sie und rang nach Luft.

»Nimm ihr den Knebel ab«, sagte eine bekannte Stimme hinter oder über ihr. So geschah es. Man goss ihr kühles Wasser ins Gesicht. Dann wurde der vollgekotzte Knebel schnell wieder angebracht und festgezogen.

Krista konnte durch die verstopfte Nase kaum atmen und fürchtete immer noch, sie müsste ersticken. Sie lag rücklings mit an den Körper gefesselten Armen in ihrer Gefangenenkleidung da. Sie konnte sich nicht recht orientieren oder die Wirklichkeit – beziehungsweise Unwirklichkeit – begreifen, die da flackernd an ihr vorüberzog. *Ist das eine Decke?* Dann wurde ihr klar, dass jemand sie unter den Achseln gepackt hatte und sie durch einen schlammigen Tunnel zog. Schwarzbraune Dreckstücke schwappten ihr über die gefesselten Beine.

»Sie hat mir den Spieß doch ein paarmal in die Hand gerammt, bevor sie endlich losließ«, sagte eine zweite Stimme, die ihr ebenfalls bekannt vorkam. *Borden Bronachell!*

»Aber die Nadel, die sie aus der Münze gemacht hat«, sagte die erste Stimme, »hat doch beim Schloss funktioniert, wie ich es gesagt habe, oder?« Das war Plattauge.

»Genauso beim Öffnen der Abflussabdeckung«, ergänzte Borden. »Das mit der Münze hat funktioniert. Du bist ein wahrer Freund. Aber aus deinen Kerkern von Rokenwalde zu fliehen, ist auch wirklich einfach, wenn man das richtige Hilfsmittel hat. Das Fegefeuer unter der Halle der Tagritter in Amadon ist da etwas anderes. Aus dem Gefängnis kann niemand entrinnen.«

»Da wäre ich nicht so sicher.«

»Aus dem Fegefeuer kann man nicht ausbrechen.«

»Weißt du was?«, sagte Plattauge. »Die meisten Kerker sind ein Witz. Sie haben alle ihre Schwächen.« Eine Weile zogen sie sie schweigend weiter, dann sagte der Zwerg: »Bogg hat Verdacht geschöpft. Wir mussten schnell handeln.«

»Hauptsache, diese Wunden an meiner Hand entzünden sich in dem Dreck hier nicht.«

Krista blieb nur durch den mörderischen Gestank wach, der sie umgab, doch sie spürte, wie sie wieder ohnmächtig wurde.

Der Zwerg sagte: »Wir müssen sie so schnell es geht nach Wyn Darrè schaffen. Seabass erwartet uns mit dem, was er dem *Kodex der Engelssteine* entnehmen konnte.«

»Kennt sie die Wahrheit?«

»Dugal und Aevrett haben sie wie ein Schoßhündchen behandelt. Beide haben sie aus gegensätzlichen Gründen kontrolliert, beide haben sie ihrer wahren Bestimmung vorenthalten.«

»Bogg lässt sich nicht so leicht übertölpeln, Ironcloud.«

»Ja, er wird inzwischen über unsere Flucht Bescheid wissen. Er kennt diese Kloake so gut wie ich. Möglicherweise erwartet er uns mit seinem Hund, wenn wir dreckig und voller Scheiße in die Bucht schwimmen.«

»Wie ich höre, ist das Tier noch todbringender als sie hier – aber wir brauchen auch ihn.«

Krista merkte, wie ihre Gedanken bei der Unterhaltung der beiden abschweiften. Wie überwältigend übel es hier roch. Die beiden wolkengleichen, traumhaften Stimmen sprachen von nichts und von allem, ein logischer Sinn war nicht zu erkennen.

Bevor sie das Bewusstsein verlor, glaubte Krista, sie unterhielten sich über Dugal und Bogg, und zwar so, als seien ihr Meister und der Kerkermeister ein und dieselbe Person.

Mit einem Keuchen erwachte Krista, als sie in eiskaltes Wasser stürzte. Plötzlich durchströmten klare Gedanken ihren Kopf. Sie wand sich mit gefesselten Armen und Beinen. Dann durchstieß sie mit dem Kopf die Wasseroberfläche und sah in den mondlosen Nachthimmel der Straße von Sevier, in samtige Dunkelheit. In Reichweite befand sich ein fester Holzpier, über den Nebel strich, der kräftig nach den Kloaken stank. Über dem schattigen Hafen erhoben sich die Bauten der Stadt aus dem Dunst. Aus dem obersten Fenster des Steinturms hinter dem Hafen glomm gelbes Licht, das sich in kleinen Quadraten auf den Wellen um sie spiegelte.

Krista wurde grob an der Hüfte gepackt, und jemand bürstete und schrubbte an ihrer Gefangenenkleidung herum. Sie ahnte die Fäkalien und den Kloakenschlamm in den Wellen. Beim Auftauchen hatte sich ihr Knebel gelockert, doch bevor sie einen Laut von sich geben konnte, wurde sie aus dem Wasser gerissen und heftig zwischen zwei lange Ruder und einen Eisenanker auf den Boden einer Holzschaluppe geworfen. Der Knebel wurde wieder festgezogen, und auch die Fesseln wurden überprüft.

Krista rollte sich im Boot auf die Seite und starrte ihre Entführer lange und scharf an. Über ihr war das grimmige Gesicht des Zwergs Plattauge, aus dem zwei schmale Schlitze blitzten. Die schwarze Augenklappe war verschwunden.

Borden Bronachell stand gleich hinter dem Zwerg. Er warf ihr nur beiläufig einen Blick zu, dann beugte er sich über die Bootswand und machte das Gefährt vom Pier los. Er stieß kräftig ab, und das Boot trieb hinaus. Krista ließ den Blick nicht von Plattauge und überlegte, wie sein Verrat wohl aussah, was wohl sein Spiel war. *Oder heißt er Ironcloud?* An seinen zusammengekniffenen Augen erkannte Krista, dass er wusste, was sie dachte.

Weiß er denn nicht, dass nichts Dugals Aufmerksamkeit entgeht, niemand ihm entkommt? Besonders, wenn es solche Ausmaße hatte. Eine Flucht aus den Kerkern von Rokenwalde und die Entführung eines seiner wertvollen Bluthölzler. Eins stand fest: Borden Bronachell würde bald ein toter Mann sein. Dem Zwerg blühte Schlimmeres.

Hinter Plattauge setzte Borden das Segel.

Da sprang ein schmaler Schatten von der Hafenmauer ins Boot und landete mit einem Krachen auf Deck. Borden und der Schatten prallten aufeinander und rangen und kämpften verbissen neben Krista.

Der Schatten war Hans Rake, dessen Blutholzdolche wie Blitze auf seinen Gegner niedergingen. Zu Kristas Überraschung parierte Borden so schnell, wie Hans zuschlug, er schüttelte ihn sogar ab. Schließlich standen sie einander gegenüber, und Hans wich wachsam von Borden zurück. Er blickte in die herausfordernden Augen des Älteren.

Plattauge schnappte sich ein Ruder und holte aus. Hans duckte sich unter dem Hieb weg und sprang auf Krista zu. Mit seinen schwarzen Klingen stach er auf sie ein, in die Brust, den Hals, die Arme. »Mistkerl!«, schrie Borden.

Krista konnte nichts gegen den unerwarteten Angriff tun, als sich blutend zur Seite zu rollen. Die Stiche schmerzten heftig. *Ich kann nicht sagen, welche Gifte es sind. Vielleicht war es bloß der kalte Stich eines nackten Blutholzdolchs, der in warmes Fleisch stieß …*

Es krachte laut. Hans sank bewusstlos in sich zusammen. Borden Bronachell stand mit dem zweiten Ruder über dem Jungen.

»Ich habe noch nie gesehen, wie jemand einen Bluthölzler so niedergerungen hat. Schon gar nicht zwei an einem Tag.« Plattauge sah Borden bewundernd an und zog Hans schlaffen Körper von Krista weg. »Du hast seine Stiche mit den bloßen Unterarmen abgewehrt. Hättest du selbst eine Klinge gehabt, wäre Schattenholz jetzt wohl tot, nicht nur bewusstlos.« Der Zwerg packte Hans unter den Achseln und lehnte ihn an die Bootswand. »Hilf mir, wir werfen ihn über Bord.«

»Nein.« Borden ließ das Ruder fallen. Er zog ein Seil unter einer Bank hervor. »Ich habe doch gesagt, wir brauchen ihn auch. Er wird uns lebend mehr nützen.« Er schlang das Seil um Hans. »Wir brauchen jedes von Dugals Tierchen.«

»Ich bin mir nicht sicher, ob es nicht besser wäre, sie beide jetzt gleich zu töten.« Der Zwerg half mit dem Seil. »Immerhin sind sie gerade außer Gefecht gesetzt. Du überraschst mich immer wieder, Borden. Ich kannte bisher erst einen Mann, der je einen Bluthölzler geschlagen hat, und das war Ser Roderic Raybourne.«

»Vergesst nicht«, sagte Borden, »dass ich Shawcroft alles beigebracht habe, was er weiß.«

Borden fesselte Hans so, wie er es mit Krista getan hatte, die Arme fest an den Körper geschnürt, die Füße an den Knöcheln zusammengebunden. Als er fertig war, spähte er in die Dunkelheit am Pier. »Da ist Bogg«, verkündete er.

»Ja.« Plattauge blickte ebenfalls zum Holzsteg. »Du meinst Dugal.«

»Wo ist der Unterschied?«, flüsterte Borden. »Wie bei Plattauge und Ironcloud. Zwei Personen in einer.«

Krista setzte sich mühsam auf. Sie konnte kaum über den Bootsrand sehen. Aber die kantige Gestalt Boggs erkannte sie genau. Sein fieser Hund Café Colza umstrich seine Beine. Sie holte tief Luft. Ein Schmerz durchfuhr sie, und sie kniff schwankend die Augen zusammen.

Als sie sie wieder öffnete, hatte sich das Bild verändert. Bogg war nicht mehr da. Sie erblickte die unverkennbaren Umrisse ihres Meisters dort, wo Bogg gewesen war. Black Dugal stand aufrecht. Er sah bedrohlich aus, die Augen schmale rote Schlitze. Sein Blutaugenhengst war bei ihm und stieß weiße Atemwolken aus den Nüstern. Die glühenden Augen versengten die Nacht. Weder Dugal noch sein Pferd regten sich, während das Boot sich vom hölzernen Pier entfernte. Dennoch beobachteten Plattauge und Borden ihn besorgt.

Irgendetwas näherte sich da spritzend dem Boot.

Krista konnte es nicht erkennen. Die Kräfte verließen sie, sie sackte zusammen und knallte mit dem Kopf auf den harten Bootsboden. Brust und Arme schmerzten geradezu unerträglich. Sie spürte, wie warmes Blut aus ihren vielen Wunden rann.

»Wir müssen sie versorgen.« Plattauge drückte seine dicken Hände auf ihre Verletzungen und versuchte, den Blutfluss zu stoppen. Krista begriff kaum, was geschah. Sie fühlte sich unglaublich schläfrig. *Wie es Schreckgestalt wohl ohne mich geht?* Sie fürchtete, aus diesem tiefen Schlaf nie wieder zu erwachen. *Ob dem Blutauge meine Nase am Hals wohl fehlt?*

Ihre Augen wurden trüb. Sie schnappte nach Luft, panisch, und Blut gurgelte ihr im Rachen. Benommen starrte sie auf Borden Bronachell und fragte sich, ob er Plattauge wohl helfen würde.

»Hilf mir mit ihr, Borden«, sagte der Zwerg. »Nach Wynix dauert es mehr als zehn Tage. Wenn kein Wind weht, sogar länger. Ich glaube kaum, das Tyus Barra viel Medizin bei sich hat.«

»Culpas junger Vetter trifft uns also?«, fragte Borden. »Der Stumme, von dem du erzählt hast?«

»Genau der.«

»Dieser verfluchte Hund schwimmt uns nach.« Bordens Stimme klang wie aus weiter Ferne.

»Café Colza Bouledogue?«, fragte die Stimme des Zwergs besorgt irgendwo tief in Kristas Kopf. »Verfluchte Mutter Mia. Dieses sabbernde Grauen brauchen wir nun wirklich nicht an Bord.«

»Selbst der Hund kann uns nützlich sein …«

… und das war das Letzte, was sie hörte, ehe der segensreiche schwarze Schlaf sie mit sich fortnahm.

Und um das Ende aller Dinge herbeizuführen, wird ein falscher Bischof Laijons sich für eine opfern, die das Blut des Drachen trinkt. Er wird ganz einfach aufgehängt, niemand nimmt davon Notiz. Und erst dann werden die Dämonen sich aus der Unterwelt erheben und dem spärlichen Glimmen des gewundenen Silberstroms folgen. Die Rede ist von jenem flüssigen Silber, das funkelnde Pfade durch unnachgiebig harten Stein schürft, Silber, das der Legende nach alles Dämonenhafte an die großartige Oberfläche führt, zur Sonne, zur Dämmerung, zum Regen, zu den Sternen. Aus der Unterwelt werden sie sich erheben und auf den Gebeinen der Menschen wandeln.

DER KODEX DER ENGELSSTEINE

48. KAPITEL

BISCHOF HUGH GODWYN

AM SIEBZEHNTEN TAG DES ENGELSMONDES
IM 999. JAHR LAIJON – STANCLYFFE, GUL KANA

Seidel trottete vor Godwyn, Liz Hen und den Mauleseln durch die schmutzigen Straßen von Stanclyffe. Der Schäferhund schien keine Nachwirkungen der Giftpfeile mehr zu spüren und sah so gesund aus, wie Godwyn ihn kennengelernt hatte.

Das war bei Dokie Liddle anders. Das Leben des Jungen aus Galgenhafen, der auf dem Rücken eines der Lasttiere nur gelegentlich bei Bewusstsein war, hing am seidenen Faden. Sieben Tage war es her, dass sie vom Gletscher aus aufgebrochen waren, sechs, seit sie die Oghule in der Hütte vertrieben hatten. Liz Hen hatte sich Nacht für Nacht um den Jungen gekümmert und darauf geachtet, dass er in den wenigen wachen Momenten trank und ein wenig in Wasser zermatschtes Essen zu sich nahm. Nur ihretwegen hatte er bis hier überlebt.

Als Godwyn die beiden Maulesel an der Taverne *Zum gespaltenen Huf* vorbeiführte, lastete die hinter den grauen Wolken der Stadt steil aufragende Felswand wie ein tonnenschweres Gewicht auf ihm. Er hatte sich den Mantel um den Hals fest zugebunden. Immer noch spürte er einen dumpfen Schmerz, wo der Oghul ihm die Hauer in den Hals getrieben hatte. Obwohl sie versuchte, es sich nicht anmerken zu lassen, drehte Liz Hen sich jedes Mal der Magen um, wenn sie die violetten Male erblickte.

Godwyn wusste, dass Aderlasser süchtig nach dem Biss des Oghuls wurden, doch ihm war nie klar gewesen, wie unmittelbar das Toxin seinen Sog ausübte. *Eine lindernde Chemikalie in ihren Fangzähnen.* Seit dem Zwischenfall in der Hütte lähmte ihn diese innere Gier nach dem euphorischen Gefühl eines Oghul-Bisses. Diese Kraft sog stärker an ihm als die Totengeister. Sein Herz war voller Furcht und Erwartung. Mehr noch, als er den Oghul-Straßenhändler aus einem Gebäude am Ende der Gasse treten sah. Das Untier beugte sich über einen großen Steinofen unter einer gegerbten Plane. Bei ihm stand dieselbe Frau, die auch neulich da war, eine gütig dreinblickende Dame, wenn man die grausigen Male nicht beachtete, die ihr über die linke Wange und den Hals verliefen.

Sie bemerkte Godwyn und seine Begleitung und tippte ihrem ungeschlachten Partner auf die Schulter. Die finsteren braunen Augen des Oghuls richteten sich sofort auf Liz Hen und das Langschwert aus Sør Sevier an ihrer Hüfte. Er stellte sich in seiner ganzen imposanten Erscheinung vor ihnen auf. Der Kerl hatte Arme und Beine wie Baumstämme und trug einen mit Kochmessern behängten Gürtel über einer bekleckerten Lederschürze. Als Godwyn und Liz Hen unter die Plane traten, vergewisserte der Bischof sich, dass der Oghul auch wirklich das Erkennungszeichen, die tätowierte Bluttränе, unter dem Auge hatte. Manche Bischöfe in Gul Kana besaßen ein ähnliches Geheimzeichen, an dem man erkennen konnte, wer vom Großvikar persönlich in Amadon gesalbt worden war. Wenn ein Kirchenmann mit drei Fingern das Laijonskreuz über seinem Herzen schlug und am Ende davon mit dem Daumen auf seinen Nabel deutete, handelte es sich um einen solchen Bischof, dem besondere Ehre gebührte. Godwyn war einer von ihnen, doch bislang hatte er für das Signal noch keine Gelegenheit gefunden. Ohnehin ging es hier um etwas anderes. *Aderlassen.* Der Oghul vor ihm hatte rissige, grotesk purpurrote Lippen. An einem Fleck wuchs ihm ein drahtiger, brauner Haarschopf, und er hatte dicke, wilde Augenbrauen. Aus dem angeschwollenen Zahnfleisch im Unterkiefer ragten zwei schmutziggelbe Fangzähne an der Nase vorbei nach oben. Godwyn konnte beinahe spüren, wie es sich anfühlen würde, wenn er sie in sein Fleisch versenkte.

Der Schmerz … und dann das Wohlgefühl …

Der Oghul spuckte einen kleinen grauen Stein auf die Straße. »Ischt dasch fette, schaftige Mädchen tschurückgekommen, dasch wir ein bischchen ficken?« Er ließ den Blick nicht von ihr ab, und seine Stimme klang tief und rauchig. Liz Hen sah ihn böse an.

»Oder schteckt schie mir dasch Schwert rein?« Er grinste. Seidel knurrte.

Die Frau mit dem Bluterguss am Hals beäugte den Hund misstrauisch. »S'ist Runk hat's nicht so mit Hunden. Oder Katzen.«

»Wir haben auch keine Katze.« Liz Hen runzelte die Stirn.

»Gut.« Die Frau wandte sich ab und knickste ungelenk vor Godwyn. »Ich heiße Mardgot.« Der Bischof begrüßte sie mit einer angedeuteten Verbeugung.

Liz Hens hungriger Blick richtete sich auf den großen Steinofen an der Außenwand des Hauses. Darin dampften einige große Schinken. Auch Godwyn hatte Hunger, doch er konnte nur die spitzen Zähne und das pralle Zahnfleisch des Oghuls anstarren. *Er ist für ein Festmahl bereit.* Ein Schauer durchlief ihn.

»Dokie ist krank.« Das Sprechen bereitete ihm Mühe, so geschwollen und wund war sein Hals. Godwyn zeigte auf den Jungen, den sie dem Maulesel auf den schiefen Rücken geschnürt hatten.

»Krank?«, fragte der Oghul mit neugierig hochgezogenen Brauen. »Wie dasch?«

Godwyn nahm einen der dünnen Silberpfeile aus dem Mantel, den er Dokie aus dem Leib gezogen hatte. »Habt ihr so etwas schon einmal gesehen?«

Der Oghul beugte sich vor und nahm den Giftpfeil unter die Lupe. »Der Junge ischt an Orte gegangen, die er bescher gemieden hätte.«

»Viele solcher Pfeile haben ihn getroffen«, sagte Godwyn. »Er braucht ganz besondere Medizin. Du weißt, von was für Medizin ich spreche, S'ist Runk.« Er tippte sich unter dem Auge an den Wangenknochen. »Deine Tätowierung. Ich kenne ihre Bedeutung. Ich weiß, wer du bist. Ich weiß, du hast die Medizin, die der Junge benötigt.«

S'ist Runk grunzte, und Mardgot sah wesentlich unfreundlicher drein, als sie die Wunde an Godwyns Hals sah, die jetzt offen unter dem Mantel zu erkennen war. Sie erkannte natürlich die purpurnen Ergüsse. Auch S'ist Runk sah sich den Bischof nun genauer an.

»Wir haben kein Geld«, sagte Godwyn und schluckte schwer. »Aber ich kann auf andere Weise bezahlen.«

S'ist Runk sah Liz Hen mit einem irren Grinsen an. »Alscho läscht du mich an die reife Muschi von dem Mädchen?« Sabber rann ihm von den wulstigen Lippen.

»Du weißt, was ich dir anbiete«, antwortete Godwyn. »Etwas wertvolleres als Sex.«

»Mardgot wird dein Angebot nicht gefallen«, sagte der Oghul.

Der dunkle Schatten der Eifersucht auf dem so gütigen Gesicht der Frau hatte sich in offenen Zorn verwandelt.

»Ich biete dir zwei Tage lang mein Blut.« Godwyn blickte den Oghul eindringlich an. Sein pochender Hals dürstete nach Erleichterung, und die Zähne des Oghuls sahen ebenso gefährlich wie einladend aus. Er verspürte gleichzeitig Furcht, Hochgefühl und Erwartung. *Wie eine gemeine Hure preise ich mich hier an … wertvoller als Sex …*

»Der Junge schieht wirklich krank ausch«, bemerkte S'ist Runk. »Ich glaube aber nicht, dasch ich scho viel Heiltrunk habe, wie ihr braucht.«

»Wir nehmen alles, was du hast.«

»Mehr gibt esch auch nicht. Für den Rescht müscht ihr nach Lord'sch Point. Bisch dahin reicht esch – vielleicht.«

Godwyn nickte. S'ist Runk erwiderte das Nicken und sah die Frau an. »Bereite den Keller vor.« Mardgot verschwand im Gebäude. Der Oghul näherte sich Dokie, und Seidel knurrte ihn an. S'ist Runk ignorierte das Tier aber und zog ein langes, gebogenes Messer aus seinem Gürtel. Er durchtrennte damit die Seile, mit denen Dokie festgebunden war, und trug den Jungen auf seinen dicken, knorrigen Armen. »Mir nach.« Er schob sich mit Dokie an Seidel vorbei ins Haus.

»Seidel hält Wache bei den Mauleseln«, sagte Godwyn zu Liz Hen. Mit bangem Herzen band er die beiden hellen Lasttiere unter der Plane an einen Pfosten. Dann packte er das Mädchen an den Schultern. »Was du gleich siehst, ist schwer zu ertragen, Liz Hen, aber du musst mit mir kommen. Ich brauche dich an meiner Seite.«

»Ich habe es schon mal gesehen«, sagte Liz Hen. »Vergesst nicht, ich war bei Euch in der Hütte.«

»Ja.« Godwyn begegnete ihrem Blick. »Ja, das warst du.«

Gemeinsam folgten sie dem Oghul. S'ist Runk führte sie über knarrende Holzdielen zu einer Tür im hinteren Teil des dunklen Zimmers. Er stieß sie mit dem Fuß auf, und sie sahen einen schlecht erleuchteten Flur und eine schmale Stiege, die nach unten führte. Vorsichtig ging der Oghul mit Dokie auf den Armen hinunter, und Godwyn folgte mit Liz Hen. Der niedrige Kellerraum, den sie betraten, war feucht, kalt und roch nach modrigem Holz. Die Decke bestand aus langen, dunklen Balken, die in der Mitte durchhingen. Mardgot hielt sich mit zwei flackernden Leuchten in der Hand bereit.

Mitten im Raum stand eine Steinplatte mit einer groben Wolldecke, auf der S'ist Runk den Jungen ablegte. Mardgot befestigte die Leuchten an der Wand. Dokies Gesicht sah im weichen, gelben Licht fahl und eingefallen aus, und er atmete flach. Mardgot nahm zwei Fläschchen mit einer Flüssigkeit vom Schrank, eine dunkelrote und eine, die wie Wasser aussah. Beide gab sie S'ist Runk.

»Rauthouin Bane«, sagte Godwyn, während der Oghul das Fläschchen entkorkte und neben dem Jungen abstellte.

»Und Blut desch Drachen.« S'ist Runk nahm nun die weinfarbene Mixtur. »Tschuschammen machen die Heiltränke euren Freund wieder geschund.« Mit einer Pranke nahm er Dokies Kopf hoch, hielt ihn schräg und führte ihm das Fläschchen an die Lippen.

»Und wenn das nur wieder Gift ist?«, fragte Liz Hen aufgeregt und blickte Godwyn eindringlich an. »Haben wir nicht in den Minen gegen solchen Irrsinn angekämpft? Das Gift, das er Dokie gerade einflößt, ist benannt nach den namenlosen Biestern der Unter …«

»Rausch mit ihr!« Der Oghul ließ Dokies Kopf wieder auf den Stein fallen. »Rothaarige Schlampe glaubt nicht an Blut desch

Drachen? Dasch ischt eine schwere Beleidigung! Schie musch hier weg!«

Liz Hen riss die Augen auf. »Aber …«

Das Untier knurrte: »Nur die tapferschten Oghul-Piraten schleichen in den Blutholtschwald, um Blut desch Drachen zu ernten! Niemand darf schie beleidigen!«

Liz Hen wich zurück. Godwyn bedeutete ihr zu schweigen. Vielleicht war der Vorrat dieses Oghuls tatsächlich von Piraten geerntet worden, aber er kannte noch jemanden, der sich in den Blutholzwald schlich, um Blut des Drachen zu sammeln. Dieser Jemand hieß Praed und führte eine Diebesbande an, die sich die Ungezähmten nannte. Auch Praed handelte mit Drachenblut.

»Die Schlampe verschwindet!«, knurrte S'ist Runk wieder und starrte Godwyn an.

»Lass mich einen Schluck probieren«, sagte Liz Hen schnell und ging an den Tisch. »Ich teste dieses Zeug, das du Dokie da eintrichterst.« Der Oghul grollte.

»Du hast keine Ahnung, was Blut des Drachen ist.« Godwyn stellte sich zwischen sie und den Tisch. »Das darfst du nicht trinken.«

»Aber Dokie?«

»Blut des Drachen kann beinahe alles heilen, Liz Hen. Aber es ist selten und gefährlich. Ein Schluck macht dich geradezu unnatürlich gesund. Doch es kostet einen hohen Preis.«

»Lasch schie trinken.« S'ist Runk hielt Liz Hen das Fläschchen hin. »Färb dir die Augen rot, Mädchen, scho rot wie deine Haare.«

Liz Hen nahm ihm das Fläschchen aus den knorrigen Fingern und setzte es sich an die Lippen. Ihr Blick wanderte von dem Oghul über Godwyn und Mardgot wieder zurück. Sie legte den Kopf in den Nacken und nahm einen raschen Schluck. Dann wartete sie. Alle glotzten sie an, als würde sie in Flammen aufgehen. Der Ausdruck ihrer Augen änderte sich plötzlich und sie schien geradezu trunken vor Freude und Begeisterung. Godwyn verlor den Mut.

Wie viele muss die Bruderschaft von Mia noch korrumpieren, ehe dieser Irrsinn ausgestanden ist?

S'ist Runk lachte tief und laut. »Nun kannscht du nicht mehr davon laschen, Mädchen.« Er grinste verrückt. »Trink noch mehr, dann wirscht du einmal unbeschiegbar. Scho ischt Blut desch Drachen.« Er nahm ihr das Fläschchen wieder weg.

Liz Hen folgte der Flüssigkeit mit gierigen Blicken, als S'ist Runk Dokies Kopf wieder in Position brachte. Mit einem Klaps sorgte der Oghul dafür, dass der Junge halb erwachte, dann goss er ihm den Rest des weinfarbenen Tranks in den Hals. Dokie hustete, doch dann konnte er das Zeug in kleinen Schlucken einnehmen, im Fieberwahn, und ohne zu begreifen, was hier eigentlich vorging.

Der Oghul zog den Pfropfen vom zweiten Fläschchen und flößte Dokie auch das gesamte Rauthouin Bane ein. »Genug, um ihn eine Woche am Leben tschu halten. Vielleicht schogar länger.« Er zeigte beide leeren Fläschchen vor. »Mehr Blut desch Drachen bekommt ihr im Heim von Brown R'elk in Lord'sch Point. Brown R'elk ischt ein schehr reicher Händler und Alchemischt mit vielen Kontakten, der auch die Tätowierung unter dem Auge trägt.« Er deutete auf sein rotes Mal.

Godwyn nickte. Der Oghul starrte ihn nun hungrig an, und sein Zahnfleisch schien in Erwartung des bevorstehenden Festmahls noch weiter angeschwollen zu sein. Godwyn öffnete den Mantel und zeigte S'ist Runk seinen ebenfalls geschwollenen Nacken. *Wer kann sich Tag für Tag diesem schrecklichen Verlangen stellen und dabei nicht den Totengeistern verfallen?* Er schluckte schwer. So unerträglich die Schmerzen im Nacken waren, so groß war auch die Vorfreude. »Nur von mir«, sagte er. »Zwei Tagesrationen. Lass das Mädchen in Ruhe. Wie vereinbart.«

S'ist Runk hing an ihm, noch bevor er seine letzte Forderung äußern konnte. Mit knorrigen Händen packte er ihn im Nacken und versenkte die dreckigen Hauer tief in seinem Fleisch. Die Wucht des Zubeißens tat so weh, dass es Godwyn den Atem raubte. So musste es sich anfühlen, wenn der Henker die Klappe öffnete. Schäumend tropfte ihm Blut aus den Mundwinkeln, während er sich im Griff des Oghuls wand. Dann begannen die Toxine aus den Fangzähnen des Untiers zu wirken, und Godwyn spürte, wie die pochenden Schmerzen vergingen und durch das Hochgefühl und die gnädige Finsternis ersetzt wurden, nach denen er sich gesehnt hatte.

Die Flammenstrahlen der Sonne verbrannten die Berggipfel zu silberner Asche. Jene Silberstrahlen und Peitschen waren es, welche die Biester der Unterwelt fürchteten. Und wer das Blut des Drachen beherrscht, gebietet den Ungeheuern. Daher hieß ich diese silberne Sonne Drachenklaue und hielt sie für die Quelle allen Lebens und den Ursprung aller Tode.

WEG UND WAHRHEIT LAIJONS

49. KAPITEL

STEFANE WAYLAND

AM SIEBZEHNTEN TAG DES ENGELSMONDES
IM 999. JAHR LAIJON – TOTHOLZTOR, GUL KANA

Die unerträgliche Schwärze der verfluchten Mine erstickte alles. Sie sickerte in die Luft und in jede Faser von Stefanes Sein. Er fürchtete, zu einem bösartigen, verzweifelten Geist zu werden, einem Gespenst, das die Höhlen der Unterwelt durchwandert und auf ewig heult, jammert und mit den Zähnen knirscht. *Oder auch bloß zu einem in der Dunkelheit herumirrenden Trottel!*

Nur der Bogen auf seinem Rücken gab ihm Halt und Trost. *Giselle*. Ihm kam es vor, als wäre er seit Tagen durch die Dunkelheit gekrochen, und sein ohnehin angespannter Körper wurde durch die ständige Sorge gemartert, dass Oghule ihm auflauerten. Er bewegte sich eine sachte, kaum spürbare Steigung hinauf, folgte ihr kriechend und blind durch die Finsternis, tastete sich voran und zog das verletzte Bein nach.

Er versuchte, seinen schmerzenden Knöchel zu ignorieren. Die Sorge wegen seiner Wunden und allem anderen schnürte ihm die Gedanken ein. Ab und an blieb er stehen und drückte probehalber auf das Gelenk. Es war im Stiefel auf fast die doppelte Größe angeschwollen. Er konnte nichts tun als trotz seiner Schmerzen weiterzukriechen.

An jeder Weggabelung entschied er sich für die Richtung, die scheinbar nach oben und, wie er hoffte, nach draußen führte. Wenn Stufen oder ein Tunnel nicht aufwärts verliefen, kehrte er um, bis er einen fand, der es tat. All das in völliger Finsternis. Er überlegte, ob er sich nicht wie Dokie oder Liz Hen bei Laijon bedanken sollte, dass er noch am Leben war. Aber es kam ihm albern vor, zu einem Gott zu sprechen, an den er gar nicht glaubte. Dennoch konnte er nicht umhin, sich zu fragen, ob eine göttliche Macht bei diesem Oghul eingegriffen hatte.

Aber es gab überhaupt keinen Oghul …

Keinen Drachen …

Keinen Mann mit Schädelgesicht …

Er wollte nicht glauben, dass er verrückt war.

Aber bin ich nicht ganz von den Totengeistern besessen?

Durch das Kriechen hatte er sich die Knie und die Handflächen aufgeschürft. Er spürte Dreck und kleine Kiesel in der Haut und stellte sich vor, wie sie bis in sein Blut vordrangen. Diese Teilchen würde er auf jeden Fall mitnehmen, wenn er es hier herausschaffte.

Er kroch wie im Traum voran, setzte sich über die Schmerzen hinweg und schob wie in Trance die Hände immer weiter vor, links, rechts, links, rechts, rutschen, ziehen …

… die Monotonie durchdrang ihn so sehr, dass er beinahe in den Abgrund gestürzt wäre.

Genau wie vor einer Weile fanden seine Händen plötzlich keinen Halt mehr, und er knallte mit dem Kinn auf die Steine. Wie in einem sich wiederholenden Albtraum krabbelte er mit hämmerndem Herzen rückwärts.

Mit der linken Schulter stieß er dabei gegen etwas, stieß es sogar um, sodass es scheppernd zu Boden fiel. Er blieb stocksteif liegen. Was auch immer er da berührt hatte: Es war menschengemacht und klang in der hohlen Stille wie Metall. Er griff vorsichtig nach dem Gegenstand. Da. Das kalte, metallische Ding hatte eine Form, die ihm bekannt vorkam.

Es war ein Blecheimer mit einem festen Drahtgriff, rostig und verbeult. Er klammerte ihn an sich und strich beinahe liebevoll über die Rundung. *Den haben Menschen gemacht, keine Oghule. Irgendwie hatte sich irgendwann einmal jemand wie ich hier befunden, in dieser von Dämonen erdachten Unterwelt. Vielleicht bin ich nicht allein.*

Er stellte den Eimer beiseite und tastete noch einmal vorsichtig nach der Abbruchkante, um nicht in einen Abgrund zu fallen. Vielleicht handelte es sich ja nur um eine Treppe. *Ich habe doch kein Seil mehr!* Er erreichte die Kante, legte sich flach auf den Bauch und streckte den Arm so weit er konnte nach unten. Doch da war nichts.

Er griff sich den Eimer, schob ihn über den Rand, lauschte …

… und hörte keinen Aufprall.

Mit einer Hand an der Kante zog er sich ein Stück nach links und stieß dort auf einen weiteren Eimer. Auch den ließ er in die Tiefe fallen. Wieder kein Ton. Er rutschte noch ein Stück und fand einen kleinen Nagel und dann eine Harke. Über die Kante damit. Nichts. Ein Stück weiter ertastete er diverse weitere Eimer und einen kleinen Spaten, eine Schaufel und schließlich etwas, dass sich wie eine Spitzhacke anfühlte. Nichts davon erzeugte ein Geräusch, als er es hinunterwarf.

Dann erreichte er eine Wand, die ihm den Weg versperrte. Also rutschte er in die andere Richtung und noch weiter nach rechts und fand wieder Eimer, Nägel und andere Bergwerksutensilien, die er alle in das Loch fallen ließ.

Am Ende ertastete er ein sehr langes, flaches Holzstück, bevor sich auch hier eine Wand erhob. Das Holz stieß er nicht in die Tiefe. Er schätzte das Ausmaß der Höhle auf etwa dreißig Schritte von Wand zu Wand, und am Ende dieser Sackgasse lag der bodenlose Abgrund.

Hier also würde er sterben. Verzweiflung übermannte ihn und er sackte an der Wand zusammen.

Stefane hockte eine Weile in der gähnend schwarzen Stille. Er ahnte, dass die Oghule ihn mittlerweile jagten. Die Totengeister auch. Vielleicht sogar Drachen und Ritter mit silbernen Schädelgesichtern. Sie alle durchsuchten die tiefen, finsteren Orte nach ihm, verfolgten ihn durch die Minen, denn er wusste, dass er auf dem ganzen Weg eine Spur von Blut aus Knien, Knöcheln und Händen hinterlassen hatte.

Bald würden sie ihn an diesem verhexten Tunnelende finden, allein, mit einem nutzlosen Bogen, ohne Pfeile. In der kalten Stille war jeder Atemzug seiner gepeinigten Lungen lauter. Er hatte fürchterlichen Durst. Er hustete. Die Panzer seiner Rüstung schnürten ihm den Atem ab. Wieder hustete er, ein rauhes Kratzen, das tief aus seinem Brustkorb kam, in der Luft widerhallte und Echos durch den Tunnel warf, den er entlanggekrochen war, auf dass ihn die Oghule oder die feurigen Biester der Unterwelt noch schneller finden mochten.

Die Schmerzen hatten seine Knochen durchdrungen. Seine Muskeln zuckten vor Krämpfen und Pein. Das Tosen des Blutes in seinen Adern ließ ihm fast den Kopf bersten, und sein Fuß pochte so heftig, wie er es noch nie erlebt hatte.

Achte nicht darauf! Verschiebe diese Pein an jenen hohlen Ort in deinen Gedanken.

Denk nach, Stefane, denk nach.

Er wollte nicht wieder umkehren, nicht zurückkriechen. Doch das bodenlos tiefe Loch vor seiner Nase ließ ihm keine Wahl. *Dabei bin ich so weit gekommen ...*

Der Ärger in ihm wuchs an zu Zorn, kochendem, schmorendem, peinigendem Zorn.

Er nahm den Bogen vom Rücken. Wütend schleuderte er ihn so weit er konnte über die Grube und dachte, er würde die Sehne auf dem endlosen Weg ins Nichts noch eine Weile singen hören.

Giselle. Fort.

Da klapperte der Bogen auf den Boden. Das Geräusch kam von Gestein aus höchstens drei oder vier Meter Entfernung.

Er löste den leeren Köcher von seinem Rücken und warf ihn in dieselbe Richtung. Er hörte wieder einen hohlen Aufschlag, dann kullerte er vielleicht zehn, zwölf Meter weiter. Nun warf er einen Stein, der ebenfalls auf festem Boden landete.

Idiot! Stefane, du bist ein Idiot! Es stimmte, dass der Tunnel, dem er gefolgt war, an einer bodenlosen Grube endete, aber dahinter ging er einfach weiter, vielleicht dreißig oder vierzig Schritte entfernt. *Aber ich bin nicht Cotton Stansfield beim Sportturnier auf dem Trauermondfest. So weit kann ich nicht springen.*

Er warf noch einen Stein, aber diesmal nicht so heftig. Er landete im Gang drüben. Nachdem er ein gutes Dutzend Steinchen unterschiedlich weit geworfen hatte, schätzte er, dass der gegenüberliegende Tunnelrand eher fünf Meter entfernt lag.

Er tastete das Holzstück neben sich ab. Das reichte locker hinüber. Außerdem war es etwa fußbreit, stabil und praktisch armdick. *Aber kann ich es auf die andere Seite schieben?* Er atmete dreimal tief durch, sammelte sich und legte sich einen Plan zurecht.

Er schob die Planke mit dem einen Ende genau an den Abgrund. Dann rollte er sich auf dem kalten Steinboden auf den Rücken. Er rutschte so weit, bis er die Beine über der Kante ins

Nichts baumeln lassen konnte. Nun drehte er sich zur Seite, packte das Holz mit beiden Händen, hob es an und drehte sich wieder auf den Rücken. Das schwere Stück lag ihm jetzt auf dem Bauch, und er hielt es so, dass es direkt über seine Stirn ragte. Dann rutschte er unter der Planke so weit zurück, bis er sie sich gerade zwischen die Beine klemmen konnte. Nun setzte er sich langsam auf und führte das Holz dabei Hand über Hand wie ein Soldat, der mit einer Leiter Burgmauern erklimmt. Als er aufrecht saß, stand das Holzstück auf der kurzen, schmalen Kante senkrecht zwischen seinen Beinen. Zum Glück war der Tunnel hoch genug. Langsam ließ er die Planke nun nach vorne kippen, immer weiter in die Ungewissheit. Dabei hielt er sie stets mit beiden Händen fest und betete zu Laijon, dass sie lang genug war, um auf der anderen Seite zu landen.

Das war sie. Die Planke kam mit einem heftigen Schlag auf dem Boden auf. Die Vibration übertrug sich auf Stefanes Arme, er verlor den Halt und schlug mit dem Gesicht voran auf das Holz. Der Brustpanzer fing den Aufprall ein wenig ab.

Nun lag er auf einem Stück Holz, und links und rechts baumelten seine Arme und Beine ins Leere. Sein Herz hämmerte. Er atmete einmal. Noch einmal. Ein drittes Mal. Als seine Knochen endlich nicht mehr zitterten und sein Körper aufhörte zu beben, wurde er eins mit dem Holzstück unter ihm.

Mit seiner Brücke.

Doch er wagte es nicht, sich zu bewegen. Traute sich nicht, loszukriechen. *Ist sie dick genug? Breit genug?* Aus diesen Gedankenwurzeln sprossen weitere Fragen, aus deren Knospen sofort Zweifel aufblühten.

Aus dem Tunnel hinter ihm wehte ihm Wind über die Haut. *Ich bin nicht mehr allein.* Sein Herz schlug schneller, als er aus der Ferne die kehligen Stimmen von Oghulen vernahm.

Sie kamen aus dem Tunnel, jetzt erkannte er auch flackerndes

Licht, und er kroch Zentimeter um Zentimeter voran. Das Holz knirschte und knarrte unter ihm. Ganz langsam schob er sich vor. In der Mitte bog die Planke sich unter seinem Gewicht …

… und er spürte, wie sie nachgab … splitterte …

Oghule rannten dutzendweise mit hoch erhobenen Fackeln laut fluchend in die Höhle hinter ihm. Hektisch krabbelte er weiter. Unter ihm knirschte und wippte die Planke. Dann hatte er die andere Seite erreicht und rollte sich in Sicherheit. Er umarmte den Boden und starrte erschöpft über den Abgrund auf die grollenden Untiere, deren graue Gesichter im Fackelschein tanzten. An ihren feisten Leibern funkelten schwere, verrostete Rüstungen und unzählige Waffen. Er sah sich jeden Einzelnen an, und Furcht und Anspannung flossen wie unirdischer Schweiß aus seinem Körper.

Ich habe es geschafft!, dröhnte die Stimme in seinem Kopf. *Bei den verfaulten Engeln und der verfluchten Mutter Mia, ich habe es geschafft!*

Der Abgrund war überwunden. Er hatte ihn besiegt. Die Oghule auf der anderen Seite knurrten. Dort nutzten ihnen die langen, scharfen Fangzähne nichts. Das Holzstück hatte gehalten. Ein Ende lag nur Zentimeter vor seinen Füßen, in der Mitte war es etwas stärker durchgebogen und abgenutzt. Mehrere der Oghule liefen mit ihren Fackeln auf das andere Ende zu. Stefane beförderte die Planke mit einem Tritt in den Abgrund.

Er drehte sich um, entdeckte den Bogen auf den Steinen und hob ihn auf. *Giselle*. Erfreut stellte er fest, dass seine wertvolle Waffe unbeschädigt war. Den leeren Köcher ließ er liegen und humpelte in den Korridor, fort von dem Abgrund und den Oghulen. Ein letzter Blick noch …

… und dort hinter ihm war gar nichts.

Keine Oghule. Keine Höhle. Keine Fackeln. Kein bodenloser Schacht.

Ihm standen die Nackenhaare zu Berge. Nur die alles erstickende Schwärze war zu sehen, als hätte alles andere nie existiert.

Aber das hatte es doch! Verärgert drehte er sich wieder um und prallte mit dem Gesicht gegen eine Steinwand.

Er taumelte zurück und fiel in eine kalte Schlammpfütze. Das Gefühl von Matsch zwischen den Fingern ließ ihn keuchen. *Wasser!* Gierig versuchte er, mit der Zunge die Feuchtigkeit einzusaugen. *Dreckig! Bitter!*

Ist das wenigstens wirklich da?

Mit den Händen befühlte er den Boden und verfolgte den Matsch bis an die Steinwand zurück. Aus den Felsen sickerte Wasser. Auf den Knien kauernd drückte er das Gesicht gegen den Stein und ließ sich das kühle Nass über die Lippen und die Zunge plätschern. Es schmeckte metallisch, nach Eisen, aber köstlich.

Dann nahm er aus dem Augenwinkel ein Licht wahr.

Es schien durch einen Spalt zu seiner Linken, ein Stück über ihm. Ein dunstig weißer Strahl, der durch den Staub bis zu ihm reichte. Schwach, geisterhaft und *weiß!* Nicht rot, feurig und dämonisch, sondern *weiß!* Wie von einem Ort, an dem es womöglich Bäume, Blüten und Sonnenschein gab. Er streckte die Hand in den Strahl und versuchte, die Farbe seiner aufgeschürften Haut zu erkennen.

Stefane stand auf und blickte in den Riss, durch den das Licht drang. Er war vielleicht fünf Schritt hoch und einen halben breit, und er sah aus, als erstreckte er sich gut zwanzig Schritte in die Tiefe des Gesteins. Dort endete er in einem anderen Tunnel, in dem das Licht so hell strahlte, dass es ihn blendete!

Ohne nachzudenken, warf er die blutbespritzten Brustpanzer seiner Rüstung ab. Endlich hatte er einen Grund dafür. Mit dem Bogen in der Hand schob er sich in den Spalt und bewegte sich mühsam, Stück für Stück ins Licht. Sein Rücken war an den Felsen gepresst, seine Brust rieb schmerzhaft gegen das Gestein vor ihm. Er spürte, wie seine Tunika zerriss. Trotzdem schob er sich weiter in das lockende Licht. Den Bogen hielt er vor sich, Giselle geleitete ihn.

Bald schien der Spalt sich nach innen zu verengen, und das Atmen fiel ihm schwer. Er konnte sich fast nicht mehr bewegen. Sein Herz schlug panisch, und er war vor Schreck wie gelähmt. Er keuchte hektisch, und bei jedem mühevollen Atemzug schien der Felsen sich enger um ihn zusammenzuziehen. Er fühlte sich kurz vor dem Ersticken.

Dreimal tief einatmen … dreimal tief einatmen … dreimal tief einatmen, wie Val-Draekin es uns gelehrt hat … dann die Luft anhalten. Als er das tat, ließ der Griff der Wände um ihn nach. Abermals hielt er die Luft an und versuchte, sich mit dem Bogen in der Hand vorwärtszuwinden.

Führe mich, Giselle. Bring mich in Sicherheit.

Dann war es nur noch ein Ruck, und er stolperte auf der anderen Seite in den Tunnel. Erschreckt stoben ein paar Fledermäuse von der Decke hastig ins Licht.

Und was für ein Licht das war …

… so blendend, dass er die Augen zusammenkneifen musste, und Wärme überlief ihn wie flüssiges Feuer. Eilig kroch er, das Bein nachziehend, zur Quelle der Hitze. Nur ganz kurz öffnete er die Augen und blinzelte durch Tränen in die aufblitzenden Strahlen. Ein Ausweg zeigte sich. Er saugte das Bild begierig in sich auf.

Beinahe ekstatisch kroch er voran.

Jetzt konnte er etwas riechen, das ihn an Bäume erinnerte, Pinien vielleicht, Espen – und er konnte den runden Umriss der Höhlenöffnung deutlicher erkennen. Die wohlbekannten Gerüche spornten ihn an.

Dann stand er draußen, im Sonnenschein.

Am Leben!

Mit blutigen Händen bedeckte er sein Gesicht und schützte die

Augen gegen die fast unerträgliche Helligkeit, die um ihn schimmerte. Durch einen Tränenschleier ahnte er hier und da grüne Flächen, noch unscharfe Bilder. Heftig und grell schien die Sonne. Bäume schaukelten knarrend und lang in der Höhe.

Espen! Ich habe noch nie etwas so himmlisch Schönes gesehen!

Sein Lachen klang wie Wind, der durch ein Gebüsch fährt. Erstaunt sah er, wie viel Raum um ihn war. Er sog den Duft der Bäume, Blätter, der Sonne und des Bodens ein. Der Geruch von Gräsern und Pinien erfüllte seine Lungen.

Er kroch über dünne Zweige, und das Gefühl an seinen geschundenen Händen war kaum zu beschreiben. Überwältigt riss er ein paar Gras- und Unkrauthalme aus der Erde und vergrub sein Gesicht in dem frischen Grün, gab sich dem Gefühl der Lebendigkeit hin.

Dann rutschte er aus und rollte lachend und vollkommen sorglos den Hügel hinunter auf eine spärlich mit Bäumen bestandene schmale Rinne zu.

Unten angekommen hatte er seine Wunden vergessen und setzte sich hin. Jetzt konnte ihm nichts wehtun. Er legte den Kopf in den Nacken und schnupperte nach den flüchtigen Düften der Natur, die ihn umgab. Die Aromen vermischten sich. Das Wasser lief ihm im Munde zusammen und erinnerte ihn daran, dass er vollkommen ausgehungert war. Er blickte nach oben, doch das helle Licht stach ihm in den Augen. Er kniff sie zusammen.

Da hörte er die Stimmen.

Keine Oghule, sondern Menschenstimmen, die zunächst Unverständliches redeten, aus dem aber allmählich einzelne Wörter hervortraten und einen Zusammenhang ergaben.

Er riss die Augen wieder auf.

Zwei geisterhafte Erscheinungen schwebten über den bewachsenen Hang, und bei jedem Blinzeln waren kurz ihre bekannten Gesichter zu erkennen. Dann verschwommen sie und bildeten sich neu. Seine Augen hatten noch Mühe, sich an die verwirrende Helligkeit zu gewöhnen. Zwei funkelnde Schwerter blendeten ihn überdies und verstärkten das Durcheinander.

»Stefane«, riefen die beiden Gestalten gleichzeitig aus.

Hilfe!, wollte er antworten, doch zu seiner Überraschung gehorchte seine Stimme nicht. Er schluckte und atmete tief durch. Ein zweiter Versuch. Nur ein zischendes Kratzen entwand sich seiner Kehle.

»Stefane«, riefen die Stimmen wieder, und plötzlich verschmolzen die zwei Gestalten zu einer. *Wieder nur Trugbilder!* Er setzte sich auf und deckte die Augen mit den Händen gegen die Sonne ab, blinzelte und versuchte, sich auf die seltsamen Erscheinungen am Hang zu konzentrieren.

Das ist Seita!

Die Vallè kam näher. Wieder wurde aus zwei Umrissen einer. Sie trug den grauen Mantel um die Hüfte gebunden und hatte das Gesicht größtenteils mit dem Umhang verhüllt. Ein Lederbeutel, den er schon einmal gesehen hatte, hing ihr über der Schulter. Sie hielt ein unfassbar langes Schwert in der rechten Hand, dessen dünner Griff anmutig wie ein Halbmond gebogen war. Diese tödlich aussehende Waffe glänzte und funkelte nicht wie ein normales Schwert, sondern hing bloß bedrohlich in ihrer Hand und erzeugte eine scharf umrissene weiße Leere zwischen dem hohen Schatten der Espen.

»Wir dachten, du wärst tot«, sagte sie. »Bist du verletzt?«

»Ich weiß nicht«, brachte Stefane schließlich heraus. Die Gestalt vor ihm waberte immer noch unwirklich. »Wo ist Culpa?«, fragte er.

Sie blieb ein paar Schritte vor ihm stehen und blickte mit ihren grünen Augen in die Klippen zurück. »Culpa ist hinter mir, ein Stück zwischen den Bäumen die Hügel hinauf, und er klettert so gut er kann durch das Geröll.« Seita schob, den Blick weiter auf die mit Espen bewachsene Felswand hinter sich gerichtet, die Kapuze zurück. Mit grimmigem Gesichtsausdruck drehte sie sich wieder zu Stefane um. »Als ich gesehen habe, wie du aus der Höhle getaumelt kamst, habe ich Culpa einfach stehenlassen und bin hergerannt ...«

Sie verstummte und rang um die richtigen Worte. Besorgt flüsterte sie dann: »Culpa ist in den Minen verwundet worden, Stefane. Er ist schwer verletzt. Er ist todgeweiht. Ich kann kaum ermessen, welche Willenskraft er in sich tragen muss, dass er überhaupt so lange überlebt hat. Er trägt das *Pechschwarze Herz* auf dem Rücken. Er besteht darauf, hat es sich nicht abnehmen lassen. In den Überresten seiner Rüstung kann er sich kaum noch bewegen. Ich konnte ihn zumindest überreden, dass ich seinen Beutel trage.«

»Was ist passiert?«, fragte er.

»Culpa ist ins Silber gestürzt.« Jetzt flüsterte sie nicht mehr.

»Ins Silber gestürzt?« Verwirrt und mit wackligen Knien erhob sich Stefane, und die Schmerzen in seinem Knöchel flammten auf. Dann erinnerte er sich mit Schrecken an die Minen oberhalb der Himmelsseen und die Silberströme.

»Ich bin überrascht, dass Culpa es so weit geschafft hat«, sagte Seita und schluckte schwer. »Erschrick nicht, wenn du seine Verletzungen siehst ...«

Sie ließ den Blick durch die Bäume schweifen, als hielte sie Ausschau nach Oghulen oder Schlimmerem. »Wir müssen uns eilen, Stefane. Der Tagritter ist jetzt eine Belastung für uns. Wir werden Culpa hier zurücklassen müssen ...«

Wieder brach sie ab und wählte ihre Worte sorgfältig. »Etwas Schreckliches wird sich in Amadon ereignen. Und nur ich kann es aufhalten, Stefane. Nur ich weiß davon.«

»Deine Visionen?« Er versuchte, seinen Knöchel zu entlasten.

»Genau.« Erneut suchte sie mit ihren grünen Augen den Hang ab.

»Ich hatte auch welche«, murmelte Stefane. »Tief im Inneren der Minen ist ein Biest der Unterwelt. Hast du es auch gesehen? Einen Ritter in roter Plattenrüstung mit einer silbernen Maske? Ich glaube, es war ein Schädelmann, aber er hatte das blasse Gesicht eines Vallè.«

»Ein Schädelmann?« Mit großen Augen drehte Seita sich zu ihm um. »Und er sah aus wie ein Vallè?«

Er konnte sie nur anstarren. *Wunderschön. Sie ist immer so wunderschön und zart.* Ihr blasses, vollkommenes Gesicht war so ein angenehmer Anblick nach der Hässlichkeit der Minen. Er blickte auf das lange weiße Schwert in ihrer Hand, dann wieder in ihr Gesicht.

Sorge sprach aus ihren Zügen. »Hier gibt es keine Drachen.« Mit gerunzelter Stirn sah sie ihm fest in die Augen.

»Ich weiß, was ich gesehen habe«, sagte er.

Sie kam auf ihn zu und legte ihm die andere Hand auf die Schulter. »Lass deine bösen Visionen fahren, Stefane. Denk daran: Culpa hat gesagt, diese Minen spielen mit deinen Gedanken. Viele Dinge und Wesen können das. Es heißt, sogar das Meeresvolk setzt seinen Gefangenen Visionen in den Kopf, bevor sie der langsame Tod durch Ertrinken überkommt.«

»Du meinst, ich hätte mir alles nur eingebildet.«

»Ja. Du hast dich verirrt und warst lange da drinnen.«

Er wurde wütend. »Wieso sind deine Visionen wirklich und meine nicht?« Er wankte leicht, und sein Knöchel tat weh, wenn er ihn belastete.

»Weil ich eine reinblütige Vallè bin.« Sie hielt ihn an der Schulter fest und stützte ihn.

Stefane blickte wieder den Hügel hinauf. *Ist Culpa Barra überhaupt dort oben? Bin ich schon raus aus den Minen? Oder ist das nur ein grausamer Traum?*

Die sanfte Hand auf seiner Schulter fühlte sich jedenfalls echt an.

»Sieh doch.« Seita hob das prachtvolle Schwert hoch. »Wir haben es gefunden. Das *Feuer der Sühne*. Und den Engelsstein. Er steckt hier im Beutel.«

Stefane sah sich die erstaunliche Waffe, die die Vallè trug, ausgiebig an. Sie war so lang wie Seita groß, und im weißen Knauf steckte ein tiefrot strahlender, runder Rubin. Der eigenartige Halbmondgriff mit dem Handschutz sah aus, als wäre er aus einem Stück Walrossknochen geschnitzt oder aus den Hauern eines der Biester der Unterwelt oder auch aus etwas völlig anderem. Die Klinge war aus prächtigem Silber geschmiedet und von gewundenen Adern aus durchscheinendem Elfenbein durchzogen, aus deren Tiefen ein rotes Licht zu pulsieren schien. Es war das größte und prachtvollste Schwert, das er je gesehen hatte.

Und es kam ihm ganz unwirklich vor.

Seita fasste in den Lederbeutel an ihrer Schulter, zog ein schwarzes Seidentuch heraus und hielt es ihm hin. Ohne nachzudenken, streckte Stefane die Hand aus. Das Vallè-Mädchen kippte ihm den Inhalt direkt hinein.

Es war ein funkelnd roter Stein genau derselben Größe wie jener blaue, den Giselle in den Minen bei Galgenhafen aus dem kreuzförmigen Altar gezogen hatte. Genauso groß und geformt wie der schwarze Stein aus den Himmelsseen.

Im Inneren schienen rauchrote Wellen aus tanzendem Licht zu schimmern und zu funkeln. In seiner schmutzigen und aufgeschürften Hand brannte der Stein kalt wie Eis.

Ihn anzufassen, kam ihm nicht richtig vor. Plötzlich flammten die Schmerzen aus dem Sklavenmal an seinem Handgelenk auf. Er taumelte und konnte sich fast nicht auf den Beinen halten. Jetzt stach sein verletzter Knöchel. Er ließ den Stein in das Laub zu seinen Füßen gleiten. Seita hob ihn mit der Seide rasch wieder auf und steckte ihn in den Beutel, in Culpa Barras Beutel. *Wo war der Tagritter?*

Stefane sah sich um und maß die gesamte Umgebung ab. Er stand mit Seita am Fuß eines grasbewachsenen Hanges mit Büschen und Espen. Die Mine, aus der er hervorgebrochen war, war nur ein dunkles Loch in der aufgebrochenen Klippe etwa fünfzehn Meter den Hügel hinauf hinter der Vallè. Oberhalb der Mine war die Felskante nicht mehr allzu hoch, erstreckte sich aber von hier gut siebzig Meter nach links und rechts. Hinter ihm lag eine mit Felsbrocken übersäte Fläche mit Zwergeichen und niedrigem Farn, die nach etwas mehr als dreißig Metern in einer weiteren Klippe endete. Dahinter erblickte er eine unregelmäßige Landschaft aus ein paar Hundert Pinienwipfeln, die gerade noch aus dem Abgrund herausragten. Pinienwälder bedeckten auch die Hügel bis in die Ferne.

Irgendetwas an der Umgebung schien ihm nebelhaft und seltsam. Er wandte sich wieder zu Seita.

Das alles kommt mir unwirklich vor. Als könnte sie seine Gedanken lesen, wischte die Vallè ihm mit der linken Hand über die Stirn. »Da ist überall Blut«, sagte sie und zeigte ihm ihre roten Finger. »Bist du verletzt?«

Oghul-Blut! Er dachte an die blutbespritzten Brustpanzer, die er in den Minen zurückgelassen hatte, und blickte auf seine rot gesprenkelten Arme. Das Blut auf seiner Hose war nicht seins. *Ich habe diesen Oghul in der Mine doch getötet! Das waren nicht die Totengeister, die mir den Kopf verdreht haben.*

»Ich dachte, du bist tot, als die Tunneldecke eingestürzt ist.« Seita schmiegte sich an ihn und küsste ihn sanft und mit weichen Lippen.

Dann nahm sie den Lederbeutel von ihrer Schulter und hängte ihn um seine. »Trag du sie jetzt. Der schwarze und der rote Stein sind beide da drin.« Sie zurrte den Riemen fester. »Jetzt ist es an dir, Beutel und Steine zu beschützen, Stefane. Ich muss die Hände frei haben, damit ich das Schwert benutzen kann, falls sich Oghule nähern.«

Stefane wollte, dass sie ihn noch einmal küsste. Nur ihre Lippen banden ihn an die Wirklichkeit, an etwas, das echt, warm und lebendig war. Sie blickten sich kurz in die Augen.

Oben bewegte sich etwas. Dann brach Culpa Barra in der Mitte des Hügels durch die Bäume und humpelte mit dem Tagritterschwert als Krücke auf sie zu.

Stefane konnte den erschreckten Blick nicht abwenden.

Der Mann da auf dem Hügel trug zwar noch die schwarz glänzende Tagritterrüstung, jedenfalls größtenteils. Die rechte Seite aber vom Oberschenkel bis zum Hals war vollständig weggeschmolzen. Sein ganzer linker Arm war *weg*, so wie ein gutes Stück seines Rumpfes. Auch die rechte Hälfte seines Kriegshelms war weggeschmolzen, vom Kinnriemen bis dorthin, wo sein Ohr hätte sein sollen.

Unter dem Helm war Culpas Gesicht nur eine schwarze Masse aus verkohltem Fleisch und Knochen. Die blutige Bruchkante zwischen Kiefer und Augenhöhle durchzogen Rinnsale aus gehärtetem Silber, ebenso wie die gesamte klaffende rechte Körperhälfte. Anscheinend hatte die glühende Silberlegierung alles eingeschmolzen, Fleisch, Knochen, Rüstung, war dann ausgehärtet, hatte die Wunden kauterisiert und alles zu einer siedenden, schwarzen Masse verschweißt.

Aus der zerstörten Gesichtshälfte sickerte und tropfte dickes Blut. Bei jedem raspelnden Atemzug blubberte und rann es in leuchtend roten Strömen aus Culpas verkohlter Kopfhaut bis hinunter auf die Füße.

Jetzt weiß ich, dass es ein Traum sein muss! Stefane fragte sich, ob er nicht immer noch in einem nicht enden wollenden Albtraum durch die Minen von Totholztor lief.

»Sie kommen.« Der Tagritter, schwer auf das Schwert gestützt, sprach abgehackt, und das vor Schmerzen milchige Auge blickte unsicher von Stefane zu der Vallè. »Lasst nicht zu, dass die Oghule mich schnappen, Seita.« Trotz der grausigen Verletzungen im Gesicht war Culpa gut zu verstehen.

Stefane konnte den Blick nicht von der geschmolzenen Masse, dem herausragenden Kieferknochen oder der rosafarbenen Zunge vor dem halb ausgebrochenen Gebiss abwenden.

»Lasst mich nicht von den Oghulen schnappen«, wiederholte der Tagritter.

Das *Pechschwarze Herz* trug er noch sicher und vom Silber unbeschädigt im Gurt über der linken Schulter, wie Seita es beschrieben hatte.

Stefane konnte nicht weiter hinsehen, denn plötzlich brachen mehrere Dutzend Oghule aus der Höhle weiter oben. Kehliges Brüllen und böse Flüche erfüllten die Luft, als die Untiere mit scheppernden Rüstungen aus der Mine den Hügel hinunterstürzten. Mit erhobenen Waffen, stämmigen Langbogen und diversen verrosteten Oghul-Klingen rannten sie auf sie zu.

»Lasst nicht zu, dass sie mich zu ihrer Hragna'Ar holen«, sagte Culpa jetzt und blickte mit dem gesunden Auge auf das lange weiße Schwert der Vallè. »Schafft das *Feuer der Sühne* und das *Pechschwarze Herz* zu Jondralyn, bringt sie zurück nach Amadon.«

Seita verneigte sich. Plötzlich hatte sie einen Dolch, schwarz wie polierte Kohle, in der anderen Hand.

Sie rammte ihn bis ans Heft in den silberblutigen Matsch im zerlaufenen Gesicht des Tagritters und zog ihn sofort wieder heraus.

Culpa Barra klappte zusammen und fiel krachend mit dem Gesicht voran zu Boden. Dann rutschte er durch die Blätter und Zweige ein Stück den Hügel hinunter. Zu Stefanes Füßen blieb der Leichnam liegen.

Das ist alles nicht real. Das ist alles nicht real. Das …

Die Oghule rannten den Hügel herunter auf sie zu.

Ohne zu zögern, hakte die Vallè das *Pechschwarze Herz* von

Culpas Rücken und drückte es Stefane in die Arme. »Lauf!«, rief sie. Dann war sie weg. Blitzschnell rannte sie geradewegs auf den Hang oberhalb der Klippe am Pinienwald zu. Das Schwert *Feuer der Sühne* hielt sie dabei fest in der Hand.

Stefane lief ihr mit der schwarzen Armbrust hinterher. Culpas Beutel schlug ihm gegen die Schulter, sein eigener wertvoller Bogen hing ihm auf dem Rücken, sein verletzter Knöchel ließ ihn jeden Schritt spüren.

Aber er konnte die Vallè nicht einholen. Die bewaffneten Ungeheuer näherten sich brüllend und schnell.

Links von ihm surrten Pfeile mit dicken Federn wie Hornissen durch die Luft. Einer streifte ihn hinten an der Schulter und prallte dann ab.

Seita rannte, scheinbar ohne die Pfeile zu bemerken, die sie umschwirrten, etwa fünfzig Schritte vor Stefane auf die Klippe zu. Sie duckte sich nicht und wich auch nicht aus. Sie lief immer schneller und wirbelte bei jedem anmutigen Schritt kleine Staubwolken auf.

Als sie an der Kante oben an den Klippen ankam, sprang sie, ohne zu zögern, los.

Stefane sah zu, wie das Vallè-Mädchen sich in die Luft erhob und dann mit dem *Feuer der Sühne* in der Faust die obersten Äste des nächsten Baumes erreichte. Piniennadeln und Staub wirbelten im Wind auf, und der Baumwipfel schwankte durch den Aufprall ihres Körpers ein Stück vor und zurück. Mit der freien Hand klammerte Seita sich am Baum fest und schlang die Beine um die zitternden Äste

Stefane rannte immer noch. Er spürte den fauligen Atem der Oghule im Nacken, spürte ihre schweren Schritte dicht hinter sich. Bei jedem Schritt drohte sein Knöchel nachzugeben.

»Spring!«, rief Seita ihm von ihrem wackligen Hochsitz hinter der Klippenkante zu. Der schroffe Abhang lag jetzt direkt vor ihm.

Mit vollem Anlauf und letzter Kraft sprang er auf Seita zu.

Einen Augenblick lang segelte er mit den Armen wedelnd durch die Lüfte, dann ging es abwärts, und sein Mantel bauschte sich im Wind. Der Waldboden war vielleicht dreißig Meter unter ihm, und er bewegte sich schnell auf ihn zu. Überall Felsen und spitze Zwergeichen, weiße Heide blühte hier und da, und rote Schmetterlinge flatterten herum.

Stefane krachte einige Meter unter Seita ins Geäst der Pinie. Dann purzelte er hilflos wie eine Stoffpuppe nach unten, brach durch das Geäst und fiel durch das Gewirr der Zweige, die an seinem Mantel, seiner Kleidung rissen und ihm das Gesicht zerkratzten. Sein ganzer Körper tat weh, und er verlor das *Pechschwarze Herz*. Die Armbrust sauste davon, während tausend spitze Piniennadeln sich gleichzeitig in sein Fleisch bohrten. Kopfüber stürzte er weiter. Mit jedem Schlag auf einen Ast durchfuhr ihn ein scharfer, stechender Schmerz. Dann blieb er kurz zwischen Himmel und Erde hängen und landete schließlich heftig mit den Füßen voran auf der Erde. Durch den harten Aufprall stieß er sich die Knie ins Gesicht, und die Luft wurde ihm aus den Lungen getrieben, als er in die Heidepflanzen krachte. Die roten Schmetterlinge flatterten aufgebracht durch den Farn.

Er lag halb besinnungslos im Heidegras und er fühlte sich, als sei jedes Gelenk, jedes seiner Glieder in einem eigenartigen Winkel verdreht. Stefane wälzte sich mühsam auf den Rücken und blickte in die noch wankenden Pinienäste. Dann rollte er sich wieder auf die Seite und schrie auf. Er begriff, dass er schwer verletzt war, und Tränen der Verzweiflung rannen ihm über das Gesicht.

Seine Kleidung war vorn getränkt von Blut, das er rot und warm auf seiner Haut fühlte. Der Anblick seiner übel zugerichteten Beine entsetzte ihn. Eins war um etwa die Hälfte kürzer als das andere, als wäre die Wade in den Lederbeinlingen einfach nach oben ins

Knie gedrückt worden. Das andere Bein lag verdreht und seltsam abgeknickt da, und ein bleiches Stück Knochen ragte widerlich weiß aus der blutigen Hose.

Das *Pechschwarze Herz* war weg. Sein Bogen ebenfalls. *Giselle!* Beide waren ihm vom Rücken gerissen worden. Fort.

Wo ist Seita?

Vor Furcht und Schmerzen schluchzend kroch Stefane unter der Pinie hervor, wie um seinen zerschlagenen Gliedmaßen zu entfliehen. Mit den Unterarmen und den Ellbogen grub er sich in Zweige, Gras und Erde und schleppte den freigelegten Knochen durch die Blätter.

Er krabbelte verzweifelt weiter auf der Suche nach einem sicheren Ort, den er, wie er wusste, niemals finden würde. *Ich träume; das passiert nicht wirklich!*

Doch dieser Traum war nur ein hohler Ort des Schmerzes in seinem Kopf, voller Grauen und Mühsal.

Ein Stück weiter fand er seinen Bogen in der Heide, nur die Sehne war gerissen, aber sonst war er unversehrt. *Giselle!* Er legte die zitternden Finger um das vertraute Holz und seufzte erleichtert: die einzige Freude in diesem Albtraum. Er strich sanft über Giselles Namen.

Das *Pechschwarze Herz* hing im Farn vor ihm, nur eine Armlänge entfernt in einem jungen Gebüsch, das den Sturz perfekt abgefedert hatte. Stefane griff danach, zerrte die Waffe wütend aus den Zweigen und wollte sie fortschleudern, als sei sie die Ursache all seiner Pein. Doch er hatte keine Kraft mehr.

Er rollte sich wieder auf den Rücken und drückte beide Waffen an sich, den langen Bogen namens Giselle und die Armbrust, das *Pechschwarze Herz*. Die pochenden Schmerzen in seinen Beinen übermannten ihn. Er legte den Kopf auf ein Grasbüschel und umklammerte die Waffen. Kantig und schroff erhoben sich die grau gesprenkelten Klippen hinter ihm. Zwischen den Felsen und dem hohen Pinienwald vor ihm war ein schmaler Streifen blauen Himmels zu erkennen. Die Schmetterlinge ließen sich wie dicke blutige Schneeflocken überall um ihn nieder.

Oben heulten und grunzten die Oghule, und ihr Grollen hallte scheinbar direkt über ihm von der Felswand wider.

Haben sie dich mit ihren Pfeilen abgeschossen, Seita?

Unkonzentriert starrte er in die Luft. Aus diesem Schlamassel gab es keinen Ausweg. Da spürte er eine unnatürliche Wärme an den Handflächen und der Brust. Es war das *Pechschwarze Herz*. Das Holz der Armbrust schien an den Rändern zu schimmern, und um den Lauf kräuselte sich ein geisterhafter schwarzer Nebel.

Er dachte an das, was Nail ihm vom *Mond des Vergessens* erzählt hatte. Nail hatte in der Streitaxt einen gewissen Zauber verspürt, als er sich in Ravenker Jenko Bruk gestellt hatte. Angeblich war ein blaues Licht aus der Axt geströmt. Aber Nail hatte auch einen blauen Engelsstein gehabt …

Jetzt konnte er noch mehr Oghul-Stimmen hören, deutlicher, begleitet vom Klappern und Scheppern ihrer Rüstungen. *Bald werden sie hier sein!*

Sein Herz hämmerte. *Culpa Barras Beutel!* Wie durch ein Wunder hing er ihm noch über der Schulter. Hastig schüttelte er ihn ab und wühlte mit einer Hand darin herum. Mit der anderen drückte er beide Waffen an seine Brust. Da waren die Seidentücher und die beiden Engelssteine. Einer glitt ihm zwischen die Finger, und er zog ihn heraus: der schwarze, der zum *Pechschwarzen Herz* gehörte. Er lag ihm wie angegossen in der Hand.

Oben in der Pinie rührte sich etwas. Seita fiel aus dem Geäst und landete leichtfüßig mit dem langen, glänzend weißen Schwert in der Hand in den Büschen und Gräsern. Sie sah strahlend schön aus, biegsam, wendig und rein wie immer, der graue Mantel und die Lederrüstung waren makellos, als hätte die gesamte desaströse Reise sie nicht einen Augenblick der Anspannung oder Schmerzen gekostet. Mit unbändiger Leichtigkeit kam sie wie durch einen strahlenden Nebel auf ihn zu. Zu beiden Seiten stoben Schmetterlinge davon.

Stefane sah sie und umklammerte den schwarzen Engelsstein fest mit der Hand. Das *Pechschwarze Herz* und seinen Bogen drückte er mit dem bisschen Kraft, das noch in ihm war, an sich. *Ich habe sie gerettet!*

Seita hob mit der freien Hand Culpas Beutel auf, hängte ihn sich um und ließ den Blick ruhig über die Klippenkante oben wandern. Der Ansturm der Oghule schien näher zu kommen.

»Komm, ich helfe dir.« Seita fasste Stefane vorn am Mantel und zog ihn trotz seiner zermalmten Beine durch das Dickicht. Er umklammerte den Stein in der Hand und die beiden Waffen an seiner Brust, wollte sie keinesfalls verlieren, doch Übelkeit überfiel ihn und die Schmerzen wurden unerträglich. Er zwang sich, trotz seiner überwältigenden Angst, nicht ohnmächtig zu werden. Seita zerrte ihn knappe zehn Schritte und lehnte ihn dann an eine Espe, sodass er sie ansehen konnte.

Sie rammte das Schwert, das *Feuer der Sühne*, neben der Espe in die Erde, kniete sich dann vor ihn auf den Boden und verharrte bewegungslos; ihre weißen Haare glänzten in der Sonne. Jetzt kamen ihre blasse Haut und die Feenohren ihm außerordentlich fremd vor – als hätte er sie bisher gar nicht gekannt.

Habe ich sie einmal geliebt? Es fühlte sich an, als strömte die Liebe aus seiner Seele wie ein reiner Fluss aus Licht zu ihr hin. *Kann sie es nicht erkennen?* Er fühlte sich so orientierungslos.

Er erinnerte sich an ihren Kuss. »Ich muss wohl träumen«, sagte er, und der Boden unter ihm erzitterte von dem Trommelfeuer aus kehligem Oghul-Gebrüll. Er sog Seitas Gestalt und ihre alles beherrschenden Augen in sich auf, die sich so klar, so überwältigend von der Landschaft dahinter abhoben. Sogar hier in dem Wäldchen besiegte Seitas Vallè-Anmut jede Schönheit. »Träume ich …?«

»Ich bin kein Traum.« Ein trauriges Lächeln umspielte ihre Lippen, als sie die zarte Hand an die Armbrust legte. Stefane hielt sie reflexartig fest.

Doch sie entwand ihm das *Pechschwarze Herz* und stand schnell auf. »Dazu passen ohnehin nur Vallè-Pfeile.« Sie legte die Armbrust neben das Schwert auf den Boden, knapp außerhalb seiner Reichweite.

Dann kniete sie sich wieder vor ihn und sah ihn mit schweren grünen Augen kalt wie Gletschereis und gefühllos an. Stefane schloss die Faust um seinen Bogen. *Giselle!* Den würde sie nicht bekommen. Der schwarze Engelsstein in seiner anderen Hand wurde warm. Er zog den Arm an sich und schob die Faust unter die Hüfte, sodass jede Spur des Steins vor den Augen der Vallè verborgen war.

Mit rasendem Herzen und großen Augen erkannte er das matte Blinken einer Oghul-Rüstung zwischen den Bäumen nicht weit hinter Seita.

»Hier trennen sich unsere Wege«, sagte sie und sah in dieselbe Richtung. »Dieses Ende habe ich gesehen. Oghule jagen uns, du lehnst an einer Espe, ein Pfeil steckt in deiner Brust und heftet dich an den Stamm.«

»Was für ein Pfeil?« Er konnte seine Umgebung nicht mehr deutlich erkennen und sah mal scharf, mal unscharf und schnappte mit trockenem Mund nach Luft. In der Ferne brachen Hunderte Oghule mit wildem Geschrei aus dem Wald. »Ihr könnt mich nicht zurücklassen.«

Seita wandte sich wieder zu ihm. »Hier darf ich nicht warten«, sagte sie. »Mit dem *Feuer der Sühne* könnte ich sie vermutlich alle erledigen. Aber ich habe keine Zeit. Ich muss wieder nach Amadon. Diese Suche hat schon viel zu lange gedauert.«

Ein dünner schwarzer Dolch lag in ihrer Hand. »Es ist Hragna'Ar, da willst du diesen blutsaugenden Ekeln nicht lebendig in die Hände fallen. Das Gift auf dieser Klinge ist exakt bemessen, nach höchstens zwei Minuten umfängt dich die Dunkelheit.«

Stefanes Herz schlug schneller und er atmete heftig ein und aus. Noch nie hatte er sich so elend und allein gefühlt.

Giselle! Er drückte den Bogen fest an sich.

»Lebwohl, Stefane Wayland.« Mit einer fließenden Bewegung stach Seita ihm die schwarze Klinge bis ans Heft zwischen die Rippen und zog sie gerade wieder heraus. Er umklammerte den schwarzen Engelsstein noch fester, um die Schmerzen abzuwehren, die doch nicht kamen.

Seita ließ den Dolch in seinem Schoß liegen, nahm das *Pechschwarze Herz* in eine und das *Feuer der Sühne* in die andere Hand, erhob sich und verschwand hinter der Espe. Er sah sie nicht mehr.

Stefane fühlte sich am ganzen Körper betäubt. Himmlisch ruhig.

Ein Pfeil mit dichten Federn kam aus dem Rudel Oghule geschossen und traf ihn tief in die Brust. Die Spitze durchstieß seinen Körper, und die braunen Federn zitterten unter seinem Kinn.

Oghule kamen zu Hunderten auf ihn zu. Noch mehr dicke Pfeile surrten an ihm vorbei, diesmal zielten sie auf die fliehende Vallè. Die Oghule stürmten wie ein Gewitter geradewegs auf Stefane zu. Die stachligen, mit Spitzen bewehrten Rüstungen rasselten unheilvoll, und in den Bäumen hallte der Lärm wider. Alle hatten rostige, grausame Waffen gezogen, alle brüllten schaurige Oghul-Flüche.

Selbst wenn er gewollt hätte: Stefane konnte sich nicht bewegen. Er war mit einem Pfeil an die Espe genagelt.

Fest hielt er den Bogen im Arm und umklammerte den schwarzen Engelsstein, aus dem eine warme Kraft strömte.

Als das erste Monster bei ihm war, wusste er nicht, was ihm bevorstand. Ein Schwerthieb in den Magen vielleicht, oder ein Axthieb ins Gesicht. Doch die Masse der Untiere beachtete ihn kaum. In zwei wahnwitzigen Wellen strömten sie an ihm vorbei, hinter Seita her. So schnell, wie sie gekommen waren, waren sie fort.

Hier trennen sich unsere Wege, hatte sie gesagt. *Dieses Ende habe ich gesehen*. Der dicke Pfeil in seiner Brust verursachte immer noch keine Schmerzen. Doch er spürte, wie sein Atem sich verlangsamte und ein Gefühl der Orientierungslosigkeit sich in ihm breitmachte. Eine tiefe allumfassenden Einsamkeit nahm von ihm Besitz. Seine Lider flatterten und schlossen sich, aber er kämpfte mit allem, was er hatte, darum, wach zu bleiben.

Er hob den Engelsstein hoch. Anstrengend war das, und zitternd öffnete er die Faust. Seine Handfläche und die Fingerkuppen waren dort, wo sie den Stein umfasst hatten, verbrannt und mit Blasen übersät. Er fühlte keine Schmerzen. Aber der Zauber hatte ihn *verbrannt*.

Noch einmal umfasste er den Stein mit den Fingern und legte sich die Faust knapp über dem Pfeil auf die Brust, wo er sein Herz langsam schlagen fühlte.

Das Pechschwarze Herz.

Er bekam keine Luft mehr.

Dann erkannte er die wabernde Vision eines letzten Oghuls, der in dunklem Leder vorsichtig aus dem Wald trat. Dicke, verrostete, abgewetzte Eisenplatten waren als Rüstung um die Schenkel und Unterarme des Streuners gebunden. Über der Schulter trug er in einem Gurt einen mächtigen, eckigen Kriegshammer. An einem grob zurechtgehauenen Schild an seiner Hüfte hing eine Reihe Messer mit Knochengriffen. Abgesehen davon trug das Untier keinen Helm und bis auf die beiden zu mächtigen Fäusten geballten, fleischigen Hände keine Waffen. In den Klauen, die ihm aus den Knöcheln sprossen, saßen kleine funkelnde Edelsteine. Dieser graugesichtige Oghul war ein Kaliber, größer als die anderen, mit flacher Nase, wachem Blick und geschwollener Unterlippe.

Eine zweite Gestalt glitt gleich hinter dem Oghul aus dem Wald, ein kupferhaariges Mädchen in blattgrünem Mantel. Ein matter Kurzschwertgriff ragte ihr aus dem Ledergürtel. Das Mädchen trug eine schwarze Hose und Lederstiefel mit dunklen Lederriemen, die es jeweils bis ans Knie geschnürt hatte.

Die beiden Nachzügler schoben sich so durch die Bäume auf Stefane zu, als wollten sie nicht entdeckt werden. Als sie näher kamen, sah Stefane, dass die Augen des Oghuls so schwarz und durchdringend waren wie der Engelsstein, der ihm die Hand wärmte. Erschreckend lange, scharfe Zähne, ragten ihm aus den dicken, trockenen Lippen nach oben und unten.

Das Mädchen hatte blaue Augen, klar und kalt, über die zwei Streifen dunkler Asche verliefen. Die tintenschwarzen, breiten Linien reichten ihr auf beiden Seiten des kantigen Gesichts von den Brauen über die Augenlider die Wangen hinab. Gleich unter dem linken Ohr hatte sie sich zwei Federn in die Haare geflochten.

Stefane spürte, wie sein ganzer Körper erschlaffte. Nur der Pfeil in ihm hielt ihn noch aufrecht. Er konnte nicht mehr deutlich sehen, als der schwarzäugige Riese sich über ihn stellte. Dann beugte der Oghul sich herunter und fasste mit knirschender Rüstung den Bogen an, den Stefane sich an die Brust presste. Er mühte sich, die Waffe festzuhalten.

Giselle!

Doch gegen den Oghul konnte er nichts ausrichten, und der Bogen war weg. Mit der anderen Hand schnappte der Oghul sich Seitas Dolch aus seinem Schoß. Er begutachtete beides einen Moment lang, erhob sich dann und übergab den Bogen dem kupferhaarigen Mädchen. Den Dolch steckte er ein.

Dann kniete er abermals nieder und zog Stefane den schwarzen Engelsstein aus der verkrampften Faust. Der konnte nichts dagegen tun.

Gaukelt mein Hirn mir hier etwas vor?

Der Oghul stopfte sich den schwarzen Stein hinter die geschwollene Unterlippe zwischen die Fangzähne und saugte dann gierig an dem Edelstein. *Genauso würde Vater auf einem Priem Tabak herumkauen.* Doch sein Vater war tot. Er konnte ihn sich nicht einmal mehr vor Augen rufen. Liz Hen auch nicht. Oder Nail. Oder Seita …

Undeutlich nahm er wahr, wie beide Fremde sich umdrehten und im dichten Wald verschwanden, aus dem sie erschienen waren. *Der Bogen ist weg!* Und Stefanes verblassende Erinnerung an Giselle mit ihm.

So hatte er es nicht enden lassen wollen, wenn der Tod seine kalte Hand an ihn legte. »Gebt ihn zurück.« Sein Körper war so betäubt, dass er keinen Laut herausbrachte. »Gebt mir Giselle zurück.« Er spürte nicht einmal mehr die Tränen, von denen er wusste, dass sie ihm in die Augen traten.

Ein roter Schmetterling landete auf dem Pfeil, der ihm aus der Brust ragte. Stefane sah zu, wie das Tier und der Pfeil sich sachte im Rhythmus seiner flachen Atmung hoben und senkten.

Dann flatterte der Schmetterling auf und davon.

Und das Letzte, was Stefane sah, ehe alles dunkel wurde, war …

… der Pfeil in seiner Brust, der sich nicht mehr bewegte.

Denn selbst die Eitelkeiten, Schwächen und Narreteien unehrlicher Männer können Prophezeiungen erfüllen und Verfluchtes in Gesegnetes verwandeln.

WEG UND WAHRHEIT LAIJONS

50. KAPITEL

TALA BRONACHELL

AM NEUNZEHNTEN TAG DES ENGELSMONDES
IM 999. JAHR LAIJON – AMADON, GUL KANA

Als Großvikar Denarius seine priesterliche Segnung über Lawri beendet hatte, bedachte Jovan seine Schwestern mit einem matten Lächeln und lief weiter auf und ab.

Talas Bruder tat heute alles, um möglichst amtlich und königlich zu wirken: Er trug die Silberkrone auf dem Kopf, eine schmückende Silbertunika aus Kettengliedern über der schwarzen Lederhose und einen langen, schwarzen Mantel mit Pelzbesatz. *Himmelsplünderer*, das blaue Schwert Aeros Raijaels, hing ihm schwer am Gürtel.

Doch trotz seines gebieterischen Gehabes konnte Jovan nicht aufhören, im Hintergrund angespannt auf und ab zu gehen. Jede seiner gereizten Bewegungen und die grimmigen Blicke machten alle, die im Krankenlager versammelt waren, einschließlich des Vallè-Arztes Val-Gianni, nervös. Dass unmittelbar hinter ihm diverse medizinische Werkzeuge, Sägen, Messer, Skalpelle und anderes grausiges Gerät an der Wand hingen, half auch nicht gerade. Tala kam der gesamte Raum rauh, kantig und scharf und voll verborgener Schmerzen vor.

Lawri Le Graven stand im Mittelpunkt der Aufmerksamkeit. Talas blonde Cousine saß auf einem vierbeinigen Holzhocker gleich hinter einem alten Steinofen in der Mitte des Raumes. Sie trug ein goldfarbenes Kleid, das nicht recht zu ihrem aschfahlen, teigig-gelben Teint passte. Das Weiße in ihren tränenden, blutunterlaufenen Augen war von kränklichem Grün durchzogen, und ihre schwarzen Pupillen wirkten milchig. Sie atmete gequält und schwer. Schweiß perlte ihr von der Stirn und über den entblößten linken Arm, der scheußlich entzündet aussah, wie eine verfaulte Pflaume. Sie hatte den Arm mit der Handfläche nach oben auf dem Untersuchungstisch ausgestreckt. Die dicke Holzplatte sah für Tala aus wie der Hackklotz eines Metzgers.

Denarius verschloss sein Bullenhorngefäß gesalbter Öle wieder mit dem Stopfen und trat von Lawri zurück. Er verneigte sich vor Val-Gianni. »Nach Laijons Willen liegen sie und ihr Arm nun in Euren Händen, Knochensäger.«

»Rettet ihren Arm«, flehte Mona Le Graven, deren besorgtes Gesicht fast so fahl aussah wie das ihrer Tochter. »Noch hat die Krankheit ihn nicht völlig gewonnen. Für mich sah er noch heilbar aus.«

»Heilbar?« Jovan schnaubte und lief dabei weiter hinter ihnen auf und ab. »Das stinkende Ding muss weg.«

Er roch tatsächlich übel. Wie ein toter, aufgeblähter Hund in der Gosse an einem heißen Tag. Der Gestank durchdrang selbst die desinfizierende Salbe, die Val-Gianni ihr auf die angeschwollene Wunde gestrichen hatte, die sich im Zickzack vom Handgelenk bis zum Ellenbogen wulstig über den ganzen Unterarm zog. Auf einem Tisch neben einem Steinbecken voll Wasser lag ein

Haufen Kräuter, Gewürze und duftende Blüten, die die Gerüche auch nicht überdecken konnten. Talas Cousine war wahrhaftig krank, und der Ursprung ihrer Krankheit war der entzündete Arm, den sie nicht hatte behandeln lassen.

»Jetzt hackt das verfluchte Ding schon ab.« Jovan blickte finster drein. Tala sah ihn böse an, denn sie wusste, das alles war seine Schuld.

»Lass den Vallè seine Arbeit machen«, sagte Jondralyn, die beruhigend die Hand in Monas Rücken legte. Jondralyns Kopf und Hals waren noch immer zur Hälfte bandagiert, aber Val-Gianni hatte kürzlich verlauten lassen, dass man die Verbände in einigen Tagen würde entfernen können. Bei den Nähten würde es noch etwas dauern. Ihr Auge war verloren, und sie würde eine Augenklappe tragen müssen. Und diese schreckliche, lange Narbe im Gesicht würde bis ans Ende ihrer Tage bleiben.

»Haut ihr den Arm ab«, wiederholte Jovan und lief weiter.

»Jovan, du machst deiner Tante mit solchem Gerede Angst«, sagte Jondralyn.

»Na und?«

»Lord Lott ist nicht für sie da«, erklärte Jondralyn. »Er kann seine Frau nicht trösten. Falls du es vergessen hast: Er bereitet sich anderswo mit deinen anderen *Männern* des Hofes auf die Schlacht vor.«

Der König, der nicht aufhörte, wie eine Säbelzahnraubkatze herumzupirschen, funkelte seine Schwester an. »Und falls du es vergessen hast: Wenn du in der Schlacht einen beschissenen Pfifferling wert wärst, hätte ich auch dich geschickt, *Ser* Jondralyn.«

Tala hörte die Anspannung in Jovans Stimme. *Er will sie provozieren. Er will sich streiten.* Jondralyn ignorierte den Spott ihres Bruders und fasste Mona tröstend am Arm. Die jungen Zwillinge der Le Gravens, Lorhand und Lilith, waren ebenfalls zugegen und standen zitternd und mit furchtsamen Augen bei ihrer Mutter.

Squireck Van Hester, direkt hinter Jondralyn, sah den König finster an. Der Prinz von Sankt Einzig hatte Talas Schwester täglich, stündlich gar, mit seiner Anwesenheit beehrt und war ständig schützend um sie herumgesprungen. Tala konnte erkennen, dass es Jondralyn ganz und gar nicht gefiel.

Val-Korin hielt sich bei Val-Gianni auf, bereit, mit Rat und Tat zu helfen. Auch Denarius stand wie die Fünf Erzbischöfe Vandivor, Donalbain, Spencerville, Leaford und Rhys-Duncan beim Knochensäger der Vallè. Alle trugen ihre feinsten Roben und goldenen Halsketten. Glade Chaparral lehnte am anderen Ende des Raumes am Fenstersims. Das Licht schien auf seine helle Silbergardenrüstung. Seine drei Bundesgenossen Tolz, Alain und Bonaparte standen aufrecht in seiner Nähe. Dame Mairgrid schwirrte um den kleinen Anselm herum, der in stummer Faszination alles in sich aufnahm. Außerdem hielten sich Lars Castlegrail, Kommandeur der Silbergarde, und Tomas Vorkink, Landon Galloway und Terrell Wickham, Vogt, Kammerherr und Stallmeister der Burg, im Raum auf. Alle wichtigen Personen waren in die kleine Kammer gestopft.

Tala musste immer wieder zu Jubal Bruk hinsehen, der ohne Arme und Beine in einer Art Wiege in einer Ecke hockte. Der Baron beobachtete dic Vorgänge mit größter Sorge. Während Tala ihn anstarrte, konnte sie nur daran denken, wie sehr das Spielchen des Bluthölzlers außer Kontrolle geraten war: Lawris Wohlergehen stand im Moment auf der Kippe.

Val-Gianni drückte und presste auf Lawris Arm herum. Das Mädchen wand sich, ertrug die Schmerzen jedoch ohne einen Laut.

»Ihr schneidet ihr doch nicht den Arm ab, wie Jovan es fordert, oder?« Mona streckte die Hand nach ihrer Tochter aus. Jondralyn hielt sie zurück. Jovan begegnete dem besorgten Blick der Frau mit Verachtung. Härte erwachte in seinen Augen. Er lief weiter hin und her.

»Bitte, schneidet ihr den Arm nicht ab«, sagte Mona noch einmal.

Val-Gianni blickte von seiner Tätigkeit auf. »Wenn sie willens ist, meine Anweisungen zu befolgen, wenn sie uns täglich die Entzündung ausdrücken lässt und die Medizin nimmt, die ich ihr verabreiche, können wir ihrem Arm womöglich ein paar Tage verschaffen. Vielleicht können wir ihn damit sogar retten.« Er stellte sich hinter Lawri, griff nach der Keramikflasche und flößte ihr den Kräutertrank ein.

Tala kam das nicht richtig vor. *Sie hat schon so viele Mittel geschluckt.* Während sie die beiden Vallè beobachtete, wanderten ihre Gedanken zu dem Bluthölzler. Die Situation war in den Wahnsinn entglitten. *Und die arme Mona.* Tala sah von Val-Gianni zu ihrer verstörten Tante – der Sohn des Mordes bezichtigt, der Gatte auf dem Weg in den Krieg, die Tochter …

… die Tochter saß da, den ausgestreckten, entzündeten Arm auf einem Holztisch, während zwei Vallè ihr noch mehr von irgendeinem Trank in den Hals gossen. Tala fragte sich, wann all die Schmerzen und der Wahnsinn ein Ende haben würden.

Sie hörte, wie eine Stahlklinge aus ihrem Futteral gezogen wurde, und ihr drehte sich der Magen um. »Genug!«, donnerte ein tiefer Schrei durch den Raum. Jovan kam mit einem großen Schritt an den Behandlungstisch, der Pelzmantel wölbte sich wie eine dunkle Gewitterwolke, und er hielt *Himmelsplünderer* mit beiden Händen über seinem Kopf.

Das blaue Schwert rauschte wie ein Blitz nach unten und traf krachend auf den Holztisch.

Val-Korin und Val-Gianni sprangen erschreckt von Lawri weg, das Keramikfläschchen klirrte auf den Boden. Mona kreischte entsetzt. Lorhand und Lilith begannen zu weinen.

Dann war alles atemlos still.

Jovan zog die blaue Klinge aus der tiefen Kerbe, die er in den

Tisch geschlagen hatte. Lawris Arm war gleich unterhalb des Ellenbogens abgetrennt. Ein sauberer, dünner Schnitt ohne Blut. Lawri bewegte sich nicht. Sie konnte nur darauf starren.

»Da Lawri Blut doch so gern mag«, Jovan wischte sich die Schneide am Mantel ab und sah Tala an, »dachte ich, ich helfe ihr mal.« Er rammte die Waffe ins Futteral und blickte Val-Gianni kalt an. »Taucht ihren Arm in kochendes Pech und fertig. Bei Baron Bruk hat es doch hervorragend funktioniert.«

Lawri blickte ohne jede Gefühlsregung auf, und ihre grün geäderten Augen begegneten einen Moment lang Talas. Die fühlte sich, als würden Eisplatten ihr das Rückgrat durchtrennen, als Lawri langsam den Stumpf vom Tisch anhob und sagte: »Welcher hübsche Junge vom Hofe nimmt mich denn jetzt noch?«

Plötzlich strömte Blut dunkel aus der grässlichen Wunde.

Val-Gianni und Val-Korin sprangen herbei und drückten Tücher auf den Arm, um das sprudelnde Blut zu stillen …

… das grün gesprenkelte Blut.

Tala stand mit dem Rücken zum großen Buntglasfenster weiter oben vor dem kreuzförmigen Altar. Jeder der dunklen Flügel warf einen scharlachroten, dunstigen Schimmer auf die Wandteppiche überall im Raum. Sie zeigten Mutter Mia. Die Anbeter Raijaels aus Sør Sevier nannten Mia die Dame des Todes, und den Tod brachten auch die Armeen des Weißen Prinzen nach Gul Kana. Der Gedanke an ihr belagertes Königreich erfüllte Talas ganzes Wesen mit Trauer. Zusammen mit all den Schwierigkeiten, in die sie geraten war, war es beinahe unerträglich. Seit so vielen Monden belastete die Anwesenheit des Bluthölzlers nun jeden ihrer Gedanken, doch ausgerechnet jetzt schwieg er.

»Zeig dich!«, kreischte sie in die Gewölbe. Niemand antwortete.

Nicht einmal ihre Stimme hallte in dem beeindruckend geräumigen Raum mit den hohen Decken wider. Stumm hörten ihr die rubinroten, verrauchten Wände zu.

»Ich bin hier, mitten in deinen Geheimgängen!«, brüllte sie. »Eingebrochen in deine geheiligten Rückzugsorte!« Keine Antwort. Der Raum schien ihre Rufe einfach zu ersticken.

»Zeig dich endlich!« Ihre Stimme überschlug sich. »Erkläre dich! Du grässliches Monster! Sprich mit mir, wenn du es wagst! Komm her und töte mich, wenn du dich traust! Ich warte hier, los! Du blutgieriger Rattenficker!«

Nichts.

Sie war geradewegs vom Krankenlager gekommen. Lawri hatte den Arm verloren. Sie hatte nicht einmal eine Waffe dabei. Auch egal. Hier war nichts.

Niemand.

Sie blickte in den unerträglich stillen Raum und dachte gequält an die Gladiatorenarena vor mehr als einem Mond zurück. *Er soll mich nicht anfassen*, hatte Lawri geschrien. *Oder Tala*. Dann hatte sie den abgetrennten Kopf des toten Gladiators auf den Großvikar geschleudert. Tala hatte geglaubt, etwas Schrecklicheres bekäme sie nie wieder zu Gesicht.

Bis heute im Krankenlager: Das Bild, wie Jovan Lawris Arm abhackte, war ihr nun für immer unauslöschlich in die entsetzten Gedanken gebrannt. Jetzt stand sie hier in dieser kalten Kammer und wartete auf den Bluthölzler. Bei jedem Herzschlag weinte sie still. Denken konnte sie an gar nichts, geschweige denn verstehen, was sie da gesehen hatte. *Ob Lindholf überhaupt vom Los seiner Schwester weiß?* Vermutlich ging der Horizont ihres Vetters im Sklavensteinbruch kaum über die eigene Qual hinaus. *Ich habe so viele verraten!*

Sie starrte den Altar in der Mitte des Raumes an. *Sogar Lawri träumt von dieser verfluchten Gruft*. Getrocknete Rinnsale aus Blut klebten auf dem Stein – das Blut von Sterling Prentiss. Am Fuß des Altars, zwischen Asche, Schmutz und Knochensplittern, befanden sich seltsame kleine Schnitzereien, die so unheilig und lästerlich waren, dass ihr das Blut gefror. Als sie früher hier gewesen war, hatte sie sie nicht bemerkt. Biester der Unterwelt!

Gebogene, spitze Zähne und Hörner, schuppiges Fleisch und Schwingen mit Haken, gegabelte Schwänze aus Knochen und Klauen. *Drachen! Wie habe ich die übersehen können?* Tala konnte sich nicht vorstellen, wie dieser schrecklich trostlose Ort, an dem Sterling Prentiss ermordet worden war, noch schlimmer werden konnte. Ihr Leben konnte es ja auch nicht.

»Zeig dich!«, rief sie ein letztes Mal. Sie wollte aufheulen, brachte aber keinen Ton mehr heraus. Ihre Lungen schmerzten, und Tränen bodenloser Trauer liefen ihr über das Gesicht. »Jetzt zeig dich doch einfach, du blöder Bluthölzler«, murmelte sie.

»Wenn du einen Bluthölzler rufst«, ertönte eine bekannte Stimme hinter ihr, »dann erscheint auch einer.«

Mit rasendem Herzen drehte Tala sich um.

In der Tür stand, komplett von Kopf bis Fuß in einen schwarzen Mantel gehüllt, Habichtholz. Auf dem Rücken trug er die Hackschwerter, deren gespickte Handschütze Tala anklagend anzusehen schienen. *Aber die habe ich doch in den Fluss unter der Erde geworfen!*

Galant schob er sich mit beiden Händen die Kapuze aus dem Gesicht. Sein Blick durchschnitt den rötlichen Nebel und ruhte auf ihr, als er eintrat.

»Seid Ihr ein Bluthölzler?«, fragte sie ihn. »Seid Ihr *der* Bluthölzler?«

»Das ist eine lange Geschichte.« Er näherte sich ihr mit einem schiefen, *fesselnden* Grinsen. Es gefiel ihr nicht.

Tala erinnerte sich, wie sie Roguemoore einmal gefragt hatte, ob Habichtholz ein Blutholzattentäter war. Der Zwerg hatte nicht geantwortet. Trotzdem war der Mann nun hier in den Geheimgängen und gab gewissermaßen sein wahres Wesen preis. Und er *kam* aus Sør Sevier. Eine unbestimmte Furcht durchfuhr sie, und sie bewegte sich auf die andere Seite des Altars, sodass er zwischen ihnen stand.

Er blieb stehen, als er ihre Angst bemerkte. »Ihr habt Euch mit einem Bluthölzler eingelassen und wisst jetzt nicht weiter, stimmt's?«

Sie schwieg. Wachsam.

»Vor mir braucht Ihr keine Angst zu haben, Tala.«

»Was tut Ihr hier?«, fragte sie schließlich. »Ihr müsstet doch im Fegefeuer sitzen!« Sofort wurde ihr klar, wie dumm die Frage war. Nachdem er in der Folge des Duells mit den Tagrittern dort eingesperrt worden war, war ihm die Flucht gelungen. Natürlich konnte er auch ein zweites Mal fliehen. *Gesegnete Mutter Mia, selbst Glade und ich konnten praktisch unbehelligt durch das Fegefeuer streifen!*

Wenn Habichtholz allerdings abermals entkommen war, musste Jovan davon wissen. Aber er hatte nichts dergleichen verlauten lassen. Weder er noch Leif Chaparral. Doch das überraschte sie nicht. Sie waren einzeln schon unfähig, und diese Unfähigkeit verdoppelte sich offensichtlich, wenn sie zusammenwirkten.

»Was tut Ihr hier?«, wiederholte sie.

»Die Geheimgänge sind gefährlich für eine Prinzessin.« Er zog sich eins der Schwerter vom Rücken und legte es zwischen sie auf den Altar. Kühl blickte er sie an. »Ihr habt Euch eindeutig schon an Orte unter der Stadt gewagt, Tala, an die sich sonst kaum jemand begeben hat.«

»Ich gehe, wohin ich will. Na und?« Sie würde nichts verraten. »Jetzt antwortet mir: Was tut Ihr hier?«

»Vielleicht wache ich über Euch.«

»Ich brauche nicht bewacht zu werden.«

»Zweifellos.« Wieder umspielte ein schiefes Grinsen seinen Mund. »Aber dieses Spielchen mit dem Bluthölzler könnt Ihr nicht gewinnen, Tala.«

»Seid Ihr dieser Bluthölzler, der Spielchen mit mir spielt?«

»In Eurem Herzen wie in Eurem Kopf wisst Ihr, dass ich es nicht bin.«

Kopf und Herzen? Sie blickte auf das Schwert, das er auf den kreuzförmigen Altar gelegt hatte, den Altar, auf dem Glade Sterling Prentiss ermordet hatte. *Was will er damit erreichen, dass er mir das Schwert zeigt?* In Wirklichkeit wusste sie nicht mehr, wessen sie sich sicher war. Oder auch nur, was sie eigentlich wollte. Sie blickte zu ihm hoch.

Doch sein Blick war auf das Schwert geheftet, vielmehr auf den kreuzförmigen Altar, auf dem es lag. Er strich mit der Hand über den Stein. »Ich frage mich, wer noch von diesem Altar weiß«, murmelte er wie zu sich selbst. Tala beobachtete ihn völlig gebannt. Er strich jetzt über das Schwert. Dann sah er sie an. »Ich weiß, Ihr seid frustriert«, sagte er. »Ich bin Euch hierher gefolgt, um Euch zu helfen, Tala.«

»Ich brauche keine Hilfe.« *Lawri braucht Hilfe!* Sie konnte nur an ihre Cousine im Krankenlager denken, an den fehlenden Arm. Tränen traten ihr in die Augen. Sie wollte einfach, dass all das aufhörte. Das Spiel mit dem Bluthölzler, das sie unmöglich gewinnen konnte, sollte endlich vorbei sein.

»Jovan hat Lawri den Arm abgehackt«, murmelte sie. »Woher soll sie nur einen neuen bekommen?« Tala unterdrückte ein Schluchzen und achtete nicht mehr auf die Tränen. »Ihr wollt helfen?«, fragte sie. »Könnt Ihr dafür sorgen, dass Lawri ein Arm nachwächst?«

Sein Blick wurde sanft. »Auch eine Million ehrlicher Gebete zu Laijon würden das nicht bewirken. So gesehen ist jeder der Götter auf den Fünf Inseln nutzlos. So wie ich.«

Sie hielt seinem Blick stand und verlangte eine bessere Antwort, wollte, dass er etwas sagte, das wirklich half. Vielleicht war er einst ein Bluthölzler. Vielleicht war er nicht jener, der sie zurzeit so quälte. Aber sie wusste genug über die Bluthölzler, um zu erkennen, dass er sich wie einer benahm. Davon hatte sie genug. Tala legte beide Hände auf den Altar und beugte sich zu ihm vor. »Sagt einfach deutlich, was Ihr wollt«, sie schluckte schwer, »oder haltet Euch verflucht nochmal von mir fern.«

Er kniff die Augen zusammen. »Ihr seid clever, Tala. Mehr noch als Jondralyn.« Er zog den Mantel zu. »Ich bin hier, um Euch das anzubieten, was ich auch Eurer Schwester angeboten habe. Obwohl ich über kein Sakrament der Seelen verfüge, um Euch meine Kunst zu lehren.«

Beide schwiegen einen Moment. Was er da tatsächlich anbot, klang durch. *Seine Kunst?* Aber es klang eben nur durch, und sie hatte keine Geduld mehr. »Ich habe Euch gebeten, es deutlich zu sagen. Das habt Ihr nicht. Also lasst mich in Ruhe.«

Er zog die Kapuze nach vorne und hüllte so das Gesicht in Schatten. »Aber Ihr denkt über mein Angebot nach?«

Sie stand aufrecht da. Verschränkte die Arme. Ihre Gleichgültigkeit hatte einen Gipfel erreicht. »Ich gehe meinen eigenen Weg«, sagte sie.

»Das dachte ich mir.« Er verneigte sich. »Wenn Ihr aber Eure Meinung ändert, gebt mir einfach mein Schwert zurück.« Er wandte sich zum Gehen.

»Und wie finde ich Euch?«

»Val-Sadè«, sagte er und verschwand ohne das Schwert durch die dunkle Türöffnung.

Sie atmete tief durch, erleichtert, dass er weg war. *Wie kann es sein, dass ich immer wieder so schwach, stark und ängstlich zugleich bin?* Eine warme Flut von Emotionen überschwemmte sie. Sie hatte einen Kloß im Hals, und ihr kamen die Tränen. Jetzt war alles noch komplizierter geworden. *Will er mir wirklich seine Attentäterkünste beibringen? Mich als Bluthölzler ausbilden? Hält er mich wirklich für so clever? Und was ist Val-Sadè? Wo ist Val-Sadè? Wer ist Val-Sadè? Gesegnete Mutter Mia, dass er einfach nicht verständlich antworten kann!*

Sie nahm sich sein Schwert und wusste sofort, dass es eins von denen war, die sie Glade abgenommen und in den Fluss geworfen hatte. *Wie hat er es zurückbekommen?*

Ein silberner Lichtblitz rann durch den scharlachroten Schatten und zog ihre Aufmerksamkeit auf sich. Mit tränenverschleiertem Blick sah sie auf den kreuzförmigen Altar und fragte sich, ob ihr die Augen einen Streich spielten. Mitten auf dem Altar war ein eigenartiger Silberspritzer, ein Fleck von der Größe einer Münze, der eben, als sie das Schwert genommen hatte, noch nicht da gewesen war. Tala wischte sich mit dem Handrücken über die Augen und ging zum Altar. Habichtholz' Schwert hielt sie fest umklammert.

Da tropfte noch mehr Silber herunter. Sie sah in den Schatten der Gewölbedecke, da fiel ein dritter Tropfen aus der Dunkelheit und landete an derselben Stelle, spritzte auf und sprenkelte die Fläche um die kleine Pfütze. Sie beugte sich über den Altar. Eine seltsame Flüssigkeit.

Sie streckte die rechte Hand aus und tauchte die Spitze des kleinen Fingers hinein. Es zischte und qualmte. Erschreckt zog sie die Hand zurück. Als sie wieder auf ihren pochenden Finger blickte, war die gesamte Kuppe verschwunden.

Der König der Sklaven konnte das Böse mit bloßen Blicken bannen.

WEG UND WAHRHEIT LAIJONS

51. KAPITEL

NAIL

AM DREIUNDZWANZIGSTEN TAG DES ENGELSMONDES
IM 999. JAHR LAIJON – WESTLICH VON TEVLYDOG, GUL KANA

Die zwei vor einer verlassenen Taverne mitten in der einsamen Siedlung angebundenen Mähren steckten die Köpfe in Moos und abgestandenes Wasser. Anscheinend hatten die vernachlässigten Tiere schon seit Wochen vor demselben Trog gestanden.

Val-Draekin wollte nachsehen, ob man die heruntergekommenen Pferde wohl reiten konnte. Das eine war grau gescheckt, das andere fast schwarz. Beide waren gesattelt und gezäumt, und der Schecke schlug mit dem räudigen Schweif nach einem Schwarm Mücken. Der Vallè humpelte noch stark durch das geschiente Bein, und er näherte sich den dürren Pferden vorsichtig über die Holzveranda. Deren eingefallene Augen wurden ganz aufmerksam, als der Vallè kam. Nail ging schweigend hinter ihm.

Dies war der erste Weiler, den sie erreichten, seit die beiden vor zwölf Tagen das Gletschergebiet hinter sich gelassen hatten. Er lag in einem verwinkelten, von Felsbrocken übersäten Tal, in dem zwischen kantigen Klippen karge Pinien wuchsen. Morgens hatten sie ihn eine Weile aus sicherer Entfernung unter den Bäumen beobachtet, bevor sie über einen Geröllhang mit grauen Disteln und blauen Blumen das Dorf betraten. Die Ansammlung kleiner Hütten mit Schindeldächern und dunklen Fenstern sowie einer Taverne im Zentrum war geisterhaft leer. Der Eingang zur Taverne bestand eigentlich nur aus ein paar wurmstichigen Stufen unter einem Schrägdach. Eine verrußte Laterne hing unbenutzt herum. Über dem Tal wölbte sich ein weißer, wolkenverhangener Himmel.

Ehe sie die Taverne betraten, hatten sie die leeren Hütten nach etwas zu essen abgesucht, aber da waren nur kalte Steinherde und Leere gewesen. In der Taverne gab es nur ein paar Vorratskammern und Staub. In der gesamten Siedlung war kein einziges Möbelstück mehr zu finden. »Wahrscheinlich alles als Feuerholz genutzt«, vermutete Val-Draekin.

»Ich denke, in diesen Hügeln wimmelte es einst von Menschen«, bemerkte der Vallè während ihrer Suche. »Bergarbeiter, Bauern, Holzfäller, Jäger, Pelzhändler, für sie alle sind diese Wälder früher ein Zuhause gewesen. Gar nicht lange her. Jetzt sieht es so aus, als seien sie alle aus ihren Häuschen und wehrlosen Dörfern in den Schutz größerer Städte wie Totholztor oder Tevlydog geflüchtet. Hragna'Ar versetzt den ganzen Norden in Angst und Schrecken. Zu Recht.«

Val-Draekin schätzte, dass sie sich nördlich von Totholztor befanden, wahrscheinlich dichter an Tevlydog. Seiner Ansicht nach waren sie, verletzt und übermüdet, in den zwölf Tagen, seit sie den Gletscher verlassen hatten, nicht weit gekommen. Einen guten Teil der Strecke hatte Nail seinen Gefährten getragen. Erst in den letzten beiden Tagen war Val-Draekin wieder selbst gelaufen. Oder vielmehr: langsam und vorsichtig gehumpelt. Dennoch hatten sie Wälder und Hügel durchwandert und, wenn sie konnten, Fische gefangen, die abgesehen von ein paar wilden Blaubeeren ihre einzige Nahrung darstellten. Flüsse oder Seen gab es kaum. Sie nächtigten in der Kälte unter freiem Himmel, ohne Ausrüstung, nur in der abgerissenen Kleidung, die sie aus dem Gletscher gerettet hatten, ohne auch nur eine Waffe zur Verteidigung. An manchen Tagen hatte Nail solchen Hunger, dass es sich anfühlte, als würde ihm jemand ständig mit der Faust den Magen zusammendrücken. Zu reiten wäre wahrlich eine Wohltat.

Val-Draekin tätschelte die Nüstern des Schecken. Die Mähre beäugte ihn nervös. »Ich habe nichts zu essen für dich, mein Mädchen«, sagte er mit sanfter Stimme, die das Pferd zu beruhigen schien. »Tut mir wirklich leid, aber so ist es. Vielleicht finden wir zusammen etwas auf dem Weg.« Der Vallè winkte Nail vorsichtig heran. »Komm langsam herum und probiere mal, ob du aufsitzen kannst.«

Nail wischte sich eine blonde Locke aus dem Gesicht und näherte sich behutsam von der Veranda her dem grauen Schecken. Dabei streichelte er dem Tier sanft über die Flanke. Er griff nach dem Sattelhorn und prüfte, ob es ruhig blieb und der Sattel fest saß. Beides traf zu, also schwang er sich auf. Nervös trippelte das Tier ein paar Schritte zur Seite, doch Nail konnte sich in den Sattel setzen und es mit einem Schenkeldruck beruhigen. Val-Draekin machte das Pferd vom Pfosten los. Es wieherte, schnaubte und schüttelte beinahe freudig den Kopf.

Der Vallè band gerade die zweite Mähre los, als Nail ein Zischen in der Luft vernahm, und kurz darauf traf ein Pfeil das Pferd ins Fleisch. Sein grauer Schecke bockte, sprang und stieß einen markerschütternden Schrei aus, der das ganze verlassene Dorf durchdrang. Nail flog aus dem Sattel und landete so heftig im Dreck, dass es ihm die Luft aus den Lungen trieb.

Wieder das Geräusch. Ein zweiter Pfeil bohrte sich neben dem ersten in die Flanke des wild ausschlagenden Tieres. Val-Draekin schnappte sich die Zügel und versuchte, es ruhig zu halten, doch die vor Schmerz und Angst völlig panische Mähre ging durch und riss den Vallè neben Nail in den Dreck.

Oghule polterten dutzendweise aus den Wäldern um den Ort. Ihre Metallstiefel hallten wie das Scheppern ihrer groben Rüstungen von den Klippen wider, und sie schwangen Speere und Äxte in den großen, grauen Fäusten. Nail sprang auf, als sie aus allen Richtungen näher kamen. Er half Val-Draekin auf die Beine, doch zum Weglaufen war es zu spät. In kürzester Zeit waren sie umzingelt, und scharfkantige Speerspitzen wurden drohend auf ihre Gesichter gerichtet.

»Auf die Knie!«, röhrte der Anführer, ein grobschlächtiger Kerl mit großer, krummer Nase und schräger Stirn, der keinen Helm hatte. Um Brust und Schultern trug er ein schmutziges, dickes Kettenhemd, das ihm bis über die stämmigen Oberschenkel reichte. Außer zwei mächtigen Eisenhandschuhen besaß er keine Waffen.

»Auf die Knie mit euch!«, bellte er noch einmal. Seine deutliche Aussprache überraschte Nail, der Oghule sonst nur grunzend und schnarrend kannte. Ein Speer wurde ihm direkt vor das Gesicht gehalten. Nail gehorchte. Auch Val-Draekin fiel auf die Knie.

»Fesselt sie!«, befahl der Anführer. Ruppig packte jemand Nails Handgelenke, drehte sie ihm auf den Rücken und band beide Hände mit Lederbändern straff aneinander.

Val-Draekin, ebenfalls gefesselt, blickte Nail an. »Wenn es zur Hragna'Ar geht«, sagte er, »werde ich dich persönlich töten, Nail. Das brauchst du nicht zu durchleiden.«

»Schnauze, Abschaum!« Der Anführer der Oghule boxte Val-Draekin wie beiläufig mit dem Handrücken gegen den Kopf. Der Vallè sank bewusstlos zu Boden, und Blut quoll aus der Platzwunde an seiner linken Schläfe.

Grobe Hände zogen Nail auf die Beine und rissen ihm dabei

den rechten Ärmel fast ab. Sengend durchfuhr ihn Schmerz. Sein Arm war entblößt. *Das Kreuzesmal, das Mal des Sklaven, das Mal des Untiers!*

Alle Oghule hielten inne und starrten darauf. Rot und offen waren die Narbe von der Meerjungfrau am Arm und das Sklavenbrandzeichen am Handgelenk zu sehen, ebenso die kreuzförmige Narbe auf dem rechten Handrücken. Auch die schwarze Tätowierung, die Stefane ihm an Bord der *Lady Kindly* gemacht hatte, lag offen dar.

»Was ist das?«, knurrte der Anführer und deutete auf die Male. »Wer bist du?«

»Niemand«, stammelte Nail und zuckte zusammen, so sehr schmerzte die gereizte, bloße Haut an seinem Arm.

»Schafft ihn weg!«, grollte der Oghul.

»Ragn'R!«, brüllte ein anderer.

»Ragn'R!«, schrien die übrigen einstimmig.

Auf einem steilen, gewundenen Pfad zog die Oghul-Horde durch dicke, moosbewachsene Pinien, Espen und von Kletterpflanzen überwucherte Felsbrocken. Die dünne Wolkendecke war davongeweht. Die kalte Abendluft ließ sie ordentlich frieren. Nail taten vom Aufstieg die Lungen weh. Mit den auf dem Rücken gefesselten Armen konnte er auf dem Pfad schlecht das Gleichgewicht halten. Immer wieder schlugen ihm Espenzweige, die in den Weg ragten, ins Gesicht.

Nails Hunger war so stark, dass Körper und Geist nicht mehr recht funktionieren wollten. Dennoch stapfte er weiter. Er hatte Angst stehenzubleiben, denn einmal hatte er bereits die Stachelpeitsche des Anführers zu spüren bekommen. Der Oghul, der direkt vor ihm lief, führte die dürre schwarze Mähre am Geschirr.

Val-Draekin lag, die Hände auf dem Rücken gefesselt, mit dem Bauch über dem Rücken des Tieres. Die Beine baumelten links, der Kopf rechts über die Flanken, und Blut klebte in seinen dunklen Haaren. Was mit dem getroffenen Schecken geschehen war, wusste Nail nicht. So traurig es auch war: Aus blanker Erschöpfung und Hunger waren er und Val-Draekin in die Falle der Oghule getappt. Die beiden Mähren waren lediglich die Köder gewesen.

Inzwischen gingen sie auf einem Pfad hoch über dem verlassenen Dorf. Durch Lücken in den Baumwipfeln sah Nail steile Klippenwände und von der untergehenden Sonne purpurn und rot gesprenkelte Berggipfel. Er starrte die hoch aufragenden Klippen an und glaubte, dort etwas zwischen den unwirtlich grauen Felsen hängen zu sehen. Ihm wurde schwindlig, wenn er nach oben blickte, also konzentrierte er sich wieder auf den Pfad vor seinen Füßen.

Schließlich traten sie in ein enges Tal, aus dem links und rechts kantige Steinsäulen in die Höhe wuchsen. Der Oghul, der das schwarze Pferd führte, blieb stehen, band den bewusstlosen Vallè los und warf ihn sich wie einen Sack Kartoffeln über die Schulter. Dann lief er weiter und ließ das Tier stehen. Der unebene Pfad mit schiefen, ungleichmäßigen Stufen war grob in die Felswand gehauen worden. Der stämmige Oghul schien den gefährlichen Anstieg aber selbst mit der Last des Vallè auf dem Rücken gut zu bewältigen.

Nach ungefähr einer halben Stunde anstrengender Bergwanderung endete der Pfad am oberen Ende der Klippen; von dort hatte man einen guten Blick über das Tal. An der Kante standen zwei wollige Moschusochsen, gut dreieinhalb Meter groß, und auf einem der zottigen Tiere saß ein Oghul-Reiter. Liz Hen hatte recht: Die schmutzigen Viecher sahen wirklich aus wie ein verkehrt herum gehaltener Wischmopp. Die langen Haarbüschel hingen ihnen vom Rücken bis auf den Boden, und aus den Köpfen wuchsen gewaltige Hörner.

Hinter den beiden Ochsen am Rand der Klippe hatte man fünf dicke Holzpfosten tief in die Erde getrieben. Von den drei nächstliegenden hingen drei schwere Eisenketten rostig und zerkratzt in den Abgrund. Auch an den beiden entfernteren Pfosten waren solche Ketten befestigt. Diese jedoch verliefen aufgewickelt zu zwei Käfigen aus Eisenstäben, die mit dünneren Ketten, Seil und Lederriemen zusammengeschnürt waren. Die eckigen Gittertüren der beiden Käfige standen offen.

Nail wurde zum nächsten gestoßen. Höher als anderthalb Meter war er nicht, und Eisenstangen und Tür waren mit Schmutz überzogen. Der runde Boden sah genauso aus wie die Deckel für die schweren Eisenkessel, in denen Baron Jubal Bruk immer das Krakenöl ausgekocht hatte. Auch er war von langer Nutzung besudelt. Das Dach des Käfigs war wie der Boden geformt.

Als der Anführer Nail die Arme losmachte, ließ der, der Val-Draekin getragen hatte, den Vallè in seiner verschmutzten, blutverschmierten Lederrüstung gerade vor dem anderen Käfig fallen. Das Untier stopfte den schlaffen Körper hinein.

Jetzt war Nail zwar ohne Fesseln, doch wagte er nicht, sich zu bewegen. Er konnte nur zusehen, wie man die Tür zum Käfig seines Gefährten zustieß und dann mit einem mächtigen Eisenschloss verriegelte. Val-Draekin lag bewegungslos in seinem Käfig und bekam nicht mit, was geschah. Sein blutender Kopf hing schief, beide Arme baumelten leblos herab, die Beine ragten gerade zwischen den Stäben hervor.

Offenbar stritten einige der Oghule sich flüsternd über die Narben, die sie auf Nails Armen gesehen hatten, aber der Anführer packte ihn nur am Nacken und drückte ihn mit dem Kopf in die Käfigöffnung. Nail machte Anstalten, sich zu wehren, doch der Oghul war zu stark. Schon saß er wie Val-Draekin eingeschlossen, und beide Beine hingen durch die Stäbe. Sein schmutziges Gefängnis stank nach Fäulnis und Elend. Leider hatte er nichts im Magen, sonst hätte er dem Gestank gerne eine eigene Note hinzugefügt.

Er beobachtete, wie fünf Oghule die schwere Kette ergriffen, die an Val-Draekins Käfig befestigt war, während fünf andere diesen anhoben. Sie trugen ihn an die Klippe, wobei die Beine des Vallè durch den Dreck schleiften, setzten ihn an der Kante ab und ließen ihn vorsichtig hinübergleiten. Die fünf Oghule an der Kette senkten ihn langsam in den Abgrund.

Dann marschierten sie zu Nail. Er hielt sich gut an den Stäben fest, als sie ihn ebenfalls an den Rand brachten und dann in den Abgrund abließen. Ruckartig und gegen die flechtenübersäten Felsen schlagend ging es abwärts. Sein Herz schlug ihm bis zum Hals, als er nach unten blickte. Etwa siebzig Meter unter seinen baumelnden Beinen lag voller Steine die Talsohle. Weiter weg zwischen den Bäumen erkannte er die Schindeldächer der verlassenen Siedlung.

Der Wind frischte auf und pfiff durch das Tal, während sein Käfig vielleicht sieben Meter unterhalb der Kante zum Stehen kam. Val-Draekins Gefängnis hing ein paar Meter weiter links, etwas höher als seiner. Der Vallè war noch immer bewusstlos. Rechts sah Nail drei ähnliche Käfige, aus denen Arme und Beine baumelten. Krähen pickten an den steifen, schwarzen Gliedmaßen, die aus den beiden am weitesten entfernten ragten.

Der Mann im Käfig neben Nail jedoch lebte noch. Mit einer verdrehten Hand griff er durch die Stäbe nach Nail. Zwei große weiße Augen starrten ohne zu blinzeln aus einem schwarz gefärbten Gesicht und fixierten ihn mit dunklen Pupillen.

Ohne zu blinzeln.

Der Mann hatte keine Augenlider. Keine Brauen. Überhaupt keine Haare auf dem Kopf. Keine Haut im Gesicht. Sein gesamter

Körper war gehäutet worden. Er bestand nur noch aus blassen Sehnen, roten Muskeln und daran haftenden Fleischresten.

Nail wusste, das war nicht das Werk der Krähen. Dem Mann war bei lebendigem Leib die Haut abgezogen worden. Vor Kurzem. Von den Oghulen da oben. *Hragna'Ar!*

Seine Gedanken rasten zurück zu den Minen an den Himmelsseen, dem blutgefüllten Kessel und dem Pelzjäger auf dem Altar. *Hragna'Ar!* Er konnte nicht glauben, dass es in Gul Kana solche Bestialität geben konnte. *Oghule! Wie konnten solche Monster überhaupt existieren? Wie konnte es sein, dass so viel Grausamkeit in der Welt war?*

Der Mann ohne Haut wollte etwas sagen, und die rosafarbene Zunge wand sich gurgelnd aus seinem lippenlosen Mund. Nur ein übel keuchendes Zischen erklang. Er streckte seinen hautlosen Arm, seine klauenartigen Finger noch weiter in Nails Richtung aus. Doch der bloße Hintern und die Schenkel des armen Mannes klebten am Metallboden, sein Rücken an den Stäben hinter ihm.

Nail wandte den Blick ab und bemühte sich, die seltsamen Geräusche zu ignorieren, die der Mann ausstieß. Er versuchte, die Finger von den Stäben seines Gefängnisses zu lösen. Aber auch er klebte an dem fest, was schaurig und stinkend das Eisen überzog.

Voller Grauen begriff er …

… das waren die verfaulten Überreste von Menschen, denen ebenso die Haut abgezogen worden war, und er saß mitten darin.

Die Letzten Kriegerengel werden die falsche Anklage erheben, dass ich, eure gesegnete Mutter Mia, es gewesen sei, die Laijons Fall bewirkt habe. Mein eigener Sohn, Raijael, wird die falsche Anklage erheben, ich sei es gewesen, welche die Drachenklaue gestohlen habe, jene handlose Hand, die er als sein Geburtsrecht betrachtet, jene schuppige Waffe, die ich allein der Leiche des Letzten Dämonischen Herren entwunden habe, jene silberne Abscheulichkeit, die das Fleisch Laijons zerrissen hat.

DIE MONDROLLEN VON MIA

52. KAPITEL

JONDRALYN BRONACHELL

AM VIERUNDZWANZIGSTEN TAG DES ENGELSMONDES
IM 999. JAHR LAIJON – AMADON, GUL KANA

Schweigend ging Squireck neben Jondralyn, nur die Stahlkappenstiefel klackerten auf den Marmorfliesen. Das Tagritterschwert hing ihm an der Hüfte, und die tausend gelben Kerzen der geräumigen Kammer spiegelten sich in seiner polierten schwarzen Rüstung.

Sie hatten den Tempel der Laijonsstatue ganz für sich. Es war kurz vor Mitternacht am letzten Tag des Engelsmondes. Der Tempel, in den sonst durch die hohen Buntglasfenster oberhalb der Galerie die Sonne strahlte, lag dunkel da, nur in den vielen

Leuchtern tanzten die Flammen. Die riesigen Ausmaße der majestätischen Kammer und ihrer imposanten Kuppel überwältigten Jondralyn jedes Mal. Auch ihre schweren Stiefeltritte hallten durch den Tempel, als sie um das helle, von grauen Adern durchzogene Steinpodium der Laijonsstatue schritt. Sie trug die Rüstung der Silbergarde. Ihr Schwert hatte sie unter einem dicken schwarzen Mantel an den Gürtel gehängt, und die Kapuze bedeckte ihren Kopf. Beschämt verbarg sie ihr Gesicht im Schatten.

Etwas länger als zwei Monde lag es nun zurück, dass Gault Aulbrek sie mit dem Schwert verletzt hatte. Vor weniger als zwei Wochen hatte sich die Wunde in den Trauerräumen noch einmal geöffnet. Vorgestern hatte Val-Gianni ihr die Verbände abgenommen und die Augenklappe angepasst. Absichtlich hatte sie seither die Einsamkeit ihres Schlafgemachs gesucht und nichts getan, als ihr groteskes Spiegelbild anzustarren. Diese Narbe, die sie von nun an ausmachte. Rot, grob und alles beherrschend verlief sie quer über ihr Gesicht, nur zum Teil verdeckt von der Augenklappe, unter der ihr ein Auge fehlte. Wie unwirklich es schien. Sie konnte sich nicht damit abfinden. Sie konnte der Welt so nicht gegenübertreten.

Die Verbände hatten wenigstens das verborgen, was jetzt für alle sichtbar war. Jetzt fühlte sie sich so verletzlich. Am liebsten würde sie einen Helm oder eine Maske basteln, um ihre Abscheulichkeit zu verdecken. Nie wieder sollte die Öffentlichkeit sie so sehen.

Doch sie hatte Squireck versprochen, ihn vor seinem Kampf gegen Gault Aulbrek in den Tempel der Laijonsstatue zu begleiten. Er wünschte, vor dem großartigen Abbild Laijons zu beten, und sie sollte dabei an seiner Seite knien. Am Vorabend des Achttages vor dem Aufeinandertreffen sollte es sein.

Nun verhüllte sie sich. Nicht einmal Squireck sollte sie zu Gesicht bekommen, nur den Schatten einer dicken, dunklen Kapuze.

Der Prinz von Sankt Einzig blieb stehen und blickte zur Statue auf.

Jondralyn traute sich nicht. Sie hätte unablässig fürchten müssen, dass die Kapuze nach hinten rutschte und ihr Gesicht offenbarte. Obendrein ertrug sie den Anblick der spektakulär gemeißelten Statue nicht, dieses Antlitz mit dem vollkommenen, kantigen Kinn, den weichen Lippen, der präzise geformten, eleganten, unvergleichlich schönen Nase, den Kieferknochen, Augen, Brauen. Nein, sie konnte diese Vollkommenheit nicht betrachten, ohne sich ihrer Unvollkommenheit nur allzu bewusst zu werden.

»Die Laijonsstatue«, sagte Squireck, »ist mein Ideal, der Grund, warum ich unter der Arena in den Kerkern so hart mit Schwert, Axt und Hammer trainiert habe. Damit meine Muskeln ausgebildet werden, meine Statur geformt wird. Von dieser Statue habe ich geträumt, als ich stundenlang auf den Knien gebetet und Laijon angefleht habe, mich von meinen Feinden zu erlösen. Nun ist mein Leib ein Gefäß, mit dem allein ich den großen Einen und Einzigen ehre.«

»Du solltest jetzt beten«, sagte sie und konzentrierte sich auf die Marmorfliesen. Seine Verehrung der unerträglichen Schönheit dieser Statue stach ihr wie mit Dolchen in die Seele.

»Wir sind hier ganz für uns«, sagte er. »Welche Ehre, solche Pracht betrachten zu dürfen, findest du nicht?«

»Ich möchte lieber wieder gehen.«

Squireck merkte, dass sie nicht nach oben oder zu ihm blickte, sondern starr auf den Boden.

»Mach dir keine Sorgen, Jon. Ich habe die Narbe gesehen. Ich weiß, dass du eine Augenklappe trägst. Ich beurteile dich nicht danach.« Er ließ den Blick wieder über die Statue wandern.

Doch, das tut er. Als sie in den Trauerräumen die Verbände verloren hatte, war seine Reaktion voller Ekel gewesen. Sie hatte es ja erlebt. Seinen ersten, völlig entsetzten Gesichtsausdruck konnte er nicht mehr aus der Welt schaffen. Sie würde ihn nie vergessen. Jetzt heuchelte er ihr unablässig seine Hingabe vor, hielt sich ständig in ihrer Nähe auf, wollte ihr immerzu helfen – es war einfach zu viel. Sie brauchte Platz zum Atmen. Dieses Zurschaustellen von ergebener Zuneigung nahm sie ihm nicht ab.

Sie starrte das Podium vor sich an, die gemeißelten Stiefel, die fünf silberschwarzen Kessel und die Weihrauchwirbel, die aus ihnen aufstiegen, die fünf lebensgroßen Ochsen, die die Last dieser brodelnden Kessel mit nach außen gerichteten, großen Häuptern trugen, als hielten sie Wache. In jeden der Kessel waren Einlegearbeiten, Symbole in Weiß, Schwarz, Grün, Blau und Rot, gesetzt. Erst jetzt fielen sie ihr auf. Die Farben standen für die magischen Engelssteine und die Waffen der Fünf Kriegerengel: das *Pechschwarze Herz*, den *Schleier der Tugend*, den *Mond des Vergessens*, die *Einsame Krone* und das *Feuer der Sühne*, die fünf Säulen Laijons.

Der *Schleier der Tugend*. Fröstelnd stellte sie sich den glorreichen weißen Schild vor. Sie dachte an das, was Lawri Le Graven im Sonnenvogelsaal gesagt hatte. *Die eigenartigen Träume handeln von eigenartigen Dingen, die in kreuzförmigen Altären vergraben sind …*

»Der Kranz aus weißer Heide auf Laijons Kopf«, sagte Squireck gerade, »steht für die Reinheit seiner Sache. Welche Hellsicht, dass Tala solch einen Kranz für mich gebunden hat. Ich habe stets gedacht, du hättest sie dazu angestiftet.«

Sie erwiderte: »Der Heidekranz war ein Geschenk von Tala, nur von Tala.«

»Wie du meinst«, sagte er knapp. Er wurde ungeduldig. »Die Symbolik meines Kranzes in der Arena wurde gewiss im Himmel geweiht«, sagte er. »Wenn ich Gault gegenübertrete, werde ich ihn wieder tragen.«

Sie wünschte, sie wäre heute Abend nicht mitgekommen.

»Habe ich nicht ganz genauso ausgesehen wie die Statue, Jon?

In der Arena, mit dem Kranz oben auf dem Kopf, im Kampf, habe ich nicht wie diese Statue ausgesehen?«

Jondralyn brauchte nicht aufzublicken, um sich an den Kranz auf der Statue zu erinnern oder daran, wie der Prinz von Sankt Einzig in der Arena ausgesehen hatte. Sowohl Squireck als auch die Statue kannte sie zu Genüge. Squireck bestand ganz aus festen Muskeln und strahlte Stärke aus. Das hohe Abbild Laijons aus Riven-Rock-Marmor deutete mit einer erhobenen Hand und dem großen Schwert darin in den Himmel. Die große Laijonsstatue, Anziehungspunkt aller Anbeter, Pilger und Gläubigen auf allen Fünf Inseln, bestand ganz aus festen Muskeln und strahlte Stärke aus. Ja, in der Arena hatte Squireck exakt so ausgesehen wie diese Statue.

»Er ist mein Vetter, weißt du?«, sagte Squireck.

»Wer?«, fragte Jondralyn, die in Gedanken versunken war.

»Ser Gault Aulbrek.«

»Ja, das wusste ich.«

»Seine Mutter Evalyn war die älteste Schwester meines Vaters«, sagte Squireck. »Sie hat einen Adligen aus Sør Sevier geheiratet, einen Lord aus den Nördlichen Hochlanden namens Agus Aulbrek. Zu der Zeit sorgte die Heirat für viel Unmut. Man hat sie beide umgebracht. Gault hat als einziges Kind überlebt. Ich hatte ihn noch nie gesehen, bis man ihn in Ketten in den Sonnenvogelsaal führte.«

»Ich sage doch, ich weiß, wer er ist.« Sie wollte wirklich gehen.

»Ich frage mich, was er über die Bruderschaft von Mia, über die verlorenen Engelssteine und die Waffen der Fünf Kriegerengel weiß.«

»Weshalb sollte er in irgendwelche Machenschaften der Bruderschaft eingeweiht sein?«

»Gaults Mutter hielt ihr zusammen mit den beiden anderen Schwestern meines Vaters, Elynor und Elyse, insgeheim die Treue.

Deshalb verabscheuten sie Edmon. Wie meine Mutter und die Tanten Kenntnis der *Mondrollen* erlangten, ist nicht erwiesen. Aber auch meine eigene Mutter huldigte der Bruderschaft. Sie hat mich dazugeholt.«

Sie hatte ihn noch nie von Beatriz Van Hester sprechen hören. »Wie geht es deiner Mutter heute?«, fragte sie.

»Woher soll ich das wissen?«, erwiderte Squireck schnell. »Adin Wyte ist längst erobert, mein Vater der vergessene König eines untergegangenen Reichs, das Schicksal seiner Königin ein Rätsel, besonders für einen wie mich, den man wegen Mordes eingesperrt hatte.«

Er stellte sich in seiner schwarzen Rüstung vor ihr auf. »Hast du dich nicht über die Vorgänge in Sankt Einzig informiert, während ich in Haft war? Hast du kein Wort oder Gerücht über ihr Schicksal gehört? Weißt du denn nicht, ob sie noch lebt? Hat es dich gar nicht gekümmert?«

Jondralyn schämte sich, denn so war es in der Tat. Sie hatte ihren ehemaligen Verlobten völlig im Stich gelassen. Selbst jetzt war sie ungeduldig mit ihm, im Grunde nur wegen ihrer eigenen Unsicherheit. *Ich bin mein ganzes Leben lang so selbstsüchtig gewesen …*

»Warum hast du eingewilligt, mich hierher zu begleiten, Jon?«, fragte er mit leiser Furcht in der Stimme.

»Weil du mich darum gebeten hast. Und ich dich nicht enttäuschen wollte.«

»Du wolltest gar nicht herkommen.«

»Das habe ich nicht gesagt.«

»Genau das meinst du aber.«

Er hatte recht. Und sie wurde wütend auf ihn.

»Ich liebe dich, Jon«, sagte er. »Schon immer.«

»Squireck, bitte«, seufzte sie. »Du bist mein Freund. Das ist alles, was ich will. Freundschaft. Kann das nicht genügen?«

Die Furcht in seinen Augen verwandelte sich rasch in Verbitterung und dann Ärger. »Wenn du nicht mehr von mir willst als Freundschaft, warum kommst du dann und siehst mir heute Abend beim Beten vor Laijon zu? Warum verbringst du dann überhaupt Zeit mit mir?«

»Weil ich dich unterstützen möchte, ich will deine Triumphe mit dir teilen. Und ich hoffe, dass du dann auch für mich da bist, wenn ich dich brauche. Als Freund.«

»Das kann ich nicht hinnehmen«, erwiderte er. »Bloß Freunde zu sein, ist nicht möglich. Es ist falsch. Ich kann nicht in deiner Nähe sein und dich nicht *begehren*, Jon.«

»Und ich kann dir nicht geben, was du willst.«

»Warum nicht?«

»Das kann ich nicht erklären.« Sie legte so viel Bestimmtheit, wie sie konnte, in ihre Stimme. »Ich sehe einfach nicht mehr in dir als einen Freund.« Sie fühlte nichts für ihn. Im Grunde dachte sie eigentlich gar nie an ihn. Habichtholz verzehrte jeden ihrer Gedanken.

Manchmal brauchte sie nur in seiner Nähe zu sein und ihm zuzuhören, egal, über was er sprach. Bluthölzler, Attentäter, jedes Wort von ihm konnte ihre Leidenschaft entfachen. Schließlich blickte sie auf und erwiderte Squirecks Blick fest, ohne weiter auf ihre Narbe zu achten. »Romantik. Begehren. Das wird es zwischen uns nicht geben. Ich wünschte, es wäre anders, aber das ist es nicht.«

Er sah sie verletzt und verwirrt an. Sie wünschte sich, sie hätte diese Unterhaltung nie begonnen. »Außerdem«, sagte sie, »sind solche Beziehungen schwierig. Am Ende würden wir uns gegenseitig traurig machen.«

»Bin ich denn nicht gut zu dir gewesen?«

»Du bist wundervoll zu mir.« *Aber ich kann deinen Blick einfach nicht vergessen, als du meine Wunden in den Trauerräumen erblickt hast*. Diese Unterhaltung ging so schief. Sie musste sie in eine andere Richtung lenken. Musste ihm das Gefühl geben, dass es Hoffnung gab. »Du hast mich so viel über die Bruderschaft von Mia gelehrt. Hast mich auf Wissenspfade geführt, die ich allein nie gefunden hätte. Das ist mir wichtig. Auch für unsere Beziehung. Unsere gemeinsamen Ziele, dem Krieg und dem Leiden ein Ende zu setzen. Wir beide, du und ich, müssen gemeinsam noch viel erreichen. Aber was Liebe angeht ... Ich will ehrlich sein: Du kannst jemanden Besseres finden als mich, Squireck.«

»Und du maßt dir an zu wissen, was das Beste für mich ist? Deine Liebe, die will ich. Nicht bloß Freundschaft. Ich kann nicht weniger nehmen, als ich gebe. Ich werde nicht nur dein Freund sein.«

»Ich bitte dich, beende wegen meiner Entscheidung nicht unsere lebenslange Freundschaft. Das würde mich furchtbar schwer treffen. Ich würde mich dann fühlen als ... als wäre ich immer nur eine potenzielle Geliebte für dich gewesen und kein echter Mensch mit eigenen Hoffnungen und Wünschen.« Sie sprach mit harter Stimme. »War ich immer nur das? War ich in deinen Augen nur dafür gut, Squireck? Für Liebe? Eine Romanze? Sex?«

»Und, ist es etwa ein Verbrechen, sich so etwas zu wünschen? Vergiss nicht, dass wir einst verlobt waren.«

»Aber das ist vorbei. Höre mich an, höre *jetzt*, was ich dir zu sagen habe. Ich kann dir nicht geben, was du willst. Ich habe meine eigenen Probleme. Ich würde dich elendig traurig machen. So unglücklich.« Dann wiederholte sie: »Ich kann dir nicht geben, was du willst.«

»Aber Habichtholz kannst du geben, was er will?«, blaffte er. »Das ist die Art Mann, die du begehrst. Ein Verräter. Ein Mörder. Ein Verlierer, der deine eigene Mutter auf dem Gewissen hat ...«

Sie ohrfeigte ihn. Er zuckte nicht einmal, und ihre Hand brannte. »Du kennst Habichtholz nicht wie ich«, knurrte sie.

Sie wusste von den Gerüchten: dass ihre Mutter nicht bei der

Geburt, sondern vielmehr durch das Gift von Attentätern zu Tode gekommen war. Roguemoore hatte davon erzählt. Auch, dass ihr Vater daran glaubte. Dass ihr Vater gegen Aeros in den Krieg gezogen war, weil er an diese Gerüchte glaubte. Sie hatte auch munkeln hören, dass Habichtholz jener Attentäter gewesen sei. Doch sie glaubte es nicht. Wollte es nicht glauben.

»Du kennst Habichtholz nicht so wie ich«, wiederholte sie.

»Ich kenne ihn gut genug«, sagte Squireck kalt. »Er benutzt dich, Jon. Für seine eigenen Zwecke. Er ist lüstern und schäbig …«

»Du bist es doch, der lüstern ist«, klagte sie.

»Ich bin kein Lüstling.« Wütend verzog er den Mund. »Ich bin in jeder Hinsicht besser als Habichtholz. In mir fließt königliches Blut. Laijon hat mich in der Arena gesegnet. Begreifst du es denn nicht?«

»Er hat nur für unsere Sache gekämpft, genau wie du.«

»Sicher. Ganz genau. Er hat die *Mondrollen* gelesen. Er hat die Geheimnisse von Mia entschlüsselt. Er kennt die Geschichte der Fünf Kriegerengel. Er weiß, dass die Geschichte sich wiederholen muss. Er kennt die Prophezeiungen. Dein geliebter Habichtholz weiß, dass es die Bestimmung der Prinzessin ist, beim Gladiator zu sein. Er schmiedet ein Komplott gegen den Willen Laijons. Er ist ein Lüstling.«

»*Das* steht in den *Mondrollen?*«, fragte sie, plötzlich erschreckt von der Aussicht. »Dass die Prinzessin und der Gladiator dereinst zusammen sind?«

»Habichtholz benutzt dich, Jon. Und du merkst es nicht einmal. Ich habe seine geifernden Blicke gesehen. Ich erkenne seine Gelüste. Er will deine Jungfräulichkeit nehmen, nicht aus Liebe, sondern um den Willen Laijons abzuwenden.«

Nichts, was er sagte, half. Er verwirrte sie nur und erschien in ihren Augen dadurch umso schwächer. Sie wollte sich eher noch weiter von ihm zurückziehen.

»Du bist es doch, der mich lüstern anglotzt, der mir geifernd hinterhergafft.« Jondralyn wusste, dass ihre Worte gemein waren, sie sollten Squireck demütigen. Sie wusste auch, dass sie nicht ganz der Wahrheit entsprachen, aber dennoch strömten sie ungehemmt heraus. »Du bist es, der mich bloß wie eine potenzielle Gespielin behandelt. Wenn Habichtholz etwas nicht getan hat, dann das: mich so anzuglotzen wie du.«

»Wie kannst du so etwas sagen! Du lässt dich von dem Kerl bespringen!«

»Wie kannst du es wagen, mir zu unterstellen …«

»Also hat er dich nicht im Überschwang der Leidenschaft angestarrt?«

»Wie kannst du dir anmaßen, dich über meine Beziehung zu ihm zu äußern?«

»Ich sage nur: Ich bin kein Lüstling. Dennoch beschuldigst du mich. Und ich trete morgen in die Arena, um für dich zu kämpfen, Jon, um Gault Aulbrek zu töten, meinen Blutsverwandten, der dich so versehrt hat. Ich bin es, der dich rächen will. Habichtholz tut gar nichts.«

»Ich brauche niemanden, der mich *rächt*.«

»Aber so ein Mann bin ich nun mal«, redete er weiter, als ob er sie nicht gehört hätte. »Ehrenhaft und ehrlich. Habichtholz hat tagelang mit dir und Gault auf diesem Ochsenkarren gehockt und ihn nicht getötet. Er hätte dich rächen sollen und hat es nicht getan.«

»Er war verletzt, wie ich.«

»Ach, du nimmst ihn in Schutz und erfindest Ausreden für ihn.«

»Er hat mir das Leben gerettet. Er hat mich wieder zusammengenäht.«

»Dich zusammengenäht?« Squireck schnaubte. Er trat einen Schritt zurück und warf aufgebracht die Arme in die Luft. »Und das glaubst du? Alles, was er sagt, ist gelogen. Wie kannst du einen solchen Lügner lieben? Das ist nicht hinnehmbar.«

Er klingt in seinem Wahn wie Jovan. Irrational. Unvorhersehbar. Sie merkte, dass sie tatsächlich Angst vor dem Mann vor ihr hatte. Vor diesem imposanten *Fremden* in der Tagritterrüstung. *Er hat überhaupt nicht zugehört, was ich gesagt habe.* Noch nie hatte eine Unterhaltung sie so wütend gemacht. Noch nie hatte sie so etwas gehört. Sie fühlte sich nicht sicher. Hatte sie nie.

»Ich liebe, wen ich will.« Sie ließ die Worte wirken. Er kniff wütend die Augen zusammen. *Ich bin ihm doch keine Rechenschaft schuldig.* »Ich entscheide, zu wem mein Herz sich wendet, Squireck. Nicht du.«

Verletztheit. Verbitterung. Zorn. Betrogensein. Demütigung. Groll. Jede einzelne dieser Regungen zeigte sich auf seinem Gesicht, durchdrang die Verteidigungsanlagen in seinem Inneren und nistete sich in seinen Augen ein. Aber die Hilflosigkeit, die sich in seinen entgleitenden Zügen zeigte, überzeugten sie schließlich. *Er ist ein Schwätzer.* Alles, was er bisher gesagt hatte, war nur geheuchelte Großsprecherei gewesen. Diesen Mangel an Selbstsicherheit verachtete sie am meisten.

»Ich gehe besser.« Sie verneigte sich vor ihm. »Ich lasse dich allein beten.«

»Dann geh«, sagte er und richtete sich auf. Jene künstliche Haltung und scheinbare Sicherheit krochen wieder in seine Stimme zurück. »Lauf vor deinen Problemen davon, Jon. Stell dich ihnen bloß nicht.«

Mein einziges Problem bist du. Sie war schon auf dem Weg, ihre Stiefel klackerten auf den Marmorfliesen. *Ja, du bist mein einziges Problem, Squireck Van Hester, und du gibst mir das Gefühl, dass ich nicht gehen, sondern rennen sollte.*

»Liebe steckt nicht voller Groll, wie du behauptest, Jon«, rief er ihr mit wachsender Überzeugung hinterher. »Sie macht die Menschen nicht betrübt. Ich bin nicht so skeptisch und zynisch wie du. Ich habe keine Angst, ein Risiko einzugehen und mein Herz zu öffnen. Ich gebe nicht auf. Im Gefängnis habe ich nicht aufgegeben. Auch in der Arena nicht. Ich habe gekämpft. Wie schwierig es auch war, ich habe gekämpft. Und ich habe triumphiert.«

Sie war beinahe außer Hörweite, hinter der Laijonsstatue.

»Ich werde dich schließlich gewinnen!«, schrie er. »Du wirst dich für mich entscheiden!«

Ein echter Soldat stiehlt niemals; er nimmt sich einfach. Ein echter Soldat trägt sein Schwert stets locker im Futteral und ist für die Schlacht bereit.

AUS DEN RITTERLICHEN ERLÄUTERUNGEN DES RAIJAEL

53. KAPITEL

GAULT AULBREK

AM ERSTEN TAG DES FEUERMONDES
IM 999. JAHR LAIJON – AMADON, GUL KANA

Ein unsichtbares Orchester über Gault Aulbrek spielte eine getragene Melodie. Squireck Van Hester, Prinz von Sankt Einzig, Sohn von König Edmon Guy Van Hester und Königin Beatriz Van Hester, berühmter Mörder eines der Fünf Erzbischöfe von Amadon und Gladiator der Arena der Stadt, starrte Gault über die sandbestreute Eisenplattform hinweg an. Im Widerhall der Instrumente von oben schien Sonnenlicht aus dem rechteckigen Loch in der Decke auf Squireck. Gault blieb im Schatten.

Die mächtige Plattform, auf der sie standen, hing an vier straffen Ketten. Eisenwinden und Kettenzüge hielten sie einige Handbreit über dem Kopfsteinpflaster der Katakomben der Arena, noch weit unterhalb des großen Runds. Zehn Tagritter bewachten sie. Ihre Speerspitzen funkelten im kargen, gelben Licht.

Squireck war gut zehn Zentimeter größer als Gault, und er war weder schlaksig noch unbeholfen. Er bestand ganz aus angespannten Muskeln und Kraft, und die langen blonden Haare fielen über breite Schultern. Er trug nur ein um die Hüfte gebundenes Tuch und einen weißen Blütenkranz auf dem Haupt. In der rechten Hand hielt er ein schwarzes Langschwert, dessen schwarzer Opal am Heft es als Tagritterwaffe auswies. Auf der linken Schulter war ein eckiges Mal zu sehen – das Brandzeichen des Gladiators.

Gault stand das RR des Sklavensteinbruchs von Riven Rock rot entzündet im Nacken. Er trug wieder das Schwert der Sør Sevier, das er aus Ravenker mitgebrachte hatte, am Gürtel, jenes, das Jondralyn Bronachells Gesicht zerstört hatte. Er hielt das für eine symbolische Geste. Sie wollten, dass er damit kämpfte. Sie wollten, dass er mit ebenjenem Schwert in der Hand unterlag. Sie hatten ihm auch die Rüstung der Ritter vom Blauen Schwert wieder angezogen. Er hielt den Helm in der linken Armbeuge.

»Vetter«, begrüßte ihn der Prinz von Sankt Einzig vom anderen Ende der Plattform und neigte leicht den Kopf. Gault erwiderte die Geste nicht.

Er blickte in die Dunkelheit nach rechts und sah den verängstigten Lindholf Le Graven und das Mädchen Delia. Beide standen ein paar Meter von ihm entfernt und trugen die staubige Sklavenkluft aus Riven Rock. Alle drei waren vor kaum drei Stunden abgeführt und durch die Straßen Amadons gebracht worden. Zehn Tage in dem Steinbruch fühlten sich wie eine Ewigkeit an. Jeder Muskel in Gaults Körper war geschunden und schmerzte, und beide Hände waren von der Arbeit im Marmor aufgeschürft und wund. Außerdem hatte er wahnsinnigen Hunger; die Rationen im Steinbruch reichten gerade zum Überleben aus. Beim Betreten der Arena hatte man ihm ein paar Bitten zugestanden: Wasser für sich, Lindholf und Delia und ein Messer, damit er sich den Kopf kahlrasieren konnte. Beides wurde ihm gewährt. Nachdem er sich nur die schmutzigen Stoppeln vom Kopf geschabt hatte, fühlte er sich trotz der schmerzvollen Plackerei ein wenig mehr wie er selbst. Essen hatte man ihm allerdings verwehrt. Lindholf und Delia hatten erfahren, dass sie für ihre Verbrechen nach dem Kampf zwischen Squireck und Gault in der Arena gehängt werden würden.

Die Plattform wackelte, die vier Ketten quietschten und knirschten. Die Orchestermelodien von oben waren zu einem freudlosen, dumpfen Brummen geworden.

»Seid Euch nur nicht zu sicher, Ser Gault.« Wieder durchbrach Squirecks Stimme die leiser werdende Musik. Gault wandte sich schweigend von Lindholf und Delia ab und dem großen Mann vor ihm auf der Plattform zu. »Ich bin nicht Jondralyn Bronachell.« Mit zusammengekniffenen Augen sprach Squireck weiter: »Ich bin nicht bloß eine Frau. Ich bin ein echter Ritter Gul Kanas. Ich weiß zu kämpfen, zornig und wild. Und Ihr, mein Vetter, werdet hier und heute sterben.«

Gault schwieg.

»Übrigens habt Ihr mir Eure Rüstung zu verdanken«, redete Squireck unbeirrt weiter. »Ich habe darauf bestanden, dass Ihr sie zurückerhaltet. Nicht, dass sie Euch viel nützen wird. Amadon wird Euch in den Farben des Feindes sterben sehen.«

»Und Ihr ganz ohne Rüstung?«, fragte Gault schließlich. »Was ist das für eine Narretei?«

»Ich bin der *Gladiator*.« Squireck richtete sich noch etwas mehr auf, sofern das überhaupt möglich war. »Laijon ist auf meiner Seite. Er wird mich siegen sehen. Die gesegnete Mutter Mia führt mein Schwert.«

»Wenn ich Eure Äußerungen recht verstehe, wollt Ihr andeuten, dass ich in den Augen Laijons nur ein toter Mann bin«, sagte Gault. »Was macht Euch denn bedeutsamer als mich?«

»Ich bin einer aus der Bruderschaft von Mia.« Squireck warf sich in die Brust. »Ich habe die Wahrheit.«

»Die Wahrheit?« Gault schnaubte verächtlich.

»Laijon hat mich bereits hier, in ebendieser Arena, seiner Gnade und seiner Gunst versichert.«

»Oder Ihr wart ganz einfach besser als die anderen Kämpfer«, sagte Gault mit fröhlichem Singsang. »Ich meine die *wenigen* anderen.«

»Mehrere Dutzend waren es«, prahlte Squireck. »Und nur durch Laijons Willen fanden sie den Tod.«

»Ihr übertreibt den Anteil der Götter.«

»Ich sage demütig: Alles war Laijons Werk.«

Mit sanfter Stimme erwiderte Gault: »Dann lasst es mich so einfach formulieren, wie ich kann, Vetter, damit uns beiden klar ist, auf wessen Seite die Götter stehen. Ihr sagt, Ihr habt mehrere Dutzend Männer getötet? Ich dagegen habe zehn Jahre Krieg erlebt. Ich habe *Tausende* im Namen der Götter getötet. Ich *spucke* auf Laijon und auf seinen Sohn Raijael.« Gault spie auf die sandige Plattform und sagte noch lauter: »Und Eurer ach so geschätzten Mutter Mia schiebe ich mein Ding in den Arsch.«

Squireck erbleichte. »Ihr habt wahrlich *keine* Ehre.«

»Eure Ehre kann mich mal.«

Das Crescendo der Musik hatte seinen Höhepunkt erreicht. Die Ketten der Plattform rasselten wieder. Squireck blickte nach oben. Gault auch.

Eine Stimme brüllte: »Dies wird als der große Kampf des Feuermondes in die Geschichte eingehen!« Laut und deutlich hallte die donnernde Stimme durch das rechteckige Loch im Boden der Arena. »Der Feind von Amadon, von ganz Gul Kana, Erzritter aus Sør Sevier und persönliche Garde des Weißen Prinzen Aeros Raijael, Ser Gault Aulbrek, gegen unseren einheimischen Helden der Arena und Tagritter, den Prinzen von Sankt Einzig, Ser Squireck Van Hester!«

Die Masse johlte.

Mit knirschenden Zahnrädern hob sich die Plattform mit den

beiden Kämpfern. Gault gab es ungern zu, doch ihn erfüllte durchaus Ehrfurcht, als er den mächtig anschwellenden, ohrenbetäubenden Tumult des Publikums vernahm. Während es weiter nach oben ging, konnte er die ganze Pracht in sich aufnehmen. Die Sonne strahlte auf blumenbepflanzte Steinpalisaden, hellbraune Planen und gewaltige Säulen. Verzierte Balkone erhoben sich majestätisch rund um die von Zuschauern wimmelnden Tribünen.

Als die Plattform auf der Höhe des sandbedeckten Bodens der Arena ankam, fiel Gaults Blick auf die Königsloge oberhalb des Orchestergrabens. Links und rechts von Jovan Bronachell standen je zwei mit Speeren bewaffnete Tagritter. Der Großvikar und das Quorum der Fünf Erzbischöfe saßen auf einem Podest hinter ihm. Außerdem hatten sich weitere Edelleute und Angehörige der Königsfamilie von Gul Kana in der Loge versammelt. Gault entdeckte Jondralyn Bronachell in Mantel und Kapuze. Er konnte sich kaum vorstellen, wie ihr Gesicht nach den Verletzungen, die er ihr zugefügt hatte, heute wohl aussehen mochte.

Mit einem Ruck rastete die Plattform ein.

Der Herold oberhalb der Königsloge beugte sich mit den Kupfersprechrohren vor, die seine Stimme verstärkten, und bellte: »Lasst den Kampf beginnen!«

Die Menge brach in donnerndes Getöse aus, das Gault durch Mark und Bein fuhr. *Kommen sie, um die Schönheit des Kampfes zu bewundern?*, fragte er sich und nahm die Szenerie in sich auf. Das unfassbare Gebrüll übertönte beinahe seine eigenen Gedanken. *Oder wollen sie bloß sehen, wie einer gnadenlos niedergemetzelt wird?* Wäre die Menge gegen die Schrecken des Krieges so abgehärtet wie er, wenigstens in geringem Maße schlachterprobt, würde sie nicht losrennen, um zum Zeitvertreib mitanzusehen, wie Männer einander totschlugen. Das dachte Gault jedenfalls.

Schließlich legte sich der Tumult. Gault zog sein Schwert.

Squireck drehte sich in der Arena und schrie in die Menge: »Ein echter Soldat, ein Mann von Ehre würde sich seiner Rüstung entledigen und kämpfen wie ich!« Sein herausfordernder Blick wanderte durch die Massen. Dann, als er der Königsloge zugewandt war, hob er beide Arme, das Tagritterschwert in einer Hand, und zeigte so dem gesamten Publikum, mit dem Rücken zu seinem Gegner, wie ungeschützt er war. »Ein echter Soldat, ein Mann von Ehre würde mit gleichen Mitteln kämpfen!« Dann drehte er sich um und zeigte mit dem Schwert auf Gault. »Seid Ihr, Ser, ein Mann von Ehre?«

Gault antwortete so laut, dass nur Squireck ihn hören konnte. »Wenn Ihr den Narren spielen und in Unterwäsche mit einem Blumenkranz auf dem Kopf antreten wollt, ist das wohl eine Sache zwischen Euch und Laijon.« Er ließ den Helm aus der Armbeuge in die Hand rutschen, setzte ihn auf und wartete.

Die Masse johlte, verhöhnte ihn und buhte ihn aus.

Squireck nahm die Abneigung der Zuschauer mit einem triumphierenden Lächeln zur Kenntnis. Durch den Schlitz im Helm beobachtete Gault seinen Gegner und suchte nach Schwachstellen, ohne sich darum zu scheren, dass das Volk Amadons von ihm, seiner Rüstung und seiner Ehre offensichtlich nichts hielt. Die Buhrufe gingen in Anfeuerung über, als Squireck Haltung annahm. *Im Schwertkampf bin ich klar überlegen.* Gault regte sich nicht. Er stand vorerst nur da, das Schwert locker in der Hand. *Ich darf mich nur nicht auf einen Nahkampf Mann gegen Mann einlassen. Da hat er durch Gewicht und Kraft Vorteile.*

Der Prinz von Sankt Einzig griff an, holte aus und ließ das prachtvolle Tagritterschwert in einem gewaltigen Bogen, der die Luft zum Singen brachte, auf Gaults Kopf zurasen.

Gault wich nur ein Stück seitlich zurück.

Squirecks Klinge verfehlte ihn knapp. Die Wucht des Hiebes brachte den Prinzen aus dem Gleichgewicht und ließ ihn vorwärtstaumeln, in Gaults Reichweite, während ihm der weiße Heidekranz vom Kopf in den Sand rutschte.

Gault machte keine Anstalten zu einem Gegenangriff. Wieder stand er nur da, das Schwert locker in der Hand.

Squireck richtete sich mit zerzaustem Blondschopf rasch wieder auf, warf ihm einen finsteren Blick zu und fuchtelte bedrohlich mit der schwarzen Klinge herum. Dann holte er ein zweites Mal aus, zu einem mächtigen Hieb von der anderen Seite. Gault machte wieder einfach einen Schritt zurück, parierte den Schlag diesmal mit der Rückhand und wehrte das Tagritterschwert über dem Kopf ab.

Dann bewegte er die eigene Klinge geschmeidig nach unten und schnitt mit der Spitze von Schulter zu Schulter eine dünne Linie in Squirecks Oberkörper. Der Prinz von Sankt Einzig wankte überrascht zurück, und eine lange rote Spur zeigte sich auf seiner nackten Brust. Dunkles Blut tropfte ihm auf den Bauch.

Squireck sah auf die Wunde hinunter, brüllte vor Wut und griff wieder an.

Gault tötete seinen Vetter mit derselben Bewegung, mit der er in Ravenker Jondralyn Bronachell besiegt hatte, nur bremste er den Hieb diesmal nicht ab.

Die Klinge aus Sør Sevier spaltete dem Prinzen von Sankt Einzig den Schädel mittig bis zur Nase. Gault zerrte seine Waffe aus der Hirn- und Knochenmasse, holte aus und schlug seinem Gegner den Kopf ab.

Der Prinz von Sankt Einzig fiel seitwärts in sich zusammen, und der gespaltene Kopf landete zu seinen Füßen.

In der Arena war kein Laut zu vernehmen.

Wind kräuselte die Planen.

Gault hielt das rot besudelte Schwert mit dem Kampfhandschuh. Er warf es zu Boden, griff an seinen Helm und zog ihn ab. Wind fuhr ihm ins Gesicht, als er den Helm ebenfalls in den Sand warf.

Er blickte in die Menge und fand König Jovan Bronachell.

Rasselnd wurden die geschmiedeten Eisengitter an beiden Enden der Arena aufgezogen. Von Süden her kam ein Ritter in Rüstung auf einem Fuchs angeritten. Am Sattelknauf hingen ein Seil und ein Fleischerhaken. Hinter dem Reiter rannten zwanzig bewaffnete Tagritter in voller Rüstung auf Gault zu. Das gleiche Bild vom Nordtor her.

Gault bückte sich, hob den abgetrennten Kopf seines Vetters am blutigen Schopf hoch und schritt langsam auf die Königsloge zu.

Nach zwanzig Schritten blieb er stehen und schleuderte das gespaltene Haupt des Prinzen von Sankt Einzig so hoch und weit er konnte. Über die Orchestermusiker flog er, und aus den langen Haaren spritzten Blut und Hirnmasse.

Doch Gault konnte nicht mehr sehen, wo der Kopf landete. Als ihn die herbeigeeilten Tagritter in den Dreck warfen, füllte sich sein Mund mit Sand.

Möge die Gnade des großen Einen und Einzigen in jenen letzten feurigen Stunden des Sündenerlasses mit den Jüngern seiner Kirche sein. Denn das Schwert Laijons ist gebadet in Blut.

WEG UND WAHRHEIT LAIJONS

54. KAPITEL

TALA BRONACHELL

AM ERSTEN TAG DES FEUERMONDES
IM 999. JAHR LAIJON – AMADON, GUL KANA

Tala saß zwischen den kleinen Zwillingen Lorhand und Lilith Le Graven in der Königsloge. Neben ihr hockte Jondralyn zusammengesunken, das Gesicht mit der Kapuze verdeckt in ihrem Sessel. Die Mutter der Zwillinge saß mit ihrer Tochter Lawri hinter Tala – und alle warteten darauf, dass Lindholf gehängt wurde.

Lawris Gesicht wirkte fahl und ihre kränklichen, grün gesprenkelten Augen müde und leer. Weiße Verbände verhüllten ihren Arm, vielmehr das, was davon übrig war. Sie verbarg ihn im Mantel vor neugierigen Blicken. Val-Gianni hatte sie mit seltenen Vallè-Arzneien überschüttet, die gegen die Schmerzen halfen und die Heilung beschleunigten. Tatsächlich hielt sie sich scheinbar recht gut. Stets wachsam saßen der Knochensäger der Vallè und Val-Korin in ihrer Nähe.

Seit Jovan vor sechs Tagen Lawris Arm abgehackt hatte, war es Tala nicht gelungen, die richtigen Worte zu finden, um ihrer Cousine den Schmerz zu vermitteln, den sie empfand. Sie blieben entzweit, und Tala fühlte sich schuldig, denn sie wusste, dass all das Grauen ihr zu verdanken war. Nun saßen sie an diesem schrecklichsten aller Orte wieder beisammen.

Der Wind heulte und schluchzte um die mächtigen Säulen der Arena. Die bedrückte Stille in der Königsloge wurde nur durch das Schnalzen der Plane gebrochen. Man hatte Squireck Van Hesters Leiche an den Haken genommen, zurück auf die Plattform geschleppt und ins Innere der Arena befördert. Blutspuren verliefen über den Sand. Wo die Plattform sich befunden hatte, sah man nun das eckige Loch, eine verfluchte dunkle Höhle im Boden der riesigen Kampfbahn. Talas Blick wurde davon angezogen. *Ein Ort der Leichenfresser und Totengeister.*

Jeder in der Königsloge hatte den abgeschlagenen, von der Stirn bis zur Nase gespaltenen Schädel, aus dem Blut und Hirn auf die Musiker troffen, durch die Luft auf sie zusegeln sehen, bis er mit einem dumpfen Klatschen vor den Füßen von Großvikar Denarius landete. Die Tagritter, die Denarius beschützten, hatten den Kopf ohne Umstände genommen und in einen Ledersack gestopft.

Tala konnte nicht begreifen, was sie gerade gesehen hatte. Die schrecklichen Bilder der Ereignisse dieses Tages würden ihr nicht mehr aus dem gequälten Kopf gehen. Wie sie die Arena hasste, diese sinnlose Schlachterei. Schon früher hatte sie, während die Gladiatoren aufeinander losgingen, die Augen geschlossen.

Diesmal aber hatte sie zugesehen, denn sie wollte erleben, wie der Prinz von Sankt Einzig den Feind erledigte. Wollte den Tod des Ritters aus Sør Sevier bezeugen, der unschuldige Bürger ihres Königreichs niedergemetzelt hatte. Jener Ritter, der ihre Schwester verletzt hatte, sollte dieselben Schmerzen erleiden.

Aber was wurde heute bewiesen? Gault Aulbrek lebt noch.

Welchen heiligen Gesetzen hat Laijon mit dem heutigen Tag Geltung verschafft? Keinen.

Auf Squirecks entsetzlichen Tod hatte man in der Königsloge mit Keuchen reagiert. Danach folgten Schluchzen und weinende Klagen, die noch andauerten.

»Oh, jetzt reißt euch zusammen, Leute!« Jovans Verweis, die ersten Worte seit Squirecks Ende, platzte aus ihm heraus. »Kapiert ihr denn nicht? Dass der Prinz von Sankt Einzig nun ermordet wurde, dass er tot ist, ist gut. Er hat es nicht anders gewollt. Jetzt ist endgültig klar, was Laijon mit diesem Verräter vorhatte! Gott hat gesprochen! Überdies haben wir noch das Vergnügen, Gault Aulbrek für seine Verbrechen hängen zu sehen!«

Jondralyn erhob sich bei den Worten ihres Bruders. »Du hast soeben mit deinem Eigensinn und deinem Hochmut das Schicksal ganz Gul Kanas und aller Fünf Inseln besiegelt.« Ihre Kapuze rutschte leicht zurück, und ihr Gesicht lag nicht mehr im Schatten. »Weißt du denn nicht, wer Squireck war? Weißt du nicht, wie wichtig …«

»Ob ich nicht weiß, wie wichtig er *dir* war?«, wütete Jovan. »Nein! Das weiß ich nicht! Weil es nämlich aussieht, als hättest du ihn lange vor mir im Stich gelassen!«

Unter dem Saum ihrer Kapuze verzog sich Jondralyns Gesicht zu einer hasserfüllten Maske. Durch die Narbe und die Augenklappe wirkte ihre Wildheit merkwürdig anziehend. Tala fand, ihre Schwester hatte keinen Grund, sich hinter dem Stoff zu verstecken. Sie war trotz allem die schönste Frau in ganz Amadon.

Jondralyn sank in ihren Sessel zurück. Ihre Angriffslust war schon wieder erloschen. Tala hatte ihre Schwester noch nie so schnell aufgeben sehen.

Aber wer wollte es ihr verdenken? Jeder Einzelne von uns ist doch verloren und allein.

Tala fehlte eine Fingerkuppe, ein Stückchen nur, weggefressen von Silbertropfen, die sie in den Geheimgängen berührt hatte. Doch bei dem Anblick fühlte sie sich einsam. *So viele Rätsel. So viele Lügen.* Sie hatte Habichtholz' Schwert genommen und es in der Feuerstelle in ihrer Schlafkammer versteckt.

Aus dem Orchestergraben unter der Loge erklang ein tiefer Trommelwirbel. Die allgemeine Aufmerksamkeit richtete sich wieder auf die Arena und das dunkle Rechteck darin. Aus der Ferne knirschten die Zahnräder und kündeten vom erneuten Aufstieg der Eisenplattform ins sandbestreute Innere. Drei hölzerne Galgen in Form auf dem Kopf stehender Ls zeigten sich, und an jedem baumelte eine Schlinge an einer Ringschraube.

Auch drei Gefangene kamen aus dem Loch: Gault Aulbrek, Lindholf Le Graven und Delia. Jeder von ihnen stand bereits unter seinem Galgen, vor sich einen Holzhocker, an den ein Seil geknüpft war. Gault trug noch seine Sør-Sevier-Rüstung, die matt und glanzlos wirkte. Die beiden anderen hatten lediglich die schmutzige Gefängniskluft an. Hinter ihnen und ihren drei Pfählen waren zehn Tagritter aufgereiht.

Ganz in Schwarz stand der maskierte Henker in seinem Mantel direkt vor Lindholf in der Mitte der Plattform. Rechts von ihm wartete die Schankmaid, links der Ritter aus Sør Sevier, alle drei mit dem RR-Brandzeichen im Nacken und auf dem Rücken gefesselten Händen.

Die Menge verstummte. Der Trommelwirbel wurde lauter.

Talas Blick blieb an den drei Schlingen hängen. Die Höhe der Hocker und die Länge der Seile ließen erahnen, wie diese Hinrichtung verlaufen würde: ein kurzer Fall. Nicht wie sonst oft ein paar Meter und ein rascher Genickbruch. Die drei würden lange dort baumeln, um Atem ringen und allmählich ersticken. Jovan war wirklich der grausamste Mensch, den sie kannte. So einen Tod hatte Lindholf nicht verdient. Die anderen beiden vielleicht. Aber nicht Lindholf.

Die Tagritter verließen die Plattform und nahmen ihre Positionen ein, drei vor den Galgen, die übrigen sieben zehn Schritte dahinter, alle den Verurteilten zugewandt.

Der Herold oberhalb der Königsloge schrie donnernd in seine Kupfertrichter: »Wir alle haben uns hier versammelt, um Gerechtigkeit walten zu sehen, an die man sich noch lange erinnern wird! Ihr seid hier bei der Hinrichtung der beiden Attentäter, die den Hauptmann der Tagritter, Ser Sterling Prentiss, ermordet und ein schändliches Attentat auf unseren geliebten König Jovan Bronachell ausgeführt haben! Gefasst wurden sie durch vier unserer Silbergardisten, unter ihnen der tapfere Glade Chaparral!«

Glade trat mit seinen drei Anhängseln Tolz, Alain und Bonaparte hinter dem Sitzplatz des Königs hervor und verneigte sich. Beim aufbrandenden Applaus hätte Tala sich beinahe übergeben. Immer lauter wurde er, gefolgt von Jubelschreien. Nur sie wusste, dass Lindholf völlig unschuldig war! *Für seinen Anteil an all dem soll Glade Chaparral in der Unterwelt verrotten.*

Der Applaus erstarb, und der Herold donnerte weiter: »Und ihr seid hier, um euren Feind Gault Aulbrek, Erzritter aus Sør Sevier, hängen zu sehen! Denn der große Eine und Einzige lässt es sich nicht gefallen, dass er an seiner eigenen Kampfstätte verhöhnt wird! Laijons Gerechtigkeit soll walten!«

Wieder reagierte die Menge angestachelt und applaudierte begeistert. *Laijons Gerechtigkeit, na klar!* Ihr Bruder hatte Squirecks Tod in der Arena perfekt mit Gaults anschließender Hinrichtung durch den Strick inszeniert und eine Illusion von Wahrhaftigkeit und Gerechtigkeit geschaffen. Insgeheim hatte Tala gehofft, man würde Lindholf verschonen. Doch nun stand er da mitten in der Arena unter einem Galgen, verängstigt und allein. Kein bisschen Gerechtigkeit war in alldem zu erkennen. *Wo ist Laijon denn jetzt?*, dröhnte es durch ihren Kopf. *Wo sind Wahrheit und Gerechtigkeit?*

Der Jubel ebbte schließlich ab.

»Hat Lord Lott Le Graven sich mit dem Verrat seines Sohnes abgefunden?«, hörte sie Jovan ihre Tante Mona fragen.

»Mein Mann hat sich damit abgefunden, dass Lindholf nicht sein Sohn ist«, erwiderte die. »So wie ich auch.«

Zorn entflammte in Talas Herz. Monas Kinder waren alle hier. Jovan hatte angeordnet, dass sie der Hinrichtung ihres Bruders beiwohnten.

Tief in sich wusste Tala, dass sie an allem schuld war. Ihre Fehler hatten es verursacht. *Lawris Arm. Lindholfs Ende am Strick.* Das alles geschah ihretwegen und wegen des Spielchens mit dem Bluthölzler. *Ich habe mich so gehen lassen! Was habe ich denn gedacht, das ich gewinne?*

Jetzt konnte sie nur noch der Zerstörung zusehen, die sie eingeleitet hatte.

Unter anschwellendem Trommelwirbel zerrten die drei Tagritter die Verurteilten auf ihre Hocker. Der maskierte Henker legte ihnen nacheinander die Schlingen um den Hals. Dann fielen Dudelsäcke klagend in den Trommelrhythmus ein, und die Menge verstummte.

Der Henker griff nach dem Seil, das an den Hocker der Schankmaid geknotet war. Er trat einen Schritt zurück, wandte das maskierte Gesicht der Loge zu und wartete auf das Signal des Königs. Tief und erwartungsvoll tönte die Orchestermelodie durch das Publikum, das gebannt auf Jovan blickte.

Tala sah ihren Vetter an. *Lindholf.* Selbst aus der großen Entfernung konnte sie erkennen, dass sein ungestaltes Gesicht vor Angst verzerrt war. Sie fühlte von Herzen mit ihm. Er wusste ja nicht einmal, warum er dort unten mit dem Strick um den Hals stand. Glade hatte sie ein Lügenmärchen aufgetischt. Lindholf dagegen hatte sie gar nichts erzählt.

Der Trommelwirbel erreichte seinen Höhepunkt, und dann war Stille.

Jovan gab das Zeichen.

Der Henker riss den Hocker unter Delias Füßen weg. Die Schankmaid fiel keinen halben Meter tief, dann spannte sich der Strick. Mit hochrotem Kopf strampelnd baumelte sie da.

Während Delia mit dem Tod rang, ging der Henker zum anderen Ende der Plattform und griff nach dem Seil, das an Gault Aulbreks Hocker hing. Wieder wartete der Maskierte auf das Signal des Königs.

Jovan nickte.

Der Ritter aus Sør Sevier fiel, der Strick spannte sich, der Galgen knirschte, die Rüstung funkelte im Licht. Gault kämpfte nicht dagegen an. Er schloss nur, wie in friedlicher Annahme seines Schicksals, die Augen.

Gault Aulbrek ist endlich tot! Sie wollte bei dem Anblick aufjubeln, doch da war noch ein Verurteilter übrig.

Der Henker trat in die Mitte und griff das Seil an Lindholfs Hocker, drehte sich zur Loge um, wartete …

Jovan nickte.

Lindholf fiel.

Dann war Stille.

Etwas schnalzte und zischte irgendwo über der Arena, und ein Armbrustpfeil traf den maskierten Henker mitten zwischen die Augen.

Er kippte vornüber und krachte mit dem Gesicht auf die Plattform. Dabei trat die Stahlspitze des Pfeils blutig und scharf an seinem Nacken hervor.

Einer der drei Tagritter eilte ihm zu Hilfe.

Wieder schnalzte es über Tala, zischte, und dann schlug ein zweiter Pfeil gleich über Lindholfs Kopf in den Holzgalgen ein. Am Schaft war eine dünne schwarze Schnur befestigt. Die Menge keuchte, und alle blickten an der Schnur entlang, die sich vom Galgenpfahl bis hoch über die Königsloge erstreckte.

Tala drehte sich gerade rechtzeitig, um zu sehen, wie etwas, das wie eine mannsgroße Fledermaus aussah, sich vom höchstliegenden Balkon nach unten warf. Die Gestalt flog mit im Wind flatternden schwarzen Schwingen an der Schnur entlang geradewegs mitten in die Arena.

»Die Totengeister kommen uns alle holen!«, kreischte einer der Erzbischöfe.

»Gesegnete Mutter Mia!«, rief ein anderer.

Dann verstand Tala, dass da gar keine Fledermaus war. *Es ist der Bluthölzler!*

Ihre Gedanken überschlugen sich, als der vermummte Attentäter direkt auf Lindholf zusegelte. Mit wirbelndem, schwarzem Umhang, eine Hand mit Lederhandschuh an der gespannten Schnur, in der anderen eine schwarze Armbrust. Der Bluthölzler feuerte einen dritten Pfeil, der die Rüstung des über dem Henker knieenden Tagritters durchschlug und ihn zu Boden streckte.

Der Attentäter segelte über Talas Kopf hinweg und wurde schneller. Erst da bemerkte sie das strahlend weiße Schwert mit dem halbmondförmigen Griff auf seinem Rücken, das zum Teil durch den flatternden Umhang verborgen wurde. Es war so lang wie der Bluthölzler groß war und glänzte prächtig in der Sonne. In jede Richtung spiegelten sich die Strahlen.

Die Menge stöhnte auf und kreischte.

Der Bluthölzler bremste ab, ließ die Schnur los und landete anmutig vor dem baumelnden Lindholf auf der Plattform. Durch den Mantel blieb sein Gesicht in Schatten gehüllt. Er legte die Armbrust ab, und die neun verbliebenen Tagritter zogen die Schwerter und rannten los.

Da klatschte der Attentäter kurz und laut in die behandschuhten Hände. Die Luft um die drei Galgen wurde zu einem milchigweißen Nebel. Darauf zog er mit beiden Händen das lange, glänzende Schwert vom Rücken.

Mit einer fließenden Abwärtsbewegung hieb er auf die Eisenplattform.

Funken sprühten.

Die gesamte Plattform explodierte in einem mehrere Meter hohen, qualmenden Feuerball. Die heranstürmenden Tagritter wichen zurück. Die Zuschauer schrien wild durcheinander, einige gerieten in Panik und stürzten auf die Ausgänge zu.

Die Flammen züngelten nur kurz in den Himmel und verebbten schon wieder.

Als der Rauch sich schließlich legte, war die Plattform verschwunden. Der Bluthölzler, die Galgen, die drei Verurteilten, alles war *verschwunden*.

Übrig blieb nur das schwarze, rechteckige Loch im Sand der Arena.

»Was zur Hölle war denn das, verflucht nochmal?«, brüllte Jovan. »Wo sind sie hin?« Ohnmächtiger Zorn flammte in seinem Blick auf. »Wo sind meine Verurteilten hin?«

Menschen, hütet euch vor Drachen, den gerissensten aller Betrüger. Hat jenes größte aller Geheimnisse der Vallè einen Zweck und einen Namen? Fürwahr. Doch ich werde diesen Zweck und Namen erst am Ende aller Dinge enthüllen, aber nicht, ehe die Dämonen der Unterwelt ihr Mäandern im Regiment der ewigen Finsternis vollendet haben, erst wenn die Viper endlich gesprochen hat.

DER KODEX DER ENGELSSTEINE

55. KAPITEL

LINDHOLF LE GRAVEN

AM ERSTEN TAG DES FEUERMONDES
IM 999. JAHR LAIJON – AMADON, GUL KANA

Die haben mich aufgehängt! Zwar lag der Strick nun schon mindestens eine halbe Stunde nicht mehr um seinen Hals, doch Lindholf Le Graven stolperte immer noch keuchend hinter seinem Retter her. *Haben mich versklavt! Aufgeknüpft!* Diese Schmerzen in seinem Hals. Der Druck auf der Kehle. Er schien einfach nicht genug Luft zu bekommen. *Wie kann es sein, dass ich noch lebe?*

Dunkelheit erfüllte die unterirdische Kammer, in der sie schließlich rasteten. Nur ein paar Fackeln leuchteten.

Lindholf, Delia und Gault waren, die Hände noch auf den

Rücken gefesselt, der rätselhaften Gestalt aus den Katakomben unter der Arena hierher an diesen kalten, einsamen Ort gefolgt. Der Fremde im Mantel trug in der einen lederbehandschuhten Hand ein unglaublich langes, weißes Schwert, in der anderen eine schwarze Armbrust.

Als sie in den Raum traten, lehnte die Gestalt beide Waffen vorsichtig gegen die Wand, lief dann rasch, einen schwarzen Dolch in der Hand, zu Lindholf und schnitt seine Fesseln durch.

»Vorsicht!« Lindholf zog die Hände hinter dem Rücken vor.

»Diese Undankbarkeit«, sagte die verhüllte Gestalt. »Wie kann man seinen Retter nur so sinnlos mahnen.«

Lindholf *kannte* diese Stimme. Er richtete sich mit schneller schlagendem Herzen auf. *Das konnte nicht sein!* »Seita?«, fragte er ungläubig.

»So ist es.« Seita steckte den Dolch ein, schob die Kapuze zurück und zeigte ihr spitzes, blasses Gesicht, das er nur allzu gut kannte. Das fahle Fackellicht tanzte in ihren strahlend weißen Haaren. »Eine große Rettungstat, nicht wahr?«

Es war in der Tat dramatisch gewesen. Im einen Moment baumelte Lindholf noch mit zappelnden Beinen am Galgenstrick, der ihm in den Hals schnitt. Dann plötzlich: Chaos und Feuer, der Strick wurde durchgeschnitten, die Plattform versank im Arenaboden, und die Tagritter in den Katakomben wurden rasch durch Seitas blitzendweißes Schwert erledigt.

Und nun saßen sie hier.

»Ihr habt mich gerettet«, platzte Lindholf heraus und blickte nervös zu Delia und Gault. »Uns alle, meinte ich.«

Gault stand im Halbdunkel, die Hände auf dem Rücken gefesselt. Er wirkte wie ein Skeptiker, ewig gestraft vom Krieg, und blickte die Vallè-Prinzessin aus tiefliegenden, kalten Augen stechend an. »Schneidet meine Fesseln durch«, forderte er.

»Ser Gault Aulbrek, *Gladiator* der Arena.« Seita deutete eine

Verbeugung an. »Welche Ehre, einen von Aeros Raijaels berühmten Erzrittern kennenzulernen. Das Schicksal hat Euch heute in einer Weise geküsst, die Ihr nicht einmal annähernd ermessen könnt.«

»Ich möchte nur frei sein.« Seine Stimme klang rauh und angespannt.

»Nun.« Die Vallè-Prinzessin zuckte die Achseln. »Eigentlich kenne ich Euch gar nicht. Also nur aus meinen Visionen. Deshalb …« Sie machte eine Pause. »Ich weiß ganz sicher, dass ich Euch nicht trauen sollte.« Sie verzog die schmalen Lippen zu einem kleinen Lächeln. »Aber mit Eurer Tochter Krista war ich dereinst eng befreundet.«

Gault kniff die Augen zusammen.

»Tötet sie, Gault.« Delia sah die Vallè wutentbrannt an. »Tötet die spitzohrige Schlampe.« Die Schankmaid machte Anstalten, sich auf Seita zu stürzen und sie eigenhändig zu erwürgen. »Diese verfluchte Vallè hat das Attentat auf König Jovan ausgeführt. Ich habe es selbst gesehen. Sie ist schuld an der Krankheit meines Vaters und an jedem einzelnen schmerzvollen Augenblick in meinem Leben.«

»Und jetzt rette ich dich«, sagte Seita ruhig. »Deine Rolle in dem ganzen Stück ist noch nicht zu Ende, Mädchen, also sei still.«

»Leck mich«, blaffte Delia zurück.

»Eines Tages vielleicht. Ich habe viele Visionen«, sagte die Vallè. Dann wandte sie sich wieder zu Lindholf und strahlte. »Ich bin schnell hergekommen, um euch alle retten zu können. Was hast du mir für Ärger bereitet, Lindholf Le Graven.«

»Habt Ihr das Feuer mit dem Schleier der Vallè erzeugt?«, fragte der und errötete sogleich.

»Mit dem Schleier der Vallè, genau.« Sie begegnete seinem hungrigen Blick. »Ich kann noch mehr besorgen, wenn du es wünschst. Aber du musst in den kommenden Tagen alles tun, was ich verlange, Lindholf.«

»Natürlich«, stimmte er eifrig und mit gehetztem Blick zu. »Wo ist Val-Draekin?«

»Tot.«

»Tot?«, wiederholte er schockiert.

»Ja, in einem Gletscher verunglückt.« Sie hob die Armbrust auf. »Aber wir haben das hier, Lindholf, das *Pechschwarze Herz.*« Sie gab ihm die Waffe. Vorsichtig nahm er sie. Sie bestand aus pechschwarzem Holz mit einer bedrohlich aussehenden schwarzen Sehne.

Ihm fiel auf, dass Gault die Waffe neugierig beäugte.

»Die Pfeile, die dort hineinpassen sollen, habe ich noch nicht gesehen«, sagte er.

»Sie müssen von Vallè gefertigt sein«, sagte Seita. »Schließlich ist es eine Waffe aus Vallè.«

Dann hielt sie Lindholf das weiße Schwert vor die Nase. »Wir haben auch das *Feuer der Sühne*. Schwert und Armbrust sind für uns jetzt am wichtigsten.«

Lindholf bewunderte das im Fackelschein glänzende Schwert. Es war so groß wie die Vallè, und im Heft saß ein hellroter Rubin. Der sichelmondförmige Griff und der Handschutz bestanden aus eigenartigem Material, womöglich aus Knochen geschnitzt, man konnte es nicht erkennen. Die schlanke Klinge war aus strahlendem Silber mit pulsierenden, gewundenen glasig-weißen Adern gefertigt. Der von Wirbeln durchzogene Stahl leuchtete beinahe *lebendig*. Er erinnerte ihn an den Schild, den er in den Trauerräumen gefunden hatte, den *Schleier der Tugend*.

»Das ist noch nicht alles.« Die Vallè-Prinzessin lehnte das Langschwert wieder gegen die Wand und holte einen Lederbeutel aus der Manteltasche. Sie öffnete ihn und zog zwei ovale Steine hervor. Sie lagen in ihrer behandschuhten Hand, ein leuchtend roter und einer, der so schwarz war, dass er das Licht der Fackeln zu verschlucken schien. »Engelssteine«, verkündete sie.

Sie glichen in Form und Größe dem weißen, den Lindholf gefunden hatte. Delia beugte sich vor, um sie besser sehen zu können. Auch Gault Aulbrek tat das und starrte mit unterdrückter Gier auf die bemerkenswerten kleinen Edelsteine.

Der rote blitzte und tanzte wie schimmerndes Feuer, und verrauchte Wellen aus ihm innewohnenden Licht spiegelten sich in den Augen des glatzköpfigen Mannes.

Als Lindholf genauer hinsah, fand er, dass der schwarze Stein zwar eigenartig aussah, aber eher wie ein kleines Stück Kohle, glanzlos und matt.

»Bist du für deine erste Aufgabe bereit?« Seita blickte ihn mit wachen Augen an. Er nickte. »Großartig«, sagte sie. »Deine erste Aufgabe ist, mir zu zeigen, wo du und Delia den *Schleier der Tugend* und den weißen Engelsstein gelassen habt.«

Mit klopfendem Herzen sah er Delia an. »Wir haben sie in einem Keller unter dem *Dreckspferd* versteckt.«

»Versteckt klingt gut«, sagte sie. »Mit dem weißen Stein müssen wir aufpassen. Manche sagen, dass womöglich ein Fluch schwer darauf lastet. Du hast ihn nicht angefasst, oder?«

»Das habe ich mich nicht getraut.« Er hatte ihn immer in der schwarzen Seide belassen.

»Wir müssen sie so schnell es geht holen«, sagte Seita. »Denn in jener Schenke werden die Silbergarden zuerst nach dem Mädchen suchen.«

»Und dann?«, knurrte Gault. »Wir werden jetzt ewig gejagt werden.«

Seita erwiderte seinen Blick kühl. »Da wäre ich mir nicht so sicher, Ser Gault, denn ich kenne eine perfekte kleine Felsinsel, auf der ihr drei euch verstecken könnt.«

Lindholfs Blick fiel wieder auf die Steine in der Hand der Vallè. »Der schwarze sieht nicht echt aus.« Er spürte, wie die kreuzförmige Narbe auf seinem Handrücken zu brennen begann, auch die

Stelle, an der die Meerjungfrau ihn gekratzt hatte und das Sklavenbrandzeichen in seinem Nacken.

Als könnte sie seine Schmerzen erahnen, streichelte Seita ihm mit der freien Hand über die verunstaltete Gesichtshälfte. »Die Steine sind schon echt«, sagte sie.

Lindholf zerschmolz geradezu unter ihrer sanften Berührung. Sie strich ihm zart über das vernarbte und verstümmelte Ohr. »Das alles ist ganz echt, mein lieber Lindholf. Alles.«

Denkt an die, die im Namen Laijons getötet wurden, nicht als Tote, sondern als Erhobene, die unter den höchsten und strahlendsten Sternen leben. Denn jeder Soldat probiert den Tod nur und wird endlich an jenem Tag des Feurigen Sündenerlasses ganz errettet.

WEG UND WAHRHEIT LAIJONS

56. KAPITEL

NAIL

AM ERSTEN TAG DES FEUERMONDES IM 999. JAHR LAIJON – WESTLICH VON TEVLYDOG, GUL KANA

»Dich häuten sie als Nächstes«, raspelte der Überrest des Mannes im Käfig neben Nail. Die weißen Augen starrten ihn, ohne zu blinzeln, aus dem Fleischgesicht an, zwei entsetzliche, lidlose Kugeln, die unablässig offen standen.

Nail erwachte aus einem unbequemen Halbschlaf und roch menschliche Verwesung. Drängender Durst quälte seine Kehle. Im kalten Licht der Morgendämmerung schlug er die Augen auf und blinzelte in die dünne Luft. Furcht legte sich wie eine schwere Decke auf ihn.

Die Sonne war kaum über die Baumwipfel gestiegen. Zwischen den Pinien und Espen viele Meter unter ihm kräuselte sich nieseliger Nebel. Aus seinem kargen Käfig wirkten die verstreuten Hütten und verlassenen Steinbauten im Tal wie eine grausame Täuschung. *Verfluchte Engel!*, dachte er im Stillen. Sein Käfig hing ein Stück, vielleicht sieben Meter, unter der Klippenkante. Die graue Steinwand hinter ihm war mit Flechten gesprenkelt, und Moos wuchs auf Wasseradern, die er nicht erreichen konnte.

Ein trauriger Wind hob an und fuhr ächzend durch das eingenebelte Blätterdach unter ihm. Nails Käfig rasselte und schaukelte. Er hielt sich an den Stäben fest. Staub rieselte von ihnen herab. Sein Hemd war zerfetzt, der rechte Arm schmerzte heftig und war den Elementen ausgesetzt. Die Tätowierung und die Narben von der Meerjungfrau stachen wie Baken hervor, ebenso die kreuzförmige Narbe auf dem Handrücken und das Sklavenbrandzeichen innen am Gelenk.

Ein paar Meter links von ihm saß Val-Draekin lebendig und wachsam in einem ähnlichen Käfig. Der Vallè schien keine Nachwirkungen von dem gestrigen Schlag gegen den Kopf davongetragen zu haben. Rechts von Nail hingen drei andere Käfige, auf denen jeweils Krähen hockten. Knochige Arme und Beine von längst gestorbenen Männern ragten wie knorrige Stöcke aus den entfernteren. Der gehäutete Mann im klappernden Käfig neben Nail lebte aber noch. Seine geschwärzten Beine baumelten durch die Stäbe, und die schwarzen Hände umklammerten sein umherschwingendes Gefängnis.

»Sie kommen dich holen.« Erstickt krächzte der Mann weiter und sägte stumpf an Nails Nerven. »Die Hragna'Ar-Oghule da auf den Klippen. Lebendig häuten werden sie dich. Dich und den Vallè auch.«

Von weiter oben ertönten kehlige Rufe der Oghule und hallten über das Tal. Nail dachte an die Minen bei den Himmelsseen und den mit Blut gefüllten Kessel, an den hilflosen Pelzjäger auf dem Altar. *Hragna'Ar!* Er blickte kurz die Felswand hinauf. Die ersten Sonnenstrahlen ließen die zerklüfteten Spalten orangerot glühen.

Plötzlich hob sich Val-Draekins Käfig mit rasselnden Ketten in ungleichmäßigen Zügen. Nail blickte auf. Oben zogen einige Oghule. Val-Draekin mühte sich in seinem Gehege und zerrte mit den Fingern hektisch an den Lederschlaufen, die den Käfig zusammenhielten. Nail hatte es letzte Nacht versucht und festgestellt, dass eine Substanz, eine Art Harz, das mit der Zeit ausgehärtet war, das Gespinst aus Seilen, Leder und Ketten überzog, aus dem sein Eisenkäfig bestand. Das schwere Eisenschloss am Eisengatter war fest und nicht zu bewegen. Trotzdem drückte der Vallè mit einem langen, fahlen Knochenstück gegen den Käfig. Wahrscheinlich hatte er den menschlichen Überrest darin gefunden und anspitzen können.

»Sie holen ihn zur Hragna'Ar nach oben«, gackerte der Gehäutete.

Nail ließ die Stäbe los. Seine Finger hatten am verfaulten Fleisch geklebt, das überall im Käfig verteilt lag. Die Galle kam ihm hoch, wenn er daran dachte, dass er die ganze Nacht in dem gesessen hatte, was von zuvor gehäuteten Männern übriggeblieben war.

Da stieß Val-Draekin plötzlich das Gatter an seinem Käfig auf. Geschwind kletterte er auf das runde Gehäuse und griff nach der schweren Kette.

Ein Pfeil mit dicken Federn zischte ihm über den Kopf in die vernebelten Baumwipfel.

Der Vallè glitt wieder nach unten, hielt sich an der schwingenden Tür fest und stemmte die Füße unten gegen das Gefängnis. Kurz hintereinander schossen zwei weitere Pfeile vorbei, einer streifte die Reste seiner Lederrüstung. Der Käfig wurde weiter nach oben gezogen und stieß dabei scheppernd gegen den Felsen.

Schon war das Dach auf einer Höhe mit der Klippe, und mehrere Oghule packten den Käfig mit ihren schwieligen Pranken. Grimmig und mit blitzenden Augen holten sie ihn mit einem Ruck über den Rand.

Val-Draekin sprang in Nails Richtung. Jede seiner Bewegungen wirkte leicht und fließend. Mit ausgestreckten Armen fiel er und griff geschickt in die Bodensprossen von Nails Käfig. Dadurch ruckelte der und kippte heftig wirbelnd an der Kette. Nail klammerte sich wieder an die Eisenstäbe.

Val-Draekin kletterte bis auf Augenhöhe zu ihm hoch. »Dann holen wir dich mal hier raus.« Vom gestrigen Scharmützel klebte dem Vallè noch geronnenes Blut in den Haaren.

Obwohl er von den Verletzungen in ihrem Gletscherabenteuer noch Schmerzen hatte, stemmte Val-Draekin den Fuß zwischen Nails baumelnden Beinen gegen den Käfigboden. Einhändig hielt er sich an den Stäben fest und zog den angespitzten Knochen aus der Ledertunika.

Erneut prallte ein Oghul-Pfeil vom Dach des Käfigs ab und stürzte nach unten in den Wald. Kettenrasselnd hob sich nun auch dieser Käfig.

Val-Draekin schob den Knochen in das schwere Eisenschloss. Es klickte laut, und der Riegel löste sich. Der Vallè schwang sich zur Seite und öffnete die Tür. Wieder sauste ein Pfeil vorbei. Nail kroch zur Öffnung vor. Kurz klebte er mit dem Hosenboden am fauligen Fleisch fest. Als er senkrecht nach unten in den eingenebelten Wald blickte, packte ihn eine schier unüberwindliche Angst.

»Wir müssen uns beeilen.« Val-Draekin stützte sich mit den Füßen an zwei Stäben ab und fasste mit einer Hand die offene Tür. Er lehnte sich so weit es ging über den Abgrund zurück. »Ich drehe den Käfig.« Er nickte in Richtung des Gehäuteten. »Da, unter dem Überhang gleich über seinem Käfig ist ein Vorsprung. Da sind wir in Sicherheit.«

Nail erkannte den Spalt im Felsen oberhalb des Käfigs, den der Vallè meinte: keinen halben Meter breit und höchstens einen Meter lang.

»Ich springe als Erster!« Val-Draekin stieß mit schmerzerfülltem, aschfahlem Gesicht gegen die moosige Wand und hielt die Drehung des Käfigs mit einer Hand an. Knapp darüber prallte ein Pfeil von der Eisenstange ab.

Val-Draekin sprang auf den Gehäuteten zu. Er segelte durch die Luft und landete leicht an den Stäben des Käfigs. Der Mann griff sofort kreischend nach dem Vallè.

Nails Gefängnis kratzte und schabte an den Klippen entlang und hob sich immer noch ruckartig an der Kette, die die Oghule oben einholten. Mit rasendem Herzen schob er sich durch die winzige Tür und hing dann über dem Nichts.

Wieder sauste ein Pfeil vorbei in die Bäume.

Nail sprang.

Sein Körper fühlte sich bleischwer an. *Das schaffe ich nicht!*

Val-Draekin hielt sich mit einer Hand an den Stäben fest, ging in die Knie und stemmte sich fest gegen den Boden. Mit ausgestreckter Hand bekam er Nail am linken Handgelenk zu fassen. Der griff mit der rechten Hand hastig nach dem Boden des Käfigs und hakte sich mit steifen Fingern an den Eisenstäben ein. Da er nun Halt hatte, konnte er sich an der Seite hochziehen, bis er sich auf einer Höhe mit Val-Draekin und dem Gehäuteten befand.

Aus der Nähe sah der Mann furchtbar aus: Er hatte weder Augenlider noch Brauen, Haare, Lippen oder sonstige Haut und bestand nur aus rohen, blassen Sehnen und schwarz angelaufenen Muskeln. Maden krabbelten in den Poren, und er klebte mit dem entblößten Leib am Käfigboden. Nail würgte wegen des Gestanks. Aeros Raijael hatte Galgenhafen zerstört und Dorfbewohner niedergemetzelt, aber was diesem Mann angetan wurde, war in seiner Grausamkeit mit den Schrecken des Krieges nicht zu vergleichen. Solche Foltern hätten schon vor langer Zeit von den Armeen Amadons ausgerottet werden müssen. Es machte Nail wütend.

»Klettere weiter«, drängte ihn Val-Draekin.

Nail zog sich oben auf den Käfig und umfasste mit beiden Händen die schwere Kette. Ein Pfeil prallte von seiner Schulter ab. Er blutete. Schmerzerfüllt und an die Kette geklammert ging er in die Knie.

Der Vallè kam zu ihm. »Wenn sie uns auf die Höhe der Spalte gezogen haben, gehen wir einfach hinüber.«

Doch der Käfig bewegte sich nicht.

Mehrere grobschlächtige Oghule starrten auf sie herab. Der mit dem Bogen beugte sich gefährlich weit über den Abhang und zielte. Ein anderer hämmerte mit einer gewaltigen, angerosteten Keule auf die Kette ein und versuchte, die Glieder zu zerschmettern. Nail merkte, wie das Entsetzen ihn überkam. Ein paar Hiebe noch, und die Kette würde bersten und der Käfig samt Nail, Val-Draekin und dem Gehäuteten in den Abgrund rasen.

Plötzlich fiel der Oghul mit der Keule auf die Knie und rutschte mit dem rostigen Gerät über die Kante. Das Biest stürzte in der schweren Rüstung an Nail vorbei. Aus seinem speckigen, grauen Nacken ragte ein schwarzer, gefiederter Pfeil.

Da oben hat jemand den Oghul erschossen! Überrascht sahen Nail und Val-Draekin sich an. Eisen krachte dort auf Eisen, und Kampfgebrüll war zu hören.

Val-Draekin verlor keine Zeit und kletterte die Kette hinauf. Mit unfassbarer Leichtigkeit erreichte er die Kante und verschwand oben.

Dann knallte es laut, die Kette zerbarst, und der Käfig stürzte ab.

Nail sprang auf die Felswand zu und erwischte den Rand der verborgenen Spalte mit beiden Händen. Während er dort hing, hörte er den Gehäuteten panisch kreischend in den Tod stürzen. Der Käfig krachte Sekunden später auf die Felsen in der Tiefe.

Nail versuchte, sich in Sicherheit zu hieven, doch er hatte nicht mehr genug Kraft. Wieder stürzte ein Oghul von den Klippen, sauste in schwerer Rüstung mit einem markerschütternden Schrei an ihm vorüber.

»Nail!«, hörte er Val-Draekin rufen.

»Ich kann nicht mehr!«, antwortete Nail. Ängstlich blickte er nach oben, und der kalte Wind, der ihm die blonden Haare in die Augen wehte, schien ihn aus der Felswand saugen zu wollen. Da konnte er das Gesicht des Vallè sehen, der ihn fest von oben anblickte.

»Wir werfen dir ein Seil runter!«, rief er und verschwand. Da rasselte ein Stück Kette neben ihm die Wand hinunter. »Schnapp sie dir!«, brüllte der Vallè. »Wir ziehen dich hoch!«

Wir? Nail, der unbedingt dem Wind entkommen wollte, packte die rostigen Glieder und hielt sich mit beiden Händen fest. Er traute sich kaum zu atmen. Langsam wurde er nach oben gezogen. Er stützte sich zusätzlich an der Mooswand ab.

Als er endlich wieder Boden unter sich hatte, kroch Nail von der Kante weg auf zwei tote Moschusochsen zu, die als riesige Fellhaufen ein Stück entfernt lagen.

Erst nach einigen Metern atmete er dreimal tief durch.

»Reiß dich zusammen«, sagte eine fremde Frauenstimme. »Du bist jetzt in Sicherheit.«

Auf Händen und Knien sah Nail sich die Fremde neben Val-Draekin an, seine Retterin, die dem Vallè geholfen hatte, ihn hochzuziehen.

Ein kupferhaariges Mädchen, etwa in seinem Alter. Als sie auf ihn zukam, wölbte sich ihr mit Fell versehener, laubgrüner Mantel. Das Mädchen trug keine Kapuze, im Gürtel konnte er das matte Heft eines einfachen Kurzschwerts sehen, und es hatte eine schwarze Reithose und dunkle Lederstiefel an, deren dunkle Riemen bis zu den Knien geschnürt waren. Auf dem Rücken trug es einen schwarzen Köcher voller schwarzer Pfeile mit schwarzen Federn. In einer Hand hielt es einen Langbogen, der ähnlich geformt war wie die Tagritterbögen aus Eschenholz, die Godwyn und Stefane benutzt hatten, allerdings war ihrer nachtschwarz lackiert.

Am auffälligsten an dem Mädchen waren aber die blauen Augen, die kalt und klar aus zwei dunklen Aschestreifen hervorblitzten, die sie sich ins Gesicht geschmiert hatte. Sie reichten von den Augenbrauen über die Lider und die Wangenknochen und liefen unter ihrem spitzen Kinn zusammen. Zwei lange, weiße Federn steckten ihr gleich unter dem linken Ohr in den Haaren und flatterten in der Sonne, die jetzt über der Klippenkante zu sehen war.

Das Mädchen erwiderte Nails Blick streng. »Du bist ein armseliger Tropf, überhaupt nicht zu gebrauchen. Keine Ahnung, warum man dich retten wollte.« Sie drehte sich zu den beiden Moschusochsen um und rief: »Cromm, er hat es wohl überlebt.«

Ein graugesichtiger Oghul in dunklem Leder erhob sich hinter einem der Tierkadaver. Er sah wild aus, mit tiefliegender Stirn, platter Nase, und war größer als jeder Oghul, dem Nail bisher begegnet war, dicker und massiger in jeder Hinsicht. Um Brust, Schenkel und Unterarme hatte er stark abgenutzte, eiserne Rüstungsplatten geschnallt. Eine Reihe Messer steckte an einem kleinen Rundschild an seiner Hüfte, und über der Schulter ragte ein gewaltiger eckiger Kriegshammer aus einem Gurt. Aus den dicken Lippen des Monsters wuchsen wie Dolche vier lange Hauer.

Nail stand vorsichtig auf. Die Beine zitterten ihm noch von der Tortur an den Klippen.

Der Oghul, der an irgendetwas zu lutschen schien, musterte Nail mit schwarzen Augen ruhig und fest, bis er seinen Handrücken mit der kreuzförmigen Narbe erblickte. »Cromm freut sich, dass der Gezeichnete nicht abgestürzt ist«, grunzte das Untier mit tiefer, aber klar verständlicher Stimme.

Nail versteckte die Hand hinter seinem Rücken und sah Val-Draekin an.

»Der Gezeichnete ist schüchtern.« Der Oghul blickte das Mädchen an, das jedoch eher an den Besitztümern der toten Oghule zu seinen Füßen interessiert war.

»Wir haben sie alle getötet, um den Gezeichneten zu beschützen.« Der Oghul verneigte sich leicht vor ihm. *Der Gezeichnete?* Nail blickte auf seine Hand und die Narben, die jetzt ein wenig brannten. Der Oghul sprach weiter: »Dieses Mal ist sehr interessant für Cromm.«

Die deutliche Sprache des Oghuls, der doch Tabak oder etwas dergleichen kaute, während er redete, überraschte Nail. Normalerweise kannte er von ihnen nur Grunzen und Knurren.

Er nahm die Umgebung in Augenschein. *Sie hatten alle getötet!* Zwei Oghule lagen ihm zu Füßen, einer hatte noch einen mit Eisenspitzen gespickten Knüppel in der Hand, der andere eine doppelschneidige Breitaxt, und beiden ragten Pfeile mit schwarzen Federn aus den verzerrten Gesichtern. Zwei weitere kauerten zusammengesunken und mit zerschmetterten Schädeln in schmutzigen Blutpfützen neben dem Mädchen. Ein fünfter lag rücklings mit zwei tintenschwarzen Pfeilen im Hals keine zehn Schritte vor Nail ausgestreckt.

Auch die Moschusochsen lagen im eigenen Blut. Ihre Elfenbeinhauer waren verdreckt, und sie trugen noch die klobigen Sättel und dicken Leinenbündel auf den wollig braunen Rücken. Deren Inhalt lag überall verstreut. Die Ochsen befanden sich in etwa dort, wo sie gestern gestanden hatten, gleich vor den fünf tief in die Erde getriebenen Pfosten, von denen schwere Eisenketten über die Kante in den Abgrund hingen.

Zwei helle Hengste, Sättel und aufgerollte Schlafdecken auf den Rücken geschnallt, grasten unmittelbar hinter den Ochsen. Das Blutbad schien ihnen nichts auszumachen.

»Cromm, hör auf, den Jungen anzuglotzen. Los, wir packen zusammen.« Das Mädchen mit den Kupferhaaren zog die Pfeile aus einer der Leichen. Der Körper des Oghuls zuckte, als es ihm mit den Pfeilen die halbe Kehle ausriss. Das Mädchen schüttelte Fetzen von Muskeln und Sehnen von den Pfeilen, nahm einen dunklen Lumpen aus dem Mantel und säuberte sie sorgfältig. Dabei bedachte sie Nail wieder mit diesem kalten Blick. Nervös und ein wenig unbeholfen wischte er sich eine blonde Locke aus den Augen.

So beiläufig, wie sie ihn angesehen hatte, wandte sie sich wieder ab, als wäre er vollkommen unbedeutend. »Nimm den Toten ab, was wir gebrauchen können«, befahl sie – wem, war nicht zu erkennen. Dann steckte sie die schwarzen Pfeile in den Köcher. »Ich schneide uns ein paar Stücke Ochsenfleisch ab. Wir müssen uns beeilen. Bestimmt lungern hier noch mehr von diesen Ungeheuern für die Hragna'Ar herum. Cromm und ich können es jedenfalls nicht mit allen aufnehmen.« Sie warf das blutige Tuch auf den Boden und holte ein langes Messer aus dem Gürtel.

»Wer bist du?«, fragte Nail.

»Ich habe die ganze Zeit noch kein ›Danke‹ gehört, und jetzt will er schon Antworten.« Das Mädchen blickte den Vallè finster an.

»Verzeihung.« Val-Draekin verneigte sich. »Nail ist offenbar noch leicht verstört. Ich bin Val-Draekin.« Er neigte noch einmal leicht den Kopf.

»Wall-Drehkim?«, grunzte Cromm, der Oghul, fragend und sah den Vallè konzentriert an.

»Nicht ganz«, erwiderte der. »Val-Draekin.«

»Ich habe euch nicht nach euren Namen gefragt«, sagte das Mädchen scharf. »Ein ›Danke schön‹ wäre nett gewesen, jetzt, da ihr gerettet seid. Das ist alles. Euch zu helfen, war Cromms Idee, als er deinen Freund in dem Käfig hat hängen sehen. Was mich betrifft: Ich würde euch beiden bei der gesegneten Mutter Mia eher die Gesichter abschneiden, als euch anzusehen. Ihr seid eindeutig mittellos und könnt nicht für geleistete Dienste zahlen. Also, helft mit, diese Scheusale auszuplündern, wie ich es gesagt habe, damit ihr etwas beitragen könnt, wenn wir euch nach Amadon bringen.«

»Amadon?« Val-Draekin und Nail wechselten schnell Blicke. »Wieso glaubst du, dass wir nach Amadon wollen?«

»Wo wollt ihr denn sonst hin?«, fragte sie barsch. »Wir können euch auch wieder in die Käfige stecken, wenn euch das lieber ist.«

Val-Draekin humpelte vorsichtig in einem Bogen um Cromm herum und begann, die nächste Oghul-Leiche zu durchsuchen. »Keine Sorge, wir können schon etwas beitragen. Ich werde euch beide mit Freuden reich belohnen, wenn wir sicher in Amadon eintreffen. Ich habe wohlhabende Freunde dort.«

»Jetzt höre ich endlich was, das ein Pirat auch versteht.« Das Mädchen blickte lächelnd ihren Gefährten an. Cromm zog die buschigen Brauen hoch und saugte heftiger an dem, was er da im Mund hatte.

»Ja, ihr sollt reich belohnt werden«, wiederholte Val-Draekin.

»Klingt gut.« Das Gesicht des Mädchens war schon wieder ausdruckslos. »Aber ihr lauft hinter uns. Wir teilen unsere Pferde nicht. Und wenn wir nicht bezahlt werden, wie du sagst …« Sie hielt das gebogene Messer hoch. Val-Draekin nickte.

Das Mädchen sah auf die toten Moschusochsen hinunter. »Wir hätten die stinkenden Viecher nicht so schnell erlegen sollen. Die sind zwar langsam, aber reiten wäre immer noch besser als laufen.«

»Cromm wollte ihr Fleisch«, sagte der Oghul. »Ihr Tod war gut.« Dann legte er den Kopf schief und beäugte Nail. »Ich heiße Cromm Cru'x. Aber du kannst Cromm zu mir sagen. Und heute Abend essen wir zusammen Moschusochse.«

»Vielen Dank.« Nail neigte den Kopf vor dem schwarzäugigen Riesen. »Cromm Cru'x.«

Überraschung zeichnete sich auf dem derben Gesicht des

Oghuls ab. Er pulte mit einem Finger einen kleinen schwarzen Stein aus der Unterlippe. »Du hast es richtig gesagt.« Er zeigte mit dem Stein zwischen Zeigefinger und Daumen auf Nail und sah das Mädchen beinahe stolz an. »Der Gezeichnete kennt Cromms Namen und kann ihn richtig sagen.« Als das Untier lächelte, zeigten sich scharfe Zahnreihen. Nail bemerkte die eingelegten kleinen Edelsteine, und ein Schauer durchfuhr ihn, als er begriff, dass er sich hier tatsächlich mit einem echten Oghul unterhielt.

»Cromm mag es, wenn man seinen Namen richtig ausspricht«, erklärte das Mädchen.

Der Oghul stopfte sich den Stein wieder unter die Lippe und stellte sich entspannt auf. Er steckte die Daumen in die Gürtelschlaufen. Aus einigen seiner knorrigen Knöchel ragten auch juwelenbesetzte Klauen hervor, die glänzten und bunt funkelten. *Alles an ihm ist seltsam und beunruhigend …*

Der Oghul starrte ihn nur erwartungsvoll an.

»Nail heiße ich«, sagte Nail. Der Oghul grinste breiter.

»Also, wenn das so ist: Mein Name ist Bronwyn Allen«, sagte das Mädchen, hielt die kupfernen Haare zusammen und zog sich die Kapuze über, sodass die schwarz geschminkten Augen fast vollständig in Schatten verborgen wurden. Es wandte sich an Val-Draekin. »Du kannst dich glücklich schätzen, dass Cromm die Augen des Silberwolfs hat. Und dass er gerade diese Gruppe Hragna'Ar-Oghule noch mehr hasst als Vallè. Er hat die Narben an deinem Freund aus großer Entfernung erkannt. Wegen der Male auf Nails Arm und Hand hat er darauf bestanden, euch zu retten. Er behauptet, es gibt eine Legende bei den Oghulen, eine Hragna'Ar-Prophezeiung, die von Generation zu Generation weitergereicht wird und von einem Menschen mit solchen Malen im Fleisch erzählt.«

»Prophezeiung?« Nail warf Val-Draekin einen Blick zu.

»Ja, Prophezeiung«, sagte das Mädchen. »Sie besagt, dass der

Oghul, der sich mit einem derart Gezeichneten anfreundet und ihn zum Feurigen Sündenerlass geleitet, zur Legende wird. Ich halte das für Quatsch, aber egal. Cromm ist mein Freund, und man hört nun mal auf seine Freunde.«

»Cromm wird Legende.« Der Oghul grinste noch immer und sah Bronwyn mit großen, glänzenden Augen an. »Ich habe doch gesagt: Wir finden mehr als Rache und Schätze in Totholztor.«

Ein erschlagener Feind ist ein friedlicher Feind,
und die Welt ruft oft nach Frieden.

DAS BUCH DES VERRÄTERS

57. KAPITEL

KRYSTALLHOLZ

AM ERSTEN TAG DES FEUERMONDES IM 999. JAHR LAIJON – WESTMEER, SÜDLICH VON KAYDE, SØR SEVIER

Krista Aulbrek erwachte vom Geschrei der Möwen. Die Vögel kreisten über ihr grellweiß am klaren, azurblauen Himmel. Sie lag am Boden des stinkenden Holzbootes neben zwei langen Rudern und einem schlammigen Eisenanker, Hände und Füße mit Tauen gefesselt, in verdreckter Gefängniskleidung. Es roch überwältigend nach Fisch und abgestandenem Salzwasser. Das schmierige Boot war alles andere als bequem. Jeder Spalt zwischen jeder Holzplanke unter ihr war mit fettiger Wolle und schwarzem Pech zugestopft.

Sie erahnte die Umrisse von Borden Bronachell und dem Zwerg Plattauge hinter sich. *Oder heißt er nun Ironcloud?* Er trug keine Augenklappe mehr. Als sie den müden Kopf hob, musste sie gegen die blendend von der Sonne beschienene See anblinzeln. Eine warme Brise wehte über das offene Meer.

Vor ihr erstreckte sich das glatte, blaue Wasser endlos nach Westen, im Osten war als dünne Linie Land am Horizont zu erkennen. Wäre sie nicht so krank, hätte ihr die Aussicht den Atem geraubt. Jetzt bekam sie nur Angst. Bis zu diesen jüngsten Tagen in halbwachem Zustand hatte sie keine Ahnung gehabt, dass der Ozean so ein öder Ort sein konnte, so überwältigend unermesslich und unendlich. Vielleicht verursachten die Gifte in ihrem Blut solche Gefühle. Natürlich hatte sie das Meer schon mal gesehen, hatte am steinigen Strand von Rokenwalde gestanden und aufs Wasser hinausgeblickt. Doch sie war noch nie mitten auf dem Ozean, der zu allen Seiten endlos war, in einem winzigen Segelboot getrieben. Ihr war übel.

Ein Hund bellte.

Ihr Blick richtete sich auf das winzige weiße Boot, das sie an einer etwa zehn Meter langen Kette hinter sich herzogen. Café Colza Bouledogue stand mit seinen Stummelbeinen auf der Bootswand und glotzte sie aus verstörten Knopfaugen an. Er bellte wieder, und sein rostiges Stachelhalsband blinkte matt in der Sonne.

Hans Rake hockte hinter dem Hund im Boot und starrte zu Krista herüber. In seinen grünen Augen brannten zugleich Eitelkeit, Ärger, Berechnung und blanker Zorn. Selbst aus der Ferne konnte Krista jeden Blick und jede von Hans' verstockten, komplizierten Launen lesen. Der blonde Haarstreifen auf seinem Kopf strahlte in der Sonne, ganz im Gegensatz zu den auffallenden blauen Tätowierungen des Clans der Suk Skard an den Seiten. Er trug noch die schwarzen Lederbeinschienen und die Rüstung, die ihn als einen aus Black Dugals Kaste auswiesen.

»Als wäre man auf einem Floß mit einer Säbelzahnraubkatze«, sagte Borden hinter ihr. Der ehemalige Häftling saß auf der mittleren Bank im Boot direkt unter dem gewölbten weißen Segel. Borden sah im Gesicht jetzt voller aus und trug nicht mehr die Kerkerlumpen aus Rokenwalde, sondern passende Kleidung und

Stiefel. Seine Arme und Beine waren noch dünn, aber er sah nicht mehr wie ein Skelett aus. Auch den verfilzten Bart hatte er gestutzt. »Wir mussten am ersten Tag in Suk Skard anlegen und noch ein Boot besorgen, damit wir ihn und diese Töle in Schlepp nehmen konnten. Zwei rasende Irre sind das.«

»Gerade, wenn man meint, jetzt hat er keine kleinen schwarzen Dolche mehr«, fiel Plattauge ein, »kommt wieder einer angeflogen. Manchmal denke ich, wir sollten die beiden einfach ersäufen.« Der Zwerg hielt ihr einen Kanten trockenes Brot hin. Krista nahm es mit gefesselten Händen und hob es an den Mund.

»Eine Zeitlang hatten wir deinen Bluthölzler-Freund hier im Boot gefesselt liegen«, sagte Borden. »Aber selbst in Ketten ist er in der Lage, allen möglichen Ärger zu machen. Deshalb sitzt er jetzt im eigenen Boot. Dieser Hund ist auch eine Nummer. Die Taue hätten den jedenfalls nicht lange gehalten.«

Soweit sie es einschätzen konnte, schipperten sie jetzt seit einer Woche herum. Größtenteils hatte sie ohnmächtig im Boot gelegen, in Fesseln wie ein Sack Kartoffeln. Sie schluckte das Brot herunter und bat den Zwerg mit den Augen um mehr.

»Ist nicht so leicht, jemanden zehn Tage lang am Leben zu halten, der so krank ist wie du«, sagte der Zwerg und gab ihr noch etwas. »Wir mussten das Essen anfeuchten und dir einflößen. Mehr konnten wir eigentlich nicht tun. Jetzt, da das Schlimmste vorbei ist, musst du wieder zu Kräften kommen.« *Zehn Tage!* Ihr Kopf drehte sich. »Und das Geschaukel im Boot«, sagte der Zwerg. »Die See war nicht immer so ruhig wie jetzt. Aber du hast dich nicht übergeben. Wirklich ein Wunder.«

Sie erinnerte sich an die Bewegungen des Segelbootes im Sturm, spürte sie in den Knochen, die Seekrankheit, die Qualen. Doch der Zwerg hatte recht: Übergeben hatte sie sich nicht. Sie schluckte jede Krankheit herunter, die sie befiel, und wenn es sie umbringen würde. Sie konnte sich noch an das letzte Mal erinnern, als sie gekotzt hatte. Mit sieben Jahren. Am Esstisch von König Aevrett Raijael, voller feinem Porzellan, Silberkelchen und überall Blaublütern aus Rokenwalde hatte sie ihr Mahl aus Hähnchenbrust und den Nachtisch, Kekse mit Honigbutter, wieder ausgespuckt. Aevretts Sohn, der junge Prinz Aeros, war schockiert davongerannt. Aevretts schreckliche Frau, Natalia, hatte angeordnet, dass Krista und ihr Vater den Saal verließen.

»Tut mir leid, ich bin übergelaufen.« Sie erinnerte sich noch an ihre verlegene Entschuldigung, als Gault sie aus Jö Reviens eskortierte. Etwas später hatte sie auf Händen und Knien noch einmal in der Gosse von Rokenwalde gespuckt, und ihr Vater hatte ihr die Haare aus dem Gesicht gehalten. »Ich laufe immer noch über, Papa«, hatte sie wieder und wieder gesagt. Aber Gault hatte ihr geduldig die Spucke vom Kleid gewischt und sie so gut er konnte getröstet. Sie wusste, dass sie den Abend ruiniert hatte. Er wurde nicht oft eingeladen, mit Prinz Aeros und dem König zu speisen.

Bald darauf war Gault mit Aeros in den Krieg gezogen und hatte sie bei diesen Monstern, Aevrett und Natalia, zurückgelassen.

Sie konnte noch spüren, wie ihr Dolch in Aevretts Brust gefahren war. *Aber Natalia lebte noch.* Sie schluckte das letzte Stück Brot hinunter und versuchte, sich bequemer hinzusetzen. Die Taue schnitten ihr in die Haut an den Knöcheln. Ihre Haare wurden sachte vom Wind gestreichelt. *Wie die Berührung eines Vaters …*

Sie blickte wieder nach hinten zu Café Colza und Hans und bemerkte, dass die Kette zwischen den Booten leicht ins Wasser durchhing.

»Wir sollten wachsam sein, Borden.« Der Zwerg erhob sich und sah ebenfalls zum anderen Boot hinüber.

Hans stand mit dem Fuß gegen die Seitenwand gestützt. Seine Stimme klang kehlig, als er mit empörtem Singsang sagte: »Nun, da Krystallholz wieder erwacht ist, werde ich für ihren Tod sorgen.

Ich werde dafür sorgen, dass sie nur eine hübsche kleine Leiche ist, bevor ihr sie aus Black Dugals Kaste locken könnt.« Er zog einen schwarzen Dolch aus seiner Lederrüstung.

»Und ich dachte schon, wir hätten ihn durchsucht«, sagte der Zwerg spöttisch. »Am besten, wir legen uns hier hinter die Bootswand, damit er ihn nicht wirft. Die letzten zehn oder so hat er nämlich geworfen. Gesegnete Mutter Mia, nehmen die Dolche in seinen Lederklamotten denn kein Ende?«

»Diesen hier werfe ich nicht auf dich, Zwerg.« Hans hielt die mattschwarze Bluthholzklinge hoch. »Es ist mein letzter, den verschwende ich nicht für dich.« Er stieg auf die Seitenwand der kleinen Schaluppe, und der Hund bellte, weil das Boot so schaukelte. »Dich werde ich mit eigenen Händen töten.« Er beobachtete, wie der Abstand immer geringer wurde.

»An deiner Stelle würde ich das nicht riskieren«, rief Borden. »Die Gewässer südlich von Kayde sind bekanntermaßen voller Haie und solcher Teufelsviecher. Da kommst du nicht weit.«

Krista kannte Hans und wusste, dass der Meuchelmörder die Warnung nicht beachten würde. Und so war es: Hans ging in die Knie und machte einen Kopfsprung. Ohne einen Spritzer tauchte er ein und schoss unter der Oberfläche auf sie zu.

Borden und der Zwerg nahmen sich je ein Ruder und wappneten sich für den Kampf.

Als Hans mit dem Kopf aus dem Wasser kam, bellte Café Colza wieder. Er wedelte wild mit dem Schwanz und sprang ebenfalls klatschend hinein.

Hans zog sich grimmig entschlossen an der Kette entlang. Das Wasser lief ihm über den tätowierten Kopf, und Café Colza paddelte eifrig hinter ihm her.

»Verfluchte Engel.« Borden ließ das Ruderblatt auf das Wasser klatschen. Der Zwerg tat es ihm gleich. So erzeugten sie ein schäumendes Geblubber.

Krista dachte, sie hätte Wahnvorstellungen, denn plötzlich blitzte neben Hans eine Frauengestalt auf. Der unvermittelte Anblick ihres schönen, blassen Gesichts mit den langen, roten Haaren erschreckte selbst Borden und Ironcloud, die nun die Ruder still hielten.

Hans hielt sich an der Kette fest, den Kopf kaum über Wasser, und starrte die Frau vor ihm kalt an.

Sie hatte ein zerbrechlich wirkendes Kinn, zarte Lippen und eine schmale Nase. Ihre großen, runden Augen sahen aus wie zwei kristallgrüne Lichtscherben. Ihr Lächeln zeigte eine Reihe dünner, spitzer Zähne. Die Bulldogge machte kehrt und paddelte wieder zu dem Boot zurück, aus dem sie gerade gesprungen war.

Diese Kreatur, ist das nur eine grausame Wahnvorstellung? Kristas Gedanken wirbelten durcheinander, und sie fragte sich, ob die Totengeister sie befallen hatten oder das Blutholzgift noch irgendwo in ihr seinen grausamen Zauber wirkte. Schon kratzte Café Colza an der Bootswand und versuchte vergeblich, wieder an Bord zu kommen. Das Halsband mit den Spitzen schlug gegen das Holz.

Hans packte die Kette fester und richtete mit der anderen Hand den Dolch auf das Gesicht der fremdartigen Frau. Ihr geisterhaftes Antlitz schwamm Zentimeter vor der Klinge über der Tiefe. Am Hals flatterte eine gezahnte Reihe schmaler Kiemen. *Eine Meerjungfrau!* Dieses Wesen war, wie aus der Unterwelt aufgeworfen. Gault hatte sie Meerweiber und manchmal Nixen genannt.

»Verschwinde!« Hans stach auf die Meerjungfrau ein, verfehlte sie aber, denn sie tauchte ab. Mit nervösem Blick suchte Hans den nun leeren Ozean vor sich ab. Sie tauchte hinter ihm wieder auf, riss den Mund auf und kreischte laut und wild auf. Hans wirbelte im Wasser herum. Die Lippen der Frau zogen sich zu einem breiten Grinsen zurück. Zwei Reihen spitzer weißer Fangzähne funkelten, und sie zog mit der klauenartigen Schwimmhauthand ihre eigene Waffe. Ein nadeldünnes Gerät aus Gräten.

Hans stieß mit dem Dolch zu. Die Meerjungfrau wich dem mächtigen Stoß mühelos aus. Langsam blinzelte sie mit ihren grünen Augen. Bei jedem Atemzug vibrierten die Kiemen in ihrem Hals. Hans stieß noch einmal, verlangsamt durch das Wasser, zu. Dann verschwand er ganz einfach – als hätte etwas von unten ihn gegriffen und kräftig gezogen.

Die rothaarige Meerjungfrau war noch da. Sie blickte am Segelboot entlang und in Kristas erschrecktes Gesicht.

Sie schwiegen beide. Tatsächlich war alles still. Borden. Der Zwerg. Der gesamte Ozean. Selbst Café Colza hatte sein besessenes Kratzen am anderen Boot eingestellt. Dann tauchte die Meerjungfrau unter, ihr Rückgrat mit den kammartigen Fortsätzen war für einen Moment sichtbar und dann glitt sie wie ein fahler Schemen in die Tiefe. Zuletzt blitzte ihre Schwanzflosse wie poliertes Glas auf, und die Schuppen funkelten wie Edelsteine. Dann verschwand sie vollends im tiefen Blau.

»Wir dürfen den Jungen nicht verlieren.« Borden holte tief Luft. »Den Hund auch nicht.«

»Er ist schon weg.« Der Zwerg sah ihn an. »Und wir können nicht wissen, wie viele von diesen Dämonen noch unter uns sind.«

Dunkelrot schwallte das Wasser an der Stelle hoch, wo Hans sich festgehalten hatte. Grauen überfiel Krista. Dann blubberte ein purpurrotes Knäuel von Eingeweiden und roten Innereien aus der Tiefe und verteilte sich wie ein Schwarm Aale um die Kette.

»Dämlicher Narr«, schimpfte Borden. »Wäre er nur nicht gesprungen.«

Er kann nicht verschwunden sein! Krista konnte kaum atmen.

In diesem Augenblick brach Hans' Kopf durch das Wasser zwischen den Gedärmen, und er spuckte und rang nach Luft. Er zappelte. Hustete. Dann brüllte er: »Die Schlampe habe ich aufgeschlitzt!« und zog sich an der Kette wieder auf Kristas Boot zu.

Meeresvolk spritzte aus dem Wasser, zwei Männer dieses Mal,

die schrill kreischend mit sehnigen Muskeln und schimmernden Schuppen in die Luft sprangen. Mit ihren Grätenwaffen tauchten sie wieder ein. Dann hieben sie direkt vor Hans auf die Kette ein. Der Bluthölzler machte kehrt und zog sich zu seiner Schaluppe. Er stieß die Bulldogge weg und krabbelte rasch an Bord. Dann lehnte er sich über den Bootsrand, packte Café Colza am Halsband und zerrte ihn ebenfalls in Sicherheit.

Die Meermänner tauchten wieder auf und versuchten, sich schreiend und mit grauenhaft mahlenden Zähnen auf das Boot zu hieven. Hans ließ den schwarzen Dolch blitzen und zerschnitt die Schwimmhäute des einen. Café Colza biss geifernd den anderen. Die Meermänner hinterließen Blutspuren, als sie sich wieder ins Wasser stürzten. Knapp unter der Oberfläche umkreisten sie als schimmernde Silhouetten Hans' Schaluppe.

Dann verschwanden sie in der Tiefe, als hätte es sie nie gegeben.

Die See beruhigte sich wieder.

»Du blöder Idiot!«, rief Borden Hans zu. »Ich hatte dich vor diesen Gewässern gewarnt.«

Hans sah Borden ungeduldig an. Krista kannte diesen Blick. Er bedeutete, dass Hans keine Ruhe geben würde, bis seine Entführer tot waren. Nicht einmal die Schrecken des weiten Westmeers würden ihn aufhalten.

Sie keuchte, als eine einzelne weiße Flosse ein paar Hundert Schritte hinter Hans' Boot die blaue See durchbrach.

»Ein großer Weißer«, murmelte der Zwerg. »Wenn er will, kann er uns zum Kentern bringen.«

Die gewaltige Rückenflosse pflügte gemächlich zwischen den Booten hindurch und schlug eine ordentliche Welle. Dann nahm sie plötzlich geradewegs Kurs auf das Segelboot mit Krista darin.

»Haltet euch fest!«, schrie Borden, ließ das Ruder fallen und klammerte sich an die Bootswand. Der Zwerg tat es ihm gleich.

Kristas Herz raste, als der Hai, fast so groß wie ihr Segelboot, zuschlug. Mit einem erschütternden Schlag donnerte das Untier in die Seite und brachte das Boot mächtig ins Wanken. Alle drei purzelten im Boot durcheinander.

Das Segelboot richtete sich wieder auf, Krista rappelte sich hoch und sah die Haiflosse auf der anderen Seite auftauchen und Kurs auf einen Punkt zwischen den beiden Booten nehmen.

»Wenn er die Kette erwischt, dann war es das für uns.« Der Zwerg packte das Ruder und machte sich an der Bootswand bereit, damit gegen das Tier zu kämpfen. »Er zieht uns alle unter Wasser.«

Langsam und still schob der Hai sich auf die Kette zwischen den Booten zu. Die grimmigen Augen lugten jetzt drohend aus dem Meer. Das massige Maul aufgerissen, legte das Tier sich auf die Seite, schluckte die auf der Wasseroberfläche treibenden Meerjungfraueninnereien, glitt wieder in die Tiefe und war fort.

Einen Augenblick lang traute sich keiner zu atmen.

Im anderen Boot fing Hans Rake zu lachen an. Ob aus reiner Freude, weil Borden und der Zwerg fast ertrunken wären, oder aus Erleichterung, weil er seinen Sprung ins Meer überlebt hatte, konnte Krista nicht erraten.

Borden sah den Zwerg an. »Ich werde zwar mit jedem Tag außerhalb dieser Zelle stärker, aber wenn wir Wynix erreichen, wird es höllisch schwer, den Jungen gefangenzuhalten. Wenn er im Wasser strampelnd eine Meerjungfrau erledigen kann, will ich gar nicht wissen, wozu er sonst noch fähig ist.«

»Wohl wahr«, pflichtete der Zwerg bei. »Seine Ausbildung bei Black Dugal ist abgeschlossen. Ich sage: Je eher wir ihn töten, umso besser.«

»Dennoch brauchen wir ihn«, sagte Borden.

»Dugals schwarze Turmfalken werden Hans Rake jederzeit finden können.«

»Und wird auch Dugal ihn finden? Wir sind mit Black Dugal

nicht fertig, Ironcloud. Die Bruderschaft von Mia kann ihn immer noch gebrauchen.«

»Hans oder dem Mädchen folgt er vielleicht nicht, aber er wird diesem Hund folgen. Er wird uns bis nach Amadon verfolgen, denn wenn die *Mondrollen von Mia* recht haben, ist seine Blutlinie für den Feurigen Sündenerlass unerlässlich.«

Bordens Blick war nach Norden gerichtet, als glaubte er, dass Black Dugal ihnen wirklich auf den Fersen war. »Wenn er uns findet, bin ich wieder ich selbst. Ich bin dann wieder Borden Bronachell, Tagritter, König von Gul Kana. Und ich werde bereit sein.«

Und der wiedergekehrte Laijon legt Feuer am Baum der Sühne, an dem er aufgeknüpft ward, und es verschlingt den Tugendschleier der Vallè.

WEG UND WAHRHEIT LAIJONS

58. KAPITEL

TALA BRONACHELL

AM ZWEITEN TAG DES FEUERMONDES
IM 999. JAHR LAIJON – AMADON, GUL KANA

Seita war an den Hof zurückgekehrt. Die Vallè-Prinzessin lag mit übereinandergeschlagenen Beinen auf einem Diwan neben der Tür zu Talas Schlafgemach, die Füße auf einem samtgrünen Hocker. Sie trug eine schwarze Lederreithose mit einem roten Filzstreifen an jedem Bein und ein am Kragen mit Silber besetztes schwarzes Wams über einer dünnen, weißen Seidenbluse.

Morgens war es in Talas Zimmer stets friedlich und kühl, selbst im Hochsommer. Tala hockte in eine kastanienbraune Decke gewickelt, die ihre Mutter selbst gestrickt hatte, auf der Bettkante. Eins der wenigen Erinnerungsstücke an Alana Bronachell. Abwesend strich sie mit den Fingern über die Wolle und hörte ihrer Cousine zu.

»Manchmal träume ich, dass ich nach dir greife, Tala.« Lawri hatte ein sanftgelbes Schlafgewand an. Sie lehnte am dunkelbraunen Kopfteil des Bettes gleich rechts neben Tala und hatte die Beine unter eine dicke, tiefblaue Wolldecke gesteckt. Hinter ihr ließen die aufgezogenen, schweren Vorhänge das graue Licht des anbrechenden Tages über die verzierten Holzmöbel und den massigen Steinkamin streichen, in dem Habichtholz' Schwert versteckt lag. »Ich greife mit der Hand nach dir, um dich in Sicherheit zu ziehen. Du hast dich verirrt und liegst verletzt in einem finsteren, bodenlosen Tunnel irgendwo, klammerst dich an die Wände. Blut klebt an deiner Brust. Ich fliege auf dem Silberthron und muss dich retten, bevor du abstürzt.« Sie senkte den Blick auf den verstümmelten Arm in ihrem Schoß, der mit weißem Leinen verbunden war. »Dann wird mir klar, dass ich keine Hand mehr habe.« Sie blickte hoffnungsvoll auf. »Ich glaube fest daran, dass Laijon einen Plan für mich hat und dass alles gut wird.«

Tala erinnerte sich lebhaft an den Augenblick vor sieben Tagen, als man Lawris abgeschlagene Hand und den Unterarm in ein Stück nach Essig und Mohn duftendes Sackleinen eingeschlagen und aus dem Krankenlager gebracht hatte. Das Paket wurde in Ser Osten Northangers Ofen in der kleinen Schmiede unter der Falknerei im Osten der Burg geworfen.

So viele Verletzungen. Sie dachte zurück an die Stichwunden, die Jovan bei dem Attentat erlitten hatte, die Verletzungen, die Jondralyn durch Gault Aulbrek im Gesicht zugefügt worden waren. Ihr Bruder hatte tagelang im Bett gelegen; ihre Schwester musste sogar länger als einen Mond mit verbundenem Gesicht im Krankenlager verbringen.

Talas Cousine aber, die im Delirium und dem Tode nah gewesen war, hatte sich an Körper und Geist fast vollständig erholt, seit Jovan ihr den befallenen Arm abgeschlagen hatte. *Kann das an den grünen Medizinkügelchen liegen, die ich ihr verabreicht habe?* Der Bluthölzler hatte behauptet, in diesen Murmeln habe sich Vallè-Medizin befunden. Vallè heilten schließlich dreimal so schnell wie

Menschen. Außerdem hatte ihre Cousine von Val-Gianni so viele Tränke eingeflößt bekommen, dass es einen Ochsen ruhiggestellt hätte, was vielleicht erklärte, warum Lawri sich in den letzten Tagen so wohlgefühlt hatte. Aber jede scheinbar beantwortete Frage zog zehn weitere nach sich.

Sie betrachtete ihren Finger, dessen Kuppe in dem rotverschleierten Raum, in dem Glade Sterling Prentiss umgebracht hatte, von einer silbrigen Säure weggefressen worden war. *Lawris halber Arm ist weg, und sie sitzt ganz gemütlich da, und diese winzige Wunde sticht wie eine Avloniawespe.*

Tatsächlich wirkte Lawri heute guter Dinge. *Ich glaube fest daran, dass Laijon einen Plan für mich hat und dass alles gut wird*, hatte sie gesagt. Tala aber wusste, dass nichts je wieder *gut* werden würde. *Wie kann jemand so entspannt und bequem dasitzen, nach dem, was mit Squireck Van Hester passiert ist?* Der Gedanke an ihn ließ ihr Herz bleischwer werden. Sie hatte einen Kloß im Hals und wollte losheulen, so sehr lastete die Trauer auf ihr.

»Dein Optimismus und deine Träume sind faszinierend, Lawri«, sagte Seita,

Tala hatte die Prinzessin aus Vallè seit mehr als einem Mond nicht gesehen. Sie sei mit Val-Draekin wieder auf die Insel Val Vallè gefahren, und er sei dortgeblieben, hatte Seita erklärt. Erst heute Morgen war sie wieder an Jovans Hof und gleich in Talas Zimmer gekommen, wo sie sich nach Lawris Verletzungen erkundigt und sich unablässig um sie gekümmert hatte. Tala dachte daran, dass Seita sich mit ihr hatte anfreunden wollen, kurz bevor sie abgereist war. Sie überlegte, ob sie wirklich noch Freundinnen waren.

»Glaubt Ihr, meine Träume werden wahr?«, fragte Lawri Seita und zupfte fröhlich an den Falten ihres Nachtkleids herum, als sei jede neue Lage Stoff wunderschön anzusehen.

»Mit Sicherheit kann ich es nicht sagen«, antwortete die Vallè.

»Es gibt aber ein paar Träume, von denen ich hoffe, dass sie wahr werden. Andere dagegen eher nicht. Manche Träume sind, so fürchte ich, das Werk der Totengeister.«

Bei der Erwähnung der Totengeister schien sich Lawris blasses Gesicht zu verdunkeln. Dann strahlte sie fast genauso schnell wieder. »Tala, denk dir nur: Meine Aschenglutsammlung ist für morgen geplant.« Sie streichelte wieder über ihr Nachtkleid. »Der Großvikar hat mir schnelle Erlösung versprochen angesichts all dessen, was meiner Familie widerfahren ist, du weißt schon, die Geschehnisse in jüngster Zeit, Lindholfs Verbrechen und seine Gefangenschaft, mein kranker Arm. Denarius wird die Zeremonie selbst durchführen.«

»Ich dachte, du willst nicht, dass der Großvikar dich anfasst.« Tala spürte einen Anflug von Zorn in ihrer Stimme, als ihr das Bild einer nackten Lawri durch den Kopf schoss, der Großvikar Denarius seine heiligen Öle auf den Leib rieb. »Das verstehe ich nicht.«

»Reg dich nicht so schrecklich auf«, sagte Lawri. »Du wirst immer gleich böse, wenn du etwas nicht verstehst.«

»Aber wir haben alle gehört, was du in der Arena gesagt hast«, sagte Tala ratlos. Wie konnte jemand in so kurzer Zeit von tiefstem Grauen zu eifriger Freude umschwenken? *Zauberei der Vallè? Leuchtend grüne Pillen?* Oder wahrscheinlich das Werk des honigsüß säuselnden Großvikars. In der Arena hatte Lawri ihre Abneigung so unmissverständlich vorgebracht. »Du wolltest nicht, dass Denarius dich anfasst. Weißt du noch?«

»Ich habe mich geirrt.« Lawri zuckte die Achseln. »So einfach ist das. Meine Mutter hat mir erklärt, dass ich sündig war und falsch lag. Seit Jovan mich von meinem Arm befreit hat, hat Denarius mich mit priesterlichen Ölen gesalbt und mich jeden Tag gesegnet. Es war ein Fehler, ihm nicht zu trauen. Ein Fehler, ihm aus dem Weg zu gehen. Nur durch die Kraft des Glaubens und der Gebete seiner Heiligkeit bin ich so schnell gesund geworden.«

Tala brachte es nicht über die Lippen, dass sie Lawri nackt beim Großvikar gesehen hatte. *Was würde Lawri sagen, wenn sie es wüsste?* Tala konnte sich nichts Schlimmeres vorstellen, als so schutzlos vor jemandem zu liegen, erst recht vor dieser Kröte Denarius.

Lawri richtete sich im Bett auf. »Der Großvikar sagt, meine Aschenglutsammlung morgen vertreibt all meine schlechten Träume und erfüllt meine zarte Seele mit nichts als guten Gedanken.«

»Hast du deine Träume mit dem Vikar besprochen?«, fragte Seita.

»Ich habe Denarius in Vorbereitung auf meine Aschenglutsammlung viele Dinge gebeichtet. Man muss von allen Sünden frei sein, vor Laijon rein sein, um in die Asche und die Flammen zu treten.«

Was für unangemessene und bohrende Fragen konnte der Vikar dir wohl stellen, meine liebe Lawri? Tala konnte den Großvikar nur noch als den Lüstling ansehen, der er war.

Seita fragte: »Erzähl doch mal: Welche schrecklichen Träume wird denn deine Aschenglutsammlung dem Vikar zufolge fortwaschen?«

»Am meisten verzweifle ich, wenn ich von meinem Bruder träume.« Kummer zeigte sich um Lawris grün gesprenkelte Augen. »Lindholf hat so fürchterliche Dinge getan. Er hat den Namen Le Graven geradezu vernichtet. Mutter glaubt, man könne mich wegen der Schande, die er über uns gebracht hat, nicht mehr verheiraten.«

»Das stimmt einfach nicht«, sagte Tala.

»Was?«, fragte Lawri. »Lindholf hat doch fürchterliche Dinge getan, oder stehen hier Adlige Schlange, weil sie mich zur Frau wollen?« Sie hielt ihren Armstumpf hoch.

»Dein Bruder ist unschuldig«, erwiderte Tala. »Das weiß ich. Lindholf hat sich nicht verschworen, meinen Bruder zu töten. Er hat auch Sterling Prentiss nicht umgebracht.«

»Sie haben ihn in der Arena aufgehängt, Tala«, blaffte Lawri. »Ich habe es gesehen. Du hast es gesehen. Was brauchst du denn noch als Beweis seiner Schuld? Sie haben ihn *gehängt.*«

»Er wurde nicht aufgehängt. Er … er ist *verschwunden.*« Es fiel Tala immer noch schwer zu begreifen, was mit Lindholf passiert war. »Er ist verschwunden. Du hast es genauso gesehen wie ich. Es qualmte, und dann waren sie alle weg.«

»Ich hasse ihn.« Lawri schob sich die Decke von den Beinen. »Wo er auch ist, ich *hasse* ihn.«

»Rede nicht so«, sagte Tala. »Du hasst ihn nicht. Er ist dein Bruder.«

Lawri hockte jetzt auf der Bettkante und spielte rastlos mit ihren dünnen Fingern am Verband um ihren Arm. Misstrauen umwölkte ihre vorher so fröhlichen Augen.

Tala sprach weiter: »Weißt du nicht mehr, wie dein Bruder uns alle mit nur einem Wort oder einem schelmischen Blick zum Lachen bringen konnte?«

»So lustig ist er eigentlich nicht gewesen, wenn ich mich recht entsinne.« Lawri stand abrupt auf und zog zwei weiche Lederslipper an, die unter dem Bett lagen. Sie sah sich im Zimmer um und nahm sich eine von Talas Bürsten von der Kommode in der Nähe.

»Bitte vergib Lindholf«, flehte Tala, die spürte, dass alles ihre Schuld war.

»Ich fürchte, ich muss mich jetzt verabschieden, Tala«, sagte Lawri schnippisch und fuhr sich absichtlich heftig mit der Bürste mit dem Kupfergriff durch die Haare. »Ich muss mich auf meine Aschenglutsammlung vorbereiten. Ich muss meine Gebete lernen. Ich muss vollständig bereit sein.« Sie ließ die Bürste fallen und warf sich einen Schal über das Nachtkleid, den sie einhändig am Hals zusammenknoten wollte. Seita stand auf und half ihr. Als der Schal saß, ging Lawri zur Tür und fasste den Messingknauf. Sie drehte ihn und blickt noch einmal zu Tala zurück. »Gerade du solltest dich mit mir über meine Aschenglutsammlung freuen, Tala, aber ich spüre nur Neid in dir.« Sie öffnete die Tür, betrat den grauen Korridor und warf sie hinter sich ins Schloss.

Talas entmutigter Blick fiel auf die große Feuerstelle in der Wand, ihren Weg in die Geheimgänge. *Auch ich muss aus diesem Gefängnis entkommen!* Der Schlüssel zu Lindholfs Verschwinden und Lawris Elend lag irgendwo da draußen, und sie beabsichtigte, ihn zu finden. Sie hatte vor, aus dieser beengenden Burg zu fliehen und Lindholf zu finden. Jeder einzelne Konflikt in ihr hing mit dem Bluthölzler und den Geheimgängen zusammen.

»Lawri ist nicht das unbeholfene, übermütige Mädchen, für das wir sie halten«, sagte Seita. »Dennoch mache ich mir Sorgen um sie und ihre Aschenglutsammlung mit dem Großvikar.«

»Warum?« Tala erstarrte. Während sie regungslos in die schwarzen Tiefen des Kamins blickte, liefen ihre Gedanken auf Hochtouren und ihr Herz raste. Sie überlegte, ob auch die Vallè-Prinzessin von Denarius' Lüsternheit wusste.

»Ich fürchte, die Aschenglutsammlung wird sie auf eine Weise verändern, die wir beide nicht mögen«, sagte Seita.

»Wie das?«

»Wisst Ihr nicht, was bei einer Aschenglutsammlung vorgeht?«

Tala ärgerte sich ein bisschen über die Frage. Sie wandte sich vom Kamin ab und sah, dass Seita wieder auf dem Diwan lag und die Füße auf den Hocker gelegt hatte.

Tala antwortete: »Ich weiß nichts über die Aschenglutsammlung. Ihr wisst so gut wie ich, dass es eine geheime Zeremonie ist, ein Ritual des Erwachsenwerdens, das jedes Mädchen nur einmal im Leben durchläuft und über das keine Teilnehmerin je sprechen darf. Niemand weiß, was bei einer Aschenglutsammlung vor sich geht. Erst, wenn man sie erlebt hat.«

»Und das findet Ihr nicht ein kleines bisschen seltsam?«

»So ist das eben. So war es schon immer.«

»Ich finde es komisch, dass die meisten Menschen nicht einmal die grundlegenden Doktrinen und Sakramente ihrer eigenen Kirche kennen.«

»Nun, die Aschenglutsammlung ist eine heilige Zeremonie. Natürlich wird sie geheim gehalten. Das Geheimnis zu wahren, gehört zum Frausein dazu.«

»Was ist mit der Entzündung der Aschenglut?«, fragte Seita. »Bei der Zeremonie, mit der die Jungen erwachsen werden, kann jeder öffentlich zusehen. Aber die Aschenglutsammlung der Mädchen wird im Verborgenen gehalten. Warum?«

»Weil sie heilig ist, denke ich.«

»Das ist Eure Begründung?«

»Abgesehen von dem, was ich schon gesagt habe, wüsste ich nicht, warum man nie wieder darüber spricht.«

»Und Ihr wolltet es auch nie wissen?«

»Es ist unwichtig. Das geringste meiner Probleme.«

»Es ist enttäuschend, Euch so teilnahmslos zu erleben.« Seita seufzte. »Anscheinend ist doch die Aschenglutsammlung in Wahrheit nur eine weitere Bestätigung für die geistige Schwäche der Frauen von Gul Kana.«

Geistige Schwäche? Tala war nicht mehr ärgerlich, sondern beleidigt. »Was wollt Ihr damit sagen?«

»Wollt Ihr denn gar nicht wissen, was bei einer Aschenglutsammlung passiert?«, fragte Seita. »Damit Ihr dann selbst entscheiden könnt, ob Ihr daran teilnehmen möchtet, wenn es so weit ist? Wollt Ihr nicht wenigstens etwas über das Thema erfahren, damit Ihr zumindest auf all das vorbereitet seid, was damit zusammenhängt?«

»Aber wer würde es mir denn erzählen, wenn bekanntlich keine Frau darüber sprechen darf?«

»Das könnten sie doch aber, wenn sie es wollten. Würdet Ihr es Euch anhören?«

»Und mit ihnen einen Eid verraten, mit ihnen gegen Laijons Willen verstoßen?«

»Der Wille Laijons ist doch bloß eine alberne Wahnvorstellung.« Seita zuckte kichernd die Achseln. »Was sind denn die Totengeister und die Biester der Unterwelt? Nichts als eingebildete Monster, mit denen man Kinder ängstigt, damit sie gehorchen.«

Wieder überlief Tala ein Schauer. *Wir bewegen uns auf lästerlichem Boden.* »Und ich nehme an, *Ihr* wisst, was bei einer Aschenglutsammlung passiert?«

»Natürlich. Warum denn nicht? Die Aschenglutsammlung beruht auf einem einfachen Fruchtbarkeitsritual der Vallè, das aber über die Jahrhunderte durch den Großvikar und das Quorum der Fünf Erzbischöfe bis zur Unkenntlichkeit verzerrt und pervertiert wurde, pervertiert in eine geheime Orgie, in der sie ihre Gelüste stillen können. Die Aschenglutsammlung und die Schuldgefühle, die damit einhergehen, verleihen den Kirchenmännern die Macht über eure Körper und Geister.«

Tala war wie gelähmt vor Schock und fühlte, dass sie errötete. »Ihr lügt doch«, war alles, was sie erwidern konnte.

»Wenn Ihr dieses Königreich regieren wollt, Tala Bronachell, müsst Ihr alles über Eure Kirche und ihre brunnentiefen Geheimnisse in Erfahrung bringen, was Ihr könnt.«

Regieren? In ihrem Kopf drehte sich alles. Sie verabscheute vage Unterhaltungen und nebulöse Andeutungen. Es war nicht lange her, dass sie sich einem ähnlichen Gespräch mit Habichtholz entzogen hatte.

»Lasst mich Klartext reden«, sagte Seita nun, »damit Ihr einmal in Eurem Leben wirklich Bescheid wisst. Die Aschenglutsammlung ist eine rituelle Reinigung Eures Körpers. Zuerst werdet Ihr jeglicher Kleidung entledigt. Dann steht Ihr nackt vor dem Vikar und den Erzbischöfen, die Euren Körper mit geweihten Ölen und grauer Asche bedecken und euch mit ihren bohrenden Fingern segnen. Gesundheit Euren Knochen, Stärke Euren Sehnen, Fruchtbarkeit Eurem Leib. Ihr wiederum versprecht Eurerseits ein paar Dinge, unter anderem, dass Ihr, egal, wen Ihr in Eurem Leben heiratet, Eure unsterbliche Seele willentlich jenen Dienern Laijons widmet, denen hienieden nicht erlaubt ist zu heiraten.«

Andeutungen wirbelten durch Talas Kopf. Sie fragte sich, ob Lawris Traum neulich lediglich eine Metapher ihrer Hochzeit mit Denarius im Leben nach dem Tode war. *Oder ist das alles Unsinn?*

Seita sprach weiter: »Jedem Diener Laijons wurden viele himmlische Sitzungen versprochen. Jedem von ihnen werden so viele Frauen versprochen, wie es Sandkörner am Meer gibt, nachdem sie gestorben sind.«

Tala war verblüfft und angeekelt. »Ihr lügt«, murmelte sie.

Seita ignorierte ihre Anschuldigung. »Zum Abschluss Eurer Aschenglutsammlung legt Ihr dann einen Eid ab, nie über die heiligen Segnungen zu sprechen, die Euch zuteilwurden, noch über die Versprechen, die Ihr gegeben habt, andernfalls wird Euch das Herz aus dem Leibe gerissen und inmitten von Fäkalien in einem Loch begraben. So verläuft die Aschenglutsammlung seit Hunderten von Jahren.«

»Ihr wollt mir doch bloß Angst machen«, murmelte Tala. »Ihr wollt mich durcheinanderbringen.« Wie die Vallè-Prinzessin mit ihr sprach, erinnerte sie gerade an den Meuchelmörder der Bluthölzler, der sie in den Geheimgängen so quälte. »Warum lügt Ihr mich an?«, fragte sie. »Ihr führt mich absichtlich in die Irre. Wenn es stimmen würde, was Ihr sagt, dann hätte doch längst jemand etwas darüber erzählt und alles aufgedeckt. Ein solch verstörendes Geheimnis würde niemals Jahrhunderte überdauern. Ihr steckt voller Lügen.«

»Ja, Ihr wurdet angelogen, aber nicht von mir«, sagte Seita. »Ihr und jede andere, die an *Weg und Wahrheit Laijons* glaubt.« Die Vallè-Prinzessin erhob sich vom Diwan. »Ihr müsst noch mehr erfahren, Tala. Mehr Dinge überdenken. Und sie zu hören, wird schwer werden.«

»Oh ja, erzählt mir doch bitte noch mehr Lügen.« Sie wollte sarkastisch klingen.

»Was, wenn ich Euch erzählen würde, dass Drachen lediglich ein Mythos sind? Dass es nie welche gegeben hat? Dass die Biester der Unterwelt bloß ein altes Gerücht sind, eine blanke Erfindung, mit der man Kindern Angst machen und die Menschen in der Spur halten wollte?«

»Dann würde ich sagen: Die namenlosen Biester der Unterwelt gibt es wirklich«, erwiderte Tala. »Und Ihr solltet ihren Namen in meinem Zimmer nicht in den Mund nehmen.«

»Drachen. Drachen. *Drachen*.« Die Prinzessin verspottete sie. »Ich kann das so oft sagen, wie ich will, Tala Bronachell, denn es passiert nichts. Diese lächerliche Furcht vor Drachen und den Feuergruben der Unterwelt ist ja schon eine eigene Religion geworden. Alles, woran Ihr glaubt, ist Betrug. Diese Dinge, die man angeblich in die Unterwelt verbannt hat, braucht niemand zu fürchten.«

»Warum seid Ihr überhaupt aus Val Vallè zurückgekommen?«, fragte Tala. »Am besten wärt Ihr einfach mit Val-Draekin dortgeblieben. Ich dachte, Ihr wolltet meine Freundin sein. Eine Freundin würde nicht solche Dinge behaupten.«

»Eine Freundin wird Euch immer die Wahrheit sagen, Tala. Denn nur die Wahrheit ist von Bedeutung.«

An jenem Abend versammelte König Jovan seinen gesamten Hofstaat im Sonnenvogelsaal. Tala, die immer noch fürchterlich gelaunt war, erschien als eine der Letzten. Als sie den Saal betrat, stand die Silbergarde schon neben einigen Dutzend Tagrittern mit an der Schulter präsentierten Speeren in Position an den Wänden, Alkoven und den beiden Treppen am östlichen Ende. Dick hingen Rauch, der Duft von frisch gebackenem Brot und anderen Speisen, die Dame Nels Doughty, die neue Hofküchenmeisterin, mit ihren Untergebenen zubereitet hatte, im überfüllten Raum. Fackeln badeten den Saal in warmem Licht, und hinten spielte das Arenaorchester leise eine Melodie.

Sollen wir Squireck Van Hesters Tod hier betrauern oder feiern?

Tala fühlte sich wie erstickt. Zu viele Leute. Außerdem trug sie ein schweres Samtkleid. Sie musste auf den Balkon, frische Luft schnappen. Den ganzen Tag hatte sie mit einem Kloß im Hals an Squireck denken müssen. Auch Lawri hatte ihr Sorgen bereitet. Was Seita über die Aschenglutsammlung erzählt hatte, hatte sie immer wütender gemacht. *Ja, die ganze Burg ist nichts als ein vollgestopftes Gefängnis aus Verwirrung und Schmerz, aus dem es kein Entrinnen gibt.*

Lawri Le Graven betrat durch eine der Seitentüren den Saal. Sie trug einen pfirsichfarbenen Umhang mit weißer Spitze am Hals. Mit ihr kam, in einem schwarzen Kleid, Seita. Tala wusste nicht, ob sie heute Abend auch nur ein Wort mit einer der beiden sprechen wollte.

Sie ging in die entgegengesetzte Richtung durch den vollen Saal zu Mona Le Graven. Mona stand bei Jondralyn und dem kleinen Anselm. Talas Schwester trug die glänzende und polierte Rüstung der Silbergarde und ihre Augenklappe. Die lange Narbe von Gault Aulbreks Klinge verlief wie eine zornige Spur durch ihr Gesicht. Anselm klammerte sich an ihr Bein.

König Jovan saß gleich hinter Mona und Jondralyn am langen Tisch auf dem Podest neben dem stets verhängten Silberthron. Er trug eine schwarze Hose und eine schwarze Tunika mit silbernem

Rand, die an der Hüfte von einem Gürtel aus silbern glänzenden Schlaufen gehalten wurde. Auf seinem Kopf saß die Königskrone.

»*Achtung!*«, ertönte es wichtig von einem Tagritter vor den offenen Eingangspforten des Sonnenvogelsaals. Alle eben noch sitzenden Angehörigen der Königsfamilie erhoben sich, der König eingeschlossen.

Glade Chaparrals Auftritt in den Saal wurde von schweren und tiefen Trommelwirbeln begleitet, denen ein Schlag gegen eine große Silberglocke im Mittelpunkt des Orchesters folgte. Das Geräusch fuhr allen in die Eingeweide. Glade trug die komplette lackschwarze Rüstung der Tagritter und hielt den schwarzen Kriegshelm in der Armbeuge, ebenso wie die drei Männer, die ihm mit dem Selbstvertrauen dreier frisch ernannter Tagritter folgten: Tolz, Alain und Bonaparte. Für die meisten Anwesenden im Sonnenvogelsaal sahen sie wie die umwerfendsten Helden in ganz Amadon aus.

Tala hingegen ließ sich von ihrem Anblick nicht täuschen. Sie wusste, dass alle vier nur Gauner, Scheusale und in jeder Hinsicht hirnlos waren. In früheren Tagen hatte auch Tala eine rätselhafte Wolke himmlischer Glückseligkeit gespürt, die sie umfing, wenn Glade sie mit seinen kühnen Augen ansah. Doch als die jungen Tagritter vor dem König salutierten und sie das eitle Grinsen auf Glades Gesicht sah, konnte Tala sich nur noch vor Ekel schütteln.

Nun traten Großvikar Denarius und das Quorum der Fünf Erzbischöfe in den Saal, und die Musik des Orchesters wurde lauter.

Die vier gerade ernannten Tagritter wandten sich Denarius zu, der dem Orchester zu schweigen bedeutete. Als Stille eingekehrt war, verneigte der Vikar sich vor Jovan und machte dann eine große Geste mit der Hand, die alle vier Tagritter einschloss. »Wenn es Eure Hoheit erlauben, stelle ich vor: Ser Glade Chaparral von Rivermeade, Ser Tolz Trento von Avlonia, Ser Alain Gratzer von Knightliegh und Ser Bonaparte Stockach von Reinhold, die neuen

Tagritter Gul Kanas. Heute früh durch meine Hand in der Halle der Tagritter gesegnet und geschlagen, wie Ihr es verlangt habt. Alle vier sind fürderhin an Laijon und den Silberthron gebunden.«

Tala nahm unter einigen der anwesenden älteren Silbergarden und sogar einigen der Tagritter missbilligende Blicke wahr. Gemurmel erhob sich im Saal. Bei der abweisenden Reaktion der Menge verfiel Glade sofort in nervöse Ungeduld. Tala begriff, wie ungerecht es war, dass der König und der Vikar diese vier so schnell zu Rittern geschlagen hatten. Die meisten hatten sich hier versammelt, um den Tod Squireck Van Hesters zu betrauern, nicht, um die Beförderung vierer unverdienter Silbergardisten zu beklatschen. Das unwillige Gemurmel wurde lauter.

»Ruhe!«, befahl Jovan und bedachte die Anwesenden mit einem unnachgiebigen Funkeln. »Seine Gnaden hat es doch deutlich gesagt: Er hat lediglich meinen Wunsch erfüllt!« Sein Blick verfinsterte sich. »Diese vier tapferen Jünglinge haben jene, die für den Mord an Sterling Prentiss verantwortlich waren, der Gerechtigkeit übergeben. Diese vier sind es gewesen, die die Attentäter aufspürten, welche mir nach dem Leben trachteten. Noch nie zuvor haben vier Ritter dem Silberthron solche Dienste erwiesen. Sie haben sich ihren Platz unter den Tagrittern verdient!«

Der König kniff drohend die Augen zusammen. »Falls jemand unter euch etwas gegen diese Ernennung vorzubringen hat, können wir das gerne in der Arena klären!« Seine Stimme war zu einem Knurren geworden, und er zog zischend das blaue Schwert *Himmelsplünderer* aus dem Lederfutteral. »Vergesst aber nicht: Ich habe den Krieg erlebt! Ich habe Schlachten geschlagen! Ich habe an der Seite meines Vaters in Wyn Darrè gekämpft und geblutet!« Er rammte das Schwert vor sich in den Tisch, sodass Teller, Becher und Geschirr klirrend umfielen. »Mit dem Schwert Aeros Raijaels schlage ich dem Nächsten den Kopf ab, der seine Ablehnung äußert!«

Diesen Worten folgte erstauntes Schweigen. Jeder in der Menge blickte den König so würdig und ernsthaft untertänig an, wie er nur konnte.

Talas Herz füllte sich mit elender Verzweiflung, denn sie wusste, dass Jovan auf einem schmalen Grat unterwegs war. Durch die Erhebung so junger Männer in den Stand des Tagritters verstieß er gegen die Tradition und verweigerte den erfahreneren und würdigen, jenen, die ihr gesamtes Leben für eine solche Ehre gedient und gearbeitet hatten, die höchste ritterliche Anerkennung.

Wieder hatte Tala das Gefühl, alles sei es ihre Schuld, als sei all dies erst durch die Machenschaften des Bluthölzlers und ihre eigene Einmischung in die Angelegenheiten des Reichs zustande gekommen. Ja, elende Verzweiflung war es, was sie verspürte. *Ich bin so allein! Ohne Mutter. Ohne Vater. Mein Bruder und meine Schwester sind gleich hier und doch so fern, dass ich sie nie wieder erreichen kann.* Ihr Körper wurde von einem plötzlichen Schrecken übermannt, wie sie noch nie einen gespürt hatte. *Das Traurige ist, nur die Spielchen des Bluthölzlers haben mir gefallen, er hat mir Gesellschaft geleistet, mich beschäftigt.* Seine Machenschaften waren der dünne Faden, mit dem die Wunden vernäht wurden, die die Abwesenheit ihrer Eltern gerissen hatte, eine Salbe für die Schmerzen ihrer zerrissenen Familie, ihres gebrochenen Herzens.

Jovan löste das blaue Schwert aus dem Tisch und stieß es mit gebieterischer Geste wieder in das Futteral an seinem Gürtel. »Meine vier neuen Tagritter werden fortan die Aufgabe haben, die Verbrecher Lindholf Le Graven, Gault Aulbrek und die Dirne Delia zu jagen und auch den Verräter am Silberthron, der den dreien zur Flucht vom Galgen verholfen hat. Glade Chaparral und seine Mitritter genießen die volle Unterstützung des Silberthrons und haben jede Befugnis, einschließlich des Zutritts zu jedem Viertel Amadons, volle Befugnis, jeden zu untersuchen, zu befragen und hinzurichten, der an diesem Verrat beteiligt ist.«

Darauf warf Jovan Mona Le Graven einen bösen Blick zu, als wäre sie schuld an jedem der Verbrechen gegen den Silberthron, die man ihrem Sohn zur Last legte. Dann lächelte er, weil er ihr Glades Beförderung unter die Nase gerieben hatte. »Lasst uns jetzt den Ritterschlag dieser vier Tagritter mit Speisen, Trank und Tanz feiern!«, rief er.

Die Stimmung der Menge, die eine große Feierlichkeit beginnen sah, schlug auch sogleich um. Das Orchester spielte wieder auf, und Speisen und Getränke wurden hereingetragen.

Ihr Bruder hatte den Tod Squireck Van Hesters gestern in der Arena mit keinem Wort erwähnt. *Wie konnten die abgestumpften Höflinge ihn so schnell vergessen haben?*, fragte Tala sich angewidert. *Kann denn ein Mann tatsächlich an einem Tag der Held und am nächsten ein Niemand sein?* Squirecks letzte Lebensjahre waren abenteuerlich und herzzerreißend traurig verlaufen. Tala wünschte sich, man würde zumindest eine Kerze zum Andenken entzünden. Noch lieber hätte sie einen weißen Heidekranz. Als sie sich die Tränen aus den Augen wischte, merkte sie, dass Denarius sie widerlich lüstern anstarrte. Er maß ihren Körper von Kopf bis Fuß und wieder zurück und verweilte bei ihren Lippen und ihren Augen.

Voller Ekel drehte Tala sich um und sah Lawri hinter sich stehen. Daneben Seita. Deren Vater Val-Korin kam dazu. Der Botschafter aus Val Vallè trug eine lange schwarze Robe, und das Zeichen seines Standes hing in rotem Messing lässig an einer dünnen, edelsteinbesetzten Silberkette um seinen Hals. »Welche Schande, das mit Eurem Arm«, sagte er zu Lawri. »Der Verlust von Gliedmaßen ist wahrhaft tragisch, besonders bei jemandem, der so jung ist und ansonsten vortrefflich gesund. Schade, dass Seita nicht früher an den Hof zurückgekehrt ist. Sie hätte Euch diesen Schrecken womöglich ersparen können.«

Lawri blickte die Vallè-Prinzessin an. »Was hätte Seita denn tun können?«

»Nun«, sagte Val-Korin und sah ebenfalls auf seine Tochter. »Das werden wir wohl nie erfahren. Ich habe seit ihrer Rückkehr noch nicht viel mit ihr sprechen können.« Seita wirkte unbeteiligt. Val-Korin sagte: »Doch ehe sie mit Val-Draekin gen Osten gezogen ist, hat sie mir von einem Traum erzählt, in dem Euch, junge Lawri, ein Arm fehlte. Das finde ich merkwürdig.«

»Es stimmt.« Seita verneigte sich vor Talas Cousine. »So einen Traum hatte ich.«

Lawri riss erstaunt die Augen auf. »Wirklich?«

»Ich gebe mir selbst die Schuld«, sagte Val-Korin. »Ich hätte mehr auf meine Tochter achten sollen, und vielleicht hätte Val-Gianni Euch schon früher die richtige Medizin für Eure Infektion beschaffen können. Ich hatte vergessen, wie schrecklich zutreffend Seitas Träume sein können.«

Seita ergänzte: »Ich habe auch geträumt, dass du grüne Augen hattest, dabei weiß doch jeder, dass du und auch Lindholf wunderschöne dunkle Augen habt. Wie Tinte.«

Tala wurde ganz schummrig, während sie versuchte, sich auf ihre blonde Cousine zu konzentrieren. *Die spielen mit dir, Lawri. Die Vallè spielen mit uns allen!*

»Ich träume ähnliche Sachen wie Seita«, murmelte Lawri und richtete die dunklen Le-Graven-Augen auf ihren bandagierten Stumpf. »Träume, in denen meine Augen sich in grüne Edelsteine verwandelt haben.«

Val-Korin kniff die Augen zusammen. »Seht mich an, junges Fräulein.«

Lawri blickte auf.

»Also«, sagte er, »ich muss sagen, Ihr und meine Tochter habt recht, denn da tanzen wahrlich betörende grüne Sprenkel in Euren Augen, Lawri Le Graven. Genau wie Edelsteine, betörend und höchst rätselhaft.«

Die frisch ernannten Tagritter Glade, Tolz, Alain und Bonaparte standen im Mittelpunkt der Aufmerksamkeit im Sonnenvogelsaal, der mit Rauch, Speisen, Musik und Tanz erfüllt war. Doch Tala hatte sich schon vor Stunden von den Festlichkeiten abgewandt. Jovan und Jondralyn saßen am einen Ende der königlichen Tafel, Tala mit Anselm am anderen. Auf dem langen Tisch lagen die Überreste des Festmahls. Tala hatte die Schuhe ausgezogen und strich barfuß über die dicken weißen Teppiche auf dem Podest.

»Ich habe in jedem Winkel von Gul Kana Unterstützung angefordert.« Jovans Tonfall war brüsk, und er bemühte sich nicht, seinen Unwillen zu verbergen. »Kämpfer und Krieger sind von weither nach Amadon gezogen. Leif Chaparral dürfte inzwischen in Lord's Point eingetroffen sein. Die Verteidigung unserer Grenzen gegen Aeros Raijael hat für meine Armeen Priorität, nicht Oghule und ihre Hragna'Ar oben im Norden.«

Jondralyn lehnte sich mit knirschender Rüstung und verärgertem Gesicht zurück. »Aber im Norden vermehren sich die Gerüchte, dass ganze Ortschaften von Oghulen überrannt werden. Städte von der Größe Tevlydogs und Wroclaws sind bedroht.«

»Die Bedrohung aus Sør Sevier ist tausendmal größer. Und dort gehören meine Reserven hin, nicht in irgendwelche mickrigen Außenposten im Norden.«

»Ich habe dich schon vor Monden gewarnt, dass die Hragna'Ar außer Kontrolle gerät. Warum schickst du nicht Glade Chaparral mit einer Legion Ritter hoch, damit sie das Problem in den Griff bekommen? Ihn auf die Jagd nach Gault, Lindholf und der Schankmaid zu hetzen, ist doch sinnlos. Die drei sind längst über alle Berge. Meinetwegen sende *mich* in den Norden.«

»Pah!«, machte Jovan. »Dich schicke ich bestimmt nirgendwo mehr hin.« Dann breitete sich ein gelangweiltes, beinahe müßiges Grinsen auf seinem Gesicht aus. Er blickte nicht einmal vom Tisch auf, als fände er es zu anstrengend. »Aber ich denke, falls

Squireck noch am Leben wäre, könnte ich ihn in den Norden schicken. Dann könnte er dort für dich gegen die Oghule kämpfen, und alles wäre gut.«

Jondralyn verstummte nach der gemeinen Anspielung. Die Unterhaltung klang für Tala nun, vorsichtig ausgedrückt, unangenehm. Jovan langweilte sich eindeutig, was nie ein gutes Zeichen war. Er warf einen Blick auf die Tagritter, die hinter ihm mit den Rücken zur samtbehängten Wand Spalier standen. Sie hatten die Arme vor den schwarzen Brustpanzern und Kettenhemden verschränkt und trugen Langschwerter in silberbesetzten Gurten über den ebenfalls silbernen Mänteln.

Schließlich sah er Jondralyn doch an. »Ich lasse nicht zu, dass du weiterhin die Entscheidungen des Silberthrons in Frage stellst. Und das ist ein Befehl.«

Jondralyn richtete sich in ihrem Sessel auf und fasste etwas Mut. »Ich wollte dich doch bloß um einen Gefallen …«

»Es reicht!« Jovan schlug auf den Tisch, seine Stimme klang schrill. »Es reicht mit den Gefallen! Du hast mein Mahl mit deinem unablässigen Geplapper über all das, was ich deiner Meinung nach besser machen soll, vollkommen ruiniert! Nichts ist mitleiderregender als eine Frau, die sich in die Gunst des Königs einzuschmeicheln versucht …«

»Die Gunst des Königs suche ich eher nicht«, höhnte Jondralyn. »Ich versuche lediglich, dir guten Rat zu geben, wie jede Schwester es für ihren Bruder täte. Mehr habe ich nicht gewollt, seit Vater tot ist. Ich dachte, ich hätte in deinen Augen diesbezüglich etwas Ansehen gewonnen. Du warst es schließlich, der mich zum Ritter ernannt hat, vergiss das nicht. Was soll ich denn als einer deiner Ritter bitteschön tun?«

»Was du tun solltest?« Jovan stützte beide Ellenbogen auf den Tisch und zeigte mit klappernden Armreifen auf sie. »Ich wünsche mir, dass du deinen Eid als Silbergardist zurücknimmst und wieder angenehm, wohlerzogen und sittsam wirst. Du weißt schon, wie jede gute Schwester es für ihren Bruder, den König, täte.«

Jondralyn erwiderte nichts. Sie hatte einen hochroten Kopf.

Ihr Schweigen schien ihn friedlich zu stimmen, denn er sprach sanfter weiter: »Siehst du? Ich glaube, du weißt, dass ich ganz freundlich sein kann, wenn du einfach nur tust, was ich sage, und verdammt nochmal den Mund hältst.«

Danach sagte eine Weile niemand etwas.

»Die streiten sich.« Anselm blickte mit seinen kleinen Augen konzentriert auf seine älteren Geschwister am Ende der Tafel. »Die streiten sich und sind böse aufeinander.«

»Ja«, sagte Tala, fasste den Kleinen an den Armen und zog ihn hoch. »Komm mit, das müssen wir uns ja nicht anhören.«

Jovan erhob sich ruckartig und zeigte auf Tala. »Glaub ja nicht, das gilt nicht auch für dich.« Tala erbleichte, als er aufstand. *Anscheinend sind wir in seinen Augen beide immerzu verdammt, Jondralyn und ich, seine Schwestern, sein Eigentum.* Als er groß und mächtig auf sie zukam, hatte sie plötzlich das Gefühl zu schrumpfen. Dieses unheimliche Gefühl, das er in ihr auslöste, beunruhigte sie zutiefst.

»Du, Tala, machst mich von allen am wütendsten«, grollte er. »Ständig deine Geheimnisse. Das Herumschleichen wie ein Dieb in der Nacht. Du bist zu einer störrischen, eigensinnigen Last für den Silberthron geworden.«

Sie traute sich nicht, etwas zu sagen. Eigensinnig, ja, das stimmte wohl. Aber eine Last? Dass sie ihn so ärgerte, fand sie doch irgendwie aufregend. In ihrem Herzen flackerte Verachtung wie eine stolze Flamme auf. »Na und? Dann schleiche ich halt gern herum.«

Sein Gesicht wurde rot.

»Lass sie«, flehte Jondralyn. »Zieh Tala nicht da herein.«

»Ja, ihr beide, meine Schwestern, seid lästig«, sagte Jovan und blickte von einer zur anderen. »Aber ich denke, ich bin gerissener als ihr zwei. Eure Sturheit und eure ständigen Sonderwege nützen euch gar nichts.«

»Wir wollen nur das Beste für unsere Familie und unser Königreich«, sagte Jondralyn.

»Nein!«, erwiderte Jovan scharf. »Ich glaube dir kein Wort. Ihr seid doch noch meine Schwestern, oder nicht? Es ist eure *Pflicht*, euch mir gegenüber demütig und anmutig zu zeigen. Ihr habt nicht mehr viele Gelegenheiten, euren Wert für den Silberthron zu beweisen. Und wenn ihr alle vergeudet habt …« Jovan sprach die Drohung nicht aus, sondern machte mitten im Satz kehrt und stolzierte, gefolgt von der Reihe Tagritter, aus dem Sonnenvogelsaal.

Ein Moment verstrich.

Jondralyn erhob sich und ging am Tisch entlang. Sie packte Tala am Arm. »Hör mir gut zu, Tala. Die Burg kann schon bald für jede von uns zu gefährlich sein. Wir müssen überlegen, welche Alternativen wir haben. Es ist klar, dass unser Wert für unseren Bruder sich nur noch daran bemisst, wie sehr unsere Vermählungen dem Silberthron nutzen. Was er auch für Pläne hat: So nützlich sie ihm sind, so wenig vielversprechend werden sie für uns sein. Eines Tages«, sie blickte sich im Saal um und ihre Stimme wurde leiser als ein Flüstern, »fürchte ich, werden wir ihn umbringen oder gemeinsam fliehen müssen.«

Wie niederschmetternd ist es doch, wenn Unschuldige verurteilt werden. Einer der Gesalbten Laijons kann stets die Strafe auf sich nehmen und dem Gesetz Genüge tun. Doch der Tod des Gesalbten ist der Preis.

WEG UND WAHRHEIT LAIJONS

59. KAPITEL

AVA SHAY

AM ZWEITEN TAG DES FEUERMONDES IM 999. JAHR LAIJON – MONT SANKT EINZIG, ADIN WYTE

Ava Shay wanderte mit Mancellor Allen, Enna Spades und Spinnenholz den gepflasterten Pfad entlang und genoss die Aussicht. Der kreuzgangartige Weg, der sich an der Bergflanke zur Festung hinaufwand, war gesäumt von einem Spalier aus gebogenen Hölzern auf dünnen Steinsäulen, an denen Ranken und Dorngebüsch wie Girlanden wuchsen. Apfelbäume mit duftenden Sommerblüten wankten sanft im Wind. Durch die geschwungenen Bögen bot sich ihr ein großartiger Blick auf die Stallungen, die Kathedrale, die weiter unten lag, und auf die halb zerstörte Stadt Sankt Einzig noch tiefer im Tal.

Mehrere Hundert Kriegsschiffe von Aeros' Flotte ankerten in der westlichen Bucht. Die Halbinsel Adin Wyte erstreckte sich neblig und grün hinter der Stadt in den Norden. Darauf standen die Leinenzelte von zweihunderttausend Soldaten aus Sør Sevier, kleine weiße Flecken, so weit das Auge reichte, und jeder Krieger darin wartete auf die Belagerung von Lord's Point, die unmittelbar bevorstand.

Vor Ava erhob sich majestätisch die hohe Burg aus grauen Steinblöcken, mit schroffen Zinnen und schlanken Türmen. Das Leuchtfeuer auf dem höchsten strahlte nachts hell. Noch nie hatte sie ein so prachtvolles Bauwerk gesehen, ein Wunder, das ihr den Atem raubte. Die Festung von Sankt Einzig. Ihr neues Zuhause.

Bei ihrer Ankunft vor ein paar Tagen hatte Aeros ihr viele hübsche Kleider geschenkt und darauf bestanden, dass sie nichts anderes mehr anzog. Heute trug sie ein blassgrünes, mit einem eng anliegenden Mieder. Enna Spades neben ihr trug ihren üblichen blauen Erzrittermantel über der Rüstung. Ihre feuerroten Haare glühten geradezu in der Sonne. Mancellor Allen trug die Farben der Ritter vom Blauen Schwert und Spinnenholz sein schwarzes Leder.

Mancellor führte die Gruppe den Berg hinauf durch das Fallgatter des äußeren Tors und in ein enges Gewirr aus schmutzigen Gassen und gewundenen Treppen. Avas Mantel wirbelte Staub auf. Aufwärts gingen sie durch schmale Gänge in Richtung der Halle von Bruce, zu dem wuchtigen Bau, der die große Festung überragte. Ava wurde klar, dass sie erst zum zweiten Mal seit Aeros' Ankunft in Adin Wyte hier war.

Sie erreichten die breite Außentreppe, die zum Haupttor der Halle von Bruce führte, und stiegen hinauf. Sie wappnete sich gegen die fauligen Gerüche, die sie schon kannte. Schweiß lief ihr über die Stirn und sammelte sich unangenehm unter ihren Armen. Sie waren von den Stallungen aus sehr zügig gewandert, und sie fragte sich, wie die Ritter solche Anstrengungen in ihren schweren Rüstungen aushielten.

Die massiven Doppeltüren zur großen Halle standen bereits

weit offen, und Ava, Mancellor, Spades und Spinne traten in die übelriechende Düsternis. Die Halle von Bruce war ein hoher Saal von gewaltigen Ausmaßen. Ava dachte, sie könnte sich nie an den Dreck, den Verfall und den muffigen Gestank gewöhnen. Der Boden bestand aus großen, flachen Steinen, die in Vierecken ausgelegt waren, bestoßen, eingekerbt, befleckt und abgenutzt und alle mit einer Schicht Matsch und angetrockneten Fäkalien überzogen.

Die meisten der Skulpturen und Einrichtungsgegenstände in der Halle lagen umgestürzt herum. Verrußte rote Banner mit weißen, gekreuzten Speeren hingen hier und da von den Balken und Bögen. Die zerlumpten Wandteppiche an den östlichen und westlichen Wänden waren zum Teil zerrissen und durchlöchert und offenbarten das schimmlige Gestein darunter. Fleckige Mosaike zeigten sich zwischen den mottenzerfressenen Teppichen, dann Speere und Lanzen, doch auch sie waren zumeist heruntergefallen und lagen wie Streichhölzer auf dem Fußboden. Selbst Ava erkannte, dass es sich hier nicht um die Verwitterung und Abnutzung edlen Alters handelte, sondern schlicht um absichtliche Vernachlässigung. Jeder Quadratzentimeter hier sah so aus, als hätte man ihn, wenn überhaupt je, nur selten geputzt. Das Schrecklichste an diesem Ort waren jedoch die räudigen Hunde überall. Die meisten lungerten in Pfützen aus ihrer eigenen Pisse herum, manche waren verstümmelt, und alle spitzten die Ohren und blickten mit erwartungsvoll funkelnden Augen die Passanten an, als glaubten sie, dass jeder ihnen etwas zu Essen hinwerfen würde. Ava musste vom beißenden Gestank würgen.

Mancellor führte die Gruppe links und rechts um viele verstaubte Sessel, bronzene Stative, Pfannen aus eingelegtem Messing und Hundehaufen herum, bis sie schließlich den Speerthron am südlichen Ende der zugemüllten Halle erreichten. Aeros Raijael, Jenko Bruk, Hammerfiss und ein Dutzend weiterer Ritter hatten sich dort versammelt.

Inmitten der Gruppe stand ein großer weißer Hengst, Ser Gault Aulbreks Kriegsross Geist. Das Tier wirkte königlich und stoisch, wie eine funkelnde Kristallscherbe in all dem Dreck und der Düsternis. Am Sattelknauf hingen ein Langschwert und ein Erzritterhelm, beide gehörten ebenfalls Gault.

Ein gutaussehender und unglaublich blonder Mann, groß und mit kantigen Gesichtszügen, hielt sich in der Nähe des Pferdes auf. Ava hatte ihn noch nie gesehen. Er trug die Rüstung und Aufmachung eines Ritters vom Blauen Schwert. Sobald er sie erblickte, kniete er nieder. Ava jedoch ignorierte ihn und musterte den Kamin und die Balkone. Mitten in der westlichen Wand gab es eine Feuerstelle, die groß genug war, um als Schlafzimmer zu dienen. Geschmolzenes Wachs und Dreck bedeckten das ehemals prachtvoll verzierte Steingesims, und innen hatte man zerhauene Sessel, Betten, Tische und andere nutzlose Dinge gestapelt. Weiter oben, über dem Kamin und den Wandteppichen, verlief eine Galerie mit steinerner Balustrade um den gesamten Raum, auf die man über eine Treppe am Nordende gelangte. Ava fragte sich, ob sie wohl Zugang zu geschützten Alkoven oder Terrassen mit Blick auf die See bot. Wenn ja, würde sie gerne hinaufgehen und etwas frische Luft schnappen. Noch über der Galerie erhoben sich Buntglasfenster. Das Glas war so verrußt, dass die Sonne nur schwach und matt hindurchdrang. Die Halle war in spukhaftes Licht getaucht.

»Sie beachtet mich kaum«, merkte der blonde Mann auf Knien an. »Ich muss sagen, ich bin verletzt, Lord Aeros.«

»Vielleicht bevorzugt sie König Edmon«, sagte der Weiße Prinz. Im fahlen Licht wirkte seine Haut so aschgrau, dass sie sich kaum von seiner Tunika und dem Mantel abhob. Die tintendunklen Augen hatte er auf den Speerthron gerichtet.

Ava sah auch dorthin. Der Thron an sich bestand aus einem großen, aber einfachen Holzsessel mit Schnitzereien und rotem

Samtpolster. Auf ihm lag ein großer Schäferhund mit schlammfarbenem Fell. Das Tier schlief, und Sabber lief ihm aus den Lefzen und tropfte vorn am Sessel hinunter. Zu beiden Seiten des mit Stacheln besetzten Throns standen je zwei bewaffnete Wachen in der rotweißen Aufmachung von Adin Wyte. Steif wie Statuen hielten sie Hellebarden mit vergoldeten Speerspitzen an den Schultern.

König Edmon Guy Van Hester saß im Schatten auf dem verdreckten Boden und blickte zu Aeros auf. »Bitte setzt Euch auf meinen Thron, Euer Gnaden«, krächzte er. Flehentlich hielt er eine unförmige Hand hoch. »Tut mir doch diesen Gefallen. Oder lasst zumindest Eure Dame hier sitzen, mir zuliebe.«

Der Hund auf dem Thron erwachte schnaubend und leckte dem Alten über die Hand. Ava verzog angeekelt das Gesicht.

»Ich dachte, ich hätte Euch befohlen, diesen Saal reinigen zu lassen«, sagte Aeros und fasste mit weißem Handschuh nach den Zügeln des weißen Hengsts. »Ich habe Euch ausreichend Diener dafür gegeben, die auch meine Schlafstatt geschrubbt haben, die nun hoffentlich bald bereit ist.« Er strich dem Pferd über die Nüstern.

Edmon sah die ganze Gruppe, einschließlich des Tieres, mit triefenden Augen an. »Ich ersuche euch alle, entschuldigt bitte meine Versäumnisse. Meine Frau ist aber fort, verschwunden, tot vielleicht. Beatriz kümmerte sich um die Sauberkeit. Ich habe all ihre Diener entlassen, bis auf das reizende Fräulein Leisel. Sie bringt Eurer hochgeschätzten Gefährtin sogleich Erfrischungen, mein Lord Aeros, wenn Ihr gestattet.«

Ava fand es seltsam, wie Edmon sprach und sich bewegte. Unsicher und schwankend kam er auf die Füße, fast wie ein Invalider. Er trug einen zerlumpten Mantel, der – wie seine Hose – für einen kleineren Mann geschneidert zu sein schien.

Vorsichtig ging er auf Aeros zu, krumm und vornübergebeugt,

mit weichen Knien und hager, als würde er bald zu Staub zerfallen. Er diente sich dem blonden Ritter neben Aeros an. »Leisel bringt Euch auch etwas Kühles zu trinken, werter Ser.«

»Ihr seid peinlich, Edmon«, sagte der blonde Ritter. »Euer Thron ist eine Schande. Hat Euch die Mordanklage gegen Euren Sohn in Amadon so entwürdigt, dass Ihr Euch nun vollkommen gehenlasst?«

Man munkelte, dass Edmons einziger Sohn, Ser Squireck Van Hester, in Amadon einen der Fünf Erzbischöfe ermordet und Schande über den einst so edlen König von Adin Wyte gebracht hatte. Aeros hatte sein Königreich zwar zerstört, aber dann hatte der Weiße Prinz Edmon in der Festung weiter regieren lassen. Dabei wusste jeder, dass Aeros Raijael das Sagen hatte. Edmon Guy Van Hester war nur mehr ein trauriger alter Mann, der seine letzten Tage in diesem verkommenen stinkenden Loch verbrachte, das vormals eine prächtige Halle gewesen war.

»Ich lebe nur allein durch Eure Gnade, edler Lord Aeros.« Jetzt schnüffelte Edmon ganz komisch beim Sprechen. »Und wie ich schon sagte, ist mir wohl meine Frau abhandengekommen. Sie kümmerte sich um die Sauberkeit hier.« Sein Mantel ging an der Hüfte auf und zeigte das abgegriffene Heft eines Schwerts. Mit knochendürren Fingern griff Edmon danach und zog das Schwert langsam aus dem ledernen Futteral.

»Ja, ich lebe in Schande.« Er streckte Aeros den Schwertgriff hin. Die Klinge glänzte nicht, sie war nur stumpfes Metall. »Nehmt und schlachtet mich hin, gleich hier, wenn Ihr müsst. Richtet mich um der erheblichen Unfähigkeit willen, die ich Euch gegenüber zeige.«

»Unsinn«, sagte Aeros. »Ich bin hier, um Euch den neuen Lord von Sankt Einzig, Euren neuen Herrn, Ser Ivor Jace, vorzustellen.« Er deutete auf den blonden Ritter, der sich vor Ava verneigt hatte.

»Ihr wollt mich ersetzen?« Edmon richtete sich etwas auf und steckte das Schwert wieder zurück. In dieser einen Geste glaubte Ava, den einst edlen und eindrucksvollen Mann irgendwo in dieser beklagenswerten Kreatur zu erkennen. »Ivor ist schon eine Weile hier, und jetzt wollt Ihr mich gegen ihn austauschen?«

»Das habt Ihr doch von Anfang an gewusst«, sagte Aeros.

»Ich beschwöre Euch, sagt, dass es nicht wahr ist.« Edmons Haltung welkte bereits. »Dass ein Edelmann wie Ihr uns, ja unser gesamtes Königreich, mit solch schrecklicher und widerwärtiger Barbarei überzogen hat und mir dennoch meinen Thronsaal und meine Burg und die ganze Festung ließ, kündet doch von Eurer göttlichen Güte, nicht? Warum jetzt etwas ändern, zu dieser späten Stunde?«

»Hättet Ihr Euch wie ein Mann verhalten und diesen Ort nicht derart verkommen lassen, könnte ich Euch womöglich Eure traurige kleine Regentschaft weiterführen lassen. Da die Dinge aber leider so stehen, ist Ser Ivor Jace nun der neue Herr von Sankt Einzig und König von Adin Wyte.«

Ava sah noch einmal auf den blonden Ritter, der sich tief vor Aeros verneigte. Als Erstes fiel ihr seine Größe auf. Nicht ganz so imposant wie Hammerfiss, aber beinahe. Sein Gesicht, wohlgeformt und ansehnlich, mit Narben an Kiefer und Hals, hatte einen leicht überheblichen, spöttischen Anstrich. Seine ohnehin edle Gestalt umgab natürliche Selbstsicherheit.

»Ser Ivor ist ein kühner Ritter.« Die Stimme des Weißen Prinzen tönte nun durch die Weiten der Halle von Bruce. »Er würde es mit bloßen Händen gegen ganz Gul Kana aufnehmen, wenn ich es befehle.« Aeros suchte Jenko Bruks Blick und sah dann Mancellor Allen an. Schließlich drehte er sich mit gnadenlosen Augen, durchdringend und schwarz wie der Fluch eines Dämons, wieder zu Edmon Guy Van Hester. »Hört gut zu, Ser Edmon, denn Ihr lernt nun einige Dinge über Euer eigenes Reich. Oder vielleicht rufe ich Euch nur wieder ins Gedächtnis, was Ihr schon wisst. Ser

Ivor stand einst als werter Ritter in Euren Diensten. Er war ein Soldat von Adin Wyte, aufgewachsen weit oben im Norden, in Sturmwarte. Ser Ivor überlebte meinen Angriff dort. Ich erhob ihn in meine Armee. Er erwies sich im Krieg als würdig. Tatsächlich war er der Held in der Schlacht um den Wehrturm von Kragg. Nun mache ich ihn zum Lord von Sankt Einzig. Was haltet Ihr davon, Ser Edmon?«

»Wie Ihr es wünscht, so soll es geschehen.« Edmon sank wieder in den Schatten am Speerthron und streichelte mit seinen knochigen Fingern den Fuß des samtbezogenen Sessels. Der sabbernde Hund sah ihm gelangweilt zu.

Aeros übergab Ivor die Zügel des weißen Hengstes. »Ich vermache Euch das Ross von Ser Gault Aulbrek.« Igor bezeugte seine Ehre und griff dann mit der Linken nach dem Zaumzeug. »Das Kriegsross heißt Geist«, sagte Aeros. »Möge es Euch wohlbehalten tragen.«

»Ich fühle mich geehrt«, sagte Ivor und verneigte sich wieder.

Ava dachte, dass er sich gerne zu verbeugen schien, aber zugleich kam es ihr auch wie Schauspielerei vor.

»Geist ist einer von fünf besonderen weißen Hengsten«, sprach Aeros weiter, »es sind mächtige Rösser, die meinen Erzrittern dienen, zu denen Ihr nun gehört.«

Ivor ging wieder in die Knie. Spades und Spinne sahen einander an, als Aeros sich seinerseits verneigte und dann weitersprach: »Gaults Schwert und Helm hängen am Sattel. Die passende Rüstung erhaltet Ihr später.« Er ließ den Blick durch den Saal streifen und sah ein blondes Mädchen näher kommen. »Ah, ja, dann lasst uns trinken.«

Das strohblonde Mädchen von vielleicht fünfzehn Jahren trug ein gewaltiges ausgehöhltes Ochsenhorn, das mit dunklem Met gefüllt war. Demütig trat es in den Kreis der Ritter und verneigte sich vor Aeros. Aeros verneigte sich ebenfalls.

Verblüfft bemerkte Ava die weichen Augen und die strahlend vertrauensselige Haltung des hübschen Mädchens. Sie hatte Sommersprossen um die Nase und auf den Wangenknochen in ihrem zarten Gesicht.

»Junge Leisel.« Aeros' Lippen verzogen sich zu etwas, das einem Lächeln nahekam. »Mit kühlen Erfrischungen, gerade rechtzeitig für unseren neuen Erzritter.« Er wandte sich an Ivor. »Auf Euch.«

Ivor nahm das gewaltige Ochsenhorn mit der rechten Hand entgegen und trank gierig. Dann bot er Geist vom Met an. Der Hengst schnaubte und machte mit hohl klappernden Hufen einen Schritt zurück. Voller Abscheu beäugte das Tier das Ochsenhorn vor seinen Nüstern.

»Na, dann eben nicht, du wählerischer Klepper.« Ivor runzelte die Stirn und verneigte sich vor seinem Pferd. »Bleibt mehr für mich.« Er lächelte Aeros an. »Ich fand immer schon, dass ein stattliches Kriegsross ein vortrefflicher Trinkgenosse ist, aber ach, der Hengst, den Ihr mir vermacht habt, scheint der Vorstellung seltsamerweise abgeneigt zu sein.«

»Ser Gault war niemand, der mit Vierbeinern getrunken hat.« Hammerfiss grinste – sein ohnehin großer Mund zog sich noch mehr in die Breite. Dadurch verschoben sich die blauen Tätowierungen des Clans der Suk Skard in seinem Gesicht. Die kleinen Talismane in seinem verfilzten Bart klimperten. »Ich fürchte, Gaults Schimmel konnte nie einen Geschmack für Alkoholisches jeder Art entwickeln.«

»Was für eine Schande«, sagte Ivor. »Ein Beisammensein wird erst durch ein besoffenes Pferd richtig lustig.«

»Ha! Deine Neigung zum Absurden hat mir doch immer schon gefallen, Ser Ivor.« Hammerfiss lachte herzlich. »Ich jedenfalls finde es gut, dich wieder bei uns zu wissen.« Dann schnappte der rothaarige Riese sich das Ochsenhorn von Ivor, trank den Met in einem Zug aus und lachte wild.

Auch Ivor lachte. »Du kommst einem Kriegsross von der Größe am nächsten, also trink aus, altes Pferd, trink aus.«

Hammerfiss grinste noch breiter. »Du hast Glück, dass es mir nichts ausmacht, ein Pferd genannt zu werden.« Er schlug dem Mann auf die Schulter. »Mit fehlt das Kämpfen an deiner Seite, Ser Ivor.«

Ivor grinste. »Na, dazu wird es nun bald wieder kommen, Ser Hammerfiss. Binnen Tagen, denke ich.«

»Prächtig.« Hammerfiss neigte bewundernd den Kopf. »Ich kann es kaum erwarten.«

»Ich hätte wohl auch gern etwas von dem Met«, krächzte Edmon Guy Van Hester dazwischen. Er sah Leisel böse an. »Willst du wohl gehorchen und mir wenigstens noch etwas Hundefutter bringen?«

Das Mädchen griff in den Stoffbeutel an seinem Gürtel und warf eine Handvoll getrocknetes Räucherfleisch auf den Boden vor Edmon. Der alte Mann krabbelte darauf zu. Aber auch der sabbernde Schäferhund sprang vom Thron und schnappte die paar Stückchen, bevor Edmon in die Nähe kam. Knurrend kamen ein paar andere Hunde dazu und stritten um die Reste.

»Spades, Hammerfiss und Mancellor kennt Ihr bereits«, sagte Aeros zu Ivor, ohne die Hunde zu beachten. »Nun will ich Euch Ser Jenko Bruk vorstellen.«

Jenko trat in seiner Rüstung der Ritter vom Blauen Schwert vor. Ivor schüttelte ihm heftig die Hand. Jenko war zwar groß und stark, aber bei Weitem nicht so wie Ivor.

»Und meine liebreizende *Prinzessin* Ava Shay«, sagte Aeros mit Betonung auf dem Titel.

Da sie nicht wusste, was sie sonst tun sollte, verneigte Ava sich vor dem neuen Erzritter.

»Wahrlich wunderschön.« Ivors Stimme klang arrogant und ölig.

Er nahm ihre Hand, zog ihre Finger an seine Lippen und küsste sie. Ava stellten sich dabei die Haare auf. Ivor blickte sie eindringlich an. »Welch prächtige Kinder Ihr zeugen werdet, mein Lord Aeros. Welch prächtige Kinder mit einer derart göttlichen Prinzessin wie Ava Shay.«

Als Ivor Avas Hand losließ, kroch Furcht ihr wie glitschige Schlangen durch die Adern. Sie warf einen Blick auf Jenko. Vor Eifersucht war sein Gesicht knallrot. *Bin ich schon schwanger?* Vor Angst zog sich ihre Kehle zusammen. Ihr einziger Trost war: Sie erkannte den Ursprung dieser bösartigen Furcht in sich selbst und hielt sie nicht für eine schaurige Verwirrung der Totengeister. Die hatten sie nun schon fast einen Mond lang nicht behelligt.

In einer Kakofonie aus Bellen und Jaulen kämpften immer mehr Hunde um die letzten Fleischfetzen. Um den Speerthron entstand ein Wirbel aus Körpern, Fell und gefletschten Zähnen. Der alte König Edmon steckte mittendrin und knurrte und rangelte mit den Tieren.

Hammerfiss lachte laut auf. »Ich setze zwei Kupfermünzen auf den Alten!«

»Und ich sage, der Schäferhund siegt!«, rief Ivor.

Weder Avas Nerven noch ihr Magen ertrugen den schrecklichen Lärm und das Chaos, das die Hunde im Kampf erzeugten. »Darf ich auf dem Balkon etwas Luft schnappen?«, bat sie Aeros hastig.

»Gewiss, meine Prinzessin.« Aeros verneigte sich vor ihr. »Hundekämpfe sind etwas für Krieger, und du bist noch keine Kriegerin.« Er legte eine Hand auf ihre Schulter und strich ihr mit der anderen zart über den Bauch. »Ab jetzt achten wir beide auf deine Gesundheit. Du brauchst dich nicht mit dem Dreck der Hunde, mit den Fäkalien oder dem Gestank Ser Edmons zu plagen.«

Zu Avas Ärger begleitete Spades sie auf den Balkon. Sie traten unter dem gewölbten Bogen der Galerie nach draußen, heraus aus der Halle von Bruce, hinein in die frische Luft. Bunte Schmetterlinge flatterten von der brusthohen Balustrade auf. Ava griff mit bebenden Händen nach dem Geländer, weil ihr schwindlig wurde. Spades lehnte sich neben ihr an und genoss die Aussicht.

Sie befanden sich hoch oben in der Wand des Bergs, unter ihnen nichts als scharfe Klippen und felsige, von Gischt umsprühte Küste. Durch den sandigen Kanal im Osten erreichte man nach gut zehn Meilen Lord's Point, dahinter erstreckten sich die Höfe und bewaldeten Täler bis nach Lokkenfell. Ganz am Horizont sah sie blass die Gipfel des Herbstgebirges.

Die Kathedrale von Lord's Point ragte in greller Pracht aus dem gewaltigen Labyrinth aus Straßen und Bauten der Stadt. Ebenso die Burg hinter den Mauern. Ava hatte noch nie eine so große Anlage gesehen, schon gar nicht aus der Vogelperspektive. Sie fragte sich, wie Aeros' Armee einen so bevölkerten Ort einnehmen wollte. Südlich von Lord's Point campierten in Erwartung der Belagerung bereits gut fünfzigtausend Soldaten aus Sør Sevier. Sie selbst hatte diese Massen auf ihrem Schlachtzug die Küste Gul Kanas hinauf begleitet. Fast zweihunderttausend weitere Krieger aus Sør Sevier warteten auf der Halbinsel nördlich von Sankt Einzig.

Im Westen erkannte sie die Klippen von Wyn Darrè und die in den Himmel wachsenden fünf Laijontürme. Von hier, von der Spitze von Adin Wyte aus, konnte Ava sowohl Gul Kana als auch Wyn Darrè sehen. Viele sagten, die Festung von Sankt Einzig biete die prachtvollste Aussicht der ganzen Fünf Inseln.

Ein zarter Wolkenschleier trieb direkt über ihr gemächlich auf Lord's Point und Gul Kana zu, und sie wusste, Aeros' Armeen würden bald folgen. Der Weiße Prinz wollte in Kürze zuschlagen. Er hatte ihr einen Teil seiner Pläne verraten. Die Meerenge zwischen Sankt Einzig und Lord's Point war zehn Meilen breit und flach. Die Gezeiten, so hatte er erklärt, zogen das Wasser jeden Nachmittag für vier bis sechs Stunden zurück, sodass man den Weg vom Mont Sankt Einzig nach Lord's Point durchs Watt laufen konnte. Während der Ebbe würde seine zweihunderttausend Mann starke Armee von der Halbinsel nördlich von Sankt Einzig losmarschieren und Lord's Point von Westen her angreifen, während die fünfzigtausend südlich der Stadt von dort aus vorrücken sollten. Außerdem hatte Aeros ihr verraten, dass er noch eine besondere Überraschung für die armen Seelen von Lord's Point parat hatte.

»Aeros will die große Axt in der Schlacht führen«, sagte Ava laut. Plötzlich wollte sie der Frau neben ihr die Geheimnisse verraten.

Spades steckte die Hand in den kleinen runden Schild, den sie am Gürtel trug, und zog die Kupfermünze hervor, die sie immer bei sich hatte – jene aus Gul Kana mit dem Abbild von Prinzessin Jondralyn Bronachell. Gedankenverloren warf sie sie in die Luft und fing sie geschickt wieder auf. Mehrmals.

»Habt Ihr mich nicht gehört?«, fragte Ava leicht verärgert.

»Aeros will den *Mond des Vergessens* tragen?«, sagte Spades.

»Und die *Einsame Krone.*« Ava beobachtete die funkelnde Münze in der Hand der Frau. »Und die zwei Engelssteine will er mitnehmen. Er hat dafür eigens einen besonderen Lederbeutel gemacht, den er am Gürtel trägt. Er glaubt, die Steine sind so mächtig, dass er unverletzbar ist.«

»Wolltest du deshalb auf den Balkon? Um Aeros zu verraten und die Geheimnisse deines Lords auszuplaudern?«

»Nein.« Sie schluckte nervös. »Ich wollte hier raus, weil ...«

Entschlossen schob sie Schultern zurück. »Weil ich ... so sehr ich die Pracht bewundere, die überall in der Halle von Bruce zu finden ist, bin ich doch lieber draußen.«

»Ha.« Spades verzog die Lippen zu einem Lächeln. »Das Mädchen reißt einen Witz. Glaube ich.«

»Kann sein«, murmelte Ava und blickte wieder auf die sandige Meerenge.

»Wenn doch Mancellor Allen deine geistreichen Sprüche hören könnte. Der würde bestimmt mit dir lachen. Jenko vielleicht auch. Ich habe wirklich alles unternommen, um die Lust aus diesem Jungen zu saugen, aber ich sehe, wie er dich immer noch anguckt.«

Bei diesen Worten machte Avas Herz einen Sprung. Spades wusste genau, wie sie sie immerzu verunsichern konnte.

»Jenko wird aber nie der deine sein, und du nicht die seine«, sagte Spades dann. »Und das ist eigentlich auch gut so. Selbst wenn ihr geheiratet hättet und euch dem friedlichen Leben in Galgenhafen hättet hingeben können, hätte Jenko dich am Ende doch enttäuscht. In ihm steckt zu viel vom Lebemann, vom Getriebenen.« Jetzt warf Spades die Münze nicht mehr. »Aber wie Mancellor um dich herumscharwenzelt, ist ja noch schlimmer als bei Gault. Glaub ja nicht, dass Aeros auch nur eine seiner kleinen Schmeicheleien übersieht.«

»Warum quält Ihr alle so?«

»Pass nur auf, wie du auf diese Schmeicheleien reagierst, sonst fürchte ich, dass Ser Mancellor dasselbe Schicksal ereilt wie Gault.«

»Mancellor hat von mir nichts zu befürchten. Gault hatte das auch nie.«

»Ach, süße Qualen und bittere Früchte junger Liebe.«

»Ich weiß nicht, wovon Ihr redet.«

»Klar weißt du das. Das ist eben ein Spiel, das wir Mädchen spielen. Die hübschen wie wir können das ganz von allein. Oft bekommen wir so, durch dieses Spiel mit den Männern, das, was wir im Leben am meisten wollen. Ich jedenfalls erkenne, dass du es gut beherrschst.«

Ava wusste inzwischen die Zeichen zu lesen, wusste, wann Spades unbedingt jemanden quälen und ärgern wollte. Jetzt war so ein Moment, und Ava wollte damit nichts zu tun haben. *Ein direkter Weg in den Wahnsinn.*

»Ich weiß noch, wie ich ein kleines Mädchen war«, sagte Spades. »Ich lag unter einem Apfelbaum, habe in die Blätter geguckt und mir vorgestellt, dass alle Äpfel kleine Welten sind, auf denen Kriegerengel leben. Ich war so ein Kriegerengel und habe in den Sternen gelebt, meine eigene Welt regiert und mich gefragt, wie ich das schaffen soll. Schließlich war es doch ein Spiel der Männer, und wenn ich das nicht mitspielte, würde ich nie hoch oben in den Sternen sitzen können.«

Ava erinnerte sich an die Unterhaltung, die sie mit Nail über Sterne und Kriegerengel geführt hatte. Ihn hatte sie der Huldigung einer Göttin bezichtigt, als er so etwas erzählt hatte.

Aber wer glaubt schon etwas, das Spades sagt?

Ava wandte sich von der schwindelerregenden Aussicht ab und drehte sich zur Halle von Bruce um, die verglichen mit dem sinnlosen Geplänkel mit Enna Spades vielleicht die bessere Wahl war.

Sie nahm ihren Mut zusammen und wollte sich gerade verabschieden, da sah sie im matten Fenster gleich links neben dem Steinbogen ihr eigenes Gesicht gespiegelt. Der Anblick ihres Abbilds im Schmutz der Scheibe erschreckte sie. Mit dem Ärmel ihrer Bluse wischte sie das Glas sauber und trat ein Stück zurück in die Sonne.

Ihr Spiegelbild verblüffte sie. Sie war wesentlich hübscher, als sie sich in Erinnerung hatte, sie strahlte geradezu. Eine furchterregende Schönheit.

Erfüllt Aeros mich dann wirklich mit seiner Essenz? Aus ihren Augen sprühte grünes Feuer. *Ich besitze dich, und ich mache dich rein*, hatte er einmal gesagt. *Alles, was ich tue, ist geheiligt. Alles, was ich tue, geschieht um deinetwillen. Siehst du das denn nicht? Wenn du bei mir liegst, hole ich dich in die heilenden Kräfte der Götter. Unsere himmlischen Sitzungen werden von Raijael und von Laijon gesegnet. Darin nehme ich deinen Schmerz, deine Sorgen und deine Sünden auf mich. Ich nehme selbst die Totengeister in dir auf mich. Ich trage deine Bürde.*

Sie versuchte, das Gesicht mit ein paar Haarsträhnen zu verdecken. *Scheint seine Durchsichtigkeit nun durch meine eigene Haut?* In seinem Gehabe lag eine schreckliche Schönheit. *Steckt die auch in mir? Eine Schönheit, versengt von Wahnsinn und Trauma?* Doch sie sah, dass ihre Schönheit verletzlicher und ungezähmter war, seine hingegen kontrolliert und grausam.

Und meine Augen sind grün! Aeros Augen waren so tiefschwarz, dass sie es mit der Mitternacht aufnehmen konnten.

Ich gehöre ihm! Ich bin nichts als seine Prinzessin. Und das, so schien es, war das Spiel der Männer. Als Aeros' Besitz war ihr einziger Lebenszweck die Befriedigung der Lust, der Gier seiner Lenden. Sie wandte sich von ihrem Spiegelbild ab, das sich nun im rauchigen Glas zitternd zu verzerren schien.

Spades starrte sie neugierig an.

Zwischen ihnen in der Luft tanzten fünf Schmetterlinge umeinander: ein weißer, ein schwarzer, ein grüner und ein blauer.

Der fünfte, blutrot, landete ganz kurz auf Avas Schulter und flatterte dann davon …

Menschen, fragt ihr, wie soll man sie am besten vernichten? Durch die Abgründe ihrer Unwissenheit sollen sie vernichtet werden, unter dem brodelnden Bauch des Sturmes, den sie selbst aufgerührt haben, sollen sie vergehen.

DER KODEX DER ENGELSSTEINE

60. KAPITEL

BISCHOF HUGH GODWYN

AM VIERTEN TAG DES FEUERMONDES
IM 999. JAHR LAIJON – LORD'S POINT, GUL KANA

Zwar sind diese Bedingungen ein Witz, aber ich akzeptiere sie.« Brown R'elks Stimme klang so weich wie der Rauch aussah, der von seiner gedrehten Pfeife aufstieg. Der Oghul lag ausgestreckt auf einem samtroten Plüschsofa, die nackten Füße auf einem Hocker mit Bärenfellbezug. Das Elfenbeinmundstück der Pfeife stieß klackend an seine Zähne, wenn er zog. Sein stilvoller Wohnsitz und die gemessene Sprache verliehen ihm eine gehobene Weltgewandtheit, die Godwyn sich bei einem Oghul nicht hätte träumen lassen.

Das Gesicht von Brown R'elk war keilförmig und umbragrau gefärbt, seine klaren Augen dunkelbraun. Die rote Tränentätowierung auf seinem Wangenknochen unter dem linken Auge wies ihn als Marketender dunkler Alchemie aus. Er trug einen dicken, violetten Mantel mit Pelzbesatz, der ihm bis zu den Fersen reichte, und ein elegant genähtes Hemd aus feinem Leinen darunter. Seine Hose aus weichem Ochsenleder war makellos rein.

Tatsächlich wirkte das gesamte Anwesen Brown R'elks sauber und edel. Er bewohnte ein großes, stattliches dreigeschossiges Haus in der Nähe des städtischen Platzes von Lord's Point. Üppige Spaliergärten umgaben die Pforte am Eingang, genau wie S'ist Runk es beschrieben hatte.

»Ich könnte mehr von dir verlangen, alter Mann, aber ich möchte helfen, dass der Junge wieder ganz gesund wird.« Brown R'elk zog ein letztes Mal lange an der Pfeife und erhob sich, dann legte er sie zur Seite. »Und du bist ein feines Hündchen.« Er tätschelte Seidel den Kopf und durchquerte dann das verrauchte Empfangszimmer, bis er zu einem dunklen Holzschrank am anderen Ende gelangte, von dem er in jeder Hand einen kupfernen Humpen mitbrachte. Einen gab er Dokie Liddle. Er war randvoll mit Blut des Drachen. Liz Hen Neville beäugte den Trank gierig.

Blut des Drachen war selten und gefährlich. Zusammen mit Rauthouin Bane aber konnte es nahezu alles heilen. Ein Schluck verlieh praktisch jedem unnatürlich starke Gesundheit. Manche mussten die heilenden Kräfte jedoch teuer bezahlen. Mit Abhängigkeit. Und Liz Hen war eindeutig süchtig.

Dokie schob die graue Kapuze in den Nacken. Aschfahl und schwach trank er den halben Humpen aus und gab ihn dann an Liz Hen weiter. Sie warf ihren Mantel ab und leerte den Rest. Danach barg sie den Humpen schützend in beiden Händen und hielt Ausschau nach mehr. Ihr Mantel lag auf dem Boden, und jeder konnte das Schwert aus Sør Sevier an ihrer Hüfte sehen.

Brown R'elk schien es nicht zu kümmern, und er bot Dokie nun das Rauthouin Bane. Der Junge trank, und die farblose Flüssigkeit machte seine Haut sofort gesünder.

»Ich spüre es«, sagte Dokie. »Es gibt mir Kraft.« Er verneigte sich vor dem Oghul. »Vielen Dank, guter Ser.« Brown R'elk neigte seinerseits kurz den Kopf.

»Du bist praktisch geheilt.« Liz Hen, den Kupferhumpen noch in der Hand, umarmte Dokie. »Es ist ein Wunder, dass wir dich aus dem Gletscher bringen konnten, so vergiftet, wie du warst. Ein Wunder, dass wir dich nach Lord's Point geschafft haben.« Als sie den Jungen wieder losließ, blickte sie mit blutunterlaufenen Augen in den leeren Humpen und wieder durch das Zimmer.

Sie ist bereits betroffen! Blut des Drachen zu trinken, verändert die Chemie im Körper und lässt die Augen rot werden. Bischof Hugh Godwyn gab sich die Schuld für ihre Sucht. *Aber jetzt lässt es sich nicht mehr ändern …*

Er schob seine Kapuze nach hinten und machte sich mit klopfendem Herzen bereit.

»Du hast dem Preis zugestimmt, alter Mann«, sagte Brown R'elk und kniff die Augen zusammen, als er die verräterischen Anzeichen für das Aderlassen an Godwyns Hals bemerkte.

Der Bischof nickte. Sein ganzer Körper bebte erwartungsvoll. Die Reise hierher hatte so lange gedauert. Elf Tage war es nun her, dass sie in Stanclyffe Segel gesetzt hatten, gestern früh waren sie dann in Lord's Point angekommen und wieder im *Schlüsselwärter* eingekehrt. Auf der Überfahrt hatte Dokie die meisten seiner Fähigkeiten in den ersten Tagen wiedererlangt und war dann stetig gesünder geworden. Die Medizin, die S'ist Runk dem Jungen verabreicht hatte, hatte Wunder gewirkt.

Godwyn selbst war den größten Teil der Reise mit seiner Sucht nach dem Aderlassen beschäftigt gewesen. Seit Stanclyffe hatte er sich kaum je auf einen einzigen Gedanken konzentrieren können. Seine Augen waren nunmehr zwei schmerzerstarrte Punkte, sein Magen ein einziger Knoten. Ganz zu schweigen vom Schweiß, der unablässig an ihm herunterlief. *Ja, ich habe den Bedingungen zugestimmt, aber der Preis ist für mich alles andere als ein Witz …*

Mit angeschwollenem Zahnfleisch und verstörend hungrigem Blick kam Brown R'elk auf Godwyn zu. Der Bischof erwartete ihn ergeben und bebend vor Erwartung.

Als Brown R'elk die Hauer in seinen zurückgebogenen Hals versenkte, umfingen Godwyn alles verzehrende Verzückung und Ekstase.

»Ich bin Leif Chaparral, Hauptmann der Tagritter!« Leifs Stimme erschallte über der Menge. Der große Ritter stand mit geschminkten Augen und dunklen, langen Haaren mitten auf dem Platz von Lord's Point auf einem Steinpodest, und hinter ihm ragten die Türme der Kathedrale in den Himmel. Neben ihm standen Lord Kelvin Kronnin und einige blau gekleidete Mitglieder der Meeresgarde sowie Soldaten der Wolfsgarde in den kastanienbraunen und grauen Farben von Rivermeade.

»Wie ihr alle wisst«, sprach Leif weiter, »hat eine Armee des Weißen Prinzen keine zehn Meilen südlich von hier ihr Lager aufgeschlagen! Fünfzigtausend Mann stark!«

Die Menge zu seinen Füßen bestand aus Rittern und anderen Einwohnern von Lord's Point, die alle Schulter an Schulter standen. Viele schrien: »Wir stellen uns dem Weißen Prinzen! Lasst uns losschlagen!«

Leif brachte sie mit einer Geste zum Schweigen. »Fünfzigtausend sind sie! Aber fürchtet euch nicht, denn wir haben bald zweimal so viele hier in Lord's Point!« Jubel brandete in der Menge auf. Leif machte einen Schritt zurück und sog die kraftvollen Rufe auf.

Seine schwarze Lackrüstung war poliert wie ein Obsidian, und der silberne Übermantel um seine Schultern glänzte. Der Silberwolf im Kastanienfeld auf dem Wappen an seiner Brust wies ihn als Adligen aus Rivermeade aus, und das schwarze Schwert mit dem opalverzierten Griff an seinem Gürtel kündete von seinem Rang als Tagritter.

Godwyn trug ein ähnliches Schwert unter seinem grauen Mantel. Die Haare klebten ihm unter der Kapuze in Strähnen auf der Stirn. Seine Augen brannten, der Magen drehte sich ihm um, und er schwitzte am ganzen Körper. Er stand mit Liz Hen, Dokie und Seidel inmitten der Massen. *Es ist zu belebt hier … zu laut.* Gern wäre er weitergezogen, doch was Leif da verkündete, hatte wahrhaft historische Tragweite.

Als der donnernde Jubel verebbt war, sprach er weiter: »Ritter aus allen Teilen Gul Kanas haben sich unter den Farben Amadons und Lord's Points versammelt! Versammelt, um mit den Bannern von Rivermeade und jedem anderen Ort in den Krieg zu ziehen! Und täglich kommen mehr dazu!« Wieder jubelten die Leute.

Leif hatte recht. Seit Godwyn wieder in Lord's Point war, hatten sich die gesamte Zusammensetzung und das Aussehen der Stadt gegenüber dem letzten Mal drastisch verändert. Da lungerten nicht mehr nur Marketender, Bürger und verschiedene Händler herum. Jetzt verstopften Ritter und Söldner die gepflasterten Straßen, Truppen und kleine Gruppen jeder Couleur, einschließlich Pferden, Zelten, Knappen und allen funkelnden Beigaben des Krieges.

»So ein schöner Ritter ist er.« Liz Hen gaffte Leif Chaparral mit großen, roten Augen an. *Das Blut des Drachen, es verändert sie immer noch und wirkt seine schaurigen Zauber in ihrem Kopf …*

»Gestern Abend erhielt ich schlechte Nachrichten von meinem Kundschafter in Sankt Einzig!«, rief Leif Chaparral. »Aeros Raijael hat gut zweihunderttausend Soldaten auf der Halbinsel im Norden von Sankt Einzig, gleich am anderen Ufer von hier zusammengezogen!«

Godwyn dachte bei sich, dass die meisten hier Versammelten diese Gerüchte bereits kannten und erwarteten, dass Leif sie bestätigte. Dennoch war es dumm von ihm, so offen darüber zu sprechen, welche Spione er in Sankt Einzig hatte.

Leif fuhr fort: »Der Weiße Prinz plant einen Angriff auf Lord's Point mit der vollen Schlagkraft seiner Armee von der anderen Seite des Kanals von Sankt Einzig! Ich kenne den genauen Tag noch nicht, doch es wird bald sein! Der Angriff wird bei Ebbe beginnen, wenn zweihunderttausend Ritter diese spärliche Sandbank queren, die Lord's Point von Sankt Einzig trennt! Und wir lassen ihn kommen!«

Die Zuhörer befanden sich nun wieder in Aufruhr, reckten die gezogenen Schwerter in den Himmel und brüllten nach Krieg. Leif bedeutete ihnen zu schweigen. »Seid gewiss! Wir aus Gul Kana werden alle Waffen versammeln! Alle Ritter! Soldaten! Söldner! Wärter! Jeder *Mann* in dieser Stadt, der eine Waffe in der Hand halten kann, wird bereitstehen! Ich werde die Stunde des Angriffs kennen! Und wenn Aeros Raijael seine Armee auf diesen trügerischen Sand führt, wird er nicht erwarten, dass wir auf ihn zustürmen, um ihn dort zu bekämpfen! Wir müssen ihn dann nur so lange in die Schlacht verwickeln, bis die Flut kommt und seine Armee davonspült!« Jubel brandete auf.

»Auch wir werden Opfer bringen müssen!«, rief Leif nun, und die Menge beruhigte sich wieder. »Doch werden wir besser vorbereitet sein als sie, denn wir werden jedes greifbare Boot in Lord's Point über den Sand mit uns ziehen! So verfügen nur wir über einen Ausweg, wenn das Wasser steigt! Ja, viele von uns werden sterben, die meisten aber werden überleben! Und die ganze Armee aus Sør Sevier wird in der Meerenge untergehen! Zweihunderttausend Tote durch die Hände einiger weniger!«

Seidel rieb sich an Godwyns Bein. Er tätschelte ihm den Kopf. *Leif ist ein Narr!* Eine flinke Brieftaube könnte diese Neuigkeiten binnen Stunden zu Aeros geschafft haben. *Lange dauert es nicht, und Aeros kennt Leifs Pläne.*

»Der Krieg um Gul Kana beginnt jetzt!«, schrie Leif. »Jovan Bronachell und Großvikar Denarius werden frohlocken, dass wir, die kämpfenden Männer Gul Kanas, unseren Teil getan haben, dass wir unser Königreich vor dem großen Tag des Feurigen Sündenerlasses verteidigt haben! Wisset, ihr Männer, die ihr heute hier versammelt seid, dass ihr bald schon den Feurigen Sündenerlass und die Wiederkehr von Laijon selbst herbeiführt! Denn am Ergebnis dieser Schlacht wird Laijon uns messen! Am Kerbholz unser aller schlagenden Herzen! Denn nicht wir tapferen Männer sind es, die unsere Feinde niedermetzeln, sondern der allmächtige Eine und Einzige selbst, der unsere Waffen führt! Laijon selbst bedient sich der Kraft unserer Arme als Werkzeug, die zarten Frauen und Kinder dieser Stadt zu beschützen!«

»Die zarten Frauen?«, murmelte Liz Hen angewidert. »Wohl kaum.« Ihr rotverschleierter Blick begegnete dem Godwyns. »Wenn es eine Schlacht gibt, dann will ich dabei sein. Ich habe mein eigenes Schwert, bei Gott, ich weiß, wie ich es benutzen muss.«

Der *Schlüsselwärter* war leer, als sie zurückkehrten. Sie fanden Otto, den Servierknaben, im Hinterhof, wo er unter der Verandaplane ein Buch las. Bis auf einen robusten, abgedeckten Wagen in der Mitte lag der von grauen Steinen und verwitterten Giebeln umgebene staubige Hof ganz verlassen da. Zwei scheckige Ponys waren vorne am Joch festgemacht, und sie stampften unruhig im Dreck.

»Da drinnen ist keiner, Otto«, sagte Liz Hen, als sie hinter Godwyn, Dokie und Seidel nach draußen kam. Sie stocherte sich mit einem dünnen Ausbeinmesser in den Zähnen herum, das sie aus der Küche mitgenommen hatte. »Ich habe mich bei den Rippchen auf der Kochplatte bedient.«

Otto blickte von seinem Buch auf und sah das Mädchen mit wachsender Verärgerung an. »Was sollte das denn? Die Rippchen waren für …«

»Warum steht da der Wagen mit den Ponys mitten im Hof?« Liz Hen deutete mit der Messerspitze darauf.

Otto antwortete: »Ich habe hier gesessen und gelesen, da kam Derry betrunken aus dem Stall getorkelt und ist da drüben an den Waffenregalen aus den Latschen gekippt.« Auf den Steinen hinter dem Wagen standen diverse solcher Regale voller Schwerter, Speere, Knüppel, Schlagstöcke, Ketten, Fußeisen, großer Eisenschlüssel, und darunter sammelten mehrere zerbeulte und stumpfe Wärterrüstungen Staub an. Im Hof lagen ausreichend Waffen und andere Ausrüstung, dass die Wärter ihre vielfältigen Techniken üben konnten. Derry Richrath, der stämmige alte Besitzer des Gasthauses, war bekanntlich einst selbst Wärter gewesen.

»Dass Derry besoffen ist, erklärt noch nicht, was der Wagen hier soll«, bemerkte Liz Hen ruhig.

»Doch.« Otto zuckte die Achseln, widmete sich wieder seinem Buch und blätterte um.

»Bist du blöd oder nur stumm?«, fragte Liz Hen genervt.

Otto legte den Finger zwischen die Seiten. »Na, ich hätte doch kaum mein Buch genießen können, wenn ich aus dem Augenwinkel ständig gesehen hätte, wie Derry Richrath da mit dem Gesicht im Dreck liegt.« Erwartungsvoll blickte er zu Liz Hen auf.

Das Mädchen sah ihn nur wütend an und zog die Stirn kraus. Seit Godwyn Liz Hen Neville kennengelernt hatte, war sie nie durch besondere Höflichkeit aufgefallen, und jetzt, da sie auf Blut des Drachen war, wurde sie nur umso forscher und gröber. »Du hast es mir immer noch nicht erklärt«, sagte sie.

Otto seufzte: »Ich bin dann in den Stall, habe Colin und Poor Boy vor den Wagen geschirrt und sie dort abgestellt, damit ich

Derry nicht mehr im Dreck liegen sehen muss. Dann habe ich mich wieder in mein Buch vertieft.«

»Du meinst, Derry liegt da ohnmächtig hinter dem Wagen?«, fiel Dokie ein. Er sprang schnell von der Veranda und eilte in den Hof. Seidel folgte ihm. »Er ist hier!« Dokie schlug mit drei Fingern das Laijonskreuz über seinem Herzen. »Er schnarcht!«

»Verfluchte Mutter Mia!« Liz Hen versetzte Otto mit dem Handrücken einen Schlag gegen den Kopf. »Man lässt doch Leute nicht einfach ohnmächtig in den Dreck fallen und zerrt dann einen Wagen davor, damit man ein Buch lesen kann.«

»Wer sagt das?«

»Ich! Und ich weiß Bescheid! Ich habe schon in einem Gasthaus gearbeitet!« Sie versetzte ihm noch einen Schlag. »Du Dummbeutel! Die Totengeister sollen dich holen. Ich wette, du hast nicht einmal gelernt, Gäste zu betreuen.«

Otto verzog genervt das Gesicht. »Ich mache hier, was ich will.«

»Wenn es Möhren und Kartoffeln regnet vielleicht!«

»Du hast mir aber gar nichts zu sagen.«

»Nur ein Dummbeutel würde sich die Mühe machen, einen Wagen anzuschirren und ihn vor einen Betrunkenen zu ziehen, weil er ihn nicht sehen will, statt ihm einfach mal nach drinnen zu helfen, du Trottel.«

»Ich habe halt meine eigenen Methoden.«

Liz Hen ohrfeigte ihn wieder. Godwyn packte sie am Handgelenk. »Hilf Dokie einfach, Derry nach drinnen zu schaffen, ja?« Liz Hen entwand sich ihm, blickte ihn kalt an und stampfte dann die Stufen hinunter.

Auf halber Strecke kickte sie einen Schuh in den Hof. »Da ist ein Stein drin, verdammt!« Sie hob ihn wieder auf und schüttelte ihn aus. Nichts fiel heraus. Erzürnt warf sie den Schuh fort. Dann humpelte sie zum Waffenregal und stellte den nackten Fuß auf einen eckigen Holzstift. Sie nahm das Ausbeinmesser, mit dem sie sich zwischen den Zähnen gestochert hatte, und feilte an ihren Fußnägeln herum.

Godwyn ließ den Blick am Pferdestall vorbei auf die Meerenge schweifen, die Sankt Einzig von Lord's Point trennte, und dachte an Leifs Plan, Aeros Raijaels bevorstehenden Angriff abzuwehren. Zwar stand das Wasser bei Ebbe vier bis sechs Stunden lang nachmittags so niedrig, dass man, wenn man gut zu Fuß war, wirklich zum Mont Sankt Einzig laufen konnte. Doch wenn die unvorhersehbare Flut dann kam, tat sie es schnell und heftig, mit bis zu viereinhalb Metern in weniger als einer halben Stunde. Viele unglückselige Reisende, die die Gezeiten unterschätzt hatten, waren schon ins Meer hinaustrieben worden und ertrunken.

»Dämliches Messer bringt nichts.« Liz Hen ließ von ihren Füßen ab und rammte das Messer vor sich in den Dreck. Dann fing sie damit an, ein paar der schweren Wärterrüstungen aufzusammeln und sich die Armschienen anzulegen.

»Was wird das denn?«, fragte Dokie. »Ich dachte, du hilfst mir, Derry nach drinnen zu schleppen.«

»Du hast doch den Tagritter auf dem Platz gehört«, sagte Liz Hen und befestigte die Beinschienen. »Er hat gesagt, selbst Wärter und Schließer sollen Aeros' Armee bekämpfen, wenn sie die Meerenge dort zu queren versucht.« Sie löste das Schwert von ihrem Gürtel und legte es beiseite.

»Wenn du die Rüstung da anziehst, Liz Hen, kann es gut sein, dass ein Kämpfer aus Sør Sevier dich aus Versehen für einen echten Ritter hält und dir einen Speer in die Eingeweide rammt«, sagte Dokie.

Otto ergänzte: »Oder die knüpfen dich auf, wenn sie herausfinden, dass du bloß ein Mädchen bist. Du solltest dich nicht so in einer Männerrüstung erwischen lassen.«

»Ich habe es mir gut überlegt.« Liz Hen legte sich den Harnisch über die Schultern. »Wenn ich alles anhabe, hält mich keiner mehr für ein Mädchen. Erst recht nicht, wenn ich mir die Haare abschneide.«

»Aber dann kann Seita sie nicht mehr flechten«, sagte Dokie.

Liz Hen zögerte einen Moment, dann zuckte sie die Schultern. »Dann ist es eben so. Ich sehe keine Alternative, Dokie.« Seidel schnupperte an ihrer Rüstung und bellte. »Hier gibt es keine Rüstung für einen Hund«, sagte sie. »Ich fürchte, bei dieser einen Schlacht musst du mal aussetzen, Seidel.« Der Schäferhund zerrte winselnd an den Riemen eines Harnischs.

Godwyn kam dazu und half ihr, sich anzuziehen. Dann setzte er ihr den Helm auf. Es war ein geschlossener Helm mit aufklappbarem Visier, mit dem Liz Hen das Gesicht verdecken konnte. Sie nahm das Schwert. Obwohl sie durch die mühseligen Wanderungen und Abenteuer ein gutes Stück Gewicht verloren hatte, sah sie mit Rüstung und Helm immer noch wie ein imposanter Krieger aus. Durch das Schwert aus Sør Sevier wirkte sie so groß, breit und tödlich wie ein stämmiger Mann.

»Willst du das wirklich?«, fragte er sie.

»Der Weiße Prinz hat mein Dorf zerstört und meine Familie niedergemetzelt.« Unter dem Helm klang Liz Hens Stimme seltsam hohl. Dennoch hörte man ihre Entschlossenheit. Sie zog das Schwert und ging in die Knie, als wollte sie einen unsichtbaren Feind angreifen. »Ich werde nicht herumstehen und zusehen, wenn Aeros' Armeen wieder in meine Heimat einfallen.« Sie stellte sich gerade hin und klappte das Visier hoch. Ihr Gesicht war nun eine zornesrote Maske. »Wenn ich kann, töte ich Aeros Raijael eigenhändig!«

»Wenn du in die Schlacht ziehen willst, bist du verrückt.« Dokie sah sie von der Seite an. »Solche Gedanken bringen dich nur um.«

Godwyn sagte: »Nein, Dokie, sie tut nur das, was sie tun sollte.« Die Worte schienen ihm eigenmächtig über die Lippen zu kommen. »Und ich will ihr in die Schlacht folgen.«

Diese Ankündigung überraschte ihn selbst. *Kann ich durch das Aderlassen nicht mehr klar denken …?*

»Dann kämpfe ich auch.« Dokie ging zu einem Haufen eingestaubter Rüstungen.

»Du musst nicht helfen, Dokie.« Liz Hen nahm den Helm ab. »Deine Gesundheit ist noch nicht so weit, dass du kämpfen kannst.«

»Wenn du kämpfst, tu ich es auch.« Dokie nahm sich einen der geschlossenen Helme und betrachtete ihn eingehend, als sei er noch nicht ganz sicher, ob er seinen Worten Taten folgen lassen wollte.

»Bei den verfluchten fauligen Engeln!«, rief Liz Hen aus. »Dann kämpfen wir Seite an Seite, Dokie, du und ich, gemeinsam, und Godwyn auch.«

Der Schäferhund bellte.

»Und Seidel kommt mit.« Dokies Gesicht hellte sich auf.

»Ja!« Liz Hen nickte lebhaft und hob das Ausbeinmesser auf, das sie schon für ihre Zähne und Zehen benutzt hatte. Jetzt fasste sie eine feuerrote Locke und schnitt sie damit so kurz sie nur konnte ab.

Frauen, ob Suchende, Leidende oder Bittstellerinnen, wenn ihr des Lebens überdrüssig seid, ändert es, reinigt euch, sagt euch los von eurem freien Willen, zügelt eure Leidenschaften und unterwerft euch voll Geduld der Diskretion, dem Gehorsam und den Eiden eurer Aschenglutsammlung. Unterwerft euch der Liebe Laijons.

WEG UND WAHRHEIT LAIJONS

61. KAPITEL

TALA BRONACHELL

AM VIERTEN TAG DES FEUERMONDES
IM 999. JAHR LAIJON – AMADON, GUL KANA

Der schlanke, schwarze Kater mit den mondrunden Augen strich zögerlich durch das Gras im Swensong-Hof. Tastend setzte er eine Pfote vor die andere und bewegte sich lautlos auf die alte Steinskulptur eines kleinen Mädchens mit einem Wasserkrug vor der Brust zu. Das Tier erregte sofort Lawris Aufmerksamkeit. Talas Cousine kniete sich hin und lockte es mit ausgestreckter Hand. »Hier, du spukender Kater, na komm.« Tatsächlich schnupperte er an Lawris Hand. »Siehst du, du brauchst keine Angst zu haben.«

Im hellen Licht des Hofes sah Lawri so gut aus wie seit Tagen nicht. Ihre Wangen und das ganze Gesicht waren gesund und rosig, und nur die Binde um ihren Armstumpf deutete darauf hin, dass etwas nicht stimmte.

»Keine Angst, spukender Kater«, wiederholte Lawri. Das Tier drückte seinen Kopf gegen ihre Hand. »Ich werde dich Spuk nennen«, sagte sie fröhlich. »Du bist so ein Süßer. Du bleibst in meiner Kammer und ich füttere dich mit Keksen, so viel du willst, und du kriegst auch kleine Stücke von Mutters Rhabarberkuchen. Meine Kätzchen in Eskander lieben den.«

Ein leichter Wind strich Tala über die Wangen und brachte die Düfte der üppigen Blumen im Garten mit sich. Sie ließ den Blick über die unzähligen Steinpfade im Hof und die lavendelfarbenen und weißen Sommerblüten schweifen. Überall standen Skulpturen und verwitterte Statuen, viele zeigten Laijon, manche längst verstorbene Großvikare und Ritter mit ihren Wappen. Dazwischen wuchsen grüne Büsche in den Beeten.

Vor der efeuumrankten Steinmauer des Hofes mit ihren hohen, grauen Zinnen und der Brustwehr schaukelten die Laubkronen der Bäume. Der Swensong-Turm am Nordende stach elegant wie eine Nadel ins Blaue. Der Swensong-Hof war schon immer einer von Talas Lieblingsplätzen gewesen, erhaben im Vergleich mit den finsteren Korridoren der Burg, in denen sie sich sonst gern eine Atempause gönnte.

In jüngster Zeit schien man jedoch nirgendwo in Amadon Trost finden zu können.

»Setzt du mir den Kater auf den Schoß?«, bat Lawri, die sich auf einer der behauenen Steinbänke im Garten niedergelassen hatte. Tala hob das Tier hoch und tat ihr den Gefallen. Es schnurrte wohlig, rollte sich zusammen und versank wie ein Tintenfleck in Lawris wolkigweißem Kleid.

Tala zog ihren Samtmantel zurecht und hielt ihn am Hals mit einer feinen Silberbrosche zusammen. Dann strich sie sich Katzenhaare von den Ärmeln.

»Dieser süße Kater ist ein gutes Omen.« Lawri streichelte ihn. »Nun, da ich mich erneut Laijon und Denarius verschrieben habe, regnet es Segnungen auf mich und meine Familie.«

»Segnungen?«, wiederholte Tala verblüfft. »Eine süße Katze auf deinem Schoß kann doch wohl kaum wettmachen, was dir und deiner Familie widerfahren ist.«

»Sei doch nicht so trübsinnig«, sagte Lawri. »Meine Aschenglutsammlung hat mich gelehrt, nach den guten Dingen im Leben Ausschau zu halten. Denarius ist in seinen Lehren weise und umsichtig.«

Aschenglutsammlung! Lawris hatte gestern stattgefunden. Tala musste an all die grässlichen Sachen denken, die Seita darüber erzählt hatte. Eigentlich hatte sie geglaubt, diese Lügen aus ihren Gedanken verbannt zu haben, aber hier waren sie, diese Lügen, ganz oben in ihrem Kopf und zugleich wie ein Kloß tief in ihrem Inneren.

»Die Aschenglutsammlung hat mich so verändert, Tala, du kannst es dir nicht vorstellen. Durch sie kann ich die strahlenden Dinge in der Welt sehen, nicht die düsteren. Ich bin dankbar für meine Segnungen und für die meiner Familie.«

»Segnungen?«, wiederholte Tala noch einmal und zog die Stirn in Falten. »Lindholf ist in der Arena gehängt worden. Oder sprichst du von seiner Flucht? Ist das denn eine Segnung? Niemand weiß, wo dein Bruder steckt oder ob er überhaupt noch lebt. Aber das ist auch egal, denn er wird immer gejagt werden! Sag mir doch bitte, welche Segnungen du meinst!«

Lawri blickte wütend auf. »Der Großvikar hat versprochen, dass der große Eine und Einzige mir und meiner Familie wieder wohlgesonnen ist. Bei der Aschenglutsammlung hat er es mir versprochen.«

»Schon wieder die Aschenglutsammlung?« Der Satz ging Tala beinahe wie Gift über die Lippen. Sie hatte es satt, davon zu hören. »Mir wurde berichtet, was bei diesen Aschenglutsammlungen vorgeht, Lawri. Ich habe gehört, dass man dich da nackt auszieht und deinen Körper segnet. Dass du vor dem Großvikar und den Erzbischöfen stehst und sie dich mit Asche bedecken, deinen Bauch und deine Lenden segnen, auf dass du viele Kinder gebierst. Dass du versprechen musst, nach deinem Tod eine Dienerin Laijons zu werden …«

»Warum bist du so hasserfüllt?«, fragte Lawri. »Warum sagst du so schreckliche Sachen?«

»Stimmt es denn nicht?«

»Es steht mir nicht frei, darüber zu sprechen.«

»Weil du Angst hast, dass sie dir das Herz herausschneiden und es in einem Güllefeld vergraben, wenn sie herausfinden, dass du deinen Eid gebrochen und von Dingen gesprochen hast, die du nicht …«

»Das stimmt doch alles gar nicht«, schimpfte Lawri. »Du verstehst einfach nicht, wie heilig und besonders es ist.«

Tala zügelte ihre Wut. Eigentlich ärgerte sie sich mehr über sich selbst. Sie wusste gar nicht, warum sie ihre Cousine so herzlos anging. *Es liegt an Seita!* Tala verspürte der Vallè-Prinzessin gegenüber nur noch Hass. *Sie will uns auseinanderbringen.*

»Begreifst du es nicht, Tala?«, fragte Lawri und streichelte hastig den Kater auf ihrem Schoß. »Durch die Aschenglutsammlung komme ich auf meiner Suche nach einem passenden Ritter oder Lord zum Heiraten einen Schritt weiter. Das wünscht sich meine Familie so sehr für mich. Das wünsche ich mir am meisten.«

Tala erinnerte sich an den Moment, als Jovan Lawri den Arm abgeschlagen hatte, an ihre ersten Worte danach. *Welcher hübsche Junge vom Hofe nimmt mich denn jetzt noch?* Lawris Hauptziel war es immer schon gewesen, einen edlen Ritter oder Lord zu heiraten.

Plötzlich wand der Kater sich auf ihrem Schoß. Sie wollte ihn mit einer Hand festhalten, doch er sprang auf den Boden. Sie griff mit beiden Armen nach ihm und wollte ihn wieder hochheben, doch dann zuckte sie unbeholfen und ungläubig zurück, als sie begriff, dass ihr ja eine Hand fehlte. Tala fühlte sich schuldig und traurig.

Lawri setzte sich einen Moment und blickte zu Boden. »Trägst du mir Spuk in mein Zimmer?«, fragte sie schließlich. »Ich würde ihn gern behalten.«

Da traf ein Apfel den Kater an der Seite und zerbarst in matschigen Brocken auf dem Rasen. Das Tier sprang mit einem Fauchen hinter die Steinskulptur des Mädchens mit dem Wasserkrug.

Ein weiterer Apfel klatschte gegen die Statue, dann erscholl das laute Gelächter von Glade Chaparral und seinen drei Tagritterkumpanen Tolz, Alain und Bonaparte. Die vier schlenderten den steinernen Pfad auf Tala und Lawri zu. Ihre schwarzen Rüstungen glänzten in der Sonne, die langen schwarzen Schwerter baumelten an ihren Gürteln.

Brüllend zog Glade seine Waffe und löste sich von den anderen. Er hatte den Kater durch den Garten schleichen sehen und machte sich an die Verfolgung. »Nein!«, kreischte Lawri.

Glade holte wild aus und Erde spritzte auf, als das Tier dem Hieb auswich. Die Schwertspitze schlitzte wiederholt durch das Gras, immer knapp hinter dem flüchtenden Kater. »Du bringst ihn ja um!« Lawri rannte Glade hinterher. »Lass Spuk in Ruhe!«

Das Tier machte sich flach und lief unter eine Reihe Dornenbüsche, die zu dicht waren, als dass Glade ihm hätte folgen können. Er steckte das Schwert ein und wandte sich zu Lawri. »Was denn? Habe ich etwa gerade deinen einzig möglichen zukünftigen Gatten verjagt?«, lachte er. »So verunstaltet, wie du bist, gibst du bestimmt eine schöne alte Katzenschrulle ab.« Auch Tolz, Alain und Bonaparte lachten. Lawris Freude und Optimismus von vorhin dagegen vergingen rasch.

Sie drehte sich zu Tala um und schrie: »Warum hassen mich denn alle? Warum?«

Dann lief sie davon, und ihr weißes Kleid wölbte sich hinter ihr. Sie rannte den Pfad entlang und verschwand in einem der steinernen Bogengänge, die in die Burg führten.

»Du Arsch!« Tala stürmte auf Glade zu und ohrfeigte ihn heftig. Auch da lachten Tolz, Alain und Bonaparte herzlich. Glade wurde von dem Schlag überrascht. Als er versuchte zurückzuschlagen, wehrte Tala seine Hand ab, drehte sich um und ging davon. Sie hatte keine Lust, die Begegnung mit Glade in die Länge zu ziehen, jetzt, da sie ihn mehr denn je hasste.

Sie hasste die Burg Amadon. Sie hasste alles daran und jeden, der darin wohnte. Sie wünschte sich nichts mehr, als dem einzigen Heim zu entfliehen, das sie kannte, dem Gefängnis, in dem sie Tag für Tag steckte …

Sie dachte an die Begegnung mit Habichtholz in den Geheimgängen. Er hatte angeboten, sie in die dunklen Künste einzuweisen. *Ich gehe meinen eigenen Weg*, hatte sie erwidert.

Wenn Ihr aber Eure Meinung ändert, gebt mir einfach mein Schwert zurück.

Und wie finde ich Euch?

Val-Sadè.

Tala wusste nicht, was Val-Sadè war, aber sie besaß noch sein Schwert, das in der Feuerstelle in ihrer Schlafkammer versteckt lag. Jeder ihrer Gedanken drehte sich nun darum, der Burg zu entrinnen. *Und warum sollte ich auch nicht?* Lawri war wütend auf sie. Lindholf verschwunden. Squireck Van Hester war tot. Jovan böse. Und Jondralyn kümmerte sich kaum um sie.

Auf dem Weg unter den dunklen Bögen in die Burg fragte Tala sich, ob überhaupt jemand sie liebte.

Wankelmütig ist wahrhaft das Einverständnis Laijons, Mias, Raijaels und derer, die sich für die Fünf Kriegerengel halten. Denn allein das Blut des Drachen kann die Drachenklaue wieder aufnehmen und mit den Schädeln vereinen.

DAS BUCH DES VERRÄTERS

62. KAPITEL

KRYSTALLHOLZ

AM FÜNFTEN TAG DES FEUERMONDES IM 999. JAHR LAIJON – WYNIX, WYN DARRÈ

Krista Aulbrek saß mit gefesselten Händen und Füßen neben Borden Bronachell und dem Zwerg an die Bootswand gelehnt, und alle drei beobachteten durch den weißen Morgennebel Hans Rake. Der Bluthölzler steckte einen Zettel in ein winziges Kupferröhrchen, das einem schwarzen Turmfalken an den Fuß gebunden war. Der Vogel hatte geduldig auf dem Bug des kleinen Bootes gehockt und flog nun schnell davon. Café Colza bellte, als der Falke im Nebel verschwand.

Bei der Sicht konnte Krista zwar Norden nicht von Süden unterscheiden, aber sie wusste genau, dass der Vogel auf direktem Weg zu Black Dugal fliegen würde.

Hans lächelte sie über das Wasser zwischen den Booten hinweg an. Der schmerzliche Sprung in die See mit dem Meeresvolk schien den Bluthölzler ruhiger gemacht zu haben. Seitdem hatte er an der Seitenwand seines Bootes gelehnt und nicht mehr auf das Holz um die Eisenschellen eingehackt, an denen die Kette zwischen ihnen festgemacht war.

Seit zwei Wochen trieben sie nun schon. Krista kam es wie eine Ewigkeit vor. Dieses kleine Boot war ein schlimmeres Gefängnis als ihre Zelle in den Kerkern von Rokenwalde. Der Zwerg behauptete, sie näherten sich der äußersten Südwestküste von Wyn Darrè. Die ruhige See und die Flaute hatten ihre Fahrt verlangsamt, sonst wären sie bereits dort angekommen. Er hatte Borden versichert, dass jemand namens Tyus Barra sie mit Pferden und Waffen in Wynix erwarten würde.

Krista merkte, wie ihr Körper sich von den unzähligen Verletzungen erholte. Sie versuchte, so viel wie möglich zu schlafen. Wenn sie sich über die Bootswand erleichtern musste, nahm Borden ihr die Fesseln ab. Dann sahen er und der Zwerg diskret in die andere Richtung. Danach fesselten sie sie jedes Mal wieder. Dabei hatte sie überhaupt keine Lust mehr, gegen sie zu kämpfen. Wo sollte sie denn hin? Vielleicht war das auch der Grund, warum Hans seine Gegenwehr aufgegeben hatte.

Unter dem Segeltuch im Boot lagerten ungefähr zwei Dutzend Schläuche mit Trinkwasser und etwas Essen. Hauptsächlich geräuchertes Wild, getrockneter Lachs, dazu ein paar weiche Äpfel, Zwiebeln und Rüben. Einmal am Tag zog Borden Hans' Schaluppe an der Kette ein Stück näher heran und warf dem Bluthölzler einen Wasserschlauch und etwas zu essen hinüber. Anscheinend lag ihnen wirklich daran, dass der Junge und der Hund am Leben blieben.

Unterhaltungen zwischen Krista und ihren Reisegefährten waren rar. Der Zwerg hörte nicht mehr auf seinen alten Namen und bestand darauf, dass er Ironcloud sei. Für Krista aber blieb er Plattauge und ein Verräter obendrein.

Borden und er sprachen dagegen viel miteinander, aber es ging immer nur um die Bruderschaft von Mia, um *Mondrollen* und etwas, das *Kodex der Engelssteine* hieß. Diesen Kodex wollte Ironcloud den anderen unbedingt zeigen. Borden erzählte häufig von seinen Kindern: Jovan, Jondralyn, Tala und Anselm. So oft, dass Krista inzwischen die Namen, ihr Alter und Aussehen mitsprechen konnte.

Auch jetzt redete er wieder über sie, während er bequem auf der Bank mitten im Boot saß. »Was hätte ich darum gegeben, mich in den letzten fünf Jahren mit meinen Kindern austauschen zu können. Leider gab es keinen Turmfalken, der meine Nachrichten nach Amadon getragen hätte.«

Zorn durchfuhr Krista bei diesen Worten. »Vielleicht hätte Plattauge Euch ja dabei helfen können«, sagte sie sarkastisch und blickte den Zwerg an, den sie bewusst so nannte. »*Plattauge* hätte nämlich reichlich Gelegenheit gehabt.«

»Sieh an, sie spricht«, bemerkte der Zwerg von seinem Sitzplatz am Bug.

Krista redete einfach weiter. »Soweit ich es verstanden habe, hat er Euch fünf Jahre lang in den Kerkern von Rokenwalde verfaulen lassen, obwohl er wusste, wer Ihr seid. Obwohl er wusste, dass Eure Familie Euch wohl für tot hielt.«

»Ich muss mich vor dir nicht rechtfertigen«, sagte der Zwerg.

Ironcloud besaß ein völlig anderes Temperament als Plattauge. Hatte dieser voller Offenheit und jovialer Ratschläge gesteckt, war jener ein Arschloch. Krista fragte sich, welcher von beiden seiner wahren Persönlichkeit entsprach. Im Laufe der Jahre hatte sie sich an Plattauges Ehrlichkeit gewöhnt. *Wie konnte er Dugal so gründlich täuschen? Oder hatte er das gar nicht? Dugal muss es gewusst haben. Aber warum hatte er dann nichts unternommen?* Hinter allem, was Dugal tat, gab es unterschiedliche Ebenen von Verschwörungen.

»Nein, das müsst Ihr nicht, *Ironcloud*«, sagte sie. Der Zwerg blickte sie ohne jede Regung an. »Mir scheint es nur nicht richtig, wenn ein Kind nichts von seinem Vater hört.«

»Ich weiß, du vermisst deinen Vater«, sagte Borden. »Und ich vermisse meine Kinder. Diese Trauer scheinen wir zu teilen, Krista Aulbrek. Aber alles hat einen Sinn.«

Dass er so in ihr las, war ihr unheimlich. Sie hielt seinen Blick schweigend und mit wachsender Besorgnis im Herzen aus. Wieder gab es niemanden, an den sie sich um Trost wenden konnte. Wie immer. Seit fünf Jahren. Seit zehn Jahren. Schon als ihr Vater noch da gewesen war. Sie erinnerte sich nur dunkel und war doch gefangen im Gedenken an ihren Vater.

Sie wollte einfach den Hals ihres Blutaugenpferdes Schreckgestalt streicheln. Allein seine Wärme vermochte sie wirklich zu beruhigen. Sie merkte, wie viele Dinge sie aufregten und traurig machten. Wenn sie jemanden töten könnte, würden die Schmerzen vergehen und ihr Kopf wieder betäubt sein. *Wäre ich Gault als Tochter jetzt peinlich? Oder wäre er stolz, weil ich eine Attentäterin bin?*

»Ich weiß, du hältst Gault Aulbrek für perfekt«, sagte Borden, »aber vielleicht findest du eines Tages Dinge über ihn heraus, die dir nicht gefallen.«

Bei diesen Worten kroch ihr echte Furcht das Rückgrat hoch. *Kann er meine Gedanken lesen?* »Was wisst Ihr über meinen Vater?« Sie dachte an Ser Aulmut Klingande und daran, was König Aevrett in den Gärten von Jö Reviens gesagt hatte, ehe sie ihm den Dolch ins Herz stieß. Solvia Klingande hatte keinen Grund zu lügen, nicht in jenem Augenblick. *Warum sollte diese Frau derartige Dinge über Aulmut und meine Mutter behaupten, wenn sie nicht stimmten?* Tief in ihrem Inneren wusste sie, dass alles nur ein verzwicktes Spiel war, bei dem Dugal die Zügel führte. *Aber was soll ich daraus lernen?*

»Der perfekte König«, begann Borden, »der perfekte Soldat, der perfekte *Vater* ist nur deshalb ohne Fehl, weil er anderswo für sein Königreich kämpft. Der Mann, der immer da ist, ist nie so vollkommen wie der, der weit weg ist, der gegangen ist. Jedes junge Mädchen sieht seinen Vater mit verklärtem Blick, besonders, wenn er ehrenvollerweise wegen eines Krieges fort ist. Mehr sage ich gar nicht. Mehr weiß ich auch nicht über deinen Vater. Ich stelle mir vor, dass meine eigenen Töchter so über mich denken, denn auch ich bin schon lange fort.«

Die Seile um ihre Gelenke schnitten ihr ins Fleisch. Ihre Hände schienen sich wie von selbst um Bordens Hals legen und ihn zum Schweigen bringen zu wollen, weil er Gault unterschwellig verunglimpfte.

»Weckt mich, wenn wir festen Boden erreichen.« Krista beendete die Unterhaltung und wünschte, sie hätte nie daran teilgehabt. Sie machte es sich in den Planen unten im Boot so bequem wie möglich. Mit dem Rücken zu Borden und Ironcloud kniff sie die Augen zu und hoffte, dass der Schlaf ihre Verwirrtheit und ihre Gefühle irgendwie ins Nichts fortwischen würde.

Bordens Stimme aber konnte sie nicht ausblenden. »Ich weiß, dass sowohl du als auch dein Freund Hans vaterlos seid.«

»Er ist nicht mein Freund«, murmelte sie. *Er hat mich niedergestochen. Das vergesse ich nicht.* »Hans Rake war nie mein Freund.«

»Was soll das heißen, nicht dein Freund?«, fragte Borden. »Ihr beide seid Bluthölzler. Meuchelmörder. Kaltblütige Attentäter. Offen gesagt gibt es keine schlimmeren Menschen. Diese Ehre teilst du mit ihm.«

Krista rollte sich wieder herum und setzte sich auf. In Bordens Blick erkannte sie etwas, das sie verunsicherte, als wisse er alles über sie, mehr als sie selbst wusste. Seine Worte trafen sie tief. Er war noch nicht fertig. »Ihr seid beide *Mörder*«, sagte er verächtlich.

»Ich bin kein Mörder«, sagte sie und blickte zum Zwerg hinüber. Wenn etwas von Plattauge in ihm steckte, würde er sie gegen diese üble Nachrede verteidigen. Er kannte sie, kannte ihre Mission. Doch er erwiderte ihren Blick mit leeren Augen, dunkel und geheimnisvoll. Fort war die schmutzige, lederne Augenklappe, fort beinahe alles, was sie an den einäugigen Zwerg erinnerte, der Dugal all die Jahre geholfen hatte, sie auszubilden. Von ihm kam keine Unterstützung. *Ihr seid beide Mörder*, hatte Borden so überzeugt gesagt.

Sie dachte an ihr Sakrament der Seelen. Schwarze Bäume. Gras, grün und üppig wie die königlichen Teppiche. Sie dachte an all die toten Gefangenen, die toten Vergewaltiger und Diebe, die toten *Mörder*. Wirkliche, echte *Mörder*. Alle durch ihre Hand gestorben. Jetzt, in ihrer Lage, verwirrt, wie sie war, fragte sie sich, ob sie Dashiell, dem Schutzheiligen aller Bluthölzler, je Ehre gemacht hatte. Sie sah zu Hans und Café Colza im anderen Boot hinüber. Es war näher herangetrieben, und die Kette zwischen ihnen hing wieder durch. Hans erwiderte ihren Blick mit Eiseskälte, intensiv und direkt. *Er hat mich niedergestochen! Vergiftet!* Sie könnte ihn ohne Probleme umbringen. *Aber ich bin kein Mörder!*

Diese Widersprüche nagten an ihr. Black Dugal hatte ihre Verwirrung und diese Konflikte leicht erkannt. Nun lag unter so viel Verrat eine schwärende Wunde in ihr. Hans. Plattauge. Dugal. Selbst Gault. Jeder von ihnen steckte auf seine Weise voller Betrug. *Wahrheit ist flüchtig, Verrat aber ist zeitlos*. Sie hatte das im *Buch des Verräters* gelesen. Tatsächlich war Borden Bronachell die einzige Person, die sie noch nicht betrogen hatte. »Ich bin kein Mörder«, wiederholte sie und versuchte, sich etwas Wohlwollen zu verschaffen.

»Du bist geradezu die Definition eines Mörders.« Borden beugte sich auf seiner Bank vor.

Sie hielt seinem starren Blick stand. »Ich bin ein guter Mensch.«

»Nein.« Er erhob sich und stand riesenhaft vor ihr. »Das bist du nicht.« Eines stand fest: Borden war niemand, der sich so leicht von einem Ziel oder einer Meinung abbringen ließ.

»Ich bin gut«, sagte sie und fragte sich, ob es reichte, diese Worte auszusprechen, damit sie wahr würden.

»Gute Menschen töten, wenn sie sich verteidigen müssen«, sagte Borden. »Oder sie töten, weil sie Hunger leiden oder sich fürchten. *Gute* Menschen töten nicht um der Kunst willen oder aus reinem Vergnügen daran. Beim gnädigen Licht von Mutter Mia, ich kenne die schaurigen Taten, die zu eurem Sakrament der Seelen gehören. Du hast von Black Dugal eine Gehirnwäsche bekommen. Du bist jung, du bist gutgläubig, und du wurdest irregeleitet, Krista Aulbrek. Du hast dich die ganze Zeit ausnutzen lassen.«

Das tat weh. Es erfüllte sie aber auch mit schwarzem Zorn und einem noch stärkeren Bedürfnis, ihn zu widerlegen, ihm zu zeigen, dass sie nicht das Monster war, als das er sie darstellte, und auch nicht das gutgläubige, manipulierte Mädchen. »Die wenigen, die ich getötet habe, verdienten zu sterben. Ihnen ist Gerechtigkeit widerfahren. Ich war bloß das Werkzeug, durch das ihre Strafe vollzogen wurde.«

»Die *wenigen*, die du getötet hast.« Seine Stimme war gleichsam ein Knurren. »Ich weiß, wie viele Gefangene Bogg aus den Kerkern gezerrt hat, und das waren nicht bloß *wenige*.«

Krista wollte, dass ihre Seele einfach hier und jetzt auslief und sich in der wässrigen Leere verteilte, die sie umgab. »Aber die saßen im Kerker. Das waren Verbrecher. Sie verdienten den Tod.«

»Das hast du schon einmal zur Verteidigung vorgebracht«, erwiderte Borden. »Und ich habe gesagt: *Wir* saßen im Kerker. Wir beide, du und ich. Bloß Verbrecher, ja? Verdiene ich den Tod in irgendeinem Sakrament der Seelen? Oder du? Macht es einen Menschen schlechter, dass er im Gefängnis sitzt? Haben denn Gefangene nicht Hoffnungen, Träume oder das Potenzial, sich zu ändern? Sind sie bloß verlorene Seelen, die verdammt sind, in deinem grausamen Sakrament benutzt zu werden?«

»Ich bin nicht ihr Richter. Das überlasse ich den Göttern.«

»Nein, du warst bloß ihr Henker.«

»Ich werde Euch töten.«

»Ach, böses kleines Mädchen.« Borden setzte sich wieder. »Du vergisst, wer hier in Fesseln sitzt und wer nicht.«

Krista blickte auf ihre gebundenen Hände. *Hatte da wirklich Grausamkeit in diesen Händen gewirkt, die während ihres Sakraments der Seelen die Dolche führten?* Die Kluft in ihrer Seele wurde breiter und drohte, sie zu verschlingen, genau wie die unbändige Macht des gewaltigen Ozeans um sie. *Vielleicht sollte ich mich einfach über Bord stürzen …*

Der Zwerg räusperte sich. »Mir scheint, die Mühen jedes Menschen, auch wenn es sich um Mord handelt, wirken sich, wenn sie denn beständig und eifrig betrieben werden, am Ende auf ihn aus. Auch in Bezug auf Grausamkeit. Krista ist, wer sie ist, Borden. So wie Hans Rake auch.«

»Du hast geholfen, mich auszubilden.« Sie blickte den Zwerg wütend an. »Oder hast du das schon vergessen, *Plattauge*?«

»Ich habe dich gelehrt, Tarnungen zu erzeugen und aus Kerkern zu entkommen, mehr nicht. Bogg war es, der dir die *anderen* Dinge gezeigt hat.«

»Und Bogg ist immer Dugal gewesen«, setzte Borden hinzu. »Wie ich sagte: Du bist ein irregeleitetes kleines Mädchen. Du erkennst die Wahrheit nicht einmal, wenn sie direkt vor dir liegt.«

Ihr Blick verweilte auf dem Zwerg. »Und wer bist du immer gewesen? Ironcloud? Plattauge? Wer?«

»Mein echter Name ist Ironcloud. Das habe ich dir gesagt. Und so kannst du mich auch nennen.«

»Ich nenne dich aber Plattauge.«

»Was für ein Sturkopf«, sagte Borden. »Ich möchte dir aber

einen besseren Weg aufzeigen, Krista. Ich weiß, wer du bist. Ich kenne das Schicksal, das dich erwartet. Denn auch ich bin grausam und schuldig wie du. Auch ich habe Dinge getan, die mir schwer auf der Seele lasten. Auch ich weiß, was es bedeutet, schreckliche Verbrechen zu begehen und Menschenleben endgültig zu beenden.«

»Und jetzt wollt Ihr mir wohl erzählen, welche Leben Ihr zerstört habt, ja?«, fragte Krista so sarkastisch sie konnte.

»Ja«, antwortete Borden, und sein Blick wurde starr. »Ja, dir möchte ich meine Sünden gestehen, Krista Aulbrek. Was sagst du dazu?«

»Ich habe wohl keine Wahl.« Sie zuckte die Achseln.

Er schluckte schwer. »Siebzehn Jahre ist es her, da habe ich einer Mutter ihre Babys gestohlen. Erinnerst du dich an die Frau, von der ich gesagt habe, du ähnelst ihr? Sie hat mir vertraut. Blonde Zwillinge. *Besondere* Kinder, denen viele auf den Fünf Inseln nach dem Leben trachteten. Ein Junge und ein Mädchen. Zu ihrer Sicherheit habe ich sie beide verkleidet und sie dann dort versteckt, wo sie *niemals* gefunden würden …« Er brach ab und wandte den gequälten Blick aufs Wasser.

»Das klingt gar nicht so schlimm«, sagte Krista, dabei kroch ihr gleichzeitig blanke Angst stechend durch die Eingeweide. »Und ich dachte schon, Ihr wollt ernsthaft etwas beichten.«

»Du hast recht«, sagte Borden darauf. »Was ich für die Zwillinge getan habe, dass ich sie gestohlen habe, war nicht meine große Sünde, denn ich wusste, dass viele böse Mächte sie töten wollten. Nein, die beiden Kleinen zu verstecken, war eine gute Tat, denn so leben sie heute noch …«

Er hielt inne, wie um sich zu sammeln, dann blickte er sie mit nunmehr gefühllosen Augen an. »Meine erste Sünde war, dass ich Andeutungen fallenließ, die geraubten Zwillinge befänden sich in der Obhut von Ser Torrence Raybourne, dem König von

Wyn Darrè, und seinem jüngeren Bruder Ser Roderic, zwei meiner wahren Freunde.«

Krista spürte, wie ihr das Herz aus dem Brustkorb springen wollte. »Und was war Eure zweite Sünde?«

Bordens Augen verfinsterten sich. »Meine zweite Sünde war, dass ich Ser Torrence und Ser Roderic bat, in diesem Märchen mitzuspielen. Ja, Krista, meine zweite Sünde war, sie zu bitten, dass sie zwei Babys stahlen, die einander ähnlich sahen, einen Jungen und ein Mädchen; diese beiden sollten die Mächte des Bösen jagen und ermorden, zwei Babys, die nur Köder waren, während meine *besonderen* Zwillinge unerkannt und behütet in Sicherheit blieben.«

Krista glaubte, ihr Herz habe aufgehört zu schlagen.

Als er weitersprach, konnte sie den Blick nicht von seinen kalten, mitleidlosen Augen abwenden. »Ich habe zwei unschuldigen Kindern das Leben geraubt. Sie kennen seither nur Einsamkeit und Entbehrungen. Seit siebzehn Jahren ist ihr Leben eine Lüge.«

Wahres Heldentum bedeutet, die Abgründe der Seele zu meistern, wie sehr sie sich auch wehren mögen. Denn alles ist zu bewerkstelligen, wenn du es nur mit ganzem Willen und unnachgiebig angehst.

WEG UND WAHRHEIT LAIJONS

63. KAPITEL

NAIL

AM VIERTEN TAG DES FEUERMONDES
IM 999. JAHR LAIJON – TEVLYDOG, GUL KANA

Als sie in Tevlydog ankamen, glühte die untergehende Sonne am Himmel wie ein Stück Kohle im Ofen. Nail trottete barfuß und in zerlumpter Kleidung direkt vor Val-Draekin her. Der Vallè humpelte. Vor Nail führte Bronwyn Allen die beiden hellen Hengste an den Zügeln. Die weißen Federn in ihren Haaren wehten im Wind. Der muskelbepackte Oghul Cromm Cru'x lief neben ihr her. Beide waren besser gekleidet und trugen unzählige Waffen. Der Oghul lutschte wieder an dem kleinen schwarzen Stein. Wenn er es nicht tat, bewahrte er ihn in einem Lederbeutel am Gürtel auf. Nail erinnerte sich an den Straßenhändler in Stanclyffe, der erklärt hatte, dass manche Oghule durch Steinelutschen ihren Blutdurst beschwichtigten.

Seit Cromm und das Mädchen ihn und Val-Draekin aus den

Hragna'Ar-Käfigen an der Klippe gerettet hatten, waren sie drei Tage stramm marschiert. Nail hatte schnell begriffen, dass das Mädchen mit den dunklen Augen bei ihren Gefährten keine Nachlässigkeiten duldete. Obwohl sie beide barfuß gingen, erwartete Bronwyn, dass Nail und der Vallè mit den Pferden Schritt hielten, dabei hielt das Humpeln von Val-Draekin sie doch arg auf. Nachts schliefen sie in der Kälte unter den Sternen, nur von dünnen Decken geschützt. Nail war mit einem verrosteten Beil bewaffnet, das er einem der Hragna'Ar-Oghule entwendet hatte, während Val-Draekin einen noch übler aussehenden, fast stumpfen Dolch trug.

Bronwyn strahlte eine Selbstsicherheit aus, die Nail noch nie erlebt hatte, schon gar nicht bei einem quasi gleichaltrigen Mädchen. Sie war achtzehn. Die schwarzen Streifen um ihre Augen und auf den Wangen erinnerten ihn an die Kriegsbemalung der Rösser in Aeros Raijaels Armee. Erst nachdem sie schon bald einen halben Tag unterwegs waren, erkannte er, dass es nicht Asche, sondern Tätowierungen waren. Ihre Augen wirkten immerzu wie unbeteiligt, der Blick in die Ferne gerichtet. Wirklich eigenartig verhielt sich allerdings Cromm, der Val-Draekin unablässig mit fast misstrauischer Neugierde beäugte.

Zwar unterhielten sie sich kaum, doch hatte Nail sich ein paar Einzelheiten aus dem Leben seiner Gefährten zusammenreimen können. Bronwyns Vater war ein Händler aus Wyn Darrè gewesen, der in einem kleinen Hafen nördlich von Ikaboa gearbeitet hatte. Er handelte mit Raritäten, insbesondere solchen, die Oghul-Piraten brachten. Einer dieser Piraten war Cromm. Er kaufte, verkaufte, plünderte und stahl viele Dinge, doch seine Spezialität war eine außerordentlich seltene und schwer zu beschaffende Droge, die der Oghul »Blut des Drachen« genannt hatte.

In ihrer ersten Nacht unterwegs hatte Bronwyn erwähnt, dass ihr Vater tot war. Er war gestorben, als die Armeen aus Sør Sevier vor fünf Jahren etwas nördlich von Ikaboa die Strände von Wyn Darrè erstürmt hatten. Bronwyn selbst war dabei fast umgekommen, und Aeros Raijael hatte ihren älteren Bruder gefangengenommen. »Einen entschlosseneren oder geschickteren Kämpfer als Mancellor gibt es nicht«, hatte sie gesagt. »Mein Bruder ist keiner, der schnell aufgibt. Er macht lieber das Beste aus einer Situation. Ein Überlebenskünstler.« Sie deutete auf die Tinte um ihre Augen. »Ich habe meine Augen ihm zu Ehren selbst geschwärzt.« Dann sah sie ihren Oghul-Gefährten an. »Cromm hat mich halbtot in den Überresten des Gemetzels gefunden, das Aeros' Armeen angerichtet hatten. Er schuldete meinem Vater noch etwas, also hat er mich auf seinem Schiff, der *Ja Tr'all*, aufgepäppelt. Ich habe mich seinen Piraten angeschlossen, und seitdem durchforsten wir den Bluthholzwald auf der Suche nach dem Blut des Drachen.«

»Wo liegt die *Ja Tr'all* jetzt?«, fragte Val-Draekin.

»Ist gesunken«, grunzte Cromm. »Meine ganze Besatzung mit ihr, tot.«

»Sie wurde vor der Ostküste Gul Kanas ein paar Meilen südlich von Wroclaw versenkt«, präzisierte Bronwyn. »Wir haben die Oghule, die das getan haben, bis nach Totholztor verfolgt. An den letzten haben wir uns gerächt, als wir euch gerettet haben.«

Weder Nail noch Val-Draekin hatten erklärt, was sie eigentlich in der Nähe von Totholztor zu suchen hatten. Aber Bronwyn und Cromm hatten auch nicht nachgefragt, und das war gut, weil es Nail schwerfiel, an all die Freunde zu denken, die er verloren hatte. Oft fragte er sich, wo Stefane sein mochte. Oder Liz Hen und Dokie. Er hatte Stefane schon so lange nicht gesehen. Roguemoore war tot. Seit Ewigkeiten begleitete ihn allein Val-Draekin.

Und nun hatten sie gemeinsam endlich Tevlydog erreicht.

Die Stadt war groß, Tausende grauer Gebäude mit dunklen Schindeln. Überall gab es verlotterte Straßen, gruselige Gassen und heruntergekommene Behausungen. Lord's Point war deutlich größer. Nail hatte noch nie eine Stadt gesehen, die so verdreckt und trist aussah. Hunde streiften in Rotten durch die verwinkelten Gassen. Passanten gab es wenige, und sie bestanden ungefähr zur Hälfte aus Oghulen und furchtsam dreinblickenden Menschen.

»Diese Bastarde müssen mal lernen, wie man sich wehrt«, grollte Bronwyn. »Die Hragna'Ar breitet sich immer mehr aus, und keiner hier hat die Eier, sie aufzuhalten.«

»Sieht aus, als wäre kaum noch jemand hier«, sagte Val-Draekin.

Bronwyn sah den Vallè an. »Man munkelt, König Jovan habe alle Krieger nach Amadon gerufen, um sich dort auf die bevorstehende Schlacht gegen den Weißen Prinzen vorzubereiten. Durch den Aufruf hat praktisch jede Siedlung in Gul Kana die fähigen Kämpfer verloren, und Orte wie Tevlydog können nun jederzeit von Hragna'Ar-Oghulen oder Dieben, Gesetzlosen und Bettlern überrannt werden.«

»Wir sehen selbst nicht viel besser aus als Bettler.« Val-Draekin legte einen Schritt zu und schloss zu dem Mädchen auf. Eins der Pferde machte ihm wiehernd Platz.

»Ruhig, Großer.« Bronwyn nahm die Zügel fester und beruhigte das Tier mit leisem Pfeifen. »Wie wollt ihr denn ohne Geld oder Tauschwaren Reittiere beschaffen?«

»Bald ist es dunkel«, antwortete Val-Draekin. »Wir können herumschleichen, ein paar Tiere stehlen, auch bessere Waffen und geeignetere Kleidung für Nail und mich.«

»Oh, toll«, sagte Bronwyn heiter. »Ein bisschen Klauen hier und da, dann fallen wir unter den Eingeborenen nicht mehr auf, ja?«

Ihr massiger Oghul-Gefährte drehte sich um. »Cromm wird beim Diebstahl helfen.« Sein gelassener Blick ruhte auf Nail. »Es ist gut, dem Gezeichneten ein Pferd zu beschaffen.«

Bronwyn sagte: »Cromm freut sich wahnsinnig darauf, für diese Leistung in die mündliche Überlieferung seiner Leute aufgenommen zu werden. Für einen Oghul wie ihn ist es eine große Sache, den Gezeichneten zum Feurigen Sündenerlass nach Amadon zu begleiten.« Sie grinste Nail schief an. »Das macht ihn zur Legende.«

»Ich kann nicht sagen, ob du es ernst meinst oder nicht«, bemerkte Val-Draekin.

»Ein *Vallè*, der nicht erkennt, ob er veralbert wird?«, lachte Bronwyn. »Das gibt es ja gar nicht.«

»Was ist denn so schwer?« Auch der Oghul grinste und leckte sich kurz mit der dicken, grauen Zunge über das geschwollene Zahnfleisch. »Cromm sagt, er hilft bei dem Diebstahl, also hilft er. Danach bringt er den Gezeichneten nach Amadon.«

»Cromm ist ein ehrlicher Pirat und ein noch ehrlicherer Oghul«, setzte Bronwyn hinzu. »Auf sein Wort ist immer Verlass. Aber wenn ihr mit uns auf Beutezug gehen wollt, Ser Vallè, muss eins klar sein.«

»Und das wäre?«, fragte Val-Draekin.

»Ich bestimme das Ziel.« Sie kniff die dunklen Augen zusammen. »Siehst du, Cromm und ich achten die Piratenehre. Ein gerechter Kampf und ein Blutpreis, so machen es die Piraten. Wir *schleichen* nicht wie gemeine Diebe im Dunkeln herum. Wir suchen uns ein Ziel, das uns ebenbürtig ist, und wir stellen uns stets von Angesicht zu Angesicht, wenn wir jemandem gegen seinen Willen etwas abnehmen.«

»Aber warum sollte man sich auch nur dem geringsten Risiko aussetzen?«, fragte der Vallè.

»Wer sagt denn, dass es ein Risiko ist?« Bronwyn ließ Val-Draekin nicht aus den Augen. »Das Glück ist immer auf Seiten derer, die anderen in die Augen blicken, wenn sie ihnen etwas wegnehmen.«

Endlich stießen sie auf einen Stall, eine Scheune mit tiefem Giebel aus quer übereinandergelegten, dunklen Holzbalken am Ende einer schlecht gepflasterten Straße. Dahinter stand eine niedrige, verwahrloste Steinhütte mit Strohdach. Im Stall waren Pferde zu erkennen, dunkle Schatten in den Lücken zwischen den Holzlatten. Auf einem Schild über dem breiten Scheunentor stand: PFERDE ZU VERKAUFEN. PONYS UND PACKESEL GESUCHT. MOSCHUSOCHSEN GIBTS HIER NICHT – KEIN VERKAUF, KEIN TAUSCH, WIR WOLLEN KEINE.

Auf einer Bank vor der Scheune flegelten drei feiste Gestalten, allem Anschein nach Söldner, in grober Lederrüstung und mit Kurzschwertern an den Hüften. Alle drei hatten lange Haare und Bärte. Ein vierter Mann, kahlköpfig, ohne Hemd und sehr muskulös, stand mit dem Rücken zu ihnen direkt unter dem Schild. Er schlug mit einem gewaltigen Eisenhammer auf einem hüfthohen Amboss auf ein Stück Metall ein.

»Wir beschlagnahmen einige von euren Pferden«, verkündete Bronwyn, als sie näher kamen.

Der Kahlköpfige drehte sich mit dem Hammer in der Hand um. Er trug eine Lederschürze, die vorn verkohlt und schmutzig aussah. Auch Hose und Stiefel waren größtenteils verdreckt. Sein Rumpf sah aus wie ein Fass, sein Kopf wirkte schwer und das Gesicht war rund und fleischig. Stumpf beäugte er zunächst den Oghul, dann Nail und das Mädchen. Zuletzt nahm er den Vallè ins Visier und fasste dabei den schweren Hammer fester. Er wischte sich mit einem Lappen den Schweiß von der Stirn. »Wir haben schon zu«, sagte er abrupt und machte sich wieder an die Arbeit.

»Wir wären dankbar, wenn ihr wieder aufmachen würdet«, sagte Bronwyn. »Die Sonne ist eh noch nicht untergegangen. Ich habe noch nie gehört, dass ein Pferdestall vor Einbruch der Dunkelheit geschlossen hat. So ein Laden sollte doch mindestens bis Sonnenuntergang geöffnet sein, oder nicht?«

Die Söldner an der Scheune sahen sich belustigt an. Der Kahlköpfige grunzte. »Ich brauche keine geschäftlichen Ratschläge von kleinen Mädchen mit Federn im Haar.«

Bronwyn ließ sich nicht beirren. »Wenn ihr König Jovans Aufruf zum Krieg nicht folgt, dann braucht ihr keins der Pferde in der Scheune. Meine Freunde und ich wollen aber nach Amadon, um für unser Land zu kämpfen. Wir brauchen mehr Pferde als die beiden, die wir haben.«

»Ein *Mädchen*, das kämpfen will?« Der Kahlkopf grinste abfällig. »Du meinst, du wirst ein Ritter?« Er blickte von einem zum anderen. »Und ein Vallè-Ritter? Und ein Oghul? Nee, Mädel, das glaube ich kaum.«

»Wir brauchen zwei Pferde«, wiederholte Bronwyn mit einer beiläufigen Leichtigkeit, die Nail überraschte.

Der Mann wurde rot. »Bei den verfluchten Engeln, ich sage, wir haben für heute geschlossen. Zumindest für Oghule. Jetzt verzieht euch.«

»Ich glaube, du verstehst mich nicht«, sagte Bronwyn. »Wir nehmen zwei von deinen Pferden mit. Am besten sagst du also einem deiner Kumpel Bescheid, dass er in die Scheune spaziert und welche bereitmacht.«

»Genau zwei Pferde.« Cromms Grummeln zog alle Aufmerksamkeit auf ihn. Nail und Val-Draekin sahen sich besorgt an, als alle Männer an ihre Schwerter fassten.

Der Kahlkopf legte den Kopf schief und blickte Cromm höchst unhöflich an. »Kannst du das Schild nicht lesen? Ich habe keine Moschusochsen für Oghule.«

»Cromm reitet ohnehin lieber auf einem Pferd«, warf Bronwyn ein.

Der kahle Mann schüttelte den Kopf. »Und wenn ich einen Maulesel hätte oder einen halbtoten Klepper: Ich verkaufe nicht an blutsaugende Oghule.« Er warf einen Blick auf die hellen Hengste hinter Bronwyn und Cromm. »Vielleicht sollte ich ja eure Pferde *beschlagnahmen.*«

»Zwei Pferde.« Cromm ließ die Zügel los und hielt zwei Finger hoch. Er zog die Lippen zurück und zeigte die spitzen Hauer und das entzündete Zahnfleisch. »Ein Pferd für den Gezeichneten. Ein Pferd für den Vallè. Cromm nimmt euch auch noch etwas anderes weg.« Mit zwei großen Schritten trat der Oghul auf den Kahlkopf zu und stand plötzlich direkt vor ihm.

»Ich habe gesagt, die sind nicht zu verkaufen«, beharrte der und spielte ungeduldig am Griff des mächtigen Hammers. »Und ich bin auch kein Aderlasser, also …«

Cromm schlug ihm ins Gesicht. Die Ohrfeige mit dem Handrücken ließ den Mann seitlich gegen die Scheune taumeln. Die drei anderen sprangen von der Bank auf und legten wieder die Hände an ihre Schwerter. Ihre Augen funkelten und sie waren zum Kampf bereit. Nail spürte sein Herz bis zum Hals schlagen. Sollte es zum Kampf kommen, hatte er keine nennenswerte Waffe, auch Val-Draekin nicht, sie beide trugen nur rostigen Oghul-Schrott.

Der Kahlkopf wirbelte herum und ging mit zornigem Blick und roter, pochender Wange auf Cromm zu. »Verfluchter Hurensohn. Schlägst mich einfach, mitten in einer normalen Unterhaltung.«

»Cromm ist ziemlich geradeaus«, sagte Bronwyn. »Ich nehme an, er dachte, die Unterhaltung sei zu Ende.«

Einer der drei Söldner zog sein Schwert und wollte zum Angriff übergehen.

In einer fließenden Bewegung nahm Bronwyn den schwarzen Langbogen vom Rücken, legte einen Pfeil an und zielte auf ihn. »Cromm redet nicht so gern um den heißen Brei herum«, sagte sie und zog die Sehne bedächtig zurück. Der Bogen knarzte unheilvoll. »Er hat keine Zeit, sich ausgiebigen Diskussionen über die Dummheit irgendwelcher Narren hinzugeben. Diese Unterhaltung ist schon vor einer Weile in eine Sackgasse geraten. Am besten steckst du dein Messerchen da wieder ein, läufst in die Scheune und machst zwei Pferde bereit, Sattel und alles, ansonsten kann es passieren, dass ich richtig ungehalten werde. Und Cromm auch.«

»Scheiß auf dich, du Schlampe!«, knurrte der Mann und spuckte in ihre Richtung.

»Das hättest du nicht tun sollen.« Bronwyn ließ die Sehne los.

Der schwarze Pfeil traf den Mann mitten in die Augenhöhle, riss ihn nach hinten und nagelte seinen Kopf an die Scheune.

Das Schwert rutschte ihm aus der Hand.

Sie hat ihn einfach umgebracht! Nails Herz raste und seine Gedanken überschlugen sich.

Cromm sprang auf und packte den Kahlkopf mit seinen fleischigen Händen, dann drehte er ihm den Kopf zur Seite und versenkte die Hauer in seinen freigelegten Hals.

Der Mann schien in den Armen des Oghuls zu welken, alle Glieder hingen schlaff herunter, seine Augen verdrehten sich, und der Schmiedehammer plumpste in den Staub.

Was für ein Wahnsinn! Nail stand unter Schock und musste sich fast übergeben.

Bronwyn hatte einen weiteren Pfeil gespannt und zielte auf den nächsten Söldner. Sie stellten aber keine Bedrohung mehr dar. Mit offenen Mündern starrten sie auf ihren erschlafften Freund und den Oghul mit dem groben Gesicht, der ihn aussaugte.

»Cromm kann seine Gelüste einfach schlecht zügeln«, sagte Bronwyn zu Nail. »In der Beziehung musst du nachsichtig sein.«

Blutsaugender Oghul. Die Beleidigung kannte jeder, sie bedeutete eigentlich nichts und ging schnell über die Lippen, auch ihm. Aber Cromm war wirklich ein blutsaugender Oghul. *Und Bronwyn hat einen Mann wegen eines Pferdes ermordet!*

Als Cromm mit seinem Opfer fertig war, ließ er es fallen, und der Kahlkopf sackte in einem traurigen Haufen zusammen, fasste sich mit bleichem Gesicht an den blutenden Hals und keuchte wie ein Pferd nach einem langen Galopp.

Blut tropfte von Cromms wulstigen Lippen auf seine Rüstung.

»Ich schlage vor, ihr Jungs geht die Pferde satteln«, sagte Bronwyn zu den beiden Söldnern. Die ließen die Schwerter fallen und rannten die Straße entlang, dabei stolperten sie beinahe übereinander.

»Sie laufen davon«, knurrte Cromm.

»Dann vermute ich, wir können uns nehmen, was wir brauchen.« Bronwyn hakte den Langbogen wieder an den Gurt über ihrer Schulter. »Allerdings sollten wir uns beeilen. Man weiß nicht, wie viele Haudegen die zwei womöglich zusammentrommeln.«

Mit großen Schritten ging der Oghul zum Scheunentor, schob es auf und trat ein.

Bronwyn beugte sich vor und hob die Schwerter der Söldner auf. Eins hielt sie Nail hin. »Jetzt guck nicht so.«

»Ich habe schon Schlimmeres gesehen.« Nail nahm das Schwert und versuchte, dabei möglichst unbeteiligt dreinzublicken, aber er wusste, dass es ihm nicht besonders gut gelang. Er wandte sich ab und sah das letzte bisschen Sonne allmählich hinter den Gebäuden im Westen verschwinden.

Bronwyn gab Val-Draekin das andere Schwert. »Du hast wirklich etwas gegen eine heimliche Diebestour, nicht wahr?«

»Wegen dem hier?« Sie deutete auf den Söldner, den ihr Pfeil an die Scheune geheftet hatte, und den kahlköpfigen Kerl, der immer noch zu ihren Füßen nach Luft schnappte. »Das war doch nichts. Es geht bloß darum, einen selbstbewussten und kompetenten Eindruck zu machen. Außerdem: Wenn Cromm zu trinken anfängt, werden alle ganz schnell mucksmäuschenstill und zahm.«

Sie zwinkerte Nail zu. »Selbst die erfahrensten Kämpfer werden blass, wenn sie ohne Vorwarnung einem Aderlass beiwohnen.«

Es liegt eine wohlige Gleichheit im Tode, denn der König ist ebenso tot wie der einfache Soldat oder der Sklave. Die Getöteten ehrt, und berichtet allen und jedem ausführlich von ihrem glorreichen Tod. Raijael aber wird niemals getötet, und keines Menschen Hand vergießt je einen Tropfen seines Blutes, denn er wird vor allen Kriegen makellos bleiben.

AUS DEN RITTERLICHEN ERLÄUTERUNGEN DES RAIJAEL

64. KAPITEL

MANCELLOR ALLEN

AM FÜNFTEN TAG DES FEUERMONDES
IM 999. JAHR LAIJON – KANAL VON SANKT EINZIG

Fünf Jahre brannte nun schon ein Wunsch in Mancellor Allens Seele, gleichsam einfach und geheim. Er wollte beten. Er wünschte sich, er könnte auf die Knie fallen und den großen Einen und Einzigen anrufen, dass er ihn errette. Während die Armee von Sør Sevier durch den Sand vorgerückt war – über das von der Sonne getrocknete Watt – wollte er verzweifelt das einfache Laijonskreuz mit drei Fingern über seinem Herzen schlagen.

Aber ich darf nicht gesehen werden, wie ich Raijael lästere.

Statt der wirklichen Bewegung führte er das Ritual also im Kopf aus, wie er es schon Tausende Male zuvor getan hatte. So oder so tröstete ihn dieses Gebet ein wenig, beruhigte seine Gedanken und bereitete ihn auf die nächste Schlacht vor, die er nicht schlagen wollte.

Er wollte nicht kämpfen. Aber es sah so aus, als müsste er, denn die Armee von Gul Kana stand vor ihnen im Sand vor Aeros Raijael aufgereiht, gut zweihunderttausend Mann, nicht einmal die Hälfte von ihnen beritten.

Ein verfluchter Tag. Er spürte den Fluch tief in den Knochen. Mancellor war eine geduldige Seele, er vertraute auf die Intuition und glaubte fest an Symbole und Omen. An der bevorstehenden Schlacht kam ihm etwas falsch vor. Aber was kann ein Mann allein schon tun? Außerdem war ihm, trotz seines Ranges, bewusst, dass er eigentlich nur ein Sklave der Sør Sevier war. Das Brandzeichen innen am Handgelenk erinnerte ihn daran.

Hinter ihm standen die Soldaten aus Sør Sevier bis zum Horizont, links und rechts erstreckten sich meilenweit Legionen von Rittern auf Pferden. Knappen. Hunde. Träger. Ritter vom Blauen Schwert. Auf der unendlichen Weite aus trockenem Wattsand standen die Krieger Aeros Raijaels wie eine vielköpfige glitzernde Welle drohenden Todes, ein funkelnder Wald aus eisernen Speerspitzen und mit Federn geschmückten Helmen, lebhaft und beweglich. Über ihnen wehten Banner und Standarten. Die Ritter saßen aufrecht auf gewaltigen Kriegsrössern, die Gesichter unter polierten Helmen mit geschwärzten Augenschlitzen verborgen. Metallene Platten schützten die Köpfe der Pferde, und eisenbeschlagene Decken hingen ihnen an den von Schweiß glänzenden Flanken und Beinen. Die Tiere trugen wilde Muster als Kriegsbemalung, Spiralen um die Augen und weiß gefärbte Ohren mit blauen Rändern.

Donnernd stampften sie in schwerem Schritt über den Sand und wühlten das Bett des Meeres unter sich auf. Am Ende liefen Dudelsackspieler, Trompeten und Trommler, vorne dagegen die Bogenschützen sowie der Engelsprinz mit seinen Erzrittern Mancellor, Hammerfiss, Enna Spades und Ivor Jace auf weißen Hengsten. Mancellors Schlachtross Glanz war ein wahrer Muskelberg, seine einzige Sicherheit, vielleicht auch sein einziger Freund. Der Junge aus Galgenhafen, Jenko Bruk, ritt neben Aeros, und ein grober Leinensack hing seinem Tier an den Flanken. Neben ihm saß ganz in Schwarz Spinnenholz auf seinem Blutaugenbiest.

Mancellor wusste nur zu gut, dass diese Armee den Krieg gewöhnt war. Sie bestand aus Männern und Frauen, gnadenlosen Kreuzritterveteranen, die in Zerstörung und Gemetzel geradezu aufgingen. Obwohl er heute an ihrer Seite kämpfen würde, obwohl er seit fünf Jahren mit ihnen kämpfte, betrachtete Mancellor jeden von ihnen als Feind. Denn für ihn hatten sie sich stets eher wie Dämonen der Unterwelt aufgeführt, nicht wie ehrenwerte Männer und Frauen aus Fleisch und Blut. Die blinkende Horde um ihn herum war der reine Tod, eine gnadenlose Erinnerung an die *schwierigen Wahrheiten* aus *Weg und Wahrheit Laijons*, dass *die Totengeister allem Leben folgen, überallhin*.

Die gefahrvolle Meerenge zwischen Sankt Einzig und Lord's Point bestand nun bloß aus Sand, hier und da lagen Algen und es gab Pfützen aus Meerwasser, aber die Ebbe hatte sich nach Norden und Süden gleichermaßen zurückgezogen, wie sie es jeden Nachmittag für einige Stunden tat, seit Anbeginn der Zeiten. Die Armee des Engelsprinzen musste die zehn Meilen, die jetzt Land waren, schnell überqueren, denn die Flut konnte unvorhersehbar eintreffen und im Handumdrehen höher als ihre Köpfe ansteigen.

Als sie den Sand betraten, wirkte die Küstenlinie um Lord's Point noch wie ein ferner, wabernder Schleier ohne jegliche menschlichen Bewegungen, ein willkürliches Flickwerk grauer Steinbauten, dazwischen Hunderte Warften, Plankenstege und Kais mit Tausenden kleinen Booten jeder Bauart. Große Schiffe ankerten nicht im Hafen, dafür war das Wasser selbst bei Flut nicht tief genug.

Lord's Point lag vielleicht noch eine halbe Meile entfernt, da verlangsamte Aeros seinen Schritt, und die Armee lief hinter ihm auf.

»Ah, prächtig!«, hörte Mancellor Hammerfiss mit knurriger Begeisterung rufen. »Die Bastarde wollen sich wohl endlich mal wehren!«

Angesichts der Größe und Aufmachung der Truppen Gul Kanas, die aus Lord's Point strömten, hoffte Mancellor, dass es eine kurze Schlacht werden würde. Aeros hatte mehr als zweihunderttausend Soldaten hinter sich. Dagegen schien die Kampfkraft aus Lord's Point sich auf ein Drittel dieser Anzahl zu belaufen, vielleicht auch nur ein Viertel. Während der Abstand zwischen beiden Armeen sich verringerte, erkannte Mancellor, dass die meisten auf der anderen Seite zu Fuß marschierten, nur ein paar Tausend waren beritten oder trugen überhaupt eine Art Rüstung, die eines Ritters würdig schien. Trotz dieser Mängel bildeten sie doch ein funkelndes Hindernis, und Mancellor hatte ein ungutes Gefühl, denn sie wurden nun mitten in der Meerenge aufgehalten.

Aeros erwartete sie ruhig. Die Armee von Gul Kana machte schließlich gute zweitausend Schritte entfernt Halt, gerade außer Reichweite der Bogenschützen.

»Ein blutiger Kampf wird das«, verkündete Hammerfiss aufgekratzt.

»Und ich glaube kaum, dass auf deren Seite eine Frau dabei ist«, murmelte Spades verächtlich.

Zwei Reiter lösten sich aus den gegnerischen Reihen und ritten direkt auf Aeros und seine Erzritter zu, einer trug eine schwarze Rüstung, der andere war blau gekleidet. Der Ritter in Blau trug ein Waffenstillstandsbanner, und das weiße Tuch flatterte über seinem silbrigen Helm.

»Wir reiten ihnen entgegen! Erzritter, mir nach!« Aeros spornte sein Pferd zum Trab. Sein Harnisch und die Rüstung klangen, die langen Haare wehten weiß und fließend im Wind. Er trug eine leichte Kettenhemdtunika unter einem weißen Mantel und ein Schwert an der Seite. Mancellor trieb sein Pferd an und folgte Hammerfiss, Spades und Ivor Jace.

Ivor, der neueste von Aeros' Erzrittern, trug einen Schild und ein Langschwert an einem Gurt über dem Rücken. Hammerfiss hatte einen mächtigen, mit Spitzen gespickten Streitknüppel in einer und einen massiven Silberschild mit einer schweren Eisengravur in Blau in der anderen Hand. Enna Spades trug das Langschwert an der Hüfte und eine Armbrust mit einem Köcher dicker Pfeile auf dem Rücken.

Als Aeros' Abordnung ihre Pferde vor den beiden Reitern aus Gul Kana zügelte, nahmen diese die Helme ab. Mancellor erkannte Leif Chaparral, dessen schwarze Rüstung und silberner Übermantel von Staub überzogen waren. Das Wappen mit dem Silberwolf im kastanienbraunen Feld wies ihn als Adligen aus Rivermeade aus. Ein Schwert mit einem schwarzen Opal im Heft hing ihm an der Seite. Mancellor hatte den Prinzen von Rivermeade schon zuvor getroffen, einmal während der Verhandlung in Aeros' Zelt, dann noch einmal in Ravenker, mit Jondralyn Bronachell. Dort hatte Mancellor auch Gault Aulbrek und Aeros' blaues Schwert *Himmelsplünderer* zuletzt gesehen.

»Ihr seid uns zahlenmäßig weit unterlegen«, sagte Aeros nüchtern. Sein Hengst stand Nüstern an Nüstern mit Leifs schwarzem Ross. Beide Pferde schnaubten sich brüsk an. Der Engelsprinz fuhr fort: »Hinter mir habe ich zweihunderttausend schlachterprobte Krieger. Weitere fünfzigtausend befinden sich bereits auf den Ländereien Gul Kanas, gleich südlich von Lord's Point, und sind bereit, sich uns anzuschließen.«

»Das ist mir bekannt«, erwiderte Leif und deutete auf den Ritter neben sich. »Lord Kelvin Kronnin von Lord's Point.«

Lord Kronnin, in silberner Rüstung und blauem Aufzug der Meeresgarde von Lord's Point, hielt seinen Schlachthelm steif in der Armbeuge. Er hatte sich den Kopf rasiert. Kantige Gesichtszüge. Eine alte Narbe verlief von der Nasenwurzel bis zum Kiefer. Kronnin deutete eine Verbeugung vor dem Engelsprinzen an, doch sein Gesicht blieb stoisch und scheinbar unbeeindruckt von Aeros, den Erzrittern oder den zweihunderttausend Kämpfern hinter ihnen.

Aeros ignorierte ihn und blickte Leif kalt an. »Warum bringt Ihr so viele Seelen hierher, die doch nur abgeschlachtet werden?«

Leif erwiderte den Blick nicht minder entschlossen. Wind fuhr ihm durch die dunklen Haare. Er sprach kühl und unaufgeregt. »Ich bringe Euch traurige Neuigkeiten über Euren Mitstreiter, Gault Aulbrek. König Jovan Bronachell hat mit ihm das gemacht, was ihr grausamen Schweine Baron Jubal Bruk angetan habt. Gaults schwanzloser Leib wurde ohne Gliedmaßen aufgespießt und auf einen Ochsenkarren gestellt. Dann hat man ihn durch die Straßen von Amadon gezogen. Seine erbärmliche Leiche wurde bespuckt und mit Fäkalien übergossen.«

Aeros erblasste bei dieser Nachricht. Mancellor hörte tief aus Hammerfiss' Lungen ein Grollen aufsteigen. Der Riese ballte erzürnt die Fäuste. Spades verzog wütend das Gesicht, zog das Schwert und trieb ihr Pferd an. Sie stand mit Augen wie Eiszapfen vor Leif. »Euch werde ich in dieser elenden Schlacht auf dem Grund des verfluchten Meeres als Ersten niedermachen.« Schon hatte sie die Spitze ihrer Klinge an Leifs Brust. »Ich komme direkt zu Euch, und dann sterbt Ihr einen langsamen Tod.«

»Wieso glaubt Ihr, dass es zu einer Schlacht kommt, dämliches Weib?« Leif griente, lenkte sein Pferd aber klugerweise ein Stück von ihr weg.

Dann verneigte er sich vor Aeros. »Ich hielt es für ehrenhaft, Euch über Gault zu unterrichten.«

»Das habt Ihr nun getan«, sagte Aeros. »Was sollte mich davon abhalten, Euch gleich hier von Spades töten zu lassen?«

»Dann lasst mich zu dem Grund kommen, aus dem ich hier zum Verhandeln zu Euch geritten bin«, sagte Leif und achtete darauf, dass Aeros jedes Wort genau verstand. »Wir beide haben dasselbe Ziel. Wir beide wollen den Feurigen Sündenerlass. Wir beide wünschen, die Wiederkehr Laijons zu beschleunigen. Wir beide suchen Ruhm. So auch mein Lord, seine Hoheit, König Jovan Bronachell …«

»Was redet Ihr da?«, unterbrach ihn Lord Kronnin mit hochrotem Kopf. Er machte ein erstauntes Gesicht und schien Verrat zu wittern.

Leif beachtete ihn kaum. »Ich sage, König Jovan hat mich gesandt, um die Armeen von Gul Kana darzubieten und uns endgültig zu ergeben.«

»Seid Ihr denn völlig irre geworden?«, knurrte Kronnin. »Bei den verfaulten Engeln, das ist nicht der Plan, den wir entwickelt haben.«

Leif begegnete dem zornigen Blick seines Gefährten. »Seht Euch doch mal um, Mann. Wir sind in jeder Hinsicht unterlegen. Die Armee des Weißen Prinzen kann nicht durch Waffengewalt bezwungen werden.«

»So war es nicht abgemacht«, wiederholte Kronnin hitzig.

Leif wandte sich wieder dem Prinzen zu. »Ich verkünde, dass unsere Kräfte gebündelt werden. Wir beide werden gen Amadon ziehen, zum Feurigen Sündenerlass. Und Ihr, Lord Aeros Raijael, sollt als Wiederkehr Laijons herrschen.«

»Die Totengeister sollen Euch holen, Leif Chaparral!«, grollte Kronnin. »Die Prophezeiung besagt, dass die Armeen von Gul Kana kämpfen! Und wenn es bis zum Tode geht! Wir müssen vor dem Feurigen Sündenerlass kämpfen. Nirgendwo steht geschrieben, dass wir uns dem Feind einfach ergeben und ihn dann zum

Lord erklären. Ich habe *Weg und Wahrheit Laijons* persönlich gelesen, Wort für Wort.«

»Das habt Ihr nicht zu entscheiden, Kronnin«, antwortete Leif trocken. »Jovan und die Erzbischöfe in Amadon wollen es so. Unsere Aufgabe ist es nicht, gegen Aeros' Armee zu kämpfen, wir müssen Laijon lediglich zeigen, dass wir willens sind, es zu tun. Wir stehen hier, um dem großen Einen und Einzigen zu beweisen, dass wir Männer des Glaubens sind, dass wir an seine Worte und die Versprechungen in *Weg und Wahrheit Laijons* glauben. Ja, ich habe das heilige Buch auch gelesen. Tatsächlich wurden mir die Worte der Prophezeiung von seinen Gnaden, Großvikar Denarius, höchstpersönlich vorgelesen. Kein Geringerer als er hat mir die Wahrheiten der Schrift offenbart. Wir stehen hier auf dem Schlachtfeld, um den Feurigen Sündenerlass herbeizuführen, nicht um uns gegenseitig zu zerstören und so zu verhindern, dass es je dazu kommt.«

»Das ist doch Irrsinn!«, platzte es aus Kronnin heraus.

»Ich habe die Billigung des heiligen Vikars Laijons«, sagte Leif und blickte Kronnin stechend an. »Ich gebe nichts auf diese lästerlichen *Mondrollen*, von denen Ihr und Ser Culpa Barra, wie ich weiß, so besessen seid.«

Kronnin knurrte. »Die Deutung der Schrift, der Ihr und der Vikar folgt, ist nichts als Irrsinn und Selbstmord!«

»Bei allem Respekt, Ser Kronnin, da irrt Ihr Euch.«

Kelvin Kronnin riss sein Streitross herum, hieb ihm die Sporen in die verschwitzten Flanken und ritt in vollem Galopp zurück zu seiner Armee. Leif ließ er allein zurück.

»Dann soll die Dame Tod ihn holen.« Leif spuckte in den Sand. »Kronnin war schon immer insgeheim einer, der die Göttin verehrt hat. Seine Tage sind gezählt.«

»Jedes Mal, wenn wir uns begegnen, verblüfft Ihr mich.« Aeros sah Leif mit kaum verhohlenem Abscheu in die Augen.

»Ich möchte nur Leben retten, indem ich eine sinnlose Metzelei abwende.«

»Das ist eine große Enttäuschung«, sagte Aeros. »Denn heute habe ich besondere Waffen mitgebracht, mit denen ich Eure Armee vernichten will. Waffen, die allenthalben höchst begehrt sind.«

Leif löste das Tagritterschwert von seinem Gürtel und warf es mitsamt Futteral vor dem Engelsprinzen auf den trockenen Sand. »Ich habe keine Lust auf Krieg.«

Aeros' Augen wurden zu finsteren kleinen Punkten. »Ich weiß bereits, dass Ihr ein Mann seid, der gern Ränke schmiedet und betrügt. Warum aber Kronnin und Eure eigenen Armeen mit der Kapitulation verraten?«

»Ich sehe keinen Sinn in diesem Krieg«, erwiderte Leif und verneigte sich leicht im Sattel. »Doch Lord Kronnin möchte eindeutig kämpfen. Gebt mir nur einen Augenblick mit ihm, und ich verspreche Euch, auch er legt seine Waffen nieder, und Ihr könnt ungehindert in Lord's Point einreiten.«

Bevor der Engelsprinz etwas dazu sagen konnte, wendete Leif Chaparral und ritt Lord Kronnin hinterher.

Ein Moment der Stille folgte, dann brach es aus allen heraus.

»Das ist Schwachsinn.« Spades schäumte und verfolgte Leifs kleiner werdende Gestalt mit hartem Blick.

»Sie hat recht.« Hammerfiss sah Aeros freimütig an. »Die verschwenden unsere Zeit.«

»Ich sage: Wir greifen sofort an«, setzte Ivor Jace hinzu. »Wir reiten los, noch während sie sich zurückziehen.«

Mancellor sagte nichts. Er hielt es nicht für angemessen, eine Meinung zu äußern, und der Engelsprinz fragte ihn auch nicht. Jene ominöse Wolke, die über ihm hing, die unheilvolle Furcht, der er nicht entrinnen konnte, schien jeden seiner Gedanken zu ersticken.

Aeros blickte starr auf die Reihen der Feinde. »Bereiten wir unseren Vormarsch vor«, sagte er und spornte sein Pferd wieder in Richtung der eigenen Truppen an.

Ein Konflikt kochte in Mancellor. Während er auf die Befehle von Aeros wartete, spürte er die Anspannung in den Muskeln und die Kraft des Hengstes, auf dem er saß. Glanz war ihm nach Beau Stablers Tod vermacht worden. *Wenn man voller Zweifel steckt und die Glaubenswelt einstürzt, was treibt einen Mann dann dazu, sich dem Feind anzuschließen?*, überlegte er. *Instinkt? Selbstschutz oder Eigensinn? Was kann ein schlimmeres Vorzeichen sein als das?* Er wollte sein Schwert heute nicht ziehen, wollte nicht kämpfen. Zwar hielt er sich noch an seinen Glauben an Laijon, doch waren ehrenwerte Wörter wie *Galanterie* und *Ritterlichkeit* inzwischen längst tot, ersetzt durch *Feigheit* und *Verrat* und *Mord*. Sein Herz war seit fünf Jahren nur mehr ein Loch in seiner Brust, ein windig-kalter Spalt. Er fürchtete, dass seine Entscheidungen ihn in den Augen des großen Einen und Einzigen zu einem gefühllosen Monster hatten werden lassen. Er konnte nur beten, dass Laijon ihm vergab.

Oder ist das alles Verrat, in was ich mich hier habe verwickeln lassen? Er kannte die Antwort nicht. Dennoch wusste er, was trotz allem in seinem Herzen lebte: Vertrauen. Vertrauen in den Weg, den Laijon für ihn ausersehen hatte. Vertrauen, dass der große Eine und Einzige ihm schließlich den Weg weisen würde. Doch der Überfluss an Blut, Eingeweiden und zerfetzten Leichen der letzten fünf Jahre hatte seine Sinne abstumpfen lassen. Er war gegen die Schrecken und Verwüstungen des Krieges immun geworden. Seine Hand brachte den widerwärtigen Tod immer müheloser, seelenloser. *Was ich auch tue, alles ist nur ein Spiel, bis Laijon mich in seine Pracht erlöst.* Zumindest hatte er sich das Nacht für Nacht, Stunde für Stunde gesagt. Mitten in der Schlacht trat er aus seinem Körper heraus und führte Krieg im Namen des Engelsprinzen, als sei das Schlachtfeld für ihn eine Bühne. Er machte mit beim Mummenschanz als Aeros' ergebener Kämpfer, einfach weil er überleben wollte. Er spielte diese Rolle, weil er sich so fühlen musste, als hätte Laijon den Weg für ihn gewählt und würde ihm irgendwann zeigen, *warum* es so war.

Diese letzten fünf Jahre in Gefangenschaft waren nichts als eine Probe des Überlebenswillens und des Glaubens. Bis Laijon ihm jenes Zeichen offenbarte, das er so verzweifelt suchte, würde er tun, was er konnte, um am Leben zu bleiben. Tief in seiner Seele wusste er, dass er aus einem mächtigen Grund verschont worden war. Er spürte, dass er vor dem Feurigen Sündenerlass einen Zweck erfüllen musste, spürte im Herzen, dass er einen spirituellen Beweis hatte, dass er persönlich eine Rolle bei der Wiederkehr Laijons spielte. Er vertraute darauf, dass Laijon einen Plan hatte, und darauf, dass dieser ihn einschloss.

Mancellor hatte fünf Jahre lang an der Seite des Engelsprinzen gekämpft, hatte Aeros' kühne Wildheit erlebt und gesehen, wie er mit immer wieder aufs Neue erstaunlichem Scharfsinn und Herzlosigkeit Menschen tötete. Nicht ein Mal war er verletzt worden. Nicht einen Tropfen Blut hatte er vergossen. Das war so wundersam, dass selbst Mancellor von Zeit zu Zeit innehalten und sich fragen musste, ob der Mann nicht doch etwas Gottgleiches hatte. Zugleich hatte er aber auch die Ungerechtigkeit und die brutalen Quälereien, die unzähligen blutigen, grauenhaften Gemeinheiten im Namen Raijaels miterlebt. Er hatte gesehen, wie Aeros persönlich unter dem Banner seines Kreuzzugs vergewaltigt und gemordet hatte. *Es muss doch ein Sinn dahinterstecken, dass ich all das erleben sollte!*

Alles im Leben besaß Symbolkraft. Mancellor klammerte sich

an diesen Glauben, für den seine Kampftätowierungen aus Wyn Darrè standen, die dunkelblauen Tintenstreifen, die seine Schwester Bronwyn ihm unter die Augen gestochen hatte, am Tag, bevor er in den Krieg zog, um sein Land zu verteidigen. Zwar hatte er Aeros gegenüber behauptet, damit würde die grelle Sonne nicht so blenden, doch in Wahrheit standen diese Zeichen bei Soldaten aus Wyn Darrè für die Ausgewogenheit von Krieg und Harmonie, Wildheit und Mäßigung, vor allem aber für die Familie. Deshalb hatte seine Schwester auch die Nadel geführt.

Die Erinnerung an Bronwyn trug er stets mit sich und fragte sich, ob sie wohl noch lebte. Er wusste, dass seine Schwester sich immer eine oder zwei weiße Federn in die kupfernen Haare gesteckt hatte. Sie musste inzwischen etwa achtzehn sein, falls sie vor all den Jahren den Angriff auf Ikaboa überlebt hatte. Mancellor hatte mit angesehen, wie sein Vater durch das Schwert eines Sør Sevier getötet wurde. Niklos Allen war sein Name gewesen. Schmerz erfüllte Mancellors Herz an jedem Tag, denn außer Bronwyn hatte seine Familie nur noch aus Niklos bestanden. Als seine Mutter starb, war er gerade acht Jahre alt. Er erinnerte sich kaum an sie. Dann schob er alle Gedanken an seine Familie von sich, denn er hatte einen Kloß im Hals und wollte nicht traurig und verlegen sein.

Das Schnauben und Stampfen von Aeros' Hengst im Sand holte ihn in die Gegenwart zurück. Der Engelsprinz beruhigte sein Pferd. »Bring mir meine Waffe«, gebot er Jenko. Der Galgenhafener ritt mit beinahe schmerzender Nervosität im Gesicht los.

Der Engelsprinz löste den klobigen Leinensack vom Sattel hinter Jenko und zog die mächtige Streitaxt heraus, die Mancellor und Jenko in Ravenker diesem Jungen, Nail, abgenommen hatten. Bei ihrem Anblick machte Mancellors Herz einen Sprung. Noch nie hatte er eine feiner gearbeitete Waffe erblickt, gigantisch, mit zwei geschwungenen, funkelnden Schneiden und spitzen Hörnern. Sie war riesengroß, schien aber leicht und genau in Aeros Raijaels Hand zu passen. Erstauntes und ehrfürchtiges Gemurmel erhob sich in den Reihen hinter dem Engelsprinzen.

Jenko beäugte die Waffe gierig und mit einer Art Besessenheit. Mancellor fragte sich, ob er wohl genauso dreinblickte, denn auch er spürte den dringenden Wunsch, diese Axt zu besitzen, und fragte sich, ob sie ihm auch so angenehm und leicht in der Hand liegen würde.

»Jetzt den Helm«, befahl Aeros.

Jenko drehte sich im Sattel und holte mit beiden Händen einen riesigen Kriegshelm aus dem Sack. Das erstaunte Gemurmel wurde lauter.

Mancellor starrte wie gebannt hin. Der Helm war aus polierter Bronze gefertigt und hatte goldene und silberne Einlagen. Aus jeder Seite ragte geschwungen und spitz, eindrucksvoll und furchteinflößend ein prächtiges Horn, jedes aus einer Art glänzendem Elfenbein geschnitzt, das er noch nie zuvor gesehen hatte. Ava Shay hatte recht gehabt. Genau so einen wundersamen Helm hatte sie beschrieben, als sie an Bord der *Eagle Rose* zum Mont Sankt Einzig gesegelt waren.

Ava Shay …

Er mochte nicht an sie denken. Sie hatte angedeutet, mit ihm Aeros' Schätze an sich zu nehmen und davonzulaufen. Da ging ihm plötzlich auf, dass ihm nicht böse Omen und Furcht den ganzen Tag auf die Stimmung geschlagen hatten, sondern etwas anderes.

Dieser Helm ist mein Zeichen! Beides, die Axt und der Helm!

Aeros setzte den Helm auf, und Mancellor verlor den Mut, denn nun nahm der Engelsprinz sogleich eine Gestalt an, die aus den Legenden zu entspringen schien, ein himmlisches Wesen. Axt und Helm wirkten, wie für ihn geschaffen. Mit der Axt in der Hand auf dem prächtigen weißen Hengst sah der Engelsprinz wie die strahlend weiße Marmorstatue eines Kriegerengels aus.

Seine mondfahle Haut und der blitzende Helm sorgten dafür, dass Aeros die ohnehin sonnenbeschienene Umgebung wie ein leuchtender Oststern erhellte.

Alle gafften ihn staunend an und verneigten sich vor dem glorreichen Gott.

»An den heutigen Tag wird man sich noch lange erinnern!« Als wäre sie gewichtslos, reckte Aeros die Streitaxt mit einer Hand in die Luft. Seine Stimme klang gebieterisch. »Der heutige Tag wird in den *Ritterlichen Erläuterungen* als der erste Tag der Ankunft des wiedergekehrten Laijon festgehalten! Denn heute zieht euer Engelsprinz mit dem *Mond des Vergessens* in die Schlacht, die *Einsame Krone* auf dem Haupt und zwei Engelssteine im Beutel an seinem Gürtel!«

Engelssteine!

Mancellor erinnerte sich an den strahlend blauen Stein, den er einmal in Aeros' Zelt gesehen hatte. Flach, oval und mit polierten Rundungen. Sein durchscheinendes Inneres hatte in blauem, grellrauchigem Licht geblitzt und ihm den Atem geraubt.

Mit rasendem Herzen merkte sich Mancellor, dass Aeros den Beutel bei sich trug.

Der Engelsprinz sprach lauter weiter: »Ich, Aeros Raijael, der höchste Geist, Herr über den Himmel und die Unterwelt, Herr aller Welten, der Welt vor der Zeit, dieser Welt und der nächsten sowie jener, die danach kommt, bin endlich hier, um meine Bestimmung zu erfüllen! Denn ich bin die lange erwartete Wiederkehr des großen Einen und Einzigen, dessen Ankunft vor langer Zeit von den Kriegerengeln vorhergesehen wurde! Ich bin der Lebensspender, der Todbringer! Ich wurde noch vor der Welt erschaffen! Man kennt mich unter vielen Namen, Engelsprinz, wahrer, lebendiger Erbe Laijons, der große Eine und Einzige! Wie die Prophezeiungen in den *Ritterlichen Erläuterungen* es vorausgesagt haben, bin ich, Aeros Raijael, Erbe Laijons, Mias und ihres einen und einzigen Sohnes Raijael, nun zurückgekehrt, um das zu beanspruchen, was mir gebührt! Dies sei die Verkündigung für alle, dass die Zeit nun gekommen ist, da alle Waffen und Steine der Fünf Kriegerengel bald mir gehören und ein jeder mich Gott nennt!«

Als hätten alle zweihunderttausend Krieger seine Worte gehört – *und vielleicht hatten sie es* –, erhob sich ein donnernder Jubel, der den Boden zum Beben brachte. Die Gewalt dieses Gebrülls fuhr Mancellor ins Mark.

Der Engelsprinz schrie: »Vorbereiten zum Angriff!«

Hammerfiss trabte mit seinem Hengst vor die Armeen und reckte die geballte Faust in den Himmel, das Zeichen, dass alle ihre Waffen ziehen und sich zum Kampf bereitmachen sollten. Überall in den Reihen hob jeder Ritter vom Blauen Schwert ebenso die Faust. Schon erklang das Schaben von zweihunderttausend aus den Futteralen gezogenen Schwertern über dem Sand.

Glanz stapfte nervös mit den Hufen. Mancellor hörte das Schmatzen im Schlick. Als er nach unten blickte, sah er, dass nun kleine Rinnsale im Sand die kommende Flut anzeigten. Schwarze Käfer krabbelten von dannen, manche trieben schon im flachen Wasser.

Er fasste die Zügel fester und versuchte, sein Ross und auch sein pochendes Herz zu beruhigen. *Die Flut steigt rasch.*

Mancellor erwartete, die Armeen Gul Kanas, wie von Leif versprochen, weiße Fahnen schwenken zu sehen. Doch stattdessen marschierten sie mit klirrenden, funkelnden Waffen auf sie zu.

Sie kämpfen!

Mancellor konnte nur an den glänzenden Helm, die Streitaxt und die zwei Engelssteine denken. *Gib mir ein Zeichen, oh Laijon!* Nacht für Nacht hatte er in seinen Träumen nach so einem Zeichen geforscht, hatte jede Landschaft abgesucht, die sie durchquerten, in den Augen jedes Mannes danach gesucht, den er tötete.

Heute lag sein Weg nun vor ihm, seine Erlösung. *Mond des Vergessens* und *Einsame Krone*. Das lange Warten hatte sich als Prüfung seines Glaubens entpuppt.

Ja, heute waren die Waffen und Steine der Fünf Kriegerengel endlich in seine Reichweite gelangt.

Wenn Laijon die Gelegenheit bot, würden sie ihm gehören.

Stelle dich der Wahrheit. Das ist dein einziger Schutz vor dem Galgen.

DER KODEX DER ENGELSSTEINE

65. KAPITEL

BISCHOF HUGH GODWYN

AM FÜNFTEN TAG DES FEUERMONDES

IM 999. JAHR LAIJON – KANAL VON SANKT EINZIG

Leif Chaparral und Lord Kelvin Kronnin führten den Angriff an. Ihre Banner wehten über den Helmen und Speerspitzen der Tausenden, die ihnen folgten.

Beide Armeen donnerten aufeinander zu. Der Meeresboden bebte. Hugh Godwyn, der sich etwa in der Mitte der Truppen Gul Kanas befand, spürte, wie Furcht um ihn herum aufkam, tief und allumfassend. Dennoch rannten sie weiter, auch Godwyn, der das Tagritterschwert umklammerte, geblendet vom Funkeln der Sonne auf den polierten Rüstungen der Ritter vor ihm. Sein mühsames Keuchen hallte im stickigen Inneren des Wärterhelms wider, der auf seinem Kopf wackelte. Schweiß rann ihm in Strömen über die Wangen. Die schwere Eisenrüstung war glühend heiß und passte nicht. Der kühle Strom von Meerwasser um seine Knöchel half wenig. Im Schaum unter seinen Füßen trat er auf schwarze Käfer.

Liz Hen Neville und Dokie Liddle rannten in ähnlicher Aufmachung, das Gesicht unter Wärterhelmen verborgen und in Eisenpanzer gehüllt, neben ihm. Das Mädchen hielt einen plumpen Eisenschild in der einen und das vor so langer Zeit gestohlene Langschwert aus Sør Sevier in der anderen Hand. Groß und massig wirkte sie, ganz wie der Krieger, der sie sein wollte. Dokie dagegen, dürr und leicht, schien mit der um seinen schmalen Körper rasselnden Rüstung schrecklich fehl am Platze. Auch er trug Schild und Schwert, doch an ihm sahen beide riesig aus. Seidel hielt sich hinter dem Jungen, sein Fell war schon ganz nass. Godwyn musste seine Furcht und den Drang, kehrtzumachen und davonzurennen, mühsam unterdrücken. Vor einer Ewigkeit hatte er einmal als einfacher Bischof einer kleinen Abtei in den Bergen vorgestanden. Jetzt stürmte er mitten im Ozean in einen Krieg. Er folgte der wimmelnden Masse durch einen Priel und stand kurz bis zu den Knien im Wasser. Danach ging es wieder über flachen Meeresboden, immer weiter, dass Schlick, Sand und Schlamm aufspritzten.

Es zischte in der Luft und knallte.

Einem der Kämpfer in Godwyns Nähe wuchs plötzlich ein Pfeil aus dem Mund, gleich unter der Kante seines Halbhelms. Der Mann klatschte mit dem Gesicht voran tot in das inzwischen knöcheltiefe Wasser. Es regnete jetzt Pfeile, die gegen Rüstungen und Schilde klapperten. Schreie ertönten. Einige Krieger fielen. Andere lösten sich aus dem Ansturm.

Godwyn watete keuchend weiter. Das Wasser stand ihm schon bis an die Knie. Liz Hen, Dokie und Seidel waren noch in seiner Nähe. Weiter vorn klirrte es, und Kriegsgebrüll erscholl, als die beiden Armeen schließlich aufeinandertrafen. Schwerter krachten gegen Schilde. Männer brüllten Befehle. Pferde wieherten erschreckt und laut, dass einem das Blut gefror, das Grauen klang aus den Kehlen der Verwundeten und der Sterbenden. Als dieses Chaos näher kam, blieb Dokie zitternd und wie versteinert stehen.

Schwert und Schild bebten in seinen Händen. Seidel stellte sich mit aufgestellten Ohren schützend vor den Jungen und blickte aus seinen grauen Augen aufmerksam hin und her.

»Wir müssen in Bewegung bleiben.« Liz Hen trieb den Jungen mit hallender Stimme unter dem Helm an. »Wir müssen den Kampf unterstützen!«

Godwyn wagte einen Blick zurück und sah Reihen von Zugpferden, Tausende, die Fischerboote, Schaluppen und kleine Segler über den Meeresboden und den schlammigen Sand zerrten. Leifs Plan hing davon ab, dass die Boote rechtzeitig auf dem Schlachtfeld ankamen. Der Kampf sollte Aeros' Armee nur so lange beschäftigen, dass sie in den Fluten ersoff, während die herbeigeholten Boote Leif und den Überlebenden die Flucht ermöglichten. Derry Richrath und sein Mündel Otto befanden sich irgendwo inmitten der Boote und halfen. Alle Ponys und Zugpferde aus dem *Schlüsselwärter* waren für das Gefecht eingezogen worden.

»Sie ziehen jetzt die Boote nach draußen!«, rief er Liz Hen und Dokie zu.

Liz Hen riss sich den Helm herunter und bellte: »Ich bin doch nicht in diesen Scheißkanal gerannt, um jetzt mit dem Boot abzuhauen!« Mit roten Stoppeln auf dem Kopf und blutunterlaufenen Augen erhob sie ihr Schwert. »Heute kämpfe ich für meine Freiheit!«

»Ich habe eine Fliege im Helm!« Dokie ließ den Schild fallen, der sofort im Wasser verschwand. Mit dem Metallhandschuh versuchte er, das Insekt zu verscheuchen. »Das halte ich nicht aus!« Er nahm den Helm ab und ließ ihn ebenfalls versinken. Um seinen Kopf schwirrten Fliegen. Hektisch schlug er mit dem Schwert nach ihnen. Liz Hen duckte sich.

»Du triffst noch jemanden von uns!« Godwyn warf seinen Schild weg und packte den Jungen mit einer Hand am Handgelenk. »Hör auf!« Er packte fester zu. »Stopp!«

»Überall Fliegen und Käfer!« Dokie geriet in Panik. »Als Nächstes kommen die Schmeißfliegen! Ich weiß das, so war es am Strand von Galgenhafen, ich habe es erlebt!«

Seidel bellte wie verrückt und sprang um Liz Hen herum, dass es spritzte. Plötzlich fand der Bischof sich in einem Wirbel donnernder Hufe wieder, und er konnte den Tumult, der sich entwickelte, kaum erfassen: blitzende Rüstungen aus Sør Sevier, schlitzende Waffen, kreischende Männer aus Gul Kana auf dem Rückzug, manche fielen zerhackt und blutüberströmt. Die Klingen der Sør Sevier schienen aus jeder Richtung zu kommen. Er schlug selbst nach einem vorbeireitenden Soldaten und prallte mit der Klinge an der Rüstung des Pferdes ab. Schmerz durchfuhr den Bischof im Arm, und er wankte. Etwas traf ihn heftig im Rücken, er ging in die Knie, und blutiges Wasser spritzte unter seinen Helm. Er spuckte aus, rappelte sich hoch, da stieß ein weiterer Hieb ihn zu Boden, und das Tagritterschwert fiel ihm aus der Hand. Auf Händen und Knien tastete er verzweifelt im nassen Kanal danach, dabei spritzte ihm salziges Meerwasser in Gesicht und Mund und gegen die Brust. *Ein irrsinniges Unterfangen.*

Mit leeren Händen richtete er sich auf und blickte über den bereits von Toten und Verwundeten übersäten Ozean. Männer kämpften. Männer fielen. Hufe wühlten schäumend Wasser auf, und scharlachrote Streifen durchzogen das Meer. Zerhackte, gemarterte Leiber, Männer und Pferde lagen aufeinander und starrten albtraumhaft mit leeren Augen aus der knietiefen See. Jeder Anschein einer Kampfstrategie war auf beiden Seiten verschwunden.

Es ist so lange her, dass ich den echten Krieg erleben musste!

»Liz Hen! Dokie!«, rief er. »Liz Hen! Dokie!« Doch seine jungen Gefährten hatten scheinbar einfach aufgehört zu existieren. Der Anblick von Schrecken und Panik, die sich um ihn verbreiteten, lähmte ihn. Dieser wirbelnd blutige Tumult wütete überall, in allen Richtungen, so weit das Auge reichte. Er hatte einen ganz trockenen Mund.

Doch ihn dürstete nicht nach Wasser. Davon hatte er schon einen Mundvoll getrunken, ohne dass es etwas brachte. Er hatte immer schon gefunden, dass Meerwasser wie Hundekotze roch. Mit Blut und Pferdeinnereien und Laijon weiß, was noch, darin, konnte er es kaum ertragen. Dieser quälende Durst ließ nicht nach. Er bestimmte jeden Gedanken und marterte seine Seele. *Das Aderlassen.* Selbst inmitten dieses Chaos konnte er an nichts anderes denken. *Heute ist der Tag, an dem ich sterbe.* Er wusste es mit völliger Gewissheit. Er bereitete sich darauf vor und wartete auf den Todesstoß, der ihm den Schädel zerschmetterte.

Ein Ritter aus Sør Sevier fiel ihm helmlos vor die Füße. Es war eine Frau, deren graues Gesicht schmerzverzerrt war. Blut schäumte ihr aus dem Mund, und sie klammerte sich mit Kampfhandschuhen an einen Speer in ihrer Brust, als das rote Wasser sie verschlang. Godwyn versuchte, ihn ihr aus dem Leib zu ziehen, doch vergebens. Er gab es auf und suchte nach einer anderen Waffe. Überall krabbelten schwarze Käfer, die sich gierig auf die Eingeweide stürzten. Das Wasser um seine Füße war nicht mehr kühl, sondern vom Blut ganz warm.

»Seidel!«, schrie Dokie wild hinter ihm.

Godwyn fuhr herum. Ein gewaltiger stiernackiger Ritter mit zerzaustem Bart und blau tätowiertem Gesicht hielt auf seinem riesigen weißen Hengst auf den Jungen und den Hund zu. Godwyn erkannte die glänzende Rüstung und die blauen Farben: Das war einer von Aeros' Erzrittern. Diese fünf Ritter waren legendär. Jeder, der die Kriege in Adin Wyte und Wyn Darrè verfolgt hatte, kannte ihre Namen. Dieser Unhold mit dem breiten Gesicht war Hammerfiss. Seine wilde rote Mähne brannte in der Sonne, während er seinen massiven Knüppel in einem vernichtenden Bogen schwang. Die Stahlkugel strich über das Wasser und raste aufwärts auf Dokies ungeschütztes Gesicht zu.

Liz Hen sprang herbei, um Hammerfiss' Hieb abzuwehren. Sie hielt den schweren Wärterschild mit verängstigten, blutunterlaufenen Augen hoch. Er explodierte in einem Wirbel aus Gischt und Metall und flog in die Luft. Liz Hen stürzte rücklings ins Wasser. Währenddessen traf Hammerfiss' Waffe schmetternd einen Kämpfer aus Gul Kana und zerbrach dessen Rüstung und Knochen.

Liz Hen kam wieder an die Luft. Blut und Meerwasser rannen ihr über das pausbackige Gesicht und den geschorenen Kopf. Hammerfiss drehte sich um und trieb seinen Hengst gnadenlos auf das Mädchen zu. Mit gespannten Muskeln unter der stacheligen Rüstung rannte das Tier los. Liz Hen ließ sich auf die Knie fallen, um Hammerfiss' brutalem Hieb auszuweichen. Matsch spritzte auf, und der Schlag erwischte und enthauptete einen Kämpfer aus Gul Kana, der hinter ihr gestanden hatte. Er sank in die schäumend roten Wellen. Hammerfiss holte abermals aus, und die Stacheln an seinem Knüppel rissen einem dritten Krieger den Rumpf auf. Der kippte ins Meer, trieb ein Stück, dann ergossen sich dampfend strudelnd die Eingeweide aus seinem Leib.

Liz Hen rappelte sich auf, und Hammerfiss ritt weiter. Sein Kriegsross wühlte Schaum auf, dann verschluckte sie das Chaos der Schlacht. Seidel leckte Liz Hen über das Gesicht. Mittlerweile ragten nur noch sein Kopf und die grauen Schultern aus dem Wasser. Dokie kam mit schreckverzerrtem Gesicht auf beide zugelaufen.

Wir sind bald alle tot. Wohin Godwyn auch sah, war der einst blaue Ozean scharlachrot gefärbt, die Sonne spiegelte sich im Rot, durch das Männer und Pferde stoben. Er überlegte, ob er gleich hier und jetzt seine Rüstung abwerfen sollte, denn er wusste, wenn die Flut weiter stieg, würde ihr Gewicht ihn nach unten ziehen.

»Los, wir müssen zu den Booten!«, brüllte er Liz Hen und Dokie zu.

Ein Pferd ohne Reiter fiel seitlich gegen ihn. Blut spritzte ihm aus einer tiefen Wunde im Hals. Das Tier drückte Godwyn in die See. Godwyn trieb der saure Geschmack von Salz und Blut in den Mund, und er riss sich zwischen den zuckenden Beinen des Tieres los. Hektisch wühlte er sich frei, fand den Boden unter den Füßen wieder, während das Pferd verendete und sein dunkles Blut sich ringsum im Wasser ausbreitete.

Die Flut war ihm bis an die Hüfte gestiegen. Mit rasendem Herzen hörte Godwyn, wie Menschen vor Schmerzen grauenvoll kreischten, Tausende, deren Stimmen wie eine einzige dröhnten. Zuerst konnte er nur eine Flosse sehen, eine schäumende Welle kam auf ihn zu, aus der ein Dreieck fahl wie ein Knochen ragte.

Der große weiße Hai schoss mit aufgerissenem Maul aus dem Wasser und biss einen Ritter aus Sør Sevier mitsamt seiner Rüstung in zwei Hälften. Die obere verschlang er. Dann folgte der wimmelnde Schwarm. Die größeren durchpflügten die tieferen Stellen, Hunderte von ihnen, die sich mit schlagenden Rücken- und Schwanzflossen durch das Schlachtfeld drängten und den dunklen Blutströmen folgten. Ritter und Pferde ergriffen die Flucht.

»Sind das Haie?«, murmelte Dokie hinter Godwyn. Der drehte sich um und sah gerade noch, wie der Junge in Ohnmacht fiel. Sein kleiner Körper in der Rüstung kippte vornüber, und das salzig-rote Meer, Schlick und Käfer stürzten über ihm zusammen.

Seidel paddelte dorthin, wo der Junge gestanden hatte.

»Dokie!« Liz Hen kam ebenfalls durch die hüfthohen Wellen gepflügt, das Schwert über den Kopf erhoben. Sie kniete sich auf der Suche nach ihrem Freund in die blutige See und riss den Jungen dann mit der freien Hand an die Oberfläche. Er war bewusstlos, atmete aber, und rote Blasen schäumten aus seiner Nase.

»Wach auf!«, kreischte Liz Hen ihm ins Gesicht. Mit dem Schwert in Verteidigungshaltung stützte sie den Jungen an der Hüfte. Seidel, der jetzt schwimmen musste, leckte ihm über das Gesicht.

Godwyn schob herrenlose Rüstungen und treibende Leichen beiseite, als er zu ihnen watete. Dann griff er Dokie von hinten unter den Achseln und hob den schlaffen Körper aus dem Wasser. »Wir müssen uns zurückziehen!«, rief er Liz Hen zu. »Wir müssen zu den Booten!«

Dieses Mal schien Liz Hen von ganzem Herzen zuzustimmen. Sie schlug einen vorbeischwimmenden Helm und ein Knäuel violetter Eingeweide weg und bewegte sich in Richtung Lord's Point. Godwyn folgte ihr, Dokie hielt er dabei an die Brust geklammert, während Seidel neben ihnen schwamm.

Da stellte sich noch ein weißer Hengst vor ihnen auf die Hinterbeine. Ross und Reiter drehten sich zu ihnen. *Noch ein Erzritter!* Godwyn konnte nicht mehr.

Enna Spades! Die schaurigste und grausamste unter Aeros' Erzrittern, auf allen Fünf Inseln berüchtigt. Das Schwert, das die Kriegerin trug, war fast so groß wie sie selbst, und ihre silberne Rüstung und der blaue Übermantel blutbespritzt. Ihre Haare wehten wie eine zerfetzte rote Flagge hinter ihr, im Sonnenlicht glühten sie beinahe. Das sommersprossige Gesicht hatte etwas ungezähmtes, tierhaftes, und ihre zusammengekniffenen Augen funkelten wild und kalt. So blickte das reine Böse auf Liz Hen.

»Das ist ein Schwert aus Sør Sevier!« Spades deutete mit ihrer langen Klinge auf das Mädchen. »Du wagst es, die Waffe mit deinen verfluchten Pfoten zu besudeln?« Dann trieb sie dem Pferd die Sporen in die Flanken, und der kräftige weiße Hengst preschte los.

Liz Hen wirbelte gegen die anstürmende Kriegerin mit dem Schwert herum. Spades schlug ihr die Klinge mit einem Hieb aus der Hand. Das Schwert aus Sør Sevier, das Liz Hen auf so vielen Abenteuern begleitet hatte, verschwand, einfach so. Seidel bellte, knurrte und fasste nach den Flanken von Spades' Pferd, als ein mit Speer bewaffneter Ritter aus Gul Kana sein helles Kriegsross gegen die rothaarige Kriegerin trieb und sie aus dem Sattel schlug. Beide Pferde stürzten im rot schäumenden Wasser über Seidel zusammen.

Spades und der Ritter aus Gul Kana mühten sich, in dem Gewirr aus Beinen und Hufen wieder auf die Füße zu kommen. Spades gelang es als Erster, und sie rammte dem Kriegsross ihres Feindes ihr Schwert in den Hals. Das helle Tier richtete sich auf, und Blut schoss ihm aus der Wunde in der Halsschlagader. Spades duckte sich davor weg, da bäumte das Pferd sich noch einmal auf und stürzte dann auf sie. Beide versanken im scharlachroten, blutigen Schaum.

Sofort schoben zwei weiße Haie ihre massigen Leiber in das Getümmel. Spades' blutbespritzter Hengst trippelte wiehernd rückwärts und trabte dann mit weit aufgerissenen Augen in Panik davon. Spades tauchte nicht wieder auf, als die Haie das Pferd über ihr zerrissen. Auch Godwyn schob sich davon. Dokie Liddle war wieder bei Sinnen und wich zurück. Der Junge stand fast bis zur Brust im Wasser und blickte voller Entsetzen auf das nasse Leichenfeld überall um ihn. »Sind das etwa Haie?«, murmelte er kaum hörbar in dem wahnsinnigen Getöse.

»Godwyn!«, rief Liz Hen. Ohne Waffe stand sie zwei imposanten Rittern aus Sør Sevier gegenüber. Gemeinsam gingen sie mit vom Blut glänzenden Langschwertern auf sie los. Einer war ein Erzritter, dessen Gesicht unter einem schimmernden Helm verborgen war. Der andere trug die Farben der Ritter vom Blauen Schwert und einen gewaltigen Helm mit dunklen Schlitzen auf dem Kopf.

Nur Seidel, der um sein Leben paddelte, befand sich noch zwischen dem Mädchen und den beiden Rittern. »Nein!«, brüllte Dokie.

Dann zog der Ritter vom Blauen Schwert den Helm ab und sah das Mädchen finster an. »Liz Hen?«, murmelte er.

»Jenko Bruk!« Sie kreischte geradezu, das rote Gesicht in Wut verzerrt und mit verwirrten, blutunterlaufenen Augen. »Du trägst die Rüstung des Feindes!«

Der Ritter, den sie Jenko Bruk nannte, hob sein Schwert und kniff die Augen zusammen. Er war ein ansehnlicher junger Mann mit wilden, dunklen Haaren, dessen hübsches Gesicht nun ebenfalls verblüfft aussah.

»Nail hatte recht!«, bellte Liz Hen. »Du bist wirklich ein Verräter!« Durch die Eingeweide und das Chaos watete sie geradewegs und mit geballten Fäusten auf Jenko zu.

»Ich will dich nicht töten!« Jenko hielt sein Schwert auf sie gerichtet.

»Ich scheiß auf dich und das verfluchte, beinlose Arschloch mit seinem Bärtchen, das dich zum Ritter gemacht hat!« Liz Hen pflügte weiter durch Wellen aus Wasser und Leichenteilen. Jenko und der Erzritter neben ihm rückten ebenfalls vor und waren nur wenige Schritte von ihr entfernt.

»Mancellor!«, schrie da jemand eindringlich rechts von Godwyn. »Zu mir, Mancellor Allen, hier, zu mir!« Panik klang in dem Ruf mit. »Jenko auch, versammelt euch um mich!«

Eine frische Brise strich Godwyn über das Gesicht, als er sich hastig umdrehte und mitten aus diesem Ozean von Tod und Verderben den prachtvollsten Anblick aufragen sah.

Königlich auf seinem herrlich weißen, majestätischen Hengst, ohne auch nur einen Spritzer Blut oder Schmutz, ritt der Weiße Prinz persönlich: Lord Aeros Raijael. Niemand konnte seine Herrlichkeit und das feine weiße Strahlen verkennen, das durch die herumschwirrenden schwarzen Käfer und das nasse Schlachtfeld schien. Ein eigenartiger gehörnter Helm krönte sein Haupt – die geisterhafte Blässe der gekrümmten Hörner passte perfekt zu seiner fahlen Haut. Aeros hielt die Zügel seines Hengstes in einer Hand und scheinbar mühelos eine funkelnde, doppelschneidige Streitaxt in der anderen. Die Waffe sog das Sonnenlicht geradezu an, sodass Godwyn von den kraftvollen Strahlen fast geblendet wurde. Der *Mond des Vergessens!* Godwyns Gedanken kreisten. *Aeros Raijael trägt die* Einsame Krone *und führt den* Mond des Vergessens!

»Ivor hat Leif Chaparral und Lord Kronnin in der Falle!«, brüllte Aeros. »Versammelt euch! Wir erledigen sie endgültig!«

Der weiße Leib eines mächtigen Hais schob sich direkt unter Aeros aus dem Wasser. Mit klaffendem Maul drehte er sich auf die Seite und packte den Hengst des Weißen Prinzen, schloss den gewaltigen Kiefer um die Vorderläufe des Tieres und drehte sich damit weiter. Mit einem kehligen Gurgeln wurde das Pferd nach unten gezogen. Aus dem kräftigen Haigebiss gab es kein Entrinnen. Aeros stürzte in die Brühe aus Eingeweiden und verlor den gehörnten Helm und die Streitaxt.

Mond des Vergessens!

Einsame Krone!

Godwyn sah die beiden glänzenden Artefakte im schäumenden Kanal versinken. Dort, wo Aeros und sein Ross untergegangen waren, entstand ein Strudel aus Schaum und Wellen, als der Hai sich wand, zubiss und fraß.

Jenko Bruk, der Aeros am nächsten gewesen war, löste seinen Brustpanzer und warf ihn weg. Unbeirrt machte er einen Kopfsprung in die rote Brühe und schoss mit seinem muskulösen Körper direkt auf die Stelle zu, an der die *Einsame Krone* und der *Mond des Vergessens* versunken waren.

Von allen Seiten schwammen mehr Haie an Godwyn vorbei, Dutzende, die über den Sand am Meeresboden glitten und sich kühn durch die Armeen schoben. Sie stießen alles beiseite, was ihnen im Weg war, schnappten sich Ritter und verschlangen sie ganz. Pferde und Menschen flohen entsetzt.

Inzwischen wurde klar, wer die Schlacht gewann. Es hieß nicht länger Gul Kana gegen Sør Sevier. Stattdessen suchten verstörte Ritter von beiden Seiten Rettung vor den Haien und stachen und hieben dabei ins Wasser. Zwischen den menschlichen Leichen und den Pferdeeingeweiden trieben jedoch nur wenige Haie mit dem Bauch nach oben. Und es kamen immer mehr. Weiße Rückenflossen und blubbernde, blutige Wellen kündeten von ihrer Ankunft.

Godwyns Aufmerksamkeit richtete sich auf den Erzritter, der ihm am nächsten stand, jenem, der mit Jenko gekommen war. Der Ritter aus Sør Sevier hatte seinen Helm verloren und stach auf einen Hai ein. Anders als die anderen im haiverseuchten Schlachtfeld, die wild um sich hackten und schlugen, blieb dieser Ritter aber völlig konzentriert und ruhig. Er starrte den Hai unter sich wie unbeteiligt und mit kühler Entschlossenheit an und stach wieder und wieder auf ihn ein. Die Augen des Ritters waren kühn, wild und bestimmt, und er trug unter den Augen Streifen, vermutlich eine Art Kriegsbemalung – ein Zeichen der Wyn Darrè. Außerdem hingen ihm sorgsam gepresste Zöpfe in lebendigem Rostbraun geflochten und jetzt nass und voller blutigem Wasser und Fleischstücken auf dem Rücken.

Ein stumpfer, harter Gegenstand traf Godwyn am Hinterkopf.

Er fasste sich an den Kopf, schluckte die schmutzige, blutgetränkte Luft und fiel mit verschwommenem Blick auf die Knie. Dreckiges Wasser, schwarze Käfer und Laijon weiß, was noch, liefen ihm in die Kehle. Er hatte den Kopf kaum noch über Wasser und versuchte, wieder aufzustehen, aber jeder Muskel in seinem Körper wehrte sich dagegen. Zusammenhanglose Gedanken trieben ihm im Delirium durch den Kopf, und er kippte langsam mit dem Gesicht voran ins schäumend wirbelnde Rot. Die See verschluckte ihn. *Und ich umarme den Tod …*

Godwyn krümmte sich zusammen, legte sich auf den Meeresboden und wollte einfach sterben, schnell sterben. Mit den Fingern harkte er durch den Sand und wusste, dass sein Leben zum Glück bald zu Ende wäre.

Schwere Pferdehufe stampften überall um ihn durch das Wasser, doch keiner traf ihn und beendete alles. Haie glitten ihm über den Rücken und drückten ihn tiefer mit dem Gesicht in den Sand, doch keiner biss ihm den Kopf ab, was er sich so wünschte.

Die Müdigkeit hatte ihn leergesaugt, seine Lungen brannten …

… und er umarmte den Tod, der über ihm zusammenschlug. Da hörte er eine Stimme.

Ich will kein Mitleid. Die Stimme klang gedämpft, wie aus großer Ferne. Dennoch konnte er nicht verkennen, dass es die Stimme seines Vaters war. *Jeder Tag ist ein Geschenk, mein Sohn. Und wir Godwyns müssen immer weitermachen. So wie jeder ehrenwerte Mann. Heute ist nicht der Tag, an dem du stirbst. Der Moment für dein großes Opfer ist noch nicht gekommen.*

Die Worte seines Vaters gaben ihm Auftrieb, und mit dem letzten Rest an Kraft, den er aufbringen konnte, stieß Godwyn sich mit zitternden Armen vom Meeresboden ab. In jeder Öffnung seiner Rüstung steckten schon Schlick und Sand.

Jetzt hatte er den Kopf wieder oben. Um ihn wütete noch immer das Chaos. Er stellte sich auf die Füße und suchte den wirbelnden Tumult nach einem Ritter der Sør Sevier ab, den er töten konnte.

Und sein Blick fiel auf Aeros Raijael.

Der Weiße Prinz lebte noch.

Ohne Helm, ohne Waffen stand Aeros wieder bis zur Brust inmitten des blutigen Gewimmels. Doch er wehrte sich nicht gegen einen Hai oder einen Soldaten aus Gul Kana.

Sondern gegen Seidel.

Der Hund hing mit fest aufeinandergepressten Kiefern am linken Arm des Weißen Prinzen. Baumelnd zappelte er daran und hatte sich tief in Aeros' glänzender Armschiene verbissen. Unter der Rüstung quoll Blut hervor. Mit den Hinterbeinen kratzte Seidel an Aeros Beinen und Körper, mit den Vordertatzen furchte er tiefe Striemen in die funkelnden Brustpanzer. Der Weiße Prinz hatte Mühe, aufrecht stehen zu bleiben. Das Wasser reichte ihm über den Bauch, und er versuchte, den Hund abzuschütteln. Seidel aber hielt sich fest und kämpfte weiter.

»Töte ihn, Seidel!«, schrie Liz Hen und bewegte sich auf die beiden zu. »Töte ihn! Zieh ihn unter Wasser, und ich helfe dir, das Schwein zu ersäufen!«

Der Moment für dein großes Opfer ist noch nicht gekommen. Godwyn hörte wieder die Stimme seines Vaters. Ohne zu zögern, stürzte er sich auf Aeros Raijael.

Ich habe unzählige Schlachtfelder gesehen, fahles weißes Fleisch der jungen Toten, die schliefen und nicht mehr leiden mussten. Ich aber, Raijael, der Gütigste, der Gnädigste, leide noch immer. Ich war es, der am Leben blieb, um nie mehr zu schlafen.

AUS DEN RITTERLICHEN ERLÄUTERUNGEN RAIJAELS

66. KAPITEL

MANCELLOR ALLEN

AM FÜNFTEN TAG DES FEUERMONDES
IM 999. JAHR LAIJON – KANAL VON SANKT EINZIG

Die *Einsame Krone* und der *Mond des Vergessens* liegen im Meer!

In höchster Angst versuchte Mancellor Allen mit aller Macht, sein Schwert aus dem großen weißen Hai zu ziehen, der soeben seinen Hengst getötet hatte. Ein mühsamer Kampf, bis an die Brust im blutigen Meerwasser. Überall trieben Pferdeinnereien, grau, pinkfarben und violett, und schimmerten glitschig in der Sonne. Sie wirbelten, kräuselten und dümpelten in den kurzen Wellen wie in einer fröhlichen Feier zum dramatischen Ableben von Glanz.

Er konnte nicht fassen, dass sein vertrautes Ross tot war, aber wenigstens hatte er auch das Monster erledigt, dass sein Pferd in der Mitte durchgebissen hatte. Sein Schwert steckte noch bis ans Heft im festen Fleisch des Hais, und das tote Untier drehte sich jetzt in den roten Wellen, sodass es unter Wasser verschwand. Seine müden Hände gaben auf.

Da sah er das Blut, das gleich unterhalb der Schulterplatte aus einem langen Schlitz in seinem rechten Armschutz quoll. Der Schlitz war so tief, dass er sich wunderte, dass sein Arm noch funktionierte. Er bewegte die Schulter und fiel vor Schmerzen fast in Ohnmacht. Doch im chaotischen Gemetzel des Krieges konnte es geschehen, dass man eine Verletzung lange Zeit gar nicht wahrnahm. Jetzt spürte er sie aber – einen Schmerz, der ihn fast lähmte. Beinahe klappte er zusammen. *Beiß gefälligst die Zähne zusammen! Schmerz geht vorbei, Mancellor Allen. Davon lässt du dich nicht aus der Schlacht kippen.* So machte man das in Wyn Darrè. Denn *Weg und Wahrheit Laijons* gebot, den Mantel unrechtmäßiger Zweifel abzuwerfen und in der Schlacht unbeirrt weiterzukämpfen. *Du wurdest geboren, um weiterzukämpfen! Und Laijon hat dich auf den Weg hin zu deiner Bestimmung gestellt!*

Die Einsame Krone! Der Mond des Vergessens! Wo sind sie jetzt? Entschlossen suchte er den Horizont ab. Durch die Flut befand sich jetzt praktisch alles auf Augenhöhe. So weit er es überblicken konnte, sah es überall gleich aus: Die Sonne schien auf ein scharlachrotes Inferno von erstaunlichen Ausmaßen. Das sonst so kühle Wasser war vom Blut ganz warm. Der gesamte Kanal von Sankt Einzig schien wie ein rot brodelndes Flammenmeer, ein Gewittersturm aus Schreien und Gebrüll, das ihm in den Ohren schmerzte. Überall trieben Leichen, an denen Haie rissen.

Dann ahnte er etwas anderes vor seinen Füßen. Etwas Schlankes, Sehniges glitt vorbei, eine fischige Kreatur, die seinen Geist verdrehte. Sie wollte sich an seinen Beinen festhalten, ihn in die roten Tiefen ziehen und ertränken.

Die Schmerzen in seinen Armen waren unerträglich. Durch das

Pochen spürte er, wie seine Kräfte allmählich schwanden. *Davon lässt du dich nicht aus der Schlacht kippen!* Das musste er sich immer wieder sagen. In Wyn Darrè kämpfte man weiter, egal, wie schwer man verletzt war, man kämpfte, bis entweder der Feind geschlagen war oder man selbst starb. *Schmerz geht vorbei. Eine Sekunde. Eine Minute. Eine Stunde, ein Tag. Irgendwann vergeht er!*

In der Ferne erkannte er Hammerfiss und Ivor Jace, beide noch im Sattel. Ihre weißen Hengste bockten und zuckten durch die tosende See. Ivor hieb mit in der Sonne blitzendem Schwert auf Menschen und Haie ein. An Hammerfiss' Knüppel hing eine Kugel aus Gedärmen und Blut, und er ließ sie donnernd auf Köpfe niederkrachen. Auch Spinnenholz war dort und schlitzte mit schwarzen Dolchen durch Leiber und Luft. Sein Blutaugenross biss und trat mit einer Wildheit nach Menschen und Haien, die Mancellor noch bei keinem Pferd gesehen hatte. *Aber wo sind Enna Spades und Jenko Bruk?*

Aeros Raijael befand sich ihm am nächsten, keine zwanzig Schritte entfernt. Seine Haut schien gegen das dunkelrote Meer nun so blass wie der leuchtende Vollmond. Er trug keinen Helm mehr, und die blonden Locken wehten im Wind, während er sich mit einem großen, grauen Schäferhund – Mancellor konnte es kaum glauben – herumschlug. Das Tier hatte sich in Aeros' Arm verbissen und kaute auf der silbernen Armschiene. Blut ergoss sich über die Rüstung.

»Töte ihn, Seidel!«, schrie ein dicker Ritter aus Gul Kana mit kurzgeschorenen roten Haaren und einem runden, sommersprossigen Gesicht. »Töte ihn! Zieh ihn unter Wasser, und ich helfe dir, das Schwein zu ersäufen!«

Der Soldat trug eine schlecht angepasste Eisenrüstung eigenartiger Machart, keine Handschuhe und keine Waffen. Dennoch hielt er auf Aeros zu. Dabei schob er eine blutige Welle vor sich her. Dahinter kam ein anderer Ritter aus Gul Kana in ähnlicher

Rüstung, viel kleiner, so winzig, dass er den Kopf kaum über Wasser halten konnte. Und dann war da noch ein dritter, ein alter Kerl mit klebrig nassem, grauem Bart in so einer Rüstung. Alle drei planschten, so schnell die dickflüssige rote Suppe es zuließ, auf Aeros Raijael zu.

Mancellor zog einen Dolch aus seinem Gürtel. Erst da bemerkte er, dass er selbst keinen Helm mehr trug. *Alles verloren im Durcheinander, im Grauen*. Doch der Helm war jetzt ganz unwichtig, denn er wusste, dass er sich ohnehin der restlichen Rüstung entledigen musste, damit sie ihn nicht nach unten zog. Die Flut war unglaublich schnell angestiegen.

Der rothaarige Ritter aus Gul Kana erreichte den Engelsprinzen zuerst. Er warf sich mit seinem schweren Körper auf Aeros und den Schäferhund, sodass alle drei unter Wasser gedrückt wurden. Aeros kam schnell wieder hoch, und das scharlachrote Meerwasser troff ihm aus den Haaren. Er drückte sich den verletzten Arm an die Brust. Die silberne Schiene war zerfetzt, und Blut floss, dickflüssig und dunkel. Dann tauchte der graue Hund auf und paddelte sogleich auf den Engelsprinzen zu. Auch der rothaarige Ritter folgte dem Hund prustend.

Doch bevor die beiden ihn erreicht hatten, warf der winzige Ritter sich auf Aeros und kratzte und schlug mit seinen kleinen Händen nach ihm. »Schlag ihm die Fresse ein, Dokie!«, schrie der Rothaarige. Der alte Mann mit dem triefenden Schnurrbart half dem Winzling, und beide konnten Aeros leicht wieder unter Wasser drücken.

Mancellor hatte den Engelsprinzen nie zuvor verletzt gesehen, und die blanke Angst in Aeros' Gesicht war echt. Er musste der Tatsache ins Auge sehen, dass jeder auf diesem Schlachtfeld heute sterben würde. Mont Sankt Einzig lag neun Meilen hinter ihm. Wer die Zeit hatte, sich umzublicken, konnte bestimmt die ewige Flamme dort strahlen sehen. Lord's Point lag mindestens eine

Meile vor ihm, ein dunkler Streifen kaum wahrnehmbarer Gebäude in der Ferne.

Dann sah er Boote. Zwischen sich und Lord's Point lagen, nein: trieben Hunderte von Booten, und Männer zogen sich aus der blutgetränkten See in Sicherheit.

Aeros' Kopf tauchte mit aufgerissenem Mund wieder auf und rang nach Luft. Der Hund und der rothaarige Ritter stürzten sich auf ihn, drückten ihn sofort mit der Hilfe des Jungen und des alten Mannes wieder hinunter und hielten ihn zu viert dort. Haie kreisten um den strampelnden Menschenschwarm.

Mancellor hatte die *Ritterlichen Erläuterungen des Raijael* nie gelesen, aber er hatte Hammerfiss so oft daraus zitieren hören, dass er die Schrift fast auswendig kannte. Die *Erläuterungen* waren für die Krieger aus Sør Sevier im selben Geist verfasst: Man lässt sich nicht durch Schmerzen aus der Schlacht drängen. *Vor allem nicht, wenn man der Engelsprinz und somit unverletzlich ist!* Nun kämpfte Aeros aber irgendwo da unten um sein Leben.

Mancellor stand das Wasser fast bis zum Hals, und mit gezogenem Dolch schob er sich durch die Haie zu dem Menschenknäuel. Dabei konnte er nur an eins denken: *Ich muss an die Engelssteine in dem Beutel an Aeros' Gürtel kommen.*

Er zog den Alten von Aeros weg, ein ganzes Stück weit, aber die dicke blutige Brühe verlangsamte seine Bewegungen beträchtlich. Der Engelsprinz tauchte wieder aus dem Kanal auf und schnappte nach Luft.

»Lass Godwyn in Ruhe!« Der rothaarige Ritter schlug mit geballter Faust nach Mancellor. Durch das tiefe Wasser verlor der Hieb so an Wucht, dass er ausweichen und seinen stämmigen Gegner wegdrücken konnte. Der Schäferhund schnappte nach ihm. Auch ihn stieß er von sich. Der rothaarige Ritter schob sich mit zornesrunden, blutunterlaufenen Augen wieder auf ihn zu.

»Liz Hen!«, schrie der winzige Ritter, der kurz mit dem Kopf unter Wasser geriet. »Vorsicht!«

Der, den er Liz Hen genannt hatte, wurde von Schaum und blutiger Gischt verschluckt, als ein bis an die Brust im Wasser galoppierender weißer Hengst ihn über den Haufen ritt. Es war Ivor Jace auf Geist, der sodann, die blonden Haare wie ein Banner im Wind, mit wirbelndem Schwert auf den Godwyn gerufenen Ritter einschlug. Der alte Mann duckte sich, und Ivors Schwert pfiff ins Leere. Mancellor stieß den winzigen Ritter Dokie von Aeros weg, packte den Engelsprinzen an der Hüfte und zerrte ihn zu Ivors weißem Hengst.

Und dabei tat er es.

Sein flinker Dolch schnitt den Lederbeutel von Aeros' Gürtel. *Engelssteine!* Mit hämmerndem Herzen stopfte er sich den Beutel und die wertvollen Steine in die tiefe Tasche seiner Reithose. Schnell war es vollbracht, niemand konnte es durch das blutige Wasser sehen, niemand bemerkte es in den wütenden Wirren des Kampfes.

»Steigt hinter Ivor auf das Pferd!«, brüllte er und schob den Engelsprinzen vorwärts. »Wir müssen Euch von hier fortschaffen. Wir ersaufen hier noch alle!« Mit letzter Kraft und schmerzender Schulter half Mancellor Aeros Raijael, Geist zu besteigen.

»Nicht einmal das Meer traut sich, unseren Engelsprinzen zu ertränken!«, verkündete Ivor und zerrte Aeros kräftig hinter sich auf das Pferd.

Liz Hen tauchte auf und klammerte sich an Aeros' Bein. Geist keilte aus und stieß den Ritter um. Der Hengst stampfte zwischen die Haie. »Die Axt und der Helm!«, brüllte Aeros und hielt sich mit dem unverletzten Arm an dem blonden Erzritter fest, dessen Pferd wild ausschlug. »Wir müssen sie finden!«

»Das Meer hat sie jetzt!«, rief Ivor und brachte das Tier wieder unter Kontrolle. Er lenkte es in Richtung Mont Sankt Einzig. Mit den Sporen in den Flanken sprang der muskulöse Hengst los und bewegte sich durch das spritzende, schäumende Chaos auf Adin Wyte zu.

Mancellor steckte noch tief im Kampf mit einem großen weißen Hai. Liz Hen, Dokie und Godwyn waren im Getümmel verschwunden. Der Schäferhund ebenso. Mancellors Herz setzte kurz aus, als er sich von dem wie irre zubeißenden Hai zu lösen versuchte. Das Wasser stand ihm inzwischen bis zum Kinn und machte jede Bewegung anstrengend. Blutig schlugen Wellen über ihm zusammen.

Er verlor den Boden unter den Füßen, dann spürte er, wie die Rüstung ihn nach unten zog. Als sein verletzter Arm ganz ins Salzwasser getaucht wurde, durchfuhr ihn ein rasender Schmerz, kalt und grausam wie ein Dolch, der stetig unter seiner Haut herumfuhr und jeden Muskel traf. Todesangst drohte ihn zu überwältigen, als er unterging, doch dann löste er, so schnell er in der Brühe konnte, die Schnallen und Lederschlaufen. Zuerst warf er einzeln die Harnische ab, tauchte auf und atmete durch, dann riss er sich die Armschienen vom Leib. Durch das Meerwasser in den Augen konnte er kaum etwas erkennen. Welle um Welle brach über ihm, dann war alles ruhig.

Als er sich über die Augen gewischt hatte, war er von dem Anblick wie gefesselt und glaubte zu halluzinieren. Keine zehn Schritte entfernt erhob sich eine silberhaarige Frau von umwerfend blasser Eleganz aus dem violetten Meer vor ihm. Sie wandte sich einem Ritter aus Gul Kana zu, von dem nur der Kopf zu sehen war und der sie mit ungläubigen Augen anstarrte. Die Frau war jung und nackt, und blutiges Meerwasser rann ihr zwischen den blassen Brüsten hinab, als sie mit ihrem schlanken Körper vor dem Krieger zu schweben schien.

An ihren klauenartigen Händen mit Schwimmhäuten zeigten sich lange, geschärfte Gräten. Schnell und zielgenau versenkte sie die Waffe im Hals des Ritters, dann zog sie sie ebenso schnell wieder heraus. Der verblüffte Mann griff sich an den Hals und versank.

Die nackte Frau glitt ihm mit dem Kopf voran hinterher, zuletzt klatschte ihr schuppiger Flossenschwanz, der wie eine polierte Rüstung blitzte, noch einmal in dem blutigen Kanal.

»Meeresvolk!«, brüllte jemand.

Zwei weitere der Kreaturen, halb Mensch, halb Fisch, tauchten aus dem scharlachroten Wasser auf, beide männlich, mit muskulösen Oberkörpern und Armen. Die unteren Körperhälften funkelten schuppig in der Sonne und glänzten wie Diamanten, Kupfer und Smaragde.

»Vorsicht, Lord Kronnin, hütet Euch vor diesen verfluchten Kiemenfressen!«, rief Leif Chaparral, der sich, bis zum Hals im wirbelnden Rot, mit schwarzen Schulterplatten durch das Wasser an Mancellor vorbeischob. Er bewegte sich auf Kronnin zu. Der Ritter aus Lord's Point kämpfte jetzt mit einer Meerjungfrau, die ihm mit den Krallen durchs Gesicht kratzte. Plötzlich war Hammerfiss da, immer noch auf seinem Hengst, und prügelte Kronnin samt der Meerjungfrau mit seinem gewaltigen Knüppel ins Meer. Pinkfarben und violett spritzte das Wasser seinem weißen Hengst um den Hals.

Der Irrsinn hatte Hammerfiss gepackt. Er grinste und lachte. Mancellor hatte den Erzritter schon einmal so erlebt. Wie ein Berserker. Der große, bärtige Ritter schwelgte nun im einzigen Ort, an dem er sich je zu Hause gefühlt hatte. Im Krieg. Diesem unbeschreiblich blutigen Krieg. Heiter trieb Hammerfiss sein Ross geradewegs auf Leif Chaparral zu. Das Tier trat galoppierend Wasser und fand gelegentlich Sand unter den Hufen.

Leif hob sein Schwert und stellte sich dem heranstürmenden Ritter.

Eine blutige Welle spülte Mancellor ins Gesicht, und er verlor das Geschehen aus den Augen. Etwas streifte sein Bein. Er fuhr herum und trat sinnlos um sich ins Leere. Eine Klaue packte ihn an der Hüfte.

Dann wurde er unter Wasser gerissen.

Der Ozean schlug über ihm zusammen und sog ihn in knallrotes, allumfassendes Vergessen. Verzweifelt holte er aus und versuchte, sich aus den Händen zu befreien, die an ihm zerrten, die Halt an ihm fanden und sich an ihm hochzogen. Glitschige Arme umschlangen seinen Brustkorb und pressten ihm die eigenen Hände auf den Rücken, drückten und quetschten ihm die Luft aus den Lungen.

Dann sah er ihr schlankes, geisterhaftes Gesicht.

Nur Zentimeter vor ihm starrte sie ihn mit steinernen, funkelnden Augen an und blinzelte langsam und zart. Ihr Gesicht war blass und fein geschnitten, Kinn, Lippen, Nase und Brauen wirkten wie aus prächtigem, weißem Marmor. Beim Atmen flatterte eine gezahnte Reihe Kiemen an ihrem schlanken Hals. Sie drückte ihn und presste ihm die nackten Brüste an den Leib. Der fischige Schwanz wickelte sich um seine Beine. Eine Schwimmhauthand griff ihm in die Tasche mit den Engelssteinen, die dort langsam warm wurden.

Mancellor wand sich in der bitteren Umarmung und sammelte die letzten Kräfte, um sich frei zu machen, um ihre suchenden Hände abzuschütteln, in deren grässlicher Berührung so eine erstaunliche Kraft wohnte. Schmerzen durchfuhren seine Brust. Seine Lungen schrien nach Luft. Die Wunde in seinem Arm pochte so sehr, dass alle übrigen Sinne in ihm wie erstarrt waren. Als die Meerjungfrau mit gedämpftem Fauchen ihren Mund aufriss, umfing ihn ein seelenzerfressendes Grauen. Eine Haaresbreite vor seinem Gesicht schwebten furchterregend scharfe Fangzähne.

Ihr Schwanz zog sich stärker zusammen, und Mancellor merkte, wie er das Bewusstsein verlor.

Alles veränderte sich vor ihm. Er sah sich in karmesinrotes Licht getaucht. Um ihn pulsierten strahlende Flammenkreise, Rinnsale aus blutrotem Meerwasser blitzten und brannten ihm auf der Haut. Es fühlte sich an, als würde der ganze Kanal von Sankt Einzig sich ineinander falten. Sprudelndes Wasser blubberte in rubinrotem Licht wie Edelsteine, wie *Engelssteine*. Die Schwimmhauthand der Meerjungfrau kreiste gerade um die beiden in seiner Tasche verborgenen Steine …

Dieses Licht, das er sah, erblühte in strahlend blutiger Röte, die alles erleuchtete: die Haischwärme, die glitschigen Meerjungfrauen, die stampfenden Beine kämpfender Ritter und, das war am seltsamsten, merkwürdige Symbole. Flackernde und verschwimmende Flammenkreise in allen Richtungen: Vierecke, Kreise in Kreisen, Kreuze, alle glitzernd und funkelnd und wie aufgeblüht im rot fließenden Feuer.

… dann zog die Meerjungfrau die Engelssteine aus seiner Tasche. Der gesamte Ozean war plötzlich in Schwärze getaucht.

Und doch, irgendwo tief unter dieser Schwärze sah Mancellor sie im Wasser flattern. Unvollständige Bilder, die sich vervielfältigten. Schwer zu erfassen, wie Licht, das durch Prismen und Edelsteine gebrochen wird, dann wieder durch Buntglas fällt und sich wie ein riesenhaftes Puzzle auf einem polierten Steinboden ausbreitet, ein Puzzle, das an den dunkelsten Tiefen seiner Seele widerhallte, eins, das sich allmählich verfestigte.

Er sah *sich selbst* – kämpfend in der Gladiatorenarena, Jenko Bruk an seiner Seite. Einen grünen Drachen. Einen Ritter mit Schädelgesicht in grüner Rüstung. Eine Stadt, aus der Silber und Blut quoll. Eine verfallene Steinabtei voller Diebe. Einen Turm. Einstürzend. Eine junge, dunkelhaarige Königin … ein Mädchen, das er so hingebungsvoll liebte, das doch nie ihm gehören konnte –

Etwas rammte ihn, und die Meerjungfrau verlor ihn aus dem Griff.

Mit plötzlicher Energie strampelte er sich an die Oberfläche, schlug mit den Armen und schob die roten Blasen fort. Als er an die Luft brach, strahlte ihn die Sonne grell und blendend an. Er fühlte sich, als sei er eine schiere Ewigkeit unter Wasser gewesen. Die schmerzenden Lungen barsten fast. Er verschluckte sich. Der Geschmack und Geruch von so viel Tod und Blut ließ ihn würgen.

Sofort fasste er an seine Hosentasche und spürte die Engelssteine, sicher verstaut. Beide waren jetzt ganz heiß.

Das schrille Kreischen des Meeresvolks überall stach ihm in die Ohren und zerrte an seinen Nerven. Doch ebendiese lauten Schreie brachten ihn auch zur Besinnung. Er nahm die Umgebung in sich auf. Alles war vollkommen trostlos, ein hoffnungslos blutiges, nasses Chaos.

Spinnenholz kämpfte jetzt auf seinem Blutaugenpferd neben Hammerfiss, der noch immer auf seinem weißen Hengst thronte. Die Pferde waren bis zum Hals im Wasser. Beide Männer belagerten Leif Chaparral und ein kleines Kontingent von einem Dutzend berittenen Kriegern aus Gul Kana. Pferde und Reiter mühten sich durch den widerwärtigen Dreck im Kanal, die Last der Rüstungen drückte die Tiere zusätzlich nieder. Haie und Meeresvolk glitten zwischen den Kämpfenden umher.

Mancellor schwamm jetzt, den Boden erreichte er nicht mehr. Eine Welle hob ihn hoch und presste ihn direkt in die Flanke von Spinnenholz' Blutaugenhengst. Spinne trat nach ihm. Inzwischen war er von fast allen Seiten umzingelt, von Meeresvolk und Haien. Er sah ein Boot, eine kleine weiße Schaluppe, wie trunken auf den Wellen schaukeln. Dunkel leckte das Wasser an seinen Seiten und hinterließ blutige Streifen aus Fleisch und Eingeweiden, die langsam wieder hinabrannen. Er ignorierte die Schmerzen, ignorierte auch alles zwischen sich und dem Boot und schwamm mit aller Kraft darauf zu. Es war sein einziger Ausweg.

Enna Spades starrte von der Bootswand auf ihn herab, als er es endlich erreicht hatte. Die Haare klebten ihr strähnig und nass im

Gesicht. »An Bord mit dir!«, schrie sie. Ihre Rüstung war größtenteils weg. Sie hielt ein langes Holzruder in einer Hand und angelte damit nach ihm. Er sollte sich daran festhalten. Jenko Bruk stand gleich hinter ihr im Boot, ebenfalls ohne Rüstung, und hielt einen langen Speer fest und bereit in der Hand.

»Pack zu!«, rief Spades mit ausgestrecktem Ruder, als das Boot mit dem Bug von einer weiteren Welle angehoben wurde. Das blutige Wasser saugte Mancellor beinahe unter den Rumpf. Die Strömung im Kanal wurde heftiger und schob und sog gierig an ihm. Eine zweite, mächtige Welle hob das Heck der Nussschale, und Spades wäre um ein Haar in die blutigen Fluten gestürzt. Jenko verlor das Gleichgewicht und fiel auf die Knie.

Und genau da, als das Boot auf der schäumenden Welle trieb, erblickte Mancellor die Axt und den Helm.

Der *Mond des Vergessens* und die *Einsame Krone* steckten unter einer weißen Holzbank im hinteren Teil des Bootes. Durch die Krängung auf der Welle konnte Mancellor die beiden Schätze ganz kurz erkennen. Er spürte, wie die Engelssteine in seiner Tasche sofort warm wurden. Heiß. Brennend heiß. *Der Moment, den Laijon mir versprochen hat.* Dann trieb die Schaluppe weiter und verschwand außer Sicht.

Nach Luft schnappend und spuckend schwamm Mancellor auf das Boot zu, das jetzt aus dem Wellental hochkam. Spades stand wieder mit dem Ruder am Rand. Mit der nächsten Welle wurde der Bug nach rechts geworfen. Blutige Brecher stießen Mancellor in die Seite der Schaluppe. Er spürte das Ruder gegen seine Schulter schlagen. Wieder hob ihn eine Welle, doch jetzt griffen starke Hände nach dem Saum an seinem Hemd. Jenko. Mancellor kletterte an der Seite der Schaluppe hoch, und Jenko zog ihn am zerlumpten, tropfnassen Hemd mit. Er glitt über die Holzwand und fiel keuchend ins Boot, in dem das rötliche Wasser knapp einen halben Meter tief umherschwappte.

»Glück gehabt!« Jenko zog ihn auf die Beine. Der Junge aus Galgenhafen trug nur noch eine Lederhose und ein zerfetztes, blutiges Hemd, das ihm am Rücken klebte. Spades hatte auch nur eine kurze Lederhose mit einem dünnen Ledergürtel an, in dem ein Dolch im Futteral steckte. Ihr triefend nasses, schwarzes Unterhemd klebte ihr durchlöchert am Leib.

Das Boot maß vielleicht zwanzig mal zehn Schritte. Groß war es nicht, aber einigermaßen sicher. Allerdings versuchten andere Männer, von allen Seiten ebenfalls hereinzuklettern. Ritter, Krieger, alle verschreckt und blutend, ohne Rüstung und nass, manche sogar nackt wie Neugeborene.

»Das sind zu viele!«, schrie Spades und schlug dem Ersten, der versuchte, ins Boot zu klettern, mit dem Ruder den Schädel ein, sodass er rücklings ins Meer stürzte. Jenko stach mit seinem Speer in das nächste Gesicht, das er sah, und der Tote glitt mit aufgeschlitzter Wange ins Wasser.

»Hilf uns, du Narr!«, kreischte Spades ihn an. »Rudere uns hier weg!«

So viele Männer hingen inzwischen am Boot und versuchten, sich an Bord zu hieven, dass es bald kentern würde, das wusste Mancellor. Er sah sich nach einer Waffe um und erblickte die blitzende Axt und den Helm in der roten Pfütze unter der weißen Bank.

Spades erschlug weitere Männer mit dem Ruder. »Wir müssen hier weg!«, schrie sie noch einmal. »Binde die langen Ruder los und mach sie im Ruderrahmen fest.« Mancellor sah die Hölzer an der Seitenwand. »Und dann pull uns aus diesem Irrsinn raus!«, kreischte sie.

Mancellor sprang nach vorne und schnappte sich den *Mond des Vergessens* am Heft unter der Bank. Die doppelschneidige Axt war zwar schwer, passte aber perfekt in seine Fäuste. Er packte sie, fasste fest zu und ließ sie mit schmerzender Schulter auf den nackten Rücken des nächsten Mannes niederschnellen, der an Bord kriechen wollte.

Die geschwungene Klinge der Axt teilte den Mann in zwei Hälften, als sei er aus Luft, und grub sich tief in die Bootswand, dass das Holz splitterte, und blieb dort stecken. Die untere Hälfte des Toten platschte ins Meer, die obere ergoss dunkle Gedärme in die Schaluppe, die über die Planken glitschten.

»Du Idiot!«, schrie Spades und warf ihr Ruder weg. »Mit dem Ding haust du das Boot kaputt!« Sie sprang auf ihn zu und stieß ihn zur Seite. Er rutschte in den Innereien aus und stürzte.

Spades packte die Axt am Griff und zog sie mit einem Ruck aus den Holzplanken. Dann steckte sie sie wieder unter die Bank. »Der Tod soll dich holen, lass die da liegen!« Sie zog den Dolch aus ihrem Gürtel. »Mach die Langruder im Rahmen fest, wie ich es gesagt habe!« Sie wirbelte herum und schlitzte dem nächsten Mann die Kehle auf. Die Klinge glänzte vom Blut.

Jenko, hinten gegen die Wand gestemmt, stach mit dem Speer auf einen ein, der sich am Boot festklammerte, bis der endlich losließ.

Etwas Schweres traf das Gefährt. Es wurde heftig nach links gestoßen. Mancellor fiel wieder auf den Boden. Er zog sich durch das schmatzende Blut und den Schleim zu den Langrudern und löste sie von der backbordseitigen Bootswand. Dann stellte er sich hin und versuchte, sie in den Ruderrahmen zu führen. Das Boot schaukelte wieder. Ein Hai krachte in den hinteren Teil, bis ihm Jenko wieder und wieder den Speer in den Leib rammte.

Mancellor schob endlich die Ruder in den Rahmen und legte sich in die Riemen. Mit aller Kraft mühte er sich gegen das Meer, und Schmerzen fuhren ihm vom Arm durch den ganzen Körper. Der Sog der Flut aber war zu stark. Wie sehr er auch gen Sankt Einzig pullte, das Boot blieb der Strömung ausgeliefert.

Ein silberner Blitz schoss von der Seite ins Boot, landete krachend und wand sich zu seinen Füßen. Er trat nach dem umherschlagenden Wesen. Es streckte dürre kleine Arme aus und kreischte grässlich. Ein Junge aus dem Meeresvolk. In den Schwimmhautklauen umklammerte er scharfe Grätenwaffen. Mancellors Herz setzte aus, als das Untier im Boot geradewegs auf den *Mond des Vergessens* und die *Einsame Krone* zu rutschte.

»Mach diesen Kiemenficker fertig!« Spades trat barfuß nach dem Wesen, und der schleimige Halbmensch fiel auf den Rücken. Durch die weit geöffneten Kiemen am Hals schnappte er nach Luft. Jenko fuhr herum und stach dem glitschigen Knaben zweimal schnell den Speer in die Brust. Blut quoll aus den Wunden. Der Meerjunge verzog vor Schmerzen das Gesicht und zog dann die purpurnen Lippen zurück, sodass messerscharfe, spitze Zahnreihen zu sehen waren. Jenko stach ihm noch einmal in die Brust, drehte sich um und erledigte einen anderen Mann, der an Bord zu kommen versuchte.

Dann hielt er inne und starrte über das Meer.

Auch Spades glotzte mit schreckgeweiteten Augen.

Durch die schäumende Masse aus ertrinkenden Menschen, Haien und Meeresvolk, das gesamte Schlachtfeld in der Mitte durchschneidend, schob sich in kreisenden Windungen eine Seeschlange. Der gewaltige flache Kopf, gefärbt wie polierte Bronze, erhob sich knapp zwanzig Schritte vor Mancellors Boot. Nass und flink schoss die Zunge hervor, und mit wachsamen Augen beobachtete die Schlange das Geschehen ringsum.

Sie war so lang wie ein riesiger Baum hoch und glitt geschmeidig durch den Kanal. Das scharlachrote Gemetzel der Schlacht schob sie in Wellen vor sich her. Ihr hell- und dunkelbrauner Körper schwamm größtenteils unter Wasser. Gemessen an dem, was man sehen konnte, musste sie aber einen Umfang wie zwei ausgewachsene Männer haben. Erhaben pflügte sie durch den Kanal und schlug selbst Haie und Meeresvolk in die Flucht. Hinter dieser ersten kamen noch mindestens hundert weitere, eine gewundene Reihe aus finsterem Tod, die sich bis an den nördlichen Horizont erstreckte.

»Verfluchte Mutter Mia!«, stieß Jenko mit dem besudelten Speer in der Hand an der Bootswand aus. Die Schaluppe hob sich in den Wirbeln, die die vorbeiziehenden Schlangen erzeugten. Die Strömung schien sie nach Süden zu ziehen.

»Das ist die falsche Richtung!«, rief Spades. »Mancellor, mach kehrt!«

»Die Strömung ist zu stark!«, brüllte Jenko zurück. »Und zwischen uns und Adin Wyte schwimmen Tausende Männer! Wenn wir dorthin rudern, bringen die uns zum Kentern! Wir sind von Sankt Einzig abgeschnitten!«

Spades stieß ihren Dolch in einen halbnackten Mann, der es in dem Tumult geschafft hatte, an Bord zu krabbeln. Er taumelte mit von Ohr zu Ohr aufgeschlitztem Hals rückwärts und stürzte wieder in die Fluten. Die Schaluppe krängte und gierte alarmierend, als eine der Schlangen aus der Tiefe sie streifte.

Spades fiel gegen die Bootswand und verlor den Dolch. »Dann nach Lord's Point, Mancellor!«, brüllte sie. »Auf nach Lord's Point, bevor uns diese vermaledeiten Schlangen nach unten ziehen!«

Und Mancellor ruderte, die Augen wie gebannt auf den *Mond des Vergessens* und die *Einsame Krone* geheftet, die beiden uralten Artefakte, die auf den blutigen Planken des Bootes hin und her glitten, und in Gedanken ganz mit den beiden Engelssteinen in seiner Tasche beschäftigt.

Mit der Zeit sickern der Schmutz des Krieges, all die Eingeweide und der üble Geruch, die Seen aus Blut und die Schreie der Toten, in den Untergrund. Mit der Zeit vergehen die Qualen, der Schrecken und der Schmerz. Mit der Zeit nimmt der Krieg eine erregende und romantische Gestalt an, eine lindernde Wehmut, die nur mehr in glorreiche Schönheit gebadet ist. Mit der Zeit wird alles, was die Götter billigen, rechtschaffen.

DER KODEX DER ENGELSSTEINE

67. KAPITEL

BISCHOF HUGH GODWYN

AM FÜNFTEN TAG DES FEUERMONDES
IM 999. JAHR LAIJON – KANAL VON SANKT EINZIG

Mit glitschigem Leib pflügte die Seeschlange durch die Schlacht, glitt durch die roten Fluten und wirbelte hinter sich den blutigen Unrat auf. Bischof Godwyn trat zusammen mit Liz Hen und Dokie Wasser. Die starke Unterströmung zog an seinen Beinen. Zum Glück hatte er die Wärterrüstung längst abgeworfen. Sie lag irgendwo auf dem Grund des Kanals.

Auch Liz Hen hatte sich der Rüstung zum größten Teil entledigt, nur den Brustpanzer trug sie noch. Mühsam schwamm sie auf ein Pferd ohne Reiter zu, das bis zum Hals in den Wellen stand. Als sie es erreicht hatte, schob sie ein Bein über seinen Rücken und zog sich in den Sattel. Dem ersten Mann, der sie wieder herunterreißen wollte, boxte sie ins Gesicht und schnappte sich dessen Schwert, als er zurücktaumelte. Sie stach auf einen Ritter neben sich ein. Inzwischen hatte es keine Bedeutung mehr, wer wer war, ob man aus Gul Kana oder Sør Sevier kam: Jeder kämpfte für sich, und Liz Hen griff jeden an. Seidel paddelte an ihrer Seite, schwer keuchend, und konnte den Kopf gerade noch über Wasser halten.

Leif Chaparral schlug sich mit einer kreischenden Meerjungfrau herum. Er wehrte sich verzweifelt und ging immer wieder unter. Hammerfiss ritt auf seinem weißen Hengst, der unbeirrt durch die Wellen stampfte, auf Leif zu. Ein anderer Krieger, ein Blutholzattentäter auf einem dämonenäugigen nachtschwarzen Ross mit großen, flammenden Augen, rot wie das blutige Meer, ritt direkt hinter Hammerfiss. *Spinnenholz!* Er hatte diesen dunkelhaarigen Kämpfer in schwarzer Lederrüstung vorher nicht erkannt, doch er war, abgesehen von den kürzeren Haaren, das Ebenbild von Habichtholz.

Hammerfiss beendete das Leben der Meerjungfrau durch einen schnellen, heftigen Knüppelschlag auf den Kopf. Scharlachrot spritzten Blut und Gehirn in die ohnehin rote See. Gleichzeitig ging Spinnenholz rasch auf Leif los und würgte ihn mit einer schwarzen Lederschnur von hinten. Leifs geschminkte Augen traten hervor, als er sich verzweifelt wehrte.

Liz Hen lenkte ihr gerade erobertes Pferd ins Getümmel und rammte damit das Blutauge, sodass Spinnenholz aus dem Sattel stürzte. Leif löste sich und versank im dunkelroten Kanal. Hammerfiss hieb mit seinem Knüppel nach Liz Hen. Das Mädchen wehrte den Schlag ab, doch dabei zerbrach ihr Schwert, und die Keule traf ihr Pferd an der Stirn und zertrümmerte seinen Schädel. Das Tier sank in den Wellen zusammen und verschwand, Liz Hen mit ihm. Seidel tauchte ihr hinterher.

»Wir müssen sie retten!« Dokie schwamm mit panischem Gesichtsausdruck neben Godwyn. »Sie stirbt doch da unten! Seidel kann sie nicht vom Meeresgrund nach oben ziehen!«

Zwei Pranken packten Dokie am Kragen und rissen ihn aus dem Wasser. Strampelnd wurde der Junge über den muschelbesetzten Rand an der Backbordseite eines hölzernen Seglers gezogen. Das Boot hob sich, und eine blutige Welle brach über Godwyns Kopf. Er sah nur noch rot, bis das dreckige Salzwasser wieder dem Sonnenschein wich.

»Nehmt das Seil!« Neben Godwyns Kopf klatschte etwas ins Wasser. Er griff danach und hielt es fest, dann zogen die Männer im Boot auch ihn über den Rand, und er landete auf den Planken. Erschöpft blickte er zu seinen Rettern auf. Derry Richrath, Besitzer des *Schlüsselwärters*, und sein Schankknabe Otto, beide in Wärterrüstungen. Ein Dutzend Soldaten kauerte an den Bootswänden, alle ohne Rüstung und pitschnass, alle gerade aus den Schrecken des Kanals gerettet, die noch in ihren Gesichtern geschrieben standen.

Dokie hielt sich am Bootsrand fest und suchte hektisch das Meer ab. »Liz Hen! Seidel!« Godwyn rappelte sich hoch und kam zu ihm an den Bug. »Wir müssen sie finden!«, kreischte der Junge.

»Sie sind weg!« Godwyn blickte mit müden Augen auf den rotglühenden Horizont in den Wirren der Schlacht um das Boot. Haie durchpflügten das Meer und rissen mit mächtigen Kiefern alles entzwei. Meerjungfrauen zogen mit Schwimmhauthänden jeden Krieger in die Tiefe, den sie zu fassen bekamen. Schlangen wickelten sich um Pferde und Menschen. Es war wie im Tollhaus. Ein makabrer Tanz wilder Zerstörung, ein Gemetzel aus reiner Bosheit.

Und Liz Hen ist nicht mehr!

Godwyn wirbelte herum und konzentrierte sich auf die Segel der tausend Boote in der Ferne, Schaluppen und Fischerboote, die eigens für diese Rettung herbeigezogen worden waren – die Strömung und die steigende Flut trugen sie in alle Richtungen. Neben ihnen trieb eins kieloben, und die Männer zogen sich verzweifelt am muschelbesetzten Rumpf hoch, während Haie und Meeresvolk nach ihren Beinen schnappte. In der Ferne lag Lord's Point, wo die anrollenden Brecher noch weiß und ohne Blut schäumten. »Helft mir, die Segel zu setzen!«, rief Derry den im Boot kauernden Männern zu. »Schnappt euch ein paar Ruder und pullt! Tut endlich etwas, ihr verfluchten Narren!«

Ein schwarzer Dolch sauste an Derrys Kopf vorbei und landete in der Brust des ersten Ritters, der sich erhoben hatte. Er fiel stöhnend, mit einer Hand an der Waffe, vornüber. Blut sammelte sich unter ihm. Godwyn fuhr wieder herum. Auf der Bugwand an Steuerbord stand Spinnenholz mit einem zweiten böse blitzenden Messer in der Hand und schlitzte dem Schankknaben den Hals auf. Otto glitt stumm über die Seite ins Meer und verschwand, nur eine Blutspur blieb von ihm.

Mit Zornesgebrüll packt Derry Richrath ein langes Holzruder und schlug damit nach dem Meuchelmörder. Der Bluthölzler wich dem Hieb aus, trat nach der Ruderstange und stieß dann grausam und wild Derry die Klinge in den Hals. Der kippte über Bord und verschwand in den Fluten.

Jetzt kauerte Spinnenholz wie ein Raubtier, das sich auf sein Opfer stürzen will, auf der Bootswand, und Dokie Liddle hockte gleich unter ihm. Der Bluthölzler holte blitzschnell aus. Und ebenso schnell war er fort. Eine dicke, kupferne Seeschlange hatte ihn gepackt und riss ihn mit sich. Der Attentäter stach auf das Untier ein, das ihn in die karmesinroten Tiefen des Kanals zog, und beide verschwanden im schäumenden Wasser. »Verfluchte Mutter Mia!«, keuchte Godwyn. Dann drehte er sich um und brüllte die Männer hinter sich an. »Ihr habt gehört, was Derry gesagt hat! An die Ruder! Pullt!« Alle sprangen auf, griffen sich die Ruder und machten das Segel los.

Dokie stand mit zitternden Knien da und zeigte über die Bugwand. »Das ist ein Wunder!«, stieß er hervor. »Sieh nur, Godwyn, Leif Chaparral schwebt herbei wie durch Zauberhand!«

Godwyn guckte und erkannte Leif Chaparral. Die obere Hälfte des Tagritters schien zu schweben, als säße er auf einem Unterwasserpferd, das ihn zu ihnen trug.

Seidel schwamm hastig vor ihm.

»Komm her, Seidel!«, rief Dokie. »Komm zu mir!«

Leif reichten die blutige Flut und die Wellen bis an den Bauch, und Seidel führte ihn direkt zum Segelboot. Als er es erreichte, begriffen Godwyn und Dokie, dass er nicht auf einem Pferd saß, sondern auf den Schultern eines unsichtbaren Ritters. Sie zogen Leif an Bord, der sich sogleich umdrehte und mit einer Hand über die Reling in die scharlachroten Wellen griff. »Ich muss den Ritter retten, der mich hergetragen hat!«

Liz Hens kurzgeschorener Rotschopf und ihr rosig-rundes Gesicht brach gleich unter Leifs ausgestreckter Hand aus der Tiefe. Sie riss die Augen auf, schnappte mit offenem Mund nach Luft und sank wieder unter die Wellen.

Sie kann ihn doch nicht die ganze Strecke getragen haben? Godwyns Gedanken überschlugen sich.

Hammerfiss saß knapp hinter dem Mädchen auf dem Pferd, immer noch in voller Rüstung, und sein weißer Hengst mühte sich unter der Last in ihre Richtung. Der Erzritter begegnete kalt dem Blick Leifs. »Das Boot gehört mir!«, brüllte er.

»Helft mir, ihr Nichtsnutze!«, kreischte Leif. »Helft mir, ihn hereinzuziehen, bevor dieser Mörder hier ist!« Leif blickte auf Hammerfiss, der sich durchs Wasser schob.

Liz Hen tauchte wieder auf und schnappte nach Luft. Leif packte sie am Brustpanzer und hob sie mit aller Kraft hoch. Godwyn fasst mit zu, auch Dokie kam zu Hilfe. Gemeinsam hievten die drei das schwere Mädchen an Bord. Sie fiel krachend auf die

Planken, als Hammerfiss sie erreichte. Leif duckte sich vor dem mächtigen Knüppel, und die mit Stacheln bestückte Kugel zersplitterte donnernd die Seitenwand des Segelbootes. Hammerfiss knurrte und riss sie wieder heraus.

Da schob sich ein massiger Hai zwischen den kräftigen Ritter und das Boot, sodass der weiße Hengst scheute und mit Hammerfiss im schäumenden Wasser zurückwich.

»Seidel!«, schrie Liz Hen und rappelte sich hoch. »Wir müssen ihn rausholen!«

»Rudert hier weg!«, brüllte Leif. »Los, weg hier! Dieser irrsinnige Ritter ist noch nicht fertig mit uns!« Tatsächlich saß Hammerfiss wie durch ein Wunder immer noch auf seinem Pferd und stürzte mit erhobenem Knüppel auf sie zu. »Pullt!«, kreischte Leif.

Und das tat das verängstigte Dutzend hinter Godwyn.

»Ich konnte unter Wasser nichts sehen«, murmelte Liz Hen neben Godwyn an die Backbordwand gelehnt und mit tränenüberströmtem Gesicht. »Ich habe mich an Seidels Schwanz festgehalten! Er hat mich zum Boot gezogen! Leif auf meinen Schultern. Der Hund hat uns gerettet! Und wir konnten nichts für ihn tun.«

»Das war ein tapferer Hund«, sagte Leif, über dessen Kopf ein straffes weißes Segel flatterte. »Auch ich wünschte, wir hätten ihn retten können.«

Inzwischen hatten sie Lord's Point fast erreicht. Tausende von Rettungsbooten voller Ritter aus Gul Kana mit leeren Gesichtern segelten mit ihnen. Beim Gedanken an den Tod des Hundes fühlte Godwyn einen Kloß im Hals. Er blickte über den Kanal und hoffte, das Tier würde irgendwo wieder auftauchen. Doch so viele hatten sich der Gewalt des Meeres ergeben müssen. Unbarmherzig hing die Sonne nun über dem blutroten Wasser. Krebse krabbelten in den treibenden Leichenbergen, oben kreischten die Möwen, und ihre Schatten strichen über die rot ans Ufer rollenden Wellen. Noch immer streiften die weißen Haiflossen durch die schrecklichen Überreste.

In der Ferne erhob sich Mont Sankt Einzig. Godwyn blinzelte gegen die Sonne zur Festung hin und nahm nichts von allem wahr. Die Narben an seinem geschwollenen Hals pulsierten. *Wie mitleiderregend bin ich doch, dass ich so schnell schon wieder zur Ader gelassen werden will …*

Er rang um einen Anschein von Vernunft, aber er konnte noch den fernen Chor der Schreie vernehmen. *Das fühlt sich nicht wie ein Traum an. Allerdings kommt es mir auch nicht echt vor.* Das schäumende Meer hob und senkte sich weiter durch den Kanal, grausam und blutig, abrupt und spritzend, als tobte ein anderer Krieg unter der scharlachroten Oberfläche. *Da draußen sterben immer noch Menschen …*

»Wie viele Feinde durch mich heute vernichtet wurden«, murmelte Leif Chaparral. Der Tagritter lehnte jetzt am Mast und blickte über den wimmelnden Kanal. »Einhunderttausend? Zweihunderttausend. Wurde der Sündenerlass denn für immer aufgeschoben?« Eine schwere Düsternis legte sich über sein Gesicht, als habe er etwas falsch gemacht. Dann erhellte es sich sogleich. »Ein großer Sieg geht in die Annalen ein. Selbst in den *Ritterlichen Erläuterungen des Raijael* wird dieser Tag festgehalten. Der große Leif Chaparral als Sieger.« Er sah Godwyn mit seinen dunklen Augen an. »Niemand kann da draußen überleben, nicht wahr? Aeros ist tot, oder nicht?«

»Ich kann mir unmöglich vorstellen, wie jemand ohne ein Boot das überleben soll«, murmelte Godwyn. Selbst das Sprechen fiel ihm unendlich schwer. Müdigkeit hing ihm wie ein Mantel um die matten Schultern. Irgendwie hatte er es geschafft, dem brodelnd roten Strudel des Krieges zu entrinnen.

Dabei hatte ich mich so nach dem Tod gesehnt …

Leifs Sieg war purer Zufall. Godwyn wusste, dass Schlachten verlorengingen, weil jemand zu selbstsicher war oder sich verkalkulierte. Beides schien dem Weißen Prinzen heute widerfahren zu sein.

Dokie saß Rücken an Rücken mit Liz Hen im Boot, alle drei hockten sie inmitten einiger Dutzend anderer traumatisierter Krieger aus Lord's Point.

»Sagt mir, dass wir wieder zu Brown R'elks schönem Landhaus zurückkönnen, Godwyn.« Liz Hen sah ihn flehentlich an. »Ich kann nur noch an den roten Trank dort denken. Davon schwimmt mein Kopf in goldenem Licht, und alles ist angenehm. Und Laijon weiß, dass ich das jetzt unbedingt brauche.«

Ich bin nicht der Einzige. Godwyn wünschte, er hätte nie zugelassen, dass das Mädchen der Sucht nach dem Blut des Drachen verfiel. *Wir beide sind gleich …*

Er blickte in die schmerzerfüllten Gesichter von Liz Hen und Dokie. Die beiden waren die ganze Zeit über oft eine Plage gewesen, aber jetzt erfüllte ihn große Liebe und Verbundenheit mit ihnen. Dokie schien keine Nebenwirkungen vom Rauthouin Bane oder dem Blut des Drachen zu spüren. Vielleicht wurde eine Sucht durch die vergifteten Pfeile unterdrückt. Godwyn wusste, dass der Weg nach unten, auf dem er und Liz Hen sich befanden, einen langsamen und qualvollen Tod bedeutete. Am Ende würden sie beide wahnsinnig werden.

»Seidel kann da draußen überleben«, sagte Liz Hen, und Hoffnung keimte in ihrem sommersprossigen Gesicht auf. »Seidel gibt nicht auf. Er findet uns noch einmal wieder.«

»Mir gefällt dein Mumm und dein Optimismus, mein Junge.« Leif sah sie bewundernd an.

»Das ist kein Junge.« Dokie setzte sich auf. »Liz Hen ist das.«

Leif verzog erstaunt das Gesicht. »Was ist Lisshen?«

»Sie.« Dokie deutete mit einer Kopfbewegung neben sich. »Sie ist Liz Hen.«

»Was sind Lissen?« Leif verstand es immer noch nicht. Kälte griff nach Godwyns Herz, als er den finsteren Blick im Gesicht des Tagritters sah. Jeder im Segelboot hatte jetzt aufgemerkt. Leif fragte noch einmal anders: »Wer ist Lissen?«

»Das heißt Liz Hen«, sagte Dokie. »Nicht Lissen. Sie ist ein Mädchen.«

»Ein Mädchen?« Leif zog die Stirn kraus. Er hatte sich von dem Mast gelöst. »Ein *Mädchen* – hat mich gerettet?« Dann glühte Zorn in seinem Gesicht auf. »Ein *Mädchen* hat in meiner Armee gekämpft, als Ritter aus Gul Kana? Ein *Mädchen* hat in meinem *Krieg* gekämpft?« Zuletzt schrie er fast. Gemurmel und abschätzige Laute erhoben sich im Boot, und aller Augen ruhten auf Liz Hen.

»Und was ist falsch daran, dass ein Mädchen in *Eurem* Krieg kämpft?« Liz Hen stellte sich vor dem Tagritter auf, und Wut quoll wie eine Gewitterwolke aus ihr hervor. »Ich habe schon Männer und Ritter aus Sør Sevier und sogar Oghule getötet!«

»Aber du bist ein Mädchen?«

»So ist es!« Sie schlug sich mit geballter Faust gegen den Brustpanzer der Wärterrüstung, den sie noch trug. »Ich! Liz Hen Neville! Ich *bin* ein Mädchen, na und?«

»Was soll das heißen: Na und?« Er machte einen schnellen Schritt und trat vorsichtig zwischen die Verletzten und die Ruder. »Du täuschst uns mit deinen kurzen Haaren.«

»Ich täusche niemanden.« Sie wich nicht zurück.

»In *Weg und Wahrheit Laijons* wird es Frauen strengstens verboten, Waffen im Kampf zu führen, es sei denn, der Großvikar höchstselbst hat es gebilligt!« Leif stand nur Zentimeter vor ihr und hielt ihr den Finger vor das Gesicht. »Und ich wüsste nicht, dass Denarius oder auch Jovan dergleichen getan hätten.«

»Mir ist furzegal, was sie gebilligt haben und was nicht.« Liz

Hen warf sich in die Brust und beugte sich vor, bis Leifs Finger an ihrer Stirn lag. »Ich habe Euch *gerettet.*«

»Für diese *Täuschung* wirst du *hängen!*« Hochmütig zog Leif den Finger zurück. »*Ich* werde dich aufknüpfen!«

»Mich *aufknüpfen?*« Liz Hen verzog ungläubig das Gesicht.

»Genau!«

»Scheiß auf dich und das schleimige Dreckswiesel, das dich gezeugt hat!«

Leif wich zurück, legte den Kopf zur Seite und kniff die dunkel nachgezogenen Augen zusammen. »Wie hast du meinen Vater gerade genannt?«

»Und scheiß auf deine kleinen Äuglein, die du so hübsch angemalt hast …«

Leifs Faust krachte ihr gegen den Kiefer. Überrascht versuchte sie, ihn abzuwehren, doch Leif schlug schnell und heftig zu, immer und immer wieder. Dokie sprang auf und stürzte ihr zu Hilfe, rutschte aber auf den nassen Planken aus und fiel hin.

»Hört auf, sie zu schlagen. Bitte!« Godwyn war aufgestanden und hatte den Tagritter von hinten gepackt. Er hielt ihn an beiden Armen fest. Liz Hen kippte bewusstlos vornüber ins Boot.

Leif schüttelte den Bischof ab. »Ich habe einen Eid geschworen!«, schrie er und zeigte nun mit dem Finger auf Godwyn. »Einen Eid, dass ich jede Frau, die in eine Schlacht zieht, persönlich hänge und auf den Scheiterhaufen werfe!«

»Aber Ihr habt sie wahrscheinlich schon totgeschlagen.« Dokie kniete sich hin und hielt Liz Hens lädierten Kopf in den Armen.

»Das übersteht sie schon.« Leif spuckte aus und fixierte Godwyn wutentbrannt. »Aber wenn wir anlegen, wird sie an Händen und Füßen gefesselt und in den Kerker geworfen. Die betrügerische Schlampe wird auf dem Platz von Lord's Point gehängt, sobald wir an Land sind!«

Der Platz von Lord's Point war leer. Nur ein paar verwirrte Passanten blieben stehen, um der Hinrichtung beizuwohnen. Godwyn stand vor dem Steinpodest mitten auf dem Platz, Dokie tränenüberströmt neben ihm. Leif Chaparral befand sich auf der Plattform, und hinter ihm erhoben sich die mächtigen Türme der Kathedrale in den Himmel. Er trug wieder die vollständige schwarze Tagrittermontur – die lackierte, obsidianschwarz polierte Rüstung, darüber der silberne Übermantel, das Wappen mit dem Silberwolf auf kastanienbraunem Grund auf dem Brustpanzer und das schwarze Schwert mit dem eingelegten Opal im Griff am Gürtel. Godwyn wusste, dass der Mann wie jeder andere Schwert und Rüstung in der Schlacht verloren hatte. Nun sah er frisch herausgeputzt aus, als hätten eine zweite vollständige Rüstung und ein Schwert nur auf ihn gewartet.

Neben Leif stand wie verloren ein gekrümmter, bärtiger Mann in den dunkelbraunen Gewändern der Kirche, ein Bischof, den der Tagritter aus der Kathedrale gezerrt hatte, damit er die Hinrichtung beaufsichtigte. Zu seiner Linken war eine kümmerliche Ansammlung blau gekleideter Meeresgarden in Habachtstellung aufgereiht, alle müde und erschöpft von der Schlacht. Auf einem Gerüst auf der rechten Seite ragte ein hölzerner Galgen auf.

Liz Hen stand davor, über der zerlumpten Unterwäsche nichts als eine dünne, hellbeige Decke. Ihre Hände waren vorn mit einem Seil gefesselt, die roten Haarstoppel brannten feuerrot in der grellen Sonne, und ihr wundes Gesicht war eine Maske der Verbitterung.

»Zwar haben wir einen großen Sieg über unseren Feind erlangt, doch blieb dieser Triumph nicht ohne Makel!« Leifs Stimme donnerte über den menschenleeren Platz. »Dieses Mädchen kann die ungebührliche Feigheit bezeugen, die – mag sie noch so gering erscheinen – unseren Sieg befleckt!«

Er winkte dem Bischof aus Lord's Point. Der Bucklige trat vor und übergab Leif ein dickes Exemplar von *Weg und Wahrheit Laijons*, eine in Leder gebundene Ausgabe der Schriftrollen. Während der Tagritter durch die Seiten blätterte, sah Liz Hen Dokie verängstigt an. Ihre Lippen bebten. »Nicht weinen. Ich bin bald bei Laijon. Ich bin dann bei Zane und Seidel und all denen, die ich liebe.«

Aber Godwyn kam es vor, als glaubte das Mädchen seinen eigenen Worten nicht. *Der Krieg verändert jeden. Der Krieg hat uns allen den Glauben an Laijon einfach ausgetrieben.* Von Zweifeln gehetzt, die jeden seiner Gedanken jagten, erkannte Godwyn, was er zu tun hatte, um sie zu retten. *Aber traue ich mich das? Kann ich das?* Er konnte nur an eins denken – wieder durch Brown R'elk zur Ader gelassen zu werden. Diese alles verzehrende Gier hatte ein schreckliches Loch in ihm erzeugt, eine Armseligkeit in Geist und Seele. Das Sehnen und die Klarheit seiner finsteren Gelüste erstaunten ihn.

Oben auf der Steinplattform hatte Leif das gesuchte Blatt gefunden. »Aus den Taten des Zweiten Kriegerengels zitiere ich: ›Sofern ein solches Handeln nicht durch den Großvikar höchstselbst gebilligt und gesegnet wird, soll Laijon jede Frau, die da zu den Waffen greift und sie gegen ihre Mitmenschen erhebt, sei es im Krieg oder um sich selbst zu verteidigen, mit dem Tode niederstrecken. Im Namen des großen Einen und Einzigen sei eine schnelle Hinrichtung durch den Strang ihr Ende!‹« Gebieterisch schlug er das Buch zu und gab es dem Bischof von Lord's Point zurück. »Was sagt er dazu? Es ist ein Verstoß gegen *Weg und Wahrheit Laijons*, wenn eine Frau ohne Genehmigung des Vikars in die Schlacht zieht!«

Der Bischof von Lord's Point verneigte sich vor Leif, hielt das heilige Buch in der Armbeuge und bestätigte laut: »Hier stehen viele ähnliche Verse, die uns in kriegerischen Unternehmungen geleiten sollen! Wenn dieses Mädchen nun ohne die erforderliche

Billigung im Kriege gekämpft hat, so spreche ich im Namen Laijons meinen Segen über diese Hinrichtung, und also soll es niedergeschrieben werden.«

»Und also soll es niedergeschrieben werden!« Leif packte Liz Hen im Nacken und zwang sie an der Kante des Podestes in die Knie, sodass ihr verzerrtes Gesicht direkt über Dokie zu sehen war. Sie blickte suchend über den leeren Platz. *Heute ist Seidel nicht hier, um dich zu retten, meine liebe Liz Hen.* Godwyns Gedanken rasten. Kein Retter stürzt aus dem Himmel und trägt dich davon. Müdigkeit klebte wie ein durchnässter Mantel an ihm, schwer und voller Schuld und Reue. Nur ich bin noch da, und ich weiß, was ich für sie tun muss …

»Das Mädchen hier vor euch hat Laijon entsagt, als es gegen seine Mitmenschen die Waffen erhob!« Leifs Brüllen hallte über den Platz. »Ich selbst habe sie heute in den Wirren gefunden. Sie war wie ein Mann gekleidet, in voller Kriegsrüstung, ein blutiges Schwert in der Hand!«

Die Zuschauer auf dem Stadtplatz starrten Leif und Liz Hen mit leeren Augen an.

»Nach Laijons Willen soll sie hängen!«, bellte Leif heiser.

Ein Wind, der nach Salz roch, wehte über das Pflaster und trug die Schreie der oben kreisenden Möwen mit sich. Warm hob er eine Locke zotteliger grauer Haare von Godwyns verschwitzter Stirn. *Ja.* Er holte tief Luft. *Ich weiß, was ich tun muss.*

»Ihr dürft sie nicht hängen!«, schrie er.

Einige der blau gekleideten Ritter kamen zu ihm vor ans Podest und bedrohten ihn mit den Speeren.

»Ihr dürft sie nicht hängen!«, wiederholte Godwyn. »Sie kannte das Gesetz nicht umfänglich! Sie wollte lediglich für ihr Heimatland kämpfen! Sie ist unschuldig!«

»Unschuldig«, höhnte Leif. »Ich habe sie mit eigenen Augen gesehen, ein Mädchen, das ohne auch nur die Andeutung einer

Erlaubnis von König Jovan oder einem Würdenträger Laijons im Krieg kämpfte, vom Großvikar ganz zu schweigen. Du hast sie auch gesehen, alter Mann. Du warst dabei. Du warst Zeuge ihres Verrats. Unkenntnis des Gesetzes schützt vor Strafe nicht!«

»Ich habe Euch das Leben gerettet.« Liz Hen knurrte vor Wut.

»Du hast gegen den Willen Laijons gehandelt!« Leif riss das Mädchen wieder auf die Beine. »Hier wird nicht mehr diskutiert. Du wirst hängen.«

»Sie ist unschuldig!« Godwyn deutete auf das in Leder gebundene heilige Buch in den Händen des anderen Bischofs. »Auch ich kenne den Inhalt von *Weg und Wahrheit Laijons*. ›Dem Recht wird auch Genüge getan, wenn ein von Laijon gesalbter Bischof als Vertreter des Verurteilten auftritt, so er von dessen Unschuld überzeugt ist, und dessen Strafe annimmt.‹«

Leif schien durch diese Aussage verwirrt. »Stimmt das?«, fragte er den Bischof von Lord's Point.

»Ja, es ist wahr.« Der bärtige Mann neigte beinahe resigniert den Kopf. »Aber ich werde nicht an ihrer Stelle an den Galgen treten.«

»Also, es mag ja stimmen.« Leif wandte sich wieder an Godwyn. »Aber du siehst, dass der Bischof von Lord's Point nicht die Absicht hat, für die Sünden des Mädchens zu büßen.«

»Ich bin Bischof Hugh Godwyn, Diener Laijons, durch den Großvikar höchstselbst gesalbt«, verkündete Godwyn stolz. »Ich habe Laijon fünf Jahre lang in der Abtei am Swithen-Wells-Pfad gedient. Ich sage, das Mädchen ist unschuldig, und ich biete mich als ihren Stellvertreter an!«

»Nein!«, heulte Liz Hen, und Tränen liefen ihr über die Wangen. »Das dürft Ihr nicht!«

Godwyn sprach weiter. »Ihr seid nun durch Euer Ehrenwort im Namen der Schrift gebunden, mich an ihrer Stelle zu hängen, Ser Leif.«

»Und woher weiß ich, dass du nicht bloß ein Hochstapler bist, der verhindern will, dass ich meinen Willen durchsetze?«, knurrte Leif.

Godwyn blickte den anderen Bischof auf dem Podest fest an und schlug mit drei Fingern das Laijonskreuz über seinem Herzen. Dabei endete er so, dass sein Daumen auf den Bauchnabel zeigte, ein sicheres Zeichen, das nur jene erkannten, die der Großvikar in der Königlichen Kathedrale von Amadon geweiht hatte.

»Er kennt das Zeichen derer, die rechtmäßig im Namen Laijons gesalbt sind«, sagte der Bischof von Lord's Point. »Er hat das Recht, als Stellvertreter des Mädchens zu fungieren, wenn er es wünscht, und das Mädchen muss freigelassen werden.«

»Freigelassen?« Leif blickte vollkommen ungläubig drein.

»So wahr Laijon mein Zeuge ist, muss sie freigelassen werden«, bestätigte der Bischof von Lord's Point. »Nicht einmal ein Tagritter wie Ihr kann sich den Worten aus *Weg und Wahrheit Laijons* widersetzen.«

Wutentbrannt heftete Leif den Blick auf Godwyn. Dann verschwand der Zorn so schnell, wie er sich gezeigt hatte. »Schneidet ihr die Fesseln ab«, befahl er seinen Rittern. »Soll der alte Mann an ihrer Stelle hängen, wenn er es so will! Schafft ihn her!«

Mit Kampfhandschuhen fasste man nach Godwyn und riss ihn grob auf das Podest. Jetzt machte sich kalte Angst in ihm breit.

»Tut das nicht, Godwyn«, flehte Liz Hen, als man ihr das Seil um die Handgelenke durchschnitt. »Ihr müsst doch auf Dokie aufpassen und auf Euch selbst.«

Godwyn schüttelte die Hände ab, die ihn festhielten, und verbeugte sich vor dem Mädchen. »Sucht einfach Roguemoore und die anderen und berichtet ihnen von meinem Schicksal.«

»Genug geredet.« Leif stieß Liz Hen vom Podest. Sie schlug heftig auf dem Pflaster vor Dokies Füßen auf. Leif zerrte Godwyn grob zum hölzernen Galgen und schleppte ihn die provisorische Treppe zum Strang hinauf.

Als er dort oben auf der Falltür stand, bot sich Godwyn ein prächtiger Blick auf den Hof. Ein Oghul mit schmalem Gesicht sah aus einiger Entfernung zu. Brown R'elk. Seine tiefbraunen Augen starrten den Bischof hungrig an. Hell und rot stach die tätowierte Träne auf seiner Wange hervor. Er zog die Lefzen zurück und zeigte die scharfen, langen, weißen Zähne im dicken Zahnfleisch.

Als er diese Hauer erblickte, das sabbernde Maul, wusste Godwyn, dass er das Richtige getan hatte, wenn er es so zu Ende brachte. Er löste den Blick von dem Oghul und sah auf Liz Hen und Dokie hinunter. Sie starrten verschreckt zu ihm hoch. Er konnte ihnen keinen Trost bieten. Leif legte ihm den Strick um den Hals. So lang, wie er war, würde er ein gutes Stück fallen. Dann ein schnelles Knacken im Genick. Ein sofortiger Tod.

Es war ein gutes Leben. Nur wenige erreichen mein Alter …

Mit diesem Gedanken blickte Bischof Hugh Godwyn nach oben. Wie schön der Himmel schien. So blau. So still. So weit und tief.

Knirschend klappte die Falltür unter seinen Füßen weg, und er fiel.

Es knackte laut. Kein Schmerz. Nur Dunkelheit. Frieden.

Und dann nichts mehr …

Gott lieben heißt nicht immer auch das Gute lieben.

DER KODEX DER ENGELSSTEINE

68. KAPITEL

LINDHOLF LE GRAVEN

AM FÜNFTEN TAG DES FEUERMONDES
IM 999. JAHR LAIJON – AMADON, GUL KANA

Ich bitte Euch«, Delias Stimme hallte von den angestoßenen Wänden der verfallenen Abtei wider, »könnt Ihr mir etwas über meinen Vater berichten?«

»Dein Vater ist tot«, antwortete Seita knapp. Die Vallè-Prinzessin trug eine an den Seiten geschnürte Lederhose, eine schwarz gefärbte Lederrüstung unter einer blassgrauen, ärmellosen Tunika und einen schwarzen, mit Metallketten besetzten Gürtel. Lindholf beobachtete sie in der Abtei und bewunderte ihr seidig-feines Haar und ihre blasse Haut, die im trüben Licht so wunderschön leuchtete. »Er liegt nicht mehr in der Schenke. Die Silbergarde hat ihm mitgeteilt, dass du in der Arena gehängt worden bist. Er ist vor ein paar Tagen gestorben«, sagte sie endgültig.

»Er ist gestorben?« Die Farbe wich aus Delias Gesicht. Wie Lindholf hatte auch sie noch die Gefangenenkleidung an. »Er ist im Glauben, ich sei eine Verräterin, gestorben? Wie kann er tot sein?«

Gault Aulbrek erhob sich von der Steinbank. Seine Rüstung knirschte und knarzte, als er mit zornigem Blick auf Seita eine Hand auf Delias Schulter legte. Der Ritter aus Sør Sevier bewahrte stets Haltung, doch jetzt lag in seinen Augen ein gefährlicher Glanz. Ein Gefühl lähmender Angst stieg Lindholf im Rückgrat auf. Seit einiger Zeit lagerten sie nun schon auf der Insel Rockliegh, und Seita war eben erst mit spärlichen Vorräten zurückgekehrt. Er ahnte, dass Gaults Geduldsfaden zum Zerreißen gespannt war.

Seita hatte sie fünf Tage nach ihrer Flucht aus der Arena und einem kurzen Abstecher ins *Dreckspferd*, wo sie den von Lindholf und Delia versteckten *Schleier der Tugend* und den weißen Engelsstein geholt hatten, hier ans Ufer gerudert. Die Vallè-Prinzessin hatte behauptet, die Insel Rockliegh sei auch der Ort, an den Habichtholz nach seiner ersten Flucht aus dem Fegefeuer verschwunden war. Angeblich seien sie hier vor neugierigen Blicken geschützt. Die drei Waffen der Kriegerengel lagen allesamt in einem großen Kartoffelsack aus Leinen unter der Steinbank hinter Gault in der Ecke der Eingangshalle zur Abtei. Aus dem Sack ragte der halbmondförmige Griff des *Feuers der Sühne* heraus. Die verfallene Abtei selbst stand mit Moos und Spinnweben überzogen inmitten einiger vom Wetter zerzauster Bäume. Büsche und dorniges Gestrüpp schützten den Torbogen, in dem die Tür fehlte. Das Eiland Rockliegh lag als kleiner Haufen Felsen und Steine in der Gedächtnisbucht, eine halbe Meile östlich von Amadon. Am Nordende stand ein hoher, schmaler Leuchtturm, im Süden befand sich ein alter Holzanleger, dazwischen eine sanft abfallende Wiese und die alte Abtei.

»Du bist geschockt, scheint mir.« Seita blickte die Schankmaid an. »Bedenke, dass dein Vater sehr krank war.«

»Aber ich habe doch alles gemacht, was Ihr verlangt habt.« Tränen liefen Delia über das Gesicht. »Ihr habt versprochen, wenn ich jeden Eurer Aufträge ausführe, verschont Ihr ihn.«

»Nun ja, das Unglück schlägt oft in den ungeeignetsten Momenten zu.«

»Warum sagt Ihr dem Mädchen nicht, wer Ihr wirklich seid?«, fragte Gault streng. »Sagt, dass Ihr eine Meuchelmörderin der Bluthölzler aus Sør Sevier seid und sie und ihren Vater bloß für eines Eurer verdrehten Blutholzspielchen benutzt habt.«

»Eine heftige Anschuldigung, Ser Gladiator«, erwiderte Seita. »Wieso glaubt Ihr zu wissen, wer ich bin? Wie könnt Ihr Euch da so sicher sein?«

»Ich erkenne Bluthölzler, wenn ich sie sehe.«

»Schön.« Seita wandte sich zu Delia. »Ich bin eine Meuchelmörderin der Bluthölzler aus Sør Sevier.«

Lindholf erstarrte. *Eine Attentäterin aus Sør Sevier? Die Vallè-Prinzessin? Ist sie es, vor der Tala mich gewarnt hat? Die verhüllte Gestalt aus den Geheimgängen?*

»Wir sitzen jetzt seit fünf Tagen auf dieser von Laijon verlassenen Insel«, sagte Gault. »Es wird Zeit, dass ich mich von hier verabschiede.«

Seita sah aus, als würde sie sich gegen einen Zweikampf wappnen. »Dann erzählt doch mal, Ser Gladiator, wohin wollt Ihr denn?«, fragte sie, und ihre grünen Augen funkelten jetzt im blassen Licht.

»Ich gehe, wohin es mir beliebt. Jedenfalls fort von hier.«

»Dann werft besser Eure Rüstung ab, denn die gibt Euch eindeutig als Ser Gault Aulbrek aus Sør Sevier zu erkennen, der Jondralyn Bronachell das Gesicht verunstaltet und dem Prinzen von Sankt Einzig den Kopf abgeschlagen hat.«

»Meine Rüstung interessiert mich weniger«, knurrte Gault. »Ich mache mir eher Sorgen, weil Ihr uns praktisch ohne Verpflegung auf dieser öden Insel ausgesetzt habt, wo wir ein paar eigenartige Waffen und Steine bewachen sollen. Ich weiß schon, wie Lindholf den Schild gefunden hat. Ihr aber müsst uns noch erzählen, wie Ihr in den Besitz von Schwert und Armbrust gekommen seid. Stattdessen kommt Ihr hier angerudert und gebt mir Ratschläge, wie ich mich zu kleiden habe. Ich will Euer Boot. Und das hole ich mir auch. Ich werde dieses Eiland heute verlassen.«

»Ungeduld steht Euch nicht gut zu Gesicht.«

»Täuscht Euch nur nicht. Ich werde auch die Waffen und die Steine mitnehmen.«

»Spart Euch doch solche Drohungen.« Seitas Augen waren jetzt eiskalt und hart. »Die Waffen sind nicht für Euch, Ser Gladiator. Nicht alle. Jedenfalls noch nicht.«

»Weshalb nennt Ihr mich immerzu *Gladiator?*«

»Der seid Ihr doch.«

»Nun denn, dann nimmt der *Gladiator* sich jetzt seinen Lohn.« Mit zwei schnellen Schritten stand Gault vor der Steinbank. Er zog den großen Sack, aus dem das *Feuer der Sühne* ragte, hervor.

»Nein.« Delia lief zu ihm. »Ihr dürft nicht gehen.« Sie packte mit einer Hand den Sack, mit der anderem den Griff und zog an beiden. »Wer beschützt mich denn, wenn nicht Ihr?«

Liebt sie ihn etwa wirklich? Lindholfs Herz zog sich bei ihren Worten zusammen.

Delia versuchte, Gault den Kartoffelsack zu entreißen. Das Schwert schlitzte das Leinen entzwei, und der Inhalt kippte vor ihre Füße. Das *Pechschwarze Herz*, der *Schleier der Tugend*, der kleine Lederbeutel mit den drei Engelssteinen: Alles kullerte auf den Boden und gegen die Steinbank.

Die Schankmaid taumelte rückwärts, das *Feuer der Sühne* noch in der Hand. Im fahlen Dunkel der Abtei wirkte das Schwert wie ein reiner Lichtstreifen aus Sternenstaub und Feuer. Sie riss die Augen auf und bestaunte die Waffe in ihren Händen. Das *Feuer der Sühne!*

»Ihr benehmt euch wie verzogene Kinder.« Seita hob den Schild auf. »Gib mir das Schwert, Mädchen.«

»Nein, Delia.« Gault warf den zerfetzten Sack gegen die Wand, von der die Farbe abblätterte. »Gib es mir.«

Mit zitternden Händen blickte Delia von der Vallè zu Gault. Sie wusste nicht, auf wen sie hören sollte. Einen Augenblick schwiegen alle gespannt. Der Ritter kniff die Augen zusammen.

»Das würde ich lassen, Gladiator«, sagte Seita beiläufig.

»Warum?«, fragte Gault ebenso beiläufig. »Weil Ihr ein Bluthölzler seid?«

In einer fließenden Bewegung nahm er Delia das Schwert ab und schlug mit der langen weißen Klinge schnell und gnadenlos auf die Vallè-Prinzessin ein.

Seita duckte sich und hielt den Schild gegen den Aufprall hoch. Das *Feuer der Sühne* prallte auf den *Schleier der Tugend*, Blitz und Donner, betäubend und blendend. Funken erleuchteten den Raum. Seita wurde zu Boden geworfen und verlor den Schild. Gault taumelte gegen die Steinbank zurück, und das Schwert summte und vibrierte in seinen Händen.

Ein plötzlicher Schmerz loderte in der Narbe auf Lindholfs Handrücken auf. Auch im Sklavenbrandzeichen. In den Malen der Meerjungfrau. Alle brannten im Funkenregen, der ihn umgab.

Der kahlköpfige Ritter sammelte sich und griff an. Seita erhob sich und stellte sich ihm mit zwei schwarzen Dolchen. Gault rammte ihr seine schwere Schulter gegen die Brust und stieß sie in die Wand. Sofort setzte der Ritter nach, packte ihre Handgelenke in seinem eisernen Griff und versetzte ihr einen krachenden Kopfstoß. Der Vallè rutschten beide Dolche aus den schlaffen Fingern.

Gault stieß ein zweites Mal heftig zu.

Lindholf sah, wie das strahlende Licht aus den leuchtenden Augen der Vallè erlosch. Sie rutschte mit blutigem Gesicht die Wand hinab.

»Vielleicht ist sie ein Bluthölzler«, sagte Gault und blickte kalt zum zugewachsenen Eingang in die Abtei, »aber mit Masse und

Kraft ist man im Nahkampf stets überlegen.« Auch von seiner Stirn rann Blut.

Gesegnete Mutter Mia. Lindholf schlug mit drei Fingern das Laijonskreuz über seinem Herzen. Zwar wusste er, dass Gault in Sachen Tapferkeit und Kampf kein Kind von Traurigkeit war, schließlich hatte er erlebt, wie er dem Sklaven in Riven Rock den Knochen im abgerissenen Arm eines Toten in den Hals gerammt hatte. Aber die grausame Effizienz, mit der er sich Seitas entledigt hatte, war über die Maßen grässlich und schwer zu verdauen.

Die Vallè-Prinzessin sackte leblos an der Steinwand der Abtei zusammen. »Ist sie tot?« Delia hielt sich vor Schreck eine Hand vor den Mund.

Lindholf fiel neben Seita auf die Knie, das Herz schlug ihm bis zum Hals. Flache Atemzüge hoben und senkten ihre Brust, schwache Bewegungen, die unregelmäßig wurden. *Sie lebt …*

Gault hob das *Feuer der Sühne* auf. Dann griff er sich den Beutel mit den drei Engelssteinen. Er klemmte sich die Armbrust, das *Pechschwarze Herz*, unter den Arm und schnappte sich auch den Schild, den *Schleier der Tugend*, am Ledergurt, dann marschierte er wortlos aus der Abtei.

»Er will ohne uns los«, keuchte Delia. »Ich glaube wirklich, er will abhauen.« Sie rannte zum Tor und sah dem Ritter aus Sør Sevier hinterher, der sich die Wiese hinunter auf den Holzanleger zubewegte, wo die Vallè-Prinzessin das Ruderboot vertäut hatte.

Seita stöhnte. Lindholf sah zu ihr hinunter. Die Vallè lag jetzt mit dem Gesicht auf dem Boden und versuchte, sich auf die Ellenbogen zu stützen. Blut tropfte ihr vom Kinn und den weißen Locken, die ihr vor den benommenen Augen hingen.

»Er kann uns doch nicht einfach so zurücklassen!« Delia stand am Tor und blickte aufgeregt nach draußen. Dann wandte sie sich zu Lindholf. »Ich gehe mit ihm.« Sie rannte hinaus.

Nie zuvor hatte Lindholf sich so niedergeschlagen und allein gefühlt. Er konnte keinen Muskel bewegen, um ihr zu folgen. *Dort liegen nur Herzschmerzen. Für sie bin ich eigentlich gar nicht vorhanden. Eigentlich bin ich allen egal. Delia. Tala. Selbst Seita.* Sogar seine eigene Mutter hatte sich am Ende entschieden, ihn zu verlassen. *Nein. Ich kann Delia nicht folgen.*

Seita schaffte es, sich auf die Seite zu rollen. Sie stützte sich jetzt auf einen Ellenbogen und schob sich gegen die Wand. Dicke Blutstreifen bedeckten ihr Gesicht.

»Hilf mir auf«, murmelte sie. Lindholf hielt sie. »Ich kann nicht richtig denken. Wie lange ist Gault schon weg? Hat er die Waffen an sich genommen? Die Steine?«

»Er läuft gerade zum Boot«, antwortete Lindholf.

»Du musst mit ihm gehen.« Sie legte ihm einen kleinen schwarzen Dolch in die Hand. »Du musst mit Gault gehen. Bring mir die Waffen und die Engelssteine wieder.«

»Ich kann Gault nicht bestehlen. Er ist zu stark.« Lindholf starrte den Dolch in seiner Hand an und war vollkommen verwirrt. Das Ding war schwarz wie polierte Kohle und fühlte sich unnatürlich und böse an. Tala hatte genau so eine Waffe besessen. Sie hatte sie in den Geheimgängen verloren, als Glade Sterling Prentiss ermordet hatte.

»Diese Klinge dürstet«, sagte Seita mit schwacher Stimme. »Sie ist vergiftet. Stich Gault damit, dann stirbt er binnen weniger Minuten. Das Gift ist selten und kostbar. Achte also gut darauf. Ein Bluthölzler trennt sich eigentlich nicht von seiner Klinge. Lass dir Zeit. Du musst ihn nicht gleich töten. Wenn du es aber getan hast, bring mir die Waffen und die Steine, Lindholf. Du kannst das. Ich habe dich ausgebildet. Val-Draekin hat dich ausgebildet. Wir haben dich auf so etwas vorbereitet. Du bist der Dieb, und diese Aufgabe ist dir nun zugefallen.« Sie schien wieder das Bewusstsein zu verlieren. »Jetzt geh.« Schwach stieß sie ihn fort und die Augen fielen ihr zu.

Er blickte zum Tor, durch das Sonnenlicht schien und hinter dem ihn die Freiheit erwartete, die unsicher war und voller Gefahren. Trotzdem erhob er sich auf wackligen Beinen und rollte die Dolchklinge in einen Streifen des Kartoffelsacks. Er steckte die Waffe in den Bund seiner Gefangenenkleidung, verdeckte den Griff mit dem Hemd und verließ dann die Abtei. Seita blieb flach atmend zurück.

Gault und Delia saßen bereits in dem kleinen Ruderboot, und der Ritter aus Sør Sevier stieß das Gefährt mit dem langen Paddel vom Anleger ab.

Lindholfs nervöse Schritte trugen ihn rasch über das Gras. In vollem Lauf erreichte er den Steg und sprang. Er landete bäuchlings mitten im Boot, genau zwischen dem Ritter und der Schankmaid, und auf dem *Feuer der Sühne* und dem *Schleier der Tugend*, die auf den Planken lagen.

Das *Pechschwarze Herz* ruhte oben auf dem Schild, nur wenige Zentimeter vor seinem erstaunten Gesicht entfernt.

Oh, edler Tag, auch du verwandelst dich bald in eine lange und trostlose Nacht. Oh, glorreiches Lied, wie mühten sich die alten Minnesänger. Oh, reizende Liebste, höre mit Freuden an, wie diese Erzählungen von Blut und Krieg sich wohlmeinend entspinnen. Der Bettler bettelt. Der Soldat ist kühn. Und dunkle Engel aus Silber leben nur im Albtraum. Und oh, ihr glorreichen Säulen Laijons. Fünf an der Zahl. Doch eine nur, unbeweglich und verschleiert, hält den Schlüssel und die verborgenen Geheimnisse des Sündenerlasses.

WEG UND WAHRHEIT LAIJONS

69. KAPITEL

NAIL

AM SECHSTEN TAG DES FEUERMONDES
IM 999. JAHR LAIJON – WROCLAW, GUL KANA

Bronwyn Allen behauptete, sie würde ihnen irgendwo südlich von Wroclaw ein Boot beschaffen. Nail glaubte ihr. Dem Mädchen wohnte eine wilde, unerschütterliche Entschlossenheit inne, eine Widerspenstigkeit und Zielstrebigkeit, die eigens für Diebstahl, Piraterie und kaltblütigen Mord geschaffen waren. Cromm Cru'x war ihr ergeben, folgte ihrem Urteil überall.

»Ich mag die nicht«, flüsterte Nail, während sein brauner Wallach mit den Hufen stampfte. »Sie ist nicht einzuschätzen. Der

Oghul auch nicht. Wir sollten sie beide verlassen. Uns selbst nach Amadon durchschlagen.«

»Dieser Oghul betet dich geradezu an«, sagte Val-Draekin und blickte zu Bronwyn Allen und Cromm Cru'x hinüber, die dreißig Schritte vor ihnen auf ihren Hengsten saßen. »Cromm glaubt fest, dass sein Schicksal an deins geknüpft ist. Am einfachsten und sichersten gelangen wir mit ihnen zurück nach Amadon.«

»Aber Bronwyn hat den Mann da in Tevlydog einfach umgebracht. Ich traue ihr nicht. Was, wenn sie sich gegen uns wendet?«

»Das wird sie nicht.« Der Vallè tätschelte seinem Ross den Nacken. »Dank diesem Mädchen haben wir jetzt etwas anzuziehen, dank ihr reiten wir auf anständigen Pferden und haben etwas zu essen. Ich beschwere mich nicht.« Er versetzte sein Pferd mit einem Zungenschnalzen in Trab.

Nail sah zu, wie Val-Draekin zu Bronwyn und Cromm aufschloss; er wusste, dass der Vallè recht hatte. *Ich habe frische Kleidung an.* Zwar war die Rüstung aus Lederflicken nicht die beste, aber immerhin besser als gar keine. Außerdem saß er auf einem lebhaften kastanienbraunen Wallach, und an seinem Sattel hing ein Schwert.

Seit sie alle auf vier Beinen unterwegs waren, hatten sie sich ein gutes Stück von Tevlydog entfernt. Jetzt folgten sie den Pfaden südlich um die Außenbezirke von Wroclaw, und Bronwyn führte sie ans Meer, das gleich außerhalb der Stadt lag. Nail warf einen Blick nach Norden auf die graue Siedlung. Wroclaw lag stolz hinter einer Reihe Ulmenwipfel, die durch den jahrelangen Wind schief und gebogen wuchsen.

Wie in den meisten Dörfern und Städten in Gul Kana stand auch in Wroclaw ein verfallenes altes Schloss an der Stadtmauer. Ihr Weg führte sie dorthin und dann daran vorbei. Obwohl die massige Steinfestung nur mehr ein Schatten ihrer einstigen Pracht war, überstieg sie die Ausmaße der Burg von Galgenhafen doch um das Zehnfache. Die unansehnliche Ruine umgab ein flacher, bemooster Graben, der mit trübem, dunklem Wasser gefüllt war, eine stinkende Brühe aus Schlamm und Algen. Am Rand hingen nasse Grasklumpen und Lilienblätter, während Löwenzahn zaghaft seine gelben Blüten aus dem Dorngestrüpp und den Nesseln reckte. Mehrere abgestorbene Bäume standen dürr und knorrig im Eingangsbereich der Burg, und zwischen ihnen fünf Ritter in Mänteln und dunklen Kapuzen, die ihre Gesichter verhüllten. Jeder der fünf trug jedoch unter dem offenen Mantel eine andersfarbige Rüstung: rot, blau, grün, weiß und schwarz. Sie bestand nicht aus den üblichen Schutzpanzern, sondern aus einer Art Schuppen von seltsamer, unbekannter Machart.

Beim Anblick dieser eigenartigen Ritter hier im Feld griff eine eisige Hand nach Nails Herz, denn unter den Schatten ihrer Hauben sahen sie wie fünf gesichtslose Bluthholzattentäter aus. Einer der Ritter, der in der weißen Rüstung, hob kurz das Gesicht in die Sonne, und Nail glaubte, unter der Kapuze etwas Silbernes aufblitzen zu sehen. Dann trat eine Säbelzahnkatze hinter ihm hervor. Das Tier trug eine schwarze Mähne und bewegte sich majestätisch mit seinem großen Kopf und den schweren Schultern. Es hatte zwei lange silberne Zähne wie Dolche und glühend silberne Augen.

Sie ritten weiter, und die Raubkatze sowie die fünf Ritter verschwanden hinter den Steinsäulen und den dicken Mauern des Hofes außer Sicht. Nail trieb seinem Wallach die Fersen in die Flanken und holte Val-Draekin, Bronwyn und Cromm ein. »Was haltet ihr von diesen seltsamen Männern im Burghof?«, fragte er.

»Was für seltsame Männer?«, fragte Val-Draekin.

»Ich habe niemanden gesehen«, versetzte Bronwyn.

»Cromm hat sie gesehen.« Der Oghul pulte sich den kohlschwarzen Stein aus der Unterlippe, an dem er gesaugt hatte, und hielt das vom Sabber triefende Stück zwischen Daumen und Zeigefinger. »Die bunt gefärbten Ritter mit dem silbernen Gesicht sind ein Omen.«

Nail wartete, doch weiter sprach der Oghul nicht. Er sah Bronwyn an, deren Gesicht wie gewöhnlich unter der Kapuze ihres waldgrünen Mantels verborgen lag. Auch hinter ihren Tätowierungen versteckte sich das Mädchen.

Also blickte er wieder auf den Ozean in der Ferne. Von den Hufen seines Rosses bis dorthin, wo der Horizont im Süden auf das blaue Meer stieß, lagen Felder, große Flächen goldenen Roggens, die sich in der leichten Brise sanft wiegten.

Der Anblick war herrlich, und Nail sog ihn in sich auf.

Sie erklommen eine leichte Anhöhe, und er erblickte ein schlankes, schwarzhaariges Mädchen in weißem Kleid mit einem weißen Tuch um den Kopf, das fröhlich durch das Getreide sprang. Weshalb sie sorglos und glücklich war, wusste Nail nicht. Vielleicht erfreute sie sich nur an der Schönheit der Natur. Die Szene erinnerte ihn an die Skizze, die er einmal von einem blonden Mädchen in einem ganz ähnlichen Kleid gemacht hatte, das einen Wassertrog durch eine Blumenwiese trug. Das Mädchen in der Zeichnung hatte er sich immer als Ava Shay vorgestellt, und die Blumen sollten Narzissen sein. Aber Jenko Bruk hatte die Zeichnung zerknüllt und im *Krakenspeer* auf den Boden geworfen.

Dieser Augenblick schien der Anbeginn von Nails Herzschmerzen gewesen zu sein.

Wo sind sie jetzt, Ava Shay und Jenko Bruk? Leben sie überhaupt noch? Nail fühlte sich schuldig an dem, was ihnen auch widerfahren sein mochte. *Ich hätte sie retten können.* Dieser eine Verrat würde ihn für immer verfolgen.

Der Wind nahm zu, als Bronwyn sie eine Geröllhalde hinab zu einem kleinen Fischereihafen führte, der in einer sturmgepeitschten Bucht aus ausgewaschenen Felsvorsprüngen lag. Der Hafen bestand aus nicht viel mehr als einem halben Dutzend klappriger weißer Hütten und einer wackligen Anlegestelle, die in den anbrausenden Ozean ragte.

Langsam wurde es heiß, und so nah am Wasser wünschte Nail sich von Herzen ein Bad. Er wollte von seinem Pferd aus direkt ins Meer springen und sich sauberschrubben. Während sein Ross sich in Serpentinen den felsigen Abhang hinabbewegte, beobachtete Nail eine Gruppe Fischerboote, die sich unter vollen Segeln in Richtung Pier mühte.

Bronwyn erreichte den hölzernen Anleger als Erste. Unter ihr schlugen die Wellen ans Ufer. Sie stieg vom Pferd. Auch Cromm saß ab und landete schwer auf dem Boden. Nail taten zwar die Beine vom langen Ritt weh, doch er blieb erst einmal sitzen, ebenso wie Val-Draekin.

Ein Boot machte bereits hinten am schwankenden Pier fest, ein recht großes mit hohem Mast und eingeholtem Segel. Sechs Fischer sammelten ihre Ausrüstung ein und gingen von Bord. Dann stapften sie über die Planken auf Bronwyn und Cromm zu. Sie sahen zerlumpt aus mit ihren grob gewebten Hosen und den abgetragenen, fleckigen Hemden. Vier von ihnen trugen aufgewickelte Taue über den Schultern, einer zog ein Netz hinter sich her. Der Grauhaarige ganz vorn hatte einen dünnen Bogen und einen Köcher voller Pfeile mit grauen Gänsefedern in den Händen. Jeder der sechs trug außerdem ein Ausbeinmesser in einem Futteral am Gürtel.

Sie gingen langsamer, als sie Bronwyn und den Oghul erblickten. Trotz des schwankenden Piers standen sie sicher auf den Beinen. Als Bronwyn den schwarzen Bogen über die Schulter zog, blieben sie stehen. Nail wollte nicht, dass sie sie erschoss. Der Oghul betrat den Anleger mit rotem, geschwollenem Zahnfleisch.

Nails Herz erzitterte.

»Wir sind hier, weil wir euer Boot beschlagnahmen müssen«, verkündete Bronwyn laut.

»Unser Fischerboot?«, fragte der ergraute Mann mit Bogen und

Köcher. Er war dünn und hatte gelbe, nervöse Augen und einen geschwungenen Schnauzbart. Nail erinnerte er an Bischof Hugh Godwyn. »Unser Boot ist nicht zu verkaufen. Und wir wollen keinen Ärger.«

»Ihr wollt keinen Ärger?«, wiederholte Bronwyn. »Ich bin wirklich beeindruckt von dieser Schlussfolgerung, Ser.« Sie packte den schwarzen Bogen fester und zog mit der anderen Hand einen Pfeil aus ihrem Köcher. »Was mach euch hier eher Angst: trübes oder sonniges Wetter?«

»Wie meinen?« Der Mann sah sie schief an.

»Es gibt ein altes Oghul-Sprichwort«, sagte Bronwyn. »Es heißt: Nur an Sonnentagen passieren schlimme Dinge.«

»So.« Der Mann zog die Stirn kraus und blickte sich zu seinen Begleitern um.

»So.« Bronwyn zuckte die Achseln. »Bei heißem Wetter werden alle gemein und verbittert.«

»Cromm ist auch bei Gewittern und Schneestürmen gemein und verbittert«, sagte der Oghul.

»Was mein Gefährte sagen will, ist, dass die Hitze ihn allmählich in Wut versetzt. Und Geduld ist nicht gerade eine seiner Tugenden.«

Der Oghul grinste den Mann an, zog die dicken Lippen zurück und entblößte die Reißzähne. Entsetzen zeigte sich auf den Gesichtern der sechs Fischer.

»So höflich ist Cromm auch nur sehr selten«, sagte Bronwyn. »Aber wenn ihm danach ist, kann er sehr nützlich sein, wenn man Dinge beschlagnahmen muss.« Sie legte den Pfeil an die Sehne und zielte auf die Brust des Fischers. Der Mann machte mit angsterfüllten Augen einen Schritt zurück und dachte nicht einmal daran, den eigenen Bogen zu benutzen.

»Erschieß ihn nicht.« Nail trieb sein Pferd an und lenkte es zwischen Bronwyn und den Grauhaarigen, sodass ihr Pfeil nun auf seine Brust zielte.

»Verfluchte Mutter Mia.« Bronwyn spuckte diesen Fluch wie Gift aus. Ihre Augen schienen kalt wie zwei Vollmonde unter den schwarzen Tätowierungen. »Wir brauchen das Boot. Was ist denn schon ein einziger Mann?« Sie kniff die Augen zusammen. »Selbst, wenn ich alle sechs erschieße, was soll's?«

»Das ist Mord«, sagte Nail. »Es sind bloß Fischer.«

»Mord?«, äffte sie ihn nach. »Falls du es vergessen hast: Wir haben eine Menge Oghule getötet, als wir dir die erbärmliche Haut gerettet haben, du undankbarer Jammerlappen. Da war dir *Mord* wohl egal? Oder ist das Leben von Oghulen weniger wert als das von Menschen?«

Der Wallach unter ihm spürte seine Nervosität und bewegte sich unruhig vor und zurück.

»Vielleicht können wir unsere Pferde gegen das Boot eintauschen.« Val-Draekin saß ab, führte sein Ross zu dem alten Fischer und gab ihm die Zügel in die Hand.

Bronwyn ließ die Pfeilspitze sinken und sah Cromm an. Der Oghul nickte. Sie steckte den Pfeil weg und blickte auf Nail. »Wie ihr sehen könnt, sind Cromm und ich durchaus kompromissbereit, wenn jemand eine einfache Lösung anbietet.« Sie blickte um Nails Pferd herum auf den grauhaarigen Fischer. »Ein Handel also? Vier Pferde für das Boot?«

»Das ist kein gutes Geschäft«, sagte der Mann.

»Oder Cromm saugt dir den Hals aus, während ich jedem deiner Männer einen Pfeil ins Herz schieße.«

»Wir nehmen die Pferde«, sagte der Mann.

Val-Draekin machte das Segelboot vom Pier los, während Bronwyn und Cromm ihre Satteltaschen und Vorräte an der Schiffswand verstauten. Der Oghul lutschte dabei wieder an dem schwarzen Stein. Nail machte es sich am Bug bequem und sah zu, wie die sechs Fischer ihre neu erworbenen Pferde den steinigen Hang hinaufführten.

Das schwarzhaarige Mädchen, das Nail zuvor in den Roggenfeldern gesehen hatte, sprang ihnen auf dem Pfad entgegen. Sie warf sich einem der Männer in die Arme und deutete angsterfüllt auf den Hügel. Über ihnen, oben auf dem Geröllhang, tauchten die fünf Ritter von der alten Burg als schwarze Umrisse in der Sonne auf, deren Strahlen sich in unzähligen Farben auf den schuppigen Rüstungen brach. Die schwarze Säbelzahnkatze lief neben ihnen.

»Verflucht seien die Engel und Mutter Mia obendrein«, murmelte Bronwyn. Sie kniff die Augen zusammen, während sie die fünf Ritter in der Ferne musterte.

Val-Draekin schien das plötzliche Auftauchen des Löwen und der Mantelritter vollkommen zu bannen. Auch Cromm war wie erstarrt. »Die Ritter mit dem silbernen Antlitz«, murmelte der Oghul, während ihr Boot vom Pier wegtrieb. »Noch eine Legende der Oghule, die sich bewahrheitet.«

Leicht wie ein Nebel bewegten die fünf Ritter sich den Hang hinab auf das Mädchen und die Fischer zu, auf ihren Fersen die schwarze Säbelzahnraubkatze. Nun, da sie nicht mehr im Gegenlicht standen, erregte – abgesehen von den strahlend schimmernden Rüstungen – vor allem eins Nails Aufmerksamkeit: Jeder von ihnen trug eine Silbermaske unter der Kapuze, die wie ein menschlicher Schädel geformt war. Außerdem hielten sie silberne Peitschen mit silbernen Stacheln aufgewickelt in den Kampfhandschuhen.

Die besorgten Fischer standen wie angewurzelt da, als die Raubkatze und die Ritter sich ihnen näherten. Das Mädchen kauerte sich hinter einem der Pferde zusammen. Einer der schädelgesichtigen Ritter – der mit der weißen Rüstung – entrollte langsam seine Peitsche. Blasen aus zischendem Silber tropften davon auf Felsen und Gras. Beide Gruppen begegneten sich ohne ein Wort.

Es schnalzte feucht, als der Ritter zuschlug. Die silbrige Peitschenspitze schoss hoch in die Sonne und krachte dann hernieder. Sie fuhr durch den Fischer und die Flanken des braunen Wallachs hinter ihm.

Nails Eingeweide zogen sich eisig zusammen, als er den Mann und das Pferd wie zweigeteilt tot zu Boden gleiten sah. Blut und dicke Innereien ergossen sich aus beiden Leichen auf den Hügel.

Zwei schreckliche Opfer durch einen einzigen Peitschenhieb.

Plötzlich blitzte die Peitsche abermals auf, und vom Hang hallten die entsetzten Schreie der Fischer und das Wiehern der sterbenden Pferde. Nail musste alle Kraft aufwenden, um nicht selbst aufzuschreien. Nichts verursachte so wirkungsvoll und unmittelbar Blutfontänen und den Tod wie diese zischende Silberpeitsche des Ritters. Sie schnitt durch Männer und Pferde, als bestünden sie nicht aus Fleisch und Knochen, sondern nur aus Luft.

Das, diese Widerwärtigkeit da, das konnte nicht wahr sein. *Das Silber in der Gruft!* Nail sah das Zeug jetzt vor sich, wie es von den Wänden troff und den Holzhocker in den Minen unter den Himmelsseen zerschmolz.

Zorn glühte in Nail auf angesichts dieser grässlichen Ungerechtigkeit. *Die Männer hatten doch nur ihr Boot gegen ein paar Pferde eingetauscht, damit wir ihnen nichts tun, damit Bronwyn ihnen nichts tut … damit sie vor mir sicher sind.*

Und jetzt sterben sie doch alle.

Als der Säbelzahnlöwe sich auf das Mädchen stürzte, wandte Nail den Blick ab. Es war tot, als er wieder hinsah. Alle Fischer waren tot. Die Pferde auch. Der Ritter mit der Peitsche wandte Nails Gruppe am Ende des Piers das silberne Gesicht zu und schob sich mit der behandschuhten Hand die Kapuze von der Schädelmaske. Dann schob er auch die langsam hoch.

Das fahle Gesicht der Kreatur darunter war unheimlich und fein zugleich, beinahe wie das eines Vallè, allerdings anders als jeder Vallè, dem Nail bisher begegnet war. Die Ohren waren spitzer, dünner, und das Gesicht wirkte beinahe feminin. Die reine, weiße Blässe der Haut des Ritters wirkte sowohl anziehend als auch furchterregend.

Feurig und bösartig bohrte sich der Blick aus den silbrigen Augen in Nail, schnitt kalt und gnadenlos bis in seine Seele. Mit diesem einen befehlenden Blick schien Nails Wille zu brechen, als würde nicht allein seine Seele aus dem Körper gesaugt, sondern auch jeder Knochen und jede Sehne gelöst, um ihm dann spitz und schneidend durch die Haut zu fahren.

»Der da starrt mir direkt ins Gesicht«, sagte Nail laut und fasste ans Heft seines Schwerts, um sich zu vergewissern, dass es noch da war. Die Narben auf seiner Haut brannten.

»Schädel«, sagte Val-Draekin mit einem Blick, der so trostlos war wie ein Wintersturm, der über die Gletscher an den Himmelsseen zieht. »So nannte man sie, ehe sie aus der Geschichte getilgt wurden. Seita hat geträumt, dass sie auf die Fünf Inseln zurückgekehrt seien. Ich habe ihr nicht glauben wollen.«

»Schädel?« Nail begegnete dem angstvollen Blick des Vallè. »In den Minen bei den Himmelsseen hat Culpa Barra etwas von Schädeln erzählt.«

»Das hat er, ja«, bestätigte Val-Draekin. »In den *Mondrollen von Mia* werden die Schädel nur ein paarmal erwähnt. Aber das ist nicht ihr einziger Name.« Der Vallè blickte fest auf das blutige Leichenfeld an dem Hang und die schwarze Raubkatze, die es mit den verhüllten Rittern verursacht hatte. »Angeblich hat man sie ausgerottet, als Laijon alle Dämonen während des Großen Krieges der Reinigung in die Unterwelt verbannte. Obwohl Seita etwas anderes geträumt hat, habe ich nicht geglaubt, dass sie je zurückkehren würden.«

»Wer würde zurückkehren?« Bronwyn klang ungeduldig, als sie das Boot mit dem langen Ruder weiter vom Anleger fortstieß. »Was würde zurückkehren?«

»Eine uralte Rasse der Vallè«, sagte Val-Draekin ernst. »Die Aalavarrè Solas. Jene, die den Oghulen geholfen haben, die Biester der Unterwelt zu zähmen. Jene, die vor ewigen Zeiten auf Drachen ritten. Die *Mondrollen von Mia* bezeichnen sie als Schädel. In *Weg und Wahrheit Laijons* heißen sie die Letzten Dämonischen Herren.«

Zwischen Wahrheit und Lüge und Legende soll ein Schleier liegen, und jene, die den Sklaven an seinen Malen erkennen, sollen einzig in den Höhen der Sterne wohnen. Und an jenem letzten Tag sollen ihre Augen auf den Baum aus Feuer gerichtet sein und auf die Drachenklaue, die wir seit dem Anfang aller Dinge gesucht haben. Auf jenen struppigen Handschuh, der Laijon erschlug, jene Hand mit den Silberklauen, die ich meinem Sohn gestohlen und auf die Grabstätte meines Geliebten gelegt habe …

DIE MONDROLLEN VON MIA

70. KAPITEL

JONDRALYN BRONACHELL

AM SECHSTEN TAG DES FEUERMONDES
IM 999. JAHR LAIJON – AMADON, GUL KANA

D*ies ist kein guter Ort.* Jondralyn, der plötzlich in ihrem Mantel ganz stickig und heiß war, griff nach Habichtholz' Hand. Es war wie in den Trauerräumen, nur dass die weite Kammer, in die Habichtholz sie gebracht hatte, dieser karge Raum mit weiß getünchten Wänden und Holzbänken, die von altem Rauch ganz schwarz verrußt waren, von einem merkwürdig rubinroten Schleier erfüllt war. Schmutzige Lumpen und Felle steckten vor ihr in Rissen in den Mauern, hinter ihr befanden sich zwei Türen aus Holzbrettern. Die Ecken waren in Schatten getaucht, ebenso die gewölbte

Decke. Weit oben auf der linken Seite saß ein hohes Buntglasfenster in der Wand, dessen sonnenbeschienene Flügel so feuerrot schienen, dass es ihr fast im Auge schmerzte. Rechts hing ein üppig gewobener Wandteppich mit dem Bildnis von Mia. Der Blick der gesegneten Mutter war auf den kreuzförmigen Altar in der Mitte des Raumes gerichtet. An dessen Seiten verliefen getrocknete schwarze Rinnsale, als hätte jemand eimerweise Teer darüber ausgegossen. Um den Sockel häuften sich Asche, Knochen, Taubendreck und Rattenkot, und in ihn geschnitzt waren unzählige Abbilder der namenlosen Biester der Unterwelt, grässliche Bilder, die sich in Jondralyns Gedächtnis brannten. Am schlimmsten sah die dunkle Substanz oben auf dem Altar aus.

Frisches Blut!

Ein Schauer fuhr durch Jondralyn, und sie fasste Habichtholz' Hand fester, als sie überlegte, welches schaurige Opferritual wohl jüngst in dieser verborgenen Krypta stattgefunden hatte. Spritzer einer anderen Flüssigkeit, glänzend und silbrig, überzogen das Blut auf dem Altar.

Das eigentümliche Schimmern des Silbers zog sie tiefer in den Raum.

Habichtholz hielt sie zurück. »Wir müssen vorsichtig sein.«

In seinem Blick lag ehrliche Sorge, fast schon Angst. Sie hatte ihn noch nie ängstlich gesehen. Burg Amadon bildete auf dem und im Berg Albion einen Bienenstock aus Passagen, versteckten Galerien, Treppen und Geheimgängen. Sie fühlte sich unwohl, wenn sie daran dachte, dass es Kammern wie diese hier gab, die nicht einmal sie bisher entdeckt hatte.

»Warum hast du mich hergebracht?«, fragte sie besorgt.

»Eigentlich hat Tala mir diesen Ort gezeigt.« Er ließ ihre Hand los und ging in die Mitte des Raumes, wo er sich die Kapuze vom Kopf zog. Dann beugte er sich über den Altar und sah sich die mit Blut verkrustete Oberfläche genau an. »Deine Schwester weiß mehr über den Bluthölzler, der in der Burg sein Unwesen treibt, als sie preisgibt.«

»Bist du sicher?«

»Ich bin Tala hierher gefolgt, nicht lange, nachdem Lawri ihren Arm verloren hatte. Deine Schwester wirkte aufgebracht. Nein, eher *verstört*, und sie schrie, dass der Bluthölzler sich zeigen solle. Sie rief in die dunkle Leere und wollte ein Gespräch.«

Jondralyn verzog entsetzt das Gesicht. »Hatten die Totengeister sie in ihrer Gewalt?«

»Nein. Sie wirkte ganz klar. Ich habe mich ihr zu erkennen gegeben und kurz mit ihr geredet. Dann habe ich ihr eins meiner Schwerter gegeben und ihr angeboten, sie zu unterweisen.«

»Sie zu unterweisen?«, fragte Jondralyn. »So, wie du mich gelehrt hast?«

»Genau.«

Ihr gefiel der Gedanke nicht, dass Tala zu einer Attentäterin ausgebildet wurde.

Noch wichtiger aber war etwas, das Habichtholz vorhin erwähnt hatte und das noch in ihr nachklang. »Du sagtest, Tala hätte nach dem Bluthölzler geschrien. Ist er denn gekommen?«

Habichtholz schien sie nicht gehört zu haben, denn er starrte noch immer auf die scharlachrote Oberfläche des Altars und kniff jetzt die Augen zusammen. »Ich werde das Gefühl nicht los, dass in diesem Raum ein Geheimnis verborgen liegt, Jon. Die Antwort auf all unsere Fragen.«

Er wandte sich vom Altar ab und suchte die Kammer mit durchdringendem Blick ab.

Trotz ihres Unbehagens spürte sie, wie jeder einzelne ihrer Sinne allein durch seine Anwesenheit geschärft wurde. Als sie Habichtholz das letzte Mal gesehen hatte, hatten sie sich geliebt, ebenso das Mal davor. Sie konnte praktisch nur noch an diese gelegentlichen Zusammenkünfte denken. Die wenigen Momente, an denen er sich in ihre Kammer gewagt hatte, waren gefährlich und kurz gewesen. Aber sie brauchte ihn öfter als nur ab und an. Als sie jetzt so nah bei ihm stand und diesen wohlbekannten Duft nach Nelken und Leder förmlich einsog, der ihn umgab, entflammte die Begierde aufs Neue in ihr.

»Wenn wir diesen Ort verlassen, möchte ich mit dir gehen«, sagte sie und legte ihm sachte die Hand auf die kaum noch sichtbaren Wunden im Gesicht, die ihm Squireck Van Hester in den Trauerräumen zugefügt hatte. Im Unterschied zu ihren Verletzungen waren seine nahezu verheilt. »Ich ertrage es nicht, noch länger mit meinem Bruder in der Burg zu wohnen.«

Er schmiegte sich an ihre Berührung. »Du musst aber über die Vorgänge am Hof des Königs auf dem Laufenden bleiben, nicht mit mir im Schatten verborgen leben.«

»Jovan provoziert mich. Er bedroht Tala und mich praktisch ständig. Ich befürchte, dass ich übereilt etwas tun könnte, wenn ich gezwungen bin, länger in seiner Nähe zu bleiben.«

»Ich verspreche dir, dass wir deine Ausbildung bald beginnen.« Die brennende Leidenschaft in seinen Augen überraschte sie. »Du wirst auch lernen, geduldig zu bleiben. Denn die Fähigkeiten eines Bluthölzlers zu erlernen heißt, die Kunst des Todes zu erlernen.« Wieder drang die sengende Hitze seiner dunklen Augen bis in ihre Seele. Sie konnte sehen, wie die Narben in seinem Gesicht sich zusammenzogen.

Was denkst du, Habichtholz?

Ebendiese Frage plagte sie schon seit je. Wie sehr sie ihn auch liebte, einen Teil von ihm konnte sie doch nie ermessen. Dieser Teil war allgegenwärtig, immer knapp außerhalb ihrer Reichweite.

»Wir *sind* doch füreinander bestimmt?«, fragte sie, weil sie Squirecks Worte nicht abschütteln konnte. *Es ist die Bestimmung der Prinzessin, beim Gladiator zu sein.* »Wir gehören zusammen, wir beide, nicht wahr, Habichtholz?«

Er entzog sich ihrer Berührung, nur ganz leicht, und einen Augenblick lang lag der Ausdruck eines kalten Selbstvorwurfs auf seinem Gesicht. *Was weiß er, das ich nicht weiß?*

Wie gern wollte Jondralyn ihn noch einmal berühren, doch sie ließ die Hand sinken. *Sieht er mich jetzt doch so, wie ich bin: entsetzlich vernarbt und verstümmelt?* Sie wusste, dass sie immer mit dieser Ungewissheit leben musste. Nach Squirecks Tod hatte sie nur noch Selbstmitleid verspürt.

Plötzlich schämte sie sich. In Habichtholz' Nähe hatte sie Squireck beinahe völlig vergessen. Unmittelbar nach seinem Tod hatte sie zutiefst um den toten Prinzen von Sankt Einzig getrauert, gleichzeitig aber auch frei und tief durchgeatmet. Vor seinem Tod in der Arena hatte sie die Allgegenwart ihres ehemaligen Verlobten belastet, seine Hingabe sie geradezu erstickt. Dann wurde Squireck getötet, und sie glaubte, die Wucht seiner schrecklichen Enthauptung würde nie nachlassen, doch schon nach ein paar Tagen sah sie das Bild nicht mehr vor sich. Bei dem Gedanken daran überfiel sie ein schlechtes Gewissen. Sie gab sich die Schuld an seinem Ableben. Sie war so grausam zu ihm gewesen. *Und jetzt, da der Gladiator tot ist, ist die Prophezeiung der Fünf Kriegerengel ruiniert.*

»Noch ist nicht alles verloren«, sagte Habichtholz, als hätte er ihre Gedanken gelesen. »Roguemoore hatte da eine Theorie. Um als einer der wiedergekehrten Fünf Kriegerengel zu bestehen, würdest du, Jondralyn, dich mit den Wesenszügen der Fünf Kriegerengel ausstatten müssen: als Diebin, Sklavin, Prinzessin, Gladiatorin und Attentäterin. Und ich werde dich in allen fünf unterweisen.«

»Wie bildet man denn jemanden zum Sklaven aus?«

»In der Tat, wie soll das gehen?« Er blickte mit gerunzelter Stirn wieder auf den Altar. »Ein Vers aus *Weg und Wahrheit Laijons* will mir nicht aus dem Kopf, seit ich Tala in dieser Kammer begegnet bin.«

Mit starrem Blick auf den Altar rezitierte er: »›Oh, jener König der Sklaven, jener große Eine und Einzige! Oh, jener Tag, als er fiel! Oh, könnten wir doch jenen Tag wiederholen, an dem Mia die fünf der Endgültigen Sühne in das Fleisch seiner Wunde setzte. Oh, könnten wir doch seinen Leib begleiten, da er gelegt ward in die Gruft. Denn siehe, als wir Tage später jenen verhüllten Ort betraten, da war das große Erzkreuz leer. Denn Laijon war in den Himmel aufgefahren, und mit ihm die Waffen und die Steine.‹«

»Ja, die Stelle ist aus den Taten des Zweiten Kriegerengels«, sagte Jondralyn.

»Es gibt aber auch einen Vers in den *Mondrollen von Mia.*« Habichtholz beugte sich wieder über den Altar und fuhr mit den Fingern über die silbernen Spritzer auf dem getrockneten Blut. »An den genauen Wortlaut erinnere ich mich nicht, aber die *Mondrollen* berichten von Drachen und von Silber. Silberklauen oder so etwas – und von Laijons Gruft.«

»Du glaubst, das hier ist Laijons Gruft?«

»Ich weiß es nicht.« Habichtholz legte beide Hände auf den Rand des Decksteins auf dem blutverkrusteten Altar. »Was auch immer hier an Silber auf den Stein getropft ist, hat vor einer Weile aufgehört.« Er blickte nach oben in den Schatten und dann wieder nach unten. »Ich habe das Gefühl, dieser Altar hütet etwas, tief in seinem Inneren.«

Er stieß gegen den Deckstein und verschob ihn ein paar Zentimeter. Das Reiben von Stein auf Stein erfüllte den rotverschleierten Raum.

»Hilf mir«, sagte er und drückte gegen die Platte. Jondralyn lehnte sich mit ihrer ganzen Kraft dagegen. Donnernd krachte der Deckstein zu Boden.

Sie sahen erst einander an und dann in die Öffnung, dabei schlug Jondralyn das Herz bis zum Hals. In der Dunkelheit lag kein verwester Gott, nicht die Leiche Laijons, kein fahles weißes Skelett.

Tatsächlich war der kreuzförmige Hohlraum bis auf einen einfachen Gegenstand leer.

Einen silbernen Kampfhandschuh.

Mit der Handfläche nach oben lag er unten im Altar, eigentlich bloß ein simples Stück einer Rüstung, aber besonders fein gearbeitet. Das Handstück war verlängert und würde einem Mann mit den polierten Armstützen bei Bedarf bis an den Ellenbogen reichen. Rotes Licht schien wie leise Wellen über die ziselierten blattförmigen Schuppen der Rüstung zu spielen. In jeder der gekrümmten Fingerspitzen des Handschuhs befand sich ein kleines Loch, als sollte dort etwas befestigt oder verschraubt werden …

… oder als sollte dort etwas herauswachsen.

»Was habt ihr denn gefunden?«, erklang Lawri Le Gravens Stimme sanft und melodisch hinter ihnen. Jondralyn fuhr herum. Habichtholz hatte bereits sein Schwert gezogen, dessen geschwungene Klinge wie eine Flamme blitzte.

Lawri stand gleich links neben dem Wandteppich von Mia. In ihrer Hand hielt sie ein geflochtenes Körbchen, der Armstumpf war mit Verbänden umwickelt. Durch das lange schwarze Kleid, das sie trug, wirkten ihr aschfahles Gesicht und das lohblonde Haar in der schummrigen Ecke noch geisterhafter.

»Was machst du denn hier?«, fragte Jondralyn atemlos.

»Wisst Ihr es nicht?« Lawri legte den Kopf schief. »Ich komme, um Leiern und Tand und Armreifen und dergleichen glänzende Kleinode für Talas Hochzeit zu sammeln.«

Leiern und Tand. Jondralyn drehte sich der Kopf. *Sie hat den Verstand verloren!*

Habichtholz steckte das Schwert wieder ins Futteral, Stahl rieb gegen Leder. »Was meinst du mit Talas Hochzeit?«

Leichtfüßig trat Lawri in den Raum und starrte mit großen grünen Augen und fast katzenhafter Neugierde auf den offenen Altar. *Seit wann sind ihre Augen so grün?* Das geflochtene Körbchen rutschte dem Mädchen aus den Fingern – es war leer.

»Ich habe von diesem Ort geträumt, seit Tala von dem Bluthölzler gestochen wurde.« Lawri ging zum Altar und blickte hinein.

Dann sah sie Jondralyn ins Gesicht und wickelte sich den Verband vom Arm.

Jondralyn keuchte. »Nein, Lawri, nicht.« Sie wollte nach ihr greifen, doch Habichtholz hielt sie zurück.

Schon lag der wunde, fleischige Stumpf von Lawris Arm offen, frei und ungeschützt im roten Licht. Ohne zu zögern, griff das Mädchen mit der guten Hand in den Altar und zog den silbernen Kampfhandschuh hervor. Mit reiner Ehrfurcht hielt es ihn in das scharlachrote Glimmen der Kammer.

Dann setzte Lawri die offene Seite des Handschuhs vorsichtig an ihren Armstumpf, und die schuppigen Schienen schmolzen geradezu in das Fleisch unterhalb ihres Ellenbogens.

Kaltes Entsetzen kroch wie eine Schlange in Jondralyn hoch, als Lawri sie wieder ansah und Panik ihre strahlend grünen Augen umwölkte. »Nimm ihn mir wieder ab!«

Habichtholz sprang auf sie zu, packte den Kampfhandschuh mit der einen, ihre Schulter mit der anderen Hand und zog mit aller Kraft an der Rüstung, doch ohne Erfolg. Er ließ das Mädchen los und sagte ernst: »Ich kann ihn dir nicht ausziehen.«

Lawris entsetzte Augen leuchteten grün und hell in den zahllosen Spiegelungen, die das Licht über ihren silberschuppigen Arm warf.

Dann begannen die gekrümmten Finger des Handschuhs, sich zu bewegen.

ANHANG

DIE MONDE DER FÜNF INSELN

Das Jahr hat dreihundertsechzig Tage.
Jedes Jahr hat fünfzehn Monde.
Jeder Mond hat vierundzwanzig Tage.
Die Woche hat acht Tage. Jeder Mond hat drei Wochen.

Die Wintermonde sind:
- Wintermond
- Betrübter Mond
- Pechschwarzer Mond
- Verhüllter Mond
- Trauermond

Die Sommermonde sind:
- Blutmond
- Herzmond
- Kronenmond

Die Frühlingsmonde sind:
- Mond der Tugend
- Engelsmond
- Feuermond

Die Herbstmonde sind:
- Donnermond
- Archaischer Mond
- Einsamer Mond
- Mond des Vergessens

DIE FÜNF BÄNDE DER ALTEN SCHRIFTEN

Weg und Wahrheit Laijons
Die Ritterlichen Erläuterungen des Raijael
Die Mondrollen von Mia
Das Buch des Verräters
Der Kodex der Engelssteine

DIE FÜNF WAFFEN LAIJONS

Der Mond des Vergessens: eine Axt. Dazu der blaue Engelsstein für den Sklaven.

Das Pechschwarze Herz: eine Armbrust. Dazu der schwarze Engelsstein für den Attentäter.

Die Einsame Krone: ein Helm. Dazu der grüne Engelsstein für den Gladiator.

Der Schleier der Tugend: ein Schild. Dazu der weiße Engelsstein für den Dieb.

Das Feuer der Sühne: ein Schwert. Dazu der rote Engelsstein für die Prinzessin.

EINE KURZE HISTORIE DER FÜNF INSELN

6000–5000 vor Laijon: Die Menschen erreichen die Küsten von Gul Kana.

5000 vor Laijon: Beginn des Tausendjährigen Krieges zwischen Menschen, Zwergen, Oghulen und Vallè.

Jahr 0: Geburt Laijons.

18. Jahr Laijon: Laijon wird in die Sklavengruben geworfen.

19. Jahr Laijon: Aufstieg der Fünf Kriegerengel und der Dämonischen Herren.

20. Jahr Laijon: Laijon vereint alle Rassen gegen die Glühenden Dämonen und deren Herren. Die einen sprechen vom Krieg der Reinigung, die anderen vom Tückischen Krieg der Dämonen.

21. Jahr Laijon: Tod Laijons und Verbannung aller Dämonen in die Unterwelt. Die Gesegnete Mutter Mia bringt Raijael zur Welt, den Sohn Laijons.

22. Jahr Laijon: Die letzten drei Kriegerengel gründen in Amadon die Kirche Laijons.

40. Jahr Laijon: Raijael wird aus der Kirche verbannt und flieht von Amadon nach Sør Sevier.

Raijael beginnt den Zwanzigjährigen Krieg, um seine Krone als Erbe Laijons zurückzugewinnen.

60. Jahr Laijon: Raijael fällt im Krieg, nachdem er Adin Wyte und Wyn Darrè zurückerobert hat.

200. Jahr Laijon: Die Kirche Laijons erobert Adin Wyte von Sør Sevier zurück.

220. Jahr Laijon: Die Kirche Laijons erobert Wyn Darrè von Sør Sevier zurück.

300.–500. Jahr Laijon: In immer neu ausbrechenden Gefechten erobert Sør Sevier langsam Gebiete auf Adin Wyte und Wyn Darrè zurück.

500.–900. Jahr Laijon: Die Kirche Laijons befreit Adin Wyte und Wyn Darrè von der Besetzung Sør Seviers, wird dabei aber immer wieder zurückgeschlagen.

900. Jahr Laijon: Ein Geheimbund von Gelehrten gründet die Bruderschaft von Mia.

900.–985. Jahr Laijon: Die Kämpfe zwischen Sør Sevier, Adin Wyte und Wyn Darrè dauern an.

985. Jahr Laijon: Shawcroft besiegt auf einem Gletscher oberhalb der Himmelsseen zwei Bluthölzler, die ihn umbringen wollen.

986. Jahr Laijon: Shawcroft und der junge Nail kommen nach Totholztor.

989. Jahr Laijon: Sør Sevier beginnt seinen letzten Kreuzzug gegen Adin Wyte.

994. Jahr Laijon: Sør Sevier erobert Adin Wyte.

Shawcroft und der junge Nail ziehen nach Galgenhafen.

Sør Sevier beginnt seinen letzten Kreuzzug gegen Wyn Darrè.

997. Jahr Laijon: Squireck Van Hester tötet Erzbischof Lucas in Amadon.

999. Jahr Laijon: Sør Sevier erobert Wyn Darrè.

Sør Sevier rüstet sich gegen Gul Kana für die Letzte Schlacht des Feurigen Sündenerlasses.

DRAMATIS PERSONAE

ROKENWALDE, SØR SEVIER

Wappen: das Blaue Schwert Laijons
Flagge: blaues Schwert auf weißem Grund

König Aevrett Raijael: König von Rokenwalde und Sør Sevier
Königin Natalia Raijael: Gemahlin Aevretts, stammt aus Kayde in Sør Sevier
Aeros Raijael: 28, Engelsprinz und Sohn von Aevrett
Spinnenholz: Erzritter und Leibwächter von Aeros; ein Bluthölzler
Hammerfiss: Erzritter und Leibwächter von Aeros
Beau Stabler: Erzritter und Leibwächter von Aeros
Enna Spades: 27, Erzritter und Leibwächterin von Aeros
Gault Aulbrek: 38, Erzritter und Leibwächter von Aeros
Avril Aulbrek: Gemahlin von Gault und Mutter von Krista
Krista Aulbrek: 17, Krystallholz. Eine Attentäterin der Bluthölzler. Gaults Stieftochter
Agus Aulbrek: Gaults Vater und Herr über die Nördlichen Hochlande von Sør Sevier
Evalyn Aulbrek: Gaults Mutter und Schwester von Edmon Guy Van Hester von Sankt Einzig
Marcus Gyll: ein Schläger
Patryk Laurents: ein Schläger
Blodeved Wynstone: eine Schlägerin
Rufus Bradulf: Hauptmann der Jungsoldaten
Karlios: ein Jungsoldat

Alvinn: ein Jungsoldat
Black Dugal: Kopf der mordenden Bluthölzler
Mancellor Allen: 22, Ritter vom Blauen Schwert; stammt aus Wyn Darrè
Hans Rake: Schattenholz. Ein Attentäter der Bluthölzler
Aulmut Klingande: ein Adliger aus Rokenwalde
Solvia Klingande: Gemahlin von Aulmut
Dame Portea: Oberin der Wäscherei im Palast Aevretts
Bogg: Aufseher in den Kerkern von Rokenwalde
Plattauge: ein Zwerg, Wärter und Spießgeselle von Bogg

GALGENHAFEN, GUL KANA

Baron Jubal Bruk: Baron von Galgenhafen und Eigentümer der *Lady Kindly*
Jenko Bruk: 18, Sohn von Jubal Bruk
Brutus Grove: arbeitet für Baron Jubal Bruk
Der alte Leddingham: Wirt vom *Krakenspeer*
Ava Shay: 17, arbeitet im *Krakenspeer*
Tylda Egbert: 16, arbeitet im *Krakenspeer*
Polly Mott: 16, arbeitet im *Krakenspeer*
Giselle Barnwell: 15, Blaue Maid des Trauermondfests
Shawcroft: siehe Ser Roderic Raybourne
Nail: 17, ein Waisenkind ungewisser Herkunft, Mündel von Shawcroft
Stefane Wayland: 17, ein Freund von Nail
Dokie Liddle: 17, ein Freund von Nail
Zane Neville: 17, ein Freund von Nail und Bruder von Liz Hen
Liz Hen Neville: 19, Schwester von Zane
Bischof Tolbret: Bischof der Kirche von Galgenhafen
Bischof Hugh Godwyn: Bischof der Abtei am Swithen-Wells-Pfad

AMADON, GUL KANA

Wappen: Versöhnungsbaum
Flagge: silberner Versöhnungsbaum auf schwarzem Grund
Silbergarde, Silberthron

König Borden Bronachell: früherer König von Amadon und Gul Kana
Königin Alana Bronachell: Gemahlin von Borden, Schwester von Mona Le Graven
Jovan Bronachell: 28, Sohn von Borden, König von Amadon und Gul Kana
Jondralyn Bronachell: 25, Tochter von Borden
Tala Bronachell: 16, Tochter von Borden
Anselm Bronachell: 5, Sohn von Borden
Dame Mairgrid: Zofe von Tala und Anselm
Ser Sterling Prentiss: Hauptmann der Tagritter
Ser Lars Castlegrail: Kommandeur der Silbergarde
Ser Tomas Vorkink: Vogt von Burg Amadon
Ser Landon Galloway: Kammerherr von Burg Amadon
Ser Terrell Wickham: Stallmeister von Burg Amadon
Ser Osten Northanger: Schmied von Burg Amadon
Dame Vilamina: alte Hofküchenmeisterin von Burg Amadon
Dame Nels Doughty: neue Hofküchenmeisterin von Burg Amadon
Großvikar Denarius: Großvikar in Amadon, Heiliger Prophet Laijons
Erzbischof Vandivor: Mitglied des Quorums der Fünf Erzbischöfe in Amadon
Erzbischof Donalbain: Mitglied des Quorums der Fünf Erzbischöfe in Amadon
Erzbischof Spencerville: Mitglied des Quorums der Fünf Erzbischöfe in Amadon
Erzbischof Leaford: Mitglied des Quorums der Fünf Erzbischöfe in Amadon
Erzbischof Rhys-Duncan: Mitglied des Quorums der Fünf Erzbischöfe in Amadon
Ser Culpa Barra: 28, ein junger Tagritter
Tatum Barra: Ser Culpa Barras Vater
Delia: Schankmaid im *Dreckspferd*

Geoff: Wirt vom *Dreckspferd*
Shkill Gha: ein Oghul und Gladiator
Anjk Bourbon: ein Oghul und Ausbilder von Gladiatoren
G'Mellki: ein Oghul
Roguemoore: Botschafter der Zwerge aus Ankar
Habichtholz: ein Deserteur aus Sør Sevier
Tolz Trento: ein junger Silbergardist
Alain Gratzer: ein junger Silbergardist
Bonaparte Stockach: ein junger Silbergardist
Higgen: Sklave im Riven Rock Steinbruch
Woetensen: Sklave im Riven Rock Steinbruch
Maizy: ein Niemand

ESKANDER, GUL KANA

Wappen: Säbelzahnkatze
Flagge: schwarze Raubkatze auf gelbem Grund
Raubkatzengarde, Raubkatzenthron

Lord Lott Le Graven: Herr von Eskander
Mona Le Graven: Gemahlin von Lott; stammt aus Reinhold und ist die Schwester von Alana Bronachell
Lindholf Le Graven: 17, Sohn von Lott und Zwillingsbruder von Lawri
Lawri Le Graven: 17, Tochter von Lott und Zwillingsschwester von Lindholf
Lorhand Le Graven: 12, Sohn von Lott und Zwillingsbruder von Lilith
Lilith Le Graven: 12, Tochter von Lott und Zwillingsschwester von Lorhand

RIVERMEADE, GUL KANA

Wappen: Wolf
Flagge: grauer Wolf auf kastanienbraunem Grund
Wolfsgarde, Wolfsthron

Lord Claybor Chaparral: Herr von Rivermeade
Lesia Chaparral: Gemahlin von Claybor und Schwester von Nolan Darkliegh
Leif Chaparral: 28, Sohn von Claybor
Sharla Chaparral: 23, Tochter von Claybor
Jaclyn Chaparral: 21, Tochter von Claybor
Glade Chaparral: 17, Sohn von Claybor

AVLONIA, GUL KANA

Wappen: weiß mit silbernem Muster
Flagge: silbernes Muster auf weißem Grund
Marmorgarde, Marmorthron

Lord Nolan Darkliegh: Herr von Avlonia
Elynor Darkliegh: Gemahlin von Nolan und Schwester von Edmon Guy Van Hester
Lesia Chaparral: Schwester von Nolan und Gemahlin von Claybor Chaparral

STANCLYFFE, GUL KANA

Mardgot: eine Straßenhändlerin in Stanclyffe
S'ist Runk: ein Oghul und Straßenhändler in Stanclyffe

LORD'S POINT, GUL KANA

Wappen: meerblau
Flagge: blau
Meeresgarde, Meeresthron

Lord Kelvin Kronnin: Herr von Lord's Point
Emogen Kronnin: Gemahlin von Kelvin

Beatriz Van Hester: Schwester von Kronnin und Gemahlin von König Edmon Guy Van Hester
Raye Kronnin: Kronnins neugeborene Tochter
Ser Revalard Avocet: Soldat der Meeresgarde
Praed: Anführer der Ungezähmten, einer kleinen Gruppe umherziehender Diebe
Llewellyn: Mitglied der Ungezähmten
Clive: Mitglied der Ungezähmten
Judi: Mitglied der Ungezähmten
Derry Richrath: Besitzer des *Schlüsselwärter*
Otto: arbeitet im *Schlüsselwärter*
Brown R'elk: ein Oghul und Händler

BAINBRIDGE, GUL KANA

Wappen: violetter Hirsch
Flagge: violetter Hirsch auf schwarzem Grund

Baron Brender Wayland: Onkel von Stefane Wayland

SANKT EINZIG, ADIN WYTE

Wappen: zwei gekreuzte Speere
Flagge: zwei weiße, gekreuzte Speere auf rotem Grund
Speergarde, Speerthron

König Edmon Guy Van Hester: König von Sankt Einzig und Adin Wyte
Königin Beatriz Van Hester: Gemahlin von Edmon; stammt aus Lord's Point
Squireck Van Hester: 28, Sohn von Edmon und Prinz von Sankt Einzig; Gladiator
Evalyn Aulbrek: Schwester von Edmon und Gemahlin von Lord Agus Aulbrek von Sør Sevier

Elynor Darkliegh: Schwester von Edmon und Gemahlin von Lord Nolan Darkliegh von Avlonia

Elyse Kohn-Agar: Edmons Schwester und Gemahlin von Lord Nigel Kohn-Agar von Agonmoore

Ser Ivor Jace: Statthalter in Mont Sankt Einzig

Leisel: eine Dienstmagd

WYN DARRÈ

Wappen: schwarze Schlange

Flagge: schwarze Schlange auf gelbem Grund

Schlangengarde, Schlangenthron

König Torrence Raybourne: König von Wyn Darrè

Königin Bianka Raybourne: Gemahlin von Torrence, stammt aus Morgandy, Wyn Darrè

Karowyn Raybourne: 19, Tochter von Torrence

Ser Roderic Raybourne: Bruder von Torrence; bekannt unter dem Namen Shawcroft

Cassietta Raybourne: Schwester von Torrence

Mancellor Allen: 22, Ritter vom Blauen Schwert in Aeros Raijaels Armee

Bronwyn Allen: Mancellors jüngere Schwester

Ironcloud: Zwerg aus Ankar und Bruder von Roguemoore

Seabass: Zwerg vom Sigardsee

Tyus Barra: jüngerer Vetter von Ser Culpa Barra, stumm

Cromm Cru'x: ein Oghul und Pirat

VAL VALLÈ

Val-Korin: Botschafter aus Val Vallè

Seita: Val-Korins jüngere Tochter

Breita: Val-Korins ältere Tochter

Val-Draekin: der frühere Verlobte von Breita
Val-So-Vreign: Leibwächter von Val-Korin
Val-Gianni: Heiler aus Val Vallè (der Knochensäger)
Val-Ce-Laveroc: ein Gladiator
Val-Rievaux: ein Gladiator

MOTIVATION UND DANK

Im Jahr 2002 habe ich als Teppichreiniger bei Bart's Chem Dry in Salt Lake City gearbeitet. Einer unserer Stammkunden war der Basket-Ball-Hall-of-Fame-Aufbauspieler von Utah Jazz, John Stockton. Eines Tages war ich mit einigen seiner Teppiche beschäftigt, und Stockton selbst arbeitete an seinem Schreibtisch. Mir fiel das Bücherregal auf, in dem viele meiner Lieblingsromane standen, und wir fingen an, uns über Literatur zu unterhalten. Dabei erwähnte ich beiläufig, dass ich immer davon geträumt hatte, einmal eigene Romane zu schreiben. Darauf fragte er ganz einfach: »Warum haben Sie noch nicht angefangen?« Ich glaube, ich habe nur irgendetwas genuschelt und mich wieder an die Teppiche gemacht. Aber den ganzen restlichen Tag konnte ich diese Frage nicht aus dem Kopf kriegen: »Warum haben Sie noch nicht angefangen?«

Als ich also an dem Abend wieder nach Hause kam, schrieb ich den ersten Satz meines ersten Romans nieder, dann den ersten Absatz, die erste Seite, und seitdem habe ich nicht mehr aufgehört. Um ehrlich zu sein: Hätte mich irgendjemand anderes aus Utah gefragt: »Warum haben Sie noch nicht angefangen?«, hätte ich wahrscheinlich nur die Achseln gezuckt und niemals auch nur ein Wort geschrieben. Aber John Stockton hat Wirkung: ein Mann von knapp 1,90 in einer Liga voller Riesen, die einen Kopf größer sind, ein Mann, der mit bloßem Willen alle Widerstände überwunden und es zum All-Star auf seiner Position gebracht hat. Wenn er *das* geschafft hat, würde ich doch sicher ein paar Romane schreiben können. Und das habe ich tatsächlich. Ein weiterer Assist für John Stockton, würde ich sagen.

Abermals gilt meine ganz besondere Dankbarkeit Matt Bialer, meinem großartigen Agenten und dem besten Straßenfotografen in New York City, sowie Stefanie Diaz für den Rechteverkauf ins Ausland. Vielen Dank auch an Klett-Cotta in Deutschland und Canelo in Großbritannien. Meinem Herausgeber bei Saga Press, Joe Monti, danke ich für seine harte Arbeit, seine Geduld und dafür, dass er mich in die obere Liga geholt hat. Valerie Shea, Jeannie Ng, Bridget Madsen und Jenica Nasworthy bei Simon & Schuster danke ich für das wunderbare, zeitaufwendige und sorgfältige Lektorat und Kevin J. Anderson bei WordFire sowie Alexi Vandenberg und Kuta Marler von Bard's Tower für ihre Hilfe bei der Vermarktung von *Der Mond des Vergessens* auf Messen im ganzen Land. Besonderes erwähnen möchte ich Amber R. Boehm, denn sie hat die haarsträubenden Fehler in der ersten Fassung gefunden und mir somit viel Peinlichkeit erspart, und Karen Durfee, die mich an den Fluch der Steine erinnert hat (mancher Schriftsteller neigt dazu, wesentliche Elemente seines Plots zu vergessen). Der Kartograf Robert Lazzaretti verdient einen Salut. Und auch diesmal ist das fantastische Cover des Originals von Designer Michael McCartney und Illustrator Richard Anderson ein Volltreffer: düster-ätherische Perfektion. Tolle Arbeit, Jungs!

Dank auch an Stephen King, Mötley Crüe und die Oakland Raiders.